DE KRAAIEN
ZULLEN
HET ZEGGEN

Ander werk van Ann-Marie MacDonald:
Laten wij aanbidden

Ann-Marie MacDonald

DE KRAAIEN ZULLEN HET ZEGGEN

Vertaling Marion Op den Camp en Maxim de Winter

NIJGH & VAN DITMAR
AMSTERDAM 2005

Voor Mac en Lillian
Zoveel herinneringen

Eerste druk 2003
Vijfde druk 2005

www.dekraaienzullenhetzeggen.nl

Deze uitgave is mede totstandgekomen dankzij een subsidie van The Canada Council for the Arts

The Canada Council | Le Conseil des Arts
for the Arts | du Canada

Oorspronkelijke titel The Way the Crow Flies
Alfred A. Knopf, Canada 2003
Copyright © A.M. MacDonald Holdings, Inc. 2003
Copyright © Nederlandse vertaling Marion Op den Camp en Maxim de Winter / Nijgh & Van Ditmar 2003
Omslag Studio Jan de Boer
Typografie Nanja Toebak
Foto omslag Getty Images / Stone / Phil Borges
Foto auteur Gabor Jurina
NUR 302 / ISBN 90 388 4948 6

*Wij zijn gedoemd te kiezen, en elke keuze
kan een onherstelbaar verlies tot gevolg hebben.*

– ISAIAH BERLIN

DEEL EEN

Dit land is jouw land

✦

De vogels zagen de moord. Beneden in het jonge gras, tussen de kleine witte klokjes van het lelietje-van-dalen. Het was een zonnige dag. Gekraak van twijgen, het vroege voorjaar dat zich roerde, de lentegeur van de aarde. April. Een beekje in het naburige bos, een streling voor het oor – aan het eind van de zomer zou het droog staan, maar voorlopig kabbelde het nog door de schaduwen. Hoog in de takken van een iep zaten de vogels, genesteld tussen de vele knoppen die zich spoedig zouden ontvouwen als schone zakdoeken.

De moord gebeurde bij een plek die de kinderen Rock Bass noemden. In een weiland aan de rand van het bos. Een platgetrapt stuk gras, alsof iemand er had gepicknickt. De kraaien zagen wat er gebeurde. Er zaten meer vogels op de hoge takken en die zagen het ook, maar kraaien zijn anders. Zij zijn geïnteresseerd. Andere vogels zagen een reeks handelingen. De kraaien zagen de moord. Een lichtblauwe katoenen jurk. Volmaakt roerloos nu.

Vanuit hoog in de boom loerden de kraaien naar het glinsterende bedelarmbandje aan haar pols. Beter nog even wachten. Het zilver wenkte, maar beter nog even wachten.

HET LEVEN IS ZO MOOI

Na de oorlog kwam de zon achter de wolken vandaan en werd de wereld een kleurenfilm. Iedereen had hetzelfde idee. Laten we trouwen. Laten we kinderen krijgen. Laten wij het goed doen.

In 1962 is het nog mogelijk dat een autorit het hoogtepunt van de week is voor een gezin. Als een koning achter het stuur op vier met staal versterkte banden, de wijde wereld in. Rijden maar, we zien wel waar we uitkomen. Hoeveel kilometer nog, pap?

Wegen zijn eindeloze vergezichten, stad gaat over in platteland, voorsteden zijn er nauwelijks. Voorsteden zijn de ideale combinatie, je hoeft maar in de auto te stappen, in je Edsel, je Chrysler, je Ford, en de wereld ligt voor je open. Vertrouw op Texaco. Het verkeer is nog niet wat het zal worden, sterker nog, het is best leuk. Daar gaat een Studebaker coupé uit '53 – o, kijk, daar is de nieuwe Thunderbird...

'This land is your land, this land is my land...' Een rijdende auto doet alleen onder voor de douche als het om zingen gaat, de kilometers vliegen voorbij, het landschap verandert, ze passeren campers en caravans – kijk, weer een Volkswagen. Het is moeilijk te geloven dat Hitler verantwoordelijk was voor iets wat er zo vriendelijk en vertrouwd uitziet als een Kever. Vader legt de kinderen nog maar eens uit dat dictators vaak van goede muziek houden en lief voor dieren zijn. Hitler was een vegetariër en een slecht mens. Churchill was een dronkelap, maar hij deugde wel. 'De wereld is niet zwart-wit, jongens.'

Op de achterbank legt Madeleine haar hoofd tegen de rand van het raampje, slaperig van het getril. Haar oudere broer is bezig met zijn honkbalplaatjes, haar ouders zitten voorin te genieten van 'het natuurschoon'. Dit is een ideaal moment om haar film te starten. Ze neuriet 'Moon River' en stelt zich voor dat het publiek alleen haar profiel kan zien, haren wapperend in de wind. Ze zien wat zij door het raampje ziet, het platteland, *off to see the world*, en ze zijn benieuwd waar ze heen gaat en wat het leven brengen zal, *there's such a lot of world to see*. Wie is dat donkerharige meisje met het pagekopje en de weemoedige blik, vragen ze zich af. Een weeskind? Een kind zonder broers of zusjes, met een moeder die dood is en een aardige vader? Van kostschool op weg om de zomer door te brengen in het landhuis van geheimzinnige familieleden die naast een villa wonen waar een meisje woont dat iets ouder is dan zijzelf, een meisje dat paardrijdt en een rode tuinbroek draagt? *We're after the same rainbow's end, just around the bend...* En dan zijn ze gedwongen om samen weg te lopen en een mysterie op te lossen, *my Huckleberry friend...*

Door het autoraampje ziet ze in gedachten hoge zwarte letters op een achtergrond van voorbijflitsend groen – 'Met in de hoofdrol Madeleine McCarthy' – beeld voor beeld onderbroken door telefoonpalen, *Moon River, and me...*

Het is moeilijk om voorbij de titelrol te komen, dus ze kan beter gewoon een nieuwe film starten. Een liedje kiezen dat erbij past. Madeleine begint binnensmonds te zingen: '*Que será, será, whatever will be will...*' verdorie, we gaan stoppen.

'Wie wil er een ijsje?' vraagt haar vader, en hij zet de auto aan de kant.

Zo verdiept was Madeleine in haar film dat ze geen oog heeft gehad voor het reusachtige aardbeienijsje dat zich naar de autoweg buigt, met een vrolijk feesthoedje op. 'Jippie!' roept ze. Haar broer kijkt haar met rollende ogen aan. Alles in Canada is veel groter dan in Duitsland, de ijsjes, de auto's, de 'supermarkten'. Ze is benieuwd hoe hun nieuwe huis eruitziet. En haar nieuwe kamer, zal die mooi zijn? En groot? *Que será, séra...*

'Wat mag het zijn?' vraagt pap, bij de toonbank waar ze ijs verkopen, in een witte houten keet. Ze hebben ook verse maïskolven. De velden staan er vol mee – wat de Europeanen Turkse tarwe noemen.

'Napolitaans graag,' zegt Madeleine.

Haar vader haalt een hand door zijn rossige stekeltjes en lacht door zijn zonnebril tegen de dikke dame in de schaduw achter de toonbank. Hij en haar broer zijn hetzelfde geknipt, maar Mike is blonder. Stroblond. Zijn haar ziet eruit of je de keukenvloer ermee zou kunnen boenen als je hem op zijn kop zette en de stekker in het stopcontact stak, maar in werkelijkheid zijn de stekeltjes heel zacht. Madeleine mag ze echter maar zelden aanraken van hem. Hij is nu naar de weg geslenterd, met zijn duimen in de lusjes voor zijn riem – hij speelt of hij in zijn eentje op stap is, weet Madeleine. Hij moet het smoorheet hebben in die tuinbroek, maar dat wil hij niet toegeven, en een short wil hij niet aan. Pap draagt nooit een short.

'Mike, waar ga jij nou weer heen?' roept ze.

Hij negeert haar. Hij wordt binnenkort twaalf.

Ze haalt net als pap een hand door haar haar, dat heerlijk zacht en kort aanvoelt. Een pagekopje is heel wat anders dan stekeltjes, maar het is gelukkig ook heel anders dan de lange vlechten waar ze tot dit voorjaar mee rondliep. Ze had er per ongeluk een afgeknipt tijdens de handarbeidles. Maman houdt nog steeds van haar, maar zal het haar waarschijnlijk nooit vergeven.

Haar moeder wacht in de Rambler. Ze draagt de zonnebril die ze in de zomer aan de Franse Rivièra heeft gekocht. Ze is net een filmster. Madeleine ziet hoe ze de achteruitkijkspiegel draait en haar lippen bijwerkt. Zwart haar, rode lippen, witte zonnebril. Net Jackie Kennedy – 'Zij doet mij na'. Mike noemt haar maman, maar voor Madeleine is ze thuis 'maman' en buiten 'mam'. 'Mam' is nonchalanter dan 'maman', net als instappers in plaats van schoenen met een bandje. 'Mam' hoort bij 'pap'. Bij alles hoort een cola.

Haar vader wacht met zijn handen in de zakken van zijn kaki broek, zet zijn zonnebril af, tuurt omhoog naar de blauwe lucht en fluit een liedje tussen zijn tanden. 'Ruik je de maïs?' zegt hij. 'Dat is de geur van pure zonneschijn.' Madeleine doet haar handen in de zakken van haar shortje, tuurt omhoog en snuift.

In de auto wrijft haar moeder haar lippen langs elkaar terwijl ze in de spiegel kijkt. Madeleine ziet haar de lippenstift terugdraaien in de houder. Dames hebben een heleboel dingen die op snoep lijken maar het niet zijn.

Haar moeder heeft haar vlechten bewaard. Ze zitten in een plastic zak in de doos met tafelzilver. Madeleine zag haar de zak erin gooien, vlak voor de verhuizers kwamen. Nu zijn de vlechten in een ronkende verhuiswagen naar hen op weg.

'Kijk eens, maatje.'

Haar vader overhandigt haar een ijsje. Mike komt terug en pakt het zijne aan. Hij heeft chocolade-ijs genomen, zoals meestal. 'Voor mij is er maar één.'

Haar vader heeft rum-rozijnen. Gebeurt er iets met je smaakpapillen als je groot wordt waardoor je afschuwelijke smaken lekker gaat vinden? Of is dat alleen zo bij ouders die zijn opgegroeid in de crisisjaren, toen een appel een traktatie was?

'Wil je proeven, liefje?'

'Graag, pap.'

Ze neemt altijd een likje van zijn ijs en zegt dan: 'Dat is heerlijk.' Bugs Bunny zou zeggen: *Je liegt dat je barst, chef,* maar eigenlijk is het geen liegen, want het *is* heerlijk om met je vader een ijsje te eten. En als je allebei van elkaars ijs proeft, is dat geweldig. Dus Madeleine liegt niet echt. *Nja, maak dat de kat wijs, chef.*

Maman wil nooit een ijsje voor zichzelf. Ze doet samen met pap en krijgt hapjes van Mike en Madeleine. Dat is ook iets wat er met je gebeurt als je groot wordt; in elk geval gebeurt het met een heleboel moeders: ze hoeven zelf geen ijsje meer.

Weer in de auto overweegt Madeleine Bugs Bunny een likje aan te bieden, maar ze is bang zich de hoon van haar broer op de hals te halen. Bugs is geen pop. Hij is... Bugs. Hij heeft betere tijden gekend, de punt van zijn oranje wortel is wit van ouderdom, maar zijn grote eigenwijze ogen zijn nog staalblauw en je kunt zijn lange oren nog in alle standen buigen. Op het moment hangen ze als een vlecht in elkaar gedraaid op zijn rug. Beierse Bugs.

Haar vader start de motor en houdt het ijsje aan haar moeder voor, die voorzichtig een hapje neemt, vanwege haar lippenstift. Hij rijdt de stationcar achteruit naar de autoweg en trekt een gezicht als hij ziet dat de achteruitkijkspiegel scheef staat. Hij werpt maman een blik toe en zij tuit haar rode lippen in een kus. Hij grijnst en schudt zijn hoofd. Madeleine kijkt de andere kant op en hoopt dat ze niet klef gaan doen.

Ze neemt haar ijsje in ogenschouw. Napolitaans. Waar zal ze beginnen? Ze moet denken aan 'kosmopolitisch', het woord dat haar vader gebruikt om hun gezin te beschrijven. Overal ter wereld thuis.

Buiten vangt de maïs het zonlicht, de bladerrijke stengels glanzen in drie tinten groen. Rijen eiken en iepen buigen zich over de bochtige autoweg, het landschap golft en ontluikt op een manier die je doet geloven dat de aarde inderdaad een vrouw is en dat ze het liefst maïs eet. Hoog, gebogen, strak gespannen, smaragdgroene aardbewoners. De gedraaide bladeren vormen een kom, omsluiten de tere kolven, een gulle gave in geschenkverpakking. Eetbaar zonlicht. De McCarthy's zijn weer thuis. In Canada.

Thuis is een variatie op een thema als je bij de luchtmacht zit. Thuis is Canada, van kust tot kust. Thuis is ook de plaats waar je vandaan kwam voor je trouwde en in militaire dienst ging. En thuis is elke plek waar je toevallig gestationeerd bent, of het nu Canada is, de VS, Duitsland, Frankrijk... Op het moment is thuis deze hemelsblauwe Rambler stationcar uit 1962.

Als Jack de achteruitkijkspiegel heeft bijgesteld kijkt hij even naar zijn kinderen op de achterbank. Voorlopig heerst er vrede. Naast hem maakt zijn vrouw haar tasje open; hij reikt naar het dashboard en drukt de automatische aansteker in. Ze kijkt hem even aan, glimlacht als ze de sigaret uit haar pakje haalt. Hij geeft haar een knipoog – *jouw wil is wet*. Thuis is deze vrouw.

De Trans-Canada Highway is klaar: je kunt je achterwielen in de Atlantische Oceaan dopen en doorrijden tot je met je voorwielen in de Stille Oceaan staat. Zo ver gaat de reis van de McCarthy's niet, al is deze etappe wel begonnen bij de Atlantische Oceaan. Ze rijden al drie dagen. Ze doen het rustig aan, zien het landschap veranderen, sparren maken plaats voor de St. Lawrence Seaway, overal langs de brede rivier de smalle stroken bouwland van het oude Quebec, de blauwe glans van de afgesleten Laurentian Mountains, de soepele rit over de gitzwarte moderne autoweg, *Bienvenu à Montréal*, *Welkom in Ottawa*, in *Kingston*, in *Toronto*, een voortzetting van de zomervakantie die ze bij Mimi's familie in New Brunswick – *Nouveau-Brunswick* – hebben doorgebracht: zwemmen in het zoute water tussen de zandruggen van de Northumberland Strait, en 's avonds de knipperende lichten van de veerboot naar Prince Edward Island. Vroeg uit bed om de priester de veelkleurige vissersboten te zien zegenen op de dag dat ze uitvoeren, *le premier jour de pêche*. Smullen van kreeft en rumoerige kaartspelletjes Deux-Cents tot laat op de avond, buren kwamen langs en wrongen zich aan de keukentafel om mee te spelen, met als inzet hoopjes munten en Rummoli-fiches, tot de violen en de accordeon voor de dag werden gehaald en Mimi's moeder akkoorden begon aan te slaan op de piano, haar rechterhand constant gebogen in de vorm van de haaknaald waarmee ze iedere sprei en elk kleedje in huis had gemaakt. *L'Acadie*.

De taal was geen barrière. Jack genoot van het Frans, van het eten, van de goddelijke chaos van een groot gezin. Mimi's vader was jaren tevoren omgekomen toen zijn kreeftenboot kapseisde tijdens een storm, en nu waren haar broers hoofd van het gezin. Grote kerels die zelf een keten van visrestaurants hadden opgezet; Jack viel meteen bij hen in de smaak toen hij en Mimi na de oorlog als verloofd stel terugkwamen. Alles ging snel in die dagen, daar had iedereen begrip voor, de broers waren zelf nog maar net uit dienst. Jack was een *Anglais*, maar hij hoorde erbij en Mimi's familie sloot hem in de armen met een geestdrift die even groot was als hun wantrouwen jegens de Engelsen in het algemeen. Ze behandelden hem als een vorst en toonden een consideratie met hem die ze doorgaans reserveerden voor dames. Een ideale combinatie.

Jack eet zijn ijsje, met één hand aan het stuur, en neemt zich voor om weer te gaan joggen als ze eenmaal op orde zijn. De afgelopen maand hebben zijn schoonzusters, *les belles-soeurs*, hem vetgemest als een slachtkalf. Bloem, ahornsuiker, aardappelen, varkensvlees en mosselen – de combinatiemogelijkheden zijn ontelbaar, overheerlijk. En slecht voor de lijn. Het schijnt dat er niets is wat niet kan worden omgezet in *poutine*. Wat is poutine? Dat is wat je maakt als je poutine maakt.

Hij heeft zijn riem maar één gaatje losser hoeven doen, maar Jack heeft een mooie vrouw. Een vrouw die nog als een meisje het water in rent, bikinislank ondanks twee kinderen, en met de schoolslag door de golven zwemt, haar hoofd omhoog om haar make-up niet te bederven. Ja, hij gaat weer hardlopen als ze eenmaal in hun nieuwe huis zijn.

Achter hem de stem van zijn zoon, vol afkeer. 'Madeleine, het druipt helemaal langs je arm.'

'Niet waar.'

'Maman,' zegt Mike, voorover leunend, 'Madeleine zit te knoeien!'

'Ik zit niet te knoeien!' Likkend over haar pols, zoutige huid en drabbige vanille.

Mimi reikt naar achteren met een vochtig doekje. 'Tiens.'

Madeleine pakt het aan en veegt haar hand af. Ze wil dat Mike haar ijsje even vasthoudt, maar hij zegt: 'Vergeet het maar, het zit vol met spuug.' Dus houdt Mimi het vast, en terwijl Madeleine haar handen afveegt, likt zij het druipende ijs op. Zo zijn moeders, ze vinden het helemaal niet erg om het soppige ijsje van hun kind op te eten.

Madeleine geeft het vochtige doekje terug in ruil voor haar ijsje, maar voelt zich ineens niet lekker. Het komt door de geur van het doekje. Reeds bevochtigd, dus klaar voor gebruik. Werkt bovendien desinfecterend. De geur doet Madeleine aan braaksel denken. Dat komt doordat je moeder je gezicht afveegt met een vochtig doekje als je wagenziek bent en moet overgeven, dus dan ga je vochtige doekjes natuurlijk associëren met braaksel. Ze ruiken erger naar braaksel dan braaksel zelf. Ze geeft het ijsje weer aan haar moeder.

'Ik zit vol,' zegt ze.

Mike zegt: 'Ze gaat kotsen.'

'Niet waar, Mike, en je moet geen "kotsen" zeggen.'

'Je hebt het net gezegd. Kotsen.'

'Zo is het genoeg, Mike,' zegt Jack, en Mike zwijgt.

Mimi draait zich om en kijkt Madeleine aan met een blik van: ga je overgeven? Ze moet er bijna van overgeven. Haar ogen tranen. Ze houdt haar gezicht bij het open raampje en snuift de frisse lucht op. Dwingt zichzelf om niet aan dingen te denken waar je misselijk van wordt. Zoals die keer toen een meisje overgaf op de kleuterschool en het braaksel op de grond spatte – niet aan denken. Mike is zo ver mogelijk opgeschoven naar zijn kant van de bank. Madeleine draait voorzichtig haar hoofd terug en richt haar blik op paps achterhoofd. Dat is beter.

Gezien vanaf de achterbank is het even herkenbaar, evenzeer 'pap', als zijn gezicht. Even onmiskenbaar als je eigen auto op een parkeerterrein. Zijn hoofd, hoekig, schoon. Het zegt wat het bedoelt, je hoeft er niet naar te raden. Zijn schouders onder zijn geruite overhemd met korte mouwen. Elleboog uit het raam, stralenkrans van lichtbruine, door de wind gekamde haartjes, rechterhand op het stuur, fonkelende universiteitsring. Old Spice. Dwars over zijn nek één dunne streep, een naad die niet meebruint met de rest. Paps achterhoofd. Het is de andere kant van zijn gezicht – zijn andere gezicht. Hij heeft trouwens verteld dat hij daar ogen heeft. Dat is geruststellend. Het betekent dat hij weet wie de ruzies op de achterbank meestal begint.

'Mike, schei uit!' roept Madeleine.

'Ik doe niks.'

'Mike, niet plagen.'

'Ik plaag niet, pap, zij kneep me.'

'Madeleine, je mag je broer geen pijn doen.' Maman heeft geen ogen in haar achterhoofd, anders zou ze zoiets niet zeggen.

Mike kijkt haar met schele ogen aan.

'Mike!' De stem van de achtjarige snerpt als een handzaag. 'Hou op!'

'Tenez-vous tranquilles maintenant, hein? Papa rijdt,' zegt maman.

Madeleine heeft de spieren in haar vaders nek zien samentrekken toen ze zo gilde, en ze bedaart. Ze wil niet dat hij de auto aan de kant moet zetten en zich moet omdraaien naar de achterbank. Dan is het plezier vergald en schaam je je diep dat je zo'n mooie rit door zo'n prachtig landschap bedorven hebt. Zijn stem zal teleurgesteld klinken, zijn blauwe ogen zullen verbijsterd staan. Vooral het linker, met het dunne litteken dat dwars over zijn voorhoofd loopt. Het ooglid hangt een beetje, zodat zijn linkeroog altijd een beetje triest kijkt.

'Chantons, les enfants,' zegt maman. En ze zingen.

'Would you like to swing on a star, carry moonbeams home in a jar, and be better off than you are...?'

Enorme reclameborden op de akkers, *Geloof in de Here Jezus en Hij zal u redden,* bietenloof in strakke militaire rijen die vertragen of versnellen, dat ligt eraan of je naar de aarde tussen de rijen of naar het waas van groen kijkt, *Kodak, Dairy Queen, Het loon van de zonde is de dood.* Schoongeschrobde schuren. De vertrouwde lucht van koeienvlaaien en houtvuren doet Madeleine aan thuis denken, dat wil zeggen, aan Duitsland. Ze sluit haar ogen. Ze heeft net afscheid genomen van een ander huis, op een luchtmachtbasis bij het Zwarte Woud. *Neem maar afscheid van het huis, jongens.* En daarna reden ze voor de laatste keer weg.

Elk huis staat er zwijgend en argeloos bij, als een zielig dier dat niet mee mag. De ramen lijken grote ogen zonder gordijnen, de voordeurmond is dicht en ziet er treurig uit. Vaarwel, lief huis. Bedankt voor de fijne tijd. Bedankt voor alle herinneringen. Het treurige huis dat achterblijft stolt in het geheugen tot een monument voor vervlogen tijden, een gedenkteken voor de plek waarnaar je nooit kunt terugkeren. Zo gaat het in de luchtmacht.

Dit is Madeleines derde verhuizing, en Mikes vierde. Hij houdt vol dat zij zich haar eerste verhuizing, van Alberta naar Michigan, onmogelijk kan herinneren omdat ze toen nog geen vier was. Toch beweert hij dat hij zich zijn eerste verhuizing, van Washington DC naar Alberta, wel kan herinneren, hoewel hij amper drie was. Zo onrechtvaardig is het leven als je een oudere broer hebt.

'Pap,' zegt Madeleine vanaf de achterbank, 'ik herinner me wél dat we weggingen van de basis in Alberta, hè?'

'Natuurlijk. Herinner je je de ijsbaan nog die we in de achtertuin hebben gemaakt?'

Ze kijkt haar broer veelzeggend aan. 'Ja hoor.'

'Nou dan.'

In juni hebben ze Europa verlaten, en bijna twee maanden lang zijn Mike en Madeleine vertroeteld door hun Acadische ooms en tantes in New Brunswick en hebben ze lopen ravotten met hun neven en nichten. Het zijn er tientallen: wilde zwartharige jongens op wie je niet verliefd mag worden omdat het familie is, uitdagende meisjes die hun benen scheren nog voor ze twaalf zijn. Ze ratelen in het Frans, probeer dat maar eens bij te houden, en als je ergens met ze naartoe bent gereden, zorg dan dat je in de auto stapt voor hij weer vertrekt. Mike en Madeleine hebben voor het eerst in vier jaar televisie gekeken.

Niemand had televisie op de basis in Duitsland. In het recreatiecentrum werden films gedraaid, altijd met Looney Toons en Mickey Mouse in het voorprogramma. Op vrijdagavond luisterden ze tijdens het eten samen met maman naar Jack Benny op de radio voordat pap thuiskwam van de wekelijkse borrel in de officiersmess. Maar de tv ontsloot een heerlijke nieuwe wereld van pagekopjes, zijden sjaals en geruite shorts, van zorgeloze tieners en surfplanken. De neven en nichten leken meer op Connie Francis dan op Sandra Dee en meer op Sal Mineo dan op Troy Donahue, maar ze hadden wel rolschaatsen, auto's en kauwgum. En grote koelkasten. Welkom in Noord-Amerika.

Madeleine accepteert het idee dat ze van hen allemaal houdt, 'parce que c'est *la famille*,' zegt haar moeder. 'Familie' heeft bijna net zo'n mythische klank als 'thuis'. Toen ze wegreden van grootmamans oude roze bungalow zei pap: 'Zullen we naar huis gaan, jongens?'

Madeleine wuifde naar grootmaman op de veranda van haar huis, dat eruitzag als een poederig pepermuntje. Grootmaman was heel dik en stond daar voor haar bungalow die in een felle kleur was geschilderd zodat grootpapa het vanuit zijn vissersboot kon zien. Het was pas de tweede keer in Madeleines leven dat ze bij haar grootmoeder op bezoek was geweest, maar haar ogen schoten vol tranen omdat 'grootmaman' een ander woord voor 'thuis' is.

'Wat vind jij, vrouwlief?' vroeg pap toen ze de zee en de duinen achter zich lieten.

'Breng me naar huis, Jack,' zei maman, en ze veegde haar ogen af achter haar zonnebril.

Heel even stelde Madeleine zich voor dat ze terugreden naar Duitsland. Naar de groene grasvelden en witte gebouwen van de luchtmachtbasis, de kinderkopjes en caféterrassen in de nabijgelegen stad, het dichtgetimmerde platteland, geen stukje grond dat van niemand was, geen vierkante centimeter die verwaarloosd werd, om de paar uur zat je in een ander land tijdens een zondagse autorit. De Duitse taal was haar goed bevallen, een taal van sprookjes – *Märchen* – waarin ze zich veilig en beschermd voelde, zoals wanneer ze haar moeders bontjas aantrok. Een taal die mensen verrast deed glimlachen – winkeljuffrouwen waren verrukt over haar taalvaardigheid en plaagden haar ouders met hun slechte *Kanadische Deutsch* wanneer ze stukjes kaas aanboden en, altijd, *Schokolade für die Kinder*. De eerste Duitse woorden die zij en Mike leerden: *danke schön*.

Als je vader bij de luchtmacht zit, weet je niet goed wat je moet antwoorden als mensen vragen waar je vandaan komt. Het antwoord wordt langer naarmate je ouder wordt, omdat je om de paar jaar verhuist. 'Waar kom je vandaan?' 'Ik kom van de Royal Canadian Air Force.' De RCAF. Net een land waarvan de stukjes over de hele aardbol zijn verspreid.

Elk stukje, elke basis, ziet er hetzelfde uit, dus er is samenhang in dit land. Zoals je in elke katholieke kerk die je binnenloopt een Latijnse mis bij kunt wonen, zo kun je op elke basis waar ook ter wereld alles vinden: het recreatiecentrum, de kerken, het postkantoor, de bank en de brandweerkazerne, het exercitieterrein, de bibliotheek, het vliegveld, het gebouw waar je vader werkt. En de legerwinkel waar je al je boodschappen haalt.

Als je in de zogeheten PMQ's woont – Permanent Married Quarters, de woonwijk voor getrouwde stellen – dan ziet je huis er ook bekend uit. Er zijn een paar verschillende ontwerpen, vroege voorbeelden van de laagbouw in voorsteden, meestal twee onder een kap, afgezien van de kleine bungalows en het grote huis waar de commandant woont. Met een vlaggenstok in de voortuin. Voor je achtste verjaardag heb je elk type huis waarschijnlijk al vanbinnen gezien. Soms in spiegelbeeld. En toch wordt elk huis op de een of andere manier uniek zodra een gezin er zijn intrek neemt. Unieke geuren, een kant-en-klare verzameling schatten, foto's en oude rommel, alles komt tevoorschijn uit kartonnen dozen waar de kinderen forten van maken en dagen in spelen voor ze het begeven, en tegen de tijd dát ze het begeven ziet het huis eruit of het gezin er altijd heeft gewoond, want een luchtmachtvrouw heeft haar huis binnen een week op orde.

Elke standaardtuin bruist van individualiteit: fietsen, rondslingerend speelgoed, op iedere oprit een andere auto, achter elke koelkastdeur een geheel eigen wereld. In sommige koelkasten staan blikjes chocoladesaus van Hershey. In andere staan Hershey-blikjes die reuzel en andere afschuwelijke verrassingen bevatten; dat is de koelkast van de McCarthy's. Madeleines moeder gooit nooit iets weg, want ze is opgegroeid in de crisisjaren. Al is het, in aanmerking genomen dat alle moeders zijn opgegroeid in de crisisjaren, misschien eerder iets Acadisch. Of gewoon iets van de Maritieme Provincies, het 'achtergebleven' deel van Canada. Ondanks het uniforme ontwerp zijn geen twee huizen in de woonwijk dus exact gelijk, tot aan het moment waarop het ene gezin eruit trekt en het volgende erin trekt. In de tussenliggende tijd is het huis van niemand. Het is eigendom van de Canadese belastingbetalers. In die overgangsperiode wordt het huis grondig schoongemaakt, ontsmet, wit geschilderd, ontdaan van zonneschermen, gevuld met echo's. Het staat buiten de orde, als een ontwijde kerk. Niet onheilspellend, gewoon neutraal. Dood noch levend. Het komt weer tot leven als een nieuw gezin de oprit op rijdt en het begroet.

Madeleine diept uit haar nieuwe Mickey Mouse-rugzak haar poëziealbum op. Iedereen in haar klas in Duitsland heeft er iets in geschreven. Ze slaat het open...

Altijd de jouwe tot de hemel op ons hoofd valt, heeft Sarah Dowd geschreven.

Altijd de jouwe tot de paarden vliegen en de varkens hokken, veel liefs van je vriendinnetje Judy Kinch.

Rozen verwelken, schepen vergaan, maar onze vriendschap blijft altijd bestaan, je beste vriendin Laurie Ferry.

Het album is vol. Allemaal hebben ze gezworen dat ze zullen schrijven. Madeleine en Laurie Ferry hebben gezworen dat ze elkaar op nieuwjaarsdag van het jaar 2000 terug zullen zien op de speelplaats van hun woonwijk in Duitsland.

De blokletters zien er plotseling eenzaam uit, de vrolijke waskrijtkleuren lijken op feestversieringen na afloop van het feest. Ze sluit het album, bergt het op en snuift de naar klaver geurende lucht op. Waarom zou je treurig zijn op zo'n mooie dag als je je hele leven nog voor je hebt? Dat zeggen grote mensen. Ze stelt zich voor dat haar leven voor haar ligt uitgerold als een autoweg. Hoe weet je wanneer je echt begonnen bent aan het leven dat voor je lag maar dat nu onder je voeten zit? Hoeveel kilometer nog?

Het is moeilijk om in een nieuw huis te komen zonder te denken aan de dag waarop je weer zult vertrekken. *Neem maar afscheid van het huis, jongens.* En iedereen is dan een stuk ouder geworden. Madeleine is nu acht, bijna negen, dus de volgende keer wordt ze twaalf. Al haast een tiener. En haar ouders zijn ook weer een paar jaar ouder. Ze probeert te bedenken dat ze nu jonger zijn, maar ze bekijkt het juist van de andere kant, ze kan het niet helpen: ze zijn ouder dan in het vorige huis. En dat betekent dat ze gauwer dood zullen gaan. Ieder huis is een stap dichter bij die verschrikkelijke dag. Welk huis zal het laatste zijn? Misschien dit wel. Het huis dat we straks gaan begroeten.

De zon maakt de brok in haar keel warm en de tranen dreigen over haar wangen te lopen, dus ze sluit haar ogen en legt haar slaap tegen de rand van het raampje, gekalmeerd door het getril van de weg. De wind waait snel maar zacht door haar haren, de zon achter haar gesloten oogleden is een caleidoscoop van rood en goud.

Buiten verdicht de middag zich. Augustuslicht is het ware zomerlicht. Vet tenorsaxofoonlicht. Anders dan de trompetten van de lente, de strijkinstrumenten van de herfst. Zichtbare korrels zonlicht vallen in slowmotion, schuren langs je huid – je kunt ze als sneeuwvlokken opvangen op je tong. Het land barst uit zijn voegen, groen en goud en boomschors. De stengels deinen, zwaar van de maïs, en vertragen de wind. Het landschap ligt lui achterover, weelderig en trots als een hoogzwangere vrouw. 'Pluk uw eigen maïs' staat met de hand op borden geschreven. Pluk me.

De indianen verbouwden maïs. Dit deel van Ontario werd hun het eerst afgenomen door kolonisten. Ze vochten hier zij aan zij met de Engelsen, eerst tegen de Fransen, daarna tegen de Amerikanen in de Oorlog van 1812. Nu zijn er reservaten, hun huizen en dorpen leven voort op tekeningen in geschiedenisboeken voor de hoogste klas en levensgrote reproducties in toeristische dorpen. Hun tabak is een belangrijk handelsgewas in deze streken, maar zij verbouwen het niet. De grond zit nog vol met hun eigendommen en veel plaatsen zijn genoemd naar hun stammen, in hun talen, ook Canada zelf. Volgens sommigen betekent Canada 'dorp met kleine hutten'. Anderen zeggen dat Portugese vissers het land Ca Nada noemden: 'daar, niets'.

Welkom in Stratford, Welkom in New Hamburg... Bij veel plaatsen in Canada heb je het gevoel dat de echte plaats in een ander land ligt. Kom je bijvoorbeeld uit London in Ontario, dan kun je niet gewoon zeggen: 'Ik kom uit London.' Je moet 'Ontario' erbij vermelden. Het kan verontschuldigend klinken als je dat moet uitleggen, ook al ben je heel tevreden dat je uit London in Ontario komt. New York is genoemd naar York in Engeland, maar niemand denkt ooit aan het Engelse York als hij aan New York denkt. Mike zou zeggen: 'Dat komt omdat in de States alles beter is.'

Welkom in Kitchener. 'Wisten jullie dat Kitchener vroeger Berlijn heette?' zegt haar vader, met een blik in de achteruitkijkspiegel. 'De eerste kolonisten waren Duitse immigranten, maar in de Eerste Wereldoorlog hebben ze de naam veranderd.'

Ze stoppen om braadworst en knapperige witte broodjes te kopen, net als thuis. Dat wil zeggen, in Duitsland. Madeleine weet dat ze Duitsland niet meer als thuis moet beschouwen. Thuis is nu wat ze door het zonnige autoraampje ziet. Onmogelijk lange opritten die naar boerderijen met puntgevels en sierranden leiden. Onmetelijke akkers, eindeloze afstanden tussen steden en dorpen, veel bos en kreupelhout waar niemand aanspraak op maakt, kroondomeinen, ruig en vrij. Drie dagen rijden door geologische tijdperken, kilometer na kilometer, en nog steeds is het Canada. Die uitgestrektheid is het verschil met Duitsland. Is eigen aan Canada. 'Je zou heel Europa hier in het midden van Ontario kwijt kunnen,' zegt haar vader.

Madeleine legt haar kin op de rand van het raampje. Denk je eens in: de oorlog in Europa, de vliegtuigen en tanks en concentratiekampen, Anne Frank die haar dagboek schrijft, Hitler die met opgeheven arm de massa's groet. Het kan allemaal gebeurd zijn in de provincie Ontario, ruimte genoeg.

'Maar hier zou het niet gebeuren,' zegt Madeleine.

'Wat niet?' vraagt pap.

'De oorlog.'

'Welke oorlog?' vraagt Mike.

'De Tweede Wereldoorlog.'

Mike wijst naar haar, dan naar zijn eigen voorhoofd, en draait een rondje met zijn vinger om aan te geven dat ze getikt is. Madeleine bedwingt haar boosheid. Ze wil het antwoord van haar vader horen. Hij zegt: 'Een dergelijke oorlog zou hier nooit kunnen gebeuren, liefje, Canada is een vrij land.'

'Als de oorlog er niet was geweest,' zegt maman, 'hadden papa en ik elkaar nooit ontmoet' – Madeleine krimpt ineen – 'en dan waren jij en Michel nooit gekomen...' Haar moeder heeft er een handje van om een heel andere draai aan een onderwerp te geven. Verhalen over bommen en gaskamers gaan niet samen met het verhaal over het luchtmachtbal in Engeland waarop haar ouders elkaar hebben ontmoet, Het Verhaal van Mimi en Jack. Maman zingt: 'Underneath the lantern, by the barrack gate...' En dan zit een serieuze discussie over de oorlog er niet meer in.

Madeleines vader is geen echte veteraan, maar hij zou dat wel geweest zijn als zijn vliegtuig niet was neergestort. De vaders van haar meeste vriendinnen zijn veteranen – piloten en bemanningsleden. De vader van haar Duitse oppas was ook een veteraan, van de Wehrmacht. Hij had maar één arm en vervoerde zijn hele gezin op een motor met zijspan. Sommige Canadese gezinnen zijn de concentratiekampen gaan bekijken. Laurie Ferry heeft in Auschwitz bergen schoenen gezien. Maar Madeleines vader zegt: 'Er is een verschil tussen leren van de geschiedenis en in het verleden blijven steken.' Haar moeder zegt: 'Denk maar aan leuke dingen.'

Madeleine heeft ooit een oud nummer van *Life* gevonden in de wachtkamer van de tandarts op de basis. Op de voorkant stond een donkerharig meisje dat niet veel ouder was dan zijzelf. Anne Frank. Ze nam het tijdschrift stiekem mee en zat er wekenlang met een schuldig gevoel op te studeren, tot het uit haar kamer verdween. Maman had het samen met een paar andere tijdschriften opgerold om er een puntmuts mee te voeren die bij Madeleines Halloweenkostuum hoorde.

'My Lili of the lamplight, my own Lili Marlene,' zingt Mimi, terwijl ze met één hand het achterhoofd van haar man streelt.

Jack ontspant achter het stuur. Ze zingt het tweede couplet in het Duits. Hij komt in de verleiding om vaart te minderen, de rit langer te laten duren, deze overgangsperioden zijn hem zo dierbaar. Wanneer zij met hun tweetjes en hun kleine gezin onderweg zijn van de ene basis naar de andere. Geen buren, geen familieleden, geen andere buitenwereld dan het landschap dat langs de raampjes zoeft. *Two drifters, off to see the world...* Een welwillende onbekende wereld. Een volle tank benzine. Dit is een goed moment om de balans op te maken. Je kunt zien wie je bent. Je kunt zien wat je hebt. Je hebt alles.

Tegen Mimi zegt hij: 'Zing het nog eens, vrouwlief.'

Grote welvarende boerderijen, schuren met een rood dak waarop de familienaam staat, Iers, Engels, Duits, Nederlands. Dit is het hart van Zuid-Ontario.

'Het Gouden Hoefijzer...' zegt Jack tegen zijn gezin. Omsloten door drie Grote Meren: in het zuiden het Eriemeer en het Ontariomeer, in het westen het Huronmeer. En hoewel de vorm op een landkaart meer weg heeft van de schedel van een stier, heeft Jack gelijk als hij eraan toevoegt: 'Ook wel bekend als de Driehoek van Zuid-Ontario.' De twee beschrijvingen vallen samen voor Madeleine en ze stelt zich een glinsterende gouden driehoek op een landkaart voor waar hun blauwe stationcar overheen kruipt, hoog vanuit de lucht gezien.

'Net als de Bermudadriehoek?' vraagt ze.

Haar ouders wisselen een glimlach. 'Nee hoor,' zegt haar vader.

Mike draait zich naar haar om en vormt met zijn lippen het woord 'sufferd'.

Jack legt uit dat in de Bermudadriehoek dingen op raadselachtige wijze lijken te verdwijnen, vliegtuigen en schepen waar nooit een spoor van wordt teruggevonden. De Driehoek van Zuid-Ontario is precies het tegenovergestelde. Daar wemelt het van de mensen, in elk geval vergeleken met de rest van Canada. Er zijn fabrieken en boerderijen, grond die net zo rijk is als de steden, boomgaarden met zacht fruit op het Niagara Schiereiland en overal uitgestrekte akkers met maïs, tabak, bieten en alfalfa, plus koeien, paarden, varkens en eersteklas bankiers. Windsor wuift over het water naar Detroit; General Motors, pensioenregelingen, de welvaart rolt van de lopende band. De VS ligt op sommige plaatsen op een steenworp afstand, vestigingen van Amerikaanse fabrieken schieten aan de Canadese kant als paddestoelen uit de grond en versterken de banden die de langste onbewaakte grens ter wereld overspannen. Zoals president Kennedy vorig jaar in het Canadese parlement zei: 'Laat de mens niet scheiden wat de natuur verbonden heeft.' Een ideale combinatie.

'Hoeveel kilometer nog, pap?'

'Een paar. Ga maar lekker zitten en geniet van het landschap.'

Kolossale stalen torens marcheren in het gelid dwars door akkers en stukken bos. Als je die imposante X-mannen volgt, kom je uit bij de Niagara-waterval – achtenveertig miljoen liter per minuut om turbines aan te drijven die nooit stilstaan, de motor van deze provincie en het noordoosten van de Verenigde Staten. Pure energie wordt er vervoerd door die zuilen van oprijzend staal, deze hoogspannings-erewacht, de bewakers van de gouden driehoek.

'Zijn we er al?'

'Bijna.'

Dit deel van de wereld was een eindstation van de Ondergrondse Spoorweg, want het grenst aan Michigan en de staat New York. Er zijn hier nog steeds boerenbedrijven die worden gerund door afstammelingen van slaven die deze reis maakten. Voorbijgangers zien een zwarte vrouw een tractor besturen en vragen zich af waar ze vandaan komt. Ze komt hiervandaan.

Gesmokkeld wordt er over en weer nog steeds, maar met mate – dingen, en soms ook mensen.

Toronto is een grote stad en er zijn beroemde toeristische attracties zoals de Niagara-waterval, maar in het hart van de Driehoek ligt de middelgrote stad London. Daar zijn een heleboel verzekeringsmaatschappijen gevestigd. Grote Amerikaanse ondernemingen hebben een regionaal hoofdkantoor in London, en producten die bestemd zijn voor de hele Noord-Amerikaanse markt worden eerst uitgetest op de consumenten in dit gebied. De fabrikanten zullen wel denken dat er in de Driehoek van Zuid-Ontario bijzonder normale mensen wonen.

'Pap,' vraagt Madeleine, 'waarom veranderen ze Kitchener niet weer in Berlijn nu de oorlog voorbij is?'

'Beide oorlogen,' antwoordt hij, 'maar vooral de laatste, liggen nog vers in het geheugen.'

Geschilderd in verse kleuren.

'Jawel, maar Duitsland is nu onze vijand niet meer,' zegt Mike, 'dat is Rusland.'

'Daar heb je gelijk in, Mike,' zegt pap met zijn mannen-onder-elkaar-stem, militair afgemeten, 'al kun je beter geen "Rusland" zeggen. Russen zijn mensen zoals jij en ik, we hebben het over de Sovjets.'

Sovjets. Het klinkt als iets uit een moeilijke rekensom: *Als Joyce drie sovjets heeft en Johnny heeft er twaalf, hoeveel sovjets zouden ze dan hebben als...* Madeleine dringt niet verder aan, maar denkt dat Kitchener waarschijnlijk wel weet dat het niet echt Kitchener heet. De naamsverandering wekt de indruk alsof het fleurige Kitchener een duister geheim heeft: 'Vroeger heette ik Berlijn. *Heil Hitler.*'

Pap schraapt zijn keel en vervolgt: 'Er is een oud gezegde: "Wie zich de geschiedenis niet herinnert, is gedoemd die te herhalen."'

Dus als je eenmaal Berlijn heet, kun je dat beter zo laten. Maar Madeleine houdt haar mond. Slim zijn mag, bijdehand niet.

Er loopt nu een muur dwars door het echte Berlijn. Die maakt deel uit van het IJzeren Gordijn. Madeleine weet dat het geen echt gordijn is, maar de Muur is wel echt. Zesenveertig kilometer prikkeldraad en beton. De grote mensen zeggen 'toen de Muur verrees', alsof hij in één nacht uit de grond is getoverd. 'Geschiedenis in wording,' noemde haar vader het.

Voor de Muur verrees, liep de grens dwars door straten, door begraafplaatsen en huizen en flatgebouwen en bedden van mensen. Je kon gaan slapen in de USSR, je omdraaien en wakker worden in de vrije wereld. Je kon je scheren als communist en ontbijten als vrij mens. Misschien zouden ze een miniatuurmuur dwars door Kitchener kunnen bouwen als ze de naam weer in Berlijn veranderden. Nee, dat is niet grappig. Het communisme is niet grappig.

'Pap, gaan ze de aarde opblazen?' vraagt ze.

Hij antwoordt met een lach, alsof hij daar nog nooit van gehoord heeft. 'Wie?' vraagt hij.

'Gaan ze de knop indrukken?'

'Welke knop?' zegt pap. Welke inbreker onder het bed?

Mike zegt: 'Het is geen knop, het is een schakelaar en er zijn twee sleutels voor nodig, voor elke persoon één, en eerst draait de een zijn sleutel om, en dan de ander...'

'En de kans dat dat gebeurt,' zegt pap, op een toon van dit-is-het-laatste-wat-ik-over-dit-onderwerp-zeg, 'is praktisch nihil.'

'Wat is nihil?' vraagt Madeleine.

'Nihil betekent nul.'

Praktisch nul. Maar niet echt nul, of wel soms, chef?

Ze rijden een tijdje in stilte.

'Maar stel dat ze de knop toch indrukten?' zegt Madeleine. 'Dat ze de sleutels toch omdraaiden, bedoel ik? Zou de aarde dan ontploffen?'

'Maak je daar nou maar geen zorgen over.' Hij klinkt enigszins ontstemd. Ze schaamt zich een beetje, alsof ze brutaal is geweest. Het is brutaal om je zorgen te maken dat de aarde ontploft als je vader achter het stuur zit. Nadat je een ijsje hebt gehad en alles.

'Zou je huid smelten?' Ze was niet van plan om het te vragen, het flapte er vanzelf uit. Stel je voor dat je huid smelt en van je afglijdt. *Njah, geef me eens een vochtig doekje, chef.*

'Waarom denk je dat dat zou gebeuren?' Hij zegt het ongelovig, zoals hij ook doet wanneer ze bang is en hij haar gerust wil stellen – alsof haar angst volstrekt ongegrond is. Het is ook geruststellend. Behalve als het om gesmolten huid gaat.

'Ik zag het op een foto,' zegt ze.

'Waar?'

'In een tijdschrift. Hun huid was gesmolten.'

'Ze heeft het over de Jappen,' legt Mike uit.

Zijn vader corrigeert hem. 'Geen Jappen zeggen, Mike, het zijn Japanners.'

'Zou je huid smelten?' vraagt Madeleine.

'Kunnen we niet over iets leukers praten, *au nom du seigneur?*' zegt Mimi, die er schoon genoeg van heeft. 'Denk aan leuke dingen, Madeleine, denk aan wat je wilt aantrekken als je voor het eerst naar je nieuwe school gaat.'

Gesmolten huid.

Maman steekt een sigaret op. Ze rijden in stilte. Een verfrissende Cameo Menthol.

Na een poosje werpt Madeleine een blik op Mike. Hij is in slaap gevallen. Als hij wakker wordt, wil hij misschien wel 'ik zie, ik zie, wat jij niet ziet' met haar spelen. Als ze niet zo kinderachtig doet. Of meisjesachtig. Ze speelden vroeger vaak samen en gingen samen in bad toen ze klein waren. Sommige dingen herinnert ze zich nog levendig: dobberende bootjes, luchtbellen die ontsnapten uit zinkende eendjes. 'SOS, meld u, kustwacht.' Ze herinnert zich dat ze heerlijk zeepwater uit het washandje zoog totdat hij het uit haar handen rukte. 'Nee, Madeleine, *c'est sale!*'

Een beetje kwijl in zijn mondhoek doet hem jonger lijken, minder onbereikbaar. Madeleines keel schrijnt – ze komt in de verleiding hem een por te geven zodat hij kwaad op haar wordt, misschien voelt ze zich dan niet meer zo triest zonder te weten waarom.

Welkom in Lucan...

Ze staan op een oud plattelandskerkhof. Niet oud voor Europa, oud voor Canada. De grafstenen gaan schuil achter lang gras, een heleboel zijn omgevallen. Eén grafmonument trekt de aandacht. Vierzijdig en hoger dan de rest, nog rechtop maar hier en daar beschadigd. Vijf namen zijn in de zijkanten gebeiteld, elke naam eindigt met 'Donnelly'. De geboortedata verschillen, maar ze zijn allemaal op dezelfde dag gestorven: 4 FEB. 1880. En na elke naam, in steen gegrift, het woord 'Vermoord'.

De Donnelly's waren Ieren. Jack vertelt over de vete die zij en hun buren uit het oude land meenamen naar het nieuwe. 'Je vraagt je af,' zegt hij, 'waarom ze, terwijl er in Canada zoveel ruimte is, weer pal naast elkaar gingen wonen.' Het verhaal heeft niet veel om het lijf. Het meeste staat daar in de steen geschreven. *Vermoord Vermoord Vermoord Vermoord Vermoord.*

Mimi roept vanuit de auto: 'Madeleine, kom, we gaan, *reviens au car.*' Maar Madeleine treuzelt. 'Hoe hebben ze hen vermoord?' vraagt ze aan haar vader.

'Ze zijn 's nachts het huis binnengedrongen.'

'Hoe?'

'Met bijlen,' zegt Mike.

'Kom mee, jongens, we gaan,' zegt Jack, terwijl hij naar de auto loopt.

'Zijn de mensen die het gedaan hebben gepakt?' vraagt ze, als aan de grond genageld voor de grafsteen.

'Nee, nooit.'

'Wonen ze er nog?'

'Nee, dat zei ik toch, het is al heel lang geleden.'

'Ik weet niet waarom je hier gestopt bent, Jack,' zegt Mimi, die haar dochter bij de hand neemt en meetrekt. *Je bezorgt haar des cauchemars.*'

'Helemaal niet,' zegt Madeleine, gepikeerd over de suggestie dat ze nachtmerries zou kunnen krijgen door naar een oude grafsteen te kijken. Ze is geen klein kind meer. 'Ik ben gewoon geïnteresseerd in geschiedenis.'

Jack grinnikt en Mimi zegt: 'Een echte McCarthy, dat kind.' Madeleine vraagt zich af waarom je iets anders zou willen zijn.

Naar dat monument zult u vandaag de dag vergeefs zoeken. Het is jaren geleden verwijderd omdat te veel toeristen stukjes van de steen meenamen. De McCarthy's doen dat niet. Zij beperken zich tot kijken en nadenken, zoals hun gewoonte is. Slechts zelden bezoeken ze 'attracties' – midgetgolf, skelterbanen – ondanks Mikes smeekbeden en Madeleines gehunker. Dat zijn 'onbenullige' activiteiten, en bovendien zijn de mooiste dingen in het leven gratis. De wonderen der natuur, de architectuur van Europa. Je fantasie biedt het allerbeste vermaak, schrijven is de grootste uitvinding van de mensheid, en je tanden zijn kostbaarder dan parels, dus poets ze goed. '"Eet elke dag een appel, ga op tijd naar bed, zorg goed voor jezelf, dan heb je je hele leven pret" – kom, *les enfants, chantez avec maman...*' En Mike zingt mee.

Hoog aan de hemel is de maan te zien, een bleke wafel. Binnen tien jaar staan we daar, president Kennedy heeft het beloofd. Madeleines vader heeft voorspeld dat wanneer zij en Mike groot zijn, mensen net zo gemakkelijk een raket naar de maan zullen nemen als het vliegtuig naar Europa. Ze woonden in Duitsland toen Joeri Gagarin de eerste mens in de ruimte werd. Iedereen zat aan de radio gekluisterd – de zender van de Amerikaanse strijdkrachten met Walter Cronkite, 'de stem van de ruimte'. De Russen verslaan ons in de ruimte omdat communisten hun kinderen niets anders leren dan rekenen. Madeleine sluit haar ogen en ziet de afdruk van de maan achter haar oogleden. Die keer hebben de Russen tenminste een mens de ruimte in gestuurd en geen hond, zoals toen met de Spoetnik. Die hond is gestikt.

'Hoe heette die hond?'

'Welke hond?' vraagt haar vader.

Denk aan leuke dingen. 'Laat maar.'

Toen John Glenn afgelopen februari een baan om de aarde maakte, sloot het schoolhoofd de radio aan op de geluidsinstallatie en mocht de hele school naar het aftellen luisteren. Iedereen juichte, en toen luitenant-kolonel Glenn veilig naar de aarde terugkeerde, zei het schoolhoofd: 'Dit is een historische dag voor vrijheidslievende volkeren waar ook ter wereld.'

Het is belangrijk om de wedloop naar de maan te winnen van de Russen voor ze nog meer onschuldige honden de ruimte in kunnen sturen.

'Hoeveel kilometer nog, pap?' Als Mike het vraagt, klinkt het als een vraag die louter voortkomt uit belangstelling voor landkaarten en goniometrisch berekende afstanden. Als Madeleine het vraagt, klinkt het als gezeur. Daar kan ze weinig aan veranderen.

'Kijk maar op de kaart, Mike,' zegt haar vader met zijn mannen-onder-elkaar-stem. Tegen haar praat hij met een andere stem. De mannen-onder-elkaar-stem maakt Mike belangrijk, en dat ergert Madeleine, maar er klinkt ook iets in door wat haar doet vrezen dat Mike straks op zijn kop krijgt, ook al heeft hij niets gedaan.

'*Voici la mappe, Michel.*' Haar moeder draait zich om en geeft Mike de kaart.

'*Merci, maman.*' Hij vouwt de kaart gewichtig open, tuurt er even op en zegt dan: 'Ik schat de aankomsttijd op 17:00 uur.'

'Hoe laat is dat, Mike?' vraagt Madeleine.

'Kwart over de rand van de piespot.'

'Mike, hou op.'

'Vijf uur in burgertaal.'

'Jij bent ook een burger,' zegt Madeleine.

'Niet lang meer.'

'Wel waar, je bent pas elf en je mag niet in dienst voor je eenentwintig bent.'

'Pap, je kan toch al met achttien bij het leger?'

'Officieel wel, Mike, maar iemand die bij zijn volle verstand is wil toch niet bij het leger?'

'Ik bedoel de luchtmacht.'

'Tja, tijdens de oorlog...'

Tijdens de oorlog. Als haar vader zo begint, weet je dat hij voorlopig niet is uitgepraat en waarschijnlijk dingen gaat vertellen die hij al eerder heeft verteld, maar op de een of andere manier zijn dat juist de mooiste verhalen. Madeleine leunt achterover en staart uit het raampje, zodat ze zich alles nog beter kan voorstellen.

Maar Mike valt hem in de rede. 'Jawel, maar hoe is het nu?'

'Nu is achttien de grens, denk ik,' zegt pap, 'maar tijdens de oorlog...'
Mike luistert, met zijn kin op de rugleuning van de stoel voor hem. Mimi streelt zijn wang, zijn haar. Mike laat zich aaien en Madeleine vraagt zich af hoe hij hun moeder wijs heeft kunnen maken dat hij aaibaar is. Net een valse hond met keiharde spieren die alleen door zijn baas kan worden aangehaald, en zijn baas vindt hem lekker pluizig.

'... je had jochies van zestien die al werden opgeleid tot piloot, maar die logen over hun leeftijd, je moest zeventien en een half zijn...' Haar vader was zeventien toen hij piloot werd, maar hij heeft niet meegedaan aan de oorlog. Zijn vliegtuig is neergestort. Madeleine sluit haar ogen en probeert het zich voor te stellen.

Maar Mike valt hem weer in de rede. 'Kan ik piloot worden als ik achttien ben?'

'Weet je wat, Mike, als we op de basis zijn zal ik eens informeren. Ik weet dat er een vliegclub voor burgers is en ik zie geen reden waarom we jou niet binnenkort met een licht toestelletje de lucht in kunnen sturen, wat jij?'

'Wauw, pap!' Mike stompt zich op de dijen. 'Man, o, man!'

Mimi steekt haar hand uit en liefkoost de nek van haar man, en hij kijkt haar even aan met een blik die zegt: 'Kleine moeite', maar eigenlijk 'Ik hou van je' betekent.

Madeleine geneert zich. Het is of ze plotseling door een deur kijkt die iemand dicht had moeten doen. Mike schijnt dat soort dingen niet te merken.

'Pap,' zegt Madeleine, 'vertel nog eens over die keer dat je neerstortte.'

'Ja, pap,' zegt Mike.

'Ga nou maar lekker zitten en geniet van het landschap, en als we er eenmaal zijn zal ik jullie precies laten zien waar het gebeurd is.'

Mimi zingt 'O Mein Papa'.

Mike vindt het goed dat Madeleine haar voeten op zijn kant van de bank legt. Ze zingen kilometers achter elkaar, tot ze vergeten waar ze heen gaan, tot ze vergeten waar ze geweest zijn en de autorit een droom wordt, en dat kon een autorit destijds zijn.

Welkom in Paris, Welkom in Brussels, Welkom in Dublin, New Hamburg, Damascus, Welkom in Neustadt en Stratford, en London... Welkom in Ontario.

Zoveel onzichtbare lotgenoten in dit landschap, zoveel lagen met levens. Gemeenschappelijke herinneringen zijn opgestegen van de grond en hangen als een stapelwolk boven de Driehoek. Herinneringen brengen herinneringen voort, maken ze los bij nieuwkomers, nemen ze in zich op. De bodem is vruchtbaar, er is water in overvloed, de natuur is zo groen; het landschap heeft ons keer op keer geabsorbeerd en daarna alles weer uitgeademd, zodat de lucht verzadigd is van herinneringen. Het regent herinneringen. Je drinkt herinneringen. In de winter maak je sneeuwengelen van herinneringen.

Veertig kilometer ten noorden van London ligt het Royal Canadian Air Force Station in Centralia. RCAF Centralia. Vandaag de dag zult u er vergeefs naar zoeken, het is zijn geheugen kwijt. Een tijdelijk oord voor tijdelijke bewoners, zo geconstrueerd dat het geheugen er geen vat op krijgt, maar zou wegglijden als een ei uit een schaal. Geconstrueerd om de tijd te weerstaan.

De basis is genoemd naar het naburige dorp Centralia, maar daarmee houdt de gelijkenis op. Het dorp is oud en wordt steeds ouder. De tuinen in het dorp veranderen, winkels komen en gaan, huizen verouderen en worden gerenoveerd, mensen worden geboren, groeien op en sterven er. Maar op een luchtmachtbasis is alles nieuw. En dat zal het blijven zolang de basis in bedrijf is. Elk huis, elk gebouw wordt steeds opnieuw geschilderd in dezelfde kleuren die het altijd heeft gehad, de cadetten die over het exercitieterrein hollen zijn altijd jong en staan op het punt hun vliegersinsigne te ontvangen. De gezinnen in de wijk lijken altijd de eerste die er komen wonen, ze hebben altijd jonge kinderen van ongeveer dezelfde leeftijd. Alleen de bomen veranderen en groeien. Een luchtmachtbasis wordt nooit oud, net als televisieseries die herhaald worden. Hij blijft in het heden. Tot aan de laatste luchtparade. Dan wordt hij gedemobiliseerd, ontmanteld, ontwijd. Hij wordt verkocht, en de veroudering, het klimmen der jaren dat nooit zichtbaar was, komt dan plotseling aan het licht. De basis verwelkt als het gezicht van een oud kind. Onkruid, bladderende verf, vervallen bungalows met gapende ramen...

Maar tot aan dat moment is de tegenwoordige tijd oppermachtig. En als iemand zou terugkeren na verdwaald te zijn geweest in de tijd, kan ze recht op haar oude huis af lopen en het meteen herkennen. De deur opendoen en verwachten dat mama daar staat met een schaal koekjes. 'Ik heb je kabouteruniform klaargelegd op je bed, lieverd, waar ben je geweest?'

Nee, dit deel van de wereld is niet de Bermudadriehoek. Maar er komen hier af en toe wel mensen met de bedoeling te verdwijnen.

WELKOM IN CENTRALIA

I know it sounds a bit bizarre,
but in Camelot, that's how conditions are.

CAMELOT, LERNER AND LOEWE, 1960

'Wakker worden, Madeleine. We zijn er.'
Luchtmachtbasis Centralia van de Royal Canadian Air Force. Bijna tweehonderdzestig hectare staatseigendom neergesmakt midden in een ononderbroken agrarische lappendeken. Een prima plek om piloten op te leiden, want bouwland is ideaal voor noodlandingen. Hier had Jack in de oorlog zijn opleiding gekregen. 'Welkom in MIR,' had zijn vlieginstructeur gezegd: Midden in de Rimboe.

Hij gaat langzamer rijden wanneer hij op de Huron County Road komt. Rechts is de basis. Links de huizen van de militairen. 'Laten we eens een kijkje gaan nemen, oké?' zegt hij, terwijl hij rechts afslaat.

Vlak bij de toegangspoort komt een Spitfire uit de Tweede Wereldoorlog met een noodgang aanscheuren op een stalen sokkel, een legendarisch jachtvliegtuigje, met een vastgelaste propeller en de doorzichtige kap van de cockpit vastgeschroefd boven de ene zitplaats. *Per ardua ad astra*, staat er op het bordje, het motto van de RCAF: Door de moeilijkheden naar de sterren.

'Pap, kun je ons laten zien waar het gebeurd is?' vraagt Madeleine.

'We zijn er zo, maatje.'

Zonder het ongeluk zou Jack in bommenwerpers gevlogen hebben. Zo'n grote, logge Lancaster met vier Merlin-motoren, het tegendeel van de behendige Spitfire. 'Dat vliegtuigje is een van de redenen waarom we tegenwoordig in vrijheid kunnen leven,' zegt Jack.

Nog nooit in de geschiedenis van de oorlogvoering hebben zovelen zoveel te danken gehad aan zo weinigen. Met die uitspraak doelde Churchill op de piloten die deelnamen aan de Slag om Engeland. In 1940 hielpen de Spitfires een nazi-invasie in Groot-Brittannië voorkomen. Toen Engeland er alleen voor stond, schoten negenennegentig Canadese piloten de Engelsen te hulp om de aanvallen van Görings oppermachtige Luftwaffe af te slaan, terwijl de Engelse burgerij vanaf de grond toekeek.

De vastgeschroefde Spitfire op zijn sokkel is ook een verschil tussen Canada en Duitsland. Hier worden de emblemen van de strijd trots tentoongesteld, gerestaureerde tanks en kanonnen, gedenkzuilen op marktpleinen ter nagedachtenis aan 'onze heldhaftige doden' van de Boerenoorlog tot en met Korea. Maar in Duitsland stonden geen glanzend gepoetste Messerschmitts te pronken. Daar had je gebouwen met kogelgaten en allerlei puinhopen, massa's ruïnes midden tussen het 'economische wonder' – het *Wirtschaftswunder*. Het is een lang woord, net als veel andere Duitse woorden, maar Madeleine heeft het onthouden omdat het klinkt als een toverspreuk. Haar vader heeft uitgelegd wat het betekent en heeft hun verteld hoe de vrouwen in Duitsland na elk bombardement hun steden met hun blote handen baksteen voor baksteen weer opbouwden, even onverdroten als de inwoners van Londen tijdens de Blitzkrieg. In haar verbeelding ziet Madeleine hen voor zich in een zwart-witaflevering van het bioscoopnieuws, *die Trümmerfrauen* – 'de puinvrouwen'. Met hoofddoekjes om, gebogen over heuvels van puin.

Jack stopt bij het wachthuisje, maakt een vrolijke opmerking tegen de soldaat op wacht, die 'welkom in Centralia, overste' zegt en beleefd salueert met een nonchalant gebaar – het soort saluut dat de luchtmacht onderscheidt van de landmacht. Jack tikt op zijn beurt met twee vingers tegen zijn voorhoofd en rijdt verder. De Rambler beweegt zich traag over Canada Avenue.

Als haar vader wel in een bommenwerper had gevlogen, zou hij de puinhopen in Duitsland nog erger hebben gemaakt. Behalve als hij voor die tijd was neergeschoten. Hamburg, Dresden, Keulen... Pap schudt altijd treurig zijn hoofd als Dresden ter sprake komt. Als je de naam Dresden hoort, zie je mooi porselein en barokke gebouwen voor je. Die zijn nu weg, bommen los. 'De totale oorlog was Hitlers idee,' zegt haar vader. Stel je voor dat je iemands huis binnengaat en daar alle borden kapot zou gooien. Dat zal ze leren. Alle vrouwen in de wereld kunnen die niet weer in elkaar zetten.

Madeleine kijkt naar de gebouwen die ze passeren, zwijgend wit naast sierlijk groen, allemaal netjes ingepast in het terrein, alles keurig aangelegd en in model. De protestantse kerk, de katholieke kerk, de brandweerkazerne, de bibliotheek. Winkelwagentjes staan geparkeerd voor de legerwinkel, alles uitgestorven op deze zondagmiddag. Nu rijden ze Saskatchewan Street in...

Ze rijden heel erg langzaam. Net een militaire dodenmars, het gedempte geluid van de legerschoenen een teken van respect of rouw. De McCarthy's maken voorzichtig, eerbiedig kennis met Centralia. Bewegen zich voort tussen een kudde onbekende, slaperige wezens, hun toekomst – geen onverwachte bewegingen, wacht nog even met foto's maken.

Via Nova Scotia Avenue, langs kantoorgebouwen waar de vaders werken, langs een H-vormige kazerne, waar de niet-vaders wonen. Hitte die kronkelend opstijgt van het exercitieterrein, dat schaakbord-zwart afsteekt tegen de witte gebouwen. De bioscoop – *Pillow Talk* wordt vertoond – het curlingstadion, het ijshockeystadion – een hoop drukte achter het recreatiecentrum, waar kinderen bommetjes maken in een buitenbad. Madeleine ziet het allemaal stukje bij beetje aan zich voorbijtrekken onder de koesterende augustuszon. Wat de toekomst brengt, brengt de toekomst hier.

Even abrupt als een zwerm meeuwen draaft een groep jongemannen in looppas voorbij, op witte gympen en met door de wind opbollende hemden en blauwe shorts aan, bezwete cadetten, een en al gespannen pezen en op en neer gaande adamsappels. Er zijn een paar Afrikanen en Aziaten bij, de rest is blank in alle mogelijke varianten. Mimi kijkt hoe ze voorbijrennen en trekt dan haar wenkbrauwen heel even op tegen Jack, die mompelt: 'Wend je ogen af, vrouw.' Ze glimlacht. Jack prent zich nog eens goed in wat hij zich zojuist heeft voorgenomen – zodra ze de boel op orde hebben, gaat hij absoluut ook joggen.

Hij kijkt de jongelui na, terwijl ze wegrennen in de genadeloze opgekropte middaghitte. Hij heeft het allemaal al eens eerder gezien. Hier. Toen hij het felbegeerde 'witte lefdoekje' droeg – een bij de voorkant van de legermuts ingestopt pochet, het herkenningsteken van een vliegenier in opleiding. Een van de 'Brylcreem boys', onweerstaanbaar voor het schone geslacht. Hij deed zijn grondtraining, zat in een klaslokaal te zweten boven een instrumentenpaneel, omgeven door een cyclorama van geschilderde landschappen en horizonnen, en deed zijn best om de Link-trainer – een ingenieuze kleine vliegsimulator die nog steeds in gebruik is – niet te laten 'neerstorten'. Trok de kap over de cockpit, vloog blind, *vertrouw op je instrumenten*. Dat ramden ze er bij je in, *opstijgen tegen de wind in, gelijkmatig gas geven, rustig aan met je handen, je voeten en je verstand...* Hardop de instrumenten aflezen in de cockpit, de motor laten brullen voor de eerste solovlucht, terwijl je hart in je keel bonst – God houdt een oogje op je tijdens je eerste solovlucht, daarna moet je het alleen klaren. En later, in de officiersmess, nog steeds met trillende benen, de glazen hoog geheven, proostend op *de lui die overal boven staan*.

Hier kreeg Jack zijn opleiding, maar de praktijk zou hij in de lucht boven Duitsland hebben geleerd – Mühlheim, Essen, Dortmund. Vlucht na vlucht naar het 'land zonder toekomst', zoals ze het Ruhrgebied noemden, het industriële hart van het Derde Rijk, waar de levensverwachting van de bemanning van een geallieerde bommenwerper nog lager was dan elders. Maar de oorlog is verleden tijd. Veel van die cadetten worden opgeleid tot NAVO-piloten. Ze worden ingedeeld bij squadrons overal ter wereld. Misschien maken ze nooit gevechtsacties mee, maar ze zullen elk op hun beurt paraat staan, klaar om binnen enkele minuten na het alarm naar hun toestellen te rennen en op te stijgen, gewapend met kernbommen en raketten, in de wetenschap dat, als de bom barst, alles binnen een paar uur voorbij is. Niet alleen voor een vliegtuigbemanning of voor honderden, of zelfs duizenden burgers op de grond. Maar voor ons allemaal. De wereld is heel erg veranderd. Jack draait aan het stuur en de Rambler rijdt de schaduw tussen twee enorme hangars in.

Enkele ogenblikken later komen ze tevoorschijn op een uitgestrekt, stil terrein, waar uitwaaierende betonnen strepen een reusachtige driehoek binnen een driehoek vormen. Het vliegveld. Uitgestorven en zinderend.

Jack stopt. Zet de motor af. Verderop de startbaan, een hittenevel. 'Dit is de plaats van het misdrijf,' zegt hij. Zijn stem klinkt vertederd – een oudbakken grapje over een geliefd familielid dat al jaren dood is. 'Allemachtig,' zegt hij. Schudt zijn hoofd. Mimi kijkt hem aan. Hij draait zich naar haar om en knipoogt. Mag niet klagen. Hij buigt zich vooroveren en geeft haar een kus.

Op de achterbank kijken de kinderen de andere kant op, naar het vliegveld. Dan kijken Jack en Mimi ook naar buiten. Het is net alsof ze met zijn vieren in een drive-in-bioscoop zitten. Stomme film in het volle daglicht. De vloeibare lucht een wazig scherm in deze hitte.

Madeleine knippert met haar ogen. Hier heeft pap zijn pilotenopleiding gekregen. Hier is hij neergestort. Terwijl ze een blik op de vlakke startbanen werpt, ondergaat ze een van die geestelijke aardverschuivingen die de overgang markeren tussen klein zijn en groter worden. Tot dusver heeft ze zich Centralia altijd midden in de oorlog voorgesteld – vuile landingsbanen met een krioelende menigte vrolijke mannen in leren vliegeniersjacks met bontvoering die grappen maken, samen een sigaret roken, nergens bang voor zijn en nergens over klagen. Bommen ontploffen rondom het vliegveld, pap ontwijkt ze terwijl hij naar zijn vliegtuig rent. Hoewel ze heel goed wist dat Centralia in Canada lag, was het een facet van haar klein-zijn dat ze het desondanks naar het hart van de vijandelijkheden in Europa kon verplaatsen.

Als je klein bent, kun je twee dingen tegelijk geloven. Madeleine moest zichzelf vaak voorhouden dat haar vader niet was gesneuveld toen zijn vliegtuig neerstortte – *dat kan immers niet, want hij zit naast me en vertelt me wat er precies ge-*

beurd is. En toch had ze die gebeurtenis niet alleen in haar geheugen opgeslagen als Het Verhaal van het Vliegtuigongeluk, maar ook als Het Verhaal van Toen Pap in de Oorlog Sneuvelde. Nu beseft ze hoe absurd de beelden waren die ze heeft gekoesterd en bedenkt ze met schrik dat die laatste titel vroeger door haar hoofd speelde zonder enig gevoel van angst, zelfs zonder enig gevoel van tegenstrijdigheid. Allemaal een onderdeel van de semi-hallucinaire wereld die ze bewoonde toen ze klein was. Vijf minuten geleden. Ze werpt een blik op het vliegveld en heeft het gevoel dat ze ontwaakt uit een droom. Er zijn geen met kogels doorzeefde vliegtuigen, geen kraters in het beton, er zijn al helemaal geen Lancaster-bommenwerpers of zelfs maar de logge Anson-trainingstoestellen waar haar vader in vloog. Er zijn helemaal geen wapens. De oude Spitfire die bij de poort verankerd is, komt van alles wat zich op de luchtmachtbasis bevindt nog het dichtst bij een militair vliegtuig. Want daar, op een rij op het asfalt, staan de belangrijkste operationele toestellen van Centralia: Chipmunks.

Vrolijke gele oefentoestelletjes. Cadetten maken voor het eerst kennis met het oneindige zwerk in de cockpit van een De Havilland Chipmunk, waarna ze geleidelijk opklimmen naar jachtvliegtuigen als de slanke Sabres, Voodoos en CF-104's, of naar potige Hercules-vrachtvliegtuigen en Yukons. Maar niet op Centralia. Dit is een basisopleiding. En een centrale officiersopleiding. Met een talenschool, een technische school en een bevoorradingsschool is het hele kamp één grote school.

Centralia speelt zijn rol in het web van de NAVO-verdediging, maar het ligt ver van de Berlijnse Muur. Ver van de Varkensbaai, het Suezkanaal, Cape Canaveral en het Russische Kosmodroom, overal ver vandaan. Midden in de rimboe. Hier heeft Jack zijn medaille gekregen: het Air Force Cross. *Wegens moed, dapperheid en plichtsbetrachting betoond tijdens een niet-operationele vlucht.*

De regering liet Centralia in 1942 bouwen, in het kader van het uitgestrekte netwerk van opleidingsbases voor vliegeniers dat minister-president Mackenzie King voor ogen stond en dat voor president Roosevelt aanleiding was om Canada te bestempelen als 'de luchthaven van de democratie'.

Canada vormde een derde deel van de grote Noord-Atlantische driehoek, gelegen tussen Groot-Brittannië en de Verenigde Staten. Deze driehoek was gebaseerd op list en bedrog. Onder het Lend-Leaseplan werden veel van de vliegtuigen in de VS gebouwd – 'het arsenaal van de democratie' – maar tot de Amerikanen aan de oorlog gingen meedoen, konden de toestellen niet naar Canada worden gevlogen zonder de Amerikaanse Neutraliteitswet te schenden. Dus vlogen de piloten de nieuwe vliegtuigen naar Montana of Noord-

Dakota, en landden daar vlak voor de grens. Een paar meter verderop stond dan aan de Canadese kant een span paarden te wachten. Het vliegtuig werd ingespannen en Canada in gesleept, en vervolgens naar bases van de RCAF gevlogen als bijdrage aan het vliegopleidingsprogramma van het Britse Gemenebest.

Rekruten uit het hele Gemenebest – Groot-Brittannië en elke uithoek van het voormalige Britse Rijk – en, voor Amerika zelf oorlog ging voeren, vele Amerikaanse vliegeniers, kwamen naar Canada. Ver van de frontlinies en buiten bereik van Duitse bommenwerpers werden meer dan honderdduizend vliegtuigbemanningen opgeleid – piloten, radiotelegrafisten, boordschutters en navigators. Ze ontvingen hun distinctieven en bevolkten de luchten overzee, waar ze met tientallen tegelijk sneuvelden – de meesten op nachtelijke bombardementsvluchten, zeven man per vliegtuig, in helder maanlicht.

Destijds was Centralia een vliegopleidingscentrum van de luchtmacht, de laatste halte voor de operationele training in Engeland, gevolgd door de echte praktijk. Jack stond op het punt naar Engeland te vertrekken toen hij een neuslanding maakte in zijn tweemotorige Anson en het toestel in het weiland ten zuiden van de landingsbaan ontplofte. Vlak voor de greppel. Je kunt de rand van langer gras zien achter de taxibaan. Ze speldden hem een medaille voor dapperheid op omdat hij volgens het boekje te werk was gegaan. Op het moment zelf leek het een reflex, maar Jack bleek in de lucht een moedig besluit te hebben genomen, *tijdens een niet-operationele vlucht*.

Afgelopen april, toen Jack zijn overplaatsingsbevel had gekregen, schoot hij in de lach. Centralia. Wel allemachtig. Hij had nog overwogen een verzoek tot verlenging van zijn stationering in Europa in te dienen, maar toen hij dat tegen Mimi zei, merkte ze op: 'Ik wil naar huis, Jack.' Van alle jaren van hun huwelijk hadden ze er maar vier in hun eigen land doorgebracht. Ze zei: 'Ik wil dat ons volgende kind in Canada wordt geboren.' Hij glimlachte, haar verlangen naar een derde kind was voldoende om hem over te halen. Ze hield van Europa, maar het was tijd. Tijd voor de kinderen om hun eigen land te leren kennen. Tijd, wist hij, al zei ze dat niet, om enige afstand te nemen van de Koude Oorlog. Toen de Muur de vorige zomer was gebouwd, had ze gezegd: 'We zijn te ver van huis.'

Nu is hij voor het eerst terug in Centralia. Na het ongeluk droeg hij zes weken een verband over zijn ogen. Zijn rechteroog mankeert niets; hij is een klein deel van het perifere gezichtsvermogen van zijn linkeroog kwijtgeraakt; hij draagt een zonnebril met geslepen glazen als hij autorijdt en verder geen bril, behalve bij het lezen. Als hij op dat moment in actieve dienst was geweest, als hij boven Europa gewond was geraakt door luchtafweergeschut, zouden ze hem zodra hij genezen was weer de lucht in hebben gestuurd. Er is geen reden waarom je je bommenlast niet met anderhalf oog zou kunnen afwerpen. Maar hij werd ongeschikt verklaard voor de opleiding. Opleiding Afgebroken. Net als een verouderd vliegtuig werd hij uit het militaire arsenaal geschrapt. Hij mocht zijn vliegersinsigne houden, maar met zijn detachering bij de luchtmacht was het gedaan. Zijn oorlog was voorbij. Dat had hem bitter gestemd. Hij was nog jong.

Mimi pakt zijn hand vast.

Nu is hij terug in Centralia. En Centralia is nog steeds een opleidingsbasis, behalve dat de cadetten tegenwoordig afkomstig zijn uit NAVO-landen. En er wonen gezinnen. Er zijn stationcars, barbecues en gazonsproeiers. Er is vrede.

De meeste van zijn vrienden zijn gesneuveld.

Hij knijpt in de hand van zijn vrouw en laat die weer los om de auto te starten. Hij rijdt langzaam terug tussen de hangars door. Tijd om Mimi kennis te laten maken met het centrum van het sociale leven van RCAF Centralia. Het zal er vast wel goed uitzien, want dat doet het altijd. Glanzend geboend hout en glimmend leer, echt zilver, wit linnen en gardenia's. De officiersmess. Dat maakt het de moeite waard om je in een apenpak te hijsen als je officier bent, en wat nog belangrijker is, dat maakt het de moeite waard om je urenlang in je beste satijnen jurk met decolleté te persen als je de vrouw van een officier bent. Maar formele bijeenkomsten zijn allesbehalve regel. Voor de wekelijkse dansavonden is niet meer vereist dan een gewoon colbertje met stropdas voor de mannen, een cocktailjurk voor de vrouwen; bingoavonden, tombola's, barbecues en eetavondjes zijn nog informeler.

Mimi bestudeert het profiel van haar echtgenoot. Ze mag hem graag plagen door te zeggen dat hij er te jong voor haar uitziet, al is hij een jaar ouder. Iets onschuldigs in zijn blauwe ogen – misschien zijn het zijn wimpers, goudbruin en te lang voor een man. Ze wil haar hoofd op zijn schouder leggen terwijl hij stuurt, zoals ze dat vroeger ook deed toen ze verkering hadden. Zijn wang zachtjes tegen haar lippen voelen, zijn gladgeschoren huid, in de wetenschap dat hij haar adem voelt, zich afvragend hoe lang het zal duren voor hij de auto parkeert... Jack ziet er onaangedaan uit, maar ze weet dat het iets voor hem betekent dat hij hier weer terug is. Hij plaagt haar door te zeggen dat ze 'zich aanstelt', maar ze weet dat hier zijn hart gebroken is. Niet door een vrouw, maar door een vliegtuig.

Ze is wel zo verstandig om er niets over te zeggen, of hem te laten merken dat ze het weet door enig ander teken dan door hier gelukkig te zijn. Door zich op haar taken te storten en hun leven te organiseren, haar feestkleding uit te pakken samen met de potten en pannen, lid te worden van de officiersvrouwenclub, zijn uniform naar de stomerij te brengen... Iets wat ze hem nooit zal vertellen: ze is blij dat ze niet met een piloot is getrouwd. Het zout der aarde, gangmakers op elk feest, sommige van hun beste vrienden, maar... de angsten die een vrouw uitstaat als de mannen aan het vliegen zijn. En het wachten na het werk, wanneer de mannen samen nog iets gaan drinken. Opgefokte korpsgeest, ondanks de vaste overtuiging van haar man dat de luchtmacht ontzettend relaxed is vergeleken met de landmacht. Mimi weet, maar zegt niet, dat mannen die zich ontspannen voelen in het gezelschap van andere mannen thuis vaak allesbehalve ontspannen zijn. Ze is dankbaar dat ze een echtgenote is, geen cheerleader. Ze heeft de ideale combinatie: een man in uniform wiens eerste liefde zijn gezin is.

Ze kijkt de andere kant op, want ze wil niet dat hij het gevoel heeft gadegeslagen te worden. Hij fluit tussen zijn tanden. Het komt vast wel goed met hem. *Ik heb zo'n goede man.* Er is niets erotischer dan deze wetenschap, geen enkele Hollywood-scène kan op tegen deze stationcar in het zonlicht met deze man en zijn kinderen en het geheim dat zij alleen kent: zijn gezicht, dat vlak boven het hare zweeft, weerloos. Overgelaten aan zijn eigen kracht, en hij heeft haar nodig om hem die kracht af te nemen en veilig te bewaren. Zodat ze hem die achteraf terug kan geven. Ze laat haar hand op zijn dij vallen.

Jack slaat links af, Alberta Street in, en volgt de enige bocht op de basis. Een trage rondlopende oprijlaan komt uit bij een stenen gebouw dat verscholen ligt achter heggen en bloembedden. Het is een langgerekt, laag bouwwerk in de stijl van Frank Lloyd Wright, met een granieten gevel die sierlijk contrasteert met de andere witte gebouwen.

'Dat is het, vrouwlief,' zegt hij.

Een betegelde trap leidt naar twee eikenhouten deuren. Door de schuine erkers met houten kozijnen kun je salontafels en stoelen zien staan; voor de ramen hangen bordeauxrood-met-blauwe gordijnen – het vaste kleurenschema van de luchtmacht. De dansvloer glimt. Je kunt weer helemaal opnieuw verliefd worden op je vrouw in de tijd die het duurt om haar naar de openstaande deuren te begeleiden, waar je begroet wordt door de klanken van een swingorkest, en door het geklink van glazen, de geur van het buffet, het gelach van mannen en vrouwen. Betoverende avonden.

'Bon,' zegt Mimi. En ze rijden verder.

Mike vraagt: 'Waar is jouw gebouw, pap?'

'O, daar zijn we net langsgekomen, joh, daar is het, aan de rechterkant.'

Langzaam verdwijnend in de achterruit van de stationcar, een wit gebouw met twee verdiepingen, een groen leien dak en een betonnen trap. Goedmoedig als een kasteel van sneeuw. Daar gaat Jack leiding geven aan de centrale officiersopleiding. Daar wordt een bureau zijn cockpit.

Mimi pakt een zakdoek uit de zak van haar man en veegt de lippenstift van zijn mond, die er nog zit sinds hun kus op het vliegveld. Dan kust ze hem weer en fluistert in zijn oor: 'Je t'aime, baby.'

Het leven is mooi. Hij laat het stuur ronddraaien onder zijn handpalm terwijl hij de flauwe bocht neemt, terug naar Canada Avenue. Hij is een gelukkig mens. Hij wil hebben wat hij heeft.

Hij weet dat hij heel goed had kunnen sneuvelen, als hij in 1943 in actieve dienst was gegaan. Het ongeluk heeft hem gered. Hij heeft iets cadeau gekregen wat veel van zijn vrienden hebben opgeofferd. Hij heeft kinderen. Daar gaat het allemaal om, iets beters is er niet, geen snelle auto's of kaviaar, Playboy-bunnies of geld. Je kinderen. En de vrouw die je kinderen ter wereld brengt. Hij zegt zachtjes tegen Mimi, terwijl ze in zijn dij knijpt: 'Gedraag je, vrouwlief.' Ze werpt een blik op zijn schoot – 'Jij ook, meneer' – en glimlacht. Tevreden met zichzelf.

Als de Rambler door de poort rijdt, tikt de soldaat aan zijn pet en Jack tilt twee vingers op van het stuur.

Ze naderen de Spitfire weer en Madeleine voelt de vlinders wakker worden in haar buik. We gaan eindelijk naar ons nieuwe huis. Welk huis zal het worden? Er zijn in Centralia 362 huizen om uit te kiezen. In diverse kleuren.

Tegenover de Spitfire staat een houten paal. Het is geen telefoonpaal, dat ziet Madeleine ook wel. Helemaal bovenin zit een groot vogelnest. En uit de massa stro steekt een metalen staak. Als een roestige mond.

'Het is een luchtalarmsirene,' zegt Mike.

De sirene ziet er anders uit dan de sirenes die ze in Duitsland heeft gezien – pas geverfde luidsprekers op betonnen palen. Verboden voor vogels.

'Die staat er al sinds de oorlog,' zegt pap.

'Heb je hem ooit gehoord?'

'Nee hoor.'

Ze weet hoe een luchtalarmsirene klinkt. Op de basis van 4 Wing werden oefeningen gehouden. Het is een angstaanjagend geluid waardoor je naar de wc moet. 'Doet hij het nog?' vraagt ze.

'Wie weet?' zegt pap, 'maar als hij het nog doet, jaagt hij ongetwijfeld de kraaien de stuipen op het lijf.'

De Rambler steekt de Huron County Road over. Van geen van beide kanten verkeer te zien, zover het oog reikt. MIR. Madeleine draait zich om en kijkt omhoog naar het slordige nest achter haar. Een glimp van een zwarte vleugel, dan wiekt een kraai omhoog en vliegt weg.

De Rambler rijdt de woonwijk in en Canada Avenue verandert in Algonquin Drive. De straat loopt door een klein tuindorp, een keurig aangelegd voorstadje met twee-onder-een-kaphuizen en bungalows in alle kleuren van de regenboog. In '43 stond hier nog niets.

Elk huis is omgeven door een royaal gazon, uitzicht op de maïsvelden is nergens ver weg. Gazons kunnen hun eigenaars tot slaaf maken, maar in Centralia hoef je niets anders te doen dan water geven en maaien, en dan floreert het dikke, groene gras. Hetzelfde geldt voor de esdoorns, die hun dwarrelende zaadpeulen op de aarde laten vallen, de iepen waaruit het bloesems regent, de ruige heesters die elk voorjaar uitbarsten in een sneeuwstorm van confetti, *Pas getrouwd!* Er is nergens een afrastering te bekennen. Straten en bochten hebben de vorm van een tulp, het hele wijkje is zichzelf aan het knuffelen. Madeleine kijkt uit het raam naar deze sprankelende nieuwe wereld.

Fietsen en driewielers en rode karretjes, de gazonsproeiers doen hun werk, in de verte het geraas van een grasmaaier, de geur van pasgemaaid gras. Kinderen kijken op, een beetje nieuwsgierig, onbekende volwassenen wuiven losjes naar de auto, Jack en Mimi wuiven terug.

'Wie zijn dat?' vraagt Madeleine.

'Dat weten we nog niet,' zegt pap.

'Maar dat zal niet lang meer duren,' zegt maman.

Of misschien toch wel. Het zou best kunnen dat de mensen die stonden te zwaaien net vertrekken wanneer de McCarthy's hier hun intrek komen nemen. Of anders kom je misschien een gezin tegen dat je nog kent van een andere basis, jaren geleden, en dan is dat aanleiding tot een geweldige reünie, maar in beide gevallen kun je maar het beste doen alsof je oude vrienden bent. Zo gaat dat in het leger. Je raakt vertrouwd met elkaar en je vertrekt weer, daar zit niets tegenstrijdigs in.

Ze rijden voorbij een park met schommels, een glijbaan, een draaimolen en een paar wippen. Betegelde voetpaden lopen tussen de huizen door en komen uit op lege grasvelden vol mogelijkheden die onzichtbaar zijn voor het oog van een volwassene. In de woonwijk van Centralia zijn er dertig hectare van zulke lege plekken – grote met gras begroeide cirkels, omzoomd door de achterkant van de huizen. Er is altijd wel een moeder die je kan zien. Niemand maakt zich in Centralia ongerust over kinderen.

'Pap, waarom heet het Centralia?' vraagt Madeleine.

'Omdat het het centrum van de wereld is.' Jack knipoogt in het achteruitkijkspiegeltje tegen zijn zoon.

'Elke plaats is het centrum van de wereld,' zegt Mike, 'want de wereld is rond.' En ook Centralia voelt rond aan, de in een lus aangelegde straten, de keurig gemaaide grasvelden in het midden van elke lus. Madeleine stelt zich een schietschijf voor. En in het vizier, Centralia. Bommen los. Puin. Vrouwen met hoofddoekjes die de kleurige brokstukken van de huizen oprapen. Lego.

'Madeleine, hou op met dagdromen en bekijk je nieuwe omgeving eens,' zegt haar moeder. 'Waar zou je beste vriendin wonen, denk je?'

Tjee, misschien wel in die vuilnisbak met Popeye the Sailorman. 'Ik weet het niet, maman.' *Ik zwem graag in zee, dan neem ik poedelnaakte vrouwen mee, ik ben Popeye the Sailorman!* Een schunnige tekst die ze van Mike heeft geleerd. Ze haalt zich haar Popeye-ukelele voor de geest. Die ligt in dezelfde verhuiswagen als de rest van hun spullen – met inbegrip, helaas, van haar accordeon.

'Madeleine.'

'Oui, maman?'

'Ik zei, zorg eerst maar dat je vriendschap met iemand sluit en dan merk je later wel of je goed gekozen hebt.'

Madeleine leunt met haar kin op de rand van het raampje en probeert te raden waar haar beste vriendin woont. Die ze nog niet heeft ontmoet. Woont ze in het roze huis, het groene...? Opeens schiet het haar te binnen dat ze al een beste vriendin heeft, Laurie Ferry. Maar ze kan zich haar gezicht niet goed meer voor de geest halen.

'Dat is jullie nieuwe school, jongens.' Jack stopt. Een modern witgepleisterd gebouw van één verdieping met grote ramen en achteraan een hoger gedeelte, de gymnastiekzaal. De J.A.D. McCurdy School, van kleuterschool tot en met de achtste klas. Geheel verlaten, diep verzonken in een zomerslaap. De vlaggenmast is kaal. De schommels hangen stil, op de glijbaan en de wippen beweegt niets.

'Stap uit en ga eens rondkijken,' zegt pap. Mike doet zijn deur open en Madeleine schuift achter hem aan naar buiten.

Hun ouders kijken vanuit de auto toe hoe ze het schoolplein oversteken zonder dat ze blijven staan om te gaan schommelen of van de glijbaan te glijden, hoe ze langs de fietsenrekken lopen en de brede trap bij de hoofdingang opgaan. Over anderhalve week staan ze hier in de rij met andere kinderen, van wie ze er dan al een paar zullen kennen. Vriendjes.

Broer en zus houden hun handen boven hun ogen en turen door het glas van de grote dubbele deuren. Het eerste wat ze zien, zodra hun ogen gewend zijn aan het schemerduister, is een verzameling ingelijste foto's. Mike zegt er wat op de foto's staat: 'Sabre, CF-100, Lancaster...'

Twee grotere foto's domineren de rest. Koningin Elizabeth II, 'onze goedgunstige koningin', en haar echtgenoot, prins Philip. Hun portretten begroeten je in de hal van elke Canadese school in binnen- en buitenland. De koningin en prins Philip, oude bekenden. Je peetouders, in zekere zin.

Hallo, uwe majesteit. Madeleine staart omhoog naar de koningin en denkt: Dit is het laatste jaar dat ik bij de kabouters zit. In het voorjaar vlieg ik over naar de gidsen. Ze heeft het plezierige gevoel dat de koningin haar heeft gehoord en sereen instemt: 'Ja zeker, Madeleine, het wordt hoog tijd dat je overvliegt naar de gidsen.'

'Dank u, majesteit.'

'Graag gedaan.'

Mike is verdergelopen en heeft zich op een vensterbank gehesen om het beter te kunnen zien. Ze gaat naar hem toe en hij springt van de vensterbank af en geeft haar een zetje omhoog. Ze kijkt naar binnen. 'Wat zou mijn klas zijn?'

'Dit.'

'Niet waar, Mike.'

In dit lokaal marcheert het alfabet in blokletters boven het bord voorbij, samen met jolige cijfers die hand in hand rondspringen. Dit is duidelijk de kleuterklas. De stapel pastelkleurige slaapmatjes in de hoek verschaft zekerheid. Madeleine komt in de vierde klas, en in de vierde klas doe je geen dutje op een slaapmat. Mike gaat naar de zevende klas.

'Dankzij mijn grotere intelligentie,' zegt hij minzaam.

'Dankzij het feit dat dat automatisch gebeurt als je twaalf wordt,' zegt ze met verpletterend sarcasme. Maar Mike laat zich nooit verpletteren.

'Je moet eerst overgaan, sufkop.'

'Hé wauw, man,' zegt ze lijzig. 'Dus je bent overgegaan. Wat womantisch, wat fwantastisch te blits.' Ze knipt met haar vingers en paradeert heen en weer als een beatnik. 'Hé man.'

Mike lacht. 'Doe Elvis na.'

Ze draait met haar heupen, fronst met haar wenkbrauwen boven de microfoon, laat haar stem dalen, dribbelt ermee alsof het een basketbal is: 'We-hell it's won foh the money, two foh the show...'

'Doe Barbie na!' gilt hij, onbedaarlijk giechelend – het is zo gemakkelijk om haar raar te laten doen. Madeleine gaat op haar tenen staan, steekt haar borst vooruit, strekt haar vingers uit en drentelt rond met een plastic gezicht en mechanisch knipperende ogen. 'O, Ken, wil je alsjeblieft mijn zakdoek voor me oprapen?' dreint ze. 'Ik kan mijn benen niet buigen, ik kan mijn armen niet buigen, bah! O, Ken, red me. Mijn held!' Mike haalt een denkbeeldig machinegeweer tevoorschijn en Barbie komt om in een kogelregen.

Madeleine klautert weer overeind. 'Zeg Mike, zal ik Sylvester nadoen? "Thufferin' Thuckotash!" Zal ik Elmer Fudd nadoen? "A hunting we wiw go, a hunting we wiw go..."'

Maar Mike gaat ervandoor, de hoek van het gebouw om. Ze volgt. Ze rennen drie keer om de hele school heen, dan rennen ze naar de wip en gaan op hun buik over de stalen stang hangen.

'Instappen,' zegt Mike en ze wippen heftig op en neer, terwijl Madeleine zich uit alle macht vastklampt zonder te klagen over het gebonk en steeds lacht wanneer ze 'au!' wil roepen.

Hij laat de wip aan zijn lot over. Madeleine valt op haar stuitje, lacht en gaat hem achterna, in de overtuiging dat haar achterste zichtbare pijn uitstraalt, net als in een stripverhaal. Hij is al halverwege in het vangnet achter het honkbalveld geklommen wanneer zij er arriveert. 'Vooruit mannen, volg me,' roept hij, terwijl hij het geluid van explosies nadoet, met zijn tanden de pin uit een granaat trekt: 'Ik moet munitie hebben!' en ze gooit een kogelriem omhoog. 'Bedankt, korporaal,' roept hij door het helse lawaai van het gevecht heen – normaal is Madeleine gewoon soldaat, ze zwelt op van trots.

'Sergeant!' gilt ze, 'kijk uit!'

Mike draait zich om en ziet een Japanse soldaat die achter hem aan klimt. Madeleine richt en schiet. 'Die is er geweest!' gilt ze en terwijl de nazi dood neertuimelt: '*Auf Wiedersehen!*'

'Het was een Jap,' zegt Mike, 'geen mof.'

'Mike!' zegt Madeleine. 'Je mag geen Jap en mof zeggen, dat hoort niet.'

Mikes hoofd knikt opzij. 'Ik ben geraakt!' Zijn handen laten los en hij tuimelt langzaam langs het net naar beneden, bloedend, stervend.

'Sergeant! Ik zal je redden!' Ze glijdt langs het net naar beneden, haar vingers en tenen schurend langs de metalen schakels, en laat los op een indrukwekkende afstand van twee en een halve meter boven de grond, ineenduiken en rollen. 'Het doet geen pijn,' verkondigt ze voor hij het kan vragen.

Hun ouders zitten nog steeds te praten in de auto. Mike en Madeleine zweten. Hij haalt een denkbeeldig pakje sigaretten tevoorschijn, en biedt er haar een aan. Lucky Strikes. Ze leunen tegen het vangnet en nemen een trekje, terwijl ze over de weg heen naar een boerenakker kijken en naar een klein bos verderop. 'Zo gauw ik de kans krijg, ga ik rondkijken in dat bos,' zegt Mike.

'Mag ik mee?' vraagt Madeleine voorzichtig – misschien gaat ze wel te ver.

'Tuurlijk, waarom niet?' zegt hij en laat een straaltje helder spuug tussen zijn lippen ontsnappen.

Dit soort ogenblikken met Mike zijn kostbaar. Ze wil zich niet bewegen of iets zeggen waardoor ze het zou verpesten. Op dit soort ogenblikken is het bijna alsof hij vergeten is dat ze een meisje is, en behandelt hij haar als een broer.

De zon valt schuin op hun schouders. Hun schaduwen zijn op de grond voor hen opgegroeid, lang en slungelig tegen het losse weefsel dat gevormd wordt door het vangnet.

'Zullen we weer verder, jongens?' roept pap.

Ze lopen terug naar de auto, kameraden, praten is niet nodig – zoals ze bij het korps mariniers zeggen, *geen woorden maar daden*. Hun ouders glimlachen, amuseren zich ergens over. Madeleine bedenkt dat je moeder en vader soms tevreden over je lijken zonder dat je weet waarom.

Ze kruipen op de achterbank en het is grappig dat dit de eerste keer is sinds hun aankomst in Canada dat Madeleine niet het gevoel heeft alsof ze in de nieuwe auto in de nieuwe woonplaats stapt. Het is gewoon de auto. Het is gewoon Centralia, waar we wonen, en dat is onze school, J.A.D. McCurdy.

'J.A.D. McCurdy was de eerste die in Canada een vlucht maakte met een gemotoriseerd toestel dat zwaarder was dan de lucht. Dat was in 1909,' zegt pap.

Denk je dat ik dat zal onthouden, chef?

De wind steekt op en de katrollen tikken tegen de kale vlaggenmast terwijl de Rambler achteruit het parkeerterrein afrijdt. Op de eerste schooldag wordt de vlag van ons land gehesen. Of eigenlijk niet echt onze vlag, maar de Britse variant: het Canadese wapen, en in de linkerbovenhoek de Britse vlag. Canada heeft geen officiële vlag, we zijn officieel geen land, we zijn alleen maar een dominion. Wat is een dominion? Dat weten we niet precies. Het is de naam van een serie kruidenierswinkels.

Madeleine is nu zenuwachtig. Haar handen zijn koud. In sloom tempo rijdt de Rambler terug door de woonwijk, en dichter naar hun huis toe. Welk huis is het? Kijk uit naar een huis met kale ramen en een lege oprit. Algonquin Drive, Columbia Drive...

Op de hoek van Columbia Drive en St. Lawrence Avenue staat een in twee kleuren bruin geschilderd huis met een oranje Volkswagenbusje op de oprit. Een mollig meisje met krulhaar is in de voortuin aan het hoelahoepen. Terwijl ze rechtsaf St. Lawrence Avenue inslaan, vraagt Madeleine zich af: Zal ik ooit met dat meisje hoelahoepen? Mag ik meerijden in haar busje? Of gaat ze verhuizen?

Een paars huis verderop aan de linkerkant trekt haar aandacht omdat de opritten in de woonwijk meestal niet bezaaid zijn met onderdelen van oude auto's en wasmachines, en er ook geen grote Duitse herders los rondlopen. Wie woont daar? Enge mensen? Ook dat zou ongewoon zijn.

'Die hond loopt los,' zegt Mike.

Mimi kijkt. 'Tsk-tsk.'

Alleen bij het tonggeklak van haar moeder is Madeleine zich bewust van haar Franse accent. Ze tuit haar lippen en klakt met haar tong op een manier die Engelsen sexy vinden. Madeleine vertrekt haar mond, net als Bugs Bunny, als ze alleen maar aan het woord denkt. Het doet haar denken aan Bugs verkleed als een vrouwelijke Tasmaanse Duivel, met een grote boezem en rode lippenstift.

'Wat is er zo leuk, onderdeurtje?' vraagt Mike.

'Dat ga ik jou niet aan je neus hangen, chérie,' antwoordt Maurice Chevalier, die zingt: 'Zenk heven for leetle girls'.

De Rambler rijdt een oprit op, recht tegenover het paarse huis en stopt. Pap zegt: 'Ga het huis eens begroeten, jongens.'

Een twee-onder-een-kap van twee verdiepingen met witte aluminium zijmuren aan St. Lawrence Avenue. Een rood dak.

Pap doet zijn portier open. 'Zullen we de boel eens gaan verkennen?'

Madeleine is blij dat hun huis wit is. Maak van me wat je wilt, zegt het, je hoeft je niet geel of groen te gedragen om in mij te wonen. Een geasfalteerd pad loopt van de oprit naar de voordeur, die zich aan de zijkant van het huis bevindt om je privacy te waarborgen ten opzichte van de buren, die aan de andere kant wonen. Jack stapt uit de auto, loopt eromheen en doet de deur open voor Mimi. Ze stapt uit en pakt hem bij de arm.

Hun ouders gaan altijd voorop naar de deur van het nieuwe huis. Mike komt achter hen aan, met zijn handen in zijn zakken, houdt zich aan de traditie, maar kijkt naar de grond. Hij begint oud genoeg te worden om zich opgelaten te voelen – deze wandeling naar hun nieuwe huis, een intieme handeling die publiekelijk wordt verricht. Madeleine laat zich van de achterbank glijden en zet de filmcamera in haar hoofd aan – ik moet dit onthouden, de eerste keer dat we naar onze deur lopen.

Ze naderen het einde van hun thuisloze periode. Gedurende deze laatste ogenblikken zijn ze nog steeds kwetsbaar, als een weekdier zonder schelp. Nog een paar seconden dakloos, overgeleverd aan de regen, aan vriendelijkheid, aan wreedheid. Jack loopt de drie betonnen treden op naar de kleine veranda, doet de hordeur open en tast in zijn zak naar de sleutel. Mike rent terug naar de auto om iets te halen, terwijl Jack de sleutel in het slot steekt.

Dan doet Jack wat hij altijd doet, ondanks het gegil en de protesten van Mimi. Hij tilt haar op in zijn armen en draagt haar over de drempel. Madeleine slaat haar handen voor haar gezicht en gluurt door haar vingers, gegeneerd en verrukt tegelijk. Mike komt terug en gooit haar haar afgetrapte Bugs Bunny toe. 'Vooruit, joh,' zegt hij. Ze knuffelt Bugs en gaat achter haar broer het huis in.

Links van de vestibule loopt een trap naar de kelder. Recht vooruit moet je drie treden op en dan meteen rechts naar de keuken – functioneel formica, een zelfontdooiende Frigidaire en een Westinghouse-fornuis, met nog net genoeg ruimte voor een tafeltje en vier stoelen. Een raam boven het aanrecht kijkt uit op de voortuin. In Mimi's fantasie hangen er al gordijnen voor. Links is de woonkamer met de open haard en meteen ernaast de eetkamer. Er lijkt nooit genoeg ruimte te zijn voor de porseleinkast en het dressoir als de eethoek er eenmaal staat, maar op de een of andere manier lukt het toch altijd. Een erker in de woonkamer kijkt uit op de achtertuin en een van de grote lege groene grasvelden van Centralia, omzoomd door de achterkant van de huizen.

Mimi knijpt haar ogen half dicht en rangschikt in gedachten het meubilair – bank onder het raam, ingelijst olieverfschilderij van de Alpen boven de schoorsteenmantel, reproductie van Dürers *Biddende handen* aan de keukenmuur. Ze loopt als eerste de veertien treden op die uitkomen op een bescheiden overloop waaraan drie slaapkamers en de badkamer grenzen. Ze slaat een kruis als ze de grootste slaapkamer ingaat. Zodra de verhuiswagen is gearriveerd zal ze de katholieke aalmoezenier bellen en hem het huis laten zegenen. Mimi is niet zo vroom als haar moeder, maar de grote slaapkamer is de plaats waar kinderen worden verwekt.

Madeleine en Mike zijn slim genoeg om te weten dat ze niet moeten ruziën over de keuze van de slaapkamers. Maman heeft in huis het bevel en zij wijst de kamers toe.

Ze marcheren met zijn allen weer naar beneden, dreunende voetstappen, holle stemmen. Mimi draait zich met over elkaar geslagen armen om naar Jack.

Hij vraagt: 'Wat vind jij ervan, vrouwlief?'

Ze houdt haar hoofd schuin: 'Ça va faire.'

Hij glimlacht. Toets der kritiek doorstaan.

Met hun vieren staan ze in de nieuwe woonkamer. De lege geur. Nieuwe verf en reinigingsmiddelen. De witte echo van de kamer.

Vannacht slapen ze in een motel. Morgen komt de verhuiswagen en zullen ze in hun eigen huis slapen, al gaan ze wel weer in een restaurant eten. Op de derde avond zal Mimi een fantastisch diner klaarmaken in hun eigen keuken, en vanaf dat moment zal het huis de geur van een echt thuis ademen. Als ze door de voordeur gaan, zal een onzichtbaar welkom opbollen als een laken in de wind. *Hallo.*

Die nacht in het hotel, ingestopt in een veldbed, vraagt Madeleine haar moeder of ze het verhaal van Mimi en Jack wil vertellen.
 '*Oui, conte-nous ça, maman*,' zegt Mike, knus in het extra bed.
 En Mimi vertelt het verhaal: 'Er was eens een verpleegstertje uit Acadië dat Mimi heette, en een knappe jonge luchtmachtofficier die Jack heette...'

Als je je hele leven rondreist, kun je de plek waar je vandaan komt niet terugvinden op een kaart. Alle plaatsen waar je hebt gewoond zijn gewoon locaties, meer niet. Je bent uit geen van die plaatsen afkomstig; je bent afkomstig uit een reeks gebeurtenissen. En die zijn opgeslagen op de kaart van het geheugen. Toevallige, precaire gebeurtenissen, zonder dat de beschermende sprei van een vaste stek de wetenschap verhult dat ons bestaan van onwaarschijnlijkheden aan elkaar hangt. Steeds opnieuw waren we bijna niet geboren. Zonder een eigen plek worden gebeurtenissen die traag door de tijd omlaagtuimelen je echte achtergrond. Verhalen die onmerkbaar in elkaar overgaan. Je bent afkomstig uit een vliegtuigongeluk. Uit een oorlog die je ouders samenbracht.
 Vertel het verhaal, verzamel de gebeurtenissen, herhaal ze. Patronen ontstaan alleen als je ze goed onderhoudt. Anders valt het weefsel uiteen en blijven er alleen losse draden over die door vogels worden opgepikt om er een nest van te bouwen. Herhaal ze, of het verhaal valt om en dan is er geen ene smid in het land... Herhaal ze, en koester de delen zorgvuldig, want anders rollen de gebeurtenisssen alle kanten op, als knikkers op een houten vloer.

WIJ STAAN OVERAL BOVEN

Deze organisatie opereert in een complex systeem van waarden en relaties die kunnen worden opgevat als een sociaal systeem. Het aantal mogelijke combinaties van variabelen binnen dat systeem tart de verbeelding. De combinatiemogelijkheden lijken even onbegrensd te zijn als het heelal met zijn miljarden melkwegstelsels.

'ORGANISATIETHEORIE: EEN OVERZICHT EN BEOORDELING', JOURNAL OF THE ACADEMY OF MANAGEMENT, APRIL 1961

Jack is alleen in zijn nieuwe kantoor. Hij heeft net een bezoekje gebracht aan de commandant van de basis en zich informeel voorgesteld. Hij heeft zich nog niet officieel gemeld of de leiding over de centrale officiersschool op zich genomen. Dat komt over een paar dagen wel, als hij eenmaal op orde is met zijn gezin. In Centralia is het zomerrooster nog van kracht, dus het is er vrij rustig, veel personeelsleden zijn met verlof. Hij heeft nog even tijd voor hij gaat lunchen met een paar medeofficieren, en hij is naar zijn nieuwe kantoor gewandeld om een kijkje te nemen.

Hij is in burger. Mimi heeft zijn uniform al naar de stomerij gebracht, zodat het kraakhelder is wanneer aan het eind van de week de overdrachtsceremonie plaatsvindt. Vanochtend draagt hij een beige broek met een crèmekleurig sportjasje dat zij in Parijs voor hem heeft uitgezocht. Hij doet of hij niet in de gaten heeft dat het ruwe zijde is en hij zou voor zichzelf nooit zoveel geld uitgeven, maar bij tijd en wijle onderwerpt hij zich aan haar bemoeienissen op kledinggebied. Zij is tenslotte de baas.

Hij doet wat hij altijd doet wanneer hij een nieuw kantoor betreedt: een ingelijste foto van zijn vrouw en kinderen neerzetten op het grote eiken bureau dat van rijkswege wordt verstrekt. Er is weinig verschil met het kantoor dat hij had op de basis in Duitsland, RCAF 4 Fighter Wing in Baden-Baden. En daarvoor in Alberta, en daar weer voor in het Pentagon, waar hij op de financiële afdeling werkte in het kader van een uitwisseling; een opeenvolging van steeds kleinere bureaus in kamers die hij met anderen moest delen, met helemaal aan het begin de bevoorradingsafdeling op de RAF-basis in Yorkshire tijdens de oorlog. Dit bureau, deze groene metalen archiefkasten, de planken met *The Queen's Regulations and Orders* in drie dikke blauwe mappen; de foto van Hare Majesteit koningin Elizabeth II, de foto van de gouverneur-generaal, een landkaart van het ministerie van Landsverdediging en vier witte muren – het zou overal kunnen zijn. Zelfs de geur is hetzelfde: vloerwas en potloodslijpsel, de sterke lucht van schoensmeer en wollen uniformen. Ook het uitzicht is vrijwel gelijk. Achter het raam groene heggen, witte gebouwen, een blauwe hemel – maar geen uitlaatgassen van straaljagers. Alleen één gele Chipmunk die in een bocht komt aanvliegen.

De overdrachtsplechtigheid zal in dit kantoor plaatsvinden. De commandant van de basis en de staf van de centrale officiersschool zullen daarbij aanwezig zijn. Jack en de officier die hij gaat vervangen zullen elkaar een hand geven en gezamenlijk een document ondertekenen waarmee de overdracht van het bevel officieel wordt bekrachtigd. Een standaardprocedure in het leger: er mag geen breuk zijn in de continuïteit van de bevels- en beheersstructuur. Na afloop is er gelegenheid om kennis te maken en daarna gaan ze lunchen in de officiersmess, en tijdens die lunch zal er een gedetailleerd schema worden opgesteld van individuele briefings van Jack met zijn hoogste stafleden. Hij zal een rondleiding door het gebouw krijgen en kennismaken met de instructeurs en het technisch en administratief personeel, zodat alle betrokkenen er aan het eind van de dag van doordrongen zijn dat Jack het bevel over de Centrale Officiersschool heeft overgenomen. Ook dat is een standaardprocedure: een leider moet door zijn manschappen worden gezien en herkend, of hij nu het bevel voert over een eenheid straaljagers of een gebouw vol bureaus.

Jacks oog valt op een stuk papier dat klem zit achter de radiator onder de vensterbank. Hij bukt zich om het los te trekken. *Krijg nou wat.* Een exemplaar van de *Schwarzwald Flieger – Black Forest Flyer.* Het maandblad van RCAF 4 Wing in Duitsland. Zo klein is de wereld. Het is het nummer van februari 1958, en op de voorkant staan de zojuist gekozen Prins en Prinses van het *Fasching Karneval* triomfantelijk voor de *Narrenzunft,* de Raad van Dwazen. Fasching is het Duitse carnaval dat de vasten inluidt, nog groter en uitbundiger dan Mardi Gras. De foto is genomen in het Kurhaus van Baden-Baden. Mimi en hij hebben een jaar later een soortgelijk feest bijgewoond, te midden van tientallen militairen en hun vrouwen die waren komen opdraven om samen met honderden Duitsers feest te vieren. Hij bladert het tijdschrift door. Tussen de geboorteaankondigingen, squadronpraatjes, de kinderpagina en de advertenties staat de evenementenkalender afgedrukt, het ene feest na het andere: *Gekostumeerd Bal voor Kinderen, Rozenmaandagbal...* Canadezen welkom. *Willkommen.* Het was een leuke tijd. Hij heeft er goede herinneringen aan. Hij gooit het blad op zijn bureau. Het is ongetwijfeld eigendom van de vertrekkende officier. Die zal het wel willen bewaren als aandenken.

Als je bericht krijgt dat je over luttele maanden zult worden overgeplaatst naar die en die basis, zijn er twee factoren die bepalen hoe je reageert: opgetogen, teleurgesteld of iets daartussenin. Het eerste waar je naar kijkt is: wie heeft de leiding? De huidige commandant van Centralia is kolonel Harold Woodley, een man wiens reputatie als oorlogsvlieger bijdraagt tot zijn ontspannen stijl van leidinggeven, die authentiek luchtmacht is en synoniem met vastberadenheid. Jack was verheugd. Veteranen, met name piloten, weten meestal dat ze weliswaar in dienst zijn van een grote organisatie, maar dat die organisatie uit mensen bestaat en niet alleen uit systemen. De tweede factor is geografisch en die moet in orde zijn, anders zit je opgescheept met een ontevreden vrouw – hoewel Mimi van een radarstation op Baffin-eiland nog een sociaal Mekka zou kunnen maken. De luchtmacht heeft een efficiënt informeel communicatienetwerk, ook wel bekend als het roddelcircuit, en Jack kende de reputatie van Centralia als een heerlijk oord voor kinderen, waar ook voor de vrouwen genoeg te doen is. De stad London ligt op een steenworp afstand, het plaatsje Exeter is nog dichterbij, om maar niet te spreken van talloze dorpen, vlooienmarkten, veilingen en natuurlijk het Huronmeer, die reusachtige zoetwaterbinnenzee waar je kunt zwemmen, kamperen en picknicken. Hij wist dat de officiersmess goed functioneert en dat de basis als geheel gezonde contacten onderhoudt met de burgermaatschappij: curlingwedstrijden, liefdadigheidsevenementen, allerlei vormen van sport en ontspanning. Weliswaar is er niets dat kan tippen aan 4 Wing, maar Jacks reactie toen hij afgelopen voorjaar het bericht van zijn overplaatsing kreeg – nadat hij was bekomen van zijn verbazing over het ironische van de situatie – was dus toch tamelijk opgetogen. Hij zal echter altijd het gevoel hebben dat hij een nieuwe start gaat maken, waar ze hem ook heen sturen; het optimistische gevoel dat bij veranderingen hoort, gekoppeld aan zijn overtuiging dat elke situatie voor verbetering vatbaar is – in het leger is verandering tenslotte de enige constante. Hij pakt een van de zware blauwe mappen van de plank – *Administratie* – en bladert erin.

Zijn telefoon rinkelt. Verrast neemt hij op.

'Jack, met Hal Woodley. Mijn vrouw wil zo snel mogelijk iets weten.'

'Brand maar los, kolonel.'

'Wat is de voornaam van je vrouw?'

'Mimi.'

'Juist.'

Deze baan houdt een promotie in, van majoor tot luitenant-kolonel. Luitenant-kolonel McCarthy heeft nu de leiding over meer dan duizend studenten, afdelingshoofden, cursusleiders, instructeurs en administratief personeel van de centrale officiersschool. Selectie en voorlichting, logistiek en administratie, constructie en luchtvaarttechniek, militaire en bestuurlijke ontwikkelingen op verschillende niveaus, leiderschap en management, het valt er allemaal onder. Er is zelfs een uitwisselingsprogramma met de MBA-opleiding aan de Universiteit van West-Ontario in London. Er zijn afdelingen Techniek, Talen, Financiën, Management en Basisopleiding voor Officieren, plus een Bureau Opleidingsnormen. Zo'n beetje alles wat er te weten valt over de luchtmacht, afgezien van het besturen van een vliegtuig. Grondtraining.

Hij zet *Administratie* weer op de plank tussen Financiën en Tucht. Hij doet zijn bureauladen open. Losse paperclips, elastiekjes. Een degelijke nietmachine, blocnotes met gelinieerd geel papier. Een koperen puntenslijper in de vorm van een vliegtuig. Hij laat het propellertje draaien.

Dankzij de luchtmacht heeft Jack in één slopend jaar zijn MBA gehaald aan een van de beste universiteiten ter wereld, de Universiteit van Michigan. Hij zou in de burgermaatschappij meer dan twee keer zoveel kunnen verdienen. Hij vervult hier, in burgertermen, een managementfunctie die vergelijkbaar is met die van directeur bedrijfsvoering bij een grote onderneming. Zijn directe chef is de commandant van de basis, zijn tijd mag hij zelf indelen. In de praktijk is hij eigen baas.

Daarom heeft Jack voor zichzelf een tweetal regels opgesteld. Eerst vragen, dan opdragen. En meer luisteren dan praten. Zijn taak is weten wat ieders taak hier is, zorgen dat alle neuzen dezelfde kant op staan en zich dan terugtrekken. Hij zal zeker op enig verzet stuiten – verzet tegen verandering is menselijk – maar als hij luistert, zal hij ontdekken waar het goed zit en ingrijpen niet nodig is. En als hij de juiste vragen stelt, zullen zijn ondergeschikten hem vertellen wat hij hun anders zou moeten vertellen. Zoals veel doeltreffende managers zal hij de indruk wekken dat hij niets uitvoert. Jack lacht inwendig en haalt uit zijn binnenzak een opgevouwen lijst met namen van het personeel. Regel nummer drie: leer de namen uit je hoofd.

Het volgende wat hij wil doen is de adjudant-onderofficier opzoeken – het equivalent van een opzichter in een fabriek, de man die weet hoe alles werkt, formeel ondergeschikt aan Jack maar in werkelijkheid slechts één rang lager dan God – en een praatje maken. Jack raadpleegt zijn lijst: adjudant-onderofficier Pinder. Hij vouwt de lijst weer op.

Het derde wat hem te doen staat: naar de vrijdagse borrel in de officiersmess. Alle nieuwtjes die niet geschikt zijn om in druk te verschijnen of hardop te worden vermeld op een vergadering, zullen tijdens deze ouwehoersessies naar buiten komen. Jack drinkt altijd maar één, hooguit twee biertjes, houdt zijn oren goed open en amuseert zich geweldig als hij met de rest van de heren 'leugens' staat te verkopen.

In de loop van de eerste week zal hij personeelsdossiers bekijken. Hij zal ze raadplegen zoals een piloot een kaart raadpleegt voor een missie. Het papier dient als richtlijn maar mag nooit worden verward met de realiteit. Achter iedere naam, rang en serienummer zit een mens. Orders blaffen werkt misschien op het slagveld, maar in vredestijd bereik je er niets mee.

En Jack beseft terdege dat het Westen een van de langste perioden van vrede en voorspoed in de geschiedenis doormaakt. En van angst. Het dagelijks leven lijkt op een heteluchtballon die in een wolkeloze zomerlucht zweeft: vanaf de grond ziet het er moeiteloos uit, maar de ballon wordt aangedreven door vuur, in de lucht gehouden door spanning. Jack herinnert zich de morbide opmerking van zijn dochter over 'gesmolten huid'. Hij en Mimi doen hun best om de dreiging zoveel mogelijk verborgen te houden voor hun kinderen, maar in 4 Wing hadden ze net als de andere luchtmachtgezinnen een voorraad eten en water voor een week in de kelder van hun huis liggen; er was een evacuatieplan en op school werden er regelmatig oefeningen gehouden met de kinderen. Het hoort bij het leven. De Koude Oorlog is geëscaleerd en er zijn ongeëvenaarde destructieve krachten in stelling gebracht, die voor het merendeel bedoeld zijn ter afschrikking en waarvan het beheer een uitgebreid ambtenarenapparaat vereist. Dit is een oorlog die niet zozeer door generaals als wel door managers wordt gevoerd.

Hij trekt een beduimeld handboek van de plank: *Grondbeginselen van het management: een praktische benadering*. Dat kan beter. Hij is sinds enige tijd bezig zelf een managementtekst samen te stellen, een compilatie van de recentste artikelen uit de Verenigde Staten, van Harvard en Michigan en dergelijke. De wereld verandert in hoog tempo en de krijgsmacht, die tot de grootste organisaties ter wereld behoort, kan óf het voortouw nemen óf er als een dinosauriër achteraan komen sjokken. Leiders moeten tegenwoordig verstand hebben van teamwerk. Dat is de sleutel tot alle ontwikkelingen van de laatste tijd op het gebied van wetenschap en technologie. Ernstige besmettelijke ziekten hebben we vrijwel uitgeroeid, we hebben satellieten in een baan om de aarde gebracht, je kunt geen krant opslaan of je leest over weer een nieuwe doorbraak. En we doen dat zonder mensen te knechten – vandaar dat duizenden Oost-Berlijners de benen namen voordat de Muur verrees.

Jack is niet de enige die gelooft dat de militaire bevelstructuur niet simpelweg een kwestie is van orders geven en die blindelings opvolgen, maar een model voor de informatie- en verantwoordingsstroom. De meeste mensen in de luchtmacht, vooral veteranen, denken er zo over. Maar het is belangrijk om dat te codificeren en te onderwijzen zodat het niet afhankelijk is van ongeschreven tradities en individuele temperamenten. Hij werpt het oude handboek in de prullenmand.

Een koel hoofd en een lichte hand zijn op kantoor net zo belangrijk als in de cockpit. Iemand die zijn kalmte niet kan bewaren, kan geen goede beslissingen nemen. Jacks stijl van leidinggeven is dus ontspannen, maar wanneer hij een 'suggestie' doet, wordt dat zelden opgevat als iets anders dan een bevel.

Dat heeft hij jaren geleden geleerd van zijn vlieginstructeur, hier in Centralia. Simon was beroemd om zijn suggesties. In de lucht, vanaf de instructeursstoel naast Jack: 'Misschien wil je eens proberen de motor te laten afslaan.' En na enkele seconden doodse luchtstilte: 'Zullen we eens kijken of je er met een rolvlucht uit kunt komen?' De kalme stem met het onberispelijke accent, na een vrille: 'Goed, nu ben ik benieuwd of je de kist aan de grond kunt zetten zonder hem in elkaar te frommelen.'

In april 1943 hadden Jack en zijn medeleerlingen hun vliegersinsigne al en begonnen ze aan de vervolgopleiding. Ze waren eigenwijs en popelden om echt de lucht in te gaan, operationeel te worden. Jack was nog geen achttien, niemand was ouder dan twintig. Simon kwam het leslokaal binnen, zijn RAF-pet zwierig achter op zijn hoofd, de zijkanten geplet in de 'vijftig-missies-stand', wat veroorzaakt werd door het langdurig dragen van een radiokoptelefoon in de cockpit, hét kenmerk van een operationele status. Hij ging op het bureau zitten – das los, potloodsnorretje – stak een sigaret op en sprak hen toe, met dat achteloze aristocratische accent.

'Ik weet dat jullie denken dat je kunt vliegen, stelletje branies. Jullie, en de meeste mensapen die de stuurknuppel van een vliegtuig bedienen, hebben geen flauwe notie hoe je moet vliegen en het is niet mijn taak jullie dat te leren. Ik moet dit stelletje stumpers hier leren hoe je lang genoeg in leven blijft om de Duitsers op beschaafde wijze naar de verdommenis te bombarderen. Nog vragen?'

'Majoor Crawford, mag ik...?' waagde een magere jongen.

'Ik heet Simon. Het leven is te kort – vooral het jouwe, vooral het mijne als ik naast je in de cockpit klim – om tijd te verspillen aan een hoop lettergrepen, dus noem me maar gewoon bij mijn voornaam, dan ben je een brave knul.'

Ze noemden hem bij zijn voornaam en keken huizenhoog tegen hem op, want met zijn drieëntwintig jaar was Simon een oude man. Een levende uitzondering op de regel: 'Er zijn oude piloten en dappere piloten, maar er zijn geen dappere oude piloten.' Een van de weinigen die zowel met jachtvliegtuigen als met bommenwerpers vloog. Een gedecoreerde held van de Slag om Engeland, die de Spitfire op eigen verzoek had ingeruild voor de grote, logge Lancaster-bommenwerper, 'omdat ik me in een Lanc meer verwant voel met vlees in blik, en wat is er nou lekkerder dan vlees in blik?' Een ander soort risico, de kans om met een bemanning te vliegen; Simon moest het interessant zien te houden voor zichzelf. Hij werd hun instructeur nadat hij in Europa een voltallige reeks bombardementsvluchten had overleefd: dertig in totaal.

Simon was een uitstekende vlieginstructeur omdat hij nooit te vroeg ingreep. Hij keek eerst of zijn leerling het zelf kon oplossen, want als je eenmaal operationeel was, ging niets meer volgens het boekje. Jacks hand lag trillend op de stuurknuppel, zijn hoofd barstte bijna uit elkaar en hij had een rood waas voor ogen na een steile duikvlucht op achtduizend voet; op zeshonderd voet kwam hij weer bij zijn positieven, de wielen raakten de grond, eerst de ene kant, dan de andere, nog eens de ene kant en weer de andere, en ten slotte allebei – 'Beetje beroerde landing, Jack.'

Jack hees zich uit de cockpit, zakte bijna door zijn knieën op het tarmac en merkte toen pas dat Simon nog ingegord op de instructeursstoel zat. 'Je mag meteen de lucht weer in, makker, anders durf je volgende keer niet meer. Je loopt hoe dan ook nog twee dagen te bibberen.'

Met een stem die onbedaarlijk trilde wist Jack uit te brengen: 'Ik zit er niet mee.'

Simon wierp zijn pet op het gras naast het tarmac. 'Kijk eens of je bij dit punt kunt uitkomen als we landen.'

Hij nam aan dat ze zouden landen, niet neerstorten. Ze gingen de lucht weer in.

Later, in de mess, omringd door kameraden, gaf Simon een rondje: 'Op de lui die overal boven staan.'

Op Jacks niveau hoefde je nog maar een paar vlieguren te maken met een instructeur, daarna deed je je oefenrondjes op eigen houtje. Maar er waren twee of drie piloten met wie Simon overuren vloog. Omdat ze volslagen hopeloos waren, zei hij. Jack was een van hen. De besten van de klas.

Blindvliegen met een nachtbril op, zodat je alleen je instrumentenpaneel kunt zien, terwijl Simon het erin hamerde: 'Vertrouw op je instrumenten.' Want als je de horizon niet kunt zien, maken je brein en je lichaam je wijs dat rechts links is en boven onder. Wat je als een bocht naar links ervaart, compenseer je door naar rechts over te hellen. Je begint aan een terminale duikvlucht zonder besef van snelheid of richting, de naderende aarde krijg je pas in de gaten als je toestel door de overbelasting uit elkaar dreigt te spatten.

Simon wachtte tot het laatste moment en trok dan Jacks bril weg zodat hij kon zien dat hij in een zijwaartse slip zat, perfect uitgevoerd, behalve dat het op slechts driehonderd voet boven de grond was. 'Gas geven, makker.'

Blind landen. De keer daarop trok Simon de bril pas weg toen Jack het toestel netjes aan de grond had gezet. 'Niet slecht voor een Canadees.'

Simon had een hoop aantrekkelijke eigenschappen, maar de eigenschap die het meeste vertrouwen inboezemde – en je zover kreeg dat je op tienduizend voet je eerste overtrokken vlucht maakte – was zijn ontspannen houding. Het was ook een eigenschap die angst inboezemde, omdat je het gevaar nooit echt kon inschatten. Boomtoppen die uit de mist staken. Onaangekondigde donderwolken. 'Dat ziet er niet goed uit.'

Ze vlogen voor hun plezier. Verdwaalden met opzet en vonden de weg terug met behulp van het 'ijzeren kompas', waarbij ze de ene goederentrein na de andere inhaalden.

Het is vreemd om zo te denken over een man die hij de afgelopen negentien jaar één keer heeft gezien, maar als het hem werd gevraagd zou Jack zeggen dat Simon Crawford zijn beste vriend is. Majoor Crawford, DSO, DFC met streep – *Distinguished Service Order, Distinguished Flying Cross, tweemaal*. Een oud Chinees spreekwoord zegt dat als je iemands leven redt, je voortaan verantwoordelijk voor hem bent. Maar zo ver had die ouwe schurk niet hoeven gaan, Jack zou toch wel van hem gehouden hebben.

Hij leunt achterover in zijn stoel en vouwt zijn handen achter zijn hoofd. Hij heeft het ver geschopt. Luitenant-kolonel op zijn zesendertigste. Hij zou het nooit geloofd hebben, maar hij geniet van dit werk. De manier van leven bevalt hem, de mensen bevallen hem. Ze weten hoe ze dingen voor elkaar moeten krijgen zonder veel heisa. En als ze de oorlog hebben overleefd in een cockpit, zijn ze niet gauw uit het lood geslagen. Chauvinistische uitspraken zijn niets voor hem, maar Jack houdt van de luchtmacht.

Daarom verbaast het hem een beetje als hij merkt dat hij zich een ander kantoor in een andere organisatie voorstelt terwijl hij door het raam naar de onbewolkte lucht staart. Een autofabriek of een ziekenhuis. Misschien een olieraffinaderij in Saudi-Arabië. Als manager ben je flexibel, hij zou vrijwel overal kunnen werken. Kan het zijn dat hij zich een heel klein tikkeltje verveelt? Of ligt het aan het slaapverwekkende effect van zon en maïsvelden, de enorme afstand tussen hem en de gespannen situatie in de Oostelijke Sector, zoals ze de Sovjet-Unie in Duitsland noemden? Mist hij de nabijheid van de Mk 6 Sabres in 4 Wing? Het leven op het scherp van de snede? De stank van kerosine, het voortdurende gebulder boven zijn hoofd dat hem eraan herinnerde waarom hij in zijn kantoor zat en dit werk deed? 'Wie van een rustig leven houdt, had niet in de twintigste eeuw geboren moeten worden,' zei Lev Trotsky. Wie van een rustig leven houdt kan beter naar Centralia komen, denkt Jack, en hij glimlacht bij zichzelf.

Afgelopen zomer liep hij Simon tegen het lijf in Duitsland. Dat was goed getimed, want toen Jack in april van dit jaar bericht kreeg dat hij was overgeplaatst, had hij Simons nummer en kon hij hem bellen. 'Je raadt nooit waar ze me heen sturen, Si...' Ze lachten allebei toen Jack zei: 'Centralia.'

Simon belde een paar dagen later terug. 'Moet je horen, makker, ik wil je een gunst vragen...'

Jack pakt de telefoon, maar herinnert zich dat Simon hem gevraagd heeft alleen vanuit een telefooncel te bellen. Hij legt de hoorn weer neer, staat op en verlaat zijn kantoor. Naast de winkel heeft hij een cel zien staan, hij zal daar bellen en dan doorlopen naar de mess voor de lunch.

Het gevoel van verveling dat hem binnen even overviel wordt verdreven door de frisse lucht als hij buiten komt en op een drafje de betonnen treden afdaalt. Simon omschreef de gunst als 'eigenlijk een veredeld soort babysitten', en hoewel het waar is dat wat Jack moet doen niet bepaald raketwetenschap is, belooft het zijn aanstelling hier wel boeiender te maken. Hij loopt over het trottoir langs een rij populieren, in de richting van het exercitieterrein. Er is geen kip te zien. Zelfs geen Chipmunk.

Jack heeft gehoord dat inlichtingenwerk ongelooflijk saai kan zijn, maar hij kan zich niet voorstellen dat Simon zich ooit verveelt. Hij doet zijn best een vleugje opwinding te onderdrukken. De gevraagde gunst is waarschijnlijk toch gewoon saai. Enfin, het is in elk geval een mooi excuus om een paar biertjes achterover te slaan met Simon. Wat koude-oorlogsverhalen uit hem los te peuteren.

Jack heeft na de oorlog een paar keer geprobeerd hem op te sporen, maar Simon was gedemobiliseerd zonder een adres achter te laten. Toen liep hij hem afgelopen zomer tegen het lijf, in een middeleeuws stadje in Noord-Duitsland. Jack was er met Madeleine, hij zou net een foto van haar maken voor het standbeeld van de Rattenvanger van Hamelen. De McCarthy's waren op vakantie, ze wilden zoveel mogelijk profiteren van hun laatste zomer in Europa en reden de Sprookjesroute – de *Märchen Strasse*. Ze hadden het kasteel in het Reinhardwoud bezocht waar de gebroeders Grimm hadden gelogeerd; ze hadden een rondrit door Bremen gemaakt, waar de Bremer stadsmuzikanten de rovers hadden beetgenomen. Nu waren ze in Hamelen, de stad van de Rattenvanger. Mimi was die middag met Mike op stap. Morgen zouden ze ruilen, dan zou Mike zijn vader de hele ochtend voor zich alleen hebben.

Jack richtte zijn Voigtlander-diacamera op Madeleine, die met een glimlach in de zon stond te turen terwijl achter haar de stenen Rattenvanger hoog oprees. Toeristen drentelden rond en liepen telkens in zijn beeld. Jack wilde net afdrukken toen hij een man stil zag staan om een sigaret op te steken. *Asjemenou.*

'Simon!' riep hij, en hij liet de camera zakken.

De man keek om en er brak een glimlach door op zijn gezicht. 'Jack?' zei hij, terwijl hij om het standbeeld heen naar hem toe kwam. 'Leef jij ook nog?'

In achttien jaar kan een mens erg veranderen, maar Simon was moeiteloos herkenbaar. Niet alleen door zijn slanke bouw, maar ook door zijn stem, zijn houding; uit zijn hele manier van doen sprak dat hij het de normaalste zaak van de wereld vond om Jack tegen het lijf te lopen. Ze sloegen lachend hun handpalmen tegen elkaar en schudden elkaar de hand. Je eerste reactie is een betrouwbare maatstaf. Jacks eerste reactie – en zo te zien ook die van Simon – was pure vreugde, alsof ze lachten om de clou van een grap die ze in 1943 niet hadden afgemaakt.

'Zo, ouwe schurk,' zei Simon; toen keek hij omlaag en zweeg abrupt. 'Neem me niet kwalijk, wie is deze jongedame?'

'Dit is ons *Deutsches Mädchen*,' zei Jack.

'Hoe maakt u het, *Fräulein? Sprechen Sie Deutsch?*'

Madeleine antwoordde: '*Ein Bisschen.*'

Simon lachte.

Jack zei: 'Madeleine, dit is majoor Crawford.'

'Jack, in jezusnaam, ik ben weg bij de luchtmacht.' Hij keek haar aan en zei: 'Noem me maar Simon, Madeleine.'

Ze aarzelde en keek met half dichtgeknepen ogen naar hem op.

We zouden allemaal op dezelfde manier ouder moeten worden als Simon. Een scherpe blik in de lichtblauwe ogen, ondanks de glimlach. De huid van een gezonde roker, fijne lijntjes in een ietwat gelooid gezicht, wat in 1961 niet hoeft te misstaan bij een man. Een zweem staalgrijs in zijn honingbruine haar, dat vlug maar netjes achterover is gekamd. Hij is begin veertig en zal er waarschijnlijk zo uitzien tot zijn vijfenzestigste. Brandende Camel tussen zijn vingers.

Hij lachte tegen Madeleine en zei: 'Goed, wat dacht je dan van "oom Simon"?'

'Oom Simon,' zei ze. De mannen grinnikten allebei.

'Wat zijn je plannen voor de toekomst, Madeleine?'

Ze antwoordde zonder aarzeling: 'Ik word een komiek of een spion.'

Simon wierp zijn hoofd achterover en lachte. Jack glunderde. 'Zo mag ik het horen, maatje.'

Simon vertelde dat hij nu diplomaat was.

'Dat meen je niet,' zei Jack. 'Jij bent de meest ondiplomatieke rotz... ouwe rot die ik ken.'

'Eerste secretaris Crawford zul je bedoelen, makker.'

'Wat doe je hier in vredesnaam?'

'Eigenlijk ben ik op vakantie. Ik heb afgesproken met een vriend.'

Laat maar. Jack wilde zich nergens mee bemoeien.

Simons standplaats was nu Berlijn, hij was net overgeplaatst van de Britse ambassade in Moskou.

'Hoe is Moskou?'

'Koud.'

Hij was tijdelijk aangesteld op het Militaire Hoofdkwartier in Berlijn, waar hij documenten van de geallieerden aan het inventariseren was – een gigantische verzameling Duitse dossiers, zowel militaire als civiele.

Jack vroeg: 'Hoe is je Duits?'

'Beter dan mijn Russisch.' Volgend jaar zou hij naar Washington gaan. 'Ik ben mijn Amerikaans aan het ophalen.'

Simon was niets veranderd. De zelfspot, de afwisseling van Cockney en aristocratische uitingen van genegenheid of minachting. Hij was niet getrouwd. Jack liet hem een foto van Mimi zien en hij zei: 'Wat moet zo'n goddelijke vrouw met zo'n arme sloeber als jij?'

'De hemel is me goed gezind.'

'Ja, dat wisten we al.'

Ze gingen gedrieën naar een *Biergarten*. Madeleine nam uit allebei hun glas een slokje en maakte hen aan het lachen met haar witte schuimsnor. De serveerster bracht de ene bierpul na de andere voor *den Herren* en pommes frites en limonade *für das Mädchen*. Het was een heerlijke middag.

In april van het jaar daarop belde Simon en vroeg om de 'gunst'. Jack luisterde aandachtig. Hij wist hoe hij het terloopse verzoek moest interpreteren. Een van Simons suggesties. Het was haast alsof hij weer in de instructeursstoel naast hem zat...

Jack stapt van het trottoir op het geasfalteerde exercitieterrein en de hitte slaat hem tegemoet. Hij steekt schuin over naar de winkel en de telefooncel. Het zou hem niet verbazen als Simon bij MI6 zat, de Britse geheime dienst. Agenten van MI6 timmeren niet aan de weg; vroeger mocht zelfs hun vrouw het niet weten. Dat is in Simons geval geen probleem.

Jack zoekt in zijn zak naar kwartjes en voelt een steek van opwinding. Er komt een geleerde uit de Sovjet-Unie. Een overloper. De man heeft een veilige plek nodig om er een halfjaar te wonen voor hij weer verhuist. 'Zorg dat hij zich thuis voelt,' zei Simon. 'De arme stumper zal wel een beetje nerveus zijn door de cultuurschok. Maak maar een pan van die heerlijke prut voor hem, hoe heet die macaronischotel ook alweer?'

'Kraft Dinner.'

'Precies.'

Er is weer een geleerde overgelopen naar onze kant; dat is alles wat Jack op dit moment weet. Simon was voor zijn doen expliciet: 'Je kunt het maar beter voor je houden' – de officiële term is *need-to-know*, maar Simon heeft het niet zo op officiële termen. Het zou leuk zijn om het aan Mimi te vertellen, maar zij hoeft het niet te weten en Jack heeft trouwens niet de gewoonte zijn werk mee naar huis te nemen. Hal Woodley hoeft het evenmin te weten. Simon wees erop dat Jack dit doet als privé-persoon: hij fungeert tijdelijk als gastheer voor de vriend van een vriend, puur informeel.

Op de basis in Duitsland hadden Jack en alle andere militairen 'oorlogstaken' waarmee ze belast zouden worden bij een aanval door de Oostelijke Sector. Jacks oorlogstaak viel onder de inlichtingendienst. Hij had toegang tot zeer geheime stukken en het werk hield in dat hij piloten die terugkwamen van oefenmissies ondervroeg en de informatie doorgaf aan de commandant van de basis en aan het hoofdkwartier van de Luchtdivisie. Hij is niet onbekend met need-to-know. Onwillekeurig vraagt hij zich nu af of Simon dat geweten kan hebben.

Hij voelt in zijn zak en telt de kwartjes. Een sovjetgeleerde. Simon heeft hem slechts aangeduid als 'onze vriend uit het Oosten'. Jack stelt zich een man voor met een vierkante kop, glad zwart haar, een bril met een zwart montuur en dikke glazen en een laboratoriumjas. Wat voor geleerde? Een atoomgeleerde? 'Een belangrijke vent wel,' zei Simon. *Onze vriend*. Waarom krijgt Canada hem?

Jack wil net de glazen klapdeur van de telefooncel opendoen als iemand zegt: 'Overste McCarthy?' Hij draait zich om. Een dikke man steekt zijn hand uit.

'Ik ben Vic Boucher, overste.'

Jack schudt de hand. 'Prettig kennis met je te maken, Vic.'

Majoor Vic Boucher. Gebouwd als een bowlingbal, net zo massief en bijna net zo kaal. 'Welkom thuis in het land van de ronde deurknoppen, overste.'

'En de snelheidsbeperkingen,' zegt Jack.

Een vriend van hem in 4 Wing was een maatje van Vic Boucher. Ze hebben samen gevlogen in de oorlog. Boucher was boordschutter. Als je je dat nu voorstelt, Boucher helemaal platgedrukt in de glazen koepel in de staart van een Lanc, begin je vanzelf te grijnzen. Maar hij was toen natuurlijk magerder – alleen al door de angst. De gemiddelde levensverwachting van de bemanning van een bommenwerper was zes weken, die van de boordschutter beduidend korter.

'Ik ben voor jou gewaarschuwd, Boucher.'

'Dat zal vast wel,' zegt Vic. 'Het zijn allemaal leugens. Gaat u ook naar de mess, overste?' Hij trekt zijn stropdas recht. 'U wilde eerst bellen, ga rustig uw gang, ik wacht wel.' Zijn Franse accent klinkt Jack huiselijk in de oren.

'Nee, *macht nichts*, we gaan.' Jack spreekt het uit als 'mok nix', en het betekent 'doet er niet toe', of, in luchtmachttaal, 'ik zit er niet mee'. Zoals de meeste militairen die in Duitsland gestationeerd zijn geweest, heeft hij maar een paar essentiële uitdrukkingen geleerd: *danke schön, einmal Bier bitte*, en *auf Wiedersehen*.

'Okido,' zegt Vic.

'*Oui, d'accord*,' zegt Jack, en Vic lacht.

Jack vindt hem meteen sympathiek. Een van zijn hogere officieren, belast met de opleidingsnormen op de officiersschool. En, nog belangrijker, voorzitter van de mess-commissie. 'Ik laat me door jou niet inlijven bij een commissie, Vic.'

Vic lacht weer. 'We hebben een vacature voor penningmeester.'

'Ik houd je op de hoogte.'

Jack nodigt hem en zijn vrouw uit om morgenavond te komen eten. Mimi zal blij zijn om Frans met iemand te kunnen ratelen. Samen met Vic loopt hij terug over het exercitieterrein. Simon zal tot na de lunch moeten wachten. Telefooncellen mogen dan veilig zijn, ze zijn verre van geluiddicht.

DE MAYFLOWER

Amerikanen zijn tevreden met wat ze hebben en daar willen ze nog meer van.

'HOE AMERIKA ZICH VOELT' GALLUP-ENQUÊTE, LOOK, 5 JANUARI 1960

Madeleine staat geleund tegen de bumper van de Rambler op de oprit en staart naar het slordige paarse huis aan de overkant van de straat. Naast de veranda staat iets te glimmen dat er eerder nog niet was. Een rolstoel.

Het is het enige complete, roestvrije voorwerp bij het huis, en het stond er vanmorgen opeens toen de McCarthy's terugkwamen van hun motel. Abracadabra!

Madeleine wacht op de verhuiswagen. Ze wacht al de hele ochtend en het lijkt erop dat ze ook de hele middag zal moeten wachten. Zij en Mike en maman hebben net geluncht. Tv-maaltijden van Swanson, zonder de tv. Alles in een eigen afdelinkje als in een vliegtuig. Maar nu is de lunch voorbij, het is warm en er is niets te doen. Mike is ergens heen met een andere jongen – het is niet eerlijk, hij heeft al een vriendje. Ze werpt een blik op haar favoriete ruitjesshort met franje om de broekzak, op haar bruine benen, knieën zonder korstjes omdat het al zo lang geleden is dat ze voor het laatst echt lol heeft gehad. Alleen haar rode veterloze gympen vertonen tekenen van slijtage. Haar moeder wilde ze weggooien, maar ze beginnen er nu pas goed uit te zien, nu haar beide grote tenen zich een weg door het canvas hebben gebaand. Dat proces kan worden versneld door je tenen over de grond te laten slepen als je op je fiets al freewheelend een heuvel afrijdt. *Maar mijn fiets staat in de verhuiswagen en de verhuiswagen komt nooit meer.*

De fiets van Madeleine heeft dikke banden – in Canada bestaat dat helemaal niet. Haar fiets lijkt op een kleine blauwe motorfiets, met een aerodynamische welving in de schuine stang met de snelle witte letters, *Zippy Vélo*. Hij ziet er niet uit als een meisjesfiets, en ook niet als een mislukte jongensfiets, hij is Europees. Een Volksfiets.

De zon knipoogt op de weg. Aan de overkant van de straat, een paar deuren verder naar links, bij het bruine hoekhuis, is de moeder van het hoelahoep-meisje bezig boodschappen uit het oranje VW-busje te laden, maar het meisje zelf is nergens te bekennen.

De buren die in de andere helft van de witte twee-onder-een-kap van de McCarthy's wonen zijn een stel watjes. Volgens maman is het een 'leuk jong stel'. Ze hebben een krijsende baby waar ze de hele tijd naar staan te staren. De vrouw ziet er opgeblazen en klef uit – Madeleines moeder heeft tegen haar gezegd dat ze mooi is. Madeleine is van plan om nooit kinderen te krijgen, nooit te gaan trouwen. Ze neemt zich voor om samen met haar broer ergens te gaan wonen en ze wil er nooit gaan uitzien als een klam stuk deeg.

Het intieme gewicht van de zon heeft de hele woonwijk lamgelegd. Alsof iedereen in het koninkrijk in slaap is gevallen. Madeleine voelt de hitte als een hand op haar hoofd drukken. Ze staart naar de rolstoel aan de overkant. Licht splintert van het stalen frame.

Eerst ging ze zich er een beetje raar van voelen, zoals je met dat soort dingen kunt verwachten. Krukken en beugels. Vreemde verwrongen mensen in rolstoelen – je voelt je schuldig en dankbaar omdat je niet bent zoals zij en niet in een ijzeren long ligt. 'Zeg maar een gebedje voor hen op,' zegt haar moeder, 'en kijk ze niet zo aan.' Maar Madeleine staat nu wel te staren omdat de rolstoel leeg is, er is niemand in de buurt die gekwetst kan worden.

'Waar is Mike?' vroeg haar vader toen hij vanmorgen de deur uitging. Zelfs toen al begon Madeleine genoeg te krijgen van het wachten op de verhuiswagen.

'Die heeft een vriendje leren kennen en nu zijn ze er samen vandoor.'

'Waarom ga jij niet een paar kameraadjes zoeken?'

'Er is niemand.'

Hij liet zijn vriendelijke, ongelovige lachje horen. 'Het krioelt in deze buurt van de kinderen, maatje.'

Pap is zo naïef. Hij denkt dat je gewoon naar een groep kinderen toe kunt gaan en kunt vragen: 'Zeg, jongens, mag ik meedoen?' Hij heeft het over geïmproviseerde spelletjes hockey lang geleden in de straten van zijn geboorteplaats, groepen kameraden die door de bossen van New Brunswick zwierven, gingen vissen, spijbelden, de nonnen de schrik op het lijf joegen en vreselijk veel lol trapten terwijl ze samen opgroeiden. Madeleine kent hier geen levende ziel, en hoe moet je iemand leren kennen als de school pas over een week begint? Mike sluit altijd vanaf het allereerste begin vriendschap. Het kan jongens niet zoveel schelen dat je nieuw bent. Meisjes kijken je aan of je een soort insect bent tot ze besluiten of ze wel of niet met je haren willen spelen.

Madeleine gelooft niet langer in de verhuiswagen en loopt de oprit af. Ze doet babystapjes, de ene voet voor de andere, met de hak tegen haar tenen, want zo duurt het langer om de straat over te steken en komt de verhuiswagen eerder.

Nancy Drew en de zaak van de geheimzinnige rolstoel. Misschien hebben ze een invalide moeder. Stel je eens voor dat je moeder invalide zou zijn. 'Kom hier, liefje, zodat ik je kan aankleden.' Je zou altijd gehoorzaam moeten zijn en netjes antwoord moeten geven want het is erg wreed om een invalide moeder tegen te spreken of weg te rennen zodat ze niet bij je kan komen. Stel je voor dat ze met haar zwakke handen je boterhammen smeert, en in haar rolstoel naar de koelkast rijdt voor de mayonaise. Die gedachten zorgen dat Madeleine haar eigen moeder waardeert. Het is goed om je moeder te waarderen. Ze stelt zich voor dat haar moeder dood is om haar nog meer te waarderen: stel je voor dat alleen ik en Mike en pap er nog waren. We zouden elke avond afhaalkip eten en naar luchtshows gaan. Ik zou Mikes afdankertjes dragen en de mensen zouden denken dat ik een jongen was. Dan bedenkt ze dat de voorwaarde voor dit jongensparadijs de dood van haar moeder is en maakt ze abrupt een einde aan de fantasie. Als je moeder ervoor moet doodgaan, is het het niet waard.

Ze houdt het niet langer en rent in een hartverscheurend tempo weg tot ze halverwege St.Lawrence Avenue is, de kant van de school op. Daar blijft ze staan om op adem te komen. Links van haar staat een lege groene bungalow. Ze loopt ernaartoe en gluurt door het raam van de woonkamer.

Geboende houten vloeren, pas geverfde witte muren. Nadat de nieuwe bewoners erin zijn getrokken, zal ze zich herinneren dat ze bij hun lege huis heeft gespioneerd.

Ze laat zich op haar rug vallen in de overwoekerde voortuin van de bungalow en beweegt haar armen en benen alsof ze een sneeuwengel in het gras wil maken. Zijn er andere werelden? Is het mogelijk om naar een plek te varen waar onderwatersteden zijn en pratende dieren? Soms gelooft Madeleine zo intens dat ze er tranen van in haar ogen krijgt. Ze staart omhoog naar de wolken. Een berg. Een kameel. Milton Berle – *Goedenavond, dames en beren*. De berg beweegt – een deur gaat open als een mond. Wat zat er in de berg van de Rattenvanger van Hameln? Zat die net als de grot van Aladdin vol schatten? De berg wordt platter en drijft in zijn eentje weg zodat de maan zichtbaar wordt. Die ziet er daarboven uit als de hostie bij de communie, smakeloos. Madeleine zou liever naar zee gaan dan naar de maan, zou liever naar vroeger tijden reizen dan naar de toekomst. Ze zou Hitler besluipen in het Arendsnest en hem van een Alp afduwen net als de rolstoel in *Heidi*, en ze zou Anne Frank waarschuwen niet in Nederland te blijven. Ze plukt gras met beide handen en bestrooit zichzelf ermee. Als ze hier lang genoeg blijft, raakt ze helemaal bedolven en zal niemand haar vinden. Bedenk eens hoe bezorgd ze allemaal zullen zijn als ze niet thuiskomt. Mike zal vreselijke spijt hebben en tot God bidden of die zijn zusje terug wil brengen. Stel je de vreugde voor als ze ontdekken dat ze toch niet dood is. En het is allemaal niet haar schuld, want ze was gewoon heel onschuldig in het gras gaan liggen... en deed haar ogen dicht... *in het dal van de vrolijke, ho ho ho, groene reus.*

Op de veranda achter het huis is Mimi klaar met een brief aan haar zus Yvonne, en nu begint ze aan een brief voor Domithilde. Mimi heeft geen geheimen voor Yvonne, maar Domithilde zit al jaren in het klooster en je kunt van haar niet verwachten dat ze op de hoogte is van de details van het gezinsleven. *Chère Domithilde, on est enfin arrivés à Centralia...*

Nadat ze klaar is met de brief aan Domithilde, begint ze aan een brief voor hun Duitse vrienden. *Liebe Hans und Brigitte, Eindelijk zijn we hier. Willkommen in Centralia!*

'Mevrouw McCarthy?'

Ze kijkt op. Een slanke vrouw, iets ouder dan zijzelf, met opengewerkte schoenen aan en een strakke jurk met een ceintuur, smaakvol geverfd rosblond haar.

'Ik ben Vimy Woodley, welkom in Centralia.'

Mimi staat op, raakt in een reflex met één hand haar haar aan en steekt de andere uit. 'Mevrouw Woodley, wat leuk u te ontmoeten, zegt u alstublieft Mimi.'

De vrouw van de commandant, en ik met mijn lelijke oude short aan!

'Zeg maar gewoon Vimy.' Ze houdt een met folie bedekt bord vast. 'Het is maar een kleinigheidje, hoor, maar je moet ze wel warm opdienen.'

Wentelteefjes. 'Oh, *mais c'est trop gentil.*'

Vimy glimlacht en Mimi bloost omdat ze haar in het Frans heeft aangesproken.

'Je bent in goed gezelschap, Mimi, even verderop wonen ook Frans-Canadezen. Heb je de Bouchers al ontmoet?'

'Nog niet.'

'Je moet eens langskomen zodra je op orde bent. Er zijn nu veel mensen weg en het duurt nog wel een paar weken voor de Vrouwenclub weer normaal functioneert, maar ik doe wel een pakje in je brievenbus om je wegwijs te maken. Gewoon wat informatie over de basis en de omgeving en de school en zo.'

'Heel hartelijk bedankt – Vimy?'

'Dat klopt.'

'Ben je Frans?'

'Ik ben genoemd naar een oom die in de slag bij Vimy heeft gevochten. Ik ben allang blij dat ze me geen Passchendaele hebben genoemd.'

'Of Dikke Bertha,' grapt Mimi en loopt dan donkerrood aan, want dat slaat nergens op, en het is nog te vroeg om zulke vertrouwelijke grapjes te maken, maar Vimy Woodley moet erom lachen.

'Vimy, waarom kom je niet even binnen voor een kopje... voor een glas...?'

'Mimi, geen denken aan.'

Beide vrouwen weten dat Mimi op dit moment waarschijnlijk met niets beters voor de dag kan komen dan een thermosfles bocht.

'Bel me als je wat nodig hebt.'

Na het middageten loopt Jack met Vic Boucher terug over het exercitieterrein. Een groep cadetten komt net uit het recreatiecentrum, ze zien er pas geboend uit, met hun trainingstassen over hun schouders. Een stuk of wat auto's staan geparkeerd voor de legerwinkel, vrouwen komen en gaan, sommigen met kinderwagens, anderen lopen te balanceren met boodschappen en peuters, en blijven staan om een praatje te maken. Jack zegt: 'Ik kan maar beter even navragen wat ik van mijn vrouw moest meenemen,' alsof het nu net bij hem opkomt om naar huis te bellen.

Maar een cadet wringt zich door de glazen deur en gooit een zakvol kleingeld in de gleuf voor Jack bij de cel is. Een knaap uit Maleisië. Een liefje aan de andere kant van de wereld – dat kan wel even duren.

'Ga mee naar het recreatiecentrum, daar kun je bellen vanuit het leslokaal, ik heb de sleutels.'

'Neu,' zegt Jack. 'Het schiet me straks wel weer te binnen.' En hij zet koers naar de winkel.

'*À demain,*' zegt Vic.

Tot morgen? Juist ja, het avondeten. Jack moet niet vergeten dat tegen Mimi te zeggen zo gauw hij thuis is. *We krijgen morgenavond bezoek.* Hij blijft bij de ingang staan en kijkt de winkel in. Slentert door een gangpad en dan weer terug door een ander. Koopt een pakje kauwgom.

Als hij de winkel uitkomt, is Vic verdwenen. Een paar kleine leugentjes, vast iets heel alledaags voor Simon. Standaardprocedure. Jack werpt een blik op de telefooncel – nog steeds bezet. Hij gaat richting huis. Het heeft geen haast.

Madeleine rent zo hard als ze kan de St. Lawrence Avenue op en laat een spoor van groene snippers achter zich – daar is hij! Het gele schip van Christoffel Columbus schommelt opgewekt over een geverfde zee op de zijkant van de groene verhuiswagen van Mayflower. De achterdeur staat al open, de laadklep is neergelaten en een man in een overall haalt haar fiets uit de auto. Ze kan het verende zadel al voelen, de pedalen stevig onder haar voeten, de betrouwbare handvatten van het stuur – o, mijn fiets!

'Van wie is deze?' vraagt de verhuizer knipogend, terwijl hij de kleine blauwe bommenwerper omhooghoudt. Hij ruikt naar teer; het is een vriendelijke geur.

Ze rijdt over het gras, om het huis heen en over de oprit, terwijl haar benen als zuigers heen en weer gaan, voor ze teruggaat naar de verhuiswagen, aarzelend tussen de open weg en de open vrachtwagen waarin al hun spullen in dozen en onder dekens liggen opgestapeld. Ze kijkt, zittend op haar fiets, met haar voeten plat op de grond – ze zal haar vader moeten vragen het zadel hoger te zetten, ze is gegroeid.

Mike is er ook, met zijn nieuwe vriendje, Roy Noonan. Madeleine merkt dat ze hun stemmen dieper laten klinken dan ze in werkelijkheid zijn – ze korten hun zinnen in, dwingen zichzelf op een lagere toonhoogte te spreken. Roy heeft zwart stekeltjeshaar en een beugel en ronde roze wangen. Hij houdt een vliegtuigje van balsahout in zijn handen en Mike houdt de afstandsbediening vast. Ze kijken ernstig en uitdrukkingsloos voor zich uit. Madeleine is slim genoeg om niet te hopen dat ze met hen mag spelen. En wat dan nog? De verhuiswagen is er!

Verhuizers dragen reusachtige dozen en meubelstukken uit de wagen – een gewatteerde deken schuift opzij en onthult de toilettafel van maman, dat uiterst intieme altaar dat eventjes publiekelijk wordt tentoongesteld, als een dame die in haar lingerie voor het raam loopt. Dit is de eerste keer dat de McCarthy's hun meubilair zien sinds ze van Alberta naar Duitsland zijn verhuisd. De meubels waren opgeslagen. Daar komt de bank waarop Madeleine zich naast haar vader nestelde om de krant te lezen voor ze kon lezen, en dat moet de glazen bovenkant van de salontafel zijn, met het opschrift BREEKBAAR! En wat zou er in de grote doos zitten waar RCA VICTOR DEZE KANT BOVEN op staat? De tv! Een goocheldoos vol verrukkingen, die vier jaar geleden voor het laatst licht gaf.

Dingen waarvan je niet meer weet dat je ze bezat, zitten in die dozen. Onze spullen. Alle dingen die we in Duitsland hebben ingepakt en alle dingen die in de opslag hebben liggen slapen, herenigd, eerst met elkaar en nu met ons. Speelgoed en poppen die deze ongelooflijke reis hebben gemaakt komen keurig en opgefrist tevoorschijn: 'Natuurlijk zijn we niet gestikt.' De koekoeksklok zal weer ontwaken, opnieuw aan de muur boven de kachel, met het spannende deurtje dat elk moment open kan gaan. Onze eigen borden glimlachen tegen ons vanaf de keukentafel: 'We hebben het gehaald.' Ons bestek, dat in nieuwe maar vertrouwde hokjes in de keukenla zal slapen, en weet je nog, die kleine eierdopjes in de vorm van kippen? Die gebruiken we morgenvroeg. Daar komt je eigen bed, triomfantelijk op schouderhoogte over de laadplank gedragen, en in die doos zitten de kostbare fotoalbums die van zwart-wit zijn geëvolueerd tot kleur – de eerstvolgende keer dat we een album openslaan kijken we naar herinneringen die nog een stukje verder verwijderd zijn van het heden. Al die dingen hebben hun weg gevonden naar deze specifieke plek op aarde, St. Lawrence Avenue 72, Centralia, Ontario, Canada. Onze spullen.

Zoals altijd komen er kinderen behoedzaam om de verhuiswagen heen staan. Twee kinderen die niet meetellen omdat ze te jong zijn – hun fietsen hebben nog extra wieltjes. En het hoelahoep-meisje.

'Hoi.'
'Hoi.'
Ze blijven een tijdje naar de verhuiswagen staan kijken. Het hoelahoepmeisje heeft koperkleurig krulhaar, sproeten en een rond brilletje. Ze draait zich om en vraagt: 'Hoe heet jij?'
'Madeleine McCarthy. En jij?'
'Auriel Boucher.'
Ze kijken nog een tijdje naar de auto.
'Waarvandaan zijn jullie verhuisd?' vraagt Auriel.
'Duitsland.'
'Daar hebben wij ook gewoond.'
'Geinig. Ik ben geboren in Edmonton.'
'Geinig, ik ben geboren in Engeland.'
'Geinig.'
Auriel blijkt heel erg grappig te zijn en het kan haar niet schelen dat ze dik is. Mollig, eigenlijk. Ze is trouwens niet echt dik, als je haar eenmaal beter kent. En sproeten zijn leuk.
'Je hebt een mooie fiets.'
'Bedankt,' zegt Madeleine. 'Ik vind je bloesje mooi.'
'Bedankt,' zegt Auriel. 'Mijn boezem komt er beter in uit.' Ze barsten in lachen uit.
Je kunt niet zien of Auriel echt een boezem heeft onder haar gestippelde bloesje, maar daar gaat het niet om. Er komt nog een meisje bij hen staan, Lisa Ridelle, met splinternieuwe Keds aan.
'Hoi, Auriel.'
'Hoi, Lisa.'
'Hoi,' zegt Madeleine.
Sliertige witblonde pony, lichtblauwe ogen. Lisa lacht om alles wat Auriel zegt. Algauw lacht ze om alles wat Madeleine zegt.
'Je lacht net zo als Muttly in *Penelope Pitstop*,' zegt Madeleine en Lisa laat haar raspende lachje weer horen.
'Dat klopt!' stemt Auriel in, die haar imiteert. Madeleine volgt haar voorbeeld en nu doen ze met zijn allen de hijgerige lach van de hond uit de tekenfilm na. Ze kennen elkaar pas vijf minuten en nu hebben ze hun eigen lach al.
'In welke klas zit jij?'
'De vierde.'
'Ik ook.'
'Ik kook!'

Lisa kan haar oogleden binnenstebuiten draaien, echt eng. 'Doe het nog eens, Lisa.' Auriel weet hoe ze je hand kan verlammen. 'Knijp zo hard als je kan in mijn duim. Oké, nu loslaten, maar steek je vingers niet uit...' Dan kietelt ze lichtjes in je pols. 'Oké, probeer je vingers nu maar open te doen.'

Madeleine kan ze maar amper open krijgen. 'Wauw, ik ben verlamd.'

'Doe het nu eens bij mij, Auriel.'

'Zullen we limonade gaan verkopen, jongens?' Het is een warme dag, ze kunnen een fortuin verdienen. Maar Lisa en Auriel gaan morgen naar een honkbaltoernooi en vertrekken vandaag met het busje van de Bouchers. Auriel is vanger en Lisa speelt korte stop. Je kunt je Auriel gemakkelijk voorstellen met de leren borstbeschermer aan, het masker en een omgekeerd petje op – zo lijkt ze precies op een schildpad. Op een goeie manier.

'Auriel, kom eten, schat, papa komt zo thuis.' Auriels moeder roept haar vanaf de oprit van de Bouchers. Ze staat naast het open Volkswagenbusje met een arm vol honkbalknuppels en scheenbeschermers. Ze heeft net zulk krulhaar.

'Ik kom eraan, mams,' roept Auriel.

O, om net zo te zijn als Auriel Boucher en Hayley Mills en je moeder 'mams' te noemen. Mevrouw Boucher is een oorlogsbruidje, dat merk je aan haar Engelse accent.

De verhuiswagen is bijna leeg. Madeleine kijkt hoe haar nieuwe vriendinnen de straat in rennen naar het huis van de Bouchers, net als haar vader de hoek om komt. 'Pap!' Ze springt op haar fiets en rijdt naar hem toe, trappend als een bezetene. 'Pap, kijk!' Hij glimlacht en leunt vooroever met open armen alsof hij haar wil opvangen, met Zippy Vélo en al.

Het wordt allemaal prachtig, Centralia wordt fantastisch.

'Ik ben blij dat te horen, liefje,' zegt pap als ze haar fiets tegen de veranda zet en achter hem aan naar binnen gaat. De kamers staan vol dozen en meubels – een ordeloze kudde die nog niet is vastgemaakt aan muren en hoeken. 'Mimi, ik ben thuis.'

De echo in hun stemmen is al gedempt, geabsorbeerd door hun spullen, die hen hebben achterhaald, de rest van het gezin. Bezield met alles wat ze in de loop der jaren in zich hebben opgenomen, zullen deze spullen herinneringen aan voorbije tijden uitwassemen, het huis vullen met dat onvertaalbare welbehagen dat de Duitsers *Gemütlichkeit* noemen en er een plek van maken die niet zomaar een plek is, maar een plek waar je thuis bent.

Voor het avondeten zijn de McCarthy's acht kilometer naar het noorden gereden, naar het stadje Exeter, voor hamburgers en milkshakes. Exeter is netjes en welvarend, maar als je op zoek bent naar een A&W moet je de andere kant op rijden, in de richting van London. Maar er is wel een goed hamburgerrestaurant, en met zijn vieren gaan ze aan een tafeltje zitten.

De mensen van het restaurant wisten meteen dat de McCarthy's van de luchtmachtbasis kwamen. Als het tijd wordt voor het nagerecht, gaat het hele gezin aan de bar zitten, en Jack en Mimi maken een praatje met de eigenaars. Ze doen altijd hun best om de plaatselijke bevolking te leren kennen, het maakt niet uit of ze in Alberta of de Elzas zijn. Mensen zijn mensen, laten we iets van het leven maken. En meestal krijgen ze een warm onthaal, zelfs van de plaatselijke inwoners die argwanend staan tegenover de stroom tijdelijke buren, die weliswaar de plaatselijke gemeentekas spekken, maar anderszins een storend element voor de permanente bevolking kunnen zijn. Het duurt nooit lang voor Jack en Mimi ergens thuis zijn. Maar dat blijft meestal niet duren, en dat is ook niet de bedoeling, en met een enkele kerstkaart vanuit de volgende basis houdt het wel op.

'Is de taart lekker?' vraagt Jack.

'Eigengemaakt,' antwoordt een zwijgzame vrouw achter de toonbank.

'Klinkt goed,' zegt Jack en hij bestelt een stuk kwarktaart.

Madeleine kijkt naar de man die hamburgers omdraait op de kookplaat. Is hij de man van de vrouw? Hij is mager en zij is dik. *Jack Sprat...*

'Wat wil jij, Madeleine?' vraagt haar vader.

Ze kijkt op in het vlezige gezicht van de vrouw. 'Eh. Hebt u Napolitaans?'

'Met een kers erop?' vraagt de vrouw zonder een spoor van een glimlach.

'*S'il vous plaît*,' zegt Madeleine onwillekeurig.

De vrouw glimlacht en zegt: 'Kom-aan-tallee-voe?' en knijpt even in Madeleines wang, maar zonder dat het zeer doet. Dames achter toonbanken zijn overal ter wereld hetzelfde. Ze geven je graag iets, ze willen graag een stuk van je gezicht tussen duim en wijsvinger voelen.

Erbij horen en er niet bij horen. Tegelijk buitenstaander en insider zijn. Voor Madeleine is dat even natuurlijk, even vanzelfsprekend, als ademhalen. En het idee om te midden van je eigen verleden op te groeien – tussen mensen die je je hele leven al kennen en menen te weten uit wat voor hout je gesneden bent, waartoe je in staat bent – dat is een verstikkende gedachte.

'Hoe zit het met de winkels hier?' vraagt Mimi. 'Is er een goeie slager?' Een rijke gespreksader opent zich. Slagers van hier tot London worden besproken. Dat leidt tot kinderschoenen, de schooldirectie, minister-president Diefenbaker, of het een koude winter gaat worden, en de ruimtewedloop.

'Nou, Kennedy zegt dat hij het voor mekaar krijgt, en het zou me niks verbazen als het hem lukt,' zegt Jack.

'Waarom willen we eigenlijk zo graag naar de maan?' vraagt de man bij de kookplaat.

Jack antwoordt: 'Als wij daar niet als eersten zijn, zijn de Russen ons voor.'

'Dat is nou precies wat ik bedoel,' zegt de man, terwijl hij zijn handen afveegt aan zijn witte schort. 'Het begint daar vol te worden.'

'Pap,' zegt Mike. 'Niet wij, de Amerikanen.'

'Dat klopt, Mike, en vergeet dat nooit.'

'Vive la différence,' zegt Mimi.

De vrouw zet een sorbetglas neer voor Madeleine, Italiaans ijs bekroond met chocoladesaus, slagroom en een kers. 'Wauw, bedankt,' zegt Madeleine. De vrouw knipoogt tegen haar.

Madeleine pakt haar lepeltje. Hoewel ze zich overal en nergens thuis voelt, krijgt ze soms het gevoel dat ze ergens iets, of iemand, een verkeerde plaats heeft gegeven. Soms, als het gezin aan tafel gaat, heeft ze het gevoel dat er iemand ontbreekt. Wie?

Jack vraagt waar je het beste kunt zwemmen en picknicken. Vlakbij, langs het Huronmeer. Dat wist hij al, maar mensen worden graag gevraagd naar hun leefomgeving. En Mimi vindt het heerlijk om mensen te leren kennen. Ze zijn dol op haar Franse accent en zij vindt het prachtig dat ze nooit raden waar ze vandaan komt. Frankrijk? Quebec? Ze spreken het uit als 'Kwiebek'. Nee en nogmaals nee. Waar dan? Acadië. L'*Acadie*. De plek van *le grand dérangement* – de grote verdrijving van bijna tweehonderd jaar geleden waardoor Longfellow zich liet inspireren tot zijn romantische gedicht *Evangeline*. De massale verdrijving van een heel volk van de oostkust van Canada, een menselijke vloedgolf die naar het zuiden stroomde, een poel vormde in Louisiana en daar een Cajun-cultuur bevruchtte, en vervolgens druppelsgewijs weer omhoog vloeide en floreerde in enclaves in de Canadese kustprovincies, met wortels die teruggaan tot de zeventiende eeuw. Mimi zegt: 'Daarom ben ik zo goed in verhuizen.'

Ze lacht mee met de mensen achter de toonbank, en zegt er maar niet bij dat het de *maudits Anglais* waren die haar volk eruit hebben getrapt. Amerikanen reageren in het algemeen beter op dat deel van het verhaal dan Engels-Canadezen, aangezien ze het nodig hadden gevonden die verrekte Engelsen er zelf uit te trappen.

Jack vindt het leuk haar te plagen als ze alleen zijn. 'Je bent mijn gevangene,' zegt hij dan. 'Mijn rechtmatige buit.' Als hij haar echt nijdig wil maken, beschrijft hij de Fransen als een verslagen volk en zegt: 'Je hebt geluk gehad dat de Britten zo superieur waren, want anders zouden jij en ik elkaar nooit hebben leren kennen.' Hij weet dat hij gewonnen heeft als hij haar zover krijgt dat ze hem een opstopper geeft. 'Dat is altijd het probleem met de Fransen geweest. Te emotioneel.' Dat is Mimi. Een echte driftkikker.

Jack en Mimi zijn allebei afkomstig van de Atlantische kust van New Brunswick. Maar daar hebben ze elkaar niet leren kennen – zij was Frans, hij was Engels, dus hoe hadden ze elkaar dan moeten ontmoeten? Hij werkte in een kartonfabriek met drie oudere mannen. Op zijn zeventiende was hij de enige die al zijn vingers nog had. Toen hij besefte dat hij ook de enige was die kon lezen en schrijven, vertrok hij. Loog over zijn leeftijd, nam dienst bij de luchtmacht, kreeg een vliegtuigongeluk en nam opnieuw dienst. Toen hij en Mimi elkaar in 1944 ontmoetten op een dansavond in Yorkshire, waar hij bevoorradingsofficier was en zij hulpverpleegster bij bommenwerpersgroep 6, leek het opeens een heel kleine wereld. Kleine wereld, grote oorlog. Ze hadden geluk gehad.

'Dit is wel een heel mooi deel van het land,' zegt Jack tegen de man achter de toonbank.

'O, het is een paradijs op aarde,' zegt de man, terwijl hij Jacks koffiekopje nog eens volschenkt.

Het is eigenlijk heel simpel: als je mensen aardig vindt, vinden ze jou waarschijnlijk ook aardig. Het helpt dat de kinderen van Jack en Mimi beleefd zijn en antwoord geven in volledige zinnen. Het helpt dat hun dochter mooi is en hun zoon knap.

'Wat wil je worden als je groot bent, jongeman?' vraagt een man aan een tafeltje achter hen, een boer met rubber laarzen aan en een John Deere-pet op.

Mike antwoordt: 'Ik wil Sabre-piloot worden, meneer.'

'Kijk eens aan,' zegt de man knikkend.

'Zo hoort het,' zegt Jack.

Het helpt dat Jack en zijn vrouw aantrekkelijk zijn. Niet alleen omdat Mimi slank en elegant is met haar pumps en strakke rok. Niet omdat hij blauwe ogen heeft en ontspannen is – een gentleman die er geen moeite voor hoeft te doen, met een natuurlijke beschaving die goed past bij het respect dat hij als kind uit een fabrieksstad heeft voor werk en arbeiders. Ze zijn aantrekkelijk omdat ze verliefd zijn.

Het is werkelijkheid geworden. De droom. De economische opgang na de oorlog, de kinderen, de auto, alle spullen waarvan mensen zogenaamd gelukkig worden. De spullen die voor sommige mensen een last beginnen te worden – alcoholisten in grijze flanellen pakken, overspannen huisvrouwen – hebben Jack en Mimi heel veel geluk gebracht. Ze maken zich volstrekt niet druk om 'spullen' en misschien is dat hun geheim wel. Ze zijn rijk, ze zijn fabelachtig welgesteld. En dat weten ze. Ze houden elkaars hand vast onder de toonbank en maken een praatje met de plaatselijke bevolking.

Madeleine zegt: 'Ik ga waarschijnlijk bij de geheime dienst,' en iedereen lacht. Ze glimlacht beleefd. Het is een goed gevoel om mensen aan het lachen te maken, zelfs als je niet precies weet wat er zo grappig is.

Het dessert is van de zaak. Welkom terug in Canada.

Ze rijden hun oprit op als de zon zichzelf in de hemel begint weg te cijferen. Madeleines innerlijke filmmuziek zwelt op bij het zien van de trage bezwijming van de zon boven de woonwijk; licht doorboort de voorruit en priemt in haar hart. Vannacht slapen ze voor het eerst sinds Duitsland in hun eigen bed in hun eigen huis.

In de kelder rommelt haar vader in een van de dozen en Madeleine ziet hoe hij iets wonderbaarlijkers tevoorschijn haalt dan een levend konijn. 'De honkbalhandschoenen!' Hij gooit haar er een toe en ze gaan naar buiten, naar de cirkel van gras achter het huis. Mike is weg met zijn nieuwe vriendje zodat ze pap en het vangspel helemaal voor zichzelf heeft. De plezierige smak in de handpalm, die niet zeer doet; de vlijmscherp bovenhands teruggegooide bal die hij moeiteloos uit de lucht plukt. De zon gaat tussen hen in onder, zodat geen van beiden tegen de zon inkijkt, want als je vangbal speelt met je vader is alles perfect.

O nee, daar heb je Mike met Roy Noonan. Ze hebben honkbalhandschoenen, ze gaan het spel verpesten.

Maar dat doen ze niet. De kring wordt uitgebreid, alle vier gooien ze de bal en er ontstaat een soepel ritme – klets, pauze, omhoog, zoef, en de bal vliegt van handschoen naar handschoen als een dolfijn op een golftop. Mike noch Roy schijnt het ook maar enigszins vervelend te vinden om met een jonger zusje te spelen, en het feit dat Madeleine een meisje is, geeft pas aanleiding tot commentaar als ze allemaal achter pap aan teruglopen naar het huis, omdat het zonlicht inmiddels zo zwak is geworden dat ze de bal niet meer kunnen zien, en Madeleine Roy Noonan hoort zeggen: 'Je zus speelt heel goed voor een meisje.'

En het antwoord van Mike: 'Ja, dat is zo.'

Wat is er aan deze dag niet volmaakt geweest?

Als de kinderen naar bed zijn, zet Mimi thee en Jack steekt de stekker van de hi-fi die ze in Duitsland hebben gekocht in het stopcontact. De zender komt

kristalhelder door. 'Unforgettable... that's what you are.' Ze zet de bekers op de vloer, hij spreidt zijn armen uit en ze dansen onder de lamp van zestig watt, traag heen en weer zwaaiend op een open stuk tusen de dozen. 'Unforgettable, though near or far...' Haar vingers sluiten zich om de zijne, ze strijkt met haar gezicht langs zijn hals, zijn hand zoekt en vindt haar middel, ze is volmaakt.
'Wil je een baby uit Centralia?' vraagt hij.
'Ik heb niks tegen een kleintje uit Centralia.'
'Een eekhoorntje?'
'Ik hou van je, Jack.'
'Welkom thuis, vrouwlief.' Hij trekt haar dichter tegen zich aan. Ze kust zijn nek voorzichtig op de plek waar het zachte dons van zijn haarlijn begint. 'Je t'aime, Mimi,' fluistert hij in zijn verlegen Frans met een zwaar Engels accent; ze glimlacht tegen zijn schouder. 'That's why, darling, it's incredible, that someone so unforgettable...' Hij zou haar nu mee naar boven kunnen nemen, maar Nat King Cole is aan het zingen en net als tijdens hun wittebroodsweken in Montreal is er de heerlijke zekerheid die maakt dat je het ogenblik nog even uitstelt. Het leven is lang, ik ga nog jaren en jaren met je vrijen... 'thinks that I am unforgettable too...'
'Pap?' door het hekje boven aan de trap.
Hij kijkt op. 'Waarom ben je wakker, maatje?'
'Ik kan niet slapen.'
'Waarom niet?'
'Ik heb last van mijn maag,' zegt Madeleine.
Mimi loopt naar de trap. 'Je hebt het koud in die babydoll.'
'Nee hoor!' Madeleine is verzot op haar babydoll. Er is niets dat zoveel op Steve McQueen-nachtkleding lijkt – een boxershort en een onderhemd.
'Waar is die goeie ouwe Bugsy?' vraagt Jack.
Madeleines hart maakt een sprongetje. 'Dat weet ik niet. Ik had hem gisteren nog toen we het huis ingingen.'
'En waar heb je hem dan gelaten?' Jack kijkt om zich heen.
'Ik weet het niet.' Haar ogen vullen zich met tranen.
Mimi mompelt: 'Mon Dieu, Jack, bemoei je er niet mee.' Maar ze helpt met zoeken terwijl Madeleine vertwijfeld op de trap gaat zitten.
Maman mag Bugs niet. Ze vindt hem onhygiënisch. Hij is nog nooit gewassen omdat er een kleine grammofoon of zoiets in zijn buik zit – als je aan zijn touwtje trekt, zegt hij een aantal typische Bugs Bunny-dingen. Tegenwoordig klinkt zijn stem ver weg en worden zijn woorden vertroebeld door gekraak alsof hij een radiobericht uit de verre ruimte zendt, *wie heb het licht uitgedaan?*

Jack staat voorovergebogen onder de bank te kijken als Mikes stem van boven aan de trap klinkt: 'Hij is in mijn kamer waar je hem hebt laten liggen.'

'Michel,' zegt Mimi, 'waarom ben jij uit bed?'

'Ik kan niet slapen van al dat lawaai,' zegt hij, terwijl hij zich in zijn cowboypyjama bij zijn zus op de overloop voegt.

Madeleine rent naar de kamer van haar broer. Bugs ligt met zijn gezicht naar beneden op de vloer alsof hij neergeschoten is. Ze draait hem om en hij ziet er net zo geamuseerd uit als altijd. *Tjee, chef, ik wist niet dat het je wat kon schelen.* Ze raapt hem op en knuffelt hem, terwijl ze zich afvraagt of Mike boos op haar zal zijn omdat ze in zijn kamer heeft rondgesnuffeld. Bugs is het bewijs.

Maar Mike is niet boos. Hij kruipt weer in bed en zegt: 'Trusten, onderdeurtje.'

Wie is deze aardige Mike? Waar is de Mike gebleven die altijd zo razend op haar werd? De broer die haar voor de gek hield en treiterde, de broer die ze beet zodat er tandafdrukken op zijn arm achterbleven? Twee tranen lopen over haar wangen als haar vader haar oppakt en haar naar bed draagt.

'Wat is er, maatje?'

Ze weet niet hoe ze Mike de schuld kan geven, want hij is tenslotte heel aardig geweest. 'Ik was verdrietig over Bugs. Hij begint oud te worden.'

Jack stopt haar in. 'Hij ziet er volgens mij nog heel levendig uit. Hij kan nog een hele tijd mee. Trouwens, Bugs is nooit geboren, dus je weet wat dat betekent.'

'Wat dan?'

'Hij blijft altijd leven.' Hij gaat op de rand van haar bed zitten en zegt: 'Kruip er nu maar lekker onder om te gaan slapen zodat je zo fris als een hoentje wakker wordt, want ik zal je eens wat vertellen: morgenavond hebben we een barbecue en je mag je nieuwe kameraadjes uitnodigen.'

'Oké, pap.'

'Slaap lekker dan.'

'Ik heb verse thee voor je gezet,' zegt Mimi, terwijl ze hem een beker aangeeft.

Hij neemt een slok en zegt: 'O, ik heb mensen uitgenodigd om morgenavond te komen eten.'

'Wat?'

'Vic Boucher en...'

'O, Jack...'

'We hoeven er niet veel werk van te maken...'

'Het is wel veel werk' – knikkend, met uitgestrekte armen, terwijl ze de chaos overziet. Vandaag heeft ze alle kleren uitgepakt, de bedden opgemaakt, de keukenspullen uitgepakt, elk huishoudelijk gebruiksvoorwerp, potten, borden en pannen afgewassen, maar de rest van het huis... 'Moet ik mensen ontvangen in deze rommel?'
'Ik leg wel wat op de barbecue.'
'Wat gaat ik met jou beginnen?' – haar grammatica gaat erop achteruit als ze van streek is.
'Ik weet niet, wat ga je met me beginnen?' Hij knipoogt.
'Tu sais c'que je veux dire, hoe kun je mensen uitnodigen als' – ze steekt haar handen omhoog. 'O, Jack... wie zijn het?'

Hij loopt achter haar aan naar boven en haar driftige geroep verandert in gefluister en verdwijnt dan achter de badkamerdeur. Hij gaat hun kamer in en zet zijn cadeautje op haar toilettafel. Een kleinigheidje dat hij sinds Europa in zijn scheeretui heeft bewaard.

Ze komt uit de badkamer, ritst zelf haar jurk open, *je staat even droog, monsieur*, maar wanneer ze het flesje Chanel N° 5 ziet, laat ze haar armen zakken en zegt: 'O, Jack.'

'Ik ben nog steeds boos op je,' fluistert ze wanneer hij het licht uitdoet en bij haar in bed stapt.

Hij raakt haar aan, vult zijn handen met haar borsten, wonderbaarlijk, haar huid warm als zand, ademt in bij haar nek, hij heeft zich voor haar geschoren, ze bijt in zijn schouder. 'Vooruit,' zegt ze. 'Goed zo, schat,' hun eerste nacht in het nieuwe huis, 'dat is lekker.' Het gaat zo gemakkelijk, alsof je met haar danst, en als ze onder hem ligt en opengaat als een tulp is Jack blij dat hij weet dat ze sterker is dan hij, dat moet ze wel zijn als ze hem zo in zich opneemt, zacht en verwelkomend blijft en alleen haar vingertoppen hard in zijn rug drukt. 'O, Jack...' Zacht blijft, terwijl hij steeds harder wordt, alleen haar vingernagels en tepels. 'Ja, lekker, lekker...' Haar mond, haar tong, haar half gesloten ogen in het maanlicht, gezicht de ene kant op gericht, voor niemand anders, voor hem. 'Neem wat je wilt, schat, neem het. *C'est pour toi.*'

Madeleine is klaarwakker in haar nieuwe kamer. De lakens zijn nerveus. Ze herkennen deze muren ook niet. Het kussen is stijf, niemand kan zich hier ontspannen. De maan straalt door het kale raam dat uitkijkt op het ronde grasveld aan de achterkant. Ze verzet zich tegen de drang om op haar duim te zuigen. Daar is ze twee jaar geleden mee opgehouden, na omgekocht te zijn door maman en tante Yvonne met een bruinharige Barbie-pop. Madeleine hield er van de ene dag op de andere mee op, niet omdat ze een Barbie wilde, maar omdat ze er geen wilde, en het was zo aardig en zo treurig dat maman dacht dat ze iets bijzonders voor haar kleine meid had gekocht. Ze deed alsof ze dolblij was met de pop, die nog altijd in de roze met satijn gevoerde doos woont waarin ze was verpakt. Daar slaapt in haar bruidsjurk, als een vampier. Het enige wat Madeleine voor Kerstmis wil, is een stel revolvers met holsters. Meisjes krijgen nooit iets leuks.

Ze moet plassen. Ze staat op en sluipt met Bugs over de gang naar de badkamer. Ze zet hem neer met zijn gezicht afgewend van het toilet. Haar geplas klinkt luid in de lege badkamer. Ze spoelt het toilet door – de Niagara-waterval – doet het deksel dicht, klimt erop en kijkt uit het raam. Aan de overkant van de straat brandt het verandalicht van het paarse huis. De rolstoel is weg, maar onder het licht en de stralenkrans van muggen zit een meisje. Naast haar ligt de Duitse herder te slapen. Het meisje zou ook moeten slapen, weten haar ouders wel dat ze niet in bed ligt? Mag ze wel buiten zijn, midden in de nacht? En mag ze wel met dat mes spelen? Ze heeft een stok die ze aanpunt. Scherp maakt.

WILLKOMMEN, BIENVENUE, WELKOM

De volgende morgen zag Madeleine de lege rolstoel weer door het badkamerraam. 'Pap, van wie is die rolstoel?'

Hij wierp een blik uit het raam en zei: 'Al sla je me dood.' En ze gingen allebei door met scheren.

Haar techniek is identiek aan de zijne, met als enig verschil dat zijn scheermes een mooi schuurpapieren geluid maakt als het over zijn wang beweegt terwijl het hare, dat geen mesje bevat, geruisloos is.

Ze veegden hun gezicht af met hun handdoek en deden Old Spice op.

Aan het ontbijt zei Mimi tegen Jack dat de kinderen bang waren voor die grote hond aan de overkant – 'Niet waar,' zei Madeleine – 'en al die troep op de oprit werkt op mijn zenuwen.' Ze wilde dat hij erheen ging om uit te zoeken wat er met dat gezin was.

'Ik wed dat het heel aardige mensen zijn,' zei hij achter zijn krant. 'Alleen een beetje excentriek.'

'Bij ons thuis was het al excentriek genoeg, merci, daarom ben ik met jou getrouwd, monsieur, om te ontkomen aan dat excentrieke.' Ze ving de geroosterde boterham die omhoogschoot.

Nu hurkt Madeleine achter de heesters in hun voortuin terwijl haar vader de straat oversteekt. De rolstoel is weer weg. Er ligt allerlei gereedschap naast de oude rammelkast die op blokken op de oprit staat, met de motorkap omhoog. Ze maakt een verrekijker van haar handen en ziet haar vader op de hordeur kloppen. Stel dat de deur opengaat en er komt een lange groene tentakel uit die hem naar binnen sleurt? Of dat degene die opendoet er heel normaal uitziet maar in werkelijkheid van een andere planeet komt en alleen is vermomd als mens? Of dat pap alleen is vermomd als pap en dat mijn echte vader gevangen wordt gehouden op een andere planeet? Of dat iedereen van een andere planeet komt behalve ik en dat ze alleen maar doen alsof ze normaal zijn?

De deur gaat open. Een man met een donkere, krullende baard geeft pap een hand. Een man met een baard. In een schort met ruches. Zoiets geks zie je zelden op een luchtmachtbasis.

Haar vader verdwijnt in het paarse huis en Madeleine komt achter de struiken vandaan. Moet ze hem achterna gaan? Moet ze haar moeder waarschuwen? Ze gaat terug naar haar limonadestalletje aan het begin van de oprit. 'Twee cent,' staat er op het bordje. In haar lege augurkenpot liggen negen penny's. Mike zei: 'Geef mij maar een dubbele, barman.' En Roy Noonan betaalde een stuiver en liet haar het wisselgeld houden. Alle andere kinderen zijn te klein om geld te hebben of al te oud om aandacht aan haar te schenken. Na een poosje blijven er twee meisjes van haar eigen leeftijd staan, en een van hen zegt: 'Ik hoop wel dat je die glazen afwast.' Tuttige meisjes.

Als pap terugkomt zal hij er drie nemen en dan heeft ze vijftien cent. Voldoende voor een snoepketting, twee zuurstokken en twee karamelbrokken, en dan is het geld nog lang niet op.

Jacks overbuurman staat bijna in de houding, wat een absurd contrast vormt met dat lange damesschort met de verschoten kleuren en de verse vetvlekken; het dient ter bescherming van een onberispelijk wit overhemd en een smalle zwarte stropdas.

'Hallo, ik ben de overbuurman, Jack McCarthy.'

De man knikt vormelijk. 'Froelich,' zegt hij, en hij steekt zijn hand uit. Je hoeft geen raketgeleerde te zijn om te begrijpen dat Froelich geen militair is.

Ze schudden elkaar de hand. 'U komt misschien vanwege de hond. Hij doet niets.'

'Dat is mooi,' zegt Jack, 'maar ik kom gewoon even gedag zeggen.' En met een grijns voegt hij eraan toe: *'Wie geht's, Herr Froelich?'*

Froelich aarzelt, zegt dan: 'Een kop koffie, ja?' Hij wacht niet op antwoord, maar draait zich om en loopt naar de keuken, die zich achter in het kleine huis bevindt. Jack blijft in de vestibule wachten. Bij de deur hangt een bordje met uit hout gesneden letters: *Willkommen*. In de woonkamer draait een plaat; Jimmy Durante klinkt kristalhelder, Jack kijkt om de hoek van de deur wat voor geluidsinstallatie het is – Telefunken, hetzelfde wat hij heeft. *Eat an apple every day, take a nap at three...* Jack fluit zachtjes mee en werpt een blik om zich heen. Rechts een uitpuilende wasmand op de trap. In de woonkamer klimt een stapel kranten tegen een versleten fauteuil op, het stoffige Perzische tapijt zit vol plukken hondenhaar en is bezaaid met speelgoed. In een box midden in de kamer zitten twee baby's met een luier om met rammelaars en een bijtring op het hoofd van een ouder kind te beuken, dat met de rug naar Jack toe zit. Een meisje, aan het haar te zien, dat niet lang is maar ook niet kort – verder reikt Jacks woordenschat niet als het om vrouwenkapsels gaat. In een hoek staat een gitaar, op de salontafel liggen stapels boeken en tijdschriften – er is er één bij die zijn aandacht trekt. Hij ruikt een kooklucht: een pan soep die staat te sudderen om negen uur in de ochtend.

Froelich verschijnt weer met twee mokken. 'Proost,' zegt hij.

'Prost,' zegt Jack.

'Zeg maar Henry.'

Madeleine haalt opgelucht adem als ze haar vader uit het paarse huis ziet komen. Hij en de man met de baard, allebei met een koffiebeker in de hand, kijken onder de motorkap van de auto zonder wielen en praten met elkaar, terwijl de man dingen in de motor aanwijst.

Madeleine ziet dat haar vader zich al pratend omdraait en naar haar kijkt. De man met de baard draait zich ook om en dan steken ze samen de straat over en komen naar haar toe. Als ze bij het limonadestalletje zijn, zegt haar vader: 'Dit is ons *Deutsches Mädchen*.'

Haar ouders noemen haar zo omdat ze een aardig mondje Duits kent, dankzij haar oppas, die haar overal mee naartoe nam – de mooie Gabrielle met de bril en de vlechten, die van het zijspan en de eenarmige vader.

Meneer Froelich kijkt Madeleine aan en zegt: *'Wirklich?'*

'Jawohl,' antwoordt ze verlegen.

'Und hast du Centralia gern, Madeleine?'

'Eh, Ich... ik vind het best leuk,' zegt ze. Ze ziet de Duitse woorden waar ze naar reikt als losse bakstenen omlaagtuimelen en in haar geheugen in puin vallen.

'Kom eens bij ons op bezoek, Madeleine, dan gaan we *Deutsch* spreken, jij en ik.'

Hij koopt een glas limonade en drinkt het leeg. *'Aber das schmeckt.'* Zijn zwarte snor glinstert, zijn lippen zijn rood en vochtig. Hij heeft net zo'n glimlach als de kerstman. Een magere kerstman, met een kale kruin, een zwarte baard en fonkelende donkere ogen. En zijn rug is een beetje gebogen, alsof hij naar voren leunt om je beter te kunnen horen. Hij is ouder dan vaders normaal zijn.

'De Froelichs hebben een meisje van ongeveer jouw leeftijd,' zegt haar vader.

Ja, denkt Madeleine, en ze heeft een mes. Maar ze zegt beleefd. 'O.'

'*Jawohl*, inderdaad' – meneer Froelich knikt haar toe – 'misschien een beetje ouder.'

'Meneer Froelich geeft les op jouw school.'

'Hou je van rekenen, Madeleine?' vraagt hij, en glimlacht als ze een vies gezicht trekt.

'Misschien kan meneer Froelich je bijles geven.' Jack richt zich tot Froelich. 'De Duitsers lopen ver voor in wiskunde, dacht je ook niet, Henry?'

Jack koopt een glas limonade, noemt het 'ambrozijn' en loopt met Henry Froelich weer terug naar de bonk roest en de bonte verzameling auto-onderdelen, waarin vaag een soort Ford te herkennen is. Henry slaat de manchetten van zijn witte mouwen één keer om en begint te morrelen en te praten. Jack glimlacht. Alleen een Duitser zou een wit overhemd en een das aantrekken om aan een auto te sleutelen.

De Froelichs wonen al vijf jaar op de basis. Geen enkele militair blijft zo lang. 'Wat vind je van de mess, Henry? De moeite waard?'

'Ik ben er nooit geweest.'

Jack is verbaasd. Zowel onderwijzers als vips uit de burgermaatschappij hebben het privilege om extern lid te worden van de officiersmess, en de meesten doen dat ook.

'Ik heb geen... hoe noem je dat? Smoking?'

'Dat is allemaal flauwekul,' zegt Jack. 'Kom maar in je gewone kloffie.'

Froelich kijkt weifelend naar zijn vuile schort en de twee mannen schieten in de lach.

'Uit welk deel van Duitsland kom je oorspronkelijk, Henry?'
Froelich rommelt in zijn gereedschapskist. 'Het noorden.'
'Waar precies?'
'Hamburg.' Hij houdt een bougie omhoog. 'Dit is een Champion.'
'O ja?' Jack dringt niet verder aan. Hamburg is in de zomer van '43 platgegooid. Als Froelich daar toen was, mag hij van geluk spreken dat hij nog leeft. Als hij daar familie had, is het een onderwerp dat je beter kunt mijden. Hij herinnert zich het boek op de salontafel. 'Ik zag dat je *Silent Spring* aan het lezen bent. Is het wat?'
'Mijn vrouw leest het, ze heeft het van de boekenclub.'
'Dat is ook van je vrouw, neem ik aan.' Jack wijst naar het schort.
Froelich lacht en veegt zijn handen af aan de verschoten wirwar van rozen. 'Nee, eerlijk gezegd niet.'
Jack denkt aan het interieur van Froelichs huis – een gezellige rommel, op z'n zachtst gezegd – en vraagt zich af wat mevrouw Froelich voor iemand is. Een dikke vrouw met slordig opgestoken vlasblond haar. Misschien werkt ze buitenshuis. Mimi heeft gelijk, de Froelichs zijn excentriek.
Hij kijkt naar zijn buurman, die over de motor gebogen staat, met aandachtig samengeknepen lippen. Hij kan geen man van zijn eigen leeftijd of ouder tegenkomen zonder zich af te vragen wat die in de oorlog heeft gedaan. En hoewel je beter niet te diep kunt graven in het oorlogsverleden van een Duitser, om van hun Oost-Europese bondgenoten maar te zwijgen, was het merendeel van die kerels gewoon militair. Net zoals hij. Trouwens, Henry Froelich lijkt een beetje te oud om in actieve dienst te zijn geweest.
'Moet je horen, we gaan vanavond barbecuen met een paar mensen. Kom je ook, Henry?'
Froelich kijkt op. 'Wij zouden jullie te eten moeten geven, jullie zijn net aangekomen.'
Jack realiseert zich dat nu misschien de Derde Wereldoorlog uitbreekt tussen hem en Mimi, maar hij zet door. 'Geen probleem, kom gewoon en eet wat de pot schaft.' Hij zet zijn mok op het dak van de oude rammelkast. 'We zien je vanavond, hè, Henry?' En terwijl hij de straat oversteekt: 'En vergeet niet je vrouw mee te nemen.'

'Nodig de hele straat maar uit,' zegt Mimi, een spijker tussen haar lippen. 'Ik meen het, Jack, *je m'en fous*.'
De keukengordijnen hangen al, en het grote olieverfschilderij van de Alpen heeft een plaats gekregen boven de schoorsteen – hoe heeft ze dat in

haar eentje klaargespeeld? Hij kijkt hoe ze de spijker met de hamer in de keukenmuur tikt en reikt haar een houten bord aan. 'Iets meer naar links,' zegt hij. 'Zo ja.' Langs de rand staat in houten letters: *Gib uns heute unser tägliches Brot*. Ze heeft haar Singer-naaimachine in een hoek van de woonkamer neergezet, tegen de muur onder de trap, en daarboven hangt op de gebruikelijke plaats haar moeders gehaakte kleed met de feloranje kreeften in de golven.

'Waarom zijn ze gekookt als ze nog in de oceaan zwemmen?' vraagt Jack altijd, waarop zij altijd met haar nagels in zijn oor knijpt. Ook nu weer – 'Au!'

'Pap,' zegt Madeleine, die de hordeur met een klap dicht laat vallen, 'kan jij de tv aansluiten?'

Mimi zegt: 'Geen tv overdag.'

'Toch wel als het zomertijd is?'

'Die wordt later advocaat,' zegt Mimi.

'Ik kan hem in elk geval aansluiten,' zegt Jack.

'Als je de boodschappen hebt gedaan.' Mimi komt van de trapleer af.

Madeleine laat haar schouders hangen. Ze houdt de augurkenpot met de elf centen in haar handen. 'Ik heb niks te doen.'

'Ik zal je wat te doen geven,' zegt haar moeder. 'Je mag de plinten afstoffen.' Madeleine gaat meteen de deur weer uit om buiten te spelen. Jack vangt Mimi's blik. 'Omgekeerde psychologie,' zegt ze.

'Hoger management.' Hij wil haar een kus geven, maar ze weert hem af en loopt naar het aanrecht, waar ze uit haar koffieblik een pen opdiept en een boodschappenlijstje maakt. Mimi's keuken – het hele huis trouwens – is een toonbeeld van orde, met uitzondering van een hoekje bij de telefoon, dat vol ligt met gebruikte enveloppen, elastiekjes, een massa potloodstompjes en – Jack zweert het – pennen zonder inkt, plus een blikken telefoonklapper die is ingevuld volgens haar eigen esoterische code. De telefoon gaat, ze neemt op. 'Hallo? ... Ja... dag, mevrouw Boucher... Betty... Zeg maar Mimi...' Ze lacht om iets wat Betty zegt. 'Ja, ik weet het!... Inderdaad... Ik verheug me er ook op jou te ontmoeten.' Ze lacht weer. 'Inderdaad, eerder dan we verwachtten' – met een vernietigende blik naar Jack. 'Ze zijn allemaal hetzelfde... Maar je hoeft niets mee te brengen, er is genoeg van... Om een uur of zes, en neem de kinderen mee... Goed, tot straks.' Ze hangt op en draait zich met beide handen op haar heupen weer om naar Jack. 'Je boft, monsieur. Betty Boucher brengt zelf eten mee. Ze kan niet geloven dat Vic ja heeft gezegd terwijl hij heel goed weet dat het huis nog *toute bouleversée* is.'

Jack pakt het boodschappenlijstje en geeft haar een kus. De vrouwen hebben er iets op gevonden, zo gaat het altijd. Hij loopt naar de deur en stopt het lijstje in zijn zak vol kwartjes. Wat hem eraan herinnert dat hij Simon nog moet bellen.

Vanaf het grote ronde grasveld achter de huizen ziet Madeleine haar vader wegrijden, en ze zet het op een lopen om te kijken of ze hem bij kan houden. Maar als ze om het huis is gerend, ziet ze aan de overkant de rolstoel staan. Hij glimt. Er zit iemand in.

Ze vertraagt haar pas. Stopt haar handen in de ondiepe zakken van haar short, kijkt terloops om zich heen, probeert niet te staren terwijl ze over de oprit naar haar fiets slentert, die bij de stoeprand ligt. Ze gaat er in kleermakerszit naast zitten, pakt drie knikkers uit haar zak en begint, alsof dat steeds haar bedoeling is geweest, een parcours te maken in het sintelachtige grind. Ze kijkt tersluiks naar de overkant. Er zit een meisje in de rolstoel.

Ze slaat haar ogen neer en schiet een gemarmerde knikker tegen een andere aan, die al draaiend in een kuiltje belandt. Ze kijkt weer op. Het meisje is heel mager. Haar hoofd hangt een beetje opzij, ze heeft een grote bos lichtbruin golvend haar en haar huid is spierwit. Het haar is netjes geborsteld maar lijkt te groot voor haar hoofd, dat te groot is voor haar lichaam. Haar vers gestreken bloesje zit als een wijde peignoir om haar heen. Haar armen lijken constant langzaam te bewegen, alsof ze onder water zwemt. Ondanks het warme weer ligt er een sjaal over haar benen, en Madeleine ziet de punten van haar smalle voeten in witte sandalen, de ene kruiselings over de andere. Ze heeft een veiligheidsgordel om. Anders zou ze waarschijnlijk zo uit de stoel in het gras glijden. Het is onmogelijk te zeggen hoe oud ze is. Madeleine kijkt weer omlaag naar haar knikkers.

'Oiiii...'

Ze kijkt op bij het geluid, dat klinkt als zacht gekreun. Het rolstoelmeisje heft een arm op – haar pols lijkt permanent gebogen, haar hand is onbeholpen dichtgevouwen. Zwaait ze? Kijkt ze naar me?

'Oiii!' Een beverig geluid, oud en jong tegelijk.

Madeleine steekt een hand op. '... Hoi.'

Met rollend hoofd zegt het meisje: 'Ommiea.'

'... Wat zeg je?'

Het hoofd van het meisje schiet achterover en ineens roept ze, luid en losjes: 'Haahaaahhh!'

Madeleine schrikt. Heeft ze pijn? Haar ene mondhoek is opgetrokken. Lacht ze? Waarom dan? Nou ja, ze is achterlijk, misschien vindt ze alles grappig. Madeleine staat op. Nu lijkt het geluid op kermen, maar het is alleen het staartje van haar lach – een naakt geluid en oneindig zacht, zodat Madeleine bang wordt dat er iemand zal komen en het meisje iets vreselijks zal aandoen. Ze wil naar binnen gaan, haar eigen huis in. Maar het rolstoelmeisje zwaait weer met haar dichtgevouwen hand en herhaalt: 'Ommiea!'... Kom hier!

Madeleine raapt haar fiets van de grond en stapt erop. Ze heeft vanochtend met een knijper een speelkaart aan een spaak bevestigd – de joker – en die maakt een klapperend geluid als ze naar de overkant rijdt. Wanneer ze dichterbij komt, valt haar iets bijzonders op aan de rolstoel: de wielen zitten vast aan twee zware springveren. Misschien is het een soort opgevoerde rolstoel. Ze beseft nu dat het meisje niet zwaaide; ze houdt iets vast. Biedt het aan. Madeleine hoopt dat het geen zweterig snoepje is.

'Wat is het?' vraagt ze op vriendelijke toon, vooroverleunend op haar stuur. De ogen van het meisje glijden weg als knikkers, dan zakt haar kin op haar borst en ze lijkt iets te zoeken in het gras, haar hoofd beweegt van links naar rechts. Als Madeleine nog wat dichterbij komt over de oprit, ziet ze dat het meisje vanuit haar ooghoeken naar haar kijkt. Zoals een vogel zou doen.

Madeleine aarzelt, wil al rechtsomkeert maken...

'Waaaa!' Het meisje zwaait wild met haar hand. Helder kwijl loopt uit haar mondhoek.

Madeleine komt dichterbij. 'Wat heb je daar?'

De hordeur van het paarse huis vliegt open en de Duitse herder stormt naar buiten. Madeleine tast naar de pedalen, maar haar voeten raken verstrikt in de fiets en ze tuimelt achterover. De hond blaft en neemt een sprong. Madeleine slaat haar handen voor haar gezicht en voelt de zachte tong op haar ellebogen, een roze gevoel, en pijn aan haar achterhoofd waar ze tegen de grond is gesmakt.

'Je moet nooit op de vlucht gaan als een hond je achterna zit,' zegt een vlakke stem. 'Dan komt hij juist achter je aan.'

Madeleine haalt haar handen voor haar gezicht weg en kijkt op. Het meisje met het mes. Blauwe ogen. Husky-ogen.

Ze gaat overeind zitten. De tong van de hond beweegt ritmisch tussen zijn hoektanden, als een natte plak ham, en hij staart langs haar schouder in de verte zoals honden doen.

'Wat moet je?' zegt het meisje. In de ene hand heeft ze het mes, in de andere een tak met een scherpe witte punt aan het eind.

Madeleine slikt. 'Hoe heet je hond?' Het meisje knijpt haar ogen tot spleetjes en vuurt vanuit de zijkant van haar mond trefzeker een klodder spuug af. Zou ze met dat mes haar eigen haar knippen? vraagt Madeleine zich af. Ruig, roestbruin haar tot net over haar oren.

'Eggs,' kreunt het rolstoelmeisje, en door de inspanning van het praten schiet haar hoofd naar voren.

'Wat?'

'Je hoort toch wat ze zegt,' zegt het meisje.

Madeleine gaat behoedzaam staan en kijkt naar de reusachtige zwart met bruine hond. Zou hij echt Eggs heten? Hij draait zich om en loopt naar het rolstoelmeisje, ploft op de grond en legt zijn kop op haar scheve voeten. Hij knippert even maar verroert zich niet als ze hem probeert te aaien en haar zigzaggende vingers in zijn oog steekt.

'Wat moet je hier?' vraagt het meisje met het mes.

'Zij riep me.' Het lijkt onbeleefd om iemand 'zij' te noemen als ze er zelf bij zit, maar Madeleine weet niet hoe het meisje heet. Waarschijnlijk weet het meisje dat zelf niet.

Het meisje met het mes draait zich om naar de rolstoel en vraagt: 'Viel ze je lastig?' Madeleine schuifelt in de richting van haar fiets. Mij nu naar huis gaan.

'Neehhh,' zucht het rolstoelmeisje, en dan volgt het snikkende geluid dat haar manier van grinniken is. 'Ih wiha awee tehoo ihee.'

Het meisje draait zich weer naar Madeleine om en zegt: 'Ze wil je vertellen hoe ze heet.'

Madeleine blijft staan en wacht.

Het rolstoelmeisje zegt: 'Ihee Ewivabeh.'

Madeleine weet niet wat ze moet doen. Het stoere meisje snijdt de schors in een krul van haar tak. Om haar nek is een leren schoenveter gebonden die onder haar groezelige witte T-shirt verdwijnt. Bij haar mondhoek ziet Madeleine een flinterdun litteken dat omlaagloopt naar haar kaak, een lichtroze streepje in het gebruinde gezicht. Ze weet intuïtief dat dit meisje zal vechten als een hond. Woest, onbesuisd.

Madeleine kijkt het achterlijke meisje aan en zegt: 'Eh... hoi.'

'Zeg haar naam dan, vooruit,' zegt het meisje met het mes.

Madeleine aarzelt en zegt: 'Ewivabeh.'

Het hoofd van het rolstoelmeisje schiet achterover en haar lach snerpt door de lucht: 'Ahhhhaaahaaaa!'

Het meisje met het mes houdt op met snijden. 'Is dat grappig bedoeld?'

'Nee,' zegt Madeleine naar waarheid.

'Want dan maak ik je af.'

'Weet ik.'
'Ze heet Elizabeth.'
'O,' zegt Madeleine. 'Hoi, Elizabeth.'
'Oiii.'
Madeleine kijkt het stoere meisje aan. 'Hoe heet jij?' vraagt ze, verbaasd dat ze het lef heeft.
'Jij eerst.'
'Eh' – Bugs Bunny dreigt de zaak over te nemen en ze probeert de grijns te onderdrukken die ze over haar gezicht voelt sluipen – 'Madeleine.' Nou, aangenaam, chef.
Het meisje spuwt weer en zegt: 'Colleen.' Dan klapt ze haar mes dicht, stopt het in de achterzak van haar afgeknipte spijkerbroek en loopt op blote voeten weg, de straat in, met haar stok over haar schouder.
Madeleine raapt haar fiets op. 'Tot ziens, Elizabeth.'
'Waaaa!'
Madeleine blijft met uitgestoken hand staan wachten terwijl Elizabeths trillende vuist zich opent en iets in haar handpalm laat vallen. Geen snoepje. Madeleine kijkt omlaag. 'Jeetje.' Een prachtige knikker met zeegroene rookslierten. Een glazen stuiter. De meest waardevolle knikker die je kunt bezitten. 'Bedankt, Elizabeth.'

Jack wacht in de smoorhete telefooncel naast de winkel. Hij heeft voldoende kwartjes in het toestel gedaan voor het gesprek met Washington, maar hij is bang dat de tijd om zal zijn voor hij wordt doorverbonden met – 'Crawford.'
'Simon.'
'Jack, hoe gaat het, makker?'
'Niet slecht, en met jou?'
'Ik mag niet klagen. Wat is je nummer daar, dan bel ik je meteen terug.'
Jack leest het nummer voor en hangt op.
Hij heeft heel wat hindernissen moeten nemen voor hij werd doorverbonden met Simon – eerste secretaris Crawford. Een reeks Engelse accenten, variërend van Eton tot het Londense East End, leerde hem dat hij de Britse ambassade in Washington had bereikt. Een gigantische bureaucratie die zichzelf in stand houdt, weet Jack; hij maakt er zelf deel van uit. Goddank zijn er mensen als Simon, die weten hoe ze daardoorheen moeten breken. De telefoon rinkelt, Jack neemt op.
'Terug in Centralia, hè? Hoe ziet dat er tegenwoordig uit?'
Jack kijkt naar buiten: een militair draagt boodschappen naar een stationcar

waarin drie kinderen op en neer springen op de achterbank en een beagle achterin zit te janken. 'Nieuw,' zegt hij.

'Ik heb niet veel te melden, Jack. Onze vriend laat nog even op zich wachten. Je hoort wel van me wanneer hij aankomt.'

'Kun je een ruwe schatting geven?'

'Niet echt. Ik denk dat we in actie komen als de tijd rijp is.'

Jack is benieuwd hoe ze de man het land uit willen krijgen. Misschien via Berlijn. Zal 'onze vriend' in een auto worden verstopt? Jack heeft gehoord van overlopers die zo werden binnengesmokkeld, dubbelgevouwen in de geheime kofferruimte van een Trabant. 'Wat doe ik als hij hier komt? Wil je dat ik een flat voor hem zoek in London?'

'Dat is allemaal al geregeld.'

'Mooi zo.' Jack wil niet te gretig klinken. 'Waar pik ik hem op als het zover is?'

'Het enige wat je hoeft te doen is af en toe je neus laten zien als onze vriend eenmaal gearriveerd is. Zorg dat hij alles krijgt wat hij nodig heeft en zich niet te erg verveelt. Ga eens een ommetje met hem maken. Normale verzorging en voeding van de huis-, tuin- en keukenoverloper.'

'Heeft onze vriend een naam?'

'Neem me niet kwalijk, natuurlijk. Hij heet Fried. Oskar Fried.'

Jack stelt zich een magere man voor, met een bril en een strikje. 'Oost-Duitser?'

'Inderdaad. Maar hij heeft een paar jaar midden in de rimboe gezeten.'

'Waar? Kazachstan?'

'Ongetwijfeld een van de "stans". O, nu ik eraan denk, je moet zijn adres in London maar even noteren...'

Jack vist in zijn zak, vindt een papiertje en schrijft het adres op de achterkant van Mimi's boodschappenlijstje. 'Dus ik hoef niet veel anders te doen dan me gedeisd houden.'

'Welkom bij "het grote spel".' Het is de eerste keer dat Simon verwijst naar het feit dat hij voor de inlichtingendienst werkt.

'Eerste secretaris, hè? Was dat niet de functie van Donald Maclean?'

Simon lacht. 'Formeel wel, maar ik heb voorlopig geen plannen om met de noorderzon naar Rusland te vertrekken.'

Ze hangen op met de belofte samen op stap te gaan als Simon de overloper komt brengen.

Oskar Fried. Jack dacht dat de 'sovjetgeleerde' een Rus zou zijn. Het feit dat het een Duitser is, voegt iets vertrouwds toe aan het toch al fascinerende vooruitzicht hem te ontmoeten; nu kunnen Jack en Mimi er veel gemakkelijker voor zorgen dat hij zich thuis voelt. Om maar niet te spreken van Henry Froelich aan de overkant – Jack had Simon nog willen vragen of hij Fried te eten mocht vragen. Hij bekijkt het adres op het papiertje. Een straat dicht bij de universiteit. Als iemand ernaar vraagt doet Oskar Fried hier onderzoek aan de Universiteit van Westelijk Ontario. Maar niemand zal iets vragen. Een universitair medewerker met een Duits accent, dat is bepaald geen zeldzaamheid. En dit deel van de wereld kent een bloeiende Duitse cultuur, dankzij alle immigranten van voor en na de oorlog. Simon heeft een goede plek uitgekozen waar Oskar Fried rustig kan bijkomen van de beproevingen die hij als overloper waarschijnlijk heeft doorstaan. Het is heel simpel, denkt Jack, terwijl hij het lijstje in zijn zak stopt: kies een omgeving waarin mensen hun eigen vragen beantwoorden. Hij duwt de glazen klapdeur van de cel open en gaat over het exercitieterrein op weg naar huis.

Oskar Fried is vermoedelijk vrij belangrijk. Waarom krijgt Canada hem? Je hebt de Nationale Onderzoeksraad in Ottawa. Je hebt de zwaar-waterfabriek in Chalk River, waar in 1945 een netwerk van atoomspionnen is opgerold dat de Russen aan de bom heeft geholpen. Mooie boel, denkt Jack, en hij schudt zijn hoofd bij de herinnering aan Igor Gouzenko die na te zijn overgelopen met een kap over zijn hoofd de pers te woord stond. Een zware slag voor Canada. De belangrijkste naam die de Russische codespecialist onthulde was die van een Brit, dr. Alan Nunn May, ook opgeleid in Cambridge, net als Maclean. Hij had hoogwaardig uranium aan de Russen doorgespeeld in naam van de 'wereldvrede'. Jack tikt met twee vingers tegen zijn voorhoofd om de strakke groet van een cadet te beantwoorden en stapt van het zwarte exercitieterrein op het koelere trottoir; hij geniet van de wandeling naar huis. Hij steekt zijn handen in zijn zakken en laat afwezig een stukje papier heen en weer rollen. Hij hoort het Simon bijna zeggen: 'Trek die Amerikaanse handschoenen uit!'

Misschien waren ze gewoon te bevoorrecht. Nunn May en ook Guy Burgess en Maclean en consorten zouden het geen dag uithouden op een collectieve sovjetboerderij. Maar dat is nu verleden tijd, Rusland heeft de bom en God weet China binnenkort ook. Wat nu telt zijn kernraketten, intercontinentale raketten, en het ontwikkelen van een soort verdediging daartegen. Gaat Fried daaraan werken? Canada heeft een klein aantal nucleaire wapens, maar geen kernkoppen – althans, premier Diefenbaker wil dat niet toegeven. Jack blijft abrupt staan. De boodschappen! Hij draait om en gaat terug naar de winkel, terwijl hij in zijn zak naar het boodschappenlijstje zoekt; het zal heerlijk zijn om Simon weer te zien en hem eindelijk aan Mimi voor te kunnen stellen. Ze zal een echt Acadisch feestmaal voor hen maken. En dan naar de mess, waar zij tweeën tot sluitingstijd aan de bar zullen blijven hangen, net als vroeger – 'Op de lui die overal boven staan'. Hij bekijkt het papiertje: *tarwevlokken, melk, blik doperwten...* Hij tuurt naar de potloodkrabbels van zijn vrouw. *Ronde pudding* – nee, dat moet *rode* pudding zijn – *zak aardappelen, hotdogs, 10 broodjes* – en dan komt hij er niet meer uit: *mushmelba's?* Wat is een mushmelba? Een soort paddestoel? Een toastje? Mimi had arts moeten worden in plaats van verpleegster, met dat handschrift. Hij zou wel naar huis willen bellen om het te vragen, maar merkt dat hij geen kwartjes meer heeft. Oskar Fried. *Friede* betekent 'vrede'.

Hij loopt de winkel in, neemt een wagentje en duwt het, nog steeds naar het cryptische woord starend, langzaam het gangpad in, pardoes tegen een ander wagentje aan. 'Neem me niet kwalijk.'

'Geeft niet,' zegt de vrouw. 'U bent hier nieuw.'

'Dat klopt. Ik ben Jack McCarthy.'

'Ik denk dat we buren zijn.' Ze is misschien een jaar of vier ouder dan hij en best aantrekkelijk. 'Ik ben Karen Froelich.' Ze geven elkaar een hand.

'Ik heb net kennisgemaakt met uw man.'

Ze glimlacht. Ja, ze is aantrekkelijk, ondanks de lijntjes bij haar ogen, de mond zonder lippenstift. 'Ik hoop dat hij u een kop koffie heeft aangeboden.'

'Hij bood me een biertje aan,' zegt Jack, 'maar we hebben ons beperkt tot koffie.'

'Goed zo.' Ze strijkt een haarlok van haar wang en stopt hem achter haar oor. Haar haar is niet gekamd, maar toch ziet ze er niet onverzorgd uit. Ze is gewoon niet wat Mimi 'bien tournée' zou noemen. Ze slaat haar ogen even neer als ze zegt: 'Kom eens langs.'

Verlegen, of gewoon vaag. Het is in elk geval niet de gebruikelijke invitatie van een luchtmachtvrouw: *U en uw vrouw moeten bij ons komen eten als u eenmaal op orde bent.* Maar hij herinnert zich dat ze geen luchtmachtvrouw is.

'Ik vrees dat u ons eerder zult zien dan u denkt, mevrouw Froelich.' En hij herhaalt de uitnodiging die hij eerder deze ochtend tot haar man heeft gericht. Hij is voorbereid op een typisch vrouwelijke reactie in de stijl van Mimi en Betty Boucher, maar Karen Froelich zegt alleen: 'Bedankt,' en begint zich beleefd uit de voeten te maken.

Ze heeft iets meisjesachtigs, al is ze minstens veertig. Versleten witte gympen, skibroek. En een oud overhemd van haar man, zo te zien.

'Wat is, eh...' Hij voelt zich ineens opgelaten als ze blijft staan en zich omdraait; hij praat te veel. 'Ik zag dat u *Silent Spring* aan het lezen bent.'
Ze knikt.
'Hoe vindt u het?'
'Het is, eh, verontrustend.' Ze knikt weer, meer bij zichzelf dan tegen hem.
Hij knikt ook, wachtend op meer, maar ze zegt alleen: 'Leuk u ontmoet te hebben,' en loopt weg.
Jack draait zich om en staart naar de rijen blikken, zoals mannen doen in kruidenierswinkels – *ik kon Dresden 's nachts vinden vanaf twaalfduizend voet, maar waar staan de doperwten?* Hij loopt het gangpad weer in. 'Mevrouw Froelich,' roept hij, een beetje beschaamd. 'Kunt u me ergens mee helpen?'
'Zeg maar Karen.'
'Karen,' zegt hij, terwijl hij zonder reden rood wordt en haar het boodschappenlijstje overhandigt, 'ik kan het handschrift van mijn vrouw niet lezen.'
Ze kijkt en leest hardop: 'Morrow Street 472...'
Jack neemt het lijstje terug en draait het om – *Simon, zie je dit? Christus.*
Karen kijkt naar het woord dat hij aanwijst. 'Marshmallows.'
'Bedankt!' zegt Jack. *Ik klink te opgelucht.* Als ze ieder een andere kant op lopen, klopt zijn hart een beetje te snel in verhouding tot de blunder, want het adres zei haar niets. Het kan geen kwaad. Het is alleen een goede les dat hij voorzichtig moet zijn. Niet dat het iets uitmaakt. Zelfs de naam Oskar Fried zou haar niets zeggen. Hij zegt Jack ook weinig. De een of andere sovjetprofessor met een strikje.
Hij vindt het fruit en de groente, opgestapeld tussen kunstgras, richt zijn blik op de bananen, appels en peren en versnippert het adres in zijn broekzak. Aardappelen... ah, daar zijn ze. Mimi zei niet hoeveel. Hij legt twee zakken in zijn wagentje. Wat had ze nog meer nodig? Hij wil het boodschappenlijstje uit zijn zak pakken en vindt de vlokjes papier – o ja, tarwevlokken. En verder? Hotdogs. En broodjes. Voor de kinderen. En marshmallows natuurlijk...

Madeleine zit op haar kamer voor ze gaan lunchen, omringd door haar wereldse bezittingen: boeken, speelgoed, spelletjes en haar... ze weigert ze poppen te noemen. Wat is het woord voor poppen die niet tuttig zijn? Bugs Bunny heeft een ereplaats op het bed, zijn oren zijn momenteel in twee knotjes gedraaid aan weerskanten van zijn hoofd. Rechts van hem zet ze een van een sok gemaakte aap neer, Joseph; ze weet niet meer waarom hij zo heet, ze weet alleen dat hij, toen nog hij een sok was, om haar hals werd gespeld toen ze in Duitsland keelontsteking had, en dat ze op wonderbaarlijke wijze genas. 'Guten Tag, Joseph,' zegt Madeleine, en hij lacht terug met zijn kraalogen.

Ze klimt op een stoel om bij de kastplank te kunnen en bergt het gehavende ganzenbordspel op, daarna Monopoly – de Britse versie, met pondsbiljetten en Londense straatnamen – en het geheimzinnige Chinese damspel, met de kostbare voorraad gekleurde knikkers, *Je mag er niet mee buiten spelen*. Ze zet haar Narnia-boeken in de juiste volgorde op de plank. Gekregen van een achterneef van haar vader, een jezuïet in Toronto. 'Dank u wel pater Dinges, dit zijn de mooiste boeken die ik ooit gelezen heb.'

Ze heeft het uitstekend naar haar zin terwijl ze zo bezig is, in afwachting van het moment dat Auriel en Lisa terugkomen van hun honkbaltoernooi, dus ze is verbaasd als haar moeder van beneden roept: 'Madeleine, er is bezoek voor je.'

De verbazing slaat om in schrik als ze probeert te bedenken wie het kan zijn. Colleen? Elizabeth? Allebei? Langzaam daalt ze de trap af.

'Hoi, ik ben Marjorie Nolan,' zegt het meisje aan de voet van de drie treden bij de keukendeur. 'Welkom in Centralia, Madeleine.'

'Marjories *maman* zei dat er een klein meisje van haar leeftijd in de straat was komen wonen.'

Madeleine kijkt haar moeder aan. *Ik ben geen klein meisje.*

Haar moeder neemt Madeleines gezicht tussen haar handen en geeft een kus op haar kruin. 'Ga maar buiten spelen, *chérie*, het is prachtig weer,' en ze klopt op haar achterwerk. Marjorie Nolan lacht haar toe, maar Madeleine heeft haar twijfels. Marjorie heeft blonde krulletjes en draagt een jurk in de zomervakantie. Met dat haar en die korte pofmouwen ziet ze er raar ouderwets uit, net Pollyanna. Madeleine wil niet gemeen zijn, maar ze weet meteen dat Marjorie haar type niet is.

'Zal ik je de buurt laten zien, Madeleine?'

'Oké.'

'Veel plezier, meisjes. Leuk je ontmoet te hebben, Marjorie.'

Ze gaan op weg en Marjorie begint aan een rondleiding door de wijk. 'Daar is het huis van de commandant.'

'Ja, dat weet ik,' zegt Madeleine. Iedereen weet dat het vrijstaande huis met het grootste grasveld, waar de vlaggenmast staat, van de commandant is.

Marjorie wijst. 'En aan de overkant, vlak achter dat paarse huis, is het park met de schommels en wippen en zo.'

'Weet ik, ben ik al geweest.' Ze wil niet onbeleefd zijn, maar het is warm en ze heeft meer zin om te lezen of door de sproeier te rennen. Zo gauw kan ze Marjorie echter niet in de steek laten, dus zegt ze: 'Zullen we door de sproeier rennen?'

Marjorie giechelt en kijkt omlaag naar haar jurk. 'Dat lijkt me geen goed idee, Madeleine.' Ze klinkt alsof ze een volwassene imiteert die moet lachen om iets wat een kind heeft gezegd.

'Als je naar rechts kijkt, over de autoweg en de spoorbaan,' zegt Marjorie, 'zie je Pop's snoepwinkel. Die hoort niet bij de basis. Er hangen tieners rond. Ik zou het je niet aanraden.'

Madeleine tuurt verlangend naar de fles Mountain Dew die als embleem op de hordeur van Pop's staat. Dan kijkt ze weer naar de blonde krulletjes die op Marjories schouders deinen. Naar Marjories glimlach, geknepen en wasachtig als een poppenmondje. Het komt vanzelf in haar hoofd op: *Margarine*. 'Wat wil je nu doen?' vraagt ze aan Margarine.

Margarine antwoordt: 'Dit, suffie.'

Madeleine berust erin nog één rondje langs de huizen te maken voor ze de benen neemt.

'Daar woont Grace Novotny.' Marjorie is blijven staan en staart naar een lichtroze, halfvrijstaand huis. Ze zijn nu in het verste gedeelte van de woonwijk, aan de andere kant van de school, en dit deel is het spiegelbeeld van haar eigen buurt. Hier wonen de onderofficieren. Niet dat het wat uitmaakt, het gaat om vakmanschap, niet om rang. 'We zijn allemaal afhankelijk van elkaar,' zegt haar vader. 'Een piloot is wel hoger in rang dan zijn grondpersoneel, maar zijn leven ligt in hun handen.' Dit is de landmacht niet, 'waar het voldoende is als je hart klopt'. Madeleine is dus een beetje verbouwereerd als Marjorie zegt: 'Grace' vader is maar korporaal.' Ze heeft nooit eerder iemand rangen horen vergelijken. De vaders worden altijd voorgesteld als meneer zus-en-zo, nooit met hun rang.

Marjorie zegt: 'Mijn vader is majoor.'

Madeleine zegt niet: 'De mijne is luitenant-kolonel,' want dat zou opschepperig klinken. Zij kan het ook niet helpen dat niemand op de basis behalve de commandant hoger in rang is dan haar vader, en trouwens, wat doet het ertoe?

Het lichtroze huis met het grasveld ervoor ziet er net zo uit als alle andere, het gras is netjes gemaaid. Tegen de muur staat een stel fietsen en driewielers, op de oprit een grote Mercury Meteor cabriolet met witte leren banken en een paar dobbelsteentjes aan de achteruitkijkspiegel.

'Die is van een vriendje van een zus van Grace,' zegt Marjorie. 'Ze heeft vier oudere zussen en het zijn allemaal sloeries.' Het woord snijdt door de lucht. Madeleine kijkt naar Marjorie – misschien is ze toch niet zo saai. Ze kijkt naar de Mercury en stelt zich een jongen met een vetkuif en een mouwloos T-shirt voor die grijnzend achter het stuur zit, zijn arm om een grietje gedrapeerd, de snelle cabriolet volgeladen met meisjes met getoupeerd haar en strakke truitjes. *Sloeries.*

'Er zijn veel te veel kinderen in dat gezin, als je het mij vraagt,' zegt Marjorie.

Madeleines moeder zou zeggen: 'Dan kun je ook wel zeggen dat er te veel liefde kan zijn. Elk kind – *chaque enfant* – is een geschenk van God.' Maar Madeleine is heimelijk dankbaar dat zij en Mike maar met hun tweetjes zijn.

'Grace Novotny is vorig jaar blijven zitten in de vierde, dus ze komt bij ons in de klas, hoewel ze al tien is, en als ik je een goede raad mag geven, Madeleine, blijf dan uit haar buurt. Sterker nog' – ze gniffelt – 'dat is een bevel.'

Dat is de druppel die de emmer doet overlopen, Marjorie is een stomme idioot. Dat ze het woord 'sloerie' gebruikt weegt daar niet tegenop.

'Ik wil niet gemeen zijn, maar' – Marjorie vouwt haar hand om haar mond en fluistert in Madeleines oor – 'Grace stinkt.' Ze giechelt en kijkt Madeleine vol verwachting aan. Madeleine reageert met een flauw lachje, en dan gilt Marjorie: 'Daar is ze! Lopen!'

Marjorie rent de straat uit, maar Madeleine blijft staan en kijkt naar het roze huis. Achter de hordeur staat een meisje. Haar gezicht is niet goed te zien door het gaas, maar ze heeft een grote bos honingblonde krullen, tot op haar schouders. Madeleine kan niets vreemds ontdekken aan Grace, iets waarvoor je weg zou lopen – al kun je haar op die afstand niet ruiken. Trouwens, als je stinkt moet je gewoon in bad, dan is het over. Tenzij je huis stinkt of je in bed plast. Maar het volgende moment ziet Madeleine wel iets vreemds. Het lijkt of Grace haar hand opsteekt om te zwaaien, dus Madeleine zwaait ook. Maar Grace stopt alleen haar duim in haar mond en begint erop te zuigen. Misschien heeft Marjorie toch gelijk en kan ze Grace Novotny beter mijden. Haar niet belachelijk maken, zoals Marjorie doet, maar ook geen vriendschap met haar sluiten.

Marjorie wacht aan het eind van de straat, waar een verhard voetpad tussen de huizen naar de achterkant van de school leidt. 'Daar krijg je nog spijt van,' roept ze.

'Waarvan?'

'Je moet niet naar haar zwaaien, Maddy, dat is net zoiets als een zwerfhond aaien.'

Maddy? 'Mij een zorg,' zegt Madeleine.

Ze lopen zwijgend verder, en het asfalt verandert in gras als ze de slapende school naderen en eromheen lopen.

'Ben je boos op me?' vraagt Marjorie, die haar handen vouwt en tegen de voorkant van haar jurk slaat.

'Waarom zou ik boos zijn?'

'Nou, ga je vriendschap sluiten met Grace?'

'Nee.' Madeleine hoort de stem van haar broer doorklinken in haar eigen stem. Jongens die zich ergeren aan domme meisjes. Ze neemt het altijd op voor meisjes als Mike kritiek op hen heeft, maar soms kunnen ze echt stom zijn.

'Wil jij mijn beste vriendin worden?'

Madeleine weet niet wat ze moet antwoorden. *Loop je niet wat hard van stapel, chef?* Ze mompelt: 'Ik weet niet.'

Dan probeert Marjorie hand in hand met haar te lopen! Madeleine rent naar een van de schommels, springt erop als een cowboy op een wachtend paard en zet zich af tot ze hoog door de lucht zwiert.

Marjorie staat beneden geduldig te wachten. 'Je hebt de Froelichs zeker wel ontmoet,' roept ze met haar sarcastische grotemensenstem.

Madeleine kijkt hoe Marjorie als een ballerina haar jurk laat uitwaaieren en op haar tenen ronddraait. Madeleine gaat op het houten plankje staan en schommelt nog harder.

'De Froelichs deugen niet, het spijt me dat ik het zeggen moet,' zegt Marjorie. 'Behalve Ricky, dat is een schatje!' Ze slaakt een gil en rent naar de wippen.

Madeleine laat los als ze heel hoog is, zeilt in een grote boog door de lucht en komt perfect neer. Ze volgt Marjorie naar de wippen; nu gaan ze tenminste iets normaals doen. Ze rijzen en dalen zonder elkaar te laten bonken, heel beleefd.

'Blijf vooral uit de buurt van zijn zus, Maddy, en ik bedoel niet dat achterlijke kind, ik bedoel dat gemene kreng, Colleen, zij heeft een mes en daar zal ze je mee vermoorden.'

Madeleine wordt er beroerd van. Volgens Marjorie wemelt het in de wijk van stinkende, achterlijke en gevaarlijke kinderen, en met allemaal heeft ze misschien al per ongeluk vriendschap gesloten. Om maar te zwijgen van Marjorie zelf. Madeleine denkt met een steek van verlangen aan Duitsland, aan de luchtmachtbasis daar, 4 Wing, met de blinkende straaljagers – jonge piloten tilden haar met een zwaai in de cockpit en salueerden voor haar vader. Af en toe daverde er een B52 over de startbaan, die maakte deel uit van de

United States Air Force Europe, USAFE. Er zijn permanent een aantal B52's in de lucht, ook op dit moment vliegen ze rond, grote blinde dinosaurussen, met een landingsgestel dat sluit als een nijptang en een harde gelede buik vol bommen. Om ons te beschermen.

'En ze hebben een valse hond,' zegt Marjorie, wippend in amazonezit.

'Niet waar, hij doet niks.'

'Het is een Duitse herder, Maddy,' zegt Marjorie vinnig. 'Die kunnen ineens aanvallen.'

Madeleine sluit haar ogen en stelt zich de prachtige bomen, rozenpriëlen en fonteinen voor van de stad die dicht bij 4 Wing ligt: Baden-Baden, in het hart van het Zwarte Woud, het Schwarzwald. Een kuuroord vol rijke oude dames met poedels – vol spionnen, zei haar vader, 'die kranten lezen waarin kijkgaatjes zijn uitgeknipt'. De geur van taart overdag en van houtskoolvuren 's nachts, de smaak van bergbeekjes op een zondagse *Wanderung*, de taal die naar vruchtbare aarde en oud leer ruikt, *du bist wie eine Blume*...

'O Maddy, ik heb met je te doen, jij moet pal tegenover de Froelichs wonen, ik hoop dat je niks overkomt.'

'Ik moet naar huis,' zegt Madeleine, terwijl ze van de wip stapt en hem zorgvuldig stilhoudt voor Marjorie.

'Waarom?'

'Ik moet eten.'

'Maar mijn moeder maakt eten voor ons,' zegt Marjorie. 'Ik heb het al gevraagd, ze heeft cakejes en alles gemaakt.'

'O.' Zodra je medelijden krijgt met iemand, zit je eraan vast. 'Goed dan.'

Het is maar een halfuur van haar leven, dan is ze weer thuis bij Mike. Hij is een modelvliegtuigje aan het bouwen met zijn vriend, Roy Noonan, die wel normaal is. En papa is er ook. Ze gaat het Chinese damspel met hem doen en de schone lucht van haar eigen huis inademen. *Wat moet ik de volgende keer zeggen als Marjorie me komt opzoeken?*

Ze steken het zinderende groene sportveld over en lopen St. Lawrence Avenue in. Madeleine houdt haar hand in haar zak voor het geval Marjorie weer hand in hand wil lopen. Marjorie woont in een gele bungalow tegenover het groene bungalowtje, dat nog steeds leeg staat. Ze rent de treden op en doet de hordeur open. Madeleine volgt haar.

Binnen is het donker. Madeleines ogen moeten even wennen. Het ruikt naar sigaretten, maar niet het verfrissende soort. Een muffe lucht. Plastic hoezen over de meubels in de woonkamers, dichte gordijnen. 'Deze kant op,' tjirpt Marjorie.

In de keuken zijn de jaloezieën neergelaten. 'Mijn moeder heeft vaak hoofdpijn,' zegt Marjorie, alsof ze vertelt dat ze een dienstmeisje en een concertpiano hebben.

Madeleine zegt niets. Ze gaat aan de bruine formicatafel zitten en vraagt zich af of Marjorie nog broers en zusjes heeft. Op tafel ligt niets. Geen borden in het afdruiprek, geen rondslingerende kranten, geen rommel. Als het bij Madeleine thuis rommelig is, zeggen haar ouders: 'Hindert niet, je kan zien dat er gewoond wordt.' Marjories huis ziet er niet uit alsof er gewoond wordt.

Marjorie doet de koelkast open. 'Hmmm, even kijken.' Madeleine kijkt langs haar heen in de helverlichte koelkast met de smetteloze rekken. Bijna leeg.

Marjorie maakt witte boterhammen met pindakaas voor hen, in vieren gesneden, met de korstjes eraf. Gegarneerd met gevulde olijven uit een potje. Er zijn geen cakejes.

Marjorie bet haar mond met een servet. 'Dat was heerlijk, al zeg ik het zelf.'

Madeleine vlucht zonder dat ze Marjories kamer heeft bekeken. 'Bedankt,' zegt ze. En ze rent het hele eind naar huis.

'Je hebt de melk vergeten.' Mimi pakt de boodschappen uit en zet ze op de keukentafel.

'Ik kan niet wijs worden uit dat handschrift van jou, vrouwlief,' zegt hij, in een appel bijtend.

De twee zakken aardappelen komen tevoorschijn. 'Jack McCarthy, hoeveel aardappelen denk je dat we op kunnen?'

Hij grijnst. 'Maak maar poutine of zoiets.'

'Maak maar poutine, ik zal je leren!'

'Is dat een belofte?'

Mike stuift naar binnen en rent de treden op. 'Mag Roy blijven eten?'

'B'en sûr mon pitou.'

Mimi schept net de laatste tomatensoep op als Madeleine binnenkomt; de piramidevormige stapel boterhammen met ham op tafel is flink geslonken, Roy is aan zijn derde bezig en Mike reikt naar een volgende.

'Waar ben je geweest?' vraagt Mimi. 'Waar is je vriendinnetje, wil ze blijven eten?'

'Wie?' vraagt Madeleine, en dan: 'O, ik heb bij haar gegeten.'

'Heb je al gegeten?'

'Ja, maar ik rammel nog van de honger.' Er ligt nog één boterham op de schaal. Madeleine legt hem op haar bord, waar hij gezelschap krijgt van een tweede. Ze slaat haar ogen op naar Roy Noonan, die bromt: 'Jij mag hem wel, ik zit vol.'

'Bedankt,' zegt ze, en ziet maman knipogen tegen pap. 'Wat is er zo leuk?' Jack zegt: 'Eet maar lekker op, liefje, daar krijg je haar van op je borst.'

WAT IS HET AANGENAAM

'De strijd in en om de kosmische ruimte zal enorme betekenis hebben in toekomstige gewapende conflicten.'

– SOVJETGENERAAL POKROVSKI, TWEE DAGEN VOOR DE LANCERING VAN SPOETNIK 1, 1957

'In de cruciale regio's van onze koude-oorlogswereld is degene die als eerste de ruimte verovert nummer één, punt uit. De tweede in de ruimte is in alles nummer twee.'

– LYNDON B. JOHNSON TEGEN JOHN F. KENNEDY, 1961

Dames, geloof me, dit is een prima manier om uw vlees mals te maken. Haal de hamer van uw man tevoorschijn.

– HELOÏSES KEUKENTIPS

Op het gazon van de McCarthy's is het eetfestijn in volle gang. Betty Boucher arriveerde met een schaal vol hamburgers die alleen nog maar op het rooster hoefden te worden gelegd, een aardappelsalade en een kokosroomtaart, en haar man, Vic, volgde met hun barbecue, hun kinderen en een rammelende jutezak. Jack was al hotdogs aan het roosteren boven de houtskool en had een kip aan het draaispit geregen, Mimi kwam naar buiten met gekruide eieren, een salade van geraspte wortel en rozijnen, een poutine rapé en een ananastaart – niet haar gewone niveau, maar dit is dag twee, dus *arrête*! Vimy en Hal Woodley kwamen met lasagne, een gemengde salade en een fles Duitse wijn die ze van hun vorige standplaats bewaard hadden. Hal is een lange, fitte man van in de veertig, met een zout-en-peperkleurige snor en kortgeknipt grijs haar. 'Wat leuk je te leren kennen, Mimi.' 'Wil je een lekker koud biertje, Hal?' Hij is 'Hal' voor de dames en 'kolonel' voor de mannen – behalve bij iemand in de achtertuin of op de golfbaan, maar zelfs dan bepaalt hij hoe hij wordt aangesproken. De oudste dochter van de Woodleys studeert en is het huis uit en hun jongste dochter is 'op stap met vrienden'. Auriel Boucher heeft Lisa Ridelle meegenomen, en toen Lisa's moeder even langskwam om te kijken of alles in orde was, sloeg ze meteen haar armen om Mimi heen.

'Elaine!'

'Mimi!'

Ze hadden elkaar sinds Alberta niet meer gezien.

'Ik had kleine Lisa niet eens herkend!' roept Mimi. 'Je ziet er geweldig uit, Elaine.'

'Ik ben zo dik als een varken.'

'Hoe ver ben je heen, zes maanden?'

'Vijf!' Mimi dringt erop aan dat Elaine Steve ook moet halen, 'er is meer dan genoeg'. Elaine komt terug met haar man, een fles wodka, een bord koekjes en een kiekje van Lisa en Madeleine in de badkuip, één jaar oud. Madeleine en Lisa ontdekken tot hun verbijstering dat ze al jarenlang vriendinnen zijn. Ze giechelen beschaamd en verrukt om de gênante foto, en Auriel bestudeert hem stomverbaasd. Dit was kennelijk allemaal voorbestemd.

Steve en Jack slaan elkaar op de schouder en Jack roept zijn zoon. 'Mike, dit is de man die in Cold Lake je amandelen heeft weggehaald, zeg dr. Ridelle gedag.'

Henry Froelich heeft een fles eigengemaakte wijn meegenomen en zijn dochter Elizabeth in haar rolstoel. Zijn vrouw heeft hun tweeling (twee jongetjes) bij zich, evenals een pan chili con carne. Mimi ziet in één oogopslag wat voor vlees ze met mevrouw Froelich in de kuip heeft – een oud wit mannenhemd, verkleurde zwarte skibroek – ze glimlacht, pakt de zwartgeblakerde pan van haar aan en zegt dat de baby's prachtig zijn – ze dragen een rubber broekje en een hemdje. Er zitten grasvlekken op de sportschoenen van de vrouw. 'Leuk kennis met u te maken, mevrouw Froelich.'

'Zeg maar gewoon Karen.'

Jack stelt iedereen aan elkaar voor. De Bouchers en de Ridelles geven de Froelichs een hand en bevestigen dat ze elkaar natuurlijk al kennen. De Woodleys schijnen intiemere kennissen te zijn. Hal vraagt Froelich of 'hun

jongen' dit jaar in het basketbalteam van de universiteit wordt opgesteld, en Vimy vraagt Karen naar haar werk in de stad. Even later – in het huis – zegt Mimi, terwijl ze een aluminium vorm omkeert op een bord en Jack nog wat blikjes bier opentrekt: 'Wat een rare is dat.'
'Wie?'
'Karen Froelich.'
'Wie? O, vind je?'
'Dat zie je toch zo.' Ze tilt de vorm behendig op van de salade in gelei – erwten en ananas bijeengehouden in een trillende groene berg met facetten.
'Ze lijkt mij wel in orde,' zegt Jack.
'Hoe bedoel je?' Ze werpt hem een blik toe, pakt haar sigaret, tikt die af.
'Tja, niet iedereen is zo stijlvol als jij, schat.' Hij biedt haar een glas bier aan. Ze schudt van nee, pakt het dan toch aan, neemt een slok en geeft het glas terug. De kraag van haar rode mouwloze blouse is opgeslagen, haar zwarte toreadorbroek onthult precies de juiste hoeveelheid been tussen de zoom en haar espadrilles. De lippenstiftvlek op het filter van haar sigaret heeft dezelfde kleur als de afdruk van haar mond op het bierglas.
'Laat maar zitten,' zegt Mimi, 'heb je haar chili al geproefd?'
'Nee, maar die ruikt hartstikke lekker.' Hij knipoogt en ze loopt rood aan. Een fluitje van een cent om haar nijdig te maken.
'Chili con carne, het mocht wat. Ze heeft de carne vergeten.' Ze drukt haar sigaret uit en pakt haar salade in gelei op. Jack grinnikt en loopt achter haar aan naar buiten.

De volwassenen zitten in tuinstoelen, met een bord op schoot en een drankje bij hun voeten. Lisa's moeder, Elaine, lacht om alles wat Lisa's vader zegt. Steve is de hoogste medische officier op de basis – 'en de vaste golfinstructeur', grapt Vic. De kinderen zitten aan aaneengeschoven speeltafeltjes, Madeleine, Mike, Roy Noonan, Auriel Boucher, Auriels jongere zusjes en Lisa Ridelle. De baby's van de Froelichs kruipen rond over het gras en worden achterna gezeten door het tweejarige zusje van Auriel, Bea, met een muts op en een zonnepakje aan. Karen Froelich voert Elizabeth chili con carne – Madeleine moet kokhalzen bij het zien van het eten dat Elizabeths mond in en uit glijdt, dus probeert ze niet te kijken, terwijl ze haar best doet niet de indruk te maken dat ze probeert niet te kijken.

Vic en Mimi bekvechten in het Frans; ze geeft hem een mep met een ovenhandschoen en hij krimpt overdreven ineen. '*Au secours!*'

'Vic, *parlez-vous le ding dong?*' roept Jack van bij de barbecue, de honneurs waarnemend in zijn schort waar CHEF op staat.

'Ik spreek Frans, ik weet niet wat je vrouw spreekt.'

'Ma grande foi D'jeu, c'est chiac!' Chiac, Acadisch Frans, de 'creatieve *langue locale*', met evenveel variaties als er gemeenschappen zijn in de kustprovincies.

'D'jeu'?! C'est quoi ça, D'jeu'?!' Vic weet dat ze Dieu – God – bedoelt, maar hij doet haar na op een zangerige vrouwelijke toon met overdreven rollende r's en ze moet te hard lachen om hem opnieuw een mep te geven.

'Waar heb je deze gevonden, Jack?' vraagt Vic, met zijn eigen nasale Trois-Rivières-accent. 'Ze praat als iemand uit de rimboe.'

'Ik heb haar opgepikt in de moerassen van Louisiana.'

Henry Froelich zegt: 'Heus?'

Mimi roept uit: 'Nee!'

Jack zegt: 'Ik heb haar gevonden in New Brunswick...'

Mimi knikt en Jack vervolgt: 'In het indianenreservaat...'

'Jack!' – terwijl ze hem met de ovenhandschoen om de oren slaat – '*allons donc!*'

Karen Froelich vraagt: 'Mimi, heb je indiaans bloed?'

Mimi's lach ebt weg tot een beleefde glimlach. 'Nee, ik ben Acadisch.'

'Daarom spreekt ze zo onbeschaafd het Frans,' zegt Vic in een parodie op zijn eigen accent.

Zijn vrouw Betty zegt: 'Dat moet jij nodig zeggen, brutale Fransoos, terwijl je de taal van Louis Quatorze vermoordt' – ze spreekt het uit als 'kat ors' – 'met je heidense patois.'

'Acadisch,' zegt Karen. 'Dat is echt interessant. Er werden toch nog al wat huwelijken gesloten tussen de Acadiërs en de indianen, of niet?' Haar toon verraadt geen besef van haar blunder.

Er valt even een stilte. Iedereen glimlacht. Jack weet dat Mimi nu denkt dat de vrouw vals is, maar hij ziet alleen belangstelling op Karens gezicht. Ze lijkt een vreemde in een vreemd land, hier tussen de tuinstoelen. Zelfs haar man is op zijn eigen manier herkenbaar – een bebaarde, verfomfaaide professor. Maar Karen is een vrouw met slordig haar en zonder make-up, die over de subtielere punten van de Canadese geschiedenis praat. 'Zo zijn ze toch onder de eed van trouw aan Engeland uitgekomen? Voor de Verdrijving.'

Mimi glimlacht en haalt haar schouders op.

Karen vervolgt: 'Door te beweren dat ze indiaans bloed hadden.'

Jack kijkt Mimi aan. Doet ze mee? Gaat ze het verhaal van *le grand dérangement* vertellen? *Daarom ben ik zo goed in verhuizen.*

Vimy Woodley schiet te hulp. 'Wat weten we eigenlijk weinig van onze eigen geschiedenis, toch? Ik ben bang dat ik nog nooit van de Verdrijving heb gehoord.'

Jack vertelt het verhaal over de Engelsen die de Acadiërs tweehonderd jaar geleden uit hun huizen verdreven, en Mimi herstelt zich: 'Daarom ben ik zo goed in verhuizen.'

Ze lachen allemaal en Betty Boucher pakt Mimi's hand vast. Ze zegt met haar Manchester accent, dik als een degelijk vest: 'Tja, ik ben Engels, schat, en ik wil graag zeggen dat het me spijt. Zo!'

Aan de kindertafel staat Mike op en zwaait zijn arm rond en rond als een propeller. Als hij ophoudt, is zijn hand opgezwollen en rood geworden door kleine gesprongen haarvaatjes.

'Wauw,' zegt Lisa en ze keert haar oogleden binnenstebuiten.

'Geinig.'

Daarna lopen ze allemaal achter Roy Noonan aan om het huis heen om te zien wat hij kan met zijn beugel. Hij leunt voorover met zijn handen op zijn knieën en kauwt op zijn tong tot er een waterval van helder spuug uit zijn mond stroomt.

'Kinderen,' roept maman, 'kom het toetje staat klaar.'

Mike barst uit in gezang. 'Comet! Daar wordt je toilet schoon van' – op de melodie van de Colonel Bogey-mars – 'Comet! Het smaakt naar listerine' – terwijl hij ze het hele stuk om het huis heen voorgaat – 'Comet! Om van te kotsen! Dus drink Comet en kots vandaag nog!'

Betty ruimt de tafel af en vraagt Vimy of haar dochter Marsha zaterdag kan komen babysitten. Mimi schept ijs in hoorntjes voor de kinderen en vraagt Steve naar zijn mening over blindedarmoperaties.

'Tja,' antwoordt hij, 'mijn motto luidt: als het niet kapot is, moet je het niet repareren.'

Mimi glimlacht tegen hem en zegt: 'Je klinkt net als mijn man.'

Hal wordt door de kinderen ingelijfd om het beginsein te geven van een geïmproviseerd spelletje softball. Steve en Vic sluipen het huis in om meer bier te halen en Jack staat met Henry Froelich te kletsen. 'Wat is jouw achtergrond eigenlijk, Henry? Wiskunde? Natuurwetenschappen?'

Een paar biertjes op deze zomeravond in Centralia en Hamburg 1943 is vreselijk ver weg – Jack vindt er niets mis mee om zijn buurman te leren kennen. En Froelich lijkt zich niet aan de vraag te storen, lijkt ontspannen ondanks zijn stropdas en overhemd met lange mouwen.

'Mijn vak was technische fysica,' zegt hij en trekt dan zijn wenkbrauwen op alsof hij de mate van Jacks belangstelling wil peilen.

'Wauw,' zegt Jack. 'Wat is dat in vredesnaam?'

Froelich glimlacht en Jack houdt de wijnfles schuin boven het glas van de man. 'Ga je gang, Hank, ik ben een en al oor.'

'Nou...' Froelich slaat zijn armen over elkaar en Jack ziet hem al staan in een collegezaal – het smeervet onder zijn nagels kan net zo gemakkelijk krijt zijn. 'Ik heb bestudeerd hoe dingen bewegen en daarna ben ik daar les in gaan geven.'

'Wat voor dingen? Vliegtuigen, treinen, auto's?'

'Daar zijn allemaal toepassingen voor, ja, en ook voor andere dingen. Voortstuwing, snap je. Maar ik was een erg theoretisch ingestelde jongeman. Ik maakte – eh – mijn handen niet vuil, zoals dat heet.'

'Anders dan tegenwoordig,' zegt Jack, terwijl hij met zijn duim gebaart naar Froelichs afgejakkerde oude karretje aan de overkant.

Froelich knikt. 'Ja, ik word pragmatisch op mijn oude dag.'

'Ik ga een gokje wagen, Henry. Je was professor, klopt dat?'

'Ja, dat klopt.'

'Doctor in de... technische fysica.'

'Ja, *genau*.'

'Waarom kom je dan hier in de rimboe de tafels van vermenigvuldiging onderwijzen?'

Froelich lacht. Vic komt bij hen staan. 'Wat is er zo grappig?'

Jack staat op het punt de vraag te ontwijken, omdat hij Froelich niet in verlegenheid wil brengen als die het liever niet over zijn verleden heeft, maar Froelich antwoordt: 'Fysica. Mijn eerste liefde.'

'Echt waar, ben jij zo'n bètafiguur, Henry?'

'Hij heeft een doctorstitel,' zegt Jack.

Steve komt met vers bier bij hen staan.

'Dat is niet gering,' zegt Vic. 'Atoomfysica?'

'Technische fysica.'

Vic schudt zijn hoofd. 'Als ik mijn leven kon overdoen, zou ik me daar ook mee bezighouden, op dat gebied is van alles gaande, toch? Lucht- en ruimtevaart. Straalaandrijving. Raketten.'

Het ligt Jack op het puntje van zijn tong om Vic te vragen of hij tijdens de oorlog niet genoeg heeft gekregen van 'dingen die boem doen', toen hij achter in een Lanc vuurwerk aan het afsteken was, maar hij is zich bewust van Froelichs aanwezigheid en zegt dus maar: 'Ik zou astronaut worden.'

'Waarom zou je?' zegt Vic. 'Dat is geen vliegen, je zit gewoon op een grote bom te bidden.' Froelich vertoont een glimlach en knikt. 'Naar de maan, Alice!' roept Vic.

De anderen grinniken, maar Froelich kijkt een beetje verbijsterd. Kan het zijn dat hij *The Honeymooners* nooit heeft gezien?

Steve zegt peinzend: 'De maan is een ideale plek om golf te spelen. Stel je eens voor hoeveel langer het zou duren om achttien holes te spelen bij het ontbreken van zwaartekracht.'

Jack weet dat Steve twee jaar jonger is dan hijzelf. Maar zelfs zonder die informatie zou hij uit Steves typische onverschilligheid kunnen afleiden dat hij niet in de oorlog gevochten heeft. Niet dat oorlogsveteranen niet onverschillig kunnen zijn – Simon is een goed voorbeeld. Maar Simons onverschilligheid heeft een apart trekje. Net als de jovialiteit van Vic – hij zuigt nog steeds elk ogenblik op, is dankbaar dat hij leeft. Net als Hal Woodley, verderop in het veld achter het huis, werpend voor de kinderen. Daar hebben ze voor gevochten.

Jack zegt: 'Nou ja, we kunnen maar beter zorgen dat we er gauw zijn, want je weet wat we anders op de maan aantreffen.'

'Wat dan?' vraagt Steve.

'Russen.'

Vic en Steve lachen.

'Wernher von Braun heeft dat gezegd en hij kan het weten.'

'Wie is dat?' vraagt Steve.

Vic rolt met zijn ogen en Jack legt het uit. 'Von Braun is de grote raketspecialist. De grote baas van het Amerikaanse ruimtevaartprogramma. Ofwel NASA.'

'O, die Von Braun,' zegt Steve. 'Daar had ik jullie mooi tuk.'

'Slaggg!' roept een van de kinderen, en op het veld wisselen de teams van plaats.

Steve zegt: 'Waarom zou iemand eigenlijk naar de maan willen? Het is er hartstikke koud.'

Net als in Moskou, denkt Jack, die weer herinnerd wordt aan Simons opmerking afgelopen zomer. Hij neemt nog een slok bier. 'Tja, wat moeten we anders doen, moeten we ons in alles door de Russen laten verslaan? In het tempo waarin ze bezig zijn, zijn ze er in '65.'

Vic zegt: 'De maan is, dat is... de heilige graal, de koperen ring...'

Froelich zucht. 'Laat de maan nu maar even zitten, we hebben het nu over de ruimte, toch? Een koude en donkere gordel honderdvijftig kilometer boven het oppervlak van de aarde, waardeloos...'

'Juist,' zegt Steve.

'... behalve dat het een vervolg is op het luchtruim en daar wordt de volgende oorlog beslist.' Jack houdt de fles schuin boven het glas van Froelich.

'Daarvandaan' – Froelich wijst – 'kunnen de Russen gaan knoeien met westerse satellieten, ze kunnen die – hoe zeg je dat...?'
'Neutraliseren,' zegt Jack.
'Ja, raketten neutraliseren voor ze worden gelanceerd of door onderzeeërs worden afgeschoten. Ze kunnen ook een ruimtestation in een baan om de aarde brengen, dat bewapenen als een garnizoen en elke plek op aarde in de gaten houden. De maan is in zekere zin een onbeduidend toneel, een...'
'Een bijzaak.'
'*Genau.*'
'De Amerikaanse luchtmacht wil van de maan een permanente basis maken.'
'Dat is waar de Russen op uit zijn,' zegt Vic. 'Daarom liggen ze voor.'
'Maar wij doen het niet om dezelfde redenen,' zegt Jack. 'NASA is een burgerorganisatie. Zuiver wetenschappelijk onderzoek.'
'Als het om wetenschappelijk onderzoek gaat,' brengt Steve ertegen in, 'waarom bouwen ze dan niet gewoon een ruimtestation voor experimenten, waarom doen ze al die moeite om op de maan te landen?'
'Omdat de maan iets is wat we allemaal begrijpen,' zegt Jack. 'Zelfs een stamlid in het hart van Afrika kan een blik op de hemel werpen en zich verbazen over zo'n prestatie, en dan heb je het over echte macht als je de fantasie van de hele wereld beheerst. De VS moet hun superioriteit demonstreren aan de wereld, en niet alleen maar voor de show, maar om heel praktische redenen. Je kunt niet toestaan dat de derde wereld op de Sovjet-Unie gaat vertrouwen om...'
'Precies.' Vic gebaart met zijn bier. 'Als je in een bananenrepubliek woont met een krakkemikkige dictator aan het bewind...'
'En de communisten een man naar de maan hebben gebracht,' zegt Jack, 'en ze iedereen een kip in de pan beloven...'
'De Spoetnik was pas het topje van de ijsberg...'
'Kijk maar eens naar *Vostok* III en IV...'
'Hoe heten ze ook alweer? Nikolajev?'
'En Popovitsj,' zegt Froelich.
Jack knikt. 'De "hemelse tweeling".'
De Russische kosmonauten hebben zojuist een prestatie geleverd die rechtstreeks uit een sciencefictionboek lijkt te komen: een dubbele baan om de aarde in aparte ruimtecapsules, die elkaar op de ongelooflijke afstand van honderdvijftig kilometer passeerden tijdens in totaal honderdtwaalf banen om de aarde, meer dan vijf keer de afstand naar de maan. De Amerikanen mogen van

geluk spreken als ze de volgende maand zes banen halen. De logische volgende stap van de Russen: een fantastische manoeuvre waarbij twee ruimteschepen aan elkaar worden gekoppeld en vervolgens de volledige beheersing over de ruimte en het doelwit aarde.

'En dat zijn alleen maar de vluchten die we kennen,' zegt Jack.

Hal Woodley komt naar hen toe. Ze maken plaats voor hem en gaan onmerkbaar wat rechter staan.

'Bedenk maar eens wat ze verder nog achter de hand hebben,' zegt Vic.

'Tegenwoordig,' zegt Jack, 'worden de echte veldslagen gevoerd in de pers en voor de tv-camera's.'

'Dus daar is Nixon de dupe van geworden,' zegt Woodley, en ze lachen allemaal.

Jack trekt nog een biertje open en biedt Hal dat aan. 'Proost, kolonel.'

'Prost. Zeg maar Hal, Jack.' De anderen heffen het glas, maar met uitzondering van Henry vermijden ze het maar liever om Hal Woodley aan te spreken, want 'kolonel' lijkt al te formeel voor de situatie, en 'Hal' is niet gepast, tenzij ze uitdrukkelijk uitgenodigd worden dat te zeggen.

'Bedenk eens hoe teleurstellend dat moet zijn, toch?' zegt Jack grijnzend. 'Je bent een grote Russische held, een kosmonaut. Je draait als een god baantjes om de aarde, de wereld beneden je ligt letterlijk aan je voeten, en waar laten ze je landen? In de een of andere godvergeten woestijn midden in Kazachstan!'

'Geef mij maar zes banen om de aarde in plaats van honderd als dat betekent dat ik een week of twee naar Florida mag,' zegt Steve. 'Alleen al de serveersters daar zien er vast een stuk beter uit.'

'Om van het eten maar niet te spreken!' zegt Vic.

Froelich wacht tot ze uitgelachen zijn. 'Door op de maan te landen' – hij spreekt met de zorgvuldigheid, de lichte ergernis, van een deskundige – 'laat degene die dat voor elkaar krijgt, zien dat hij in staat is van het ene moment op het andere een raket te lanceren, wat nodig is voor een maanvlucht, want de maan is een bewegend doel. Als je daar het superieure Russische besturingssysteem bij denkt, heb je de mogelijkheid van intercontinentale raketten die in een baan om de aarde worden gebracht, waar ze niet kunnen worden neergehaald, en die vervolgens terugkeren in de aardse atmosfeer om een doelwit te raken...' Terwijl Jack luistert, is hij druk aan het speculeren. Froelich met zijn doctorstitel en zijn op de ellebogen van zijn jasje genaaide lapjes zou professor kunnen zijn aan een universiteit. Misschien is hij een excentriekeling, en wil hij het hier in de rimboe allemaal achter zich laten. Toch is hij kennelijk verzot op zijn vak. Waarom zou hij het dan achter zich willen laten? 'De Spoetnik heeft het Westen erg bang gemaakt,' zegt Froelich. 'Maar wat is de Spoetnik?'

'Reisgenoot, betekent het, geloof ik,' zegt Jack.

Froelich negeert deze opmerking en gaat door: 'Een zendertje boven op een raket. En ook de laatste rustplaats van een hond die er niet om heeft gevraagd kosmonaut te worden.' De anderen grinniken, maar Froelich glimlacht niet. 'De Spoetnik was geen intercontinentale raket, hij hoefde geen doelwit te raken, hij moest gewoon... omhooggaan.' En hij wijst. 'Ze hadden geen intercontinentale raket, wij hebben die – Amerika heeft die – eerder dan Rusland, maar gewone mensen in het Westen worden bang en die angst is nuttig voor...' Hij zwijgt even, fronst zijn wenkbrauwen, zoekend naar woorden. De andere mannen wachten eerbiedig tot hij de draad weer te pakken heeft. Froelich is het schoolvoorbeeld van de verstrooide professor.

Hal Woodley komt met de ontbrekende term: 'De gevestigde macht.'

'Ja, bedankt,' zegt Froelich. 'Wie een maanlanding tot stand brengt, maakt daardoor ook duidelijk dat hij een ontmoeting tussen twee ruimtevaartuigen in een baan om de aarde kan regelen, en dat is cruciaal voor het maken van een militaire installatie.'

Er valt even een stilte. Hij lijkt uitgepraat te zijn.

Jack zegt: 'Je hebt gelijk, Henry, als we een man naar de maan brengen geeft ons dat een plezierig, warm, rozig gevoel, maar het punt waar het echt om gaat is veiligheid. De Yanks zouden hun dollars in het ruimtevaartprogramma van de luchtmacht moeten steken.'

'Het is allemaal politiek,' zegt Hal. 'Kijk maar naar wat er met de Arrow is gebeurd.'

Een ogenblikje stilte voor de Avro Arrow, de meest geavanceerde straaljager ter wereld. Bedacht door Canadezen, getest door Canadese piloten, geschrapt door Canadese politici.

'En wat hebben we in plaats daarvan aangeschaft?' zegt Steve vol afkeer. 'Bomarcs.'

'Amerikaanse afdankertjes,' snuift Vic.

'Ik weet niet waarom McNamara de zaak traineert,' zegt Jack. 'De USAF heeft allerlei mooie spullen paraat zoals, eh – ze zijn bezig met die Midas-satellieten die je direct laten weten wanneer de vijand een raket afvuurt, ze hebben een bemande ruimtezwever op stapel staan, hoe heet die ook alweer...'

'De Dyno-Saur,' zegt Vic.

'Ja, er heeft een groot artikel in Time gestaan. NASA heeft de Apollo, maar er valt nog genoeg te doen. Kennedy zou de USAF ook iets moeten gunnen.'

Vic zegt: 'Uncle Sam wil niet op de Russen lijken door in de ruimte met een zwaard te gaan staan zwaaien.'

Henry zegt: 'Dus je vindt dat de ruimte geen militaire aangelegenheid is?'

'NASA is een burgerorganisatie,' betoogt Jack. 'De helft van al die bollebozen in Houston zijn landgenoten van je, Henry.'

'Ja, dat klopt,' zegt Hal. 'Wat dacht je van Von Braun en die andere knaap...'

'Arthur Rudolph,' zegt Jack. 'Een geniale manager.'

Froelich haalt zijn schouders op. 'Ze hebben voor de nazi's gewerkt.'

'Heus?' zegt Steve.

Jack trekt een gezicht. 'Strikt genomen wel, maar het waren burgers. Wetenschappers en dromers.'

Vic heft zijn glas op naar Henry. 'Je moet het de Duitsers nageven, toch, als het op technologie aankomt.'

Maar Henry staat er nog steeds gebogen bij, armen over elkaar, glas in zijn hand. 'Wetenschappers en dromers hebben er ook voor gezorgd dat de eerste atoombom ontplofte in Los Alamos. Ze houden – hielden het ding met plakband bij elkaar. Heel idealistisch. De bom moest Hitler tegenhouden. Maar in werkelijkheid doodt hij miljoenen burgers.'

Er valt een stilte. Dan zegt Jack: 'Maar hij maakte wel een eind aan de oorlog, toch?'

Hal zegt: 'Al vraag ik me af of je ook maar één generaal had kunnen vinden die dat zaakje had willen regelen.'

Weer een stilte. Vic zucht. 'De Yanks moeten altijd het vuile werk opknappen.'

Jack knikt. 'Ja.' Dan glimlacht hij. 'Tja, Peter Sellers had het bij het rechte eind. We zouden de Amerikanen de oorlog moeten verklaren. Eerst komen ze ons op onze donder geven, en dan geven ze ons een hele hoop hulp en zijn we beter af dan ooit.' Henry haalt weer zijn schouders op en neemt een slok. Jack gaat door: 'Het was gewoon geluk dat de atoomgeleerden tijdens de oorlog in Duitsland niet gingen samenwerken met de raketjongens – dan hadden ze een nucleaire raket gehad.'

Vic zegt: 'Waarom zouden ze dat niet gedaan hebben?'

Henry antwoordt: 'Omdat het een joodse wetenschap is.'

De anderen kijken hem aan, maar Henry zegt niets meer.

'Wat is een joodse wetenschap?' vraagt Jack.

'De atoomwetenschap.'

Hal vraagt: 'Wat bedoel je, "joods"?'

'Einstein is een jood,' zegt Henry.

Jack krimpt ineen bij het horen van het woord – het klinkt abrupt, grof: *jood*. Het klinkt... antisemitisch. Jack weet dat dat niet redelijk is – dat Froelich een Duitser is, maakt hem nog geen antisemiet.

'Hitler wijst de joodse wetenschap af' – Henry klinkt Germaanser dan ooit in Jacks oren, afgebeten tongval, een en al zelfvertrouwen, op het randje van arrogantie – 'bovendien heeft Hitler niet genoeg verbeeldingskracht om de raket te combineren met de kernkop.'

'Tjonge,' zegt Steve. 'Dus op een of andere rare manier... heeft Hitlers antisemitisme ons misschien gered van de grote knal.'

Jack fluit eventjes. Henry zegt niets.

Elaine roept: 'Waar hebben jullie het over, jongens?'

Jack lacht tegen haar. 'Ach, we trappen gewoon een beetje lol, Elaine.'

'Ze hebben het over politiek,' zegt Mimi, die komt aanzetten met een tv-tafeltje waarop vier borden met ananastaart staan, 'ze lossen de wereldproblemen op.' Ze zet het tafeltje neer en knipoogt tegen haar man.

Vic protesteert: 'Dat is het derde toetje al vanavond!'

'Ik snap niet waar je de tijd vandaan haalt, Mimi,' roept Betty.

Jack ziet dat Karen een beetje apart zit, met de beide baby's slapend op schoot. Toch ziet ze er niet erg moederlijk uit, eerder... wat? Hij probeert te bedenken wat. Ze ziet eruit alsof ze op safari is... zoals die vrouw die dieren redt... apen... leeuwenwelpen? Hoe heet dat boek ook alweer?

'Doe toch niet zo ongezellig,' roept Elaine tegen de mannen vanuit haar ligstoel, 'en kom met ons praten.'

'Laat ze zich maar afreageren, liefje,' zegt Betty, terwijl ze thee inschenkt, al is Elaine nog bezig met een cocktail.

Froelich neemt een hap taart. 'Dank u, mevrouw McCarthy – *entschuldigen Sie mich, bitte* – Mimi. Heerlijke taart.' Hij knikt met zijn hoofd, een formele buiging uit de Oude Wereld, en pakt het onderwerp energiek weer op: 'Ik bedoel maar, waarom zouden we naar de maan reizen als we onszelf zo gemakkelijk vanaf hier kunnen vernietigen?'

De andere mannen kijken hem aan. 'Ik heb het over het voorkomen van vernietiging,' zegt Jack.

'Waarom schaffen we de wapens dan niet af?'

'Ben jij een ban-de-bommer, Henry?'

'Natuurlijk, waarom niet?'

'Ik ook,' zegt Vic. 'Al zou ik graag willen dat de Russen als eersten de bom verbieden.'

'Militairen zijn de grootste vredesactivisten van allemaal,' zegt Jack. 'Anders dan de meeste politici weten militairen wat een oorlog inhoudt.'

Henry Froelich zegt: 'En sommige burgers ook. Die weten het ook.'

Hal kijkt Henry strak aan. 'Dat staat buiten kijf, Henry. Dat mogen we nooit vergeten.' Hij heft zijn glas.

'Op de vriendschap,' zegt Jack.

'Op de vriendschap,' herhalen de anderen in koor.

Bij de barbecue zijn de kinderen marshmallows aan het roosteren. Mike heeft de zijne in brand gestoken en beweert dat hij ze doorbakken het lekkerst vindt, *à point*. Madeleine loopt naar Elizabeth toe. 'Heb je zin in een geroosterde marshmallow?'

Elizabeth knikt en zucht. Madeleine blaast op de marshmallow, en houdt haar dan het stokje voor. Lisa en Auriel komen bij haar staan en kijken hoe Elizabeth langzaam geniet van het geroosterde wit, met haar ogen halfdicht, terwijl er zich een romige snor op haar lip vormt.

'Is het lekker?' vraagt Auriel.

'Njaaa.' Elizabeths hoofd rust bijna op haar ene schouder, maakt dan langzaam een halve cirkel en wordt schuin achterover gehouden. Madeleine volgt de beweging met de marshmallow. Elizabeth zorgt dat het er heerlijk uitziet.

Lisa vraagt: 'Weet je wat, Elizabeth? Als je een marshmallow samenknijpt wordt hij kleiner en krijg je nepkauwgom. Wil je het proberen?'

'Njaaa.'

Betty Boucher laat zich in een tuinstoel vallen en knuffelt een van de baby's van de Froelichs. 'Met een beetje geluk komt er in die kleine groene bungalow verderop een gezin te wonen, met een dochter van boven de twaalf.'

'Zou dat niet fantastisch zijn,' zegt Elaine Ridelle. De meeste kinderen in de woonwijk zijn niet ouder dan Mike, dus zijn babysitters bijna niet te krijgen. Vimy's dochter Marsha kan zaterdagavond niet bij de Bouchers komen oppassen; de Woodleys gaan het weekeind weg.

Karen Froelich zegt: 'Ricky kan wel komen oppassen.' Misschien interpreteert ze de geladen stilte die op haar aanbod volgt ten onrechte als onbegrip, want ze laat erop volgen: 'Mijn zoon.'

Vimy keert zich om naar Mimi. 'Ricky is goed bevriend met mijn dochter, het is een heel aardige jongen.'

'Het is een schatje,' voegt Elaine eraan toe.

Karen knikt afwezig. De andere vrouwen glimlachen en veranderen van onderwerp.

Mimi heeft Ricky Froelich nog niet ontmoet. Ze kan op geen enkele manier nagaan of het waar is wat Betty en Elaine haar later zullen vertellen: dat Ricky een knappe jongeman van vijftien is, met zoveel verantwoordelijkheidszin en zo goed aangepast dat veel vrouwen in de wijk zich afvragen hoe hij in vredesnaam een product van het gezin Froelich kan zijn – niet dat de Froelichs geen beste mensen zijn, ze zijn alleen... allesbehalve gewoon. Maar dat Ricky een aardige jongen is, daar gaat het niet om. Waar het om gaat, is dat jongens niet babysitten. Wat is dat voor moeder die haar zoon vrijwillig aanmeldt voor iets wat een meisje hoort te doen?

Vic steekt het gazon over, op weg naar de straat, en zegt over zijn schouder tegen de vrouwen: 'Ik weet het niet zeker, maar ik geloof dat ze maar met zijn drieën zijn.'

Betty vraagt: 'Wie?'

Vic blijft staan en draait zich om. 'Het Amerikaanse gezin dat in de bungalow komt wonen. Ze hebben maar één kind.'

'Vic, je vertelt me ook nooit wat!'

'Je vraagt ook nooit!'

'Het is de nieuwe uitwisselingsofficier,' zegt Hal, die er ook bij komt staan. 'Een vlieginstructeur.'

'We moeten ze op bezoek vragen, Jack,' zegt Mimi. 'Ze zijn vast een eind van huis.'

'Zijn we dat niet allemaal?' merkt Betty Boucher op.

Vic was op weg naar huis om zijn accordeon te halen, maar Mimi houdt hem tegen: 'Blijf waar je bent!' Ze kijkt haar dochter aan en beveelt: '*Madeleine, va chercher ton accordéon.*' Haar dochter kreunt, maar Mimi smoort haar protest in de kiem. '*C'est pour monsieur Boucher, va, vite, vite.*'

Madeleine komt terug met haar grote rood-wit-zwarte bakbeest. Vic gaat in een tuinstoel zitten, houdt de accordeon op zijn brede schoot, maakt de klemmen los om het instrument te laten inademen, en duwt en perst vervolgens de muziek eruit, terwijl zijn ellebogen de blaasbalg bewegen en zijn mollige vingers op en neer over de toetsen vliegen. Algauw zingen de kinderen met hem mee, daarna vallen de vrouwen in, net als Steve Ridelle. Het jeugdige stel van het huis ernaast komt naar buiten en gaat met hun kleine bij de groep staan.

Madeleine zingt '*Alouette*' met de anderen en vraagt zich af waar Colleen Froelich is. Heeft ze iets stouts gedaan en moet ze thuisblijven? Zit ze ons nu op dit moment te bespioneren?

Vic zet een danswijsje in en Mimi zingt: '*Swing la bottine dans l'fond d'la boîte à bois.*' Mike rent naar de achterkant van het huis en komt terug met de honkbalknuppel. Hij houdt de knuppel dwars voor zich vast en springt er steeds weer overheen op de dubbele maat van de muziek, als een woesteling, terwijl hij de knuppel in de lucht gooit, opvangt en stepdanst. Mimi slaakt kreten, iedereen klapt mee op het ritme. Madeleine voelt zich pijnlijk trots. Ze heeft haar neven en een van haar enorme ooms afgelopen zomer dezelfde dans zien doen terwijl tante Yvonne accordeon speelde – alleen gebruiken ze in Acadië de steel van een bijl en geen knuppel.

Aan de overkant van het gazon klappen Jack en Henry ook. Dan stopt Henry zijn pijp, stampt de tabak aan, doet er nog wat bij, en drukt hem verder aan. Jack haalt een pakje White Owl-sigaren tevoorschijn en steekt er een op. 'Weet je, Henry, er is niets wat ik liever zou willen dan die dingen helemaal afschaffen. Alle atoombommen. Vreselijke dingen om onze kinderen mee op te schepen. Maar we kunnen onze kop niet in het zand steken. Hoe zit het met onze achterstand op raketgebied?'

'Als je tenminste gelooft dat dat zo is.' Froelich strijkt eindelijk een lucifer af, streelt de open kop van zijn pijp met het vlammetje en puft er leven in.

'Kunnen we het ons veroorloven dat niet te geloven?'

'Zelfs hun minister van Defensie gelooft het niet.'

'Ja, McNamara kwam daar wel heel vlot van terug, hè? Maar je weet toch maar nooit wat ze nog achter de hand hebben.' Jack spuwt een stukje tabak uit. 'Wat rook je daar, Hank? Ruikt vertrouwd.' Scherper dan Amphora, heeft een Europees tintje – pure chocola in plaats van melkchocola.

'Von Eicken. Duitse tabak.'

'Dan is het duidelijk.'

'Eisenhower heeft zijn land gewaarschuwd dat het heel gevaarlijk kan zijn in vredestijd een oorlogseconomie te voeren.'

'Leven we dan in vredestijd?' vraagt Jack, terwijl hij een sliert rook naar het donker wordende blauw van de schemering richt.

'Hier? Op dit moment? O ja.'

Jack geeft een knikje, op de maat van de muziek – *If you're happy and you know it clap your hands, if you're happy and you know it clap your hands, if you're happy and you know it and you really want to show it...*

'Friede,' zegt Froelich.

Jack kijkt hem scherp aan en dan schiet het hem weer te binnen. Natuurlijk. *Vrede*. 'Weet je, Henry, we kunnen de bom afschaffen en dat soort zinvolle dingen doen, maar we kunnen de mens niet verhinderen de wereld te onderzoeken.'

'Je wilt wel heel erg graag naar de maan, vriend.' De steel van Henry's pijp is nat; zijn gezicht is voller geworden door het gesprek, schaduwen zijn veranderd in rimpels.

'Kom, Henry, je bent wetenschapper...'

'Dat was ik.'

'Hoe kun je dat dan niet spannend vinden? Zuiver wetenschappelijk onderzoek...'

'Dat bestaat niet. Sommige vragen worden gesubsidieerd, andere niet. Wie is rijk genoeg om de vragen te stellen?'

'Ja, maar stel je gewoon eens voor hoe het ons perspectief zal veranderen als we op de maan landen.'

'Dan blijft de wereld toch nog een gevaarlijke plek, misschien nog wel meer als we...'

'Dat zie je verkeerd,' zegt Jack, terwijl de askegel van zijn sigaar langzaam aangroeit. 'Denk je eens in hoe onze lullige oorlogjes eruit zullen zien vanaf bijna vierhonderdvijftigduizend kilometer hoogte. Denk je eens in hoe we ons zullen voelen als we door de duisternis vliegen. Kun je je dat voorstellen? Doodse stilte. En achter ons, een heel eind weg, is de aarde. Een mooie blauwe vlek, oplichtend als een saffier. Dan kan het ons geen donder schelen wie een Rus is of wie een Yank en of je rood bent, of wit of zwart of groen. Misschien dringt het dan eindelijk tot ons door dat we allemaal gewoon mensen zijn en dat we allemaal maar één kans krijgen, toch? Dit onbeduidende leventje.' Hij werpt even een blik op de anderen, verzameld rondom de muziek. Mimi heeft haar ogen dicht en zingt mee met Vic. 'Un *Acadien errant* – een zwervende Acadiër – *banni de son pays* – verbannen uit zijn land...' Het droefgeestige in mineur van volksliedjes overal ter wereld.

Henry Froelich zegt: 'Dat is een mooi idee.'

Jack kijkt hem aan. De man ziet er opeens somber uit, en Jack vraagt zich af wat hij in zijn leven zoal gezien heeft. In zijn oorlog. Hij heeft de leeftijd om heel veel gezien te hebben. Ruim voorbij de vijftig. Oud genoeg om zich de eerste nog te herinneren – de Grote Oorlog. Mannen die oorlog hebben gevoerd, praten er meestal niet over, maar ze geven wel graag toe dat ze oudstrijders zijn, zelfs tegen een voormalige vijand. Inmiddels bestaat er eigenlijk een gevoel van kameraadschap tussen piloten die destijds hun best deden om elkaar neer te halen. Maar Jack kan zich Froelich niet in uniform voorstellen. Het lijkt waarschijnlijker dat hij zijn bijdrage aan de oorlogvoering heeft geleverd op industrieel niveau. Het kost Jack geen moeite om zich hem voor te stellen in een fabriek: wit overhemd en een klembord, turend in het inwendige van een straalmotor. Doet hij boete voor het een of ander? Misschien is Centralia een vorm van zelfopgelegde ballingschap.

Froelich gaat verder, zijn stem zacht en onbestemd als het zwart van zijn baard. 'Die raket van jou, Jack, die kan dat misschien allemaal doen. Dat is heel nobel. Heel mooi. Als een gedicht. Maar hij is niet afkomstig van een mooie plek, hij is afkomstig uit...' Hij schijnt de draad kwijt te zijn. Hij kijkt om zich heen, haalt adem, trekt zijn wenkbrauwen even op en gaat weer verder. 'Je denkt dat hij ons naar de hemel zal brengen, ja?' Maar daar komt hij niet vandaan.' Hij tikt tegen zijn pijp. 'Zo'n raket is ook heel duur. Helaas is alleen de oorlog rijk genoeg om voor zo'n mooi gedicht te betalen.'

Froelich schenkt zichzelf nog wat wijn in.

'Is dit ooit bij je opgekomen, Jack? Dat Apollo naar de zon genoemd is? Maar dat het project gericht is op zijn zuster Artemis, de maan?'

Froelich kijkt hem aan, wacht op een antwoord.

'Daar heb je me te pakken, Henry.'

'Er was eens een grot in een berg. En in de grot lag een schat.' Froehlichs ogen glimmen. Jack wacht. Is het mogelijk dat zijn buurman een beetje dronken is? 'Zie je, Jack, het is een feit dat alleen de ingewanden van de aarde ons de idealen kunnen verschaffen om ons in de richting van de zon te sturen. Iemand moet de pijlen van Apollo smeden. Net zoals iemand de piramiden moest bouwen. Slaven, ja? Wie van Gods engelen is rijk genoeg, denk je, om te betalen voor onze droom om zo hoog te vliegen dat we misschien een blik opvangen van Gods aangezicht?'

Aan de overkant van het gazon zingen Vic en Mimi het tweede couplet: 'Un Canadien errant'... een zwervende Canadees... als je mijn land ziet, mijn ongelukkige land, zeg dan tegen mijn vrienden dat ik me hen nog herinner...

'Vertel me eens, Henry. Wat voer jij hier uit?'

'O, nou, na de oorlog leerde ik mijn vrouw kennen in Duitsland, ze was vrijwilligster in het VN-kamp waar ik...'

'Nee, ik bedoel, hoe komt het dat je niet ergens lesgeeft aan een universiteit?'

Jack is bang dat hij onbeleefd is geweest tegen zijn gast – hij kent de man nog geen vierentwintig uur en nu vraagt hij hem al uit. Maar Jack is eraan gewend om mensen snel te leren kennen. Want je leeft maar één keer, en als iemand je mee kan nemen op een weg die je zelf niet hebt genomen, waarom zou je die kans dan niet aangrijpen? 'Sorry, Henry, het gaat me niet aan.'

'Nee, het is een heel goede vraag en ik heb een heel goed antwoord.' Froelich glimlacht en de harde glans trekt weg uit zijn blik. Hij doet Jack denken aan afbeeldingen die hij in de *National Geographic* heeft gezien van uitgeteerde heilige mannen. Sereen, uitgehongerd. Hij antwoordt: 'Ik heb alles wat ik wil hier bij me.'

Jack volgt Froelichs blik in de richting van Karen, die de baby's in het gras oppakt. In de richting van zijn dochter in haar rolstoel.

'Proost,' zegt Jack.

'Prost.'

Ze drinken.

Het gezang is van tempo veranderd. Betty kweelt een lied met een Cockney-accent, begeleid door de accordeon van haar man. 'Hou je nog van me als ik oud en grijs ben zoals je van me houdt nu ik nog jong ben?' Gelach, applaus. En een rustpauze – de kinderen zijn weg. Een paar minuten geleden, alsof er een voor volwassen oren onhoorbaar signaal had geklonken, renden ze weg, in volle vaart de straat uit, de kant van de school op. Het is opeens stil op het gazon en de vrouwen slaken een gemeenschappelijke zucht van opluchting. 'Zwijgen is goud,' zegt Elaine. De jongste twee van Betty zijn in het huis van de McCarthy's en liggen op de bank te slapen.

Karen Froelich, die haar baby's naar huis heeft gebracht, is teruggekomen voor Elizabeth. 'Bedankt, Mimi, het was echt een gezellige bijeenkomst.'

'O Karen, je gaat toch nog niet weg?'

'Jawel, kom eens langs als je zin hebt.' Ze draait zich om en zegt tegen haar man: 'Amuseer je, Hank.'

Jack kijkt hoe Froelich zijn vrouw een kus geeft en iets in haar oor fluistert, terwijl hij haar hand voorzichtig vasthoudt. Opnieuw vertoont haar gezichtsuitdrukking een bepaalde nuance, niet echt droefgeestig, maar alsof ze lacht tegen iets in de verte, of misschien het verleden. Ze raakt de borst van haar man even aan. Jack kijkt hoe ze wegloopt, de rolstoel over het gras duwend. Ze is knap als ze lacht.

'Jack.'

'Wat is er, Hank?'

'Het was een leuk fuifje. Bedankt.'

Vic worstelt zich onder de accordeon vandaan, strekt zijn benen en pakt zijn jutezak.

'Ik ga water opzetten,' zegt Betty.

Elaine geeft haar cocktailglas aan haar man. 'Nog een kleintje.'

Vimy en Hal Woodley nemen afscheid – ze verwachten een interlokaal telefoontje van hun dochter aan de universiteit, en het zou sowieso niet goed zijn als zij als laatsten vertrokken. Na hun vertrek wordt de sfeer nog iets ontspannener.

Vic keert de jutezak met veel gekletter om boven het gras. Jack vraagt Henry of Vic Boucher altijd zijn eigen hoefijzerspel bij zich heeft, en Froelich antwoordt: 'Ik zou het niet weten. Dit is de eerste keer dat ik samen met hem op een feestje ben. Of met dr. Ridelle – Steve.'

Froelich woont van hen allen het langst op de basis, en toch gaat hij zo weinig met de anderen om. Misschien is dit wel de eerste keer dat iemand hem heeft gevraagd naar zijn echte vak, 'hoe dingen bewegen'. Jack beseft dat Froelich een rijke bron van conversatie is. Je kunt de gezellige warmte van de open haard bijna voelen als de man eenmaal op zijn praatstoel zit. En de vonken van ongeduld als hij echt op dreef raakt. Typisch Duits, denkt Jack. Nu hij weet hoe praatlustig Henry is, zal hij bij de eerste de beste gelegenheid weer een discussie uitlokken. Hij kijkt hoe Vic de metalen stang met zijn voet in het gazon boort en bedenkt dat wel blijkt dat je nooit ergens achter komt als je het niet vraagt – Vic komt naar hen toe lopen met gouden en zilveren hoefijzers in zijn hand: 'Heren, *faites vos jeux*' – je zou iemand als Einstein of Picasso als buurman kunnen hebben zonder het te weten. Het is belangrijk om je buren te kennen. Vooral in de luchtmacht, want door het ontbreken van familie en oude vrienden moet je het met de buren zien te stellen.

Froelich pakt een hoefijzer en houdt het op ooghoogte, terwijl hij mikt. Een uitbarsting van gelach van de vrouwen bereikt hen, het stalen hoefijzer glinstert in Henry's hand, zilverig in de late zomerzon als de vleugel van een vliegtuig, en Jack is verzadigd van geluk. Een zuiver, door niets belemmerd geluksgevoel, dat voortkomt uit deze warme avond, de nabijheid van vrienden – splinternieuw, maar toch al heel vertrouwd – de geur van gras en tabak, de dovende kolen van de barbecue, de diepblauwe koepel daarboven, zonlicht op zilver in de hand van zijn buurman. Hij knippert tegen de grote zon aan de horizon, want er zijn tranen in zijn ogen gekomen en in zijn geest hoort hij de woorden van een gedicht dat hij jaren geleden heeft geleerd.

O, de dorre banden van de aarde heb ik geslaakt,
in het zwerk dans ik op zilv'ren vleugels van gelach;
zonwaarts ben ik gevlogen en heb me vermaakt
te midden van de wilde wolken in het licht van de dag.
Wervelend ben ik ontstegen aan de aarde,
hoog de zonverlichte stilte in. In een eindeloze vlucht
joeg ik de roepstem na van de wind en ontwaarde
dat waarvan u nimmer droomde: de bodemloze zalen van de lucht.
Hoog, steeds hoger in het oneindig verterend brandend blauw
bedwong ik met gracieus gemak 's hemels hoogste pieken,
hoger dan ooit een leeuwerik of zelfs een arend op zal wieken;

en toen ik verrukt, met stil gemoed, het heilig gebouw
der diepste ruimte zich zag verbinden met mijn lot
stak ik mijn hand uit en raakte het aangezicht van God.

De jonge luchtmachtpiloot die het gedicht had geschreven verongelukte tijdens de training en nam nooit deel aan gevechtshandelingen. Hij sneuvelde. Jack kijkt hoe het hoefijzer uit de hand van zijn buurman schiet.

RATTENVANGERS

Vlug, iedereen naar het schoolplein, daar is een jongen met een scooter en hij laat kinderen een ritje maken!

Dat was de informatie die, opgepikt via de kinderradar, Madeleine en de anderen weglokte van de barbecue en het zingen en hen over straat deed stuiven als een vuurspoor uit een brandend bos. Nog voor ze iets zagen hoorden ze de motor al, gierend als een opgevoerde grasmaaier. Aan het eind van de straat staken ze tussen de huizen door en renden over het vers gemaaide grasveld naar de school, waar zich een hele menigte had verzameld. Er waren minstens vijftig kinderen van alle leeftijden, op fietsen en driewielers, in trapauto's en te voet, en achter hen zoefde een donkerharige jongen langs van wie alleen het hoofd en de schouders zichtbaar waren in het gedrang. Een tiener.

'O mijn god!' riep Auriel met een vertrokken gezicht.

Ook Lisa kreeg een gepijnigde blik op haar gezicht. 'Ricky Froelich!' Ze begonnen hevig te giechelen, gaven elkaar een hand en holden naar de speelplaats, terwijl ze over hun schouder naar Madeleine gilden: 'Madeleine, schiet op!'

Toen Madeleine bij hen was, greep Auriel haar hand en renden ze met z'n drieën naast elkaar verder, als uitgeknipte poppetjes; ze waren net op tijd om Ricky Froelich op zijn rode scooter achter het schoolgebouw te zien verdwijnen met een klein kind achterop. Madeleine zag ook dat Mike zich al helemaal naar voren had gewurmd met Roy Noonan. Iemand had zeker een transistorradio bij zich, want er klonk muziek. Auriel pakte Madeleines arm. 'Daar is Marsha Woodley.'

'Onze babysit,' siste Lisa nadrukkelijk.

'De onze ook,' voegde Auriel er haastig aan toe.

Marsha Woodley. Bij de schommels, afstandelijk en sereen, de dochter van de commandant. Geflankeerd door twee vriendinnen. Twinsets, instappers en paardenstaarten. Marsha heeft haar vest om haar schouders gedrapeerd en van boven dichtgeknoopt, en draagt een plooirok en korte sokjes. Deze meisjes zitten niet op J.A.D. McCurdy, ze gaan met de bus naar de middelbare school. De top van de Olympus. Marsha heeft de transistor in haar hand, Dions onweerstaanbaar zwoele stem klinkt: 'Well I'm the type o' guy who will never settle down...'

De scooter zoeft weer terug, het kleine kind stapt af en de menigte dringt op. 'Ricky! Ik ben aan de beurt, neem mij, Ricky!'

Hij komt van zijn scooter. Een lange jongen in een verschoten spijkerbroek en een rood cowboyhemd. Een schatje. De broer van Colleen – en van Elizabeth. Goeie genade.

Auriel duwt Madeleine naar voren. 'Vraag of jij achterop mag!'

'Vraag jij het maar, jij bent verliefd op hem.'

'Niet waar!' gilt Auriel en ze geeft Madeleine een mep.

Madeleine kijkt naar Mike, hij mag van Ricky op de scooter zitten en aan de gashendel draaien. Auriel prevelt: 'Hij weet niet eens dat ik besta.' Ricky draaft naast de scooter om Mike overeind te houden.

Lisa zegt: 'Leuke broer heb je.'

'Getver!' roept Madeleine geschokt.

'O Mikey,' kweelt Auriel, en ze begint haar eigen arm te zoenen.

Lisa vervalt in haar schurende lach en ook zij knuffelt haar arm: 'O Ricky, o Rock!'

Auriel krijgt de slappe lach en kan bijna geen woord uitbrengen. 'O Cary Grant! O Gina Lollobrigida!' Ze liggen krom met z'n tweeën.

Madeleine kijkt naar haar vriendinnen. Ze hebben hun verstand verloren. Dion zweeft door de ether, zorgeloos en insinuerend, terwijl zij Mike in zijn eentje om het schoolplein ziet rijden, met een rood hoofd – hij doet zijn best om niet te glimlachen.'They call me the wanderer, yeah I'm the wanderer, I roam around 'n' round, 'n' round, 'n' round...'

Madeleine zegt: 'Denken jullie dat ik niet durf te vragen of ik achterop mag?'

Auriel en Lisa worden meteen weer ernstig.

Als Mike tot stilstand komt, loopt Madeleine door de menigte recht op Ricky Froelich af. 'Mag ik het een keer proberen?'

'Niet in haar eentje,' zegt Mike met zijn diepste stem, 'ze is nog te klein.'
'Niet waar, Mike!'
'Ze is mijn zus.'
Ricky klimt weer op de scooter en kijkt Madeleine aan. Hij heeft glanzend zwart haar en donkerbruine ogen, zijn overhemd is open bij de hals. Zijn adamsappel beweegt als hij tegen haar zegt: 'Spring maar achterop.'
Madeleine gaat zitten en pakt de stang achter zich vast. Hij draait aan de gashendel en ze voelt dat ze naar achteren wordt getrokken als hij versnelt en van de straat het grasveld op rijdt; het is precies zoals ze zich surfen voorstelt, de rubber wielen op het golvende gras, de zachte zitting die onder haar trilt.
'Hou je aan mij vast,' roept hij over zijn schouder, en geeft gas. Ze laat haar handen om zijn middel glijden en strengelt haar vingers in elkaar op zijn buik, die warm en stevig is onder zijn zachte overhemd. Haar handen lijken klein. Zijn buikspieren worden hard als hij in een bocht opzij leunt, het doet Madeleine denken aan hoe jongens eruitzien in hun zwembroek: de gladde borstkas waarin de boog van de ribbenkast net zichtbaar is, en dat streepje midden over hun buik...
'Gaat het?'
'Ja hoor,' roept ze.
Ze glimlacht aan één stuk door en drukt haar voorhoofd tegen zijn opbollende overhemd, blij dat hij haar niet kan zien. Haar haar gaat omhoog in de wind, ze legt haar wang tegen zijn schouderblad en ruikt babypoeder, Brylcreem, ziet de pezen in zijn gebruinde arm verschuiven bij elke beweging van zijn pols, om aan de gashendel te draaien of in de rem te knijpen.
Ze schieten van het gras het asfalt op en om de schommels heen, terwijl ver weg, lijkt het, de menigte kinderen toekijkt en de transistormuziek klinkt. Is dit wat je voelt als je meespeelt in een film? Dat je iets heel intiems beleeft, maar intussen wordt bekeken door een enorm publiek?
Ze buigt met hem mee als ze een bocht om de school maken, houdt zich nog wat steviger vast, voelt de sierdrukknopen van zijn overhemd onder haar vingers; de tijd bestaat niet meer, er is alleen dit moment, het geluid van de scooter, de wind op haar armen, de warmte die van zijn door de zon beschenen rug straalt, zijn stem die nonchalant meezingt. Ze komen achter de school vandaan in de volle schuine stralen van de avondzon en dan is het ritje voorbij.
Madeleine stapt af, haar benen trillen en hebben moeite met de zwaartekracht. Ze vergeet hem te bedanken. Ze is doof voor de bewondering van Auriel en Lisa. Ze gaat weer tussen de anderen staan kijken met haar vriendin-

nen, maar ze voelt zich als een leeggedronken glas – dat terneergeslagen gevoel als je midden op de dag uit de bioscoop komt, uit het knusse donker van de matinee waar het naar popcorn ruikt, een geur van intense kleuren, geluiden en verhalen, en weer in het oeverloze daglicht staat. Ontgoocheld.

Hij laat alle kinderen die willen een keer meerijden. Auriel, stralend en zo rood als een biet; Lisa, sprakeloos van blijdschap. Hij laat zelfs Marjorie Nolan meerijden, die ongegeneerd gilt en haar armen om hem heen slaat, zogenaamd uit angst om eraf te vallen. En na afloop wil ze zijn hand niet loslaten, ze blijft aan hem plakken, probeert hem van zijn scooter te trekken.

Al die tijd staat Marsha Woodley te kijken en te fluisteren met haar vriendinnen, die elke keer als hij langs de schommels scheert een gil slaken. Marsha doet dat niet. Ze glimlacht en kijkt de andere kant op. Stopt een haarlok achter haar oor. Likt over haar mondhoek. Lichtroze lippenstift.

Ten slotte rijdt Ricky naar Marsha. Hij stapt af en houdt de scooter voor haar vast terwijl zij opstapt, en ditmaal klimt hij zelf achterop zodat zij niet schrijlings hoeft te zitten met haar rok aan. Hij buigt zijn armen om haar heen om het stuur te pakken, geeft een ruk aan de starthendel en weg zijn ze. Het schoolplein af en Algonquin Drive op, in het gouden zomeravondlicht.

Madeleine voelt iets schrijnen. Op een plek in haar lichaam die ze nog niet kende. Het begint bij haar borstbeen en dijt verder uit. Een peilloze droefheid, die te maken heeft met de geur van hooi en motorolie, zijn opbollende overhemd en de rok van Marsha Woodley die tegen haar knieën fladdert. De menigte kinderen verspreidt zich en de drie meisjes lopen over het grasveld naar huis.

'Ik snak naar een saffie,' zegt Auriel, en Lisa Ridelle haalt een pakje Popeye-snoepsigaretten tevoorschijn. Het drietal steekt op en inhaleert gulzig.

'Dank je wel, lieveling.'
'Niets te danken, lieveling.'
'Ik zou een moord plegen voor een Camel.'

Ze lopen en zuigen een punt aan hun snoepsigaretten, terwijl de neuzen van hun sportschoenen donker worden van de dauw. Iets verderop loopt Marjorie Nolan, die hen als een schaduw volgt. Madeleine snapt niet waarom ze niet gewoon bij hen komt lopen als ze dat wil. 'Kennen jullie dat kind?' vraagt ze.

Auriel kijkt opzij naar Marjorie. 'Niet echt, ze woont hier nog maar pas.' Verrassend, in aanmerking genomen dat Marjorie het allemaal zo goed wist vandaag.

'Ken jij haar?' vraagt Lisa.

'Een beetje.'
'Ze ziet er maf uit.'
'Hoe heet ze?' vraagt Auriel.
'Marjorie,' zegt Madeleine, en dan: 'Margarine.'
Auriel en Lisa lachen en Madeleine schaamt zich een beetje. Ze kijkt naar Marjorie, die nog steeds niet naar hen kijkt. *Mij best, kijk maar niet, ik wilde je vragen om met ons mee te lopen.*
'Margarine!' lacht Lisa, en Madeleine zegt: 'Sst.'
'Ja, Ridelle,' zegt Auriel, 'niet zo gemeen doen,' en dan fluistert ze: 'Margarine,' zodat ze het weer uitproesten.
Madeleine lacht beleefd mee. Het is niet erg, Auriel en Lisa zullen Marjorie niet zo aanspreken, zo zijn ze niet. Toch is het zielig als je naam tot margarine wordt verhaspeld.

Mimi is klaar met afwassen. Jack droogt af. 'Dat viel best mee,' zegt hij.
Ze glimlacht zonder hem aan te kijken, droogt haar handen en doet er een likje handcrème op.
Mike komt binnen en trekt de koelkast open. Mimi legt haar handen op zijn hoofd, kust zijn kruin en zegt: 'T'*as faim? Assis-toi, là.*' Hij gaat aan tafel zitten, en terwijl Mimi restjes uit de koelkast pakt, haalt hij een kleine groene legertank uit zijn zak en begint de rupsbanden te repareren.
'Mike,' zegt Jack, en schudt zijn hoofd. Geen speelgoed aan tafel.
'Maar het is geen echte maaltijd, pap.'
'Het is toch eten dat je moeder heeft klaargemaakt.'
Mike stopt de tank weer in zijn zak. Jack leest verder in zijn *Time.* Mimi zet een volgeladen bord voor haar zoon neer. '*Et voilà, mon p'tit capitaine.*'
'*Merci, maman.*'
Ze steekt een sigaret op, leunt tegen het aanrecht en kijkt naar haar etende zoon. Dit wordt het laatste jaar dat hij een kindermaat kan dragen. Hij heeft het hoofd van zijn vader, diens gestage, rustige manier van eten, de beweging van de kaken, de stand van de schouders en iets in de ogen – hoewel die van haar zoon bruin zijn – dezelfde lange wimpers en de open, mannelijk onschuldige blik, geconcentreerd maar argeloos. Ze kan het mannengezicht al bijna tevoorschijn zien komen uit het jongensgezicht. Haar blik heeft substantie. Tussen de ogen van een moeder en het gezicht van haar zoon zit geen lucht, maar iets onzichtbaars en onverwoestbaars. Ze zal hem altijd willen beschermen, ook al trekt hij de wijde wereld in, of misschien juist daarom. Meisjes zijn anders. Die weten meer. En ze verlaten je niet.

Van boven klinkt Madeleines stem: 'Ik ben klaar!'
Mimi loopt naar de trap, maar Jack staat op. 'Laat maar, ik stop haar wel in.'

'"En de kinderen verdwenen in de berg en keerden nooit terug. Behalve één kind, dat kreupel was en hen niet bij kon houden."'

Jack doet het boek dicht. Madeleine bekijkt het plaatje – de gele en rode ruiten op de cape van de Rattenvanger, zijn punthoed, zijn mooie, plechtige gezicht. Hij ziet er niet wreed uit. Hij ziet er triest uit, alsof de taak die hij moet verrichten hem zwaar valt.

'Wat was er binnen in de berg?' Dat vraagt ze altijd als hij klaar is met lezen, en hij denkt altijd even na voor hij antwoordt: 'Tja, niemand weet dat echt. Maar ik denk dat er misschien een soort... andere wereld was.'

'Was er een lucht?'

'Dat denk ik wel, ja. En meren en bomen.'

'En ze worden nooit volwassen.'

'Nee, waarschijnlijk niet. Ze ravotten en spelen en zijn dolgelukkig.'

Terwijl in de buitenwereld al hun familieleden oud worden en doodgaan, denkt Madeleine. Maar dat zegt ze niet, want ze wil het verhaal niet bederven voor haar vader. Het is de eerste keer sinds de verhuizing uit Duitsland dat ze heeft gevraagd of hij wilde voorlezen. Ze wordt er een beetje te oud voor, maar het maakt haar nieuwe kamer knusser. En niemand hoeft het te weten.

'Denk je dat je gauw kunt slapen?'

Ze slaat haar armen om zijn hals. 'Pap?'

'Ja, maatje?'

'Is Elizabeth achterlijk geboren?'

'Ze is niet achterlijk, liefje.'

Het zit haar al een tijdje dwars. Hoe kan Ricky een zus hebben die achterlijk is én eentje die niet wil deugen en toch zelf volmaakt zijn?

'Wat heeft ze dan?'

'Ze is spastisch.'

'Wat is dat?'

'Ze heeft geen beheersing over haar spieren, maar er is niks mis met haar verstand.'

Madeleine knippert met haar ogen. In haar hoofd is Elizabeth helemaal normaal. Hoe moet het zijn om naar je handen te kijken als die iets proberen op te rapen? Om je mond te horen brabbelen terwijl je heel goed weet hoe je de woorden moet uitspreken? Alsof je in een heel klein kamertje met een heel groot raam woont.

'Is het besmettelijk?' vraagt ze.
'Nee, nee, je wordt ermee geboren.'
'O.'
'Het wil niet zeggen dat je geen fijn leven kunt hebben,' zegt hij. 'Ze is best vrolijk, vind je niet?'
'... Jawel.'
Grote mensen schrikken nooit van zulke dingen, afschuwelijke dingen waar je mee geboren wordt. Terwijl je, als je bijna negen bent, het gevoel hebt alsof dingen van voor je geboorte je nog steeds bij je lurven kunnen grijpen. Je voelt ze rakelings langs je heen suizen.
'Slaap lekker, maatje.' Hij kust haar op haar voorhoofd.
'Geef Bugs ook een kus,' zegt ze, en dat doet hij.
Ze vraagt niet aan hem of meneer Froelich een nazi is. Het is onbeleefd om dat zo laat op de avond te vragen, na zo'n fijne dag. En ze weet al wat hij zal zeggen: 'Welnee, hoe kom je daar nou bij?' En dan moet zij antwoorden: 'Mike zei het,' en dan zwaait er wat voor Mike. Toch zou ze graag van haar eigen vader horen dat er geen nazi tegenover hen woont. 'Hitler leeft nog, weet je,' zei Mike. En hij vertelde haar dat Goebbels zijn kinderen heeft vermoord met vergiftigde chocolademelk. *Goebbels.* Zo'n geluid maken kalkoenen. 'Meneer Froelich kan best een nazi zijn die zich hier schuilhoudt,' zei hij. 'Je kunt zien of hij een SS'er is, want die hebben een tatoeage.' Maar bij meneer Froelich kun je geen tatoeage zien vanwege zijn lange mouwen.
Haar vader knipt het licht uit. 'En nu naar dromenland.'
'Pap, is Hitler dood?'
'Zo dood als een pier.'
Ze kruipt onder de deken, geniet van de geur van grasvlekken op haar knieën en ellebogen. Een zomeravond in de vakantie; ze heeft op een rode scooter gereden met een echte tiener, Hitler is dood, Elizabeth Froelich is niet achterlijk en volgende week begint de school.

✧

Er was eens, in een land dat nu niet meer bestaat, een grot. En in die grot bevond zich een schat. Slaven waren bezig steeds meer schatten te vergaren. Ze werkten dag en nacht in de ingewanden van de aarde, en veranderden de dingen van de aarde in iets hemels. Ze gebruikten de voortbrengselen van de aarde: dieren die miljarden jaren geleden gestorven waren, werden opgegraven en geraffineerd; chemicaliën die zich verborgen hadden in aarde en lucht werden gevangen, gedestilleerd en zorgvuldig opnieuw gecombineerd – dat werd de brandstof. Mineralen die uit de aarde waren gewonnen, werden met vuur gezuiverd tot ze sterk en roestvrij waren en daarna in talloze vormen gesmeed – dat werd de huid, het brein, de vitale organen.

Alles is op deze wijze uit Moeder Aarde voortgekomen. Auto's, landbouwwerktuigen, tv-toestellen, kleren, elektriciteit. Wijzelf. Vergaard, bewerkt, gevormd, verhit. Als het allemaal in een flits was gebeurd, zouden we het tovenarij noemen: leeuwen die zich uit de klei bevrijden, soldaten die uit slangentanden tevoorschijn komen, een bliksemschicht die uit de punt van een toverstaf kronkelt, taal die uit onze monden rolt.

Maar het gebeurde niet in een flits. Het gebeurde geleidelijk. De ouderdom van de aarde was noodzakelijk om het allemaal tot stand te brengen, en het werk van vele hoofden en handen, en daarom wordt het wetenschap genoemd. Mensen kunnen alleen in omgekeerde richting toveren. Alles in één reusachtige flits weer teruggeven aan de aarde en de atmosfeer.

STORYBOOK GARDENS

Leraar: 'Het wordt tegenwoordig steeds moeilijker om kinderen het alfabet te leren.'
Andere leraar: 'Dat klopt. Ze denken allemaal dat de V na de T komt.'

'YOUR MORNING SMILE', The Globe and Mail, 1962

Het oranje tentje in de achtertuin van de Bouchers verspreidt 's middags een magische glans. Het is net alsof je in een film zit. De geur van canvas, het veelbelovende close-upgeluid, de huiveringwekkende spanning van een raadselspelletje. De tent ligt vol met Archie-stripverhalen en klassiekers als *Water Babies* en het pronkstuk van Auriels verzameling: de stapel *True Romance*-strips die ze geërfd heeft van haar babysitter in hun vorige standplaats, beduimeld maar intact, met hun buitensporige tekeningen van blondines, brunettes en mannen met dierlijke kaken en slanke auto's. De getekende vrouwen huilen overvloedige witte tranen. 'Het lijkt wel waspoeder,' zegt Madeleine.

Hoe verleidelijk de strips ook zijn, het is reuzemakkelijk om er smalend over te doen. Het tentje begint op een poel van ongerechtigheid te lijken. Madeleine verstijft, gefascineerd en geschokt, als Lisa haar ogen sluit, haar armen over haar borst slaat en zegt: 'O, Ricky, ik ga dood, kus me alsjeblieft.' En dat doet Auriel, vol op de lippen. Daarna gaat Auriel dood en Lisa is Ricky die haar kust. Madeleine zegt: 'Doe alsof ik een spion ben en jullie martelen me, oké? En ik maak jullie dood en ontsnap en Auriel wacht me op met een gestolen nazi-uniform...' Mevrouw Boucher roept hen altijd na ongeveer een halfuur. 'Kom nu even een frisse neus halen, meisjes.'

Het is niet gezond om de hele middag door te brengen in een tentje.

Het zijn de allerlaatste dagen van de zomer. Volgende week om deze tijd schrijven we opstellen met de titel 'Wat ik in mijn zomervakantie heb gedaan'. Onze muggenbeten zullen nog steeds jeuken, er nog steeds witroze uitzien van de insectentinctuur, maar dan hebben we schoenen en sokken aan, zijn we ingepakt in onze nieuwe kleren, en zitten we in een rij in onze banken in de vierde klas. De vierde. De verwarrende dagen van de kleuterschool liggen al zo ver achter ons. De terugwijkende kustlijn van onze vroegste jeugd verdwijnt uit het gezicht. Het leek net de hele wereld; het was maar een vlekje. Aan de horizon ligt een land dat puberteit heet. En tussen hier en daar de archipel van onze late kindertijd. Zwem van eiland naar eiland, zoek het eetbare fruit, geniet uitbundig in lagunes van fantasie, maar laat je niet verrassen door een onderstroom vlak voor de kust, laat je niet verleiden door een warme stroming; dan word je meegesleurd met de zeeschildpadden, die zo lang leven en zo ver zwemmen en niet kunnen verdrinken. Als je acht bent en bijna negen, word je elke dag sterker. Je wordt steeds vaker wakker in de echte wereld en toch is het net alsof er nog restanten van sprookjes om je hoofd zweven, een gehavend geloof in pratende dieren en levende theekopjes. Een rafelige stralenkrans van dromen.

Madeleine zat op haar knieën naast haar vader op de bank over zijn hoofd te wrijven, terwijl hij in *Time* las. Ze vroeg: 'Pap, wat is een pot?'

'Dat weet je best, in de keuken...'

'Nee,' en ze las over zijn schouder voor uit de bioscoopprogramma's. 'Als een dekhengst en een pot verliefd worden op hetzelfde meisje, is bijna alles mogelijk...'

'O, dat is... dat is... een soort paard.'

Ze was niet overtuigd, maar wilde zijn gevoelens niet kwetsen, en dus vroeg ze het aan haar moeder toen ze de tafel hielp dekken.

'Dat is een vrouw die niet goed bij haar hoofd is,' antwoordde Mimi botweg. 'Waar heb je dat woord gehoord?'

Madeleine antwoordde, op de gegriefde toon van iemand die valselijk wordt beschuldigd: 'Ik heb het in *Time* gelezen!'

'Niet zo schreeuwen. Jack? Wat heeft ze gelezen?'

Jack zei dat hij dacht dat het zo'n beetje tijd werd om de tv aan te zetten. Madeleine gilde van plezier en rende naar buiten op zoek naar haar broer.

Toen Jack de kamerantenne instelde, kwamen er maar liefst drie zenders kristalhelder door; een vierde vertoonde een beetje sneeuw, maar was toch nog goed te zien. De Canadian Broadcasting Corporation – CBC – en drie uit de staat New York: NBC, ABC, en de wazige, CBS.

De regel van maman: 'Er wordt in dit huis niet voor de tv gegeten.'

Die van pap: 'De tv gaat niet aan zolang buiten de zon schijnt.'

Toen ging het hele gezin er gemakkelijk bij zitten om naar *Walt Disney's Wonderful World of Color* te kijken in zwart-wit.

Voor Madeleine is het een verrukkelijke kwelling om te kijken naar de kindsterretjes die vriendschap sluiten met de nieuwsgierige en vindingrijke jonge poema's en zwerfhonden. Ze raakt vreselijk opgewonden bij het zien van in tuinbroeken gestoken jongens die vast komen te zitten in verlaten mijnen, en meisjes die gewonde paarden verzorgen tot ze weer kerngezond zijn. Hoe zijn die kinderen in die programma's terechtgekomen? Hoe kan ik erin terechtkomen? Het zijn Amerikanen, om te beginnen.

'Als je ouder bent, kun je naar Hollywood verhuizen om artiest te worden,' zegt haar vader. Maar Madeleine wil niet wachten. Ze verlangt nu naar een carrière. In de showbusiness. Ze ligt er 's nachts wakker van. Televisie wakkert het vuur aan. Bob Hope en Bing Crosby in hun streepjescolbert, met strohoed en wandelstok, al grappen makend en tapdansend. George Jessel met zijn sigaar. De venijnige Rodney Dangerfield, de droefgeestige Red Skelton; Don Rickles met zijn gesnauw, Phyllis Diller met haar gezeur, Anne Meara met haar gewiekste antwoorden, Joan Rivers met haar raspende stem, Lucille Ball met haar gejammer. De meeste grappen ontgaan Madeleine, maar het voornaamste snapt ze wel: namelijk dat ze grappig zijn.

Als ze later met een boek in bed ligt voelt de betovering van de tv afstandelijk aan vergeleken met de reis door de bladzijden. Helemaal opgaan in een boek. Wegkruipen in de de vouw tussen twee bladzijden, op de plek wonen waar je blik op de woorden valt en een wereld van rook en gevaar, van kleur en kalme verrukking doet ontbranden. Dat is een reis die niemand kan beëindigen door van zender te veranderen. Blijvende magie. Ze slaat *Peter Pan* open.

De roes van de tv, de passie van nieuwe vriendschappen, het verlangen naar het Land van Nooit, en de geur van nieuwe kleren aan de rekken bij Simpson's in het centrum van London, Ontario. Dat alles komt in een duizelingwekkend tempo samen en tilt haar op, laat haar rondwervelen door het laatste weekend voor school.

Nadat de McCarthy's in London inkopen hebben gedaan voor het nieuwe schooljaar kopen ze een picknicklunch bij het grote Covent Market-gebouw in het centrum van de stad. *Wurst* en *Brötchen* bij de Beierse delicatessenzaak, waar de eigenaars met hun rode wangen bevredigend veel aandacht besteden aan Madeleine en Mike. De geur van rookvlees en kaas, vers brood en mosterd – het is de geur van een ritje op zondag door het Zwarte Woud, zomaar hier in Zuid-Ontario.

'De wereld is klein,' zegt Jack, wanneer hij ontdekt dat de eigenaars van de winkel de Duitse barman van de officiersmess van 4 Wing kennen. Allemachtig.

Ze eten hun picknick in Storybook Gardens. Een park aan de rand van de stad, langs de rivier de Thames, dat op een miniatuur-Disneyland lijkt. Er is een houten kasteel met een ophaalbrug en een tuffend treintje dat op echte rails rijdt en passagiers onder de twaalf door het park vervoert. Er zijn levensgrote figuren uit kinderrijmpjes – de slager, de bakker en de kandelaarmaker schommelen in hun tobbe, Humpty Dumpty wankelt op zijn muur, een bord gaat ervandoor met een lepel. Een grote boze gipsen wolf bedreigt drie echte levende biggetjes die in de grond lopen te wroeten en in miniatuurhuizen van baksteen, hout en stro wonen, en een levensgrote heks staat te glimlachen in de deur van haar huisje van snoep. Anders dan bij de Rattenvanger is er geen enkele hoop dat de heks uiteindelijk misschien toch een goede heks zal zijn. Madeleine is verontrust over de opvallende afwezigheid van Hans en Grietje. Dat impliceert dat het de heks is gelukt hen op te eten, of dat ze nog moeten arriveren, en in dat geval: 'Kom hier, klein meisje, jij bent ook heel geschikt.' Er staat op het terrein ook een broeikas met tropische bloemen, alleen van belang voor volwassenen.

Als ze teruglopen naar het parkeerterrein, blijkt iemand een sticker op de achterbumper van de Rambler te hebben geplakt. Mimi vindt dat brutaal – zoiets zou in Europa niet gebeuren. Madeleine staart naar de sticker: hij is felgeel en vertoont het silhouet van Storybook Castle met alle kantelen en het pad dat naar het kasteel leidt, geplaveid als de gele bakstenen weg van Dorothy.

Onderweg naar huis maakt Jack van de gelegenheid gebruik om toevallig Morrow Street in te rijden.

'Waarom draaien we hier?' vraagt Mimi.

'Gewoon even kijken hoe het eruitziet. Je weet nooit, misschien gaan we hier wonen na ons pensioen.' Hij voelt hoe Mimi's hand zijn achterhoofd streelt, en hij mindert vaart als ze een laag huis van gele bakstenen passeren aan het eind van een doodlopende straat met veel groen. Nummer 472. Goed onderhouden gazon en heg, niervormige bloembedden. Chrysanten. Een cirkelvormige oprit leidt naar de voordeur, die beschermd wordt door een luifel.

'Ik weet niet of ik nu al toe ben aan zoveel opwinding,' zegt Mimi.

Het is net een mausoleum. Volmaakt. Terwijl het gebouw verdwijnt in de achteruitkijkspiegel voelt Jack een vlinder bewegen in zijn maag. Hij zegt: 'Wie wil er een ijsje?' Er klinkt gejuich op de achterbank.

'Jack,' zegt Mimi, 'we hebben vandaag al allerlei traktaties gehad.'

Maar het is te laat. Op de achterbank roept Madeleine: 'I scream, you scream, we all scream for ice cream!' Mimi trekt een wenkbrauw op tegen haar man. Madeleine gaat door: 'Ben je moe en lusteloos? Neem Dodd's leverpillen voor snelle, doeltreffende verlichting.'

Mimi en Jack wisselen een blik en onderdrukken een lach. Mimi zegt tegen haar dochter in het spiegeltje: 'Als je dit jaar half zo goed oplet op school, ben ik heel tevreden.'

HERINNERINGEN

Tijdens de zondagse mis benut Jack de preek om terug te denken aan de afgelopen nacht met Mimi. Madeleine doodt de tijd door zich voor te stellen hoe ze langs de binnenmuren omhoog zou klimmen naar het plafond. Jack becijfert in gedachten hoeveel hij elke week opzij moet leggen om een nertsmantel te kunnen kopen voor zijn vrouw. Met Kerstmis, als ze haar cadeaus gaat uitpakken, waarschuwt ze hem altijd: 'Als het maar geen je-weet-wel is,' en ze gooit de doos naar zijn hoofd als hij te veel voor haar heeft uitgegeven. Hij krijgt de doos altijd naar zijn hoofd, en soms huilt ze als het cadeau gewoon *trop beau* is. Wat kan een man zich beter wensen? Het is echter niet eenvoudig om geld achter te houden wanneer je vrouw de boekhouder van het gezin is. Madeleine trekt aan de organza die haar bijna wurgt en stelt zich voor dat ze met Steve McQueen ontsnapt op een motor in een regen van kogels. '... Ga in vrede,' zegt de priester.

'Kom hier, Mimi.'
'Jack, wat doe je?'
'Sta op, vrouw.'
'O, Jack.' En ze dansen. Zondagmiddag drie uur. De priester is net weg. Ze hadden hem uitgenodigd voor een brunch, en nu heeft Jack de muziek van de film *South Pacific* op de platenspeler gelegd.
'Gauw wegwezen,' zegt Madeleine tegen Mike.
'Kom hier jij.'
'Pap!' En ze danst met haar vader.
'Je danst goddelijk, juffie.'
'Suffie,' rijmt Mike vanaf de bank, wat hem op een blik van Jack komt te staan. Een samenzweerderige blik, die zegt dat een echte man ook een heer behoort te zijn, al lijkt het nu misschien suf.
Madeleine slaat haar ogen neer, niet om naar haar voeten te kijken, maar om haar blijdschap te verbergen terwijl ze één hand naar haar vaders schou-

der brengt en de andere in de zijne legt. Toen ze nòg klein was, ging ze altijd op zijn voeten staan, maar ze is nu ouder en haar nieuwe lakleren schoenen met bandjes stappen in de maat met zijn Daks. Ze heeft die gruwelijke jurk van roze gesponnen glas nog aan, maar is opgehouden met klagen omdat maman telkens zegt dat ze de pijn moet opdragen als een offertje voor de arme zielen in het vagevuur. Met hoeveel jaar kan de tijd die iemand in de louterende vlammen moet doorbrengen worden bekort door achtjarige meisjes in prikkende jurken? Wat Madeleine met deze outfit verzoent zijn haar witte communiehandschoenen: ze hebben ribbels op de bovenkant, net als die van Bugs Bunny. *Njah, zie het maar als een offertje, chef.* Dat was oneerbiedig, sorry, lieve Heer.

Jack zegt tegen haar: 'Zo ja, niet nadenken, je gewoon laten gaan op de muziek.' Samen zwieren ze bevallig om de salontafel heen en hij zingt zachtjes mee met 'Some Enchanted Evening'. Mimi doet mee.

'Mike, dans jij met je moeder,' zegt Jack.

'*Voulez-vous danser, maman?*' En hij biedt haar zijn hand.

'*Que t'es beau, Michel.*' Mimi weerstaat de verleiding om haar zoon te kussen, en ze dansen. Zij leert hem hoe hij moet leiden.

Ze zet een plaat van een big band op die ze als leerling-verpleegster in Montreal heeft gekocht. Chick Webb en zijn orkest. Duivelskunstenaar op drums. 'Tijd om het vloerkleed op te rollen,' zegt ze, en schuift de salontafel naar achteren.

Ze zien hun ouders jiven, gevaarlijk dicht bij de kristallen hanen uit Spanje, rakelings langs het olieverfschilderij van de Alpen, begeleid door het gerinkel van de bijzettafeltjes waarop de Hummels hun ereplaats delen met de beeldjes van Engels porselein.

Mike en Madeleine laten zich om beurten als spaghetti ronddraaien aan de arm van hun moeder, die het ene moment doodernstig kijkt en het volgende lacht als een tiener; bij zulke gelegenheden lijkt ze eerder een babysit dan hun moeder. 'Het is een wild feest!' roept Madeleine, en zij en Mike dansen als bezetenen, *was-de-borden-droog-de-borden-keer-de-borden-om!* Pap lacht tot zijn gezicht rood aanloopt en zijn gouden kies vonken schiet. Hij maakt een foto. Misschien krijgen we deze kerst een filmcamera.

's Avonds na het eten volgt een plechtig ritueel. Het heeft te maken met liefde en gemis. Het gemis van wat voorbij is wordt omgezet in dierbare herinneringen. Bij dit alchemistische kunststukje hoort altijd popcorn.

Niets is zo bevorderlijk voor het oproepen van herinneringen als het gezoem van de diaprojector in het donker. Het hoorbare waas dat volgt op elke kleurendia die in beeld schuift, *sj-klik*. Hoe ouder de opname, des te langer de stilte die voorafgaat aan papa's opgewekte stem in het donker: 'Dat was een prachtige dag, weet je nog, maman?'

Een picknick tussen de dennen van het Schwarzwald. Maman op een geruite plaid, benen opzij gevouwen, zonnebril en wit sjaaltje. Een jonger ogende Mike, Madeleine met haar lange vlechten, turend in de lens.

Sj-klik. Het is niet zozeer een kwestie van herinneren als wel van niet vergeten. Madeleine bekijkt de dia's aandachtig. Eerbiedig. Het zijn stuk voor stuk emblemen van een verdwenen wereld. Een deuropening in een berg, voor eeuwig gesloten.

Sj-klik. Monaco. Het roze paleis waar prinses Gracia woont. 'Dat was de dag dat mijn hak afbrak en jij zo kwaad op me werd,' zegt Mimi tegen Jack. Na elke dia moeten er bepaalde herinneringen worden opgehaald. Het gebak dat we daar kregen, hier verdwaalde Madeleine op het strand – 'ik was niet verdwaald, ik was gaan wandelen'.

'Dat was een van de leukste vakanties die we ooit hebben gehad, weten jullie nog, jongens?'

Sj-klik. Kamperen aan de Rivièra. Jack met een gekreukte strohoed en een baard van vier dagen. 'De beste accommodatie in Europa kost óf duizend franc, óf vijf.'

Sj-klik. 'De vruchtencake!' Grootmamans vruchtencake, die met kerst was verstuurd uit Canada en er een heel jaar over deed voor hij aankwam. Nog vochtig en geurend naar rum. 'Elke dag een stuk van die vruchtencake, man, dan zou je eeuwig leven,' zegt Jack, zoals altijd.

'Dat was een van onze mooiste kerstfeesten, weet je nog, Jack?' zegt Mimi.

'Ik weet het nog.'

Sj-klik. Alberta. 'Hoe is die ertussen gekomen?' zegt Jack. Madeleine als baby, dik ingepakt in een kinderwagen boven op een sneeuwhoop.

'Dat herinner ik me nog,' zegt ze.

'Niet waar,' zegt Mike.

'Welles!'

Sj-klik. Hameln. Deze dia hebben ze nooit eerder bekeken, dus er is nog geen bijpassend commentaar. Madeleine en Jack staan samen voor het standbeeld van de Rattenvanger.

'Daar is oom Simon.'

'Waar?' vraagt Jack.

Madeleine staat op en wijst naar het scherm, waar een schaduw over haar vaders broekspijp en haar eigen rok valt – het silhouet van een hoofd en opgeheven ellebogen. Simon, die de foto maakt.

Dat heeft Madeleine voor op Mike: zij heeft Simon ontmoet. Hij heeft hun vader leren vliegen. Hij zei dat ze hem 'oom' mocht noemen. Hij is een veteraan met een heleboel onderscheidingen. Hij lachte om alles wat ze zei en vroeg of ze voor hem kwam werken. Hij leek niet bepaald op David Niven, maar daar is ze hem toch mee gaan associëren – een volwassene met bravoure die het heel normaal zou vinden om je een cocktail aan te bieden. Hij zei: 'De beste spion van de Tweede Wereldoorlog was een vrouw, wist je dat?' En hij vertelde over een lid van het Franse verzet, Jeannie Rousseau – uitgesproken als 'Johnny'. 'Weet je wat haar schuilnaam was?'

'Nee.'

'Madeleine.'

Ze lachte verlegen, maar voelde haar lotsbestemming.

Johnny lichtte de geallieerden in over Hitlers geheime wapen. 'De V2,' zei oom Simon. 'Daardoor konden we hun fabriek bombarderen.'

'Operatie Hydra,' zei haar vader. 'Jij was daar toch ook bij betrokken, Si?'

Simon lachte alleen en zei: 'Ik en een paar anderen.' Toen keek hij weer naar Madeleine. 'Zonder Johnny hadden we dat nooit gekund.'

'Kende u haar?' vroeg Madeleine.

'Dat is helaas geheime informatie, beste meid.' En hij lachte.

Sj-klik. Blanco.

'Bedtijd, jongens.'

'Ach, pap,' zegt Mike, 'mogen we nog één serie bekijken? Alleen de ijshockeydia's?'

De saaie ijshockeydia's uit Cold Lake, Alberta. Opgespoten achtertuinen, ijsbanen, Mike en zijn vrienden met bevroren snot, gebogen over hun hockeysticks. Verboden voor meisjes. 'Geen ijshockey, Mike!' Madeleine wordt ineens fel.

'Rustig aan,' zegt pap vriendelijk.

'Ja, wel ijsss-hockey,' zegt Mike. 'Hij ssschiet, hij ssscoort! Hi-hi-hi-HA-ha!'

Mike kan Woody Woodpecker niet eens nadoen. 'Hou op!' schreeuwt ze.

'Allons, les enfants, c'est assez!'

'Kom hier, maatje.' En ze gaat naar hem toe. Hij tilt haar op. Ze slaat haar benen in pyjamabroek om zijn middel. Ze is te oud om naar boven te worden gedragen; ze is zo blij en beschaamd dat ze haar gezicht bijna fijndrukt tegen zijn schouder, maar ze vangt nog net een glimp op van Mike die het het woord 'baby' tegen haar prevelt en haar met schele ogen aankijkt.

'Vertel eens een verhaaltje, pap,' zegt ze, met een stem die ze zo volwassen mogelijk probeert te laten klinken.

'Het is al laat, maatje, je moet morgen fris als een hoentje zijn voor je eerste dag in klas vier.'

Vier. Een prettig getal, bruin en redelijk. Haar schooljurk en sokken hangen over een stoel, haar nieuwe schoenen staan eronder. Het is net of ze zelf op de stoel had gezeten en verdwenen is, met achterlating van haar kleren.

'Eén verhaaltje maar, pap, alsjeblieft.' Ze heeft haar armen om zijn hals geslagen toen hij zich bukte om haar een nachtzoen te geven, en nu zit hij gevangen.

'Eentje dan,' zegt hij.

'Over die keer dat je neerstortte.'

'Dat verhaal ken je toch al, laten we liever iets lezen...' En hij steekt zijn hand uit naar haar sprookjesboek.

'Nee pap, over toen je neerstortte.' Dit is geen avond voor sprookjes.

'Goed dan. Maar daarna *schlafen*.'

Er zijn verhalen die je niet vaak genoeg kunt horen. Elke keer als je ze hoort zijn ze hetzelfde, maar jij bent dat niet. Dat is een goede manier om te begrijpen hoe tijd werkt.

Hij gaat op de rand van haar bed zitten. 'Het gebeurde hier in Centralia...'

Het verhaal is al aan het veranderen, vroeger begon het zo: *Het gebeurde in Centralia, een kleine opleidingsbasis ergens midden in de rimboe.*

'Ik vloog in formatie voorop...' Als piloot in zijn Anson-lesvliegtuig. Trainen om zich straks te kunnen aansluiten bij een tachtig kilometer lange stroom bommenwerpers boven het Kanaal.

Madeleine legt haar wang op het kussen en staart naar de gesp van zijn riem, een vlieg die volmaakt bewaard is gebleven in barnsteen. Het is prettig om naar een voorwerp te staren en intussen naar een verhaal te luisteren.

'Ik wilde gaan landen...' Over een maand zou hij operationeel zijn. Als piloot van een Lancaster-bommenwerper, een log maar prachtig toestel. In volle uitrusting, compleet met een Mae West – het rondborstige reddingsvest voor degenen die het geluk hebben boven water uit hun toestel te springen.

'Ik naderde de landingsbaan...' Na hem moesten er nog vier toestellen landen. Normaal zou hij een paar leerlingen als bemanning aan boord hebben, maar die dag was hij alleen.

'Ik vloog in de oude tweemotorige Anson...' Een zeer lankmoedig toestel, tenzij je rondjes draait op het tarmac – heerlijk in de lucht, maar lastig op de grond.

'De lucht was glashelder...' Het is bewolkt, maar de wolken zitten hoog, het zicht is goed. De meeste piloten voeren hun missies uit bij helder maanlicht boven het Kanaal, traag en zwaar beladen met zes ton bommen aan boord die ze na vijf uur vliegen op het doelwit moeten gooien. Ze kunnen hun eigen schaduw over de grijze zee zien glijden terwijl ze uitkijken naar Duitse jachtvliegtuigen, hoofdzakelijk Messerschmitts, en dan komt de rand van Europa in beeld: groene lappendekens en torenspitsen, net een diorama. Het zicht verbetert door de kris-kras lopende Duitse zoeklichtbundels, door de vlammen van andere toestellen die gevangen zitten in het kleverige web van licht, de bruisende bogen van het afweergeschut. En ver in de diepte kantelen hun bommen omlaag, als dominostenen tuimelen ze naar de aarde, eindigend in geluidloze rookpluimen. Sommigen keren naar Yorkshire terug – je kunt beter op de terugweg geraakt worden, met minder brandstof en een leeg bommenruim. Als ze het geluk hebben om in de lucht te blijven na te zijn geraakt, kunnen ze de vlammen misschien doven door te duiken. Zo niet, dan kunnen zij en hun bemanningsleden, als ze het geluk hebben dat ze nog leven, zich misschien langs de vele apparatuur in de nauwe cabine naar buiten wringen en op het vliegtuig proberen te klimmen terwijl het naar de aarde tolt. Daar denken ze zelden aan. Niemand praat erover.

'Ik kreeg van de toren toestemming om te landen, dus ik maakte een zwenking naar links en begon aan de afdaling...' Vandaag over een maand zit ik in Engeland.

'Beneden op het tarmac zag ik een andere Anson wegrijden van het platform, en ik nam automatisch aan dat die op weg was naar de taxibaan...' De landingsstroken zijn zwart van de regen, die inmiddels is opgehouden, en een beetje glad, maar dat is geen probleem. Zijn grootste angst is steeds geweest dat hij veroordeeld zal worden om les te geven in plaats van te worden overgeplaatst naar Europa; de truc is om goed te zijn, maar niet te goed...

'Op zo'n honderdvijftig voet zag ik de Anson voorbij de taxibaan rijden en de startbaan op draaien, precies op de plek waar ik wilde landen...' Onbekommerd als een rups op een blad maakt het gele toestel een trage bocht naar rechts, de startbaan op, en begint vaart te meerderen. 'En ik zei bij mijzelf: Wat zullen we nou krijgen?' *Stront aan de knikker*. 'Maar veel tijd om na te denken had ik niet...' Het is te laat om nog een rondje te maken, en op honderd voet valt er een beslissing in zijn centrale zenuwstelsel, die ertoe leidt dat zijn hand hard aan de stuurknuppel trekt en die helemaal naar rechts duwt. 'Ik dacht: Flink gas geven, zwenken en de neus optrekken...' Zijn toestel reageert door zestig graden naar links te draaien, maar wint geen hoogte; daarvoor zit hij op vijftig voet te laag en gaat hij te langzaam. Zijn bakboordvleugel schampt de rand van de landingsstrook, hij buitelt het gras in, geel triplex splintert alle kanten op; *laat maar gaan*, denkt hij, *des te minder kan er in brand vliegen*, denkt hij, want op dat moment heeft hij tijd zat om na te denken, vijf hectische seconden. 'Maar de kist dook de grond in en daar lag ik, ondersteboven in het gras.'

Wat er nog over is van zijn toestel komt met de neus omlaag abrupt tot stilstand. Op een gegeven moment is zijn hoofd naar voren geschoten, tegen het instrumentenpaneel aan – 'Ik had een flinke buil op mijn kop' – waarschijnlijk de knop van de radio. Hij is bijna een oog kwijtgeraakt. 'Maar de hemel is me goed gezind, dacht ik...' Als hij ten tijde van het ongeluk operationeel was geweest, had hij zijn pilotenstatus behouden...

Madeleine zegt: 'Maar je oog bloedde.'

'Dat wist ik toen nog niet, ik dacht gewoon dat ik mijn hoofd gestoten had.'

Goede ogen zijn fijn maar niet essentieel, daarom heb je een bemanning aan boord. Het enige wat je echt moet kunnen zien is je instrumentenpaneel, en dat ziet Jack prima, het zit in elkaar gedeukt onder hem. Hij hangt erboven in zijn veiligheidsriemen, grote druppels bloed spatten op de verbrijzelde wijzerplaten, de brandstofmeter staat laag en dat is goed nieuws, waar komt dat bloed vandaan? Zijn vingers gaan over zijn gezicht. Het stormt achter zijn linkeroog...

'En oom Simon heeft je gered,' zegt Madeleine.

'Dat klopt.'

Een geluid als van een zware rits: Simon snijdt hem uit de riemen en zeult hem naar buiten. Jack voelt de aarde achterwaarts onder zijn kont door schuiven – kijk, daar voor hem hobbelen zijn laarzen, hoe lang zijn we zo al onderweg?

'Simon zag het ongeluk gebeuren en was er als eerste bij.'

Gras golft voorbij, een paar ellebogen onder zijn oksels.

Er is een ongeluk gebeurd, hoort Jack zichzelf zeggen.

Ja, stomme idioot, er is een ongeluk gebeurd.

Dag Si. Sorry, majoor.

Hij hoort Simon lachen en op hetzelfde moment kijkt hij op en ziet zijn gele vliegtuig, dat acht meter verder op zijn kop staat, met hangende skeletvleugels, vlam vatten als een bloem die zich ontvouwt, brandend stuifmeel in de lucht.

Hij ontwaakt in de ziekenboeg. Waarom glimlacht de zuster? Waarom biedt Simon hem een glas whisky aan?
'Je hebt gedaan wat juist was, makker.'
Wat valt er te vieren? Voor hem is de oorlog voorbij. Zijn oorlog eindigde dertig meter ten zuiden van de startbaan van Militaire Vliegschool Nummer 9, Aërodroom Centralia, 7 april 1943. Stomme pech.
'En je kreeg een medaille,' zegt Madeleine.
'Dat klopt, ik kreeg een speldje.'
'Maar je mocht niet meer vliegen.'
'Nee, maar dat was een geluk bij een ongeluk, want anders had ik maman nooit ontmoet en was jij nooit geboren, en wat moet ik zonder mijn *Deutsches Mädchen?*' Jack komt van het bed af en bukt zich om de dekens in te stoppen.
'Pap, vertel nog eens van Jack en Mimi.'
Hij lacht. 'Eén verhaal, hadden we afgesproken.'
'Maar het is één verhaal, het hoort erbij.'
'Jij wordt later advocaat.' Hij knipt het licht uit.
'Pap, hoe heette die plaats ook weer?'
'Welke plaats?'
'Waar Johnny zei dat Hitlers geheime wapen was.'
'Johnny...? O, dat was Peenemünde.'
Pijn Amunde. De naam klinkt als naalden. 'Hebben de Duitsers haar gepakt?'
'Ik denk het wel, ja.'
'Hebben ze haar gemarteld?'
'Nee, nee... ze is ontsnapt.' Hij glipt de deur uit.
'Pap?'
'Ja?'
'Wat zou er gebeurd zijn als je het ongeluk niet had overleefd?'
'... Ik heb het overleefd.'
'Maar stel dat?'
'Nou, dan was jij niet geboren.'
'Waar zou ik dan zijn?'
'Ik denk niet dat je ergens zou zijn.'
Wat is erger? Dood zijn? Of nooit geboren zijn? Waarom zijn we bang om dood te gaan, maar zijn we niet bang voor toen we nog niet geboren waren?
'Pap...?'
'Slaap lekker, liefje, denk maar aan iets leuks.'
Jack laat de deur half openstaan zodat het ganglicht in haar kamer schijnt. Hij gaat naar zijn slaapkamer en loopt zonder het licht aan te doen naar zijn

ladekast. Die andere Anson had nooit toestemming mogen krijgen om op te stijgen. Het Luchtmachtkruis was een blijk van erkentelijkheid voor zijn beslissing om, zonder te denken aan zijn eigen veiligheid, naar links te zwenken in de wetenschap dat hij zou neerstorten, in plaats van een riskante poging te wagen het toestel op de grond in te halen en ervoor te landen – als dat had geleid tot een botsing met het volgetankte vliegtuig, zouden de piloot, de instructeur, de leerling-navigator en de marconist zijn omgekomen. En Jack zelf. *Wegens moed, dapperheid en plichtsbetrachting betoond tijdens een niet-operationele vlucht.* Jack voelt in zijn la en vindt wat hij zoekt.

Hij steekt de gang over naar de kamer van zijn zoon. Aan de muur vliegen de Canadese Golden Hawks in formatie, de goud met rode Sabre-straaljagers vormen een ster. Onder het affiche is het bed netjes opgemaakt, het joch is geen sloddervos. Hij schudt echter zijn hoofd om de nieuwe poster; waar komt dat ding vandaan? *The United States Marine Corps Wants You.* Jack heeft een cadeautje voor zijn zoon omdat de school weer begint: een gloednieuwe honkbalpet met 'RCAF 4 Fighter Wing' erop, van Mikes oude team in Duitsland. Hij gooit hem op het bed en de pet veert terug. Strak opgemaakt. Jack glimlacht en gaat naar beneden.

Zijn vrouw en zoon zitten aan de keukentafel te kaarten. Mimi staat op om water op te zetten. 'Zin in een kop thee, Jack?'

Hij zoekt zijn *Time* tussen Mimi's damesbladen met hun kapsels en recepten en nestelt zich op de bank. In Oost-Berlijn wordt een jongen neergeschoten als hij over de 'Muur der Schande' probeert te vluchten; het duurt een uur voor hij sterft en intussen staan mensen aan de westelijke kant tegen de grenswachten te schreeuwen dat ze iets moeten doen. Hij bladert verder – het geluid van zijn vrouw en zoon die in de keuken met elkaar praten is des te rustgevender omdat Jack geen Frans verstaat. President Kennedy in zwembroek, omringd door vrouwen in bikini. Een interne machtsstrijd bij de NASA. Jackie Kennedy op waterski's. In de keuken fluit de ketel. Raketten en bikini's, waar moet het heen met de wereld? Wernher von Braun demonstreert de Saturn-draagraket aan de president. Amerikaanse militaire adviseurs helpen de Zuid-Vietnamezen bij 'de tot dusver meest succesvolle operatie tegen de communistische Vietcong'. Kratten met het formaat van raketten in de haven van Havana...

Mimi zet een kop thee neer op het bijzettafeltje naast hem. Hij neemt het waar als van grote afstand – vanuit de zwarte ruimte buiten de dampkring, zodat het feit dat hij geen 'dank je' zegt geen kwestie van onbeleefdheid is, maar slechts het gevolg van een natuurwet. *Time* vindt dat Castro gemakkelijk 'uitgeschakeld' had kunnen worden als Kennedy de invasie in de Varkensbaai afgelopen april, die nu 'een fiasco' wordt genoemd, naar behoren had ondersteund. Jack reikt naar zijn kop thee. De betweters van Time vinden dat Kennedy niet hard genoeg optreedt tegen het communisme, maar wat zouden zij dan willen? Zonder aanleiding een ander land binnenvallen? We kunnen net zo goed sovjetburgers worden als we hun tactieken gaan overnemen. Hij slaat de bladzijde om. 'OPINIE *Op weg naar het jaar 2000. De VS zal Canada verdedigen of Canada wil of niet...*'

'Jack?'

'Wat is er?' Hij kijkt op van zijn tijdschrift alsof hij wakker schrikt.

Mimi staat naast hem met de theepot. Ze zegt: 'Ik vroeg, zal ik nog wat bijschenken?'

'O. O, ja. Graag.'

In Madeleines kamer wordt het nachtlichtje afgeschermd door het verraste keramische gezicht van een Beiers jongetje met een hommel op zijn neus. Morgen is de eerste schooldag, het begin van een heerlijke nieuwe tijd. Ze sluit haar ogen. Kleuren flitsen voorbij achter haar oogleden. Ze zweeft omhoog, het bed helt over als een zeilboot. Heeft Peter Pan echt bestaan? Als je echt je best doet om het te geloven, kun je hem dan horen kraaien? Bestaan er nog sprekende raven? *Als ik groot ben, wil ik een hond. Ik wil een rode sportwagen.* Het bed drijft zachtjes mee op de stroom... *als ik groot ben...*

◆

De kraaien wachtten tot alles weer rustig was beneden. Toen de blauwe jurk met het meisje erin niet meer bewoog, streken ze neer – een, twee, een derde – en bleven beleefd op een afstand staan. Daarna begonnen ze aan de bedeltjes te pikken. Aan de armband te trekken. En één bedeltje liet los. De succesvolle kraai verhief zich in de lucht met de blinkende zilveren buit in zijn snavel. Haar naam. Toen vlogen de anderen weg, en ze bleef alleen achter.

TERUG NAAR SCHOOL

Schrijf 'all right'. Zowel 'all right' als 'all wrong' worden als twee woorden geschreven. Schrijf nogmaals 'all right' en 'all wrong'.

MACMILLAN SPELLING SERIES, 1962

Madeleine hoeft niet door haar vader naar school te worden gebracht, maar dat was nu eenmaal hun traditie op de eerste nieuwe schooldag toen ze nog klein was. St. Lawrence Avenue krioelt van de kinderen met nieuwe kleren aan – katoenen jurken en enkelsokjes voor de meisjes, geruite hemden en hoge sportschoenen voor de jongens – allemaal pas gestreken, geknipt, gevlochten en geborsteld. Sommige kinderen worden door hun ouders naar school gebracht, maar die kinderen zijn jonger dan Madeleine. Ze was van plan geweest om samen met Auriel en Lisa te gaan, maar op het laatste moment kon ze de gedachte niet verdragen dat pap zijn maatje zonder hem zou zien weglopen.

Jack fluit tussen zijn tanden en kijkt om zich heen naar het zonnige toneeltje. Madeleine pakt zijn hand vast om het feit goed te maken dat ze liever niet wil dat anderen haar hand-in-hand met hem naar de vierde klas zien lopen. Hij knipoogt tegen haar. 'Wees maar niet zenuwachtig, maatje.' Het kan geen kwaad hem te laten denken dat ze daarom zijn hand heeft vastgepakt. Ze glimlacht voor hem.

Ze komen voorbij de leegstaande groene bungalow aan de linkerkant. Wie daar gaat wonen, is te laat voor het nieuwe schooljaar. Mike loopt vooruit met Roy Noonan, met zijn nieuwe honkbalpet van 4 Fighter Wing op zijn nog maar pas kort geknipte haar. Hij heeft een Spiderman-stripverhaal in zijn schooltas – Madeleine zag dat hij het erin deed, maar ze heeft hem niet verklikt. Er zitten geen zakken in haar jurk. De jurk heeft een kreukelige vierkante lap stof op het bovenstuk en op de rok staat een jazzy afbeelding van bongo spelende Afrikanen, voor een jurk kan dat er wel mee door. Ze draagt haar witte vest met een vingertop over haar schouder – dat is de minst sullige manier om een vest te dragen, zo zou je een vliegeniersjack dragen als je dat had. Ze wilde alleen instappers, maar maman heeft schoenen met een bandje gekocht. Ze kan op geen enkele manier doen alsof die iets anders zijn.

Ze is warm vanbuiten en koud vanbinnen. Vlinders in haar buik. Volgens haar vader hebben ook de beste artiesten daar last van bij een première. Dit is een schoolpremière. Nieuwe lesboeken. Nieuwe kinderen. Nieuwe onderwijzer. Nieuwe ik. Ze heeft zin om zijn hand los te laten en schuin weg te waaieren als een vlieger. 'Pap?'

'Ja?'

'Eh, kan je me na school komen ophalen zodat we samen naar huis kunnen lopen?'

'Denk je niet dat je dan bij je vriendinnetjes wilt zijn?'

'Nee.'

'We zien nog wel. Beslis tussen de middag maar, goed?'

Ze kijkt naar hem op, zijn ogen in de schaduw van de rand van zijn pet. 'Oké.'

Hij heeft zijn zomeruniform aan. Dat ziet er net zo uit als zijn andere, alleen is het niet blauw, maar kaki. Hij trekt de rand van zijn pet wat dieper over zijn ogen op zonnige dagen om te voorkomen dat zijn oude oogwond hem hoofdpijn bezorgt. Madeleine vindt zijn uniform prachtig – het kaki net zo goed als het blauwe – maar het allermooist vindt ze zijn pet. Het insigne boven de klep is prachtig: een rode fluwelen kroon omzoomd met geborduurd goudgalon en daaronder, van koper, de vliegende albatros, met zijn stoere snavel naar links wijzend. Volgens sommigen is het eigenlijk een adelaar, en in de mess is dat nog steeds aanleiding tot heftige discussies, maar volgens haar vader weet iedereen met een greintje verstand bij de luchtmacht dat het een albatros is. Een vogel die erg veel geluk brengt. Behalve als je er toevallig een doodmaakt. Trouwens, een adelaar is een Amerikaans symbool.

Boven zijn linkerborstzak is zijn vliegersinsigne opgenaaid. Zelfs als iemand van de luchtmacht geen piloot meer is, blijft zijn vliegersinsigne deel uitmaken van zijn uniform. Komend voorjaar, als Madeleine genoeg kabouterinsignes verzameld heeft, vliegt ze over naar de gidsen. Dan krijgt ze ook twee vleugels, die ze trots op haar hart kan spelden.

'We zijn er,' zegt hij. Het schoolplein. Het geluid van de massa kinderen stijgt als een zwerm wiekende meeuwen op boven een woeste zee van bewegende hoofden, een golvende massa strepen, noppen en ruiten, met hier en daar een volwassene die als een spar omhoogsteekt. Jack bekijkt het toneeltje, met zijn hand nog steeds om die van Madeleine geklemd. Hij ontdekt Mike in de menigte en raakt de rand van zijn pet aan. Mike doet hetzelfde met de klep van zijn honkbalpet.

Madeleine zegt: 'Nou, ik kan maar beter gaan,' want het lijkt erop dat pap anders blijft wachten tot de bel gaat.

'Vooruit dan maar.' Hij buigt zich voorover. 'Doe je best, liefje. Maak je niet te druk.'

Ze geeft hem een kus op zijn gladgeschoren wang, Old Spice. 'Tot straks, pap.'

Hij steekt zijn duim tegen haar op.

Ze wringt zich tussen de zwerm kinderen, die zich om haar heen sluit. Ze stelt zich voor dat de menigte haar als drijfhout zou meevoeren als ze op haar tenen zou gaan staan. Het gekrijs klinkt tegelijkertijd ver weg en vlak bij haar oren. Ze blijft even bij de schommels staan en kijkt om naar haar vader. Hij loopt weg over Algonquin Drive. Ze had zich eerder moeten omdraaien om te wuiven. Je weet nooit wanneer je je vader voor het laatst ziet. Dat zou nu wel het geval kunnen zijn. Zijn achterhoofd, zijn pet, zijn blitse kaki uniform. *Toen pap nog leefde.* Ze wil naar hem toe rennen om zijn hand weer vast te houden...

'Madeleine.'

Ze draait zich om. 'O, hoi, Marjorie.'

Ze buigt zich voorover om aan haar schoenveter te prutsen in de hoop dat Marjorie dan weg zal gaan, maar Marjorie blijft staan en zegt: 'Kommus jijus vanmiddagus bijus mijus etenus?'

'Wat?'

Marjorie giechelt. 'Dat is potjeslatijn, sufkop! Potjeslatijnus, sufkopus!'

'O.' Madeleine kijkt langs Marjorie en ziet Colleen Froelich op het schoolplein arriveren. Ongehaast, met haar gezicht een beetje afgewend. Ze heeft een kilt en een blouse aan, waardoor haar zonverbrande huid er donkerder uitziet, haar benen harder en magerder. Als een kind dat iemand in het bos heeft gevonden en kleren heeft aangedaan. Ze draagt instappers. Behoorlijk afgetrapt. Madeleine vraagt zich af of ze haar mes heeft meegenomen naar school. Colleen zit in de zesde klas.

'En komus jijus?'

'Wat?'

'Kom je bij me thuis eten vanmiddag?!' Marjorie rolt met haar ogen als teken van gespeeld ongeduld. Ze heeft een donzige gele jurk aan.

'Moet naar huis,' mompelt Madeleine, terwijl ze het schoolplein afspeurt in het vertwijfelde verlangen om Auriel of Lisa te zien.

'En morgen dan?'

'Ik weet niet' – daar zijn ze, bij de wip – 'ik moet weg.' Ze neemt de benen, en zegt zo beleefd mogelijk: 'Tot ziens.' Maar voor ze haar vriendinnen kan bereiken, gaat de bel.

Ze sluit zich aan bij de stormloop naar de trap. Opeens staat er een rij onderwijzers, klinkt er een verwarde massa instructies door een megafoon, iets over de eerste klas rechts – rechts van wat? Wie moet eerst? De kinderen van de kleuterschool zijn al door een aparte deur naar binnen geloodst om te voorkomen dat ze onder de voet worden gelopen. 'Stil, jongens en meisjes!' – de school begint officieel. Madeleine gaat per ongeluk bij de vijfdeklassers staan en beseft vaag dat er iets mis is, want iedereen is minstens een paar centimeter groter dan zij – 'Psst!' Ze draait zich om en ziet Auriel heftig gebaren: 'Hierheen, sukkel!' Ze stapt uit de rij van de vijfde en Auriel grijpt haar bij haar vest en sleurt haar naar de veiligheid van de vierde.

'Gossie nog aan toe, McCarthy!' fluistert Auriel.

Lisa Ridelle staat dubbelgebogen haar stille spookachtige lach te lachen. Met zijn drieën giechelen ze met hun hand voor hun mond, er klinkt een fluitje, drommen leerlingen beginnen in rijen de trap op te lopen en gaan door de grote dubbele deuren naar binnen. Madeleine volgt deze karavaan naar de toekomst. Wie zal mijn juf zijn? Zal ze knap zijn? Zal ze aardig zijn? Zal ik iets begrijpen van breuken? *Que será, será...*

'Goedemorgen, jongens en meisjes, ik ben meester March.'

Hij is dik en draagt een grijs pak, maar misschien betekent dat wel dat hij aardig is. Dat zijn dikke mensen vaak.

'Goedemorgen, meneer March.' Het eeuwige lagereschoolliedje.

Hij draagt bruine schoenen. Er zit stof op. Misschien is hij te dik om zich voorover te buigen om ze te poetsen. Dat was gemeen, neem me niet kwalijk, lieve Heer.

Het eerste wat meneer March doet, is de jongens een plaatsje vooraan geven. 'Ik weet hoe jongens zijn,' zegt hij, terwijl hij de zitplaatsen opnieuw verdeelt. Hij vindt het niet nodig om de meisjes ergens anders te laten zitten, of misschien weet hij niet hoe meisjes zijn. Madeleine is dankbaar, want haar bank is perfect: direct naast die van Auriel en één rij voor Lisa.

Geluid van stoelpoten; iedereen staat op om 'God Save the Queen' te zingen en 'The Maple Leaf Forever' en het onzevader op te zeggen. Daarna het geschuif van stoelen en het uitbreken van gebabbel als iedereen weer gaat zitten. 'Zullen we het dempen tot een dof geroezemoes, ja?' vraagt meneer March.

Er zit een beetje roos op de poot van zijn brilmontuur, Madeleine ziet dat als hij langs de rijen loopt en de nieuwe oefenboeken voor de taalles uitreikt. Roze. 'Gordon Lawson,' zegt meneer March, terwijl hij de leerlingenlijst raadpleegt. 'Hoe spel je "verrassing"?'

'V E R... A S... Gordon heeft golvend rood haar, dat kort tevoren plat op zijn hoofd is gekamd, en het volmaakte aantal sproeten. 'Nee, R A S... S I N G.'

'Heel goed, jongeman,' zegt meneer March. 'Neem een voorbeeld aan jongeheer Lawson, allemaal. Doe het net zo goed als hij.'

Madeleine wou dat meneer March haar vroeg iets te spellen. Een roze oefenboek belandt op haar bank. Hilroy staat er in krachtige vrolijke letters op het omslag.

De eerste keer dat je een nieuw oefenboek opendoet. De nieuwe geur. De glans van het papier. Grote oefenboeken, niet langer van die kleine kinderboekjes met dubbele regels. Dit is de vierde klas. Schrijf de mooie cursieve letters over die op de muur boven het bord staan, elk herhaald als hoofdletter en kleine letter, net als moeder en kind, hond en puppy. Bestudeer de wereldkaart die uitgerold is over het bord. Canada en het Britse Gemenebest zijn roze. Bekijk de uitgeknipte figuren die aan de ene kant van het lokaal de muren tooien tussen de grote ramen – hammen en flessen melk, vruchten en pluimvee en ander gezond eten; maten en gewichten, liters en meters, gelijkzijdige driehoeken ravotten naast wilde dieren en kinderen uit andere landen met eskimo-parka's en Mexicaanse sombrero's. Vooraan in de klas, bij de grote eiken lessenaar, staat een met vilt bekleed mededelingenbord op een ezel. Het enige lege oppervlak.

Madeleine legt haar nieuwe doosje met Laurentian-potloden naast haar liniaal en haar nieuwe etui van ruitjesstof. De lucht straalt van verwachting, de school is doordrongen van de geur van pas geslepen potloden, sinaasappelschillen en boenwas. Er heeft nog niemand overgegeven in de gang, wat aanleiding zou zijn geweest tot het strooien van oranje zaagsel; regen en sneeuw hebben de jassen aan de haken achter in het lokaal nog niet doorweekt en een muffe geur verleend – de haken zijn leeg, want het is nog te warm voor jassen. Het is moeilijk te geloven, als je door de rij grote ramen naar het schoolplein en de glanzende huizen verderop kijkt, dat de winter echt zal komen. De jaargetijden zullen door dat raam gaan veranderen, denkt Madeleine, ik word negen door dat raam heen...

'Wat is de hoofdstad van Borneo, meisje?' vraagt meneer March.

Madeleine schrikt. Kijkt hij naar haar? 'Pardon?'

Hij rolt met zijn ogen. 'Schone slaapster,' zingt hij.

De klas lacht. Hij deelt de oefenboeken voor aardrijkskunde uit. Groen.
'Iemand?' vraagt meneer March. Niemand steekt zijn hand op.
'En jij...' hij bestudeert de lijst, 'Lisa Ridelle? Wat is de hoofdstad van Borneo?'
Lisa antwoordt: 'Ik weet het niet,' amper hoorbaar van achter haar gordijn van witblond haar.
Madeleine kijkt om. Niemand weet het. Zelfs Marjorie Nolan niet.
'Nou, dat komt nog wel als ik eenmaal met jullie klaar ben, en dat geldt ook voor de rest.'
Direct voor Madeleine zit Grace Novotny. De scheiding in haar haar is scheef en haar vlechten zijn vastgemaakt met gewone elastiekjes. Het klopt, Grace riekt – als Madeleine zich vooroverbuigt, kan ze het ruiken. Misschien plast ze in bed. Het is een droeve geur. Madeleine leunt achterover en verzet zich tegen de verleiding om haar neus te begraven in de vouw van haar nieuwe oefenboek. Laat alles wat je doet dit jaar volmaakt netjes zijn, zonder doorhalingen of ezelsoren. Laat alles juist gespeld zijn, en laat dit boek niet in een plas vallen op weg naar huis.
'Wanneer was de oorlog van 1812?'
Madeleine kijkt op, maar ze is veilig. Zijn hoofd draait rond als een periscoop, uitkijkend naar vingers. Even stilte, dan zegt hij op licht vermoeide toon: 'Voor alle duidelijkheid, jongens en meisjes, dat was een grapje.' Beleefd gelach.
Hij deelt een dik rood boek uit. Het is *Er op uit*, een leesboek voor de vierde klas. Madeleine slaat het open en raakt onmiddellijk in de ban van 'Dale de Politiehond'. Dale is een Duitse herder van de Mounties. Hij bewaakt hun spullen en zorgt dat oudere meisjes jongere meisjes niet lastigvallen. Op een dag wordt er een klein meisje vermist. 'Dales baasje liet de hond aan het truitje ruiken. Dale wist meteen dat hij moest gaan zoeken naar iemand met dezelfde geur.' Dale vindt haar terwijl ze buiten in een veld ligt te slapen. Haar ouders waren ziek van ongerustheid. Dale lijkt op Eggs aan de overkant van de straat. Een blauw oefenboek belandt met een smak op Madeleines bank en ze slaat het leesboek dicht, met het gevoel dat ze op de een of andere manier vals speelt door vooruit te lezen.
'Laat ik maar direct duidelijk maken,' zegt meneer March, 'dat ik niet tegen getreuzel, spieken of gepraat in de klas kan.' Madeleine fluistert tegen Auriel: 'Daar maakt hij zich zeker dik om.'
'Wat hoor ik daar?'
Madeleine kijkt met een rood hoofd op.

Hij bestudeert de lijst van leerlingen. 'Madeleine McCarthy. Wel, wel, alliteratie. Kun je me uitleggen wat alliteratie is?'

Hij kijkt me vast en zeker aan, denkt Madeleine, want hij heeft mijn naam genoemd. Maar het is moeilijk te zeggen, want zijn brillenglazen weerspiegelen het licht en aan zijn grote gezicht valt helemaal niet af te lezen waarop hij zijn blik richt.

Madeleine antwoordt: 'Eh...'

'Komt er nog wat van?' Hij zegt het op een toon alsof hij er schoon genoeg van heeft.

'Dat is als je...'

'Volledige zinnen, graag.'

'Een literatie is als je een liter water in een fles doet.'

Niemand lacht, want niemand, ook Madeleine niet, weet wat alliteratie is. Meneer March zegt: 'We hebben een grappenmaakster in ons midden.'

Madeleine is ten einde raad, maar ook opgelucht omdat meneer March vergeten schijnt te zijn wat hij haar überhaupt gevraagd heeft. Hij gaat door met het uitdelen van de blauwe oefenboeken – *Leven met rekenen*, wat klinkt als een ziekte, en dat is het ook. Madeleine kijkt het boek even in. En jawel hoor, de gebruikelijke verleidelijke tekeningen, spannende combinaties van geweren en gebakjes, auto's en hoeden. 'In hoeveel rijen van 8 kun je 120 kinderen verdelen voor een volksdans?' Welke kinderen? Waar wonen ze? Zijn het wezen? 'Op het schietterrein scoort Bob 267 punten. Zijn vader scoort 423 punten...' Wie is Bob? Waarom mag hij een vuurwapen hebben? Onoprechte verhalen over mevrouw Johnson die taarten bakt, meneer Green die appels in dozen doet, varkens in vrachtwagens laadt, het is allemaal een bedrieglijk verhalend vernis om het onderliggende probleem te verhullen: hoeveel, wanneer, hoe lang, en hoeveel zijn er over; de menselijke personages zijn alleen maar boosaardige personificaties van getallen.

'Wat is de vierkantswortel van zevenenveertig?' vraagt meneer March, terwijl hij tussen de banken door loopt. Madeleine schrikt – ik wist niet dat we in klas vier vierkantswortels moesten doen. Hij blijft staan bij de bank van een meisje met lang glanzend zwart haar.

'Ik weet het niet,' zegt het meisje.

'Nee toch,' zegt meneer March. Zijn stem klinkt alsof hij zijn spieren niet meer in bedwang heeft. Als iets zwaars dat langs een helling naar beneden glijdt.

Het meisje aan wie hij het vroeg, begint te huilen! Stilletjes in haar bank.

'Je hoeft niet te gaan huilen, meisje.'

De bel gaat. Speelkwartier.

'Zijdeur, jongens en meisjes,' zegt hij boven de herrie uit. De zijdeur komt direct uit op het schoolplein en ze stromen het zonlicht in, één grote juichende bende schreeuwende kinderen. De lange, wilde vijftien minuten vrijheid. De jongens rennen de meisjes voorbij, nemen het honkbalveld in beslag, ontdekken gladde plekken op het asfalt om te knikkeren, of jagen simpelweg achter elkaar aan en springen elkaar op de rug. Lisa, Madeleine en Auriel geven elkaar een arm en lopen in de pas als robots over het schoolplein terwijl ze roepen: 'We stoppen voor niemand!' Ze lopen recht tegen de stang van de wip aan en laten zich erover vallen. Ze doen alsof ze zwemmen. Ze doen alsof ze vliegen.

De bel gaat veel te snel weer, en de kinderen uit de vierde klas lopen in de rij terug door de zijdeur en zien dat het meisje dat moest huilen al in het lokaal is, en nu het bord schoonmaakt met een doek. Het is een eer als je dat mag doen, meneer March wou vast aardig zijn, hij is geen boeman. Ze heet Diane Vogel. Ze is heel knap. Meneer March laat haar de naam van de volgende les met krijt opschrijven: *Plantkunde*. Diane Vogel schrijft heel mooi.

Als Madeleine weer in haar rij gaat zitten, ervaart ze dat eerste geruststellende bezittersgevoel: mijn bank. Mijn inktpot, die niemand ooit nog gebruikt. Haar vader heeft haar verteld dat de inktpotten in een schoolbank vroeger, tijdens de Crisis, vol zaten met inkt. De jongens doopten de vlechten van de meisjes er vaak in. Ze kijkt naar de sliertige vlechten van Grace en vraagt zich af of een jongen in de verleiding zou komen om haar zo te plagen. Volgens maman vinden jongens je leuk als ze zoiets doen. *Wat een rare manier om dat te laten blijken, chef.*

Meneer March deelt potloden en tekenpapier uit en de rest van de ochtend krijgt niemand meer moeilijkheden. Ze kopiëren afbeeldingen van bladeren en wilde bloemen zoals gele peen, 'die in deze omgeving overvloedig groeit,' zegt meneer March.

'Ook wel bekend als stinkkruid,' fluistert Madeleine tegen Auriel, maar het gaat goed, hij kijkt niet op van zijn lessenaar. Hij is druk bezig. Terwijl iedereen stil zit te tekenen, schrijft hij met een piepende viltstift op vellen dik geel tekenpapier.

'Hoe was je eerste morgen op school, liefje?' vraagt Jack, terwijl ze brood met tonijnsalade en Campbell's champignonsoep eten, met als toetje *pètes-de-nonne* – Acadische koekjes. De naam betekent nonnenscheten; het is alleen maar onfatsoenlijk als je het in het Engels zegt.

'Geweldig.'
'Mooi zo.'
Haar vader hoeft haar niet weer naar school te brengen, de sterfelijkheid van vanochtend is verdwenen. Ze rent op tijd de oprit af om Auriel en Lisa te ontmoeten. Ze draait zich om en wuift naar hem op de veranda, en rent dan met haar vriendinnen het hele stuk naar school, met de mouwen van hun vest om hun hals geknoopt als Batman-capes.

Net voor de pauze die middag zegt meneer March: 'Ik heb een vrijwilliger nodig.' Vingers schieten omhoog. Vooral van meisjes. Madeleine heeft haar vinger niet opgestoken en dat vindt ze een beetje onbeleefd, dus steekt ze hem half omhoog om beleefd te zijn. Marjorie Nolan port met haar vinger in de lucht en zegt: 'O!' bij elke por. Meneer March bestudeert zijn leerlingenlijst. 'Marjorie Nolan. Jij blijft binnen tijdens de pauze om iets voor me te doen.'

Marjorie kijkt trots om zich heen alsof ze verwacht jaloerse gezichten te zien. Madeleine is opgelucht dat ze niet is uitgekozen en de pauze niet hoeft te missen, en ze is tweemaal zo opgelucht omdat Marjorie wel is gekozen, want nu hoeft ze zich geen zorgen te maken dat ze Marjories gevoelens kwetst als ze haar mijdt. De bel gaat.

'Eén tegelijk, jongens en meisjes, op een ordelijke manier.'

Als ze na de pauze terugkomen, zien ze Marjorie aan de lessenaar van meneer March zitten. Ze heeft een schaar en is bezig de laatste van een groot aantal ovale figuren uit te knippen uit de vellen geel tekenpapier. Meneer March begint ze in een verticale rij op te prikken aan de linkerkant van het vilten mededelingenbord: op elk ovaal staat met zwarte viltstift een naam, één voor elke leerling in de klas. Er zijn verscheidene Cathy's, Debbies, Dianes, Carols, Michaels, Johns, Bobby's, Davids en Stephens, dus die namen worden gevolgd door een initiaal. Aan de bovenkant van het mededelingenbord prikt hij nog meer figuren: een voor elk vak. Lezen, schrijven, rekenen, aardrijkskunde, geschiedenis, tekenen.

Meneer March zegt: 'Opgelet, kinderen.' Hij draait zich om naar het vilten bord en prikt er iets op. Nadat hij opzij gestapt is, kun je zien wat het is. Drie vilten figuren: een haas, een dolfijn en een schildpad. 'Aan jullie de keuze,' zegt hij.

Ben je een snelle haas? Een betrouwbare dolfijn? Of een domme schildpad? De schildpad is de enige die glimlacht, en Madeleine vindt dat maar vreemd, tenzij je bedenkt dat 'onwetendheid een zegen is'.

'Mijn vrouw heeft deze figuren gemaakt en ik heb gemerkt dat ze erg doeltreffend zijn,' zegt meneer March – alsof hij het over Ex-Lax heeft, denkt Madeleine, en om niet te denken aan meneer March op het toilet stelt ze zich mevrouw March voor, een welwillende vrouw met een knotje die met een schaar over tafel gebogen zit en hunkert naar eigen kinderen. Het komt niet bij Madeleine op zich af te vragen waarom ze veronderstelt dat het gezin March geen kinderen heeft.

Ze kijkt naar de brede grijze rug van meneer March terwijl hij dolfijnen, schildpadden en hazen onder aan het mededelingenbord verzamelt, ze van zijn zachte kleurige stapel plukt en ze met duim en wijsvinger tegen het vilten bord drukt. En daar zitten ze op een hoopje bij elkaar te wachten tot ze kunnen gaan springen, zwemmen of kruipen naast elke naam in elk vak. Madeleine weet zeker dat ze tenminste één haas krijgt, voor lezen.

'Maar eerst een waarschuwing, jongens en meisjes,' zegt meneer March met zijn zalvende stem. 'Misschien willen jullie het liefst hazen zijn, maar denk dan aan het verhaal van de schildpad en de haas...' Zijn bril glimt tegen niemand in het bijzonder, hij kijkt hen tegelijkertijd aan en langs hen heen, net als die leguaan in *Wild Kingdom*.

'Die haas was snel, maar hij had geen concentratievermogen...' – leguanen hebben een beetje een korrelige huid, en ze staren net als meneer March – 'zoals Madeleine McCarthy.'

Madeleine knippert met haar ogen. De klas giechelt. Alle andere kinderen hebben hun spellingsboeken open bij bladzijde – waar? Wanneer is dat gebeurd? Ze werpt een blik op Auriel, die haar boek hulpvaardig schuin houdt – bladzijde tien. Madeleine opent haar boek: *les 1: gauw blauw jou vrouw zou miauw bouw au koud fout nauw nou berouw flauw hout houvast hauw oud vertrouwd...*

'... management, militaire organisatie, legertop, financieel beheer en de bedrijfskundecursus voor lagere officieren...'

Jack zit in zijn kantoor met zijn hoogstgeplaatste medewerkers. De haken aan zijn kapstok hangen vol met luchtmachtpetten, op de vensterbank liggen er nog meer. Een paar van zijn officieren zijn ook nieuw op de basis, dus heeft hij iedereen uitgenodigd voor een algemene briefing. Vic Boucher heeft al vermeld welke speciale gebeurtenissen er op het programma staan – een bezoek aan het hoofdkwartier van het Air Training Command in Winnipeg, een bezoek aan de collega's van de Staff School in Toronto, curling en volleybal voor medewerkers, enzovoort. Nu geeft majoor Nolan een overzicht van de nieuwe studenten. De man spreekt in zijn klembord; Jack leunt voorover, om zich beter te kunnen concentreren – 'Zeshonderd studenten in de COS, honderdveertig vliegenierscadetten in de PFS, waarvan achtendertig van de NAVO' – maar zijn blik dwaalt af naar de petten, en dan omhoog naar het raam – 'bovendien verwachten we dat we zo'n zeventienhonderd kandidaten via de OSU zullen moeten verwerken.'

Jack wendt zijn blik af van de blauwe hemel, terug naar de briefing, terwijl Nolan afsluit. 'Goed werk.' Hij tikt met het gommetje van zijn potlood zachtjes op zijn bureau en zegt: 'Is er iemand van u die vertrouwd is met de casestudymethode van onderwijs?'

Eén of twee bevestigende knikjes van de jongere officieren.

'Kan iemand me zeggen wat in de luchtmacht de definitie van leiderschap is?'

Een ondergeschikte docent, zelf student bedrijfskunde, steekt zijn hand op. 'Overste, de standaarddefinitie luidt volgens mij als volgt' – hij ziet er een beetje onwennig uit in zijn uniform, het lijkt ondenkbaar dat deze jongeman ook maar de geringste belangstelling heeft voor vliegtuigen. – 'Leiderschap is de kunst om anderen zo te beïnvloeden dat er een doel wordt bereikt.'

Hij heeft het antwoord uit het boekje gegeven. Een echte bureaupiloot. Heet Vogel. Ironisch.

Jack knikt. 'Dat klopt wel zo'n beetje,' zegt hij, 'maar wat betekent dat nou eigenlijk, hè? "Beïnvloeden." Hoe dan? Wie stelt het "doel" vast? Hoe ga je om met weerstand tegen verandering?'

Een hoofddocent, majoor Lawson, verheft zijn stem: 'In het leger is de geaccepteerde methode, geloof ik: "Meeveranderen of er zwaait wat."'

Gelach. Jack grinnikt. 'Dat klopt. Geen centje pijn, nee toch?' Meer gelach. 'In het leger,' gaat hij door, 'hebben we een commandostructuur en in de hitte van de strijd is die bepaald ondubbelzinnig. Maar in vredestijd – langdurige perioden van vrede zoals we nu meemaken – kan er een tendens ontstaan tot bureaucratische verstopping, en raken we het gevoel waar we het allemaal voor doen misschien kwijt. Hoewel,' voegt hij eraan toe, 'we mogen niet vergeten dat er ook in oorlogstijd altijd ergens een generaal in een kantoor spelden in een kaart zit te prikken.' Gekreun van instemming, ondanks het feit dat er behalve Vic – en in zekere zin Jack – geen oudgedienden zijn. De oudste van de anderen is net iets te jong om de oorlog te hebben meegemaakt. Jack gaat door.

'Ik wil een iets meer sociologisch getinte benadering proberen. Dat is de laatste tijd in zwang bij de goede bedrijfskunde-opleidingen en het is al enkele tientallen jaren de trend in de echte wereld. Dan hebben we het over iets dat een beetje anders is dan de traditionele houding van "net wat u zegt, majoor". We willen wat dieper graven, wat complexer te werk gaan, want de wereld begint een verdomd stuk ingewikkelder te worden.'

'Geloof dat maar,' zegt Vic.

'Denk aan het leger als een onderneming,' zegt Jack. 'In welke business zijn we actief? Dat is de vredesbusiness. Wie zijn onze aandeelhouders? De Canadese bevolking. Ons doel is ons land te verdedigen. Om dat doel te realiseren moeten we diverse doeleinden identificeren: samenwerken met onze bondgenoten om de dreiging van sovjetexpansie tegen te gaan; gevaarlijke situaties binnen onze eigen grenzen en overal ter wereld in de gaten houden en erop reageren; risico's inschatten in het licht van de hedendaagse massavernietigingswapens. Wat gaat dan een cruciale rol spelen? Communicatie.' Hij zwijgt even en kijkt rond. De mannen zitten ontspannen op hun uit andere kamers meegepikte stoelen. Luisteren aandachtig. 'Stel, je hebt een eersteklas piloot, maar als zijn grondploeg de verkeerde vleugelmoer heeft gebruikt omdat de technicus het juiste formulier naar de verkeerde afdeling heeft gestuurd, een afdeling waarvan de initialen de afgelopen week zijn veranderd, en de ordonnans al die paperasserij zat is, heb je een potentieel levensgevaarlijk dominoeffect.'

'En dat allemaal bij gebrek aan een hoefijzerspijker,' zegt luitenant-vlieger Vogel.

Jack zwijgt even. Vogel slaat zijn blik neer. Jack gaat verder. 'Precies. De vraag is, weten onze officieren hoe ze leiding moeten geven en de informatiestroom moeten aansturen om effectief leiding te kunnen geven? Het is onze taak om hun dat te leren.'

Hij staat op en loopt naar zijn boekenkast. 'Ik heb geregeld dat sommigen van jullie ingeschreven worden voor de cursus praktische administratie bij Western in London, en ik heb wat zaken bij elkaar gescharreld uit een paar recente boeken die ze daar zijn gaan gebruiken.' Hij trekt een dik pak ingebonden stencils uit de kast en laat het op zijn bureau vallen. Hij bladert het door, wat voor een verkoelende wind zorgt. 'Dit zijn niet zomaar verhaaltjes voor het slapengaan, ze behandelen elk aspect van een echte onderneming. General Electric, American Motors... Je kunt de doeleinden van een organisatie afleiden uit een analyse van haar activiteiten.' Hij laat de bladzijden weer dichtwaaieren. 'Menselijk gedrag.' Hij tikt even op het boek en werpt de anderen een verholen blik toe. 'Bedenk maar dat Tom Sawyer de eerste managementgoeroe was.'

Een officier die achterin zit, zegt: 'Hoe krijg je iemand anders zo gek om het hek te schilderen?'

'En jou de appel te geven,' zegt een collega-officier aan de andere kant van de kamer. Gelach.

Jack zegt: 'Tot dusver is de praktijk van de militaire administratie altijd gericht geweest op actie. Dat willen we corrigeren. Maar tegelijkertijd is het niet de bedoeling om zover naar het andere uiterste over te hellen dat je stapels analyses krijgt – van elke mogelijke situatie die je maar kunt bedenken – waardoor je mogelijkheid om handelend op te treden lamgeslagen wordt. Niet elke leider kan dat allebei voor elkaar krijgen. Iemand die je als vlieger tot in de hel zou volgen is op de grond misschien hopeloos.' Hij duwt het boek weer terug in de kast, draait zich om, legt beide handen plat op het bureau voor hem en kijkt zijn mannen recht aan. 'Jullie moeten jezelf afvragen: waar pas ik in het plaatje? Zie ik het hele plaatje, of alleen maar een deel ervan? Welk deel kan ik beïnvloeden?'

Na een ogenblik zegt een van zijn financiële docenten: 'Met andere woorden, hoeveel kan ik aan?'

'Spijker op de kop,' zegt Jack.

De deur gaat op een kier open en een jonge luitenant-vlieger steekt zijn hoofd naar binnen. 'Overste, er is een zekere kapitein Fleming voor u aan de telefoon, moet ik...?'

'Zeg maar dat ik hem zo terugbel,' zegt Jack.

'In orde, overste,' zegt de luitenant, terwijl hij zich terugtrekt.

Vic Boucher vraagt: 'Ben je aan het schnabbelen, Jack?' De anderen grinniken. Er zijn geen kapiteins in het lokaal; er zijn luitenant-vliegers. In Canada is 'kapitein' een rang bij de landmacht.

Jack lacht ook. 'Een of andere bureaucraat bij het hoofdkwartier denkt waarschijnlijk dat hij het landmachtquotum bij de vliegopleiding kan verhogen.'

'Landmachtpiloot?' zegt een van de mannen. 'Is dat geen contradictie?'

Jack zal het goed kunnen vinden met deze groep. Hij werpt een blik op zijn agenda en vraagt majoor Baxter om hen te briefen over een paar cadettenkwesties, en leunt vervolgens achterover. *Kapitein Fleming*. Hij houdt zijn blik gericht op de spreker en concentreert zich moeiteloos op twee dingen tegelijk: '... met de Nigeriaanse cadetten, en hoewel niet alle Egyptenaren Kerstmis vieren, hebben we een speciale regeling voor hen getroffen om...'

Oskar Fried zal nu wel onderweg zijn. De blauwe lucht door Jacks raam, de rij petten, de geur van boenwas die eigen is aan scholen en overheidsgebouwen en de geur van potloodslijpsel vermengen zich in de warmte van de middagzon tot één geheel, en hij koestert zich in een onverwacht gevoel van welbehagen. Hij haast zich niet om Simon terug te bellen. Als 'kapitein Fleming' belt, betekent dat dat het om een zaak van alledaags belang gaat. Als 'majoor

Newbolt' belt, betekent het dat je alles waar je mee bezig bent onmiddellijk moet laten vallen. Jack was erbij toen Simon de codenamen uitzocht. De verwijzing naar Fleming is vanzelfsprekend, zo niet bespottelijk, maar hij moet niet vergeten Simon te vragen waar Newbolt vandaan komt. Hij pakt zijn potlood en tikt er weer mee op het bureaublad terwijl hij luistert – '... Praktische administratie, boekhouden, statistische analyse...'

Lezen, schrijven, rekenen, aardrijkskunde, geschiedenis, tekenen. De vilten dieren zijn aan hun trektocht over het mededelingenbord begonnen. Madeleine is niet verbaasd te zien dat ze inderdaad een haas is in lezen. Maar hoewel ze uitstekend kan spellen, is ze voor schrijven aangemerkt als een schildpad. Ze wordt gestraft voor haar geringe penvaardigheid. Afgezien van het feit dat haar handschrift nog steeds te veel op drukletters lijkt, hoe ze ook haar best doet, houdt ze aan het eind van elke regel nooit ruimte over en blijft ze zitten met een opeenhoping van woorden als het verbale equivalent van een kettingbotsing op de autoweg.

Het is vijf voor drie en meneer March heeft de beste botanische tekeningen uitgekozen en die voorzien van plakband: boterbloemen van Marjorie Nolan, tulpen van Cathy Baxter en paardebloemen van Joyce Nutt. Madeleine heeft prachtige margrieten met gezichten en lange wimpers getekend, een van de gezichten rookt een pijp, een ander knipoogt, een derde heeft een snor en een bril. Haar teleurstelling dat ze niet gekozen is, wordt getemperd door het besef dat ze van geluk mag spreken dat ze een dolfijn voor tekenen heeft gekregen ondanks die onrealistische bloemen, want nu ze om zich heen kijkt wordt het duidelijk dat het de bedoeling was om echte bloemen te tekenen. Nonchalant vouwt ze haar armen over haar margrieten.

Meneer March zegt: 'Diane Vogel, kom naar voren.' Hij tilt haar op bij haar oksels en ze plakt de drie tekeningen op het raam van de binnendeur – de deur die uitkomt op de gang. Hij zet haar weer neer en zegt: 'Dank je, meisje. Je mag terug naar je bank.' Daarna gebaart hij naar de deur, als een mevrouw in een reclame voor Duncan Hines-cake: 'Zo laten we ons beste gezicht aan de rest van de school zien.'

Madeleine kijkt naar het met papier bedekte raam. De tekeningen zijn naar buiten gericht. In elk geval hoeven we niet naar Margarine Nolans boterbloemen te kijken.

'Je krijgt gezelschap,' zegt Simon.
'Oskar Fried is er.'
'Nog niet, dit is iets anders, een probleempje.'

Jack staat in de telefooncel naast de kruidenierswinkel. Hij voelde zich een beetje raar toen hij opnam; wat als iemand hem zou zien? Niemand zag hem, maar als dat wel het geval was geweest, hoe had hij dan moeten verklaren dat hij de telefoon in een openbare cel opnam om een gesprek te beginnen? Hij schrok van het enige antwoord dat bij hem opkwam: overspel.

'Ze sturen nog een tweede man,' zegt Simon. 'Een tweede officier gaat meedoen aan de missie als jouw tegenhanger.'

'Mijn tegenhanger?'

'Je collega, zeg maar. Iemand van de USAF.'

'Waarom zijn zij erbij betrokken?'

Zodra hij het vraagt, weet hij al dat Simon daar geen antwoord op gaat geven, en inderdaad zegt Simon: 'Samenwerking in het kader van de NAVO, beste kerel, van jouw belastinggeld.'

Jack bespeurt ergernis onder de terloopse toon en beseft dat als hij nu iets vraagt, Simon hem misschien werkelijk iets zal vertellen. 'Waarom hebben we nog iemand nodig?'

'Omdat de natuur en de luchtmacht van de Verenigde Staten allebei last hebben van horror vacui. Bovendien vertrouwen ze niet graag op iemand anders dan zichzelf.'

'Is dit dan geen gezamenlijke onderneming?'

'O ja. Zoals Abbott tegen Costello zegt: "Volg me voorop."'

'Ik wist niet dat MI6 zo nauw met het Amerikaanse leger samenwerkte.'

'Als je me blijft uithoren, droog ik op.'

Jack grinnikt. 'En wat moet onze tweede man dan wel doen?'

'Het voornaamste is dat hij gewoon in de buurt blijft, voor het geval dat.'

'Voor het geval wat?'

Simon zucht. 'Ze willen Fried niet uitsluitend toevertrouwen aan een Canadees.'

'We werken de hele tijd samen met de Yanks, wat is het probleem?'

'Wel, er zijn lekken in Canada, bijvoorbeeld.'

Jack ziet Igor Gouzenko weer voor zich, capuchon over zijn hoofd getrokken, namen spuiend in Ottawa. Maar dat was jaren geleden. Net als de atoomspionnen in Chalk River... 'O ja?'

'Het is verdomme net een vergiet.'

'Hoor wie het zegt.'

Simon kreunt. 'Raak. De heren Burgess and Maclean hebben onze goede Engelse naam recentelijk nogal besmeurd. Maar ik heb in Oxford gestudeerd, makker, niet in Cambridge.'

'En waar ontmoet ik die USAF-figuur?'

'Er is toch een uitwisselingspost op je basis?'

'Klopt. Die wisselt tussen Amerikanen en Britten' – Jack is een beetje van zijn stuk gebracht. Het was niet bij hem opgekomen dat de Amerikaan op Centralia gestationeerd zou worden. Kolonel Woodley zal toch zeker wel weten hoe het zit. 'Deze keer is het een Yank, maar die kerel is nog niet komen opdagen.'

'Dat komt doordat ze de oorspronkelijke kandidaat hebben teruggetrokken en op het laatste moment een andere hebben aangewezen.'

'Iemand van de inlichtingendienst?'

'Nee, nee, een groentje. Een beetje jonger, een beetje vlugger misschien dan die figuur die ze wilden wegpromoveren door hem bij jullie onder te brengen.'

Jack voelt zich beledigd. 'Si, dit is nog altijd een opleidingsbasis en niet eens zo'n slechte.'

'Neem me niet kwalijk, makker, maar jullie hebben spoeivliegtuigjes en Chipmunks, nietwaar, en deze piloot komt rechtstreeks van USAFE.'

United States Air Force Europe. 'Wiesbaden?' Het dringt tot Jack door. De Amerikaan komt net terug van een Duitse basis waar hij Sabres en F-104 Starfighters vloog – weduwemakers. 'Dus wat is de opzet?'

'Nou, voor jou verandert er eigenlijk niet veel, want die Amerikaanse knaap heeft niet te horen gekregen waar het precies om gaat.'

'Waarom niet?'

'Ik heb tegen ze gezegd dat hij nog niet alles hoefde te weten en uiteindelijk stemden ze daarmee in.'

Jack vraagt niet wie 'ze' zijn. 'Ze' zijn een commissie, die ontsproten is aan een tak van de Amerikaanse militaire inlichtingendienst, de commissie heeft een acroniem, net als ontelbare andere commissies die zich in een grote bureaucratie vermenigvuldigen en aan kruisbestuiving doen, en bestaat officieel misschien niet eens. Ergens gaan er mensen achter die letters schuil, maar die zijn even vergankelijk als de letters zelf. Als het inderdaad mogelijk is de doelen van een organisatie af te leiden uit het analyseren van haar activiteiten, bepeinst Jack, dan is het doel van de meeste bureaucratieën verwarring scheppen.

'Je Amerikaanse vriend weet dus heel weinig,' zegt Simon. De bevelsstructuur loopt van Simon via Jack naar de Amerikaan. 'Ze stellen voor dat jij hem bij aankomst brieft.'

'Geen probleem,' zegt Jack.

'Ik stel voor dat tot het laatste moment uit te stellen.'

Jack glimlacht. 'Op welk voorstel moet ik volgens jou ingaan?'

'Je krijgt geen problemen als je het mijne kiest, ik vang alle klappen wel op.' Simon legt uit dat de Amerikaanse kapitein in Centralia arriveert met niet meer dan de wetenschap dat hem in zijn jaar als uitwisselingsofficier op een gegeven moment gevraagd zal worden een speciale taak te verrichten.

'Welke taak?'

'Kijk, natuurlijk laten de Amerikanen Fried door een van hun eigen mensen ten zuiden van de grens begeleiden als het zover is.'

'Dus Fried gaat naar de States.'

'En dankzij de Amerikanen weet je nu meer dan je zou moeten weten.' Hij zucht. 'Soms weet ik niet waar ik al die moeite voor doe.'

'Het kan geen kwaad, Simon, tegen wie zou ik het moeten zeggen? Ik heb nog steeds niemand verteld over die keer dat je dat verpleegstershuis in Toronto onveilig maakte. Dus waar gaat Fried aan werken, straalmotoren? Raketten?'

'Manden vlechten, denk ik.'

Jack lacht en duwt de deur van de cel met zijn voet open om wat frisse lucht binnen te laten. De felle zon maakt de middag warm en benauwd. 'Dus alles wat deze Amerikaanse figuur weet, is dat op een gegeven moment een Canadese officier contact met hem opneemt om hem te briefen.'

'Precies.'

'Hij weet niet dat ik dat ben.'

'Niemand weet dat jij dat bent.'

Jack zet zijn pet af, veegt de streep zweet van zijn voorhoofd en zet de pet direct weer op, omdat de zon in zijn ogen schijnt. 'Niemand behalve Woodley,' zegt hij.

'Wie?'

'De lokale commandant.'

Simon klinkt even ontspannen als altijd. 'Nee, zoals ik al zei, ik heb alle losse eindjes weggehaald.'

Jack zwijgt even. Het is prima dat hij als gewoon burger Simon een dienst bewijst. Maar nu wordt hier een buitenlandse officier gestationeerd voor een doel waarvan Jacks commandant niet op de hoogte is. Maar goed, de man gaat werken als vlieginstructeur; hij gaat een functie vervullen die hoe dan ook door een Amerikaan zou worden verricht. Zijn 'speciale taak' neemt hooguit een dag in beslag. En hij komt tenslotte niet uit een vijandelijk land. Simon is nog steeds aan het woord: '... alleen jij en ik weten waar Oskar Fried gaat wonen. Alleen jij en ik kennen hem onder die naam.' Natuurlijk. Jack had zelf moeten bedenken dat het een pseudoniem was.

'Eén man als babysitter en een tweede om ongemerkt een oogje in het zeil te houden tot het tijd is om Fried te escorteren. Simon, dat is wel erg veel oppas.' Hij laat zijn kin zakken, om zoveel mogelijk van de rand van zijn pet te profiteren.

'Het is zwaar overdreven.' Ditmaal klinkt Simon niet geamuseerd. 'Het is helemaal niet nodig dat die arme Yank naar Canada komt, zijn gezin een jaar lang ontwortelt, alleen omdat hij dan beschikbaar is voor een taak die hem normaal maar een dag zou kosten. Het zint me helemaal niet.'

Jack hoort Simon in de instructeursstoel naast hem, *dat ziet er niet goed uit.* Nooit zo'n uitgesproken mening als *het zint me helemaal niet.* Hij voelt zich even gedesoriënteerd, alsof er plotseling een motor uitvalt, en komt weer bij zijn positieven door middel van een pragmatische opmerking: 'Het is verspilling van belastinggeld, dat staat vast.'

'Altijd als je de invalshoeken van een missie vergroot, raak je de controle kwijt. Dan kan het gemakkelijk fout lopen.' Simons stem klinkt afgebeten, schurend als krijt op een schoolbord. 'Die Yank weet vast wel wat hij doet, maar de Amerikanen hebben met hun gebruikelijke overdreven ijver het doelgebied vergroot. De kansen op een hoop rotzooi nemen nu evenredig toe. Het is een slordig, opgeblazen gedoe en ik heb er grondig de pest over in.'

Jack wacht tot er nog meer komt, maar Simon doet er het zwijgen toe. 'We zouden je hier bij de managementopleiding goed kunnen gebruiken, Simon.'

Simon lacht en klinkt weer als vanouds: 'Een adviesje, Jack. Nummer één: als er ooit weer een conventionele oorlog komt, ga dan voor de inlichtingendienst werken. Dan ben je relatief veilig en je weet min of meer wat er gaande is. Nummer twee: houd zorgvuldig in de gaten wat de Amerikanen doen. Doe dan het tegenovergestelde.'

Jack lacht. 'Wanneer komt die knaap hier eigenlijk?'

'Hij kan elke dag arriveren. Hij heet McCarroll.'

'Sorry, ik bedoelde Fried.'

'O. Dat duurt nu niet lang meer.'

'Wat komt hij hier doen, Simon?'

'Je bent een nieuwsgierige klootzak.'

'Ik ben geïnteresseerd. Ik kan er niks aan doen.' Hij leunt tegen het glas en kijkt naar de winkel. 'Zeg, weet je waar ik nu naar kijk?'

'Zeg het maar.'

'Kippenpoten 39 cent per pond, gehomogeniseerde melk is in de aanbieding, en er staat een rode raket naast de deur, gooi een kwartje in de gleuf en je kunt naar de maan reizen. Op het moment zit er een vierjarige astronaut in.'

'Begin je je een beetje opgesloten te voelen?'
'Nee, het bevalt me hier prima, alleen gebeurt er niet echt veel. Wat zie je uit jouw raam? Het Pentagon? Het Witte Huis?'
'De dominotheorie in actie: ik vertel je iets wat je niet hoeft te weten en je ramt er direct met een houweel op los. Ik vertel je verdomme helemaal niks meer, beste jongen.'
'Vooruit Simon, nog één kluifje, ouwe hufter.'
Simon zucht. Jack wacht.
'Wel, de voornaamste factor bij het kiezen van deze locatie ben jij natuurlijk.'
Jack geniet er in stilte van.
Simon gaat door: 'En dan is er nog, zoals je zelf misschien ook wel weet, de reputatie van je land als halteplaats voor vermoeide reizigers.'
'Je bedoelt vluchtelingen?'
'In zekere zin. Canada is een handige route naar de VS. In dit geval is dat in ons voordeel.'
'Maar waarom parkeer je hem dan hier, waarom stuur je hem niet rechtstreeks naar de States?'
'Canada is zowel ver genoeg van Engeland en de VS verwijderd als er nauw genoeg mee verbonden om een veilig toevluchtsoord te zijn.'
'Omdat Fried aan iets werkt dat de Sovjets en de Amerikanen allebei willen hebben,' gokt Jack. 'Wat betekent dat ze hem allereerst in Amerika zullen zoeken. Maar wanneer hij daar eenmaal arriveert, heeft hij een nieuwe identiteit – dan is hij gewoon een Canadees die de grens met de VS oversteekt.' Jack weet uiteraard dat Engeland, Canada en Amerika inlichtingen uitwisselen. De samenwerking tussen deze landen verloopt vaak vlotter dan de interne binnenlandse samenwerking, wegens de wedijver tussen de verschillende diensten. Maar hij heeft het nooit van nabij meegemaakt – een case-study. 'Wat levert het ons eigenlijk op?'
'Tot ziens, Jack.'
'Wacht even.'
'Christus, wat nou weer?'
'Wie is majoor Newbolt in jezusnaam?'
Simon lacht. 'Je zult je huiswerk moeten maken, knaap.'
'Laat me weten wanneer ik op dat rondje kan trakteren.'
Als Jack zich omdraait om de cel te verlaten, ziet hij dat er een kleine rij is ontstaan. Cadetten staan op eerbiedige afstand te wachten tot de telefoon vrij komt. Ze salueren; Jack tikt tegen de rand van zijn pet en steekt het exercitie-

terrein over op weg naar huis. *Iets dat de Sovjets en de Amerikanen allebei willen hebben...* Hij hoeft niet omhoog te kijken naar de lucht, hij weet dat de maan daar is – ook wanneer je hem niet kunt zien.

'Ik ben van mening dat deze natie zich moet inzetten om voor het eind van dit decennium het doel te verwezenlijken een mens op de maan te laten landen en hem veilig naar de aarde terug te brengen.' Dat zei Kennedy vorig jaar, maar de Russen zijn gewoon doorgegaan met het in de schaduw stellen van alle Amerikaanse inspanningen, en hebben helden gemaakt van Russische kosmonauten die glimlachend op de bladzijden van *Life* staan. Loeniks, Vostoks, bemande raketten met de rode ster, die vuur uitbrakend hemelwaarts schieten, twee lanceerplatforms voor bemande vluchten in Baikoenoer in Kazachstan, tegenover het eenzame Platform 14 in Cape Canaveral. De eerste Amerikaanse poging om de Spoetnik te evenaren eindigde met een ontploffing op het lanceerplatform. De Britse pers sprak van een 'Flopnik!'. Oskar Fried is een geleerde die aan de winnende kant staat, en de Amerikaanse luchtmacht heeft er veel voor overgehad om hem te importeren. Als Jack terugdenkt aan recente artikelen en commentaren over de vastberadenheid van het Amerikaanse leger om de concurrentie met NASA aan te gaan, lijkt het verband opeens kristalhelder. Hij versnelt zijn pas, zijn beenspieren voelen strak en niet vermoeid, hij zou best naar huis kunnen rennen.

De Russen zijn niet zoals wij; terwijl wij 'maanziek' doen over de verkenning van de ruimte, zorgen zij dat hun beste militaire deskundigen zich bezighouden met het probleem van ruimtevluchten, en steken er onbeperkte overheidsfondsen in, niet gehinderd door een Congres of parlement. Daarom heeft president Kennedy miljarden toegekend aan de NASA. Daarom eist de Amerikaanse luchtmacht ook een stuk van de taart op, in de overtuiging dat de ruimtevaart niet volledig aan die burgerorganisatie moet worden overgelaten. Jack kijkt omhoog; daar is hij, die zacht glanzende schijf. Om daarheen te vliegen. In het duister van de ruimte te staan en onze aarde te zien, melkachtig blauw, een breekbaar juweel. Er is geen mens op de planeet die onberoerd zou kunnen blijven door zo'n ontzagwekkende prestatie. Daarom is er, afgezien nog van het immense strategische voordeel, zoveel prestige aan verbonden. Gevoel en verstand en kracht. Jack weet zeker dat de Amerikaanse luchtmacht daarom zo vastbesloten is om haar eigen Wernher von Braun in te lijven, in de persoon van Oskar Fried. Hij kijkt hoe een tankwagen hem op Canada Avenue passeert op weg naar de hangars, gevolgd door Vimy Woodley achter het stuur van een grote Oldsmobile vol gidsen. Hij wuift terug. Een van die jonge meisjes zal haar dochter wel zijn. Als hij thuis is, zal hij tegen Mimi zeggen dat ze haar moet vragen om vrijdagavond te komen oppassen. Het is hoog tijd dat hij zijn vrouw meeneemt naar London voor een chic etentje, gewoon met zijn tweetjes. Hij kijkt op zijn horloge. Tien voor half zes; Mimi verwacht hem inmiddels. Hij versnelt zijn pas, voelt springveren in zijn hielen, vleugels aan zijn voeten. Als kind verafgoodde Jack Flash Gordon. Toen was dat sciencefiction. Nu is het gewoon een kwestie van tijd.

Hij moet denken aan wat Henry Froelich en paar avonden geleden zei, toen hij de burgerstatus van Wernher von Braun in twijfel trok. Ja, Von Braun heeft tijdens de oorlog voor de Duitsers gewerkt, maar hij was een geleerde, en waarom zouden de Amerikanen hem nu niet ten eigen bate gebruiken? Niet alle geleerden zijn toonbeelden van deugdzaamheid – Josef Mengele was niet de eerste die dat bewees. Maar Von Braun werkte met wapens, niet met mensen. In dat opzicht verschilde hij niet werkelijk van – en was hij zeker niet erger dan – onze eigen wetenschappers die de eerste atoombom ontwikkelden. Froelich had gelijk, ze hielden het ding met plakband bij elkaar voor die eerste test in Los Alamos; mannen en vrouwen in kaki shorts, intellectuelen, burgers – Jack heeft de foto's gezien. Von Braun hoort tot die categorie. De Einstein van de raketwetenschap. Hij was het brein achter Hitlers 'geheime wapen', de V2-raket, de opa van de Saturnus en elke ballistische raket op de planeet. En hij werkte in Peenemünde. Het onderzoeks- en ontwikkelingscentrum dat Simon in '43 hielp bombarderen. Jack schudt zijn hoofd – het is een kleine wereld.

Hij loopt met grote stappen voorbij de Spitfire, verlangt ernaar zijn vrouw terug te zien. Ze zal hem een martini geven *avec un twiste*. Ze zijn niet langer dan een middag van elkaar gescheiden geweest, maar hij heeft het gevoel alsof hij op weg naar huis is vanaf het vliegveld – *ik kan je niet gauw genoeg weerzien, schat, kijk eens wat ik voor je heb gekocht in...* En terwijl hij de Huron County Road oversteekt, die de basis van de woonwijk scheidt, schiet hem een volstrekt redelijke verklaring te binnen waarom iemand zich in een telefooncel zou laten opbellen – afgezien van overspel dan. Hij had plotseling een opwelling kunnen krijgen toen hij langs de cel kwam. Had de cel in kunnen gaan om een winkel te bellen – Simpson's bijvoorbeeld, in London – en te informeren naar een merk parfum als cadeau voor zijn vrouw. De verkoper moest daarvoor misschien naar een andere verdieping en belde hem terug vanaf een ander toestel...

Hij loopt de woonwijk binnen, vol kinderen en driewielers. De verschillende etensgeuren stimuleren zijn eetlust en versterken het gespannen gevoel in zijn maag. Hij kijkt op bij het horen van zijn naam en groet Betty Boucher terug.

'Hoe gaat het, Betty?'

'Ik hoop dat ze je goed behandelen, Jack.'

'Mag niet klagen.'

'Pap! Vang!' Zijn zoon gooit hem al rennend de bal toe, terwijl een andere jongen hem tackelt, zodat ze allebei vallen. Jack vangt de bal, rent acht meter, draait zich om en trapt hem met kracht terug over drie tuintjes heen. De jongens duiken.

'Mimi, ik ben thuis.'

Ze lacht tegen hem als hij in de keukendeur verschijnt en zijn pet op de kapstok gooit. Ze vraagt niet waarom hij zo laat is, dat is niet haar stijl. Ze draagt kousen en pumps, na vijven nooit pantoffels, de bandjes van haar witte schort zijn twee keer om haar middel gewikkeld, ze geeft hem een martini, drukt haar sigaret uit en kust hem.

'Wat ruikt het hier lekker,' zegt hij.

'*Fricot au poulet*.'

Het eten staat op het fornuis, elke haar zit goed, de oude positiejurk en de rubber handschoenen die ze droeg om de vloer te boenen zijn opgeborgen onder de gootsteen. Clark Kent kleedt zich om in een telefooncel. Supervrouwen zijn discreter.

Hij slaat zijn arm om haar middel. 'Waar is Madeleine?'

'Buiten aan het spelen.'

'Wat ga jij doen voor het etenstijd is?'

Ze fluistert haar antwoord in zijn oor.

'Wat zou je *maman* daar wel niet van zeggen?' Hij laat zijn handen over haar billen glijden en trekt haar tegen zich aan.

Ze steunt met haar ellebogen op zijn schouders en kijkt hem aan. 'Hoe denk je dat mijn *maman* dertien kinderen heeft gekregen?'

Hij lacht. 'Je hebt er nog elf te gaan, vrouwlief, wat voor soort katholiek meisje ben je eigenlijk?'

Ze bijt in zijn nek. 'Een slim soort.'

Hij loopt achter haar aan de trap op. Onderweg raapt hij haar schort op, dan haar blouse, dan een schoen. Hij wacht op de andere en opeens schiet hem iets te binnen – iets wat Simon heeft gezegd en waar Jack op dat moment niet op in is gegaan. *Niemand weet dat jij het bent.* Kan dat letterlijk waar zijn? Is het mogelijk dat niemand in Ottawa – bij Buitenlandse Zaken of in het kabinet van de premier – van Jacks betrokkenheid weet? Ze moeten wel weten van de Amerikaanse kapitein, ook als Woodley niet op de hoogte is. Maar de integratie van de beide strijdkrachten is niets nieuws, de Amerikaanse luchtmacht kan ieder-

een die ze maar wil hierheen sturen zonder te zeggen waarom. Maar Ottawa moet wel weten van het plan om een hooggeplaatste overloper een schuilplaats te bieden. Hoe zou Simon anders de bevoegdheid hebben om hier te opereren? Om maar te zwijgen van een Canadees paspoort voor Oskar Fried.
'Vang,' zegt ze, met haar andere schoen in haar hand.
En dat doet hij.

SPIERBALLEN

Waarom is er altijd één kind in de klas dat stinkt? Dat door iedereen wordt gemeden? Kinderen die een klas moeten overdoen, leven in een andere wereld. Zelfs al zitten ze pal naast je, ze zijn ver weg, alsof ze naar een woestijn zijn verbannen, waar ze de vreemde lucht inademen van een planeet zonder water. Aan het eind van de eerste week is het beslist. In het speelkwartier rent Marjorie naar Madeleine, tikt haar op de arm en zegt: 'Grace-bacillen, inenten!' waarna ze zichzelf gniffelend een injectie geeft.

Madeleine reageert niet, al ziet ze andere kinderen klaarstaan om weg te rennen; ze wachten tot zij de bacillen doorgeeft aan een van hen en zichzelf dan haastig inent. Maar dat doet ze niet. Ze loopt de hoek van de school om, legt haar hand op de gestuukte muur om de bacillen kwijt te raken en geeft zichzelf dan stilletjes een injectie, terwijl ze prevelt: 'Inenten.'

Grace schijnt niet te merken dat niemand haar mag. Ze grijnst bij zichzelf, zuigt op haar duim en wrijft dan over haar lippen om ze nat te maken. Ze eet uit haar neus, je kunt het niet anders formuleren. Iemand die net van Mars was gekomen zou Grace misschien wel mooi vinden. Enorme blauwe poppenogen en van nature golvend haar, donkerblond met lichte strepen; probeer je in te denken dat het schoon is. Haar mond is een volmaakte cupidoboog; stel je even voor dat haar lippen niet gebarsten zijn. Denk je dan in dat Grace je echt aankijkt. Zonder dat haar ogen afdwalen en haar handen aan haar smoezelige manchetten plukken.

Het was gemeen van Marjorie om met de inentings-rage te beginnen, maar het was al eerder duidelijk dat Grace voorbestemd was om de verschoppeling van de klas te worden. Op dinsdagmiddag at ze gluton van het roze vloeipapier dat je bij tekenen krijgt. En op woensdag peuterde ze in haar neus en smeerde de viezigheid op haar bank, gewoon waar iedereen bij was. Meneer March liet haar nablijven 'ter verbetering van de hygiëne'. Madeleine slaat haar ogen op naar het met vilt beklede prikbord. Geen wonder dat Grace voor elk vak niets dan lachende schildpadden naast haar naam heeft staan.

'Sla jullie leesboek open op bladzij zestien,' zegt meneer March, en ze halen allemaal hun boeken voor de dag. 'Madeleine McCarthy, begin maar waar we gebleven waren.' Veel kinderen zien er vreselijk tegenop om voor te lezen, maar Madeleine vindt het heerlijk, dus ze is blij haar naam te horen. Ze opent het boek en leest foutloos: 'Spierballen en roomijs...' Het verhaal gaat over Susan, een meisje in een rolstoel dat naar het ziekenhuis moet om weer te leren lopen. '... een van de zusters deed ons de oefeningen voor. Ze zei telkens: "Goed je best doen, Susan, dan krijg je sterke spieren, maar nu krijg je eerst een ijsje."' Madeleine stelt zich voor dat Elizabeth opstaat, met spierballen als Hercules, en haar rolstoel aan diggelen slaat. Ze leest verder: '"Ik zal je wel leren hoe je je spieren moet ontwikkelen," zei Bill...' Bill is zo'n denkbeeldige oudere jongen die aardig is tegen meisjes. Iedereen weet dat jongens niet zo zijn. Ricky Froelich wel, maar die is anders. 'Bill leerde Nancy hoe ze op een goede manier haar spieren kon ontwikkelen.'

'Dank je wel, juffrouw McCarthy,' zegt meneer March, en hij loopt de rij langs met zijn aanwijsstok; als hij op je bank tikt, moet je beginnen met lezen. Iedereen hoopt vurig dat hij niet op de bank van Grace zal tikken, want Grace moet alle woorden spellen. Hij tikt op Lisa's tafeltje.

Lisa leest bijna fluisterend. Meneer March zegt telkens: 'Harder, meisje,' maar Lisa's stem wordt steeds zachter en haar gezicht steeds roder, en ten slotte geeft ze er de brui aan en staart naar haar bank. Madeleine is bang dat Lisa zal moeten nablijven 'ter verbetering van het lezen'. Of, nog erger, van dolfijn zal worden gedegradeerd tot schildpad.

Meneer March tikt op Grace' tafeltje. De klas kreunt hoorbaar. Grace buigt zich diep over haar boek en leest: 'Wa-at vo-or spele... speltjes... spell-etjes doe je va-ak die je spe... spie-ren verse... verste... verstre...'

'Kinderen, wat is het woord?' roept meneer March.

En de klas roept in koor: 'Versterken.'

Laat Grace alsjeblieft niet het woord 'gymnastiek' uitspreken.

'Gordon Lawson, jij leest verder.'

Gelukkig. Gordon is een kei in alle vakken.

In het speelkwartier wordt Lisa, die nog steeds beeft, getroost door Madeleine en Auriel, dus het is een hele schok voor Madeleine als ze bij terugkomst in de klas ziet dat ze zelf is gedegradeerd van haas naar schildpad. Voor lezen. *Wat krijgen we nou, chef?*

Meneer March heeft haar blijkbaar zien schrikken, want als iedereen is gaan zitten, zegt hij: 'Het is voor je eigen bestwil, meisje. Lezen is één ding, begrijpend lezen is heel iets anders. Dat vereist concentratie.'

Concentratie. Madeleine voelt zich een beetje misselijk. Een schildpad. Het is niet eerlijk. Hoe kan ze weer een haas worden? Na school zal ze het aan haar vader vertellen. Die weet wel raad.

Even niet meer aan denken. Het is vrijdagmiddag, en de mooie kleuterleidster is de klas binnengekomen.

'Dag jongens en meisjes, ik ben juffrouw Lang.'

'Dag juffrouw Lang,' zegt iedereen.

Ze komt vertellen wanneer de kabouters beginnen. De jongens grinniken niet eens, zo mooi is ze. 'Hoeveel leidsters hebben we in de klas?'

Verschillende meisjes steken hun vinger op, onder wie Cathy Baxter – niet verwonderlijk, nu ze zich als de baas van de tuttige meisjes heeft ontpopt – en Marjorie Nolan, die zich op geen enkele manier heeft onderscheiden en nog nergens bij hoort. Madeleine is geen leidster; ze blijft liever een eenling bij de kabouters, want ze heeft geen zin om andermans nagels te inspecteren of de kas bij te houden, ondanks het geinige schrift-met-potlood. Misschien gaan ze dit jaar op kamp. Ze kijkt naar juffrouw Lang in haar A-lijnjurk en stelt zich voor dat ze met gekruiste benen een knakworstje roostert boven een kampvuur.

'Lieve help,' zegt juffrouw Lang bij het zien van alle opgestoken vingers, 'ik geloof dat we meer opperhoofden dan indianen hebben.'

De klas moet hartelijk lachen. Juffrouw Lang heeft een prachtig figuur. Maar dat niet alleen, ze is ook charmant. Wat een geluk dat zij en niet gewoon iemands saaie oude moeder Bruine Uil is – 'een vogel die grote voorspoed brengt'. Net als de albatros.

'Hoeveel meisjes denken dit voorjaar over te vliegen?' vraagt ze. Alle meisjes steken hun vinger op, zelfs Grace. Zij had inmiddels al overgevlogen moeten zijn naar de gidsen, of in elk geval overgewandeld. Maar ja, ze zou ook in de vijfde klas moeten zitten. Je krijgt bij de kabouters geen insigne als je met een schoolschaar de manchetten van je eigen vest afknipt.

'Goed,' zegt juffrouw Lang, met een stem die Madeleine doet denken aan een jazzplaat die ze thuis hebben: *Fluwelen klanken.* De hoes is 'gewaagd': een heleboel halfnaakte revuemeisjes in een pikante pose. *Pikant.* Het klinkt stekelig, en het betekent sexy maar niet echt schunnig. De platenhoes is echter

Spierballen ♦ 163

een stuk schunniger dan de catalogus van Sears, ook al is de hoeveelheid blote huid ongeveer gelijk. Misschien omdat de dames op de platenhoes weten dat ze sexy zijn, terwijl de dames die in hun ondergoed in de catalogus staan een gezicht trekken alsof ze denken dat ze volledig gekleed zijn – hmm, ik ga de was maar eens ophangen in mijn beha.

'Madeleine McCarthy?'

Iedereen kijkt naar haar, vooral de mooie juffrouw Lang. Madeleine wordt rood en zegt: 'President. Ik bedoel present.'

De klas barst in lachen uit. Achter zijn lessenaar rolt meneer March met zijn ogen. *O nee, nu zwaait er wat. Alweer.*

Juffrouw Lang glimlacht. 'Ik zal dat maar opvatten als ja.'

Waar heb ik ja op gezegd? O nee.

Maar juffrouw Lang is niet boos. Ze heeft er slag van om elk meisje tegen wie ze praat aantrekkelijk te doen lijken. Als ze zegt: 'We laten jou dit voorjaar overvliegen, Grace, dat moet lukken,' lijkt zelfs Grace Novotny op dat moment geen viespeuk.

Om vijf voor drie staat meneer March op en verkondigt: 'De volgende meisjes moeten nablijven...' en hij raadpleegt de lijst met namen. 'Grace Novotny...' Dat verbaast niemand. Grace is alleen een schildpad omdat de categorie 'worm' niet bestaat. Madeleine vraagt zich af waarom meneer March op zijn lijst moet kijken om haar naam te vinden als ze al voor het tweede jaar bij hem in de klas zit. '... en Madeleine McCarthy.' Zijn brillenglazen zijn nog op de lijst gericht.

Madeleine krijgt het meteen warm. Haar benen, haar gezicht – *wat heb ik gedaan? Gedagdroomd over juffrouw Lang. Ik stelde me haar voor in een beha.* Maar het lezen ging perfect, over Susan en die stomme spieren van haar. Het is al erg genoeg om tot schildpad gedegradeerd te worden. Maar moeten nablijven...

De bel gaat. De rest van de klas stommelt overeind; er hangt al een geur van mislukking rond Madeleines bank als zij blijft zitten. Ze is aan Grace Novotny gekoppeld. *Madeleine-bacillen, inenten!* Auriel vangt haar blik als ze de klas verlaat, en Madeleine grijnst en maakt een gebaar alsof ze haar eigen keel doorsnijdt.

'En vergeet de spreekbeurt maandag niet, jongens en meisjes.' Meneer March lijkt nu al teleurgesteld in hen.

Lisa en Auriel zitten op het grasveld voor de school op Madeleine te wachten en armbanden van madeliefjes te vlechten.

'Hoe ging het?' vraagt Auriel.

Lisa kauwt op een stengel en biedt er Madeleine ook een aan. Alles komt goed. Madeleine bijt in de zachte witte scheut die zo lekker zoet is.

'Ik moest voor straf nablijven,' zegt ze, onaangedaan als Kirk Douglas. 'Eerst zegt hij: "Kom hier meisje"' – ze maakt een driedubbele onderkin, laat haar ogen uitpuilen en spreekt met een zwaar Engels accent, ook al heeft meneer March geen accent. Lisa kronkelt zwijgend in het gras, Auriel hangt aan haar lippen.

'Wat moest je doen?'

'Oefeningen,' zegt Madeleine en rolt met haar ogen.

'Oefeningen?'

'"Om je concentratievermeugen te verbeteren, meesje,"' teemt ze.

'Wat een engerd!' roept Auriel.

'Wat een mafkees!' zegt Bugsy, en dan neemt Woody Woodpecker het over. 'Hi-hi-HA-ha...!'

'Goeie genade, Madeleine, je klinkt precies zoals hij!'

'... hi-hi-hi-hi-hi-hi!'

Auriel en Lisa doen mee. Hoewel maar weinig mensen Woody Woodpecker echt kunnen nadoen, vindt iedereen het leuk om het te proberen. 'Hi-hi-HA-ha!'

Ze beginnen over het gras te rollen – we zouden helemaal naar huis kunnen rollen in plaats van te lopen, willen jullie dat? Dan blijven ze liggen, languit op hun rug, en laten de hemel kantelen boven hun hoofd.

'Hij is niet goed bij zijn hoofd,' zegt Auriel, die opstaat en rond begint te tollen.

'Hij heeft zaagsel in zijn hoofd,' zegt Lisa, haar voorbeeld volgend.

'Hij heeft zaagsel in zijn buik,' zegt Madeleine, en ze tollen alle drie rond – rennen nu! Duizelig het hele stuk naar huis rennen, terwijl het trottoir slingert en draait onder je voeten.

Op de hoek spreken ze af dat ze hier over vijf minuten terug zullen zijn in gewone kleren. 'Zet uw horloges gelijk, dames,' zegt Auriel. En dat doen ze, hoewel geen van hen een horloge draagt.

'Waar kom je zo laat vandaan?' vraagt maman.

'Ik heb gespeeld met Lisa en Auriel,' antwoordt Madeleine, en ze rent de trap op naar de keuken – gemberkoekjes, joepie!

'Madeleine, kijk me aan.'

Madeleine trekt schele ogen en staart haar moeder aan.

Mimi moet lachen, of ze wil of niet. 'Niet gaan spelen, je moet meteen naar huis komen en je verkleden, daarna mag je spelen.'

'Oui, maman, comme tu veux, maman,' zegt Madeleine, en ze pikt een koekje.

Mimi trekt een wenkbrauw op en neemt een pufje van haar Cameo – die heeft haar draai wel gevonden op school. Geen reden tot zorgen. Ze bukt zich en geeft haar dochter een kus op het voorhoofd. 'Dat is omdat je Frans sprak.'

Madeleine kreunt, maar ze is toch blij. Ze voelt zich vrij, het is vrijdagmiddag, vanavond gaan we verstoppertje spelen in de schemering, daarna mogen we naar *The Flintstones* kijken, en morgen gaan we kamperen bij het Huronmeer. Ze voelt zich plotseling geweldig en onoverwinnelijk. Ze vliegt de voordeur uit, zeilt de veranda af, zoeft zigzaggend de straat in, haar armen uitgestrekt als een Spitfire – ik zou altijd door kunnen rennen zonder moe te worden. De aarde als een reusachtige knikker laten draaien onder mijn voeten.

Dit gebeurde er na de bel.

Het was doodstil. Meneer March ging zitten en schraapte zijn stoel naar voren tot zijn buik de rand van zijn grote eikenhouten lessenaar raakte. Grace giechelde.

'Sta op, meisje.'

Zijn brillenglazen fonkelden in de middagzon. Madeleine wist niet of hij het tegen haar had, maar omdat Grace geen aanstalten maakte om op te staan, deed zij het maar.

Daarna zei meneer March: 'Je moet je concentratievermogen verbeteren.'

'Het spijt me, meneer March.'

'Dat hoeft niet, meisje, we zullen zien wat eraan te doen valt.'

'Goed.'

'Kom hier.'

Hij klinkt niet boos. Misschien is het niet als straf bedoeld. Misschien is het een soort bijles. Madeleine loopt door het gangpad naar zijn lessenaar. Achter haar giechelt Grace. Madeleine blijft voor zijn lessenaar staan.

'Weet je wat de hoofdstad van Borneo is, meisje?'

'Nee, meneer March.'

'Kom eens dichterbij.'

Ze loopt om naar de zijkant van zijn lessenaar, die aan drie kanten op een grote dichte kubus lijkt; je zou er gemakkelijk een taart onder kunnen verstoppen. Hij pakt zijn zakdoek uit zijn borstzak.

'Kun je je tenen aanraken, meisje?'
'Ja.'
'Nou?'
Madeleine raakt haar tenen aan.
'Dan stroomt er meer bloed naar je hersenen,' zegt meneer March.
Ze komt weer overeind.
'Kun je achteroverbuigen en met je handen de grond raken, meisje?'
Madeleine buigt achterover en zet haar handen op de grond, zodat haar haar als gras omlaag hangt; ze kan met gemak zo rondlopen, maar dat doet ze niet, ze is bang om een uitsloverige indruk te maken. Trouwens, ook al weet ze dat haar jurk niet onzedig hoog is opgeschort, ze vindt het toch een beetje raar om er na school zo bij te staan in de klas, met een jurk aan – haar lichtblauwe geplooide overgooier. Ze hoort meneer March ritselen, maar kan niets zien behalve de omgekeerde deur met de tekeningen die over de ruit zijn geplakt.

Als ze zich opricht, zegt meneer March: 'Je moet meer gymnastiekoefeningen doen, meisje. Laat je spieren eens zien.'

Ze moet zich bedwingen om niet achterom te kijken, want ook al fonkelen zijn brillenglazen niet meer, het lijkt toch echt alsof meneer March langs haar heen naar iemand anders kijkt. Iemand die 'meisje' heet. Hij steekt zijn hand uit en pakt haar bij de bovenarm. Ze probeert spierballen te maken, maar dat valt niet mee als er in je arm wordt geknepen.

'Zeg eens "spier",' zegt hij.

Hij wil niet eens dat ik het spel, *dit is zo simpel, chef*. Madeleine zegt: 'Spier.'

Ze kijkt naar zijn profiel en wacht terwijl hij in haar arm knijpt. Ze zegt zachtjes: 'Au.'

'Ik doe je geen pijn.'

Hij laat los en zegt: 'Wrijf maar over je arm. Dat zal beter voelen.' Dus dat doet ze. 'Wrijven,' fluistert hij, strak voor zich uit kijkend, helemaal voorover op zijn stoel, zijn buik klem tegen de lessenaar. Hij ademt door zijn mond. Misschien heeft hij astma.

Plotseling zucht hij, kijkt haar aan en zegt: 'Ik acht het voorlopig niet nodig je ouders in te lichten over je probleem, meisje. Jij wel?'

'Eh... nee meneer.'

'Wel, we zullen zien. Ga nu maar.'

Madeleine loopt terug naar haar bank om haar huiswerk te pakken, en Grace staat op en zoekt ook naar haar huiswerk – in haar schriften zitten al ezelsoren.

'Jij niet, meisje.'

Spierballen ♦ 167

En Grace gaat weer zitten.

Meneer March zegt: 'Jij mag blijven en het bord uitvegen.'

Madeleine verlaat het klaslokaal en loopt moederziel alleen door de lege gang, terwijl ze zich afvraagt hoe ze haar concentratievermogen kan verbeteren. Het is een woord waar je hoofdpijn van krijgt. Waarom noemen ze het een concentratiekamp? Waar ligt Borneo?

Ze komt in de hal en kijkt op naar het portret van de koningin. Dit leek allemaal zo vreemd en nieuw toen Mike en zij destijds naar binnen gluurden. Ze wist toen nog niet dat zij het kind zou zijn dat de klas op stelten zet en voor straf moet nablijven. Ze kijkt op naar de koningin en zegt: 'Ik zal het nooit meer doen, erewoord.' 'Erewoord' klinkt overtuigender dan 'Toe-wiet, toe-woe', wat Mike zegt als hij iets plechtig belooft.

Als ze buitenkomt op de brede trap en ziet dat Auriel en Lisa in het gras op haar zitten te wachten, rent ze naar hen toe en laat het nablijfgevoel wegwaaien.

Aan tafel heeft Madeleine niet veel trek, ondanks de heerlijke vis met frites die ze eten omdat het vrijdag is.

Mimi zegt: '*Viens*, laat je voorhoofd eens voelen.' Maar ze heeft geen koorts.

Mike zegt met volle mond: 'Mag ik je frietjes hebben?'

'Mike,' zegt Jack.

'Wat?' Verbluft, gekrenkt.

Mimi kijkt haar dochter aan. 'Wat is er, *ma p'tite? Regarde-moi.*'

Madeleine bloost onder mamans blik. Ze voelt zich schuldig, ook al heeft ze niets misdaan. Maar iedereen gedraagt zich alsof er wel iets mis is. Is dat zo? Mimi streelt over haar haar en zegt: 'Hm? *Dis à maman.*'

Jack schudt over tafel discreet zijn hoofd tegen Mimi. Madeleine kijkt de andere kant op en ziet het niet. Ze doet haar mond open om aan haar moeder te bekennen dat ze moest nablijven en oefeningen doen, maar Mimi zegt: 'Wat is er, Jack?'

Jack rolt met zijn ogen en lacht. 'Waarom schopte je me onder tafel?'

'Sorry,' zegt Mimi.

Madeleine en Mike zijn nu allebei verbluft, maar dat is niets nieuws in de wereld van de volwassenen.

Jack haalt Madeleines bord weg, geeft het aan haar moeder en zegt: 'Wat dacht je, maatje, heb je nog ruimte voor een toetje?'

Madeleine knikt en voelt haar gezicht weer koel, weer normaal worden.

Na het eten nodigt Jack zijn dochter uit om op de bank de strips met hem te lezen. Ze nestelt zich tegen hem aan en hij legt de grap in Blondje uit, waarna hij terloops informeert: 'Hoe ging het vandaag op school, liefje?'
'Goed.'
'Ja?'
'Het ging wel.'
'Wat zit je dwars, maatje?'
'Ik ben voor lezen bij de schildpadden gezet,' mompelt ze.
Jack lacht niet, hij weet dat het bittere ernst is. Nadat hij haar het beoordelingssysteem heeft laten uitleggen, vraagt hij: 'Waarom heeft hij dat gedaan?' Madeleine wordt opnieuw verontwaardigd, ze herinnert zich nu dat ze van plan was geweest om het aan haar vader te vertellen, maar toen kwamen de oefeningen en was ze meneer March dankbaar dat hij niets tegen haar ouders zou zeggen.
'Ik moest nablijven...' Het is prettig om het op te biechten.
'Om wat te doen?'
'... Oefeningen.'
'Wat voor oefeningen?'
Madeleine zegt niet 'gymnastiekoefeningen'. Nu ze hier met pap op de bank zit, vindt ze dat het eigenlijk niet hoorde om met een jurk aan zo'n oefening te doen voor meneer March, terwijl ze niet eens in de gymzaal waren.
'Om me beter te concentreren,' zegt ze.
'Maar je leest heel goed.'
'Weet ik.'
Hij denkt even na. 'Misschien lette je niet op. Wat is meneer March voor iemand?' En hij legt de krant neer.
'Nou, hij praat heel langzaam. Hij draagt een bril. Hij heeft een hekel aan ons.'
Jack lacht. 'Ik denk dat ik wel weet wat er aan de hand is.'
'Wat dan?'
Pap weet dat ze die oefening doet. Maar zijn stem klinkt niet boos. Het lijkt of hij wil zeggen: *Je moest oefeningen doen van meneer March om het bloed naar je hoofd te laten stromen. Dat is heel normaal*, en Madeleine is opgelucht, ze heeft toch niets verkeerds gedaan.
'Je verveelt je,' zegt pap.
'O.'
'Einstein bleef in de derde klas zitten omdat hij zich verveelde. Churchill zakte voor Latijn. President Kennedy kan een boek in twintig minuten uit-

lezen, maar op school was hij een slechte leerling.'

'Ik verveel me. Dat is alles.'

'Maar ik zeg niet dat het goed is om je te vervelen. Het is een probleem. Je moet jezelf voor een uitdaging plaatsen om het interessant te maken.'

'Oké.'

'Wat wil je bereiken?'

'Eh... weer een haas worden.'

'Hoe ga je dat aanpakken? Wat is je eerste stap?'

'Eh... niet dagdromen.'

'Ja, natuurlijk,' zegt Jack, terwijl hij knikt en het in overweging neemt. 'Maar hoe wil je dat klaarspelen als hij zo verschrikkelijk saai is?'

Madeleine denkt na en zegt: 'Ik kan een spijker in mijn zak stoppen en daar keihard in knijpen.'

Jack houdt zijn lachen in en knikt. 'Ja, op de korte termijn werkt dat misschien, maar wat gebeurt er als je op den duur gewend raakt aan de pijn?' Daar heeft ze geen antwoord op.

Hij vouwt zijn armen over elkaar, kijkt haar schattend aan. 'Tja... er is nog iets anders wat je kunt doen, maar dat zal niet eenvoudig zijn.'

'Wat dan?' Blij met de uitdaging.

Hij knijpt zijn ogen half dicht. 'Geef meneer March de indruk dat je geïnteresseerd bent. Als hij praat, kijk hem dan recht aan' – hij wijst met zijn vinger naar haar – 'niet uit het raam, laat je ogen geen moment afdwalen zolang zijn lippen bewegen. Dat is de allerbeste concentratieoefening die er is. Er zijn maar heel weinig mensen op de wereld die goed les kunnen geven, ze zijn een geschenk uit de hemel.'

'Zoals oom Simon.'

Jack grinnikt en wrijft over zijn hoofd. 'Wat je zegt, maatje. Maar intussen zit jij opgescheept met die vervelende meneer March. Ik heb hem ontmoet.'

'Ja?'

'Natuurlijk, toen maman en ik je gingen inschrijven op school, dus ik weet waar je het over hebt. Hij is niet bepaald een genie. Maar je boft dat je hem als onderwijzer hebt, neem dat maar van mij aan.'

'Ja?'

'Ja, want mensen als meneer March kom je overal tegen, terwijl mensen als oom Simon heel zeldzaam zijn. Je moet ook van meneer March iets kunnen opsteken, en dat heb je zelf in de hand. Want je kunt de schuld later niet op hem afschuiven. Begrijp je wat ik bedoel?'

'Jawel.'

'Hou vol,' zegt hij, zo streng alsof hij een jonge piloot toespreekt. 'Er is een oud gezegde over wat je moet doen als je tijdens een veldslag gewond raakt.'

Madeleine wacht af.

Pap kijkt haar strak aan, zijn rechteroog kijkt heel ernstig, zijn linker ook, maar dat is een beetje triest – daar kan hij niets aan doen. 'Je gaat liggen en je bloedt een poosje. Dan sta je weer op en je vecht door.'

Madeleine zal meneer March recht in de ogen kijken en geen woord missen. Hij zal vilten hazen naast haar naam zetten. Hij zal verbaasd zijn. En hij zal er niets tegen kunnen doen, zo geconcentreerd zal ze zijn.

Jack glimlacht om de uitdrukking op haar gezicht. Driftkikker.

Hij pakt zijn *Globe and Mail* weer en leest de mop op de voorpagina: *Begin de dag met een glimlach: In het doorsneegezin heeft de man nog steeds de broek aan. Als u dat niet gelooft, moet u maar onder zijn schort kijken.* Die moet hij aan Henry Froelich laten zien. Hij neemt de voorpagina vluchtig door. 200 MiGs in Cuba. Slaat de bladzijde om: *De Koude Oorlog komt naar Latijns-Amerika...* Gezellig.

In bed legt Mimi haar tijdschrift *Chatelaine* neer en vraagt: 'Heb je ontdekt wat er aan de hand was?'

'Waarmee?'

'Met Madeleine.'

'O, ja,' zegt Jack, 'ze had een probleempje met dagdromen. Kreeg straf van haar onderwijzer, meneer Marks.'

'Meneer March,' zegt Mimi. 'Is het ernstig?'

'Nee,' zegt hij, 'ze heeft het onder controle.'

Mimi legt haar wang op zijn schouder, streelt zijn borst; hij legt zijn hand over de hare en knijpt er even in. Leest verder in zijn boek, *Het nemen van beslissingen*.

Ze zegt: 'Ze leek zo van streek.'

Zonder zijn ogen op te slaan: 'Ach, ik weet niet, ze was misschien...'

'Wat?'

'Ze was misschien meer van streek door het kruisverhoor,' zegt hij, alsof het maar een terloopse gedachte is.

Mimi licht haar hoofd een eindje op. 'Vond je het een kruisverhoor?'

'Een beetje.' Op een toon van: trek het je niet aan. Hij bedoelt het niet als kritiek.

Ze zwijgt even, vlijt zich dan tegen hem aan, strijkt met twee vingers over zijn tepel, zegt: 'Je bent zo'n leuke vader.'

Hij glimlacht. 'O ja?'

Ze komt overeind, steunend op haar elleboog; hij klapt zijn boek dicht en reikt naar het lichtknopje. 'Kom hier, vrouwlief.'

De zandduinen van het Pinery Provincial Park zijn de ideale omgeving om oorlog te voeren: Operatie Woestijnrat. Mike speelt het hele weekend met haar. Ze vechten en ontsnappen en sneuvelen omstandig, springen van de duinen naar beneden en tuimelen omlaag – je kunt je onmogelijk bezeren, hoe hoog het ook is. Zand in je haar, een zandkasteel waar je de hele dag over doet, zand tussen je boterhammen. Zwemmen in het heldere water van het Huronmeer, heel die winderige zaterdag deinen op de hoge golven, en als Madeleine 's avonds in haar slaapzak naast haar broer ligt, sluit ze haar ogen en ziet ze de schuimkoppen onafgebroken naar de oever rollen op het filmdoek achter haar oogleden. Ruik die lekkere canvaslucht van de tent eens, de vertrouwde muffe geur van het luchtbed, en als het stil is op de camping en het laatste kampvuur van de laatste kampeertocht van het seizoen sissend wordt gedoofd, luister dan naar wat er al die tijd achter de stilte zat: de golven in je oren, filmmuziek bij de branding achter je ogen.

Als ze zondagavond terugkomen, staat er een verhuiswagen op de oprit van de kleine groene bungalow.

DE RUSTIGE AMERIKANEN

De aard van deze nationale identiteit is iets waar Canadezen zich vreselijk druk over maken... Als je hen ernaar vraagt, kunnen ze die alleen in negatieve bewoordingen beschrijven. Maar al weten ze dan niet wat die identiteit is, ze weten precies wat het niet is. Het is niet *Amerikaans*.

LOOK, 9 APRIL 1963

'Kinderen, zeg Claire eens gedag.'
'Dag, Claire.'
Gek hoe een nieuw kind je het gevoel geeft dat de anderen elkaar al jaren

kennen. Opeens ben je een groep en hangt er een luchtbel rond de nieuwkomer. Ze hoort er niet bij. Zelfs Grace hoort er in zekere zin bij.

Claire McCarroll arriveerde even na de bel van negen uur, met haar vader. Ze hield zijn hand vast. Meneer McCarroll leek op alle andere vaders in Centralia, maar als je goed keek naar het insigne op zijn luchtmachtpet zag je een adelaar met uitgespreide vleugels, dertien sterren om zijn kop, met één klauw een olijftak omklemmend en met de andere een aantal pijlen vasthoudend. Boven zijn linkerborstzak zat zijn vliegersinsigne, aan weerszijden van het wapen van de Verenigde Staten, bekroond met een ster. Zijn uniform was dieper blauw dan dat van de Canadese vaders, en als hij zich bewoog vertoonde het weefsel een grijze glans. Het effect was aangenaam buitenlands en vertrouwd tegelijk.

Claire was gekleed in babyblauw, van haarspeldjes tot enkelsokjes. Ze had een Frankie-en-Annette-lunchtrommeltje bij zich, dat aan haar pols bungelde als een handtas. Niemand blijft ooit over op school voor het middageten, dus vroeg Madeleine zich af wat erin zat. Auriel schoof Madeleine een briefje toe, waarop stond: 'Is dat je lang verloren zus?' Ze leken wel een beetje op elkaar. Donkerbruin pagekopje, hartvormig gezicht en kleine neus. Alleen was Madeleine groter en had het nieuwe meisje blauwe ogen, die ze verlegen neersloeg. Niemand had haar nog iets horen zeggen. Ze deed Madeleine denken aan een porseleinen beeldje – iets moois voor op de schoorsteenmantel.

Meneer March gaf haar vader een hand, en begeleidde Claire toen naar haar bank – soms is hij best aardig. De Amerikaanse vader aarzelde bij de deur en wuifde naar Claire. Ze wuifde terug en bloosde. Madeleine begreep dat. Eindelijk verdween haar gênante vader en iedereen staarde naar Claire terwijl ze ging zitten en haar handen voor zich op de bank vouwde. En iedereen – althans alle meisjes – merkte haar mooie zilveren bedelarmband op.

Mimi, Betty Boucher, Elaine Ridelle en Vimy Woodley staan druk te protesteren op de trap voor het huis van Sharon McCaroll.

'Geen denken aan,' zegt Vimy.

Sharon heeft hen uitgenodigd om binnen te komen, maar de dames komen alleen maar langs om haar te verwelkomen en om een voorlichtingssetje en een bord met hapjes te overhandigen, en de jonge vrouw formeel uit te nodigen om lid te worden van de club voor officiersvrouwen. Sharon viel onmiddellijk in de smaak omdat ze hun meteen vroeg binnen te komen, zodat ze dat onder luide protesten konden afslaan. Het is een knap klein ding. Ze doet Mimi denken aan een actrice... wie ook alweer?

Vanaf de veranda is duidelijk te zien dat het huis van de McCarrolls het gebruikelijke woud van kartonnen dozen en dolend meubilair bevat, maar Sharon ziet er keurig uit in pumps en een kleurig jurkje met korte mouwen, een *Willkommen*-bord siert al de muur van de kleine hal, naast een gedenkplaat van het squadron van haar man in Wiesbaden, en er komt een baklucht uit haar keuken. Indrukwekkend, maar niet verrassend voor de echtgenote van een Amerikaanse militair. Hun vermogen om vrijwel zonder spullen naar binnen te marcheren en vervolgens triomfantelijk weer naar buiten te komen met eigengebakken eetwaren, glorieus uitgedost met alle mogelijke accessoires, is legendarisch.

Het verrassende is – en de vrouwen zullen het daar later met elkaar over hebben – dat Sharon McCarroll anders is dan wat je zou verwachten van de echtgenote van een jachtvlieger. Vooral een Amerikaanse. Ze is verlegen. Zachte stem. Door haar gaan Mimi, en de andere vrouwen misschien ook, zich... Amerikaans voelen.

'We zijn gewoon maar het welkomstcomité.' Elaine Ridelle draagt een driekwartbroek en sportschoenen, en ziet er nog steeds meisjesachtig uit al is ze zes maanden zwanger.

'We zijn hier niet om je in de keuken te zien scharrelen, liefje,' zegt Betty. Betty draagt onveranderlijk een jurk – in dit geval een keurige overhemdjurk. Niet wegens een of andere Oude Wereld-opvatting over fatsoenlijke vrouwenkleding, maar omdat ze weet hoe ze haar gezellig mollige figuur het best kan doen uitkomen. 'Met een broek aan ben ik net een gestrande walvis,' heeft ze weleens gezegd. Dat is overdreven, maar Mimi heeft waardering voor een vrouw die haar eigen goede en minder goede punten kent. Mimi zelf draagt een strakke citroengele broek en een witte gebreide coltrui zonder mouwen.

'Je hebt je handen al vol genoeg,' zegt ze, terwijl ze haar nieuwe buurvrouw een met folie bedekt Corningware-bord aangeeft, en voor Sharon kan protesteren: 'Het is alleen maar *fricot au* – een lamsstoofpotje.'

Sharon is zo jong. Betty en Mimi voelen de neiging om haar in bescherming te nemen, en Elaine vraagt: 'Spelen jij en je man golf, Sharon?'

Waarop Sharon glimlacht, haar blik neerslaat en half met haar hoofd schudt, nee, en Vimy zegt: 'Geef het arme kind de kans om even op adem te komen, Elaine.'

'Dat is wel goed,' zegt Sharon, met een vriendelijke Zuidelijke zucht in haar woorden. Lee Remick, daar doet ze Mimi aan denken.

Vimy zegt: 'Hier is je overlevingspakket, liefje, mijn nummer staat bovenaan en dat is mijn huis.' Ze wijst naar het vrijstaande witte huis verderop in de straat met de vlaggenmast in de voortuin. Ze geeft de jonge vrouw een stapel papieren en voegt eraan toe: 'Mijn dochter Marsha is babysitter, en nu weet je waarschijnlijk voorlopig wel genoeg van ons.'

Mimi slaat Vimy nauwlettend gade. Haar manieren, haar talent om anderen op hun gemak te stellen; dat is het kenmerk van een goede opvoeding en een noodzaak voor de vrouw van een commandant. Mimi heeft veel geleerd van haar moeder en haar twaalf broers en zussen in Bouctouche, New Brunswick, maar ze heeft niet geleerd wat vrouwen als Vimy haar kunnen leren. Ooit zal Jack in dezelfde positie zijn als Hal, en Mimi weet dat ze dan 'hoge omes', zoals Jack ze noemt, zal moeten ontvangen, in haar eigen huis. Zij krijgt ook promotie. De mannen moeten allemaal examens doen en een opleiding volgen om zich te kwalificeren voor een hogere rang; de vrouwen moeten praktijktraining doen. Mimi ziet hoe Vimy innemend glimlacht, en Sharon niet echt een hand geeft, maar haar vingers licht drukt.

Natuurlijk marcheren ze uiteindelijk toch met zijn allen de kleine groene bungalow in, omdat Sharon zo aandringt – niet door een hartelijke toon aan te slaan of opdringerig blijk te geven van Zuidelijke gastvrijheid, maar door blozend de wijk te nemen naar haar keuken, waar ze het koffiezetapparaat in het stopcontact steekt en een bakblik met koekjes uit de oven haalt.

'Dit is Bugs Bunny. Het is een konijn.'

Gelach. Madeleine zwijgt even. Stilte, alle ogen op haar gericht. Meneer March heeft gezegd dat zij als eerste moest. Ze heeft hem recht aangekeken en is naar voren gelopen. Schone lei. Concentreer je.

'Ik ben erg op Bugs gesteld omdat hij zegt wat hij vindt,' zegt ze luid en duidelijk.

Gelach. Ze had het niet grappig bedoeld. Ze zegt alleen maar de waarheid. Er eerlijk voor uitkomen. *Gewoon de feiten, mevrouwtje.*

'Zijn lievelingseten zijn wortels en zijn lievelingsuitdrukking is: "Nja, wat is er loos, chef?"'

Gelach. Ze merkt dat haar gezicht rood wordt. Ze raadpleegt haar receptenkaarten, waar ze met behulp van haar vader de belangrijkste punten van haar spreekbeurt op heeft geschreven.

'Hij is heel slim. Hij doet wat hij zelf wil en ontsnapt altijd aan Elmer Fudd. Op een keer verkleedde hij zich als meisje en zong toen: "The Rabbit in Red."'

Gegiechel.

Ze laat haar aantekeningen voor wat ze zijn en zingt aarzelend, met de stem van Bugsy: 'Oh da wabbit in wed...' – een klein huppelpasje – 'yah-dah dah-dah-dah dah-dah de rabbit in wed. En hij deed valse wimpers op en zelfs, je weet wel' – ze spreidt haar vingers en maakt een rond gebaar over haar borst; de klas gilt van het lachen. Ze trekt één wenkbrauw op, vertrekt haar mond net als Bugs en improviseert – 'Vals, zekers?' Nu gauw doorgaan, het kan niet meer mis. 'Zoals toen hij deed alsof hij een vrouwtjes-Tasmaanse Duivel was met mooie grote rode lippen.' Eén hand achter haar hoofd, de andere op haar heup. '"Hé, hallo, lekker ding," en intussen had hij een berenval in zijn mond als gebit, hap! – "Auwww! Au-au-au!"'

Het loopt uit de hand. Meneer March dempt de vreugde. 'Zo is het mooi geweest. Ga maar weer zitten, Madeleine McCarthy.'

Madeleine komt meteen tot bedaren, grabbelt haar receptenkaarten bijeen die ze onder de lessenaar van meneer March op de vloer heeft laten vallen en gaat terug naar haar bank. Het is maar goed dat ze niet door mocht gaan. Dat betekent dat ze Bugsy niet in de klas heeft hoeven doorgeven – de normale werkwijze bij een spreekbeurt over je lievelingsbezit. Ze vindt het geen prettig idee als iedereen hem aanraakt – al zou het Bugs waarschijnlijk niet kunnen schelen. Bugs schudt alles van zich af.

Grace Novotny heeft een lappenpop meegenomen die Emily heet. Zelfgemaakt. 'Mijn zuster heeft die voor mij gemaakt.' Een van de sloeries, denkt Madeleine onwillekeurig, en ze krijgt dan vreselijk medelijden met Grace omdat ze een vriendelijke sloerie als zus heeft. Grace kan de letter 'r' niet uitspreken. Ze zegt 'zustew'.

Grace fluistert iets in de zijkant van Emily's zachte vuile hoofd, en daarna wordt Emily doorgegeven. Sommige kinderen doen openlijk gemeen, pakken de pop met hun vingertoppen aan en knijpen hun neus dicht. Niets daarvan schijnt tot Grace door te dringen. Madeleine houdt Emily met beide handen vast, niet met haar vingertoppen. Emily is smerig, maar dat zijn veel poppen als er van ze gehouden wordt. En als er pies op Emily zit? Dat is waarschijnlijk zo, als Grace haar mee naar bed neemt. Eén vilten wenkbrauw ontbreekt, haar mond is met rode wol op haar gezicht gestikt. Het effect lijkt niet op lippen, maar op met rode wol dichtgenaaide lippen. Ze heeft een bikini aan, gele stippen net als in het liedje.

Als Emily is teruggegeven aan Grace stopt ze haar onder haar arm en begint ze zonder aankondiging te zingen: 'Itsy Bitsy, Teenie Weenie, Yellow Polka dot Bikini.'

Er is een verschil tussen kinderen die vinden dat je grappig bent en kinderen die je uitlachen. De klas lacht even hard als bij Madeleine, maar het is anders, en meneer March maant hen niet tot stilte. Madeleine vindt het niet grappig, maar ze doet haar best om te lachen zoals hoort bij 'je bent grappig' en niet als bij 'je bent achterlijk', maar het werkt niet. Ze geeft het op en wacht tot Grace klaar is. Gelukkig kent Grace niet alle woorden – ze herhaalt de eerste regel een paar keer en gaat dan weer zitten.

Meneer March leest de naam van de volgende op de lijst: 'Gordon Lawson.' Gordon, met zijn keurige sproeten en ingestopte hemd, laat zijn kunstvliegen zien en vertelt erover. Het is een opluchting, ook al is het vreselijk saai.

Jack wandelt naar de vliegschool. Hij wil bij de burgervliegclub inlichtingen vragen over vlieglessen voor zijn zoon, maar hij heeft eerst nog iets anders te doen. Hij loopt door een gang die identiek is aan die in zijn eigen gebouw, met slagschip-grijs zeil op de vloer, en komt bij een deur waar met blokletters 'USAF uitwisselingsofficier' op het matglas geverfd staat. Door de halfopen deur ziet hij de USAF-pet op de kapstok in de hoek hangen. Hij tikt met zijn knokkels tegen het glas. Hij verwacht het gebruikelijke hartelijke 'de deur is open' te horen, en staat klaar om zijn hand uit te steken met een grappige opmerking – iets over de identificatie van vriend of vijand. Klaar voor een supervriendelijke Amerikaanse toppiloot. Maar er klinkt geen geluid. In plaats daarvan gaat de deur helemaal open en staat er een jongeman voor hem. Hij salueert met de snelheid van een karateslag en zegt zonder te glimlachen: 'Hallo, overste.' Hij ziet er ongeveer net oud genoeg uit voor een padvinder. Jack zegt: 'Luitenant-kolonel McCarthy,' en geeft McCarroll een hand. 'Welkom in Centralia, kapitein.'

'Dank u, overste.'

'Dit is een ei van een roodborstje.' In haar handpalmen houdt Claire een lichtblauw voorwerp. Het zat in haar Frankie-en-Annette-lunchtrommeltje, gewikkeld in vloeipapier. 'Ik heb het gevonden toen het op de grond was gevallen.'

Heeft ze een accent? Het is moeilijk te zeggen, ze praat zo zacht.

'Harder praten, meisje,' zegt meneer March.

'Ik heb het gevonden,' zegt Claire, en ja, je kunt een beetje een zangerige toon in haar woorden horen.

Claire wil het blauwe ei aan Philip Pinder op de voorste rij geven, maar meneer March houdt haar tegen. Het ei is te breekbaar om in de klas te laten rondgaan. 'Vooral als jongelui van het slag van Philip Pinder het in handen krijgen.' De klas lacht instemmend. Zelfs Philip Pinder lacht. Madeleine is opgelucht dat Claire het leed van een kapot roodborstjesei bespaard blijft. Meneer March is in wezen best aardig.

Iedereen wou dat Claire wat langer praatte, met haar Amerikaanse accent, maar het enige wat ze tot besluit zegt, is: 'Ik verzamel ze soms.' In de pauze willen de tuttige meisjes vriendinnen met haar worden en diverse jongens lopen in haar buurt stoer te doen. Philip Pinder zingt uit volle borst: 'Roger Ramjet is onze man, de held van ons hele land, er is niks mis met hem behalve geestelijke achterstand!'

Cathy Baxter duwt haar ene hand op haar heup en zegt op bestraffende toon: 'Philip', en hij gaat er gillend vandoor als een racewagen. Cathy Baxter is de baas van de tuttige meisjes met hun springtouwen, en Joyce Nutt, de knapste, is haar ondercommandant. Ze komen allemaal om Claire heen staan om zich te vergapen aan haar armband. Claire schept niet op en zegt niets, steekt alleen haar pols behulpzaam uit terwijl Cathy de bedeltjes een voor een bekijkt.

'Marjorie, sta niet zo te dringen.'

'Sorry, Cathy.'

En daardoor weet Madeleine, al ontgaat de fysieke gelijkenis haar niet – terwijl ze naar de schommels loopt, op een ervan klimt en neerkijkt op het glanzende pagekopje in het middelpunt van het groepje – dat zij en Claire McCarroll helemaal niet op elkaar lijken.

'De volgende meisjes moeten nablijven als de bel gaat' – en hij raadpleegt zijn leerlingenlijst, ook al kent hij inmiddels iedereen bij naam – 'Grace Novotny...'

Nou, dat is geen verrassing, Grace heeft geen spreekbeurt gehouden, ze heeft gezongen en dat nog niet erg goed ook.

'Joyce Nutt...'

Joyce Nutt? Wat heeft die gedaan? Ze is een van de touwtjespringende meisjes en die doen nooit iets verkeerds...

'Diane Vogel...'

Diane is ook een touwtjespringster, maar ze is niet bazig. Haar concentratievermogen schijnt ook voor verbetering vatbaar te zijn, want Madeleine heeft net gezien dat Diane opeens een schildpad is geworden voor spelling.

'En Madeleine McCarthy.'

Ondanks al haar pogingen om zich te concentreren moet ze om drie uur nablijven. Wegens alle vrolijkheid. Ze krijgt een koud gevoel in haar maag. Ze heeft zich aangesteld en nu zwaait er wat. En toch heeft ze zich niet opzettelijk aangesteld. Maar hoe kun je weten wat het verschil is?

Zij en de anderen staan achter in het lege lokaal te wachten, op een rij langs de muur met de kapstokhaken, terwijl Diane Vogel voor in het lokaal achterover gestrekt staat. Meneer March traint haar door haar stevig tussen zijn knieën vast te houden zodat ze niet valt en zichzelf pijn doet.

'Kun je Mississippi spellen, meisje?'

'Dank u, overste,' zegt Blair McCarroll als Jack in de mess een glas bier over de bar naar hem toe schuift.

McCarroll heeft, zoals Simon al had voorspeld, een jongensachtig gezicht. Zijn onderkaak ziet er pas gebeiteld uit, zijn profiel is onbeschadigd en glimmend gepoetst. De hardheid van de jeugd is herkenbaar achter de vouwen en plooien van zijn uniform, en ook aan zijn nek, die uitsteekt uit zijn gesteven boord en nog slap moet worden van overtollig vlees. Het vliegersinsigne boven zijn linkerborstzak getuigt, samen met een rij strepen, van zijn ervaring als jachtvlieger. Maar uit zijn manier van doen blijkt niets van de stoerdoenerij die zo kenmerkend is voor zijn beroep. Hij heeft het niet nodig geacht de lapels van zijn jasje te kreuken, zijn pet achter op zijn hoofd te schuiven, zijn das los te maken of Jack aan te kijken met een blik als een vuistslag. Een blos overdekt zijn wangen bij de geringste aanleiding.

'Dus wat kom je hier doen, McCarroll?' vraagt Jack. 'Kom je leren vliegen?'

De mannen lachen – twee of drie vlieginstructeurs die hier zijn om McCarroll te verwelkomen, samen met een aantal opleidingsofficieren, die geen piloot zijn.

McCarroll staart naar de glanzend gepoetste bar en kijkt dan weer op. 'Uw piloten behoren tot de beste van de wereld,' zegt hij op zijn vriendelijke lijzige toon. 'Ik beschouw het als een eer dat ik bij de training mag helpen.'

Een paar mannen wisselen een blik, knikken. Oké.

'Je lijkt me een redelijk mens, McCarroll,' zegt Jack met een grijns.

'Zeg maar gewoon Blair als u wilt, overste.' Hij werpt een blik op de anderen. 'En dat geldt ook voor jullie.'

Vic Boucher bestelt een bord gebakken mosselen. 'Wie doet mee?'

Ted Lawson zegt tegen Jack: 'Wat vindt u, overste? *Einmal Bier?*'

Er wordt een nieuw rondje besteld, ze gaan aan een tafeltje zitten, er wordt gepraat over het werk en over de plannen voor de eerstvolgende officiële gebeurtenis – een diner-dansant ter ere van het bezoek van de generaal-majoor van het hoofdkwartier van het Air Training Command, die uit Winnipeg komt overvliegen ter gelegenheid van de herdenking van de Slag om Engeland. Jack kreunt inwendig bij de gedachte dat hij zich in zijn formele gala-uniform zal moeten persen – zijn apenpak. Voor McCarroll zal dat geen probleem zijn; mager als hij is, doet hij Jack denken aan een jeugdige seminarist. Die jongen is waarschijnlijk onbewogen in een cockpit, volmaakte reflexen onbedorven door bravoure – de machines waarin deze knapen tegenwoordig vliegen reageren op het minste of geringste. Heel wat anders dan die oude monsters waar Jack mee vloog.

Hal Woodley komt hun gezelschap houden, zet zijn pet af, maakt zijn das los; de andere officieren rechten hun rug en maken plaats voor hem, terwijl ze hem begroeten: 'Kolonel.' Een ober brengt hem een schone asbak en een whisky.

Jack leunt weer achterover in zijn kuipstoel te midden van het opgewekte gebabbel. Hij ziet dat McCarroll beleefd luistert. Het is een raar gevoel, dat je iets weet van een andere man die zich daar zelf niet van bewust is. Vooral wanneer het ook betrekking heeft op de vrouw en kinderen van die man, denkt Jack. Het kan geen kwaad, uiteraard – zowel hij als McCarroll moet een bijzondere, zij het eenvoudige, taak verrichten. Maar McCarroll weet dat niet, en hoeft het niet te weten tot Jack bericht krijgt van Simon. McCarroll en zijn vrouw zullen hier op deze basis eten, slapen, misschien een kind verwekken. Hun dochter zal hier naar school gaan en niet ergens anders, en McCarroll weet niet waarom. Nog niet. Jack voelt zich er niet helemaal lekker bij, bij deze geheime kennis. Het heeft iets – een ongepaste intimiteit. De geur van andermans gekreukelde lakens.

'Hoe staat het ermee, Jack?', vraagt Woodley.

'Wel, alles verloopt naar wens. Zolang adjudant-onderofficier Pinder aan mijn kant staat, zit mijn werk er al half op.'

Woodley grinnikt. 'Zorg maar dat hij niet te veel aan je kant komt te staan, want voor je het weet stouwt hij je hele koelkast vol met hertenvlees, en dan krijg je een maand lang niets anders meer te eten.'

Het gesprek komt op vissen. Jack vertelt over zalm in New Brunswick en Hal Woodley vertelt een verhaal over een indiaanse gids in het noorden van Brits-Columbia. *Het deugt niet.* Jack schuift in zijn stoel. Woodley zou niet onbekend moeten zijn met de reden waarom McCarroll hier is. Net als iedereen aan de cocktailtafel staat McCarroll onder bevel van Woodley, en elk bevel dat hij tijdens zijn verblijf hier uitvoert, moet van Woodley afkomstig zijn. Jack zit naast een Amerikaanse officier die niet volledig onderworpen is aan de bevelsstructuur. *Dat is verkeerd.*

'... en hij zei: "Ach, u had hier gisteren moeten zijn, meneer Woodley, toen wilden ze wel bijten."' Een uitbarsting van gelach. Zelfs McCarroll is nu ontspannen genoeg om mee te doen. Jack voelt een glimlach op zijn gezicht. Mijn probleem is, denkt hij, dat ik pas merkte dat er stiekem iets buiten Woodley om werd geregeld toen McCarroll kwam opdagen en het hele zaakje formeel een militaire aangelegenheid werd. Het was aanvankelijk zogenaamd 'onofficieel'. Hij neemt een slok, enigszins opgelucht omdat hij nu tenminste zijn onbehagen heeft geanalyseerd. Nee, niets hiervan gaat volgens het boekje, en daar is Jack niet aan gewend. Maar het blijft een feit dat we allemaal aan dezelfde kant staan. Deze gunst is gauw genoeg bewezen en niemand hoeft er ooit achter te komen.

Hij buigt zich voorover om uit zijn stoel op te staan en ervaart een onplezierig gevoel in zijn hals. Alsof hij een beetje te zwaarlijvig is en de verplaatsing van het extra vlees een lichte druk op zijn hals uitoefent bij het opstaan. Hij heft zijn glas whisky om te proosten. 'Op de lui die overal boven staan.'

Hij merkt dat de whisky de druk op zijn hals doet verdwijnen, zegt 'Proost' bij wijze van afscheid en loopt naar de deur.

Meer weten over het leven van anderen dan ze zelf doen – Jack bedenkt dat dat tenslotte niets nieuws voor hem is. In Duitsland, bij 4 Wing, kreeg hij vaak vooraf informatie te horen over oefeningen en exercities, zelfs over overplaatsingen. Hij wist wiens verlof geannuleerd zou worden, wiens vrouw teleurgesteld zou zijn, wie naar zijn favoriete post zou worden overgeplaatst en wie naar een radarbasis in het poolgebied. Het maakte deel uit van zijn baan om dat te weten en soms om dat te beslissen. Daar stond hij nooit bij stil. Hoeveel anders is dit dan eigenlijk? Hij komt bij de deur en kijkt achterom naar de zaal vol officieren. In een hoek zit Nolan alleen aan een tafeltje – op zich niet ongewoon, er is geen wet die bepaalt dat iemand altijd met de mannen mee moet doen. Wat wel ongewoon is, is dat Nolan hier weer zit te eten. Eerst nam Jack aan dat de vrouw van Nolan weg was, maar eerder deze week kreeg hij te horen, van Vic Boucher, dat Nolans vrouw chronisch ziek is. Jack loopt door de grote eiken deuren naar buiten en vult zijn longen met frisse lucht. Hij ademt de van sigaren- en sigarettenrook doortrokken atmosfeer uit, de geur van drank en bier en uniformen. Hij geniet van het gezelschap van zijn medeofficieren, hij geniet van zijn werk, maar dat is allemaal alleen maar een middel tot een doel. Het echte leven is het eten dat zijn vrouw thuis voor hem aan het klaarmaken is, op ditzelfde moment.

Als Madeleine uit de zijdeur naar buiten komt, ziet ze dat Lisa en Auriel niet zijn blijven wachten, maar al halverwege het grasveld zijn en langzaam lopen zodat ze hen kan inhalen. Ze rent al over het schoolplein wanneer Marjorie

vanaf de schommels roept: 'Hoi, Madeleine.'
Madeleine blijft niet staan. 'Hoi.'
'Wacht even.'
'Kan niet.' Maàr ze vertraagt haar tempo, want ze wil Auriel en Lisa niet inhalen met Marjorie achter zich aan.
'Waarom moest je nablijven?' Marjorie is buiten adem door de inspanning om haar bij te houden.
'Daarom,' zegt Madeleine.
'Wat daarom?'
'Om gymnastiek te doen.'
'Word je klassenoudste?'
'Nee. Ik weet niet.'
'Mag ik met jou en Auriel en Lisa spelen?'
Madeleine haalt haar schouders op. 'We leven in een vrij land.'
Marjorie kijkt naar de grond.
Madeleine zegt: 'Hier', en geeft haar een chocolade rozenknopje.
Marjorie staart ernaar en zegt met een diepe zucht: 'O, Maddy, hoe kom je daaraan?'
Madeleine mompelt: 'Van meneer March gekregen.'
Marjorie steekt het chocolaatje in haar mond en voor ze dank je wel kan zeggen gaat Madeleine ervandoor als de Road Runner en laat Marjorie achter in een wolk van tekenfilmstof.
Ze haalt Auriel en Lisa in. 'Hoe ging het?' vraagt Auriel.
Madeleine kijkt hen plechtig aan. Trekt haar kin in, maakt haar oogballen los van hun meerpalen en zegt: 'Mm-bedie-bedie, dat is alles, jongens!' Terwijl ze naar huis slalommen, werpt ze stiekem een blik over haar schouder naar Marjorie, die een eind achter hen aan loopt. Madeleine had toch geen zin in het chocolaatje.

'Hoe ging het op school, maatje?'
Ze zitten op de bank de krant te lezen voor het eten; Madeleine zit knus onder zijn arm.
'Leuk. Er was een nieuw meisje.'
'Dat dacht ik al.'
'Ze komt uit Amerika.'
'Mm-hm.' Ze lezen *De tovenaar van Id*. Dan vraagt hij: 'Hoe is de situatie?' Jack heeft besloten het onderwerp niet aan de eettafel naar voren te brengen, hij weet dat ze het persoonlijk vindt.

'Ik zit weer bij de dolfijnen,' zegt ze.
'Kijk eens aan, vandaag over een week ben je weer een konijn.'
'Haas.'
'Heb je gedaan wat we zeiden?'
'Ja.'
'Heb je hem recht aangekeken en niets gemist?'
'Ja.'
'Goed zo.'

Madeleine wacht tot hij vraagt of ze weer moest nablijven, maar dat vraagt hij niet. En waarom zou hij ook? Het ging er maar om dat ze niet meer bij de schildpadden hoorde, en dat is haar gelukt. Waarom zou hij vermoeden dat ze weer moest nablijven? En bovendien was het haar eigen schuld. Ze is weer op een landmijn gestapt, ze moet leren waar die liggen. Een slechte onderwijzer is een geschenk. Wil je pap echt vertellen dat je herrie in de klas hebt geschopt omdat het zo leuk was? Nadat we gepraat hebben over het winnen van de concentratieoorlog? Je weet wat je moet doen. Je hebt een missie. Operatie Concentratie.

'Pap?'
'Ja?'
'... Is achteroverbuigen goed voor je?'
'Ik denk van wel, ja.'

Jack slaat een pagina van zijn krant om. VOLGENS CHROESJTSJOV ZIJN ER ALLEEN VERDEDIGINGSWAPENS IN CUBA...

'Helpt dat bij de concentratie?'
'Wat bedoel je, maatje?'
'Achteroverbuigen?'
'O, ik weet niet, hoe werkt dat dan?'
'Doordat het bloed naar je hoofd stroomt.'
'Ja, dat zou best kunnen. Hoezo, heb je gymnastiek gedaan?'
'Ja.'
'Wanneer dan?'
'Na school.' Ze voegt eraan toe: 'Op weg naar huis.' Dat is niet echt een leugen. De lessenaar van meneer March is op weg naar huis, ze moet erlangs om bij de deur te komen.

'Werk niet te hard, liefje.' Hij legt de krant weg omdat ze er opeens zo ernstig uitziet. 'Luister eens' – hij trekt haar op zijn knie – 'misschien is het tijd om een beetje gas terug te nemen, wat vind jij?' Hij zegt dat ze een tijdje niet meer aan schildpadden en hazen moet denken, want 'de helft van de strijd speelt zich hier af', en hij tikt op haar achterhoofd, 'terwijl je aan het spelen bent of in bed ligt te dromen. Je moet oppassen dat je niet te veel hooi op je vork neemt.'

Pap weet niet wat achteroverbuigen is. Ze probeert er niet aan te denken terwijl hij haar knuffelt. Hier bij hem op schoot hoort dat niet thuis. De knieën van meneer March die haar heupen omklemmen als een bankschroef, terwijl hij haar 'traint'.

'Pap, mag ik nu tv-kijken?'

'Waarom ga je niet buiten spelen, zoveel zonnige dagen krijgen we niet meer.'

'*To Tell the Truth* is.'

'Dat is er de volgende week ook, denk je niet?'

'Ja.' Ze lacht terug naar hem en gaat van de bank af. Haar benen voelen zwaar aan.

Wanneer ze zich voorstelt dat ze hem over het achteroverbuigen vertelt, bedenkt ze dat ze hem misschien een oefening voor zou moeten doen, en dan krijgt ze medelijden met hem omdat hij er niets van zou begrijpen. Maar pap had gelijk. Ze zit niet meer bij de schildpadden.

Jack pakt zijn krant weer op. Linkse meelopers in Engeland zijn aan het demonstreren, *Ban de bom!* Noemen zichzelf communisten. Zulke neigingen waren begrijpelijk in de jaren dertig, maar zijn nu onvergeeflijk. Hebben die mensen nooit van Stalin gehoord? Hij slaat de pagina om. Ziet zijn dochter nog steeds midden in de kamer staan, een beetje verloren. Misschien heeft ze ruzie met haar vriendinnetjes. 'Zei je niet dat er een nieuw meisje in je klas was gekomen?'

Madeleine knikt.

'Waarom ga je haar niet opzoeken. Om te zorgen dat ze zich thuis voelt.'

'Oké.'

Haar benen voelen zo zwaar aan en de zon straalt zo fel dat het wel kilometers lijkt naar de kleine groene bungalow. Ze knijpt haar ogen dicht en voelt zich bijna misselijk.

'Dag, Madeleine, schat,' zegt Sharon McCarroll. Ze heeft dezelfde muzikale Virginia-stem als Claire.

Claire McCarroll heeft een slaapkamer vol speelgoed, dat allemaal heel is. Planken vol poppen en spelletjes waar geen pion aan ontbreekt. Dat komt doordat ze een zeldzaam en gezegend wezen is, een enig kind. Ze kijkt eigenlijk meer hoe Madeleine speelt dan dat ze met Madeleine speelt. Ze is net iemand uit een vreemd land die een paar beleefde woorden kent: 'Jij mag er wel mee spelen.' Claire is er niet aan gewend om haar spullen te verdedigen. Ze laat Madeleine zelfs het vogelnestje op het dressoir vasthouden. Daar zit het blauwe eitje in.

'Wauw,' zegt Madeleine. 'Je hebt een Easy-Bake-oven.'

'Je mag er wel mee spelen.'

'Het is Kenner! Het is leuk!' en Madeleine krijst als de tekenfilmvogel: 'Grawk!' Claire giechelt en dat klinkt als borrelend water. Het is zo plotseling en vrolijk dat Madeleine erom moet lachen.

'Trek aan mijn touwtje,' zegt Madeleine. En Claire trekt aan het denkbeeldige touwtje. Bugs Bunny zegt: 'Nja, hoe zit het, chef?' Claire lacht weer. 'Trek nog eens.' Dat doet Claire.

Het weer is te mooi om binnen te spelen, dus mogen ze van mevrouw McCarroll Claires Easy-Bake-oven meenemen naar buiten. Ze zitten op het gras door het ovendeurtje te staren, terwijl ze wachten tot de kleine cake gebakken is onder het brandende lampje. Madeleine heeft speelkleren aan, maar Claire draagt haar jurk nog.

Er is niet veel om over te praten.

De cake is klaar. Claire doet de oven open. 'Snij jij hem maar,' zegt ze blozend.

Madeleine verdeelt de cake scrupuleus en ze eten hem zo langzaam mogelijk op van de plastic bordjes. Daarna gaan ze salto's maken om de spijsvertering te bevorderen. Madeleine ziet Claires onderbroek, ook al probeert ze niet te kijken. Ze stelt zich Claire voor als ze bij de lessenaar van meneer March achterover moet buigen en doet dan haar ogen dicht om het beeld kwijt te raken. Ze knijpt ze dicht maar ziet alleen de onderbroek van Claire, een helder en duidelijk patroon op de binnenkant van haar oogleden. Een zwerm gele vlinders.

Die eerste week op school is Claire heel populair. Maar het neemt af. Ze is zo exact wat ze lijkt – rustig, verlegen – dat het geen zin heeft haar achterna te blijven lopen of om haar te vechten. Ze kiest geen beste vriendin, terwijl iedereen wacht tot ze dat doet. Er worden offers gebracht: 'Claire, heb je zin in een Smartie?'

'Ja, heb je zin in een koekje?'

Ongeacht van wie het aanbod afkomstig is, Claire accepteert het en biedt op haar beurt iets aan. Ze begrijpt niet dat je geen ruiltje met Grace Novotny moet maken, dat je daardoor besmet raakt. Claire snapt het gewoon niet, zelfs niet na een volle week. Ze sluit zich niet aan bij groepjes, ze schommelt in haar eentje, niet hoog. Ze gaat van de glijbaan en remt onderweg voorzichtig af met haar handen. En ze rijdt elke dag op haar fiets heen en weer naar school, ook al is de woonwijk zo dichtbij dat niemand op de fiets hoeft.

Haar fiets heeft dikke banden, net als die van Madeleine, en onder de speciale glimmende lak is het misschien ook een Zippy Vélo. Maar Claires vader heeft hem roze en wit geverfd, een decoratief ruitjespatroon als de cape van de Rattenvanger siert de spatborden en de kettingkast. De fiets heeft een roze zadel, een roze bel, een roze plastic boodschappenmand, en – pièce de résistance – twee glanzende roze plastic linten.

Claire is absoluut geen uitgestotene, en aangezien iedereen haar eigenlijk wel mag en niemand een hekel aan haar heeft, valt het niemand op dat ze geen vrienden heeft.

STRATEGIEËN

Als ouder wilt u uw kinderen natuurlijk behoeden voor misstappen en ongelukken in de seksuele sfeer. U wilt dat uw kinderen goede seksuele voorlichting krijgen en vrij zijn van voor het huwelijk schadelijke remmingen.

CHATELAINE, AUGUSTUS 1962

's Ochtends naar school gaan is vaak heel anders dan 's middags thuiskomen. Woensdag is de beste dag omdat ze dan nooit hoeft na te blijven. Niemand. Meneer March dirigeert het schoolorkest, en op woensdagmiddag repeteren ze van drie tot half vijf. Lisa en Auriel zitten in het orkest, ze spelen respectievelijk triangel en blokfluit, maar Madeleine kon eraan ontkomen als ze haar moeder beloofde trouw te zullen oefenen op haar accordeon. Ze krijgt sinds kort les van meneer Boucher.

Elke ochtend gaat ze op tijd van huis om zich aan te sluiten bij Lisa en Auriel en ze zingen de hele weg naar school. *American Bandstand*-hits. Madeleine spreidt haar armen wijd uit en brult op klaaglijke toon: 'Whe-e-e-ere the Boys Are...!' Auriel is evenmin verlegen, zij staat gewoon te twisten langs de kant van de weg, en soms lijkt het nog te vroeg op de dag om zo hard te lachen. Ze hebben zichzelf De Songelles genoemd. Draaien hun handen in het rond, knippen met hun vingers, deinen de hele straat door.

Als ze vroeg genoeg bij school zijn, kunnen ze teruglopen naar de hoek van Algonquin Drive en de Huron County Road, waar de tieners op de bus naar de middelbare school wachten, en een glimp opvangen van Ricky Froelich en Marsha Woodley die elkaars hand vasthouden. Hij draagt haar boeken.

De bel gaat, de stoelen schrapen, en elke ochtend lijken de nablijfoefeningen heel ver weg, ze worden verjaagd door de geruststellende dagelijkse routine die begint met het zingen van 'God Save the Queen' – als je goed kijkt, zie je dat Claire McCarroll andere woorden zingt, maar niet hard. Amerikaanse woorden. En er woont nu ook een woestijnrat in een kooi achter in het lokaal, zodat er een gezellige knaagdiergeur van houtsnippers hangt. Hij heet Spoetnik.

'Neem bladzijde vijfentwintig van je taalboek voor je...'

Tijdens het speelkwartier zit ze met het probleem dat ze Marjorie Nolan moet ontlopen, die zich nog bij geen enkel meisje of groepje heeft aangesloten. 'Wil je tussen de middag bij mij komen eten, Madeleine?' Waarom zoekt ze zelf geen vriendinnen? Er zijn veel meisjes zoals Marjorie: meisjes met samengeknepen lippen en kritiek op andere meisjes, en kleren die aan het eind van de dag nog schoon zijn, laat ze daar vriendschap mee sluiten. Waarom zit ze niet in het groepje van Cathy Baxter? Die hebben bij het touwtjespringen geen gebrek aan ondergeschikte meisjes die bereid zijn om altijd te draaien – Marjorie zou als een van hen kunnen beginnen en zich dan opwerken. De bazige meisjes. Ze hebben altijd een belangrijk geheim dat 'voor jou een vraag en voor mij een weet' is. Ze gooien onderhands bij honkbal en op vrijdag worden hun tekeningen aan de muur gehangen. Zij zijn geknipt voor Marjorie. Marjorie kan uitstekend touwtjespringen, maakt prachtige vouwwerkjes en krijgt voor bijna alle vakken hazen, maar als ze hen gelijk geeft of zegt: 'Wat een prachtige trui, Cathy,' zeggen ze niets terug en Cathy rolt met haar ogen; daarna praten ze weer verder over datgene waar ze het over hadden voor ze zo ruw onderbroken werden door een onbenul. Madeleine begint zich van lieverlee verantwoordelijk te voelen. Moet ik haar vriendin worden omdat niemand anders het wil?

'Neem bladzijde twaalf van jullie boek met Canadese liederen voor je.' Meneer March blaast op zijn stemfluitje en steekt een dikke worstvinger op, en als hij de vinger laat zakken zingt de hele klas: 'Land van de zilverberk, land van de bever, waar de machtige eland nog vrijelijk dwaalt...'

Naarmate de dag vordert houdt Madeleine de vilten dieren op het prikbord nauwlettend in het oog.

'De volgende meisjes moeten nablijven...'

Eén of twee keer per week. Soms allemaal, soms maar een paar van hen. Wat hebben die andere meisjes vandaag verkeerd gedaan? De mooie, droevige Diane Vogel, de intelligente Joyce Nutt, en Grace Novotny. Zelfs Grace kan niet altijd alles fout doen, en toch moet zij iedere dag nablijven.

Ze gaan achter in het lokaal in een rij staan, bij de kapstokhaken. Als Madeleine aan de beurt is, loopt ze door het gangpad en bekijkt hij haar met die nietsziende blik waardoor ze denkt: misschien besta ik alleen in zijn verbeelding. Auriel en Lisa vragen er nooit meer naar, niemand vraagt iets. Zij zijn gewoon de meisjes die moeten nablijven. Het oefengroepje. Niemand in de klas is nog nieuwsgierig naar het oefengroepje, het is er gewoon.

Ze kan met gemak om twaalf over drie thuis zijn, want meneer March houdt hen nooit langer dan tien minuten, dus niemand krijgt problemen door het nablijven; ze zijn nooit zo laat thuis dat hun ouders het merken.

'Als jullie het ze niet vertellen, zal ik dat ook niet doen,' zegt meneer March. 'Het ligt er natuurlijk wel aan of jullie na drieën goed je best doen.'

Dat is aardig van hem. Het is al erg genoeg om straf te krijgen van je onderwijzer, dan wil je niet nog meer straf krijgen van je ouders.

Een paar weken op school, en het lijken al maanden; de ongeregelde dagen van de zomer hebben plaatsgemaakt voor lessen, sport en de padvinderij. Madeleine en haar vriendinnen doen ballet en jazzballet, tapdansen en Schotse dansen in het recreatiecentrum, ze krijgen les van juffrouw Jolly, een lange benige vrouw die precies op een dropstaaf lijkt in haar tricot. Juffrouw Jolly lacht haar tanden bloot om Madeleines meest gracieuze pogingen. 'Je bent bijzonder lenig, Madeleine, maar ik weet niet of ballet wel iets voor jou is.' Wanneer ze hen de twist laat dansen, wendt Madeleine buikpijn voor. Het idee om samen met alle andere meisjes sexy met je heupen te kronkelen geeft haar een wee nablijfgevoel.

Ook de volwassenen hebben een bloeiend sociaal leven. Er zijn cocktailparty's op vrijdagavond en elke zaterdag is er in de mess een feest. Madeleines ouders zijn begonnen met curling op de zaterdagochtend, en door de week komen de dames bij elkaar om koffie te drinken en te bridgen. De bridgeavonden zijn het leukst, want dan er is altijd een overvloed aan hapjes en gebak waar de kinderen de volgende dag nog van smullen.

Op een donderdagavond eind september is Mimi gastvrouw. Er staan vier tafels van vier speelsters, en Madeleine mag opblijven en de dames gedag zeggen. Madeleine kijkt verlangend naar de kristallen bakjes met gemengde zoutjes op de bridgetafeltjes, naar de schalen met kleverige chocoladecake en boterkoekjes. Een sinaasappeltulband staat te pronken op een schaal met voetstuk, en er zijn warme en koude hors d'oeuvres: Weense worstjes, Zweedse gehaktballen, zoetzure hapjes op prikkers. De woonkamer bruist van vrolijkheid, de conversatie schiet vonken als een combinatie van kasjmier en pas gewassen haar; op het buffet glinstert het zilveren servies samen met kleine glaasjes crème de menthe; lipstick siert de randen van theekopjes, lakleren handtassen staan als miniatuurauto's op de grond geparkeerd; dit alles vermengt zich met de geur van parfum en sigarettenrook, wat een bedwelmend effect heeft.

Madeleine draagt haar polopyjama en haar gewatteerde kamerjas. 'Dag Madeleine, hoe bevalt het je op school, liefje?' De vriendelijke, elegante mevrouw Woodley. 'Heel goed, dank u.' Mevrouw McCarroll staat bij de haard te luisteren naar mevrouw Lawson, die zachtjes op haar hand klopt – Gordons moeder is bijna net zo aantrekkelijk als mevrouw Boucher, een rustige, gemoedelijke vrouw. Mevrouw Noonan is aardig maar een beetje scheel. Madeleine hoort de stem van mevrouw Ridelle in de keuken: 'Vooruit Betty, geniet een beetje van het leven!' Ze schudt een aluminium thermosfles heen en weer. Op de plaat zingt Johnny Mathis dat hij kinderen wil. Madeleine is gefascineerd door het schouwspel. Als ze heel stil staat en haar ogen en oren nergens op richt, kan ze alles tegelijk zien en horen:

'... goedkoop voor de helft van de prijs...'
'... ach wat, heus?!'
'... doet altijd heel gewichtig...'
'... overgeplaatst naar Brussel...'
'... is nog geen lid.'
'Wie niet?'
'Sylvia Nolan, ze is nog steeds geen lid van de Vrouwenclub.'
'... één bonk zenuwen...'

Sylvia Nolan. Marjories moeder, die altijd hoofdpijn heeft. Madeleines ogen schieten rond – is mevrouw Nolan hier? Gaat zij vertellen over het oefengroepje? Natuurlijk niet. *Ze is nog steeds geen lid van de Vrouwenclub.* En trouwens, wat valt er eigenlijk te vertellen? Plotseling kijkt ze in het glunderende gezicht van mevrouw Baxter, een forse vrouw met een flinke bos blond haar en uitdagende rode lippen. 'Jij bent vast bevriend met mijn Cathy.' Madeleine lacht flauwtjes, ze weet niet wat ze moet antwoorden. Mevrouw Nutt, een

slanke vrouw die naast mevrouw Baxter staat, zegt zachtjes: 'Jij zit bij Joyce in de klas, hoe vind je het op school, liefje?' 'Leuk, mevrouw.' Mevrouw Nutt gaat aan een bridgetafel zitten en zegt iets tegen mevrouw Vogel, die op Judy Garland lijkt – mooi en bijna in tranen van geluk. Hebben Joyce Nutt en Diane Vogel iets tegen hun moeder gezegd over het oefengroepje? Praten mevrouw Nutt en mevrouw Vogel daar nu over? Gaan ze het aan Madeleines moeder vertellen?
   'Madeleine.'
   'Oui, maman.'
   Het is bedtijd. Mimi wikkelt een chocoladestaafje in een servetje en geeft het aan Madeleine, terwijl ze zegt: 'En nu meteen naar bed, anders komt de bonhomme *sept heures* je halen.'
   Haar moeder is vandaag naar de schoonheidssalon geweest. Haar kapsel is eenvoudig maar perfect van vorm, net als haar groen met zwarte mouwloze jurk. Madeleine loopt langzaam de trap op en ziet hoe maman zich beneden een weg baant door de kamer en de naald van de plaat haalt. Ze draait zich om, klapt twee keer in haar handen en kondigt aan: '*Allons, les femmes*, en nu aan de slag.' Iedereen lacht en gehoorzaamt. Madeleine talmt, ze kijkt naar mevrouw Vogel en mevrouw Nutt en hoopt vurig dat ze aan verschillende tafeltjes gaan zitten. Dat doen ze. Ze is opgelucht dat mevrouw Nolan er niet is, maar verbaast zich over de afwezigheid van mevrouw Novotny. Dan herinnert ze zich de woorden van Marjorie: 'Haar vader is maar korporaal.' Mevrouw Novotny is geen officiersvrouw, dus Madeleine hoeft niet bang te zijn dat maman van haar over de oefeningen zal horen.
   '*Madeleine, vite, vite. Bonne nuit, ma p'tite.*'

'Weet je wat de hoofdstad van Borneo is, meisje?'
   Madeleine vertelt haar vader alleen de leuke dingen. Ze moppert niet meer in zijn bijzijn. Ze wil hem niet het idee geven dat hun plan niet werkt. Het werkt wel. Ze is altijd maar een paar dagen een schildpad, dan wordt ze weer bevorderd tot dolfijn. Maar nooit tot haas. Het zou sneu voor hem zijn als hij dacht dat hij het probleem niet had opgelost. Hij heeft het opgelost. En als ze bij hem is, lijken de nablijfoefeningen maar een kleinigheid, iets dat ver van haar af staat.
   Ze helpt hem het gras maaien, haar handen naast de zijne op de stang, en boven het geraas van de motor uit voeren ze gesprekken. Ze vertelt over de kinderen in haar klas – over de bazige meisjes en over jongens als Philip Pinder en de rest, behalve natuurlijk over het oefengroepje – en hij leert haar

nieuwe woorden, 'sociale dwang' en 'groepsdynamica'. Hij helpt haar met een spreekbeurt over humor, over de lach als 'universeel geneesmiddel'. Ze wordt op school genadeloos uitgelachen om zulke deftige woorden, en zij slaat terug door ze zo vaak mogelijk te gebruiken, ongeacht de context. Zij en haar vader speculeren over de vraag waarom God oorlog en kanker en het lijden van onschuldige honden toestaat, ze praten over haar toekomst en bespreken de voor- en nadelen van diverse beroepen – een 'kosten-batenanalyse' noemt hij dat. Hij vraagt wat ze over vijf jaar bereikt wil hebben, ze inventariseren doelstellingen op de korte en de lange termijn en stellen vast dat die allemaal naar Ed Sullivan kunnen leiden. Op een zaterdag nemen ze een lunchpakket mee en wandelen kilometers over onverharde wegen ver van de basis, alleen zij tweetjes, met een thermosfles Nesquick en een stapel boterhammen met pindakaas. Zulke gebeurtenissen worden bijna onmiddellijk omgezet in herinneringen, stukjes van een idyllisch verleden dat op de een of andere manier tegelijk met het heden bestaat. Herinneringen om op terug te blikken terwijl ze nog gaande zijn, bitterzoet en omkranst door stralend zonlicht dat vervaagt tot sepia – het septemberstof dat achter een enkele passerende auto blijft hangen, de geur van bladeren, de blauwe lucht die zich weerspiegelt in zijn zonnebril.

Ze is telkens van plan hem te vragen wat de hoofdstad van Borneo is, maar ze vergeet het elke keer.

'De volgende meisjes blijven als de bel gaat. Diane Vogel, Grace Novotny, Joyce Nutt, Madeleine McCarthy en Marjorie Nolan.'

Marjorie kijkt trots in het rond en krijgt kuiltjes in haar wangen. Als haar blik die van Madeleine kruist, kijkt ze hooghartig de andere kant op. Niemand anders dan Margarine Nolan zou er trots op kunnen zijn dat ze is uitverkoren voor het oefengroepje. Madeleine voelt haar gezicht warm worden als ze beseft dat Marjorie geen idee heeft wat het oefengroepje eigenlijk is. Stel dat ze het doorvertelt? *Wat doorvertelt?*

Ze stellen zich op bij de kapstokhaken. Madeleine leunt achterover, ze voelt de haak langs haar ruggengraat schuren en opzij glijden om een plekje tussen haar ribben te zoeken. Net het karkas van een kip.

Je staat bij de kapstokhaken tot hij je roept. Of tot hij je terugstuurt naar je bank om een schriftelijk testje te maken. Dan stalt hij de rozenknoppen op zijn lessenaar uit en je loopt allemaal naar voren, pakt er een en vertrekt. 'Zijdeur, meisjes.'

Diane Vogel is nu bij hem achter de grote eiken lessenaar. Madeleine kijkt en wacht af. Ik ben benieuwd wat voor oefeningen hij de andere meisjes laat doen. Doen zij hetzelfde als ik? Denken ze dat ze bij de slimme of de domme groep horen? Of bij de ondeugende groep? Bij welke groep hoor ik?

Hij laat Grace Novotny achteroverbuigen achter zijn lessenaar, terwijl hij haar stevig tussen zijn knieën houdt zodat ze niet valt. Hij wil niet dat er onnozele ongelukken gebeuren.

Hij laat Joyce Nutt ook achteroverbuigen, maar naast zijn lessenaar, nooit erachter. En hij houdt haar niet vast. Kan het hem niet schelen of ze valt?

Madeleine kijkt de rij langs. We zijn nu met ons vijven in de oefengroep. Bijna genoeg voor een kaboutervolkje van zes. En we zijn allemaal kabouters, hoewel we dit voorjaar zeker onze vleugels krijgen en overvliegen naar de gidsen. Behalve Grace, die moet misschien overlopen.

Niemand praat, zelfs Marjorie niet. Ze heeft haar lippen op elkaar geperst alsof ze wil verhinderen dat ze zal praten. Ze is erachter gekomen dat dit een regel is, en als Marjorie eenmaal weet dat iets een regel is, gaat zij toezicht houden op de anderen.

Iedereen wacht terwijl Grace haar oefeningen doet. Het enige wat je hoort is de woestijnrat die een nest maakt in zijn kooi en meneer March die luidruchtig ademt – het is zwaar werk voor hem.

Drie minuten over drie. De uitgeknipte kalkoenen hangen aan de muur, want het is bijna Thanksgiving. Lachend en gekleed als de mensen die hen gaan opeten. Blije pelgrims van wie straks de kop wordt afgehakt. Er zijn ook grote manden waar pompoenen en maïskolven uit rollen.

Grace Novotny loopt terug naar de kapstokhaken.

'Kom hier, meisje,' zegt meneer March. Niemand weet tegen wie hij het heeft totdat hij zegt: 'Die met het witte bloesje,' en dan komt Madeleine naar voren.

'Weet je wat de hoofdstad van Borneo is, meisje?'

'Nee, meneer March.'

'Hoe heetten de schepen van Columbus?'

'De Niña, de Pinta en de Santa María.'

'Correct. Laten we eens kijken of je twee van de drie vragen goed kunt beantwoorden. Wat voor gereedschap gebruiken mijnwerkers om steenkool los te hakken?'

'Dat weet ik niet, meneer March.'

'Ze gebruiken een houweel. En weet je wat voor houweel?'

'Nee, meneer March.'

'Een pikhouweel. Zeg eens pikhouweel.'

'Pikhouweel.'
'Pik.'
'Pik.'
'Houweel.'
'Houweel.'
'Kom dichterbij. Nog dichterbij. Zo ja. Ik wil zien of je al sterker wordt. Ik wil dat je je oefeningen blijft doen, anders kan ik je geen voldoende geven voor gezondheid. Sta stil.'
We hebben gezondheid niet eens als vak, hij is gek.
'Laat me je spieren voelen, meisje. O, dat is een flinke. Ik doe je geen pijn.'
Zijn wangen bibberen en hij staart haar aan, maar het is net of hij niemand ziet. Waar is Madeleine? De man betast haar vers gestreken bloesje; er zit een broche op met de Acadische vlag, wit, rood en blauw, maman heeft hem vanmorgen opgespeld. Arme maman.
'Laat me je borstspieren eens voelen. Ze groeien, hè, wrijf je er elke dag over? En je buikspieren, en je – o, je zweet, hè?' Meneer March raakt haar onderbroek aan. Het is een lekker gevoel.
'Weet je wat er gaat gebeuren als je ouders ontdekken hoe ondeugend je bent geweest?'
Haar hoofd is gloeiend heet. Ze schudt van nee.
'Dan sturen ze je weg.' *Het woud in.* Ze voelt haar hart tegen haar ribbenkast slaan, ziet het groot en rood tegen de benen tralies kloppen.
'Hier, meisje, voel mijn spier eens – zo ja – knijp maar, hij is sterk genoeg.' Het lijkt rubber, het stinkt een beetje. Niet aan denken, anders ga je overgeven.
'Ben jij sterk? Laat eens voelen hoe sterk je bent. Hoe hard je kunt knijpen.' Losse huid aan de buitenkant en hard van binnen, net rauw vlees.
'Wrijven.'
Hij legt zijn hand om die van Madeleine en wrijft zo hard dat het wel pijn moet doen, de huid schuift helemaal naar beneden zoals bij de nek van een kalkoen, het gaatje is zijn plasgaatje.
Dan duwt hij haar weg, en misschien zal hij nu het volgende meisje bij zich roepen, en misschien ook niet.
Madeleine loopt terug naar de kapstokhaken. Het duurt een hele tijd en toch zijn haar voeten niet opgehouden met lopen, dus waarschijnlijk heeft het niet langer geduurd dan normaal. Ze drukt haar ruggengraat tegen de haak, en het volgende moment ziet ze Marjorie Nolan achter zijn lessenaar staan, maar ze kan zich niet herinneren dat Marjorie werd geroepen of naar voren liep; Marjorie is gewoon ineens bij zijn lessenaar opgedoken. Ze heeft

een zwaar, moe gevoel in haar benen, alsof ze lang heeft gestaan. Maar het is pas zeven over drie.

Marjorie heeft haar handen uitgestoken en meneer March stopt ze vol met snoepgoed – zo doen we dat meestal niet in het oefengroepje.

'Ik ga over het snoep,' zegt Marjorie, die plotseling weer bij de kapstokhaken staat. Met haar neus in de lucht loopt ze langs de rij, en als ze bij Madeleine komt zegt ze: 'Je krijgt alleen iets als je je goed gedraagt en niet stom doet, dus vergeet het maar, Madeleine.'

Madeleine wil zeggen: 'Kan me niks schelen,' maar haar lippen zijn droog.

Marjorie likt aan een rode Smartie, die ze als lippenstift gebruikt en dan in haar mond steekt en vermorzelt. 'Je krijgt er nog spijt van, Madeleine.'

Met de anderen de zijdeur uit. Weer is Madeleine dankbaar voor de zijdeur, want stel je voor dat je het schoolhoofd tegenkomt, meneer Lemmon, of meneer Froelich, en dat zij zich afvragen wat je na drieën in de klas hebt gedaan – achter de deur met de kalkoenen die over de ruit zijn geplakt.

Ze verspreiden zich. Zwijgend zoals gewoonlijk, alleen Marjorie probeert met de anderen te kletsen alsof ze lid is van een spannende nieuwe club. Madeleine mijdt haar.

'Hoi,' zegt Claire McCarroll. Ze fietst over het schoolplein, de roze linten glinsteren in de wind.

Madeleines hoofd zit dicht, haar onderbroek voelt klam en in gedachten ziet ze het gele vlinderpatroon, maar nee, dat is Claires onderbroek, de hare heeft een patroon van lieveheersbeestjes, maman heeft hem bij Woolworth gekocht, niemand had ooit kunnen denken dat een onderwijzer hem zou aanraken, maar vandaag is dat gebeurd. En meestal voel je zijn ding alleen door zijn broek stoten als je achterovergebogen staat, wat verder een normale oefening is, en het stoten zou per ongeluk kunnen gebeuren, of het kan een zakmes zijn. Nu kun je nooit meer tegen iemand zeggen: 'O, we doen gewoon gymnastiekoefeningen.' Je kunt niets zeggen.

'Hoe kom je aan die blauwe plekken?' vraagt Mimi, terwijl ze Madeleines bovenarm bekijkt.

'Gewoon, van het spelen,' zegt Madeleine. 'Auriel en ik deden prikkeldraadje bij elkaar.' Wat niet gelogen is, dat hebben ze weleens gedaan.

Mimi knijpt haar ogen half dicht. '*Vraiment?*'

Madeleine bloost. Ziet maman dat de blauwe plek de vorm van een mannenhand heeft? Maar Mimi zegt: 'Weet je zeker dat je niet met dat kind van de overkant hebt gespeeld?'

'Wie?'
'Colleen.'
'Nee.'
'Want Colleen Froelich is te oud voor je, onthoud dat maar.'
Mimi loopt op tijd terug naar het fornuis om de hollandaisesaus te redden.

'Hoe ging het vandaag op school?' vraagt Jack aan tafel.
'Goed.'
'Wat hebben jullie gedaan?'
'Kalkoenen gemaakt.' Madeleine wil haar glas melk pakken en stoot het om. 'Oeps!' Mimi grijpt het glas voor het op de grond valt, en Jack schuift vliegensvlug zijn stoel naar achteren om zijn broek te sparen.
'Kluns,' zegt Mike.
'Michael, help je moeder,' zegt Jack.
De tranen springen Madeleine in de ogen. 'Sorry.'
'Niet huilen, zo erg is het niet, liefje.'
Mimi haalt een theedoek, laat zich op één knie zakken en dept Madeleines bloesje droog. Haar dochter barst in tranen uit. Mimi slaat haar armen om haar heen en klopt op haar rug, en Madeleine doet haar handen voor haar ogen en jammert luid. '*Madeleine, qu'est-ce qu'il y a?*' Mimi pakt haar zachtjes bij de schouders en kijkt haar aan. '*Eh? Dis à maman.*' Maar haar kleine meisje wendt zich af en gaat naar haar vader. Hij strekt zijn armen uit. Ze klimt op zijn schoot en komt meteen tot bedaren. Jack knipoogt naar Mimi over Madeleines hoofd heen. Mimi glimlacht en loopt terug naar de gootsteen.
Mike rolt met zijn ogen als hij de melk opveegt. Madeleines vernedering is des te groter omdat ze weet dat haar broer gelijk heeft; ze huilt om niks, echt een meisje.
'Wat scheelt eraan, honnepon?' vraagt pap.
Ze antwoordt: 'Ik wil niet dat je doodgaat,' wat een nieuwe huilbui op gang brengt.
Jack grinnikt en woelt door haar haar. 'Ik ga helemaal niet dood!' Hij laat haar met hem boksen, om te laten zien dat hij een ouwe taaie is. 'Zo'n ouwe taaie gaat niet gauw dood, goed zo, sla hier maar.'

Na het eten speelt hij met hen – haar lievelingsspel uit de tijd dat zij en Mike nog klein waren. Pap is de spin. Zijn spinnenvingers kronkelen langzaam door de lucht, de spanning stijgt, je wacht tot hij toeslaat, je wilt wegrennen, je wilt wachten tot het allerlaatste moment, 'Hebbes!' Dan kietelt hij je tot je

buikpijn hebt van het lachen, en hij houdt pas op als degene die op dat moment vrij is hem een kus geeft.
   'Mike, Mike! Geef pap een kus!'
   Maar Mike wil niet, hij is te oud om pap een kus te geven.
   'Dat is niet eerlijk!' roept ze. 'Ik heb het wel voor jou gedaan!'
   'Nou en?' zegt Mike vanaf de bank. *'C'est la guerre,'* en hij bladert in The Economist.
   De spin heeft haar bij de enkels, ze probeert uit het drijfzand te komen, haar vingers klauwen in het kleed. *'Maman! Donne un bec à papa! Vite!'*
   Even respijt. Maar dan, o nee! De spin begint weer te kietelen – het is heerlijk, je wordt er gek van...
   'Mike!' Nu pakt de spin haar bij de armen... 'Maman!' Lachend... Nu neemt hij haar gevangen... 'Help!' Nu klemt hij haar stijf tussen zijn knieën. Madeleine houdt op met schateren. Ze blijft glimlachen, maar haar maag is loodzwaar. Pap kietelt en zij kronkelt en lacht, ze gedraagt zich normaal, maar ze heeft het heet en voelt zich niet lekker, ze kan niet weg. Zijn knieën zitten vastgepind aan weerskanten van haar heupen.
   'Nu heeft de harige spin je te pakken,' gromt hij, zoals gewoonlijk.
   Laat me los.
   'Maman!' roept ze, lachend als een meisje dat met haar vader speelt.
   Ze kijkt recht tegen paps broek aan. Stel dat ze tegen hem aan botst? De hete geur omringt haar, de woonkamer wordt donker. Hij buigt voorover en wrijft met zijn bakkebaarden over haar gezicht.
   'Wat gebeurt er allemaal?' Maman verschijnt in de deuropening, met druipende gele rubberhandschoenen.
   'Geef pap een kus,' zegt Madeleine, rustig nu, met een geforceerd lachje.
   Maman kust hem en de spin laat los. Madeleine glimlacht als blijk van waardering voor haar lievelingsspel. Hij lacht, streelt over haar hoofd en pakt zijn krant weer op. Madeleine loopt naar de voordeur.
   'Madeleine, *attends une minute,'* zegt maman, die van de bovenste tree op haar neerkijkt.
   'Wat is er, mam?'
   Mimi loopt de drie treden af en zegt op milde toon: 'Je bent te groot om zo met je vader te spelen.'
   Madeleine rent naar de overkant en loopt door de tuin van de Froelichs naar het park erachter, met de schommels en de draaimolen. Ze gaat tegen een dikke boom zitten. Een eik. De boom hoort haar. Ze is te groot. Maman weet dat dat spelletje niet deugde. Als je met je vader speelt en hij botst tegen

je aan en je voelt zijn ding, komt dat doordat je te groot bent om met je vader te spelen.

Maar Madeleine botste niet tegen hem aan. Zij moet ervoor zorgen dat dat ook nooit gebeurt, want het zou niet zijn schuld zijn. Ze zou het alleen aan zichzelf te wijten hebben. Haar moeder weet wat Madeleine weet. Spelletjes waarbij je tussen zijn knieën gevangenzit, deugen niet. Haar vader is te argeloos om dat te weten. Pap weet niet wat er kan gebeuren. Hij weet niet wat jij weet. Hij zou hulpeloos zijn als je tegen zijn broek botste, hij zou verbijsterd zijn met dat ding in zijn broek. Madeleine drukt haar rug tegen de stevige schors en huilt met haar voorhoofd op haar knieën. De boom hoort haar. *Arme pap. Arme pap.*

'Jack,' zegt Mimi 's avonds in bed.
'Ja?'
'Madeleine is te oud voor die spelletjes.'
'Wat voor spelletjes?' vraagt hij, met zijn neus in *Time*. *Het beleid van de VS, dat zich beperkt tot pogingen Cuba te isoleren, heeft kwalijke gevolgen gehad...*
'Kietelspelletjes, ik zag het aan haar gezicht.'
Hij laat zijn tijdschrift zakken. 'De harige spin, bedoel je?'
'Ja. Ze is er te oud voor, ze geneerde zich.'
'Heus?'
'O ja, ik denk dat ze alleen meespeelt om jou een plezier te doen.'
Jack knippert met zijn ogen. 'Meen je dat nou?'
Ze glimlacht. 'Het spijt me voor je, papa,' zegt ze, 'maar je kleine meisje wordt groot.'
'Denk je dat ik haar in verlegenheid heb gebracht?'
'Een beetje wel, ja.'
Hij laat het bezinken. 'Maar ik mag wel andere spelletjes met haar doen?' zegt hij.
Ze glimlacht. 'Je hoeft je kleine meid niet kwijt te raken. Maar je moet er een beetje rekening mee houden dat ze een jongedame begint te worden.'
Ze kust hem en reikt naar haar *Chatelaine*. Ze bladert erin... *het gemiddelde salaris van vrouwen is maar de helft van dat van mannen...*
'Ze is precies haar maman,' zegt Jack.
Mimi lacht. 'Reken maar.'
'Ze is een driftkikker.' Hij geeft haar een kus en zegt dan: 'Ik wilde haar niet in verlegenheid brengen.'
'Dat weet ik wel.'

Ze lezen.

Hij: Sinds oktober vorig jaar heeft de VS het aantal militaire adviseurs uitgebreid tot meer dan 10.000, en er wordt nu dagelijks 1.000.000 dollar gespendeerd om de Vietcong te bestrijden...

Zij: Recepten voor Thanksgiving waar uw gezin van zal genieten.

✧

Er was eens, in een republiek die niet meer bestaat, een mooie en briljante jongeman die Wernher von Braun heette. Hij kwam uit een adellijke Pruisische familie, en hij had een passie voor raketten, net als de rest van zijn generatie. Ze waren vooralsnog slechts een droom; een kans voor de mensheid om zo hoog boven het geweld van het aardse bestaan uit te stijgen dat onze triviale geschillen zouden verschrompelen in de immense ruimte. Een droom over vrede in onze tijd. Wernher ging natuurkunde studeren en sloot zich aan bij een clubje enthousiaste amateurs die zelf kleine raketten bouwden en deze in het weekend lanceerden.

Hij trok de aandacht van een officier die dezelfde droom had als hij en deel uitmaakte van een organisatie met voldoende middelen om deze droom te financieren. In 1936 was Duitsland bezig te herstellen, zich te bevrijden van het juk van de armoede. Er waren eindelijk mensen aan de macht die, hoe vulgair misschien ook, van aanpakken wisten. Het was een heerlijke tijd om jong te zijn.

Wernher was vijfentwintig toen hij de leiding kreeg over een geheim militair project dat de bouw beoogde van de grootste, krachtigste raketten die de wereld ooit had gekend. Eerst moest men echter een veilige plek vinden om deze droom gestalte te geven. Wernhers moeder zei tijdens het kerstdiner tegen hem: 'Waarom ga je niet eens in Peenemünde kijken? Je grootvader ging daar vroeger op eenden jagen.' Wernher werd op slag verliefd op de wildernis van Peenemünde, waar het wemelde van herten en vogels, op de verborgen zandstranden en de Oostzeebries. Op 1 april vielen de eerste bomen ten prooi aan de bulldozers. Er werden steigers en testinstallaties opgetrokken, er werd een spoorlijn aangelegd, er werden barakken gebouwd en er verrees een campus in neoklassieke stijl die onderdak bood aan ontwerpers, natuurkundigen, ingenieurs, aërodynamici, technici, administrateurs en alle begaafde jonge mensen die de droom zouden verwezenlijken. De dwangarbeiders kwamen later.

OKTOBERFEST

Voor het altaar rijst een schitterend, caleidoscopisch toekomstbeeld op van splitlevelwoningen gevuld met apparaten, kinderen met blozende wangen en jongensachtig knappe echtgenoten. Op een moment in de geschiedenis waarop een meisje, volgens de meest recente voorspellingen, wel honderd jaar kan worden, heeft ze eigenlijk alleen plannen voor de eerste veertig jaar van haar leven... We dwingen hen tot een huwelijksmarathon.

CHATELAINE, JULI 1962

In de eerste week van oktober waren de herfstbladeren nog niet op hun mooist, maar het begon te komen. Scharlakenrood en felgeel deden hun intrede, eikelpompoenen voegden groen en okergeel toe, decoratieve oranje tulbanden en knoestige kalebassen hoopten zich op in kolossale manden voor de kruidenierswinkel en in kraampjes bij de oprit van boerderijen. Knolrapen en de laatste maïskolven, aardappelen, bieten, wortelen en radijs, de lokale schatten, vers uit de grond. In het stadje Exeter rook de bakkerij nog goddelijker sinds de verandering in temperatuur – het vroor nog niet, maar 's ochtends was de lucht koel genoeg om een verrukkelijk contrast te bieden met de geur van warme kaneelbroodjes en pompoenpasteien die in vlagen kwam aanwaaien. De najaarskermis werd opgebouwd achter het vroegere spoorwegstation en Jack ging er met de kinderen heen. Ze deden de ronde langs de verschillende attracties: botsautootjes, behendigheidsspelletjes en een heel behoorlijke achtbaan waarin het moeite kostte je suikerspin binnenboord te houden, vooral als je hem al op had. Thuis zeemden de vrouwen de ramen, ze gaven hun kinderen op voor kunstschaatsen en ijshockey, en spoorden hun echtgenoot aan om komend weekend de voorzetramen aan te brengen, terwijl de mannen begonnen te denken aan winterbanden voor de auto.

Als je een veel jongere Mimi McCarthy, Marguerite Leblanc zoals ze toen heette, foto's van haar huidige leven had laten zien – onder een kristallen kroonluchter dansen in de officiersmess met een knappe man in uniform, een huis voorzien van alle moderne gemakken, haar kinderen allebei een eigen kamer, reizen naar Europa, haar naam op een gezamenlijke bankrekening – zou ze gedacht hebben dat het een sprookje was. Al was ze er van meet af aan op uit geweest. Marguerite werd Mimi lang voor ze Jack ontmoette. In feite al toen ze ongeveer zo oud was als Madeleine. Mimi reikt naar de fles Palmolive en laat de kraan lopen boven de ontbijtborden.

Zij was het enige meisje in het gezin dat haar geboorteplaats verliet, dat hoger onderwijs volgde, het enige meisje dat naar het buitenland ging. De oorlog heeft veel jonge mensen geholpen zich los te maken, maar Mimi's dadendrang deed de rest. Ze houdt van haar zussen, ze houdt zelfs van haar meeste schoonzussen, ze is blij dat ze gelukkig zijn, maar ze zou voor geen goud met hen willen ruilen. Ze heeft nog een goed figuur, ze houdt nog van haar man en op haar zesendertigste hunkert ze naar nog een kind.

Het is een romantisch, bijna erotisch verlangen dat verweven is met wat ze voelt voor haar man, nog steeds haar vriendje, nog steeds leuk, maar helemaal van haar. Ze stelt zich voor hoeveel gemakkelijker het zou zijn met een volgende baby, wetend wat ze nu allemaal weet. Natuurlijk heeft ze van de eerste twee genoten, maar ze was zo ver van huis. Eerst in Washington, toen in Alberta. Niemand had haar verteld wat haar te wachten stond. Er was niemand die de baby even van haar overnam, niemand die zag wat er gedaan moest worden en het gewoon deed, op dagen dat het huis wel een gekkenhuis leek – niets dan huilen en morsen en spugen, tot ze zelf ook ging zitten huilen. Niemand die er gewoon was. Alleen je eigen moeder en zussen kunnen dat voor je doen, en die woonden een half werelddeel van haar vandaan. Vrouwen van luchtmachtpersoneel doen alles om elkaar te helpen, zonder op korte termijn een tegenprestatie te verwachten, want ze weten dat zij ook op hulp kunnen rekenen als ze daar ooit behoefte aan hebben. Maar familie is toch anders.

Niet iedere vrouw is voor dit leven in de wieg gelegd. Sommigen gaan eraan onderdoor – echtscheidingen komen zelden voor, de spanningen vinden een andere uitweg. Mimi heeft het meegemaakt: de jolige stem aan de telefoon halverwege de middag; het eerste drankje als beloning voor huishoudelijk werk, het tweede op de bank voor de televisie; gauw een dutje doen voor haar man thuiskomt, tot ze op een dag doorslaapt en hij gedwongen is voor zichzelf en de kinderen een blik open te trekken en koffie voor haar te zetten voor de gasten arriveren – 'Ze voelt zich niet helemaal lekker.' En laten we wel wezen, niet alle echtgenoten zijn hetzelfde.

Voor een ongelukkig huwelijk zijn twee mensen nodig. Mimi heeft geboft. Ze kijkt uit het keukenraam terwijl ze de koekenpan schuurt, met rubberhandschoenen aan om haar handen te sparen. Er fladdert een vogel voorbij, een mus met gras in zijn snavel. Aan de overkant tilt de zoon van de Froelichs zijn zusje in de oude stationcar en zet haar rolstoel achterin, zoals hij elke ochtend doet. Hij geeft zijn moeder een afscheidskus en vertrekt op een drafje door het park achter zijn huis om op tijd bij de schoolbus te zijn. Mimi's eigen kinderen zijn al naar school en hij zal het net halen, al begint de middelbare school later. Karen Froelich legt de twee baby's in een reiswieg op de achterbank en rijdt weg.

Ze zal wel ergens een baan hebben. Dat zou de staat verklaren waarin het huishouden van de Froelichs verkeert – Mimi heeft er een glimp van opgevangen toen ze de pan van de chili-zonder-carne terugbracht. Karen brengt de kinderen waarschijnlijk naar een oppas en gaat dan door naar haar werk. Je krijgt niet de indruk dat de Froelichs twee inkomens hebben, maar toch... Mimi legt de pannenspons terug op het aanrecht en neemt zich voor er een bakje of houder voor te kopen als ze de volgende keer in de stad is. De baby's zijn pleegkinderen, dat weet ze wel. Betty, Elaine en Vimy waren alle drie in Centralia toen de kleintjes op het toneel verschenen. Waar komen ze vandaan? Een ongehuwde moeder? Je wordt toch betaald om voor pleegkinderen te zorgen? Maar als dat zo is, waarom werkt Karen Froelich dan? De Froelichs gaan niet naar de kerk. Geen van beide kerken. Zijn het atheïsten? Ze moet niet vergeten dat aan Vimy Woodley te vragen.

Ze vist doorweekt brood en stukjes eierschaal uit de afvoer en duwt met haar pols een haarlok naar achteren. Mimi is gestopt met werken toen ze ging trouwen, en welke vrouw kiest ervoor om te werken als ze eenmaal een kind heeft? Eerst begreep ze niet hoe Karen Froelich het redde, met twee baby's en een gehandicapt kind, maar nu vermoedt ze dat de vrouw het domweg niet redt. Zelfs geen poging doet. Arme Henry.

Op een ochtend zag Mimi hun dochter Colleen van huis gaan, maar niet in de richting van de school. Mimi tilde met een zeephandschoen de hoorn van de haak, en bedacht toen dat de moeder van het kind niet thuis was. Daarom belde ze in plaats daarvan de school en vroeg naar meneer Froelich; ze vond het wel gênant, maar voelde zich toch verantwoordelijk, al had de moeder daar blijkbaar geen last van. Henry antwoordde dat Colleen een dagje thuisbleef omdat ze zich niet lekker voelde. Toen ze hem tactvol vertelde dat zijn dochter samen met haar hond de wijk had verlaten, zei Henry dat ze zich geen zorgen hoefde te maken, de frisse lucht zou haar goed doen. Tja, *chacun à son goût.* Maar het is geen wonder dat het kind er als een schoffie bij loopt. Mimi veegt de vloer.

Het is wel een wonder dat Ricky Froelich zo'n keurige jongen is. Vimy zei schertsend dat zij en Hal niets hebben kunnen vinden wat niet deugt aan hem, al was ze wel een beetje bezorgd toen hij en Marsha verkering kregen. Hij komt uit een 'bijzondere' familie, zei Elaine Ridelle tijdens een partijtje bridge, waarop Vimy antwoordde: 'Ja, wie niet.' Maar goed, de Woodleys worden dit voorjaar overgeplaatst en dat is dan dat. Nog een voordeel van vaak verhuizen.

Mimi zet de bezem weg en kijkt op de kalender op de koelkast, waarvan elk vakje is volgekrabbeld in haar kleine handschrift: het Oktoberfestbal in de mess, de kerkbazaar, ijshockey en kunstschaatsen, vrijwilligerswerk in het ziekenhuis in Exeter, Vimy's cocktailparty ter ere van de generaal-majoor die op bezoek komt, afspraken bij de tandarts, kabouters, padvinders, Jacks reisje naar Winnipeg, Jacks reisje naar Toronto, de eerste curlingwedstrijd, afspraak bij de kapper... Ze omcirkelt Thanksgiving en zet er 'Bouchers' bij, want Betty heeft bevestigd dat ze zullen komen. Na een korte aarzeling schrijft ze 'McCarrolls?' en pakt dan de telefoon om haar jonge buurvrouw, Dot Bryson, te bellen. De meisjesachtige stem komt aan de lijn en Mimi hoort op de achtergrond de baby krijsen. Ze vraagt de jonge vrouw om haar gezelschap te komen houden en het kind mee te brengen: 'Daar doe je me een plezier mee.' Mimi glimlacht in de hoorn – ze kan bijna tranen van opluchting horen in de stem aan de andere kant.

Ze zet een ketel water op, bukt zich naar het kastje onder de gootsteen waarin ze haar afzichtelijke werkkleren bewaart en begint weckpotten tevoorschijn te halen, die ze in een rij op het aanrecht zet. Ze gaat vijf dagen lang inmaken. Chutney, Spaanse pepers, pikante maïs, augurken, komkommers, tafelzuur en Jacks favoriet, zoetzuur met mosterdzaad. Volgende week zijn *les confitures* aan de beurt.

Thanksgiving valt dit jaar op 8 oktober en zoals gewoonlijk zullen er in de mess kalkoenen worden verloot, in zulke aantallen dat niemand met lege handen naar huis gaat. Het sociale hoogtepunt van oktober is echter het Oktoberfest. De sterke plaatselijke invloed van Duitse immigranten, in combinatie met het feit dat veel luchtmachtmensen en hun vrouwen in Duitsland gelegerd zijn geweest, garandeert dat het feest in Centralia iets bijzonders wordt. In de officiersmess is men al weken bezig met de voorbereidingen. Jack heeft geprobeerd Henry Froelich over te halen ook naar het feest te komen, samen met zijn vrouw.

'*Ach*, ik heb geen...'

'Je hebt geen smoking nodig,' zei Jack, en met een knipoog voegde hij eraan toe: 'Trouwens, het is het Oktoberfest, je kunt ook in *Lederhosen* komen.'

Henry Froelich lachte en schudde zijn hoofd. 'Ik denk het niet.'

'Sorry, dat vergat ik,' zei Jack. 'Jij komt uit Noord-Duitsland, jij zou je voor geen prijs in *Lederhosen* willen vertonen.'

Ze waren net klaar met eten en dronken op de oprit van de McCarthy's een glas van Froelichs eigengemaakte wijn. Henry had Jacks grasmaaier uit elkaar gehaald.

'Wat vindt je wederhelft ervan?'

'Mijn...?'

'Je vrouw, Karen. Danst zij graag?'

'Ze houdt meer van informeel.'

Jack knikte. 'Zoals dit.' Hij ademde de zachte herfstlucht in.

'Precies,' zei Henry, en hij boog zich over zijn werk en veegde gras en smeer van de messen. Jack sloeg hem een poosje gade: de brandschone manchetten één keer omgeslagen bij de polsen, zijn vingers vol smeer, overhemd en das beschermd door het oude schort.

'Vertel eens, Henry, ga je ooit nog rijden met dat ding of ben je van plan het aan een oudheidkundig museum te schenken?' Jack knikte naar de oprit van de Froelichs, waar de onderdelen zich ophoopten rondom het heterogene chassis, dat nu herkenbaar was als een Ford coupé uit '36; de portieren en spatborden, de treeplanken en de motorkap waren allemaal uit verschillende wrakken gesloopt en aan elkaar gelast. Midden tussen alle troep stond Henry's zoon over de motor gebogen. 'Zo vader zo zoon, hè?'

Froelich glimlachte, zichtbaar verheugd. 'De wagen is voor mijn zoon, als hij zestien is. Dat is wanneer ik helemaal grijs word, als hij gaat rijden.'

'Hank, ik begin me zorgen te maken; die auto doet me denken aan de broden en vissen, elke keer als ik kijk is er weer iets bij gekomen. Ik hoop maar dat je niet net zoveel belangstelling krijgt voor mijn grasmaaier als voor die auto, anders sta ik volgend jaar zomer tot aan mijn knieën in het gras.'

'Maak je geen zorgen, Jack, jouw grasmaaier is veel minder boeiend dan onze wagen. Het is misschien leuk om te weten dat deze auto, als hij klaar is, onderdelen van vele andere automerken zal bevatten, plus een geheim bestanddeel van een wasmachine om de brandstofefficiency te verbeteren.'

'Goh, echt?'

'Nein.'

Jack lachte.

'Hierna ga ik aan jouw auto werken,' zei Henry.
'Nein!'
Jack nipte van de wijn en knipperde met zijn ogen – wat een bocht.
Henry vroeg: 'Hoe vind je de wijn? We plukken zelf de appelbessen in de Pinery.'
'Appelbessen, hè?' Jack knikte. 'Lang niet slecht.'
'O?'
'Dat is het grootste compliment dat je van een luchtmachtfiguur kunt krijgen. Het betekent heerlijk.'
'Goed, goed, ik zal je een fles brengen, ik heb er genoeg.'
Jack zei terloops: 'Henry, waarom gaan jij en Karen niet als onze gasten mee naar het Oktoberfestbal? Ik trakteer...'
Froelich schoof de messen om de as, pakte zijn moersleutel en draaide de bout vast, maar gaf geen antwoord. Jack vreesde dat hij een faux pas had begaan door te suggereren dat geld het probleem was, wat niet zijn bedoeling was geweest. 'Je doet ons er een plezier mee. Het is net wat het feest nodig heeft, een rasechte Duitser, en het eten is niet te geloven. Hoe lang is het geleden dat je een goede braadworst hebt gegeten, nou?' Weer voelde hij dat hij iets verkeerds had gezegd. Misschien dacht Henry dat het kritiek was op Karens kookkunst.
Henry gooide de sleutel opzij en viste een schroevendraaier uit zijn gereedschapskist. 'Je bent erg gul, Jack, en ik wil bij een andere gelegenheid je aanbod graag accepteren, maar ik ben geen Duitser.' Hij klikte de beschermkap over de motor.
Jack kreeg een kleur. Was hem iets ontgaan?
Henry draaide de vleugelmoeren aan. 'Ik ben Canadees,' zei hij, met een glimlach. Hij trok aan het koord en de motor begon te brullen.

Op de vrijdag voor Thanksgiving kwam Jack na de borrel in de mess thuis met een reusachtige diepvrieskalkoen. 'Mimi, ik ben thuis!'
'O Jack,' riep ze, 'je hebt gewonnen!'
'Jawel,' zei hij, terwijl hij het gevaarte op de keukentafel dumpte.
De jonge buurvrouw stond op met haar baby. 'Dag Jack. Mimi, ik moet er weer vandoor.'
Jack vroeg: 'Heb je...' en aarzelde.
'Dot, blijf nog even,' zei Mimi, tactvol de naam van de vrouw verschaffend.
'Heb je het naar je zin hier, Dot?' Ja, haar man werkte op de boekhoudafdeling, Bryson heette hij.

'Geweldig, Jack, dank je,' zei ze blozend, en vertrok toen, overeenkomstig de huiselijke etiquette. Mimi liet haar uit en kwam terug om haar man te kussen – hij was zo trots op die kalkoen, ook al zei hij schouderophalend: 'De rest moet jij doen, vrouwlief, ik heb hem alleen naar huis gezeuld.'

Ze schonk hem een biertje in en plaagde hem ermee dat hij de naam van de buurvrouw was vergeten, gestreeld dat hij zo'n leuk jong ding nauwelijks een blik waardig keurde. Hij pakte nog een glas van de plank en schonk de helft van zijn bier voor haar in. 'Ik heb er in de mess al twee gehad. Je wilt het beest in me toch niet wakker roepen, hè?' Hij knipoogde.

'Ça dépend.' Ze stootte haar glas tegen het zijne.

Er zijn mannen die, als ze vrijdags al thuiskomen om te eten, te 'vrolijk' of te agressief zijn om samen met hun kinderen aan tafel te eten. Ze zitten in hun uniform snurkend op de bank of hangen glazig voor de televisie. Heel aardige mannen, en goddank is Mimi niet met zo'n man getrouwd. Haar oudere zus Yvonne is dat wel; getrouwd met zo'n man die andere mannen ongevaarlijk vinden.

Madeleine sloeg haar moeder gade terwijl ze de enorme kalkoen om twaalf uur 's middags in de oven schoof, en toen maman zoals altijd zei: 'Bon, daar gaat monsieur Kalkoen,' zag Madeleine het bleke vlees plotseling op een heel andere manier. Net een bloot achterwerk – beschaamd in elkaar gedoken om niet gezien te worden. En toen maman de losse huid bij de nek had gepakt en onder het lijf had gestopt, voelde Madeleine op de een of andere manier dat de kalkoen zich ervoor schaamde dat hij dood en naakt was. 'Ik roep je wel als de nek klaar is,' zei maman.

De McCarrolls kwamen bij hen eten. Amerikanen vieren Thanksgiving pas in november en, zoals Mimi aan de telefoon tegen Sharon zei: 'Het kan gewoon niet dat jullie volgende week de enigen in de wijk zijn die geen kalkoen eten.' De Bouchers zouden ook komen en de vrouwen hadden Mimi voor de gelegenheid hun speeltafels geleend, maar op het laatste moment belde Betty om te zeggen dat ze in quarantaine waren. 'Steve Ridelle heeft gedreigd een kruis op onze voordeur te schilderen als we niet het hele weekend binnenblijven.' Hun jongste, Bea, had mazelen gekregen.

Twaalf kilo kalkoen en slechts vier volwassenen en drie kinderen. 'Dat wordt schransen!' zei Jack.

Madeleine ging rond met een schaal toastjes met gerookte oesters en stengels bleekselderij met smeerkaas. Jack stak voor het eerst in het seizoen de open haard aan en schonk een whisky-soda in voor Blair. Mike kwam met een glas gemberbier bij hen zitten in de woonkamer terwijl de vrouwen voor het eten zorgden. Jack was blij met de aanwezigheid van zijn zoon, want McCarroll was er in de voorbije weken niet spraakzamer op geworden – je moest elk woord eruit trekken bij die vent. Mike hield het gesprek gaande met een gestage stroom vragen over vliegtuigen, en het viel Jack op dat McCarroll meer op zijn gemak leek als hij met de jongen praatte dan in de mess met zijn collega's. Jammer dat hij geen zoon had.

'Wat staat jou hierna te wachten, Blair? Ik neem aan dat je hier maar een jaar blijft.'

'Ohio, overste.'

'Zeg maar Jack.' Blair knikte en werd rood. 'De luchtmachtbasis Wright-Patterson?'

'Inderdaad, overste.'

'Ze zijn daar behoorlijk goed in R&D, hè?'

'Daar ga ik me ook mee bezighouden. Menselijke factoren testen.'

'Wat is dat in vredesnaam?'

Blair werd bijna spraakzaam. 'Ik ga volledige en gedeeltelijke drukpakken voor grote hoogten testen. Ruimtepakken.'

'Wauw!' zei Mike.

'Mijn doel is natuurlijk Edwards, en daarna... wie weet, misschien Houston.'

Jack trok waarderend zijn wenkbrauwen op en knikte – McCarroll wil de astronautentraining volgen.

Mike zei: 'Ik ga in het voorjaar vlieglessen nemen.' Hij keek zijn vader aan.

'Dat klopt, Mike, ik zal volgende week eens bij de vliegschool voor burgers gaan informeren.'

In de keuken maakte Mimi jus en Sharon warmde de schaal gekonfijte zoete aardappelen op die ze had meegebracht.

'Dat ruikt heerlijk, Sharon, je moet me dat recept eens geven.'

'Goed,' zei Sharon. Zo verliepen alle gesprekken: Mimi's openingszetten werden gevolgd door Sharons verlegen dooddoeners. Tijdens het bridgen viel het niet zo op, maar met z'n tweeën was het een beetje moeizaam. Mimi had altijd de neiging om Sharon te knuffelen, maar je kon iemand die je nauwelijks kende niet de hele tijd knuffelen. Mimi had de maaltijd ruim van tevoren voorbereid, dus afgezien van de jus viel er weinig te doen, maar ze gaf Sharon een stel radijsjes en liet haar rozetten snijden om de stilte wat minder te laten opvallen. 'Zet eens een plaat op, Jack.' Charles Aznavour zou uitkomst bieden.

Claire had een doos opzetkaakjes meegebracht als cadeautje voor Madeleine; er zat een koordje aan zodat je kon doen alsof het een handtas of een aktetas was.

'Jee, bedankt Claire.' Op haar kamer liet Madeleine Claire haar boeken en speelgoed zien en de prachtige groene stuiter die ze van Elizabeth had gekregen, en ook een plastic zak met broodschimmel die ze onder haar bed kweekte. Op hun leeftijd bestonden er geen pijnlijke stiltes; Madeleine haalde *Groene eieren met ham* uit de kast en las voor, ook al kende ze het bijna helemaal uit haar hoofd. Ze zaten op de grond naast het bed en Claire leunde tegen haar aan, wat op de een of andere manier heel normaal leek, en luisterde en lachte.

'Madeleine! Claire! *Venez*, ik heb iets lekkers voor jullie,' riep haar moeder.

In de keuken schepte Mimi de nek en inwendige organen uit de saus, legde ze op een bord en bood ze Mike en de twee meisjes aan. Madeleines ouders vonden dit altijd de lekkerste stukken van de kalkoen, misschien omdat je ze zo uit de pan eet terwijl je rammelt van de honger en de heerlijke braadlucht je doet watertanden. Of misschien omdat je tijdens de Crisis al blij mocht zijn dát je iets kreeg: ingewanden als avondeten, gebakken brood met stroop als toetje. Toch heeft Madeleine altijd gesmuld van deze delen, dus toen maman haar een stukje aanbood op een vork nam ze het graag aan. Maar ze hoefde geen tweede; ze had zich plotseling gerealiseerd dat ze op iemands maag kauwde. En toen Mike aanbood de nek met haar te delen, zei ze: 'Nee dank je.' Ze vouwde haar handen en keek toe terwijl Claire McCarroll netjes het vlees van de botten peuterde en opat.

Ze gingen aan tafel en Jack schonk wijn in, een goede *Qualitätswein* die Blair had meegebracht. 'Dat *schmecks*, hè?' zei Jack.

Madeleine had vreemd genoeg geen honger. Haar ouders hadden mededogen met haar, en afgezien van enkele kleine aansporingen werd ze niet gedwongen haar bord leeg te eten. Ze nam een stukje van mevrouw McCarolls voortreffelijke pompoenpastei om beleefd te zijn en een stukje van mamans heerlijke chocoladetaart om haar gevoelens niet te kwetsen, en toen de gasten weg waren ging ze met buikpijn naar bed.

Maman zei: 'Tja, dat krijg je als je alleen een toetje wilt.' Maar ze gaf Madeleine toch een glas gemberbier en streelde over haar voorhoofd tot ze in slaap viel.

Jack en Mimi lachten toen ze eindelijk in bed lagen. 'Niet bepaald fuifnummers, hè?' Aardige mensen, de McCarrolls, maar *mon dieu*, zwijgen was niet altijd goud. 'Denk je dat ze thuis wel praten?' Het was in elk geval een goede les: als ze de McCarrolls weer op bezoek kregen, moesten ze twee andere stellen uitnodigen in plaats van maar één – voor het geval iemand weer mazelen kreeg.

Ze strekten zich behaaglijk uit en pakten tijdschrift en boek.

Zij: *Hoe geef ik mijn kind seksuele voorlichting*
Hij: *Uitspraak in de zaak tegen dr. J.R. Oppenheimer*

Op de dinsdag na het lange weekend loopt Madeleine door de lege schoolgang met haar uitgeknipte kalkoen. Thanksgiving is voorbij en de volgende keer dat ze een bijzondere tekening gaan maken is met Halloween. De kalkoenen en fruitmanden zijn weggehaald, ook voor het raam van de gangdeur, maar meneer March heeft ze vervangen door een vaderlandslievende collage van rode esdoornbladeren onder plastic.

Het is tien over drie. Meneer March zei net als anders: 'Zijdeur, meisje,' maar Madeleine zei zonder om te kijken: 'Ik moet naar de wc,' en verliet de klas via de gangdeur. Hij zei niets. Hij riep haar niet eens terug om haar zin af te maken: Ik moet naar de wc, *meneer March*. Ze hoefde niet naar de wc, ze wilde alleen Marjorie ontlopen wanneer die het snoepgoed ging uitdelen. Dus loog ze automatisch.

Ze is op weg naar de hal wanneer ze het lokaal van de achtste klas passeert, rechts van haar, en meneer Froelich het bord ziet uitvegen. Er staan breuken op en x'en en getallen met mintekens ervoor, een drukke wemeling van krijt die nu tot wit stof vervaagt en als sneeuw voor de zon verdwijnt onder de soepele borstelhalen van meneer Froelich. Ze kijkt ernaar, tot rust gebracht, zonder te beseffen dat haar voeten stil zijn blijven staan totdat ze hoort: 'Waarom ben je hier nog, Madeleine?'

Zijn mouwen zijn opgerold tot aan zijn ellebogen. Zijn armen zijn vaalwit onder de zwarte haren.

'Wil je me helpen met het bord uitvegen?' vraagt hij. 'Of misschien kun je beter gauw naar huis gaan, hè? Anders wordt je *Mutti* ongerust.'

Maar Madeleine komt binnen en gaat naast hem staan, en kijkt naar zijn arm die in een brede boog over het bord glijdt.

'Wat is dat?' vraagt ze, al weet ze dat je geen vragen mag stellen over merktekens op iemands lichaam. Dat is ongemanierd. Maar toen ze het merkteken op meneer Froelichs arm zag vroeg ze het automatisch, zonder na te denken, omdat ze na het oefengroepje dikwijls het gevoel heeft of ze net wakker wordt, alsof ze 's nachts een griep heeft uitgezweet en misschien nog droomt. En als je droomt zeg je alles wat er in je hoofd opkomt.

Meneer Froelich lijkt niet beledigd te zijn. Hij werpt een blik op zijn arm waar de blauwe tekens staan. Hij zegt: 'O, dat is mijn oude telefoonnummer,' en begint zijn mouw omlaag te rollen, maar Madeleine legt haar hand op zijn arm. Dat is ook iets vreemds om te doen, en ze ziet het zichzelf doen – je mag mensen niet zomaar aanraken, zeker volwassenen niet, dat is ook ongemanierd. Maar haar hand rust lichtjes op zijn onderarm en ze kijkt naar de kleine blauwe cijfers die daar staan.

'Kun je het wegvegen?' vraagt ze.

'Nee.'

'Omdat het een tatoeage is.'

Hij knikt.

Ze vraagt: 'Was u bij de SS?' Het lijkt een normale vraag.

Hij schudt zijn hoofd. 'Nee.'

'Ze kijkt hem aan. 'Waren er ook goede nazi's?'

'Niet dat ik weet. Maar mensen zijn mensen.'

'Ja, dat weet ik.'

Hij wacht. Kijkt haar aan, maar zonder te staren. Zo blijven ze even staan. Hij is als talkpoeder, als een aardige priester. De lucht van krijt is rustgevend.

'Voel je je niet goed?' vraagt hij. *'Was ist los, Mädele?'*

'*Nichts.*'

Hij steekt zijn hand uit en raakt haar voorhoofd aan. Zijn vingers zijn droog en koel. Ze begint wakker te worden. '*Du bist warm*,' zegt hij.

Achter haar zegt een mannenstem: 'Alles in orde?'

Madeleine kijkt op, haar hand nog op meneer Froelichs arm. Het schoolhoofd, meneer Lemmon, staat in de deuropening. Hij heeft altijd een donker waas op zijn kaken en een bezorgd gezicht.

Meneer Froelich voelt aan haar wang en zegt tegen meneer Lemmon: 'Ik heb het idee dat ze een beetje koortsig is.'

'Gaat het, Madeleine?' vraagt meneer Lemmon.

Madeleine knikt.

'Zullen we naar huis lopen?' vraagt meneer Froelich aan haar.

'Nee dank u,' zegt ze. 'Ik ga het hele eind rennen.'

Hij glimlacht en zegt: 'Goed, ga maar rennen.'

Ze loopt het lokaal uit, langs meneer Lemmon. De gang lijkt nu lichter, ze kan meer zien. Misschien heeft iemand ergens een raam opengezet, het voelt koeler. Er mag niet gerend worden in de gangen en ze weet dat meneer Lemmon staat te kijken, dus ze houdt zich in tot ze de hoek om is en spurt dan door de hal. Langs de koningin, langs prins Philip en al hun gevechtsvliegtuigen – ze vertraagt haar pas niet als ze de glazen deuren nadert maar rent gewoon door, met haar handpalmen naar voren om de metalen stang waarmee je de klink opent omlaag te duwen. Ze vliegt de treden af, haar benen zo ver mogelijk strekkend – *Elastoman!* Ze rent met haar armen wijd, de papieren kalkoen fladderend tussen haar vingers.

Halverwege het grasveld ziet ze aan de andere kant van Algonquin Drive iemand tussen de verdorde maïs uit komen. Colleen Froelich. Ze heeft iets in haar handen, een touw; groen en geel, te kort voor een springtouw. En touwtjespringen is niets voor Colleen Froelich. Madeleine roept, maar Colleen negeert haar en loopt gewoon door. Madeleine gaat haar achterna en roept weer: 'Hé, Colleen, wat heb je daar?' Colleen geeft geen antwoord.

Ze probeert het opnieuw. 'Hoe is het met Eggs?' Colleen laat niet blijken dat ze het gehoord heeft.

'Hé joh!' schreeuwt Madeleine, haar keel verschroeid van woede, 'ik vroeg je wat!' Colleens rug is ongenaakbaar. Madeleine rent tot ze haar heeft ingehaald. 'Ik vroeg, hoe is met Eggs?' gilt ze. Zo hard dat ze er duizelig van wordt.

Colleen blijft staan en draait zich plotseling om, zodat Madeleine bijna tegen haar en het ding in haar handen opbotst. Een slang. Madeleines woede zakt op slag. Ze houdt niet van slangen.

'Waar heb je het in jezusnaam over?' vraagt Colleen.

Madeleine doet een stap achteruit en zegt kleintjes: 'Je hond, Eggs.'

Colleen knijpt haar ijzige blauwe ogen tot spleetjes. Het begint Madeleine te dagen dat ze een enorme stommiteit heeft begaan door zich met haar te bemoeien. De slang zakt tussen Colleens vingers, ze windt hem om haar pols en zegt: 'Hij heet Rex, ben je soms achterlijk?'

Madeleine is geschokt. Colleen heeft het woord gebruikt dat andere mensen voor haar eigen zus gebruiken. Madeleine wil iets aardigs zeggen over de slang, in de hoop het weer goed te maken, maar Colleen keert haar de rug toe en loopt weg.

Madeleines woede laait weer op, ze raapt een handje grind van de kant van de weg en slingert het weg alsof het een granaat is. 'Iedereen heeft de pest aan je!'

's Avonds vraagt ze aan haar vader: 'Pap, schreven mensen vroeger hun telefoonnummer op hun arm?'

'Vroeger was er geen telefoon.' Jack staat op en legt het sprookjesboek weg.

'Ken jij mensen met een telefoonnummer op hun arm?'

'Meneer Froelich.'

'Meneer Froelich?'

'Ja.' Ze aarzelt. Ze wil haar vader niet op het idee brengen dat meneer Froelich een nazi was, maar ze moet een duidelijk antwoord hebben. 'Hij heeft een tatoeage.'

'Een tatoeage?' Jack gaat weer zitten. 'Wat voor een?'

'Blauwe cijfers. Hier.' Ze wijst naar haar onderarm.

Jack haalt diep adem. Grote goedheid. Maar hij lacht tegen zijn dochter en zegt: 'Dan is het logisch. Je hebt toch wel van een verstrooide professor gehoord?'

'Ja.'

'Nou, dat is meneer Froelich ten voeten uit.' Hij kust haar op het voorhoofd. 'Slaap lekker, liefje.'

'Was hij dan een nazi?'

'Nee.' Zijn toon is te scherp, hij vervolgt milder: 'Nee, nee, liefje, in geen geval, dat moet je nooit denken.'

Hij draait het licht uit en verlaat de kamer. Opgelucht knuffelt ze Bugs. Als ze haar ogen sluit, vindt ze het opeens raar dat ze in de loop van een paar minuten zulke vredige momenten met meneer Froelich heeft beleefd en zulke ruzieachtige momenten met Colleen. Hoe kunnen Colleen en Ricky uit hetzelfde gezin komen? De enige in het gezin met wie Colleen verwantschap vertoont is Rex.

Mimi staat op van de keukentafel en schenkt Jack een kop thee in. Ze is cheques aan het uitschrijven, rekeningen aan het betalen.

Jack zegt: 'Potverdorie.'

'Wat?'

'Ik denk dat Henry Froelich joods is.'

'O Jack, dat weet iedereen.'

'Wie is iedereen?'

'Ik zou het niet weten. Vimy vertelde het me. Ik vroeg of ze ooit naar de kerk gingen en toen zei ze dat Henry joods is. Ik weet niet wat háár excuus is.'

'Wie bedoel je?'

'Zijn vrouw.'

'Niemand vertelt me ooit iets.'

'Nou ja, wat maakt het uit?'

'Niets, alleen...' Mimi buigt zich weer over haar paperassen. Ze legt de kinderbijslag opzij – Michel is alweer uit zijn nieuwe sportschoenen gegroeid. Jack praat door. 'Henry heeft in een concentratiekamp gezeten.'

Mimi slaat een kruis.
Jack zucht en schudt zijn hoofd. 'Grote goedheid.'
'Ik ben blij dat wij er nooit naartoe zijn gegaan...' Ze wil het woord niet eens uitspreken. Auschwitz. 'Pauvre Henry.' Er staan tranen in haar ogen. Jack pakt haar hand. 'Waarom huil je, vrouwlief? De oorlog is voorbij, Henry maakt het goed, hij heeft het prima naar zijn zin.'

Mimi zou niet zo geschokt moeten zijn, ze wist dat de mogelijkheid bestond toen ze hoorde dat Henry joods was, dus het verbaast haar dat ze niet in staat is de woorden over haar lippen te krijgen. Misschien moet ze ongesteld worden, wat op zich al een teleurstelling is, misschien reageert ze daarom zo heftig. Wat ze niet kan zeggen zonder te huilen, is dat Henry het misschien wel goed maakt, maar zijn gezin niet. Zijn eerste gezin. Niet alleen ouders en volwassen familieleden, maar kinderen – ze is er plotseling zeker van. Ze snuit haar neus, het gaat wel weer. Ze gaat verder met de rekeningen.

Jack laat zijn gesprekken met Henry Froelich nog eens de revue passeren. *Einstein is een jood.* Het had antisemitisch geklonken uit Froelichs mond, afgelopen zomer. Natuurlijk is er niets mis met het woord 'jood', vooral niets als je er zelf een bent, maar op de een of andere manier klinkt het toch minder beleefd dan 'joods'. Misschien klinkt het zelfstandig naamwoord antisemitisch omdat Jack het vrijwel alleen door antisemieten heeft horen uitspreken. Radio-uitzendingen waarin Hitler tekeerging tegen *'die Juden!'* staan hem nog levendig voor de geest. En na de oorlog, toen de gruweldaden aan het licht begonnen te komen, de stem van de nieuwslezer in het bioscoopjournaal die op ernstige toon over 'de vervolging der joden' sprak – ook toen droeg het woord een stigma, het beschamende stigma van de dood. En Jack heeft maar weinig joden – joodse mensen – gekend. Er was één joods gezin in zijn geboorteplaats in New Brunswick, de familie Schwartz; die speelden rugby net als ieder ander, gingen vissen, hadden nooit een kerstboom, niemand stond erbij stil. Jack is in de luchtmacht weleens een joodse collega tegengekomen, maar dat zijn Canadezen. Je verwacht niet dat je veel Duitse joden tegen het lijf zult lopen. Niet meer. Zijn wangen gloeien een beetje als hij bedenkt hoe vaak hij Henry voor de grap heeft verweten 'typisch Duits' te zijn. Om maar te zwijgen van die grap over *Lederhosen*. Christus. Maar goed, de tatoeage verklaart waarom Froelich hier tevreden is, als onderwijzer op een lagere school.

'Doris Day is joods,' zegt Mimi.
'Echt waar?'
'Mm-hm.'

HUISHOUDKUNDE

Als u een moeder bent die gauw opgewonden is en bepaalde behoeften heeft, is het best mogelijk dat u niet overweg kunt met een dochter die hetzelfde temperament en dezelfde behoeften heeft.

CHATELAINE, JULI 1962

Madeleine kijkt nog anderhalve week ieder moment over haar schouder, bang dat Colleen Froelich op de loer ligt om haar in elkaar te slaan. Maar er gebeurt niets. En ondanks haar opluchting is ze vreemd genoeg ook teleurgesteld.

Het leven gaat gewoon verder, en als Mimi op zaterdag 20 oktober haar toilet gaat maken voor het Oktoberfestbal, vraagt ze of Madeleine haar wil helpen.

Madeleine knielt naast de badkuip terwijl haar moeder, met een glinsterende douchemuts op, een schuimbad neemt. Madeleine mag haar rug boenen met een vezelhandschoen – 'dat houdt een dameshuid lekker zacht' – en haar moeder doet voor hoe ze haar nagelriemen moet terugduwen om geen hangnagels te krijgen.

Madeleine houdt de handdoek op en blijft staan wachten terwijl maman haar oksels poedert na ze te hebben geschoren met haar elektrische Lady Sunbeam. 'Jij mag met scheren beginnen als je twaalf bent, Madeleine.' Madeleine wijst er niet op dat ze zich al jaren scheert met pap. Ze volgt haar moeder naar de slaapkamer en slaat haar gade wanneer ze een onderbroek aantrekt die eruitziet alsof hij kriebelt, en een bijpassende kanten beha, waarbij ze vooroverleunt en vakkundig de haakjes op haar rug vastmaakt. Dan haar jarretelgordel, dan haar kousen – 'altijd eerst oprollen, zo, en dan je tenen strekken'. Ze zet haar ene voet op haar bruidskist, *'comme ça',* trekt de kous voorzichtig op tot aan haar dij, 'zodat je geen ladders krijgt', en bevestigt hem met de rubber knoopjes aan de jarretelgordel.

'Help me even met mijn korset, Madeleine.' Het maakt niet uit of je slank bent, 'zonder korset is een dame niet volledig gekleed'. Er zijn wel een miljoen haakjes en oogjes. Ten slotte laat ze de zijden onderjurk over haar hoofd glijden en gaat op de beklede kruk aan haar toilettafel zitten. *'Donne-moi le hairspray, s'il te plaît, ma p'tite.'*

Op dat moment komt Mike binnen en gaat met een boek op het voeteneind van het grote bed zitten. Dit is iets waar hij niet mee opgehouden is: wanneer maman toilet maakt voor een avondje uit, komt hij nog altijd kijken en met haar babbelen in de spiegel. Madeleine snapt niet waarom hij dat niet meisjesachtig vindt.

Ze spreken Frans samen, moeiteloos en snel. Madeleine probeert de grote lijn te volgen. Maman noemt hem haar *'p'tit gentilhomme'*, en hij gedraagt zich in haar bijzijn ook als een kleine heer. Hij vertelt over zijn jongste overwinningen: eerste op de honderd meter sprint, uitgekozen om spil te spelen in zijn ijshockeyteam, het hoogste cijfer voor natuurkunde. Hij gaat later in de nationale ijshockeycompetitie spelen. En daarna wordt hij dokter. En piloot op een Sabre.

'Tu peux faire n'importe quoi, Michel.'

Madeleine kijkt naar haar broer, en het zal wel waar zijn als maman dat zegt: hij kan alles worden wat hij wil.

Ze stapt de openstaande garderobekast van haar ouders in, loopt als door een gordijn tussen de pakken en overhemden van haar vader, snuift de geuren op: wol, schoenleer, een vage lucht van sigaren, verse katoen. Haar moeders stem dringt als van grote afstand tot haar door. *'Madeleine, où vas-tu?'*

Ze komt eruit en gaat weer naast haar moeder staan, voor de grote ronde spiegel, en kijkt hoe ze haar hoofd naar achteren doet, haar oogleden laat zakken en met een klein penseeltje zwarte eyeliner aanbrengt, 'alleen 's avonds, Madeleine', en dan vooroverbuigt om mascara aan te brengen, *'maar fais attention, pas trop'.* Ze doet lippenstift op, 'altijd binnen de liplijn blijven'. Madeleine knikt tegen haar moeder in de spiegel, en overweegt de mogelijkheden van de rode lippenstift op haar eigen wangen en neus. Maf.

Maman doet een papieren zakdoekje tussen haar lippen en drukt ze op elkaar. *'Aimes-tu cette couleur, Michel?'*

Mike kijkt op van zijn spannende boek en antwoordt dat het een prachtige kleur is. Madeleine kijkt naar het gebruikte zakdoekje, een kussende mond, en stelt zich Marilyn Monroe met haar wagenzieke ogen voor. Nu is ze dood en begraven.

'Help me even met de rits, Madeleine.'

Madeleine ritst de jurk dicht en snuift haar parfum op, My Sin van Lanvin.

Vermengd met de geur van hairspray. Geheimzinnig en verleidelijk.

'Comment vous me trouvez, les enfants?' Maman draagt een dirndljurk. Een laag uitgesneden, dichtgeregen, geborduurd lijfje en een wijde rood met witte rok. Hij kostte een fortuin in Garmisch-Partenkirchen.

'Très chic,' zegt Mike.

'Sehr schön,' zegt Madeleine, en Mimi knuffelt haar.

Beneden zegt Jack: 'Frau McCarthy, je bent een stuk.' Hij draagt een jasje van Harris-tweed, een geruite wollen stropdas, gaatjesschoenen en een groene Tirolerhoed met een veer. Mike zoekt een flitsblokje en maakt een kiekje van hen voor ze naar de mess vertrekken.

Zoals gewoonlijk past Marsha Woodley op hen, en zoals gewoonlijk doet Mike alsof ze er alleen is om op Madeleine te passen. Hij trekt het koord om zijn geruite kamerjas strakker en strijkt over zijn kin terwijl hij informeert naar welke zender Marsha graag wil kijken.

Marsha is zo aardig dat Madeleine het niet over haar hart kan verkrijgen haar aanbod om 'met de Barbies te spelen' af te slaan. 'Ik was gek op poppen toen ik zo oud was als jij, Madeleine.' Marsha heeft Barbies cabriolet meegenomen, wat het er iets beter op maakt, maar ze wil met alle geweld dat Ken rijdt. Madeleine is opgelucht als Mike aanbiedt Marsha zijn modelvliegtuigjes te laten zien.

'Natuurlijk, Mikey,' zegt ze.

Zijn mannelijke frons blijft onbeweeglijk. 'Na jou.'

Hij is gek geworden.

Er wordt op de deur geklopt. Madeleine rent weg om open te doen. Aan de andere kant van de hordeur, in het schemerlicht, staat Ricky Froelich.

'Hallo,' zegt hij. Met zijn ene arm leunt hij tegen de muur.

Ze draait zich om en brult: 'Marsha! Het is Ricky!' Tegen hem zegt ze: 'Kom binnen.'

'Nee, dat hoeft niet.'

Marsha duikt achter Madeleine op en zegt: 'Hoi.'

'Hoi. Vraag je niet of ik binnenkom?'

Marsha laat haar ogen rollen en zegt, met een vragende klank in haar stem: 'Natuurlijk niet.'

Madeleine staat te popelen. Alsjeblieft, Marsha, zeg alsjeblieft ja.

'Ricky,' zegt Marsha, op een plagerige en tegelijk waarschuwende toon, 'ik ben aan het babysitten.'

Hij grijnst. 'Ik kan verhaaltjes voor het slapengaan voorlezen.'

Mike verschijnt boven aan de trap naar de keuken. 'Hoi Rick,' zegt hij met zijn diepste stem.

'Hoi Mike, hoe gaat-ie?'
'Best. Wil je een film zien?'
'Graag, maar dat is *verboten*, hè?'
'Hoezo?'
'Mag niet van de baas.'
'Ah kom op, Marsha,' zegt Mike.
'Ja,' zegt Madeleine.
Marsha draait zich naar hen om. 'Oké jongens, wegwezen.'
Ze verdwijnen. En kijken door het raam op de overloop als Marsha met Ricky op de veranda gaat staan. Ze kunnen niet alles verstaan wat er wordt gezegd, maar ze kijken aandachtig naar de subtiele dans die zich beneden ontvouwt. Marsha, haar armen voor haar borst gekruist, haar ogen neergeslagen, staat net binnen de boog van Ricky's geheven arm, die nu tegen de deur leunt. Zijn hoofd is dicht bij haar oor gebogen. Ze schudt nee, ze horen haar giechelen. Het volgende moment kijkt Ricky vlug van links naar rechts en kust haar. Haar hoofd buigt achterover en hij leunt tegen haar aan. Dan vertrekt hij en rent weer naar de overkant, naar zijn eigen huis. Marsha steunt met haar rug tegen de deur, slaat haar armen om haar bovenlijf en bijt op haar onderlip.
'Marsha, de film begint,' roept Madeleine.
Ze kijken naar *Thomasina*. Madeleine doet erg haar best om niet te huilen en voelt zich beter als Marsha wel huilt. Mike maakt niet één keer een spottende opmerking over de film en zegt na afloop: 'Best aardig.' Madeleine kan hem wel iets doen.
Later, vanuit het badkamerraam, ziet Madeleine Ricky Froelich onder de verandalamp zitten, tokkelend op zijn gitaar. Ze doet het raam open en luistert met gespitste oren naar de zachte akkoorden en zijn ontspannen stem, die een weemoedig deuntje van Hank Williams zingt. Ze knielt op het deksel van het toilet, vouwt haar armen op de vensterbank, laat haar kin erop rusten en blijft een hele tijd luisteren. Hij zingt het ene liedje na het andere, sommige in vreemd klinkend Frans. Droevige liedjes, om de buren niet wakker te maken.

Kort na middernacht glipt Mimi de kamer van haar dochter in. Madeleine slaapt als een roos, met haar armen om Bugs Bunny, dat vieze oude ding. Mimi stopt een cocktailparapluutje met regenboogstrepen in Bugsy's plastic handschoen.

De volgende ochtend rent Madeleine de keuken in met haar schat. 'Maman, kijk eens wat ik van pap heb gekregen!'
Mimi pakt de fluitende ketel van het vuur en zegt bijna: 'Dat heb je van maman gekregen.' Maar ze houdt zich in. 'Je hebt de liefste papa van de hele wereld.' Ze schenkt de thee in.
Madeleine laat het miniparapluutje ronddraaien. 'Singin' in the rain...'
'Help me de tafel dekken voor na de mis, *ma p'tite*.'
Madeleine kreunt. 'Waarom hoeft Mike nooit te helpen?'
Mimi zegt bits: 'Niet zeuren, Madeleine, vooruit, opschieten.'
De blozende vrouw op het pak pannenkoekenmeel lacht haar vrolijk toe. Waarom kan zij mijn echte moeder niet zijn?

Na de mis nestelt Jack zich met de krant op de bank, tot Mimi hem roept voor de brunch. 'Jongens, wat ruikt dat lekker,' zegt hij, en hij draait zich om en roept: 'Mike, eten!' Mike komt binnen met het sportkatern, en hij en zijn vader zitten achter krantenkoppen terwijl Madeleine en Mimi borden eieren met spek en pannenkoeken voor hen neerzetten. *Vooruitgeschoven sovjetbasis in Cuba. IJshockey: zondag – Toronto in Boston, Montreal in New York.*
Madeleine hangt op haar stoel. Waarom probeert haar moeder ineens een slavin van haar te maken? Een keukenmeid, zoals in sprookjes over boze stiefmoeders. Ze pakt haar vork en ziet dat maman zoals gewoonlijk weer het kapotte ei heeft genomen.
Mimi zegt opgewekt: 'Zo, nu mag het nieuws wel van tafel.' Mike en Jack slaan allebei onschuldig hun ogen op, vouwen dan gehoorzaam hun krant dicht, leggen hem ter zijde en beginnen te eten. Mimi knipoogt tegen Madeleine, die haar mondhoeken opzij trekt in een mechanische glimlach die niet bedoeld is om iemand te overtuigen.
Mimi drinkt haar koffie met kleine slokjes en weerstaat de drang om een sigaret op te steken. Ze neemt een hap ei, een stukje geroosterd brood, want ze vindt het belangrijk om met haar gezin te eten ook al heeft ze na het koken vaak geen trek meer, zodat ze later honger krijgt en tussen de maaltijden gaat snoepen. Zo komen de kilo's eraan bij vrouwen. Al vraagt ze zich af of haar slankheid iets te maken heeft met het feit dat ze niet zwanger kan worden. Misschien als ze meer op haar eigen moeder leek, of op haar zus Yvonne... Maar het is helemaal niet gezegd dat ze niet zwanger kan worden. Het is gewoon nog niet gebeurd. Ze lacht tegen haar dochter. Er zijn momenten dat Mimi ook graag op de bank zou gaan zitten met een tijdschrift terwijl iemand anders eten voor haar kookte. Of haar blouse streek. Soms voelt ze zich

inderdaad een huissloof. Dat is normaal. Je moet zulke gevoelens echter niet overdragen op je dochter, want dan wordt ze later beslist ongelukkig. Dit is ten slotte het belangrijkste werk dat er is op de wereld, je moet haar leren om daar trots op te zijn. Er is alleen één probleem: ze lijkt te veel op mij.

DEKKING ZOEKEN

Kunnen we een kernoorlog werkelijk reduceren tot een hinderlijk verschijnsel en geloven dat een meter beton en een voorraad blikvoedsel voldoende zijn om ons eigen dierbare wereldje te beschermen als ons land bestookt wordt met bommen van vijftig megaton die alles binnen een straal van dertig kilometer verwoesten?

CHATELAINE, FEBRUARI 1962

'Dit is Bert de schildpad,
hij let altijd goed op.
En als hij iets gevaarlijks ziet,
verbergt hij gauw zijn kop!
Neem dus aan Bert een voorbeeld
hij weet wat je moet doen:
Zoek dekking! Trek je hoofd in!
Zoek dekking! Trek je hoofd in...'

Het koor van stemmen klinkt als de Walt Disney Singers op een grammofoonplaat met verhaaltjes. Bert is een tekenfilmschildpad. Nadat hij zich diverse keren in zijn schild heeft teruggetrokken, eindigt het tekenfilmgedeelte en verschijnen er echte kinderen in vers gestreken kleren, die van een speelplaats naar een portiek rennen waar ze dekking zoeken. Daarna zegt een ernstige mannenstem: 'Niet naar de lichtflits kijken.' De kinderen doen hun handen voor hun ogen.
  Meneer March vertoont deze film omdat de vrije wereld in groot gevaar verkeert.

Gisteravond om zeven uur keek Madeleine naar haar vaders profiel toen president Kennedy op de televisie kwam. 'Goedenavond, medeburgers...'
Hij is knap, dacht Madeleine. Onze minister-president, Diefenbaker, niet; zijn haar lijkt wel een plastic badmuts.

'... Deze regering heeft, zoals beloofd, de bouw van militaire installaties in Cuba door de Sovjets met de grootste nauwlettendheid gevolgd...'

Het was maandagavond en ze was teleurgesteld, want er zou een show met Lucille Ball komen maar de omroepster had gezegd: 'Het programma van vanavond is afgelast omdat we u een zeer dringende boodschap van de president van de Verenigde Staten willen brengen.' Haar vaders mond was een streep geworden, zijn hele profiel was een streep geworden. Het gezin zat op de bank te kijken.

Cuba is het land waar Ricky Ricardo vandaan komt. Lucille Ball is eigenlijk 'een grote schoonheid', heeft papa gezegd, maar dat merk je niet omdat ze zo grappig is. Zou je liever mooi willen zijn of grappig?

'... De afgelopen week is onomstotelijk komen vast te staan dat de aanleg van een reeks terreinen voor de lancering van offensieve raketten thans gaande is op dat verdrukte eiland...'

'Wat is er aan de hand?' vroeg Madeleine. Hadden ze weer een Muur gebouwd?

'Ssst,' zei Mike.

President Kennedy sprak verder met zijn heldere Boston-accent. 'Deze lanceerbases kunnen slechts bedoeld zijn om het westelijke halfrond, tot aan de Hudson Baai en Canada toe, binnen het bereik van de Russische kernmacht te brengen...'

'Bedtijd,' zei maman.

'Het is pas zeven uur!'

'*Allons!*' Ze pakte Madeleine bij de hand. Mike mocht wel opblijven.

Madeleine wachtte tot mamans voetstappen de trap weer waren afgedaald, kwam toen stilletjes uit bed en sloop de overloop op, waar de televisie nog harder klonk dan in de woonkamer. President Kennedy was nog steeds aan het woord. '... de sovjetregering verklaarde op 11 september dat, en ik citeer: "De wapens en militaire middelen die naar Cuba zijn gestuurd uitsluitend voor defensieve doeleinden bestemd zijn..."' Voetje voor voetje liep ze naar de rand van de overloop en daalde een paar treden af. Nu kon ze haar familie tussen de spijlen door observeren en zich voorstellen hoe het zou zijn als ze niet meer leefde.

'... Die verklaring was onjuist.'

De stem van de president ging verder, een galmende achtergrond voor haar gemijmer – stel dat ze echt onzichtbaar was? Stel dat ze al dood was en het niet wist?
'... Kernwapens zijn zo destructief en ballistische raketten zo snel...'
Stel dat ze een spook was?
'Onze eigen strategische raketten zijn nooit onder een dekmantel van leugens en bedrog overgebracht naar het territorium van andere naties...'
Stel dat ze iets zei en dat ze haar niet hoorden? Dan zou ze weten dat ze dood was.
'... en onze geschiedenis, anders dan die van de Sovjets sinds het eind van de Tweede Wereldoorlog, toont aan dat wij niet de wens hebben andere naties te overheersen of ons systeem op te leggen aan de bevolking...'
Ze opende haar mond maar durfde ineens geen geluid te maken, bang voor het resultaat.
'... In die zin dragen de raketten in Cuba bij aan een reeds duidelijk bestaand gevaar...'
Ze was niet in staat zich te verroeren. Verkleumd, haar mond een eindje open, niet in staat geluid te maken.
'... de gevolgen van een wereldwijde kernoorlog waarin zelfs de vruchten van de overwinning naar as zouden smaken...'
Ze veranderde langzaam in een standbeeld. Als een van hen nu niet gauw naar haar keek, zou het te laat zijn. Ze zouden haar weer tot leven proberen te wekken en dan zou haar arm afbreken.
Haar moeder keek op. 'Madeleine.' *Ik leef.* 'Wat doe je daar?'
Madeleine was verbaasd dat ze geen standje kreeg. In plaats daarvan stopte maman haar in en zong zachtjes 'Un Acadien Errant'. Madeleine wist dat ze nu niet bang meer hoefde te zijn en moest gaan slapen. Bang waarvoor? Ze deed haar ogen dicht.

Een uur later sloop ze Mikes kamer in.
'Mike, wat is er toch allemaal aan de hand?'
'De Russen hebben kernraketten in Cuba en die zijn op ons gericht.'
'O. Nou en?'
'Nou breekt de Derde Wereldoorlog uit.'
'O. Moet papa ook gaan vechten?'
'We zullen waarschijnlijk gewoon allemaal verbranden tenzij we een schuilkelder hebben.'
'Hebben we die?'

'Nee, maar ik ga er een bouwen.'
'Mag ik helpen?'
'Het is geen spelletje, Madeleine.'
'Dat weet ik ook wel.'

Tijdens het ontbijt stond de radio zoals gewoonlijk aan, mannenstemmen, donker en glanzend als zwarte pakken. '... wie zal het eerst inbinden? Castro heeft gezegd dat elke poging om...' Maman zette hem uit.

'Pap, komt er oorlog?'
'Wie heeft je dat verteld?'
'Mike.'

Pap wierp hem een blik toe. 'Dat betwijfel ik zeer.'
Stilte.

Mimi schonk nog eens koffie in. Jack sloeg een bladzijde van zijn *Globe and Mail* om. Madeleine zag de kop: MARINE VS ZAL STROOM WAPENS NAAR CUBA BLOKKEREN.

'Kennedy is niet gek,' zei haar vader.

'Hij is een goed mens,' zei haar moeder, en Madeleine zag met verbazing dat ze een kruis sloeg, haar gezicht afwendde en haar lippen bewoog: ze was aan het bidden. President Kennedy is katholiek, natuurlijk is hij goed.

Mike vroeg: 'Gaan we nu de staat van paraatheid invoeren?'

Pap zei vanachter de krant: 'Waarom zouden we dat doen, Mike?'

'De Amerikanen zijn naar defcon 3 gegaan'.

'Wat is dat?' vroeg Madeleine.

'Dat is gewoon routine,' antwoordde haar vader.

Maman besmeerde een geroosterde boterham met boter en sneed hem in stukjes.

Mike zei: 'Gaat de wedstrijd in Exeter vanavond toch door?'

'Natuurlijk, Mike, waarom niet?' Pap klonk geïrriteerd, maar misschien was het gewoon zijn mannen-onder-elkaar-stem.

Even later vroeg Mike: 'Pap, wanneer mag ik met een Chipmunk de lucht in?'

Pap klonk afwezig, alsof hij nog nooit van een Chipmunk had gehoord. 'Wat?'

Mike liet zijn schouders hangen. 'Niks.'

Madeleine bestudeerde haar vaders krant en stelde zich voor dat er kijkgaatjes waren uitgeknipt in president Kennedy's gezicht om door te spioneren. Haar ogen dwaalden langs de kolom... *een quarantaine afgekondigd*. Dat doen ze als iemand ziek is, dan zetten ze een kruis op de deur zodat niemand naar binnen of naar buiten kan. Er was een quarantaine ingesteld in Cuba. Ze herinnerde zich een fascinerend plaatje van de Zwarte Dood waaraan ze zich had vergaapt in Mikes geschiedenisboek voor de zesde klas. Uitgemergelde mensen in wijde mantels, zonder tanden en kiezen: een pestepidemie. 'Heerst de pest in Cuba?'

Haar vader liet de krant zakken. 'Wat? Nee... nou ja, zo zou je het kunnen noemen.' Haar moeder wierp hem een blik toe en hij vervolgde: 'Nee, de VS wil er gewoon voor zorgen dat Cuba geen wapens meer krijgt, dat is alles.' Daarna schraapte hij zijn keel.

Madeleine at haar Cheerio's. Ze kraakten erg hard. De krant bleef volmaakt roerloos. Mike strooide suiker op zijn Sugar Crisps.

Na een poosje zei pap: 'We maakten ons meer zorgen toen de Muur werd gebouwd.'

Maman stak een sigaret op en zei: 'Dat is een ding dat zeker is.' En alles leek weer normaal.

Meneer March bergt het projectiescherm op en trekt de wereldkaart omlaag. 'Hier ligt Cuba' – hij gebruikt zijn aanwijsstok – 'en hier ligt Centralia.' Hij tikt nog een keer. 'Wie denkt dat de Russische raketten zo ver niet kunnen komen, vergist zich lelijk.'

Ze doen met de klas een speciale luchtalarmoefening: als meneer March met de aanwijsstok op zijn lessenaar mept, duiken ze allemaal onder hun bank, zoals Bert de schildpad wegduikt in zijn schild, en bedekken hun hoofd met hun handen.

'Goed zo,' zegt hij, en: 'Dit is nu eens een oefening waarbij ik verwacht dat jullie allemaal een schildpad zijn.'

Plichtmatig gelach.

Jack loopt naar zijn werk. Het lijkt een heel gewone dag. Kinderen op weg naar school, nat wasgoed aan de lijnen. Toen hij Mimi een afscheidskus gaf, vroeg ze of hij zich zorgen maakte en hij zei: 'Nee, niet echt. Het is allemaal maar wapengekletter.' Ze glimlachte en vroeg wat hij vanavond wilde eten, en hij was blij dat hij haar gerust had kunnen stellen. Nu kan hij zich concentreren op wat voor hem ligt. Hij heeft zin om aan het werk te gaan. Iets doen. Dat is de beste remedie.

En er zal meer dan genoeg te doen zijn. Centralia is een basisvliegschool waar cadetten hun vliegersinsigne halen. Een plek waar officieren hun leiderschapskwaliteiten en managementvaardigheden leren verbeteren. Niet bepaald een tactisch centrum. Maar het is wel een militaire basis. Amerikaanse en Canadese vliegtuigen zouden hierheen kunnen uitwijken vanuit gevarenzones. Hij verwacht niet anders of hij zal van de commandant te horen krijgen dat de staat van paraatheid van de strijdkrachten is verhoogd – in feite een routinekwestie en in overeenstemming met het NORAD-verdrag. Slechts een fase in een reeks van flexibele condities die een ordelijke overgang van vrede naar oorlog moeten bewerkstelligen. Hij haalt diep adem. Gewoon een kwestie van goed management.

Als hij de woonwijk verlaat en de Huron County Road oversteekt in de richting van de Spitfire, loopt hij bijna in marstempo, waarbij zijn gedachten het ritme van zijn voetstappen volgen – *logistieke steun, luchttransport, hulp aan de burgerbevolking bij een eventuele aanval, bij een eventuele aanval, bij een eventuele aanval...* Hij tikt tegen de rand van zijn pet in reactie op de ongewoon stramme groet van de dienstdoende wachtpost.

In één dag tijd is de wereld veranderd. Wat gewoon was begint al heel dierbaar te lijken. Hij kent het gevoel. Hij had het vorig jaar zomer in Europa ook, toen de Muur verrees. En toch, ondanks alle denkbare verschrikkingen, zowel nucleaire als conventionele, was er het besef dat Europa al heel wat oorlogen had doorstaan. Dit is anders. Dit is je eigen land. Een vijandelijke aanval op Noord-Amerikaanse bodem... Niets zou ooit meer hetzelfde zijn. Hij kijkt omhoog naar de oude sirene voor het luchtalarm. Naïef overblijfsel. Niet erg zinvol meer, behalve voor de kraaien die er hun nest hebben gebouwd. Onze eerste waarschuwing zal van het Distant Early Warning-systeem komen, hoog in het noorden. Dan hebben we vijftien à achttien minuten om ons te verschuilen. Maar waar?

Aan de andere kant van het exercitieterrein verzamelt zich een groepje officieren, onder wie Vic Boucher en Steve Ridelle. Iedereen is vroeg vandaag. Jack versnelt zijn pas.

De Eerste Wereldoorlog was bedoeld om aan alle oorlogen een eind te maken. De Derde Wereldoorlog zal aan alles een eind maken. Het meest waarschijnlijke scenario is dat de voornaamste steden van beide partijen zullen worden verwoest, waarbij de USSR het in eerste instantie het zwaarst te verduren zal krijgen, en op de lange termijn de hele wereldbevolking zal worden getroffen door ziekte, honger en dood. Het leven zoals wij het kennen zal niet langer mogelijk zijn op deze planeet. En tot dusver is dit de enige planeet die we kennen... Tot zijn eigen verbazing springen de tranen hem in de ogen bij de gedachte dat het misschien wel afgelopen is met de mens voor hij de sterren heeft kunnen bereiken. Beschaamd knippert hij ze weg, niet beseffend dat zijn verstand doet wat een verstand het beste kan – de ergste gedachten op een afstand houden en vervangen door andere die hanteerbaar zijn: de onvoltooide zoektocht naar andere werelden in plaats van de dood van je kinderen.

Hij voegt zich bij zijn collega's. 'Is dat niet wat de Chinezen hun vijanden toewensen? "Moge u in een interessante tijd leven."' Ze lachen.

Adjudant-onderofficier Pinder is er ook, met zijn stekelige borstelkop en platgeslagen boksersneus. Hij ziet er gespannen uit, gevechtsklaar, wat bij hem betekent dat alle moeren, bouten, dekens en motoren op de basis grondig zullen worden nagezien. 'Morgen, overste,' zegt hij tegen Jack en groet. Kolonel Woodley voegt zich bij hen. Ze groeten allemaal. Woodley deelt hun mee dat er geen verandering is gekomen in de staat van paraatheid van de Canadese strijdkrachten. Er valt een stilte, dan zegt Jack: 'Niet te geloven.'

'Het komt erop neer,' zegt Woodley, 'dat we wel voorbereidingen moeten treffen, maar dan "discreet". De premier wil het grote publiek niet alarmeren.'

Vic Boucher zegt: 'Dat is hetzelfde als de soep serveren terwijl het huis in brand staat om de gasten niet te alarmeren.'

Ze staan er een beetje verloren, met een man of tien. In uniform, klaar voor de strijd. Met niets omhanden. Gestrand. Alsof ze net de bus hebben gemist.

Mimi komt overeind. Ze heeft gebeden in de keuken. Het maakt Onze-Lieve-Heer niet uit waar je bidt, Hij verlangt geen hoed of missaal, Hij kijkt door rubberhandschoenen heen en natuurlijk wil Hij dat Zijn schepping blijft voortbestaan. Ze heeft haar afzichtelijke werkkleding aan. Vandaag gaat ze het hele huis schoonmaken en daarna een van Jacks lievelingsgerechten bereiden: een *bouillie* van krabbetjes, aardappelen, kool, knolraap, wortelen en snijbonen. Dit is geen dag om bij een buurvrouw op de koffie te gaan. Ze wil zich niet laten meeslepen door allerlei angstige speculaties. Daar help je de mannen niet mee hun werk te doen, daar maak je het ze alleen maar moeilijker mee. Vanochtend heeft ze haar man net als anders een afscheidskus gegeven, en toen hij zei dat ze zich geen zorgen moest maken, gaf ze hem met een glimlach de raad om hongerig naar huis te komen. Hij was opgelucht. Dat is haar werk.

Om twaalf uur gaat Jack naar de mess. Met ingang van morgenochtend zullen de Amerikanen een strikte blokkade of 'quarantaine' instellen om het vervoer van alle offensieve wapens naar Cuba tegen te houden, tenzij Chroesjtsjov belooft de raketten daar te ontmantelen. Groot-Brittannië heeft verklaard de quarantaine te steunen, en dat deed de rest van de vrije wereld ook – met uitzondering van Canada. Tot nog toe heeft premier Diefenbaker niets anders gedaan dan oproepen tot 'kalmte en het oplossen van de geschillen die ons' – hij bedoelt Canada en de VS – 'soms verdeeld houden', terwijl hij daarnaast voorstelt dat de VN naar Cuba gaat om de aanwezigheid van aanvalswapens te 'verifiëren'. Daarmee impliceert hij dat Kennedy liegt. Of anders is Dief terminaal besluiteloos.

'We staan op de rand van een oorlog en onze premier wil weer een commissie instellen,' zegt Steve Ridelle.

'Een leider die alles in eigen hand wil houden, dat is het ergste wat er is,' zegt Vic.

'Vooral als hij duimen zit te draaien,' zegt Jack, en ze schieten allemaal in de lach.

Enkelen van hen hebben een lunchpakket bij zich, maar ze zijn naar de mess gekomen om te praten, want veel meer kunnen ze niet doen in deze crisissituatie. Massavernietigingswapens zijn op het westelijk halfrond gericht, sovjetschepen stomen op naar Havana, terwijl zij hun boterhammen uit vetvrij papier halen. Amerikaanse troepen houden in West-Berlijn de grootste manoeuvre die er in vredestijd ooit is geweest, terwijl Russische pantservoertuigen oprukken.

'Wat heb jij daar, Steve?'

'Het lijkt een soort chique salami.'

'Dat zijn Spaanse pepertjes.'

'Weet ik veel. Ik heb geen verstand van zulke dingen.'

Jack zegt: 'Dief speelt een politiek spelletje met de nationale veiligheid om maar niet de indruk te wekken dat hij naar Amerika's pijpen danst.'

'Ik snap het niet,' zegt Jacks buurman, Bryson. 'Die raketten zijn net zo goed op ons gericht. Wij kunnen ook het doelwit worden.'

Jack weet dat de jonge officier aan zijn pasgeboren kind denkt – alle mannen aan deze tafel zijn vaders. Hij reikt naar zijn koffie en ziet Nolan binnenkomen. Hij steekt een hand op, maakt een gebaar van 'kom erbij zitten', maar Nolan schijnt het niet te merken. Hij zoekt een tafeltje helemaal achterin en gaat zitten met een boek.

'Wie denkt hij dat ons beschermen zal als wij te schijterig zijn om het zelf te doen?' zegt Lawson. 'Groot-Brittannië?'

'Vergeet het maar,' zegt Vic.

'Ook al hebben we in twee wereldoorlogen hun hachje gered,' zegt Ted Lawson.

'Dief staat liever op om "God Save the Queen" te zingen terwijl de communisten de hele wereld onder de voet lopen,' zegt Baxter.

Vic leunt naar voren, en onder het praten wordt zijn Franse accent sterker. 'Als wij niet zijn bereid – als wij niet bereid zijn onze eigen grenzen te helpen verdedigen, kunnen we net zo goed de eenenvijftigste staat worden.'

'De Amerikanen zullen ons verdedigen, of we willen of niet,' zegt Woodley.

'Daar gaat onze soevereiniteit,' zegt Jack. 'Als je er niets mee doet, ben je het zo kwijt.'

Ze eten. De barkeeper laat een bord eieren in het zuur brengen, van het huis.

'En de Bomarcs?' vraagt Vogel. 'Die zullen nu wel bewapend zijn.'

Niemand reageert aanvankelijk. Het is een naïeve opmerking. Diefenbaker heeft geweigerd de Amerikaanse raketten te bewapenen, maar wil ook niet ronduit zeggen dat ze niet bewapend zijn.

'Ik zou er niet op wachten,' zegt Vic.

'Dief wil van twee walletjes eten in het nucleaire debat,' zegt Steve.

'Hij probeert zich een weg naar het midden te vechten,' zegt Jack.

'Het midden bestaat niet als het om kernwapens gaat,' zegt Vic. 'Dat is hetzelfde als zeggen dat je een beetje zwanger bent.' Steve en de anderen schieten in de lach. Jack beperkt zich tot een glimlach, en Hal Woodleys kalme gezichtsuitdrukking verandert niet; hij steekt een sigaret op en gooit het pakje op tafel. Zelfs als Canada haar nucleaire maagdelijkheid verloren blijkt te hebben, denkt Jack, zullen de Canadezen zich blijven afvragen wie nu eigenlijk het gezag heeft om de verouderde raketten af te vuren. Zijn wij dat of niet? Alleen onze minister-president weet het zeker.

Alsof Hal Woodley zijn gedachten kan lezen zegt hij: 'Zulke dingen geheimhouden is levensgevaarlijk in een democratie.'

'Dat heet liegen,' zegt Jack.

Ze eten in stilte. Er is waarschijnlijk niemand onder hen die nu geen zin zou hebben in een biertje, maar niemand zal er een bestellen zolang Woodley dat niet doet. Woodley laat zich nog een kop koffie inschenken door de ober. Daarna zegt hij op effen toon: 'De veiligheid van de VS is de veiligheid van Canada, en andersom. Niet alleen volgens het NORAD-verdrag, maar ook volgens het primaire veiligheidsplan. Dief moet zich daaraan houden.'

Jack zou Blair McCarroll zijn excuses wel willen aanbieden voor het slechte figuur dat Canada slaat. De jonge man zit er als gewoonlijk zwijgend bij. Jack ziet hem naar het lunchpakketje staren dat zijn vrouw voor hem heeft klaargemaakt: ham en kaas op een hard broodje, een stuk eigengebakken notentaart. Als Jack zich al nutteloos voelt, hoe moet McCarroll zich dan wel niet voelen? Die zou nu in de cockpit van een tactische onderscheppingsjager langs de kust van Florida moeten patrouilleren. Jack komt in de verleiding om een sigaret op te steken. Hij is jaren geleden gestopt, toen zijn dochter geboren werd. Hij schudt zijn hoofd. 'Waar wacht Dief op?'

Vic zegt: 'We hebben een Mackenzie King nodig, we hebben een St. Laurent nodig.'

'We hebben een Fransman nodig,' schertst Steve.

'Alles is beter dan deze boerenlummel uit de prairie,' zegt Vic.

'Boerenpummel.' Jack knipoogt.

'Het kan me niet schelen waar hij vandaan komt,' zegt Vic. 'Er zitten genoeg goeie lui in Saskatchewan...'

'Reken maar,' zegt Hal Woodley.

'Waar ik bezwaar tegen heb,' zegt Vic, 'is dat deze vent...'

'Dief de Chief,' komt Steve tussenbeide.

'Hij weet van niks,' zegt Vic. 'En hij wil het niet weten ook.'

'Hij zit te slapen achter het stuur,' zegt Jack. En daar valt niets meer aan toe te voegen.

'Wat een wereld! We lachen en huilen, we hopen en vrezen. Wat een wereld!' Meneer March heeft gezegd dat er geen mooier vaderlandslievend gebaar is dan zingen in tijden van gevaar. In de vierde klas verheffen negenentwintig stemmen zich in koor: '... De wereld is toch maar klein! De wereld is toch maar klein, de wereld is toch maar klein, de wereld is toch maar klein, de wereld is toch maar zo klein, zo klein...'

Elaine Ridelle heeft Mimi twee keer gebeld en is toen langsgekomen. Ze is doodsbang. Ze vraagt waar Mimi de sherry verstopt. Mimi schenkt haar een glas in en belt Betty Boucher. Ze spreekt discreet, bijna in code, maar Betty begrijpt meteen wat er aan de hand is – Elaine is ook al bij haar langs geweest en heeft de Pimm's gevonden.

Mimi doet de stop weer op de karaf en verwisselt haar werkkleding voor iets netters, en intussen arriveert Betty met haar vierjarig kind en een mud appels om te schillen; samen zullen ze ervoor zorgen dat Elaine om vijf uur weer enigszins is opgeknapt. Ze is zeven maanden zwanger en bang dat de wereld zal vergaan voor ze is bevallen. Betty waarschuwt dat ze zich beter zorgen kan maken dat ze straks een zuiplap ter wereld brengt, en zet een ketel water op. Ze praten niet over de crisis, afgezien van Betty's commentaar dat ze haar dag niet laat bederven door 'die Russische onbenul'.

Dot van de buren komt hun gezelschap houden met haar baby, en ten slotte belt Mimi ook Sharon McCarroll. Elaine mag het dan moeilijk hebben, Sharon is van hen allemaal het verst van huis – behalve Betty natuurlijk, maar Betty heeft de blitzkrieg overleefd. Sharon huilt aan de telefoon, maar is verre van hysterisch. Ze vormt haar zinnen net zo beschroomd als altijd. 'Ik zit alleen in over mijn familie, Mimi... je weet wel, mijn familie in Virginia.'

Mimi loopt met de hoorn in haar hand de eetkamer in en dempt haar stem, terwijl Betty Elaine bezighoudt in de keuken. 'Natuurlijk, dat is logisch, maar het komt allemaal goed.'

'In elk geval hoeft mijn familie niet zo erg over ons in te zitten, nu we hier zijn,' zegt Sharon, al iets vrolijker.

'Precies.'

'Ik bid veel, Mimi.'

'Wij allemaal, lieverd, en we bidden voor jullie president.'

Ze hoort een klein snikje aan de andere kant van de lijn. 'Dank je wel.'

'Luister, ma p'tite, het waait wel weer over, maar in de tussentijd moeten we ons erdoorheen zien te slaan, en ik vind het naar om dat alleen te doen.'

'O Mimi, wil je dat ik naar je toe kom?'

'Dan zou ik me een stuk beter voelen.'

De vier vrouwen spelen een robber bridge en wisselen vakgeheimen uit, onder andere over de kleding die ze dragen als ze het huishouden doen: lelijke oude zwangerschapstruien, een luier als haarband en afgetrapte pantoffels – hun echtgenoten zouden een rolberoerte krijgen als ze hen ooit zo betrapten. Behalve Sharon, die na enig aandringen toegeeft dat ze een broek en een oude V-halstrui aantrekt. Het blijft even stil, dan beginnen de anderen te lachen tot de tranen over hun wangen lopen, terwijl Sharon een beetje verbaasd glimlacht en Mimi opstaat en haar omhelst.

Op de terugweg loopt Blair McCarroll met Jack mee naar kantoor. Hij zegt zonder enige inleiding: 'In zekere zin ben ik blij dat ik hier zit, vanwege mijn gezin. Voor hen is het veiliger.' Jack knikt. McCarroll vervolgt: 'Maar ik voel me zo stom.' Jack knikt weer. 'Dat ik niet doe waar ik voor ben opgeleid,' zegt McCarroll met zijn lijzige boerenjongensaccent.

Jack wilde dat hij Blair kon vertellen waarom hij hier zit; dat het niet volkomen zinloos is. In plaats daarvan slaat hij de jongere man op de schouder. 'We staan voor de volle honderd procent achter je, McCarroll. En je hebt gelijk wat je gezin betreft. Beter zo, hè? Hier is het veiliger, midden in de rimboe.'

Blair reageert met een stoïcijnse glimlach.

'De volgende meisjes blijven na de bel zitten...'

Misschien tellen hun overlevingskansen zwaarder voor meneer March. Hij heeft hen laten nablijven om te oefenen met dekking zoeken onder zijn grote eiken lessenaar, 'die vanzelfsprekend meer beschutting biedt bij een eventuele luchtaanval'.

Marjorie slaakt een gilletje en huppelt naar voren. Grace grijnst, kijkt om naar de andere meisjes die bij de kapstokhaken staan opgesteld en volgt Marjorie. Hij laat hen allebei tegelijk dekking zoeken onder zijn lessenaar. Dan komen ze weer tevoorschijn en is Madeleine aan de beurt.

Eenmaal op kantoor staart Jack naar de telefoon. Hij overweegt of hij naar de telefooncel naast het exercitieterrein moet gaan om Simon te bellen. Als de Sovjets weer een Berlijnse Blokkade instellen als reactie op deze crisis, kan iemand die naar het Westen wil overlopen het wel vergeten. En we hadden nog wel zo gehoopt de Sovjets een geleerde van het kaliber van 'onze vriend' Oskar Fried te kunnen aftroggelen.

Daar komt de moderne oorlogvoering in feite op neer. Hersens. Technologie. We zijn week geworden in het Westen, we lezen boeken om te leren hoe we onze kinderen moeten opvoeden, we bieden cursussen mandenvlechten aan op universiteiten en brengen ontelbare uren voor de buis door. Intussen groeit er in de USSR een generatie van technici op. Chroesjtsjov heeft gelijk. De Sovjets zijn heel goed in staat om ons af te maken.

Hij trekt een dik pak stencils met een paperclip eraan uit een stapel en bergt het op in een grote map; het zijn artikelen en essays die hij uit diverse Amerikaanse managementpublicaties heeft gehaald. Hij kan maar beter bezig blijven.

Een titel trekt zijn aandacht, *Werknemers in wetenschappelijke beroepen*. Hij leest: *Werknemers in wetenschappelijke beroepen zijn minder gericht op de werkgever en meer op hun werk en hun vakgebied* – dat ligt voor de hand. *Zuivere wetenschap is een roeping. Ze zijn zakelijker en minder spraakzaam, betrokken en sociaal.* Dat slaat zeker niet op Henry Froelich – hij is verlegen, maar als je hem eenmaal uit zijn tent hebt gelokt... Zal Oskar Fried ook zo zijn? Dat wil zeggen, als het hem lukt naar het Westen te komen? *De ware geleerde wil koste wat het kost zijn specialisme beoefenen, en het feit dat een bepaalde werkgever hem in dienst heeft genomen is min of meer bijkomstig.* Jack houdt op met lezen. Daarom blijven geleerden zoals Wernher von Braun boven de partijen staan, al zou Henry tegenwerpen dat zoiets onmogelijk is. Maar een raket is een raket. En nu zijn er intercontinentale raketten die we hopelijk nooit zullen gebruiken, en Saturnusmotoren die ons naar de maan kunnen brengen. En Von Braun is overgestapt naar een andere werkgever, hij werkt nu voor ons, dat wil zeggen, voor de Amerikanen. *Omdat ze zich bewust zijn van hun kwaliteiten en de bijdrage die ze leveren, hebben werknemers in wetenschappelijke beroepen een sterke drang naar status, wat tot een zekere onvrede en frustratie leidt.* Jack wendt zijn blik naar het raam en begint een mentale compositietekening te maken van Oskar Fried – een profiel.

Misschien wil hij niet alleen om ideologische redenen overlopen maar heeft hij zijn buik vol van het logge sovjetsysteem, dat vooral corrupte apparatsjiks, uit Cambridge gevluchte spionnen en deze of gene kosmonaut beloont – om maar te zwijgen van de periodieke zuiveringen, die niet per definitie tot het verleden behoren. Kan het zijn dat Fried genoeg heeft van een saai, anoniem bestaan in voortdurende angst? Dat hij hunkert naar het prestige en de beloningen die het Westen te bieden heeft? Het goede leven? Wie kan hem dat kwalijk nemen? Hij komt alleen. Misschien is hij niet getrouwd, of weduwnaar. Misschien heeft hij niets om voor te leven in de USSR.

Jacks blik is blijven rusten op de foto van Mimi en de kinderen. Als iemand zijn huis binnendrong en zijn gezin bedreigde, zou Jack hem afmaken. Heel simpel. Hij draait een paperclip rond tussen duim en wijsvinger. Maar deze situatie is niet zo simpel. De tegenstanders aan de andere kant van de wereld hoeven hun huis niet te verlaten om het zijne te verwoesten. Bergen boden een land vroeger bescherming. Zeeën en meren, woestijnen en, tot voor kort, louter afstand. Daarom konden duizenden geallieerde piloten veilig worden opgeleid, onder andere hier op deze basis, voordat ze koers zetten naar Europa om het fascisme te verslaan. Maar 'buiten bereik' bestaat tegenwoordig niet meer. De wereld is een dorp geworden. En er hoeft maar één gek te zijn...

Intussen zijn de verdedigingssystemen van Canada niet geactiveerd. Jacks handen zijn gebonden. Hij kan nog geen deken uit de mottenballen laten halen, mocht het nodig worden de burgerbevolking hulp te bieden. Zijn eigen regering heeft bepaald dat Jacks kinderen niet verdedigd hoeven te worden. Hij heeft zich in jaren niet meer zo kwaad en zo machteloos gevoeld. Niet meer sinds 1943, in Centralia.

De telefoon rinkelt. Hij grist de hoorn van de haak. 'Met McCarthy.' Haar stem aan het andere eind klinkt ontspannen. Een gewone dag.

'Brand maar los,' zegt hij, met slechts een licht gevoel van teleurstelling. De hitte trekt weg uit zijn gezicht, de kloppende ader in zijn hals komt tot bedaren, alsof het stemgeluid van zijn vrouw een koel washandje op zijn voorhoofd is. 'Melk? ... ja... boter...' Hij laat de paperclip vallen en pakt een potlood.

Madeleine loopt door de zijdeur van de school naar buiten. Ze heeft haar werkstuk bij zich, een beer van dun karton. Zijn hoofd is vierkant, het lukte haar niet om een cirkel te tekenen en uit te knippen, wat ze ook probeerde.

De middag is grijs en heiig, de zon een vuilgele vlek aan het ene eind van de hemel – de enige aanwijzing dat er nog zoiets bestaat als oost of west, of dat het enig verschil maakt.

Het prikt waarschijnlijk omdat er krijt aan zijn vinger zat, maar dat is alleen maar een schrijnend gevoel en gaat straks weer over, want al is het de eerste keer dat ze gestoken is, ze ziet geen reden waarom het eeuwig zou blijven schrijnen, niets duurt eeuwig.

De andere meisjes halen hun snoep uit het papiertje en verspreiden zich. Madeleine neemt het snoep niet meer. De anderen houden hun hand op en Marjorie Nolan heeft voor het eerst van haar leven de macht om te zeggen: 'Jij mag deze hebben.'

Madeleine wist niet dat je zo hard gestoken kon worden zonder dood te gaan of naar het ziekenhuis te moeten, ze wist niet dat daar iets naar binnen kon – daar moet de plas vandaan komen, en ze weet nu al dat het van plassen nog erger zal gaan schrijnen, al desinfecteert het misschien ook, want dat is vaak zo als iets schrijnt.

Op het moment is ze vooral bezorgd dat haar hoofd zijn normale omvang niet terug zal krijgen. Zodra ze de schooldeur uit kwam begon het op te zwellen en uit te dijen tot het enorm groot was, net als de grijze wolk die de hemel vanmiddag is geworden. Als ze haar ogen sluit voelt ze zich onmogelijk lang en gewichtloos worden, haar hoofd zet uit als een ballon en zweeft weg, haar voeten lijken heel klein beneden op de grond in de schoenen met de kale neuzen.

Vlug lopen zodat het schrijnende gevoel afkoelt door de wind, er zit vocht in de lucht, dat helpt en zal ook haar onderbroek drogen, die klam en propperig is als een verband.

Ze loopt niet over het honkbalveld naar huis. In plaats daarvan steekt ze het parkeerterrein over en gaat Algonquin Drive in, de woonwijk aan haar linkerhand, de akker aan haar rechter.

Het voordeel van gestoken worden is dat ze nu nooit meer bang zal zijn voor naalden. Als je eenmaal gestoken bent, stelt een naald niets voor. Ze hoopte stiekem dat hij haar onderbroek zou aanraken, en dit was haar beloning.

Ze gaat midden op de weg lopen. Ze hoort het wel als er een auto aankomt. Ze zou ook tussen de voren van die lage akker kunnen lopen, de suikerbietenroute volgen. Misschien zou de boer naar buiten komen met zijn jachtgeweer. Ze zou kunnen doen of ze een vogelverschrikker was of de kogels gewoon tegemoet lopen, het zou leuk zijn om ze te voelen afketsen op haar lichaam. Die boer is niet de baas over de hele wereld, dat is niemand, *laat de boel maar ontploffen, aardbewoner.*

Ze zou alsmaar rechtdoor kunnen lopen tot ze na jaren weer bij haar huis uit zou komen. Waarom blijven mensen op één plaats? Waarom rollen ze niet als knikkers over de draaiende aarde? Hoe kun je weten dat je bestaat? Ze begint over de weg te zigzaggen, heen en weer tussen de onderbroken gele strepen. Misschien zeggen moeders daarom dat je meteen naar huis moet komen. Omdat ze weten dat je anders door blijft lopen. Ze slaat de Huron County Road in.

De witte gebouwen van de basis strekken zich rechts van haar uit, daartegenover liggen de huizen van de woonwijk, met hun gedempte kleuren en nietszeggende gezichten, en verderop staat onverschillig de Spitfire. Madeleine ziet alles tegelijk zonder speciaal ergens naar te kijken. Alles lijkt grauw en onduidelijk, er is te weinig licht, te weinig afstand en onderscheid onder het uniforme grijs van de laaghangende hemel – het plafond, zoals piloten zeggen. Hoog boven dat waas is het altijd blauw en zonnig – dit grijze wolkendek verandert de hele wereld voor ons hier beneden en toch is het maar een gordijn of een decor. Haar vader is daar ergens rechts, en links is haar moeder. Ze zijn stipjes, woorden.

De gezichtsuitdrukking van meneer March verandert niet, zijn brillenglazen fonkelen zoals altijd. Je zou nooit denken, als je naar zijn gezicht keek, dat hij met zijn hand onder de jurk van een meisje zit. Madeleine beschouwt het niet als 'mijn jurk'. Het is alsof ze ter hoogte van de zoom naar de geruite plooien kijkt – daar zijn haar blote benen en daartussen steekt de grijze mouw van een man omhoog, alsof ze een marionet is. Het schrijnt. Ze laat de pijn wegsmelten als een ijslolly aan een stokje. Niet praten, je stem is ver weg in een ander land. Niet bewegen, je armen en benen staan niet in verbinding met de pijn, ze kunnen niets anders doen dan wachten.

Haar voeten willen niet stil blijven staan, ze is de afslag naar de woonwijk al voorbij; net als Karen in *Het meisje met de rode schoentjes* zal ze een vriendelijke houthakker moeten zoeken om ze af te hakken. Ze begint met zware stappen te rennen, stampend met haar hielen, want zo voel je dat je voeten niet afgehakt zullen worden. De lucht is net een dik pak vochtige vloeipapiertjes waarvan er telkens een aan haar gezicht blijft kleven. Al rennend balt en ontspant ze haar vuisten en draait ze met haar polsen, want zo voel je dat je handen niet afgehakt zullen worden, of niet gewoon vanzelf los zullen raken en wegzweven als stukjes van Pinocchio. *Sta stil, meisje.*

Het rauwe krassen van een kraai, een geluid alsof er met zwarte inkt iets in de lucht wordt geschreven. Ze kijkt omhoog terwijl ze rent. Eén kraai keert terug naar zijn nest boven op de houten paal, waar de luchtalarmsirene onder de massa takjes en strootjes uitsteekt, de roestige mond wijdopen als midden in een schreeuw, of als een fontein die niet spuit. Ze rent langs de Spitfire, die met zijn neus in de lucht op de sokkel staat, zijn geschutslopen opgevuld en overgeschilderd. Dit vliegtuig heeft de Slag om Engeland gewonnen. Hoe komt het dat niemand Hitler vermoord heeft? Waarom is iemand niet gewoon met een pistool op hem afgelopen? Dan zou Anne Frank nu nog leven. Kon ze maar teruggaan in de tijd en Hitler vermoorden. Kwam er maar een auto voorbij, met achter het stuur een vreemde man met een pet op die zegt: 'Stap in de auto, meisje,' dan zou ze hem vermoorden, het portier tegen zijn hoofd rammen. Daar komt een auto, laat het een kinderlokker zijn, *ik sla met een steen zijn hersens in.*

Maar de auto rijdt door. Ze raapt een steen op en slingert die achter de auto aan, draait zich dan om en begint weer te rennen, langs het vliegveld aan haar rechterhand; ze vernielt haar schoenen door met de neuzen over de grond te slepen, zo kun je iemand vermorzelen als er niemand is om te vermorzelen. *Leg je handen om mijn hals, meisje. En nu knijpen, zo ja. Harder.* Ze stond naast zijn lessenaar. Voelde de in vet verpakte spieren en dat vreemde deinende ding vooraan in zijn papperige hals, net het bot van een kalkoen. Zijn ogen puilen uit, waarom maakt hij zijn bril niet schoon? Misschien omdat hij zijn zakdoek voor zijn ding gebruikt. Het steekt onder de witte stof omhoog als de miskelk op het altaar. Madeleine heeft er niet om gevraagd om dat te denken, het kwam zomaar in haar hoofd op en God bestuurt alles. 'Dus geef mij niet de schuld!' schreeuwt ze, haar kin naar voren stekend, marcherend nu. Maar niemand kan haar horen, de basis ligt ver achter haar, en de daken van de woonhuizen zinken weg achter de glooiende herfstakkers.

Haar hoofd heeft zijn normale omvang terug en past weer op haar lichaam, en de lucht lijkt niet meer zo vlak en zo ver weg. Het gras ziet er nu echt uit, de steentjes langs de weg ook, en de gekreukte kartonnen beer in haar hand voelt echt aan. De Huron County Road is een corridor van berken en esdoorns geworden, landerijen openen zich aan weerskanten als de bladzijden van een boek. Het licht is veranderd, van graniet is het vloeibaar geworden. Koel grijs heeft zich verzameld, hooi in talloze schakeringen, de akkers bezaaid met balen gedorste tarwe, oud goud van dorre stengels, het abrupte riviergroen van een pompoenveld – wonderbaarlijke spatten oranje, onder elk breed blad een geschenk ter grootte van een strandbal. Het verwelkte gras langs de kant van de weg leunt zwaar en taai opzij, vuil haar dat langs hekpaaltjes strijkt. Een knolraap ligt op de plek waar hij van een vrachtwagen is gerold, melkachtig paars als het binnenste van een schelp. Als ik nooit meer naar huis ging, denkt ze, zou ik niet van honger omkomen.

Ze ruikt regen en vertraagt haar pas. De fluwelige geur van hooi, een afgegraasd weiland aan de ene kant; een grote bruine kop zwaait omhoog en kijkt haar aan over het hek, met vochtige moederogen. Ergens zingt een epauletspreeuw, zijn weemoedige lied klinkt vlakbij in de nevelige lucht, als een vogel in een film. Telefoondraden lopen kriskras boven haar hoofd, trapezeartiesten die stemmen van paal naar paal slingeren, nesten en gesprekken in evenwicht houden. Ze blijft staan en kijkt naar het veld rechts van haar. Achter de met onkruid dichtgegroeide greppel staat de maïs. De stengels papierachtig geel, stram in de houding als veteranen, gedecoreerd en gedecimeerd, nog altijd marcherend in colonnes, lintjes wapperend aan lege stelen.

De eerste grote druppels vallen. Zwaar en ver uit elkaar komen ze neer, exploderen in het stof aan haar voeten. Ze buigt haar hoofd achterover en vangt druppels op die zacht en metalig smaken, ze tikken als vingertoppen tegen haar gezicht, onmogelijk te voorspellen waar de volgende druppel zal vallen, ze zijn even snel als gedachten. Ze kijkt weer recht vooruit, voelt haar pony tegen haar voorhoofd plakken, water over haar neus naar haar lippen stromen. Als ze nooit meer naar huis ging, zou ze geen dorst krijgen.

Verderop, waar de Huron County Road een naamloze onverharde weg kruist, sleept een wilg met zijn takken over de grond. De boom helt een beetje over, als in een zijdelingse groet, onderwatergroen maar al bezig te verwelken, sidderend van de regen die, wanneer Madeleine nadert, zachter klinkt op de vele smalle blaadjes, het lied van een langharige sopraan. Ze ziet hem glinsteren in de regen, een boom die geheel uit toverstafjes bestaat. Misschien kan ze hier de nacht doorbrengen, op een brede vlakke tak. Ze duwt het groene gordijn open en druppels water glijden langs haar arm en nek omlaag als ze het koele droge gewelf betreedt, en meteen verandert het geluid. Net of je in een tent zit als het regent. Ze ruikt, nog voor ze ziet, dat ze niet alleen is. De vertrouwde lucht van een nat dier.

Rex ligt aan de voet van de boom, met een dampende vacht en druppels licht om zijn hals en op de punten van zijn oren. Een oude wasknijperzak staat naast hem op de grond. 'Ha Rex.' Hij is zeker verdwaald. Zijn staart slaat op de grond als ze dichterbij komt, maar ze blijft staan omdat ze vanuit haar ooghoeken iets heeft gezien. Witte sportschoenen met gaten in de zolen, lichtbruine benen. Colleen, zittend op een tak. Ze heeft een lange stok ontdaan van bladeren, hij buigt door in haar hand, soepel als een zweep.

Ze glijdt van de tak en laat zich op de grond vallen. Madeleine doet een stap achteruit. Colleen bukt zich naar de wasknijperzak, haalt er zonder haar ogen van Madeleine af te wenden een canvas etui uit, ritst het open, steekt haar vingers erin en haalt een plukje tabak en een rechthoekig wit papiertje tevoorschijn. Madeleine kijkt hoe ze het papiertje oprolt, dichtlikt en tussen haar lippen steekt. Colleen pakt een luciferboekje en houdt een vlammetje bij de sigaret. *Succes zonder college* staat er op het boekje. Ze inhaleert, tuurt door de rook en leunt tegen de boom, de sigaret tussen duim en wijsvinger. Haar vuile witte T-shirt lijkt schoon in de groene schaduwen. Het leren koordje om haar hals verdwijnt onder het shirt en vormt een klein bobbeltje midden op haar borst.

Madeleine vraagt: 'Mag ik je mes zien?'

Colleen steekt haar hand in de zak van haar afgeknipte spijkerbroek. Het heft is van bewerkt, vergeeld been. 'Van een beer,' zegt Colleen, terwijl ze het lemmet openklapt, dat blinkt en flinterdun is van het slijten en slijpen. Ze legt het mes op haar vlakke hand. Madeleine wil het pakken. 'Afblijven,' zegt Colleen, zonder haar hand dicht te doen.

'Waarom?'

'Omdat het geen speelgoed is.' Terwijl Colleen praat, houdt ze haar gezicht een beetje afgewend en knijpt haar lichte ogen half dicht. Madeleine ziet het dunne witte litteken bij haar mondhoek, een kleine frons.

'Ik ben niet bang voor jou,' zegt Madeleine.

'Kan me geen reet schelen.'

'Weet ik,' zegt Madeleine, geschokt maar merkwaardig ontspannen.

'Wijsneus.'

'Kom hier en zeg dat nog eens,' zegt ze zonder na te denken.

'Ik ben er al, sufferd.' Colleens ene mondhoek gaat omhoog, een sarcastisch lachje in haar ogen.

'Dat is nog waar ook,' zegt Madeleine, met een scheve mond zoals Bugs Bunny. Ze steekt haar hand uit en pakt het mes. Colleen doet geen moeite om haar tegen te houden. '*En garde!*' roept Madeleine en ze doorklieft de lucht als Zorro. Colleen kijkt zwijgend toe. Madeleine houdt haar doorweekte beer met zijn uitgelopen glimlach omhoog en rijgt hem aan het mes: 'Pak aan!' Ze tikt met de punt van het lemmet tegen haar kin en daagt Colleen uit: 'Kom op, sla me hier.' Ze begint onbedaarlijk te lachen, haar armen slap als spaghettislierten. 'Vaajwel, wjede wejeld!' Ze wankelt, zwaait wild met het mes, kijkt scheel, doet alsof ze zichzelf doorsteekt. Rex staat op en begint te blaffen.

Colleen neemt nog een trekje, smijt dan haar sigaret weg en houdt haar hand op voor het mes. Madeleine geeft het terug, slap van het lachen. Colleen klapt het dicht en schudt haar hoofd. 'Je bent een maniak, McCarthy.'

Madeleine antwoordt met heldere stem, alsof ze voorleest: '*Oui, je suis folle, je suis une maniaque*,' en begint mechanisch in de rondte te draaien.

Colleen zegt: '*C'est ça quoi ja di, ya crazy batar*.' En zo ontdekt Madeleine dat Colleen een soort Frans spreekt.

'Het is geen Frans, het is Michif,' zegt Colleen.

Michif. Een raar woord.

Colleen hangt de wasknijperzak aan het eind van haar stok en loopt onder de boom vandaan, de regen weer in. Rex volgt.

'Colleen, wacht.'

Madeleine haalt haar in en ze lopen zwijgend verder. Ze doet haar schoenen en sokken uit. De regen raakt de grond in een permanente nevel, zo hard komen de druppels neer. Je kunt moeiteloos rennen als het hard regent, plassen worden trampolines, het is net of je over een bospad rent, je kunt niet moe worden. Schuren trillen als luchtspiegelingen boven de akkers, donderslagen schudden aan de bomen aan het begin van een kilometerslange oprit naar een boerderij. Poten en blote voeten en doorweekte sportschoenen. Ze ruikt natte hond. Er is geen geur ter wereld die opbeurender is, behalve misschien een kampvuur. Al is een kampvuur ook melancholiek, omdat je er met je familie omheen zit in het aardedonker en weet dat de liefde die je voelt en degene die je bent maar een klein eindje doordringen in de duisternis.

'Waar gaan we heen?' vraagt Madeleine.

'Rock Bass.'

Het is geen zweep, het is een hengel.

Daarbeneden is het nog een beetje zomer. Het groen heeft een levendige glans, als oud leer. Het gras is nog lang, maar het buigt en breekt nu gemakkelijk, het veert niet terug als je erop trapt. De bladeren zijn nog vlezig bij de stengels en versmolten met de twijgen, maar slechts weken verwijderd van het moment waarop ze allemaal tegelijk kunnen afwaaien. Wanneer breekt dat moment aan? In sommige jaren komt de wind geleidelijk en neemt een paar bladeren per keer mee, andere herfsten zijn stil en rustig, de bomen in vol ornaat en kleurrijk tot in november, wanneer het bos met één keer snuiven en blazen plotseling naakt staat.

'Zijn we er al?' vraagt Madeleine. Ze zijn bij de rand van een ravijn blijven staan. Beneden is een stroompje dat komend voorjaar meer dan een beek en minder dan een rivier zal zijn. Aan de overkant groeit een esdoorn. Het regent niet meer zo hard en de druppels zeggen *sst sst sst* tegen de rode en ambergele bladeren. Een middaggeluid.

Het is een wonderlijke gedachte dat de bossen hier zijn terwijl wij op school zitten of slapen of tv-kijken. Ademend, veranderend, hun statige gratie vol van heftig leven dat zich hoog en laag afspeelt, elk geritsel, elke kreet onderdeel van dat deinende ritme. Adem in, en het is zomer. Adem uit, en het is herfst. Sta stil, en het is winter. Doe je ogen open, daar is de lente.

De esdoorn is zo rustig, en toch verandert hij hartstochtelijk. Een deel is stervende. Het charmante deel. Straks zal hij zijn droevige kant tonen, zijn ware leeftijd en wijsheid, en zijn knoestige gebeden opzenden. Dat is het mooie deel.

'Dit is Rock Bass,' zegt Colleen, en ze glijdt zo het ravijn in naar het stroompje op de bodem. Rex volgt. Madeleine ook. Er liggen stapstenen, maar ze waden door het water.

Onder de esdoorn is een platte steen en daar vlakbij liggen de resten van een kampvuur. Colleen pakt een koffieblik uit haar wasknijperzak, verwijdert het vetvrije papier waarmee het is afgesloten en haalt er een dikke worm uit. Ze prikt hem aan het haakje, de worm kronkelt, ze werpt hem in het water, gaat op de platte steen staan en wacht.

Madeleine hurkt op de grond en wacht ook, met haar armen om haar knieën. Ze pakt een verkoolde tak en schrijft haar naam op de steen. Haar naam lijkt op haar gezicht en ze zou willen dat hij feller oogde. De klinkers zien eruit alsof ze zo gestolen en met grote ogen meegenomen kunnen worden, en er zijn te veel lettergrepen – elke lettergreep een zwak verbindingspunt, scheidbaar als een gewricht. Ze zou willen dat ze maar één lettergreep had, compact, onaantastbaar. Zoals Mike.

Ze zegt tegen Colleens rug: 'Waarom heb je me laatst niet in elkaar geslagen?'

Colleen houdt haar ogen op het water gericht. 'Je bent het niet waard.'

Madeleine wrijft haar handpalmen in met roet van de tak. 'Waarom niet?'

'Omdat ik niet terugga, daarom niet.' Colleen slaat de lijn over haar schouder naar achteren en werpt hem opnieuw uit.

'Terug waarheen?'

'Dat gaat je geen moer aan.' Ze klinkt kalm. Tevreden.

Madeleine wrijft in haar handen alsof de roet zeep is en ruikt er dan aan. Ze

ruiken nu naar een kampvuur. Schoon. 'Waarom zouden je ouders je terugsturen?'
'Het zijn mijn ouders niet.' Colleen werpt haar even een blik toe en Madeleine wordt eraan herinnerd dat ze bang is voor dit meisje.
Ze formuleert haar vraag anders. 'Waarom zou je teruggestuurd worden?'
'Wegens geweldpleging.'
Geweldpleging. Het woord ziet eruit als een rood-zwarte haal. Madeleine kan de spieren in Colleens stoffige, magere kuiten zien, die nog bruin zijn, al is de zomer allang voorbij. Ze trekken samen wanneer Colleen naar voren leunt. Ze heeft beet. Ze haalt een klein visje in. Het spartelt aan het eind van haar lijn, grijs en geel, met starende ogen. Ze maakt het los en gooit het terug. 'Ooit van de kinderbescherming gehoord?'
'Nee.'
'Dan bof je.'

De zon komt net op tijd onder de grijze deken van deze regenachtige middag uit om aan zijn afdaling te beginnen. Madeleine heeft geen idee hoe laat het is. Links van hen komt het vliegveld in zicht en ze voelt zich alsof ze wakker wordt uit een droom. Pas dan dringt het tot haar door dat ze haar schoenen kwijt is.
'Waar ging je trouwens heen?' vraagt Colleen.
'Nergens.'
'Dat zal wel.'
Madeleine zegt: 'Ik wilde weglopen.'
'Heb ik ook gedaan.'
'Ja?'
'Vaak genoeg.'
'Waar ging je dan heen?'
'Eén keer naar Calgary,' zegt Colleen. 'We hadden een paard gestolen. Mijn broer en ik.'
'Ricky?'
'Wie anders?'
'Ben je op een paard helemaal van Centralia naar Calgary gereden?'
'Niet hiervandaan. Ik woonde toen ergens in Alberta.'
'Waar dan?'
'Gaat je geen moer aan.'
Ze lopen. 'Ik ben in Alberta geboren,' zegt Madeleine. Colleen zwijgt.
Madeleine vraagt: 'Waar ben jij geboren?'

Ze verwacht geen antwoord, dus ze is verbaasd als Colleen na een korte stilte zegt: 'In een auto.'
'Op weg naar het ziekenhuis?'
'Nee. Het was ergens bij de grens. In Montana of Alberta.'
Madeleine stelt zich voor dat meneer Froelich op een eenzame weg naar de kant rijdt en boven een kampvuur water probeert te koken terwijl mevrouw Froelich op de achterbank een baby krijgt. Ze steekt haar hand uit en voelt Rex' natte neus tegen haar knokkels duwen. 'Wat is de kinderbescherming?'
Colleen spuugt krachtig vanuit de zijkant van haar mond. 'Die komen je halen en brengen je naar een tuchtschool als ze vinden dat je niet deugt.'
'O. Wat is een tuchtschool?'
Colleen haalt haar schouders op. 'Een gevangenis voor kinderen.'

Verderop ziet de woonwijk er zo tam uit als een dier achter een omheining. De Spitfire oogt weer vriendelijk, de witte gebouwen van de basis even gezellig als een verzameling kapperszaken. Maar Madeleine begint een akelig gevoel in haar buik te krijgen. Angst. 'Krijg je nou op je donder?'
'Waarom zou ik?' zegt Colleen.
Madeleine denkt niet aan het roken of het vloeken, want dat doet Colleen vermoedelijk niet waar haar ouders bij zijn. Maar dat je van school wegblijft kun je niet verbergen. Hoe kan Colleen anders al bij de wilg hebben rondgehangen met haar speelkleren aan? 'Je hebt gespijbeld.'
'Nou en? Het is mijn leven.'
Madeleine werpt een blik op haar profiel – ernstige mond, de samengeknepen blauwe ogen op de horizon gericht – en vraagt zich af of dit betekent dat Colleen Froelich en zij nu vriendinnen zijn.

'Man, wat zal jij ervan langs krijgen!'
Het is Mike, die staande op de pedalen als een razende op haar af komt fietsen door Columbia Drive. 'Maman vermoordt je!' Hij remt abrupt en komt met een spectaculaire schuiver tot stilstand. 'Waar ben je in godsherennaam geweest?'
'Val dood jij.'
Mike neemt haar eens goed op en schudt zijn hoofd. *'Va-t'en dans la maison, toi.'*
Roy Noonan en Philip Pinders stoere oudere broer Arnold komen uit tegengestelde richtingen aanrijden. 'Ik heb haar,' zegt Mike.
'Waar heb je haar gevonden, Mike?' vraagt Arnold, alsof ze een verdwaalde kat is.

'Ik was niet verdwaald!' roept Madeleine.
'O nee?' zegt Mike. 'Waar was je dan, moddertaartjes aan het bakken met de meisjes?' De jongens staren haar aan.
Roy biedt aan haar op de stang naar huis te brengen – haar huis is vlakbij, is hij niet goed snik?
Mike zegt: 'Bedankt jongens, ik regel het verder wel.'
'Graag gedaan,' mompelen ze en rijden weg.
Madeleine draait zich om, bedacht op een honende reactie van Colleen na deze vernedering, maar Colleen is weg.
'Is pap al thuis?' vraagt Madeleine, als ze achter hem aan over de oprit sjokt, op weg naar het schavot.
'Je mag hopen van niet,' zegt haar broer, die zijn fiets tegen het huis zet en haar elleboog pakt alsof ze zijn gevangene is. Ze rukt zich los en trekt de hordeur open.

Haar moeder komt de keuken uit en blijft op de bovenste van de drie treden staan; ze is aan het bellen. 'Laat maar, Sharon, daar is ze.' Ze hangt op. 'Dieu merci.' Haar ogen zijn rood. Ze steekt haar armen uit naar Madeleine.

Bij de eerste aanraking verandert haar opluchting in woede, ze sleurt Madeleine de treden op en slaat haar op haar achterste terwijl ze haar door de woonkamer meetrekt naar de trap. Als ze langs de keuken komen, ziet Madeleine Mike bij de koelkast staan en kalmpjes een glas melk inschenken. 'Ze was met Colleen Froelich,' zegt hij. '*Elle a perdu ses souliers, maman.*'

Het Frans gaat zo snel dat Madeleine er geen woord van verstaat, al is het niet moeilijk te bedenken wat haar moeder zegt – ze heeft de hele buurt gebeld, ze was net aan de telefoon met mevrouw McCarroll, waar zijn je schoenen?! En in het Engels: 'Je mag niet met dat meisje spelen, hoor je me?'

Ze duwt Madeleine haar kamer in en smijt de deur dicht. '*Bouges pas! Attends ton père!*'

Madeleine gaat op de rand van haar bed zitten. Het vroege avondlicht verwarmt de gebloemde sprei en het kussensloop met de ruches. Haar reusachtige elfenpoppen, een kerstgeschenk van tante Yvonne, staren vrolijk voor zich uit met hun gebarsten gezichten. Ze duwt ze op de grond en pakt Bugs, aait hem, vouwt zijn oren naar achteren zodat hij kan uitrusten.

'Brave Bugsy.' Ze kijkt omlaag naar haar blote moddervoeten, de vuile vegen op haar jurk, haar zwarte handen. Ontdekt spikkeltjes modder op haar gezicht. Wacht achter de gesloten deur van haar slaapkamer, in de onnatuurlijk heldere stilte. Ze gaat liggen. Haar voeten zijn koud, al is het buiten warm. Bugs nestelt zich tegen haar schouder.

Beneden hoort ze de voordeur opengaan. De gedempte stem van haar vader, opgewekt als altijd na zijn werk. Dan een stilte. Zijn afgemeten voetstappen op de trap. Steeds dichterbij. Haar buik verkrampt. *Wacht maar tot je vader thuiskomt.* Zijn ijzige teleurstelling, zijn trieste linkeroog; zijn vlammende woede die tot nu toe alleen werd opgewekt door andere automobilisten en door de gebruiksaanwijzing van de grasmaaier. En soms door Mike. De deurknop draait langzaam om en hij steekt zijn hoofd naar binnen. Hij heeft zijn uniformpet nog op. Hij kijkt haar vragend aan. 'Doe je een dutje voor het eten, liefje? Wat is er, ben je ziek?'

'Nee.'

Hij weet het niet. Maman heeft niets gezegd.

'Nou, kom dan beneden en help me de strips lezen. Maman heeft heerlijk gekookt.'

Het is een wonder.

Tijdens de maaltijd wordt er met geen woord gerept over Madeleines misstap. De radio is al uit wanneer ze in de keuken komt. Haar vader luistert voor het bidden meestal naar de hoofdpunten van het nieuws. Maar nu zet maman Maurice Chevalier op, en vervangt hem dan door Charles Trenet als pap iets mompelt over 'die collaborateur'. Ze eet zonder mopperen haar hele bord leeg, ook de aardappelpuree met knolraap erdoor – waarom moet maman lekkere aardappelen nou zo bederven?

Na het eten gaat Mimi met Mike naar een basketbalwedstrijd in Exeter. Ricky Froelich speelt bij de South Huron Braves. Jack had zullen gaan, maar hij blijft nu thuis met Madeleine. Maman geeft haar een afscheidskus en fluistert: 'Je boft maar dat je zo'n lieve papa hebt.'

Haar vader kijkt niet naar het journaal, hij en Madeleine gaan een potje dammen aan de keukentafel. Na een poosje zegt hij: 'Maman vertelde dat je pas laat thuis was uit school.'

Dus hij weet het wel. Maar hij is niet boos.

'Ja,' zegt Madeleine, haar ogen strak op het dambord gericht.

'Waar ben je geweest?' Pap denkt ook na over een zet.

'Een eindje lopen.'

'O? Waar ergens?'

'Rock Bass.'

'Waar is dat?'

'Het is een ravijn. Aan het eind van een zandweg.'

'Juist ja.' Hij neemt een steen van haar, en zij neemt er twee van hem. 'In je eentje?'

'Nee, ik kwam Colleen tegen.'
'Colleen Froelich?'
'Ja. Ze was aan het vissen.'
'Heeft ze iets gevangen?'
'Een baars.'
'Een baars, zo!'
'Maar ze liet hem weer gaan. Ze heeft een mes.'
'O ja?'
'Maar ze speelt er niet mee, het is gereedschap, geen speelgoed.'
'Daar heeft ze gelijk in.'
Ze spelen verder. Zij wint.
'Wat heb je vandaag op school gedaan, maatje?'
'Eh... we hebben naar een film gekeken.'
'Waar ging het over?'
'... Dekking zoeken.'
'Dekking zoeken?'
'Voor als de atoombom valt.'
'Juist ja.' Hij vouwt het dambord op. 'En liet meneer March jullie onder de banken duiken?'
'Mm-hm.'
'Ben je daarom weggelopen?'
Madeleine doet haar mond open. Er komt geen geluid uit, dus knikt ze.
'Ik moest maar eens met meneer March gaan praten.'
'Nee,' zegt ze.
'Waarom niet?'
Weet je wat er gaat gebeuren als je ouders ontdekken hoe ondeugend je bent geweest? 'Hij is aardig,' zegt Madeleine. Ze probeert haar adem in te houden. Ze zit doodstil – als die geur maar niet te ruiken is.

'Dat kan wel zijn,' zegt haar vader. 'Maar hij gaat zijn boekje te buiten.'
Madeleine wacht. Weet hij het? Kan hij het ruiken? *Ze zullen me wegsturen.*
'Luister eens naar me, liefje.' *De kinderbescherming komt me halen en stopt me in de gevangenis.* 'Hij overdrijft het gevaar. President Kennedy wil de Sovjets alleen laten zien wie er de baas is.' President Kennedy. Kent hij meneer March? *Er is een kernraket op Centralia gericht. Ik zal je een reden geven om te huilen, meisje.* 'De wereld wacht af wie het eerst zijn ogen neerslaat. En je kunt er donder op zeggen dat dat de Sovjets zullen zijn, want ze weten dat het ons ditmaal ernst is.'
Madeleine slaat haar ogen neer.
Hij zegt: 'Je kunt een tiran niet paaien.' Aaien? 'Je moet je poot stijf houden,

dat hebben we in de oorlog wel geleerd. Dekking zoeken, wat een onzin.' Hij klinkt verontwaardigd. Lafaards zoeken dekking. Collaborateurs.

'Net als Maurice Chevalier?' vraagt ze.

'Wat zeg je?'

'Niks.'

Hij doet de krant dicht, staat op en wenkt dat ze mee moet komen. Krijg ik er nu van langs? Nee, meneer March krijgt ervan langs. Nee, de Sovjets.

Hij spreidt een wereldkaart uit op de eetkamertafel. Hij wijst de plaatsen in Europa aan waar ze is geweest. Kopenhagen, München, Parijs, Rome, de Franse Rivièra... 'Zeg dat maar tegen meneer March als hij je weer hoofdsteden laat opnoemen.'

Hij vraagt waar ze op de hele wereld het liefst naar toe zou willen. Ze kan geen beslissing nemen, dus volgt hij met een vinger de Amazone en beschrijft de dieren en inboorlingen die daar te zien zijn. 'Je kunt met een gids de rivier afzakken op een vlot van bamboe.' Daarna doet hij hetzelfde met de Nijl, omzoomd door piramiden. 'Je kunt op een kameel de woestijn doorkruisen.' En hier, in het roze, ons eigen uitgestrekte land. 'Ga met een kano de Yukon op, vang je eigen zalm en zoek naar goud.' Ze kan overal heen.

'Je kunt alles worden wat je wilt als je later groot bent, niets is onmogelijk. Je kunt astronaut worden, ambassadeur...'

'Kan ik in de film spelen?'

'Alles kan als je er je best voor doet.'

'Kan ik in de show van Ed Sullivan komen?'

'Ik wil dat je me iets belooft,' zegt hij, haar aankijkend.

'Oké.'

'Ik weet dat je het leuk vindt om naar het bos te gaan en rond te zwerven met je maatjes, dat deed ik vroeger ook. Maar toen ik klein was waren er minder auto's en kenden we iedereen in de wijde omtrek. Wij zijn nieuw hier in Centralia' – we zijn altijd nieuw – 'en maman wordt ongerust als ze niet weet waar je bent. Weet je wat? Als jij me belooft dat je na school eerst naar huis komt, je lange broek aantrekt en maman vertelt waar je heen gaat, dan mag je naar hartelust rondzwerven bij Rock Bass, als je maar op tijd thuis bent voor het eten.'

'Oké.'

'Zo mag ik het horen.'

'Pap?'

'Ja?'

'Ik wilde weglopen.'

Hij lacht. Madeleine wist niet dat het grappig was. Ze glimlacht, alles is blijkbaar in orde. Ze volgt hem naar de keuken.

'Ik zal je een geheim verklappen,' zegt hij, terwijl hij de vriezer opentrekt en het ijs eruit haalt. 'Ik ben heel wat keren weggelopen toen ik een klein ventje was. Ik stopte mijn zakken vol met koekjes en dan klommen Joey Boyle en ik over het hek van de school en namen de benen.'

'Waarom?'

Hij kijkt verbaasd als ze dat vraagt. 'Voor de lol.' Hij schept een bolletje vanille-ijs in een hoorntje. 'Je bent net als ik,' zegt hij, en geeft haar het ijsje.

'Avontuurlijk.'

Madeleine eet haar ijsje en lacht als een meisje dat een ijsje eet. Van het nablijven weet hij niets af. Anders hadden we niet op de kaart gekeken en zou hij niet over later praten. Pap heeft haar verwelkomd in de vrolijke club van kwajongens in korte broek uit vroeger tijden: de tijd van het lekkerste snoep ter wereld, toen elk huis anders was en er één huis was waar het spookte en je in de drugstore een glaasje prik kon drinken. En voor later heeft hij de wereld aan haar voeten gelegd. De zwarte schaduw van het oefengroepje mag nooit in aanraking komen met de zonnige wereld van toen pap klein was. Gelukkig is zij de enige schakel. En zij kan ze gescheiden houden. Als een geheim agent die de muren van een steeds kleiner wordende kamer uit elkaar houdt.

'Pap?'

'Ja, maatje van me?' Alles is in orde.

'Mag ik je medaille zien?'

Ze volgt hem naar boven. Hij voelt in de bovenste la, achter zijn schone zakdoeken. Hij legt een houten doosje in haar handen en maakt het open. Op een bedje van blauw fluweel glanst het zilveren kruis, bevestigd aan een rood-wit lint: twee door vleugels verbonden bliksemschichten, bedekt door propellerbladen. In het midden Hermes, de god met de gevleugelde hielen. *Wegens moed, dapperheid en plichtsbetrachting betoond tijdens...*

'Dat heeft oom Simon je gegeven,' zegt ze.

'Nou, oom Simon heeft het me niet gegeven. Maar hij heeft wel geholpen.'

'Omdat hij je heeft leren vliegen.'

'Precies.'

'En hij heeft je gered.' Ze streelt de medaille. Ze moet huilen. Waarom? Nu alles toch in orde blijkt te zijn moet je niet huilen, Madeleine, pap heeft het ongeluk overleefd. Ze bijt op haar wang en kijkt strak naar de medaille. Pap gaat nog lang niet dood.

'Pap?'

'Ja?'
'Waar ligt Borneo?'
'Dat zullen we beneden eens gaan opzoeken op de kaart.'

Borneo is niet eens een land. Het is een eiland in de Indische archipel. Er is geen hoofdstad.

Pap stopt haar in en zegt: 'Ik heb iets dat ik je wil geven.' Een gehavend boek, de achterkant van het omslag ontbreekt. Voorop een plaatje van een jongen in een ouderwetse kniebroek die met een emmer witkalk in zijn handen voor een half geschilderd hek staat. *De avonturen van Tom Sawyer.* 'Het is oud, maar nog steeds leuk, denk ik.'

Madeleine doet het boek open. Op het schutblad zit een ex-libris: *Dit boek is van* en in een kinderlijk handschift *John McCarthy.* 'Ik heb het gekregen toen ik klein was. Nu is het voor jou.'

'Jee. Bedankt pap.' Ze houdt het voorzichtig vast. Ze ruikt de lucht van oude boeken, schimmelig. 'Ga jij het voorlezen?' Ze leest het liever zelf, maar ze wil zijn gevoelens niet kwetsen als hij het haar graag wil voorlezen.

'Nee hoor.' Hij komt van de rand van het bed af. 'Ik denk dat je zo'n boek het beste zelf kunt lezen, in je eigen tijd. En als je dit uit hebt kun je *Huckleberry Finn* lezen.'

'Pap?'

'Ja?'

'Maman zei dat ik niet met Colleen Froelich mag spelen.'

Hij aarzelt, zegt dan: 'Maman was behoorlijk ongerust toen je niet thuiskwam.'

'Weet ik.'

'Ze vindt Colleen waarschijnlijk niet zo'n goed voorbeeld.'

'Ze is geen voorbeeld,' zegt Madeleine, zo oprecht en beleefd als ze kan.

Hij glimlacht. 'Ze kan vissen, hè?'

'Ja.'

'Nou, dan kan ze niet door en door slecht zijn, hè? Laat het maar aan mij over, goed?'

Ze bijt op haar lip, ditmaal om haar blijdschap te onderdrukken. 'Goed.' Hij kust haar op het voorhoofd en laat haar alleen, ingestopt en lezend.

Hij loopt de trap af. Het idee, een klas vol acht- en negenjarigen zo bang maken, wat is dat voor een onderwijzer...? Dekking zoeken, maak het nou, als dit ding ontploft is het over en uit, makker, zeg dan maar dag met je handje, al verkopen de Yanks elkaar nog zoveel schuilkelders voor naast het zwembad in de achtertuin. Als Kennedy anderhalf jaar geleden het lef had gehad om die halfbakken invasie in de Varkensbaai af te blazen, had deze ellende misschien voorkomen kunnen worden – hij pakt een biertje uit de koelkast – of als hij het lef had gehad voor een totale invasie.

Hij gaat naar de woonkamer. De Varkensbaai was een schoolvoorbeeld van gebrekkige besluitvorming. Niet omdat de beslissing niet deugde, maar omdat het geen duidelijke beslissing was. Het enige wat Kennedy ermee bereikte was dat hij olie op het vuur gooide. Toch pakt hij het nu wel goed aan. Omringt zich met de beste adviseurs – anders dan onze premier, die allergisch is voor adviseurs. Jack bukt zich en zet de tv aan, gaat op de bank zitten en wacht tot het toestel is opgewarmd. Kennedy krabbelt niet terug, maar lost evenmin het eerste schot. 'Zachte woorden en een flinke stok achter de deur.' Een zenuwenoorlog. Daar is lef voor nodig. En dat heeft Kennedy, als je afgaat op zijn eigen oorlogsverleden. Niet zomaar een knappe jongen uit een rijke familie. Hij stamt uit een degelijk oud geslacht van Ierse dranksmokkelaars, en dat is precies waar Jack en iedereen met een beetje gezond verstand zijn hoop op vestigt: een vechtjas met een diploma van Harvard. Hij zou dolgraag horen wat er allemaal werd gezegd in de cabinet room van het Witte Huis, waar het Executive Committee rond de klok bijeen is. Daar wordt geschiedenis geschreven.

De Canadese zender staat aan, en Pierre Salinger vertelt aan een Canadese journalist dat minister McNamara van Buitenlandse Zaken en zijn team op broodjes en koffie leven terwijl ze plannen opstellen om voorbereid te zijn op elke eventualiteit. In de Verenigde Staten zijn de huisvrouwen massaal aan het hamsteren geslagen terwijl ernstige mannenhoofden op tv uitleggen hoe je een kernaanval kunt overleven, zonder uit te leggen waarom iemand dat zou willen. Intussen zijn de koppen in Canada stevig in het zand gestoken. Geen nieuwe ontwikkelingen. Hij schakelt over naar CBS en kijkt naar Walter Cronkite, die uitlegt 'hoe het zit'. Als het toch uitdraait op een kernoorlog, kun je het net zo goed van hem horen.

Er is echter een grens aan de hoeveelheid nieuws die kan worden uitgezonden, zelfs midden in een internationale crisis. Jack zet een andere zender op en voelt de spanning uit zijn schouders wegtrekken als hij naar Wayne en Shuster kijkt.

In haar kamer is Madeleine verdiept in haar boek. *Kort daarop kwam Tom de jeugdige verschoppeling van het dorp tegen, Huckleberry Finn...* Ze weet dat ze het licht uit zal moeten doen als maman thuiskomt. Huckleberry werd hartgrondig gehaat en gevreesd door alle moeders van het dorp... Dit is het eerste grotemensenboek dat ze zelf leest zonder de zinnen hardop uit te spreken. Het maakt het lezen nog bedwelmender. Huckleberry kwam en ging zoals het hem goeddunkte. Met mooi weer sliep hij op de stoep van een huis, en als het regende in een leeg okshoofd – wat is een okshoofd? – hij hoefde niet naar school of naar de kerk, hij had geen baas en hoefde niemand te gehoorzamen; hij kon gaan vissen en zwemmen waar en wanneer hij maar wilde, en zo lang blijven als hem beliefde; niemand verbood hem te vechten; hij kon zo laat opblijven als hij verkoos; hij was altijd de eerste die in het voorjaar op blote voeten liep en de laatste die in de herfst zijn schoenen weer voor de dag haalde; hij hoefde zich nooit te wassen of schone kleren aan te trekken; hij kon geweldig vloeken...

Als je echt gelooft dat het kan, kun je dan in de wereld van een boek stappen? Als je God om een wonder bidt, kan Hij je dan overbrengen naar St. Petersburg in Florida, zoals het vroeger was? Kan Hij je bij de Mississippi neerzetten in een haveloze tuinbroek, als jongen? Madeleine knijpt haar ogen dicht en bidt. *Alstublieft, lieve God, verander me in een jongen.* God kan alles. Behalve zichzelf in een machteloze steen veranderen en zichzelf dan weer terugveranderen, want dan zou Hij geen echte steen zijn geweest. Niet aan denken – het is een mysterie, net als de eeuwigheid, en je wordt er duizelig van. Je moet vertrouwen hebben. Blijven lezen, en als je morgen wakker wordt is het wonder misschien gebeurd...

Tegen de tijd dat Mimi thuiskomt met Mike heeft Jack een ander actualiteitenprogramma gevonden, een andere deskundige. '... maar hebben we een haalbaar plan van aanpak voor noodsituaties? Ik vermoed...' Hij schakelt de tv uit, ze kust hem en vraagt: 'Hoe is het met Madeleine?'

'O, goed. Maar ik ga eens een hartig woordje wisselen met die onderwijzer, hoe heet-ie.'

'Meneer March. Waarom, is er iets gebeurd op school?'

'Die vent verdient een flinke stomp op zijn neus.'

Ze blijft staan, half uit haar jas. 'Waarom, wat heeft hij dan gedaan?'

'Hij jaagt de kinderen de stuipen op het lijf met die onzin over Cuba, daarom is ze na school weggelopen.'

'O.' Ze trekt haar jas uit. 'Maar ik heb liever niet dat ze met die Colleen speelt.'

'Colleen is ongevaarlijk, het is haar moeder die je niet mag,' en hij knipoogt.

'Pap?'

'Ja Mike?'

'Zijn we al in staat van paraatheid?'
'Nee hoor. Hoe was de wedstrijd?'
'Geweldig. Rick heeft twee doelpunten gescoord.'
'Knap werk.'
Mike loopt naar de keuken om het restje bouillie uit de koelkast te pakken.
'Jack, denk erom dat je niet... je weet wel.'
'Dat ik niet wat?'
'Wees alsjeblieft voorzichtig, breng Madeleine niet in verlegenheid als je met haar onderwijzer praat.'
'Waarom zou ik dat doen?'
'Omdat je natuurlijk kwaad wordt, je weet hoe kwaad je kunt worden.'
Hij lacht. 'Ik zal niet kwaad worden.'
'Misschien kan ik beter gaan.'
'Nee, maak je geen zorgen, ik houd me wel in. Morgen ga ik even langs, meteen om drie uur, als de kinderen naar huis zijn. Dan klop ik op de deur van zijn lokaal.'
Ze kust hem nogmaals.

Midden in de nacht sluipt Madeleine van haar kamer naar de trap.
'Wat doe je?' Het is Mike in zijn cowboypyjama, op weg naar de badkamer.
'Niks,' fluistert ze, haar armen vol lakens.
'Je hebt in bed geplast.'
'Niet waar.' Ze begint te huilen.
'Niet grienen,' fluistert hij. 'Ga je verkleden.'
Hij loopt haar kamer in, keert het matras om, neemt de lakens mee naar beneden, stopt ze in de wasmachine en zet de machine aan.
Hun ouders worden wakker en Mike zegt dat ze misselijk was.
'Voel je je niet lekker, maatje?' vraagt pap en tilt haar op. Madeleine legt haar hoofd op zijn schouder en steekt heel even haar duim in haar mond. Maman laat zich niet bedotten. Er wordt geen woord gezegd, maar Madeleine krijgt een zeiltje op haar bed. Ze merkt het aan het geritsel.

IK KAN NIET LIEGEN

'Ik zie eenvoudig geen andere oplossing dan rechtstreeks militair ingrijpen, nu meteen.'

– GENERAAL CURTIS LEMAY AAN PRESIDENT KENNEDY, 19 OKTOBER 1962

Het beste advies: trek uw wangen op. Doe dit door een heel klein beetje te glimlachen. De gezichtsspieren krijgen dan een duwtje omhoog, de mondhoeken krullen op en de spieren van het voorhoofd ontspannen.

– CHATELAINE, 1962

Aan het ontbijt kijkt Jack op uit zijn krant. 'Ze gaan vandaag alle sirenes in Zuid-Ontario testen.' Hij vraagt aan Madeleine: 'Weet je nog dat je de sirenes een paar keer hebt gehoord in 4 Wing, als ik weg moest voor een oefening?'
 Madeleine weet het nog – dat wil zeggen: haar ingewanden weten het. Haar knieën.
 'Nou, dit is hetzelfde,' zegt haar vader. 'Niets om je druk over te maken.'

Na het ontbijt zegt Mimi: 'Madeleine, kom hier, wat is dit?' Ze staat in de badkamer naast de open wasmand, met Madeleines onderbroek in haar hand. Er zit een bruinige vlek in.
 'Eh... weet ik niet.'
 'Was dat een ongelukje?'
 Madeleine wordt rood. 'Nee!' Mimi ruikt aan de onderbroek. Madeleine wendt haar hoofd af; maman is afschuwelijk.
 'Het is bloed,' zegt Mimi.
 Madeleine kan niet slikken. Ze kijkt haar moeder sprakeloos aan.
 'Bloed je nog steeds? Laat eens zien.' Ze steekt haar hand onder Madeleines schooljurk en trekt haar onderbroek omlaag...

'Maman!'
'Hou je mond, *je suis ta mère*.' Ze bekijkt Madeleines onderbroek – smetteloos schoon – en trekt hem weer omhoog. 'Wat heb je uitgevoerd?'
'Niks.' Madeleine voelt haar wangen gloeien.
'Ga zitten, Madeleine.'
Ze gaat op de deksel van het toilet zitten.
Mimi zegt: 'Kijk me aan.'
Madeleine gehoorzaamt.
'Wat is er gebeurd, *chérie*?'
Madeleine slikt. 'Ik ben gevallen.' Ze ziet dat de lucht opzij begint te drijven, alsof hij vloeibaar is.
'Wat deed je dan?'
Madeleine knippert met haar ogen om de lucht stil te zetten. Dat helpt. Maman kijkt haar nog steeds aan.
'Het geeft niet, maman zal niet boos worden.'
Madeleine zegt: 'Ik fietste.'
Mimi zucht en zegt: 'Madeleine, heb je de fiets van je broer weer gepakt zonder het te vragen?' Madeleine knikt ja – ik lieg niet, ik heb zijn fiets een paar keer gepakt zonder het te vragen. 'En je hebt je bezeerd aan de stang.'
Madeleine knikt weer. Het is waar, dat is inderdaad een keer gebeurd en het deed echt zeer. 'Het deed echt zeer,' zegt ze.
'Ja, dat zie ik,' zegt haar moeder, haar wang strelend. 'O Madeleine, toen ik zo oud was als jij mocht ik geen fiets hebben van mijn papa.'
'Waarom niet?'
'Hierom.' Ze houdt de onderbroek omhoog. '*Ecoute bien*. Ik heb gezegd dat ik niet wil dat je op een jongensfiets rijdt, niet op die van je broer en ook niet op die van een ander, begrijp je nu waarom? De volgende keer dat je bloed in je broekje vindt, *ma p'tite*, moet je het aan maman vertellen.' Ze gooit de onderbroek in de mand terug. 'Want dat hoort erbij als je groot wordt.'
Ze gaat op haar knieën voor Madeleine zitten en streelt haar pagekopje. 'Over een paar jaar bloed je elke maand een beetje, zo bereidt God je lichaam erop voor dat je later kunt trouwen en kinderen krijgen.'
'O.'
'Maar dat duurt nog een hele tijd, kijk niet zo zorgelijk.'
'Ik wil niet trouwen.'
Maman knipoogt en zingt: 'Someday, My Prince Will Come.'
Ze verlaat de badkamer. Madeleine blijft om te plassen. Het duurt een tijdje, want het prikt.

Mimi geeft Jack zijn pet aan als hij de voordeur uit loopt, en zegt: 'Ik hou van je.'

'Ik ook van jou, vrouwlief.'

'Hoe laat kom je thuis vandaag?'

'Hoezo, krijg je de melkboer op bezoek?'

'Ik kan wel wat beters krijgen.'

Hij grijnst. 'Ja, vandaar dat ik me zorgen maak.'

Gisteravond hebben ze de liefde bedreven. Het is de juiste tijd van de maand. Of het roekeloos dan wel optimistisch was om op dit moment een zwangerschap te riskeren verandert niets aan hoe ze zich voelt bij de gedachte. Zielsgelukkig.

Jack kust zijn vrouw – niet het gebruikelijke vluchtige kusje, maar een dikke pakkerd, bijna alsof hij naar het front gaat – op de stoep voor de deur. Ze lacht en duwt hem weg. 'Ik kom vroeg thuis,' zegt hij. 'Ik ga bij Madeleines klas langs.'

'Om tien uur vanochtend is de quarantaine begonnen,' zegt meneer March. 'Ik hoef jullie niet te vertellen wat dat betekent.'

De klas zwijgt. Iemand zit lelijk in de problemen.

Meneer March zegt: 'Als ook maar één sovjetschip de quarantainelijn oversteekt, zal het tot zinken worden gebracht.' Hij tikt met zijn aanwijsstok op zijn handpalm. 'Wie heeft er thuis een schuilkelder?'

Er gaan geen handen omhoog.

'Waar wachten jullie ouders dan op? Op de nucleaire winter?'

Plichtmatig gelach.

Hij mept met de aanwijsstok op zijn lessenaar en iedereen duikt in elkaar.

'Gisteravond heeft Ricky Froelich op me gepast,' zegt Marjorie in het speelkwartier.

'Verzin eens wat beters, Nolan,' zegt Auriel. Lisa en Madeleine hebben zorgvuldig rode dropveters in Auriels schoenen staan rijgen.

'Echt waar,' zegt Marjorie, haar blauwe ogen opensperrend. 'Erewoord.'

Ze is lid geworden van het majorettekorps. Ze heeft haar tamboer-majoorstok meegebracht voor haar spreekbeurt en laat hem boven haar hoofd rondtollen. Uitsloofster.

'Dat was zo grappig dat ik vergat te lachen,' zegt Lisa.

'Als je het weten wilt,' zegt Madeleine, 'Ricky had gisteravond een basketbalwedstrijd.' De stok valt op het asfalt en stuitert terug op de rubber punt.

Madeleine kijkt op en ziet Grace Novotny achter Marjorie opduiken.

'Hoi Grace.' Ze vindt zichzelf een beetje gemeen, want ze heeft Grace alleen begroet om te genieten van Marjories ergernis wanneer die ziet dat ze wordt gevolgd door de verschoppeling van de klas. Maar Grace zegt 'hoi' terug en Marjorie lijkt niet in het minst verrast.

'Je bent gewoon jaloers,' zegt ze.

'Jaloers waarop, als ik vragen mag?' De hoon druipt van Madeleines stem.

'Op mij, omdat ik Ricky's vriendinnetje ben.'

De drie lachen sarcastisch. 'Ha-ha-ha.'

'En!' schreeuwt Marjorie. 'Ik ben toevallig wel de baas van het oefengroepje!'

'Hou je kop,' zegt Madeleine, die opstaat en onverschillig wegloopt, in de hoop dat haar vriendinnen haar zullen volgen. Dat doen ze.

'En jij niet,' scandeert Marjorie. 'Jij-ij nie-iet...'

Madeleine blijft staan en kijkt haar aan. 'Wat is er zo bijzonder aan het oefengroepje?' Het is een gevaarlijke vraag. Marjorie lacht onnozel, houdt haar hoofd schuin en draait om haar as.

'Weet je, Marjorie?' zegt Auriel. 'Als je hersens had, zou je gevaarlijk zijn.' Auriel weet altijd wat ze moet zeggen. 'Kom mee jongens, laten we naar de wippen gaan.'

Als de bel gaat, vangt Madeleine een glimp op van Colleen, maar ze groeten elkaar niet. Colleen zit tenslotte in de zesde klas. Maar afgezien daarvan is het ondenkbaar om in de pauze met Colleen te spelen. Zij is een vriendin voor na school. En de afstand tussen na school en de vierde klas is even groot als die tussen de Mississippi en Centralia.

Jack verlaat om kwart voor drie zijn kantoor. Hij kan het net halen. Hij versnelt zijn pas om een groepje medeofficieren te ontwijken die over het exercitieterrein slenteren; hij weet waar ze over praten en hij is al het gepraat beu. De stemming op de basis was vanochtend nog energiek, bijna uitgelaten – typisch de luchtmacht, kop op als er gevaar dreigt. Maar de algemene frustratie begon toen er in de loop van de middag geen nieuws uit Ottawa kwam. Dief heeft Kennedy's 'atoomdiplomatie' nog niet goedgekeurd en evenmin de strijdkrachten in staat van paraatheid gebracht. Hij treuzelt. Wacht af wat de Britten zullen doen. Jack schudt zijn hoofd: zijn we een zelfstandig land of een kolonie?

Hoewel de andere NAVO-bondgenoten, inclusief de Britten, allemaal een verklaring hebben afgelegd waarin ze de Amerikanen steunen, heeft Groot-

Brittannië noch Europa de staat van militaire paraatheid verhoogd zoals Kennedy wilde, maar dat is niet onredelijk – elke onverhoedse beweging in Europa kan in Berlijn de lont in het kruitvat werpen. Maar Canada is Europa niet. Vijfentwintig schepen en verscheidene onderzeeërs uit het communistische blok zijn nu op weg naar Cuba. Als ze de quarantaine schenden, staan de Amerikanen klaar om het eerste schot te lossen. Dit is voor Canada niet het moment om werkeloos toe te zien.

'Bonjour Jack.'

Jack zwaait maar blijft niet staan. Het Amerikaanse leger is overgegaan op defcon 2: het Strategic Air Command patrouilleert in de lucht, meer dan veertig schepen en twintigduizend manschappen zijn in stelling gebracht om de quarantaine af te dwingen. De Amerikaanse opperbevelhebber van NORAD heeft Canada verzocht de staat van paraatheid van zijn Voodoo-gevechtsvliegtuigen te verhogen en toe te staan dat de USAF vliegtuigen overbrengt naar Canadese bases en dat Amerikaanse toestellen in Canada kernwapens aan boord nemen. Dat is allemaal geen geheim, het staat zwart op wit en wordt afgeleverd bij je voordeur, samen met de melk. Maar de Canadese strijdkrachten zijn gedwongen zich in het geheim voor te bereiden op een oorlog, terwijl ze verstolen signalen trachten te ontcijferen van gekozen leiders die willen dat we min of meer klaarstaan, maar niet de indruk wekken dat we klaarstaan. Jack balt zijn vuist.

Dief roept een ramp over ons af. Los van het feit dat we er allemaal aan kunnen gaan, is door zijn dubbelzinnige uitspraken het gevaar niet denkbeeldig dat de regering het civiele gezag over de strijdkrachten uit handen geeft, wat op zijn minst een kloof zal doen ontstaan tussen het leger en de burgerbevolking. Dit wordt geacht een democratisch land te zijn. Als de minister-president wil dat we paraat zijn, laat hij dat dan zeggen. En liefst in het openbaar. *The Globe and Mail* vatte het vanochtend goed samen: *Elke poging om in deze kritieke periode de kat uit de boom te kijken, afzijdig te blijven, zal door de hele wereld worden uitgelegd als een afwijzing van het beleid van de Verenigde Staten en als steun aan hun vijanden. Een dergelijke gedragslijn is ondenkbaar.* Helaas is dit de gedragslijn die we volgen.

Jack kijkt op zijn horloge als hij de winkel en de telefooncel passeert. Hij is kwaad, maar voelt zich minder nutteloos dan vanochtend. Hij heeft een taak te vervullen.

'De volgende meisjes moeten nablijven...'

Madeleine staat tegen de kapstokhaak te wachten. Als het weer gaat bloeden, wat moet ze dan tegen maman zeggen?

Jack betreedt het gebouw van de afdeling vervoer en loopt over de betonnen vloer langs een maaimachine, een bus en diverse vorkheftrucks naar een rij zwarte dienstauto's, tekent een formulier en neemt er een mee.

Hij rijdt de blakerende middagzon in. Hij voelt aan zijn borstzak maar heeft zijn zonnebril thuis laten liggen – hij kon onmogelijk weten dat hij vandaag auto zou rijden. Het ding thuis gaan halen heeft geen zin, dan zou hij Mimi een of ander onnozel verzinsel moeten vertellen. Trouwens, de ramen van de Ford zijn van getint glas en Jack heeft altijd zijn pet nog. Hij trekt de rand over zijn ogen, het zal wel lukken.

Op de Huron County Road slaat hij af naar het zuiden. Het is een mooie dag voor een ritje. Als iemand ernaar vraagt – maar niemand zal dat doen – is hij even naar London gezoefd om een gastdocent voor de officiersschool te ontmoeten.

Simon belde vanmiddag. Oskar Fried is er.

'Kom naar voren, meisje. Ja, jij. Die met het pagekopje.'

De Spitfire is nog zichtbaar in Jacks achteruitkijkspiegel als hij zijn ogen weer op de weg richt en Froelichs zoon herkent die in de berm zijn kant op komt rennen. Hij duwt zijn zusje in haar rolstoel met de zelfgemaakte schokdempers, een kek ding, de grote Duitse herder draaft ernaast en het kleine konvooi werpt een aureool van stof op. Jack glimlacht en tikt in het voorbijgaan met twee vingers tegen zijn pet. Rick zwaait.

Hij kijkt hen in zijn spiegel na en het schiet door hem heen dat de jongen vanmiddag aan het spijbelen is, tenzij dit uitstapje meetelt als onderdeel van zijn sporttraining, want het is nog maar net drie uur. Hij stelt zijn spiegel bij en krijgt het gevoel dat hij iets vergeet. Maar wat?

Madeleine vertrekt door de zijdeur en rent naar huis, en ze is halverwege het grasveld wanneer de sirene begint te loeien. Haar benen schijnen te vertragen en alles gaat in slowmotion, al voelt ze de wind nog in haar haren, al ziet ze haar schoenen nog zo snel als ze kunnen voortdraven. De sirene heeft de lucht stroperig gemaakt, haar benen zijn zwaar, dijen als nat cement; het geloei zwelt aan, ze knijpt haar ogen dicht tegen het geluid zoals tegen fel licht, ze kan niet opkijken, de sirene wist de hemel uit, geeft de lucht een metaalkleur, doet de vloeistof in haar lichaam stollen en maakt vloeibaar wat vast was. Ze heeft het ijskoud, het geluid klinkt zo verschrikkelijk droevig, dit is het echte geluid van hoe het was om Anne Frank te zijn, en nu kan niets je meer redden, zelfs de vogels kunnen niet gered worden, zelfs het gras... En dan houdt het op. Het is weer een gewone zonnige dag.

Jack zet de autoradio aan en draait aan de knop tot hij een zender vindt met nieuws over de crisis. ... *betekent een ingrijpende verandering in het machtsevenwicht...* De opwindende ontmoeting met Oskar Fried is in een ander daglicht komen te staan. Het is niet langer een avontuur, iets om het gezapige leventje van Jack McCarthy op te peppen. Niet langer theoretisch, zou Henry Froelich misschien zeggen. Oskar Fried heeft zich aan onze kant geschaard in de oorlog die we vrede noemen. Toen 'majoor Newbolt' vanmiddag belde, ging Jack linea recta naar de telefooncel om terug te bellen. 'Onze vriend is gearriveerd,' zei Simon. Jack was verrast. Fried al in London? Slechts veertig kilometer van hem vandaan? Simon moest behoorlijk snel gewerkt hebben, Berlijn zat inmiddels natuurlijk potdicht. Desondanks had Jack van tevoren een berichtje verwacht, of anders Simon zelf. Hij had zich erop verheugd hem aan Mimi voor te stellen, te pronken met zijn gezin, en dan samen een paar biertjes te hijsen in de mess. Maar Simon is alweer weg. Vat het niet persoonlijk op, makker.

... *op 11 september, toen Gromyko ontkende dat de wapens een offensief karakter hadden...* Jack zet het geluid harder.

Madeleine rent in één keer door naar huis, holt de trap op en controleert haar onderbroek. Alles oké. Ze wist het wel. Hij heeft vandaag niet zitten poken. Alleen zitten knijpen. Zichzelf.

Simon zei: 'Misschien kun je vanavond bij hem langsgaan.'
Jack weet dat het niet alleen een suggestie was. Hoe dan ook, hij is niet van plan tot vanavond te wachten. Afgezien van het feit dat hij de man graag wil ontmoeten en hem de hand drukken, juist deze week, kan hij niet zomaar zonder uitleg 's avonds naar London verdwijnen. Hij zou een verklaring moeten geven, en dat betekent liegen tegen zijn vrouw. Leugens zijn net als storing op een radarscherm: ze verduisteren het doelwit.

... *en de eerste directe confrontatie tussen de twee supermogendheden...*
Jack vroeg Simon naar de procedure. 'Kan ik hem thuis uitnodigen voor de zondagse brunch? Hoe stel ik hem voor aan mijn gezin, hoe zorg ik dat hij zich hier thuis gaat voelen?'
'Dat bepaal jij, makker. Ik stel voor dat je eerst kennis met hem maakt.'
'Wie moet ik zeggen dat hij is?'

'Vertel zoveel mogelijk de waarheid. Zijn naam is Oskar Fried en hij is een Duitse geleerde.'
'Verbonden aan de universiteit?'
'Precies. Met sabbatsverlof. Hou het simpel.'
'Hoe heb ik hem leren kennen?'
'Je kent hem uit Duitsland, via je Duitse vrienden – had je Duitse vrienden?'
'Natuurlijk.' Maar Jack en Mimi hadden dezelfde vrienden. Als de geleerde iemand was die Jack goed genoeg kende om hem bij aankomst in Canada op te zoeken, zou Mimi op z'n minst van hem gehoord hebben. Simon doet of het simpel is, maar Simon is niet getrouwd. 'Wat je moet weten is het volgende,' zei hij, en hij instrueerde Jack hoe deze het geld moest opnemen dat hij telegrafisch zou overmaken. Niet meer dan zeshonderd dollar per maand. Het lijkt Jack ruim voldoende, en voor iemand die de laatste zeventien jaar achter het IJzeren Gordijn heeft vertoefd moet het een vermogen zijn. Zelfs een fatsoenlijke maaltijd schijn je daar nauwelijks te kunnen krijgen. In dat opzicht heeft het wel iets weg van wonen in Engeland, denkt Jack, en hij glimlacht en neemt zich voor dat de volgende keer tegen Simon te zeggen.
...een oorlog riskeren tenzij Chroesjtsjov akkoord gaat met het ontmantelen van alle aanvalswapens...

Madeleine trekt haar overgooier over haar hoofd, doet haar strakke schoolblouse uit, ruikt nog even aan haar handen – die ruiken prima – en brult van boven aan de trap: 'Mag ik gaan vissen?!' Colleen heeft haar niet uitgenodigd, maar ze wil nog niet naar Auriel en Lisa toe, dus...
'Madeleine, schreeuw niet zo!'
Als ze meteen na school tv mocht kijken, waren al haar problemen van de baan, maar dat mag niet. Ze zou naar *De Mickey Mouse-Club* of *Razzle Dazzle* kunnen kijken, met Howard de Schildpad en de beeldschone Michele Finney, en dan zou het nablijfgevoel wegebben. 'Mag het?!' Ze stormt de trap af, neemt de laatste vijf treden met één sprong, stuift gevaarlijk dicht langs de trapleuning...
'Doucement, Madeleine!'
Stram staat ze voor haar moeder, ze voelt zich net een verzameling stokken in haar speelkleren, zo moet een houten marionet zich voelen...
'Toestemming om te gaan vissen, mevrouw?' Ze salueert en bonkt met haar vingers tegen haar hoofd, dwars over haar ene oog.
Mimi lacht, Madeleine legt dit uit als 'ja' en gaat ervandoor.
'*Attends*, Madeleine! Waar ga je vissen?'

Ze blijft staan en draait zich om. 'Rock Bass.'
'*C'est où*, Rock Bass?'
'Aan het eind van een zandweg, je kan het vliegveld bijna zien liggen, het is vlakbij.' Ze zwijgt over uitgebrande kampvuren, ze zwijgt over Colleen Froelich.
'Met wie ga je?'
'Eh... mag ik Colleen gaan halen?'
'Je weet wat ik heb gezegd over Colleen Froelich.'
Madeleine protesteert niet, want ze voelt dat haar moeder misschien wel gaat inbinden wat Colleen betreft.
'Goed dan. Maar ik wil dat je over een uur thuis bent.'
'Jabba-dabba-doe!' Ze rent de keuken uit.
'En geen tv kijken daar,' roep haar moeder haar achterna.
Madeleine springt de drie treden naar de voordeur af – ze zou wel dwars door de hor willen stuiven, zoals de Cartwrights door het logo van Shell aan het begin van *Bonanza*. Ze rent als een stijve marionet naar de overkant, maar gaat langzamer lopen en wordt weer een echt levend meisje als ze Ricky Froelich ziet. Hij drinkt uit de tuinslang. Hij draagt een rode spijkerbroek en een wit hemd met zweetplekken. Het water loopt over de voorkant van zijn hemd, dat aan zijn borst blijft plakken; zijn adamsappel gaat op en neer als hij slikt, zijn sleutelbeenderen rijzen en dalen met zijn ademhaling.
'Hallo.' Hij houdt haar de tuinslang voor en ze neemt een slokje van het ijskoude water; dan is Rex aan de beurt, hij bijt in het water, roze tandvlees en vlijmscherpe witte tanden. De lekkerste drank op aarde.
'Hoi Elizabeth,' zegt Madeleine.
'Oi Ademin.'
Ze loopt naar de voordeur en klopt op het glazen paneel boven de hor.
'Loop maar door,' zegt Ricky. Maar dat doet Madeleine niet. Het is net of er een onzichtbaar krachtenveld om de voordeur van andere mensen hangt, je kunt er niet zomaar naartoe lopen en hem opendoen. Zoals je ook andermans koelkast niet kunt opentrekken.
Mevrouw Froelich verschijnt. 'Dag Madeleine, kom binnen.'
Madeleine heeft geen tijd om te zeggen: 'Mag Colleen buiten komen spelen?' Ze volgt mevrouw Froelich naar de keuken. Er staat vuile afwas op het aanrecht. De ontbijtspullen staan nog op tafel.
Ze zegt: 'Mevrouw Froelich?'
'Zeg maar Karen, kindje.'
Madeleine doet haar mond al open om het te zeggen, maar krijgt het niet

over haar lippen. Hoe moet ze mevrouw Froelich nu aanspreken? Ze kijkt zwijgend toe terwijl Colleens moeder de twee jongetjes voert, elk in een gehavende kinderstoel. Er zit een aangekoekte klodder baby-eten op haar vest. Het is een lang wollen vest met Schotse ruiten, wijd en uitgelubberd. Madeleine neemt langzaam en beleefd plaats op een stoel met een scheur in het kunststof kussen, en vraagt zich af wat er nu gaat gebeuren. Mevrouw Froelich heeft lang steil haar, met een scheiding in het midden en grijze strepen. Haar gezicht is anders dan dat van de andere moeders. Je kunt je niet voorstellen dat zij achter een toilettafel zit. Sorry hoor, maar mevrouw Froelich ziet eruit als een jonge heks – een goede.

Colleen loopt door de keuken, mompelt 'Hoi' en gaat via de achterdeur naar buiten. Madeleine weet niet of ze haar moet volgen, dus ze blijft zitten. Ricky komt binnen met Elizabeth en begint te telefoneren. Hij maakt een dubbelgevouwen boterham met pindakaas en eet die in één hap op. Dan maakt hij er nog een en geeft die aan Madeleine. Hij heeft Marsha Woodley aan de lijn.

Zelfs als hij helemaal bezweet is, ziet Ricky Froelich eruit of hij net onder de douche vandaan komt. Hij scheert zich ook, ze ziet een paar stoppels op zijn kin en langs zijn kaken, zijn wangen zijn rood van de buitenlucht en de inspanning. Zijn benen zijn lang en slank, de ene voet over de andere gekruist. Zijn handen doen alles op een nonchalante, volmaakte manier, zoals een boterham smeren en Elizabeth daar een hap van laten nemen. Al hangt er hier in huis een muffe etenslucht en al kwijlt Elizabeth pindakaas, Ricky Froelich ziet er netjes uit. Hij maakt een zorgeloze indruk, als een tiener op tv. Hij lijkt wel... Amerikaans.

Meneer Froelich komt binnen, hij rookt een pijp en heeft een Duitse krant onder zijn arm.

'Madeleine, wie geht's, hast du Hunger?'

'Nee, ik heb net een boterham met pindakaas op, *danke*.'

'Goed zo, prima, *komm mit mir, wir haben viel Lego in den* woonkamer.' Zijn donkere ogen twinkelen, zijn rode lippen om de pijpensteel zijn vochtig, hij lijkt op de kerstman.

Ze volgt hem naar de woonkamer en ziet naast de box een berg Lego op de grond liggen. En ernaast zit Claire McCarroll. Het is net of je een elfje ontdekt onder de hoed van een paddestoel, Claire in de woonkamer van de Froelichs. Met haar armband vol bedeltjes. Ze bouwt een huis van Lego.

Madeleine gaat naast haar zitten en begint wieltjes te zoeken om een auto te maken voor bij het huis. Meneer Froelich zet een plaat op. Een vrouw met een diepe stem zingt een melodie die Madeleine herkent, maar met Franse

woorden, *Qui peut dire, où vont les fleurs...?* Madeleine neuriet mee.
Meneer Froelich zegt vanuit zijn leunstoel: 'Houd je van Dietrich?'
Madeleine knikt beleefd. Wie is Dietrik?
Je hoort alleen het zachte geluid van legostenen die op elkaar klikken en af en toe het geritsel van meneer Froelichs krant. Madeleine zingt zachtjes mee: 'Weet je waar de jongens zijn? Door de oorlog weggerukt. Zal men het ooit verstaan? Zal men het o-o-o-i-i-t verstaan?'
Maman had zich geen zorgen hoeven maken. De Froelichs hebben niet eens tv.

Jack volgt de bocht van Morrow Street, een doodlopende straat, en parkeert aan het eind van het gladgeschoren gazon dat bij de lage flats van gele baksteen hoort. ... *daarnaast heeft secretaris-generaal Oe Thant van de VN identieke brieven gestuurd aan de heer Chroesjtsjov en president Kennedy...* Hij zet de radio uit.
Hij stapt uit de auto en loopt naar de voordeur onder de luifel. Hij betreedt de lege hal en ziet een huistelefoon. Achter een glazen wand rechts is een kleine lobby, eveneens verlaten. Een bank, een leren fauteuil, een salontafel waarop een paar tijdschriften als een waaier liggen uitgespreid. Een ficus in een pot staat in een hoek stof te vergaren.
Hij bekijkt de lijst met telefoonnummers aan de muur en vindt wat hij zoekt: *O.F. flat nr. 321.* Terwijl hij het nummer draait, werpt hij een blik op de wand met kleine metalen brievenbussen: daar duiken de discrete getypte initialen ook weer op, *O.F. Our Friend, Onze Vriend.* Natuurlijk! Jack schudt zijn hoofd. Die Simon.
De telefoon gaat voor de derde keer over. Een korte pauze, gevolgd door een schrille stem. 'Ja?'
'Hallo, Herr Fried? Ik ben luitenant-kolonel McCarthy. Ik ben hier om u welkom te heten.'
Er komt geen antwoord. In plaats daarvan wordt Jack opgeschrikt door een luide zoemer. Hij hangt op tijd op om de knop van de glazen deur te grijpen. Twee treden voeren omhoog naar de lift. Hij neemt ze met één stap.
Na een trage start stopt de lift op de tweede verdieping, en een oudere dame stapt in. Jack knikt, maar ze schijnt zijn aanwezigheid niet op te merken. Pas wanneer de deuren sluiten en de lift omhooggaat, kijkt ze hem aan. 'Omlaag,' zegt ze beschuldigend.
Hij stapt uit op de derde verdieping. De geur van lavendel volgt hem naar de hal en vermengt zich daar met de bedompte lucht van vette jus. Iemands avondeten zal lang voor vijven klaar zijn.

Het schiet door zijn hoofd dat je in geen miljoen jaar zou verwachten een hoge sovjetoverloper aan te treffen als je dit flatgebouw binnenstapte en deze gang inliep, met de geluiddempende loper van oranje en rood paisley, door een deken van etensgeuren en ouderdomsluchtjes. Simon heeft gestreefd naar maximale onzichtbaarheid.

De deur met nummer 321 is aan het eind van de gang. Een hoekflat. Jack zet zijn pet af, gaat voor het kijkgaatje staan en klopt. Hij heeft vlinders in zijn buik. Simon heeft de hele zaak nogal gebagatelliseerd, zo is hij wel, maar de feiten spreken voor zich. Jack staat op het punt kennis te maken met, is belast met het welzijn van, een man wiens leven en werk en aanwezigheid hier in het teken staan van de ingewikkelde internationale verhoudingen die juist nu het leven van iedereen op aarde beïnvloeden. Hij haalt diep adem. Overweegt nog eens te kloppen.

Eindelijk gemorrel achter de deur. Een grendel schuift weg, de knop draait rond, de deur gaat op een kier open. Boven de veiligheidsketting een stukje van een bleek gezicht, dun grijs haar. Een bril.

'Herr Fried?' zegt hij. 'Ik ben Jack McCarthy. *Willkommen in Kanada.*'

De deur gaat dicht. De veiligheidsketting schuift weg en dan gaat de deur weer open, iets verder nu. Jack steekt zijn hand uit. 'Ik vind het een eer u te ontmoeten.'

Oskar Fried drukt vluchtig zijn hand. Hij maakt een broze indruk.

Jack kijkt in de lichtgrijze ogen. Frieds bleke gezicht, perkament met fijne lijntjes. Hij is ergens tussen de vijftig en de vijfenzeventig. 'Mag ik binnenkomen?' vraagt hij, omdat Oskar Fried zich niet heeft verroerd. Het lijkt wel of hij een shock heeft. De reis moet een hel zijn geweest.

Fried draait zich om en loopt langzaam, bijna schuifelend naar binnen. Jack volgt hem. De geur van tabak. Een vertrouwde lucht. De lichten zijn uit, de gordijnen dichtgetrokken, alsof hij zich schuilhoudt – wat ook zo is, al hebben de Sovjets waarschijnlijk geen notie waar ze hem moeten zoeken. Jack kijkt om zich heen. Het matte groen en bruin van een gemeubileerde flat; de tabak verhult een naamloze luchtverfrisser die een naamloze eenzaamheid moet verhullen – de geur van een man alleen. Vaste vloerbedekking, beschaafde lampenkap, vergeeld door jaren nicotine, een goedkope reproductie van de Niagara-waterval boven de keurige bank. Jack moet de man zo gauw mogelijk uitnodigen om eens een bezoek te brengen aan een echt huis.

'Bent u al een beetje gewend?' vraagt hij. '*Eh, brauchst du, eh, brauchsten Sie etwa?*'

Fried glimlacht niet om Jacks poging Duits te spreken, maar zegt bij wijze van antwoord: 'Komt u geld brengen?' Zijn stem is schraal, zijn accent sterker dan dat van Henry Froelich. Het heeft nog niet kunnen slijten.

Jack glimlacht. 'Ik heb het hier bij me.'

Hij haalt een kleine bruine envelop uit zijn binnenzak en overhandigt die aan Oskar Fried.

Fried pakt hem aan. 'Ik dank u,' zegt hij, met een ouderwetse nijging van het hoofd die Jack weer aan Froelich doet denken.

'Graag gedaan, Herr Fried.'

Oskar Fried is een spichtige man, alsof hij met potlood is getekend. Hij draagt een metalen brilletje, niet het forse zwarte montuur dat Jack zich had voorgesteld. Het strikje klopt wel, verder is er geen spoor van de vlezige natuurkundige met Brylcreemhaar die hem voor ogen stond. Frieds witte overhemd is dichtgeknoopt maar te ruim bij de hals, zodat je de smalle pezen en losse huid ziet die duiden op ondervoeding en het klimmen der jaren. Jack herkent het permanent hongerige uiterlijk van sommige Europeanen – goed voedsel, zelfs in grote hoeveelheden, kan de gevolgen van de oorlog niet wegnemen. Henry Froelich ziet er zo uit, hoewel hij, ondanks zijn gebogen houding en magere wangen, een vriendelijk en levendig gezicht heeft. Oskar Fried lijkt gehouwen uit zandsteen. Dat krijg je na zeventien jaar achter het IJzeren Gordijn. Zijn pak is van onverwoestbaar bruin kamgaren dat misschien wel een halve eeuw geleden is gefabriceerd. Maar zelfs in een laboratoriumjas zou hij eruitzien als... een kantoorbediende. Jack is teleurgesteld, maar schaamt zich meteen. De man is uitgeput. Getraumatiseerd. Een vreemde in een vreemd land.

Jack loopt naar het raam – 'Mag ik?' – en doet de gordijnen open, zijn ogen dichtknijpend tegen het felle daglicht.

Fried springt overeind. 'Nein, bitte.'

Jack trekt ze weer dicht, draait zich om en ziet Fried met een ijsemmer in zijn handen staan. Hij knippert om zijn ogen scherp te stellen en ziet dat de emmer stukjes boomschors en steentjes bevat. In het midden, ondersteund door een kleerhangertje, groeit een bloem. Paars, bijna zwart.

'Orchidee,' zegt Fried.

Jack lacht en knikt.

'Dunkel,' zegt Fried. 'Niet licht.'

'Hij groeit in het donker,' zegt Jack.

Fried knikt, lacht bijna.

Jack wordt overstelpt door medelijden. Kun je nog verder van huis zijn dan deze man nu is? En heeft hij zich in de USSR ooit echt thuis gevoeld? Het is heel goed mogelijk dat hij aan het eind van de oorlog in het verkeerde deel van zijn vaderland bleek te zitten, gevangen in wat plotseling Oost-Duitsland was geworden. Gedwongen om er het beste van te maken. En nu een kans op vrijheid. Hij is moedig genoeg geweest om die kans te grijpen, deze schriele man. En misschien ook edelmoedig genoeg. 'Herr Fried, u moet weten dat we dit erg waarderen.'

Fried luistert aandachtig en knikt.

Jack vervolgt, langzaam en duidelijk: 'Ik wil u bedanken dat u bent gekomen.'

'Graag gedaan,' zegt Fried.

Arme stakker, zit hier opgesloten en krijgt van de een of andere luchtmachtfiguur die hij totaal niet kent een bedankje van de vrije wereld. Mag niet eens zijn eigen naam gebruiken. 'Luister, Herr Fried, als u eraan toe bent, bel me dan op mijn werk, ja?' Jack neemt de envelop met geld weer terug en schrijft er het telefoonnummer van zijn kantoor op en daaronder zijn privénummer. 'Dit nummer hier,' zegt Jack, wijzend, 'is mijn privé-nummer. Maar alleen voor noodgevallen, *verstehen Sie?*'

'*Jawohl.* Noodgevallen.'

Als Fried eenmaal in Centralia op bezoek is geweest, misschien deze zondag, voor de brunch, is er geen reden waarom hij het privé-nummer niet zou gebruiken. Maar totdat Jack Mimi heeft kunnen voorstellen aan de 'gasthoogleraar' en een geloofwaardig verhaal heeft kunnen verzinnen over een vriend van een vriend, is het beter dat Fried hem alleen op zijn werk belt.

'Hebt u zin om even door de stad te toeren?'

'Toeren?'

Jack beweegt zijn handen alsof hij een stuur vasthoudt. '*In ein Auto.* Een eindje rijden?'

'Ja, ik kan rijden.'

'Nee, hebt u zin om met mij een eindje te gaan rijden? Nu?'

Fried schudt zijn hoofd.

'Nou, mocht u van gedachten veranderen, dit is een prachtig deel van het land – *sehr schön.*' Hij wijst naar het onbeholpen schilderij aan de muur. 'De Niagara-waterval. Magnifiek. En als u van bloemen houdt' – Fried knikt – 'in de Storybook Gardens is een kas, het zou me niet verbazen als ze daar orchideeën hadden.'

Jack wrijft in zijn handen en kijkt rond – geluidsinstallatie, mooi, maar geen tv, al staat er wel een sprietantenne op de vensterbank. Jammer, het zou goed zijn voor Herr Frieds Engels. 'Hebt u genoeg eten, Herr Fried?'

Jack loopt het keukentje in en doet de koelkast open. Fried loopt mee en komt achter hem staan.

De koelkast is goed voorzien, daar heeft Simon voor gezorgd, maar het zal wel eenzaam worden, avond aan avond alleen eten.

Hij popelt om Fried te vragen waar hij aan gaat werken, om zijn mening te horen over de huidige crisis in Cuba, hem aan de praat te krijgen over het ruimtevaartprogramma. Maar dat onderwerp is voorlopig taboe, dat heeft Simon goed duidelijk gemaakt, en trouwens, de arme kerel is al zo schichtig. Hij heeft last van een cultuurschok.

'Herr Fried, hebt u zin om aanstaande zondag bij ons op bezoek te komen om...?'

Fried staat al nee te schudden, maar Jack gaat door. 'Mijn vrouw kan voortreffelijk koken en ze spreekt vrij goed Duits, *besser denn mein*, hè? We hebben zelfs een Duitse buurman, een wetenschapsman net als u...'

Fried zegt, nog steeds nee schuddend: 'Ik doe dit niet...'

'Het is geheel aan u, Herr Fried, als u maar weet dat u welkom bent en dat meneer Crawford het goedvindt – Simon.'

'Ja, Si-mon,' zegt Fried, alsof het twee woorden zijn.

'Goed, en u weet wat u moet zeggen als iemand vraagt waarom u hier bent?' Jack zet zijn pet weer op en trekt hem recht.

'Gasthoogleraar aan de Western University, in London.'

'Precies.'

Jack werpt een laatste blik in het rond. Er is niets meer voor hem te doen. De koelkast is gevuld, er is toiletpapier in de badkamer, en op de kleine eetkamertafel ligt een plattegrond van London. Simon heeft overal voor gezorgd. Behalve voor een tv. Op de valreep loopt Jack naar de tafel en omcirkelt Storybook Gardens op de plattegrond.

'Orchideeën,' zegt hij, wat Fried een flauwe glimlach ontlokt. '*Auf Wiedersehen, Herr Fried.*'

'Tot ziens,' zegt Fried.

De deur gaat achter hem dicht en Jack hoort het schuiven en rammelen van grendels en sloten, gevolgd door stilte. Hij kan voelen dat Fried hem door het kijkgaatje gadeslaat, wacht tot hij vertrekt. Hij gaat terug zoals hij gekomen is, over de geruisloze rode en oranje krullen, en zet een licht gevoel van teleurstelling van zich af. Tja, wat had hij dan verwacht? Een glas schnaps en een babbeltje over de ruimterace? Geef Fried een week de tijd, denkt Jack, dan hunkert hij naar gezelschap. Jack zal hem thuis uitnodigen voor het eten, en Fried zal ontspannen een pijp opsteken – dat was de tabaksgeur, beseft hij nu,

Fried en Froelich roken hetzelfde merk. Best mogelijk dat die twee het uitstekend met elkaar kunnen vinden: allebei Duitser, allebei wetenschapper en door de oorlog op drift geraakt. Jack is bij de lift gekomen en aarzelt even als hem te binnen schiet dat Henry joods is. Nou en, wat kan Oskar Fried dat schelen? Jack heeft die fout al eens gemaakt, toen hij veronderstelde dat Henry een antisemiet was omdat hij een Duitser is. Hij drukt op het knopje en wacht. Fried is een wetenschapsman. Juist hij zal daar waarschijnlijk boven staan – wat maakt het uit of je zwart, groen of blauw bent als je atomen splijt? Misschien kan Jack een paar lekkere Löwenbräus schenken en hen aan de praat krijgen over politiek, of over wetenschap. Zijn kinderen aan Fried voorstellen, in de wetenschap dat hij hun ooit zal kunnen vertellen dat ze een levensechte overloper hebben ontmoet. Een sovjetgeleerde, recht uit de geschiedenisboekjes.

De lift gaat open en hij stapt in. Als de deuren sluiten, hoort hij ergens in het gebouw een hondje keffen; verder komt hij niemand tegen wanneer hij terugloopt naar de auto.

Madeleine heeft een tank en een stationcar gebouwd. Claire heeft haar huis afgemaakt en een kerk gebouwd waarvan ze hebben afgesproken dat het ook de school en de supermarkt is. Ze zijn boerderijdieren aan het neerzetten rondom hun nieuwe gehucht wanneer in de keuken de telefoon rinkelt.

'Hallo?... Dag Sharon...' zegt mevrouw Froelich. 'Ja, ze is hier.' Ze lacht. 'Nou, daar zou ik geen bezwaar tegen hebben... geen probleem... ja hoor, ik stuur haar naar huis...'

Madeleine kijkt door het raam van de woonkamer wanneer Claire wegloopt over de oprit. Aan het eind staat Marsha Woodley met Ricky te praten. Claire pakt Ricky's hand. Marsha pakt Claires andere hand en zo lopen ze met hun drieën over St. Lawrence Avenue, naar het huis van de McCarrolls, alsof Ricky en Marsha haar ouders zijn en Claire hun dochtertje is.

Jack levert de dienstauto in en gaat terug naar kantoor, waar hij een bericht vindt met het verzoek de commandant te bellen. Hij vraagt zijn secretaris: 'Wanneer is dit binnengekomen?' Heeft iemand hem gemist? De man antwoordt: 'Een uur geleden, overste.' Jack draait het nummer van de commandant – wat moet hij zeggen als Woodley vraagt waar hij geweest is? Jack vindt het geen prettige gedachte om tegen zijn chef te moeten liegen.

Hij had zich geen zorgen hoeven maken. Woodley had gebeld om hem mee te delen dat de premier eindelijk opdracht heeft gegeven de staat van paraatheid te verhogen. Voor de Canadese strijdkrachten geldt een toestand van 'militaire waakzaamheid', een niveau dat het Amerikaanse defcon 2 benadert. Maar Diefenbaker heeft nog steeds geen verklaring afgelegd waarin hij de VS steunt. En de verhoogde staat van paraatheid moet in het geheim worden ingevoerd. 'Dat kan toch niet waar zijn?' zegt Jack.

Onze Voodoo-onderscheppingsjagers zijn nu 'al dan niet' bewapend met kernraketten die we 'al dan niet' in ons bezit hebben.

'Leuk hè?' zegt Hal.

'Stelletje amateurs, die politici.'

'Laten we bij de les blijven, oké? Dief heeft alle hulp nodig die hij krijgen kan.'

Jack begrijpt de hint. Er is de afgelopen dagen genoeg gemopperd op de regering; het Canadese volk heeft Diefenbaker nu eenmaal gekozen, en de militairen werken voor hem. De nieuwe staat van paraatheid zal weinig gevolgen hebben voor de gang van zaken in Centralia. Het blijft bij nerveus duimen draaien; des te meer reden om wat minder te jeremiëren.

'Okidoki,' zegt Jack.

'*Wiedersehen.*'

Jack steekt de Huron County Road over naar de woonwijk. Hij is moe, al weet hij niet waarom. Er spelen kinderen buiten. Naast het huis van de Bouchers liggen voldoende hockeyspullen voor een heel team te luchten, en verderop, naast Jacks eigen huis, staat de Rambler scheef op de oprit, waaruit hij kan opmaken dat Mimi boodschappen heeft gedaan. Alles ziet er normaal uit. Maar dat is slechts schijn. Normaal is gaan betekenen dat we binnen een paar uur allemaal kunnen worden weggevaagd. Hij ademt de herfstlucht diep in. *Jullie hebben het nog nooit zo goed gehad.* Wie zei dat ook weer? Hoe kan iets zo waar en tegelijk zo onwaar zijn?

Hij ziet zijn dochter uit het huis van de Froelichs komen met de Duitse herder. Jack zou liever hebben dat ze bij dat beest uit de buurt bleef, ze kunnen ineens aanvallen. Maar zij kent geen angst, ze klemt zich aan zijn vacht vast en houdt haar ogen stijf dicht terwijl de hond haar naar de overkant 'geleidt'. En hij herinnert zich wat hij vandaag had willen doen. Meneer Marks een bezoekje brengen.

Hij ziet hoe ze bij de voordeur aankomt en haar ogen opent. De hond draaft naar huis; zij draait zich om, ziet Jack en rent naar hem toe. Hij doet zijn armen open, tilt haar op en zwaait haar omhoog – 'Pap, doe eens een vliegtuig!'

Hij pakt haar bij een enkel en een pols en draait snel in het rond. Het gaat goed met haar. Ze is het 'dekking zoeken' helemaal vergeten. Hij wil haar niet ongerust maken door het onderwerp weer aan te snijden, met het bijbehorende spookbeeld van massavernietiging.

'Eet eens door, Mike,' zegt Jack. Maar de jongen zit te kieskauwen. Geeft nauwelijks antwoord op Jacks vragen. 'Hoe was het op school?'
'... Gaat wel.'
'Ga rechtop zitten, joh, en eet wat je moeder voor je heeft gekookt.'
Hij weet dat zijn ergernis in geen verhouding staat tot de situatie. Hij zou het wel aan de huidige wereldcrisis willen wijten, maar hij weet dat het al van eerder dateert. Het joch wordt nukkig. Mimi zegt dat hij op een 'moeilijke leeftijd' is. Jack antwoordde: 'In mijn jeugd konden we ons geen "moeilijke leeftijd" veroorloven, we hadden het veel te druk, er moest brood op de plank komen.' En ze kaatste terug op die vinnige Franse manier: 'Je wilt hem de dingen geven die jij nooit hebt gehad, nou, dit is er een van.' Hij was gepikeerd, maar blij dat zijn vrouw hem zo feilloos kan aftroeven in deze kwesties. Dat geeft hem het recht om een 'leuke vader' te zijn. Hij heeft de laatste tijd namelijk het gevoel dat hij blindvliegt als het om de jongen gaat. Zijn eigen vader had die weerspannige, eenlettergrepige antwoorden nooit geduld. Maar Jack zou zijn eigen vader dan ook niemand toewensen.

Mimi zegt: 'Qu'est-ce que tu as, Michel?'
De jongen kijkt zijn vader aan. 'Pap, zijn we in staat van paraatheid?'
Jack steekt zijn vork in zijn aardappelpuree. 'Je hoeft je nergens zorgen over te maken, Mike. Dat hoeven alleen die arme kraaien, die zijn zich vast wezenloos geschrokken toen vandaag de sirene ging.' En hij knipoogt tegen Madeleine.

'Als het oorlog wordt, blijven we dan gewoon met onze armen over elkaar zitten?' vraagt Mike.

Madeleine verwacht dat haar vader zal zeggen dat het geen oorlog wordt, hoe vaak moet ik dat nou nog...? Maar hij eet gestaag door, kauwt, kauwt op zijn aardappelpuree, en zijn mond wordt steeds strakker. Zo meteen zwaait er wat.

'Wat leert de geschiedenis ons, Mike?'
'Hoe bedoel je?'
'"Hoebedoelie?"' imiteert hij de norse stem van zijn zoon. 'Ik bedoel: wat deden we toen in 1914 de oorlog uitbrak?'
'We gingen vechten.'
'Juist. En in 1939?'

'Jawel, maar...'

'We waren er beide keren met de Britten het eerste bij, en we hebben gevochten en veel mensen verloren en we hebben gewonnen.'

'Jawel, maar de Amerikanen...'

'De Amerikanen zijn beide keren pas later mee gaan vechten.'

'Jawel, maar nu zijn de Amerikanen...'

'De Amerikanen beschermen ons tegen het communisme.'

Mimi prevelt: 'Jack.'

'We kunnen onszelf niet eens verdedigen. Arnolds vader zegt...'

'Het interesseert me niet wat Arnolds vader...'

'We zijn zelfs te schijterig om de staat van paraatheid af te kondigen!'

Jack roert eigengemaakte chutney door zijn aardappelpuree en geeft geen antwoord. Mimi zegt: 'Madeleine, heb je al besloten wat je met Halloween wilt zijn?'

Madeleine is verbaasd over de vraag. Het is nooit bij haar opgekomen om het dierbare clownspak af te danken dat ze de afgelopen twee jaar heeft gedragen. Halloweenkostuums moet je niet zomaar inruilen, het zijn een soort... liturgische gewaden. 'Een clown,' antwoordt ze.

'*Encore? Mais il est trop petit maintenant pour toi.*'

'Kun je het niet groter maken?'

Mimi haalt haar schouders op. 'Jawel, maar ik dacht dat we misschien een nieuw kostuum voor je konden maken. Je zou een ballerina kunnen zijn of een...'

'Ik wil weer een clown zijn.'

'We zijn laf, dat is het gewoon,' zegt Mike.

'Ik heb een nieuwtje voor je, Mike...' Haar vader legt zijn vork neer. Madeleine houdt haar adem in – krijgt Mike nu op zijn donder? Maar paps stem klinkt kalm. 'We zijn in staat van paraatheid.'

'Jack...'

'Het is waar,' zegt hij tegen Mimi. 'Je zult het niet in de krant lezen, maar hij heeft er recht op om het te weten. Wij allemaal. Als Canadezen.'

Madeleines gezicht gloeit. Ze wacht. Pap spreekt elk woord langzaam uit. 'Een verhoging van de staat van paraatheid binnen de strijdkrachten is een normale voorzorgsmaatregel' – alsof hij iets uitlegt dat alleen een stomme ezel niet zou begrijpen. 'Dat heet crisismanagement en het is gewoon een kwestie van gezond verstand. Daarmee zeggen we als het ware tegen de Russen: "Luister eens, jongens"' – hij wijst met zijn vork naar Mike – '"voor ons is het menens, dus handen af van onze maatjes, want als je die te grazen neemt, neem je ons te grazen."' Hij prikt een paar keer snel achter elkaar in zijn aardappelpuree. 'Dit hele gedoe gaat vanzelf weer over. Castro is een marionet en het is alleen een kwestie van tijd voor zijn eigen volk dat inziet.' Castro is een marionet. Madeleine probeert haar lachen in te houden. 'Wat me stoort,' hoort ze pap zeggen, 'is dat er van die grappenmakers in het parlement zitten die zich schuldig maken aan de minderwaardigste vorm van Canadees nationalisme.' Hij zwijgt even. Madeleine bijt op de binnenkant van haar wang de grijns weg. 'Anti-amerikanisme.'

Het woord blijft in de lucht hangen, tot Mimi ten slotte zegt: 'Kunnen we nu het toetje eten, *ma grande foi D'jeu?*'

Jack lacht. 'Jij zou het Executive Committee moeten leiden, vrouwlief.'

Na het eten stuurt Jack zijn dochter naar de kelder om met haar broer te spelen, zodat ze zijn optimistische tafelpraat over de crisis niet weerlegd zal horen op het nieuws van zes uur. Hij ziet Oe Thant een rustig en hartstochtelijk pleidooi houden in de Verenigde Naties en vraagt zich af of hij te ver is gegaan tijdens het eten; zal Madeleine nu weer nachtmerries krijgen? Hij luistert of er ruziënde stemmen uit de kelder komen, maar het is stil beneden. De kinderen krijgen allerlei paniekerige onzinverhalen te horen, op school en op de speelplaats. Thuis dienen ze een paar echte feiten te horen – geen zwartkijkerij, maar voldoende realiteit om vertrouwen in hem te kunnen hebben.

Er verschijnen luchtfoto's op het scherm, gemaakt door U2-spionagevliegtuigen: lanceerinstallaties, ergens in de Cubaanse heuvels. Hij zet de tv uit en zegt tegen Mimi dat hij even naar buiten gaat om zijn benen te strekken.

Er staat een schemerlamp op de oprit van de Froelichs, die een rozige gloed onder de openstaande motorkap van het oude vehikel werpt. Froelich, met schort en witte hemdsmouwen, staat met zijn zoon over de motor gebogen. Ze worden bij hun werk begeleid door een blikkerige transistorradio. Jack slentert naar de overkant.

'Zo Hank, hoe gaat het?'

'Lang niet slecht, Jack.'

Ricky kijkt op en begroet hem, en Jack zegt: 'Ik heb je laatst zien hardlopen met je zus, Rick, hoe ver gaan jullie normaal?'

'Tot een van ons moe wordt, denk ik. Een kilometer of twaalf.'

'Knap werk.'

Froelich stopt zijn pijp met zijn groezelige vette vingers, Jack haalt een Tiparillo tevoorschijn.

'Laat die auto toch zitten, Henry, zet liever een grote joekel van een bom in elkaar en richt die recht op Ottawa.'

Froelich steekt de brand in zijn pijp. 'Je bent boos, Jack.'

Jack is verrast. 'Welnee, ik ben niet boos, ik ben alleen gefrustreerd over de manier waarop onze onversaagde leider de zaken aanpakt. Of niet aanpakt, in dit geval.' Hij trekt aan zijn sigaar. 'Ja, je hebt gelijk, ik ben boos.'

De jongen verdwijnt onder de auto en Jack laat zijn stem dalen. 'Hoe groot schat je de kans dat we volgende week om deze tijd allemaal de lucht in worden geblazen?'

Hij staat verbaasd over zijn eigen vraag, vooral over de formulering. Zo zou hij zich op zijn werk niet uitdrukken. Net als zijn medeofficieren houdt hij niet van paniekerig taalgebruik; ze zijn geen Amerikanen. Nog niet tenminste. Maar tegen Froelich flapte hij het er zo uit, misschien omdat hij voelt dat Froelich niet gauw in paniek raakt.

Henry zegt: 'Wil je me de moersleutel aangeven? De middelste, ja. *Danke*,' en hij buigt zich over de motor. 'Jack. Mijn eerste mening is dat deze crisis voorspelbaar is.'

Jack knikt. 'De Varkensbaai.'

'Ook hebben de Amerikanen nog steeds hun basis op Cuba.'

'In Guantánamo, ja.'

'En ook heeft Amerika al veel raketten op de drempel van de Sovjet-Unie.'

'In Turkije. Maar die zijn verouderd. En de Yanks hebben ze daar niet in het geheim neergezet.'

'Ik weet niet hoe geruststellend dit is voor mensen die in het doelwit leven.'

'Dat is waar. Maar ik ga ervan uit dat de Amerikanen ze niet zullen gebruiken.'

'De Amerikanen hebben ze al gebruikt.'

'Inderdaad.' Jack trekt aan zijn sigaar. 'Maar dat was om een eind te maken aan een oorlog, niet om een oorlog te beginnen. Ik vertrouw de Sovjets voor geen cent.'

'Ik vertrouw ze evenmin,' zegt Froelich, en Jack vindt het, gezien de syntactische eigenaardigheden van Froelichs taalgebruik, moeilijk te bepalen of hij bedoelt 'ik vertrouw de Sovjets evenmin als jij' of 'ik vertrouw ze evenmin als de Amerikanen'. Dat zijn de gevaren van het vertalen. Stel je voor dat je het laatste epistel van Chroesjtsjov probeert te analyseren. Straks verdwijnen we allemaal in een paddestoelwolk vanwege een verkeerd voorzetsel. Maar Froelich zegt: 'Ik vind dat ze een gevaarlijk spel spelen, de Amerikanen en de Russen, en ze spelen het samen.'

'Mag ik de lasbrander gebruiken, pap?' vraagt Rick.

'Wat bedoel je, Hank?'

Froelich wendt zich tot zijn zoon. 'Ja, nee, zoek je veiligheidsbril, dan mag het', en draait zich weer om naar Jack. 'Ik ben het eens met Eisenhower.'

'Was je een fan van Ike?'

'Hij waarschuwde voor te veel militaire industrieën. Wij dwingen de Russen om ons bij te houden. Mensen worden rijk van deze industrieën en ze krijgen politieke invloed.'

'Dat heet de wapenwedloop,' zegt Jack.

'Ik denk dat het is wat de Britten "flauwekul" noemen.' Hij veegt een laag koolstof van de oude verdelerkap.

Jack lacht. 'Dus jij denkt niet dat morgen de wereld vergaat?'

'De wereld is al vele malen vergaan, beste vriend.'

Jack denkt aan de cijfers op Froelichs arm, verborgen onder het witte overhemd. Hij zou graag een manier vinden om zich te verontschuldigen voor het feit dat hij zo'n ezel is geweest. Maar beginnen over een onderwerp dat Froelich blijkbaar liever niet aanroert, zal hem misschien alleen maar kwetsen... en Jacks faux pas nog erger maken.

Henry zegt: 'Geef me de rode Robertson eens aan.' Jack overhandigt hem de schroevendraaier. Boven hen staan de sterren te fonkelen. Jack kijkt naar de maan, koud en kalm. Als je lang genoeg kijkt, zie je misschien een satelliet. De transistorradio van Froelichs zoon vangt onzichtbare signalen op uit de lucht, als een school vissen in een net, en vertaalt ze in een mannenstem die met falset zingt over het meisje van wie hij houdt – in Mekka.

'De Verenigde Staten handelen ook in het geheim, bijvoorbeeld U2,' zegt Froelich.

'Hoe moeten we anders weten dat de Russen Cuba tot de tanden aan het bewapenen zijn?'

'En Gary Powers dan, als hij afgelopen mei het sovjetluchtruim is binnengedrongen?'

'Wij deden dat in Duitsland voortdurend,' zegt Jack met een grijns. Froelich kijkt even op. Jack legt uit: 'Onze jongens klommen in hun Sabres en scheurden naar de Oostelijke Sector om de reactietijd van de Sovjets te testen. Dan stuurden de Russen hun MiGs de lucht in en joegen ons terug. Zij deden bij ons hetzelfde.'

'Als dit zo onschuldig was,' zegt Froelich, 'waarom zei Eisenhower dan dat het een weervliegtuig voor NASA was?' Hij steekt zijn pijp weer aan.

De geur doet Jack aan thuis denken. Duitsland. Hij en Mimi en hun gezinnetje – hun leven daar was op een bepaalde manier compleet. Het gevoel dat de wereld elke dag een beetje beter werd. Steden werden herbouwd, steen voor steen, torenspits voor torenspits, bloemen bloeiden in vensterbanken. Misschien is het louter heimwee... naar de glimlach waarmee ze werden begroet als bleek dat ze Canadezen waren. Een nieuw bondgenootschap dat voortsproot uit de intimiteit van vijandschap. Het verleden en het heden hadden een pact gesloten en het resultaat was de toekomst. Misschien waren ze daar gewoon gelukkig. Hij schrikt een beetje van die gedachte, die lijkt te impliceren dat hij nu niet gelukkig is. Maar ondanks de huidige crisis is hij wel degelijk gelukkig. Hij voelt zich in elk geval niet ongelukkig. Hij tikt de as van zijn sigaar en kijkt hoe de deeltjes naar de grond zweven.

'Waar het op neerkomt, Henry, is dat Castro een marionet is en Kennedy een gekozen leider.'

'Het is jammer dat Amerikanen buiten hun eigen grenzen niet zo van democratie houden.' Vonken vliegen van de achterkant van de auto, waar Ricky bezig is met lassen.

'Dat is niet waar, Henry, wat dacht je van het Marshallplan, kijk naar' – Jack zegt bijna 'Duitsland', maar slikt het tijdig in – 'West-Europa, kijk naar Japan.'

'Kijk naar Latijns-Amerika, kijk naar Indo-China...'

'Uncle Sam kan niet de problemen van de hele wereld oplossen...'

'Een deel van de wereld wil gewoon dat hij wegblijft...'

'Zou je liever in de Sovjet-Unie wonen, Henry?'

'Kritiek op VS is geen liefde voor USSR, een socialist is geen communist.'

'Ben jij een socialist?'

'We zijn het allebei.'

'Zowel socialist als commu...?'

'Nein! Jij en ik zijn allebei socialist.'

'Hoe kom je daarbij, Hank?'

'Je wordt ziek, je gaat naar het ziekenhuis, dokters lappen je op, je gaat niet failliet.'

'Het ziekenfonds...'

'Is socialistisch.'

Jack lacht. 'Je hebt gelijk, sommige van onze grootste verworvenheden zijn...'

'Sovjet-Unie is niet eens communistisch, is totalitair.' Froelich kijkt naar de moersleutel alsof hij kwaad is op het ding. 'Ricky, waar heb je de combinatietang gelaten?!'

De vonken sterven weg, Ricky's gezicht duikt op en hij duwt de lasbril op zijn voorhoofd. 'Die hangt daar, paps, aan je riem.'

'O. Danke.'

Jack ziet Rick weer omlaagduiken en de regen van vonken begint opnieuw.

Met een beetje geluk zal die jongen nooit in een oorlog hoeven vechten. 'Stalin heeft meer mensen omgebracht dan Hitler,' zegt hij, en heeft er onmiddellijk spijt van – maar waarom zou hij Henry Froelich met fluwelen handschoentjes aanpakken? De man wil niet ontzien worden, hij bedekt die tatoeage niet voor niets.

'Nou en?' zegt Henry. 'Eén of honderd of zes miljoen, moet iemand zich daar beter door voelen? Het zijn allemaal slagers.'

'Ik ben het helemaal met je eens, Henry, daarom zie je geen Amerikanen over de Muur springen om in Oost-Berlijn te komen, daarom gaat de braindrain maar één kant op.'

'Braindrain?'

Jack zwijgt even. Dit gesprek zou hij ook voeren als hij nog nooit van Oskar Fried had gehoord. Het kan geen kwaad. 'Het wil gewoon zeggen dat veel sovjetgeleerden, als ze de keus hadden, de kans zouden aangrijpen om hier te komen werken.'

'Aha.' Froelich knikt. 'Je bedoelt overlopers.'

'Ja, dat zal wel.' Jack inhaleert de rook tegelijk met de koude buitenlucht terwijl Froelich overeind komt, turend naar de motor, over zijn nek krabt en een vette veeg achterlaat boven zijn witte boord, en zegt: 'Kun je een verrader ooit vertrouwen?'

Jack is verbouwereerd. Hij antwoordt, bijna kribbig: 'Het hoeven geen verraders te zijn. Sommigen zijn idealisten.'

'Zo noemden die Engelsen zichzelf. Degenen die overliepen...'

Net op dat moment gaat de hordeur open, en achter de poel van licht rondom de auto ziet Jack een meisje komen aanlopen in het donker.

'Ricky...'

Het is Karen Froelich.

'Ja mam?'

'Lizzie vraagt naar je, lieverd.'

Het joch veegt zijn handen af aan een lap en gaat naar binnen.

'Hoe is het met jou, Karen?'

'O, best, Jack, en met jou, maak je je zorgen?'

'Wat, ik? Welnee. Wat vind jij van al die onzin?'

Ze sputtert niet tegen of 'laat dat liever aan de mannen over', ze zegt: 'Ik vind het gelul.'

Hij aarzelt, vraagt dan: 'Hoe bedoel je?'

Ze vouwt haar armen over haar borst. Haar flodderige mannenvest is wel het laatste kledingstuk dat vrouwelijke eigenschappen zou suggereren, en misschien kan het hem daarom onmogelijk ontgaan dat haar borsten met dat gebaar plotseling vorm krijgen.

'Omdat ze met hun tweeën de planeet al meermalen kunnen vernietigen.' Haar toon is nonchalant, in tegenstelling tot haar woorden. 'Ze hebben Cuba niet nodig als excuus.' Ze spreekt het uit als 'Coeba'.

Jack zegt: 'Denk je dat ze dat willen?'

'Nee, ik denk dat ze ons gewoon bang willen maken. Om onze aandacht af te leiden van... al die andere dingen, je weet wel.'

Hij knikt. Maar hij weet het niet. Hij kijkt even naar Froelich, die zijn vrouw gadeslaat. Hij houdt van haar. Het moet heel wat liefde vergen om dat huishouden draaiende te houden, met die kinderen.

'Cuba zit tussen twee vuren,' zegt ze. 'Onder Batista waren ze gewoon de hoer van Amerika. Fidel is het beste wat dat land ooit is overkomen.'

Jack weet niet waar hij het meest versteld van staat: dat ze het woord 'hoer' gebruikt, of dat ze 'Fidel' zegt. Om maar niet te spreken van 'gelul'.

'Ik vind het goed wat de Kennedy's in eigen land doen' – haar stem klinkt bedrieglijk jong in het donker – 'ze krijgen daar echt iets voor elkaar op het gebied van de burgerrechten. Maar de rechtse pers roept al maanden om Castro's bloed, dus... Hebben jullie honger?'

Jack schudt zijn hoofd. 'Nee, ik eh... dank je, Karen.' Ze kijken haar na als ze weer naar binnen gaat.

Jack wendt zijn ogen af van de hordeur en spuwt een draadje tabak uit. 'We kunnen alleen maar hopen dat Chroesjtsjov die wapens ontmantelt. Het is net wat generaal MacArthur zei, hè? Voer nooit een oorlog die je niet van plan bent te winnen.'

'Ach, winnen, winnen, het is allemaal goed voor het bedrijfsleven, niet?'

'Daar gaat het niet alleen om, Hank, dat weet je best.'

'Waar gaat het dan om, beste vriend?'

'Het gaat om democratie. Het gaat om het feit dat jij en ik uit heel verschillende werelden komen en nu hier op jouw oprit van mening staan te verschillen over iets wat we in sommige landen niet eens ter sprake zouden kunnen brengen zonder achter de tralies te belanden. En dat geldt ook voor Cuba.'

Froelich trekt aan zijn pijp en laat het naar leer geurende aroma in een witte sliert ontsnappen. Jack blaast een reeks kringetjes die blijven zweven en uitdijen in de oktoberlucht. De twee mannen kijken omhoog naar de sterrenhemel. Het is werkelijk een bijzonder heldere nacht. Een prachtige nacht op aarde.

Froelich zegt: 'Wil je *ein Bier*, Jack?'
'*Ja, danke.*'

'Wat is dit in vredesnaam?'
Jack staat in de kelder van zijn huis en kijkt naar een wankel bouwwerk van kartonnen dozen die hij na de verhuizing in augustus netjes had opgevouwen en op stapels gelegd. Ze vormen nu tunnels onder dekens die zijn verzwaard met alle boeken uit de boekenkast, plus de planken van de kast. Dikke gebonden uitgaven versterken de uiteinden van de dekens: alle zes delen van de memoires van Winston Churchill, *Opkomst en ondergang van het Derde Rijk*, diverse zorgvuldig bewaarde jaargangen van de *National Geographic*, de *Encyclopaedia Britannica*, het telefoonboek van Huron County en God weet wat nog meer. Slaapzakken die omstandig waren opgerold en opgeborgen voor de winter, schermen nu een toegangsboog af die van het uiteinde van de oude metalen wieg is gemaakt. Als Jack zijn hand uitsteekt om een deel van de krant van die dag uit de literaire dakbedekking te redden, verschijnt Mikes hoofd tussen de slaapzakken. Zijn dochter komt naar buiten. 'Hoi pap, wil je binnenkomen?'
'Wat heb je binnen?' vraagt Jack.
'Rantsoenen,' zegt ze, 'en water.'
'Wat heeft dat te betekenen, Mike?'
Mike knipt de zaklamp uit en kruipt naar buiten. 'We maken een schuilkelder.'
'Een atoomschuilkelder,' zegt zijn dochter opgetogen. Voor haar is het een spel, en zo hoort het ook.
'Naar bed nu, liefje.'
'We zijn nog niet klaar, pap...'
'Hup, naar bed.'
Wanneer ze naar boven verdwijnt, zegt Jack tegen zijn zoon: 'Probeer je je zusje weer nachtmerries te bezorgen?'
'Nee.' De jongen wordt rood.
'Wat heb ik aan tafel tegen je gezegd?'
'We zijn in staat van paraatheid.'
'En dat is geen verzinsel, dat is ernst. Ik heb je dat verteld omdat ik dacht dat je volwassen genoeg was om het te begrijpen.'
'Ben ik ook,' mompelt hij.
'Nou, wat speel je hier dan voor spelletje, Mike?'
'Het is geen spelletje, zo moet het, ik zag het op tv.'
'Je zag het op tv. Geloof je alles wat je op tv ziet?'

'Nee.'
Jack loopt terug naar de trap. 'Breek al die onzin onmiddellijk af en zet alles weer op zijn plaats.'
'Pap...'
'En vlug een beetje.'
'Maar...'
Jack blijft staan en draait zich om, wijst met zijn vinger. 'Je hebt me gehoord, knul, weg ermee. Ontmantelen.'

Hij kruipt naast Mimi in bed en vertelt haar over Mikes 'atoomschuilkelder'. Nu hij het hardop beschrijft, is het eigenlijk wel grappig. Ze kust hem en zegt: 'Hij is net zijn vader.'
Het joch probeert gewoon zijn steentje bij te dragen. Jack vergeet soms dat hij nog maar een kind is. 'Help me morgen herinneren,' zegt hij, 'ik wil Mike mee naar de ijsbaan nemen na school, een beetje tegen de puck slaan.'
Mimi streelt zijn borst en legt haar hoofd tegen zijn schouder. Als hij zijn hand uitsteekt om het bedlampje uit te knippen, zegt ze: 'Heb je met meneer March gepraat?'
'Meneer...? Nee, ik... had het vrij druk aan het eind van de dag, maar ze is weer helemaal opgeknapt, vind je niet?'
'Ja, ik vind van wel.'
De volgende woorden komen vanzelf. 'Ik moest naar London. Een afspraak met een gastdocent voor de officiersschool. Ik was aan de late kant.'
'Mmm,' zegt ze.
Hij sluit zijn ogen.
'Jack, kan het echt geen kwaad als Madeleine met de dochter van de Froelichs speelt?'
'Colleen? Welnee, hoezo?'
'Ik hoop het maar, want ik heb haar vandaag naar de overkant laten gaan.'
Dat is waar, daar wilde hij het nog met Mimi over hebben. Des te beter dat ze er nu zelf mee komt. 'Goed zo,' zegt hij.
Hij luistert tot hij haar ademhaling hoort veranderen en draait zich dan behoedzaam op zijn zij. De eerste leugen. Maar in welk opzicht verschilt het van de andere leugens die hij haar de afgelopen dagen heeft verteld? 'Het is maar wapengekletter. Niks om je druk over te maken.' Het zijn geen echte leugens. Het is een andere manier om te zeggen: 'Ik zal voor je zorgen.' Een andere manier om te zeggen: 'Ik hou van je.'
In de beslotenheid van het donker, de knusse aanwezigheid van zijn sla-

pende gezin, denkt Jack aan Oskar Fried, moederziel alleen in zijn gemeubileerde flat. Zo gaan we deze oorlog winnen, zo garanderen we dat er voor onze kinderen nog een wereld te erven is. Door zoveel mogelijk Oskar Frieds aan onze zijde te krijgen. En op kleine schaal, maar heel concreet, werkt Jack daaraan mee. Hij sluit zijn ogen weer en stelt zijn verwachtingen ten aanzien van Oskar Fried bij. Laat de man zich maar opsluiten in zijn flat als hij dat graag wil. Hij is hier niet om Jack McCarthy's leven boeiender te maken. Hij is hier om deze koude oorlog te helpen winnen die nu dreigt over te koken.

Maar Jacks ogen blijven niet gesloten. Het lijkt wel of er een veer achter zijn oogleden zit. Hij staat op, loopt zachtjes de gang in en gaat even bij zijn dochter kijken. Ze slaapt. Vochtig kindervoorhoofd, gekreukte flanellen pyjama, groezelige oude Bugsy. Mijn kind is veilig.

GROTE OORLOGEN EN KLEINE OORLOGEN

Ik hoorde een Rus laatst beweren:
Jullie kunnen van ons nog wat leren
In tv-techniek zijn we groot.
Het lijkt wel een weelde
Al die kleurige beelden
Maar de onze zijn beter: enkel rood.

TV-GIDS, HERFST 1962

De volgende dag regent het zachtjes na school. Madeleine komt net terug van Lisa Ridelle, waar ze met naakte barbiepoppen hebben gespeeld. Auriel moest naar de tandarts. Met zijn tweeën was het heel anders dan met zijn drieën. Ze zaten wat verloren in Lisa's slaapkamer op de grond filmtijdschriften van haar moeder te bekijken. Toen haalde Lisa haar Barbie en Ken tevoorschijn, tot onogenoegen van Madeleine – ze wist niet eens dat Lisa ze had – en kleedde beide poppen spiernaakt uit. Ze stak een speld tussen Kens benen bij wijze van zijn 'ding' en legde hem boven op Barbie. Madeleine zei: 'Ik bedenk ineens dat ik naar huis moet.' Ze voelde een overweldigende angst opstijgen uit haar buik, als uit een riool, toen Lisa onbekommerd griezelend over de bloemetjes en de bijtjes begon te speculeren. Madeleine hoopte dat ze op tijd vertrokken was, voor die vieze lucht in het hele huis van de Ridelles te ruiken was.

Nu is ze veilig buiten, in de milde geur van regen en wormen. Het regent net hard genoeg, de wormen zijn omhooggekomen en koesteren zich in het nat. Colleen en zij zitten gehurkt op straat voor Madeleines huis en verzamelen ze. Er verschijnt een paar gele laarzen. Marjorie. 'Zal ik jou eens wat zeggen, Colleen?'

'Wat?' Colleen kijkt amper op.

'Madeleine is niet echt je vriendin. Ze gebruikt je gewoon.'

'Ga weg, Margarine.' Madeleine neemt niet de moeite om onder de capuchon van haar rode regenjas uit te kijken. Ze verzamelt niet zozeer wormen, ze traint ze. Op dit moment loodst ze er een met een ijslollystokje naar een wei die ze van zand en kiezelstenen heeft gemaakt. Ze is niet echt dol op wormen, maar wil ook niet dat Colleen denkt dat ze er bang voor is.

'Ze gebruikt je gewoon om aan te pappen met je broer,' zegt Marjorie.

Colleen laat zich niet op de kast jagen.

'Hou je kop,' zegt Madeleine nonchalant tegen het paar laarzen en concentreert zich op haar worm, het ijslollystokje nu eens rechts van hem houdend, dan weer links, kijkend hoe hij langzaam voortglibbert – kort-lang, kort-lang – kom, we gaan de wei in.

Marjorie stampvoet met haar gele laars. 'Het is waar! Ze heeft het me zelf verteld.'

'Het is waaj,' herhaalt een stem achter haar.

Ditmaal grinnikt Colleen, want het is moeilijk om het niet grappig te vinden hoe Grace de 'r' uitspreekt, vooral als je er niet aan gewend bent. Grace' rubberlaarzen zijn nu in beeld – moerasgroen, twee maten te groot.

Madeleine kijkt hoe Colleen met het vakmanschap van een roodborstje een lange worm uit de grond trekt. Ze wacht tot de worm knapt, maar dat gebeurt niet, hij laat gewoon los en kronkelt zachtjes omhoog uit de aarde. Colleen doet hem in haar koffieblik bij de rest van haar krioelende oogst, *lekker tot de laatste druppel*. Madeleine wijdt zich weer aan haar worm en zingt zachtjes met een cowboyaccent: 'Ik ben een eenzame cowboy...'

Marjorie schreeuwt bijna. 'Jij moet gewoon je kop houden Madeleine McCarthy want Ricky is van mij, als je dat maar weet!' Madeleine lacht. Marjorie houdt vol. 'Hij vroeg of ik mee ging picknicken in Rock Bass, zo!'

Madeleine geeft haar worm een zetje terwijl hij de laatste eindeloze centimeter naar de wei aflegt, die ze net wil afsluiten met haar ijslollystokje, en ze zit na te denken over ijslollystokjes en wat je er allemaal mee kunt doen, je kunt ze bijvoorbeeld slijpen om er messen van te maken, je kunt ook prachtige pagodes en lampen maken – als de gele laars met kracht neerkomt en de worm, de wei, een wereld vermorzelt. Ze kijkt op.

Marjorie zegt: 'Sorry Madeleine, maar je hebt het verdiend.'

Colleen laat zich op haar hielen zakken en kijkt Marjorie aan. 'Mijn broer moet niks van jou hebben.'

Marjorie deinst achteruit, hoewel Colleen niet boos klinkt en evenmin aanstalten maakt om op te staan. Marjorie loopt achteruit tot halverwege de overkant, gevolgd door Grace, vuurt dan haar salvo af – 'Jij bent een vuile indiaan!' – draait zich om en rent gillend weg alsof ze achternagezeten en in elkaar geslagen wordt, hoewel Grace de enige is die haar volgt, klapperend met haar te grote laarzen.

Madeleine is overeind gekomen. 'Ga je haar niet afrossen?!' Ze schreeuwt Marjorie achterna: '*Mange d'la marde, Margarine!*'

'*Ci pa gran chouz*,' zegt Colleen. En, alsof ze net een vis heeft teruggegooid: 'Ze is het niet waard.'

Madeleine kijkt omlaag naar haar verpletterde worm, die in het midden blauwig is en aan de uiteinden nog kronkelt. Colleen pakt het ijslollystokje, schraapt de worm van de grond en laat hem in het blik vallen.

'Die is nog goed,' zegt ze.

Jack heeft zijn secretaris om een boodschap gestuurd. Nu zit hij over 's mans schrijfmachine gebogen en typt Oskar Frieds naam en adres op een envelop. Hij steekt een leeg foliovel dubbelgevouwen in de envelop, likt aan de flap, plakt hem dicht en voorziet de envelop van een postzegel. Hij voegt hem bij twee andere, die een ander formaat en een andere kleur hebben, en gaat de deur uit om ze te posten. Oskar Fried moet een normale hoeveelheid post ontvangen. Oskar Fried moet in alle opzichten normaal lijken en mag dus op geen enkele manier opvallen. Jack stopt de brieven in zijn binnenzak en stapt de regen in.

Auto's rijden voorbij, langzaam om hem niet nat te spetten; het exercitieterrein is glimmend zwart. Jack put onwillekeurig troost uit de druiregen, de egaal grijze lucht. Een schrale troost, weet hij – de hedendaagse vliegtuigen en raketten hebben geen goed zicht nodig om hun werk te doen. De spanningen zijn niet verminderd, maar ook niet erger geworden. Chroesjtsjov heeft enkele schepen die naar de blokkadezone voeren laten uitwijken, maar de aanleg van de lanceerterreinen versneld. De Canadese luchtmacht en marine speuren langs de oostkust naar Russische onderzeeërs. De VS heeft zonder incidenten het eerste Russische vrachtschip onderschept. Jack gaat de telefooncel in.

'Hoe is het uitzicht vanuit Washington, Si?'

'Tja, afgaande op wat ik tussen alle monumenten door uit mijn raam kan zien, zou ik zeggen dat iedereen nog met ingehouden adem rondloopt.'

'We zitten allemaal te wachten tot Chroesjtsjov zijn ogen neerslaat.'

'Hij heeft een paar keer met zijn oogleden geknipperd, maar misschien houdt hij wel van gevaarlijke spelletjes, wie weet.'

Het is vreemd hoe snel we gewend raken aan een crisis. We zouden geen terloopse gesprekken moeten kunnen voeren over de dreigende totale vernietiging. Maar we passen ons aan. Is dat een zegen of juist niet? vraagt Jack zich af.

'Jullie daar in Canada hebben geen haast gemaakt,' vervolgt Simon.

Jack weet dat het pesterig bedoeld is. 'Leve de premier, hè?' Diefenbaker heeft eindelijk bekendgemaakt dat Canada in staat van paraatheid is en een verklaring afgelegd in het parlement waarin hij Kennedy steunt. 'Het is haast niet te geloven dat een Canadese premier vandaag de dag op orders uit Whitehall wacht.'

'Ja, maar jullie zitten altijd tussen twee vuren in. En de Amerikanen zijn geobsedeerd door Cuba, dat is ook niet gezond.'

'Ik zou ook geobsedeerd zijn als er honderdvijftig kilometer van mijn kust een stelletje kernraketten stond opgesteld.'

'Misschien, maar deze crisis was te voorspellen.'

'Je klinkt net als mijn buurman,' zegt Jack.

'O ja? Intelligente vent.'

'Kennedy heeft tenminste het lef om de confrontatie aan te gaan met dat sujet.'

'Hij zou beter zijn broer in toom kunnen houden,' zegt Simon achteloos.

'Hoezo? Wat bedoel je?'

'Robert is natuurlijk niet de enige, ze zijn geen van allen rationeel als het om Cuba gaat. Het is bijna een soort hysterie. Fidel heeft ooit de New York Giants afgewezen toen ze hem in hun team wilden hebben, en dat hebben de Amerikanen hem nooit vergeven.'

Fidel. 'Dat meen je niet.'

'Origineel waar, makker.'

'Grote goedheid!' Jack lacht, niet alleen om het idee dat Castro pitcher had

kunnen zijn bij de Giants, maar ook omdat Simon die oude uitdrukking weer gebruikt. *Origineel waar* – typisch RAF.
'En elke zichzelf respecterende Zuid-Amerikaanse leider zou beledigd zijn als er complotten werden gesmeed om zijn baard te laten uitvallen.'
'Wat?' Een cadet staat beleefd te wachten tot Jack klaar is met bellen. Jack draait zijn hoofd om, buiten lipleesbereik. 'Wie probeert zijn baard te laten uitvallen?'
'Wie zou zo'n krankzinnig plan verzinnen, denk je? De CIA heeft daar al jaren een stel agenten zitten, een zootje ongeregeld dat de gekste dingen probeert om Castro in diskrediet te brengen en/of te vermoorden en een opstand uit te lokken. De Amerikanen zijn de kip met de gouden eieren kwijtgeraakt, die willen ze terug.'
Jack kan hem horen inhaleren – hij rookt een van zijn Camels. Hij leunt tegen de ruit. 'Wat gaat er gebeuren, Si?'
'O, ik denk dat het nu al gebeurt. Chroesjtsjov zal bakzeil halen en Kennedy zal in eigen land en bij de NAVO een goed figuur slaan. Eén-nul voor ons, makker.'
'Nog altijd even cynisch.'
'Ik ben volkomen serieus.' Simons toon is luchtig. 'Kennedy zal die zinloze Jupiterraketten weghalen uit Turkije zodat Chroesjtsjov zijn gezicht kan redden, maar de Russen zullen enorm veel prestige verliezen. Briljant staaltje Realpolitik van Kennedy. Als we binnen vierentwintig uur niet allemaal in vlammen opgaan, is de kans groot dat het voorlopig niet gebeuren zal.' Simon blaast rook uit. Jack kan het bijna ruiken. 'Voor ik het vergeet, Fried zal post moeten krijgen...'
'Is al gebeurd.'
'O, had ik gezegd...?'
'Nee, maar ik dacht het wel.'
'Je hebt feeling voor het spionnenleven, ouwe jongen,' zegt Simon, zijn eigen accent parodiërend.
'Wanneer kom je deze kant eens op? Mimi wil je dolgraag ontmoeten.'
'Is zij van onze kleine operatie op de hoogte?'
'Nee, maar ze weet dat ik je afgelopen zomer tegen het lijf ben gelopen...'
'Hoe gaat het met het *Deutsches Mädchen*?'
'O, die maakt het prima, een echte driftkikker.'
'Aardje naar haar vaartje, hè? Tot kijk, Jack.'
'Tot kijk.' Jack hoort de klik en hangt op. Hij gaat naar de brievenbus naast de kruidenierswinkel en doet Frieds 'brieven' op de post.
Het spionnenleven.

De volgende ochtend raapt Jack de krant van de stoep. Hij loopt langzaam terug naar de keuken, zijn ogen op de voorpagina: SOVJETS EN VS GAAN PRATEN OVER CUBA.

'Is de melk niet gekomen?' vraagt Mimi.

'Dat zal wel niet, ik zag hem niet,' zegt Jack. Mimi glipt langs hem heen naar de veranda en haalt de melk.

Aan tafel reikt Madeleine naar een vers gebakken bananenmuffin. Haar vader tilt de krant op om een bladzij om te slaan. Ze verstart. Op de voorpagina staat een levensgrote foto van kinderen die dekking zoeken onder hun banken. Dat is het oefengroepje. Haar maag trekt samen.

'Madeleine, qu'est-ce qui va pas?'

'Niks.'

'Geef je broer de boter dan eens aan.'

'Ik heb het pas twee keer gevraagd,' zegt Mike.

Ze heeft het vreemde gevoel dat haar eigen hand op zijn plaats zou blijven als ze de boter probeerde te pakken en dat een fantoomhand de taak zou overnemen. Ze tilt haar hand op en dat lukt uitstekend, maar voor ze de boter oppakt kan ze het niet laten om even aan haar vingers te ruiken. Mike barst in lachen uit.

'Wat is er zo leuk?' vraagt ze.

'Kleine stinkerd.'

'Hou op!'

De krant zakt omlaag.

Mike zit nog te giechelen. 'Nou, dat doet ze altijd.' En hij imiteert haar door steels aan zijn handen te ruiken, met gekromde vingers.

'Schei uit!'

'Kalm aan,' zegt haar vader. 'Mike, niet je zusje plagen.'

Madeleines gezicht gloeit, ze moet naar de wc. Haar ouders kijken haar aan. 'Dat is Diane Vogel,' bekent ze, wijzend naar een meisje op de voorpagina dat haar hoofd in haar armen verbergt.

Haar vader zegt: 'Dat zijn kinderen uit Florida.'

Amerikaanse kinderen. Het is helemaal geen foto van onze klas.

Hij zuigt lucht tussen zijn tanden door en staat op. 'Nou, zo te zien is het ergste voorbij, hè? Een fijne dag, jongens.'

De klas reciteert in koor: 'Bij gebrek aan een spijker ging het hoefijzer verloren, bij gebrek aan een hoefijzer ging het paard verloren, bij gebrek aan een paard ging de ruiter verloren...' Op vrijdagmiddag hebben ze altijd tekenles.

De mooiste tekeningen zijn opgehangen aan de muur en voor het raam in de deur. '... bij gebrek aan een ruiter werd de strijd verloren, bij gebrek aan de strijd werd de oorlog verloren...' Madeleine kijkt strak naar de lijst op meneer March' lessenaar, alsof ze die met haar blik kan vasthechten aan het blad en zo voorkomen dat hij hem oppakt en de namen voorleest. '... en dat allemaal bij gebrek aan een spijker.'
Hij reikt naar de lijst. 'De volgende meisjes...'

Na het avondeten wedijvert het gesnor en geratel van Mimi's naaimachine met *Sing along with Mitch*. Madeleine kijkt hoe de fleurige stof onder de heen en weer schietende naald door glijdt terwijl haar moeders voet het pedaal bedient. Ze legt Madeleines clownskostuum uit. Gemaakt van een stel oude gordijnen, onverslijtbaar mousseline met een patroon van tropische bloemen in karmozijnrood, smaragdgroen en kanariegeel, met plooien en pompons. Madeleine kijkt verlangend naar de puntmuts, maar die mag ze pas op met Halloween. Geconstrueerd van tijdschriften die zijn opgerold, gevernist en bekleed met stof. Ze herinnert zich dat Anne Frank daar ergens tussen zit geklemd. Ze haalt diep adem en wendt haar blik af.

'Je kan zo een baan krijgen bij Barnum 'n' Bailey in dat kostuum,' zegt haar vader. 'Je hebt de knapste maman van de wereld.'

Op zaterdag wordt er een U2-spionagevliegtuig neergeschoten boven Cuba, waarbij de piloot om het leven komt, en zet iedereen de klok een uur terug omdat de zomertijd voorbij is. Madeleine verduurt de kunstschaatslessen in het sportcentrum, waar de kwelling van rondjes en achten alleen wordt verzacht door de aanwezigheid van Auriel, die er in haar tutu uitziet als een 'fluwelen worstenbroodje', zoals ze zelf zegt – en waar ze zich geluidloos een ongeluk lachen om de gekke bewegingen die Marjorie maakt. Madeleine houdt zich goed tijdens de zwemlessen in het galmende binnenbad, overleeft de bedompte hitte in de kleedruimte en komt dankbaar weer tevoorschijn om naar Mikes ijshockeytraining te kijken, een dampende beker warme chocola in haar hand, de hakken van haar laarzen zwaaiend tegen de gehavende tribuneborden. Mike is verdediger. Ze geniet van het strakke suizen en krassen van zijn schaatsen, bewondert de geconcentreerde uitdrukking op zijn gezicht, zijn wangen rood van inspanning. Na afloop kijkt ze gebiologeerd hoe de Zamboni het ijsoppervlak herstelt. Haar broer en Arnold Pinder komen de kleedkamer uit, gevolgd door Roy die met zijn zware keepersuitrusting zeult, en gevieren kijken ze naar de grote jongens die met sierlijke, krachtige slagen het ijs op komen, de hockeysticks draaiend in hun gehandschoende handen; ze slaan elkaar de puck toe, cirkelen om hun as en schaatsen razendsnel achteruit. Ricky Froelich is er ook bij, hij scheert moeiteloos gevaarlijk dicht langs de borden, zwiept met een hoofdbeweging het lange haar uit zijn ogen. Vorig jaar is hij geschorst omdat hij gevochten had, maar dat is sindsdien niet meer gebeurd.

's Middags gaan de McCarthy's winkelen in London, en bij de drukke ingang van de Covent Market ziet Madeleine een jonge man en een oude dame rondlopen met borden: *Ban de bom* en *Insecten zullen de aarde beërven*.

's Avonds zit Jack met zijn vrouw en zoon op de bank om naar een speciale uitzending van *Newsmagazine* te kijken. Knowlton Nash praat met Pierre Salinger, de perssecretaris van het Witte Huis in Washington, en de ene na de andere functionaris komt opdraven en prijst Chroesjtsjovs 'wijze beslissing' om de raketten te ontmantelen. De opluchting is voelbaar.

'Het loont om je tegen een dwingeland te verzetten, dat leert de geschiedenis ons, Mike.'

Madeleine zit in kleermakerszit op de grond te wachten tot het nieuws voorbij is. Jack heeft hen geroepen om te kijken 'hoe er geschiedenis wordt geschreven'. De presentator, Norman DePoe, vat het samen: '... er sterven nog steeds mannen in de rijstvelden van Vietnam, de dampende oerwouden van Laos en de hoge ijle lucht van de Himalaya. De kleine oorlogen gaan door, maar de grote zal ons tenminste bespaard blijven. Althans voorlopig, en nu is er eindelijk hoop dat we misschien ook de kleine zullen kunnen beslechten.'

'Waar ligt Vietnam?' vraagt Mike.

'In Zuidoost-Azië,' antwoordt Jack.

'Is het daar oorlog?'

'Altijd wel een beetje.'

Ze blijven zitten om naar Ed Sullivan te kijken.

Later op de avond zegt Jack tegen Madeleine: 'Het is voorbij, maatje, je hoeft je nergens meer zorgen over te maken.'

Wij zullen in ons leven geen kernoorlog meemaken.

'Je kunt morgen zo vrij als een vogeltje wakker worden en naar school gaan,' zegt hij. 'Meneer Marks had het helemaal mis.'

Hij draait het licht uit. En Madeleines ogen blijven open.

HALLOWEEN

De fijnste dag van het jaar is 31 oktober: Halloween. Iedereen gaat verkleed naar school. Je gewone schoolwerk doen als je verkleed bent maakt dat alles gemakkelijker lijkt, zelfs rekenen. Elke klas viert zijn eigen Halloweenfeestje; in de vierde hebben ze naar appels gehapt en een taart met oranje glazuur verslonden die meneer March had meegebracht. Maar Madeleine hunkert naar het belangrijkste evenement: 's avonds langs de deuren gaan om snoep op te halen. Met haar ogen op de klok gericht zit ze klaar om weg te rennen zodra de bel gaat.

'De volgende meisjes...'

Het was geen moment bij haar opgekomen dat ze oefeningen zouden moeten doen met hun Halloweenkostuums aan. Dat slaat nergens op. Ze leunt tegen de kapstokhaak, zwetend onder haar puntmuts met de pompons, en wacht.

'Ik wil geen clown zijn.'

Buiten is het bijna donker. Jongere kinderen zijn hun ronde al aan het maken, begeleid door hun ouders of een grote broer of zus. Jack is op de kamer van Madeleine, die met de clownsmuts in haar hand somber staat te kijken ondanks de brede geverfde glimlach op haar gezicht, dat wordt omlijst door de geplooide kraag. Hij kan zijn lachen nauwelijks inhouden, maar hij blijft ernstig. 'Waarom niet, liefje?'

Madeleine denkt na. 'Ik ben er te groot voor geworden.'

'Ik vind dat het je prima staat.'

Ze slaat haar ogen neer.

Hij vraagt: 'Als wat zou je dan willen gaan?'

'Als golfspeler.'

'Golfspeler? Hoe dat zo?'

'Ik weet het niet.' En dat is de waarheid.

'Nou, ik heb een stel golfclubs en een golftas en we zouden je een pet en een snor kunnen geven en weet ik wat al niet...'

Madeleine fleurt op. *Een snor?*

'... maar zou dat mamans gevoelens niet een beetje kwetsen?'
O. Daar had Madeleine niet aan gedacht. Ze vindt het ineens vreselijk zielig voor maman, als ze bedenkt hoe meneer March het prachtige, door haar gemaakte clownskostuum heeft betast. Ze zegt: 'Ik zou een clown kunnen zijn die gaat golfen.'
Nu schiet hij in de lach. 'Ja, dat zou kunnen.'
'Met een snor.'
'Ja hoor.'
Ze gaan naar de badkamer en Jack wrijft met een washandje de rode lippenstift van haar gezicht, pakt een wenkbrauwpotlood van Mimi en tekent een krulsnor op haar bovenlip. Ze gaat naar haar kamer en haalt het kussen van haar bed. Propt het onder haar kostuum, loopt de kamer van haar ouders in en gaat voor de grote spiegel staan. Ze is meneer March die verkleed is als een clown die vermomd met een snor gaat golfen. Ze glimlacht. 'Bedankt pap.'
Ze hangt de golftas om haar schouder en gaat op pad met Auriel en Lisa. Auriel is een Hawaïaanse danseres met een beha van kokosnoten, en Lisa is Judy Jetson met gogo-laarzen. Madeleine heeft alleen de putter meegenomen, anders wordt de tas te zwaar – ze wil hem gebruiken om snoep in op te bergen. Haar Unicefblikje rammelt al, pap heeft er een paar penny's in gedaan 'om de bal aan het rollen te krijgen'. De hele wijk straalt door al die grijnzende pompoenen, het wemelt er van spoken en skeletten, cowboys, indianen, zeerovers en feeën. Mike is verkleed als een sjofele huurling, ondanks het aanbod van zijn vader hem te helpen uitdossen als Billy Bishop. Arnold Pinder draagt het camouflagepak waarin zijn vader altijd gaat jagen en sjouwt met een luchtbuks. Beide jongens hebben hun wangen zwart gemaakt met verbrande kurk. Roy Noonan is verkleed als hotdog.
Na bij een paar huizen snoep te hebben opgehaald laat Madeleine haar vriendinnen in de steek, want ze heeft opeens zin om in het park haar slag uit te proberen. 'Uit de weg!' roept ze en maakt een zwaai in het donker. Het ijzeren gewicht trekt haar mee en ze tolt om haar as. Grace en Marjorie hollen voorbij. Marjorie is een zwangere vrouw, Grace een tiener met een nepboezem en vlekkerige lippenstift. Marjorie draait zich om en zegt bits: 'Kijk uit wat je doet, Madeleine!' Madeleine maakt de ene zwaai na de andere, tot ze er duizelig van wordt, en ontdekt een nieuwe waanzinnige manier van lachen als een op hol geslagen buiksprekerspop: ze opent en sluit haar mechanische kaken, beweegt haar hoofd met een ruk naar voren en naar achteren op de maat van haar boosaardige lach. Ze rent lachend het park uit en door St.

Lawrence Avenue, langs Claire McCarroll die als konijn is verkleed en haar vaders hand vasthoudt.

Aan het eind van de straat komt ze een beer tegen – gewoon iemand met een oude jas van wasbeerbont aan en een papieren zak over het hoofd, met twee gaatjes voor de ogen. Dit individu heeft zich niet veel moeite getroost, zou meneer March zeggen.

'Wat brengt jou vanavond hier?' informeert meneer March met een Engels accent, vermomd als een clown met een snor die gaat golfen.

'Gratis snoep, wat anders?' Colleen Froelich. Wie had kunnen denken dat zij zich zou verwaardigen tot iets wat zo leuk en normaal is als Halloween vieren?

Ze zijn op het schoolplein. Madeleine heeft een stuk zeep in haar golftas laten vallen voor ze van huis ging, dus ze moet geweten hebben dat ze iets ondeugends ging doen, hoewel ze het niet van plan was. Ze keert de tas om en tegelijk met de zeep vallen er een paar vuurpijlen en een stel suffe negerzoenen uit. Haar Unicefblikje is ze kwijt. Ze pakt de zeep en schrijft de ramen van de vierde klas vol met het woord HOUWEEL, wankelend op haar benen en krijsend als een papegaai in een piratenfilm: 'Houweel! Houweel! Grrr!'

Colleen zegt: 'Je bent geschift.'

Madeleine heeft de slappe lach en zakt naast Colleen op de grond. 'Bedankt, Houweel.'

'Wat moet je met een houweel?'

'Hmmm, *qu'est-ce que c'est le "houweel"?*'

Colleen vertrekt. Madeleine ligt op haar rug op het schoolplein in het donker, en het lachen ebt weg tot er nog maar een klein donker golfje uit haar mondhoek komt. Dan staat ze op, zwaait de golftas over haar schouder en volgt Algonquin Drive langs de achterkant van de huizen, terwijl ze onder het lopen kiezelsteentjes wegslaat met de putter. Ze hoort dat ze een vuilnisbak raakt. Ze vraagt zich af wat er zou gebeuren als ze glas hoorde rinkelen, en blijft meppen. Ze steekt het park door en gaat met de putter de eik te lijf. De schors vliegt in het rond, op de stam ontstaat een witte striem. Ze hakt maar door, elke metalige klap veroorzaakt een doffe pijn die haar handpalmen verdooft, naar haar schouders trekt en haar hoofd doet trillen op haar romp. Ze hakt tot haar pony nat is van het zweet, tot haar armen van rubber zijn en ze het gevoel heeft dat ze de boom bijna heeft omgehakt.

Mimi is verbaasd als ze geen snoep in Madeleines golftas vindt. 'Wat heb je dan de hele avond gedaan?'

'We hebben al onze snoepjes aan een jongetje gegeven dat de zijne verloren was.'

Het voelt niet als een leugen omdat ze het niet van tevoren heeft bedacht. Ze verstopt de verbogen golfstok achter de verwarmingsketel en gaat met buikpijn naar bed.

'Je hebt buikpijn omdat je al je snoep hebt opgegeten, je hoeft bij mij niet aan te komen met *des petits histoires* over zielige jongetjes die hun snoep zijn kwijtgeraakt.'

De volgende ochtend zijn de ramen van de vierde klas brandschoon. Misschien heeft ze ze niet volgeklad. Misschien was het maar een droom. Maar na het volkslied en het onzevader spreekt meneer Lemmon, het hoofd van de school, hen toe via de intercom en deelt mee dat er vernielingen zijn aangericht in het park, 'moedwillige vernielingen', en dat het schoolgebouw is beklad. 'De daders worden verzocht zich bekend te maken. Anders moeten ze zich diep schamen.'

Madeleine krijgt een prikkerig, klam gevoel alsof ze in haar broek heeft geplast, en haar hoofd voelt of het uit elkaar zal barsten als een vermorzelde pompoen.

Voor het avondeten.

'Pap, stel dat iemand vernielingen aanricht, wordt zo iemand dan naar een tuchtschool gestuurd?'

'Dat ligt eraan wat de betrokkene gedaan heeft en hoe oud hij is.'

'Hoe oud is een jeugdige delinquent?'

'Onder de eenentwintig.'

'O.'

'En boven de twaalf. Waarom?'

'Dus iemand van mijn leeftijd zouden ze niet naar een tuchtschool sturen?'

'Wat heeft die achtjarige vandaal dan gedaan?'

'Ik ben bijna negen.'

Jack onderdrukt een glimlach. 'Wat heeft die bijna-negenjarige vandaal gedaan?'

'Niks. Maar stel dat er iets kapot was gemaakt of zo?'

'Tja. Ik zou zeggen dat tenzij het iets van grote waarde was, iets wat niet meer hersteld kan worden' – het kan hersteld worden. Ramen worden gezeemd, boomschors groeit weer aan – 'of tenzij iemand letsel heeft opgelopen... ik zou zeggen dat het dan voldoende was als de dader zijn excuses aanbood.'

'Maar niemand weet dat hij het gedaan heeft.'
'Des te meer reden om ermee voor de draad te komen.'
'Bekennen?'
'Ja. Zo hoort het.'
Ze heeft het gevoel of er een vieze lucht van haar af komt, en ze ruikt aan haar vingers om te controleren of ze schoon zijn.

THANKSGIVING VOOR AMERIKANEN

Ze weet dat de vieze lucht zal verdwijnen als ze aan meneer March opbiecht dat zij de ramen heeft beklad. Daarna moet ze naar het schoolhoofd stappen en vertellen van de boom.

Meneer March zet grote ogen op, hij kijkt Madeleine aan alsof hij haar voor het eerst ziet, als een olifant die een muis ontwaart.
    'Het spijt me, meneer March.'
    Het is heel vreemd, want hij zegt: 'Denk er maar niet meer aan, Madeleine.' Hij zegt niet: 'Denk er maar niet meer aan, meisje,' maar hij gebruikt haar naam, wat hij nooit doet tenzij hij voorleest van zijn lijst.
    Het is middagpauze. Ze staan in de gang naast het lokaal. Ze heeft bekend dat zij met zeep 'Houweel' had geschreven op alle ramen. Ze heeft ook bekend dat ze zich had verkleed als meneer March die als clown ging golfen. Al die tijd is hij haar blijven aankijken. Eindelijk kan ze zijn ogen zien achter de brillenglazen. Ze zijn groot en grijs. Tijdens de bekentenis voelde ze koel water over haar hoofd stromen, ook al trilde haar stem.
    Meneer March kijkt de lege gang in en vraagt: 'Heb je het aan iemand verteld?'
    'Nee.'
    'Doe dat ook maar niet.'
    'Ik moet het aan meneer Lemmon vertellen.'
    'Nee, dat hoeft niet.'
    Ze is verrast, maar bedenkt dat hij het waarschijnlijk zelf wil vertellen. Daarna zal hij haar ouders bellen. 'Ik ga het zelf aan mijn ouders vertellen,' zegt ze.

'Waarom? Wat niet weet, wat niet deert.'
Ze loopt weg in de richting van de hal omdat het middagpauze is, maar hij zegt: 'Wacht even, Madeleine.'
Ze blijft staan, en als ze terugloopt voelt ze haar eetlust verdwijnen, want ze begrijpt dat hij haar oefeningen wil laten doen hoewel het nog geen drie uur is. Zoals ze nooit rekening had gehouden met de mogelijkheid dat ze oefeningen zou moeten doen met een Halloweenkostuum aan, zo overvalt het haar nu dat ze ze in de middagpauze moet doen. *You can do them in a box, you can do them with a fox...*
Ze volgt hem het lokaal in, haar armen slap langs haar lichaam, maar hij wipt alleen even naar zijn lessenaar en haalt iets uit de la. Hij schrijft erop en geeft het dan aan haar. 'Je hebt een tien voor begrijpend lezen, wat vind je daarvan?'

In het speelkwartier klopt ze op de deur van meneer Lemmon. Ze vertelt over de boom. Eerst zegt hij niets, en ze denkt: O nee, ik krijg een pak slaag.
Dan zegt hij: 'Kom hier, Madeleine.' Hij zit achter zijn bureau en ze denkt: Ik krijg toch geen pak slaag, hij gaat me oefeningen laten doen. Ze wordt er moe van, want dit betekent dat ze voortaan ook medelijden zal moeten hebben met meneer Lemmon. Ze loopt naar zijn bureau en zucht – ze had kunnen weten dat dit gebeuren zou. Ze gaat zo dichtbij staan dat hij gemakkelijk in haar armspier kan knijpen, en hij steekt inderdaad zijn hand uit, maar dat doet hij om haar hand te schudden. 'Ik ben onder de indruk, Madeleine, diep onder de indruk.'
Omdat ik een boom heb vernield?
'De meeste kinderen zouden niet de moed hebben om zoiets op te biechten.'
Moed. Een regen van kogels. Een hond uit het water redden. Een jeugdige delinquent zijn en dat opbiechten.
'Ga nu maar, Madeleine.'

Na Halloween laat meneer March een week lang niemand nablijven. En dan, in de tweede week van november: 'De volgende meisjes blijven zitten als de bel gaat: Diane Vogel, Joyce Nutt, Grace Novotny...'
Madeleine wacht op haar naam, met het hete gevoel in haar onderbroek en het weeë gevoel in haar maag.
'... Marjorie Nolan... en Claire McCarroll.'
Wat?

De bel gaat. Het geschuifel van voeten als iedereen behalve het oefengroepje opstaat om ervandoor te gaan. Madeleine blijft zitten en kijkt tersluiks naar Claire, die een kleur heeft gekregen. Als de anderen weg zijn, komen de leden van het oefengroepje uit hun banken en stellen zich schouder aan schouder op langs de achtermuur, tegen de kapstokhaken. Claire volgt hen en neemt de lege plaats naast Marjorie in. Vanuit haar bank kan Madeleine zien dat Claires knieën ook blozen. Wat denkt Claire dat er gaat gebeuren? Ze is nu in de grot. Van buitenaf lijkt het een gewone berg.

'Waar wacht je op, Madeleine?' vraagt meneer March.

Ze komt uit haar bank, loopt naar de kapstokhaken en gaat aan het eind van de rij staan, naast Claire.

Meneer March rolt met zijn ogen. 'In hemelsnaam, meisje, heb je je naam horen noemen?'

'Nee meneer,' zegt Madeleine.

'Nou dan?' Iemand giechelt. Madeleine loopt terug naar haar bank en haalt haar huiswerk tevoorschijn. 'Zo traag als stroop in januari,' zegt meneer March.

Ze vertrekt. Marjorie giechelt weer. Diane Vogel kijkt haar recht aan, met een ernst die Madeleine kent van een foto in een boek. Het doet haar aan Anne Frank denken, en dat verklaart waarom ze van Diane Vogel houdt. Claire kijkt uit het raam.

Madeleine gaat niet rechtstreeks naar huis. De school stroomt leeg, maar om haar heen is alles stil, wollig gedempt. De kinderen die voorbijdraven lijken ver weg, als kinderen in een film. Ze loopt tussen de meute door naar de schommels. Ze voelt zich aangeslagen, alsof ze iets ondeugends heeft gedaan, en ze weet dat maman het meteen zal zien als ze thuiskomt en zal zeggen: 'Heb je een slecht geweten?' Haar hoofd is warm en wazig, alsof ze iets schandaligs heeft uitgehaald, zoals kijken naar een jongen die heeft aangeboden om voor je te plassen en jij hebt alleen maar gezegd: 'Als je wilt.' Ze heeft Philip Pinder zien plassen. Dat was een zonde. Maar vandaag heeft ze niet gezondigd.

Ze gaat op de schommel zitten. Die stomme Claire McCarroll, als zij niet was uitgekozen zou Madeleine zich nu niet zo schuldig voelen. Net als Adam en Eva toen God hen uit de Hof van Eden verdreef. *En ze wisten dat ze naakt waren.* Hoe dom moet je zijn om dat niet meteen te merken?

Ze zet zich af op de schommel terwijl rondom haar het schoolplein kabaal maakt en leegloopt, schopt in de rulle aarde met haar schoenen, roept het beeld op van meneer March, zijn grauwe hangwangen; hoe ze voor hem in

Thanksgiving voor Amerikanen ♦ 291

een boog gaat staan en hij de 'zweetklieren' tussen haar benen betast. Ze sluit haar ogen en ziet het bedroefde gezicht van Jezus. Jezus is bedroefd omdat je hem pijn hebt gedaan. Jezus kijkt vaak alsof iemand net een wind heeft gelaten. Ze slaat haar armen om haar knieën, legt haar voorhoofd erop en staart tussen haar bungelende voeten omlaag naar een heel klein stukje van de wereld.

Gisteren zat ze nog met haar broer en Bugs Bunny op de bank naar *The Beverly Hillbillies* te kijken, en toen leek het of er geen oefeningen bestonden. Al dat gedoe bleef op zijn eigen plaats. Alsof die elf minuten na de bel luchtdicht waren verpakt en apart opgeborgen, zoals je etensresten in plastic wikkelt om te voorkomen dat ze bederven. De verpakking lekte misschien al een beetje, maar nu is hij gescheurd en is de vieze lucht overal te ruiken. Vandaag is ze immers uit het oefengroepje verbannen, en nu ziet ze dit stukje van de wereld heen en weer gaan, heen en weer...

De neuzen van haar schoenen zijn nu lelijk geschaafd. Ze gaat rechtop zitten en steekt haar benen naar voren. Ze denkt: Iedereen denkt dat ik gewoon een meisje met witte sokjes ben. Ze weten niet dat ik weet wat er na drieën gebeurt. Dat je je rug tegen een kapstokhaak kunt drukken terwijl je wacht of hij je naar voren zal roepen. Je probeert zo hard tegen de haak te drukken dat je het blijft voelen terwijl je de oefeningen doet. Ze weten niet dat ik weet wat meneer March doet. Hoe hij ruikt. Naar chloor. Maar ik ga hard schommelen tot al zijn geur van me af is gewaaid. Ze begint te pompen met haar benen om vaart te maken.

'Wij hebben chocola-a gekregen en jij nie-iet, lekker puh!'

Marjorie en Grace zwaaien hun verstrengelde handen heen en weer. Marjorie heeft chocola om haar mond, alsof ze wil bewijzen dat ze het echt heeft gekregen na de bel.

'Nou en?! Wat is daar zo bijzonder aan?!' Madeleine grijpt de kettingen van de schommel stevig vast.

'Jij hebt ni-iks gekre-egen!' Marjorie steekt haar tong uit, die vlekkerig bruin is.

Madeleine besluit hen te negeren en blijft schommelen.

'Waar is je vriendin, Madeleine?'

Madeleine schommelt nog hoger, de wind voelt heerlijk koel tegen haar gloeiende benen, haar gloeiende gezicht.

'Ja!' zegt Grace, wat voor Grace al heel wat is.

'Wie bedoel je?' vraagt Madeleine vanaf een duizelingwekkende hoogte.

'Je weet wel,' antwoordt Marjorie, en ze slaat haar hand tegen haar mond en begint oorlogskreten te slaken als een indiaan in een cowboyfilm. Madeleine laat de schommel los, zeilt zachtjes door de lucht, komt als een kogel neer, en dan vallen er klappen.

'Dat is voor jou, Marjorie Nolan!'

Marjorie staat te krijsen, er stroomt bloed uit haar neus dat zich vermengt met de chocoladevegen om haar mond.

'Het spijt me!' schreeuwt Madeleine in Marjories gezicht, bijna tegelijk met de laatste stomp.

Het spijt haar echt. Jongens doen dit voortdurend. Elkaar afrossen. Het verbaast Madeleine, want als je mensen pijn doet zijn ze zo aandoenlijk, daar wil je toch niet mee door gaan, dat wil je een ander toch nooit meer aandoen? Ze aait over Marjories hoofd. 'Hier, Marjorie.' Ze trekt haar ene schoen uit, stroopt haar sok af en bet Marjories neus – arme Marjorie, ze is zo weerzinwekkend en kan niets binnenhouden, haar bloed niet, haar snot niet, haar tranen en tong niet. Ze staat nog onbedaarlijk te snikken. Madeleine wordt ineens vreselijk verdrietig.

Marjorie staat op. 'Dat ga ik vertellen!' Ze draait zich om en vliegt naar huis, haar hoofd achterover, fladderend met haar handen, jammerend zonder nog echt te huilen, hoort Madeleine, maar dat maakt het nog verdrietiger, want is het niet afschuwelijk om Marjorie te zijn?

Madeleine kijkt om naar Grace Novotny, maar Grace is weggerend. Grace heeft vorig jaar in haar broek geplast op school, en dat is alles wat je over Grace hoeft te weten.

'Het spijt me,' herhaalt Madeleine zachtjes bij zichzelf.

Ze heeft nog steeds geen zin om naar huis te gaan. Ze kan haar sok niet meer aan, daar zit troep van Marjorie op. Ze doet haar andere sok ook uit en trekt dan haar schoenen weer aan. Ze rukt aan het donkere novembergras tot ze twee vuisten vol modderige wortels heeft en wrijft ermee over haar blote enkels. Ze smeert de aarde in kringen om haar polsen en maakt strepen op haar wangen. Ze ziet Claire McCarroll langzaam door de zijdeur komen, met gebogen hoofd en blozende knieën. Ze heeft haar werkstuk bij zich.

'Ha Claire.'

Claire blijft staan maar kijkt niet op.

'Wat heb je gemaakt?'

'Een kalkoen,' antwoordt Claire.

'Mag ik hem zien?'

Claire blijft naar de grond kijken maar houdt de kalkoen omhoog voor

Madeleine. Hij lacht en draagt een pelgrimshoed en een witte geplooide kraag.

'Die is echt leuk.'

'Dank je.'

'Maar waarom heb je een kalkoen gemaakt?'

'Wij zijn Amerikanen.'

Madeleine was het vergeten. Amerikanen vieren Thanksgiving in november. Claires andere hand is tot een vuist gebald.

'Wat heb je daar?' vraagt Madeleine.

Claire doet haar hand opent. Haar palm is donker en kleverig, in het midden ligt een smeltend hompje. Madeleine doopt een vinger in Claires palm en proeft de chocola.

Meneer March laat Clare voor straf nablijven. Dit is een waarschuwing. Probeer mijn ware identiteit niet te achterhalen. Ik meen het goed.
Ik ken Clare niet eens.
Het Menselijk Zwaard

Mevrouw McCarroll laat het briefje aan meneer McCarroll zien. 'Het lag op de veranda bij de melk.'

'Claire.' Haar vader wenkt vriendelijk.

Claire wordt op de bank in de woonkamer gezet. Haar moeder staat met gevouwen handen, haar vader zit naast haar en streelt haar hoofd.

'Claire, liefje, heb je problemen op school?'

Claire wordt vuurrood.

'Het geeft niet, snoesje, je kunt het papa en mij rustig vertellen.'

Claire slaat haar ogen neer en trekt met een vinger haar haarband recht. Blair en Sharon kijken elkaar aan.

'Hé, popje?' vraagt Blair.

'Is meneer March niet tevreden over je werk, lieverd?' vraagt Sharon.

Maar Claire wil niet opkijken en ze wil niets zeggen. Ze zit op haar handen en er vallen dikke tranen op haar schoot.

Madeleine wacht tot de kinderbescherming haar met een soort ambulance komt ophalen 'wegens geweldpleging', maar er gebeurt niets. Marjorie Nolan heeft niet geklikt. En op het grote vilten prikbord vooraan in de klas ziet ze dat ze in alle vakken een haas is geworden. Zelfs in rekenen is ze een haas. Nou zullen we het krijgen, chef.

Ze helpt haar vader met het aanharken van de bladeren en bekent dat ze de boom heeft mishandeld. Hij vraagt of ze het op school heeft opgebiecht en ze zegt ja. Hij legt uit dat ze haar woede op de boom heeft gekoeld omdat ze boos was op haar onderwijzer, die hen bang maakte met dat dekking zoeken, en misschien ook omdat ze boos was op de hele grotemensenwereld, die ons bijna in oorlog had gebracht. 'Als we bang zijn en ons machteloos voelen, doen we soms irrationele dingen. Weet je wat "irrationeel" betekent?' Nee, dat weet ze niet. Hij legt het haar uit.

Het was verkeerd om de boom te beschadigen, het was niet 'constructief' en het was niet rationeel. Maar het was dapper van haar om het eerlijk op te biechten. 'Dat heb je goed gedaan, liefje.' Hij is trots op haar.

Ze zegt: 'Ik heb de boom pijn gedaan,' en huilt onbedaarlijk.

Ze wordt gillend wakker. Ze stompte tegen de boom en haar hand zat vol met chocoladebloed.

Ze eindigt de nacht in Mikes kamer.

'Maar als het dan geen oorlog is?' vraagt ze, genietend van de canvaslucht van het harde kampeerbed. 'Dan kan je toch niet vechten?' Ze praten over de toekomst.

'Er is altijd wel ergens een oorlog aan de gang,' antwoordt Mike in het donker. 'En ze hebben mensen nodig om moorden te plegen, maar dat is zo geheim dat je er nooit iets over hoort.'

'En ben je dan een huurder?'

'Huurling.'

Het klinkt heel onschuldig, maar dat is het helemaal niet, denkt Madeleine. Hoe kun je zomaar mensen vermoorden op wie je niet eens kwaad bent, die niet eens je vijanden zijn?

'Het is niet persoonlijk,' zegt Mike, 'je bent een beroepssoldaat, je wordt ervoor betaald. Huurling is trouwens pas mijn derde keus – als me iets overkomt, zeg maar, bijvoorbeeld dat ik een oog kwijtraak zoals papa.'

Madeleine kan in het donker net de ingelijste foto van een elegante CF-104 onderscheiden aan de muur boven Mikes bed. De piloot kijkt uit het raam van de cockpit naar de camera, maar zijn gezicht is niet te zien omdat hij een zuurstofmasker draagt – een geribbelde snuit met bril.

'Wat is je eerste keus?' Madeleine kent het antwoord maar wil niet dat hij in slaap valt.

'Daar hoef ik niet over na te denken,' zegt hij. 'Gevechtspiloot. Dat ga ik over zes of zeven jaar doen.'

'Wat is je tweede keus?'

'IJshockey. Nationale competitie.'
'Als wat?'
'Aanvaller.'
'Ik ben verdediger.'
'Jij doet niet mee, jij bent een meisje.'
'Stel dat ik een jongen ben.'
'Ja, maar dat ben je niet.'
'Nee, maar stel dat.'
'Nou ja...'
'Ja, en ik heet Mike, ik bedoel Mitch, oké? En ik ben eigenlijk een jongen.'
'Je bent niet goed wijs.'
'Doe alsof ik eigenlijk je broer ben, oké?'
'Mitch?'
'Ja Mike?'
'Nee, ik bedoel, weet je zeker dat je Mitch wilt heten?'
'Hoe moet ik dan heten?'
'... Robert.'
'Oké.'

Hij zegt een tijdje niets en Madeleine denkt al dat hij in slaap is gevallen. Dan fluistert hij: 'Hé Rob?'

'Ja?' Haar stem voelt een beetje anders. Niet dieper eigenlijk. Lichter. Als een basketbal die je vanaf de oprit gooit. Als een rode spijkerbroek. Madeleine wacht tot hij verdergaat. Na een korte stilte vraagt hij: 'Wat vind je van Marsha Woodley?'

Madeleine vindt het zo gênant dat ze bijna een gil slaakt en de dekens over haar hoofd trekt, maar dan herinnert ze zich dat ze Rob is. 'Jee, Mike. Ik weet niet. Waarom?'

'Vind je haar... Je weet wel. Bijzonder?'

'Ja.' Madeleine knikt in het donker. 'Ze is een echte dame.'

'Ja, dat vind ik ook.'

Ze aarzelt en zegt dan: 'En Rick is een echte heer.'

'Ja.'

In de stilte die volgt wacht ze tot hij verdergaat, maar ze hoort zijn ademhaling veranderen en weet dat hij ditmaal echt slaapt. Ze valt in slaap en heeft geen nachtmerries. Rob heeft nooit nachtmerries.

Kapitein en mevrouw McCarroll zijn opgelucht wanneer meneer Lemmon de onderwijzer van hun dochter bij zich roept en meneer March de bezorgde ouders gerust kan stellen: 'Claire is een pientere en prettige leerlinge, maar ze neigt een beetje tot dagdromen.'

Kapitein McCarroll bloost en mevrouw McCarroll glimlacht en zegt: 'Dat heeft ze van haar vader.'

Meneer Lemmon laat meneer March het briefje zien. 'Enig idee wie dit geschreven kan hebben?'

Meneer March denkt even na en schudt dan zijn hoofd. 'Ik kan het mijn leerlingen vragen,' biedt hij aan.

'O, doe alstublieft geen moeite.' Sharon bloost.

Kapitein McCarroll zegt: 'We willen haar niet in verlegenheid brengen.'

Meneer Lemmon vraagt of meneer March reden heeft gehad om Claire te laten nablijven, en hij antwoordt dat hij haar en een of twee andere kinderen inderdaad een paar minuten heeft laten nablijven om wat spellingsoefeningen te doen, 'maar zeker niet als straf voor slecht gedrag'.

Meneer Lemmon bedankt de ouders dat ze gekomen zijn en meneer March dat hij de zaak heeft opgehelderd.

Claire hoeft nooit meer na te blijven.

Marjorie Nolan voelt als eerste zijn handen om haar hals. Daarna komt Grace Novotny thuis met blauwe plekken waar niemand iets van zegt. En dat is alles wat je over de vader en moeder van Grace hoeft te weten.

DEEL TWEE

Overvliegen

NAZOMER

Welke zinnen zijn correct? (a) Herfst is hetzelfde als nazomer. (b) Najaar is hetzelfde als herfst. (c) De nazomer komt voor de herfst. (d) De herfst luidt de nazomer in.

BEGRIP ONTWIKKELEN BIJ HET LEZEN, MARY ELEANOR THOMAS, 1956

De rouwkransen zijn verlept aan de voet van de cenotaaf in Exeter, vilten klaprozen zijn van reversspeldjes gevallen en in de goot beland tussen zachte hopen herfstbladeren, waaruit voor het laatst een vochtige lucht van aarde opstijgt voordat de winter alle geur en grond in slaap brengt. Daarboven hebben de resterende bladeren hun glans verloren, schraal en haveloos klampen ze zich vast aan magnifiek vertakte bomen die om vijf uur 's middags scherp afsteken tegen een oranje lucht. November. Twee minuten stilte op het elfde uur van de elfde dag van de elfde maand, om het eind te gedenken van de oorlog die in 1918 een eind moest maken aan alle oorlogen – en alle andere oorlogen die sindsdien zijn gevoerd. De stilte schijnt ook het sein te zijn geweest voor de diepe winterslaap die zich als een deken over het land heeft gelegd. Ssst, de winter komt eraan. In de lucht hangt de onmiskenbare geur van sneeuw.

Madeleine kan het ruiken en ze neemt aan dat Colleen het ook ruikt. In het park is het koud en het wordt al donker. Koud genoeg voor wanten, maar wie denkt eraan om wanten te dragen als het nog niet heeft gesneeuwd? Colleen heeft nog blote voeten in haar versleten gymschoenen. Madeleine is negen geworden. Een listig getal, dat voor zichzelf kan zorgen. Ze heeft een slaapfeestje gegeven en voelde zich schuldig dat ze Colleen niet had uitgenodigd, maar ze kon zich Colleen niet samen met haar andere vriendinnen voorstellen, in een babydoll en met krulspelden, in kleermakerszit en pratend over jongens. En Madeleine zou niet geweten hebben wie ze moest zijn. Bovendien heeft ze het gevoel dat de tijd die zij en Colleen samen doorbrengen iets aparts is. Iets persoonlijks.

Ze zitten nu gehurkt aan de rand van het park achter Colleens huis. Het park grenst aan een paar achtertuinen, onder andere die van Philip Pinder, waar vanavond een hert ondersteboven aan een boom hangt. Koud bloed druppelt uit zijn bek in een metalen emmer. Zijn ogen staren en aan zijn neus hangt een druppel. Hij loopt leeg. Terwijl hij langzaam hangt te draaien aan het touw en de katrol kun je zien waar hij is opengesneden, alsof hij de rits van zijn hertenpak omlaag heeft getrokken, zoals in een tekenfilm. Al zijn ingewanden liggen op een hoop in een plastic emmer, groen en bruin en roze. Het is afschuwelijk. Niet het hert. Maar wat ermee gedaan is.

Vanaf de wippen in het park leek het of het hert niet echt was. Of je kon in elk geval zeggen: 'Dat is een hert dat Philips vader heeft geschoten,' en het bijna normaal vinden, want jagen is normaal. Maar toen Madeleine dichterbij kwam en het hert langzaam zag ronddraaien aan zijn achterpoten, was het anders. Het leek niet normaal. Maar Philip, zijn oudere broer Arnold, hun vader, hun moeder en hun oom Wilf zijn allemaal in de tuin; ze zijn bezig met het hert en gedragen zich normaal. Alleen wat ernstiger dan anders, zoals je ook zou doen wanneer je bijvoorbeeld aan het oefenen was om je nieuwe Airstream-caravan achteruit de oprit op te rijden: 'Ik doe dit niet om op te scheppen. Dit is werk.'

Een buurman merkt op: 'Dat is een flink hert, Harve.' Maar Madeleine kan zien dat de buurman zich een beetje geneert en beleefd probeert te zijn door over een dood hert iets te zeggen wat je normaal over een tuin zou zeggen. 'Dat is een flinke rododendron, Harve.'

Terwijl Colleen en Madeleine treuzelen, komt er nog een stel vaders, en zij lachen openlijk en willen het hele verhaal horen. Ze hebben een blik in hun ogen die Madeleine kent uit televisieprogramma's: zo kijken mannen vlak voor ze fluiten naar een mooi meisje op straat. Philips vader werkt door en negeert de andere mannen min of meer. Hij vertelt het verhaal in het kort, op rustige toon, en neemt bijna gedachteloos een biertje aan. 'Potverdrie!' zeggen ze en staren naar het hert. 'Een pracht van een beest, Harve.' Philip haalt dingen voor zijn vader, met een rare grijns op zijn gezicht. Hij tilt de emmer met ingewanden op, braakt er zogenaamd in en biedt hem Madeleine en Colleen aan.

'Philip,' waarschuwt zijn vader zachtjes. Philip zet de emmer neer en kijkt zijn vader aan, die inmiddels bezig is stukken vlees van het hert te snijden. 'Help je me een handje of speel je liever met de meisjes?'

Philip wordt rood en negeert Madeleine en Colleen vanaf dat moment. Dat doen alle andere mannen en jongens ook – er zijn geen vrouwen meer buiten nu het donker wordt. De hemel is triest en mooi, vol oranje strepen waar de zon is ondergegaan. Iemand draait een plaat, uit een raam twee of drie huizen verder komt muziek aanzweven, 'Bali Hai' roept... Arnold Pinder zit nu met een verlengsnoer in de boom om een lamp op te hangen boven het hert. De mannen zijn vergeten dat Madeleine en Colleen er zijn. Twee spionnes.

Madeleine weet dat meisjes hier niet mogen komen. Vrouwen evenmin. Zij zullen het vlees braden en opdienen, maar hier horen ze niet. Niet vanwege het in stukken gehakte hert – nu halen ze zijn kop eraf – 'Wacht even. Ik heb hem, oké... Dat ding is loodzwaar' – maar zoals een ouder meisje of een vrouw ook niet in een herenkapperszaak hoort te komen. Laat staan in een kroeg. Dat zijn oorden voor mannen. Madeleine weet dat de dagen waarop ze haar vader naar de kapper vergezelt geteld zijn. Deze achtertuin is een oord voor mannen geworden.

Er gaat een kort gejuich op als ze wat er nog over is van het hert lossnijden, optillen en op een zeil leggen. Philips vader buigt zich met een beugelzaag over het karkas. De meisjes kunnen niet langs de mannen en jongens heen kijken, die nu ontspannen met een biertje of een cola om het zeil heen staan, maar ze zien Arnold Pinder om de hoek van het huis komen. Hij houdt zijn hond Buddy bij de halsband vast, en Buddy loopt praktisch op zijn achterpoten en trekt Arnold mee naar het zeil. Meneer Pinder komt overeind en gooit een stok naar Buddy, die een sprong neemt en ermee vandoor gaat. Het is geen stok, het is een poot.

Madeleine stoot Colleen aan, maar Colleen haalt haar schouders op. Madeleine weet dat het hert vermoord is. Maar Colleen zou dat nooit zeggen. Ze geeft zelden haar mening, al is het voor Madeleine duidelijk dat ze er altijd een heeft. Niet zomaar een mening, maar het juiste antwoord. Ze wil het alleen niet zeggen, dat is het vervelende. 'Als jij het niet weet, wat heeft het dan voor zin dat ik het je vertel?'

'Dat is een stom antwoord,' durfde Madeleine onlangs te zeggen.

Waarop Colleen haar wenkbrauwen optrok en flauwtjes glimlachte met een scheve mond.

Colleen kan een mooie strakke klodder spuug afvuren met de punt van haar tong. Dat doet ze nadat ze haar mening heeft gegeven, stilzwijgend of anderszins. Ze doet het nu ook en zegt: 'Mijn broer heeft een keer een hert geschoten.'

Even vraagt Madeleine zich af wie Colleen bedoelt, want het beeld van Ricky gaat niet samen met het schieten van een hert.

'Ricky?'
'Hoeveel broers heb ik?'
Madeleine weet dat Roger en Carl niet meetellen. Dat zijn baby's.
Ze slikt. 'Waarom?' Colleen geeft geen antwoord. Madeleine vraagt: 'Om op te eten?'
Colleen is opgestaan en wandelt weg. Madeleine volgt. Ze glippen de kilte van diepere schaduwen in en lopen de glooiende helling op, door gras dat vezelig aanvoelt onder je voeten sinds de komst van de vorst.
Ze volgt Colleen naar de klimrekken en de draaimolen, die feeëriek en geheimzinnig glinsteren nu het avond is. De kale plek in de eik licht wit op in het duister, en ze steekt haar hand uit om de wond in het voorbijgaan te strelen. *Gauw beter worden.*
Het donker doet de schommels groter lijken – twee gigantische metalen A's met daartussenin een galg. De wippen hangen schrijlings aan de stang als bokkende wilde paarden, de smalle glijbaan glanst geniepig, alles zegt: 'Kom maar op als je durft.' Madeleine realiseert zich met een schok van opwinding hoe laat het is, ze beseft nu pas dat ze allang thuis had moeten zijn. Haar ouders zullen inmiddels wel vertrokken zijn, die gingen bij de Woodleys op bezoek. Ze is de tijd vergeten, dat komt door de zonsondergang en het elektrische licht in de boom, de muziek, de mannen, de jongens. En het hert.
'Hij moest het wel doodschieten,' zegt Colleen, die over de wip loopt tot ze halverwege in evenwicht is.
Madeleine volgt. 'Waarom?'
'Om het uit zijn lijden te verlossen.'
Ze staan rug aan rug op het midden van de wip en lopen langzaam ieder een kant op, alsof ze een duel gaan uitvechten, terwijl ze de plank perfect in evenwicht proberen te houden. Dan draaien ze zich voorzichtig om en gaan met hun gezicht naar elkaar toe staan. Het is de bedoeling om zonder waarschuwing op de grond te springen, zodat je tegenstandster, als ze niet vlug genoeg is, naar beneden stort. Ze doen het om de beurt. Het donker omstraalt hen. Het enige licht komt van de huizen en straatlantaarns buiten het park, en van een maansikkel die verder weg lijkt dan ooit in de zwarte lucht. Nu mogen er bepaalde vragen worden gesteld die overdag ontoelaatbaar zouden zijn. Madeleine hoort haar eigen stem in de koude heldere avond – een geluid alsof er een geweer wordt opengeklapt. 'Zijn jullie indianen?'
Colleen lijkt de vraag niet gehoord te hebben. Ze staat aan haar kant van de wip.
Madeleine slikt en zegt: 'Ik vind het niet erg, want ik houd van indianen.'

Ze kan Colleens gezichtsuitdrukking niet lezen. Haar huid is 's avonds donkerder, haar blauwe ogen zijn lichter.

Colleen zegt: 'We zijn Métis.'

Madeleine wacht op meer, maar Colleen kijkt haar zwijgend aan. Het is een spel.

'Wat is dat?'

'Weet je wat een halfbloed is?'

Madeleine knikt.

Colleen zegt: 'Gebruik dat woord nooit.'

Madeleine wacht.

'Ooit van Louis Riel gehoord?'

Madeleine schudt haar hoofd.

'Hij was een rebel. Hij vocht tegen de kolonisten.'

'Wat is er met hem gebeurd?'

'Hij is opgehangen.'

Madeleine staat gespannen te wachten, als een jager, of een hert, klaar voor de sprong...

'Dieu merci!'

Ze draait zich om bij het horen van haar moeders stem, net op het moment dat Colleen springt, zodat ze met een klap tegen de grond slaat, maar ze geeft geen kik. Ze wordt onmiddellijk opgeraapt en gesmoord in een omhelzing. Ze voelt haar moeders borst, zacht en verend, het kloppende hart onder de zijden stof, ze ruikt haarlak en parfum. Het volgende ogenblik wordt ze ruw weggeduwd, rondgedraaid, op haar achterste geslagen en aan de hand mee naar huis gesleurd. Haar moeder loopt te huilen en belooft Madeleine 'een flink pak slaag van *ton père*', een loos dreigement, zoals Madeleine heel goed weet, maar er blijkt wel uit hoe erg haar moeder van streek is – 'doodongerust!' Haar ivoorwitte hoge hakken zakken bij elke stap in de aarde en werpen kluitjes modder en gras op.

Dan zijn ze bij het trottoir en Madeleine kijkt om, maar Colleen is verdwenen.

Vijf dagen later slaat het weer om. 's Ochtends een paar sneeuwbuien. Dikke vlokken hebben de hele dag langs de ramen van de school gedwarreld, en 's middags kwamen er donkere wolken opzetten en wakkerde de wind aan. De sneeuw stuift als zand over het schoolplein en hoopt zich op tot miniatuurduinen naast de glijbaan, de werpheuvel, de fietsenrekken en autobanden. De klas maakt sneeuwvlokken in de tekenles. Neem een stevig vel wit papier, vouw het netjes dubbel, teken een halve sneeuwvlok, knip hem uit, prik er dan voorzichtig met de punt van de schaar een heleboel kleine gaatjes in en vouw het papier open. Wonderbaarlijk.

De eerste sneeuw is altijd een verrassing. Het begint 's nachts, en 's ochtends wekken ouders hun kinderen: 'Kijk eens naar buiten!' Alles wordt erdoor bedekt, bomen, huizen, tuinen en fietsen. De sneeuw brengt alles en iedereen bij elkaar, zelfs geluiden – een frisse witte verstilde wereld waarin het rollen van banden intiem klinkt, elk gefluisterd woord en elke vogelkreet deel uitmaken van hetzelfde verhaal. Huizen en auto's gluren naar buiten onder witte spreien die zich plooien bij dakranden en koplampen, en druppelend in ijspegels veranderen. Op de gazons, nu één groot gazon, nemen rondingen en contouren vorm aan, mysterieuze, onverwachte zwellingen.

Na het ontbijt hullen de kinderen zich in sneeuwpakken en ijsmutsen; gewatteerde, rechthoekige figuurtjes met pinguïnarmen stappen de winterzon in en maken gretig doch spijtig de eerste sporen. De vogels zijn hen voor geweest met hun drietenige afdrukken, maar verder is de wereld ongerept. Straks zal de sneeuw vuil en pokdalig zijn, worden opgerold tot sneeuwpoppen, opgestapeld tot sneeuwforten, platgedrukt tot sneeuwengelen, het gras zal tevoorschijn komen in groene plekken en strepen. Er is de bijzondere geur van aarde, gefilterd door de vochtige wol van dassen bezaaid met pareltjes bevroren adem, de smaak van sneeuw op wollen wanten.

's Middags stijgt er damp op van glimmende zwarte opritten, de laatste witte brokken glijden log van een brievenbus, de rand van een veranda. Oververhitte kinderen trekken hun rits open als ze naar huis waggelen, maken hun overschoenen los, houden hun muts in de hand.

'Dit zal de vogels in verwarring brengen,' zegt een dame in de winkel, waar Jack houtskool komt kopen. De McCarthy's hebben vanavond een barbecue. 'De laatste van het seizoen,' zegt Jack.

Het is een milde avond. En hoewel Madeleine zich geneert dat zij het enige gezin zijn dat barbecuet in de smeltende sneeuw, moet ze bekennen dat de kip die naast de achterdeur aan het spit draait onweerstaanbaar ruikt. De manier waarop haar ouders zich altijd gedragen wanneer ze zoiets idioots doen, maakt dat ze zich nog erger schaamt en zich tegelijk volmaakt gelukkig voelt. Haar moeder die zonder aanleiding lacht, haar vader die reageert met een knipoog; maman die van achteren haar armen om zijn middel slaat, zoals ze altijd doet wanneer hij kookt of iets doet wat eigenlijk vrouwenwerk is. Hij pocht dat alle beroemde koks van de wereld mannen zijn, en zij bijt in zijn oorlelletje. Madeleine en Mike kijken elkaar met rollende ogen aan.

HUISBEZOEKEN

Op zekere dag schrijft Willie een briefje voor de melkboer, en ze schrikt als ze ziet wat ze geschreven heeft: alleen het woordje 'Help'.

AANKONDIGING IN DE TV-GIDS VAN THE TRAPPED HOUSEWIFE, MET MICHAEL KANE ALS 'DE STEM VAN DE DOKTER', 1962

Jack voelt zich zo langzamerhand een soort chauffeur. 'Loopjongen' is een te negatieve term, vooral als je bedenkt dat hij Oskar Frieds enige contactpersoon is. Maar het zou wel helpen als de man wat toeschietelijker was. Jack heeft al heel wat kilometers afgelegd met de Rambler. Zelfs in de stad. Fried wil nergens te voet heen en hij wil ook geen taxi nemen. Hij heeft zijn best gedaan Jack zover te krijgen dat hij achter het stuur mag zitten, maar Jack is niet van plan Fried te laten rijden zonder rijbewijs – stel dat ze door de politie werden aangehouden?

Autorijden bevordert de conversatie, maar Fried zegt geen boe of ba. Jack verduurt zijn zwijgende profiel tijdens de eentonige ritten, naar de Niagarawatervallen, de Botanische Tuinen, de kas in Storybook Gardens; een of twee keer per week maken ze 's middags een uitstapje, ze hebben zelfs een keer gedineerd en zijn naar een wedstrijd van de Leafs geweest in Toronto – hij had Mimi verteld dat hij naar een receptie op de universiteit was. Tim Horton was uitstekend in vorm en Gordie Howe speelde geweldig; het had leuk kunnen zijn, maar Fried is saai gezelschap en Jack wenste verbitterd dat hij in plaats van hem zijn zoon had meegenomen. Hij voorzag alles van deskundig commentaar, terwijl Fried naar de eerste ijshockeywedstrijd van zijn leven keek met de gespannen aandacht van een leguaan. Het was onmogelijk na te gaan of hij zich al dan niet amuseerde. Op de terugweg naar London zei Fried: 'Ik houd deze auto.' 'Pardon?' 'Jij leent mij deze auto.' 'Nee, dat zal niet gaan, het spijt me.' En Frieds zwijgen werd nog ijziger.

Fried maakt een fles wijn soldaat, doet zich te goed aan een entrecote, maar niets kan zijn tong losser maken. Jack betaalt de rekening, want Fried schijnt geen geld bij zich te hebben. En hij verzuimt nooit om telefonisch een boodschappenlijst door te geven, zodat Jack altijd met zakken vol spullen bij de flat aankomt. Cognac, een nieuw pakje tabak... dat tikt aan.

Simon heeft het hem terugbetaald, maar in de tussentijd zat Jack met een netelig probleem dat Simon niet heeft kunnen voorzien: Jacks salaris wordt door de boekhouding rechtstreeks naar de bank overgemaakt, en hij en Mimi hebben een gezamenlijke rekening. Dat heeft niet ieder echtpaar, maar een hecht team als Jack en Mimi wel. Als Jack bijna honderd dollar uitgeeft die hij niet kan verantwoorden, zou dat bij Mimi vragen oproepen.

Hij heeft zich uit deze lastige situatie gered door aan de luitenant van de boekhouding een voorschot te vragen. Dat is niet ongewoon, daar wordt niet moeilijk over gedaan. Een week later stuurde Simon het geld en Jack kon het op dezelfde dag waarop de rest van zijn salaris werd overgemaakt op de bank storten. Maar toen Mimi veertien dagen later aan de eetkamertafel de rekeningen controleerde – hij heeft een diploma bedrijfskunde, maar zij gaat thuis over de financiën – keek ze op en vroeg ze waarom zijn salaris in twee gedeelten was overgemaakt. Hij zei dat de boekhouding een fout had gemaakt: hij had honderd dollar te weinig gekregen en dat was weer rechtgezet. Dat geloofde ze, en waarom ook niet?

Maar het zat hem niet lekker.

Na zijn eerste uitstapje met Fried stond hij met zijn mond vol tanden toen zijn vrouw tijdens het eten vroeg wat hij in Storybook Gardens had gedaan. Hoe wist ze dat? Was ze in London geweest? Had ze hem met Fried gezien? Hij voelde dat hij rood werd. Ze gaf antwoord voor hij zijn vraag kon stellen. Het bleek dat er een stomme sticker op de achterbumper van zijn auto zat. Het zwarte silhouet van een kasteeltoren tegen een felgele achtergrond. Het was hem niet opgevallen toen hij terugkwam op het parkeerterrein, na eindeloos te hebben gewacht terwijl Fried zwijgend voor een stel potplanten in de kas stond. Hij vertelde Mimi dat hij een broodje had gepakt en even zijn benen was gaan strekken tussen twee vergaderingen in. Ze vroeg niet verder, en haar gedrag nadien verried geen argwaan. Er waarom zou ze argwaan koesteren?

Toch zit het Jack dwars dat hij zich in zijn eigen huis schuldbewust in bochten moest wringen. Het voelde niet als een 'tactische' leugen, het voelde gewoon... minderwaardig. Hij is kwaad op Oskar Fried omdat die stelselmatig weigert bij hem thuis te komen, op te houden met dat geheimzinnige gedoe en kennis te maken met Mimi en de kinderen in een geloofwaardige en sympathieke rol, zodat Jack de man in alle redelijkheid af en toe kan helpen. Fried weigert de betrekkingen te normaliseren. Jack heeft overwogen Mimi in vertrouwen te nemen, maar dat zou hij eerst met Simon moeten overleggen en hij zou zich belachelijk voelen als hij Simon toestemming vroeg om het zijn vrouw te vertellen omdat hij zich een achterbakse schooljongen voelt. En Mimi moet zich geen zorgen hoeven maken over een Russische overloper die op de vlucht is voor de KGB, na alles wat ze net hebben doorstaan vanwege Cuba.

De weekends reserveert hij voor zijn gezin en zijn werk lijdt er niet onder, maar hij heeft wel Mikes eerste ijshockeywedstrijd van het seizoen gemist. Toen hij naar Winnipeg ging voor een bespreking met het Air Operations Center van het Training Command was hij opgelucht: vier hele dagen zonder een telefoontje van Fried. Zonder boodschappenlijst of leugen. Hij was niemands loopjongen. Niemands chauffeur.

Wetenschapsmensen zijn nieuwsgierig, zegt men. Fried heeft Jack niet één vraag gesteld over zijn werk of zijn leven in Noord-Amerika, afgezien van puur praktische dingen. Jack voelt zich onzichtbaar. Hij herinnert zich de korte alinea die hij heeft gelezen over werknemers in wetenschappelijke beroepen. *Niet sociaal, niet betrokken*. Hij vindt dat er een onaangenaam luchtje zit aan Frieds gedrag. Wat eerst angst leek, heeft zich ontwikkeld tot iets dat veel weg heeft van arrogantie. Misschien is het louter wrok of frustratie over het feit dat hij jarenlang onderhorig is geweest aan het sovjetsysteem. Misschien is de stakker niet in staat tot geluk. Jack prent zichzelf in dat Fried een raketdeskundige is, geen kandidaat voor de titel Miss Glimlach.

Als hij dan tenminste maar over die stomme raketten wilde praten, desnoods in de meest algemene termen. Jack vroeg hem iets over de Amerikaanse luchtmacht, maar Fried zei alleen: 'Ik prefereer de NASA.' Even voelde Jack zich gesticht – hier was een geleerde die ervan droomde bij een civiele ruimtevaartorganisatie te werken, die alleen geïnteresseerd was in zuivere wetenschap en een mens naar de maan wilde sturen omdat de maan er nu eenmaal was. Maar dat gevoel was niet van lange duur. Jack kon geen woord meer uit hem loskrijgen over het onderwerp. Toen Simon hem vertelde dat hij zou optreden als 'huishoudelijk agent', had Jack zich niet gerealiseerd dat hij dat letterlijk moest opvatten. Wat deed jij in de Koude Oorlog, papa? Ik deed boodschappen.

De hele maand november probeert Jack zichzelf te verdelen tussen zijn gezin, zijn werk en Fried. Hij begint vermoeid te raken, niet zozeer van wat hij doet als wel van alle kleine leugentjes. Die laten sporen na. Wanneer Mimi 's avonds zijn nek masseert om de last van het overwerk te verlichten, kan hij niet echt genieten van haar rustgevende aanraking. Hij heeft weer last van een vaag schuldgevoel. Terwijl hij toch op geen enkele manier over de schreef gaat – hij pleegt geen overspel. Maar hij is zich ervan bewust dat hij aan alle voorwaarden voldoet die nodig zijn voor het plegen van overspel; hij heeft wel de lasten, maar niet de lusten. Die laatste gedachte is hem onwaardig en dringt zich ongevraagd op.

Daar hij net zo bedreven is in het observeren van zijn eigen gedrag als dat van anderen, beseft hij dat zijn denkproces is veranderd. Hij weet dat hij bezig is groeven en patronen te creëren, paden van bedrog waarvan hij gezworen heeft dat hij ze maar één keer en alleen voor dit doel zal gebruiken – maar de paden zullen blijven bestaan. Hoe lang zal het duren voor ze overwoekerd raken en onder het gras verdwijnen? Hij zet het van zich af door zichzelf als volkomen normaal te bestempelen. Een gewone man met een goed geweten. Hij houdt er domweg niet van om tegen zijn vrouw te liegen.

Ten slotte vindt Jack een gedeeltelijke oplossing: televisie. Hij vertelt Simon dat Fried wel een tv-toestel kan gebruiken, al was het maar om zijn Engels te verbeteren of de eenzaamheid te verlichten. Hij zegt er niet bij dat Fried, net als zijn orchideeën, niets of niemand nodig schijnt te hebben – behalve op het gebied van vervoer. Simon stuurt geld en Jack koopt een nieuwe RCA Victor voor Fried, die zorgvuldig een orchidee loswikkelt van de sprietantenne. Als Jack vertrekt zit hij naar *The Beverly Hillbillies* te kijken, even onaandoenlijk als altijd. 'Tot kijk, Oskar, bel maar als je iets nodig hebt.' Jack lacht in zijn vuistje als hij de deur achter zich dichttrekt. Fried heeft niet eens de moeite genomen om op te staan en de grendel op zijn plaats te schuiven.

Na middernacht gaat de telefoon. Mimi is eerder beneden dan hij. Hij vraagt wie het was, maar ze weet het niet. 'Er werd meteen opgehangen.' De telefoon gaat weer. Jack grist de hoorn van de haak en zegt tegen Oskar Fried dat hij verkeerd verbonden is. Daarna zegt hij tegen zijn vrouw: 'Mooi is dat, nu ben ik klaarwakker. Ik denk dat ik even een ommetje ga maken.'

'Zo laat nog?'

'Waarom niet? Lekker rustig.'

Hij trekt zijn broek aan en gaat naar buiten, begint te rennen zodra hij de hoek om is en belt Fried terug vanuit de telefooncel bij het exercitieterrein. Fried belde omdat er iets mis was met zijn nieuwe televisietoestel. Op het scherm is een plaatje van een indiaan verschenen en dat gaat niet meer weg. Op elk ander moment zou Jack in de lach zijn geschoten. 'Dat heet een testbeeld, Oskar. Tot morgenochtend zijn er geen programma's meer. Ga maar naar bed.'

FRÖHLICHE WEIHNACHTEN

In het park achter het huis van de Froelichs is de glijbaan maar half zo hoog door alle sneeuw, en de schommels zitten vast in opgewaaide sneeuwhopen. Kleine kinderen, hun enkels naar binnen geklapt, schaatsen op postzegelgrote ijsbaantjes die hun vaders hebben opgespoten in de achtertuin. Onder hen ook Claire McCarroll, die op haar nieuwe schaatsen voorzichtig naar de uitgestoken handen van haar vader loopt – dit is haar eerste Canadese winter. In de eetkamer van de McCarthy's doet de opstijgende warmte van de adventkaarsen de koperen engeltjes draaien aan hun wiel, elke zondag, als er weer een vlam bij komt, gaan ze een beetje sneller. Madeleine en Mike maken om beurten de kartonnen luikjes open op de beduimelde adventkalender die Mimi voor het vijfde achtereenvolgende jaar op de koelkast heeft geplakt. De chocolaatjes die erbij hoorden en verstopt zaten achter de dagen van de maand zijn allang op, maar de plaatjes zijn er nog: een hond, een kaars, een kerstboom... Ze leiden allemaal naar de vierentwintigste, wanneer het kindje Jezus zichtbaar wordt. Bovenaan staat, in middeleeuws schrift, '*Fröhliche Weihnachten*'. Vrolijk kerstfeest, uit het land van '*O Tannenbaum*'. Mimi heeft geprobeerd de kalender te vervangen door een nieuwe, maar de kinderen willen er niet van horen.

Jack gaat naar de ouderavond met Mimi en voelt zich lichter dan in maanden het geval is geweest. Mike doet het redelijk op school, maar hij kan beter. 'Hij moet zich meer inspannen,' zegt juffrouw Crane. Ze vreest dat hij een beetje te veel optrekt met Arnold Pinder, misschien meer dan wenselijk is. Maar ze is op Mike gesteld. Ze mag geen lievelingetjes hebben, maar hij is er beslist een. Een aardige jongen. Een jongen met een goed hart. Jack kijkt even naar Mimi. Ze straalt.

Madeleine mag dan een slechte start hebben gemaakt, ze heeft de schade ruimschoots ingehaald: haar rapport was het waard om in te lijsten. Jack kijkt van de bemoeizieke vilten dieren op het prikbord naar de saaie onderwijzer die tegenover hem zit. Een slappe grijze man met waterige ogen – een walrussnor zou hem niet misstaan. Hij is het type dat op de speelplaats werd gepest en later als volwassene wraak neemt in de klas. Op de een of andere manier lukt het Jacks dochter om iets te leren van deze hansworst. Het maakt Jack nog trotser op haar.

Na de eerste week hangt er al een hele verzameling kerstkaarten aan touwtjes tussen de woon- en de eetkamer, en boven de open haard komen de kousen waarop Mimi jaren geleden in Alberta hun namen heeft geborduurd: Papa, Maman, Michel, Madeleine. Het kerststalletje staat op de schoorsteen, genesteld in wattensneeuw. Ze hebben het in 1958 in Duitsland gekocht, en Madeleine kan er nog steeds uren naar kijken. Een engel waakt over de houten stal, waarvan de vloer bezaaid ligt met stro; in en om de stal slapen en grazen koeien en schapen van beschilderd aardewerk, terwijl Jozef en Maria aan weerszijden van het lege kribje knielen – het kindje Jezus blijft tot eerste kerstdag verscholen in de la van mamans naaitafel. Herders hangen rond buiten de stal, en Madeleine geeft ze elke dag een andere plaats, net als de dieren. Ze komt hevig in de verleiding het tafereel uit te breiden met een paar soldaatjes van Mike. De Drie Koningen zijn op kamelen onderweg vanaf het verste eind van de schoorsteenmantel, maar Madeleine improviseert, ze laat hen enorme afstanden afleggen over de eetkamertafel en door de woestijn van de keukenvloer, waarna ze stranden op de koelkast, de Noordpool – zeker een verkeerde afslag genomen in Albuquerque. Sorry, God. Een van de Drie Koningen is zwart en heeft een baard en een paarse mantel. Dat is haar lieveling. *Wij zijn Drie Wijzen en komen van verre, we rookten een sigaar, die klapte uit elkaar, nu zien we alleen nog maar sterren...* Het is onmogelijk om niet aan die tekst te denken als je naar de kerststal kijkt. Madeleine verjaagt de godslasterlijke woorden door aan het kindje Jezus te denken, voor wie ze een vurige liefde koestert. Ze knielt voor de naaitafel, buigt haar hoofd tegen de la waar Hij ligt te wachten om geboren te worden, en krijgt tranen in haar ogen als ze bidt dat niemand Hem ditmaal kwaad zal doen.

Het huis begint al helemaal naar Kerstmis te ruiken. Mimi heeft het druk met bakken: zandtaart, kokoskoekjes, kandijkoekjes, 'bolhoedjes' – dadeltaartjes met glazuur die op hun naamgenoot lijken. De kinderen gebruiken de uitsteekvormpjes om kerstklokken, sterren en sneeuwpoppen te maken, die ze versieren met takjes groen en rode cocktailkersen. Op het aanrecht stapelen de feestelijke blikken zich op, vetvrij papier piept onder de deksels uit. Mimi haalt de eerste vleespastei uit de oven – pikant gekruid en om van te watertanden, de Québécois noemen het *tourtière* – en gaat dan aan het werk met *les crêpes râpées*. Op een bepaald moment zal ze iedereen naar de kelder roepen om het beslag voor de kerstcake een keer om te roeren – het staat al sinds november te gisten.

Mimi en Jack lezen Madeleines brief aan de kerstman en barsten in lachen uit. Hun kleine meid wil een klapperpistool met holster 'of een ander pistool, het maakt niet uit wat', een skateboard en een walkietalkie. In een beleefd PS herinnert ze de kerstman eraan dat ze in de loop der jaren al genoeg mooie poppen van hem heeft gekregen, waarvoor ze hem nogmaals hartelijk bedankt.

Jack hangt de kerstverlichting op met een minimum aan binnensmonds gevloek, hij leent een ladder van Henry Froelich en telt de doorgebrande lampjes zodat hij weet hoeveel nieuwe hij moet kopen bij Canadian Tire. Hij neemt de kinderen mee om een boom uit te zoeken in het tijdelijke dennenbos dat op het kermisterrein van Exeter is verrezen. Dikke vlokken vallen alsof Frank Capra er het teken voor gaf. Ze kiezen er een die niet helemaal volmaakt is, want ze vinden het een naar idee als deze dappere maar beschadigde boom deze kerst niet wordt meegenomen en gekoesterd. De kale plek kan altijd naar de muur worden gedraaid.

Jack haalt de kerstboomstandaard tevoorschijn, die hij ieder jaar dreigt weg te gooien omdat het ding duidelijk is ontworpen 'door een Fransman' die uit was op maximale frustratie, en volvoert met hulp van zijn zoon het jaarlijkse technische hoogstandje: bijsnijden, bijknippen, zagen en rechtop zetten. 'Voorzichtig, Jack, ik wil niet dat je er met Kerstmis weer uitziet als een zeerover.' Hij schudt gemaakt zielig zijn hoofd bij de herinnering aan de keer dat hij een dennennaald in zijn goede oog kreeg en tot nieuwjaarsdag met een lapje voor zijn oog liep. Dat was het jaar waarin ze allemaal griep hadden en Madeleine tandjes kreeg. 'Dat was een van onze mooiste kerstfeesten, weet je nog, vrouwlief?' Hij kust haar. Zij zegt: 'Hij staat nog steeds te ver naar rechts.' Hij zet de elektrische ster bovenin, hangt de lichtjes op, steekt de stekker in het stopcontact en krijgt een applausje van zijn vrouw en kinderen.

Twee weken voor Kerstmis gaat het gezin op een zaterdag naar London. Ze hebben zich in groepjes gesplitst, Jack gaat met Madeleine een cadeau voor haar moeder kopen, Mimi gaat met Michel iets voor zijn vader kopen. Daarna zullen ze elkaar weer treffen tegenover de chocolaterie voor Simpson's en wisselen. Madeleine koopt een kikker van aardewerk voor haar moeder, met een wijd opengesperde bek waar een pannenspons in past.

De straatlantaarns gaan aan, en daarmee ook de elektrische sterren en reuzenkaarsen die aan bogen boven de straten hangen en een veelkleurig schijnsel op de drommen mensen werpen. Uit een luidspreker bij de ingang van het marktgebouw komen kerstliedjes, *Hoort de eng'len zingen d'eer...* Madeleine legt haar hand in de enorme zwarte handschoen van haar vader en samen bekijken ze de etalage van Simpson's, waar een trein met speelgoed door een winters wonderland rijdt, teddyberen op een bevroren vijver schaatsen en een jazzcombo van katten musiceert onder een kerstboom.

Ze kiest haar woorden zorgvuldig. 'Sommige kinderen in mijn klas geloven niet in de kerstman.'

Jack weet dat het een test is. 'O? Waarom niet?'

Ze somt de argumenten op: al die cadeaus passen niet in één slee, één persoon kan nooit in één nacht de hele aardbol afwerken. Bij wijze van antwoord vraagt Jack haar om eens na te denken over het verschijnsel tijd. Wat wij als het heden ervaren, is misschien eigenlijk het verleden. Misschien kunnen wij de dingen pas waarnemen nadat ze zijn gebeurd, en lijken we in dat opzicht op de sterren: weerkaatsingen van iets wat al voorbij is. 'Daarom bestaan er helderzienden, mensen die in de toekomt kunnen kijken. En daarom kunnen sommige mensen in de tijd reizen. Zoals de kerstman.'

'Dus... we zouden nu al dood kunnen zijn?' vraagt Madeleine.

Jack lacht. 'Nee, dat niet, wat ik bedoel is...' Hij kijkt van boven op haar neer. Ze heeft hem mooi te pakken. Hij wordt plotseling overvallen door de herinnering aan een dag die nog ver in de toekomst ligt – of misschien al in het verleden – waarop ze volwassen zal zijn en hem zal verlaten. Niet meer zijn kleine meid, die gelooft dat hij op alles een antwoord heeft. Vocht verzamelt zich in de hoek van zijn slechte oog; hij knippert het weg en zegt: 'Ik denk dat we moeten concluderen dat alles mogelijk is. Maar dat, als de kerstman niet bestaat, we hem zelf moeten verzinnen en van het idee moeten genieten.'

'Geloof jij in hem?'

'Ik geloof in het idee.'

'Ik ook,' zegt ze opgelucht; Kerstmis is nog ongeschonden, ze hoeft niet te liegen.

Als ze vlakbij een bel horen klingelen, draaien ze zich om en zien een collectant van het Leger des Heils. Jack zoekt in zijn zak naar kleingeld, en net op dat moment komt Oskar Fried het marktgebouw uit, met een krant onder zijn arm en een pijp in zijn mond. Dus die zak gaat wel degelijk de deur uit, hij draagt alleen liever niet zijn eigen boodschappen. Jack staat op het punt een groet te roepen als zijn vrouw en zoon komen aanlopen... 'Niemand mag in zakken of tassen kijken tussen nu en Kerstmis,' zegt Mimi zogenaamd streng, en hij glimlacht. 'Hoe ging het? Zijn jullie geslaagd?'

Fried steekt over, hij ziet Jack en wendt zijn hoofd af. Jack is zelf verbaasd over de woede die in hem opkomt. Hij ervaart het als een klap in zijn gezicht, deze afwijzing van Jacks welwillendheid, terwijl hij hier met zijn hele gezin op de stoep staat. Het is een onredelijke reactie, weet Jack, maar hij komt in de verleiding om te roepen: 'Vrolijk kerstfeest, Oskar, Fröhliche Weihnachten!' en de man te dwingen iets terug te zeggen. Fried loopt zo dicht langs hem heen dat Jack de naam van zijn krant kan lezen, de Frankfurter Allgemeine Zeitung, gekocht bij de Duitse delicatessenwinkel. Jack zegt niets. Hij laat Fried in de menigte verdwijnen.

Mimi vraagt: 'Wat is er, Jack?'
'O, niks. Ik dacht dat ik iemand zag, maar ik vergiste me.'

Thuis gaan ze met hun vieren de kerstboom versieren. De spar heeft een week gestaan met alleen de lichtjes erin en nu wordt het tijd om hem verder op te tuigen. Mimi heeft de dozen uit de kelder gehaald, ze liggen open op de salontafel met hun glinsterende inhoud. De versieringen zijn een soort dwarsdoorsnede van de familiegeschiedenis van de McCarthy's: oud engelenhaar van drie standplaatsen geleden waar de kinderen geen afstand van willen doen; fragiele vogeltjes met pluimen op hun kop uit het eerste jaar dat Jack en Mimi getrouwd waren, kerstballen met witberijpte skiërs.

Jack is eierpunch voor Mimi aan het maken als de telefoon gaat. Zij neemt op. 'Weer opgehangen.'
'De een of andere gek.' Hij overhandigt haar het glas. Hij maakt geen aanstalten om 'even een ommetje te maken' en Fried terug te bellen, maar terwijl hij naar de doos met kerstversieringen reikt, voelt hij dat zijn vrouw naar hem kijkt. Een beetje tersluiks. Het duurt maar even, de gewaarwording dat ze wacht of hij een reden zal verzinnen om het huis te verlaten. Hij voelt zichzelf kleuren en zegt tegen zijn zoon, zonder zich om te draaien: 'Zet de andere kant van de plaat plaat even op, Mike.'

Jack kiest een kerstbal in de vorm van een dennenappel en repareert het blikken haakje. Die ellendeling heeft weer gebeld, ondanks Jacks verzoek, zijn duidelijke uitleg dat het privé-nummer alleen bedoeld is voor noodgevallen. Als hij eenzaam is en tegen de kerstdagen opziet, hoeft hij alleen maar ja te zeggen op Jacks aanbod om met hem mee naar huis te gaan en zijn gezin te ontmoeten. Maar nee, hij gedraagt zich liever als een dief in de nacht, een stiekemerd die zich in het donker verschuilt. 'Au!' Jack weet een vloek te onderdrukken, maar hij bloedt wel: een scherf van de broze dennenappel is in de punt van zijn duim gedrongen.

Mimi rent naar boven om verband te halen, en Madeleine overhandigt hem een van de onbreekbare sneeuwballen waarmee zij en Mike genoegen moesten nemen toen ze klein waren. 'Deze heb ik het liefst,' zegt ze, en hij aait over haar hoofd.

Bing Crosby droomt van een witte kerst en verdrijft het laatste restje van Jacks boosheid.

De volgende dag belt Jack vanuit zijn kantoor en dan blijkt dat Fried geen pijptabak meer heeft. 'Heb je me daarom thuis gebeld?'

Stilte.

'Maar je was gisteren op de markt, Oskar, waarom heb je toen geen tabak gekocht?'

Fried zegt niets en Jack kan hem bijna zijn schouders zien ophalen. Wat voert hij in zijn schild? Vorige week moest Jack godbetert zijn wasgoed naar de kelder van het flatgebouw zeulen, Fried beweerde niet te begrijpen hoe hij de op munten werkende wasmachine moest bedienen. 'Het is geen raketwetenschap, Oskar.' Jack moest zijn kerstinkopen voor Mimi afstemmen op het spoelprogramma.

'Ik zal je morgen wat komen brengen,' zegt hij en hangt op. Hij moet toch naar de stad, voor een echte ontmoeting met een bonafide gastdocent, en hij kan de tabak onderweg afgeven.

De telefoon rinkelt weer. Geprikkeld grist hij de hoorn van de haak. 'McCarthy.'

'Jack.'

'Dag lieveling.'

Ze vraagt of hij naar London gaat en eerst zegt hij nee, dan misschien, dan: 'Moet ik iets meebrengen?' Ze heeft marsepein nodig voor een taart die ze gaat bakken voor de liefdadigheidsbazaar van de Vrouwenclub, maar het heeft geen haast. Ze vraagt wat hij vanavond wil eten en hij antwoordt hartelijk: '*Macht nichts.*' Het is een normaal gesprek, maar onwillekeurig vraagt hij zich af of ze heeft gebeld om hem te controleren. Hoe vaak heeft ze getelefoneerd wanneer hij niet op kantoor was? Hoe vaak heeft ze tegen zijn secretaris gezegd: 'Het is niet van belang, u hoeft niet te zeggen dat ik gebeld heb'? Hoe vaak heeft zijn secretaris gezegd: 'Ik geloof dat hij vanmiddag in London is, mevrouw McCarthy'?

Hij probeert zich te concentreren op een stapel rapporten. Hij zal vanavond weer werk mee naar huis moeten nemen. Hier wordt hij niet voor betaald. Hij begint het gevoel te krijgen dat hij niet voor de overheid werkt, maar de overheid beduvelt.

Jacks kerstverlof gaat volgende week in. Het is een logistieke nachtmerrie geweest om onder de dekmantel van kantooruren voor Fried te zorgen; het zal in de vakantieweek vrijwel onmogelijk zijn. Er moet iets gebeuren. Hij neemt niet de moeite zijn overschoenen aan te trekken. Hij loopt naar buiten door een vers laagje poedersneeuw en steekt het exercitieterrein over in de richting van de telefooncel.

De laatste schooldag voor de kerstvakantie. Het lokaal is feestelijk versierd, de ramen zijn bespoten met sneeuw uit een spuitbus, Rudolf staat met een glimmende neus voor de slee van de kerstman, en knipsels van kinderen die Kerstmis vieren in andere landen hangen boven het schoolbord aan de muur. Mexicaanse kinderen reiken geblinddoekt naar een piñata. Nederlandse kinderen keren hun klompen om op zoek naar geschenken. Duitse kinderen in lederhosen en dirndljurken steken kaarsjes in een dennenboom aan, normaal ogende Britse kinderen versieren een houtblok, en ergens in Canada knielen indiaanse kinderen eerbiedig voor een verlichte kribbe in het bos.

Meneer March slaat met zijn aanwijsstok de maat terwijl de klas 'Het Huron-kerstlied' zingt. 'Midden in de wintertijd, toen alles was bevroren, zond de Gitchee Manitou ons zijn eng'lenkoren...'

Het is een prachtig, aangrijpend lied, en gelukkig zal Madeleine het niet hoeven zingen met het schoolorkest. Zij heeft de strijd met haar moeder, die wilde dat ze meezong in het kerstkoor, gewonnen door uit te leggen dat het koor op woensdagmiddag repeteert met het orkest, terwijl ze 's avonds ook nog naar de kabouters moet, en dat ze haar kostbare tijd bovendien beter kan besteden aan haar accordeon. Ze heeft dit argument kracht bijgezet door drie dagen achter elkaar onvermoeibaar te oefenen. Het gevolg is dat ze op de nominatie staat om 'Jingle Bells' te spelen tijdens het kerstconcert, maar dat heeft ze er graag voor over.

'Jezus onze koning is geboren, Je-zus is geboren...'

Madeleine wordt sneller en heviger dan ooit bestookt door ongewenste gedachten. Bijvoorbeeld het woord 'bal' in kerstbal, daar kun je niet omheen. Als ze nu eens naar huis ging en het kindje Jezus in de vuilnisbak gooide? Zulke gedachten zijn schokkend, en ze verbergt haar gezicht in haar handen.

'Slaap, meisje?'

Ze kijkt met een ruk op en neemt de opgegeven bladzijde voor zich.

'O kleine stad van Bethlehem, hoe vredig ligt gij daar...' Als ze het kindje Jezus nu eens pakte en haar kont ermee aanraakte? Wat kan ze doen tegen zulke gedachten? Bidden. Ze probeert, al zingend, God te vragen de slechte gedachten weg te nemen, maar in plaats van witte wolken en engelen verschijnt het beeld van haarzelf terwijl ze een babyhoofdje inslaat met een hamer. Rudolf redt haar. De aanblik van zijn felrode neus, die op een clownsneus lijkt, de herinnering aan zijn dappere strijd tegen de verschrikkelijke sneeuwman, zijn bescheidenheid en triomf op kerstavond... Ze weet dat het niet goed is om tot Rudolf te bidden, maar de gedachte aan hem brengt haar tot rust, heeft een kalmerende invloed op haar, zoals vaseline op een brandwond, en maakt haar ongevoelig voor de aanval van vreselijke gedachten.

'Jij zou bij het koor moeten, meisje, je kunt goed wijs houden,' zegt meneer March.

Jack was verbaasd dat het hem zo goed deed Simons stem te horen. Hij bracht het zo terloops mogelijk, zonder een klagerige toon aan te slaan: dat het in dit stadium misschien verstandig was om McCarroll op de hoogte te stellen. Fried zou zich geruster voelen als hij wist dat er een tweede auto beschikbaar was, een ander nummer dat hij kon bellen. Of anders was dit misschien het juiste moment om Mimi in te schakelen – zij kon zeker helpen. Ze kon Fried overdag bezoeken, een paar boodschappen doen, koken... Terwijl Jack sprak, begon hij het een steeds beter idee te vinden.

Simon zei: 'Je wordt gek van die vent.'

Jack lachte.

'Ik had je niet gewaarschuwd, Jack, omdat ik je niet wilde beïnvloeden, maar het verbaast me niks. Hij gebruikt je als huissloof.'

'Daar komt het wel op neer.'

'Hoor even, dat hoef je niet te pikken, ik zal eens met hem praten en...'

'Laat maar, Si, ik denk dat ik hem doorheb.'

'O? Wat is er dan?'

'Hij wil een auto.'

'Christus.' Simon kreunde. 'Daar is hij van het begin af aan op uit geweest.' Fried had Simon om een auto gevraagd toen hij overliep. 'Vergeet het maar, heb ik gezegd. Te riskant, te gecompliceerd. Hij kan wel in de sloot belanden...'

'Of aangehouden worden wegens te hard rijden.'

'Je haalt je een hoop extra ellende op de hals. Bovendien is het een dure grap.'

Een heel stel valse documenten, vermoedde Jack: rijbewijs, kentekenbewijs, eigendomsbewijs, verzekeringspapieren, nummerplaten. 'Op wiens naam wil je hem laten registreren?'

'Ik laat hem niet registreren, zo simpel is het.'

'Wat doe je dan als...?'
'Niet jouw probleem.'
'Luister Si, waarom licht ik McCarroll niet in? Daarvoor is hij tenslotte hier, en met ons tweeën...'
Maar Simon nam liever de ondankbare taak op zich om een auto los te peuteren voor Fried dan de Amerikanen een seconde eerder mee te laten doen dan absoluut noodzakelijk was. Hij wilde de operatie hermetisch gesloten houden, legde hij uit. McCarroll inlichten zou betekenen dat die poreus werd. Dan kreeg je luchtzakken. 'En je weet wat dat betekent.'
'Turbulentie,' zei Jack.
'Zeg niet dat ik je nooit een kerstcadeau gegeven heb.'

Midden in de week kan Jack met een Beechcraft Expediter meevliegen naar Toronto. Hij luncht met een collega, de commandant van de Stafschool in Avenue Road, en bespreekt plannen voor een uitwisseling. Daarna neemt hij een taxi naar de internationale luchthaven van Toronto. Op aanwijzing van Simon loopt hij naar de noordoostelijke hoek van het parkeerterrein. Simon heeft zoals gewoonlijk snel gewerkt. De blauwe metallic Ford Galaxy coupé uit 1963 staat er, precies zoals Simon zei, met een stel gloednieuwe nummerplaten van de provincie Ontario. Jack opent het portier, tilt de mat op en vindt de sleutels. Het is een blits karretje, zo'n ding zou hij graag voor Mimi kopen als ze zich een tweede auto kunnen veroorloven.

Hij stapt in, zet zijn zonnebril op en rijdt de stralende decemberdag tegemoet. Op de terugweg naar London schiet hij goed op, en als hij in de schemering bij Frieds appartement aankomt en de sleutels in 's mans uitgestoken hand laat vallen, kan er bij Fried zowaar een lachje af. 'Danke.'
'Fröhliche Weihnachten, Oskar.'
'Fröhliche Weihnachten, Herr McCarthy.'

Hij laat zich door de taxi in het dorp Centralia afzetten, net achter de basis en buiten bereik van nieuwsgierige ogen, en geeft de chauffeur een flinke fooi.

De straatlantaarns gaan aan en verdrijven de duisternis als Jack om vijf uur de hoek om komt, de sneeuw knerpend koud onder zijn overschoenen. Hij zuigt zijn longen vol met de frisse, tintelende lucht. Morgen is de eerste dag van zijn verlof. Hij ziet Henry Froelich een spijker in zijn voordeur slaan. Elizabeth zit dik ingepakt in haar rolstoel, met een piramide van sneeuwballen op haar schoot. Ze gooit ze in onvoorspelbare richtingen weg voor de hond, die opspringt om ze te vangen tussen zijn kaken, waar ze uiteenspatten.

De woorden rollen vanzelf over Jacks lippen: 'Fröhliche Weihnachten, Henry!'
Hij voelt zich meteen rood worden. Tijd om de koe bij de horens te vatten.
Hij loopt de oprit op.
'Hank, het spijt me.'
'Wat spijt je?'
'Dat ik zo'n... oen ben geweest.'
'Wat bedoel je?'
'Ik bedoel...' Hij wordt weer rood. Hij kan zich niet verontschuldigen voor zijn stomme opmerking 'Je bent een echte Duitser, Hank', want dan komt hij te dicht in de buurt van een pijnlijk, onbespreekbaar onderwerp – Jack is slechts bij toeval op de hoogte van Froelichs tatoeage.
'Jack, is het wel goed met je?'
'Jawel, Henry, ik ben alleen... luister, ik heb me pas onlangs gerealiseerd dat... ik realiseer me dat jullie geen Kerstmis vieren, dus het spijt me dat...'
'Maar we vieren het wel.' Froelich hangt een krans aan zijn deur. 'Mijn vrouw viert graag de zonnewende.'
'De zonnewende?'
'Het lichtfeest. Zoiets als Chanoeka.'
'O. Een gezegend Chanoeka.'
Froelich glimlacht. 'Jack, ik ben een jood. Maar ik ben niet gelovig. Je maakt je te veel zorgen.'
Jack ontspant. Het schrapen van een schop trekt zijn aandacht; hij draait zich om en ziet met genoegen dat zijn zoon aan de overkant bezig is hun oprit sneeuwvrij te maken. In Froelichs voortuin rolt de grote hond op zijn rug door de sneeuw. Jack wordt overweldigd door een intens geluksgevoel. 'Henry, het kan me geen moer schelen of je een heiden, een moslim, een hindoe of een marsmannetje bent, jij en Karen gaan met mij en Mimi naar het Oudejaarsbal, als onze gasten.'
'Nee, nee, dit doen wij niet...'
'*Aber ja!*' roept Jack uit, tellend op zijn vingers, die hij een voor een tegen zijn handpalm slaat. 'Je hebt mijn auto gemaakt, mijn grasmaaier, je hebt me volgegoten met lekkere eigengemaakte wijn, het wordt tijd dat ik de kans krijg om iets terug te doen.'
Froelich wil weer een tegenwerping maken. De twee mannen staan elkaar aan te kijken, en dan verschijnt er een vrolijke twinkeling in Henry's ogen. Hij haalt zijn schouders op. 'Wat dondert het ook. Dank je wel, bedoel ik.'

Als hij Mimi vertelt dat de Froelichs met oudjaar ook naar de mess komen, schenkt ze hem een Mona Lisa-glimlach en loopt terug naar de keuken.

'Wat is er?' vraagt hij.

'Rien du tout. Ik vind het lief dat je ze uitgenodigd hebt.'

Hij volgt haar. 'Dat vind je niet, zeg eens wat je denkt, vrouw.'

Ze blijft bij het fornuis staan, bijt op haar onderlip – een beetje vals, net genoeg om sexy te zijn – en zegt: 'Ik ben benieuwd wat ze aantrekt, c'est tout.'

'Schaam je.'

Ze trekt haar wenkbrauwen even op, draait zich om en bukt zich, iets dieper dan nodig is, om de vleespasteitjes te controleren.

Op zaterdag de drieëntwintigste heerst er chaos in het recreatiecentrum wanneer het kinderkerstfeest op gang komt, begeleid door de heliumklanken van The Chipmunks' Christmas Album. Rode wangen staan bol van het snoepgoed, grotemensenstemmen roepen boven het lawaai uit: 'Niet rennen met die zuurstok in je mond!' Een bergketen van ingepakte cadeaus omringt de torenhoge kerstboom, elk pakje voorzien van een kaartje met daarop 'meisje' of 'jongen'. Madeleine weet dat het de moeite niet loont om een pakje voor een meisje open te maken, maar ze weet ook dat iedereen haar zal uitlachen als ze een pakje voor een jongen kiest. Ze doet mee aan het extatische gekkenhuis van rennen en schreeuwen. Alle kinderen uit de wijk zijn er, plus een heleboel kinderen uit de omliggende dorpen, waaronder een buslading wezen vergezeld door een detachement nonnen, die allemaal mevrouw Froelich schijnen te kennen. Voor deze ene keer speelt Madeleine met al haar vriendinnen tegelijk, inclusief Colleen. Ze beleeft een angstig moment als er een kogelronde kerstman binnenkomt. Maar het is meneer March niet, het is meneer Boucher. 'Ho ho ho, Vrolijk Kerstfeest, Joyeux Noël!'

Op kerstochtend maakt Mimi een grote doos open van de St. Regis Room van Simpson's en zegt, zoals altijd: 'Als het maar geen je-weet-wel is.' Het is geen nertsmantel, maar Jack heeft niettemin haar toorn gewekt met een extravagante zijden negligé. Mike krijgt het mooist denkbare cadeau, een walkietalkie. Madeleine krijgt geen wapen, maar ze wordt evenmin afgescheept met nog meer poppen. Haar buit bestaat uit een Mijnheer Aardappelhoofd, een Etch a Sketch, een slee, een jojo, een poppentheater, De avonturen van Alice in Wonderland en nog meer schatten, te veel om op te noemen, met als pronkstuk een psychologieset, compleet met witte sik, bril en inktvlekken.

Slechts één geschenk dwingt haar toneel te spelen. Het zit in een klein blauw doosje, en maman kijkt zo verheugd als Madeleine het uitpakt dat ze er vreselijk verdrietig van wordt. Het soort verdriet dat je alleen op kerstochtend kunt hebben, wanneer je lieve moeder glimlacht en hoopt dat je het speciale cadeau dat ze heeft uitgezocht mooi zult vinden.

Een zilveren bedelarmbandje. Er zit al één bedeltje aan – 'Dat is nog maar het begin,' zegt pap, blij dat hij zijn kleine meid een jongedamescadeautje kan geven. *'Merci maman.'* Madeleine perst haar lippen tot een glimlach en slikt de brok in haar keel weg.

Haar moeder bevestigt het armbandje om Madeleines pols en het hele gezin bewondert het. Ze houdt het om als ze naar de kerk gaan, doet het dan af om te gaan sleeën en legt het terug in het blauwe doosje op haar ladekast. Ze vraagt zich af hoe lang ze kan wachten voor ze het weer moet dragen, en sluit het dekseltje boven de zilveren armband met het ene bedeltje: haar naam.

OUD EN NIEUW

Op oudejaarsavond is Jack om vijf uur klaar: geschoren, gedoucht, Brylcreem in zijn haar. Hij veegt de wasem van de spiegel, maakt de wanden van het bad droog, legt een schone handdoek klaar en roept: 'Je kunt je gang gaan, vrouwlief.'

Mimi is in haar onderjurk en haalt net de krulspelden uit haar haar als de telefoon gaat. Jack roept: 'Ik neem hem wel!' en grist de hoorn van de haak om de kinderen voor te zijn. 'Hallo?... O... o, wat vervelend, Vimy. Ja, ja, maak je geen zorgen, ik zal het zeggen.'

Hij steekt zijn hoofd om de slaapkamerdeur en zegt tegen zijn vrouw, die voor de spiegel zit: 'Dat was Vimy Woodley. Martha heeft griep.'

Mimi's handen vallen langs haar lichaam, een pas bevrijde krul zakt omlaag en veert terug. *'Merde!'* Op het laatste moment zonder oppas. Ze kijkt hem nijdig aan en zegt: 'Marsha.'

'Wat?'

'O, laat maar, Jack.' De ultieme Acadische vloek rolt over haar lippen: 'Godverdomme!' en ze slaat zich op de dijen. Ze begint de krulspelden los te rukken, smijt ze tussen de zilveren kammen en borstels op de toilettafel.

'Wacht nou even, liefje, ga jij maar door met wat je aan het doen bent, ik heb een idee.' Hij kust haar blote schouder. 'Doe vanavond Chanel N° 5 op, dat is mijn lievelingsgeur.'

Jack geeft Mike de Kodak Instamatic en een flitsblokje, en de jongen posteert zijn ouders voor de open haard en het schilderij van de Alpen. Jack is in gala: korte blauwe jas met zwart strikje, oogverblindend wit frontje en zwarte cummerband. Blauwe broek met gouden strepen langs de pijpen, die taps toelopen bij de enkel, waar ze dankzij verborgen bandjes onder de voet mooi strak aansluiten over de glimmende enkellaarzen die slechts een Cubaanse hak missen om ze uiterst modieus te maken. Mimi draagt een strapless zijden japon in verschillende schakeringen groen en goud, met een glinsterende satijnen stola. Mooi gekapt, stralend gezicht, lange wimpers, een decolleté dat binnen de grenzen van de goede smaak blijft en alle grenzen van de sexappeal overschrijdt. *Flits.*

Daarna maakt Mike een foto van zijn ouders met de Froelichs: Henry in een opgeperst bruin tweed jasje met suède stukken op de ellebogen, zijn gebruikelijke witte overhemd en een zwarte das. Mimi neemt discreet elk detail van Karens kledij in ogenschouw: een los geweven sjaal over een jurk die eigenlijk gewoon een lange coltrui lijkt te zijn. De sjaal is bobbelig zwart, maar de jurk bestaat uit diverse doffe rode en paarse tinten die in elkaar overgelopen schijnen te zijn. Ze heeft haar lange haar geborsteld en twee horizontale strepen lippenstift aangebracht. Oorbellen met kralen bungelen aan haar oren. Aan haar voeten een paar geborduurde Chinese muiltjes. De jurk is nauwsluitend maar heeft toch iets sjofels. Het is duidelijk te zien dat ze geen korset draagt; haar slanke figuur is geen excuus, het gaat niet om slank, het gaat om de vorm.

Mimi had Karen bij aankomst een sherry overhandigd. 'Wat een mooie jurk, Karen.'

'Vind je? Dank je wel, Mimi,' antwoordde ze, alsof Mimi haar een cadeautje had gegeven. 'Hij komt uit een tweedehandszaak in Toronto.' Ze stopte nerveus een haarlok achter haar oor. Mooie handen, korte ongelakte nagels.

Henry kuste Mimi op beide wangen. '*Aber schön*, Frau McCarthy, u ziet er betoverend uit.'

'Ja, hij heeft gelijk, Mimi,' zei Karen, en Mimi kon met de beste wil van de wereld geen greintje valsheid in haar toon ontdekken.

'Slaap lekker jongens,' zegt Jack nu en, met zijn meest joviale mannen-onder-elkaar-stem: 'Je pakt maar wat je hebben wilt, Rick.'

'Behalve de sterke drank,' grapt Karen.

Mimi hoopt dat haar lachje er niet al te pijnlijk uitziet.

De mannen helpen de vrouwen in hun mantels en dragen hun schoenentassen voor hen, en met zijn vieren stappen ze in de Rambler. In de woonkamer kijken Mike, Madeleine, Colleen, Ricky, Elizabeth en Rex elkaar aan. De tweeling ligt al als een roos te slapen op Jack en Mimi's bed, achter een barricade van kussens. Ricky vraagt: 'Wat willen jullie doen?'

Eerst zegt niemand iets; Colleen en Elizabeth mogen er dan aan gewend zijn Ricky om zich heen te hebben, voor Mike en Madeleine is het alsof er een god is afgedaald van de Olympus.

Ze smullen van hotdogs en kant-en-klare macaroni. Ricky en Mike spelen tafelhockey, rukken woest aan de hendels terwijl ze van hoog boven het Montreal Forum commentaar leveren: 'Vanavond ijshockey in Canada!' Ricky heeft een stapel 45-toerenplaten meegebracht. Madeleine en Colleen maken popcorn terwijl Jay and the Americans door het huis schallen. Ricky plundert de kast op de overloop en zeult alle dekens naar de kelder, waar hij de boekenkast leeghaalt en schuin tegen de muur zet bij wijze van afdak. Madeleine kijkt Mike aan, die er aarzelend bij staat en dan zegt: 'Wij mogen dat niet van mijn vader.'

'Wat niet?' vraagt Rick, die nu de plunjezak openmaakt waar de kampeerspullen in zitten.

'Een schuilkelder bouwen.'

'Het is geen schuilkelder, het is een fort.' Hij drapeert dekens en slaapzakken over de boekenkast en het keldermeubilair. 'Trouwens, je ruimt het hele zaakje weer op voor ze terugkomen.' Hij gooit Mike een zaklamp toe, zegt: 'Jij bent hem,' en doet de lichten uit. Madeleine slaakt onwillekeurig een gil. Ze spelen verstoppertje in het donker, door het hele huis – behalve in Jack en Mimi's kamer. Madeleine moet haar pyjamabroek vervangen vanwege een ongelukje dat veroorzaakt werd door schrik en vreugde. Ze springen op de bedden, beschieten elkaar om beurten met Mikes klapperpistool en sterven op spectaculaire wijze; een voor een proberen ze Rick onderuit te halen, maar hij is onoverwinnelijk en slingert elke aanvaller op een matras. Ze houden een kussengevecht in de eetkamer; het schilderij van de Alpen krijgt een dreun en komt scheef te hangen, de zitkussens van de bank belanden op de vloer van de woonkamer. Rex, uitgeput van reddingspogingen en vergeefse inspanningen om iedereen in één kamer bijeen te krijgen, zwicht ten slotte voor de verleiding en kauwt een rubber spatel van Mimi kapot, al net zo door het dolle heen als de anderen. Elizabeth zingt intussen, sukkelt in slaap, wordt weer wakker, luistert naar Madeleine die voorleest uit haar Cherry

Ames-boek, en valt uit haar rolstoel als ze naar een flesje sinas reikt. 'Lizzie, je bent dronken!' zegt Rick, die de rommel opdweilt en nog een fles opentrekt – Mountain Dew. 'Het kietelt je ingewanden!' joelt hij.

Het feest begint op gang te komen.

In de officiersmess brandt in de grote stenen haard een laaiend vuur. De kristallen kroonluchter fonkelt en weerkaatst het licht van de kaarsen op de gedekte tafels, waar zilver glanst op wit linnen te midden van weelderige bloemstukken. Naast elk couvert ligt een stel knalbonbons en een glinsterende kartonnen fez met een kwastje. Het buffet is een lust voor het oog. Kreeften met hoge hoeden balanceren op hun staarten, ijssculpturen verbeelden het oude en het nieuwe jaar, schalen met kunstig bewerkte tropische vruchten wisselen af met dampende schalen op rechauds; koks met witte schorten en koksmutsen staan gereed achter lendestukken en lamszadels. Cocktails vloeien rijkelijk in de spiegelbar, obers gaan rond met wijn, er is punch in kristallen kommen en, op de gepolitoerde dansvloer, een traag roteren van zijden vlinderdasjes en luchtmachtblauw terwijl paren rondwervelen op de big-bandmuziek van Gerry Tait and His Orchestra, helemaal uit Toronto. 'Pennsylvania Six-Five Thousand!' Boven het podium hangt een zilveren boog: 1963.

'Je ruikt lekker,' zegt Jack. Hij kan haar glimlach voelen, met zijn kin op de bovenkant van haar haar.

Het is het allemaal waard. De benauwenis van zijn gesteven halsboord, de broeksband die een beetje knelt, wat hij uitsluitend aan zichzelf te wijten heeft – vorig jaar zat dit apenpakje nog lekker ruim. Hij is al goede voornemens aan het maken die betrekking hebben op spieroefeningen en conditietraining als Henry Froelich hem op de schouder tikt.

Mimi glimlacht en zweeft weg met hem. Alle andere burgers dragen avondkleding. Maar Hank ziet er minstens zo elegant uit, denkt Jack, die het stijlvolle gedrag van zijn buurman op de dansvloer bewondert. Ware elegantie komt van binnenuit, en Henry Froelich overtreft iedereen met zijn elleboogstukken. Jack ziet hen in de menigte verdwijnen, loopt naar de bar, biedt Blair McCarroll een drankje aan en vraagt Sharon ten dans.

Hij leidt haar naar de dansvloer, en het is als dansen met een mooi meisje op de middelbare school tot wie je je gelukkig niet aangetrokken voelt. Ze lacht verlegen wanneer Jack een samba met haar doet, beantwoordt zijn vragen kort en bedeesd-charmant; een lichtvoetig wezen, buigzaam maar niet broos, uitgelaten lachend wanneer hij met haar terugwervelt naar haar echtgenoot. Een lieve vrouw.

Jack heft zijn glas op naar Blair.

'Prettige feestdagen, overste.'

'Zeg maar Jack vanavond, jongen.'

Jack tracht zich de blik op McCarrolls gezicht voor te stellen wanneer hij eindelijk te horen krijgt waarom hij hier is. Zou hij verontwaardigd zijn dat hij niet eerder is gebrieft? Jack zet zijn lege glas op de bar en speurt de dansvloer af. McCarroll zal waarschijnlijk gewoon knikken en zijn werk doen.

Het orkest raakt op dreef: 'In the Mood'. Vic en Betty Boucher laten zien wat ze kunnen en krijgen de ruimte op de dansvloer. Jack baant zich een weg naar zijn vrouw als het nummer eindigt, maar Vic is hem voor. 'De komende vijf minuten is ze mijn gevangene, Jack.'

Hij ontwaart Steve Ridelle, die er in gala net zo ontspannen uitziet als in een golfshirt en een sportbroek. Elaine straalt; haar blonde haar is naar binnen gekruld en de lichtblauwe plooien van haar satijnen japon doen niets om te verhullen dat ze acht maanden zwanger is. Ze lijkt nog te veel een kind, zelfs in die jurk, om zwanger te zijn. Ze nipt van een bloody mary. 'Stampvol vitaminen,' zegt ze tegen Jack, met een klopje op haar buik, als hij hen komt begroeten. Hij zwiert haar de dansvloer op, in weerwil van Steves gelach en haar protesten. 'Nee! Jack! Wat wil je dat ik doe? De dans van de baby-olifanten?' Hij draait met haar in het rond en ze is net zo lenig alsof ze een spijkerbroek aanhad en niet het gewicht van een nieuw leven torste.

Steve onderschept Mimi voor de volgende dans en Jack moet de aftocht blazen. 'Ik kom nooit aan bod als jullie de hele avond om mijn vrouw heen hangen.'

'Trek maar een nummertje, Jack,' zegt Hal Woodley.

Jack steekt zijn hand uit naar Hals vrouw. Dansen met Vimy Woodley is dansen met een echte dame. Ze converseert beminnelijk maar vlot en geeft hem de indruk dat hij bijzonder is: een veelbelovende jongeman. Hij weet dat haar houding voortvloeit uit die van haar man, en onwillekeurig voelt hij zich gestreeld.

Wanneer hij terugkomt bij zijn tafeltje, zit Karen Froelich daar met een cola. Haar lippenstift is vervaagd. Hij heeft al een hoffelijke uitnodiging bedacht die erop neerkomt dat hij deze dans niet kan uitzitten wanneer hij zo'n mooie vrouw tegenover zich heeft, maar zegt uiteindelijk gewoon: 'Heb je zin om te dansen, Karen?'

'Graag, Jack.'

Hij reikt haar zijn linkerhand en laat zijn rechterhand om haar middel glijden. Ze is mager. Maar sterk. Geen Playtex-pantser – hij vraagt zich bijna af of hij haar wel mag aanraken. Gerry Tait legt zijn trompet weg en zingt: 'Fly Me to the Moon.'

Ze dansen. Ze ruikt naar zeep. En nog iets anders... sandelhout? Van bovenaf ziet haar mond er triest uit, de vage groefjes bij de hoeken, de flauwe glimlach. De oorbellen zijn haar enige sieraad. Samen met de dunne lijntjes bij haar ooghoeken. Noord-Europees.

'Kom je uit IJsland?' vraagt hij.

'Finland. In een ver verleden.'

'Ik zie je voor me op een slee. Met rendieren.' Dat moet de whisky zijn.

Ze zegt: 'Je verwart me met de kerstman.'

Hij lacht.

Ze zegt: 'Lijkt me een leuke baan. Kinderen zijn dol op je, je hebt het eeuwig leven, iedereen helpt je.'

Hij lacht weer.

Hij brengt Karen terug naar het tafeltje, net op het moment dat Henry komt aanlopen met borden eten voor hen beiden. Hij ziet Froelich bukken en zijn vrouw kussen. Henry gaat zitten en heft zijn glas. 'Jack, dit is een geweldig feest. Dank je wel.' Jack glimlacht en vertrekt, zodat ze rustig kunnen eten. Ze zitten zij aan zij en zien er jaren jonger uit in het kaarslicht.

Mimi kijkt hem aan over de rand van haar martiniglas en vraagt: 'Waar hadden jij en Karen Froelich het over?'

Hij trekt haar naar zich toe, voelt het ritselen van haar jurk tegen zijn stijve frontje en fluistert in haar oor: 'De kerstman.' Ze knijpt zijn oorlel tussen duim en vingernagel. Hij pakt haar glas, zet het neer en leidt haar naar de dansvloer, zijn handpalm tegen haar warme onderrug. Het orkest speelt het nummer waar Jack om heeft gevraagd. Ze leunt ontspannen tegen hem aan en ze dansen. 'Unforgettable, that's what you are...'

Hij fluistert: 'Ik hou van je.' Haar parfum, haar zachte haar, haar jurk, haar borsten, zelfs het schuren van zijn gesteven boord langs zijn hals. 'Ik wil nog een kind van je,' zegt hij in haar oor.

Ze tilt haar hand op om zijn nek te strelen.

Vlak voor middernacht zwicht Mimi voor de vele verzoeken. Haar reputatie is haar blijkbaar gevolgd vanuit Wing 4. Na enig verzet, zoals dat hoort, beklimt ze het podium, overlegt met Gerry Tait, pakt dan de microfoon en zingt. 'Bei mir bist du schön, please let me explain...'

Applaus, gelach. Henry Froelich zingt mee, terwijl hij als een schaatser met Karen over de dansvloer stapt.

'... *bei mir bist du schön* means you're grand...'
Mimi raakt op dreef, schudt met haar hoofd, knipt met haar vingers: 'I could say *bella, bella*, even say *wunderbar*! Each language only serves to tell you, how grand you are!...'

In de woonkamer van de McCarthy's zijn Elizabeth en Rex in diepe slaap. Colleen, Madeleine en Mike zitten met gekruiste benen op de grond, dicht tegen elkaar aan, een slaapzak om hun schouders. Niet eenmaal tijdens de hele avond heeft iemand eraan gedacht de tv aan te zetten. De adventkaarsen verspreiden een sprookjesachtig licht terwijl Ricky Froelich tokkelt en zachtjes zingt: 'So hoist up the John B. sail. See how the mainsail sets. Call for the captain ashore, let me go home...'
De anderen vallen in. Ze zingen zo ingetogen dat het lijkt of ze midden in een groot bos zitten, waar de stilte alleen wordt verbroken door het getrippel en geroep van nachtelijke jagers. Ze zingen zachtjes om de beren, de wolven en de konijnen in hun holen tot rust te brengen, maar niet te wekken. Ze zingen zo dat het gloeiende kampvuur dooft noch oplaait, en er geen extra kou uit de blauwzwarte winterhemel wordt geschud.
'I feel so broke up, I want to go home...'
Ricky houdt het het langst vol, hij tokkelt nog een wijsje terwijl de anderen op een stapel dekens en kussens op de grond liggen te slapen. Maar wanneer de wielen van de Rambler langzaam over de besneeuwde oprit knerpen, wordt alleen Rex wakker van het geluid.
Jack en Mimi lopen op hun tenen de treden op, gevolgd door de Froelichs. Ze vangen een glimp op van de rommel in de keuken, waar alle potten en pannen tevoorschijn zijn gehaald om het nieuwe jaar in te luiden, en blijven staan op de drempel van de woonkamer. Mimi wenkt Karen: 'Kom eens.' Ze steekt haar arm door die van Karen Froelich en samen kijken de vrouwen naar hun slapende kroost. Rode wangen en verwarde haren, oranje snorren van de sinas, in het kleed getrapte popcorn, slapende handen die het speelgoed nog omklemd houden. Ricky ligt uitgeteld in de leunstoel, zijn gitaar dwars over zijn knieën. Zijn wimpers trillen; hij licht zijn hoofd op, kijkt rond en zegt: 'Sorry voor de puinhoop.'

Een week na nieuwjaar rijdt Jack met zijn dochter naar London. Ze maken een wandeling in Storybook Gardens. De dieren brengen de winter elders door en alleen de kas is nog open voor bezoekers. De ophaalbrug van het kasteel is gesloten, maar ze glippen naar binnen door besneeuwde heggen en wandelen tussen de stille dartele beelden. Humpty Dumpty zit wankel op zijn muur en draagt een puntmuts van sneeuw; de heks wenkt, haar handpalm vol met wit poeder – Madeleine mijdt zorgvuldig haar blik. IJspegels hangen aan de staf van Bo-Peep, de Koe springt over de Maan en het Bord loopt weg met de Lepel, zonder acht te slaan op de weersverandering, nog steeds in sprookjeskledij.

Op de terugweg maakt Jack een omweg via een buurt die zo van een winterse prentbriefkaart lijkt te komen, en rijdt langzaam door Morrow Street in de schemering. Hij is hier in geen weken ontboden. In de hoekflat op de derde verdieping zijn de gordijnen open, blauw licht speelt over het raam en het plafond. Op straat, tussen een rij geparkeerde auto's, staat de metallic blauwe Ford Galaxy, met op de achterbumper een gele sticker van Storybook Gardens. Jack rijdt weg. Geen slapende honden wakker maken.

✦

Rex vond haar. Ze lag in een weiland achter het ravijn bij Rock Bass, halverwege het maïsveld en het bos. Duitse herders zijn geboren speurders. Het is vreselijk wat er gebeurt met het gezicht van iemand die is gewurgd. Hij herkende haar geur wel en niet. Toen hij haar zag, begon hij te blaffen, want voor Rex was het alsof ze een Halloweenmasker had opgezet.

Op haar rug, kriskras overdekt met verdorde lisdodden, bossen grasklokjes, wilde bloemen, aprilbuien. De haarband netjes recht. De ogen gesloten. Ogen sluiten niet vanzelf wanneer men wordt gewurgd.

Het gezicht van mensen die zo gestorven zijn heeft niets vredigs of natuurlijks. Het ziet er afschrikwekkend uit. Een vredig kinderlijfje, zacht pagekopje, en een monsterlijk gezicht. Het is of de verdorvenheid van de moordenaar op haar gezicht is overgesprongen. Ze ziet er niet uit als iemands kind. Ze ziet er niet menselijk meer uit.

SWINGING ON A STAR

Begin maart lijkt het wel of er nooit een eind aan de winter zal komen. Maar de aarde weet wanneer het lente moet worden, en de onzichtbare grasklokjes en lelietjes-van-dalen hebben al tere, gekrulde groene toppen die zich roeren onder de grond. Herten kunnen het sijpelende water ruiken en schrapen met hun hoeven in de aarde, op zoek naar nieuwe scheuten; vogels wachten in hun nest op het wonder van de eerste snavel die de schaal kapotbreekt.
Over tweeënhalve week is het Pasen, maar je kunt de winter nog voelen. Gisteren was het zachter en regende het, maar vandaag is Koning Winter weer terug, maart roert zijn staart. Op de weg liggen nog een paar wormen, maar die zijn bevroren. Wormpegels. De plassen aan de kant van de weg zijn bedekt met een speciaal soort ijs, net dun glas: het breekt als een stuk suiker wanneer je er zachtjes op drukt met je schoen, en versplintert als een autoruit wanneer je erop springt. Later op de dag, als het warmer wordt, kun je het bijna ontdooide ijs op de plas induwen en het zien rimpelen en plooien als een laken. Op plaatsen met kale aarde en bultig oud gras hebben de kluiten een koude glinstering, ze verpulveren onder je schoen, korrels glas smelten door het beetje warmte van je voet. Dat zijn de dingen van maart.
In het park ziet Madeleine groene sprieten omhoogsteken door de bruine en gele plekken tussen de wijkende sneeuw, stoere kleine krokussen; ze ruikt een vleugje hondenpoep, die nu ontdooit en weer tevoorschijn komt in kuiltjes vol korrelige oude sneeuw. Het is nog koud, maar niet zo koud dat je een appel die je buiten eet niet kunt proeven. Niet zo koud dat het snot bevriest aan je neus. Grote mensen zeggen dat maart komt als een leeuw en gaat als een lam. Wat betekent dat?
Vandaag is het de laatste donderdag van maart. Over twee weken is het Witte Donderdag. Daarna komt paaszondag, en dat betekent chocolade paashazen en samen paaseieren zoeken – het eind van de vasten. Maman is erg onder de indruk dat Madeleine helemaal niet snoept, zelfs geen chocola eet. Maar ze heeft lang genoeg kunnen oefenen met het snoepgoed van meneer March. In zekere zin heeft Madeleine vals gespeeld, want vasten hoort moei-

lijk te zijn. Het schiet haar nu te binnen dat als ze echt afstand had willen doen van iets belangrijks, ze haar Bugs Bunny veertig dagen had kunnen opbergen.

Ze blijft halverwege St. Lawrence Avenue staan, op weg naar school, en haalt diep adem. Bugs zou stikken, want waar zou hij zijn? In een kast? In een la? In het donker. Nee. Hoe zouden ze ooit nog vrienden kunnen zijn nadat hij veertig dagen in zijn eentje had liggen wegkwijnen, zonder iemand aan wie hij zijn grapjes kon vertellen? Dat zou nog eens wat zijn. Bugs helemaal afstaan. Hem weggeven aan een arm kind in een ander land. Meer van Jezus houden dan van Bugs. O nee.

Ze vermorzelt een stuk moddderijs tot chocolademelk met haar overschoenen. Zo heeft ze er nog nooit over gedacht. Als ze niet bereid is Bugs af te staan, houdt ze dan meer van hem dan van Jezus? Meer dan van God? Wie is God? Een strenge man die van je houdt. Wil Hij dat ze Bugs opoffert? God heeft Zijn enige zoon opgeofferd, daarom vieren we Pasen. Het is godslasterlijk om Jezus zelfs maar met Bugs Bunny te vergelijken. Bugs aan het kruis. *Nou heb ik alles gehad.* Bugs die brood in wortels verandert. Madeleine loopt door en probeert deze gedachten uit te bannen, *sorry lieve Heer*. Jezus behoort degene te zijn die bij je is, tegen wie je praat, niet Bugs. Net zoals je engelbewaarder altijd bij je is. Een groot zilverachtig wezen dat boven je zweeft en wacht tot je wordt overreden of van een brug valt. Hoewel engelbewaarders er zijn om je te beschermen, weet Madeleine dat ze niets liever willen dan je rechtstreeks naar de hemel brengen zolang je nog een kind bent met een reine witte ziel. God houdt het meest van kinderzielen. Die heeft hij het liefst. Mmm. Net als de reus in 'Sjaak en de bonenstaak', en dat is ook weer een slechte gedachte, want je mag niet op zo'n manier over God denken. *Tom-tie-tom-tie-tom.* Denk aan de lieve Jezus: *laat de kinderen tot mij komen.* Madeleine gaat langzamer lopen, buiten bereik van haar eigen huis, nog te ver van school – misschien mag ze bij iemands moeder de wc gebruiken. Ze moet opeens nodig.

En als God haar hebben wil? Je kan er niets tegen doen als God je hebben wil. Je kunt je nergens verstoppen, het is net een luchtaanval maar dan erger, want God is overal, vooral in een schuilkelder. Als mensen roeping krijgen, horen ze een stem die zegt: 'Word non', of als ze een jongen zijn: 'Word priester', en daar kunnen ze niets tegen doen, ze moeten het worden. Want het is Gods stem die spreekt. Het maakt niet uit of je aan de Ed Sullivan-show wilde meedoen in plaats van naar het klooster gaan. Het maakt niet uit of je te jong bent om te sterven, er zijn genoeg kindermartelaren, die verrichten aan de lopende band wonderen, enge kleine gelukkige dode kinderen.

Madeleine zet het op een lopen.

Door St. Lawrence Avenue rent ze, in de richting van het schoolplein, waar de kinderen door elkaar krioelen als een bord Smarties tijdens een aardbeving, haar schooltas bonkt tegen haar rug terwijl ze rent, ze luistert naar de maartse wind in haar oren, spant zich in om het geschreeuw op de speelplaats te horen dat Gods Stem zal wegdrukken. Ze rent zo hard dat haar keel pijn begint te doen, ze rent voor haar engelbewaarder uit, die nu achter haar aan wiekt met een droevig gezicht bij de gedachte dat Madeleine zo meteen overreden wordt, en dat haar reine witte ziel dan liefdevol omhoog zal worden gedragen naar God. Bij die gedachte houdt ze op met rennen. Hortend loopt ze verder, met bonkend hart. Ritst haar gewatteerde jack open, hoewel je longontsteking kunt krijgen als je je jas opendoet in de kou terwijl je loopt te zweten.

Ze komt weer op adem en kijkt niet eens om of ze haar engelbewaarder ziet. Voorlopig hoeft ze immers niet bang te zijn voor de dood, en zelfs niet voor een roeping. Niks aan de hand. Ze heeft zich net herinnerd dat haar ziel niet wit is. Hij is gelig. Als een oud laken. Door wat er afgelopen herfst is gebeurd. Toen ze klein was. De oefeningen. Niet meer aan denken, alleen onthouden dat er niks aan de hand is. Je ziel is niet wit.

Ze loopt in de richting van de school, terwijl haar hart weer normaal klopt. Haar onderbroek voelt als een vochtige prop en ze hoopt dat het maar zweet is. De bel gaat wanneer ze van de straat op het drassige grasveld stapt, en ze ziet de rijen naar binnen lopen. Ze begint te huppelen, want als je buiten adem bent van het rennen is het verbazingwekkend hoe makkelijk je kunt huppelen zonder moe te worden, en het gaat bijna even vlug als rennen. Ze kan net op tijd aansluiten bij de rij van haar klas wanneer die door de voordeur naar binnen loopt, langs meneer March, die zegt: 'Je ziet er buitengewoon monter uit vanochtend, juffrouw McCarthy.'

Voor in de rij draait Auriel zich om en knijpt haar neus dicht, en Lisa doet de driedubbele onderkin van meneer March na, zodat Madeleine moeite heeft haar gezicht in de plooi te houden. Ze zegt: 'Dank u wel, meneer March,' en herkent in haar eigen stem een echo van Eddie Haskells stem in *Leave It to Beaver*.

Eenmaal in de klas gaat Madeleine in haar bank zitten en constateert opgelucht dat haar onderbroek al droog is; zo weet je dat het gewoon zweet was en geen pies. Voorin, op de lessenaar van meneer March, staat een reusachtige chocoladetaart, versierd met elf kaarsjes die er net zo schaars uitzien als bomen op een prairie.

'Mijn vrouw heeft deze taart gemaakt.'
Mevrouw March. Moet je je voorstellen dat hij boven op haar ligt.
Hij verwijdert de plastic folie en likt zijn duim af. 'Wil de jarige zo vriendelijk zijn op te staan?'
Grace Novotny gaat staan, likt over haar mondhoek en kijkt grijnzend naar de grond. De klas zingt 'Lang zal ze leven' met het animo van negenjarigen die weten dat ze zo meteen taart krijgen. Philip Pinder en een paar andere jongens zingen: 'Lang zal ze leven, veel zal ze geven.'
Meneer March steekt de kaarsjes aan. 'Wil de jarige zo vriendelijk zijn naar voren te komen?'
Grace is lang geworden. Je merkt meestal pas na de zomervakantie hoe iedereen is gegroeid, maar Grace is met Kerstmis ineens de hoogte in geschoten – in elk geval passen de kleren die ze moet dragen haar nu beter.
Madeleine is dankbaar dat ze zichzelf is. Het is toch onverdraaglijk om Grace Novotny te zijn? Ze heeft borsten gekregen, Madeleine kan ze zien, twee kleine puntmutsjes op haar ribbenkast. Tieten. Philip Pinder heeft er al aan getrokken. Ze huilde. Het schijnt heel pijnlijk te zijn, jongens doen het de hele tijd bij elkaar, ze pakken elkaars tepel en geven er een ruk aan. Grace' nieuwe borsten zijn ook weer zoiets waardoor ieder ander kind in de klas, zelfs Marjorie en Philip, er onschuldig uitziet. Terwijl er met Grace iets onsmakelijks gebeurt.
Op de lessenaar van meneer March staat de enorme taart in lichterlaaie. 'Kom, blijf daar niet zo staan, meisje. Blazen.'
Grace blaast en blaast tot haar bacillen elke vierkante centimeter van de taart bedekken.
Meneer March snijdt hem in dertig stukken en zegt: 'Mevrouw March heeft nog nooit zo'n grote taart moeten maken.' Madeleine is benieuwd hoe zijn vrouw eruitziet. Is zij ook dik? Houdt ze van lekker eten?
Iedereen gaat in de rij staan om een punt in ontvangst te nemen op een stuk vloeipapier. Ze eten in stilte. Sommigen laten het glazuur liggen en het is wel duidelijk waarom: bacillen. Madeleine kan helemaal geen hap door haar keel krijgen. Twee rijen verderop eet Claire McCarroll alleen het glazuur.
Madeleine sluit haar ogen en probeert geen taart te ruiken.
'Wat is er, meisje, lust je geen chocoladetaart?'
'Ik heb geen honger,' antwoordt Madeleine. Bovendien is het nog steeds vasten.
Hij staat over haar heen gebogen. 'Sinds wanneer moet een mens honger hebben om chocoladetaart te eten?' De klas lacht beleefd.

Meneer March neemt haar stuk taart, breekt het doormidden en geeft Marjorie en Grace ieder de helft.

Een halfuur later, als ze bezig zijn met een spellingsoefening en rustig in hun bank zitten te werken, staat Grace op om een potlood te slijpen en ziet Madeleine bloed op de achterkant van haar rok.

'Grace,' zegt Madeleine hardop.

Meneer March kijkt op.

Grace draait zich om naar Madeleine. 'Wat?' En meneer March ziet wat Madeleine zag, net als de voorste helft van de klas. Je hoort ze naar adem snakken.

'Je hebt je bezeerd,' zegt Madeleine, die beleefd probeert te zijn.

'Meisje,' zegt meneer March. Grace weet dat hij het tegen haar heeft, dus ze draait zich om en kijkt hem aan, en nu snakt de achterste helft van de klas naar adem. Vlug draait ze zich weer om, als door een wesp gestoken, de wijde plooien zwieren om haar heen; ze rekt haar hals, ziet de achterkant van haar rok en slaakt een gil. Een jammerkreet. Sommige andere meisjes beginnen ook te huilen en een paar jongens schieten in de lach. De rest staart alleen maar. Bloed. Uit iemands kont. Lisa Ridelle heeft haar hoofd tussen haar knieën laten zakken; haar vader is arts, hij heeft haar verteld wat ze moet doen als ze dreigt flauw te vallen. Grace snikt met wijdopen mond, helder speeksel druipt langs de hoeken omlaag; haar ogen gaan van de bloedvlek naar Madeleine, alsof Madeleine er iets mee te maken heeft.

'Stilte,' zegt meneer March, en dan volgt een oorverdovende klap: hij slaat met de meetlat op zijn lessenaar. Grace wordt stil. 'Dit meisje moet naar huis,' zegt hij. 'Vingers?'

Hij wil dat iemand Grace naar huis brengt met haar bloedende kont, waarom belt hij niet gewoon een ziekenwagen? Grace staart naar Madeleine alsof Madeleine een stipje aan de horizon is, een schip. O nee. Madeleine voelt het. Ze gaat haar vinger opsteken. *Zie je wel? Je had Bugs moeten afstaan voor de vasten, nu moet je een offer brengen en Grace Novotny naar huis brengen.* Madeleine voelt haar hand omhoogkomen van haar bank...

'Marjorie Nolan,' zegt meneer March. 'Breng dit meisje naar huis.'

Iedereen kijkt naar Marjorie. Ze verroert zich niet. Niemand verroert zich. Grace jammert zachtjes en loopt langzaam naar de kapstokhaken, terwijl ze de achterkant van haar rok vasthoudt om de vlek te verbergen.

'Zo traag als stroop in januari,' zegt meneer March. De klas lacht dankbaar.

'Juffrouw Nolan?' zegt meneer March.

Marjorie staat op en loopt kwiek naar achteren, trekt haar jack aan, ritst het dicht en gaat met haar armen over elkaar staan wachten terwijl Grace haar vest van de haak pakt en de mouwen om haar middel bindt, zodat het omlaaghangt en de vlek verbergt.

'Zo jongelui, de voorstelling is afgelopen, sla bladzijde eenenveertig van je taalboek op.'

Madeleine kijkt steels achterom. Grace zal het steenkoud krijgen als ze niet eens haar vest aanheeft. Madeleine staat op zonder toestemming te vragen, haalt haar eigen jack en geeft het aan Grace. Grace trekt het zonder een woord te zeggen aan, als een slaapwandelaarster, en verlaat de klas.

Madeleine loopt terug naar haar bank. Nu kijkt iedereen naar haar.

Meneer March zegt: 'Aanschouw de Barmhartige Samaritaan.'

Gelach. Iedereen voelt zich weer normaal. Madeleine maakt een buiging.

'Dank je, juffrouw McCarthy, je mag weer gaan zitten.'

Hij klinkt niet boos. Hij klinkt net als anders. Alsof hij gedwongen is de spot te drijven met iets wat hem onnoemelijk verveelt.

Grace keert na de middagpauze naar school terug met een andere rok aan. In het speelkwartier blijft ze binnen en voert de woestijnrat een blaadje sla – Spoetnik was bijna dood geweest, want Philip Pinder had hem als een dinky toy over de grond laten rijden. Sindsdien zorgt Grace voor hem. Om twee minuten voor drie pakt meneer March zijn lijst. 'De volgende meisjes...' Ze zijn allemaal al bezig hun huiswerk uit hun bank te pakken – allemaal behalve Joyce Nutt, Diane Vogel, Marjorie en Grace. Hij is hen 'mentoren' gaan noemen. Niemand vraagt zich meer af wat ze doen, het is gewoon iets wat bij de klas van meneer March hoort.

Madeleine bergt haar taalboek op en haalt haar rekenboek tevoorschijn. Ze ziet vreselijk op tegen het huiswerk van vanavond: ze zijn vanuit het vagevuur van woordproblemen opgeschoven naar de hel van de negatieve getallen. 'Joyce Nutt' – weg is de vriendelijke dekmantel van het verhaaltje. Hoe zou je met woorden kunnen beschrijven wat deze getallen doen? Ze gaan door de spiegel heen. Als schimmen van natuurlijke getallen leven ze onder de grond – 'en Diane Vogel.' Madeleine kijkt op. Iets is anders dan anders. Meneer March gaat zitten. De bel rinkelt. Uitbundig gestommel van voeten...

'Op ordelijke wijze, jongens en meisjes.'

Madeleine ritst haar jack dicht en ziet dat Marjorie en Grace in hun bank zijn blijven zitten. Meneer March heeft hun namen niet voorgelezen, dat is wat er anders is. Desondanks zit Marjorie met gevouwen handen te wachten.

Grace' mond hangt een beetje open, ze draait een haarlok om haar vinger en kijkt naar Marjorie.

Madeleine trekt haar rubberlaarzen aan als meneer March zegt: 'Meisjes, hebben jullie je naam gehoord?' Grace giechelt. Marjories profiel wordt dieproze.

'Wel?' zegt meneer March, op koddige toon. 'Gauw naar huis dan. Jullie aanwezigheid is niet nodig.'

Madeleine ziet Marjorie langzaam opstaan uit haar bank. Grace volgt. Als Marjorie zich omdraait, kijkt ze in de ogen van Madeleine, die verrast constateert dat de gebruikelijke zelfgenoegzame uitdrukking van Marjories gezicht is verdwenen. Er is een blik van pure verbijstering voor in de plaats gekomen. Madeleine heeft met haar te doen, maar het volgende moment knijpt Marjorie haar ogen geniepig tot spleetjes en steekt haar tong uit. Madeleine vertrekt vlug door de zijdeur.

De zon voelt zo warm, het lijkt ineens wel zomer. Op een van de schommels zit Claire McCarroll. Haar roze regenjas ligt opgevouwen op de grond, naast haar schooltas. Ze schommelt, niet hoog maar met veel plezier. Madeleine gooit haar eigen jack en schooltas op de grond. Ze heeft een besluit genomen. Probeer niet aardig te doen tegen Marjorie, en probeer niet gemeen te doen. Het werkt allemaal averechts. De kunst is om niets te doen tegen Marjorie Nolan. Er valt iets van Madeleine af wanneer ze op de schommel naast die van Claire klimt.

'Ha Madeleine.'

'Ha Claire.'

Madeleine schommelt hoger, en schopt daarbij een van haar rode laarzen uit. Claire lacht en schopt een van haar roze laarzen uit. Madeleine schopt haar andere laars uit. Claire ook.

Grace en Marjorie draven voorbij, ze kijken nadrukkelijk over hun schouder naar Madeleine en fluisteren achter hun hand. Marjorie heeft haar kabouterschrift voor de dag gehaald en schrijft erin, maar Madeleine trekt zich er niets van aan. Waarom heeft ze dat ooit gedaan? Ze leunt naar achteren en gaat ondersteboven hangen, de schommel zwaait hoger en hoger, ze voelt het haar in haar nek als gras heen en weer vliegen. Claire McCarroll volgt haar voorbeeld en weldra schateren ze van het lachen, want lachen gaat vanzelf als je ondersteboven hangt.

SLAPENDE HONDEN

Wie eens gemarteld is, blijft gemarteld worden.

PRIMO LEVI, DE VERDRONKENEN EN DE GEREDDEN

'Dora!' Henry Froelich schreeuwt het woord, dat niet in zijn gedachten schiet, maar meteen in zijn mond. De man draait zich om en kijkt naar hem, kijkt langs hem heen, zonder herkenning, zoekt op de drukke markt naar de oorsprong van dat ene woord dat hem met een ruk deed omkijken. Froelich had zijn zoontje de puppy's laten zien die dwars door elkaar lagen te slapen in de etalage van de dierenwinkel toen hij zich omdraaide en het gezicht zag. 'Dora!' Weer vliegt het woord zijn keel uit, alsof het met geweld losschiet. Ditmaal kijkt de man hem recht aan. Geen blijk van herkenning, maar angst in de bleke ogen. Dan draait hij zich om en snelt weg.

Froelich volgt maar raakt hem kwijt in de menigte – hindert niet, hij weet waar de man heen gaat, dus hij drukt zijn zoontje steviger aan zijn borst en vecht zich tegen de stroom in een weg naar de brede uitgang van de Covent Market in London. Als hij daar aankomt, is de man de straat al overgestoken, het hoofd diep gebogen onder de vilthoed; hij stapt in een blauwe auto – een Ford Galaxy coupé uit 1963. Dat kan Froelich nog wel zien zonder bril, maar het kenteken? Hij graait naar zijn bril, rukt aan zijn borstzak, de linker, de rechter, de binnenzak, met paniekerige gebaren, en laat bijna zijn kind vallen.

Aan de overkant ziet hij de auto achteruit het trottoir oprijden, abrupt tot stilstand komen tegen een parkeermeter en weer naar voren schieten. Froelich staakt het zoeken naar zijn bril, loopt het gebouw uit, draaft over het trottoir in dezelfde richting als het verkeer en de auto, die nu vaart maakt. De baby begint te huilen. Froelich loopt nog harder, zijn schoenen glijden weg op het gladde trottoir, zijn hand ligt beschermend om het hoofdje van het inmiddels krijsende kind, hij spant zijn ogen in om een glimp op te vangen van de nummerplaat. Passerende auto's onderbreken zijn gezichtsveld als kaders in een film en maken hem duizelig. Hij ziet een waas van blauwe cijfers en letters – het is een nummerplaat van Ontario –is dat een O, een X? of is het een Y? – en ernaast, verzonken in de gloednieuwe deuk, zit een bumpersticker. Hij heeft geen bril nodig om de sticker te herkennen. Felgeel, met het silhouet van een kasteel. Storybook Gardens.

De auto rijdt in volle vaart door oranje. Froelich blijft plotseling staan. Hij heeft zijn bril gevonden: de scherven liggen aan zijn voeten. De bril zat al die tijd boven op zijn hoofd. Het gezicht van zijn zoontje is vuurrood en besmeurd met snot en tranen. 'Sst, sst, kleiner Mann, sei ruhig, ja, Papa ist hier.' Maar het helpt niet. Froelich huilt zelf ook.

Op de terugweg naar zijn eigen auto neemt hij een besluit. Hij zal aan zijn vrouw vertellen dat hij deze man heeft gezien. Maar hij zal het aan niemand anders vertellen. Dus ook niet aan de politie, al is het duidelijk dat deze man onder valse voorwendsels het land is binnengekomen en hier dus illegaal verblijft – maar dat geldt voor duizenden anderen. De overheid ziet het door de vingers en heeft zulke mannen in sommige gevallen zelfs als immigranten aangeworven, want wat deze mannen verder ook mogen zijn, communisten zijn het niet. Henry weet het; hij heeft jaren gewacht op een kans om naar Canada te emigreren, terwijl mannen met een tatoeage van de SS in hun oksel een passagebiljet en een baan kregen aangeboden. Maar hij heeft het al moeilijk genoeg – zijn kinderen hebben het al moeilijk genoeg – om de strijd aan te binden met het verleden. Deze man aangeven zou niet alleen zinloos zijn, het zou iets oprakelen dat koud is en nooit meer kan helen. Hij zou zijn nieuwe gezin opzadelen met het ontroostbare verdriet van zijn vroegere gezin.

Hij legt zijn zoontje, dat nu slaapt, in de reiswieg op de achterbank en probeert zich te herinneren waar hij hierna naartoe moest. Het weeshuis, om Karen op te halen. Hij gaat achter het stuur zitten. Zijn vrouw, zijn kinderen, hijzelf – levende monumenten van hoop. Het is de enige mogelijkheid. Heinrich Froelich is een atheïst. Hij wacht even voor hij de auto start, nog altijd huilend, om God te danken voor zijn zegeningen.

Diefenbakers kabinet viel in februari omdat hij weigerde Amerikaanse kernwapens aan te nemen, en op maandag 8 april zijn de verkiezingen. Jack is net naar het recreatiecentrum geweest om te stemmen. Hij heeft een triomfantelijk gevoel, alsof hij door één stem uit te brengen een beslissende klap heeft uitgedeeld.

Mimi en hij zijn het afgelopen weekend samen weg geweest. Ze hebben de kinderen bij de Bouchers ondergebracht en zijn naar de Niagara gegaan om hun trouwdag te vieren. Hij voelt zich ontspannen en gelukkig, de lente is begonnen en moeder natuur heeft, als een filmploeg in een Hollywoodstudio, overuren gemaakt en de laatste restjes grauwe winter omgetoverd in een sprankelend voorjaar, ogenschijnlijk binnen één dag. Aan de populieren zitten dikke knoppen, klaar om bij de eerstvolgende zoele ademtocht open te springen; voor het gebouw waar hij werkt staan de tulpen in bloei, en op het exercitieterrein draaft een troep cadetten in sportbroekjes voorbij. Binnenkort zullen de insignes worden uitgereikt en zullen de cadetten het nest van Centralia verlaten. Komend weekend kan Jack zien of zijn fitnessprogramma iets heeft opgeleverd, want dan moet hij zich weer in feesttenue hijsen voor een officieel diner ter ere van een generaal-majoor die de basis komt bezoeken.

In zijn kantoor vindt hij een briefje op zijn bureau. 'De heer Freud heeft gebeld. Z.s.m terugbellen,' en Frieds telefoonnummer. Hij schudt zijn hoofd – 'Freud'. Dat dekt het aardig. Hij verheugt zich er zowaar op Oskars schrille stem weer te horen, zo'n mooie dag is het, en terwijl hij de telefoon pakt vraagt hij zich af waaraan hij deze eer te danken heeft. Freud zou zeggen dat het allemaal de schuld is van Frieds moeder. Hij draait het nummer. Probeert zich voor te stellen hoe Frieds moeder eruit moet hebben gezien – Fried met een hoedje op.

De telefoon wordt meteen opgenomen. De behoedzame stem. 'Hallo?'

'Dag Oskar, met Jack.'

Hij vindt het leuk om Fried te plagen door hem Oskar te noemen. Niet alleen heeft Fried hem nooit gevraagd zijn voornaam te gebruiken, Oskar is ook nog eens een schuilnaam en daarom waarschijnlijk dubbel zo irritant.

'Ik ben herkend,' zegt Fried.

'Wat?' zegt Jack. 'Herkend? Door wie?'

'Dat weet ik niet.'

'Wat bedoel je?'

'Al sla je me dood,' zegt hij ernstig.

Jack schiet bijna in de lach – Fried heeft te veel televisie gekeken.

'Waar, wanneer?'

'Ik was naar de markt op zaterdag en ik bel jou onmiddellijk en het hele *Wochenende*, hoe zeg je...?'

'Weekend.'

'Ja, maar je bent niet thuis.'

'Vertel nou maar wat er gebeurd is, Oskar.'

'Ik ga ervandoor, ik aarzel niet.'

'Dus iemand zag je en je hebt geen idee wie hij is of waar hij vandaan komt?'
'Ik weet waar hij vandaan komt.'
'Waar dan?'
'Ik vertel dat niet aan jou.'
'Oskar, hoe kan ik je nu helpen als...'
'Zeg tegen Simon dat ik herkend ben.'
'Noemde die man je bij je naam?'
'Hij noemt me bij een naam.'
'Welke naam?'
'Ik herken deze naam, dat is hoe ik weet...'
'Is het jouw naam of niet?'
Stilte.
'Oskar,' zegt Jack, 'het kan me niet schelen wat je echte naam is en je hoeft het ook niet te zeggen, vertel me alleen of die vent je bij je echte naam noemde.'
'Nee,' zegt Oskar, en Jack kan bijna zien hoe hij over zijn droge onderlip likt. 'Hij zegt niet mijn naam.'
Zijn angst is voelbaar door de telefoon. Jack slaat een vriendelijke toon aan. 'Goed, dat is goed, maar welke naam gebruikte hij dan?'
Weer blijft het stil.
Jack is ongerust, maar hij begint er ook genoeg van te krijgen. Oskar Fried begrijpt de bevelsstructuur niet, het feit dat Jack, bij afwezigheid van Simon, als het ware Simon ís. Niet zomaar de loopjongen.
Fried aarzelt en zegt: 'Dora.'
'Dora? Waarom zou hij je zo noemen?'
'Hij komt van Dora.'
'Heeft Dora hem gestuurd? Wie is Dora?' Zijn vrouw? Een KGB-agente? Jack wacht op Frieds antwoord. 'Oskar? Wie is Dora?'
'Jij bent niet gemachtigd voor mij – jij bent niet gemachtigd om mij te ondervragen.'
Jack bijt op zijn tong en knijpt zijn ogen tot spleetjes. Kalm blijven. Fried is bang. Als de dood dat hij zal worden teruggebracht naar de Sovjet-Unie.
Fried zegt: 'Zeg tegen Simon: "Dora." Hij begrijpt dit. Zeg dat hij me opbelt met de telefoon.'
'Mij best. En hou je voorlopig gedeisd, Oskar...'
'Gedeisd?'
'Blijf in je flat. Ga niet met de auto rijden.'

'Ik ga niet rijden, hij ziet de auto.'
'De auto?'
'Ik ren naar mijn auto, hij volgt, hij ziet hem.'
De nummerplaat. Degene die de auto heeft gezien, kan hem weer zien. Zal er misschien naar op zoek gaan. Zal hem misschien in Morrow Street vinden, voor het gebouw waar Fried woont... 'Waar is de auto nu, Oskar?'
'Ik parkeer achter het gebouw.'
'Goed zo. En maak je geen zorgen. Je bent waargenomen – je bent herkend op zaterdag. Dat is twee dagen geleden. Als er iets ging gebeuren, zou het nu al gebeurd zijn...'
Jack is er niet zo zeker van als hij doet voorkomen, maar het is geen onredelijke veronderstelling. Hij voelt zich schuldig – hij had zijn aandacht niet mogen laten verslappen toen er de afgelopen maanden niets gebeurde. Hij had scherp moeten blijven. Alert. Hij had Fried het telefoonnummer van de bruidssuite in de Holiday Inn bij de Niagara-waterval moeten geven.
Jack wil ophangen, hij moet Simon bellen...
'Ik heb eten nodig,' zegt Fried.
Jack laat zijn hoofd op zijn hand zakken. 'Je bent zaterdag toch nog naar de markt geweest?'
'Ja, maar ik word herkend voor ik iets koop.'
Jack zucht, grijpt zijn pen en een blocnote, en bedenkt intussen dat Simon hem waarschijnlijk zal instrueren Fried onmiddellijk ergens anders naartoe te brengen, meteen de brug over naar Buffalo – er zal misschien geen tijd zijn voor boodschappen. Hij probeert te verzinnen wat hij Mimi als reden kan opgeven wanneer hij vanavond naar London moet, en zegt: 'Brand maar los.'
'Pardon?'
'Wat voor boodschappen heb je nodig?'
Aan de andere kant hoeft Jack misschien niets anders te doen dan McCarroll briefen. Het is typerend, denkt hij spijtig: de Amerikaan komt er op het allerlaatste moment bij en gaat met de eer strijken. McCarroll zal Fried stiekem wegbrengen naar de luchtmachtbasis Wright-Patterson en als een held worden ingehaald. Enfin, maakt niet uit. Frieds veiligheid komt nu op de eerste plaats. En dat de man rustig blijft. Hij luistert en schrijft. 'Boter, ja... mosterd, ja, ik weet het, scherpe...'
De lijst is lang en gedetailleerd, Frieds ontmoeting met 'Dora' heeft zijn eetlust blijkbaar niet aangetast. Jack schrijft maar door. 'Niet zo vlug... Camembert en... wat? Waar moet ik kersen vandaan halen? Die kosten een vermogen in deze tijd van... oké, wat nog meer?'

Hij kijkt op en ziet Vic Boucher met een grijns op zijn gezicht in de deuropening staan. Hoe lang staat hij daar al?

Jack knipoogt tegen Vic en zegt in de hoorn: 'Ja, ik zal erop letten dat ze vers zijn...' Vic slentert naar binnen, een stapel papieren onder zijn arm, en werpt terloops een blik op Jacks boodschappenlijst, die voor hem ondersteboven ligt. Jack schrijft 'bleekselderij' in plaats van het merk pijptabak waar Fried om vraagt, en heeft spijt dat hij zijn deur niet dicht heeft gedaan.

Aan het andere eind van de lijn zegt Fried: 'Kaviaar.'

Jack kan zich niet bedwingen. 'Kaviaar?'

Vic kijkt naar het plafond en doet alsof hij fluit. Jack grijnst en schudt zijn hoofd.

'Dat is alles,' zegt Fried en hangt op.

Jack blijft glimlachen en zegt in de hoorn: 'Ik ook van jou. Dag schat,' en hangt op.

'Dat moet je Mimi nageven,' zegt Vic. 'Ze weet wat lekker is.'

'Het zit alleen niet lekker met mijn salaris.'

Vic wil weten wat Jack de beste casestudie vindt om het semester mee af te ronden, en Jack betreurt zijn gevoel van ergernis – dit is per slot van rekening zijn echte baan. Fried is de indringer, niet Vic. Als Vic weer weg is, haalt hij de lijst uit zijn zak. Bleekselderij? Hij kan zich niet herinneren dat Fried... o ja, bleekselderij was een codewoord voor pijptabak, maar welk merk ook weer?

Hij stopt de lijst in zijn zak, grijpt zijn uniformjasje en verlaat zijn kantoor, terwijl hij in gedachten alles nog eens op een rijtje zet zodat hij Simon duidelijk en zonder veel omhaal kan uitleggen wat er aan de hand is. Hij kan een aantal redenen bedenken om niet al te ongerust te zijn. Als de onbekende op de markt een KGB-man was die Fried in de gaten moest houden, waarom zou hij dan in het openbaar naar hem roepen? En hoe waarschijnlijk is het dat Fried een KGB-agent zo gemakkelijk heeft kunnen afschudden op de drukke markt? Terwijl hij op een drafje de treden afdaalt, ademt hij de aprillucht diep in en kijkt langs de boomtoppen omhoog naar het blauw dat bezaaid is met wit dons waaruit best nog sneeuw zou kunnen vallen. Waarschijnlijk was het de KGB niet. Tenzij de boodschappenlijst een valstrik is. De populieren ruisen zoals ze altijd doen, van het kleinste briesje weten ze nog iets te maken. Jacks gezicht gloeit, maar hij overweegt het koeltjes. 'Dora' kan iedereen zijn. Of alles. Wat weet Jack eigenlijk over deze operatie? Heel weinig concreets. Simon heeft verteld dat Fried een sovjetgeleerde is, en Jack heeft aangenomen dat hij gespecialiseerd is in raketten. Hij realiseert zich dat hij ook heeft aangenomen dat Simon voor MI6 werkt, maar het dringt nu tot hem door dat Simon dat nooit met zoveel woorden heeft gezegd: hij heeft Jacks veronderstellingen subtiel aangemoedigd zonder ze te bevestigen of te ontkennen. Het enige waarover hij duidelijk is geweest, is dat Blair McCarroll nergens in mag worden gekend.

Jack nadert de geasfalteerde vlakte van het exercitieterrein en zucht inwendig, terwijl hij in zijn zak naar kwartjes zoekt. Dit avontuur komt te laat. Hij kan alleen maar denken aan wat er van Mimi en de kinderen moet worden als hem iets zou overkomen.

'Britse ambassade, goedemorgen,' zegt de beleefde vrouwenstem met het onberispelijke accent.

'Goedemorgen, mag ik eerste secretaris Crawford spreken alstublieft?'

'Mag ik vragen wie u bent?'

'Majoor Newbolt.' Jack vindt het raar om de codenaam te gebruiken, maar het is in overeenstemming met de procedure die Simon heeft vastgesteld. 'Newbolt' betekent dringend. En dit is dringend.

'Hoe gaat-ie, Jack?'

'Si, we hebben een probleempje.'

'Ben je op je werk?'

'Ik bel vanuit de cel.'

Ze hangen op en Jack wacht tot de telefoon rinkelt. Het is midden op de ochtend, het exercitieterrein is uitgestorven – iedereen heeft les, hetzij in een klaslokaal, hetzij in een cockpit. Hij kijkt door de glazen ruit omhoog en ziet drie Chipmunks in formatie een bocht maken. Waarschijnlijk zit McCarroll op dit moment in de instructeursstoel van een van die gele toestelletjes. De telefoon rinkelt, hij schrikt ervan. Hij neemt aan. 'Hoi.'

'Brand maar los, makker.'

'Onze vriend is herkend.'

'Door wie?'

'Een man op de markt, hij weet niet wie...'

'Noemde hij Frieds naam?'

'Volgens Fried riep hij de naam "Dora".' Jack wacht op een reactie, maar praat door als die uitblijft. 'Meer kon ik niet uit hem krijgen. Hij wilde niet vertellen wie Dora is, hij zei dat jij dat wel zou weten.'

'Wanneer is dit gebeurd?'

'Zaterdag.'

'Nou,' zegt Simon, 'dan was het in elk geval geen KGB-man, anders zouden we het nu wel weten, dus dat scheelt, maar het is wel belangrijk dat onze vriend zich voorlopig gedeisd houdt.'

'Dat heb ik hem al verteld.'
'Goed. Nu moeten we het proces misschien enigszins versnellen.' Jack is gerustgesteld door Simons luchtige, effen toon, snel maar niet gehaast.
'Wil je dat ik onze tweede man inlicht?'
'Mm.'
'Wanneer?'
'O, je kunt het net zo goed meteen doen.'
Jack voelt dat Simon een eind wil maken aan het gesprek, dus hij zegt: 'Jij maakt je dus geen zorgen om die vrouw?'
Simon lacht. 'Dora was een fabriek, makker.'
'Een fabriek? Waar, in Duitsland?'
'Ja.'
'Tijdens de oorlog?'
'Dat klopt.'
'Nooit van gehoord.' Jack wou dat hij het terug kon nemen, hij beseft dat het afwerend klonk, argwanend zelfs.
'Nee, dat kan ook moeilijk, want het was een codenaam. Voor de fabriek waar ze hun raketten maakten.'
'De V2's? Dat was in Peenemünde.'
'Wij hebben Peenemünde gebombardeerd, dus toen hebben ze een ondergrondse fabriek gebouwd en die Dora genoemd.'
Jack is voldaan. Zijn veronderstelling is bevestigd. Fried is een raketdeskundige.
'Wie gaat er trouwens winnen?' vraagt Simon.
'Winnen?'
'Blijft Diefenbaker aan?'
'O,' zegt Jack. 'Nee, ik denk dat hij eruit vliegt. Dat hoop ik tenminste. Zeg, Fried wil dat ik eten voor hem haal, zal ik in plaats daarvan zeggen dat hij zijn koffers moet pakken?'
'Je hoeft niets te zeggen, ik praat wel met hem. Ik denk dat ik weet wat er gebeurd is. Doe maar gewoon boodschappen voor hem, geen paniek.'
'Simon.'
'Ja?'
'Hoe kun je zo zeker weten dat die kerel van Dora geen KGB-man is? Dat ze Fried met rust hebben gelaten kan ook betekenen dat ze hun tijd afwachten. Hem observeren.'
Simon aarzelt heel even en zegt dan: 'Omdat de Sovjets niet weten dat Fried is overgelopen. Ze denken dat hij dood is.'

'... O.'

'Zo hebben we hem het land uit gekregen en de lus achter hem gesloten. Als de KGB hem desondanks zou zoeken, had ik dat inmiddels wel gehoord van onze mensen in het Oostblok. Die hebben daar een neus voor. Kanaries in de kolenmijn.'

'... Dus alles loopt in wezen nog zoals het moet,' zegt Jack.

'Alles loopt op rolletjes.'

En dan hangen ze op. Simon klonk niet ongerust. Maar dat zegt niets.

Jack verlaat de telefooncel, maar gaat niet terug naar zijn eigen gebouw; hij loopt in de tegenovergestelde richting, naar de vliegschool – waar hij McCarroll aan zal treffen.

Dus hij had gelijk, Fried werkte aan de V2, de eerste ballistische raket, voorloper van de Saturnusraket waarmee het Westen de Apollo-astronauten naar de maan hoopt te sturen 'voor het eind van dit decennium'. Hij huivert – een vlaag energie, in combinatie met het gure lenteweer. Oskar Fried moet met Wernher von Braun hebben samengewerkt. Dat maakt alle kleine ergernissen die Jack van Fried te verduren heeft gekregen meer dan goed. Hij nadert de omvangrijke hangars aan de rand van het vliegveld en loopt naar Nummer 4, waar de PF's staan.

Dora. Een ondergrondse fabriek. De Duitsers hadden er verscheidene: twaalf verdiepingen hoge paleizen onder de dennen, waar tot het bittere eind Messerschmitts werden geproduceerd. Knappe staaltjes van techniek. Nog knappere staaltjes van zuiver management – dat was het genie van Albert Speer. Jack stapt de hangar binnen; een gewelf van stalen balken hoog boven zijn hoofd geeft hem het gevoel of hij in de lucht hangt als hij opkijkt. Onder zijn voeten de gladde zekerheid van beton. Hij volgt een geïmproviseerde gang tussen de wanden van geprefabriceerde leslokalen.

Is Fried herkend door iemand van Dora? Een collega? Fried is paranoïde, door het sovjetsysteem gedrild om voortdurend over zijn schouder te kijken, maar het is heel goed mogelijk dat de man die naar hem riep dat in alle onschuld deed: hij zag een bekend gezicht, maar de naam wilde hem na al die jaren niet meer te binnen schieten. Misschien was het bedoeld als vriendelijke groet – Fried kennende zal het verschil hem waarschijnlijk ontgaan zijn.

Door open deuren ziet Jack vliegtuigonderdelen die op tafels liggen uitgestald, schoolborden die vol staan met meteorologische termen en, in een ander lokaal, de goeie ouwe Link Trainer: een kleine afgezaagde simulator met een kap om blind te leren landen. Er is nog niet veel veranderd sinds Jacks tijd. Hij staat stil bij de deur van McCarrolls kamer en tikt op het glas.

Een administratief medewerker steekt zijn hoofd uit de kamer ernaast. 'Als u kapitein McCarroll zoekt, overste, die komt woensdag pas terug.'

'Woensdag? Waar is hij dan?' Wat heeft het voor zin om een tweede man te hebben als die er niet is wanneer je hem nodig hebt?

'Hij is in Bagotville, overste.'

'Bagotville?'

'Ik geloof dat hij extra vlieguren ging maken met de Voodoo, overste.'

Natuurlijk. Bagotville is een operationele basis met opleidingsfaciliteiten. McCarroll houdt zijn vaardigheden als piloot op peil met een snelheid van duizend mijl per uur. Er is heel wat veranderd sinds Jacks tijd.

'Bedankt,' zegt hij tegen de man.

Weer terug in zijn eigen gebouw loopt Jack door de gang en hoort het gedempte geluid van zijn hakken op het linoleum. Hij zou overal kunnen zijn. In de gangen van het Pentagon liggen ongetwijfeld dezelfde saaie gespikkelde vierkantjes. Om van het Kremlin maar te zwijgen. Iemand heeft daar een vermogen mee verdiend.

Hij heeft geen haast meer en is zich bewust van een lichte neerslachtigheid wanneer hij zijn pet op de kapstok gooit. Hij had zich erop verheugd McCarroll in te lichten. De ogen van de jongeman te zien oplichten bij het woord 'raketten'; zijn voldoening wanneer hij zich realiseert dat deze overplaatsing in feite een eer was. Het zal moeten wachten tot woensdag.

Hij belt Fried en de man klinkt rustiger nu hij Simon gesproken heeft. Jack vraagt of hij eventueel tot woensdag kan wachten met de boodschappen – het is hem te binnen geschoten dat zijn zoon vanavond zijn eerste honkbalwedstrijd speelt, en morgen heeft hij de ene vergadering na de andere, gevolgd door een bridgeavondje uit voor Mimi. Bovendien is McCarroll dan terug en kan hij hem meenemen om kennis te maken met Fried. Twee vliegen in één klap...

'Ja, woensdag is goed,' zegt Fried.

Jack is van zijn stuk gebracht. Fried klinkt niet alleen beleefd, maar vriendelijk. Hij is óf enorm opgelucht, óf doodsbang.

Hij leunt achterover in zijn eikenhouten draaistoel, zet een voet tegen de rand van het bureau en kijkt uit het raam. Hoog in de lucht ziet hij uitlaatgassen van een straaljager in kronkels uiteenvallen. McCarroll is ergens daarboven. Bezig vlieguren te maken.

Grace is geen stil meisje meer. Sinds zij en Marjorie uit het oefengroepje zijn gezet, zijn de twee dikke maatjes. Marjorie probeert niet eens meer bij het springtouwgroepje van Cathy Baxter te komen, en Grace heeft de walgelijke gewoonte gekregen om op haar vingers te sabbelen, over haar tong te strijken en de nattigheid om haar hele mond te smeren. Haar lippen zien er constant rood en pijnlijk uit, alsof ze metalig smaken, en haar ogen dwalen paniekerig rond alsof ze ergens op betrapt is en iemand zoekt om het op af te schuiven. Ze huilt al wanneer een volwassene alleen maar op vragende toon 'Grace' zegt.

Marjorie heeft haar kabouterschrift en het potlood in de aanslag. 'We gaan je rapporteren, Madeleine.'

Madeleine antwoordt smalend: 'Bij wie dan, als ik vragen mag?'

'Dat gaat je geen steek aan,' antwoordt Marjorie met een zwaai van haar stijve blonde krulletjes. Grace giechelt. Zij draagt Marjories majorettestok.

Tegen de middag kwamen er wolken opzetten en om drie uur regende het. Iedereen is naar huis gerend, maar Madeleine wil niet de indruk wekken dat ze wegloopt.

'Ik waarschuw je, Madeleine McCarthy.'

Gewoon negeren.

'Ja,' zegt Grace.

Daar staat Madeleine van te kijken. Hoe kan iemand met wie je te doen had en voor wie je pas geleden nog zo aardig was opeens geen enkel respect meer voor je hebben?

'Je sjtinkt, Madeleine.'

'Hoor je me?' zegt Marjorie.

'Hoor je me?' herhaalt Madeleine.

'Jij krijgt straks flink op je donder, Madeleine.'

'Jij krijgt straks flink op je donder, Madeleine.'

'Hou je kop!'

'Hou je kop!'

Madeleine weet dat ze Marjorie niet zo moet pesten. Arme Margarine, een mouw vol kabouterinsignes en een achterlijke vriendin. Als je een echt goed mens wilt zijn, moet je vriendschap sluiten met degenen die je niet kunt uitstaan. Dat deed Jezus ook. Slechte vrouwen en tollenaars. Madeleine speelt al met het radicale idee om met een vrome glimlach op haar lippen haar hand uit te steken, als ze Marjorie achter zich hoort zeggen: 'Pak haar, Grace.'

De klap raakt haar dwars op de schouderbladen, zodat ze even geen adem kan krijgen en half voorovervalt. Als ze zich omdraait ziet ze Grace de majorettestok vasthouden alsof het een honkbalknuppel is, haar schichtige ogen stralen van opwinding. Marjorie staat erbij met haar armen over elkaar en een gelaten, zelfs spijtige uitdrukking op haar gezicht. 'Het is je eigen schuld.' Madeleines mond is open maar ze maakt geen geluid, en even is de hele wereld stil. De lucht ziet er scherper uit. Het is alsof zij drieën door de schok van de klap op een andere plek terecht zijn gekomen.

Grace kijkt naar Marjorie, alsof ze wacht op een bevel om nog eens te slaan. Madeleine kijkt van de een naar de ander en de woorden glijden over haar lippen zoals een brief in de brievenbus glijdt: 'Njah, wat moet dat, chef?'

Grace giechelt.

Marjorie zegt: 'Schei uit Madeleine.'

'Schei uit,' zegt Grace.

Madeleine springt en waggelt als een aap, duwt haar tong tegen haar bovenlip, laat haar ogen uitpuilen, krabt met slappe vingers in haar oksels.

'Hou op!' schreeuwt Marjorie.

Grace zwaait met de stok en raakt de achterkant van Madeleines kuiten. Het doet gemeen zeer en Madeleine voelt de tranen in haar ogen springen. Ze komt overeind, steekt haar vinger in de lucht. 'Nou is het oorlog, dat snap je zeker wel.'

Marjorie vliegt op haar gezicht af, krabt, grijpt handenvol haar. Madeleine beschermt haar hoofd tussen haar ellebogen en begint plotseling te lachen als Woody Woodpecker – het gaat automatisch, het komt eruit als kogels uit een machinegeweer: 'Hi-hi-HA-ha!'

Marjorie gilt: 'Hou je kop Madeleine!'

Madeleine gilt terug: 'Hou je kop Madeleine!'

Grace bespringt haar voor ze overeind kan komen, rukt aan haar regenjas en schooltas, probeert haar onderuit te halen. 'Wil je dat we je doodmaken, Madeleine?!' roept Marjorie.

'Doodmaken, Madeleine?' roept een iel stemmetje terug. 'Doodmaken, Madeleine?' Het gewicht van Grace drukt zwaar op haar benen, alsof ze vastzit in drijfzand. *Wat er ook gebeurt, zorg dat je niet op de grond valt.* Ze begint te blaffen als een hond en krijgt de slappe lach. Ze voelt onder haar oog een heldere natte plek ontstaan, warmer dan de regendruppels, en dan is ze plotseling weer gewichtloos. Grace heeft haar losgelaten en staat te huilen. Marjorie stormt met platte handen op haar borstkas af, maar Madeleine blijft als een opblaasbare clown overeind.

'Pas jij maar op,' roept Marjorie buiten adem.

Madeleine leunt voorover en krijst: 'Jabba-dabba-doe!', haar en bloed in haar ogen.

Grace en Marjorie deinzen achteruit en bekogelen haar met machteloze dreigementen en huilerige verwensingen. Dan draaien ze zich om en rennen weg.

Madeleine blijft staan om op adem te komen. Dat schijnt een hele tijd te duren. Ten slotte dringt het tot haar door dat ze niet hijgt, maar kleine geluidjes maakt. Ze huilt – dat wil zeggen, haar ogen huilen, haar lichaam huilt. Ze laat het gebeuren. Het regent toch. Het vermoeide gesnik doet haar denken aan een klein kind, een kind waar ze medelijden mee heeft. De pijn komt opzetten en begint te weergalmen als een echo van de klappen. Pijn is duidelijk en overzichtelijk. Daardoor kan ze haar ogen richten op de huizen aan de andere kant van het grasveld en naar huis gaan. Daardoor kan ze ophouden met huilen.

'Ik zat een hond achterna en toen viel ik.'
Liegen is een tweede natuur geworden.
'Wat voor hond?'
'Ik denk een zwerfhond.'
'Hoe kom je aan die krassen op je gezicht?'
'Ik had mijn armen in mijn regenjas toen ik viel.'
'O Madeleine, *pourquoi?*'
'Ik deed een pinguïn na.'
En omdat haar moeder nog steeds bezorgd kijkt, voegt ze eraan toe: '*Ci pa gran chouz.*'
'*Ci* quoi? *Qu'est ce que tu dis?* Wat voor soort Frans is dat?'
'Het is Michif.'
'*Mi*'-quoi?'
'Van Colleen geleerd.'
'Is dat het? Heeft Colleen Froelich je op de grond gegooid?'
'Nee!'

Maman plakt twee pleisters op Madeleines gezicht, een boven en een onder haar rechteroog. Er zal misschien een klein littekentje overblijven. Daarna belt ze de MP om te melden dat er een valse hond losloopt.

Jack koopt de avondeditie van *The Globe* voor het nieuws over de verkiezingen en houdt de krant boven zijn hoofd terwijl hij op een drafje naar huis loopt – het zag er vanochtend niet naar uit dat het zou gaan regenen. De wedstrijd van Mike wordt waarschijnlijk afgelast. Misschien moet hij vanavond dan toch naar London gaan. Maar de winkels zijn dicht, en met wie kan hij nu nog meerijden naar de stad?

Hij slaat de hoek om en ziet Henry Froelich, met paraplu, onder de motorkap van de opgelapte auto staan turen, toegevend aan zijn obsessie. Jack roept een groet en Froelich licht zijn pijp op. 'Hank, hoe heet dat gif dat je staat te paffen?'

'Von Eicken. Wil jij het ook proberen?'

'Nee, ik wilde het misschien kopen voor een vriend.'

'Je haalt het bij de Union Cigar Store tegenover de markt.'

'Bedankt,' zegt Jack. Hij loopt zijn eigen oprit op en doet de voordeur open. 'Mimi, ik ben thuis.' Draaft de treden op. 'Man, wat ruikt dat lekker!'

'Waar zijn mijn kersen?' vraagt ze, en begroet hem met een kus.

'Kersen?' Hij lacht tegen haar, zet zijn pet af, schudt de regen eraf.

'Betty vroeg waar je kersen kon krijgen en wat ze kosten.'

Vic Boucher. Jack blijft glimlachen en zegt: 'Ik kon ze nergens vinden.'

'Vic zei dat ze over de kaviaar maar niet eens moest beginnen.'

'Wat wil Vic eigenlijk, vrouwlief?' Zijn armen nog om haar heen. Wat heeft Vic Betty allemaal verteld? Dat hij 'Mimi' een boodschappenlijstje hoorde dicteren aan Jack? Wat heeft Betty tegen Mimi gezegd? Heeft Betty tijdig haar mond gehouden toen ze merkte dat Mimi geen idee had waar ze het over had? Denken Vic en Betty dat Jack geheimen heeft voor zijn vrouw?

Hij kust haar vluchtig op de lippen.

Ze zegt: 'Je moet geen kaviaar voor me meebrengen, monsieur, ik heb een *ragoût* opstaan,' en loopt terug naar het fornuis. Ze lijkt zich geen zorgen te maken, ze doet heel normaal.

'Ik weet niet waar Vic zijn ideeën vandaan haalt.' Hij leunt over haar schouder, tilt een deksel van een pan en snuift. 'De wens is waarschijnlijk de vader van de gedachte. Mmm.' Ze pakt het deksel van hem af en legt het terug, tilt een ander deksel op en steekt een lepel in de pan.

Hij zegt: 'Hierbij vergeleken stelt kaviaar niet veel voor, geef mij maar een lekkere bouilli.'

'Cassoulet,' zegt ze, blazend op de lepel, proevend.

'Als je kaviaar wilt, vrouwlief, hoef je maar met je vingers te knippen.'

Ze houdt haar hand onder de lepel om hem te laten proeven. 'Dat weet ik.'

'Dat weet iek,' bauwt hij haar na.

'Niet zo brutaal, monsieur.'

Hij proeft. 'Een tikkeltje meer zout.'

Hij schenkt zichzelf een pure whisky in en neemt de krant mee naar de woonkamer. RECORDOPKOMST VOORSPELD. Het ziet ernaar uit dat een heleboel Canadezen willen dat hun stem telt. Hij nipt aan zijn glas en werpt een blik door het grote raam. De lucht klaart op in een oranje vlammenzee – Mikes wedstrijd zal toch doorgaan. Hij is extra blij dat hij Oskar Fried tot woensdag heeft uitgesteld.

◆

Aan weerskanten van de weg strekte de pas ontkiemde maïs zich groen en glanzend uit, de zwarte voren nog zichtbaar tussen de rijen. Het wegdek zinderde, verboog de lucht. Veel te warm voor april. Over de weg rende een jongen in een rode spijkerbroek. Van een afstand gezien was hij een scharlaken vlek, die flakkerde en kleiner werd. Hij ging in de richting van een wilg die trilde in de zichtbare hitte en de kruising bestreek waar de Huron County Road en de weg naar Rock Bass elkaar ontmoetten. Licht blikkerde aan de voeten van de jongen, teruggekaatst door de stalen wielen van de rolstoel van zijn zusje, die hij in een flink tempo voortduwde. Een vriendinnetje fietste naast hem, haar blauwe jurk deinend om haar knieën, terwijl zijn hond gelijke tred met hem hield, vastgemaakt aan haar fiets.

Ze is nooit thuisgekomen. Uiteindelijk hebben ze haar gevonden. En hoewel de jongen wel gewoon thuiskwam, samen met zijn zusje en zijn hond, is hij op die lentedag spoorloos verdwenen en nooit teruggevonden.

WOENSDAGSKINDEREN

Een lichtgele vlinder fladderde van hot naar her om de honing van de oerwoudbloemen te proeven. Hij vloog met zorgeloos gemak over de rug van een krokodil die zich op een droge oever had uitgestrekt en rustig een dutje deed...

'VLINDERS EN KROKODILLEN', THE PUPIL'S OWN VOCABULARY SPELLER, 1951

Er staat een gele mand op de lessenaar van meneer March, boordevol paaseieren in fleurig zilverpapier op een bed van papierwol. Zo'n ding alleen al zien voor het Pasen is, nog in de vasten, is net zoiets als stiekem onder het bed van je ouders kijken om je kerstcadeaus te zien. Het is spannend, je wilt ermee spelen, je moet lachen. Maar aan het eind van de dag wilde je dat je niet gekeken had.

Pasen is minder belangrijk, en toch verheug je je erop. Het beschilderen van de hardgekookte eieren de avond tevoren, en dan 's ochtends de gigantische chocolade paashaas die op de salontafel op je staat te wachten, met guitige kraaloogjes van snoep en een mand op zijn rug. Madeleine krijgt altijd een haas en Mike een haan. Op de hele benedenverdieping zijn eieren van chocola verstopt: in schoenen, in de uitklapbare speakers van de geluidsinstallatie, onder de voet van de lamp... Dan het grote eiergevecht, waarbij je probeert met een hardgekookt ei andere eieren kapot te tikken en het jouwe heel te houden. Maar denk erom, het is alleen feest omdat Jezus op Goede Vrijdag is gekruisigd, gestorven en begraven, en op de derde dag weer is verrezen. Het idee om in de klas paaseieren te eten voordat Hij zelfs maar aan het kruis is genageld, deugt gewoon niet.

Toch schijnt de klas paasfeest te gaan vieren, ondanks het feit dat het vandaag pas woensdag is – een dag die niet eens een speciale naam heeft. Dat begint pas morgen, met Witte Donderdag.

Maar eerst een dictee. Meneer March spreekt de woorden duidelijk uit, met veel nadruk, zodat elke lettergreep een kans krijgt. 'Krokodil... vlinder... gevaar... dutje... uitgebroed... afschuwelijk... moeras... groep... oppervlak... honing... ontsnapping... smaak... wolkje... stil.'

Het enige moeilijke woord is 'krokodil'. Madeleine schrijft 'krokodil', maar herinnert zich dan het symbool van het duiveltje dat met zijn hooivork naar het woord wees in het boek om aan te geven dat het lastig is, en maakt er 'krokedil' van.

Meneer March haalt de dictees op en doet vervolgens of hij verbaasd is over de paasmand op zijn lessenaar. 'De paashaas is hier blijkbaar al vroeg geweest.'

Een plichtmatig 'ohh' van de klas.

'Wie kan er springen als een haas?'

Vingers schieten de lucht in. Wat maakt het uit of springen als een haas iets is voor de kleuterschool, iedereen wil de mand in handen krijgen – in elk geval de meeste meisjes, en Philip Pinder. Zodra hij zijn vinger opsteekt, volgen andere jongens zijn voorbeeld, want als Philip het doet is het niet meisjesachtig.

Meneer March trekt zijn wenkbrauwen op. 'Ik wilde dat ik zoveel vingers zag als ik vraag of iemand de tien provincies en hun hoofdsteden kan opnoemen.'

Zelfs Auriel en Lisa hebben hun vinger opgestoken. En ook Gordon Lawson, die netjes met zijn elleboog op zijn lessenaar leunt. Madeleine is de enige die haar vinger niet heeft opgestoken. En Grace. En Claire. Grace omdat ze weet dat zij nooit zal worden gekozen.

'Hazen zijn heel rustig en klein,' zegt meneer March op een toon alsof hij een verhaaltje vertelt, helemaal niet sarcastisch, en daaraan merk je dat hij soms best aardig kan zijn. 'Wie is rustig en klein genoeg om een haas te zijn?'

Alle vingers gaan omlaag en het wordt doodstil in de klas. Ze kruipen allemaal in elkaar in hun bank, met hun handen over hun hoofd zoals bij dekking zoeken. Madeleine legt haar kin op haar bank en knippert met haar ogen. Ze wil zijn gevoelens niet kwetsen, maar ze heeft geen zin om te worden gekozen en zijn chocola te moeten eten. Claire McCarroll is het enige andere kind dat geen haas nadoet.

'Claire McCarroll,' zegt meneer March. 'Spring maar naar voren.' Niemand kan boos zijn op Claire omdat zij de paashaas mag zijn. Zij is tenslotte de rustigste. En de kleinste. Ze springt door het gangpad naar voren, haar handen als pootjes onder haar kin gevouwen, en iedereen lacht, niet pesterig maar vrolijk. Claire kijkt ernstig. Ze is een haas geworden. Als ze bij de lessenaar van meneer March komt, steekt hij zijn hand uit en aait de haas over zijn kop.

'Spring maar op mijn schoot, haasje.'

Zo gezegd, zo gedaan.

Meneer March lacht tegen de haas. Hij is ook vaak aardig tegen de woestijnrat. 'Zo, paashaas, ik wil dat jij de eieren uitdeelt, één per leerling, denk je dat je dat kunt?'

De haas knikt.

'Kun je met je oren wiebelen?'

Claire verandert haar pootjes in lange oren en laat ze wiebelen. De klas klapt.

'Kun je met je staart kwispelen?'

Claire wiebelt met haar achterwerk en iedereen lacht, maar Madeleine voelt haar gezicht prikken. Ze stelt zich Claires onderbroek voor, die ze lang geleden per ongeluk een keer heeft gezien toen ze koprollen maakten. Meneer March duwt de mand tussen Claires pootjes. 'Kies nu maar het hazenpad.'

Ze glijdt van zijn schoot en de rok van haar lichtblauwe jurk schuift omhoog. Madeleine sluit haar ogen en er verschijnt een dessin achter haar oogleden, wazig en niet goed te onderscheiden. Gele spikkels, kuikentjes misschien...

Terwijl Claire door de gangpaden springt, slaat meneer March de maat en zingt de klas: 'Daar komt Peter Pluimstaart aan, zie hem toch eens dartel gaan...' Ze stopt bij elke bank en legt een chocolade-ei neer. Madeleine heeft een gloeiend gevoel in haar buik, haar handpalmen zijn klam, haar vingers koud. Ze houdt ze tegen haar voorhoofd om het af te koelen.

Ze voelt zich beter tegen de tijd dat Claire bij haar bank komt, omdat iedereen aardig is voor het haasje, haar bedankt of zelfs aait. Claires bedelarmbandje blinkt als ze het ei aan Madeleine overhandigt, en Madeleine herinnert zich haar eigen armband die thuis in het blauwe doosje ligt en waar ze nooit naar omkijkt. Misschien moet ze hem vanavond omdoen als ze naar de kabouters gaat. Ze neemt het ei aan en fluistert met een scheve mond: 'Bedankt chef, wij knijnen moeten mekaar helpen,' en het haasje glimlacht.

'Aan alles komt een eind,' zegt meneer March, en Claire springt met de lege mand naar zijn lessenaar terug. 'Heeft de paashaas eraan gedacht een ei voor zichzelf te bewaren?' vraagt hij. Het haasje schudt haar hoofd. 'Waarom niet?' vraagt hij.

Claire slaat haar ogen neer en prevelt met haar zachte, lieve accent: 'Ik hou alleen van echte eieren.'

'Natuurlijk,' zegt meneer March. 'Hoe kon ik dat vergeten: onze eigen ornitholoog.' Hij kijkt de klas rond en zegt: 'Vertel me eens, wie is dan de gelukkige bezitter van twee chocolade-eieren?'

Gordon Lawson steekt zijn vinger op, lacht en haalt zijn schouders op. De hele klas roept: 'Ohhhhhh!' en Gordon en Claire blozen allebei. Auriel fluistert tegen Madeleine dat Marjorie kijkt alsof ze net in een citroen heeft gehapt in plaats van in een stuk chocola, en het is waar, zo kijkt ze.

'Eet jij je chocolade-ei niet op, meisje?'

Madeleine kijkt naar het ovaal van gekleurd zilverpapier op haar bank. 'Nee, dank u, meneer March.'

'En waarom niet? Ben ik een vreemde?' De klas lacht plichtmatig.

'Nee.'

'Nou dan?'

'Ik eet het niet omdat het vasten is.'

'O. We hebben een vrome christen in ons midden.' Opnieuw gelach. 'Ik ben me er niet van bewust dat ik iets grappigs heb gezegd,' zegt hij, rondkijkend. 'Je zelfbeheersing is bewonderenswaardig, juffrouw McCarthy, maar de vasten is al bijna voorbij. Wat is ertegen om dat met je klasgenoten te vieren?' Ze slikt. Hij zegt: 'Jij hebt dus liever een rouw-ei.' Hij wacht, rolt met zijn ogen. 'Dat was een woordspeling. Rouw, r-o-u-w, of rauw, r-a-u-w.' Aarzelend gelach. 'En hoe noemen we twee woorden die hetzelfde klinken maar iets anders betekenen? Juffrouw McCarthy?'

'Een tweeling.'

'Fout.' Hij schrijft het antwoord op het bord, waarbij zijn kont wiebelt. 'Homofonen.' Hij onderstreept het, draait zich dan om naar de klas. 'Kinderen?'

In koor: 'Homofonen.'

Philip Pinder schreeuwt: '*Homo*-fonen!'

Er zijn er maar weinig die lachen, want er zijn er maar weinig die het begrijpen.

'Jemig,' zegt Auriel als ze door de zijdeur buiten komen, 'krijg je nou ook al op je donder als je geen chocola eet?'

'Ja, dat is geloofsvervolging,' zegt Lisa.

'Hé jongens,' zegt Madeleine, 'zullen we helemaal naar huis rollen?'

Maar Lisa en Auriel kunnen niet. Ze hebben orkestrepetitie. Madeleine rolt als een op drift geraakte boomstam, zo vlug als ze kan, want vanavond om zeven uur vliegen de kabouters op het schoolplein over naar de gidsen. Er zijn hapjes en drankjes, er komen ouders en de verloofde van juffrouw Lang zal er zijn, en als ze opschiet, meteen haar speelkleren aantrekt en teruggrent, kan ze helpen met het neerzetten van de gigantische paddestoel en de banken en het uitrollen van de loper van geel crêpepapier die zij en haar vriendinnen het 'gouden pad' zijn gaan noemen.

In de vestibule van Frieds flatgebouw klinkt de zoemer. Jack loopt gehaast door de lobby, die onveranderd is behalve dat er een nieuw nummer van Look op tafel ligt. Het omslag trekt zijn aandacht: twee foto's naast elkaar, Fidel Castro en de Canadese nationale vlag.

    De lift gaat tergend traag omhoog en Jack heeft spijt dat hij de trap niet heeft genomen. Hij manoeuvreert zijn pols langs de zak met etenswaren en tuurt op zijn horloge: kwart over drie. Het boodschappen doen duurde langer dan hij verwachtte; hij moest op zijn beurt wachten terwijl de Beierse winkelier en diens vrouw met elke klant een praatje maakten. Jack kookte van ongeduld, maar beheerste zich om geen aandacht te trekken. Hij zal toch al iets moeten verzinnen om Mimi een dag of veertien bij de markt vandaan te houden – lang genoeg om te voorkomen dat de winkeliers zeggen: 'Bent u daar alweer? Uw man was pas nog hier,' maar niet zo lang dat ze zullen zeggen: 'We hebben u niet meer gezien sinds uw man hier was.' Hoe doen mensen dat die een buitenechtelijke relatie hebben? Die worden handelsreiziger.

    Op de derde verdieping loopt Jack over de krullerige loper naar het eind van de gang. Hij was van plan met McCarroll mee te rijden, maar toen hij hem ging zoeken, kreeg hij te horen dat McCarroll pas tegen etenstijd thuis werd verwacht. Simon vond het geen probleem dat McCarroll nog niet was gebrieft. Volgens hem liep Fried niet direct gevaar zolang hij in zijn appartement bleef. 'De snuiter die hem gezien heeft, heeft geen idee waar hij hem moet zoeken.'

    Jack vroeg zich af hoe Simon dat zo zeker kon weten, maar hij was niet van plan er wakker van te liggen; hij had andere problemen aan zijn hoofd, met name vervoer. Jack had aangenomen dat hij de Rambler niet nodig zou hebben, dus was Mimi er vanmiddag mee naar Exeter gereden om boodschappen te doen en – wat nog meer? – om Sharon McCarroll naar de kapper te brengen, die wilde haar haar laten doen omdat haar man vanavond thuiskomt. Kijk, daar was de informatie over het exacte tijdstip van McCarrolls terugkeer, als hij die maar had weten te ontcijferen. Hij mijmerde over de efficiency van het kletscircuit van vrouwen en vroeg zich af of het een man ooit was gelukt de mogelijkheden daarvan aan te boren.

    Jack had zijn schreden naar de afdeling vervoer gericht met de bedoeling een dienstauto te lenen, maar het hele wagenpark bleek te zijn ingezet voor het bezoek van de generaal-majoor. De dienstdoende sergeant-majoor zei tegen hem: 'Majoor Boucher moet naar de stad voor een vergadering, overste, als u opschiet treft u hem misschien nog.' Jack deed geen moeite. Hij kon zich geen voorstelling maken van het web van leugens en bedrog waarmee hij Vic ervan zou moeten overtuigen dat hij ook naar een vergadering moest – niet op de universiteit natuurlijk, daar ging Vic heen, maar waar dan? En met wie? Iemand van wie Vic nooit had gehoord? Bovendien was hij er zeker van – tot zijn eigen ergernis, want het was volslagen irrationeel – dat Vic hem dan op de markt zou betrappen met een arm vol verdachte boodschappen. Hij was al scherper op Vics reacties gaan letten sinds het 'kaviaar-en-kersen'-incident, en probeerde erachter te komen of Vic dacht dat hij tegen zijn vrouw had gelogen. Met een smoesje van niks midden op de dag naar Londen... Vic zou het beslist aan Betty vertellen.

Hij verliet de afdeling, zwetend in zijn wollen uniform – het was veel te warm voor april – en had net besloten de tocht naar de stad maar helemaal te schrappen toen er een zwarte dienstauto naast hem kwam rijden en een lid van de militaire politie vroeg of hij een lift wilde hebben. De man ging pas laat op de avond terug, en bovendien met een volle bak, 'dus ik kan u alleen een enkele reis aanbieden, overste'.

'Graag,' zei Jack, en ging achterin zitten. Dat was een gelukje. Het was hem net te binnen geschoten dat hij met de Ford Galaxy van Fried terug kon rijden naar Centralia. 'Hoe heet je, korporaal?'

'Novotny, overste.'

Een beer van een vent. Jack leunde achterover en vroeg wie hij dit jaar het liefst de Stanley Cup zag winnen.

Nu klopt Jack op Frieds deur. En wacht. Ten slotte het geschuifel, de stilte waarin hij Frieds oog door het kijkgaatje voelt loeren. De veiligheidsketting schuift weg, de grendel klapt opzij en de deur gaat open. Fried loopt zonder een woord te zeggen terug naar zijn verduisterde woonkamer en het geblèr van de televisie. De stank van verschaalde tabak slaat Jack tegemoet. Hij zou het liefst meteen naar het raam lopen en het openzetten, maar licht is *verboden* vanwege Frieds orchideeën – vampierorchideeën, zoals Jack ze bij zichzelf noemt. Er zijn er nu vijf die langs kleerhangers omhooggroeien, donkere, tere bloemen, die goed gedijen.

Jack dumpt de zak op het aanrecht. Om vandaag boodschappen te kunnen doen moest hij weer een voorschot op zijn salaris vragen. Hij moet maar hopen dat Mimi het oude smoesje 'foutje van de boekhouding' gelooft als ze de dubbele uitbetaling op zijn loonstrookje ziet. Hij hoeft zich tenminste geen zorgen te maken over lippenstift op zijn overhemd.

Jack heeft nooit aan overspel gedacht. Nu komt het vanzelf in zijn hoofd op, door de absurde situatie waarin hij zich bevindt: hij verlaat midden op de dag stiekem zijn kantoor, koopt in het geniep dure dingen, heeft een geheim rendez-vous in een schemerige huurkamer. Terwijl hij bijgelicht door de koelkast de etenswaren opbergt, stelt hij zich voor dat hij met een andere vrouw de liefde bedrijft, hier in dit piepkleine keukentje. Staande tegen het aanrecht. Hij pakt de fles cognac uit de tas en zet hem in de kast naast een identieke halfvolle fles, geïrriteerd en nu ook nog eens opgewonden. Hij houdt er een clandestiene relatie op na. Met de NAVO.

Jack loopt terug naar de woonkamer. Fried zit naar *Secret Storm* te kijken. Jack schudt zijn hoofd; je kunt er maar beter om lachen. Hij zou Mimi graag over Fried vertellen, ze zou ervan smullen, en binnen afzienbare tijd mag hij het misschien ook vertellen. Er verschijnt een reclameboodschap voor deodorant, maar Frieds ogen blijven aan het scherm gekleefd. Jack voelt plotseling een vreemde genegenheid voor hem. Dit is de laatste keer dat hij de man ziet voor hij vertrekt om voor de USAF te gaan werken – en op den duur voor de NASA, als Fried zijn zin krijgt. Hij is een echte zonderling, en zijn gebrek aan charme maakt hij dubbel en dwars goed met zijn moed en toewijding. Het is een hele ervaring geweest, wil Jack zeggen. 'Zullen we een partijtje schaken?'

Eerst lijkt het of Fried hem niet gehoord heeft. Maar wanneer hinderlijke flarden orgelmuziek aangeven dat de soap weer verdergaat, zegt hij: 'Ssst.'

Jack is gepikeerd. Hij voelt dat hij een kleur krijgt en haalt even diep adem. Hij zou aan deze missie graag nog iets anders overhouden dan een wrange smaak en een hoop onbeantwoorde vragen. Frieds profiel ziet er onverstoorbaar uit in het licht en de schaduw van de televisie. Een vrouwenstem stottert: 'Want ik... ik ben die andere vrouw,' en ze barst in huilen uit.

Dit is Jacks laatste kans. De volgende keer dat hij Fried ziet, is Blair McCarroll erbij, en daarna zal hij de man waarschijnlijk nooit meer zien. Dus zegt hij: 'Pech dat Von Braun jou in '45 niet had uitgekozen om mee te gaan naar Amerika, dan zat je nu bij de NASA.'

Fried draait zijn hoofd om en kijkt hem woedend aan. Bingo. Hij vormt zijn woorden met onverwachte precisie en beheersing van de taal. 'Weet je waar Kazachstan ligt? Weet je wat Baikonoer is? Weet je wie Helmut Gröttrup is?' Hij verheft zijn stem boven de tranen en verwijten op de beeldbuis. 'We liggen jaren voor, we lanceren, we maken een baan om de aarde, we verslaan jullie en weet je waarom?' Hij gebaart met afkeer naar de televisie. 'Omdat jullie dit belangrijker vinden dan dat,' en hij wijst naar het plafond. Jack veronderstelt dat hij de maan bedoelt, en de kosmos in het algemeen. 'Als de oorlog voorbij is, komen de Sovjets. Met wapens worden we gedwongen voor hen te werken...' Dunne pezen staan strak gespannen in Frieds hals.

Jack gaat voorzichtig zitten, alsof hij bang is iemand wakker te maken.

'Ze nemen mij en vele anderen.'

Jack heeft het goed geraden: Fried heeft de eerste kans gemist. Aan het eind van de oorlog was Wernher von Braun zo verstandig voor de Russische opmars te vluchten en zich over te geven aan de Amerikanen, die zo verstandig waren hem te rekruteren. Von Braun had met zorg een team samengesteld van mensen met wie hij aan het Duitse raketprogramma had gewerkt, onder anderen zijn broer, samen met zijn rechterhand Arthur Rudolph. Allemaal knappe koppen, die nu de kern van de NASA vormen. Maar hij koos Fried niet, en Fried viel in handen van de Russen. Fried zal zich behoorlijk hebben moeten bewijzen in de Sovjet-Unie.

Fried praat verder. 'Gröttrup is ook een geleerde uit Dora. Hij heeft een hoge status. Niet alleen Von Braun weet hoe je een V2 maakt, Gröttrup weet het, ik weet het. We werken in de Sovjet-Unie, velen van ons, en geen luxe. Niet als in Amerika.' Hij moppert op de man en vrouw op het scherm, die verstrengeld zijn in een verboden omhelzing. 'Ik blijf als enige Duitser over in het sovjetprogramma. Ze ruimen ons op... hoe zeg je dat?'

'Doden?'

'Nein,' zegt Fried ongeduldig, die in dat ene moment meer levendigheid aan de dag legt dan Jack in maanden van hem heeft meegemaakt, 'weggooien. Als vuilnis. Ze zeggen: "We hebben nu Russen om jullie werk te doen."'

'Aha,' zegt Jack, 'jullie werden afgedankt.'

'Wie?'

'Net als verouderde vliegtuigen. Aan de kant gezet.'

'Precies. Aan de kant gezet.'

'Behalve jij.'

'Ja.' Fried knikt, en zijn onderlip duwt zijn bovenlip omhoog als blijk van vastberadenheid of zelfvoldaanheid.

'Waarom, Oskar?'

Fried klopt op zijn magere borstkas, waar grijze haren uit de open boord van zijn overhemd steken. 'Ik werk. Ik sla de anderen gade. Ik zie als er sabotage is, ik weet wie een verrader is.' Zijn gezicht staat strak.

'Maar nu ben jij een verrader.'

Fried haalt diep adem, maar blijft stil zitten. Ten slotte zegt hij: 'Ik geef niet om geld. Als je je hele leven iets hebt gemaakt, wil je alleen maar doorgaan. Samenwerken met de besten. Het interesseert mij niet wie deze wedloop naar de maan wint. Ik wil meedoen. De Russen laten me niet verdergaan. Voor hen ben ik altijd een vreemde.'

Jack knikt, enigszins geroerd door Frieds oprechtheid. Hij zegt vriendelijk: 'Je moet een belangrijke bijdrage hebben geleverd aan het sovjetruimtevaartprogramma.' Fried toont geen emotie, maar Jack kan merken dat hij het heeft gehoord en ervan geniet, als een kind. 'Geen wonder dat de Sovjets een voorsprong namen,' voegt Jack er doelbewust aan toe, 'als ze geleerden van jouw kaliber voor zich hadden werken.' Fried leunt voorover en zet de tv uit. Pakt zijn pijp. Jack reikt hem het verse pakje tabak aan. 'Jullie lanceerden de Spoetnik terwijl wij de boel nog uit elkaar lieten ploffen op de testinstallatie.'

Fried haalt zijn schouders op, opgetogen maar met een uitdrukkingsloos gezicht, en trekt aan zijn pijp terwijl hij het vlammetje heen en weer laat gaan over de kop.

'Je kijkt er zeker wel naar uit om je vroegere vrienden daar te ontmoeten, hè? Je zult vast wel bekende gezichten tegenkomen op de luchtmachtbasis Wright-Patterson... bij de afdeling R&D.'

Fried zegt niets. Misschien weet hij net zomin waar hij heen gaat als Jack.

Jack zegt: 'Om van Houston maar niet te spreken.'

Fried rookt, weer gekalmeerd.

'Kende jij Von Braun?'

'*Natürlich*.'

'In Peenemünde?'

'En daarna, in Dora. Hij kwam vaak inspecteren.'

Jack herinnert zich ergens gelezen te hebben dat Von Braun nooit naliet een bezoek aan de werkvloer te brengen bij de Ballistic Missile Agency van het Amerikaanse leger. Een visionair met een praktische inslag. 'Dus je werkte in de fabriek zelf. Wat deed je?'

'Ik ben de opzichter die zorgt dat de raket goed wordt gebouwd,' zegt Fried.

'Je hield toezicht op de productiekwaliteit.'

'Dat kun je zeggen.'

'Dus je hielp daadwerkelijk bij de fabricage van de raket. De V2.'

Fried knikt. Jack krijgt het er koud van. 'Tjonge.'

'Dit is een prachtige machine.'

Jack knikt. 'Hitlers geheime wapen.' Hij heeft zin om breed te grijnzen: hier heeft hij zo lang op gewacht.

'Geleiding en besturing,' zegt Fried, 'dat is het brein van de machine. Precisiewerk. Het kost jaren. De raket is vijftien komma twee meter lang, perfect brandstofmengsel, dit kost ook jaren. We produceren er elke maand driehonderd, maar ze zijn niet allemaal perfect. De SS weet niet wat nodig is om deze raket goed te produceren.'

'De SS?'

'Deze raket had de oorlog kunnen winnen.'

Jack is wel zo wijs niet met hem in debat te gaan; de V2 had de oorlog nooit kunnen winnen voor Hitler, al was de productie nog zo efficiënt geweest. De eerste ballistische raket ter wereld was een doeltreffend instrument om de vijand angst mee aan te jagen, maar qua destructieve kracht was het een conventioneel wapen. Een veredelde artilleriegranaat. Hitler had over een parallel traject van atoomonderzoek moeten beschikken en dan de kernbom aan de V2 moeten koppelen. Jack herinnert zich wat Froelich zei: dat Hitler atoomonderzoek afwees omdat het 'joodse wetenschap' was.

Maar Fried lijkt waarschijnlijk op Wernher von Braun, wiens passie voor raketten voortkwam uit de ruimtereizen waar hij van droomde. Hij gaf geen moer om wapens. 'Denk je dat het ons zal lukken, Oskar? Zullen de Amerikanen binnen tien jaar naar de maan reizen en weer terug?'

Fried klopt op zijn pijp. 'Is mogelijk. Als Sovjets niet eerst arriveren.'

'Jawel, maar nu hebben we jou.' Jack grijnst en ziet Oskar Fried voor de eerste keer glimlachen. 'Misschien was dat de man die je op de markt zag?' Hij merkt dat Fried weer dichtklapt, maar hij zet door. 'Een vroegere collega? Misschien een technicus die voor je werkte?'

Fried schudt ontkennend zijn hoofd.

'Ik dacht dat je zei dat je niet wist wie hij was?'

Fried trapt erin. 'Ik weet niet wie, ik weet wat.'

'O,' zegt Jack onschuldig. 'Nou, volgens Simon kent die snuiter je naam niet, dus wat is dan het probleem? Misschien wilde hij gewoon gedag zeggen...'

'Hij wil een touw om mijn nek binden.' Fried is bleek geworden. Hij klopt zijn pijp uit.

Jack zegt op milde toon: 'Waarom, Oskar? Wat heb je dan gedaan?'

'Mijn werk.' Fried staat op, pakt een plantenspuit van de vensterbank en begint zijn bloemen te besproeien.

Meer kon Jack niet uit hem krijgen. Als hij door het trappenhuis naar beneden loopt, strijkt hij met zijn vinger langs de kartelrand van Frieds contactsleuteltje in zijn zak. 'Simon vroeg of ik de auto wilde verplaatsen,' heeft hij gelogen. Hij verlaat het gebouw via de zijdeur en knijpt zijn ogen dicht tegen de felle middagzon, terwijl hij zich afvraagt waarom Fried bang is dat hij de strop zal krijgen voor het werk dat hij deed. Hij was een geleerde. Hij werkte aan de V2, net als Wernher von Braun en de halve NASA. Fried heeft de afgelopen zeventien jaar geploeterd onder het meedogenloze toezicht van de GRU, de Russische geheime politie. Als hij paranoïde is, komt dat misschien doordat hij op een vogel lijkt die te lang in een kooi heeft gezeten – het deurtje staat open, maar hij weet niet dat hij weg kan vliegen. Aan vrijheid moet je wennen. Zoals een mijnwerker aan daglicht. Fried kan het weten, die heeft in een ondergrondse raketfabriek gewerkt, en nu begrijpt Jack de orchideeën: die gedijen in het donker. Terwijl hij om het gebouw heen loopt, voelt hij een zweem van medelijden. De Ford Galaxy staat achteraan tussen twee vuilcontainers geparkeerd, en hij stapt in en kijkt op zijn horloge. Het is net vier uur geweest.

Eerder, om kwart over drie, staan Colleen en Madeleine met diverse andere kinderen en volwassenen op het schoolplein.
  'Wat wil je nu doen?' vraagt Madeleine. Colleen leunt tegen het fietsenrek. Madeleine slijpt een ijslollystokje op de grond.
  'Weet ik niet,' zegt Colleen, 'wat wil jij doen?'
  'Weet ik ook niet. Wil je naar Rock Bass?'
  'Misschien.'
  Aan de overkant van het schoolplein helpen Cathy Baxter en een aantal andere meisjes juffrouw Lang met de voorbereidingen voor de ceremonie van het overvliegen, die na het eten zal plaatsvinden. Madeleine kijkt even naar Colleen en probeert haar opwinding te onderdrukken.
  Zij had een van de helpsters willen zijn, maar de lust verging haar toen Colleen kwam opdagen. Niet dat ze zich schaamt dat ze een kabouter is, maar ze is het liever niet in aanwezigheid van Colleen.
  'Ik ga er misschien af na het overvliegen,' zegt ze, de punt van haar nieuwe ijslollymes testend. Het is een milde dag en de zon streelt haar blote armen en benen. 'Te warm voor de tijd van het jaar,' zei de weerman, met andere woorden: perfect.
  Door de open ramen van het gymnastieklokaal dringt het geluid van het repeterende orkest in stukken en brokken tot hen door. Madeleine herkent de melodie, en de tekst komt vanzelf in haar hoofd op: *De wereld is toch maar klein, de wereld is toch maar klein...* Als ze gedwongen was geweest om lid te worden van het orkest, zou ze daar nu opgesloten zitten.
  Colleen kauwt op een lange grasspriet en knijpt haar ogen tot spleetjes als

ze de gigantische paddestoel ziet die wordt neergezet voor de rijen banken op het honkbalveld. Net een altaar, denkt Madeleine. Het altaar van de Bruine Uil. Vanavond zullen de kabouters het sacrament van hun vleugels ontvangen en overvliegen naar de gidsen. Behalve Grace Novotny, die, geëscorteerd door de leidster van een volkje, over de rol geel papier mag lopen. En behalve Claire McCarroll, die pas dit jaar lid is geworden en nu als volwaardige kabouter wordt geïnstalleerd. Toe-wiet, toe-wiet, toe-woe!

'Kom je vanavond?'

'Nee, ik heb andere plannen,' zegt Colleen.

Goed zo.

Daar komt Claire McCarroll op haar fiets met de prachtige roze linten. Ze heeft nog dezelfde lichtblauwe jurk aan als op school.

'Hou jij van boter?' vraagt ze, en plukt een van de boterbloemen die nog meer pas als bij toverslag tussen het gras zijn opgeschoten.

Claire is erg dartel voor haar doen. Het is voor haar een grote dag: ze mocht de paashaas zijn op school, en vanavond krijgt ze haar kabouterspeldje. Ze houdt de boterbloem onder Colleens kin en zegt: 'Ja, je houdt van boter.' Je kunt je onmogelijk voorstellen dat iemand anders dat straffeloos bij Colleen zou kunnen doen. Daarna doet ze hetzelfde bij Madeleine en giechelt: 'Jij bent dol op boter, Madeleine.'

'Hij houdt van me, hij houdt niet van me. Hij houdt van me...' O nee. Het is Marjorie Nolan, die hardop tellend de bloemblaadjes van een madeliefje trekt, met in haar kielzog Grace Novotny. Marjorie hoorde Claire met de boterbloem en moest toen zelf ook iets doen met een bloem.

Claire zegt tegen Madeleine en Colleen: 'Gaan jullie mee picknicken?'

Madeleine ziet dat Marjorie vals speelt: ze telt de laatste twee blaadjes als één en rukt ze eraf. 'Ricky houdt van me!' Ze staat een beetje te dichtbij en praat een beetje te hard, terwijl ze doet of ze hen niet ziet.

'Waar ga je heen?' vraagt Colleen.

Claire antwoordt: 'Picknicken bij Rock Bass met Ricky.'

Madeleine neuriet 'Droomland' en ziet Colleen kijken. Colleen grijnst flauwtjes. Ze willen niet gemeen zijn, maar ze weten allebei dat het slechts een wensdroom is van Claire. Hindert niet. *Ik mag toch wel dromen, chef?*

'Willen jullie mee?' vraagt Claire. 'We kunnen een vogelnest gaan zoeken.'

Colleen en Madeleine bedanken beleefd, dus Claire pakt haar Frankie-en-Annette-lunchtrommeltje uit de mand aan haar fiets en maakt het open. Ze deelt haar picknick ter plekke met hen. Een rond Babybel-kaasje verpakt in rode was, een chocoladecakeje met blauw glazuur, en een paar stukjes appel. Ze zorgt ervoor dat ze iets bewaart 'voor de dieren'. Madeleine maakt een paar rode dameslippen met de was van de Babybel, en Claire lacht.

'Ik heb jonge konijntjes gezien bij Rock Bass,' zegt Colleen, haar mond afvegend met de rug van haar hand. 'Pal onder de esdoorn is een konijnenhol.'

'Bedankt Colleen.'

Claire rijdt weg.

'"Bedankt Colleen,"' plaagt Madeleine. Colleen grijpt Madeleines haar en wrijft hardhandig met haar knokkels over haar hoofdhuid. 'Au!'

Colleen bepaalt altijd wanneer Madeleine genoeg heeft gehad en houdt dan op; in dit geval loopt ze kalmpjes weg.

'Hé Colleen, wacht even!'

De laatste tonen van het lied dwarrelen door de ramen van de gymzaal, maar Madeleine blijft ze voor. *De wereld is toch maar klein, De wereld is toch maar klein.*

Ricky is de stationcar aan het wassen als Claire langsrijdt. Elizabeth zit naast hem in haar rolstoel en Rex draaft naar het eind van het grasveld om haar te begroeten.

'Ha Ricky.'

'Ha pop.'

'Ha Elizabeth,' zegt Claire.

'A.' Elizabeth is in een lichtgele deken gewikkeld. Ze houdt een plastic beker tussen haar handen geklemd, een kinderbeker, met een deksel en een tuit.

'Wat heb je daar?' vraagt Claire.

'Iehhhm-owaje,' zegt Elizabeth met haar gewichtloze stem en brede, losse lach.

'Limonade,' zegt Ricky tegen Claire.

'Is het lekker?' vraagt Claire.

Elizabeth knikt alle kanten op.

Ricky draagt zijn rode spijkerbroek, een wit T-shirt en gymschoenen.

'Je ziet er leuk uit, Ricky.'

'O ja? Dank je.'

'Wat doe je?'

'Ik was de auto.'

'Ga je mee picknicken?'

'Kan niet, pop, ik heb Lizzie beloofd om een eind te gaan lopen.'

'O.'

'Wil je een slokje?' vraagt hij.

'Ja graag.'

Ricky laat haar uit de tuinslang drinken. Het lekkerste wat er is, rubberig water, de smaak van de zomer. Daarna drinkt hij zelf ook. Claire kijkt naar hem terwijl ze drinkt. Dan rijdt ze weg. 'Dag.'

Rex ploft hijgend op de grond naast Elizabeths voeten, in de schaduw van de rolstoel, en kijkt grijnzend naar haar op. Haar hand glijdt omlaag en zweeft boven hem, vindt zijn vacht, schuurt met harde knokkels over zijn kop.

'Klaar voor een ritje, Lizzie?'

'Aah Remmee?'

'Ik weet het niet, is het niet te warm voor Rex?'

'Eem wahmee.'

'Goed idee,' zegt Ricky, en hij gaat binnen een veldfles halen die hij vult met ijskoud water uit de tuinslang.

Claire heeft tien minuten nodig om de straat uit te rijden en de hoek om te slaan naar de Huron County Road, want ze blijft eerst nog een poosje staan kijken naar een stel jongens en vaders die een miniatuur-skelter aan de gang proberen te krijgen. Elke keer als de motor wordt gestart, ruikt ze benzine en ziet ze pluimpjes witte rook.

Vlak voor het huis van de Bouchers, op de hoek van St. Lawrence en Columbia, staat ze weer stil omdat ze denkt dat ze iemand zachtjes haar naam hoort roepen. Ze kijkt in de richting van de stem, maar het enige wat ze ziet is de sloot en de metalen afvoerpijp. Dus ze stapt van haar fiets, gaat voorzichtig op haar buik liggen en tuurt in de donkere pijp om te zien of daar iemand klem zit die haar hulp nodig heeft, misschien een elfje of een ander klein wezen.

'Hallo,' fluistert ze in het donker. Maar het blijft stil. Ze spreekt iets harder. 'Is alles goed?' Maar er komt geen antwoord. Ze ziet een lieveheersbeestje over haar pols kruipen. Ze buigt zich er dicht naartoe en fluistert: 'Was jij dat?' En uit de manier waarop ze luistert, blijkt dat ze een soort antwoord heeft gekregen, want ze zegt: 'Maak je geen zorgen lieveheersbeestje, je kindertjes zijn veilig. Vlieg nu maar naar huis.' En dat doet het lieveheersbeestje.

Dat was om kwart voor vier.

Tegen de tijd dat Claire bij de Huron County Road komt, is ze vergeten dat ze niet in haar eentje de wijk uit mag. Het was niet haar bedoeling om alleen te gaan, ze wilde picknicken met Ricky Froelich, en dat plan zat zo vast in haar hoofd dat ze geen reden zag om niet alleen te gaan toen bleek dat hij niet mee kon. Als ze maar zorgt dat ze op tijd thuis is om te eten en haar kabouteruniform aan te trekken. Ze begint uit alle macht te trappen. Ze is de eerste boerderij gepasseerd en de tunnel van hoge bomen in gereden als ze wordt ingehaald door Ricky Froelich, die met Elizabeth en Rex aan komt rennen. Ze is een beetje buiten adem van het harde fietsen. Ricky staat stil, doet zijn riem af en maakt Rex aan haar fiets vast, en dan zet het kleine konvooi zich weer in beweging. In een flink tempo volgen ze de Huron County Road in de richting van de wilgenboom bij de kruising, waar je linksaf kunt naar Highway 4 en rechtsaf naar Rock Bass. Als je rechtdoor gaat, kom je bij de steengroeve – het is vandaag warm genoeg om te zwemmen.

Madeleine en Colleen hebben besloten naar hun wilg te gaan. Ze lopen dwars door tuinen en akkers, want ze willen de gebaande paden mijden. Ze rennen van populier naar populier, klimmen over een hek en steken de spoorbaan over, en kopen bij Pop's een flesje priklimonade. Colleen betaalt en Madeleine vraagt of ze geld van haar ouders krijgt.

'Mijn broer geeft me zakgeld van wat hij verdient met zijn krantenwijk.'

Ze blijven niet staan om de flessenopener in de cola-automaat te gebruiken, daar is geen tijd voor, hun leven staat op het spel. Ze ontsnappen naar het open veld en laten zich plat op hun buik vallen, waarna ze behoedzaam door het gras turen om te kijken of ze zijn gevolgd door agenten van de vijand.

'Pff, dat was op het nippertje.'

'Wat gebeurt er als ze ons te pakken krijgen?'

'Ze arresteren ons.'

'Ze smijten ons in de bak.'

'Ze zetten ons voor een vuurpeloton.'

Colleen wrikt met de botte kant van haar mes de kroonkurk van het flesje en overhandigt het aan Madeleine. Madeleine neemt een slok, veegt de rand af met haar T-shirt en geeft het terug aan Colleen, die ook drinkt maar niet de rand afveegt, want het is haar flesje en het zijn haar bacillen.

'De kust is veilig.'

'Kom mee, we moeten opschieten.'

Ze lopen evenwijdig aan de Huron County Road over ruw terrein, speurend naar landmijnen – plakken harde korrelige sneeuw die in de schaduw zijn blijven liggen.

'Duiken!'

Ze rollen de greppel in en Madeleine richt haar denkbeeldige geweer op het vijandelijke konvooi: Ricky die de rolstoel van Elizabeth duwt en Rex die Claires fiets trekt. 'Niet schieten,' zegt Colleen.

Het lijkt wel of de rolstoel een strijdwagen is en Ricky een Romeinse wagenmenner in zijn rode spijkerbroek, Rex het paard dat ervoor loopt en Claire de bijrijder in het zijspan. Madeleine en Colleen liggen maar een paar meter van de weg af, onzichtbaar in de greppel, en als het kleine gezelschap op gelijke hoogte komt met Madeleine gooit ze een kiezelsteentje, dat tegen de spaken van Elizabeths rolstoel ketst. Colleen stompt op haar arm.

'Au! Ik mikte niet eens.' Dat is waar. 'Nu heb ik alles gezien,' zegt Madeleine.

'Wat dan?'

'Claire ging echt picknicken met Ricky. Ricknicken, *njah chef, dat is je ware*.'

'Ik geloof er niks van,' zegt Colleen.

'Er is één manier om erachter te komen,' zegt Madeleine. 'We wachten gewoon en kijken of hij samen met haar de weg naar Rock Bass ingaat of niet.'

'Ik heb wel wat beters te doen.' Colleen staat op en plukt strootjes van haar kleren.

'Ik wed om een stuiver dat hij de weg naar Rock Bass ingaat.'

'Je bent jaloers, hè?'

'Helemaal niet! Ik wil gewoon met je wedden!'

'Ik pak geen geld aan van een kleintje.'

'Ik ben geen kleintje.'

'En je bent verkikkerd op hem.'

Madeleine krijgt een vuurrood hoofd. Colleen gniffelt: 'T'*an amor avec mon frer com tou l'mand*,' stopt haar duim bij wijze van kurk in het halflege flesje prik en loopt weg, koeienvlaaien omzeilend en de greppel volgend naar het volgende stuk bos. Madeleine treuzelt. Het is waar, iedereen is verliefd op Ricky Froelich. Achter hem en Claire en hun kleine groepje hangt het stof nog in de lucht, en ze zijn nu zo ver weg dat ze lijken te trillen in de bijna zomerse hitte. Ze ziet de dansende rode vlek van Ricky's spijkerbroek verdwijnen in de richting van de wilg bij de kruising. Dan draait ze zich om en rent achter Colleen aan.

Ze zien niet of Ricky halt houdt, Rex losmaakt van Claires fiets en linksaf gaat met zijn zusje en zijn hond, of rechtsaf de onverharde weg naar Rock Bass inslaat met Claire McCarroll.

Aan weerszijden van de Huron County Road ontluikt het jonge groen onder de opdringerige aprilzon. Licht blikkert aan de voeten van de jongen, teruggekaatst door de stalen wielen van de rolstoel van zijn zusje. Naast hem rent zijn hond, vastgemaakt aan de fiets van het kleine meisje; haar lichtblauwe jurk en roze linten deinen in de wind terwijl ze koers zetten naar de wilg die de kruising markeert waar hun weg samenkomt met de weg naar Rock Bass.

Het was even na vieren, te oordelen naar de stand van de zon, maar niemand heeft ooit met zekerheid het exacte tijdstip kunnen noemen.

Als Jack eenmaal ten noorden van Lucan zit op Highway 4 en Centralia nadert, heeft hij zijn plan om met de Ford Galaxy naar de basis te rijden laten varen. Dat zou te veel aandacht trekken. Hij hoort het Vic Boucher al zeggen: 'Nieuw racewagentje voor je vrouw, Jack?' Hij besluit door te rijden naar Exeter, een taxi te bellen en zich te laten afzetten in Centralia Village, een halve kilometer van zijn huis. Vandaar kan hij te voet terug. Hij heeft genoten van de rit – het is een sportief karretje, jammer van de deuk die Fried in de achterbumper heeft gereden.

De middagzon valt schuin over Ricks schouder. Hij en zijn zusje en zijn hond zijn weer alleen en volgen een van de onverharde wegen die kriskras door deze streek lopen. Het getril van de handgrepen van de rolstoel trekt langs zijn armen omhoog. Hij ruikt Elizabeths haar, dat net is gewassen. Rick weet dat ze glimlacht. Rex draaft voor hen uit, zijn tong scheef uit zijn bek; zo meteen zal Rick even stoppen en hem wat te drinken geven, het is vandaag te warm voor een bontjas.

Hij slaat Highway 4 in op het punt waar deze naar het oosten buigt, een paar kilometer van de basis – even genieten van het gladde asfalt, dan een ander klein weggetje ten noorden van Lucan zoeken en met een grote boog naar huis terug. Rick houdt van onverharde wegen, er is minder verkeer en het uitzicht is mooier. Vaak, zoals vandaag, ziet hij geen enkel voertuig. Maar nu bevindt hij zich op de grote weg en er komt een auto aan. Hij ziet meteen dat het een Ford is. De naderende wagen zwenkt naar het midden van de weg om Rick en zijn strijdwagen meer ruimte te geven en de zon blikkert op de voorruit wanneer hij passeert, zodat het gezicht van de bestuurder, die een hand opsteekt en zwaait, verborgen blijft. Rick zwaait terug. Ook al herkent hij de man niet, Rick weet dat het geen vreemde kan zijn. Hij herkende de omtrekken van een luchtmachtpet.

Rick blijft staan, trekt zijn hemd uit en veegt zijn gezicht en borst af. Hij pakt de veldfles die aan een riem over de rug van de rolstoel hangt en deelt het water met zijn zusje en zijn hond. Hij zou naar het noorden kunnen gaan, naar de steengroeve. Vandaag zijn daar zeker kinderen aan het zwemmen – het mag niet, maar iedereen doet het. Elizabeth begint aan zijn arm te trekken. Ze heeft een probleem. Er is een ongelukje gebeurd.

'Geeft niet,' zegt Rick. Hij keert de stoel en ze nemen dezelfde weg terug naar huis. Die onverharde wegen waren toch niet zo'n goed idee, beseft hij, door al dat schudden heeft ze in haar broek gepiest. 'Maak je niet druk,' zegt hij.

'Mahje nie duh,' zegt ze.

Dat was rond kwart voor vijf, te oordelen naar de tijd die Rick nodig had om thuis te komen. Maar dat is nooit bewezen.

Het is bijna half zes als Jack de wijk binnenloopt. Normaal is hij om een uur of vijf thuis, maar een verschil van een halfuur is niet zo heel erg ongewoon. Als hij St. Lawrence Avenue inloopt vanaf Columbia Drive, neemt hij zich voor morgen een uur eerder naar kantoor te gaan en het werk in te halen dat vanmiddag is blijven liggen. Tussen de veelkleurige huizen vangt hij telkens een glimp op van wasgoed dat wit opbolt aan waslijnen. Het gras is groener dan vanochtend. De wandeling vanuit Centralia Village was heel plezierig, al vond hij het jammer dat hij zijn zonnebril niet bij zich had. De lucht is fris, maar de zon schijnt met een uitbundigheid die bijna agressief is. Hij loopt zijn oprit op en vraagt zich af of hij nog tijd heeft om voor het eten even met McCarroll te praten. Hij bedenkt zich als hij zijn eigen voordeur nadert en etensgeuren ruikt – laat McCarroll rustig van de maaltijd genieten met zijn vrouw, hij is net terug. Er is straks tijd genoeg om te praten bij een kop koffie.

Jack doet steels de hordeur open en sluipt als een dief zijn eigen huis binnen, mikt zonder stil te staan zijn pet op de kapstok en doet drie geruisloze stappen omhoog naar de keuken. Daar is ze. Een sigaret met sporen van lippenstift ligt in de asbak te smeulen, de radio staat aan, zij is bij de gootsteen met iets bezig. Hij sluipt naderbij en slaat zijn arm om haar middel, er gaat een schok door haar heen, ze gilt, draait zich om – 'Sacrebleu! Laat dat!' Ze lacht en stompt op zijn borst.

Hij haalt zijn andere hand achter zijn rug vandaan...

'O Jack, *c'est si beau!*'

'Ik ben ze in het dorp gaan halen.'

'Ben je helemaal naar Centralia Village gelopen om bloemen voor me te kopen? *T'es fou.*'

'Kun je nagaan hoe ver ik zou lopen om jou in bed te krijgen.'

Ze drukt zich tegen hem aan. 'Ik ben met het eten bezig, ga weg.'

'Nee.'

Ze kust hem. 'Denk je dat je hier zomaar binnen kunt stormen en je gang kunt gaan?' Intussen neemt ze zijn stropdas in haar hand.

'Laat me alleen even proeven wat je aan het koken bent...' Haar heupen tussen zijn handen, de bloemen glijden op hun kop op de grond.

'Je moet wachten tot na het eten, dan krijg je het toetje...' Ze streelt zijn das, laat haar vinger in de knoop glijden.

'Vergeet het maar.'
'Lâche-moi les fesses.'
'O ja? Doe je best maar. Zeg het in het Engels, vooruit.'
'Haal je handen van mijn kont...' Ze schuift haar handen over de zijne.
Hij kust haar. 'Waar zijn de kinderen?'
'Die spelen buiten.' Ze steekt haar hand achter de gesp van zijn riem, trekt hem naar zich toe. 'Kom mee.' Ze loopt naar de trap, terwijl ze achter zich reikt om haar rits alvast open te trekken.
Kijk wat ze eronder aanheeft. Wit maar volmaakt, de juiste hoeveelheid kant, de juiste hoeveelheid van alles. Jack denkt waarschijnlijk dat alle getrouwde vrouwen zulke prachtige lingerie dragen. Hij loopt achter haar de trap op, laat in de deuropening zijn uniformjasje vallen, maakt zijn broek los, zij trekt hem op het bed, knoopt zijn overhemd open, licht zijn hemd op, drukt haar handpalmen tegen zijn borst. Hij schuift haar slipje naar beneden, haar vingernagels in zijn biceps, trekt haar benen op, spreidt haar knieën. Ze is iedere vriendin, ieder plaatje in ieder mannenblad – hij is snel en zo wil ze het graag – ze is de vrouw die je verleidt vanuit een open auto en niet vraagt hoe je heet, degene bij wie je kunt vergeten dat je van haar houdt of haar zelfs maar kent – hij gaat klaarkomen als een kind, ze maakt het zo moeilijk, zo makkelijk – ze is de vrouw van wie je meer houdt dan van jezelf, ze heeft je kinderen gebaard, ze verlangt altijd naar je...
'O Jack, o... o schatje, o, wat ben je groot, o, kom...'
O God.
'O God,' fluistert hij en richt zich half op, rolt van haar af, in slowmotion. 'Man,' zegt hij.
Liggend op haar zij streelt ze met haar vingers over zijn borst, perfecte rode nagels... 'Je t'aime.'
'Je t'aime, Mimi,' antwoordt hij.
Hij zweeft. Straks zal de hordeur dichtslaan. De kinderen komen thuis. Etenstijd. 'Wat ruikt het hier lekker,' zegt hij, terwijl hij zijn hoofd naar haar toe draait.
'Heb je nu trek?' Ze glimlacht. 'Passe-moi mes cigarettes.'
Hij reikt naar het nachtkastje en haalt een sigaret uit het pakje. Steekt hem aan, geeft hem aan haar. Daarna staat hij op en trekt burgerkleren aan, terwijl zij hem gadeslaat. Ze blaast rook uit en knipoogt tegen hem, haar behabandjes halverwege haar armen. Schopt haar slipje van haar rechterenkel en slaat haar benen over elkaar. 'Ik kom zo beneden. Zet het vuur uit onder de aardappels.'
Ze wil niet meteen opstaan. Ze wil blijven liggen, meewerken aan wat er in

haar binnenste gaande is. Ze moet denken aan wat de losbandige meisjes – les guidounes – in haar geboorteplaats altijd zeiden: 'Als je het staande doet, raak je niet zwanger.' Haar eigen zus Yvonne is daar ook in getrapt, en het zou aardig zijn om te weten hoeveel oudste kinderen verticaal zijn verwekt. Maar hoewel Mimi weet dat het maar een bakerpraatje is, wacht ze toch ruim een halfuur voor ze opstaat, totdat ze beneden de hordeur hoort slaan – de kinderen zijn thuis.

Ze trekt haar rok aan, knoopt haar blouse dicht en raapt Jacks uniformbroek van de vloer. Voordat ze de broek over een knaapje hangt, haalt ze de zakken leeg: sleutels, kleingeld – een vermogen aan kwartjes – potloodstompjes, paperclips, krijt – de hoeveelheid rotzooi die hij in de loop van een dag weet te verzamelen, hij lijkt nog steeds op de held uit zijn jongenstijd, Tom Sawyer – en een verkreukeld papiertje. Ze wil het op zijn ladekast leggen – misschien staat er wel weer een tekening op, een plan voor een verbouwing van de officiersschool – maar eerst, in een opwelling, strijkt ze het glad en leest: *kersen, cognac, kaviaar...* Haar gezicht begint te gloeien en ze legt een hand op haar hals.

Ze probeert geen verhaal voor zichzelf te verzinnen om het te verklaren. Ze stopt het papiertje in haar sieradenkistje. Een echtgenote hoort te weten wanneer ze moet zwijgen.

De bloemen staan in een vaas op de keukentafel, '*comme un beau pièce de milieu*', zegt Mimi, terwijl ze Madeleine een mandje met *biscuits chauds* geeft voor op tafel, vers uit de oven.

Jack luistert naar het nieuws van zes uur en leest tegelijk in *Look*. Mike heeft zijn honkbalplaatjes meegenomen aan tafel, Madeleine wacht tot iemand het ziet. Waarom mag hij daar zitten en moet zij haar moeder helpen?

'*Tiens, Madeleine*,' en ze krijgt de boter aangereikt.

Mimi zet de radio uit en Jack schiet uit zijn nieuwstrance, gooit zijn tijdschrift opzij, wrijft in zijn handen en zegt: 'O, moet je zien.'

Râpé, een heerlijk Acadisch gerecht van gebraden varkensvlees, geraspte aardappelen en uien. Jack klopt onder tafel op zijn buik en neemt zich voor niet meer dan één biscuit te eten. Als hij vandaag zijn sportspullen bij zich had gehad, had hij zijn uniform in een rugzak kunnen proppen en de vijf kilometer van Exeter naar huis kunnen gaan hardlopen in plaats van een taxi te nemen. Hij pakt zijn mes en vork. Met een vrouw als Mimi valt niet te spotten.

Ze lacht tegen hem als ze gaat zitten, en Jack beseft dat hij naar haar zat te staren. Hij lacht terug en legt zijn mes en vork weer neer als zij een kruisteken maakt en begint te bidden: 'Au nom du Père, du Fils et du Saint-Esprit...' Samen met haar en de kinderen raffelt hij de woorden af: 'Zegen ons O Heer en deze gaven die we van U mogen ontvangen door de goedheid van Jezus Christus Onze Heer amen, geef de boter eens aan, Mike, wat hebben jullie vandaag op school geleerd?'

Halverwege de maaltijd gaat de telefoon. Jack kijkt op, lichtelijk geïrriteerd. Mimi neemt aan en hij wacht. Als er wordt opgehangen, zal hij een smoesje moeten verzinnen om de deur uit te gaan en vanuit de telefooncel te bellen.

'O, dag Sharon,' zegt Mimi.

Jack ontspant en eet door.

'Nee, hier is ze niet,' zegt Mimi. 'Nee, ik heb niet... O, dat geeft niet, Sharon, nee, helemaal geen moeite, ik vraag het haar even.'

Madeleine kijkt op.

Mimi vraagt: 'Weet jij waar Claire McCarroll is?'

'Nee,' zegt Madeleine.

Mimi spreekt weer in de telefoon. 'Nee, het spijt me, Sharon, heb je de Froelichs al geprobeerd? ... O, nou, ik wed dat ze bij iemand aan het spelen is... Dat klopt... Geen dank, Sharon... Oké, tot ziens.'

Ze gaat weer zitten en Jack zegt: 'Wel madame, je hebt jezelf ditmaal overtroffen, ze zullen me hier op een brancard moeten wegdragen.'

'Houd je vork nog maar even, prins,' zegt Mimi. 'Er is taart.' *Tarte au butterscotch.*

'Lekker!' zegt Mike.

Jack maakt zijn riem losser. 'Vooruit dan maar.'

'Madeleine, *aide-moi*,' zegt Mimi, en geeft haar de ketel aan.

'Waarom moet ik thee zetten? Waarom zet Mike nooit thee? Waarom doet hij nooit iets in huis?'

Mike lacht. Mimi zegt: 'Hij is een jongen, hij heeft andere taken.'

'Wat dan?' kaatst Madeleine terug, en voelt haar moeders rode nagels venijnig in haar oorlelletje knijpen.

Haar vader grijnst en knipoogt tegen haar broer. 'Hij zou de thee maar laten aanbranden, hè Mike?'

Mike grijnst terug. Madeleine wordt razend. 'Je kan thee niet laten aanbranden!'

'Spreek je vader niet tegen,' zegt haar moeder op scherpe toon,

'Kom hier,' zegt Jack, en Madeleine klimt op zijn knie. Mimi leunt tegen het aanrecht en steekt een sigaret op. 'Ts-ts-ts, mijn papa zou me een flinke tik gegeven hebben.'

Hij streelt Madeleines pagekopje. 'Maman heeft je hulp nodig,' zegt hij. 'Mike en ik zijn niet goed in zulke dingen. Wist je dat het voor mij een speciale traktatie is, elke keer als je me mijn thee komt brengen?'

Madeleine schudt haar hoofd. Ze durft niet te praten, uit angst dat ze zal gaan huilen.

✦

Het was geen vreemde. Het was afschuwelijk omdat ze dacht dat ze een vogelnest ging bekijken. Eieren van een roodborstje, in de kleur van haar jurk. Er zijn jongens die zulke eieren kapotgooien, maar dat kon hier niet gebeuren.

Daar was het ei, voorzichtig opgehouden in de uitgestoken handpalm. Het was hol.

'Ik weet waar nog meer eieren zijn, meisje.'

Je kon het gat in de schaal zien waar een slang zijn tong naar binnen had gestoken en het ei had leeggezogen.

'Levende.'

Dus zette ze haar fiets tegen de esdoorn op de bodem van het ravijn bij Rock Bass, en volgde.

OVERVLIEGEN

Een kabouter luistert naar oudere mensen. Een kabouter doet niet haar eigen zin.

KABOUTERWET, 1958

Het is het zachtste deel van de dag; donzige schaduwen zijn zich gaan verzamelen, warm als een wollen trui, mooi van vorm en geurig; het gras is nog nat van het smeltwater van de sneeuw dat zo kort geleden door de aarde is opgezogen. De dagen worden langer, om half zeven is het nog licht. De zonnestralen zijn van linnen in flanel veranderd, zelfs het grind is gladgestreken. Het schoolplein baadt in een betoverende gloed, de witte pleisterkalk van het gebouw wordt poederig roze in de lange aanloop naar de zonsondergang. De schommels hangen stil, de wippen heffen een been als een dame die op het punt staat haar kousen aan te trekken, *Hey, big boy.*

Vanavond vliegen de kabouters over naar de gidsen. Er zijn houten banken neergezet op het honkbalveld naast het schoolplein. Madeleine zit er al, haar haar netjes weggestopt onder haar bruine baret. Op haar mouw zijn talrijke insignes genaaid – voor sommige heeft ze erg haar best moeten doen, zoals dat waarop een naald en draad prijkt. Er zijn offers gebracht. En vanavond krijgen zij en haar vriendinnen, Colleen niet meegerekend, hun vleugels. Dan is huize McCarthy twee stel vleugels rijk.

De plechtigheid heeft een navrant tintje: juffrouw Lang verlaat hen om te gaan trouwen. Dat haar plaats zal worden ingenomen door een even mooie, aardige en vrolijke Bruine Uil is niet erg waarschijnlijk. Er is maar één juffrouw Lang. Ook zij draagt vanavond haar uniform, de rijk met speldjes en insignes versierde sjerp schuin over haar borst.

Madeleine is met opzet vroeg gekomen en heeft met vurige belangstelling de reusachtige rood-zwarte paddestoel bekeken die op de thuisplaat is neergezet. Ze kijkt nu met dezelfde vurige aandacht naar juffrouw Lang, die met haar verloofde babbelt. Madeleine slikt de brok in haar keel weg en knippert met haar wimpers. Juffrouw Lang slaat haar ogen neer en glimlacht om iets wat de verloofde zegt. Hij wil haar hand vasthouden, maar ze maakt zich voorzichtig los en reikt achter de paddestoel om haar klembord te pakken. Madeleine observeert hem: donker stekeltjeshaar, magere en gespierde onderarmen, de koele lijnen van zijn katoenen overhemd, ivoorwitte broek en halfhoge laarzen. Zijn achterzak puilt een eindje uit door zijn portefeuille.

Madeleine draait zich om en kijkt zoekend rond – ja, daar is haar moeder, ze zet net een schaal Zwitsers gebak, roze en groen, op de buffettafel. Mike is ook gearriveerd, met Roy Noonan. Ze gooien een honkbal naar elkaar. Maar pap is er nog niet. Kabouters en hun ouders drentelen rond. Zelfs de moeder van Grace is er. Madeleine dacht dat mevrouw Novotny heel dik zou zijn van alle baby's die ze heeft gekregen, maar ze is broodmager, met sprietige armen en ingevallen wangen.

Er hangt opwinding in de lucht. Op een lange klaptafel liggen de gele papieren vleugels klaar om op de rug van de geslaagde kabouters te worden gespeld, en over het middenpad strekt de gouden loper zich uit naar de paddestoel. Madeleine belandt in een dagdroom waarin zij juffrouw Lang is in haar Bruine Uil-uniform, nu voorzien van een lange sleep. Ze loopt over het pad naar de verloofde die gekleed in een smoking bij het altaar wacht, met een glimlach op zijn frisse vierkante gezicht. 'U mag nu de bruid kussen,' zegt de geestelijke. Madeleine schrikt op uit haar gemijmer als ze beseft dat ze op het moment van de kus niet langer juffrouw Lang is, maar juffrouw Lang kust. Ze draait de zaken in haar hoofd om tot ze de verloofde kust, maar de beelden lossen op en haar gedachten dwalen af.

'Ik beloof mijn best te doen, mijn plicht te doen tegenover God, de koningin en mijn land, en elke dag anderen te helpen, vooral thuis.' De kaboutergelofte. Tweeënveertig meisjes in de leeftijd van acht tot tien jaar hebben de tekst precies tegelijk uitgesproken – hun zintuigen staan op scherp bij deze plechtige gelegenheid. 'Toe-wiet, toe-wiet, toe-woe!'

Juffrouw Lang leest de presentielijst voor. 'Sheila Appleby.'
'Present.'
'Cathy Baxter.'
'Present.'
'Auriel Boucher.'
'Present.'
Elke stem klinkt vanavond een beetje ernstiger – juffrouw Lang laat geen enkel meisjeshart onberoerd. Ze vinkt de namen op haar klembord af. Madeleine kijkt nog eens rond, maar haar vader is er nog steeds niet...

'Claire McCarroll.'
Juffrouw Lang kijkt op. Hoofden draaien, iedereen wil zien waar Claire is, maar ze is niet aanwezig. Madeleine kijkt naar de overkant van het grasveld, maar Claire is ook niet onderweg. Op de tafel, bij de vleugels, ligt een speldje; dat is voor Claire, die vanavond een volwaardige kabouter wordt wanneer juffrouw Lang het op haar borst speldt.
'Madeleine McCarthy.'
'Present, juffrouw Lang.'
Juffrouw Lang zwijgt heel even, met een glimlach, en er gaat een steek door Madeleines hart.
'Marjorie Nolan.'
'Present.'
Ik zal u nooit vergeten, juffrouw Lang, zolang als ik leef...
'Grace Novotny.'
'Present.'
'Joyce Nutt.'
'Present.'
Grace is er niet in geslaagd haar vleugels te verdienen, maar er bestaat geen kabouteruniform dat haar volgend jaar nog zal passen, dus zij zal 'overlopen' naar de gidsen op de speciaal voor haar gemaakte elfenmuiltjes van crêpepapier. Madeleine kijkt naar haar, verderop in de rij – ze sabbelt op haar vingers, schuift ze in en uit haar mond. Grace Novotny, het valse troeteldier van Marjorie Nolan.
'Grace?' zegt juffrouw Lang.
Grace staat op en schuifelt de rij langs, haar ogen gericht op haar papieren voeten, die een ruisend geluid maken. Op het pad gaat Marjorie naast haar staan. Eigenlijk zou de leidster van haar volkje, Cathy Baxter, Grace moeten begeleiden, maar juffrouw Lang heeft een uitzondering gemaakt omdat de twee boezemvriendinnen zijn. Grace pakt Marjories arm en langzaam stappen ze over de gele papieren loper, bijna alsof Grace invalide is. Net als in Heidi, denkt Madeleine. Grace rukt zich ineens los, rent de laatste paar stappen en stort zich op juffrouw Lang, die Grace een dikke knuffel geeft zodra ze haar evenwicht heeft hervonden.
Terwijl de kabouters een voor een overvliegen kijkt Madeleine naar de weg, in de hoop haar vader te zien komen aanrijden in de Rambler. Zal hij haar vleugelparade missen? Bij de ingang van het schoolplein is een betonnen regenafvoerpijp die onder de weg naar het veld aan de overkant loopt. Je kunt erdoorheen roepen, maar de toegang is afgesloten met een traliehek,

dat volhangt met gras en onkruid van al het water dat erdoorheen is gestroomd met de dooi – als je in de lente opgesloten komt te zitten in die buis, verdrink je. Iedereen zegt dat er ooit een kind is verdronken en dat ze daarom de tralies hebben aangebracht. Er loopt nu een hond te snuffelen, een beagle, en Madeleine vraagt zich af of hij verdwaald is. Ze ziet hoe hij zich tussen de tralies naar binnen wurmt.

'Die hond zit opgesloten.'

Madeleine heeft het hardop gezegd, en het voorste meisje kijkt om en trekt een denkbeeldige rits over haar mond. Cathy Baxter, jij bent niet de baas over mij.

De hond blaft en Madeleine steekt haar vinger op. Maar juffrouw Lang ziet het niet; ze is bezig papieren vleugels vast te spelden tussen Auriels schouderbladen. Auriel rent over het gouden pad. Madeleine laat haar hand zakken. Een voor een vliegen ze over, als fiere vlinders. De hond blaft een tweede keer. Madeleine kan hem niet meer zien in de donkere buis. Het blaffen verandert in gesmoord gejank, dat steeds verder weg klinkt, en ze steekt haar vinger weer op en wil net 'juffrouw Lang!' roepen, als een auto het schoolplein op zwenkt en gewoon door blijft rijden, over de speelplaats en zo het gras op, waar hij naar hen toe komt hobbelen tot hij vlak bij de paddestoel stilhoudt.

Kapitein McCarroll kwam thuis van zijn vliegreis met een nieuw bedeltje voor de armband van zijn dochter, maar hij ging meteen weer naar buiten en begon om tien voor zes de deuren langs te gaan.

'Nee, het spijt me,' zei mevrouw Lawson in haar deuropening. McCarroll had zijn pet afgezet toen ze opendeed. 'Wacht even, ik zal het aan Gordon vragen...'

Naar de Pinders. 'Jawel,' zei Harvey, terwijl hij de krant onder zijn arm stak 'wij hebben haar gezien, waarom? Is ze zonder verlof weggebleven?' Maar het klonk niet als een grapje.

'Wanneer zag u haar, meneer Pinder?'

'O, in de loop van de middag. We waren buiten bezig met de skelter toen ze langskwam, momentje.' Hij riep over zijn schouder: 'Arnie! Arnie, Philip, kom eens hier, jongens!' De jongens kwamen de keldertrap op, alvast met schuldbewuste gezichten. 'Kennen jullie Claire McCarroll?'

'Wie?' zei Arnold.

Philip zei niets en keek schichtig. Harvey gaf hem een draai om zijn oren. 'Ze kwam langsfietsen toen we aan de skelter werkten. Heeft een van jullie haar daarna nog gezien?'

'Nee,' bromde Arnold. Philip schudde zijn hoofd.
'Het spijt me,' zei Harvey.
'Hoe laat was dat ongeveer?' vroeg kapitein McCarroll.
'O, vanmiddag, kwart over drie, kwart voor vier? Vier uur?'
'Bedankt.' McCarroll was al weg.

Harvey greep zijn windjack, liep naar zijn auto en zei tegen kapitein McCarroll dat hij zou rondkijken in de omgeving, 'want misschien is ze op avontuur uit gegaan'.

Naar de Froelichs.

Hij wist dat zijn vrouw al had gebeld. Karen Froelichs kinderen konden hem geen van allen helpen – Rick was in London aan het basketballen en Colleen was met haar zusje naar de bibliotheek. Karen riep langs de keldertrap: 'Hank!' Henry Froelich kwam de kelder uit met een gereedschapskist in zijn hand, en toen Karen hem vertelde waarom Blair McCarroll er was, deed hij zijn schort af en ging hij zijn autosleutels zoeken tussen de rommel op de keukentafel. McCarroll haastte zich te voet naar huis om te kijken of zijn dochter inmiddels al terug was.

En zo ging het door, tot de straten vol waren met vaders die achter het stuur van hun auto langzaam door de wijk reden, van deur naar deur, van speelplaats naar speelplaats, turend tussen de huizen en uiteindelijk ook in de sloot.

Jack had het raam in de hordeur opengeschoven om de zoele voorjaarslucht door het huis te laten stromen, en daarna vertrok hij te voet naar de school, een paar minuten later dan zijn vrouw en kinderen. Onderweg zag hij McCarrolls auto op de oprit staan. Dus hij was terug. Hij zou ook naar het schoolplein gaan met zijn dochtertje, en Jack wilde van de gelegenheid gebruikmaken om hem even persoonlijk te spreken. Hij hoefde alleen maar te zeggen: 'Ik heb een speciale opdracht voor je, McCarroll, en die heeft betrekking op een gemeenschappelijke kennis.' Dan wist McCarroll dat Jack de 'officier van hogere rang' was die hem zou briefen, en dan had Jack de belofte ingelost die hij Simon had gedaan. Over en uit.

Toen Jack de kleine groene bungalow naderde, zag hij McCarroll de deur uitkomen – nog in uniform, om tien voor zeven – zijn pet op de passagiersstoel gooien en in zijn auto stappen. Hij reed de straat in, Jack tegemoet, die zwaaide. McCarroll trapte abrupt op de rem en stopte naast hem. Jack bukte zich naar het open raampje en wilde zijn simpele boodschap doorgeven, maar de woorden bestierven hem op de lippen. McCarroll was krijtwit.

Zijn dochtertje was nog steeds niet thuis. Jack stapte naast hem in de auto en gooide McCarrolls pet op de achterbank. De politie had tegen Blair gezegd dat ze haar nog niet als 'vermist' konden beschouwen na slechts drie uur. Jack gaf geen commentaar op deze stupide opmerking, want hij wilde McCarroll niet nog erger van streek maken. In plaats daarvan vroeg hij: 'Heb je de MP gewaarschuwd?' Ze reden naar het kantoor van de militaire politie, waar korporaal Novotny onmiddellijk in zijn surveillancewagen stapte en via de radio een tweede wagen opriep om mee te zoeken.

Langzaam reden ze zuidwaarts over de Huron County Road, en ze waren net de wilg gepasseerd toen Jack aan Blair voorstelde om terug te rijden en naar het schoolplein te gaan, waar de kabouters bijeen waren. Dan konden ze aan al Claires vriendinnen vragen of zij wisten waar ze uithing.

Het portier van de bestuurder gaat open terwijl de auto met een schok tot stilstand komt naast de paddestoel. Madeleine ziet meneer McCarroll uitstappen, samen met een tweede man die naast hem zat. Haar vader. Een gevleugelde kabouter is stil blijven staan op het gouden pad; iedereen wacht terwijl meneer McCarroll zachtjes met juffrouw Lang praat. Achter hen gaat de zon snel onder. Het zal donker zijn voor de kabouters iets te eten en te drinken krijgen. Madeleine probeert haar vaders blik te vangen, maar hij kijkt langs haar heen naar haar moeder.

'Kabouters, opgelet,' zegt juffrouw Lang. 'Meneer McCarroll wil graag weten of iemand Claire pas nog heeft gezien.'

Pas. Als je negen of tien jaar bent, betekent 'pas' een minuut geleden. Het slaat zeker niet op iets dat voor het avondeten is gebeurd of in het verre verleden van de middag. Er gaan geen vingers omhoog.

Meneer McCarroll richt het woord tot hen. 'Jongens en meisjes...'

Madeleine kijkt Lisa Ridelle aan, Lisa kijkt terug en ze beginnen gesmoord te giechelen. Jongens?! Er zijn geen jongens bij de kabouters! Madeleine kijkt op. Haar vader staat haar nu aan te staren, zijn ene wenkbrauw een eindje opgetrokken. Ze houdt op met giechelen.

'Ik zou graag willen weten,' vervolgt meneer McCarroll, zich niet bewust van zijn blunder, 'of een van jullie Claire vandaag op enig moment heeft gezien.'

Er gaan verschillende vingers omhoog. Bijna iedereen heeft haar vandaag op school gezien. Daarna is ze op het schoolplein gezien door Madeleine, Marjorie, die met een por Grace' geheugen opfrist, en door Cathy Baxter en de andere meisjes die juffrouw Lang hebben geholpen. Diane Vogel zag haar door het raam van de woonkamer, ze praatte in een afvoerbuis in de sloot op de hoek van Columbia Drive en St. Lawrence Avenue – dat moet tussen half vier en vier uur zijn geweest, want haar moeder zat naar *Secret Storm* te kijken. Madeleines vinger is nog in de lucht en juffrouw Lang zegt: 'Ja Madeleine?'

'Ik en Colleen – ik bedoel Colleen en ik – hebben haar op de buitenweg gezien.'

'Ging ze naar het zuiden?' vraagt pap.

'Eh,' zegt Madeleine, 'ze ging naar Rock Bass.'

Claires vader loopt zo plotseling op Madeleine af dat ze schrikt. Hij laat zich op een knie vallen, zijn gezicht is iets te dicht bij het hare – zit ze nu in de problemen? Nee, meneer McCarroll zit in de problemen. Hij heeft lijntjes tussen zijn wenkbrauwen, zijn adamsappel ziet er rauw uit als hij slikt en met zijn zachte zuidelijke stem zegt: 'Waar is dat ergens, popje?'

'Eh, je gaat de zandweg in.'

'Welke zandweg?'

'Bij de wilg. Voor je bij de groeve komt.'

'Groeve?'

'Waar de kinderen zwemmen.'

'O mijn god...' Meneer McCarroll staat op en slaat een hand voor zijn mond.

Ineens is pap er. Hij buigt zich naar haar toe en vraagt, alsof hij zich duidelijk verstaanbaar wil maken in een vreemde taal: 'Is dat waar je rechtsaf gaat als je op weg bent naar Rock Bass?'

Is hij kwaad op me? 'Ja.'

Juffrouw Lang en maman zijn er nu ook bij gekomen, ze staan over haar heen gebogen; alle kabouters staren haar aan. Madeleine krijgt een raar gevoel, alsof ze iets verborgen houdt – Claire in een zak. Waarom staan ze zo dicht om haar heen?

Haar vader zegt tegen meneer McCarroll: 'Rock Bass ligt ongeveer achthonderd meter ten westen van de weg, als ze daarheen ging was ze allang afgeslagen voor ze bij de groeve was, Blair, ze is niet in de buurt van het water.'

Meneer McCarroll knikt en fronst zijn voorhoofd. Haar vader vervolgt: 'Dus ze was daar om een uur of vier, half vijf, hè? We kunnen er in tien minuten zijn.'

Madeleine zegt: 'Ricky weet het misschien.'

Iedereen kijkt weer naar haar. Meneer McCarroll laat zich opnieuw op een knie zakken, zijn mond is nu een eindje open en niet meer zo strak. Madeleine kan de stoppels op zijn wangen zien; zijn benige gezicht lijkt bijna even jong als dat van Ricky Froelich, zijn witte hoofdhuid is zichtbaar tussen de stekeltjes. Hij kijkt Madeleine aan zoals een volwassene nog nooit heeft gedaan. Smekend. Als de gezichten aan de voet van het Kruis.

Ze zegt, opgelucht dat ze het juiste antwoord heeft gegeven: 'Ze was met Ricky en Elizabeth. En Rex.'

De volwassenen kijken enigszins gerustgesteld als Ricky's naam valt. Als Claire bij hem was, zit het wel goed.

Pap aait over haar hoofd. 'Goed zo,' zegt hij, en maakt aanstalten om met meneer McCarroll terug te lopen naar de auto.

Marjorie Nolan zegt plotseling: 'Ze ging met hem picknicken.' De mannen blijven staan en draaien zich weer om.

Madeleine zegt: 'Niet waar, dat heeft Claire waarschijnlijk gewoon verzonnen,' en ze kijkt meneer McCarroll aan, bang dat ze brutaal is geweest. 'Soms vindt ze het gewoon leuk om te doen alsof.' Meneer McCarroll lacht tegen haar en gaat naar zijn auto. Jack volgt.

De auto rijdt achteruit over het gras en slingert een beetje als hij met grote snelheid het parkeerterrein verlaat, en dan zijn ze weg.

Marjorie Nolan steekt haar vinger op. 'Juffrouw Lang, mag ik nu alstublieft mijn vleugels hebben?' vraagt ze, op een sarcastische toon die grappig bedoeld is. Een paar meisjes schieten in de lach en juffrouw Lang glimlacht. Iedereen voelt zich opgelucht. Ze zullen Claire wel vinden. Als ze met Ricky Froelich was, kan haar niets ergs zijn overkomen.

De twee mannen rijden naar een plek waar de omheining niet is gerepareerd, en Blair volgt Jack over het pad naar de rand van het ravijn. Ze glijden omlaag en lopen in tegengestelde richting een heel eind langs het water. In deze tijd van het jaar is het dieper en stroomt het sneller, maar bij een negenjarige zou het niet hoger komen dan haar middel, en overal liggen boomstammen en stapstenen. Desondanks kijken beide mannen onder het lopen niet alleen naar links en naar rechts, maar ook in het water.

Het wordt donker en Jack rijdt tot ver in de avond met McCarroll mee. De koplampen van de Chrysler beschijnen kale velden aan weerszijden van de ene onverharde weg na de andere terwijl ze met een slakkengangetje een steeds grotere cirkel maken die om de hoofdplaats van Huron County, Goderich, loopt en de oostelijke oever raakt van het grote meer dat achter de duinen glinstert. Opnieuw het binnenland in, langs de lichten van boerderijen, stoppen bij een benzinestation om nog eens te bellen – is Claire er al? De blik op McCarrolls gezicht wanneer hij ophangt en terugloopt naar de auto: gedesoriënteerd, alsof hij nog maar net op deze planeet is gearriveerd. Rijden,

rijden, tussen colonnes bomen waarvan de schaduwen met de minuut beweeglijker worden, totdat Jack hem weet over te halen huiswaarts te keren, 'ter wille van je vrouw'.

Jack zegt niet dat hij Ricky Froelich die middag even na half vijf heeft zien hardlopen op Highway 4. Het lijkt hem op dit moment niet nodig McCarroll te ontmoedigen door hem te vertellen dat Claire niet bij de jongen was.

OCHTEND

's Avonds om kwart over negen liet de Provinciale Politie van Ontario een beschrijving van Claire uitzenden via een lokaal radiostation en werd elke surveillancewagen in het gebied gealarmeerd, ondanks het feit dat ze nog niet officieel vermist was. Dat Claire verstek had laten gaan bij het belangrijkste kabouterevenement van het jaar was voor iedereen die haar kende voldoende reden om haar als vermist te beschouwen. Maar de Provinciale Politie kende haar niet. Die presteerde het om dingen te zeggen als: 'Je weet het nooit met kinderen, die krijgen soms rare invallen, misschien duikt ze straks wel op bij een familielid.'

'Onze hele familie woont in Virginia.'

'O. Tja, mevrouw McCarroll, laten we niet te hard van stapel lopen. Onze agenten houden hun ogen goed open. Rust u maar een beetje uit, dan kunt u ons morgenochtend bellen.'

Morgenochtend. Dat is een verafgelegen land dat alleen via de nacht te bereiken is, en mevrouw McCarroll weet niet hoe ze deze nacht door moet komen. Als je stilzit, zal de nacht door en langs je heen gaan. Daarna is het ochtend. En dan is Claire 'vermist'.

Die eerste nacht laat een residu van koude as achter in de moeder. Het licht in Claires slaapkamer is blijven branden en de moeder heeft met gevouwen handen op de stoel bij het bed gezeten, kijkend naar het bed. Ze heeft het bed gladgestreken. Ze heeft in de kast gekeken waar de kleren van haar kind hangen, naar de boekenkast met de rijen poppen en sprookjesboeken en knuffeldieren – Claires spullen zijn hier, het is onmogelijk dat Claire niet bij ze terugkomt. Mevrouw McCarroll heeft al gedacht: Waarom heb ik haar boek dichtgedaan? *Black Beauty*. Waarom heb ik het van de grond opgeraapt?

Ik had vanochtend geen was moeten doen, ik had haar korstjes van het ontbijt moeten bewaren. Kruimels zijn echt en direct, ze zeggen: 'De persoon die deze geroosterde boterham heeft gegeten kan niet van de aardbodem verdwenen zijn.' De kleren, de poppen, de kruimels, de wasmand, allemaal zeggen ze: 'Ze komt zo terug.' Dit is haar leven, het is in volle gang, dit is slechts een pauze. Deze kruimels, deze opengeslagen bladzijde, dit hemdje in de wasmand, dit zijn niet de laatste dingen.

Wanneer is het ochtend? Is het ochtend als je de dauw op het gras kunt zien? Als de krant op de stoep belandt? Als de lamp naast het kleine bed verdrinkt in het lauwe licht dat door het raam valt? Doe de lamp uit. De sprei blijft ongekreukt. Het leven is al aan het wegebben uit de kamer. Alles wat gespannen stond, net was neergelegd of aanstonds zou worden opgeraapt, lijkt een beetje statischer; het nabeeld van bewegende objecten vervaagt, bladzijden van boeken ademen zachtjes uit, kleren hangen stiller in de kast. Als een stroom van sjaaltjes die uit de mouw van een goochelaar glijdt, zo wordt de kamer en alles in de kamer geruisloos verlaten door de geesten en energieën die dingen in beweging zetten. De aarde wil het zo. Wanneer is het ochtend?

Als je wacht tot het licht genoeg is om een grondige zoekactie naar je kind mogelijk te maken, begint de ochtend pas om zes uur, en het is nu nog maar half zes. Sharon McCarroll wist niet hoe ze de nacht door moest komen, maar bij nader inzien lijkt het donker nu barmhartig, want tijdens die lege nacht waren er minder uren verstreken sinds haar dochter 's middags – gistermiddag – van huis was gegaan. En nu is er een andere ochtend aangebroken, die de plaats van de vorige inneemt, eroverheen waait, korrels achterlaat, begint met het trage uitwissen van sporen.

'Maak je geen zorgen, schat.'

Hij is in zijn kamerjas. Gisteravond heeft hij zijn pyjama aangetrokken, om zijn vrouw te troosten met een schijn van alledaagsheid. Om middernacht besloot hij thuis te blijven bij haar in plaats van met zijn auto kriskras door de omgeving te rijden – hij zou haar alleen maar ongerust hebben gemaakt, en met de koplampen de bermen hebben beschenen, de vochtige greppels. In stille paniek zat hij in de woonkamer, terwijl hij af en toe bij zijn vrouw ging kijken in Claires slaapkamer om te vragen: 'Wil je een kop thee, schat?'

Ze had zich niet uitgekleed, maar elke keer als hij kwam kijken deed ze haar best om hem gerust te stellen: ze streek over haar haar, vormde een glimlach en antwoordde: 'Nee dank je, schat, waarom ga je niet even slapen?'

Ze hebben allebei de hele nacht gebeden, maar ze hebben nog niet samen gebeden. De misselijkmakende leegte die vanuit de ingewanden opstijgt hebben ze ingeslikt, weggeslikt, de schreeuw van iets bodemloos. Pas op, het ruikt je wanhoop. Van te veel bidden kan het wakker worden. Van te weinig bidden ook.

Hoe kan ze zijn ingedommeld? Veertig minuten, in de stoel. De pijn van een verse wond bij het ontwaken, dit is geen droom. Opstaan uit de stoel, een leeg bed, *mijn kind is niet thuis*. Het korte gangetje naar de keuken; haar ene hand schuurt langs de muur, haar voeten doen pijn, ze heeft geslapen met haar hoge hakken aan die bij haar sjaaltje kleuren, want haar man heeft graag dat ze er leuk uitziet, en nu begint er een koor in haar hoofd, het werkt alle acceptabele redenen af waarom haar kind niet thuis is, loopt lijstjes na met wat-ik-vandaag-moet-doen, wat-ik-ga-doen-als-mijn-kind-thuiskomt, deze kerst gaan we naar Virginia, mijn moeder en zussen zullen niet geloven hoe groot Claire geworden is, ik moet het vlees voor vanavond uit de vriezer halen. Het is allemaal bedoeld om een nog dieper geluid op afstand te houden – de baslijn, trage golven, de enige geruststellende stem, want deze stem belooft een eind te maken aan al dit waken en wachten; geduldig herhaalt hij zijn refrein, tot de moeder in staat is de woorden te verstaan die hij met zoveel leedwezen zingt: 'Uw kind is dood.'

◆

Ze fietste over de onverharde weg naar Rock Bass. Ze stapte af, trok haar fiets door de opening in de omheining die de vriendelijke boer nooit repareerde, en liep ermee over het geïmproviseerde pad naar Rock Bass.

Ze daalde behoedzaam in het ravijn af, schuin langs de helling, met haar fiets aan de hand, een beetje wegglijdend door het gewicht. Ze legde hem op de oever neer, voorzichtig om de glinsterende roze linten niet te pletten, en liep via de stenen in het water naar de overkant.

Claire ging onder de esdoorn bij Rock Bass zitten, op de uitgesleten plek waar iedereen altijd zat, maakte haar Frankie-en-Annette-lunchtrommeltje open en spreidde de restanten van haar picknick in een halve cirkel voor haar voeten uit. Er was altijd wel een eekhoorn die brutaal genoeg was om een hapje weg te grissen, maar Claire stelde zich voor dat de andere kleine dieren bevend zaten te kijken tot ze weer vertrokken was, om dan eindelijk dichterbij te komen en te knabbelen. Ze stelde zich voor dat ze haar nu kenden en misschien een keer bij haar thuis op bezoek zouden komen. Ze zouden met haar praten en haar vriendjes worden. Of gewoon op haar vensterbank zitten kijken terwijl zij sliep, zachtjes kwetterend over het magische geschenk dat ze voor haar in petto hadden.

Ze veegde haar handen af aan een papieren servetje dat ze daarna terugdeed in haar lunchtrommeltje. Ze keek naar Frankie en Annette, twee glunderende hoofdjes omlijst door een roze hart. Ricky en Claire.

Ze begon aan de andere kant van het ravijn naar boven te klimmen. Dit was een goede plek om uit het nest gevallen eieren te zoeken die gered moesten worden. Ze kreeg een klit in haar sok en bukte zich om hem eruit te trekken.

Toen ze zich oprichtte, stonden daar de vertrouwde voeten.
'Dag meisje.'
'Dag.'
'Kijk eens wat ik heb.'

'Wat dan?'

'Kom even hier.'

Claire liep in de richting van de geopende hand. Toen ze vlakbij was, keek ze in de palm en zag een lichtblauw ei.

'Van een roodborstje,' fluisterde ze. Je vond er zo zelden een dat heel was.

'Jij mag het hebben.'

Het ei woog niets in Claires hand, want het was leeg.

'Ik weet waar nog meer eieren te vinden zijn, meisje.'

Je kon de speldenprik zien waar een slang het ei had leeggezogen.

'Levende.'

En dus ging Claire mee. Ze zou nooit met een vreemde mee zijn gegaan.

'Het nest is aan de andere kant van het maïsveld.' En toen ze door het maïsveld waren gelopen...

'Aan de overkant van het weiland, net in het bos.'

En toen ze bij het bos kwamen, zei Claire: 'Nee.' Ze mocht van haar moeder niet in het bos komen.

'Het maïsveld is erger dan het bos, Claire.'

Maar het weiland blijkt het allerergst te zijn.

Toen het knijpen begon, zei Claire: 'Ik moet naar huis.'

'Niks aan de hand, Claire.'

En ze begreep niet meteen dat dat niet waar was.

WITTE DONDERDAG

Het was al heel laat toen Madeleines vader thuiskwam. Ze had haar nieuwe koperen vleugels op haar ladekast gelegd zodat hij ze kon bekijken. Hij kwam haar kamer in en ze werd wakker toen hij op de rand van haar bed ging zitten, maar ze deed of ze nog sliep. Hij trok de dekens goed over haar heen en streek haar pony naar achteren. 'Lief maatje van me,' fluisterde hij.

Ze zuchtte in haar zogenaamde slaap.

Hij kuste haar voorhoofd en sloop de kamer uit. Ze overwoog hem terug te roepen en te vragen waar Claire was geweest en wat ze had gezegd toen ze haar vonden. Maar ze wilde het moment waarop ze door pap was ingestopt terwijl hij dacht dat ze sliep niet bederven. Ze zou het morgen wel horen. Ze zou het aan Claire vragen.

Madeleine strooit gepofte rijst in haar kom, droogvoer dat ze voor lief neemt vanwege het plastic zwaard met schede dat je cadeau krijgt bij een pak van schuilkeldergrootte. Mike schept niet alleen suiker op zijn Cap'n Crunch maar ook op zijn ei.

'Jij hebt geen tanden meer in je mond tegen de tijd dat je twintig bent,' zegt pap achter zijn krant.

Mikes wimpers zijn gekrinkeld. Tegen zijn ouders heeft hij gezegd dat hij ze heeft verschroeid 'bij de padvinders', maar Madeleine weet wel beter.

'Maman,' zegt hij, '*j'ai besoin d'une chemise blanche pour ce soir, c'est le banquet de hockey.*'

'*Oui, Michel, je sais, mange tout, c'est ça le bon p'tit garçon.*'

'Maman.' Hij kreunt. 'Ik ben geen klein kind meer, oké?'

Ze klemt zijn gezicht tussen haar handen. '*T'es toujours mon bébé, toi, mon p'tit soldat,*' zegt ze op kirrende toon om hem te plagen, en ze overdekt zijn wang met kussen. Hij wringt zich los, maar grijnst wel als hij de lippenstift wegveegt.

'Pap?' zegt Madeleine.

'Ja liefje?' Hij slaat een bladzijde van zijn krant om.

'Waar hebben jullie Claire gevonden?'

De krant blijft op zijn plaats.

Mike zegt: 'Ze hebben haar niet gevonden.'

De krant zakt op tafel. Haar vader werpt Mike een blik toe en zegt dan tegen haar: 'We zijn nog aan het zoeken.' Hij vervolgt op zijn geruststellende toon, die altijd een beetje geamuseerd klinkt: 'Waarschijnlijk heeft ze vannacht ergens geschuild voor de regen en komt ze straks kleddernat en hongerig weer tevoorschijn.'

Mike staart naar zijn bord.

Jack geeft Mimi een vluchtige kus op de lippen, aait Madeleine over haar hoofd en loopt naar de deur. 'Een fijne dag, jongens.'

Mike praat in het Frans tegen zijn moeder, zo snel dat Madeleine het niet kan volgen. Maman geeft antwoord, maar minder vlug, zodat Madeleine in staat is om te vragen: 'Waarom wil pap me niet ongerust maken? Waarom zou ik ongerust worden?'

Mimi kijkt haar dochter aan en reikt naar haar pakje Cameo's op het aanrecht. Ze zegt: 'Je moet maar een gebedje zeggen voor Claire McCarroll,' en steekt een sigaret op. 'Jij ook, Michel.'

'Waarom?' vraagt Madeleine.

'Waarom? Daarom, Madeleine, vraag toch niet altijd waarom.' Ze inhaleert de koele menthol. 'Omdat ze misschien moeilijk te vinden is. Maar ze vinden haar wel. Ga je nu aankleden. *Attends, Michel, je veux te dire un mot.*'

Merkwaardig genoeg vindt Madeleine het geprikkelde antwoord van haar moeder geruststellender dan de vriendelijke woorden van haar vader. En toch krijgt ze een angstig gevoel in haar maag, zoals altijd wanneer haar moeder vraagt om een gebedje voor iemand te zeggen. Dan ziet het er slecht uit voor die persoon.

Madeleine was opgetogen toen Mike zei dat ze samen met hem naar school moest lopen. Nu probeert ze hem en Arnold Pinder en Roy Noonan bij te houden door twee stappen te nemen tegen zij één. Roy zei haar gedag, en kreeg van Arnold meteen een stomp op zijn arm. Mike had zijn vriendschap met Arnold opgegeven voor de vasten. Maman en pap vonden dat een erg volwassen beslissing. Ze weten niet dat hij zijn belofte gisteren heeft verbroken en dat zijn wimpers zijn verbrand toen Arnold een kikker in brand stak met een fles benzine.

'Mike?'

Hij negeert haar en praat gewoon door: 'Ricky Froelich heeft er een van balsahout, wij kunnen er makkelijk zelf een maken.'

Roy zegt: 'Ja, je hoeft alleen de schaal naar boven bij te stellen en...'

'We kunnen ook naar de sloop gaan en er een jatten,' zegt Arnold.
'Mike,' zegt Madeleine.
'Wat is er?' vraagt hij geërgerd.
'Waar denk je dat Claire is?'
'Hoe moet ik dat weten?'
Arnold Pinder zegt: 'Ontvoerd, zegt mijn vader...'
'Kop dicht, Pinder,' zegt Mike.
Arnold stuift op, zijn vuist in de aanslag. Mike duidt met een blik zijn kleine zusje aan en Arnold houdt zijn mond. Mike zegt: 'Ze is verdwaald.'
'O,' zegt Arnold, 'ja.'
Roy Noonan zegt: 'Maak je geen zorgen, Madeleine.'
'Jullie denken zeker dat ik achterlijk ben,' zegt ze, haar pas vertragend.
Mike steekt zonder te kijken zijn arm naar achteren en grijpt haar bij de pols.
'Je loopt met mij mee,' zegt hij, haar meetrekkend.
'Waarom?'
'En na school wacht je op me.'
'Mooi niet!'
'Het moet van maman.'

Ze heeft in elk geval ontdekt wat er echt met Claire McCarroll is gebeurd: *ontvoerd*. Op dit moment zit ze ergens in een schuurtje vol spinnenwebben met haar handen op haar rug gebonden en een prop in haar mond. Als Madeleine ontvoerd was, zou ze ontsnappen. Ze zou de touwen langs een steen schuren zoals De Vijf dat altijd doen. Ze zou de ontvoerder buiten westen slaan, of uit een rijdende auto springen en in de greppel rollen, en dan naar huis liften. Maar je kunt je onmogelijk voorstellen dat Claire iets anders doet dan beleefd blijven zitten met haar vastgebonden handen.

Verder dan dat denkt Madeleine niet. Verder is er niets. Ze vraagt zich wel af wanneer de brief komt om losgeld te eisen. Denken de ontvoerders dat Claire rijk is omdat ze Amerikaans is? Misschien betaalt president Kennedy het losgeld wel.

Het was weer gaan regenen tegen de tijd dat Jack werd doorverbonden met het kantoor van eerste secretaris Crawford van de Britse ambassade in Washington. Grijze strepen op het glas belemmerden het zicht vanuit de telefooncel. Het dochtertje van de McCarrolls was nog steeds ergens buiten. In het gunstigste geval had ze een arm of been gebroken, was ze geschrokken en gedesoriënteerd en niet in staat de weg naar huis terug te vinden. Het was mogelijk.

'Met Crawford.'

'Si, McCarrolls negenjarige dochter wordt vermist.'

Een korte stilte, dan: 'Arme kerel.' Simon was het met Jack eens dat McCarroll niet mocht worden gebrieft voordat zijn dochter veilig was teruggekeerd. 'Bel me op het nachtnummer zodra je iets hoort.' Hij zuchtte. 'Deze operatie loopt niet wat je noemt van een leien dakje...'

'Wat wil je dat ik met de auto doe, Si?'

'O ja, ook dat nog. Houd hem maar.'

'Wat zeg ik dan tegen mijn vrouw? Dat ik een bank heb beroofd?'

'Ik zal iemand moeten sturen om het ding op te halen, of... Christus. Waar staat hij nu?'

'Ik heb hem naar Exeter verplaatst. Ik zal hem op een gegeven moment weer moeten verplaatsen, anders wordt hij weggesleept en naar de sloop gebracht.'

'Dat moet dan maar. Voor de eerlijke vinder.'

'Op kosten van de CIA, hoop ik.'

'Ik zal je missen, zonnetje.'

Jack glimlachte nog toen hij de cel verliet, maar zijn glimlach verdween toen hij een politiewagen zag stoppen voor Hangar Nummer 4. McCarroll kwam naar buiten en stapte in. Jack droeg zijn militaire regenponcho en zijn rubber overschoenen. Hij liep vlug naar de hangar om zich bij een van de patrouilles aan te sluiten. Alle mannelijke werknemers, inclusief het keukenpersoneel, waren op zoek naar Claire.

Juffrouw Lang vervangt meneer March terwijl hij met de politie praat. Ze ondervragen alle onderwijzers, in de hoop aanwijzingen te vinden. Hij is al een halfuur weg. Er kwam een klopje op de deur van het lokaal en meneer March ging opendoen, al zingend: 'Wie klopt daar op mijn deur?' Maar hij zweeg toen hij de politieman zag staan en zei: 'Even mijn bril halen.' Hij kwam terug om de bril van zijn lessenaar te pakken, trok zijn zakdoek tevoorschijn en wreef de glazen schoon. Het was de eerste keer dat Madeleine hem zijn zakdoek zag gebruiken voor iets anders dan zijn piemel.

Juffrouw Lang vraagt wat de klas graag wil doen en de keuze is unaniem: tekenen. Nooit eerder hebben ze op een donderdagmiddag mogen tekenen; de verdwijning van Claire McCarroll heeft in elk geval één goed ding opgeleverd. Zelfs Grace steekt haar vinger op en kiest voor tekenen, al is het niet duidelijk hoe zij een potlood vast moet houden met haar handen in het verband. Ze zijn omwikkeld met een dikke laag wit gaas dat in de loop van de dag rafelig en grauw is geworden. Meneer March merkte het blijkbaar niet, maar juffrouw Lang vraagt of Grace zich bezeerd heeft. Grace ziet kans uit te leggen dat haar vader het zat is dat ze altijd met haar vingers in haar mond zit. Ze mocht kiezen: 'Of ik breek ze, of ik doe er verband om.'

De klas is rustig. Juffrouw Lang laat hen vrij in de keuze van het onderwerp, zolang het maar iets te maken heeft met Pasen. Ze mogen elk materiaal gebruiken dat ze willen – pastelstiften, waterverf, wat dan ook, alleen geen vingerverf. Madeleine heeft gekozen om met kleurpotlood te werken en tekent een dag uit het leven van het Dynamische Duo. In de veilige beschutting van het klaslokaal, met zijn schoolluchtjes, een troostrijk mengsel van sinaasappelschillen, potloodslijpsel, vochtige wol en krijt, terwijl de regen rustgevend tegen de ramen tikt, zet juffrouw Lang een plaat op die ze van huis heeft meegebracht. Mantovani's strijkorkest tovert een trage waterval van klanken tevoorschijn: *The-ere's... a sum-mer place...*

Madeleine buigt zich over haar tekening, terwijl haar tong met een loszittende kies speelt, en concentreert zich op Robin die vermomd als baby in een kinderwagen met raketaandrijving de Joker achtervolgt. Buiten is de middag grijs, hoewel het nog geen half drie is. De regen borduurt geduldig de plassen die zich hebben gevormd in de ondiepe kuilen aan weerszijden van de wippen, onder de schommels en aan de voet van de glijbaan. Achter het honkbalveld staan de bungalows en huizen van de woonwijk ineengedoken maar vrolijk in hun regenboogkleuren, die extra fel afsteken tegen de loodgrijze hemel.

Madeleine richt haar blik naar de overkant van Algonquin Drive, naar het veld van de boer – de befaamde boer met het jachtgeweer. Er is daar iets gaande. Auto komen aanrijden en parkeren in de berm – gewone auto's en diverse zwart-witte surveillancewagens van de provinciale politie.

Ze denkt aan de zielige hond die vastzat in de afvoerpijp. Is hij eruit gekomen? Is hij verdronken? Ze krijgt een vreselijk bedroefd gevoel en troost zichzelf met de gedachte dat ze haar vader zal vragen wat er met de hond is gebeurd. Hij zal het wel weten. Ze richt haar ogen weer op haar tekening en herinnert zich dat het onderwerp iets te maken moest hebben met Pasen. Ze tekent een tekstballonnetje voor Robin en schrijft er met blokletters in: 'Donderse donderdag, Batman!'

Voldaan kijkt ze op van haar tekening en bestudeert het achterhoofd en de schouders van Grace Novotny. Grace' profiel is gedeeltelijk zichtbaar, want ze zit helemaal gedraaid in haar bank, zoals iedereen bij het kleuren. Ze likt over haar gebarsten lippen en ademt door haar mond omdat haar neus verstopt is.

Grace doet bijna nooit iets zonder dat haar ogen telkens afdwalen, maar vandaag spant ze zich extra in, misschien vanwege het verband om haar handen. Madeleine kan het gele kleurpotlood omhoog zien steken uit Grace' vieze vuist. Wat zou ze tekenen?

Madeleine kijkt weer uit het raam en ziet nu aan beide kanten van de weg geparkeerde auto's staan. Op het veld wordt een rij mannen in regenponcho's zichtbaar, langzaam, schouder aan schouder, lopen ze over het veld. Ze zoeken iets dat heel klein is, denkt Madeleine. Klein en waardevol. Een horloge, of een diamant.

Naast het raam is Claires bank leeg. Het is net of ze afwezig is omdat ze griep heeft. Morgen is ze er weer.

Madeleine steekt haar vinger op. 'Juffrouw Lang, mag ik alstublieft mijn potlood slijpen?'

'Ja, Madeleine, dat mag.'

Op de terugweg van de puntenslijper vertraagt Madeleine haar pas als ze bij Grace' bank komt en tuurt vol verwondering naar haar tekening. Een wervelstorm van gele vlinders.

Het zijn er zoveel dat je er duizelig van wordt, elke vlinder perfect getekend en ingekleurd, elke vleugel nauwkeurig omlijnd, geen twee hetzelfde, net als sneeuwvlokken. Het is zo mooi dat je er wel behangpapier van zou kunnen maken.

Juffrouw Lang tilt de naald van de plaat en het is net of de hele klas in het kasteel van de Schone Slaapster is geweest. Iedereen kijkt soezerig op, verfomfaaid en kalm. Ze leveren hun werk in, en het blijkt dat er die dag een paar zeer goede tekeningen zijn gemaakt.

'Ze zochten Claire,' zegt Colleen. 'Ik zag ze ook.'

'Wat een stomme plek om te zoeken,' zegt Madeleine. 'Midden in het open veld?' Ze lopen door St. Lawrence Avenue. Hoewel ze nooit tegelijk weggaan van het schoolplein, hebben ze de gewoonte gekregen om het laatste stuk samen op te lopen als Madeleine in haar eentje is.

'Zo stom is dat niet,' zegt Colleen.

De wereld is overgoten met regenlicht, de lucht is zacht en geurig, alles is zo sprankelend en beloftevol, alsof ze na het rinkelen van de schoolbel een wijdere wereld is binnengestapt, een sprong heeft gemaakt in de toekomst, onbekend en toch in een kader gevat, zoals een film. Madeleine is vol verwachting. Er gaat iets gebeuren. Iets heerlijks.

Ze zegt: 'Jawel, Colleen, het is wel stom, want als Claire op klaarlichte dag in een veld zat zouden ze haar meteen zien, behalve als ze zich verstopte, en wie verstopt zich nou in een veld, en trouwens, ze is verdwaald en je kan niet verdwalen in een veld recht tegenover de school.' Madeleine haalt diep adem en vervolgt: 'Suffie.' Ze doet een stap achteruit, hoopt op een afrekening. Maar Colleen gaat er niet op in.

Madeleine werpt een blik over haar schouder en ziet dat Mike en zijn vrienden haar op veilige afstand volgen, als een stel lijfwachten. Ze wil Colleen attent maken op de jongens, maar Colleen heeft iets gezegd. 'Wat zei je?'

'Dat is omdat ze haar niet levend denken te vinden,' herhaalt Colleen.

Madeleine moet het even laten bezinken, en dan is het net of ze van een onverwacht afstapje is gevallen. En de wereld is van kleur veranderd. Metalig, niet langer zacht glanzend. Het warme gevoel dat ze midden in een film zit is verdwenen. Nu is er niets meer wat haar omringt. Behalve de regen. En die heeft geen grenzen van enige betekenis.

's Avonds vraagt ze om *Winnie-de-Poeh*. Het is geen schande om terug te keren naar favorieten van vroeger. En haar vader zegt dat een mens nooit te oud is om van goede literatuur te genieten. Ze heeft geen zin om zelf de stemmetjes te doen, maar vraagt of hij alles leest. Ze bekijkt de stok in het water die snel onder de brug door schiet, en dat brengt haar tot rust. Maar als het tijd wordt om het licht uit te doen, vraagt ze: 'Pap, verwachten ze Claire levend te vinden?'

Jack blijft staan, zijn hand op het lichtknopje. Hij loopt terug en gaat op de rand van haar bed zitten.

'Ja, natuurlijk.'

'Waarom zochten ze haar dan in een veld?'

Hij draait zich om en kijkt de kamer rond. 'Waar is Bugsy?' Hij vindt hem onder het bed, plukt het pluis van zijn oren en stopt hem naast haar onder de dekens, terwijl hij zegt: 'Ze denken dat ze misschien iets heeft laten vallen in het veld, iets wat kan helpen om haar te vinden.'

'Misschien heeft ze een spoor achtergelaten.'

'Misschien wel.' Jack bukt zich om haar een kus te geven en ze slaat haar armen om zijn nek, zoals ze dikwijls doet, en weigert hem te laten gaan. Hij kietelt haar tot ze loslaat. Maar hij komt niet verder dan halverwege de deur.

'En als ze nou ontvoerd is?'

'... Dan zou er losgeld zijn gevraagd.'

'Dat dacht ik al.'

'Maak je geen zorgen om Claire, voor je het weet is ze weer thuis.' Hij draait het licht uit.

'Pap?'
'Ja?'
'Ga jij gauw dood?'
Hij lacht. 'Ben je mal? Zo'n ouwe taaie gaat niet zo gauw dood.'
'Iedereen gaat dood.'
'Weet je, Madeleine,' en zijn toon is niet langer sussend, maar zakelijk. 'Die dag is nog zo ver weg dat het niet eens de moeite waard is om erover na te denken.'
'En als er een luchtaanval komt? Zou de sirene dan gaan zoals in oktober?'
Hij kijkt haar aan. 'Weet je wat NORAD is?' Hij staat in de deuropening, omlijst door het licht van de overloop. 'Dat is een groot waarschuwingssysteem dat in actie komt lang voor iemand hier een bom kan laten vallen. Dan sturen we er een gevechtsvliegtuig op af om hem uit de lucht te knallen, en klaar is Kees.'
'Pap?'
'Ga nou maar slapen, maatje van me.'
'Is Claire dood?'
'Neee!' – hij grinnikt – 'maak je geen zorgen. Zal ik je eens wat vertellen?'
'Wat dan?'
'Er is een oud gezegde: "Geef de duivel geen hand voordat je hem ontmoet."'
Madeleine laat hem geloven dat hij haar gerust heeft gesteld. 'Welterusten, pap.'
Jack loopt de trap af, zegt tegen Mimi dat hij behoefte heeft aan frisse lucht en gaat de deur uit. Hij liegt niet. Maar hij moet ook iemand bellen.

Madeleine streelt Bugs' lange oren naar achteren vanaf zijn jolige voorhoofd. 'Maak je geen zorgen, Bugs.' Haar vaders opmerking over de duivel herhaalt ze echter niet, want hoewel die bedoeld is om je te verzekeren dat de duivel in geen velden of wegen te bekennen is, wordt er ook mee gezegd dat je hem vroeg of laat wel degelijk zult ontmoeten.

GOEDE VRIJDAG

Claires foto staat op de voorpagina van de London Free Press. Madeleine ziet het als ze de deur opendoet om de melk van de stoep te pakken. Hij is een beetje wazig, want het is een zwartwitafdruk van Claires schoolfoto – afgelopen november is er van iedereen een foto gemaakt in de gymzaal. Maar het is onmiskenbaar Claire die haar vanaf de veranda toelacht, naast de melk. En dan het onderschrift: Kind vermist. Claire is beroemd. Madeleine neemt de krant en de melk mee naar de keuken, terwijl ze roept: 'Extra editie, het laatste nieuws!'

Haar moeder pakt de krant en duwt hem in de handen van haar vader. 'Ik wil dit soort dingen niet in huis hebben,' zegt ze, alsof ze bedoelt dat alle spinnewielen uit het koninkrijk moeten verdwijnen.

Jack is verbaasd noch beledigd, hij stopt de krant gewoon in zijn aktetas, en als Mike beneden komt en de radio aanzet om naar het nieuws te luisteren, zet Jack hem meteen weer uit. Ze ontbijten, Mimi, gekleed en opgemaakt zoals gewoonlijk, leunend tegen het aanrecht met haar koffie en haar sigaret. Het is net zo stil als tijdens de Cuba-crisis. Ditmaal ontbreekt echter zelfs het geritsel van krantenpapier. Je hoort alleen gekauw. Madeleine kijkt naar Mike. Hij heeft dezelfde onschuldige uitdrukking op zijn gezicht als haar vader. Ze prikt in haar ei en het geel stroomt naar buiten.

Vandaag hebben ze vrij. Maar het is Goede Vrijdag, wat betekent dat je niet te veel plezier mag maken. Geen tv vanavond – Jezus hangt aan het kruis, dit is niet het moment om naar de Three Stooges te kijken. Mike mag zelfs niet hockeyen op straat. Maman verbiedt het ieder jaar. En 's avonds eten ze vis. Geen gebakken vis met friet, maar een waterig wit ding op je bord, met vale doperwten uit blik en gekookte aardappelen. Geen toetje. Beschouw het maar als een offertje voor het lijden van Onze Heer. Toen Hij dorst had, gaven ze hem alleen azijn te drinken. Denk maar aan de arme kindertjes in Afrika, die gaan dood van de honger. Het regent, want op Goede Vrijdag regent het altijd.

Madeleine wil naar Auriel toe, maar als ze de deur uitkomt ziet ze aan de overkant Colleen op haar hurken in de voortuin zitten, met een regenponcho aan. Ze heeft haar koffieblik bij zich en duwt met haar vingers het gras uit elkaar. Madeleine trekt zich geruisloos terug en loopt door een aantal achtertuinen, waarna ze verderop in de straat weer tevoorschijn komt en oversteekt naar het huis van de Bouchers. Ze gaan naar de Vera Lynn-platen van Auriels moeder luisteren en de parkiet laten rondvliegen. Daarna willen ze naar het huis van de buren om met Lisa's nieuwe broertje te spelen. Ze zullen blijven speculeren over Claires hachelijke avontuur. Auriel heeft geopperd dat ze misschien is weggelopen naar Disneyland. Als Madeleine op de deur van de Bouchers klopt, kijkt ze de straat in, naar Colleen die geduldig door het gras kruipt.

'Dag pop, kom gauw uit de regen,' zegt mevrouw Boucher. Madeleine ruikt kaneelbroodjes in de oven – mevrouw Boucher is anglicaans, en anglicanen hoeven niet zo te lijden op Goede Vrijdag. Er verandert iets in haar blik als ze over Madeleines hoofd naar de straat kijkt. Madeleine draait zich om en ziet een politieauto aankomen door St. Lawrence Avenue. Hij rijdt heel langzaam voorbij en draait de oprit van de Froelichs in. Colleen Froelich komt overeind met haar koffieblik.

Mevrouw Boucher zegt: 'Naar binnen, liefje,' en ze draait zich om en roept naar boven: 'Auriel, Madeleine is er.'

PAASZATERDAG

Een politiehelikopter cirkelt door de grijze lucht boven de woonwijk, kinderen houden op met spelen en kijken omhoog. Inmiddels weet iedereen dat de helikopter op zoek is naar Claire. Net als de felgele Chipmunks die laag overvliegen en systematisch de omgeving afzoeken, elk met een piloot en een waarnemer om door de regen naar beneden te turen. De grote mensen kunnen hun angst niet langer verbergen. Kinderen speculeren openlijk dat Claire in een sloot is verdronken, of in een luchtschacht is gevallen – hoewel hier in de buurt nooit mijnen zijn geweest – of in mootjes is gehakt door een maniak met een bijl. The Exeter Times-Advocate heeft boeren aangespoord hun schuren en stallen te controleren en met een zaklamp in hun waterputten te schijnen.

Als Madeleine na de mis op paaszaterdag terugloopt naar de auto, ziet ze de rijen mannen in regenkleding weer, die vanaf het vliegveld uitwaaieren over de weilanden en bospercelen. Twee Duitse herders lopen als een bezetene over de grond te snuffelen, trekkend aan de lijn. Madeleine weet dat ze iets van Claire hebben gekregen om aan te ruiken. Net als Dale de Politiehond, die het kleine meisje slapend in het maïsveld aantrof. Ze moeten Rex laten meehelpen.

Jack maakt er geen geheim van dat hij weer op zoek gaat met de andere mannen, en Mimi laat de kinderen in de woonkamer knielen en met haar de rozenkrans bidden voor de behouden terugkeer van Claire McCarroll.

Ricky Froelich heeft geholpen met zoeken. De eerste keer had hij Rex bij zich, maar de politie verzocht hem het dier naar huis te brengen omdat het geen getrainde speurhond was. Ricky wilde zeggen: 'Hoe weet u dat?', want het is niet bekend waar Rex vandaan kwam voor hij in het asiel van Goderich belandde. Maar hij wilde niet bijdehand doen tegen de agent. Die tijd heeft hij gehad.

Op vrijdag kwamen twee politieagenten die Rick van de zoekactie kende bij hem thuis langs om dezelfde vragen te stellen die twee andere agenten op donderdag al hadden gesteld. Dat vond hij niet erg. Als ze dubbel werk deden, betekende het dat ze overuren maakten om het kind te vinden. Hij vertelde de agenten wat hij ook aan hun collega's had verteld: dat hij aan het hardlopen was met zijn zusje en zijn hond toen hij Claire McCarroll tegenkwam op de Huron County Road. Ze fietste in zuidelijke richting en vertelde hem dat ze naar Rock Bass ging. Hij had de hond aan haar fiets vastgemaakt en ze waren samen verder gegaan tot aan de kruising. Bij de wilg waren ze gestopt en had hij Rex weer losgemaakt. Zij was rechts afgeslagen om over de onverharde weg naar Rock Bass te fietsen, en hij en zijn zusje en de hond waren linksaf gegaan in de richting van de autoweg.

Rick is net thuisgekomen na de hele ochtend te hebben gezocht en is bezig een stapel boterhammen te smeren en te verorberen, als dezelfde twee agenten op zaterdagmiddag weer voor de deur staan.

Dit keer vragen ze: 'Ben je onderweg iemand tegengekomen nadat je haar had achtergelaten?' Dat is een nieuwe vraag en Rick begrijpt dat ze nu vermoeden dat iemand haar kwaad heeft gedaan.

'Nee, ik heb niemand gezien, sorry.'

Ze vragen hem ditmaal om met hen mee te rijden en precies aan te wijzen waar hij haar heeft achtergelaten. Terwijl hij naar buiten loopt, komt zijn moeder aan de deur en zegt: 'Wacht even, Ricky, ik vraag of papa meegaat.'

'Dat hoeft niet, mam, ik ben zo terug.'

Maar zij zegt: 'Even wachten, lieverd, papa is in de kelder.'

Rick glimlacht, hij geneert zich een beetje tegenover de agenten. Een van hen, degene die de meeste vragen heeft gesteld, zegt: 'Mevrouw Froelich, we willen uw zoon alleen even lenen zodat hij exact kan aanwijzen waar hij het kleine meisje heeft afgezet, misschien schiet hem dan te binnen of hij in de omgeving toch niet iemand heeft gezien.'

Karen kijkt de politiemannen zwijgend aan, draait zich om en roept weer: 'Hank.'

Maar Rick zegt: 'Ik ben zo terug, mam,' en vertrekt met de agenten.

Karen kijkt hen na als de politieauto wegrijdt met haar zoon op de achterbank.

Maar bij de Huron County Road gaan ze niet naar het zuiden. Ze gaan naar het noorden, richting Exeter. De ruitenwissers bonken heen en weer en Rick zegt: 'Het is die kant op.'

'Ja, we gaan een rondje maken, je zei dat je aan het hardlopen was, klopt dat?'

'Jazeker,' zegt Rick, en leunt achterover. Hij wijst hun in omgekeerde richting de route die hij woensdagmiddag heeft gevolgd. De politieradio kraakt onverstaanbaar.

'Als je je herinnert dat je iets of iemand hebt gezien, dan meld je je maar, jongeman,' zegt de agent die naast de bestuurder zit.

Als ze bij Highway 4 komen, het stuk vlak ten noorden van Lucan waar de weg scherp naar het westen draait, zegt Rick: 'Ik heb een auto gezien.'

De agenten kijken hem aan in de achteruitkijkspiegel.

Rick zegt: 'Hij ging naar het westen, ja, net als wij nu. Hier ergens passeerde hij me.'

De politiewagen minder vaart, gaat naar de kant en stopt. De agent kijkt Rick in de spiegel aan en vraagt: 'Wat voor merk auto?'

'Een Ford Galaxy.'

'Dat zag je, hè?'

'O ja, hij reed vlak langs me heen, splinternieuw.'

'Hou je van auto's?'

'Ik ben gek op auto's.'

De agent grinnikt. 'Ik ook. Wat voor kleur had die Chevy?'

'Het was een Ford,' verbetert Rick beleefd. 'Een Galaxy, splinternieuw. Blauw.'

'Splinternieuw, hè?'

'Ja, bouwjaar '63, die nieuwe fastback, dus dat zag ik meteen.'
'Wat zag je nog meer?'
'Eh, dat er een deuk in de achterbumper zat.'
'O ja?' De agent vist zijn opschrijfboekje uit zijn borstzak en begint het allemaal te noteren. De man achter het stuur schijnt er niet bij te zijn met zijn gedachten. Zijn achterhoofd, zijn brede nek, onaandoenlijk.

Rick leunt naar voren tussen de twee blauwe petten en graaft in zijn geheugen naar een of ander detail waar ze misschien iets aan hebben. 'Hij had een bumpersticker.'
'Wat voor een?'
'Een gele. U weet wel, zoals van Storybook Gardens.'
De politieman glimlacht en knikt, en herhaalt langzaam Ricks woorden terwijl hij schrijft: 'Story... book... Gardens.'
Rick voelt zich opeens een beetje schuldig. 'Ik denk niet dat u er veel aan heeft.'
'Waarom niet?'
'Nou, de bestuurder droeg een luchtmachtpet, dus...'
'Ja?'
'Ja, ik kon niet zien wie het was vanwege de zon, maar hij is waarschijnlijk niet de man die u zoekt.'
'Wie zoeken we dan, Rick?'
'Nou' – Ricky aarzelt – 'degene die... u weet wel. Haar meegenomen heeft.'
'Is dat wat er volgens jou gebeurd is?'
'Misschien. Ik weet het niet.'
De agent glimlacht in de spiegel. 'Nou, dan zitten we in hetzelfde schuitje, want wij weten het ook niet.' Hij kijkt weer in zijn opschrijfboekje. 'Heb ik het nou goed begrepen?' zegt hij, met zijn pen in de aanslag. 'Je kon zijn gezicht niet zien, maar je zag wel zijn pet.'
'Meer de omtrek van zijn pet,' zegt Rick.
'Juist.' En tegen zijn collega: 'Rudy, hoe spel je "silhouet"?'
'Dat moet je mij niet vragen.'
Rick lacht mee en zegt dat hij het woord ook niet kan spellen. De agent klakt nadenkend met zijn tong en zegt: 'Ik probeer even uit te rekenen... Hoe lang denk je dat het duurt om hiervandaan terug te lopen naar de kruising waar je haar achterliet?'
'O, eh, ik was rond half zes, kwart voor zes thuis, dus... en dat is ongeveer dezelfde afstand, dus ik denk een uur of zo?'
De agent trekt vriendelijk zijn wenkbrauwen op en noteert het, waarna hij

vraagt: 'Hoe weet je zo zeker dat je zo laat thuis was?'

'Ik had een wedstrijd. Basketbal.'

'Bij welke club speel je?'

'De Huron County Braves.'

'Niet gek.'

Het is niet te merken dat de agenten elkaar een seintje geven, maar de auto trekt weer op. Zwijgend rijden ze door de regen totdat de agent achter het stuur zegt: 'Weet je zeker dat het een luchtmachtpet was? Het kan ook een agent geweest zijn.'

'Nee hoor,' zegt Rick.

'Hoe weet je dat?' vraagt zijn collega.

'Hij zwaaide.'

'Ik dacht dat je zei dat je hem niet kende,' zegt de bestuurder.

'Ik kon hem niet zíen,' zegt Rick. 'Maar ik moet hem wel kennen.'

'Bij de luchtmacht kent iedereen zeker iedereen, hè?' zegt zijn collega met een glimlach.

'Ik zit niet bij de luchtmacht.'

'Ik bedoelde je vader.'

'Dat snap ik,' zegt Rick. 'Maar mijn vader is geen piloot of zoiets, hij is onderwijzer.'

Ze rijden verder en de politieman achter het stuur zegt: 'Omdat iemand een uniform draagt, is hij nog geen heilige.'

'Zeg dat wel,' beaamt Rick.

'Wat bedoel je daarmee?'

'Niks.' En de andere agent knipoogt naar hem in de spiegel.

Als Rick weer thuis is, klopt hij op het dak van de auto die achterwaarts de oprit afrijdt en tikt met twee vingers tegen zijn voorhoofd, zoals ze bij de luchtmacht doen. De agent naast de bestuurder doet hetzelfde.

Boven houdt Colleen Elizabeth overeind in de badkuip terwijl Karen Froelich haar wast. De deur is dicht om te verhinderen dat de baby naar buiten kruipt en van alles en nog wat uithaalt. De andere baby ligt beneden in de woonkamer als een roos te slapen, op Henry Froelichs slapende borst, toegezongen door Joan Baez.

Karen hoort de voordeur en zegt tegen Colleen: 'Alles is in orde, lieverd.' Elizabeth steekt haar arm uit naar haar moeder, Karen pakt haar pols en kust de rug van haar hand. 'Zie je wel? Ricky is al terug.'

Hoewel televisiekijken is toegestaan op paaszaterdag, is *Perry Mason* te allen tijde streng verboden, maar Madeleine ontleent niet zoveel plezier aan deze overtreding als zou moeten omdat alles in de war is. Toen pap thuiskwam na het zoeken, zette haar moeder zelf de televisie aan en zei dat ze maar ergens naar moest kijken. Nu klinkt Perry's herkenningsmelodie, sexy en zwierig, maar haar ouders letten nergens op en blijven confereren aan de keukentafel.

Madeleine vangt het staartje van haar moeders zin op. '... ze gaan eraan kapot.'

'Wie gaan er kapot?' roept Madeleine vanuit de woonkamer.

'Doet er niet toe, let jij nou maar op je programma.'

Op bevel naar *Perry Mason* kijken. De wereld staat op zijn kop. Ze nestelt zich op de bank met een kussen op haar schoot en weerstaat een atavistische drang om op haar duim te zuigen.

Perry, Paul, Della en een 'animeermeisje' met netkousen en koperkleurig haar bevinden zich in een bar. Het animeermeisje flirt met Paul, fladderend met haar wimpers, haar kin omhoog om haar imposante borst – boezem – te accentueren. Het is vandaag paaszaterdag, kan het niemand dan wat schelen? Madeleine kijkt smekend naar de keuken, maar haar ouders zitten ineengedoken in de invallende schemering. Vijfentwintig minuten later wordt het animeermeisje vermoord en bevinden we ons in de rechtszaal. 'Waar zit jij in hemelsnaam naar te kijken?'

'Maar pap, maman zei dat ik mocht kijken.'

'Maman zei dat je tv mocht kijken.'

'Het is bijna afgelopen.'

'Wou je me vertellen dat je het merendeel van deze troep al hebt gezien?'

'We gaan net horen wie het gedaan heeft.'

'O,' zegt hij, en gaat zitten. 'Nou, vooruit dan maar.'

Ze kijken, Madeleine genesteld in de arm van haar vader. Na twee minuten zegt Jack: 'De tuinman heeft het gedaan.' Twintig minuten later wijst Perry naar een man met een benig gezicht die een gekreukte hoed tegen zich aanhoudt. 'De tuinslang die u gebruikte om de tuin te sproeien; de tuinslang die u gebruikte om Miss Delaney te wurgen; de tuinslang die u vervolgens achterliet op het terrein van de Fairmont Country Club!'

Madeleine hapt naar adem. 'Hoe wist je dat?!'

'Mij kunnen ze niks wijsmaken. En laten we nu gaan eten.'

Rick is met zijn zusjes naar *Kim* gaan kijken in de bioscoop op de basis. Op de terugweg laat hij hen even wachten terwijl hij Hangar Nummer 4 binnenloopt, waar het hoofdkwartier van de zoekactie is gevestigd.

Hij bekijkt de uitvergrote kaart van Huron County aan de muur en ziet dat het terrein waar wordt gezocht nu ook zijn route van woensdag omvat. Hij vraagt zich af of dat geen tijdverspilling is: hoe waarschijnlijk is het dat een luchtmachtman iets te maken heeft gehad met Claires verdwijning? Aan de andere kant, er werken meer dan duizend militairen op de basis. Rick kent ze niet allemaal. Niemand kent ze allemaal.

Het wordt toch nog een fijne paaszaterdag. Madeleine bedenkt braaf dat het beter zou zijn als maman er samen met hen van kon genieten, maar ze is de deur uit 'om mevrouw McCarroll gezelschap te houden'. Het zou niet erg aardig zijn om het hardop te zeggen, maar soms is het leuker om alleen te zijn met je vader.

Nadat ze de hardgekookte eieren voor paaszondag hebben geverfd rijden Madeleine en Mike met hun vader naar Exeter om bij Dixie Lee gebraden kip te halen. *Geurig! Smakelijk! Mals!*

Bij de toonbank laat Jack de kinderen wachten tot de kip klaar is. 'Ik ben zo terug.' Hij rijdt de hoofdstraat uit, passeert het verlaten kermisterrein aan de rand van de stad en komt bij het oude spoorwegstation. Alles is dichtgetimmerd, onkruid tiert welig tussen de rails. Hij rijdt om naar de achterkant. De Ford Galaxy staat er nog.

Jammer dat hij de wagen niet gewoon kan houden, zoals Simon opperde. Nu zal de politie hem bij opbod verkopen. In een grote stad als New York zou de auto intussen al gestolen zijn, of gestript. Maar dit is Exeter – niet bepaald de misdaadhoofdstad van Canada. Terwijl Jack wegrijdt, denkt hij aan Claire McCarroll en herziet die laatste gedachte.

De feestelijke dag wordt bekroond als Mike een touwtje om Madeleines loszittende kies bindt. Hij bindt het andere eind aan de deurknop en gooit dan de deur dicht. 'Presto! Die is minstens een dubbeltje waard,' zegt hij, terwijl hij haar de bungelende, bloederige kies overhandigt.

Mimi wacht tot Karen Froelich er is voordat ze Sharon McCarroll alleen laat. Het is al bijna donker. De stoofschotel die ze had meegebracht staat onaangeroerd in de oven. Ze heeft Sharon niet kunnen overhalen, maar hoopt dat Blair iets zal eten als hij thuiskomt van het zoeken. Het deugt niet dat er routine binnensluipt in dit plaatje waardoor het herkenbaar wordt – 'als hij thuiskomt van het zoeken'. Alsof zoeken naar het lijk van zijn kind zijn baan is.

Steve Ridelle heeft pillen voorgeschreven en Elaine heeft ze gebracht toen ze haar voorgangster kwam aflossen bij Sharon. Drie doses maar. Ze moet er niet te veel binnen handbereik hebben. Mimi zag het flesje op de wastafel in de badkamer staan – valium.

'Dat doet wonderen,' zei Elaine.

Mimi heeft net de oven lager gezet wanneer er op de deur wordt getikt. Er gaat een steek door haar hart als ze ziet hoe Sharon opkijkt: even een moment van hoop, totdat de deur opengaat en Karen Froelich binnenkomt.

Mimi wisselt een paar woorden en een handdruk met Karen en vertrekt – ze is nog steeds niet iemand die Mimi zou uitkiezen als vriendin, maar, zoals Jack zegt, de ene mens is de andere niet. Buiten zijn er openingen ontstaan in het wolkendek, ze ziet een paar sterren, maar de duisternis is nog te dicht, te volledig. Blair McCarroll zou nu al thuis moeten zijn. In het donker kunnen ze niet zoeken.

Wanneer ze binnenkomt, staat Jack op van de bank. 'Ik ga naar het bureau. De politie heeft de zoekactie afgeblazen tot maandag en Blair is door het lint gegaan.'

Madeleine is op Mikes kamer, ze zit aan het bureau bij het raam. Hij zit op zijn bed en slaat met een honkbal tegen zijn nieuwe handschoen. Hij zei dat ze een plaatje op zijn modelvliegtuig mocht plakken en waarschuwde haar de lijm niet in te ademen. Ze ruikt stiekem aan de tube, doet de dop er weer op en kijkt peinzend naar de grimmige snuit van de Lancaster-bommenwerper. Daar moet pap gezeten hebben, achter het piepkleine plastic raampje van de cockpit. Ze tilt het vliegtuig op en als ze het langs het raam laat vliegen, ziet ze haar vader naar de auto lopen. 'Pap gaat weg,' zegt ze.

Dat betekent dat maman thuis is. Madeleine herinnert zich dat ze in bad had zullen gaan. Op weg naar de badkamer blijft ze staan, want ze hoort een geluid dat zo ongewoon is dat ze het niet meteen thuis kan brengen. Maman huilt.

PAASZONDAG

Vanochtend lag er geen geld onder Madeleines kussen, alleen nog de kies met zijn scheve wortel. Ze zei er niets van, het zou inhalig zijn om over de Tandenfee te klagen terwijl de Paashaas zichzelf heeft overtroffen. Zij en Mike hebben alle paaseieren gevonden, pap heeft het eiertikken gewonnen, en Madeleine heeft de oren van haar paashaas afgebeten en voor het eerst sinds in september het oefengroepje begon kunnen genieten van de donkere lekkernij. Vanochtend is de chocolade samen met ons allen verlost door het offer van Onze Heer Jezus Christus en het wonder van Zijn verrijzenis.

Mike heeft net zijn haan onthoofd als de telefoon gaat. Mimi neemt aan, en een seconde later ziet Madeleine haar moeder neerzakken op een keukenstoel, gauw even naar haar en Mike in de woonkamer kijken, en een gebaar maken alsof ze een gordijn dichttrekt. Mike blijft roerloos zitten, de snavel van chocola halverwege zijn mond, maar Madeleine pulkt een hazenoog los en eet het op. Haar waarschuwingssystemen zijn geblokkeerd door de suiker.

'Wanneer?' vraagt hun moeder in de telefoon.

Hun vader komt bij haar staan. Ze slaat haar ogen naar hem op en hij bukt zich om een arm om haar heen te leggen, waardoor ze aan het zicht van de kinderen wordt onttrokken. Even later loopt hij met kwieke pas de kamer in. 'Naar boven nu, ga je aankleden voor de mis.'

Ze gehoorzamen. Madeleine vraagt zich af wat er gebeurd is. Ze hadden voor de mis een uur zullen vasten, maar maman is het vergeten. Madeleine likt gesmolten chocola van haar handpalm en bereidt zich voor op de beproeving van de prikkende, wurgend strakke jurk van tule met het bijpassende ronde hoedje.

Madeleine denkt dat ze op haar kop zal krijgen als maman na de mis tegen haar zegt: 'Je vader wil met je praten.' Op weg naar huis, in de Rambler, kijkt Mike haar niet aan. Zwijgend bestudeert hij een stapel honkbalplaatjes. Ze probeert iets op te maken uit het achterhoofd van haar vader, maar hij praat niet en beweegt niet. Mamans witte hoed met de rozen van grijze zijde is al even ondoorgrondelijk.

Mike stoot haar aan. Hij heeft een plaatje in zijn hand dat zo nieuw is dat er nog kauwgompoeder op zit. Roger Maris aan slag, zijn handtekening dwars over zijn Yankees-uniform. Mike knikt haar toe: *voor jou*. Ze aarzelt, kan het nauwelijks geloven, neemt het plaatje dan aan. Mike heeft ruim een jaar gewacht voor hij dat pakje kauwgom openmaakte. Het is een kostbare schat. Het is voor haar. Waarom?

Ze draaien de oprit in en de vlinders in haar buik worden wakker. Mike en maman gaan naar binnen, maar pap blijft zitten en zegt: 'Wij gaan samen een eindje lopen.'

Dit kan maar over één ding gaan, beseft Madeleine terwijl ze langzaam uit de auto stapt. Ze hebben het ontdekt van meneer March. Wat voor haar gevoel zo ver achter haar lag dat het wel een droom had kunnen zijn, is weer helemaal terug en verspreidt een kwalijke lucht. Claire McCarroll is gevonden en heeft alles verteld. Madeleine begrijpt nu dat Claire daarom weggelopen is. Ze was bang, toen meneer March haar de paashaas liet zijn, dat hij haar weer in het oefengroepje zou zetten. En Madeleine weet dat Claire nooit in het oefengroepje terecht was gekomen als Madeleine er niet uit was gegaan. Het is allemaal haar schuld. Haar ingewanden smelten als chocolade, haar dijen zijn plotseling loodzwaar. Ze kijkt op naar haar vader, legt haar kleine witte gehandschoende hand in de zijne en zegt: 'Goed.'

Iedereen is zo rustig en aardig, dat kan alleen maar betekenen dat ze haar wegsturen – want hoe kan ze bij hen blijven wonen nu ze weten wat ze heeft gedaan? Ze zullen haar uit het gezin verstoten. Ze lopen. Door St. Lawrence Avenue naar Columbia Drive.

Het is een frisse dag, maar Madeleines jurk van zalmroze tule, het hoedje dat met een lint onder haar kin is gebonden, het is één benauwde, verstikkende massa klitten. Dit zal ze dragen als de kinderbescherming haar weg komt halen. De zon is te fel, zelfs als ze haar ogen tot spleetjes knijpt kan ze nauwelijks kijken, de gebouwen van de basis verblinden als sneeuw aan de overkant van de weg. Haar vader zet zijn zonnebril op. 'Zullen we naar het vliegveld lopen?' vraagt hij.

Toen de stiefmoeder van Sneeuwwitje haar kwijt wilde, stuurde ze haar met een houthakker mee die haar bij de hand nam. Hij had een bijl bij zich. 'Breng haar hart mee terug,' zei de koningin. Maar toen ze in het woud kwamen, kreeg de houthakker medelijden met Sneeuwwitje en hij liet haar in het bos achter. Hij keerde naar de koningin terug met het hart van een hert. 'Goed,' antwoordt Madeleine.

Maman heeft gezegd: *Breng Madeleine naar het vliegveld.* En dan? *Zet haar in een vliegtuig.* Ze steken de Huron County Road over. Aan de ene kant van de poort steekt het kraaiennest dat nog steeds boven op de houten paal zit sprietig af tegen de zon. Het is dunner na de winter, maar nog intact, de roestige toeter van de sirene steekt er nu brutaler onderuit. Aan de andere kant van de poort weerkaatst de oude Spitfire de zon in grote plakkaten.

Madeleine loopt naar de schaduw van de vleugel en zegt: 'Ik ben moe.'

'Nou, we hoeven niet helemaal naar het vliegveld,' zegt haar vader.

Ze is opgelucht. Het was dus toch geen onderdeel van het plan, haar met een vliegtuig wegsturen. Ze gaat in het gras zitten met haar rug tegen de sokkel.

'Madeleine,' zegt haar vader, 'ik moet met je praten over Claire McCarroll.'

Ze slaat haar ogen neer. Tranen druppelen omlaag. Ze had gelijk, ze weten het. Ze weten van de kapstokhaken en de oefeningen en alle slechte dingen die ze heeft gedaan. Te veel om ooit vergiffenis te kunnen krijgen. Haar handen zijn klam, en ze hunkert ernaar om de vieze lucht van ze af te snuiven voordat haar vader het ruikt. 'Het is mijn schuld dat hij haar gekozen heeft,' zegt ze, nauwelijks hoorbaar.

'Wat?' zegt Jack. 'Wie?' Hij gaat op zijn hurken naast zijn dochter zitten. Ze wil hem niet aankijken. Ze is van streek. Diep vanbinnen moet ze weten wat hij haar gaat vertellen.

'Daarom heb ik die brief geschreven.'

'Welke brief?'

'Het Menselijk Zwaard. Om haar te redden.'

Hij schudt zijn hoofd een beetje. Ze leeft in haar eigen wereld, een onschuldige wereld. En die gaat hij nu ruw verstoren. Hij weet niet hoe hij het haar moet vertellen. 'Madeleine' – hij spreekt zo rustig mogelijk – 'er is iets gebeurd met Claire McCarroll.'

Madeleine knikt en begint te huilen. 'Ik weet het. Het spijt me.'

Jack streelt haar hoofd en zegt: 'Het geeft niet, liefje.'

Madeleine zegt iets, maar Jack kan er geen wijs uit worden. Het is onverstaanbaar door haar gesnik. 'Luister eens,' zegt hij. Hij wou maar dat Mimi er was. Madeleine huilt met haar voorhoofd tegen haar petticoatknieën, schokt van verdriet.

'Madeleine,' zegt hij.

'Het... spijt me... pap...' Hikkend.

Jack neemt haar gezicht, dat glimt van tranen en snot, tussen zijn handen. 'Jij hoeft nergens spijt van te hebben, maatje...' Hij houdt haar kin vast en haalt zijn zakdoek tevoorschijn. Hij veegt haar gezicht af.

De druk van paps hand, het boenen met de zakdoek, heeft een troostend effect. Hij houdt de zakdoek tegen haar neus en ze snuit, verscheurd door spijt en verdriet, maar kalmer nu.

'Luister,' zegt hij. 'Claire is dood.'

Madeleine houdt op met huilen.

Hij wacht. Ze kijkt hem aan, haar mond iets geopend. Grote bruine ogen nemen het in zich op. Hij zou er alles voor geven om haar niet te hoeven vertellen, zo vroeg al, dat de wereld een vreselijk oord kan zijn.

'Pap?' zegt Madeleine.

'Ja maatje?' Hij heeft zijn antwoord klaar. Hij weet dat hij het niet voor haar verborgen kan houden, morgen is het op het nieuws en dan weet het hele land het. Maar hij kan in elk geval zelf de woorden kiezen waarmee hij het haar vertelt. *Claire is meegenomen door een man die ziek in zijn hoofd is. Ze is om het leven gebracht.*

Ze vraagt: 'Zullen we nu naar huis gaan?'

Hij kijkt haar even aan om zekerheid te hebben, maar alles lijkt in orde. Misschien hielp het dat ze het van haar vader hoorde. Hij besluit de rest van het verhaal voorlopig achterwege te laten. Dat komt morgenochtend wel. Bovendien is Mimi er dan om haar te troosten. 'Prima.' Hij staat op, bergt zijn zakdoek op.

Ze steken de weg weer over en lopen terug naar de wijk.

'Ik sterf van de honger,' zegt ze en pakt zijn hand.

Hij aait haar over het hoofd. Ze is nog een kind. Die zijn er gauw overheen. Goddank.

Madeleine heeft het gevoel of ze lange tijd van huis is geweest wanneer ze haar vader over de verandatrap en door de voordeur volgt. In de eetkamer is de tafel gedekt voor de paasbrunch. Eieren met spek, pannenkoeken met stroop, en bloedworst voor pap. Ze is nog nooit zo blij geweest om thuis te zijn. 'Wat ruikt dat lekker!' zegt ze.

Maar maman en Mike zijn nog erg stil en Madeleine herinnert het zich weer, natuurlijk, er is iemand dood, ik moet stil zijn. Maar ze heeft niettemin honger en is blij: niemand weet het van meneer March. Wanneer ze haar plaats aan tafel inneemt, voelt ze zich net zo schoon en fris als het linnen tafelkleed.

De anderen gaan ook zitten, maar vlak nadat maman Mike heeft opgeschept, zegt hij: 'Mag ik alsjeblieft van tafel?' Haar ouders wisselen een meelevende blik en haar vader knikt. Mike staat op, kust zijn moeder. '*Merci maman, j'ai pas faim.*'

Hij gaat naar boven en Madeleine zegt: 'Mag ik zijn spek hebben?'

Maman kijkt alsof ze haar een standje wil geven, maar pap zegt: 'Natuurlijk, liefje, eet maar op.' En hij legt het allemaal op haar bord.

Om zes uur vanochtend, nog voor het licht was, was Rick met Rex aan het hardlopen. Hij wilde om acht uur terug zijn, op tijd om paaseieren te zoeken met de kinderen. Even douchen, en dan naar Marsha's huis voor de paasbrunch. Hij verliet de woonwijk en ging via de Huron County Road naar het zuiden, terwijl Rex naast hem draafde.

Het was fijn om nu te lopen. De wereld doordrenkt van drie dagen regen, de glansloze zon die opkwam, het landschap dat dampte als een wollen deken. Hij bereikte de grote wilg bij de kruising en liep rechtdoor; vale modder sproeide van zijn hielen, spatte op zijn blote kuiten, bedekte Rex' buikhaar met een laagje klei.

Rick zocht haar niet, hij was gewoon aan het hardlopen.

Toen hij bij de groeve kwam, lag de zon er als een gazen sluier overheen, behalve in het midden, waar het licht sprankelde op het laatste tere waas van ijs, zwarter en glanzender dan het omringende water, dat al het heiige kreeg van de vroege zomer, met de eerste insecten die over het oppervlak schaatsten. Nog te koud voor bloedzuigers. Perfect.

Hij trok zijn hemd, zijn afgeknipte spijkerbroek en zijn sportschoenen uit en nam een duik.

Een schok van puur leven – hij brulde en begon als een razende te zwemmen; Rex was omgelopen en had aan de overkant een plek gevonden waar hij zigzaggend omlaag kon. Hij plonsde erin en zwom naar Rick toe, ze zouden elkaar in het midden treffen. Rick bereikte de rand van de broze ijskorst. Hij wist dat hij er niet te lang in moest blijven. Met de schoolslag ging hij verder, als een ijsbreker, zijn kin de voorsteven; het ijs schoof open als een gordijn, glinsterde in zijn kielzog als een wit gewaad.

Rex hijgde en zwom in een cirkel, bijtend naar het water, een baard van licht op zijn kaken. Rick draaide zich op zijn rug, kneep zijn ogen dicht tegen de zon, spreidde zijn armen en benen alsof hij een sneeuwengel maakte in het krinkelende water. Daarna dook hij achterwaarts omlaag om zijn silhouet niet te verstoren en kwam een paar meter verder weer boven. Rex zocht hem, zijn kop draaide als een periscoop. Toen hij Rick zag schoot hij jankend op hem af, terwijl Rick met krachtige slagen naar de oever begon te crawlen.

Zijn armen waren verstijfd, zijn handen leken bakstenen, zijn schouders zware scharnieren tegen de tijd dat hij een blok steen vastgreep en zich uit het water hees. Rex stond druipend naast hem, flink in omvang geslonken, zijn kletsnatte vacht al versierd met een franje van ijs. Rick kwam overeind, hij voelde zijn huid branden van de kou en zag in het midden van de groeve zijn engel drijven en uitdijen, de ene vleugel hoger nu dan de andere. Alsof hij zwaaide.

Rick ramde zijn voeten in zijn gymschoenen, hees zich in zijn short, greep zijn hemd en draafde samen met Rex omhoog langs de brokkelige wand van de groeve. Hij begon te rennen, rondjes draaiend als een bokser, zijn longen wagenwijd open als een grasrijke prairie, elke porie in zijn hoofdhuid gonsde. Rex sprong tegen hem op, hapte naar zijn onderarmen, gromde, bokste terug.

Rick draaide zich om, rende over een hobbelig weiland met platgeslagen gras en nieuwe wolfsmelkpeulen, en zette koers naar de bomen. Hij wilde door het bos gaan, over de braakliggende akker die erachter lag en langs het nieuw aangeplante maïsveld dat aan Rock Bass grensde, waar hij de weg naar huis weer kon oppikken.

Hij rende en schudde intussen zijn tintelende handen uit, hief zijn gezicht op, genoot van de snelheid waarmee de twijgen langs zijn blote benen zwiepten, het deinen en schommelen van de takken die op zijn gezicht afkwamen, stenen en dood hout ontwijkend.

Hij was het bos nog niet helemaal uit toen hij zijn hond verderop stil zag staan, een eindje het weiland in, waar Rex ijverig begon te snuffelen aan een hoop planten. Onder een grote iep. Ricky vertraagde zijn pas. Hij was er nog een meter of acht vandaan toen hij haar hand zag, het lichtblauw van haar jurk dat door de lisdodden en verdorde wilde bloemen schemerde. Hij liep erheen, snel ademend door zijn mond, bijna hijgend, hij wist dat ze dood was. Maar hij werd er onweerstaanbaar naartoe getrokken, als door een natuurkracht, hij moest zekerheid hebben. Een deel van hem rende al weg over het drassige veld, maar dat deel had te weinig substantie om erg ver te komen. Hij kwam dichterbij. Ze was dood. Er lag iets over haar gezicht. Een lap. Hij hoorde zacht gesnik – het geluid van zijn eigen ademhaling terwijl hij bukte, de stof optilde en weer liet vallen.

Rex begon te blaffen.

Mimi haalt de ham uit de oven en zet hem sissend op een treeftje. Dan gaat ze voor het raam bij het aanrecht staan, houdt haar mengkom schuin en begint het beslag voor de biscuits te kloppen. Ze ziet een politiewagen de oprit van de Froelichs indraaien. Ze brengen Ricky thuis. Het zal tijd worden. Een jongen van die leeftijd moet niet te lang stilstaan bij zo'n tragedie. Het was Steve Ridelle die vanochtend belde om te zeggen dat Ricky Froelich haar gevonden had. Mimi ging naar Sharons huis om haar bij te staan, maar Sharon wilde met alle geweld haar man vergezellen naar Exeter om hun dochter te zien. De politie zal geen aanklacht indienen tegen Blair; hij heeft vannacht iemands neus gebroken toen hij te horen kreeg dat het zoeken werd gestaakt.

De jongen stapt uit de surveillancewagen, steekt bij wijze van groet zijn hand op, draait zich dan om en gaat met hangend hoofd het huis in. *Pauvre p'tit.*

Madeleine is in het huis van de Froelichs als Ricky terugkomt van het politiebureau. Zij en Colleen hebben een fort gebouwd van Lego. Het is vreemd dat, toen Claire hier was, Madeleine haar nauwelijks opmerkte. Nu ze weg is, verwacht Madeleine haar telkens te zien wanneer ze zich omdraait, en dan is het net of ze in een lege ruimte kijkt, alsof er een bladzijde uit een boek is gescheurd. Waar is Claire? Het is ondenkbaar dat ze nooit meer hier bij de Froelichs op de grond met Lego zal spelen.

Ricky komt binnen en loopt meteen de trap op naar zijn kamer. Colleen legt Madeleine uit waarom: 'Hij heeft haar lijk gezien.' Madeleine gaat kort daarna naar huis. In het huis van de Froelichs heerst de dood. Duisternis en de geur van afgelopen herfst, al kan ze niet uitleggen waarom – een geur van schaamte, alsof dood zijn het meest beschamende is wat je kan overkomen. Ze wil weer bij haar eigen onbesmette familie zijn.

De politie kwam Rick om negen uur vanochtend ophalen, een halfuur nadat zijn vader namens hem had gebeld. De jongen was krijtwit en zijn vader wilde met hem mee, in de surveillancewagen of anders met zijn eigen stationcar, maar de agenten hadden dat liever niet: 'Meneer, er is daar misschien een misdrijf gepleegd. Hoe minder mensen hoe beter.'

Dat begreep Henry Froelich. Maar toen hij weer binnenkwam, zei Karen: 'Ik dacht dat je met hem mee zou gaan?'

Rick zat achter in de surveillancewagen. De radio kraakte en ditmaal sprak de bestuurder in de microfoon, hij gebruikte een reeks cijfercodes om door te geven dat ze zojuist op de Huron County Road naar het westen waren afgeslagen en zich met de getuige naar de plaats begaven waar het lijk gevonden was.

Toen ze stilhielden bij het gat in de omheining, hoorde Rick al een sirene naderen. Hij keek in de zijspiegel en zag een tweede surveillancewagen aankomen, gevolgd door een gewone Ford-personenwagen. Als laatste kwam het fletse, flitsende rood van een ambulance.

Hij leidde hen naar het ravijn, langs en over het water, voorbij de esdoorn, weer omhoog aan de andere kant van de steile oever, tussen de voren met ontkiemende maïs en daarna het weiland in, waar hij op enige afstand van de iep bleef staan.

Hij wees en werd ineens bang dat hij flauw zou vallen. Hij ging op zijn hurken zitten, met zijn hoofd tussen zijn knieën. Ze lieten hem alleen en liepen naar het hoopje kleren tussen de verdorde grasklokjes en lisdodden.

Toen Rick zijn ogen opende, zag hij een paar zwarte gaatjesschoenen en keek op. De man was in burger, beige regenjas en hoed. Een scherp, hoekig gezicht. Een magere man, die echter de indruk wekte van gewicht. Als een stalen staaf.

'Ik ben inspecteur Bradley, Rick.'

Rick stond op, gaf hem een hand, deed strompelend een paar stappen en gaf over.

De inspecteur keek toe. Dit was de jongen die het kind het laatst had gezien. Dit was de jongen die haar lichaam had gevonden, nadat een heel leger van politieagenten en luchtmachtpersoneel daar niet in was geslaagd. Dat maakte de jongen niet schuldig, maar het maakte het wel de moeite waard hem te ondervragen.

Ricky kwam terug en verontschuldigde zich.

De politie was het terrein al aan het afzetten. Dr. Ridelle arriveerde en begaf zich naar de iep. Rick zag hem bukken en kijken, daarna knikken. Een man in een trenchcoat begon foto's te maken en Rick kreeg het verzoek opzij te gaan. Daarna arriveerde de lijkschouwer en trok iedereen zich terug.

Rick volgde de inspecteur naar een gewone personenauto en stapte in. Bradley bood hem een sigaret aan, maar Rick zei dat hij op zijn twaalfde was gestopt, hij deed aan sport. Hij kon echter niet ophouden met trillen, dus vroeg hij ten slotte toch om een sigaret. De nicotine kalmeerde zijn zenuwen. Net als vroeger.

Hij vertelde de inspecteur wat hij ook aan de agenten had verteld. Bradley was vooral geïnteresseerd in de Buick. 'Ford,' verbeterde Rick. Hij stemde grif toe om mee te rijden naar het politiebureau in Goderich, waar ze in de comfortabele kamer van de inspecteur in alle rust konden praten.

Rick zat al meer dan een uur te wachten in een kale groene betonnen ruimte, met een flesje cola, toen de inspecteur terugkwam en vroeg of hij er bezwaar tegen had zijn verhaal nog eens te herhalen ten behoeve van een stenograaf. Hij repte niet meer over zijn comfortabele kamer.

Rick vertelde het hele verhaal opnieuw terwijl hij de cola in zijn lege maag voelde branden, en het was de honger die zijn geheugen activeerde. 'Meneer, het schiet me net te binnen dat ik mijn ouders moet bellen.'

'O, dat doen wij wel voor je, knul, wat is het nummer?'

Inspecteur Bradley en de stenograaf verlieten de kamer. Er ging weer een uur voorbij. Eindelijk kwam er een agent binnen, degene die in de surveillancewagen op de passagiersstoel had gezeten, 'gewoon om even gedag te zeggen'. Hij was nieuwsgierig en wilde ook horen wat er die ochtend allemaal was gebeurd, 'als je het niet vervelend vindt'. Dus vertelde Rick het verhaal opnieuw. De agent vroeg of Rick die Chevy na woensdag nog had gezien, en Rick zei: 'Ford. Nee meneer. Weet u of ze mijn ouders gebeld hebben?'

'Dat zou intussen wel mogen, allejezus, ik zal eens informeren.'

Vijf minuten later kwam de agent terug. 'Je bent vrij, knul, we brengen je naar huis.'

In de hele wijk hebben de moeders persoonlijk en via de telefoon contact met elkaar gehad en beloofd dat ze voortdurend uit het raam zullen kijken en elk kind in de gaten zullen houden alsof het hun eigen zoon of dochter was. De vaders hebben duidelijke taal gesproken, en de kinderen hebben zwijgend geluisterd terwijl hun werd verteld wat tot nader orde de standaardprocedure zal zijn. Broers en zusjes mogen elkaar nooit uit het oog verliezen. Wie bij een ander kind gaat spelen, moet meteen bij aankomst naar huis bellen en ook weer als hij of zij teruggaat naar huis. 'Al is het aan de overkant van de straat, kan me niet schelen.' Na school rechtstreeks naar huis, niet buiten spelen in het donker, en vooral de wijk niet uit.

'Ze wilden gewoon weten hoe ik haar gevonden had, en wat er die dag was gebeurd toen we samen naar de kruising gingen,' zegt Rick.

Karen heeft haar zoon overgehaald om beneden te komen en iets te eten. Colleen gaat bij hen zitten en wringt zich in een stoel tussen de muur en de keukentafel. 'Dat was alles, ma, het stelde niks voor. Ik heb ze verteld wat ik gezien heb.'

'Vier uur lang?' vraagt Henry bij het fornuis. Hij heeft de hele middag aan de telefoon gezeten, maar die *Dummkopf* van een agent op het politiebureau van Goderich was doof en blind.

Karen zegt tegen haar zoon: 'Dat heb je ze al vijftig keer verteld.'

'Ik heb gewoon het grootste deel van de tijd duimen zitten draaien, ma, ze hadden het behoorlijk druk.'

Colleen zegt: *'J'mi fi pa a ci batar la.'*

De ouders negeren het vloekwoord, maar Ricky wijst haar terecht: *'Sacri pa a la table.'*

Karen zegt: 'Wat wilden ze dan allemaal weten?'

De bezorgdheid van zijn ouders is voor hem aanleiding de hele zaak te bagatelliseren. 'Ze gaven me een cola en verder hebben we gewoon een beetje zitten kletsen tot de grote baas kwam opdagen.' Om zijn ouders tevreden te stellen geeft hij een gedetailleerd verslag van wat hij de politie heeft verteld. Als hij begint over de blauwe Ford Galaxy met de deuk in de bumper en de gele sticker, zakt zijn vader achterover in zijn stoel en schudt zijn hoofd, terwijl hij zijn ogen een paar maal dichtknijpt. 'Hank, wat is er?' vraagt Karen.

'Karen, dat is de man... de auto van de man die ik zag, dat is zijn auto.'

Jack gebruikt het nachtnummer om Simon te bellen. Geen klikjes, geen opeenvolging van lakeien, alleen Simon. 'Christus,' zegt hij, als Jack zijn verhaal doet. Een zucht. 'En onze vriend?'

'Zo gezond als een vis.' Door het glas kan Jack de maan zien, hoog en kil. McCarrolls dochter zou nu nog leven als hij nooit naar deze basis was overgeplaatst.

'Jack, ben je er nog, makker?'

'Ja, ik ben er.'

'Een treurende vader kunnen we niet hebben.'

McCarroll weet niet waarom hij naar Centralia is overgeplaatst. Hij zal het nooit weten.

PAASMAANDAG

Inspecteur Bradley heeft de man koffie aangeboden en hem verzocht plaats te nemen in zijn comfortabele kamer op het politiebureau van Goderich.

'Sigaret, meneer Frolick?'

'Nee, dank u.'

Bradley steekt op en inhaleert. De man is duidelijk geagiteerd; zijn zoon is urenlang vastgehouden, en daarna hongerig en bang naar huis gestuurd – het ligt voor de hand dat hij boos is. Bradley is bereid om geduldig te zijn.

Henry zit in de houding. 'Inspecteur Bradley, ik ben gekomen omdat ik informatie heb over een moordenaar in deze omgeving.'

Bradley knippert met zijn ogen. 'In verband waarmee, meneer?'

'In...? In die, die, het kind, Claire.'

'Denkt u dat ze vermoord is?' Froelich is van zijn stuk gebracht. Hij wil antwoorden, maar Bradley vraagt: 'Heeft uw zoon dat gezegd?'

Froelich aarzelt. 'Hij heeft haar in het weiland gevonden, ja? De politie...'
'We hebben het verslag van de patholoog-anatoom nog niet binnen.'
'... Denkt u dat het een ongeluk was?' De inspecteur zegt niets. Henry knikt. 'Ik begrijp het, dat kunt u me niet zeggen. Wie ben ik? Maar ik vertel u dat er een moordenaar in deze omgeving rondloopt, ik heb hem gezien.'
Bradley weerstaat de drang om voorover te buigen. 'Wie hebt u gezien?'
'Een nazi, een... oorlogsmisdadiger.'
'Een oorlogsmisdadiger?' Bradley pakt een pen. 'Hoe heet hij, meneer?'
Froelichs toon impliceert dat het antwoord vanzelf spreekt. 'Ik weet niet hoe hij heet.'
'Hoe weet u dat het een oorlogsmisdadiger is?'
'Omdat ik een – ik was een gevangene!'
'Waar was dat?'
'Eerst Auschwitz, daarna Dora...'
'Ik heb nooit van Dora gehoord.'
'Het was een fabriek...'
'En u zou die man in deze omgeving hebben gezien?'
'Ja, ja, dat is wat ik zeg.' Froelich leunt nu naar voren; hij trilt. Hij vertelt de inspecteur over de man die hij bij de supermarkt in London in de blauwe Ford Galaxy zag stappen; dat hij hem achteruit tegen een parkeermeter zag botsen, waarna hij er haastig vandoor ging. Hij vermeldt de gele sticker, het gedeeltelijk genoteerde kenteken, en stopt even om adem te halen terwijl de inspecteur alles opschrijft. 'En dat is dezelfde auto die mijn zoon die middag ziet, op de middag dat het kind – dat ze vermist raakte.' Het kost hem moeite greep te houden op zijn Engels. '*Ist klar nu, ja?*'
'Uw zoon zei dat er iemand van de luchtmacht achter het stuur zat. Hij zag de pet.'
'Ja, dat begrijp ik niet, hij is misschien... het is misschien een ander soort pet, nee?'
'Uw zoon leek nogal zeker van zijn zaak. En hij zei dat de man wuifde.'
'Misschien... zijn er twee mannen.'
'Iemand van de luchtmacht en een nazi met dezelfde auto?'
Froelich schudt zijn hoofd, zijn blik dwaalt af naar het bureau.
'Wat heeft die oorlogsmisdadiger überhaupt in Canada te zoeken?'
'Ach, er zijn er hier duizenden,' zegt Froelich met een handgebaar.
Bradley likt aan zijn onderlip en legt zijn pen neer. Froelich verandert van toon. Hij wil zijn informatie niet ongeloofwaardig maken door de Canadese regering en haar wetshandhavers in een kwaad daglicht te stellen. 'In sommi-

ge vallen wordt een oorlogsverleden misschien door de vingers gezien omdat we geleerden nodig hebben.'

'Wat voor geleerden?'

'Atoom- of raketspecialisten, bijvoorbeeld, deze man...'

'Ik wist niet dat we hier een ruimtevaartprogramma hadden.'

'We hebben kernenergie, uranium dat voor kernwapens gebruikt kan worden...'

'Waarom hebt u dat destijds niet gemeld, meneer?'

Froelich kiest zijn woorden zorgvuldig. 'Omdat ik denk dat hij misschien niet zo is als... sommige anderen. Een Canadees staatsburger nu. Dus wat heeft het voor zin? En het is het verleden. Ik' – hij vindt de juiste uitdrukking – 'kijk vooruit.'

Bradley bestudeert de man, bleek achter zijn slordige baard. Zijn ogen zijn bloeddoorlopen, zijn kleren gekreukt. Heeft hij gedronken?

Henry's handen zijn ijskoud, maar hij heeft moed gevat. De politieman is geïnteresseerd, en door de mogelijke betrokkenheid van iemand van de luchtmacht wordt de situatie juist meer, in plaats van minder, waarschijnlijk. 'De Britten en Amerikanen, die hebben vaak vluchtelingen voor Canada doorgelicht, in ontheemdenkampen, ja? Veel vluchtelingen hebben misdaden gepleegd, maar zijn waardevol door informatie – inlichtingen – en veel van hen zijn alleen maar jong en sterk, en worden beloond met hun komst naar Canada.'

'Hoe weet u dat, meneer?'

Henry probeert de emotie uit zijn stem te bannen. 'Ik was ook een vluchteling, ik probeer ook te immigreren en ik krijg geen toestemming.'

'Waarom niet?'

Henry haalt zijn schouders op. 'Ik ben een jood. Ik ben te oud, te hoog opgeleid, ik kan geen hout hakken, ik kan geen naaimachine bedienen, ik heb geen familie meer en de overheid wil alleen anti-communisten...'

'Bent u pro-communistisch?'

'Nein, nein, ik ben Canadees, ik wil alleen maar zeggen dat de overheid soms de voorkeur geeft aan een fascistische achtergrond boven een socialistische...'

'Hebt u een socialistische achtergrond?'

'Dit is een socialistisch land.'

Bradley glimlacht niet.

Henry zegt: 'De communisten waren de enigen die zich tegen Hitler hebben verzet toen...'

'En Canada. Wij ook.'

'Ja, *genau*, Canada, *natürlich*, maar aanvankelijk – inspecteur Bradley, hebt u in de oorlog gevochten?'

'Jazeker, meneer.'

'Dan weten we allebei dat we niets als vanzelfsprekend moeten aannemen.'

Bradley zwijgt. Er zit speeksel aan de uiteinden van de snor van de man. Bradley kan zijn adem ruiken – giftig. Ten slotte vraagt hij: 'Hoe ziet die man eruit, meneer?'

'Alledaags. Bruin pak.' De inspecteur houdt zijn pen stil. Froelich zoekt naar iets concreets. 'Een bril. Bleek. Misschien zestig, niet al te lang. Grijs haar. Ja, grijs. En mager. Dun haar ook.'

'Ogen?'

'Licht... misschien blauw.'

'Bedankt voor uw komst, meneer.'

Froelich komt met tegenzin overeind. 'Inspecteur Bradley, u moet de commandant vragen – Woodley is een goeie kerel – u moet uitzoeken of de luchtmacht deze man kent. Het is een sadist, hij geniet ervan, ziet u. Het maakt me ziek dat ik niet eerder ben gekomen om het u te zeggen.'

Nadat Bradley de man heeft uitgelaten, voltooit hij zijn aantekeningen van de ondervraging van – hij controleert de spelling in het getypte rapport – Henry Froelich. Hij steekt nog een Player's op en overweegt zijn volgende stap. Hij heeft al opdracht gegeven om alle Ford Galaxy's van '63 met een kenteken uit Ontario te controleren, en hij kan het speurwerk nu toespitsen dankzij de door Froelich verstrekte nummers. Morgen krijgt Bradley het medische verslag, maar de patholoog-anatoom heeft de tijd van overlijden al geraamd op tussen vier en vijf uur afgelopen woensdagmiddag. De tijd waarop de jongen beweert de auto te hebben gezien.

Er zijn drie mogelijkheden. Froelich vertelt de waarheid en er is iemand van de luchtmacht, bewust of onbewust, betrokken bij een oorlogsmisdadiger wiens auto gezien is omstreeks de tijd van de moord en in de omgeving waar de moord plaatsvond. Of Froelich vergist zich – hij is joods, hij heeft in een concentratiekamp gezeten, dit is misschien niet de eerste keer dat hij zichzelf wijsmaakt dat hij een gezicht uit het verleden heeft gezien en dat hij de gruwelen overdrijft die met zo'n gezicht verband houden. Of hij liegt.

Als de eerste veronderstelling juist is, wat moet Bradley dan doen? Oorlogsmisdaden vallen onder de RCMP – de 'Mounties' – en hij hoeft alleen de telefoon maar te pakken. Maar de moord is in zijn district gepleegd; hij is niet van plan de zwarte piet door te geven, en al evenmin vindt hij het een prettig idee om de zaak te vertroebelen door er een andere organisatie bij te betrekken vóór het nodig is. Hij zou met kolonel Woodley kunnen gaan praten, hem op de man af kunnen vragen of hij op de hoogte is van contacten tussen de luchtmacht en een Duitse geleerde. Maar stel dat de regering inderdaad welbewust een oorlogsmisdadiger heeft gerekruteerd voor een of ander hoogst geheim doel? Zal Woodley dat dan toegeven? In dat geval is de RCMP misschien ook op de hoogte – en dan heeft het geen zin hun hulp in te roepen. Het kan Bradley geen donder schelen of hij iemand op de tenen trapt; als Froelichs oorlogsmisdadiger hier inderdaad rondloopt, is hij een verdachte, en dan is Bradley van plan hem op te sporen; want al gelooft hij niet in Froelichs overdreven bewering dat er 'duizenden' van zulke figuren rondlopen, hij weet dat het onvermijdelijk is dat er een paar nazi's door het net geslipt zijn. Kort geleden is er hier in de buurt in Oxford County nog eentje gesignaleerd: Josef Mengele, die tabak aan het plukken was. En of Mengele sindsdien op de loop is gegaan of hier nooit geweest is, uniek is zijn geval niet. Er zijn nog steeds heel wat nazi's op de vlucht. Bradley rookt en leunt achterover. Hij moet bedenken hoe hij het onderwerp bij Woodley kan aankaarten zonder hem een hint te geven...

Uiteindelijk doet Bradley zijn aktetas op slot en vertrekt. Hij is de laatste die naar buiten gaat, de nachtploeg is al gearriveerd. Hij kijkt uit naar zijn avondeten. Terwijl hij in zijn auto stapt, vraagt hij zich af waarom Froelich, als hij liegt, nu juist met een verhaal over een 'oorlogsmisdadiger' is komen aanzetten. Het voor de hand liggende antwoord is dat goede leugenaars zo dicht mogelijk bij de waarheid blijven, en het zal wel waar zijn dat Froelich in een concentratiekamp heeft gezeten. Misschien heeft hij ook wel enige communistische sympathieën – de Sovjets mogen het aantal oorlogsmisdadigers dat zogenaamd vrij rondloopt in het Westen graag aandikken. In elk geval heeft Bradley de indruk dat hij verbitterd is, hij wilde geen hout hakken, geen naaimachine bedienen – Bradleys eigen vader heeft in een asbestmijn gewerkt – als deze mensen de vrijheid waarvoor we in dit land gestreden hebben niet waarderen, moeten ze maar een ander land zoeken. Maar dat is subjectief en heeft niets met de zaak te maken.

Terwijl Bradley over het marktplein van Goderich rijdt – dat nu rondom het gerechtsgebouw tot bloei begint te komen – denkt hij na over een simpeler scenario: Froelich is met dat verhaal komen aanzetten omdat hij weet dat zijn zoon liegt en een alibi nodig heeft voor het tijdstip van de moord. En hoe zou de jongen in vredesnaam op de hoogte kunnen zijn van het tijdstip van de moord als hij die niet zelf heeft gepleegd? Froelich is ook aangekomen met een excuus waarom dat alibi nooit kan worden bevestigd, want als die figuur van de luchtmacht wegens het een of andere duistere doel betrekkingen onderhoudt met een oorlogsmisdadiger, heeft hij een goede reden om zich niet te melden. Snapt Froelich niet dat hij het risico loopt een gestoorde indruk te maken? Voor een leugenaar te worden aangezien? Of is hij listig genoeg om een sprookje te verzinnen dat zo ongerijmd is dat het nooit alleen maar in zijn eigen voordeel kan werken, en dat zodoende plausibel wordt? Hij voert een afleidingsmanoeuvre uit die niet na te trekken valt en hoopt daardoor zoveel twijfel te zaaien dat zijn zoon wordt vrijgesproken.

Bradley respecteert twijfel, ook als hij zelf niet twijfelt. Het is zijn taak om twijfel te ontleden. Om twijfel terug te brengen tot een niveau waarop er geen ruimte meer voor is. Net als een goede wetenschapper is hij sceptisch, vooral wanneer zijn eigen neigingen in het geding zijn. Hij doet zijn grote lichten aan als hij de bebouwde kom uitrijdt.

Een kind is dood. Maar Bradley heeft besloten dat hij, voor hij een vijftienjarige jongen naar de galg stuurt, heel zorgvuldig zal nagaan hoe hij Froelichs verhaal net zo discreet en grondig kan onderzoeken als hij zou doen wanneer hij het wel zou geloven.

Bradley is zelf ook vader.

BIJ DE POLITIE OP HET MATJE

Schrijf 'bicycle' en 'terrible' in lettergrepen. Onderstreep de laatste lettergreep van elk woord. Schrijf beide woorden nogmaals.

MACMILLAN SPELLING SERIES, 1962

Op dinsdagochtend komen de kinderen na het lange weekend het klaslokaal binnen om te zien welke tekeningen meneer March opgehangen heeft, en welke tekening van deze uitverkoren groep met een gouden ster is bekroond. De gebruikelijke kandidaten zijn vertegenwoordigd: de bazige meisjes, Gordon Lawson en Marjorie Nolan. De tekening van Marjorie heeft een duidelijk religieus tintje en ze heeft dat nog eens benadrukt door het onderschrift: 'Mozes in het riet.' Maar wat echt schokkend is, is dat de tekening van Grace Novotny niet alleen aan de wand hangt, maar ook de trotse drager is van de felbegeerde gouden ster. Dat is niet schokkend omdat de vlinders de beste beoordeling hebben gekregen – ze zijn ook het beste – maar omdat ze getekend zijn door die walgelijke Grace. Met haar omzwachtelde handen als de Vloek van het Graf van de Mummie. Ze zitten nog steeds in het verband. Vies en gerafeld.

Net voor de middagpauze deelt meneer Lemmon, het schoolhoofd, via de geluidsinstallatie mee: 'Meisjes en jongens, ik heb een erg droevige mededeling. Een van jullie schoolkameraadjes, Claire McCarroll, is overleden. Laten we nu allemaal twee minuten stil zijn voor Claire en haar ouders. Als jullie willen bidden, mogen jullie dat natuurlijk doen.'

Meneer March laat hen allemaal opstaan en hun hoofd buigen. Twee minuten. Zoals op 11 november. Er lijkt geen eind aan de stilte te komen. En als het dan ten slotte toch voorbij is en de normale geluiden weer komen binnendruppelen, kost het moeite om je te herinneren hoe dat eiland van stilte voelde. En Claire is weg. Weggespoeld. Een lege plek die door het getij wordt gladgeslepen tot het water weer onbelemmerd stroomt. Madeleine probeert zich Claires gezicht voor de geest te halen, maar haar gezicht wordt in haar gedachten steeds uitgerekt en vervormd.

Haar gezicht was bedekt met haar onderbroekje. Inspecteur Bradley heeft de foto's, het autopsierapport en de laboratoriumresultaten bestudeerd. *Bijzondere kenmerken van ... (d) Huid: intense cyanotische lijkbleekheid van gezicht en hals; intense cyanose van de nagels en uiteinden van de vingers...* Hoewel er geen sperma of zure fosfaten in haar zijn aangetroffen, was er duidelijk sprake van 'een gewelddadige en zeer ondeskundige poging tot penetratie', zoals de patholoog het formuleert. Misschien heeft er sperma op de grond gelegen, hij heeft haar misschien gedwongen toe te kijken terwijl hij masturbeerde – gangbaar pedofiel gedrag – maar dan heeft de regen het weggespoeld. De moordenaar heeft geprobeerd haar te verkrachten, en haar daarna gewurgd.

Maag: geen opmerkingen
Darmen: geen opmerkingen
Pancreas: geen opmerkingen
Lever: geen opmerkingen...
Maagdenvlies: gescheurd...
Onderste deel vagina: contusies...

Het gaat om een seksueel gestoorde, zoveel is duidelijk. Een perverseling met een onderontwikkelde seksuele natuur. En vergeet ook niet op welke manier hij het lichaam heeft achtergelaten: versierd, bijna. Alsof ze alleen maar sliep en het allemaal een spelletje was geweest – hoewel de lisdodden in de vorm van een kruis wijzen op een besef dat ze dood was.

De politie speurt naar een onvolwassen man die contacten heeft met jonge meisjes. Iemand met weinig of geen seksuele ervaring, die het meisje kende, want er is geen aanwijzing dat ze ontvoerd is, geen teken van een worsteling. Misschien een onderwijzer. Of een leerling. Een vriend of vriendin. Bradley heeft de onderwijzer van het slachtoffer al ondervraagd, en nu het tijdstip van de dood bevestigd is, zal hij hem morgen nogmaals ondervragen, net als alle andere mannelijke werknemers en militairen op de basis, ongeacht het resultaat van de speurtocht van vandaag naar die luchtmachtfiguur in de Ford Galaxy. Daarna gaat hij een cirkel om de plaats van de moord trekken en iedere boer binnen een straal van tien kilometer ondervragen.

Opmerking bij het tijdstip van overlijden: In mijn opinie ligt het tijdstip van overlijden tussen 16:00 uur en 17:00 uur op woensdag 10 april 1963. Dit is gebaseerd op de volgende waarnemingen en veronderstellingen:

1. *de mate van ontbinding...*
2. *de mate van rigor mortis...*
3. *de beperkte mate van digestie...*

Als Richard Froelich tussen vier en vijf langs Highway 4 naar iemand van de luchtmacht heeft staan zwaaien, kan hij geen tijd hebben gehad om het kind te vermoorden en thuis te komen op een tijdstip dat door verschillende mensen – niet alleen zijn ouders – wordt bevestigd.

Bradley heeft zich geïnstalleerd in het kantoor van de directeur recreatie, dat uitkijkt op het curlingstadion van RCAF Centralia. Hij gaat iedereen afzonderlijk ondervragen, want zo grondig wil hij wel zijn. Hij heeft Froelichs verhaal over een oorlogsmisdadiger niet doorgegeven aan zijn medewerkers en superieuren, en zeker niet aan Woodley of mensen van de RCAF.

Bradley is nauwgezet. Hij en zijn team zullen meer dan twaalfhonderd mannelijke personeelsleden en militairen ondervragen. Ze beginnen om acht uur 's ochtends. Bradley is nauwgezet en consciëntieus, maar toch heeft hij iemand verteld van het verband met de oorlogsmisdadiger. Hij heeft het de vader van het vermoorde kind verteld. Het verhaal van Froelich bleek dubbel goed van pas te komen; Bradley kon kapitein McCarroll zonder te liegen vertellen dat hij op zoek was naar een oorlogsmisdadiger in verband met de dood van zijn dochter. McCarroll heeft al een politieman aangevallen. Wie weet hoe hij zou reageren als hij ontdekte dat de jongen verderop in de straat verdacht wordt van de verkrachting van en de moord op zijn kind?

'Iedereen is heel vriendelijk geweest, heel christelijk,' zegt Blair McCarroll.

'Heel christelijk,' beaamt Sharon McCarroll met een glimlach.

Jack zegt: 'Daar ben ik blij om.' Hij zit op de bank in de woonkamer van de McCarrolls, omdat ze zo aandrongen dat hij even moest gaan zitten.

'Vooral u en uw vrouw,' zegt Blair.

'O, Mimi is een engel geweest,' zegt Sharon.

Jack heeft de boarding pass en het reisschema van mevrouw McCarroll op de salontafel gelegd. McCarroll is in burger. Jack draagt zijn uniform; het is bijna tien uur 's ochtends. Hij heeft gebruik gemaakt van zijn hogere rang om een snellere vlucht naar de States voor Sharon te versieren. Het minste wat hij kan doen.

Sharon staart naar haar salontafel. Ze schijnt in beslag te worden genomen door het glanzende oppervlak, haar glimlach begint pas nu te vervagen. Niemand zegt iets. Jack vraagt zich af of hij toch maar niet beter kan vertrekken. Tranen vallen op het glazen tafelblad. Een kinderlijk gejammer komt ergens vandaan – van haar. Haar gezicht is half verborgen door het naar voren vallende lichtbruine haar. Het gejammer zwelt aan, geduldig, zelfs ontspannen, tot het een aanhoudend geweeklaag wordt; ze bedekt haar gezicht niet, dat stadium is ze voorbij. Jack kijkt van Sharon naar haar man, maar Blair blijft gewoon even naar haar kijken voor hij een arm om haar heen slaat en haar hand vastpakt. De bovenkant van haar hoofd raakt zijn kin. Hij staart naar beneden en naar opzij; er kan er maar één tegelijk huilen.

Jack aarzelt, en staat dan voorzichtig op. Maar Blair heeft dit inmiddels al honderd keer gedaan, net als zijn vrouw; hun bewegingen zijn geroutineerd, haar verdriet is alleen shockerend en intiem voor een buitenstaander. Jack wacht op een geschikt moment om de wijk te nemen. Waarom opent de aarde zich om bepaalde levens op te slokken en worden andere intact gelaten? De aarde heeft zich geopend en heeft hun kind verzwolgen. Het was toevallig niet mijn kind. Hij steekt zijn hand uit om zijn pet van de bank te pakken.

'Wil je koffie, Jack? Ik was net van plan om koffie te zetten,' zegt Blair.

Jack wordt door die opmerking overvallen en weet niet goed wat hij moet antwoorden – hij zou toch echt geen moment langer moeten blijven. Maar Sharon snuit haar neus, kijkt op en zegt glimlachend tegen haar man: 'Ik ga wel koffiezetten, schat.'

Jack moet om half elf bij de politie zijn, maar hij piekert er niet over deze twee in de steek te laten als ze behoefte hebben aan gezelschap. Sharon draait zich om en loopt naar de keuken, niet meer dan een paar stappen in de kleine bungalow, en Jack hoort dat de kraan wordt opengedraaid. Hij gaat weer zitten. De politie ontvangt iedereen één voor één in het curlingstadion – dat hangt samen met het onderzoek. Waar het ook over gaat, erg ingewikkeld kan het niet zijn; elke ondervraging volgt een paar minuten na de vorige. Hij kijkt discreet op zijn horloge – het is vijf over tien.

Van waar Jack zit, kan hij een glimp opvangen van Sharons bewegingen, blote armen, donkere A-lijnjurk, haar dat wegvalt van haar gezicht als ze omhoogreikt naar de kasten. McCarrolls vrouw is hartverscheurend knap. Hij voelt hoe zijn keel wordt dichtgeknepen, hij buigt voorover, kucht. 'Zo, Blair, je gaat Sharon binnenkort achterna, neem ik aan.'

'Dat klopt, haar ouders halen haar af en ik kom later, met Claire.'

De broze weerspiegeling van een normaal gesprek. *Met Claire*. Een man die zich bij zijn vrouw voegt, met hun kind bij zich. Jack past heel goed op zijn woorden. Blair let heel goed op wat hij zegt.

'Ze heeft een heel behoorlijke vlucht,' zegt Jack.

'Ja, bedankt, Jack.'

'O, je hoeft mij niet te bedanken, het was gewoon een kwestie van geluk, dat is alles,' en om te zorgen dat zijn onnozele woorden niet in de lucht blijven hangen, voegt hij er haastig aan toe: 'Virginia schijnt heel mooi te zijn.'

'Een paradijs op aarde.'

Stilte.

Er staat een verhuisdoos in de hoek van de kamer. Met rode viltstift staat er 'speelgoed' op geschreven. Binnenkort zijn de McCarrolls vertrokken. Jack ziet de kamer leeg voor zich, wit en wachtend, zoals hij was voor ze arriveerden. Zoals hij zal zijn als het volgende gezin er zijn intrek neemt, hun tijdelijke spullen verankerd aan de wanden, de vloeren.

Hun conversatie gaat gehuld in een vermomming. Het gesprek tooit zich met de toon en de intonatie van een ander soort conversatie – een terloops praatje op kantoor – om een beheersbare vorm te geven aan... wat? Een geest. Verdriet.

'Houden ons op de hoogte,' zegt Blair, knikkend.

'Hoe bedoel je?' vraagt Jack.

'De politie. Ze hebben ons echt heel goed op de hoogte gehouden.'

Het masker zakt af. *Op de hoogte gehouden.* Jack weet niets te zeggen. Achter het masker van hun conversatie bevindt zich iets wat steeds in deze kamer is geweest: afwezigheid. Ze houden haar in leven met hun gebabbel, met de belofte van koffie, die er zo aan komt, met de doos waar 'speelgoed' op staat. De politie, het onderzoek, alles wat gedaan moet worden – zelfs het vervoer van haar lichaam naar de States – het is allemaal niet meer dan een bedrijvige bouwsteiger, een stevige stellage die haar bestaan moet verzekeren. Spoedig zit het werk erop en dan staat het hele skeletachtige bouwwerk leeg. Doodse stilte. *Op de hoogte gehouden.* De vader kan onmogelijk praten over wat de dokter heeft vastgesteld – wat de dokter volgens de politie heeft vastgesteld. En toch kan de vader ook onmogelijk niet over zijn dochter praten.

Afgelopen week heeft ze chocoladekoekjes gebakken voor haar spreekbeurt, ze kreeg een acht voor spellen en hij hielp haar met een boekverslag over *Black Beauty* – de onderwijzer heeft de boekverslagen nog niet nagekeken, maar de vader weet zeker dat ze het goed gedaan heeft. Twee dagen geleden vertoonde ze vaginale kneuzingen en bloedingen die vlak voor haar dood waren ontstaan, en stonden er duimafdrukken in haar hals; in het autopsierapport is ze beschreven als een 'gezond normaal prepubescent persoon van het vrouwelijk geslacht'. Dat is nieuw. Dat is wat ze de laatste tijd heeft ondernomen. Hij moet over zijn kind praten. Hij moet voorzichtig zijn, dat is alles.

'Er zitten een paar goeie mensen daar, bij het OM,' zegt Jack.

'O ja,' knikt Blair. 'Pientere knapen.'

'Vast en zeker.'

'Ik hoop maar dat ze hun verdomde oorlogsmisdadiger vinden zodat ze verder op zoek kunnen gaan naar...'

Jack voelt zich al een tijdje licht gedesoriënteerd. Dat dringt nu tot hem door terwijl hij McCarroll met knipperende ogen aankijkt en zegt: 'Wat bedoel je?'

'De politie heeft tegen me gezegd dat die jongen van Froelich die middag een auto heeft zien rijden, een blauwe Ford, en volgens Henry is die van de een of andere oorlogsmisdadiger die hij vorige week heeft gezien, of – ik snap het niet helemaal, het geeft niet.' Zijn stem zakt weg en hij laat zijn hoofd hangen.

Jack opent zijn lippen – ze plakken alsof ze zijn vastgelijmd. 'Ik heb niets gehoord over een oorlogsmisdadiger.'

'Het is vertrouwelijk, geloof ik.'

Uit de keuken komt het geluid van de koelkastdeur die geopend wordt, iets dat ingeschonken wordt, melk.

Blair zegt: 'Ik dacht dat Henry het misschien had verteld.'

Jacks gezicht staat in brand. Hij kijkt naar de strepen die Sharons tranen op de salontafel hebben achtergelaten en schraapt zijn keel. 'Wat beweert Hank precies?'

'Nou,' zegt Blair, ontspannen achteroverleunend in zijn stoel – het is een opluchting, dit deel van het verhaal, het is onbesmet, niet aanstootgevend, zelfs interessant. 'Volgens hem reed die auto, die splinternieuwe blauwe Ford – je weet wel, die nieuwe Galaxy coupé – over de weg waar die jongen langs kwam – hij was met zijn zus en zijn hond aan het hardlopen zoals hij meestal doet, snap je? En volgens hem kwam die auto langsrijden met de een of andere knaap van de luchtmacht achter het stuur die zwaaide, maar de jongen kon niet zien wie het was, want de zon scheen in de voorruit.'

'Wat wil je in je koffie, Jack?' Sharon komt binnen met een dienblad. Haar ogen zijn opgezet, maar ze glimlacht. Jack maakt een gebaar om te helpen, maar ze zet het blad neer. 'Blijven jullie maar gewoon lekker zitten.'

Claire zou later net zo knap zijn geworden, denkt Jack, en net zo'n zeldzame vondst, een lieve en gelukkige echtgenote. Ze krijgen vast nog wel meer kinderen. Jack zegt: 'Melk en twee schepjes suiker alsjeblieft, Sharon.'

'Dank je, schat,' zegt Blair.

Beide mannen kijken hoe Sharon de koffie inschenkt, hoe haar pols roerende bewegingen maakt, terwijl haar vingers met het lepeltje tegen de rand van de beker tikken. Ze pakken allebei een beker en Sharon draait zich om en loopt met het dienblad terug naar de keuken, maar halverwege stopt ze even, alsof ze iets is vergeten. Ze blijft even staan, met haar rug naar hen toe, onbeweeglijk. Ze kijken naar haar. Na een ogenblik loopt ze verder naar de keuken.

Jack zegt: 'Hoe zit dat met die... oorlogsmisdadiger? Had je het daar niet over?'

'Ja, ik weet niet,' zegt Blair. 'Volgens Henry Froelich zag hij die figuur een paar weken geleden in London, zelfde auto, zelfde deuk, tot en met de bumpersticker en een paar cijfers van de nummerplaat. Heeft het bij de politie gemeld, zodoende weet ik het. Zei dat die knaap een nazi was. Kende hem uit een kamp tijdens de oorlog.'

'Arme stumper.' Jacks hart bonst, maar zijn toon is gelijkmatig.

'Ja,' zegt Blair en neemt een slok koffie. 'Dus hij weet niet wie het was die wuifde, maar hij weet dat het iemand van de luchtmacht was, vanwege de pet.'

'Dan vinden ze hem wel.'

Blair haalt zijn schouders op. 'Ik weet niet. Het klinkt me allemaal een beetje vreemd in de oren. Alsof ze grotere jongens op het oog hebben, met al dat gezoek naar een of andere lullige oorlogsmisdadiger. Wat zou zo iemand van een kind willen?'

'Ze doen gewoon hun werk, ze moeten elke aanwijzing natrekken. Elke vreemde in de omgeving,' zegt Jack, terwijl hij zijn pet pakt. Hij heeft een smerige smaak in zijn mond.

Blair staat op om hem uit te laten. Ze lopen naar de voordeur.

'Ik wil Sharon niet storen. Zeg jij haar namens mij gedag?' Blair knikt. Jack zet zijn pet op en kijkt tegelijkertijd op zijn horloge. Tien voor half elf.

'Jack, nog hartelijk bedankt voor alles.' Blair steekt zijn hand uit; Jack drukt die. 'Weet je, ik zou hier maar één jaar blijven.'

Jack knikt. Wacht.

'Ik denk steeds maar, als we hier nooit waren gekomen...' Hij maakt de zin niet af, haalt drie of vier keer snel adem, en slaagt erin niet te gaan huilen. In plaats daarvan zegt hij, met zoveel nadruk en verbittering dat Jack ervan schrikt: 'Ik haat dit godverdomde nutteloze land.' Hij knijpt zijn ogen half dicht, zijn kin trilt en hij veegt driftig tranen weg, eerst met de ene hand, dan met de andere, en krijgt zichzelf dan weer onder controle. 'Neem me niet kwalijk, overste, ik bedoelde het niet zo.'

'Blair, ik vind het vreselijk voor je. Dat geldt voor ons allemaal.'

Jack loopt haastig de woonwijk uit. Het was Froelich. Jezus Christus. En waarom zegt hij dat Fried een oorlogsmisdadiger is? Een nazi? Froelich zat in een concentratiekamp – het nummer op zijn arm bewijst dat; Fried was een wetenschapper in een raketfabriek; hoe is het mogelijk dat hun wegen elkaar hebben gekruist? En toch riep Froelich de naam van de fabriek, Dora. *Hij wil een touw om mijn nek binden.* Jack weet nog hoe Fried eruitzag toen hij dat zei: lijkbleek.

De zon schijnt vandaag weer fel, het schelle licht wordt niet verzacht door warmte. Jack loopt met grote stappen Canada Avenue op; hij heeft nog vijf minuten. Hij had aangenomen dat de politie vandaag het alibi van alle mannen op de basis zou nagaan, maar nu is hij ervan overtuigd dat ze in werkelijkheid achter die ellendige Ford Galaxy en Oskar Fried aan zitten. Hij zal Simon direct na zijn onderhoud bellen om hem het nieuws te vertellen. Hij zal Simon ook vragen waarom een volstrekt betrouwbaar iemand als Henry Froelich Fried bestempelt als een oorlogsmisdadiger. Jack houdt zichzelf voor dat hij nauwelijks in een positie verkeert om verklaringen te eisen; deze rotzooi is zijn schuld. *Als ik die godvergeten auto niet had gebruikt omdat het mij zo goed uitkwam...* Hij weet wat Simon zal zeggen: zorg dat de auto verdwijnt.

Hij steekt het exercitieterrein over, zet koers naar het curlingstadion. Steve

Ridelle staat buiten – Jack wist niet dat hij rookte. Ze begroeten elkaar kortaf, op grimmige toon, en Jack herinnert zich dat Steve het lichaam officieel heeft geïdentificeerd en heeft meegeholpen bij de autopsie. Hij duwt de grote dubbele deuren open, voelt de kilte van het ijs en haast zich de trap op naar het kantoor van de directeur recreatie, maar de deur is dicht. De politie ligt tien minuten achter op schema en er is nog een wachtende voor hem: Nolan. Ze knikken. Vandaag lijkt Nolans zwijgen niet misplaatst.

In de middagpauze is het niet zo'n herrie als normaal en sommige meisjes staan in groepjes bijeen te huilen. Madeleine leunt tegen de dwarsbalk van de wip en voelt zich vreemd, alsof ze van grote afstand naar haar vriendinnen kijkt. Er heeft zich opnieuw een ruimte geopend; pas nu beseft ze dat ze iets mist – iets wat Auriel en Lisa en de andere huilende meisjes als vanzelfsprekend beschouwen. En ze vraagt zich af of het iemand is opgevallen: de huilende kinderen zijn normaal, maar zij niet.

'Overste McCarthy, hoe maakt u het, ik ben inspecteur Bradley.' De inspecteur zit achter het bureau van de directeur recreatie. In een hoek van het kantoor staat een geüniformeerde politieman klaar met een notitieboekje. 'Overste, ik wil niet te veel van uw tijd in beslag nemen, kunt u me een idee geven van uw doen en laten afgelopen woensdagmiddag?'
'Zeker, ik was ongetwijfeld hier op de basis, hoogstwaarschijnlijk op mijn kantoor.'
'Hebt u uw kantoor nog verlaten?'
'Ik geloof dat ik op een gegeven moment even naar de winkel ben geweest.'
'Bent u buiten de basis geweest?'
'Nee, dat kan ik niet zeggen.'
Uit zijn ooghoek ziet Jack dat de politieman zijn antwoorden noteert. Inspecteur Bradley zegt: 'Hebt u de laatste tijd nog een ritje met de auto in de omgeving gemaakt?'
'Ik ben een paar keer op en neer naar London geweest, en mijn vrouw is...'
'Dus u bent de afgelopen week over Highway 4 gekomen?'
'Ja zeker.'
'Ziet u, we hopen dat iemand misschien iets ongewoons of een ongewoon iemand heeft gezien in de omgeving. U begrijpt dat we op zoek zijn naar een moordenaar.'
Jack knikt.
'Hebt u kinderen?'

'Ja zeker.'

'Het is van het allergrootste belang dat we iedereen horen die die middag ergens in de omgeving van de basis was. Soms zien mensen iets, zonder dat ze de betekenis ervan beseffen; het is mijn taak om dat te achterhalen. Natuurlijk kan ik mijn werk niet doen zonder de hulp van iedereen hier. Hebt u iets, of iemand, gezien toen u afgelopen woensdag over Highway 4 reed?'

'Nee, ik – ik wou dat ik u kon helpen, inspecteur, maar het is een feit dat ik de hele middag hier geweest ben.'

'Bedankt voor uw tijd, en nogmaals mijn excuus dat ik u lastig moest vallen.'

'Dat geeft niet. Veel geluk.' Jack maakt aanstalten om op te stappen.

'Overste McCarthy.' Jack draait zich om, met zijn hand op de deurknop. 'Wees zo goed om niemand iets te zeggen over de inhoud van dit gesprek.'

'Komt voor elkaar,' zegt Jack. En vertrekt.

Hij blijft bij de telefooncel naast de legerwinkel staan en haalt diep adem. Simon zal hier niet blij mee zijn. Hij gaat de cel in en aarzelt – wat als iemand hem direct na zijn onderhoud met de politie een telefoongesprek ziet voeren? Hij kijkt over zijn schouder om er zeker van te zijn dat niemand ziet dat hij genoeg kwartjes in de telefoon stopt voor een gesprek met Washington.

'Met majoor Newbolt, verbind me door met eerste secretaris Crawford, alstublieft.'

Jack wacht. Mensen lopen de winkel in en uit; cadetten gaan het curlingstadion binnen, met schaatsen over hun schouder – niemand neemt ook maar enige notitie van hem.

Hij schrikt van Simons stem: 'Jack, ik bel je zo terug.' Ze hangen op en Jack wacht opnieuw; hij heeft het idee dat hij in het oog loopt. Hij bladert de telefoongids door – Exeter, Clinton, Crediton, Goderich, Lucan – op zoek naar wat, als iemand dat mocht vragen?

Een tikje tegen het glas. Het is Vic Boucher. 'Vind je het goed als ik snel even een telefoontje pleeg, Jack?'

Jack verlaat de cel overdreven haastig. 'Ga je gang, Vic, ik zocht alleen maar naar – naar een manege, voor Madeleine.'

'O ja?' zegt Vic, naar een kwartje tastend, terwijl hij de cel in stapt. 'Mijn vrouw heeft kool of sla gezegd, maar verdomd als ik het nog weet.'

Jack glimlacht, geeft hem een kwartje en zegt: 'Sla. Ze willen nooit kool.'

Vic draait het nummer en Jack kijkt op zijn horloge – Simon krijgt een bezettoon te horen en belt later terug, dat is alles. En er is nog tijd genoeg; je mag aannemen dat de politie, zolang ze nog bezig zijn met de ondervraging, niet naar de auto gaat speuren. Hij vraagt zich af of ze contact met de Mounties hebben opgenomen. Froelich zal wel een beschrijving van Fried hebben gegeven – worden er politietekeningen opgehangen in postkantoren overal in Zuid-Ontario? Christus.

Terwijl Vic geconcentreerd in de hoorn praat, gaan Jacks gedachten terug naar Fried. *Wat heb je dan gedaan, Oskar?* had Jack gevraagd. *Mijn werk.* Hoe kan dat te maken hebben gehad met misdaden tegen de menselijkheid? De Duitsers gebruikten tijdens de oorlog dwangarbeiders in hun fabrieken: Volkswagen, Zeppelin – Auschwitz zelf was deels een munitiefabriek, Krupps, enzovoort... Het lijkt logisch dat er ook dwangarbeiders in Dora geweest zijn. Froelich is misschien van het kamp naar de fabriek overgeplaatst. Maar hoe dan ook, Frieds 'werk' was louter technisch, en hoewel sommige arbeiders stierven, moet het de bedoeling zijn geweest hen in leven te houden en zo gezond dat ze hun werk konden blijven doen.

Vic hangt op en wringt zich door de vouwdeur, hartgrondig mopperend. 'Allemachtig, hoe wist je dat het sla was?' De telefoon gaat over. Hij trekt zijn wenkbrauwen op. 'Verwacht je een telefoontje?'

Jack grinnikt om het grapje voor het tot hem doordringt dat de opmerking als grap was bedoeld. Een goede reflex. Hoe trainen mensen voor dit soort werk? Of zijn het geboren leugenaars? Leugenaars met een onwankelbare loyaliteit.

De telefoon gaat voor de tweede keer over. Vic steekt zijn hand uit en neemt op. 'Hallo, hiero,' grapt hij en hangt weer op. 'Niemand aan de lijn.' En vertrekt. Slentert naar de winkel.

Jack stapt de cel weer in en staart nogmaals naar de gouden gids. De telefoon rinkelt. Vic draait zich om, met zijn hand tegen de deur van de winkel. Jack ziet hem kijken, schokschoudert, neemt de telefoon op en legt de hoorn meteen weer terug op het toestel. Vic verdwijnt in de winkel.

De telefoon gaat opnieuw en Jack grijpt de hoorn. Simon zegt: 'Wou het niet lukken?'

'Er stond een rij, dat is alles.'

'Wat is er gaande?'

'Simon, het was mijn buurman die Fried heeft herkend, volgens hem is het een oorlogsmisdadiger.'

'Christus.' Simon klinkt bijna peinzend. 'Wanneer heeft hij je dat verteld?'

'Hij heeft het me niet verteld, ik ben er toevallig achter gekomen – Simon, zit er een kern van waarheid in?'

'Het enige wat ik je kan zeggen, is dat ik hem zelf heb aangemerkt als iemand die geen veiligheidsrisico is.'

Jack voelt zich al opgelucht, maar hij kan niet nalaten te vragen: 'Waarom was Fried dan zo bang dat hij misschien zou worden opgehangen?'

'Dat is ongetwijfeld precies wat er zou gebeuren als bekend wordt dat hij overgelopen is en de Russen hem te pakken krijgen.'

Natuurlijk.

Het is tijd dat Jack zijn tanden op elkaar zet en verslag uitbrengt. 'Simon, de politie is op zoek naar Fried in verband met de moord op de dochter van McCarroll.'

Stilte. Dan: 'Kennen ze hem bij naam?'

'Dat geloof ik niet.'

'Is er een kans dat hij het gedaan heeft?'

Jack is niet voorbereid op die vraag. 'Nee, hij was – ik heb in de flat afscheid van hem genomen – het punt is, Simon, dat het mijn schuld is.' Hij legt uit hoe de auto herkend is toen hij via Highway 4 onderweg was naar Exeter en Froelichs zoon tegenkwam op de middag dat het kind vermist werd. 'Nu hoort de politie het woord "oorlogsmisdadiger" en denkt dat er misschien iemand in de omgeving is die in staat is tot... zoiets.'

'Fantastisch,' zegt Simon, alsof hij een wonderbaarlijk staaltje ingenieurskunst bestudeert.

'Ze weten niet dat ik in de auto zat. Ik wuifde naar die jongen, maar de zon scheen in de voorruit, het enige wat hij zag was mijn pet.'

'Wat dat betreft zit het ons dus mee.'

'Simon, het spijt me.'

'Mijn schuld, makker, ik had sowieso die kloteauto nooit moeten goedkeuren. Had op mijn instinct moeten vertrouwen.'

'Geen zorg, ik laat hem wel verdwijnen.'

'Ik neem aan dat je buurman niet weet dat je Fried kent.'

'Dat weet niemand.'

'Hoe zei je ook alweer dat hij heette?'

'Froelich. Henry Froelich. Hij heeft geen idee. Ik heb al deze info toevallig van McCarroll gekregen. De politie heeft het tegen hem gezegd. Zodoende kon ik ze op een afstand houden toen ze vroegen wat ik afgelopen woensdag had gedaan.'

'Tja, dan is McCarroll in elk geval ergens goed voor geweest.'

Die opmerking treft hem als een steentje dat wegschiet van de band van een hard rijdende auto, maar Jack houdt vol. 'Wat gebeurt er nu met Fried?'

'Hoezo?'

'Wat gaan we nu doen?'

'Jij gaat niets doen, jouw taak zit erop.'

De zon drijft lichtsplinters als door een vergrootglas de cel in, en verhit het interieur. Jack knijpt zijn ogen dicht. 'Nou ja, ik dacht nu McCarroll uitgeschakeld is... Moet ik Fried naar de grens rijden? Wat wil je dat ik doe?'

'Het is jouw probleem niet, makker.'

Het is voorbij. Jack zou blij moeten zijn. 'Ik bel hem wel even zodra we ophangen.'

'Dat zou ik niet doen,' zegt Simon. 'Zijn telefoon wordt inmiddels misschien afgeluisterd.'

'Dan zoek ik hem morgen wel op in London.'

'Ik heb liever dat je dat niet doet.' Jack slikt zijn teleurstelling zwijgend weg. Simon heeft het volste recht om op dit moment aan zijn competentie te twijfelen. 'Zorg dat je die auto kwijtraakt en dan is de zaak achter de rug, vriend, over en uit. Ik regel het verder wel.'

'Simon, als je in de buurt...'

'Ik verwacht verscheidene rondjes.'

Jack loopt bij de telefooncel weg met een vreemd gevoel van verlatenheid. Fried steekt de grens met de VS over en Jack zal nooit meer iets van hem horen. Fried krijgt een nieuwe naam en een nieuw leven. Hij zal zijn talenten gebruiken om het ruimtevaartprogramma van de USAF te laten concurreren met dat van zijn oud-collega, Wernher von Braun van de NASA.

Jack loopt haastig naar de boekhoudafdeling en krijgt een contant voorschot van honderd dollar. Daarna gaat hij op weg naar de afdeling vervoer om een auto te halen. Het is heel goed mogelijk dat Froelich zich vergist – hij moet tenslotte in de oorlog vreselijk geleden hebben. Elk gezicht uit die tijd moet wel afschuw oproepen.

'En, heb je besloten haar les te laten nemen?'

Jack kijkt op. Vic Boucher, beladen met boodschappentassen, waar aan een kant een krop sla uitsteekt, staat naast Elaine Ridelle, eveneens behangen met kruidenierswaren en met een kinderwagen bij zich. Ze kijken hem vol verwachting aan. Waar heeft Vic het over? Les... Er rommelt iets ver weg in zijn geheugen, iets dat dichterbij komt, als een vuilniswagen met de informatie die hij nodig heeft. 'Ja, ik heb een manege gevonden langs Highway 4, de kant van Goderich op. Hicks' manege.' Te veel informatie.

'Heb je vandaag nog met McCarroll gepraat?' vraagt Vic.

Jack voelt hoe zijn gezicht langzaam rood wordt. 'Ik ga straks nog even bij hen langs. Om Sharon haar boarding pass te geven.' Hij verandert van onderwerp, terwijl hij vooroverbuigt om in de kinderwagen te kijken. 'Wat hebben we daar?'

De baby ziet eruit alsof hij nog maar net in slaap is gesukkeld, zijn uitgespreide vingers bewegen een beetje onder zijn kin, een witachtig restant van het een of ander zit op zijn getuite lippen – een bloem.

'Wat een krachtpatser,' grinnikt Jack. 'Sprekend Steve.'

'Nou, dat is een hele opluchting.' Elaine knipoogt.

Het is onmogelijk om je niet bewust te zijn van haar decolleté nu ze haar kind de borst geeft. Jack merkt dat hij reageert, een beetje stijf wordt, en steekt zijn handen in zijn zakken. Elaine flirt graag, maar het is onschuldig. Zijn reactie is ook onschuldig – een beleefd knikje tegen moeder natuur. Wat is stimulerender dan een vrouw voor, tijdens en na de zwangerschap? Dat houdt de wereld draaiende. Hij zegt: 'Enfin, ik moest maar weer eens een stukje gaan werken.'

Hij neemt afscheid en loopt Nova Scotia Avenue af, terug naar zijn gebouw. Hij verliest kostbare tijd, maar hij wil niet dat Vic Boucher hem ziet wegrijden in een auto van de basis. Hij denkt verlangend aan zijn vrouw. Hij krijgt de aanvechting om rechtstreeks naar huis te gaan.

Zodra hij bij de volgende hoek is, kijkt hij achterom en ziet Vic wegrijden in zijn oranje busje en Elaine dezelfde kant opgaan, achter haar kinderwagen. Jack maakt rechtsomkeert en neemt een korte weg via het kazerneterrein, waar hij zoveel jaren heeft gewoond als piloot in opleiding, en loopt naar de afdeling vervoer.

Hij kijkt op zijn horloge, berekent hoeveel tijd hij nodig heeft, want hij weet waar hij met de Ford Galaxy heen moet als hij die echt wil laten verdwijnen.

De getinte ramen van de militaire auto verzachten het heldere, harde licht. Jack tikt tegen de rand van zijn pet ten behoeve van de soldaat op wacht en rijdt via de toegangspoort naar buiten, voorbij de Spitfire, waarna hij de provinciale weg volgt in noordelijke richting.

Hij liegt niet graag, en de gedachte dat de politie haar tijd verdoet met het speuren naar een niet-bestaande oorlogsmisdadiger, terwijl ze intussen de dader zouden kunnen opsporen, bezorgt hem een gevoel van onbehagen. Hij rijdt door het oude dorp Centralia en vervolgt dan in sneller tempo zijn weg naar Exeter.

Aan de andere kant is de moordenaar van het kind waarschijnlijk inmiddels allang verdwenen. Een zwerver. Tenzij het de een of andere verdorven klootzak is, die hier in zijn eentje in een van deze boerderijen woont. Terwijl hij de velden aan weerszijden van de weg bestudeert, komt de gedachte bij hem op dat de plaatselijke bevolking misschien iets weet, en hij vraagt zich af of de politie hen ook ondervraagt. De burgerbevolking. Daar zou best eens een lokale perverseling onder kunnen zitten, een bekende dorpsidioot die misschien niet achter een plaatselijk kind aan zou gaan, maar de tijdelijke kinderen van de luchtmachtbasis een gemakkelijker prooi vindt.

De eerste strepen groen zijn de kale grond al aan het verven. In geulen en langs de wegkant liggen nog korsten vuile sneeuw, maar de koeien lopen op het land en hun bruine huid heeft al een zomers uiterlijk, alsof ze zelf een bron van zon en warmte zijn. Verderop hobbelt een tractor door de berm, een vroege stofwolk opwerpend. Hij vraagt zich af of de politie deur aan deur bij de mensen is langsgegaan, al deze eindeloze oprijlanen op en af. Wie wonen daar eigenlijk? Het zijn zijn buren, wie zijn ze? Zou de politie dit onderzoek anders aanpakken als het meisje geen luchtmachtkind was?

Het is half twaalf. Als het meezit, is hij voor donker thuis.

De Kinsmen, de Rotary Club en het Royal Canadian Legion verwelkomen Jack in Exeter op een pas geverfd bord. Als de Ford niet op de plek staat waar hij hem heeft achtergelaten, kan hij er tenminste zeker van zijn dat de politie hem niet heeft. Hij hoopt half en half dat de auto gestolen is – het is niet waarschijnlijk dat een dief zich vrijwillig meldt met het bewijs van zijn eigen misdaad om een andere misdaad te helpen oplossen. Rondom het gedenkteken zijn krokussen uit de grond gekomen en er staan weer twee klapstoelen voor de kapperszaak, als decor voor een spelletje dammen dat de hele zomer doorgaat. Hij volgt de hoofdstraat tot hij het stadje uit is en parkeert aan de achterkant van het oude station, waar hij de blauwe Ford Galaxy ziet staan, blinkend en ongerept afgezien van de gedeukte achterbumper. Zijn hoop op een goed van pas komende dief gaat in rook op. Hij parkeert in de schaduw van het dichtgespijkerde gebouw en stapt uit in de winter van de middagschaduw. Uit de kofferbak van de militaire auto haalt hij een gereedschapskist, een koevoet en een krik. Hij neemt ze mee naar de Ford, stapt in, zet zijn pet af, trekt zijn uniformjasje uit en doet zijn das af. Hij gaat ervan uit dat de politie geen opsporingsbevel voor de Ford laat uitgaan voor ze aan het eind van de middag klaar zijn met het ondervragen van de mannelijke werknemers en militairen. Dan is hij inmiddels op weg naar huis en is deze auto al bijna veranderd in schroot – halverwege zijn volgende leven als wasmachine. Als hij onderweg wordt aangehouden, heeft hij Simons telefoonnummer. En als ondanks alles de hele missie toch openbaar wordt, tja, *c'est la guerre*. Geef de duivel geen hand voordat je hem ontmoet.

Ze hebben de fiets van Claire gevonden. Madeleine kan hem zien in de kofferbak van de politiewagen die op de oprit van de kleine groene bungalow geparkeerd staat. Meneer McCarroll staat op de veranda aan de voorkant van zijn huis. Een van de politiemannen haalt de fiets uit de kofferbak en houdt hem omhoog. Meneer McCarroll knikt.

Mike is Madeleine als gewoonlijk achterna gekomen. Nu zegt hij: 'Sta niet zo te kijken, kom mee.'

De politieman doet Claires fiets weer in de kofferbak.

'Ik sta niet te kijken, ik loop gewoon langzaam,' zegt Madeleine, als ze hem inhaalt. 'Waarom nemen ze haar fiets mee?'

'Omdat die bewijsmateriaal is,' zegt haar broer.

'Wat bedoel je, bewijsmateriaal?'

'Tegen de dader.'

'Welke dader?'

'De moordenaar, wat dacht je dan? Wat doe je nou weer?'

Madeleine is in het fijne scherpe grind langs de weg gaan zitten. *Moordenaar.*

'Wat dacht jij dan dat er met haar was gebeurd?' vraagt Mike.

Madeleine weet het niet.

'Vooruit, sta op.'

Claire is dood, dat weet Madeleine. Dat gebeurt er als kinderen te lang in hun eentje wegblijven. Na het eten naar het bos gaan. Soms komen ze niet thuis. Ze blijven na donker buiten en als je ze vindt zijn ze dood. *Overleden.*

'Madeleine.'

Madeleine had er niet over nagedacht hoe het gebeurd was. Er was iets vreselijks voorgevallen en Claire was dood; 'iets vreselijks' had heel specifiek geleken. Maar toch was dat niet zo. Anders zou Madeleine niet geknakt als een madeliefje aan de kant van de weg zitten.

'Vooruit,' zegt Mike. 'Oké, dan niet.' En hij loopt verder naar huis, terwijl hij nog even achteromkijkt om er zeker van te zijn dat ze niet wordt vermoord.

Madeleine blijft op het sintelachtige grind zitten, met haar blote benen onder zich gevouwen. Haar handen zijn verdwenen. Haar hoofd is opzij gedraaid en ze kijkt en kijkt door de straat naar het huis van Claire, waar de politiewagen achteruit de oprit van de McCarrolls afrijdt. *Claire is vermoord.*

Wat zal er van me worden? riep het kleine meisje toen de vogels al haar eten hadden gestolen. Het liep slecht met haar af. Voor Madeleine is het net alsof ze de misselijkmakende geur weer ruikt. Net als eerder, alleen erger. Alsof ze iets slechts heeft gedaan – *maar ik heb niets gedaan.* Alsof ze Claire dood in haar blauwe jurk heeft zien liggen – *maar dat is niet zo.* Daar gewoon maar te liggen, dat is het onfatsoenlijkste wat een klein meisje kan doen, daar gewoon maar dood liggen te zijn, terwijl iedereen zomaar haar jurk zou kunnen optillen. O, wat is het een vieze geur.

De politieman tikt tegen zijn pet en meneer McCarroll steekt een hand op. Mevrouw McCarroll is ergens in huis, weet Madeleine. Ze is binnen met het kabouteruniform van Claire en al haar enkelsokjes en mooie speelgoed. Mevrouw McCarroll kan nergens heen, de hele wereld doet pijn.

De surveillancewagen komt langzaam door de straat haar kant op. Als hij voorbijrijdt ziet ze het stuur van Claires fiets naar buiten hangen tussen de schommelende kaken van de kofferbak. 'Het hebt maar één lint,' zegt Madeleine tegen niemand. 'Het heeft maar één lint,' corrigeert ze zichzelf.

Een paar handen grijpen haar onder haar oksels en trekken haar overeind. 'Klim er maar op,' zegt Mike. Ze klimt op zijn rug en hij draagt haar naar huis. 'Zak aardappels,' zegt hij, als ze op de veranda van zijn rug afglijdt.

Maman komt bij de deur, werpt één blik op Madeleine, voelt haar voorhoofd en zegt: 'Meteen naar bed.'

Jack beschrijft vanuit Exeter een lus in westelijke richting en rijdt vervolgens zigzaggend naar het zuiden via een reeks onverharde wegen die niet op de kaart staan, tot hij weet dat hij voorbij Centralia is, daarna houdt hij weer een oostelijke koers aan om op Highway 4 te komen, die hij in zuidelijke richting volgt tot London, en vandaar rijdt hij via Highway 2 helemaal tot Windsor, waar zoveel auto's worden geboren en waarheen ze terugkeren om te sterven. Hij beseft dat hij zijn ogen half dichtknijpt en probeert ze te ontspannen ondanks de middagzon. Hij weet precies waar zijn zonnebril ligt: op zijn bureau.

Misschien wordt het tijd dat Simon overlegt met iemand in Ottawa – zodat aan de politie van Ontario kan worden doorgegeven dat ze op een dwaalspoor zitten, met hun speurtocht naar zogenaamde oorlogsmisdadigers. Zorgen dat ze het geurspoor weer oppikken voor het vervlogen is. Jack wou dat hij eraan had gedacht dat over de telefoon aan Simon voor te stellen; hij zal hem vanavond bellen en het alsnog doen.

Hij houdt zijn hand voor zijn ogen en zou het liefst zijn pet met de genadige donkere rand opzetten. Maar hij laat de verraderlijke pet waar hij is, op de stoel naast hem, en stuurt de Ford Galaxy naar het westen.

Madeleine heeft haar moeder ervan overtuigd dat ze niet ziek is. Ze is verbaasd over zichzelf, omdat ze een rechtmatige kans om een middag niet naar school te hoeven aan zich laat voorbijgaan. Maar ze had een somber gevoel – als ze in bed ging liggen of zelfs maar op de bank voor de tv ging zitten, zouden haar ogen glazig worden, haar hoofd zou verhit raken als een fornuis en ze zou nooit meer opstaan. Dus is ze na het middageten teruggegaan naar school, maar afgezien van een korte onderbreking van de monotonie dankzij de verschrompelde handen van Grace Novotny, heeft ze zich op niets anders kunnen concentreren dan op het raam.

Grace kwam na het middageten terug zonder haar verband. Haar vingers zijn wit en rimpelig, alsof ze net uit bad is gestapt. Iemand heeft de kinderbescherming gebeld. Grace' vader zou graag willen weten wie.

Jack knijpt zijn ogen één of twee keer helemaal dicht, en geeft gas, terwijl hij tegen de middagzon in rijdt. Als de politie haar werk doet en komt aanzetten met een rasechte verdachte blijft het oorlogsmisdadigersverhaal misschien buiten de publiciteit; blijft het op lokaal niveau sudderen. Hij let goed op, kijkt regelmatig in zijn achteruitkijkspiegeltje. Hij mindert vaart als hij Chatham nadert – als er iets is waar hij geen behoefte aan heeft, dan is het wel te worden aangehouden wegens te hard rijden.

Tijdens de middagpauze loopt Madeleine weg bij haar vriendinnen en slentert naar de afvoerbuis, met de bedoeling om die nu eindelijk eens van binnen te bekijken, maar ze ziet Colleen zitten aan de zonnige kant van de school, waar het witte pleisterwerk de zon prikkend terugkaatst; ze zit voorovergebogen over een stukje glas en een pagina van een weggegooide krant, die tegen de muur is gewaaid. Madeleine ziet een rookwolkje van de pagina opstijgen, en komt dichterbij. Opeens vliegt het papier omhoog en krult naar binnen, verteerd door een korte oranje vlam.

Madeleine zegt niets en Colleen ook niet, maar algauw slenteren ze naar de achterkant van het gebouw, terwijl de verkoolde krantenkoppen wegwaaien, *Demonstrerende ban-de-bommers bestormen geheime schuilkelder.*

Ze hebben onder schooltijd op het schoolterrein nog nooit met elkaar gepraat. Ze zeggen nu ook niet veel. Madeleine stelt een plan voor.

Om twee uur is het verslag binnen over het natrekken van de kentekens van Ford Galaxy's, waar Bradley opdracht toe heeft gegeven. Er blijken elf mogelijkheden te zijn: vijf in Toronto, twee in Windsor, twee in Kingston, één in Ottawa, één in Sudbury. In tien gevallen was de eigenaar afgelopen woensdagmiddag tussen vier en vijf op zijn werk, samen met zijn auto. In één geval was hij het land uit.

Jack trapt op het gaspedaal. De politie rondt de sessie in het curlingstadion nu zo'n beetje af. Even ten oosten van Windsor schrikt hij hevig als hij een zwartwitte surveillancewagen in zijn achteruitkijkspiegeltje ziet. De auto komt dichterbij, kleeft aan zijn bumper. Hij is de klos. Hij wacht op het zwaailicht, en bereidt zich er al op voor om te stoppen, niets te zeggen en te eisen dat hij iemand mag opbellen. Maar de politiewagen wijkt uit naar de inhaalstrook. Jack houdt zijn ogen op de weg gericht. Wat is het meest natuurlijk – even een blik werpen op de inhalende chauffeur? Of voor je uit blijven kijken? Zijn gezicht lijkt in brand te staan. Het duurt een eeuwigheid voor de politiewagen hem heeft ingehaald – is de politieman nu bezig met zijn radio? Eindelijk is hij Jack voorbij, zijn snelheid neemt langzaam toe, terwijl de afstand tussen hen groter wordt. Hij haalt weer adem.

Welkom in Windsor. Jack zet koers naar het havengebied. Rook stijgt op uit de GM-fabriek aan de overkant van de rivier in Detroit – je zou er bijna een steentje naartoe kunnen keilen. Aan de rand van de stad vindt hij waarnaar hij op zoek was.

Voor hem een onafzienbaar terrein vol carrosserieën, sommige geroest, andere ingedeukt – versplinterde voorruiten, gapende motorkappen, verkreukelde voorkanten. Eén groot wervelend auto-ongeluk. Aan het andere eind van het terrein doemen stapels keurig geperste chassis op bij een schuur die in de schaduw van een pletmachine staat, met een magneet als een reusachtige slinger. Henry Froelich en zijn zoon zouden hier in de zevende hemel zijn, denkt Jack, terwijl hij het gereedschap uit de kofferbak haalt. Hij gaat aan het werk, weer gekalmeerd. Misschien is hij toch wel geschikt voor dit soort werk. Hij verwijdert de wieldoppen, en laat ze als schotels alle kanten uit rollen. Dan de banden. Hij schroeft de stuurkolom los en trekt die opzij naast het stuur, zodat de draden en het contact er los bij bungelen. Rukt bougies los, wrikt de bumpers eraf en smijt ze weg. Hij laat vuil in de benzinetank lopen, verwijdert de v-snaar, de accu, en terwijl hij de koevoet vasthoudt als een honkbalknuppel gaat hij het exterieur te lijf. Als laatste slaat hij de ruiten kapot.

Er zullen wel grotere slopers zijn in Detroit, maar hij wilde niet het risico lopen om aan de grens aangehouden te worden, nu er ongetwijfeld een opsporingsbevel voor de Ford is uitgegaan. Om maar te zwijgen van de noodzaak om een uur later over de brug te moeten teruglopen – al is het niet waarschijnlijk dat de douaniers aan weerszijden van dit deel van de langste onverdedigde grens ter wereld veel aandacht aan hem zullen besteden. Ruim zesduizend kilometer vrijheid.

Hij gooit de kentekenplaten in de rivier.

In het kantoor van de directeur recreatie in het curlingstadion gaat de laatste geüniformeerde luchtmachtman met zijn pet op de deur uit en doet die achter zich dicht. Agent Lonergan bergt zijn notitieboekje op, kijkt zijn meerdere aan en zegt: 'Zal ik nu een opsporingsbevel voor die Ford Galaxy laten uitgaan, inspecteur?'

Inspecteur Bradley kijkt naar de man, zonder dat zijn gezicht een mening verraadt over het nut van de vraag die hem zojuist gesteld is, en zegt: 'Er was geen Ford Galaxy.'

Als meneer March zich al afvraagt waar Madeleine is wanneer de rest van zijn klas na de middagpauze weer in de banken gaat zitten, dan laat hij dat niet merken. Hij stelt het schoolhoofd niet op de hoogte en belt de moeder van het kind ook niet op. Heeft hij vooraf bedacht wat hij zal zeggen als de ouders vragen waarom ze niet zijn gewaarschuwd dat hun dochter afwezig was, juist nu? Of rekent hij erop dat Madeleine zal zorgen dat haar ouders het niet ontdekken, zodat hem de beproeving bespaard blijft om hun vragen te beantwoorden als ze willen weten waarom ze zijn klaslokaal mijdt?

Misschien kan het meneer March niet schelen wat er met Madeleine gebeurt. Of misschien gelooft hij niet dat ze in gevaar verkeert.

Jack gaat met de taxi naar het Hertz-kantoor in het centrum van Windsor – daar kan hij de meeste smeer wel van zijn handen wassen. Zijn hoofd is pijn gaan doen, en de pijn straalt uit vanaf zijn linkeroog. Hij besluit geen tijd te besteden aan het zoeken van een drogisterij, hij neemt wel een paar aspirines als hij thuis is. Hij huurt een auto – nu hoeft hij niet meer via achterafweggetjes. Hij is van plan om rechtstreeks via de 401 naar London te scheuren en met een beetje geluk is hij voor donker terug, al weet hij dat zijn gezin veilig thuis is. Hij kan de gedachte aan zijn dochter nauwelijks verdragen; haar gezicht gaat schuil achter het gezicht van het dochtertje van de McCarrolls en hij voelt zich bijna geterroriseerd door zijn geluk. Zijn kind leeft en is gelukkig. En op ditzelfde moment is ze op een van de veiligste plaatsen die er zijn. Op school.

REQUIEM

Zoek in het verhaal de volgende zin op en verklaar de betekenis: 'Ze was mijlen ver weg met haar gedachten.'

DEVELOPING COMPREHENSION IN READING, MARY ELEANOR THOMAS, 1956

Ze moeten haar andere lint vinden. Dat is de missie. Maar Madeleine weet dat wat ze echt moet ontdekken, is waar Claire drie dagen en nachten geweest is. Rex heeft haar gevonden. 'Brave hond, Rex.'

Ze hebben zich met hun tweeën schuilgehouden bij de raamloze buitenmuur van de gymnastiekzaal tot de bel voor de middagpauze ging en zijn toen weggeslopen. Madeleine wachtte bij de spoorbaan naast Pop's snoepwinkel terwijl Colleen naar huis ging om Rex te halen, daarna zijn ze dwars door de velden gelopen, helemaal tot aan Rock Bass.

Madeleine vindt niet dat ze iets misdoet door te spijbelen. Dit is net zoiets als de school missen omdat je naar de kerk moet. Of naar het ziekenhuis. Hoe dan ook, ze spijbelen niet om de kantjes eraf te lopen. Het heeft iets plechtigs om misschien moeilijkheden te krijgen omdat ze op zoek gaan naar het andere lint van Claire. En omdat ze de plaats waar het gebeurd is gaan bezoeken. Het is een noodzakelijk offer. Colleen volgt haar door de opening in het hek.

Ze hebben Rex meegenomen voor het geval de moordenaar er nog is. Moordenaars keren altijd terug naar de plaats van de misdaad. Misschien hadden ze wapens mee moeten nemen. Geen zorg, Colleen heeft altijd haar mes nog. En Madeleine kan zo nodig een steen oprapen. Ze heeft even aan Mikes geweer gedacht, maar dat is speelgoed, en dit is geen spelletje.

Colleen gaat als eerste het ravijn in. Ze hebben geen eten bij zich; dit is geen picknick. Ze trekken hun schoenen en sokken uit en waden door de ijzige stroom, met pijnlijke enkels, klimmen dan tegen de hoge oever op, hun bevroren huid voelt de distels niet, en lopen het maïsveld in waar de eerste scheuten nu boven de grond komen. *Wees voorzichtig.*

Ze trekken hun schoenen weer aan en lopen lange tijd in ganzenpas tussen de ploegvoren door, terwijl hun voeten zwaar worden van de modder. Rex gaat voorop, met soepele bewegingen van zijn achterlijf, zijn geruststellende vacht glanst in de zon. Ze praten niet. Het maïsveld gaat over in het weiland.

O, het is dinsdag, mooi en zonnig, maar in Madeleines maag is het kil. Alles is zo stil, de stilte van een schooldag. Kijk uit naar iets dat roze glanst in het neergeslagen gras van afgelopen jaar, of dat misschien gewikkeld zit om een kleverige wolfsmelkpeul of een lisdodde – de harige bruine sigaar bekroond met pluis. Misschien zullen ze het lint zien zweven boven de toppen van het op kant lijkende stinkkruid, dat overal over het weiland verspreid is, net weggegooide servetten – het landschap lijkt wel een tafelkleed dat is neergelegd voor een banket – of wie weet ligt het beneden tussen de doffe klitten die aan hun sokken blijven haken – iets dat het zonlicht knipperend terugkaatst, dat zal haar lint zijn. We moeten het vinden omdat het van haar was. En het is hier nog steeds, helemaal alleen. Blijven lopen. Rex weet de weg.

Hij zigzagt voor hen uit, kijkt nu en dan achterom, blijft staan, laat hen een tijdje vooropgaan. Hij leidt hen. De lelietjes-van-dalen laten hun geur ontsnappen als ze in het verse gras worden vertrapt.

De grond wordt zompig. Verderop is een statige iep, die in zijn eentje het bos aankondigt.

Daar, stop. Stap er niet in. Ga niet over de rand. Net alsof je opeens voor een vijver staat, je wilt geen natte voeten krijgen. Als dit een vijver was, zou je je eigen weerspiegeling kunnen zien en je kunnen afvragen of er daar beneden een kleine wereld is die jou aankijkt. Maar het is geen vijver, het is een rond stuk platgetrapt gras met onkruid, alsof iemand er heeft gepicknickt. Een plek zo groot als een plas. Groot genoeg voor één persoon om er opgerold een plaatsje te vinden. Daar lag ze. Maar het zachte gras springt al weer terug. Binnenkort is er niets meer te zien. Rond de rand zijn grasklokjes en paardebloemen geplukt, het sap is opgedroogd in hun afgerukte stengels, de bloemen zijn tussen afgebroken lisdodden gesmeten. Er is geen spoor van haar roze lint.

Madeleine zegt: 'Misschien gaan ze haar ene lint samen met haar begraven, of anders houden ze het als een aandenken.'

Als Madeleine groot is, zal Claire nog steeds in een kist in de grond liggen. Ze zal nog steeds klein zijn, nog steeds dezelfde jurk aanhebben als waarin ze haar begraven hebben. *Wat ik ook doe, waar ik ook heen ga, Claire zal daar op die ene plek zijn.*

'Dat mogen ze niet doen met bewijsmateriaal,' zegt Colleen.

Bewijsmateriaal. Stel je eens voor, je fiets of je gymnastiekschoenen, of wat dan ook; de ene dag zijn het gewoon jouw spullen die ergens rondslingeren en de volgende dag is het bewijsmateriaal. Politie. Niet Aanraken. Strikt Geheim.

Ze zoeken het gebied rond de plek nauwgezet af zonder iets aan te raken. Ze zeggen weinig, en als ze wat zeggen, fluisteren ze. Ze lopen met voorzichtige stappen. Dit is een graf.

'We zouden een begrafenis moeten houden.'

'Ja.'

Mike en Madeleine hebben een keer een begrafenis voor een vlieg gehouden. Ze deden hem in een lucifersdoosje en zeiden een gebed en Madeleine schreef een gedicht: 'Dag vlieg, ga nu maar. Je vloog te hoog en kende geen gevaar. Vaarwel brave vlieg.' Er komt nu ook een gedicht bij haar op. 'Claire, je was heel dapper, maar ondanks al je moed...' Verder komt ze niet, want het enige rijm dat ze kan bedenken is 'ondergoed'. 'Maar waar is je ondergoed, ondanks al je moed?' Kwijt en voor altijd weg.

'Ze had haar onderbroek uit,' zegt Colleen.

'Hoe weet je dat?' vraagt Madeleine.

'Ik hoorde mevrouw Ridelle dat tegen mijn moeder zeggen.'

'Wat smerig.'

'Ja.'

Ze staan zwijgend naar de verblekende cirkel te kijken. Rex staat naast hen. Hij houdt de wacht.

'Misschien heeft de moordenaar haar andere lint,' zegt Madeleine.

'Of misschien is ze het gewoon verloren.'

'Nee, ze had het nog,' zegt Madeleine. 'Weet je nog wel? We zagen het toen ze met Ricky en Elizabeth naar Rock Bass ging.'

'Ze ging niet met hen mee.'

'Dat weet ik, maar ik zag dat ze ze toen nog allebei had' – Madeleine kijkt weer naar de grond achter haar – 'en dat was op die dag.' Ze bukt zich om een stuk onkruid te plukken waar ze op kan kauwen, maar houdt zichzelf dan tegen, want ze wil op niets kauwen en niets eten wat hier vandaan komt.

'Wij waren de laatsten die haar gezien hebben,' zegt ze. Voor iedereen ter wereld is er iemand die jou als laatste ziet, die jij als laatste ziet. Wie zal dat bij mij zijn?

'Nee, Ricky en Elizabeth en Rex hebben haar na ons gezien,' zegt Colleen.

'O ja.'

'En nog iemand.' Colleen heeft haar mes tevoorschijn gehaald, maar ze klapt het niet open en gooit het ook niet omhoog om het dan weer op te vangen, zoals ze meestal doet.

Madeleine zegt: 'Wie dan?' Colleen knijpt haar ogen samen en geeft geen antwoord, kijkt Madeleine niet aan. Madeleine snapt het: *de moordenaar, die is het.*

Ze hoort sprinkhanen sjirpen, insecten tegen grassprieten opklimmen. De zon brandt op de middenscheiding in haar haar. Het bos vlakbij is donker en koel. Rex ruikt aan de rand van de platgestampte cirkel, maar ook hij waagt zich er niet in. Colleen steekt een hand uit en beweegt die boven de cirkel heen en weer. 'Om te voelen of het nog warm is.'

'Is het nog warm?'

'Een beetje, voel maar.'

Maar dat wil Madeleine niet. 'Zullen we naar huis gaan, Colleen?'

'Nee, ik wil je iets vertellen, en als je het verder vertelt, maak ik je dood.' Rex' oren gaan overeind staan en hij tilt zijn kop op. 'Wat is er, jongen?'

Ze volgen Rex' blik naar het bos. Een gekraak – Madeleines hart bonst, ze grijpt Colleens arm, Colleen duwt haar niet weg, ze blijven doodstil staan. Zware voetstappen. De bladeren schudden. Madeleine knijpt met haar vingers in Colleens arm en Colleen zegt: 'Sttt.'

Daar, tussen koele groene schaduwen – de lichtbruine vacht zichtbaar door de takken – staat een hinde. Enorme bruine ogen. Ze kijkt hen aan vanachter de legpuzzel van groen en zwart langs de bosrand. Net een schepsel dat uit een onderwaterwereld bovenkomt om een hap zuurstof te nemen, dat gevaarlijke en onweerstaanbare niets.

Rex duikt ineen, gromt zachtjes. Zijn schouders bewegen, hij kruipt stukje bij beetje vooruit. 'Het is oké, Rex.' Hij blijft stil zitten.

Het hert stapt uit het bos het weiland in. Buigt haar kop en begint te grazen. Ze kijken naar haar, alle drie, o heel lang, wel vijf minuten, tot het hert haar kop optilt en wegspringt als een golf, terugduikt in de donkere poel van bomen.

Dat was Claires begrafenis.

'Wat wilde je me vertellen?' vraagt Madeleine.

Ze zijn weggelopen van het bos, van de kleine cirkel, ze verlaten de plek. Madeleine ziet een stukje van een blauwe schaal in het gras liggen – het lijkt op een stukje van een roodborstjesei. Ze bukt zich om het op te rapen, maar voor ze dat kan doen pakt Colleen haar pols vast en draait haar met haar ge-

zicht naar zich toe. In haar andere hand houdt ze haar mes, opengeklapt. Ze duwt het heft met kracht in Madeleines handpalm en knijpt Madeleines vuist dicht. Daarna steekt ze haar eigen handpalm uit en zegt: 'Doe het.'
'Wat?'
'Maak een snee in mijn hand,' zegt Colleen. 'Daarna doe ik het bij jou.'
'Waarom?'
'Omdat ik je geen ene moer vertel als je het niet doet, daarom.'
Madeleine voelt het bewerkte gewicht van het heft en kijkt naar Colleens open handpalm. 'Niet diep snijden,' zegt Colleen, 'net genoeg om het te laten bloeden.'
Colleen kijkt haar aan. Madeleine aarzelt. Colleen ziet er stoer uit, maar haar handpalm lijkt zo zacht. Madeleine laat de scherpe kant op het vlezige deel van Colleens palm rusten. Dan drukt ze en trekt het mes naar zich toe. De huid splijt en een rij rode zaadjes komt tot bloei en vloeit dan uit in de holte van Colleens hand.
Colleen steekt haar andere hand uit om het mes aan te pakken. Madeleine geeft het haar. Colleen wacht, haar opgehouden handpalm verzamelt bloed. Madeleine steekt haar eigen linkerhand uit, met de palm naar boven, en houdt met haar rechterhand haar pols stevig vast alsof ze bang is dat hij weg zal lopen.
Colleen tilt het mes op. Madeleine doet haar ogen dicht en hijgt. Daarna doet ze ze weer open. Colleen kijkt haar aan, haar mond sarcastisch vertrokken.
'Klaar, dappere dodo?' Madeleine knikt. Ze dwingt zich om te kijken, maar voor ze een dapper gezicht kan trekken, is het al voorbij, en ze heeft het mes amper zien bewegen, ze heeft ook niets gevoeld, maar als bij toverslag is er een rode streep op haar handpalm verschenen, de streep wordt breder en treedt gracieus buiten zijn oevers. Colleen slaat haar palm tegen die van Madeleine en houdt ze stijf tegen elkaar gedrukt. Madeleine duwt terug; het doet nog steeds niet zeer.
Colleen laat los. 'Zo,' zegt ze. '*On ai seurs de san.*'
Het lijkt net of de beide handen met vingerverf besmeurd zijn. Ze laten Rex hun wonden likken, want iedereen weet dat honden antiseptisch spuug hebben.
Colleen loopt verder en Madeleine volgt. Colleen schijnt haar vergeten te zijn. Ze lopen zwijgend door.
'Hé, Colleen, wat wilde je me vertellen?'
'Niet hier,' zegt ze.

Bij Rock Bass gaat Colleen naast de platte steen bij de beek zitten en steekt haar hand in haar witte schoolblouse om het leren bandje dat ze om haar hals draagt te pakken; lichtbruin, zacht geworden van ouderdom. Het heeft bijna dezelfde kleur als haar huid. Ze haalt het tevoorschijn en klemt het uiteinde in haar handpalm – die zonder snijwond.

'Ik zal je iets laten zien,' zegt ze. Ze doet haar hand open en onthult een klein hertenleren zakje dat dichtgebonden is met een dun leren draadje. Ze maakt het open, plukkend aan de kwetsbare knoop. Ze steekt haar duim en wijsvinger in het zakje en haalt het geheim eruit. Een stukje verkreukeld papier.

'Wat is dat?' vraagt Madeleine.

Colleen strijkt het glad. 'Het komt uit een catalogus.'

Het eens glanzende papiertje is dof geworden van ouderdom. Madeleine kan een stuk onderscheiden van een rode fiets – een jongensfiets – met daaronder de woorden: 'Pony Express'.

'Ik ben geadopteerd,' zegt Colleen.

De aarde kantelt geluidloos, de esdoorn helt over, opeens ontdaan van wortels. *Geadopteerd.* Madeleine concentreert zich op de geblakerde platte steen achter hen. Achter Colleen is alles leeg. Nee – achter haar zijn haar dode ouders. Daarom worden kinderen geadopteerd. 'Ben je een wees?'

'Nee, sufkop, ik heb ouders.'

'Dat weet ik, ik bedoel... daarvoor.'

'Mijn biologische ouders zijn dood.'

Madeleine voelt zich duizelig. Colleen is overkomen waar iedereen zo bang voor is, dat je ouders zonder jou omkomen in de auto – want zo gaan ouders dood.

Madeleine heeft de indruk dat alles omwikkeld is met de omslagdoek van de dood. En gevangen in de vouwen van die doek, een geur. Het is de geur van de McCarrolls, van Colleen, van het oefengroepje, van Madeleine en meneer March. De meeste mensen verspreiden die geur niet en ruiken hem niet eens bij anderen. Die hebben geluk gehad. *Net als pap. Hij denkt dat ik zonnig en vrolijk ben.* Haar moeder heeft een enkele keer staan snuiven alsof ze een rooklucht bespeurde, en negeerde die toen verder, zoals je doet wanneer je aanneemt dat het huis van een ander in brand staat.

'Dus daarom doet je moeder vrijwilligerswerk in het weeshuis,' zegt Madeleine, die haar eigen woorden voor zich ziet als keurige zwarte letters op een schone bladzijde. Woorden zijn schoon. Het flinterdunne litteken bij Colleens mondhoek is bleek geworden, haar lippen kleuren paars. 'Ja, dat is een van de redenen.'

'Maar je was nog maar een baby toen je werd geadopteerd, hè?' zegt Madeleine.

'Nee, ik was al wat groter.'

'Maar je herinnert het je niet meer.'

'Ik weet het verdomme nog heel goed, ik herinner me alles.'

Dit is niet het geschikte ogenblik om een opmerking over vloeken te maken, om vragen te stellen die plonzen en golven, maar om woorden te gebruiken die zachtjes *plop* zeggen.

'Het kan me niet schelen dat je geadopteerd bent.'

Colleen staart zwijgend in de verte.

'Het kan je ouders ook niet schelen.'

'Dat weet ik wel.'

'Niemand bij je thuis kan het wat schelen dat je geadopteerd bent.'

'We zijn allemaal geadopteerd, stomkop.' Colleen plukt een grassprietje en steekt dat tussen haar tanden.

Madeleine ziet alle kinderen van meneer en mevrouw Froelich weer voor zich, alsof het voor het eerst is. Het klopt dat ze niet op elkaar lijken, maar dat doen zij en Mike ook niet. Al lijkt Mike op pap en lijkt Madeleine op maman.

'Zelfs Elizabeth?'

'Ja,' zegt Colleen, terwijl ze zich omdraait om Madeleine aan te kijken.

'Vind je dat grappig?'

'Nee' – ze bijt op de binnenkant van haar wang om een grijns tegen te houden, niet omdat het grappig is, maar omdat het niet grappig is.

Colleen slaat haar armen om haar knieën en begint zachtjes heen en weer te wiegen. 'Behalve Rick. Hij is mijn bloedbroeder.'

'Je bedoelt zoals...' en Madeleine wijst naar de verse wond in haar palm.

'Nee,' zegt Colleen, 'echt.'

Dat is logisch. Als je er even bij stilstaat, lijken ze inderdaad op elkaar, maar de gelijkenis zit onder het oppervlak. Ze hebben een verschillende kleur – Ricks zwarte haar en ogen en witte huid in de winter, het tegendeel van Colleen met haar husky-ogen en getinte huid. Om maar te zwijgen van het feit dat Rick een echte heer is. Maar hun ogen en jukbeenderen hebben dezelfde vorm, allebei hebben ze een slank postuur.

'We heetten Pellegrim,' zegt Colleen.

Pellegrim. Klinkt als *pelgrim*, denkt Madeleine.

Zij en Ricky zaten op de vloer achter in de auto toen het ongeluk gebeurde. Ze bekeken een oude kerstcatalogus van Sears, Roebuck.

'Dat is mijn geweer,' zei Ricky. Een speelgoedgeweer met een wit silhouet van een paard en een cowboy in volle galop op het handvat.

'Dat is mijn tweewieler,' zei Colleen. Een rode 'All American Pony Express' met een glanzende bel en een dwarsstang.

'Dat is een jongensfiets,' zei Ricky tegen haar.

'Zo een wil ik.'

'Natuurlijk, waarom niet, je bent stoer genoeg voor een meisje.' Hij was negen, zij was zes. Ze overleefden het ongeluk doordat ze op de vloer zaten. Colleen kreeg snijwonden in haar gezicht door de catalogus, diepe sneden van het papier. Ricky liep een hersenschudding op en moest een tijdje een halssteun dragen, maar verder had hij niets. Hun ouders gingen dwars door de voorruit. De voorkant van de Plymouth was ingedeukt, maar de motor bleef op zijn plaats zitten.

Colleen wrong zich uit de auto en ging naar haar moeder.

Er was geen andere auto. Er was een halfdood hert. Er lag een geweer in de kofferbak van de auto. Iemand zou het moeten pakken om het hert dood te schieten, dacht Colleen. Ze kon niet naar het hert kijken omdat het nog leefde en pijn had. En ze kon niet naar haar moeder kijken omdat haar moeder dood was. Ze zag haar vader niet. Hij was het bos in geslingerd. Ze liep het bos een eindje in, vond hem, maar kwam niet dichtbij. Ze liep terug en bleef lang naast haar moeder zitten, wiegend op haar hakken. In de ene hand hield ze nog steeds een stel verfrommelde catalogusbladzijden vast.

Ricky kwam bij en kroop de auto uit, en zag dat het hert nog steeds trappelde. Het was zo'n treurig gezicht, die vreselijke bruine ogen. Colleen vroeg zich af wat er met de kleine hertjes ergens in het bos zou gebeuren. Ricky haalde het geweer uit de kofferbak en schoot het hert dood. Hij legde een deken over zijn moeder, die ze zelf had genaaid. Hij vond zijn vader en legde bladeren over zijn gezicht. Daarna pakte hij zijn kleine zusje bij de hand en ze begonnen de weg af te lopen, het geweer achter hen aan slepend.

De motor van de auto bleef draaien tot de benzine op was.

'Wat wil je nu gaan doen?' vraagt Colleen, terwijl ze overeind komt.

'Ik weet niet,' zegt Madeleine, 'wat wil jij gaan doen?'

Ze spoelen hun voeten schoon in de beek. Het water is zo koud dat hun voeten bijna meteen droog zijn. Ze trekken hun schoenen en sokken weer aan, Madeleine haar schoenen met bandjes, Colleen haar afgetrapte instappers.

'Vooruit,' zegt Colleen. 'Ik heb trek in een peuk.'

Het leven begon opnieuw in een weeshuis. Maar algauw verdween Colleens broer. Herinneringen leefden voort als fantasie, en na enige tijd vergat ze dat ze een broer had – een echte. Ze kreeg een nieuwe naam, Bridget. Misschien had ze een indiaanse naam gehad en hadden ze die veranderd toen ze hier kwam; dat gebeurde met veel van de kinderen in het weeshuis. Het waren indianen. Zij ook, voor wat het personeel betrof, maar ze was een halfbloed in de ogen van de andere kinderen. Ze kwam niet uit een reservaat, ze hoorde niet bij een familiegroep – de ouders van haar moeder hadden een mooie blokhut gehad op een terrein langs de weg, maar de blokhut was verdwenen en de bewoners waren weggetrokken. Ze kwam uit een auto.

Eerst zeiden ze dat ze doofstom was, daarna achterlijk. Geen van de kinderen mocht zijn eigen taal spreken, want die was heidens. Als ze haar zwijgen verbrak door Michif te spreken, werd dat als nog erger beschouwd. Michif was geen taal, en de Métis waren geen volk.

Uiteindelijk noemden ze haar 'onhandelbaar'. Het maatschappelijk werk greep in toen ze in het ziekenhuis werd opgenomen en stuurde haar naar een tuchtschool bij Red Deer, Alberta. Het was een school voor achterlijke, criminele en verstoten kinderen. Velen waren indiaans of iets ertussenin. Als je je netjes gedroeg, mocht je op de boerderij werken. Ze werd op bed vastgebonden, voor haar eigen veiligheid en die van de andere bewoners. Maar ze werd niet gesteriliseerd, ze bleef er niet lang genoeg. Op een dag riep iemand van de jongenskant van het hek: 'Colleen!' en ze draaide zich om, want ze herkende haar naam toen ze die hoorde. Het was haar broer.

Karen Froelich had beseft dat ze niet langer vrijwilligerswerk op deze school kon doen. De school had geen hulp nodig, maar moest dicht. Toen zij en Henry de beide 'moeilijke gevallen' adopteerden, ondertekenden ze een document dat hun verplichtte in de provincie te blijven wonen en zich regelmatig te melden bij een medewerker van de kinderrechtbank. Karen was hulpverleenster geweest bij de VN en Henry was een voormalige vluchteling. Ze wisten wel iets van bureaucratie. Ze zetten de kinderen in de Chevrolet en reden drieduizend kilometer naar het oosten. Henry vond werk op een luchtmachtbasis in Ontario waar iedereen ontworteld was en niemand lang genoeg bleef om al te diep in het verleden van een ander te spitten.

HET RECHT OM TE ZWIJGEN

Rick wordt die dinsdagmiddag op weg van school naar huis opgepakt, terwijl hij van Exeter in zuidelijke richting over Highway 4 rent, met zijn boeken in een legerpukkel uit de dump en zijn schoolschoenen om de hengsels van de tas gebonden. De politiewagen komt langzaam naast hem rijden. Hij herkent de twee politieagenten en begroet hen nonchalant. De agent op de passagiersstoel buigt voorover en zegt: 'Stap in, knaap.'

Ricky draaft gewoon door. 'Nee, bedankt, ik ben aan het trainen.'

'Stap in de auto,' zegt de agent achter het stuur.

Rick blijft staan. 'Waarom? Wat is er gebeurd?' Zijn ouders, de kinderen. Is alles goed met Elizabeth?

De agent in de bestuurdersstoel zegt: 'Stap goddomme in de auto.'

Rick aarzelt. Het portier aan de andere kant gaat open en zijn vriend komt uit de auto als een stier uit een hok. Rick draait zich om en rent weg. Een veld in, gehoorzamend aan een oeroude reflex. Het is belachelijk, hij heeft niets gedaan, maar hij rent als een bezetene over pas opgeschoten rijen bieten, over richels aarde die hard worden in de zon, de boeken bonken op zijn rug, de schoenen smakken tegen de zijkant van zijn lichaam, zijn keel brandt. De agent ligt een heel stuk achter, Rick kan dat zien door over zijn schouder te kijken. Hij rent als een dolleman verder, voor hem is een stuk bos, als hij bij de bomen kan komen – een volgende blik achterom onthult dat de dikke agent voorovergebogen staat met zijn handen op zijn knieën, buiten adem – een oud gevoel van leedvermaak trekt aan Ricks mondhoeken, een onredelijke opwelling van triomf. 'Probeer me maar te pakken te krijgen, *maudi batars!*' Hij begint te lachen, kin omhoog, borst vooruit, niet moe, nooit moe, zou voor altijd kunnen blijven rennen – nog een blik, de politiewagen komt schommelend over de ploegvoren naar hem toe rijden, een stofwolk achter zich aan. De auto rijdt steeds sneller, recht op hem af. Hij blijft staan.

Jack betaalt de taxichauffeur en stapt om 19:20 uit voor het gedenkteken in Exeter. De hemel is nog steeds licht als hij te voet naar de militaire auto loopt die achter het oude station op hem wacht.

Hij heeft zich nog nooit zo op zijn gemak gevoeld achter het stuur van een auto, hij is opgelucht omdat hij bevrijd is van de haken en ogen waarmee de Ford Galaxy bekleed leek te zijn. Hij heeft een paar aspirines gekregen van de taxichauffeur die hem vanaf het Hertz-kantoor in London hiernaartoe heeft gereden, en nu, terwijl hij rustig zuidwaarts rijdt, voelt hij zijn hoofdpijn wegtrekken en zakt hij achterover in de stoel om te genieten van de zachte vering en het bevrijdende gevoel dat hij iets heeft gepresteerd – ondanks de smeer onder zijn nagels. Zijn handen zien eruit als die van Henry Froelich.

De blauwe Ford was het enige aanknopingspunt waardoor de politie Oskar Fried met deze regio in verband kon brengen. Binnenkort is de auto niet meer dan een metalen envelop. Jack heeft zijn best gedaan voor koningin en vaderland en nu analyseert hij in gedachten de baten en de kosten. De baten: Oskar Fried is veilig en vrij om zijn deskundigheid bij te dragen aan de westerse strijd om militaire en wetenschappelijke suprematie. De kosten: de politie heeft kostbare tijd verspild in de jacht op een kindermoordenaar, en Jack heeft tegen zijn vrouw gelogen. Dat laatste hoeft nooit meer te gebeuren. Het eerste zit hem niet lekker, maar hij houdt zichzelf voor dat Simon misschien wat kan regelen en de autoriteiten weer op het juiste spoor kan zetten.

Hij rijdt de poort binnen, verlangend om de auto terug te brengen, zich op te frissen, en daarna snel naar huis te gaan. Hij heeft Mimi uit Windsor gebeld, met de mededeling dat een bespreking in London uitgelopen was. De laatste leugen.

'Ik moet mijn ouders bellen, meneer,' zegt Rick opnieuw.

De inspecteur zegt: 'Ik laat ze wel door iemand opbellen. Wat is het nummer?'

Ricks maag knort. Hij zit in hetzelfde groene betonnen vertrek, aan een houten tafel. De inspecteur zit tegenover hem. Rick heeft het koud. Ze hebben zijn tas met zijn windjack erin meegenomen en nog niet teruggegeven.

De inspecteur vraagt: 'Waarom heb je het gedaan, jongen?'

'Wat gedaan?'

Rick is zich niet zo bewust van de aandacht die hij aan kinderen schenkt. Ze hangen om hem heen, als vogels. Dat valt hem niet altijd op, maar als hij het merkt reageert hij er soms op. Een duw op de schommel als hij toevallig op het schoolplein is en een kind zegt: 'Geef me een zetje, Ricky.' Een paar schoten op doel, natuurlijk, je mag mijn jack wel even aan als je wilt. Hij is net iemand die een zak popcorn bij zich heeft als de duiven neerstrijken. Dus hij begrijpt niet wat inspecteur Bradley bedoelt als hij zegt: 'Je hebt ze graag jong, hè, Rick?'

Jack loopt over Canada Avenue, de witte gebouwen van de basis glanzen in het licht van de straatlantaarns. De lucht is zo fris alsof hij net gewassen is en Jack voelt zich lichter dan in dagen het geval is geweest. Hij heeft de lunch overgeslagen en kijkt uit naar wat Mimi hem ook maar zal voorzetten, en verlangt ernaar zijn kinderen te zien.

Hoge bleke wolken weerspiegelen de maan; misschien komt er dit jaar nog één echte sneeuwbui, maar dat wordt dan de laatste adem van vadertje winter. Binnenkort wordt het tijd om zijn blauwe uitgaanstenue in te ruilen voor het lichte kaki zomeruniform. Hij merkt dat hij uitkijkt naar het bezoek aan New Brunswick in augustus – het wordt tijd dat Mimi haar moeder weer eens ziet, en Jack heeft zin in een stevig spelletje Deux-Cents, een echt spektakel met zijn zwagers.

Hij loopt voorbij het berichtencentrum links – als hij daar gisteren niet was binnengewipt voor de boarding pass van Sharon McCarroll, als hij die niet persoonlijk was gaan bezorgen, dan had hij nooit ontdekt dat Froelich Fried had gezien. Dit spel hangt voor zo'n groot deel van toeval aan elkaar en daar moet je maar het beste van maken. Menselijke intelligentie. Simon heeft gelijk, die wordt zwaar onderschat.

Als een U2-vliegtuig wordt neergehaald, als een Igor Gouzenko opduikt, wordt er voor het publiek een tipje van de sluier opgelicht. Maar honderden mensen als Simon werken vierentwintig uur per dag, vechten onzichtbare veldslagen uit, behalen zwijgende triomfen, zodat de wereld er elke ochtend nog net zo uitziet als de vorige dag. En wij kunnen dat allemaal vanzelfsprekend blijven vinden en niet van ons geloof vallen: de zon zal weer opgaan, de hemel zal niet verduisterd worden door vliegtuigen, zal niet worden weggevaagd door een luchtalarmsirene.

Hij loopt voorbij de onversaagde Spitfire, met zijn naar de sterren opgeheven neus, en steekt de Huron County Road over. Hij behoort tot een onopvallend handjevol mensen die weten hoe waardevol en broos het allemaal is. Achter de rust van het alledaagse leven vermenigvuldigt zich iets instabiels; iets wat het primaat van de chaos wil bevestigen. Jack heeft, heel kort en volstrekt onopvallend, achter de schermen gewerkt om te zorgen dat zijn gezin en miljoenen anderen dat nooit hoeven te ontdekken. Hij loopt de woonwijk binnen met een expansief gevoel in zijn borst.

'Waarom heeft die luchtmachtfiguur zich dan niet gemeld, als hij jou heeft gezien?'

'Misschien is hij overgeplaatst.'

Ricks hongergevoel is verleden tijd, hij voelt zich nu misselijk, hoe laat is het? Ze denken dat ik Claire McCarroll heb gewurgd. 'Misschien komt hij niet van de basis, misschien was hij hier gewoon voor een cursus en is hij de volgende dag vertrokken.'

'Welke militairen ken je die onlangs van de basis zijn vertrokken?'

'Ik weet het niet.'

'Maar hij kende jou – hij zwaaide, volgens jou – hoe verklaar je dat?'

'Ik weet het niet.'

'Je weet niet veel,' zegt Ricks vriend uit de passagiersstoel – degene die hem een klap gaf toen hij ophield met rennen. Hij leunt op een stoel tegen de muur en maakt aantekeningen.

'Ik wil mijn vader bellen.'

'Het probleem is, makker,' zegt de dikke agent, 'dat er die week niemand van de basis vertrokken is. Er liepen geen cursussen af, er waren geen overplaatsingen, niemand was weg met verlof. We hebben dat gecontroleerd, snap je?'

Rick staart naar het bekraste tafelblad.

'Hoe verklaar je dat, jongeman?' vraagt Bradley.

'Dat kan ik niet.'

'Ik wel.' Rick wacht. Bradley zegt: 'Je verhaal is niet waar.'

Een nachtmerrie. 'Ik wil naar mijn moeder,' zegt Rick en bijt op zijn lip, hij voelt dat hij rood wordt omdat hij bijna gaat huilen, in de val gelokt door de kracht van die universele opmerking. Hij kijkt op. De dikke agent grijnst tegen hem.

Jack rent de traptreden op, gaat zijn huis in. 'Wat eten we vanavond, ik ben uitgehongerd' – maar er is niemand in de keuken. Geen etensgeuren, de tafel is niet gedekt. 'Mimi?... Jongens?' Wat is er gebeurd? *Ik ben even weg en er gebeurt iets.* De koekoeksklok laat hem schrikken; hij pakt de telefoon, Mimi's openklappende blikken adresboekje – al heeft hij geen idee hoe hij haar notitiesysteem moet ontcijferen – en ziet dan het briefje op de koelkast: 'We zijn aan de overkant bij de Froelichs'. Hij kan weer ademhalen. Hij heeft zin in een biertje. Misschien heeft Henry een lekkere Löwenbräu koud staan.

Hij wil net bij de Froelichs aankloppen als die verrekte herder via de hordeur een uitval naar hem doet – 'Rex!' Colleen grijpt hem bij zijn halsband.

'Hij dacht dat u ook van de politie was.' Ze draait zich om en verdwijnt in de hal en Jack gaat naar binnen. Een luidruchtige grammofoonplaat op de hifi. *Bambi*.

'Pap!' Madeleine krabbelt van de vloer van de woonkamer overeind en rent op hem af.

'Hoi, maatje.'

'Hoi, pap,' zegt zijn zoon, in beslag genomen door een Meccano-bouwsel.

De woonkamer van de Froelichs verkeert in chaos – wasmand, kranten, box, speelgoed. Het jonge meisje in de rolstoel schijnt niets te merken van zijn komst en dus begroet Jack haar niet. Hij vindt zijn vrouw in de keuken, waar ze de beide jongetjes te eten geeft, een van hen krijst. Hij moet grinniken als hij haar zo bezig ziet; later zal hij haar ermee plagen, maar het staat haar goed, een baby aan het uiteinde van elke lepel, perzikmoes in hun haar. Maar ze lacht niet terug, en zegt alleen maar: 'Er staat soep op het fornuis. Ricky Froelich is gearresteerd.'

'Wat?' Jack aarzelt, maar de soep ruikt lekker. 'Waarvoor?' Hij steekt een hand uit en tilt het deksel van de pan.

'Claire,' zegt Mimi.

Het metaal is heet, maar het duurt even voor die boodschap doordringt, dus tegen de tijd dat Jack het deksel weer op de pan doet zijn de kussentjes van zijn duim en wijsvinger gaan glanzen en licht verbrand.

'Claire?' zegt hij, met droog wordende lippen. Het woord lost als een capsule op in zijn maag, en verspreidt zich alle kanten op. *Claire*. Hij haalt adem. Gaat aan de keukentafel zitten, terwijl de jongetjes met hun vuistjes tegen de borden op hun kinderstoel slaan. Mimi veegt perzikmoes van hun gezicht en schuift die deskundig in hun mond. Hij ziet haar lippen bewegen en spant zich in om te begrijpen wat ze zegt – de Froelichs zijn op zoek gegaan naar hun zoon, de politie is geweest en heeft zijn kleren meegenomen, maar de agenten beweerden dat ze niet wisten waar de jongen werd vastgehouden. Ze loopt naar de gootsteen om de kommen om te spoelen.

'Waarom?' vraagt Jack. Ze hoort hem niet door de herrie. 'Waarom?' vraagt hij nogmaals.

Mimi zegt: 'Ze geloven zijn alibi niet.'

Jack onderzoekt het woord 'alibi' – als een vreemde vis aan het eind van zijn hengelsnoer. Hij ziet Colleen in de deuropening staan. Ze zegt: 'Ik stop ze wel in bed, ik doe ze een schone luier om,' nauwelijks haar mond bewegend, haar blik behoedzamer dan ooit.

Mimi zegt: 'Je bent een goede hulp, Colleen, laten we het samen doen.'

Jack zit alleen aan de keukentafel. In de woonkamer dreunen de intieme tonen van Shirley Temple uit de hifi, een zekere klaaglijke sexy klank in haar stem. Zijn *alibi*. Hoe is het hem kunnen ontgaan? Dat had hij moeten weten. De jongen op de weg met zijn zus en zijn hond... een vertekening van perspectief. Het dringt tot Jack door dat zijn herinnering aan de gebeurtenis uitgaat van Ricks gezichtspunt: de blauwe auto, die hem tegemoet komt in het zonlicht, de lichtglans in de voorruit waardoor alles wordt weggevaagd behalve de vorm van een pet achter het stuur; een bij wijze van groet opgestoken hand, een zwaaiende man. En als de auto voorbij is, de deuk in de achterbumper, de gele sticker.

Nu laat Jack dezelfde gebeurtenis aan zich voorbijtrekken vanuit zijn uitkijkpost achter het stuur. Hij ziet Rick over de weg rennen met zijn zus en zijn hond, de rolstoel voor zich uit duwend. De jongen steekt een hand op om zijn ogen te beschermen tegen de plotselinge schittering van de zon. Daarna steekt hij aarzelend een arm op als reactie op Jacks wuivende gebaar. Woensdagmiddag. Toen het kleine meisje werd vermist.

De politie is nooit geïnteresseerd geweest in wat de jongen heeft gezien. Waar ze in waren geïnteresseerd, was of iemand de jongen had gezien. 'Op woensdagmiddag 10 april,' heeft Bradley gevraagd. Dat moet het tijdstip van de moord zijn. Door alleen maar 'het tijdstip van de moord' te zeggen of te denken wordt er al orde gebracht in een verfoeilijk ongeordende gebeurtenis. Niemand zou er een naam aan moeten geven; als je er een naam aan geeft, geef je de gebeurtenis een plaats in de wereld, en dat zou je niet moeten doen.

Jack staart naar de keukentafel; grijze formica-patronen vermengen zich met kruimels, een ring van melk. Hij vouwt zijn handen naast een stapel rekeningen met doorzichtige botervlekken.

Hij deed gewoon zijn werk, het kwam niet bij hem op... Maar welk normaal mens had zich kunnen voorstellen dat de politie achter Ricky Froelich aan zat? Hij schudt zijn hoofd – nu de 'oorlogsmisdadiger' buiten beeld is, is het beeld opeens duidelijk: *Rick was de laatste die samen met haar is gezien, Rick heeft het lichaam gevonden* – wist waar hij het kon vinden, volgens de politie. En nu kunnen ze, dankzij Jack, zeggen: Ricky heeft gelogen over zijn alibi. De politie wordt in haar gevolgtrekkingen niet belemmerd door de wetenschap dat Ricky Froelich zo'n aardige jongen is. Voor hen is hij gewoon een jongeman.

Gesis – Jack kijkt op, de soep kookt over. Hij staat op, draait het gas uit. Verwarmt zijn handen boven de troep.

Uit de hifi een bazig bevel: 'Wakker worden, wakker worden! Wakker worden, vriend Uil!'

Het gezicht van inspecteur Bradley verraadt niets, zijn stem is even uitdrukkingsloos alsof hij voorleest uit een gebruiksaanwijzing. 'Je hebt je zus in haar rolstoel achtergelaten en hebt in het gezelschap van je hond Claire McCarroll meegelokt naar het weiland, waar je geprobeerd hebt haar te verkrachten, en toen ze dreigde je te verraden, heb je haar vermoord.'

'Wat is er zo grappig, Rick?' vraagt de agent vanuit de stoel.

'Niets.'

'Er moet toch iets grappig zijn, je lacht.'

'Het is belachelijk, dat is alles.' Hij probeert niet te lachen, maar tranen blijken gemakkelijker geweerd te kunnen worden. Het is zo grappig. Het is half negen en hij is al vijf uur in deze kamer, hij heeft niet geplast, hij heeft niet gegeten, hij heeft hetzelfde verhaal ontelbare keren verteld, ze zeggen dat hij zijn zus alleen zou laten in haar rolstoel – 'ik zou mijn zus nooit alleen laten in haar...' Hij lacht zo hard dat de tranen over zijn gezicht druppelen. Hij legt zijn hoofd op zijn armen op de tafel. Zwaar ademhalend.

'Wat zei je?'

'U zou het haar moeten vragen,' zegt Rick, zijn tranen wegvegend.

'Wie vragen, Rick?' zegt inspecteur Bradley.

'Mijn zus. Ze was de hele tijd bij me. Zij weet het.'

Inspecteur Bradley zegt niets. De dikke agent neemt een slok cola en zegt: 'Wat voor zin heeft dat, Rick?'

'Zij kan jullie vertellen dat ik het niet heb gedaan.'

'Ze kan ons geen ene moer vertellen, Ricky.'

'Dat kan ze wel, ze was...'

'Ze is achterlijk.'

Rick is zo moe. Hij kijkt van de man in het pak naar de man in het uniform en zegt: 'Val dood.'

Madeleine steekt haar hand in het snoepblik van Lowney's dat Mike van huis heeft meegenomen en vist er een groene soldaat uit die op het punt staat om een granaat weg te smijten. Net zomin als van een goed boek kun je ooit genoeg krijgen van de grammofoonplaat met het Bambi-verhaal. Shirley Temples volwassen stem dwingt je te luisteren tot het bitterzoete einde, haar stem klaaglijk maar dapper, het is de klank van je eigen hart. 'Toen Bambi en zijn moeder bij de rand van het weiland kwamen, liepen ze heel behoedzaam verder, want het weiland was helemaal open.'

Ze bestudeert de ondoordringbare falanx die ze rondom de rolstoel van Elizabeth heeft opgesteld, verplaatst een languit liggende sluipschutter en voelt een natte druppel in haar nek. O nee, beseft ze, kwijl van Elizabeth. Maar je kunt niet boos op haar worden, ze kan er niets aan doen. Madeleine kijkt op.

Het was geen kwijl. Het was een traan.

'Maak je geen zorgen, Elizabeth,' zegt Madeleine, op de overdreven vriendelijke toon die gereserveerd is voor katten en peuters. 'Ricky komt zo thuis.'

Ze hebben hem uitgekleed. Ze onderzoeken zijn lichaam op sporen.

'Hoe kom je daaraan, jongeman?'

Rick zegt niets. Hij kijkt neer op de onbekende dokter die voor hem geknield ligt. Hij heeft Ricks penis opgetild met een houten tongspatel – een ijslollystokje.

'Heb je hem in de knoest van een boom gestoken?' vraagt de agent.

De dokter kijkt hem aan en de agent slaat zijn armen over elkaar, mompelend: 'Ik word hier doodziek van.'

Een wondje aan de zijkant van zijn lid, onder de eikel, ongeveer het formaat van een dubbeltje. De dokter schrijft, en vraagt dan opnieuw: 'Wat is het?'

Rick zegt: '*Ci qouai ca?*'

'Hoe zeg je?' vraagt de dokter.

'Wat zei je daar verdomme zo net?' vraagt de agent.

Rick zegt niets. Inspecteur Bradley wacht onbewogen. Een tweede geüniformeerde agent neemt een foto van Ricks penis. Het geluid van een opstootje komt van buiten het vertrek.

Rick weet dat het zweertje op zijn penis veroorzaakt is door zijn korte spijkerbroek. Als gevolg van het zwemmen op zaterdag in de ijskoude groeve, waarna hij zijn broek weer aantrok zonder ondergoed. Hij zegt niets als hij zijn gulp weer dichtritst.

De dokter onderzoekt Ricks armen, gezicht en hals met een vergrootglas. Ze zoeken naar tekens van een worsteling. Ze hebben zijn kleren onderzocht op een voorwerp, een teken, een vlek, maakt niet uit wat.

Inspecteur Bradley zegt: 'Laten we bij het begin beginnen, Rick. Waar ben je heen gegaan nadat je bij de kruising kwam? Probeer het je te herinneren.'

'*Asseye de ti rappeli.*' Hij herinnert zich metalen bedden. Vrouwen met harde stemmen en witte schoenen, die hem aan zijn arm meenamen. Goor zeil met witte strepen, de geur van bonen op het vuur, de geur van pis.

'Wat heb je gezegd om te zorgen dat het kleine meisje met je meeging?'

'*En pchit fee,*' zegt Rick.

'Hou daarmee op,' zegt de agent vanuit zijn stoel.

'We hebben de hele nacht de tijd, Rick,' zegt Bradley. 'Probeer het je te herinneren, jong.'

Hij herinnert zich het curieuze gevoel als het van tijd tot tijd tot hem doordrong dat hij een zus had. Het was alsof het woord 'zus' was gaan betekenen 'iets dat je vroeger had'. Zussen waren niet iets waar je aan vasthield. Ze gingen niet dood, ze verdwenen gewoon op heel natuurlijke wijze. Toen broer en zus elkaar opnieuw zagen, was het alsof Rick ontwaakte uit een betovering. Hij zwoer dat hij nooit meer ver weg van iemand die bij hem hoorde in slaap zou vallen, nooit meer.

Als hij en Colleen eenentwintig zijn, mogen ze zelf beslissen of ze hun echte achternaam – hun eerste: Pellegrim – weer willen aannemen. Zijn vader speelde cajunmuziek en zong. Rick weet niet waar hij vandaan kwam, dat heeft hij nooit gezegd, en ook wou hij niet zeggen of hij Canadees of Amerikaans was, maar hij beweerde wel dat hij indiaans bloed had. Hij had in de Stille Oceaan gevochten. Hij had geen paspoort, maar toch staken ze steeds met de auto de grens over – er waren toen plaatsen waar dat kon. Achterafweggetjes die de grens overgingen. Ricks moeder had lang zwart haar, een vriendelijk, rond gezicht. Haar ogen donker en fonkelend als die van Rick. Genevieve.

Ze volgden de rodeo's. Zijn vader droeg een cowboyhoed en een hertenleren jack met franje en een van kralen geborduurde adelaar op de rug, het werk van hun moeder. Ze kwam uit Red River Valley, en eens zal Rick teruggaan om te zien of er nog iemand over is. Dat is zijn bezit. Het past in een heel klein bundeltje dat je aan een stok zou kunnen hangen als je opeens zou moeten vertrekken. *Ousque ji rest? Chu en woyaugeur, ji rest partou.*

'Spreek Engels,' zegt de agent.

Ze zijn alleen. De inspecteur en de dokter zijn weg. Alweer lawaai in de hal – Rick herkent de stem van zijn moeder. Hij draait zich om en klapt tegelijkertijd dubbel van de pijn. De agent heeft hem in zijn kloten geraakt met zijn dikke knie, nog steeds gebogen, de blauwe stof strak gespannen. De deur gaat open en inspecteur Bradley komt binnen voor de agent echt kan gaan trappen. De inspecteur neemt Rick in hechtenis wegens de verkrachting van en moord op Claire McCarroll en deelt hem zijn wettelijke rechten mee. Dan komen Ricks ouders binnen. Rick is dankbaar dat hij geheel gekleed is als hij zijn moeder ziet.

Ze werpt één blik op hem en schreeuwt dan tegen inspecteur Bradley: 'Wat hebben jullie klootzakken met hem gedaan!' Maar de geüniformeerde agent is weg, en het maakt niet uit hoe luidkeels zijn moeder beweert dat ze hem meeneemt naar huis, en ook de argumenten van zijn vader, de professorale verontwaardiging in zijn stem, niets ervan maakt enig verschil.

In zijn kantoor schrijft inspecteur Bradley een memo aan zijn chef, met het verzoek de agent die Richard Froelich heeft geslagen over te plaatsen naar een andere afdeling. Bradley is niet van het soort dat verdachten in elkaar slaat. Het is zijn taak om het justitiële apparaat te dienen. Deze zaak ligt gevoelig. Richard Froelich is minderjarig, maar hij heeft een volwassen misdaad gepleegd. Hij moet als volwassene worden berecht. Beschuldigingen van hardhandig politieoptreden tegen een 'weerloos kind' komen daarbij niet van pas.

Jack steekt de straat over naar zijn huis, achter zijn kinderen aan, die om het hardst naar de tv rennen.

'Pap, mogen we naar de *Flintstones* kijken?' vraagt zijn dochter.

'Ja hoor.'

Het kleine beeld is het ergst. Maar Simon heeft de controle over het grote beeld. Jack zal hem ditmaal van huis uit moeten bellen, en hem moeten zeggen dat hij direct met iemand moet praten.

'Pap, mogen we sinas?' vraagt zijn zoon.

'Ga je gang,' zegt Jack en neemt de hoorn van de haak. Zodra Simon het grote beeld scherp heeft gesteld, zal het kleine beeld ook weer duidelijk doorkomen.

Hij begint het nummer te draaien, en beseft dan dat hij het nachtnummer zal moeten gebruiken. Dat zit in zijn portefeuille. Samen met het sleuteltje van de Ford Galaxy. Hij had het sleuteltje bij de sloperij willen weggooien. Hij vouwt het stukje papier in zijn portefeuille open, draait het nummer en luistert naar het gerinkel aan de andere kant. Als Simon opneemt, spreekt hij zachtjes. Het is maar goed dat de televisie staat te blèren in de kamer ernaast.

'De zoon van mijn buurman is gearresteerd wegens de moord op McCarrolls dochter.'

'Goeie god.'

'Ja. De politie is nooit geïnteresseerd geweest in Fried, ze zaten achter die jongen aan.'

'Is dat de jongen waar jij het over had?' zegt Simon. 'De jongen die je vanuit de auto zag?'

'Precies.'

'Wat afschuwelijk. Nou, ze hebben hem nu, dat zal wel een hele opluchting zijn.'

'Wat? Nee, Simon, die jongen is onschuldig. Ik ben zijn alibi.'

Een heel korte pauze, dan: 'O.'

Vanuit de woonkamer ziet Madeleine dat haar vader de andere kant op kijkt en tegen de koelkast leunt. Zijn hoofd is gebogen en met zijn vrije hand omklemt hij zijn nek. Jack praat met zijn mond vlak bij de telefoon. 'De politie zou op zoek moeten zijn naar die perverseling, en geen tijd moeten verknoeien met...'

'Inderdaad.'

In de woonkamer zitten de kinderen te ruziën. Jack schuifelt nog wat verder de keuken in, zo ver als het telefoonsnoer hem toestaat. 'De politie van Ontario moet weten dat ik voor die jongen kan instaan. We moeten deze hele zaak ophelderen, discreet, meteen, Simon. Je zult met iemand moeten praten.'

'Met wie?'

Jack voelt zich een beetje belachelijk. Hij likt aan zijn lippen. 'Buitenlandse Zaken; de veiligheidsdienst van de RCMP, wie maar een lijntje heeft naar de politie hier.'

'Het punt is, oude makker, dat er niemand is.'

'... Wat bedoel je?'

'Precies wat ik zeg,' zegt Simon, bijna joviaal. 'Ik heb alle losse eindjes opgeruimd. De Russen denken dat Fried dood is. Ik heb de deelnemerslijst tot een minimum moeten beperken. Jij bent de enige direct betrokken Canadees. Dat heb ik je gezegd.'

Jij bent de enige die het weet. Hij meende het letterlijk. 'En hoe zit het dan met... maar hoe heb je... ?' Jack schudt zijn hoofd. 'Hoe heb je Fried in godsnaam een Canadees paspoort kunnen bezorgen? Hoe kan je hier opereren zonder Canadese bevoegdheid?'

'Ben je de auto kwijtgeraakt?'

'Die is inmiddels in schroot veranderd. Simon, ik vroeg je wat.'

'We doen niets dat in strijd is met onze verplichtingen in het kader van de NAVO.'

'Gelul. Wat is er gaande?' Hij heeft gevloekt als een cadet, in zijn eigen keuken nog wel. Hij kijkt over zijn schouder, maar zijn kinderen zitten gefixeerd tv te kijken, blauwe schaduwen dansen op hun gezicht, ze zijn ondergedompeld in een eentonig lawaai.

'Het is de waarheid,' zegt Simon. 'Politici vinden het misschien prettig als ze niet op de hoogte zijn van de details, of als ze de uiterlijke schijn van onwetendheid kunnen ophouden, maar hun beleid houdt impliciet een goedkeuring in van dit soort werk, en ze verwachten dat het gedaan wordt, want anders zouden we inmiddels deel uitmaken van de USSR.'

Is het legaal? De opdracht die hij voor Simon uitvoert? Wat weet Jack eigenlijk van Oskar Fried?

'Voor wie werk je, Simon?'

'Het wordt tijd dat ik je op een drankje trakteer.'

Oskar Fried is een sovjetstaatsburger, allejezus nog aan toe. En Jack heeft hem welkom geheten, vertrouwend op het woord van een oude vriend. Een man die hij in twintig jaar tijd één keer heeft gezien. 'Je had me verteld dat het een Amerikaans-Canadees-Britse operatie was.'

'Zo specifiek ben ik nooit geweest. Ik kan je wel zeggen dat het geen sovjetoperatie is.'

'Weet je dat er hier een moordenaar vrij rondloopt, makker?'

Jacks knokkels om de hoorn zijn wit. Maar Simons stem klinkt kalm als hij antwoordt. 'Geen erg vrolijke plek op het moment, hè? Centralia? Ik wil niet graag dat een onschuldige jongen wordt gestraft, Jack. Ik wil ook niet graag dat kindermoordenaars vrijuit gaan.'

Een geweersalvo uit de woonkamer.

Simon zegt: 'Daarvoor doe ik mijn werk niet.'

Jack wacht.

'Daar hebben we niet voor gevochten, Jack.' *We.*

Jack hoort een zucht aan de andere kant van de lijn en schaamt zich. Hij haalt eindelijk weer adem. Simon is de vijand niet. De vijand is ergens anders. Hij kijkt naar de zwarte glans van het keukenraam en ziet een man, met gebogen hoofd, een telefoongesprek voeren. Hij doet een stap naar voren en trekt de gordijnen dicht – de gordijnen die Mimi in Duitsland genaaid heeft.

'Jullie politie is behoorlijk aan het schutteren,' zegt Simon. 'Ze hebben kennelijk geen flauw idee wie het gedaan heeft, goddomme.'

'Ik ben er beroerd van, Simon. Ik heb de politie op een dwaalspoor gebracht, jezus nog aan toe.'

'Denk je echt dat je dat in je eentje voor elkaar hebt gekregen?' Simon in de stoel naast hem. De juiste vragen stellen. 'We liggen een beetje onder vuur, dat is alles. We slaan ons er wel doorheen. Geef de duivel geen hand voordat je hem ontmoet.'

Jack haalt nog eens diep adem, zo voorzichtig mogelijk, om zijn hoofdpijn niet te verergeren. Simon heeft gelijk. Ze hebben Ricky Froelich opgepakt omdat er geen andere verdachten zijn. Hij vraagt zich af of er aspirine in huis is.

'Hoe ziet de situatie er bij jou op de grond uit, Jack? Heeft je buurman...'
'Froelich.'
'Heeft hij nog met iemand anders gesproken, wordt Dora in de pers genoemd?'
'Nee. De arrestatie krijgt een hoop aandacht van de kranten, maar... als ik zijn advocaat was, zou ik hem zeggen dat hij zijn verhaal over die oorlogsmisdadiger voor zich moet houden. Daardoor lijkt de jongen alleen maar schuldig.'
'Goed punt.'
'Simon, als dit nog verder uit de hand loopt, zal ik me moeten melden.'
'Ik denk niet dat het zover zal komen.'
Een luchtalarmsirene jankt vanuit de woonkamer. Simon merkt terloops op, alsof hij het bijna vergeten was: 'Heb je hier met iemand over gesproken? Fried? Het feit dat je in de auto zat?'
'Nee...'
'Met je vrouw...?'
'Ik heb het er met niemand over gehad.'
'Goed. Je hebt het precies goed gedaan, makker.'
Jacks hoofdpijn wordt erger. Zijn linkeroog klopt, hij ziet een diagonale zilveren flits en raakt een stuk gezichtsvermogen kwijt. 'Ik hou je op de hoogte.' Hij hangt op en wacht even af, zijn hand nog op de hoorn. In de kamer ernaast zingt zijn dochter mee met een reclameboodschap: 'Kijk eens hoe wit je tanden zijn als je ze borstelt met Pepsodent, dat vinden ze fijn!' Waar bewaart Mimi de aspirine? Hij begint laden open te trekken. In het kastje onder de gootsteen vindt hij een rafelige oude jurk, toch niet iets wat Mimi draagt, wat doet die hier? Is het echt mogelijk dat niemand in de Canadese regering zich bewust is van Frieds aanwezigheid? Of heeft Canada de gewoonte om carte blanche te geven aan de Amerikanen en de Britten? Een granaat explodeert achter hem; hij draait zich om en staat met twee stappen in de woonkamer. 'Zet dat godvergeten kreng wat zachter!'
Madeleine kijkt op. Haar vader staat in de deuropening en kijkt haar broer strak aan.
'Maar pap, ik kan het amper horen,' zegt Mike.
Haar vader ziet er vreemd uit. 'Wat zei je daar, mannetje?'
'Niets.'
Madeleine drukt een kussen van de bank tegen zich aan, terwijl Mike zich naar de tv sleept en het geluid zachter zet. Pap houdt hem voortdurend in het oog. 'Waar kijken jullie in vredesnaam naar?' Madeleine wist dat het te mooi

was om waar te zijn – de halfnaakte nazi, de rondborstige mademoiselle...

'*Combat*,' zegt Mike.

'Waarom laat je je zus naar die troep kijken?'

'Het is geen troep, het is spannend.'

'Amerikaanse troep.'

'Nou ja, we hebben geen eigen troep.'

Pap geeft hem een tik tegen de zijkant van zijn hoofd.

'Au,' roept Mike, die rood wordt.

Jack gaat wijdbeens voor de televisie staan. 'Ik zal jullie eens wat vertellen: de Amerikanen zijn pas laat aan beide oorlogen gaan meedoen en ze strijken graag de eer op, maar weet je wie beide keren vanaf het allereerste begin in de frontlinies stonden?' Het is een vraag die geen antwoord behoeft. 'De Canadezen.' Zijn lippen zijn dun en glanzen. Ze vertonen een blauwige tint. 'Weet je hoeveel Canadese vliegtuigbemanningen in de laatste oorlog gesneuveld zijn?'

Machinegeweervuur komt uit de televisie – 'Ik ben geraakt!' roept de sergeant. Mike houdt peinzend zijn hoofd scheef om langs zijn vader te kijken, die zich omdraait en de tv uitzet. Mike stompt tegen zijn kussen op de bank.

Madeleine zegt: 'Twee van elke drie bemanningen kwamen niet terug.'

Jack zegt: 'Dat klopt.' Hij grijpt Mike bij zijn oor en trekt hem van de bank.

Mike jammert.

'Naar bed!' zegt hij met opeengeklemde tanden.

'Au, papa!'

Mike wordt door pap aan zijn oor meegetrokken en ziet er opeens heel klein en roze uit in zijn ijshockeypyjama en op blote voeten. De nek van pap is rood aangelopen. Mike doet zijn best om niet te huilen. Madeleine kijkt naar de vloer.

'Het is nog geen bedtijd, pap!' – de laatste lettergrepen ontsnappen hem met een snik die hij uit alle macht probeert binnen te houden.

Pap duwt hem naar de trap, laat zijn oor los, en Mike stommelt de eerste trede op. Pap volgt hem, grijpt een handvol van Mikes kortgeknipte haar stevig vast en trekt hem omhoog. Mike roept: 'Pap, hou alsjeblieft op.'

Maman zegt vanuit de keukendeur: '*Qu'est-ce qui se passe ici?*' en laat haar handtas op de grond vallen. Pap laat los en Mike rent de trap op – Madeleine hoort zijn deur dichtslaan.

Pap legt zijn hand op zijn voorhoofd en zegt: 'Mimi, ik kon de eh' – hij haalt diep adem en Madeleine hoort er een trilling in. 'Waar is de aspirine?' Ze zit volmaakt stil, haar kussen omklemmend. Zijn ze vergeten dat zij hier is?

Mimi kijkt hem aan en zegt: 'Jack, wat is er mis?'

'Hoofdpijn,' zegt hij kalm en probeert te glimlachen. De pijn bonkt in zijn hoofd.

'Ga even zitten.'

Jack loopt terug naar de keuken, vindt een stoel en gaat zitten, terwijl Mimi naar boven gaat, naar het geneesmiddelenkastje. Madeleine ziet dat haar vader zich niet verroert. Zijn voorhoofd rust licht op zijn vingers.

Mimi komt de trap weer af. 'Tiens,' zegt ze, terwijl ze hem de pillen en water geeft.

Hij steekt ze tussen zijn tanden en probeert tegen haar te grinniken. 'Merci,' zegt hij en slikt.

De pijn geeft hem een dreun tegen zijn voorhoofd als hij opstaat, maar hij gaat niet weer zitten. Het keukenlicht trilt even boven zijn hoofd en hij zegt: 'Ik ga mijn benen strekken.'

Hij loopt haar voorbij, de drie treden af, die smaller zijn geworden en maar vaag zichtbaar, is het licht nog aan? Hij zal zich ontspannener voelen in de nachtlucht, op een plek waarvan hij weet dat het er donker is. Hij loopt de deur uit, en het ontbrekende stukje gezichtsveld is weer hersteld, vervangen door een trillende boog, alsof zijn oog deels onder water ziet. Het gaat wel over. Hij wil alleen een klein eindje lopen, weg uit de woonwijk, naar een plek waar geen straatverlichting is. Straatlantaarns schijnen te fel, hun harde stralenkransen verdrijven alle andere vormen, brandmerken de binnenkant van zijn gesloten oogleden, boren zich dwars door zijn schedel. De zon vandaag tijdens de rit, geen zonnebril. Geen beschermende pet. Geen avondeten. Het is gewoon hoofdpijn.

Hij krijgt het gevoel dat hij weer 'bij bewustzijn komt' in de frisse zwarte nacht als hij achteromkijkt naar de lichten van de huizen en de gebouwen van de basis die nu op weldadige afstand verspreid zijn, een paar glinsterende vierkante kilometer. Verderop flikkert ongehaast het rode licht van de verkeerstoren van het vliegveld. Jack heeft misschien anderhalve kilometer gelopen, naar het noorden. Hij ruikt de nieuwe akkers. Aarde en lucht. Nu hij zich beter voelt, beseft hij dat het maar weinig scheelde of hij was onderuitgegaan toen hij zijn huis tien, twintig minuten geleden verliet. Een stuk staal zit scheef in de linkerkant van zijn hoofd geklemd en snijdt zijn oog doormidden. Binnenkort komt het los en gaat het bonken. Hij voelt zich goed. Nog een paar aspirines en een whisky.

Hij gaat op weg naar huis. Zijn ogen tranen. Zijn keel doet pijn. Misschien heeft hij iets onder de leden. Hij blijft staan, steekt een hand uit en laat die rusten op de houten paal van een afrastering, het hout is zacht geworden door het weer. Hij huilt. Dat zal zijn hoofdpijn goed doen. Hij huilt en snottert.

Het is verbazend hoe hoofdpijn je tot een wrak kan maken, het is maar goed dat hij een eindje is gaan lopen zodat Mimi dit bespaard is gebleven. Ze zou hem vragen wat er mis is, en hoewel de opdracht die hij probeert uit te voeren de zaken steeds gecompliceerder maakt, is er niets zo erg mis dat het niet geregeld kan worden.

Behalve dat een klein meisje dood is.

Jacks voorhoofd steunt op de achterkant van zijn hand en hij laat het gewicht van zijn hoofd op de paal rusten. Er is een kind dood. Voor zijn geestesoog ziet hij een klein meisje met verward bruin haar om haar gezicht, ze ligt op haar rug in een weiland. Ze heeft het gezicht van zijn dochter. Hij huilt. Er is niemand in de buurt. In gedachten hoort hij de stem van zijn dochter, *pap*. Hij snikt in zijn arm. *O God*. Er is een kind dood. Zijn gezicht in beide handen – *lieve God. Een kind*.

'O God,' zegt hij, snuivend, zijn neus afvegend met zijn bovenarm – de woorden komen uit zijn mond als verkreukeld papier. Hij ademt in door zijn mond, zijn beide handpalmen besmeuren zijn gezicht. Niet mijn kleine meisje, maar een lief kind. Weggenomen. Zomaar. Hij slaat met zijn vuist tegen de paal, *Jezus* – en nog eens, *Jezus* – laat hem alleen met zo'n gek, wie het ook geweest mag zijn die haar vermoord heeft – hij wrikt de paal los in de aarde als een ontstoken tand – en hij zou hem in elkaar slaan, kapotmaken. *Met mijn blote handen*.

Hij laat het gladde hout los. Zijn ogen tranen nog, hij gaat op weg naar huis, trekt zijn hemd uit zijn broek om zijn gezicht te drogen, zijn neus te snuiten. Zijn zakdoek zit in het jasje van zijn uniform dat thuis over de keukenstoel hangt, hij is in zijn blauwe hemdsmouwen naar buiten gegaan, en nu dringt het tot hem door dat het koud is, het bijtende eind van april.

Hij is dankbaar dat er geen auto voorbij is gekomen, want hij is half uit uniform, geen jasje, das of pet. GMK. De initialen schieten hem te binnen – misschien omdat hij weet dat hij er op het ogenblik maar bedroevend uitziet. *Gebrek aan morele kracht*. Toen hij in opleiding was, kende hij iemand die om die reden uit de luchtmacht werd gegooid. Het kon van alles betekenen. Meestal betekende het lafheid. Niet genoeg lef. Inzinking na een bombardementsvlucht of, tijdens de opleiding, het onvermogen om weer de lucht in te gaan.

Madeleine staat stil als een standbeeld voor de slaapkamerdeur van Mike. De deur is dicht, maar ze hoort maman zachtjes zingen. Haar stem klinkt gedempt, maar Madeleine herkent de melodie. 'Un *Acadien errant*'. Mikes favoriete liedje. Maman heeft al lang niet meer voor hem gezongen, niet sinds ze hierheen zijn verhuisd. Hij wilde geen liedjes, hij wilde op zichzelf zijn, samen met zijn dierbare modelvliegtuigen.

Madeleine weet dat maman waarschijnlijk zijn rug aan het wrijven is, warm onder zijn ijshockeypyjama. Mike ligt op zijn buik met zijn bruine ogen open, rustig starend in het donker. Madeleine luistert, ze staat zo stil dat ze ervan overtuigd is dat als ze maar een vinger zou bewegen, die zou kraken en haar zou verraden.

Het is net alsof je buiten een operatiekamer staat te wachten of de patiënt het zal halen. Mike wordt over anderhalve week dertien. Hij zou Madeleine vermoorden als hij wist dat ze hier stond te spioneren. Maar hij is op dit moment te erg gekwetst om iemand te vermoorden. Maman wikkelt hem in verband. Binnen rijst en daalt haar stem zacht – het relaas van een dolende Acadiër, ver van huis.

Henry Froelich ziet Jack de hoek van St. Lawrence Avenue omkomen. Hij zit buiten op de stoep met het verandalicht uit. 'Goeienavond, Jack.'

Jack tuurt naar het huis van de Froelichs, en beschermt zijn ogen tegen de straatlantaarn waarvan het licht zich verspreidt als een vlek.

'Ben jij dat, Henry?'

'Ja.'

'Hoe gaat het?'

'Niet al te best.'

Jack heeft geen keuze. Hij loopt de oprit op, zijn ogen nog steeds verblind door de lichtvlek; hij kan een stuk van Henry Froelich zien aan de rand van een gele cirkel. 'Als er iets is wat ik kan doen...' Zijn stem klinkt hoog en schril, merkt Froelich dat?

'Jack.'

'Ja?' Hij schraapt zijn keel.

'Toen de politie iedereen vandaag ondervroeg, ondervroegen ze jou ook, ja?'

'Ja, dat deden ze.'

'Wat vragen ze jou?'

'Eens kijken, ze vroegen me of ik afgelopen woensdag met de auto ben weggeweest. Via Highway 4. Of ik iemand had gezien.' Hij hoest.

'Je bent ziek.'

'Een of ander virus dat in de lucht hangt.'

'Hebben ze gevraagd of je een oorlogsmisdadiger kent?'

Jack is oprecht verrast door het feit dat deze vraag hem zo onomwonden wordt gesteld, hij hoeft niet te doen alsof en hij hoeft niet te liegen, want de politie heeft hem dat niet gevraagd. 'Nee, dat niet.' Hij glimlacht half, waardoor er bij zijn beide slapen iets gaat bonken. 'Dat zou ik me wel herinneren. Hoezo?'

'Wil je een glas wijn, Jack?' Froelichs hand ligt op de deurkruk.

'Hank?' Dat is Karen Froelich uit een bovenraam.

'Ja, mein Liebling?'

'Lizzie vraagt naar je, schat. Hallo, Jack.'

Jack houdt een hand voor zijn ogen om omhoog te kijken en herkent haar silhouet achter de verlichte hor. 'Hallo, Karen.'

'Dit hele zaakje deugt van geen kanten,' zegt ze, en het valt hem weer op hoe jong ze klinkt. 'De politie heeft Ricky urenlang vastgehouden voor ze hem zelfs maar ergens van beschuldigden, hij had geen advocaat, ze hebben ons niet gebeld.'

'Dat zou genoeg moeten zijn om de hele zaak te seponeren.'

'Ik heb een vriend bij de *Star*, ik ga hem vragen of hij hier komt en...' Een baby huilt en Karens silhouet verdwijnt.

Froelich zegt: 'Sorry, Jack, ik ga.'

'Probeer wat te slapen, hè?'

'Jij ook, vriend.'

'Wat zegt je advocaat ervan?'

'We spreken hem morgenvroeg. Voor er beslist wordt over de borgtocht.'

'Laat me weten of ik iets kan doen.'

'Mimi is al heel behulpzaam geweest.'

De gele cirkel is ingekrompen tot een vlekje en Jack kan het grootste deel van zijn buurman nu heel duidelijk zien. Er staan tranen in Froelichs ogen. Hij steekt zijn hand uit. Jack schudt hem.

'Je bent een goede buur,' zegt Henry Froelich.

Madeleines voet slaapt, omdat ze gebukt voor Mikes deur staat. Bugs Bunny slaapt ook, met zijn oren dwars over zijn ogen om geen last te hebben van het nachtlampje. Het enige goede aan het feit dat Ricky Froelich vandaag is gearresteerd is dat niemand de snijwond in Madeleines hand heeft opgemerkt. Ze heeft die verborgen, verscholen in haar naar binnen gekrulde hand. Er zit inmiddels een mooi korstje op en het prikt niet meer. Ze kijkt er nu naar in het halfdonker – een vlekje vocht glanst aan het ene uiteinde van de streep, ze komt in de verleiding om te kijken hoe ver ze haar hand kan openen zonder dat de wond opnieuw gaat bloeden. Ze hoort beneden de voordeur opengaan, en sluipt zo zachtjes als ze kan terug naar haar kamer. Pap is thuis.

Mimi heeft het licht in de keuken laten branden. Ze heeft een boterham met gebraden gehakt voor hem klaargemaakt en die op het aanrecht gezet, ingepakt in folie. Jack legt de boterham in de koelkast. Hij pakt de fles whisky uit het kastje boven het aanrecht. Een fles gaat lang mee in dit huis, hij is nog halfvol sinds afgelopen herfst. Johnnie Walker Red. Hij schenkt zich in en drinkt. Doet een ijsblokje in zijn glas en schenkt zich nog eens in.

Hij trekt zijn schoenen uit en sluipt met zijn drankje naar boven. Het nachtlampje in de hal is aan. De deur van zijn dochter staat half open, hij kijkt naar binnen. Ze ligt op haar rug te slapen, omgekruld als een vis, een stralenkrans van haar op het kussen. Hij veegt zijn linkeroog droog, dat na een hoofdpijnaanval altijd traant. Het was goed om te huilen, hij is niet van steen. Het ijs tinkelt zachtjes in zijn glas, maar ze verroert zich niet. De kamer is gevuld met haar kinderadem, flanel, tandpasta en dromen. Mijn kleine meisje is veilig.

De avonturen van Tom Sawyer ligt op het nachtkastje, naast een verfomfaaid Gouden Boekje, *Pinocchio*. Ze is een veelvraat. Als ze groot is, kan ze alles worden wat ze wil. Mijn kleine driftkikker. 'Welterusten, schatje,' fluistert hij.

Madeleine antwoordt niet, en evenmin doet ze haar ogen open als ze zijn hand op haar voorhoofd voelt. Hij denkt dat ze slaapt. Ze wil hem niet teleurstellen.

Voor hij de kamer uitgaat, meent ze hem te horen zeggen: 'Ik hou van je,' en dat is verrassend omdat hij altijd zegt: 'Maman en ik houden erg veel van jullie, kinderen.' Maar ze heeft het gehoord en dat is een reden temeer om hem te laten denken dat ze slaapt. Door haar dichtgeknepen oogleden ziet ze zijn rug als een silhouet tegen het nachtlampje, en ze beweegt haar lippen geluidloos – 'Ik hou van je, papa.'

Ook dat is een beetje verrassend, want al zijn het meestal meisjes die hun vader 'papa' noemen, zij doet dat nooit, in tegenstelling tot Mike.

Als hij weg is, laat hij een geest achter, de geur van drank uit zijn glas, scherp goudbruin, een nieuwe geur in haar kamer. Ze voegt die toe aan haar la vol geuren van pap: sigaren en blauwe wol, leer, Old Spice en kranten, en zijn schedel nadat ze hem over zijn hoofd heeft gewreven.

Jack maakt zijn broek los in de slaapkamer, en zorgt dat de gesp van zijn riem niet op de vloer valt. Hij drinkt zijn glas leeg, laat zijn sokken op de grond vallen en schuift in bed; het voelt hemels aan. Hij ruikt haar hairspray, warme restanten van het parfum van die dag – ze draait zich om. 'Heb je bij Mike gekeken?'

Hij knippert met zijn ogen in het donker. 'Hoezo?'

'Hij kon niet slapen, hij was erg overstuur.'

Overstuur? O ja, een ruzie met zijn zoon. Waarover? Televisie. Verdomde treurbuis.

'Jack. Heb je hem geslagen?'

'Wat? Wie?'

'Vanavond.'

'Nee, nee, ik werd wat driftig, dat is alles.'

'Ga hem instoppen,' zegt ze, zijn schouder strelend.

Ze weet vast dat er iets gaande is. Iedereen heeft zich de dood van het kleine meisje aangetrokken, iedereen is overstuur door de arrestatie van de jongen, maar ze weet vast dat er iets is wat hem dwarszit.

'Vooruit,' zegt ze, ze vindt zijn lippen in het donker en geeft hem een kus.

Hij stapt uit bed. Jack neemt zijn werk nooit mee naar huis. Hij brengt zijn salaris mee en zijn onverdeelde genegenheid. Mannen moeten soms dingen zelf aanpakken en hun vrouw er niet mee lastigvallen – hij vindt zijn kamerjas aan de achterkant van de deur – hun vrouwen hebben al genoeg te doen. Hij weet dat ze zich er niet mee zal gaan bemoeien. Niet als hij morgen in orde is.

Hij gaat naar de kamer van zijn zoon. De maan schijnt door de gordijnen – ruimteschepen en planeten met ringen. Aan de muur hebben de Canadese Golden Hawks nog steeds een ereplaats, maar ze worden geleidelijk verdrongen door een collectie uit tijdschriften geknipt wapentuig. B52-bommenwerpers staan dreigend op een startbaan. Een Sherman-tank komt als een reusachtig gevaarte aanrijden tussen tropische plantengroei, de met zwart gecamoufleerde ogen van een Amerikaanse soldaat turen tussen palmbladeren door. *The Few, the Proud...*

Hij kijkt neer op zijn zoon, opgerold tussen een warboel van lakens en dekens, met gefronste wenkbrauwen in zijn slaap. Op wie lijkt hij? Op Jacks eigen vader? Misschien wel; zo goed herinnert Jack zich hem niet. Hij is vanavond een beetje te streng tegen de jongen geweest. Nou ja, het is een jongen. Jongens moeten dat leren. Morgen gaan we samen iets doen – wat is het morgen? Woensdag. We gaan naar het recreatiecentrum, voor een spelletje zaalhockey.

Hij raapt een honkbalpet op van de vloer – '4 Fighter Wing' – en hangt hem aan de rand van de spiegel boven de toilettafel. Voor hij de kamer uitgaat, kijkt hij nog even naar het bed. Zijn zoon is een pijl die hij kan richten, spannen en afschieten. Hij wil hem de juiste kant op sturen. Mike is een sterke jongen, hij houdt van zijn moeder. Jack wil gewoon dat hij de dingen doet die hij zelf nooit kon doen. *Stel me niet teleur.*

'Heb je hem ingestopt?' vraagt Mimi als hij weer in bed kruipt.
'Hij sliep al,' zegt Jack en streelt haar even. Ze kronkelt zich tegen zijn rug, slaat haar arm om zijn middel. Knabbelt aan zijn oorlelletje. Hij blijft onbewogen. Ze kust zijn nek.
'Jack?' fluistert ze.
'Welterusten, liefste,' mompelt hij. 'Ik hou van je.' En valt als een blok in slaap.

In Goderich is Ricky Froelich klaarwakker. Buiten zijn hoge raam ziet hij takken tegen de blauwzwarte hemel. Als hij omhoogspringt, de tralies vastgrijpt en zichzelf ophijst, kan hij de stenen muur zien die de binnenplaats scheidt van de boom en de stad verderop. Op een zonnige dag of op een donkere nacht als deze is de districtsgevangenis pittoresk of ijzingwekkend spookachtig. Hoe dan ook is het de oudste gevangenis van Ontario, en een van de bezienswaardigheden van Goderich, de hoofdstad van Huron County, *het mooiste stadje in Canada.*

Het is nu al een paar keer gebeurd dat Ricky ingedommeld is, en dan weer wakker werd door de woorden: 'Ben je nog wakker, jongen, wil je praten?' En dan nemen ze hem mee uit zijn cel, geven hem een cola en vragen: 'Wat deed je toen je bij de kruising kwam, Rick?'

Madeleine droomt van de grafsteen van Donnelly, maar in plaats van de ingebeitelde namen, elk gevolgd door het woord *Vermoord*, staan er de namen van de kinderen van Froelich op en na elke naam *Geadopteerd*.
Ricky Froelich: *Geadopteerd*
Eizabeth Froelich: *Geadopteerd*
Colleen Froelich: *Geadopteerd*
Roger Froelich: *Geadopteerd*
Carl Froelich: *Geadopteerd*
Rex is er ook en hij likt met zijn roze tong aan een ijshoorntje, en iemands stem zegt: 'Rex is een indiaan.' Madeleine wil zich niet omdraaien, want ze weet dat Claire achter haar staat, en de stem zegt: 'Moet je mijn ijsje eens zien,' en dan ziet Madeleine dat het geen ijshoorntje is, het is een roze lint...
Ze wordt wakker met een gil nog in haar keel. Ze heeft weer in bed geplast,

o nee. Ze staat op en voelt aan de lakens – zelfs haar kussen is nat. Ze snuift aan de vochtige plek, samengeperst in de vorm van haar lichaam. Het is gewoon zweet. Ze staart uit haar raam naar de kalme maan. De maan heeft niets tegen iemand. Ze staart ernaar, en laat de maan haar angst afkoelen. Die koele plek heeft iets vriendelijks.

✧

Er was eens een grot in een berg. De grot was diep en donker, even donker als de verre ruimte, en in de grot was een schat. Slaven werkten dag en nacht om de schat nog groter te maken. Ze groeven de grot met hun blote handen verder uit, groeven in de ingewanden van de aarde, zwoegden op straffe des doods, buiten het gezicht van de zon en de maan, zodat voor hen de tijd gemeten werd in honger en vermoeidheid. Ze werden geslagen en opgehangen, ze kwamen om van honger en ziekte, ze leefden met de schat en sliepen ernaast in die klamme onderaardse wereld. En al waren ze vuil, de schat was schoon. De wrede meesters noemden de schat Wraak. Dat alles gebeurde in een land niet zo ver weg, het land van Goethe en de gebroeders Grimm. De grot heette Dora. Die naam betekent 'goud'.

Inmiddels woedde er in de wereld buiten de grot een grote veldslag. De boze meesters werden verslagen; de goede meesters ontdekten de grot, bevrijdden de slaven en eisten de schat op. Om te zorgen dat niemand de schat in verband zou brengen met de ongerechtigheden in de grot waar hij ontstaan was, met de ellende van de slaven die de schat hadden gemaakt, en met de wreedheid van de meesters die de aarde en haar gaven hadden misbruikt om de schat te kunnen bezitten, namen de nieuwe meesters de schat mee naar hun eigen huis en maakten hem nog schoner. Ze namen ook een paar van de boze meesters mee en maakten die ook schoon. Maar ze namen geen slaven mee, want die konden door niets worden schoongemaakt. Ze noemden de schat Apollo, naar de zonnegod. Het had niets met de aarde te maken. De aarde werd uit het verhaal weggeschreven.
Misschien dat de aarde daarom boos werd.

ONDER SCHOOLKINDEREN

Op de voorpagina, naast de melk op de stoep, twee schoolfoto's vlak bij elkaar. Die van Claire – dezelfde die ze gisteren hebben geplaatst – heeft nu gezelschap gekregen van een foto van Ricky. Ook hij glimlacht, zijn donkere haar glad achterover gekamd, zijn keurige boord open bij de hals. Doden en verdachten worden altijd op deze manier afgebeeld, op foto's die op een niet-verwant moment genomen zijn, omdat de betrokkenen nu niet beschikbaar zijn voor een verse foto.

Boven de foto's de kop: *Zoon van luchtmachtemployé gearresteerd in verband met kindermoord.* Zijn naam wordt verkeerd gespeld: Richard Frolick.

Jack raapt de krant op voor zijn dochter hem kan zien en loopt terug naar de keuken terwijl hij het artikel bestudeert. Niets over een oorlogsmisdadiger. Claims over een 'geheimzinnige automobilist' – de details van de luchtmachtpet, 'een nieuwe personenauto' met een sticker van Storybook Gardens. Net genoeg om het bloed naar Jacks gezicht te laten stromen.

Mimi schenkt hem thee in. *''tention, Jack, c'est hot.'* Het radionieuws weerklinkt in de keuken: 'Een jongeman is gisteren aangehouden op verdenking van de moord op...' Ze zet de radio uit.

Jack zit aan tafel en steekt zonder te kijken zijn hand uit om zijn kopje te pakken. De beslissing over de borgtocht valt vanmiddag. De jongen komt vanavond waarschijnlijk thuis. Jack vraagt zich even af wat er gaat gebeuren als Froelich zijn 'waarneming' in de openbaarheid brengt nadat Ricky vrijuit is gegaan. Maar dat is Simons probleem, niet het zijne.

'Papa,' zegt Mimi. Jack kijkt op. Ze wijst met haar ogen naar hun zoon die onderuitgezakt boven zijn bord cornflakes zit, met zijn kin in zijn hand.

'Ellebogen van tafel, Mike,' zegt Jack en ziet het volgende moment verbaasd dat Mimi hem met opgetrokken wenkbrauwen aanstaart in een poging zwijgend met hem te communiceren zonder dat de jongen het merkt.

Er schiet Jack iets te binnen en hij zegt: 'Mike, heb je vanmiddag zin in een spelletje zaalhockey?' De jongen mompelt iets ten antwoord.

Jack laat een berisping achterwege en zegt alleen maar: 'Wat zei je, vriend?'

'Honkbal vanavond.'

'Dat klopt, de grote wedstrijd, hartstikke mooi.' Jack kan zich er nauwelijks van weerhouden de elleboog van de jongen zelf van de tafel te verwijderen, te zeggen: 'Kijk me aan als ik tegen je praat,' maar hij vangt Mimi's blik op als ze de ketel weer vult, en richt zijn ogen weer op de krant. Een hond begint ergens buiten te blaffen. Het klinkt als de hond van de Froelichs, maar die blaft nooit zo – aan één stuk door.

Madeleine komt de keuken in en zegt: 'Er staat een politiewagen bij meneer en mevrouw Froelich op de oprit.'

Mimi kijkt uit het raam. Inderdaad. De hond is vastgebonden en blaft tegen het huis.

Madeleine zegt: 'Ricky zal wel thuis zijn.'

Haar vader kijkt op uit zijn krant, maar zegt niets. Rex blijft blaffen. Haar moeder zet de radio aan en draait aan de knop tot ze muziek vindt – een rock 'n' roll-zender! Een escalatie van saxofoons en een zware dreunende drumbeat – Martha and the Vandellas zijn *on fire with desire*. Madeleine wacht tot een van haar ouders een andere zender gaat zoeken, maar dat gebeurt niet. Mike maakt een prutje van zijn Cap'n Crunch. Ze doet Rice Krispies in haar bord en houdt haar oor er vlakbij om de Krispies *tik, krak, plof* te horen doen. Sexy muziek bij het ontbijt, het is een compleet gekke wereld. Ze gaat in haar stoel meebewegen met het ritme. Het liedje doet haar denken aan Ricky en Marsha toen die elkaar die avond zoenden op de stoep, en ze krijgt een heet, vloeibaar gevoel in haar borst.

Het liedje eindigt en vrolijke stemmen zingen: 'Huur vandaag nog een auto van Hertz en kruip achter het stuur!' Jack staat op, trekt zijn uniformjasje aan, vouwt de krant onder zijn arm en terwijl hij zijn pet pakt, tast hij in zijn zak naar kleingeld, maar vindt alleen dat ellendige sleuteltje van de Ford Galaxy. Hij gooit het wel weg wanneer hij op zijn werk is. 'Tot ziens, jongens.'

'Jack,' zegt Mimi.

'Wat, vrouwlief?'

Ze kijkt de kinderen aan en zegt: 'Ricky Froelich is niet thuis. Nog niet. De politie denkt...'

Jack neemt het over, met zijn geduldigste stem: 'De politie denkt' – hij praat langzaam, verreweg het beste dat zijn kinderen het thuis duidelijk uitgelegd krijgen – 'dat Ricky Froelich op de een of andere manier misschien verantwoordelijk is voor wat er is gebeurd met betrekking tot...'

Zijn zoon onderbreekt hem: 'Ze denken dat hij haar heeft vermoord.'

Jack haalt diep adem. Hij praat verder, zijn stem gevaarlijk kalm. 'De politie doet gewoon haar werk, maar ze hebben een vergissing gemaakt en binnenkort zullen ze dat beseffen' – hij trekt zijn pet op zijn hoofd – 'en dan komt Ricky weer thuis.' Hij is verbaasd over de plotselinge brok in zijn keel. Hij durft maar amper afscheid van zijn vrouw te nemen, bang dat zijn stem weer de schrille klank van gisteravond zal krijgen. Wat is dat voor stem?

Hij kust zijn vrouw op de wang en ze draait zich om en kust hem op zijn lippen – ze wil niet dat hij boos het huis uit gaat, of dat hij denkt dat zij boos is.

Hij is halverwege de oprit wanneer het antwoord tot hem doordringt: het is de stem van een oude man.

De politiewagen staat tien minuten later nog steeds op de oprit van de Froelichs, wanneer Madeleine naar school gaat. Mike is niet blijven wachten – hij schijnt vergeten te zijn dat hij haar cipier is. Rex rukt aan het eind van een touw om bij de voordeur van de Froelichs te kunnen komen en blaft nog steeds. 'Het is in orde, Rex,' roept ze.

Er staat schuim op zijn bek, en Madeleine is bang dat de politie misschien zal denken dat hij hondsdol is en hem zal doodschieten. Misschien moet ze wachten tot ze naar buiten komen, zodat ze hun kan vertellen dat Rex helemaal in orde is.

'Madeleine!' Ze draait zich om. Haar moeder roept haar vanuit het keukenraam. *'Va à l'école, tout suite!'*

Ze komt Auriel en Lisa tegen. Ze hebben elkaar gerustgesteld met de voorspellingen van hun vaders over een snelle thuiskomst van Ricky Froelich, en ze vraagt Auriel hoe die weet dat ze van haar vader op paardrijles mag. 'Verdorie, McCarthy, ik hoop niet dat ik de verrassing bedorven heb!'

Lisa heeft sinds kort paardrijles en is een paardengek geworden. 'O Madeleine, je zou Socks eens moeten zien, hij is zo schattig, en zijn moeder is...'

Colleens stem komt tussenbeide: 'Madeleine.'

Madeleine is geschokt. Om aangesproken te worden door Colleen op weg naar school, in aanwezigheid van haar andere vriendinnen...

Colleen zegt tegen Auriel en Lisa: 'Gewoon doorlopen.' Auriel wil protesteren, maar Madeleine zegt: 'Het is oké, jongens.'

Colleen wacht tot Auriel en Lisa buiten gehoorsafstand zijn en vraagt dan: 'Wat ga je zeggen als iemand het vraagt?'

'Wat vraagt?'

'Of je hem hebt gezien.'

'Wie gezien?'

'Ricky, wie anders?' Colleen kijkt haar strak aan.

'Wat bedoel je?'
'Afgelopen woensdag met Claire.'
Madeleine wil niet meer over Claire praten. Ze wil bij Claire wegrijden als bij een stuk natuurschoon dat ze nooit meer zal bezoeken. Ze loopt weg, en Colleen loopt achteruit voor haar uit.
'Je moet zeggen dat je hem linksaf zag gaan bij de wilg.'
'Ja, maar dat heb ik niet gezien,' zegt Madeleine.
'Ja, maar hij is wel linksaf gegaan.'
Madeleine knijpt haar ogen dicht en krult haar lip. 'Waarom zou ik zeggen dat ik iets heb gezien wat ik niet heb gezien, huh?' zegt ze met de stem van Humphrey Bogart.
'Omdat ze denken dat hij haar verkracht en vermoord heeft.'
Madeleine blijft staan. 'Wat is verkrachten?' De vraag ontsnapt haar als een zwak vogeltje, uitgeteerd en in staat om tussen de tralies door te glippen. Ze kijkt naar de grond, want ze wil niet dat Colleen antwoord geeft. Het is een donker, smerig woord. Ze weet wel wat het betekent, ze wil er alleen nog steeds geen woord voor hebben. Ze ruikt tabak en kijkt op. Colleen steekt een sigaret op, terwijl ze het vlammetje met haar hand beschermt. Madeleine kijkt om zich heen: de straat is vol kinderen, en moeders achter elk keukenraam.
Colleen laat een sliert rook uit haar mondhoek ontsnappen en zegt: 'Je bent zo naïef, McCarthy.'
Madeleine loopt rood aan. 'Mijn vader en moeder zeggen dat het allemaal een vergissing is, mijn vader zegt dat Ricky op tijd thuis is voor het eten,' en terwijl ze het zegt beseft ze dat ze afscheid neemt van iets. Er is zojuist iets weggevlogen dat nooit meer terugkomt. *Mijn vader en moeder hebben ongelijk.*
Colleen zegt: 'Geloof je alles wat je vader en moeder je vertellen?' Madeleine geeft haar een duw. Colleen doet struikelend een stap achteruit, maar vertrekt geen spier en doet niets terug. Madeleine gaat rennend op weg naar school.

'Ie gin nink! Nink! Na de hoofweggg!' Elizabeth zit traag schuddend in haar rolstoel, met rollende ogen, speeksel op haar lippen, snikkend, en overstemt Rex bijna, die zich buiten schor blaft. Henry Froelich tilt haar uit de stoel en draagt haar de kamer uit. 'Sttt stt, Lizzie, ja, ruhig.'
Karen Froelich zegt: 'U hebt het gehoord, ze zei dat ze linksaf gingen. In de richting van de grote weg. Hoe vaak moet ze dat nog herhalen?'
Inspecteur Bradley staat op van de verfomfaaide bank van de Froelichs en

streept nog een open plek weg van zijn geheugenlijstje. Zelfs als de rechter dit kind accepteert als getuige zal haar getuigenverklaring niet zwaar wegen – ze is tenslotte de zus van de jongen. Maar Bradley heeft haar ondervraagd om te zorgen dat niemand hem ervan kan beschuldigen dat hij niet elk spoor heeft gevolgd. De zaak is al landelijk nieuws; verontwaardigde ingezonden brieven beginnen binnen te druppelen. Dat wordt een zondvloed zodra het proces begint. Mensen willen niet geloven dat een kind in staat is tot het verkrachten en vermoorden van een ander kind. In een volmaakte wereld zou bij niemand van ons die gedachte hoeven opkomen. Maar Bradley doet zijn werk. En de jongen is geen kind, hij is een mannelijke puber en seksueel volledig rijp. Toch kan Bradley begrip opbrengen voor het ongeloof van gewone mensen, ook al deelt hij dat niet. Waar hij zich aan ergert is het progressieve volkje, dat veilig in zijn ivoren toren zit, ver van de wrede werkelijkheid van de moderne wereld, en dat maar al te graag de ergste misdadigers vrijpleit op grond van een ongelukkige jeugd en een assortiment halfgare freudiaanse ideeën. In werkelijkheid maken veel mensen een vreselijke jeugd door, maar toch worden ze geen moordenaars als ze volwassen zijn. Bradley is van plan om alles heel precies te doen.

'Het spijt me dat ik het kind overstuur heb gemaakt, mevrouw Frolick.'

'De naam is Froelich, en ze is geen kind, ze is zestien.'

De vrouw ziet er onverzorgd uit. Misschien kon ze zelf geen kinderen krijgen en is ze nu bezig het goede voorbeeld te geven. Stel je voor dat je vrijwillig zo'n kind adopteert. Om van de anderen maar te zwijgen... Bradley was op zoek naar het geboortebewijs van Richard Froelich en trof een adoptiedossier aan.

'Richard en zijn jongere zuster zijn allebei indiaans, is dat juist?'

De vrouw aarzelt nauwelijks, maar hij merkt dat ze verbaasd is. 'Nee, dat klopt niet, ze zijn Métis.'

Bradley weet wat voor soort mensen de Froelichs zijn: ze voelen zich verheven boven de rest. Hij pakt zijn pet, die tussen de rommel op de salontafel ligt.

Karen Froelich zegt: 'Ik ga een aanklacht indienen tegen de politieman die hem heeft gearresteerd.'

'In verband waarmee?'

'Hij heeft mijn zoon geslagen.'

'Uw zoon heeft geen werkelijke verwondingen opgelopen.'

'Het is een kind.'

'Hij bood weerstand tegen zijn aanhouding. Dat komt neer op een bekentenis van schuld,' en voor dat mens van Froelich kan protesteren, gaat hij verder: 'Weet u dat er in de provincie Alberta een gerechtelijk bevel is uitgevaardigd betreffende Richard en zijn jongere zuster...' Hij kijkt naar de politieman in de deuropening, die zijn notitieboekje raadpleegt en zegt: 'Colleen.'

Bradley ziet dat de vrouw bleek wegtrekt. Hij heeft er geen belang bij om haar het leven nog moeilijker te maken, maar hij zou haar aandacht op prijs stellen. Die schijnt hij nu te hebben. 'Ik adviseer u uw advocaat te raadplegen. Ik vermoed dat hij u zal aanraden om u te richten op de verdediging van uw zoon en geen geld te verspillen aan pogingen om een zaak tegen de politie aanhangig te maken.'

Ze vertrekken en lopen met een behoedzame boog om de grauwende Duitse herder heen. De politieman draait zich om en zegt: 'Houd uw hond in bedwang.'

Karen Froelich zegt: 'Houd uzelf in bedwang.'

Bradleys gezicht blijft uitdrukkingsloos, maar Karen ziet dat de geüniformeerde agent glimlacht en ze vloekt bij zichzelf. Haar opmerking heeft haar zoon geen goed gedaan. Of haar dochter – heeft deze inspecteur al contact opgenomen met de kinderbescherming in Alberta? Of probeert hij haar gewoon te chanteren? Ze wou dat ze even optimistisch was als haar man – 'Dit is Canada', zegt hij. Ze hebben vanochtend een afspraak met de advocaat in London, voor er over de borgtocht wordt beslist. Hij heeft hun al gezegd dat de politie heel weinig aanknopingspunten heeft. Misschien kan ze maar het beste haar mond houden over het politiegeweld – tenminste totdat Rick op borgtocht vrij is.

Ze kijkt hoe de auto wegrijdt van haar oprit. Ze zal hem uit het zicht laten verdwijnen voor ze Rex losmaakt; ze is bang dat hij anders achter de auto aan gaat jagen. Hij hijgt, zijn tandvlees is dieproze, hij heeft een natte snuit, zijn ogen schitteren van angst. Ze knielt neer en knuffelt hem, en dan kijkt ze op en vraagt ze zich af waarom de politiewagen niet de straat in is gedraaid naar de uitgang van de woonwijk, maar St. Lawrence in is gereden, de kant van de school op.

Madeleine ziet Colleen uit het raam van de klas; ze zit op een schommel, zwaait langzaam heen en weer, en staart naar haar voeten. Madeleine weet hoe dat voelt. Ze wou nu dat ze haar geen duw had gegeven. Colleens gebogen hoofd doet Madeleine denken aan het liedje 'Hang down your head, Tom Dooley'. Waarom komt het schoolhoofd niet naar buiten om haar de les te lezen? Misschien heeft hij medelijden met haar omdat er iets met haar broer is gebeurd. Colleen tilt opeens haar hoofd op en kijkt naar de weg. Ze laat zich van de schommel glijden en rent weg en Madeleine ziet een politieauto het parkeerterrein oprijden.

'En wat gebeurde er met die ongelukkige pastoor Brûlé?' vraagt meneer March.

'Hij is levend verbrand.'

'Juist.' De vierdeklassers leren over missionarissen onder de indianen in de Nieuwe Wereld. De muren van het lokaal zijn nog steeds versierd met tekeningen voor Pasen. Alle tekeningen zijn nu opgehangen, maar de vlinders van Grace heersen nog steeds oppermachtig over alle paashazen en de ontelbare paaseieren.

Als er op de deur wordt geklopt, is Madeleine niet verrast een politieman te zien, maar meneer March schijnt wel verbaasd te zijn. Hij kijkt naar de grond terwijl de agent zachtjes tegen hem praat, draait zich dan om naar de klas en vraagt: 'Wie van jullie waren speciaal bevriend met Claire McCarroll?'

Geen vingers. Het is een moeilijke vraag. Claire had geen beste vriendin, maar ze had ook geen vijanden. En op de een of andere manier klinkt het als een vraag die in sprookjestaal zou betekenen: 'Wie van jullie zou met Claire willen meegaan naar de grot in de berg?'

Madeleine herinnert zich dat ze afgelopen week met Claire is wezen picknicken, en ze herinnert zich ook de dag op de schommels toen ze met zijn tweeën ondersteboven hingen en zo vreselijk moesten lachen, en ze steekt haar vinger op. Alle hoofden draaien haar kant op en ze merkt dat ze bloost alsof ze betrapt is op opschepperij, wat haar bedoeling niet was. Dan steekt Grace Novotny haar vinger op. Het zou onaardig zijn om tegen Grace te zeggen dat ze nooit met Claire bevriend is geweest. Het enige wat ze gemeen hadden was hun geloof in de kerstman. Maar het is een uitgesproken leugen als Marjorie Nolan haar vinger opsteekt. Madeleine verwacht dat meneer March zal zeggen: 'Nee, dat was je niet, Marjorie,' maar hij zegt niets.

De politieman vertrekt, en meneer March haalt zijn zakdoek tevoorschijn en drukt die tegen zijn voorhoofd, en daarna tegen zijn wangen. Tante Yvonne heeft het altijd over haar 'opvliegers' – misschien heeft meneer March daar ook last van. De bel gaat. Middagpauze.

Iedereen verdringt zich bij de kapstokhaken. Philip Pinder zegt dat Ricky op de elektrische stoel komt, en Cathy Baxter krijst tegen hem dat hij zijn mond moet houden. Niemand kan geloven dat Ricky gearresteerd is, maar iedereen is er al aan gewend. Het verhaal van Ricky's alibi gaat het schoolplein rond: de 'geheimzinnige automobilist', de man van de luchtmacht in een auto met een sticker van Storybook Gardens. Sommige kinderen zeggen dat het een spookauto was, andere vermoeden dat het de echte moordenaar was, vermomd als iemands vader.

Het is allemaal heel anders dan vorige week, maar is Madeleine de enige die het andere verschil opmerkt? Het is al acht dagen geleden dat meneer March voor het laatst aankondigde: 'De volgende meisjes moeten om drie uur nablijven.' Al sinds afgelopen week, toen Claire... Toen Claire er nog was. Afgelopen woensdag was ze hier nog, net als alle anderen. Niemand wist dat ze op de rand van de afgrond stond. Wie loopt er nog meer langs de rand, op weg ergens heen, met haar hoofd vol gedachten als pijlen die op de toekomst zijn gericht, en dan – leegte?

Madeleine kijkt op, ze is halverwege het grasveld, maar herinnert zich niet dat ze het schoolterrein is afgelopen. Ze vraagt zich af of meneer March genoeg heeft van de oefeningen. Misschien is hij ermee opgehouden. Net als in het verhaal over de reus die kinderen at, maar toen ontdekte dat hij veel minder eenzaam zou zijn als hij in plaats daarvan vriendschap met hen sloot.

Ze ziet Grace met een krijtje een hinkelbaan tekenen onder aan de oprit van Marjorie Nolan. Zo komt ze te laat voor het eten. Als Madeleine voorbijloopt, ziet ze dat het geen krijtje is, het is een stuk oude, wit geworden hondenpoep. Achter haar hoort ze de stem van Marjorie bij de voordeur roepen: 'Ga weg, Grace. Vort.'

Als middageten krijgen ze een kant-en-klaarmaaltijd van Chef Boyardee. Maman heeft de hele ochtend bij de Froelichs opgepast en er was geen tijd om een *'ben bon déjeuner'* klaar te maken. Madeleine vindt de noedels uit blik afschuwelijk – net de afgestroopte huid van een drenkeling, al zou het onbeleefd zijn dat te zeggen. Maman heeft voor haar een blik Campbell's tomatensoep opgewarmd, en ze krijgt er zoutjes bij.

Ze zitten met zijn vieren aan tafel te eten. Mimi heeft voor zichzelf een favoriet hapje uit de Crisistijd klaargemaakt, aangebrande toast en thee. Helpt tegen alles. Het huis van de Froelichs is deprimerend en ze wil graag de geur van vuil wasgoed en opgewarmd eten uit haar neusgaten verdrijven. De geur van ellende. Ze zegt een zwijgend gebed en vraagt Onze-Lieve-Heer haar te vergeven als een van haar gedachten in dat opzicht onmenslievend is, en de politie te helpen in hun zoektocht naar de *maudit* gek die nog steeds vrij rondloopt. Dan komt ze met een vraag die inslaat als een bom. 'Waar was jij gistermiddag, Madeleine?'

Madeleine verstijft. Laat haar lepel zakken. *Gistermiddag.* 'In een weiland,' antwoordt ze tegen haar helderrode soep.

'Wat voor weiland? *Dis-moi la vérité,* Madeleine.' Ze klinkt niet boos, maar bezorgd, wat erger is.

'Antwoord je moeder,' zegt pap.

Madeleine slikt en zegt: 'Ik wilde haar andere lint vinden.'

Maman zegt: 'Het lint van wie?'

'Van Claire.' Het woord zweeft omhoog als een heel klein ballonnetje.

Maman slaat haar handen voor haar gezicht – ze huilt, tranen stromen tussen haar vingers met de rode nagels door.

'Het spijt me, maman.'

Mike houdt op met eten en kijkt naar zijn moeder. Hij staat op uit zijn stoel, aarzelt, schenkt dan nog wat thee in haar kop, *'Tiens maman'.* Mimi kijkt op, snuift en lacht tegen haar zoon, terwijl ze haar neus afveegt met haar servet.

Haar vader zegt vriendelijk: 'Ben je naar Rock Bass gegaan, liefje?'

Madeleine knikt. Maman grijpt haar vast, trekt haar op schoot, drukt Madeleines hoofd stijf tegen haar schouder en begint heen en weer te wiegen.

Pap zegt: 'Luister, maatje, kijk me eens aan.' Maman stopt met wiegen, maar houdt haar nog steeds in een hoofdklem. 'Je weet toch dat het verkeerd was om tegen je onderwijzer te liegen en te spijbelen van school?'

Madeleine knikt.

'Maar weet je wat honderd keer zo erg is?'

Madeleine schudt haar hoofd.

'Dat je naar zo'n gevaarlijke plek gaat. Er is een klein meisje vermoord. Begrijp je wat dat betekent?'

'Jack,' zegt Mimi zachtjes.

'Ja,' zegt Madeleine duidelijk, zodat maman niet zal denken dat ook zij, net als Mike, tegen pap beschermd moet worden.

'Het ergste wat je kunt doen, wat je mij en maman en Mike kunt aandoen, is jezelf in gevaar brengen. Hoe zou je je voelen als maman doodging?'

'Vreselijk,' fluistert ze.

'En als ik doodging?'

'Afschuwelijk.'

'Nou, vermenigvuldig dat met duizend en dan weet je hoe maman en ik ons zouden voelen als we jou kwijtraakten. Nu wil ik dat je me belooft, waar wij allemaal bij zijn, dat je de woonwijk nooit meer uit zult gaan zonder een van ons. Nooit. Zweer het op je erewoord.'

'Ik zweer het.'

Maman kust haar krachtig op haar hoofd, zet haar dan op haar voeten, staat op en haalt haar poederdoos uit haar handtas.

Madeleine zegt: 'Ik was niet alleen...' met de gedachte dat ze zich daardoor allemaal beter zullen gaan voelen, en weet het volgende ogenblik dat dat niet het geval zal zijn, wanneer ze noodgedwongen moet zeggen: 'Ik was met Colleen.'

Maman geeft haar een venijnige tik – eentje, maar dat is genoeg. Pap maakt een kalmerend gebaar met zijn hand en maman steekt een sigaret op. 'Eet je bord nu maar leeg,' zegt Jack tegen Madeleine.

Ze begint weer aan haar soep. Maman zet de radio aan. De rustgevende klanken van de Boston Pops vermengen zich met het verfrissende aroma van Cameo menthol.

Na een gepaste pauze zegt Madeleine: 'Pap, krijg ik paardrijles?'

Jack kijkt zijn dochter aan.

'Auriel zei dat ik op paardrijles mocht. Net als Lisa.'

Mimi kijkt hem aan en hij haalt zijn schouders op.

'Heb ik de verrassing bedorven?' vraagt Madeleine.

Jack zegt: 'Het is geen verrassing. Wil je leren paardrijden?'

'Ja hoor.'

Hij zou het liefst meteen vertrekken, teruggaan naar zijn werk; hij voelt een aanval van indigestie opkomen. Wat is dat eigenlijk voor troep die hij eet? Die verrekte Vic Boucher, met zijn ellendige bemoeizucht. Wat heeft hij zijn vrouw, zijn kinderen nog meer verteld? Dat Jack McCarthy gezien is achter het stuur van een blauwe Galaxy? Hij roert zijn thee met zijn vork – op de tafel is geen lepeltje te bekennen – en bedenkt dat hij Vic niet de schuld moet geven. Tenslotte is het ook nog weer zo dat als die dochter van Boucher haar moeder niet had gevraagd of ze Madeleine mocht bezoeken toen die gistermiddag 'ziek thuis' was, hij en Mimi nooit zouden hebben geweten dat hun kleine meid op weg was gegaan naar de plaats van de moord. Jack zou meneer Marks graag een dreun in zijn domme gezicht verkopen. Die idioot vertelde Mimi aan de telefoon dat Madeleine had gezegd dat ze naar de dokter moest. Wat heb je aan de kweekschool als je niet eens doorhebt dat een kind liegt? Jack heeft die stomme hufter gewoon genegeerd en is rechtstreeks naar het schoolhoofd gestapt, die hij eens flink de waarheid heeft gezegd. Inmiddels is zijn zoon aan het ratelen in het Frans. 'In het Engels, zodat iedereen aan tafel kan verstaan waar je het over hebt.'

Mike wordt rood en zegt: 'Ik wil gewoon weten waarom hij zich niet meldt.'

'Wie?' vraagt Jack.

'Die luchtmachtfiguur. Waarom wil hij niet zeggen dat hij Rick op de weg heeft gezien?'

'Ik heb meer dan genoeg van dit onderwerp, laten we het voor de verandering eens over iets anders hebben. Wat heb je vanmorgen op school geleerd?'

Terug op zijn werk stuurt Jack een memo rond aan zijn afdelingshoofden, en om drie uur zijn er zes luchtmachtpetten afgeleverd bij zijn kantoor, die hij op zijn bureau heeft gelegd. Zijn begintijd bij de boekhouding komt hem weer voor de geest als hij snel de bankbiljetten telt. Hij heeft vierhonderdtweeënzeventig dollar die hij Henry Froelich kan overhandigen. Hij doet er nog tweehonderd bij op kosten van Simon. Froelich heeft de beste advocaat in London in de arm genomen, en de beste kost geld.

'De volgende meisjes moeten om drie uur nablijven.' Madeleine kijkt op. Ze is al bezig haar huiswerk uit haar bank te pakken, klaar om er met de rest van de klas vandoor te gaan zodra de bel gaat...

'Madeleine McCarthy...'

Ze verstijft.

'Marjorie Nolan en Grace Novotny.'

Heeft ze een reis door de tijd gemaakt, terug naar oktober? Als ze naar buiten kijkt, zijn de bladeren dan rood en goud? Nee, want de bank van Claire McCarroll is leeg. Het is nog steeds april. Meneer March heeft Madeleine weer in het oefengroepje opgenomen en er is niets wat ze daartegen kan doen.

Auriel kijkt haar vragend aan, maar Madeleine kan haar spieren niet bewegen om de blik te beantwoorden. Alleen haar ogen kunnen bewegen.

De andere kinderen vertrekken voorgoed, en Madeleine blijft in haar bank zitten, net als Marjorie en Grace. Meneer March staat bij zijn lessenaar zijn bril schoon te maken. Een klop op de deur. Hij doet de deur open en de politieman komt binnen. Het zien van zijn vriendelijke uniform is een opluchting, maar hij wordt gevolgd door een tweede man. Die draagt een open regenjas over een burgerkostuum en hij houdt een hoed in zijn hand. Hij heeft een scherp gezicht. Madeleine is bang dat ze hem in een droom heeft gezien, maar hoe zou dat kunnen? Gaan zij het oefengroepje nu leiden, samen met meneer March?

Meneer March zegt: 'Jongedames, de politie wil jullie een paar vragen stellen over jullie vriendin Claire.'

Madeleine merkt dat haar lichaam weer tot leven komt, als een blad in het water. Meneer March stuurt haar naar buiten om met Grace Novotny op de gang te wachten.

Marjorie legt de strop om zijn nek.
'Ricky vroeg of ik zin had om mee te gaan naar Rock Bass.'
'Vroeg hij dat?'
'Mm-hm.'
Inspecteur Bradley zit naast de lessenaar van de onderwijzer, met zijn gezicht naar het kleine meisje. Hij heeft de onderwijzer achter haar laten plaatsnemen zodat ze hem niet kan aankijken om aanwijzingen te krijgen. De man zit aan een van de banken van kinderformaat. Agent Lonergan staat bij de deur notities te maken.
'Wanneer was dat?' vraagt Bradley.
'Um. Op die dag.'
'Welke dag?'
'De dag dat – de dag dat ze vermist werd.'
'Wie? Claire?'
'Mm-hm.'
'Ga door.'
Marjorie glimlacht en de ernstige man buigt zich voorover. Hun knieën raken elkaar bijna. 'Hij vroeg altijd of ik zin had om te gaan picknicken,' zegt ze levendig.
De inspecteur trekt één wenkbrauw een beetje op. Marjorie slaat haar ogen neer, vouwt haar handen in haar schoot en zegt: 'Nou ja, niet altijd, misschien maar één of twee keer.'
'Wat zei hij als hij je meevroeg?'
'Hij zei gewoon: "Hé, Marjorie, heb je zin om te gaan picknicken in Rock Bass? Ik weet waar een nest zit."'
'En wat zei jij dan?'
'Ik zei dat ik niet mocht van mijn moeder.'
'Heb je je moeder dat gevraagd?'
'Nee, want ik wist dat het niet van haar mocht.'
'Waarom mocht dat niet?'
'Nou, aan de ene kant,' zegt Marjorie, 'is mijn moeder ziek en moet ik voor haar zorgen. En aan de andere kant,' voegt ze er monter aan toe, 'is Ricky Froelich veel te oud voor me!' En ze grinnikt.
Inspecteur Bradley glimlacht en wendt zijn blik niet van haar af. Marjorie

strijkt haar haar glad en glimlacht terug. 'Marjorie,' zegt hij, met zijn ellebogen op zijn knieën, 'heeft Ricky' – bij kiest zijn woorden zorgvuldig – 'ooit iets gedaan wat...'

Het stoeltje bij de bank kraakt als de onderwijzer gaat verzitten.

De inspecteur glimlacht tegen Marjorie, gewoon-tussen-jou-en-mij, en gaat door: 'Heeft Ricky zich ooit gedragen alsof hij je vriendje was?'

'O ja,' zegt Marjorie, ernstig nu.

'Op welke manier?'

Ze draait zich om om raad te zoeken bij haar onderwijzer, maar inspecteur Bradley zegt: 'Kijk mij aan, Marjorie, niet je onderwijzer. Kun je mijn vraag beantwoorden?'

Ze begint te huilen.

Inspecteur Bradley geeft haar zijn zakdoek.

'Ik zei tegen hem dat ik dat niet kon.' Ze droogt haar tranen. 'Ik ben te jong.'

'Heeft Ricky je ooit aangeraakt?'

Ze is even stil, met haar gezicht in haar handen. Dan schudt ze haar hoofd.

'Het is in orde, Marjorie,' zegt inspecteur Bradley. 'Je hoeft verder niets te zeggen. Je bent heel behulpzaam geweest.'

Marjorie glimlacht tegen de inspecteur en bedankt hem voor het gebruik van zijn zakdoek.

'Zijdeur, meisje,' zegt meneer March.

Grace trekt de strop aan.

'Kom binnen, Grace.'

Ze aarzelt in de deuropening. Haar geruite trui, vlechten, witte blouse met korte mouwen – Grace ziet er vandaag erg fris uit. Ze gaat het lokaal binnen omdat meneer March zo aandringt, en kijkt op naar de twee vreemde mannen. Ze zijn allebei groot, de ene is oud; hij kijkt nu al boos.

'Grace, deze heren van de politie willen je een paar vragen stellen,' zegt meneer March, die vervolgens in de bank van Philip Pinder gaat zitten.

'Hallo, Grace,' zegt de boze, terwijl hij een stap in haar richting doet.

Grace kreunt, haar hand dwaalt af naar haar kruis.

'Grace,' zegt meneer March en ze grijpt met haar ene hand haar andere vast. 'Ga zitten.'

Ze gehoorzaamt, terwijl ze haar vingers naar binnen vouwt alsof ze 'Hier is de kerk, daar is de toren' speelt.

De boze man trekt een stoel bij en gaat zitten. 'Hoe voel je je vandaag, Grace?'

'Geef antwoord, Grace,' zegt meneer March.
'Goed.'
De man glimlacht en buigt zich naar haar toe. Ze kan zijn gezicht ruiken. Wat wil hij?
'Je hebt Claire McCarroll toch gekend?'
Grace jammert en slaat haar armen om haar bovenlijf en begint zachtjes heen en weer te wiegen.
'Het is in orde, Grace,' zegt meneer March. 'Gewoon een paar vragen, en dan mag je weer weg.' Grace knikt, met haar blik naar de grond, nog steeds wiegend.
'Grace,' zegt de boze man, 'heb je afgelopen week met Claire gespeeld?'
Grace kreunt, gaat dan huilen, haar voorhoofd trekt in rimpels, haar stem gaat meteen scheller klinken, haar mond staat wijd open als bij een veel jonger kind...
'Grace,' zegt meneer March streng. Ze wrijft met haar vuist in haar ogen, veegt haar neus af aan haar pols. Meneer March geeft haar zijn zakdoek. 'Rustig nu maar.'
De andere politieman, die in de hoek bij de deur staat, schrijft in een notitieboekje.
Meneer March zegt: 'Kun je de politieman nu antwoord geven, Grace?'

Het is stil in de slechtverlichte groene gang. Kinderen ervaren dit rare aquariumgevoel alleen als ze midden onder de les naar de wc moeten en ze door de lege ruimtes zweven.
'Wat ga je ze vertellen?'
Colleens gezicht lijkt donkerder dan gewoonlijk; ze staat te dicht bij Madeleine, voor het lokaal waar Grace zojuist naar binnen is gegaan.
'Hangt ervan af wat ze vragen.'
'Vertel ze dat je Ricky linksaf zag gaan naar de weg.'
'Maar dat heb ik niet gezien.'
'Ja, maar hij is linksaf gegaan.'
'Ja, maar ik heb het niet gezien.'
Colleen likt aan haar onderlip op de droge manier die haar eigen is, en zegt: 'Je kunt maar beter zeggen dat je het wel gezien hebt, want anders hangen ze hem op.'
Madeleine staart in Colleens ogen – blauwe vuurstenen, smal, bijna scheef. Ze zegt: 'Ze hangen hem niet op,' en ziet een bleek vogeltje zonder veren langzaam neerwaarts tuimelen.
'Zeg het of je verbreekt onze vriendschap,' zegt Colleen.

'Heb je Claire afgelopen woensdag gezien?' vraagt de inspecteur.
 Grace geeft antwoord aan de hoek van de lessenaar. 'Ja.'
 'Heb je met Claire gespeeld?'
 Grace knikt, haar mond nog steeds half open, haar neus rood, haar ogen omfloerst.
 'Wanneer was dat, Grace?'
 'Op woensdag,' zegt ze tegen de lessenaar.
 'Wanneer op woensdag?'
 'Um. Op het schoolplein.'
 'Tijdens school? Of daarna?'
 'Daarna.'
 'Ga door.'
 Grace werpt een verholen blik op hem van onder haar wenkbrauwen. Hij leunt achterover in zijn stoel; ze ziet hem voor zich met zijn ding uit zijn broek. 'Ik zag haar op het schoolplein, want Marjorie en ik moesten juf Lang helpen omdat we kabouters zijn.' *Kaboutews.*
 'Dat was na school?' Hij schrijft nu ook in zijn notitieboekje.
 'Ja, na school, en Claire zei: "Wil je mee naar Rock Bass?"'
 'Maar je bent niet meegegaan naar Rock Bass?' Hij kijkt haar aan.
 Grace kijkt de andere kant op zodat hij niet zal denken dat ze naar zijn ding kijkt. 'Nee, ik had geen zin om naar Rock Bass te gaan.'
 'Zei ze dat ze met iemand mee ging naar Rock Bass?'
 'Ja, met Ricky.'
 'Ricky Froelich?'
 'Ja, dat weet iedereen.'
 'Ken je Ricky Froelich?'
 'Ja.'
 'Heeft Ricky Froelich je ooit aangeraakt?'
 Grace kijk op alsof een hypnotiseur met zijn vingers heeft geknipt. De onderwijzer barst uit in een hoestbui. Inspecteur Bradley steekt een hand op om hem tot stilte te manen. Grace draait haar hoofd met een ruk om alsof ze zich nu weer herinnert dat meneer March er ook is.
 'Beantwoord de vraag alsjeblieft, Grace,' zegt de man.
 Hij is nu niet boos op mij, hij is boos op meneer March omdat die moest hoesten.
 'Ja, meneer,' zegt Grace terwijl ze rechtop in haar stoel gaat zitten. 'Hij heeft me aangeraakt.'
 De boze man glimlacht tegen haar.

'Ik kan niet liegen,' fluistert Madeleine.

'Het is geen leugen. Ze willen weten of hij linksaf is gegaan, en je weet dat dat zo is, dus zeg dat dan ook.'

'Zeg jij het maar.'

'Ik ben zijn zus, mij geloven ze niet.'

Madeleine kijkt even naar de deur van het lokaal. Ze ziet een schaduw bewegen achter de op het raam geplakte paashaas. Ze kijkt Colleen weer aan. 'Heb jij hem linksaf zien gaan?'

Colleen geeft geen antwoord. In plaats daarvan zegt ze: 'We zijn bloedzusters.' *Seurs de san.*

'Ik weet het.'

'Dus?'

'Dus?'

Colleen grijpt Madeleine bij haar pols. 'Dat betekent dat je ook zijn zus bent.'

'Waar heeft hij je aangeraakt?' vraagt de man. Hij ruikt naar metaalschaafsel, maar dat is geen slechte geur.

'Op het schoolplein.'

'Ik bedoel waar op je lichaam, Grace.'

'Hier,' wijzend naar de onderkant van haar rug. 'Hij gaf me een zetje op de schommel.'

Meneer March hoest weer en inspecteur Bradley zegt kalm: 'Alstublieft, meneer,' maar wendt zijn blik niet af van het kind. 'Heeft Ricky je ooit aangeraakt alsof je zijn vriendinnetje was?'

Grace aarzelt. Haar tong vindt haar mondhoek.

'Gewoon de waarheid zeggen, Grace,' zegt de inspecteur.

Maar Grace heeft hem gehoord zoals je iemand kunt horen praten die een autoraampje dichtdoet. Ze houdt haar hoofd scheef, haar ogen dwalen over de vloer. 'Ja... soms... doen we oefeningen.'

'Wat voor oefeningen?' Hij heeft een aardige stem. Hij is vriendelijk, net een dokter.

'O...' Grace zucht. 'U weet wel. Achteroverbuigen.'

'En verder?'

'En knijpen.' Haar stem klinkt lief, bijna zangerig.

'Knijpen waarin?'

Ze wiegt weer. 'In zijn spier' – het zeil is grijs door een warboel van krassen – 'hij zei dat we het zijn spier moesten noemen, maar het is eigenlijk zijn piemel.'

Inspecteur Bradley zegt: 'Zo Grace, ik weet dat dit allemaal erg moeilijk voor je is.'

'Nee hoor.'

'Wel' – met zijn pen in de aanslag – 'heb je iemand ooit verteld over wat Ricky met je deed?'

Ze knikt.

'Wie?'

'Marjorie.'

Hij knikt en schrijft het op.

'En er is nog iets met Ricky,' zegt Grace.

Inspecteur Bradley kijkt op.

'Hij knijpt je keel dicht.'

Bradley wacht heel even voor hij doorgaat met zijn aantekeningen. Grace ontspant zich en terwijl ze wacht tot hij klaar is met schrijven zegt ze: 'Hij heeft me een ei gegeven.'

'Een ei?' Er verschijnt nu een oprecht ongelovige uitdrukking op zijn gezicht. Hij haalt die niet weg – hij is tenslotte ook maar een mens. 'Wanneer?'

'Die dag.'

'Woensdag?'

'Ja.'

'Wat voor een ei?'

Grace geeft geen antwoord.

'Een gekookt ei?'

'Nee, een blauw ei.'

'Wat voor een ei is dat?'

'Een speciaal ei,' zegt ze.

Bradley kijkt naar de tekeningen aan de muren. Het werk van negen- en tienjarige kunstenaars. Er zijn hazen en kuikens – zelfs Batman en Robin – maar eieren overheersen, allemaal vrolijk versierd met strepen, vlakken en stippen in elke kleur van de regenboog en nog allerlei andere kleuren – waaronder babyblauw. Hij kijkt het kind weer aan. 'Een paasei?' vraagt hij. Ze knikt.

'Was het een chocolade-ei?'

Ze knikt weer en bekent dan: 'Hij zei dat hij wist waar hij er meer kon vinden.'

'Dank je, Grace,' zegt inspecteur Bradley. Hij staart naar zijn aantekeningen terwijl de onderwijzer het kind naar de zijdeur begeleidt. De jongen gebruikte chocolade om zijn slachtoffers mee te lokken. Iedere pedofiel kent de kracht van snoepgoed.

Madeleine heeft het warm. Ze wil weg bij Colleen. *Ik ben je zus niet, hij is mijn broer niet.* Colleen laat haar pols los en pakt haar hand vast, drukt ertegen, handpalm tegen handpalm, tot Madeleine voelt dat haar korstje verschuift en nat wordt. De deur gaat open. Colleen laat Madeleine los en verdwijnt door de gang.

'Ik weet het niet meer. Ik denk – ik weet niet of ik hem gezien heb.'
   'Kijk me aan, Madeleine.' Dat doet ze. 'Heb je hem gezien of niet?'
   'Gaat u hem ophangen?'
   De inspecteur trekt zijn wenkbrauwen op. 'Vind je dat hij opgehangen moet worden?'
   'Nee!'
   Hij leunt achterover, houdt zijn hoofd scheef en bekijkt haar. Madeleine vouwt haar handen. Deze politieman met zijn regenjas en zijn hoed op de lessenaar van meneer March is de baas van de vriendelijke agent in uniform die staat te schrijven in een notitieboekje met een leren omslag zoals de kabouters hebben. Inspecteur Bradley is net een onderwijzer die al weet welk cijfer je voor een proefwerk krijgt, ook al heb je het nog niet eens gemaakt, dus wat heeft het voor zin? Madeleine weet dat ze een onvoldoende krijgt.
   'Speelt Ricky graag met jongere kinderen?' vraagt hij. Het is een moeilijke vraag. Ricky is nooit aan het 'spelen', hij doet aan sport en hij repareert zijn auto en soms hangen er kleine kinderen om hem heen en dat vindt hij best.
   'Hij vindt het best,' zegt Madeleine.
   Inspecteur Bradleys gezicht heeft heel kleine, vage rode lijntjes als op een landkaart; het is vierkant met twee verticale rimpels die vanaf zijn jukbeenderen naar zijn kaak lopen. Dun rossig haar. Bruine ogen, bloeddoorlopen; ze zeggen: *Dit is geen grap. Niets is ooit een grap.* Hij schijnt Madeleines antwoord niet gehoord te hebben. Hij vraagt: 'Loopt hij achter jongere kinderen aan?'
   Madeleine weet dat de inspecteur het niet over krijgertje spelen heeft, maar ze komt in de verleiding om achterlijk tegen hem te doen. 'U bedoelt met krijgertje spelen?'
   'Nee.' Hij kijkt haar alleen maar aan. Ze trekt haar kin in zodat haar gezicht dik lijkt, trekt haar wenkbrauwen op en kijkt met uitpuilende ogen naar de vloer.
   Meneer March zegt: 'Madeleine,' en ze trekt weer een gewoon gezicht.
   De inspecteur vraagt: 'Heeft Ricky zich ooit tegen je gedragen alsof hij je vriendje was?' Madeleine giechelt, maar hij maakt geen grapje. 'Beantwoord de vraag alsjeblieft, Madeleine.'

'Nee,' zegt Madeleine.
'Je zult toch antwoord moeten geven...'
'Ik bedoel nee, dat heeft hij nooit...'
Inspecteur Bradley gaat methodisch te werk. Hij weet dat ze heeft waar hij naar zoekt, ze heeft het in een van haar zakken of in haar schoen verstopt, hij fouilleert haar gewoon net zo lang tot hij het vindt. 'Heeft hij je ooit meegevraagd voor een picknick?'
Madeleine schudt haar hoofd.
'Heeft hij je weleens gevraagd of je bij hem achterop wilde?'
'Op zijn scooter bedoelt u?'
'Of op zijn fiets.'
'Op een keer waren we allemaal op het schoolplein en...'
'Ben je ooit alleen met hem mee geweest voor een ritje?'
'Nee.'
'Heeft hij je ooit aangeraakt?'
'Pardon?'
'Heeft hij je ooit aangeraakt?'
'Um. Hij heeft zijn hand een keer op mijn hoofd gelegd en zei dat ik moest proberen hem een stomp te geven, maar ik kon niet hoog genoeg komen.'
'Heeft hij je aangeraakt waar dat niet mag, of heeft hij jou hem laten aanraken?'
Madeleine krijgt het plakkerige gevoel weer. Achter haar zit de plakkerige man, meneer March. Wat heeft hij de inspecteur verteld?
De inspecteur zet zijn zoektocht voort. 'Heeft hij iets gedaan dat vies is?'
Ze zit heel stil. Schudt haar hoofd. Een heet gevoel stijgt prikkelend op van haar buik naar haar gezicht. Ze kan de geur ruiken, kunnen anderen dat ook?
'Heeft hij zijn broek losgemaakt?' De onderstroom trekt aan haar buik – 'Madeleine?'
De zwaartekracht beïnvloedt verschillende delen van haar lichaam in verschillende mate, haar ingewanden worden naar buiten gezogen en haar hoofd komt los en zweeft weg.
'Die dag dat jij en Colleen Froelich Ricky en Claire op de landweg zagen...'
'En Elizabeth en Rex...' Haar mond voelt heel klein, de woorden zien er in haar hoofd heel klein uit.
'Je zegt dat jij hem de kant van Rock Bass op zag gaan met Claire...'
'Nee,' zegt Madeleine, slikkend, 'ik zag hem niet met Claire meegaan.'
'Wou je beweren dat je hem linksaf hebt zien gaan naar de grote weg? Ik merk het wel als je liegt, Madeleine.'

'Hij heeft het niet gedaan,' zegt ze.

'Heb je hem gezien of niet?' Hij kijkt haar aan zoals hij haar vanaf het begin heeft aangekeken: als een ding – een bezem in de hoek.

'Hij ging linksaf, naar de grote weg.' Ze kijkt hem strak aan en knippert niet met haar ogen. 'Ik heb hem gezien.'

Alles is stil, op het gekras van de pen van de politieman in de hoek van het lokaal na.

'Je mag gaan.'

Ze staat op en als ze naar de zijdeur loopt biedt ze weerstand aan de verleiding om achterom te kijken, om te zien of er een plas zweet of zoiets op de stoel is achtergebleven.

Bradley heeft alle mannen op de basis gevraagd te wachten zodat hij ze deze middag opnieuw kan ondervragen, en hij is van plan alles nog eens te checken. Hij wil geen losse eindjes. Hij gelooft het verhaal van dat kind van McCarthy niet, maar een jury zou het misschien wel geloven.

DE ETHIEK VAN HOGER SFEREN

> *Het bouwen van raketten lijkt wel wat op het inrichten van een huis. Als je besloten hebt de woonkamer op te knappen, ga je winkelen. Maar als je alle spullen bij elkaar hebt, zie je misschien meteen dat het niet klopt – de overgordijnen passen niet bij de kussenhoezen. Hetzelfde geldt voor raketten... Daarom neem ik een kijkje in de werkplaats. Ik wil weten hoe mijn kind eruit gaat zien.*

WERNHER VON BRAUN, LIFE, 1957

Op het ronde grasveld achter het huis laat Mike haar achter lage ballen en afzwaaiers aan rennen. Hij warmt zich op voor de wedstrijd vanavond in Exeter. Dit is zijn eerste jaar bij de junioren. Madeleine heeft zijn oude handschoen aan, maar past er wel voor op om de verleidelijke snelle ballen te vangen, uit angst dat het snijwondje weer zal opengaan.

Ze houdt een oogje op het huis, omdat ze pap vóór het avondeten wil onderscheppen. Ze moet hem iets vragen. Twee dingen: Gaan ze Ricky Froelich ophangen? En mag je liegen om iemand van de waarheid op de hoogte te brengen? Ze wil hem ook vertellen van de politieman die haar vandaag na school van alles heeft gevraagd. Maman heeft niet gemerkt dat ze zo laat thuiskwam, want die paste op bij de Froelichs. Tussen de huizen door ziet Madeleine dat haar vader de straat komt inlopen, en ze roept: 'Pap!'

Jack kijkt op en ziet zijn kinderen zorgeloos, stralend van geluk, spelen op het veld achter het huis. Hij zwaait, loopt dan de oprit van de Froelichs op. De krakkemikkige straatracer is bijna klaar, alleen de banden ontbreken nog, maar de oude stationcar is weg – Karen of Henry zal wel naar Goderich zijn gereden om hun zoon op te halen. Hij klopt aan voor het geval dat Henry thuis is.

Betty Boucher doet open. Jack glimlacht en zegt: 'Ik dacht even dat ik bij het verkeerde huis was.'

'Ik maak deel uit van de opruimploeg. Mimi had vanochtend dienst, ze zijn de hele dag geen van beiden thuis geweest.' De vrouwen zijn in actie gekomen. De jongste van Betty zelf hangt aan haar rok, terwijl een van de baby's van de Froelichs tegen haar heup deint. De andere is binnen aan het krijsen. 'Ik snap niet hoe ze het volhouden, Jack. Ik dacht dat ik alles al had meegemaakt.'

'Wanneer word je afgelost?'

'Ik had de hele club al eerder thuis verwacht, hoe laat is het?' Ze verplaatst de baby in een poging om op haar polshorloge te kijken.

'Het is tien over vijf.' Jack loopt achter haar aan de hal in. 'Hank vertelde me dat er journalisten aan het rondsnuffelen waren.'

Haar gezichtsuitdrukking maakt duidelijk wat ze daarvan denkt. 'Vanmiddag waren er drie' – aftellend op haar vingers – 'uit Toronto, Windsor en Detroit, geloof het of niet, die allemaal wilden weten of ik dacht dat onze Rick een' – ze kijkt even naar haar peuter – 'verdachte was. Ik heb ze gezegd dat ze op deze basis niemand zullen vinden die van mening is dat die knaap iets anders is dan een fantastische jongeman.'

'Zo is dat,' zegt Jack.

'Henry...' De baby spuugt op haar schouder. Betty dept haar trui met een theedoek en gaat door: 'Henry heeft vanuit de rechtbank gebeld. Ze stonden op het punt om een besluit te nemen over de borgtocht.'

Borgtocht. Rechtbank. Verdachte. Geen enkele van deze termen lag vorige week op iemands lippen – vreemd hoe naadloos ze zich een plaats hebben verworven in een gesprek tussen buren. Het leven biedt nu ook ruimte aan bizarre voorvallen. Het leven stroomt om al die dingen heen – eerst om de tragedie en nu om de vergissing van de politie – als water rond een rots, die afslijt tot er niet meer van over is dan een onbeduidend plekje op het aardoppervlak. Maar niets zal ooit nog hetzelfde zijn. De rivier heeft zijn koers verlegd.

'Die arme stumper...' En dan, terwijl ze langs hem heen door de hordeur naar buiten kijkt: 'Wacht eens even, wie is dat?'

Jack volgt haar blik en ziet een taxi langzaam de hoek om hun kant op komen rijden.

'Wat zou er gebeurd zijn?' vraagt Betty. Er is maar één passagier. Henry Froelich.

Hij betaalt de chauffeur en komt bij hen staan op de veranda. Karen Froelich is nog in de gevangenis in Goderich. De aanvraag om Ricky Froelich op borgtocht vrij te laten, is afgewezen.

'Henry,' zegt Betty. 'Ik vind het heel erg voor je.'

Jack blijft rondhangen nadat Betty vertrokken is. In de keuken heeft Henry zijn handen vol en Jack doet zijn best om te helpen door een van de baby's vast te houden – die voelt opeens verdacht warm tegen zijn uniformjasje. Froelich is melk aan het opwarmen. Hij rolt zijn mouw op om de temperatuur van de zuigfles met zijn bovenarm te controleren en Jack ziet de op zijn arm getatoeëerde cijfers. 'Waar was je advocaat toen die beslissing genomen werd?' vraagt hij.

'Die was erbij.'

'En kan hij er wat van?'

'Hij heeft letters achter zijn naam staan.'

'QC? *Queen's Counsel*, dan is het een goeie. Hij gaat toch zeker wel in beroep tegen die afwijzing?'

'O ja, maar volgens hem is deze rechter berucht wegens zijn afwijzingen, dus valt er weinig te ondernemen. Ze wachten allemaal tot die kerel eindelijk doodgaat.'

'En hoe zit het met – de politie heeft je zoon onrechtmatig vastgehouden, kan je advocaat niet...?'

'Hij heeft het geprobeerd, maar ze zeggen dat Ricky uit vrije wil heeft aangeboden om met hen te praten. Mijn advocaat zegt dat hij alleen maar kan zorgen dat de verklaring van Ricky niet toegelaten wordt als onderdeel van de bewijsvoering.'

'Wat heeft dat voor zin. Om te beginnen staat er toch al niets belastends in zijn verklaring.'

Froelich haalt zijn schouders op. Trekt zijn mouw naar beneden.

'Henry, je zat tijdens de oorlog toch in een concentratiekamp?'

'Ja.' Hij steekt zijn arm uit naar de baby en Jack reikt hem het kind aan.

'Ik wou dat ik dat eerder had beseft. Dan zou ik verdomme niet zoveel stomme opmerkingen hebben gemaakt.'

'Wat voor stomme opmerkingen dan?'

'Nou ja, over je werk, en dat je een typische Duitser bent, en dat het zo'n mooi land is...'

Froelich stopt de fles in de maaiende handjes en loodst hem naar de mond van het kind. De baby begint te zuigen, omhoogkijkend naar de donkere baard, en vouwt zijn uitgespreide vingers verstrooid tegen zijn zachte wangetje. Jack wacht zwijgend af. Ten slotte knikt Froclich naar de andere baby, die in zijn kinderstoel in slaap is gevallen, met zijn hoofd ontspannen in een onmogelijke houding, zijn gezicht gesloten als een bloem. Jack pakt het kind voorzichtig op, in de wetenschap dat het vergankelijke materie is, en loopt achter Froelich aan de trap op.

Ze leggen de baby's naast elkaar in een kinderbedje in de ouderlijke slaapkamer, waar het net zo'n rommeltje is als in de rest van het huis. Het onopgemaakte tweepersoonsbed heeft geen hoofdeinde, aan de wand hangt een met een lijmstift bevestigd niet-ingelijst schilderij – onbegrijpelijke kleurvlakken – kleren, boeken, handdoeken. De kenmerkende geur van het huis van de Froelichs – babypoeder, urine en tabak. Hij probeert niet al te goed te kijken, omdat hij niet toevallig een glimp wil opvangen van iets al te persoonlijks. Karens ondergoed – een onderjurk...

Als ze weer teruggaan naar beneden vangt Jack een glimp op van de twee andere slaapkamers. Het zijn de enige nette kamers in het huis. De ene is kennelijk Ricks kamer – gitaar in de hoek, rode sprei, cowboylaarzen. En aan de andere kant van de smalle gang is een kamer met twee bedden – waarvan een met metalen spijlen.

Weer terug in de keuken geeft Froelich Elizabeth te eten en Jack probeert daar niet naar te kijken, zonder de indruk te wekken dat hij de andere kant op kijkt. Froelich legt de lepel neer. 'Heb je geen honger, snoes?' Hij veegt haar mond af met een theedoek, neemt haar gezicht in zijn hand en kust haar op de wang. 'Nog niet te vol voor een toetje, denk ik.' Elizabeths hoofd beweegt diagonaal van de ene kant naar de andere. Hij houdt zijn oor vlak bij haar lippen, luistert, en antwoordt dan: 'Gauw, ja, maak je geen zorgen, Lizzie, kijk naar pappie, kijk ik bezorgd?'

'Jaaa,' kreunt ze en Froelich lacht. 'Oké, dizzy Lizzie' – en het meisje glimlacht – 'missie Lizzy,' zegt Froelich en tilt haar in zijn armen op. Haar handen raken elkaar achter zijn rug als Froelich haar de kamer uit draagt. Even later hoort Jack hem een grammofoonplaat opzetten op de hifi. Hij herkent de diepe alt: '*Du, du, du, macht mein kleines Herz in Ruh...*' Een populair Duits liefdesliedje. Dat doet hem eraan denken hoe mooi die taal is als hij door vrouwen wordt gesproken. Als een vrouw in een mannenhemd.

Froelich komt terug in de keuken en haalt een fles rode wijn uit het kastje onder de gootsteen. Hij schenkt twee verschillende glazen vol en geeft er een aan Jack, die het beleefd naar zijn lippen brengt, al voelt hij nu al de eigengemaakte tannines in zijn ingewanden huishouden.

'Wat zegt je advocaat?' vraagt hij. 'Over de kans dat dit uitloopt op – hoe groot is de kans dat er daadwerkelijk een rechtszaak van komt?'

'Ik denk dat ik een detective nodig heb.' Froelich leunt achterover in zijn stoel, met zijn glas tegen de holte van zijn schouder. 'Ik denk dat dat een beter idee is.'

'Bedoel je een privé-detective? Waarom?'

'Omdat de politie die man uit het kamp niet vindt.'

Waarom gebruikt Froelich het woord 'kamp', vraagt Jack zich af. Dora was toch de codenaam voor een ondergrondse fabriek?

'Is dat die... die "oorlogsmisdadiger" waar je het onlangs over had?' Jack schrikt van een warme adem op zijn hand onder de tafel. De hond is binnengekomen.

Froelich begint te praten, terwijl hij naar de keukenmuur staart alsof hij een toneeltje beschrijft dat zich daar afspeelt, en hij vertelt wat er gebeurde toen hij Oskar Fried in het marktgebouw zag. 'Als ik direct naar de politie was gegaan,' zegt hij ten slotte, 'zou dat kleine meisje vandaag misschien nog leven.'

'Hoezo?'

'Omdat hij een moordenaar is.'

'Heb je dat tegen de politie gezegd?'

'Ja, maar ze geloven me niet.'

'Waarom niet, waarom zou iemand over zoiets liegen?'

'Ze denken dat ik het alibi van mijn zoon wil steunen.'

Jack haalt diep, gelijkmatig adem, dwingt zijn gezicht ontspannen te blijven en zijn stem louter bezorgd te klinken.

'Welk kamp was dat, Henry? Als je het niet erg vindt dat ik het vraag?'

'Dora.'

'Dora?' herhaalt Jack, alsof hij de naam voor het eerst hoort. En in zekere zin is dat ook zo.

Froelich bijt op de met wijn bevlekte punt van zijn slordige snor. 'De politie heeft hem niet vinden – heeft hem niet gevonden' – hij pakt de fles en schenkt weer in – 'en ze vinden ook niet die man van de luchtmacht – neem me niet kwalijk, Jack, mijn Engels is vanavond niet al te best.'

'Ik wou dat mijn Duits er een beetje mee door kon, Hank, je wordt het vast wel zat om de hele tijd Engels te spreken.'

'Valt wel mee. Ik mis mijn taal, maar die is hoe dan ook dood, *nicht wahr?*' En hij neemt een slok.

'Wat bedoel je, "dood"?'

'Je kunt geen taal gebruiken om die van alles te laten betekenen behalve de waarheid, je kunt niet...' Froelich staart Jack aan en zegt dan, alsof hij een wachtwoord uitspreekt: '*Deutsch*.'

Jack knikt voorzichtig als reactie.

'Ze martelen de taal. De nazi's. En nu zijn er veel woorden die zichzelf niet meer kunnen herinneren. De andere betekenis, de valse, zit er altijd achter als een jas, als een – nein, *wie ein Schatten*...'

'Een schaduw.'

'Ja. Maar ik vergeet niets. Dat is de manier waarop ik mijn zoon zal helpen.' Hij houdt de fles boven Jacks glas. 'Die man van Dora is hier, en iemand op deze basis weet dat.' Hij kijkt op. 'Maar ze zeggen het niet. En ik weet waarom.'

Jack slikt de wijn niet door. Hij wacht.

Froelich zegt: 'Het Westen heeft behoefte aan die mensen.'

'Welke mensen?'

'Mensen die aan technologieën zoals raketten hebben gewerkt.' Jack blijft strak voor zich uitkijken. Hij kent de antwoorden op de volgende vragen, maar het is raadzaam ze toch maar te stellen. 'Heeft die kerel aan raketten gewerkt?'

'Ja.'

'Welke? De V2?'

'Ja.'

'In Peenemünde.'

'In Dora.'

'Dora?'

'Peenemünde is gebombardeerd.'

'Dat klopt, wij hebben het gebombardeerd. Dat waren Canadezen,' voegt hij eraan toe, met een onnozel gevoel, als een snoevende schooljongen. Hij was er niet bij. Hij zat in Engeland achter een bureau bevoorradingszaken te regelen op een basis van de RAF.

'De fabriek ging na de bommen ondergronds, in een berg. De nazi's noemden hem Dora,' zegt Froelich. 'Ik was daar.'

'Met de V2's?'

Froelich knikt en doet er het zwijgen toe.

Jacks belangstelling is groot genoeg om zijn verontrusting bijna uit te doven. Zat hij hier maar gewoon wijn te drinken met Henry Froelich en te luisteren naar verhalen over een onderaardse raketfabriek. Hij vormt zich er een beeld van: kraakheldere betonnen vloer, twaalf verdiepingen hoog. Een twintig meter lange V2, liggend op een op rails lopende platte wagon, ingewanden en hersens blootgelegd, een driedubbele gyroscoop om de raket in een traag menuet door ruimte en tijd te loodsen. Hij ziet hoe de raket tegen het hellende spoor op rolt om kennis te maken met de nachtelijke hemel, via door rotsen en pijnbomen gecamoufleerde luikopeningen; de oorlog maakt mensen vindingrijk. Voorzichtig wordt de raket met een lier omhooggetrokken tot hij rechtop staat op het testplatform, gericht op de sterren, tanks gevuld met het geheime, cruciale mengsel dat voldoende stuwkracht ontwikkelt om hem binnen vijf minuten via het Kanaal naar Londen te sturen. Vergelding 2, Hitlers geheime wapen. Toch zullen we daarmee naar de maan reizen. Zo blijven we vrij. En Henry Froelich heeft daar gewerkt.

'Heb je aan de raketten zelf gewerkt?'

Froelich knikt.

'Allemachtig,' zegt Jack zachtjes. En dan, omdat hij er geen weerstand aan kan bieden: 'Heb je ooit gezien dat er een raket werd afgevuurd?'

Froelich schudt zijn hoofd. Onder de tafel kreunt de hond en legt zijn kin op Jacks voet.

'Toen ik Dora zag, was het niet langer een mysterie hoe de piramiden zijn gebouwd. De raketten worden gebouwd door slaven.'

'Slavenarbeid,' zegt Jack. Op de een of andere manier verzacht de toevoeging van het woord 'arbeid' het effect van het eerste woord, en hij vraagt zich af of dat nu is wat Froelich even eerder bedoelde, toen hij het had over woorden die hun geheugen zijn kwijtgeraakt.

'Hitlers geheime wapen,' zegt Froelich, terwijl hij zijn glas leegdrinkt en opstaat. 'Alleen slaven worden vertrouwd voor het werk, omdat we wel arriveren maar niet vertrekken.' Hij glimlacht bijna. 'We vertrekken door de schoorsteen.' Hij maakt een draaiende opwaartse beweging met zijn vinger.

'Hadden ze een crematorium? In Dora?' Jack slikt. 'Ik wist niet dat het een... een vernietigingskamp was.'

'Geen uitroeiing, nee, maar veel arbeiders gaan dood, en ze verbranden de lijken, want anders is er meer ziekte.' Froelich tilt het deksel van een pan op het fornuis en roert. 'Dus je ziet, ze zijn niet bang dat wij het geheim zullen vertellen, maar ze zijn doodsbang voor sabotage. Ze hebben gelijk, er is sabotage, maar vaak hangen ze de verkeerden op.' Hij pakt de fles, merkt dat die leeg is en buigt zich weer naar het kastje. 'Als mijn dienst erop zit, 's morgens vroeg, hangen er mannen aan touwen. Weet je hoe ze hen ophangen?'

Jack geeft geen antwoord.

Froelich draait de kurkentrekker in de fles. 'Een stuk hout hier tussen de tanden' – hij wijst met zijn vinger – 'om geschreeuw te voorkomen. Ze binden dat vast met een snoer om de hals. Het touw gaat om de nek, zo, en het andere eind zit vast aan een plank die bevestigd is aan een kraan...' Hij beschrijft de mechanica met de precisie van de ingenieur die hij is. 'Wij krijgen bevel toe te kijken of ze hangen ons ook op, dat is om ons te herinneren aan de prijs voor sabotage. De kraan tilt hen langzaam op... de SS heeft deze methode uitgedacht. Met de handen op de rug gebonden, maar de benen kunnen vrij bewegen, want dit is de show, amusement, ja? Ik hoorde eens twee secretaresses van het kantoor, de ene zei tegen haar vriendin: "Opschieten, anders mis je de benen."' Hij houdt Jack de fles voor. Jack wil geen spelbreker zijn en schuift zijn glas naar voren.

'Ze hangen bij de ingang van de tunnel, misschien anderhalve meter boven de grond, zodat we tussen de benen door moeten lopen – ze zijn hun broek kwijt, het is net alsof je door een gordijn gaat, de SS kijkt daar graag naar.' Hij tilt het deksel nogmaals op en er ontsnapt stoom. 'Wil je ook wat?' vraagt hij, met de opscheplepel boven een kom.

'Nee. Bedankt Henry, maar ik heb geen honger.'

Froelich loopt met zijn kom terug naar de tafel. 'Het was vroeger een mijn,' zegt hij en begint te eten.

'Wat?'

'Dora. In het Harzgebergte.'

'De raketfabriek?'

'In een grot in de bergen.'

Een geheim, in een grot in de bergen, waar slaven werken. Het klinkt als een sprookje.

'Niet ver van Buchenwald,' zegt Froelich. 'Niet ver van de plaats waar Goethe woonde. Ze sturen de *Häftlinge* – de gevangenen – om ze te laten graven en de grot groter te maken. Ze graven met blote handen en veel van hen gaan dood. Eerst zijn er geen joden, er zijn Fransen en Russen, Duitsers, Engelsen, Polen en Tsjechen en allerlei anderen. Ze dragen de driehoek, allemaal verschillende kleuren, maar ze hebben ook allemaal gestreepte kampkleren aan. En aan onze voeten, de klompen, blote voeten ook 's winters. In het begin moeten de slaven op de grond slapen bij de raketten en veel van hen gaan dood.' Froelich brengt weer een hap naar zijn mond, maar wacht dan even. 'Zie je, de nazi's hebben twee tegenstrijdige bedoelingen, maar ze waren in beide opzichten efficiënt.' Jack ziet de professor weer voor zich als Froelich achter elkaar twee vingers opsteekt. '*Erste*: de wapens produceren. *Zweite*: de arbeiders doden, ja.'

'Henry...'

'Als ik vanuit die andere plaats in Dora aankom...'

'Welke andere plaats?'

'Uit Auschwitz *Drei* – Auschwitz Drie, ja? Ik ben niet zo sterk, maar ik heb geleerd "elektrotechnicus" te zeggen, en dus sterf ik niet door het dragen van de huid, de schelp van de raketten, hoe heet dat?'

'De behuizing.'

Hij praat nu vlug. 'Ik heb ook geluk omdat ik geen vreselijke dysenterie heb, alleen maar een beetje, maar er zijn veel kinderen en ze nemen ze mee om ze dood te slaan. Ik heb geluk omdat ik niet de hele weg van Auschwitz naar Dora heb moeten lopen, ik heb in een spoorwagon gezeten, die is open, geen dak. Dat is goed, want het is winter en ik drink de sneeuw van mijn schouders, snap je? Ik kan ook ademhalen. Ik bevries niet, want om mij heen gaan veel mensen dood, dus kruip ik onder hun lichamen. Ik ben mager maar als ik bij Dora aankom, heb ik geluk. Ik bouw mijn barak niet zelf, anderen moeten dat doen en veel van hen gaan dood.'

Het woord 'Auschwitz' sist en bruist als een zuur in de lucht die Jack omringt. Zijn huis is aan de overkant van de straat. Zijn bed. Zijn kinderen in hun bed. Zijn vrouw. Hij heeft een warm gevoel in zijn gezicht, maar het is geen behaaglijke warmte. Hij zit ergens te dichtbij. Hij zou moeten opschuiven, maar dat kan hij niet.

'We zingen voor de bewakers.'

'Wat?'

'Het is winter en ik weet de datum niet, alleen dat het sneeuwt en dat ze ons "Stille Nacht" laten zingen.'

'"Stille Nacht?"'

'Dus weet ik dat het december 1944 is.'

Froelich scheurt een stuk brood af en voert het aan de hond, wiens zwarte neus net onder tafelniveau glimt. Er ontvouwt zich een nieuwe laag in Jacks gedachten. Fried werkte in een misdadige omgeving, dus is het logisch dat

Froelich zijn gezicht in verband brengt met wreedheid, maar daaruit volgt niet per se dat Fried persoonlijk misdaden pleegde. Toch moet hij van het ophangen hebben geweten. Beseft Simon dat? *Ik heb hem persoonlijk aangemerkt als iemand die geen veiligheidsrisico is.* 'Dus hij was een wetenschapper.'

'Wie?'

'Die kerel die je hebt gezien, die man uit Dora.'

'Een wetenschapper? Hij was gewoon ingenieur. *Es macht nichts.* Hij is een misdadiger.'

'Bedoel je dat hij een – wat was? Lid van de SS?'

'Ik heb nooit een uniform in Dora gezien,' zegt Froelich. 'Alleen de bewakers dragen uniformen. Von Braun draagt zijn uniform niet.'

'Von Braun?'

'Ja, hij bezoekt zijn raket.'

'Was Von Braun bij de SS?'

'*Natürlich.* Maar die andere, altijd bruine wol.'

'Wat?'

'Die ingenieur – hij draagt altijd een bruin wollen pak. En een klein brilletje, ronde glazen als kiezelstenen. Geen gezicht – ik bedoel, geen gelaatsuitdrukking. Zijn ogen veranderen niet, zijn stem verandert niet, altijd kalm. Voor hem, *alles ist normal.* Dat is wat ik me herinner.' Hij duwt zijn kom weg en leunt achterover. 'Een alledaagse man.'

Jack neemt een slok om zijn lippen vochtig te maken; die zijn droog geworden.

Froelich gaat door: 'Behalve zijn bloem. Die was zeldzaam. Hij groeit in de tunnel.' Hij schudt zijn hoofd. 'Mensen zijn niet saai, Jack, ben je dat met me eens?'

'Wat deed hij, Henry?'

'Hij was ingenieur in de tunnels.'

'Nee, ik bedoel, wat deed...?'

'Hij hield toezicht op de productie in zijn sector. Hij vond het vreselijk dat zijn raket door ons werd gebouwd. Wij waren vogelverschrikkers. Hij let op sabotage. Die ontdekt hij vaak. Hij wil indruk maken op zijn superieuren, *verstehen?*'

Jack leunt voorover. 'Wat heeft hij misdreven?'

Ook Froelich leunt voorover. 'Weet je hoeveel mensen zijn omgekomen door de V2?'

'Nee, dat weet ik niet,' zegt Jack. Hun gezichten zijn maar zo'n dertig centimeter van elkaar verwijderd.

'Vijfduizend.' Froelich laat zijn hand met een klap op tafel vallen. Jack verroert zich niet. 'Weet je hoeveel mensen er sterven door het bouwen van deze raket die je zo fascineert, Jack? *Mehr als* – meer dan twintigduizend.' De hand slaat weer op de tafel, zodat de lege glazen een sprongetje maken.

De hond blaft, de achterdeur gaat open en Madeleines vriendinnetje komt binnen.

'Colleen, *Schatzi, hier zu Papa, bitte komm*.' Het meisje loopt naar hem toe en hij knuffelt haar, streelt haar slordige haar. De smalle blauwe ogen staren Jack aan over Froelichs schouder.

'Hallo, Colleen,' zegt Jack. Het kind antwoordt niet. Jack ziet een vaag litteken bij haar mondhoek.

Froelich schept een kom voor haar vol en ze neemt die mee de kamer uit. De hond volgt. Even later komt er muziek uit de hifi – een vrouw zingt 'Mack the Knife' in het Duits.

'In het kamp ben ik niet erg jong en sterk, maar ik weet iets. Als je een ander helpt overleven, overleef je zelf misschien ook. In Auschwitz pak ik de bril af van een jongen toen we uit de trein werden gehaald. Er zijn honden en lichten en heel harde muziek, en het geschreeuw van bewakers, allemaal bedoeld om verwarring te zaaien, maar in wezen is het erg georganiseerd, dat kun je zien als je niet zo doodsbang bent, en ik heb geluk, ik ben niet zo bang omdat ik weet dat mijn vrouw veilig is. Bovendien' – hij kijkt Jack aan alsof hij een geheim meedeelt – 'ken ik een truc. Ik stel me voor dat ik al vóór deze ervaringen heb geleefd.'

Froelich kijkt verwachtingsvol, dus Jack knikt.

'Die jongen,' gaat Froelich verder. 'Een student waarschijnlijk – ik sla zijn bril van zijn neus en ik vertel hem wat hij moet zeggen: "elektrotechnicus". Ze duwen hem naar rechts. Naar rechts is werken. Naar links is dood. Ik ben al uit Bühne gekomen, dus ik weet dat. Misschien heeft hij het overleefd.' Froelich sluit zijn ogen. 'Bovendien weet ik pas van het bombarderen na de oorlog, dus dat helpt me ook.'

'Welk bombarderen?'

'Hamburg.'

Jack weet het nog – daar komt Froelich vandaan. 'Je vrouw?' vraagt hij onnadrukkelijk.

Henry haalt gelijkmatig adem, zijn ogen zijn nog steeds dicht. Herinneringen overspoelen hem. Het geruis van schelpen, meegevoerd zwijgend zeewier en achtergebleven schoenen, zijn het tanden of parels die daar glanzen, kiezels of botten? Het getij van verloren voorwerpen, herinneringen die van hun eigenaars zijn losgeknipt, herinneringen die vrijkomen door de dood. Als hij zijn ogen lang genoeg dicht zou houden, zouden alle verloren herinneringen dan hun weg vinden door Henry Froelich, als door een levende toegangspoort?

'Mijn vrouw was veilig voor de kampen. En ik ook, een tijdje.'

Jack heeft het merkwaardige gevoel dat zijn lichaam, als hij nu zou opstaan om weg te gaan, achter zou blijven, zittend aan de tafel, een leeg omhulsel.

'Ze was volgens de nazi-indeling Arisch. Wat ironisch is, want toen ik haar voorstelde aan mijn moeder, vond mijn moeder haar niet goed genoeg. Mijn moeder was *sehr rafiniert*.' Hij glimlacht. 'Annie was van boerenafkomst.'

'Wat vond je vader van haar?'

'Die sneuvelde in de Eerste Wereldoorlog.'

'Mijn vader heeft in die oorlog gevochten. Mijn oom is gesneuveld.'

Froelich knikt. Jack zucht. Er is tussen hen begrip ontstaan, dus vindt hij dat hij kan vragen: 'Henry, waarom ben je niet uit Duitsland vertrokken toen Hitler aan de macht kwam? Waarom ben je gebleven?'

'Ik ben *Deutsch*. Dat verandert niet. Je hebt gelijk, Jack, het is een prachtig land, het is mijn land. We waren *Deutsch*, begrijp je? Toen kwamen we er langzaam achter dat we dat niet waren. Dat gebeurde niet van de ene dag op de andere, er was geen invasie. Vrienden – mensen met wie je gegeten hebt, aan tafel hebt gezeten, zoals jij en ik hier. Je beseft, te laat, dat die de vijand zijn.'

Jack voelt hoofdpijn opkomen. Als gedempte voetstappen op een metalen trap. Froelich zegt: 'En mijn moeder weigerde Duitsland te verlaten. Toen ze stierf, probeerden we naar Canada te komen, maar we werden niet toegelaten.'

'Kwam je Canada niet in?'

'We werden nergens toegelaten, en mijn vrouw wilde niet zonder mij weg.'

'Maar je was professor of zo, je had het maar voor het uitzoeken.'

Froelich haalt zijn schouders op. 'Ik was een jood. Geen erg goede jood, maar vanaf 1933 maakte dat niet uit. Goed of slecht, als er midden in de nacht op de deur wordt geklopt, ben je een jood.'

'Hoe ben je in Dora terechtgekomen?'

'We hadden een mooi appartement in Hamburg. Het blokhoofd had niet zo'n mooi appartement. Hij heeft me aangegeven omdat ik naar de BBC luisterde. Ik werd in april 1943 gearresteerd en weggevoerd. In juli 1943 kwamen de bommen.'

Jack weet de naam van de missie nog. Operatie Gomorra. Britse en Canadese bommenwerpers gooiden in drie dagen tijd negenduizend ton explosieven op Hamburg. Tweeënveertigduizend burgers kwamen om in de vuurstorm – verbrand, gestikt, verpletterd, meegesleurd door de verzengende wind. Jack vraagt niet of Froelich kinderen had.

'Ik hou van Canada,' zegt Froelich.

Froelich lijkt op dit moment absoluut niet aan Oskar Fried te denken. Jack schuift zijn stoel voorzichtig weg bij de tafel, maar Froelich blijft praten. 'Ik vocht niet in het verzet. Maar in Dora doe ik wat ik kan.'

Bij het noemen van de fabriek laat Jack zich weer zo stil mogelijk op het versleten vinyl van de keukenstoel zakken.

'Niemand ziet de gehele raket, alleen het stuk waaraan hij werkt, maar ik zit bij het *Elektriker Kommando*. Mijn taak is het puntlassen van de huid – de behuizing, en ook het repareren van de lasmachines, dus zijn de raketten dicht bij me in de buurt en heb ik... mogelijkheden.'

'Sabotage?'

'Je vervangt een goed onderdeel door een slecht onderdeel, draait een schroef los, misschien kun je urineren op sommige draden om ze te laten roesten. Misschien las je een naad niet altijd helemaal goed. Dat helpt me overleven. Ik ken een Pool die werd opgehangen omdat hij een lepel heeft gemaakt. Maar ik ben banger voor mijn *Kapo*.'

'Was hij dat? Een *Kapo*?'

'Wat?' Froelich schudt zijn hoofd, ongeduldig. 'Een *Kapo* is... een *Kapo*. Hij is ook een gevangene, in een gestreept kampuniform, vodden, ja? Maar met een groene driehoek, voor *misdadiger*. Hij heeft macht. Deze probeert me te vermoorden. Elke dag slaat hij met het *Gummi* – dat is een rubberslang – zwart, dik. Hij zegt: "Geen joden in mijn *Kommando*," hij wil dat zijn ploeg *judenrein* is. Niet alleen bewakers en Kapo's, maar ook de ingenieurs slaan de gevangenen graag. Het is niet nodig iemand op te hangen, de meesten raken uitgehongerd en de zieken worden uitgezocht voor vernietiging.'

'Heeft die man die je op de markt zag, die ingenieur – sloeg hij gevangenen? Heeft hij persoonlijk bevel gegeven om gevangenen op te hangen?'

'Ik weet dat deze Kapo me vermoord zou hebben als hij er niet geweest was.'

'Heeft hij je leven gered? Hoe dan?'

'De ingenieur wijst naar de Kapo. De bewakers nemen hem mee en hangen hem op boven zijn machine.' Jack wacht.

'Zie je, de ingenieur wist dat ik mijn vak verstond. De Kapo was bezig een waardevolle arbeider te saboteren, dus wijst de ingenieur naar hem. Elke keer dat de ingenieur wijst, neemt de bewaker de gevangene mee, en kort daarna kom je die gevangene op een ochtend weer tegen, bij de ingang van de tunnel, als je onder zijn voeten doorloopt. Ik heb hem vaak zien wijzen. Een keer toen een gevangene hem een sigaret aanbood. Een keer toen iemand zei: "Goedemorgen." Dus toen hij de Kapo liet ophangen, zei ik niet: "Bedankt."'

'... Henry? Is de politie nog op zoek naar die man?'

'Nee, dat heb ik al gezegd, ze geloven me niet.' Froelichs oogleden zijn zwaar, zijn mond is paars gevlekt.

Jack staat op, pakt zijn pet. 'Ik geloof je.'

Froelich komt overeind en pakt zijn hand vast. 'Bedankt, Jack. Voor alles. Dit is nu mijn land. Ik zal de krant bellen, ik ga ze vertellen wat ik gezien heb en wie met ons in dit vrije land leeft. Ik ga vertellen dat de politie mijn zoon vervolgt, en ik zal zorgen dat die man in de gevangenis komt.'

'Wat zegt je advocaat hier allemaal van?'

'Mijn advocaat?' Froelich rolt met zijn ogen. 'Hij zegt: "Hou je gedeisd. Je schaadt de zaak." Ik denk dat hij me ook niet gelooft.'

Jack blijft halverwege de deur staan, het geld schiet hem weer te binnen, gewisseld in grote coupures en gewichtloos in zijn zak. Hij steekt zijn hand in zijn jasje en haalt een bruin loonzakje tevoorschijn.

'Wat is dat?' vraagt Henry.

'Neem dat nou maar aan.'

'Nee, nee, dat kan ik niet.'

'Allerlei prima kerels hebben een bijdrage geleverd. Ik kan het ze niet teruggeven.' Hij legt het loonzakje op de tafel, tussen de rekeningen.

Henry staart ernaar. 'Mijn advocaat zegt, zelfs als het waar is, lijkt mijn zoon schuldiger door dat alibi omdat ik heb beweerd dat ik dezelfde auto heb gezien.' Hij haalt diep adem. 'Als ik het door de ogen van vreemden zie... Ze kennen mijn zoon niet. Ze kennen mij niet. We zijn van... elders afkomstig. Zijn alibi, denk ik... het klinkt als een *Märchen* – een sprookje.'

Jack klikt met zijn tong. 'Je hebt waarschijnlijk gelijk, Henry.' Hij steekt zijn handen in zijn zakken en voelt geschrokken het eenzame autosleuteltje.

'Ik denk dat ik de raad van mijn advocaat maar opvolg,' zegt Henry.

'Hij is de expert.'

'Dan vertel ik later de kranten wat ik gezien heb. En die luchtmachtfiguur, wie het ook is, ik zorg dat hij voelt wat hij gedaan heeft.'

Henry loopt met Jack naar de deur. 'Ik vergeet nooit een gezicht, Jack. In april kwamen de Amerikanen. Ik herinner me een soldaat die zijn hand naar me uitstak en ik denk elke dag: *Ik hoop dat die jongen een goed leven heeft. Ik hoop dat hij kinderen heeft.*'

'Henry, het spijt me.'

'Wat?'

'Dat ik jou – dat ik al die herinneringen wakker maak.'

'*Ibergekumene tsores iz gut tsu dertseylin.* Het is goed te praten over moeilijkheden die voorbij zijn.' Froelich glimlacht en er flonkert weer een lichtje in zijn ogen. 'Mijn grootmoeder zei dat altijd. Ze was "typisch" Jiddisch.'

Jack stapt het nachtelijk duister in, het sleuteltje in zijn hand geklemd, dat in zijn palm drukt. Aan de overkant van de straat ziet hij het licht in zijn keukenraam. Hij krijgt plotseling medelijden met zijn vrouw – ziet haar in gedachten aan de tafel met een kop thee, op het punt de bladzijde van een tijdschrift om te slaan, wachtend op hem. Alsof hij weg was om oorlog te voeren – hoewel, als dat zo was, zou het beeld niet zo droefgeestig zijn. Voeg er een kind aan toe dat naast haar chocola zit te drinken, en het onderschrift: 'Wat heb jij in de oorlog gedaan, papa?'

Zijn blik wordt getrokken door de koplampen van een auto die St. Lawrence komt inrijden. Karen Froelich komt thuis, alleen. Hij draait zich om en loopt terug tussen het huis van de Froelichs en het aangrenzende huis – hij neemt een korte weg via het park naar de basis. Hij zou er sneller zijn met de auto, maar hij wil Mimi niet laten schrikken en de situatie vertroebelen door uiteenzettingen. Ze neemt ongetwijfeld aan dat hij nog steeds bij de Froelichs is.

Hij draaft langs de schommels en wippen. Is het mogelijk dat Simon wist wat Fried heeft uitgespookt? Jack gaat harder lopen, hij rent niet alleen om zo snel mogelijk bij de telefooncel te komen, maar ook om de adrenaline te verdrijven die in zijn ingewanden spuit. Fried is een moordenaar, een man die zijn verleden verborgen heeft en zijn loyaliteit aan een ander heeft geschonken toen hem dat dienstig leek – waarom zou hij dat niet weer doen? Hoe waarschijnlijk is het dat Simon zo iemand welbewust namens het Westen zou rekruteren? Jack is bijna het park uit wanneer hij iets in een boom in een achtertuin ziet hangen – een touw en een katrol. Waar dient dat voor? Hij schakelt over op een gewone wandelpas nu hij weer in een stuk met straatverlichting komt.

Iemand als Fried zou een schandvlek zijn voor het juweel van de westerse wetenschap: het ruimtevaartprogramma. Hij zou onze strijd om de suprematie op raketgebied een kwalijke reputatie geven en de sovjetpropaganda in de kaart spelen. De Sovjets hebben een voorsprong omdat ze hun volk onderdrukken – hun hele land is een concentratiekamp. Jack maakt zijn das los om zijn nek lucht te geven en steekt de weg over, onder de vleugel van de oude Spitfire door.

Hij loopt over Canada Avenue en voorbij de hangars. Voor hem, waar het gemaaide gras aan de andere kant van de startbaan overgaat in onkruid dat de rand van een greppel aan het oog onttrekt, wordt de duisternis dichter. Hij zou 's avonds liever niet buiten gehoorafstand van zijn gezin zijn – al is de dader waarschijnlijk al kilometers ver weg. Net als de McCarrolls zelf, die nu in Virginia zijn. Beminden die een woonkamer in een voorstad bevolken. Ingelijste foto's. Sandwiches en tranen. *Ik vind het zo erg.* Hij steekt de startbaan over en haalt het sleuteltje uit zijn zak. Hij tilt zijn arm op, klaar om te gooien, en is ontzet over zijn volgende gedachte, die zonder wroeging bij hem opkomt: *liever zijn kind dan het mijne* – want op dit moment weet Jack zeker dat zijn kind zou zijn vermoord, als McCarroll er niet was geweest. Alsof één of ander iets een kind opeiste. Een offer. Aan wat? Hij smijt het sleuteltje de duisternis in.

De telefooncel glanst aan de andere kant van het exercitieterrein. Hij rent, wringt zich door de glazen deur en draait de nul. Hij hoort de telefoon rinkelen in de duisternis aan de andere kant van de lijn.

'Centrale.'

Jack haalt het stukje papier uit zijn portefeuille, leest Simons nachtnummer voor en luistert terwijl de cijfers worden gedraaid, tikkend als de sloten van een safe. Hij kijkt op naar de eerlijke maansikkel door het glas van de cel en beseft iets. Simon is nog altijd in actieve dienst. Hij heeft sinds 1939 niet in vredestijd geleefd. Hij is van de ene oorlog overgestapt op de andere. Jack is dankbaar dat hij zijn baan niet heeft – ook al voert Simon nog steeds 'operationele vluchten' uit. En hoewel deze missie nu geen succes kan worden genoemd, is het ook niet helemaal voor niets geweest als het tot Simons taak behoorde om te zorgen dat het sovjetruimtevaartprogramma geen gebruik kon maken van Frieds expertise. Zelfs als Fried wordt teruggestuurd wanneer de waarheid aan het licht komt, is het onwaarschijnlijk dat de Sovjets hem weer aan het werk zullen zetten. Het is eerder te verwachten dat hij geëxecuteerd wordt. Jack voelt geen spoortje medelijden met de man, maar zijn volgende gedachte valt hem kil op het lijf: Misschien is Fried in werkelijkheid wel een sovjetspion. Hij haalt diep adem – het heeft geen zin op de zaken vooruit te lopen. Hij luistert naar de telefoon die ergens in Washington overgaat.

Madeleine probeerde wakker te blijven, maar de slaap was te sterk, een onzichtbare toverstaf – hoe komt het dat we ons nooit het ogenblik herinneren waarop we in slaap vallen? Nu is ze wakker geworden en heeft geen idee hoe laat het is, ze weet alleen dat het al laat is. Haar vader moet nu al thuis zijn, en ze moet hem de vragen stellen voor de school morgen begint.

Ze sluipt de gang in. Een steels duwtje tegen de deur van haar ouders en de kamer opent zich voor haar blik. Bed opgemaakt. Haar hart maakt een sprongetje – haar ouders zijn weggegaan! Natuurlijk is dat niet zo. Ze blijven lang op, het zijn volwassenen, ze mogen.

Ze sluipt naar de trap. Beneden brandt licht, in de keuken. Ze loopt voorzichtig de trap af, stapje voor stapje, tot ze haar moeder in haar eentje aan de keukentafel ziet zitten. Ze is nog aangekleed, er staat een kop thee voor haar en de kaarten zijn gelegd. Ze speelt patience. Madeleine kijkt hoe haar moeder de ene kaart op de andere legt. De keuken ziet er netjes en schoon uit. Haar rode nagels steken af tegen de zilveren spikkels op het tafelblad. Rook stijgt op uit een kristallen asbak.

'Maman?'

Haar moeder kijkt op en glimlacht. '*Eh, ma p'tite fille, qu'est-ce que tu as, viens à maman.*' En opent haar armen.

Madeleine loopt naar haar toe, merkt dat haar rug een beetje gebogen is, dat haar buik naar voren steekt net als vroeger toen ze nog klein was, en wikkelt haar haar om haar vinger. Ze klimt bij haar moeder op schoot. Haar moeder is ook vergeten dat Madeleine negen is. Ze slaat haar arm om haar heen en wiegt haar heen en weer. Madeleine laat haar hoofd tegen de schouder van haar moeder rusten en verzet zich tegen het verlangen om te gaan duimzuigen.

'Maman, krijg je weer een baby?'

Mimi glimlacht. 'Misschien wel, als God er ons eentje stuurt.'

'Hoe ga je die noemen? Als het een meisje is?'

'O, ik weet niet, wat vind jij? We zouden haar Domithilde kunnen noemen.'

'Nee!'

Haar moeder lacht. 'Waarom niet? Naar je tante Domithilde, wat is daar mis mee?'

'Kunnen we haar Holly noemen?'

'Waarom?'

'Omdat dat een beetje op Hayley lijkt, zoals Hayley Mills.'

'Holly is leuk, maar er is geen heilige die Holly heet.'

'Is er een heilige Claire?'

Mimi strijkt over haar voorhoofd. 'Stttt, *ma p'tite*. Er is een heilige Claire en die zorgt nu voor onze kleine vriendin. Claire is nu bij God.'

Waarom is iedereen dan zo van streek? Madeleine ziet in gedachten een trio dat bij haar wegloopt. Claire tussen de heilige Claire en God in, ze houdt hun handen vast en kijkt naar hen op. Volwassenen in een lang gewaad en met een hoofddoek om, die haar plechtig met zich mee nemen, terwijl ze boven haar hoofd met elkaar praten. Waar waren ze toen iemand haar vermoordde? Stonden ze gewoon te kijken?

'Zeg nu maar een gebedje,' zegt maman, terwijl ze haar handen vouwt. En ze bidden: 'Engel van God, mijn steun en toeverlaat, die mij door Gods liefde altijd bijstaat...'

Zodra het gebed voorbij is, zegt Madeleine: 'Ik moet pap iets vragen.'

'Vraag het hem morgenvroeg maar, goed?'

Madeleine sluit haar ogen als haar moeder haar in slaap wiegt. Ze steekt haar duim in haar mond en peinst over God en de heilige Claire. Heilige volwassenen die staan te wachten om vermoorde kinderen te begroeten bij het vliegveld in de hemel.

'Simon, ik heb net met Froelich gesproken – mijn buurman – hij heeft me verteld over Fried, over wat hij in Dora deed. Hij heeft mensen laten ophangen, Simon, hij heeft opdracht gegeven tot executies... Simon?'

'Ga door.'

'Nou, als dat waar is – en ik denk dat het waar is – dan hebben we inderdaad een oorlogsmisdadiger in huis gehaald. Hij moet uitgewezen worden.'

Een klik aan de andere kant van de lijn – niet elektronisch, het geluid van een aansteker. Dan een diepe zucht. 'Ik ben bang dat daar geen sprake van kan zijn, Jack. Wat Fried tijdens de oorlog deed, doet niet terzake.'

Jack dacht dat hij voorbereid was op dit gesprek. Dat is hij niet. 'Zeg je nou dat je het wist?'

Geen antwoord.

'Ik kan hier niet aan meedoen, Simon.'

'Ik wist dat hij geen padvinder was. Net als diverse anderen.'

Simons toon – onaangedaan, dezelfde toon die Jack altijd zo bewonderd heeft – staat hem nu tegen. Hij is niet voorbereid op wat hij voelt – geen boosheid, maar een doffe teleurstelling. Het is alsof hij de wereld om Simon heen een gedaanteverwisseling ziet ondergaan, terwijl de lijken zich opstapelen. Maar Simon blijft dezelfde – dezelfde halve glimlach, ontspannen houding – tot zijn knieën in het bloed. Jack zegt kalm: 'Ik ga tegen de politie zeggen dat ik die jongen langs de weg heb gezien. Ik ga tegen ze zeggen dat ik in die auto reed en ik ga ze bij hun onderzoek op jouw spoor zetten.'

'Weet je wat het Paperclip-project is?'

'Heb je me verstaan, Simon?'

'Heb je ooit gehoord van Operatie Matchbox?'

Jack antwoordt niet.

'Het zijn verwante programma's – geheim, natuurlijk. Het eerste is Amerikaans. Het tweede Canadees. De Britten komen en gaan naar behoefte. Net als Donald Maclean. Je had gelijk, Jack, ik heb inderdaad zijn oude baan. Dat betekent dat ik de verbinding moet onderhouden met de Amerikanen, en buitenlandse wetenschappers moet opsporen die zij kunnen rekruteren. Al werkte Maclean natuurlijk voor de verkeerde baas.'

'En als die wetenschappers toevallig oorlogsmisdadigers zijn, doe je of je neus bloedt.'

'Inderdaad, een paar moesten een beetje worden schoongewassen voor ze deze kant op kwamen' – Jack hoort hem een lange trek van zijn sigaret nemen en dan uitblazen – 'Von Braun bijvoorbeeld.'

De nacht is koud geworden. Jack kan zijn adem zien. 'Hoe zat het dan met Von Braun?'

'Tja, hij werd maar zelden gefotografeerd in zijn SS-uniform, maar hij was een *Hauptsturmführer*. Kapitein.'

'... Een heleboel werden gedwongen om bij de SS te gaan.'

'Ik kan me niet voorstellen dat iemand Von Braun ergens toe dwingt.'

'Heeft hij echte misdaden gepleegd?'

'Ik heb notulen gezien van een bijeenkomst die in Dora werd gehouden, waar vooraanstaande wetenschappers, managers en SS'ers aanwezig waren, onder wie Von Braun.' Simon spreekt snel, maar ongehaast, een standaardbriefing. 'Ze hadden het over het aanvoeren van nog meer Franse burgers die ze als slaven wilden gebruiken, en ze namen kennis van het feit dat de arbeiders verplicht het gestreepte concentratiekampuniform moesten dragen. Niemand maakte bezwaar. En als je de transcriptie leest van het proces wegens in Dora gepleegde oorlogsmisdaden, dan zie je dat de algemeen directeur veroordeeld is wegens massamoord. Hij heeft verklaard dat Von Braun de fabriek regelmatig bezocht en geheel op de hoogte was van de manier waarop de fabriek functioneerde, met inbegrip van de executies.'

'Dat moet de pers te horen krijgen.'

'Dat kan niet. Die gegevens zijn geheim.'

Jack ziet de condensatie van zijn adem op de zwarte draaischijf van de telefoon. 'Maar Von Braun gaf geen opdracht tot executies en...' hij hoort een dwaze, klaaglijke toon in zijn stem.

'Tja, dat zeiden ze allemaal, maar in Von Brauns geval is het ongetwijfeld waar. Maar Rudolph is een ander verhaal.'

'Arthur Rudolph?'

'Projectleider van het Saturnus-raketprogramma van NASA. Hij was hoofd productie in Mittelwerk...'
'Mittelwerk?'
'Mittelbau. Soms ook wel Nordhausen genoemd, naar het nabijgelegen stadje.'
'Waar heb je het over, Simon?'
'Over Dora. Daar werden allerlei verschillende namen voor gebruikt. Nog steeds trouwens. Hoe kun je de vijand beter in verwarring brengen dan door een steeds weer veranderende bureaucratische nomenclatuur?'
'Jij wist dat allemaal.'
'Het is mijn taak dat te weten.'

Jack kijkt naar de opkomende mist buiten. Vaag zichtbaar voorbij de vliegtuighangars knippert het rode licht van de verkeerstoren met regelmatige trage tussenpozen.

'Het doel van Paperclip is drievoudig,' gaat Simon verder. 'De Sovjets wetenschappelijke expertise onthouden. Het Westen – meestal via Amerika – voorzien van wetenschappelijke expertise. En ten derde: individuen belonen die het Westen nuttige inlichtingen hebben verstrekt.'
'Nazi's belonen.'
'In sommige gevallen,' zegt Simon. 'Voormalige nazi's. Een aantal van hen mocht naar Canada komen. Ze leiden een teruggetrokken bestaan. Jullie hebben hen heel discreet verwelkomd op verzoek van Groot-Brittannië of de Verenigde Staten.'
'Oorlogsmisdadigers.'
'Het is een feit dat de meesten nu volstrekt onschadelijk zijn. Snoeien hun rozen, betalen belasting. En ze hebben geen sympathie voor de communisten.'
'Dat verandert niets aan wat ze hebben gedaan.'
'Ik ben het helemaal met je eens. In een volmaakte wereld zouden ze opgehangen zijn. Of gevangengezet.'

Jack zegt niets, geërgerd als hij is door Simons poging tot relativering, en in het besef dat dit verstrekken van geheime informatie een vorm van vleierij is met de bedoeling om hem in te kapselen.

'Het is ook iets anders dan de nazi-ontsnappingsroute,' zegt Simon. 'Die operatie stond onder leiding van de CIA, met de hulp van het Vaticaan, en die hebben een hele hoop van die kerels het land uit geloodst, voornamelijk naar Zuid-Amerika – het echte tuig. Mensen als Barbie en Mengele. Hun enige nut was het verstrekken van inlichtingen, en zelfs daar zet ik vraagtekens bij, maar er is hier in de VS een groot militair-industrieel complex met gevestigde belangen dat de militairen aan het lijntje wil houden; de generaals zijn aan het manoeuvreren om zo'n groot mogelijk deel van het budget te bemachtigen, de veiligheidsdiensten beconcurreren elkaar als bezetenen om met de meest angstaanjagende informatie te komen aanzetten, met de beste overloper, met lulverhalen over wie de meeste raketten heeft, en een hoop van die figuren geloven het zelf ook nog, allemaal koren op hun molen, goed voor het bedrijfsleven. Dreigingsinflatie noemen we dat. Maar ze weten verdomde goed wie de vijand is en ze krijgen dingen voor elkaar, de Yanks.'

'Wie heeft de leiding over Paperclip?'

'De Joint Intelligence Objectives Agency. JIOA. Dankzij het Pentagon.'

'Een Amerikaanse operatie die bedoeld is om de Amerikaanse immigratiewetten te omzeilen en die illegaal in Canada wordt uitgevoerd. Jullie ondermijnen de democratie.'

'We strijden voor het behoud ervan. Op zijn ergst zijn we een vlekje op het democratische blazoen.'

'Jullie behandelen het publiek als een vijand, dat doen communisten ook. En fascisten.'

'Een aantal hoge Amerikaanse officieren denkt er net zo over als jij. Ik heb er eentje horen zeggen dat hij het hele clubje van die voormalige nazi's graag met de Sovjets zou willen ruilen voor een portie kaviaar. En Amerikaanse wetenschappers hebben de pest in omdat de mooiste banen naar buitenlanders gaan. Er werken er zelfs een paar bij jullie National Research Council in Ottawa.'

'Oké, Simon, ik snap het, maar ik laat die jongen niet de gevangenis in gaan vanwege een nazi, het kan me geen donder schelen hoeveel er nu aan onze kant staan.'

'Er werkt een Russische spion bij het Marshall Space Flight Center.'

NASA. Jack wacht.

'Fried heeft hem geïdentificeerd. Fried krijgt een baan bij het raketprogramma van de USAF, en wordt dan gedetacheerd bij Marshall. Hij neemt contact op met die figuur en doet zich zelf voor als sovjetagent. Hij bezorgt die kerel onjuiste informatie om door te geven aan zijn contactpersoon.'

Als Jack dat een week geleden had gehoord, zou hij het heel spannend hebben gevonden. Nu zegt hij: 'Dus je hebt er geen probleem mee dat een jongen de gevangenis in gaat zodat wij de Sovjets in verwarring kunnen brengen?' Buiten de telefooncel is een dichte mist opgekomen. Jack kan het rode geknipper van de verkeerstoren niet meer zien – het zal hem moeite kosten de weg naar huis te vinden.

'Onze operatie maakt misschien gebruik van Amerikaanse inlichtingen,' zegt Simon, 'maar het zijn in elk geval mensen van de luchtmacht. Als de CIA er lucht van krijgt, gaan ze achter die sovjetmol aan, grijpen hem in zijn kraag en dan kunnen ze weer een streepje bijschrijven, tenzij ze besluiten hem in te zetten als een middel om hun voet steviger tussen de deur van het ruimtevaartprogramma te krijgen. Dat wil niemand.'

'Neem me niet kwalijk dat ik niet al te veel sympathie kan opbrengen voor jouw territoriumoorlog, Simon. En zelfs als ik me stil zou houden, dan kan ik nog geen invloed uitoefenen op wat Henry Froelich doet.'

'Als de dekmantel van onze kleine missie in rook opgaat, zijn de Sovjets niet de enigen die verrast opkijken.'

'Wat bedoel je?'

'Dan heb ik er geen zeggenschap meer over.'

'Wat bedoel je? De CIA?'

'Ik zeg alleen maar dat ik de afloop niet kan voorspellen.'

Wat zou de CIA kunnen doen? Froelich is een immigrant. Een jood met linkse sympathieën. Het McCarthy-tijdperk ligt nog niet zo ver in het verleden. Zouden ze hem zwartmaken? Hem laten uitwijzen? 'De CIA heeft geen bevoegdheid om in dit land te opereren.'

Geen antwoord.

'Simon. Het gaat om moord. Die jongen kan worden opgehangen.'

Een harde stilte aan de andere kant van de lijn. Het soort stilte dat 's nachts een stuk uit de romp van je vliegtuig scheurt. Ten slotte voegt Jack eraan toe: 'Dat is het slechtste scenario.'

'Ik zal je zeggen wat het slechtste scenario is, Jack,' en Simons toon is nog steeds redelijk. 'Een aantal van onze mensen – dappere mensen, plaatselijke agenten – komt om het leven in de Sovjet-Unie, ver van je kostbare geweten. Frieds informatie over de Russische bedoelingen en capaciteiten met betrekking tot hun strategische raketprogramma – testresultaten, blauwdrukken, organisatiestructuur – wordt waardeloos, de pers beleeft een prachttijd met het verhaal over nazi's bij de NASA en de overheidsubsidies worden drastisch verminderd, zodat we onze poging om naar de maan te reizen wel kunnen vergeten, om maar te zwijgen van de implicaties voor de westerse inlichtingendiensten, en de strijd om suprematie in bepaalde technologieën die ervoor zorgen dat jij godverdomme veilig kunt barbecuen.'

'Ja, best, Simon, ik ben hier en jij niet, en dat geldt ook voor Fried. Ik hoef maar een telefoontje te plegen en dan wordt hij zo snel opgepakt...'

'Fried is allang weg, makker.'

Uiteraard. Jack slikt de vernedering. 'Wanneer?' vraagt hij, eraan toevoegend: 'Ik weet dat je me dat niet zult vertellen, zeg me alleen of hij al weg was toen ik onlangs voorstelde om hem te gaan opzoeken.'

'Ik ben bang van wel.' Simon klinkt bijna verontschuldigend.

Jack steekt zijn hand omhoog en legt die tegen het koude glas.

Na een ogenblik zegt Simon rustig: 'Jack, de reden waarom ik jou met deze missie heb belast is dat ik heb geleerd dat je maar heel weinig mensen kunt vertrouwen,' en het is weer de stem van een vriend. 'Het kan me niet schelen welke veiligheidsclassificatie ze hebben of waar ze vandaan komen. Sommige van de ergste boeven zijn mijn eigen landgenoten. Ik zou je niet vragen je hoed af te nemen voor die klootzak van een Oskar Fried. We doen dit niet voor hem.' Hij zucht. 'Deze oorlog – die we nu voeren – doet me verlangen naar de vorige. Elke idioot kan voor zijn land sterven, Jack.'

'Ik vind niet dat veertienduizend Canadezen idioten waren.'

'Ik kleineer het offer niet dat door mijn vrienden en de jouwe is gebracht – door mijn jongere broer, christus nog aan toe. Ik wil alleen maar zeggen dat jij en ik niet het voorrecht hebben om te strijden en te sterven. We moeten leven en we moeten besluiten nemen – dat moesten we in de vorige oorlog ook, maar toen waren niet alle besluiten geheim. Toen deelden we het schuldgevoel en het gelul en de triomf met elkaar en dat noemden we plicht...' Jack kan niet praten over de vorige oorlog. Hij was er wel en niet bij. *Ik heb het recht niet om erover te praten.* En degenen die dat recht wel hebben, praten er bijna nooit over. 'Toen hield het schieten op een dag op en noemden we dat de overwinning. We demobiliseerden en gingen weer aan het werk, trouwden, kregen kinderen en noemden het vrede. Maar dat is het niet echt. En jij staat er middenin.'

'Simon, ik geef leiding aan een organisatie die mensen leert hoe je leiding moet geven aan organisaties. Ik rij in een stationcar, ik houd van mijn vrouw, ik sta nergens middenin.'

'Wel degelijk, jongen. Je bent nu in actieve dienst, of je het leuk vindt of niet.' Simons toon klinkt opgewekter. 'Je weet dat we de Duitse oorlogsindustrie plat hebben gebombardeerd. Het Ruhrgebied nacht na nacht – daar had je bij moeten zijn, makker, ze hebben je een leuk verzetje onthouden.' Is hij nu sarcastisch? *'Je weet dat ik naar Peenemünde ben geweest.' Dat ik naar Peenemünde ben geweest.* Jack weet er genoeg van om te vertalen: *Ik heb geluk gehad en heb een bombardementsvlucht overleefd. Doel: Peenemünde.* 'We hebben geen spaan heel gelaten van de V2-raketten van Hitler...'

'Dat is een feit.'

'Dus gingen ze ondergronds, haalden er een massa dwangarbeiders bij, lieten die zich doodwerken in Dora, hongerden ze uit, hingen ze op, verdomd fraaie vertoning.'

'Dat was niet onze schuld.'

Simon gaat door, op kalme toon – Jack beseft dat hij woedend is. 'Toen we Hamburg bombardeerden, kwamen er duizenden mensen om. Ik heb daaraan meegedaan, we gooiden brandbommen, fosforbommen, samen met de gewone ouderwetse joekels en wat was er beneden? Burgers. We vermoordden ze net zo zeker als wanneer we ze in een rij hadden opgesteld en ze een kuil in hadden geschoten, en we hebben de oorlog gewonnen dankzij of ondanks die methoden, ik vermoed ondanks, want ik weet wie hun steden hebben herbouwd, die verdomde vrouwen hebben dat gedaan, steen voor steen, en hoe kun je dan nog winnen? Maar we hebben ons ontdaan van Hitler, nietwaar, en wat mij dwarszit, Jack, is dat Stalin meer burgers heeft omgebracht dan Hitler, maar Duitsland is nu een heel ander land en Rusland niet. En ik vraag je – je land, je beschaving godverdomme, vragen je om misschien, wie weet, het leven van één jongen op te offeren – en hoogstwaarschijnlijk niet zijn leven, alleen zijn vrijheid – ten behoeve van de vrede, ten behoeve van een aantal wetenschappelijke vorderingen die het verschil kunnen uitmaken tussen ons voortbestaan en onze vernietiging, ten behoeve van je dochter. Jij stomme idioot.' Simon zwijgt. Wanneer hij weer wat zegt, klinkt hij niet langer boos, alleen bedroefd. 'Ik heb honderden en honderden, misschien duizenden mensen gedood. Maar ik deed dat niet in het geheim en ik heb nooit ook maar één slachtoffer gezien. Dat gebeurt niet op die hoogte, dat noemen we de ethiek van hoger sferen. En ik heb er een medaille voor gekregen. Jou wordt gevraagd één persoon in gevaar te brengen. Het verschil is dat jij hem kent. Ik kende de vrouwen niet die naar de schuilkelders renden als de sirenes gingen, ik kende hun kinderen niet, die in het puin stierven of vastplakten aan de straten als het asfalt smolt, ik kende de mensen in de ziekenhuizen en de kerken niet, of degenen die in het kanaal terechtkwamen. Ik maak me niet wijs dat ze kregen wat ze verdienden en ik leef me niet uit in een gigantisch zinloos schuldgevoel en deugdzame terugblikken. Ik deed godverdomme mijn plicht, Jack. Het wordt tijd dat jij dat ook doet.'

De mist heeft tijd en ruimte uitgewist. Jack zou overal kunnen zijn – tienduizend voet boven de aarde, *vertrouw op je instrumenten...*

Simon zegt: 'Er is een oud Chinees spreekwoord: wie iemands leven redt, is verantwoordelijk voor hem.'

'Je bent me niets schuldig, Simon.'

'Mijn collega's weten dat er een hoge Canadese officier bij betrokken is, ze weten dat hij gestationeerd is op Centralia, en ik denk dat ze je heel gemakkelijk kunnen opsporen. Al heb ik je naam niet genoemd, ze zouden je heel gemakkelijk kunnen vinden, denk ik. Maar nu volgt het punt waar het om gaat, Jack. Tot dusver hebben ze er geen notie van dat je van plan bent om de stilte te verbreken.'

Als Simon denkt dat Jack zich op dit moment zorgen maakt over zijn carrière, vergist hij zich schromelijk.

'Bedreig je me, Simon?'

'Nee.' Hij klinkt oprecht verbaasd. Als hij weer wat zegt, klinkt zijn stem intiem, bijna gegriefd. 'Ik geef je mijn woord dat ze het niet van mij zullen horen.'

Jack slikt en zegt: 'Simon, ik laat ze die jongen niet ophangen. Hij is onschuldig.'

'Dan hoeft hij zich nergens zorgen over te maken.'

Ik weet niet wat ik moet doen. Jack heeft het niet hardop gezegd. Maar Simon heeft hem gehoord. Simon zit aan de andere kant van de tafel, een whisky bij hem vandaan. Hij buigt zich nu voorover naar Jack en zegt: 'Doe wat juist is.'

De uitdrukking roept iets wakker in Jacks geheugen, precies achter zijn linkeroog... Wat Simon zei toen Jack wakker werd in de ziekenboeg en hoorde dat zijn oorlog voorbij was: *Je hebt gedaan wat juist was, makker.*

'Tot ziens, Jack.'

Jack neemt zijn hand weg van het ondoorzichtige glas en zijn handafdruk blijft achter, zwart en doorzichtig. Hij kijkt omhoog, tussen zijn vingers door. Buiten is het een heldere nacht. De maan glanst door zijn handpalm heen. De mist hing de hele tijd alleen in de cel, ontstaan uit niets anders dan zijn eigen adem; hij doet de deur open en voelt de kilte door de wol van zijn uniform. Het is gaan sneeuwen. Vlokken scheren rakelings langs zijn wimpers, smelten tegen zijn onderlip. Hij zet zijn pet op. Zijn benen dragen hem over de stille witheid. Halverwege het exercitieterrein wordt hij zich bewust van gedempte voetstappen achter hem. Hij versnelt zijn pas, maar dat doet de achtervolger ook – hij hoort de snorkende adem van de vreemde, voelt bijna de klap op zijn schouder: *Je bent de auto kwijtgeraakt, Jack. Zelfs als je je nu meldt, zou de politie jou net zomin geloven als Henry Froelich. Er is nooit een Oskar Fried geweest.* Hij blijft staan. Wie zou hem geloven? Zijn vrouw. De Sovjets. En de CIA.

Jack is nooit bang geweest om te doen wat juist is, maar soms is het moeilijk te herkennen wat juist is. *Laat me zien wat juist is en ik doe het.* Waar is boven? Waar is beneden? Hij verlangt ernaar met Mimi te praten, maar hij mag zijn vrouw er niet bij betrekken. Zij heeft geen dienst genomen bij het leger, hij wel.

Hij draait zich om, al weet hij dat er niemand achter hem is. Aan de overkant van het exercitieterrein glanst de lege telefooncel, opnieuw transparant. De sneeuwvlokken verzamelen zich op zijn schouders, lijken net een bundel veren. Hij staat daar terwijl zijn pet een witte rand krijgt en zijn schouders berijpte epauletten verzamelen. Hij weet niet wat te doen. Hij weet alleen wat hij heeft gedaan.

'... En 't is niet omwille van een medaille meer,
Of de zelfzuchtige hoop op tijd'lijke roem en eer,
Maar de hand van zijn kap'tein die hem op zijn schouder slaat –
'Speel mee! Speel mee! Speel mee het spel, het is nog niet te laat!'
SIR HENRY NEWBOLT, 1862-1938

FLEXIBEL ANTWOORD

'Bobby?'
'Ja?'
'Ik wil niet dat het lijkt alsof het hier een compleet zootje is...'

BANDOPNAME VAN OPMERKING VAN JFK TEGEN RFK TIJDENS DE CUBAANSE CRISIS,
23 OKTOBER 1962

Mimi wordt eerder wakker dan Jack. Ze stapt zonder lawaai te maken uit bed en raapt zijn uniform op, dat gekreukt op de vloer ligt – ze zal het snel even persen. Als ze het jasje pakt, ruikt ze iets. Ze houdt het tegen haar gezicht en snuift – urine. Ze beseft vrijwel meteen dat hij een van de baby's van de Froelichs moet hebben vastgehouden. Ze kijkt naar hem, bleek en slapend, met open mond, en krijgt een indruk van de oude man die hij eens zal worden. Ze moet aardig voor hem zijn.

Gisteravond is ze opgebleven tot hij thuiskwam, maar toen hij er eindelijk was, had hij geen honger en wilde hij niet praten. Ze gaf hem twee aspirines; hij nam ze in met een whisky en ging meteen naar bed. Ze ging bij Madeleine kijken, en toen ze bij haar man in bed stapte, sliep hij al. Ze wachtte tot hij zich naar haar zou omdraaien om haar voeten te warmen, die altijd ijskoud zijn, maar hij was compleet uitgeteld. Hij had de wedstrijd van zijn zoon gemist. Het was nu niet de tijd om hem te vragen wat er bij de Froelichs was gebeurd. Wat het ook was, hij was er ziek van geworden. Jack was zesendertig en het was belangrijk te onthouden dat mannen veel opkropten, en dat dat zijn tol kon eisen. Mimi wist hoe ze hem kon laten ontspannen, maar daarvoor sliep hij te vast. Ze was over tijd. Misschien ditmaal... Ze hoorde hem even knarsetanden. Ze had geen slaap. Ze staarde naar het witgepleisterde plafond, waar de schaduwen van sneeuwvlokken op een kale, door de maan verlichte rechthoek vielen. Ze had kunnen opstaan om een extra deken te halen, maar ze had het te koud.

Een honkbalwedstrijd is niet het einde van de wereld, maar hun zoon zou maar heel kort jong zijn. Ze was bang dat hij maar al te gauw niet meer zoveel belang zou hechten aan de aanwezigheid van zijn vader om hem aan te moedigen. Al deed Michel alsof het niet gaf – hij kwam binnenwandelen, kondigde zijn overwinning terloops aan en zei tegen haar dat hij geen honger had; Arnold Pinders vader had hen op hamburgers getrakteerd. Dat er daardoor tranen in haar ogen kwamen, kon ze alleen maar toeschrijven aan de emotionele spanningen van de afgelopen week.

Mimi vouwt het uniformjasje over de stoel – het zal gestoomd moeten worden – en loopt naar de badkamer. Ze herinnert zich dat de stationcar van de Froelichs gisteravond het grootste deel van de tijd niet op de oprit stond en ze vraagt zich af wie Jack gezelschap heeft gehouden – Henry of Karen?

In de badkamer plast ze, en ziet dan op het toiletpapier en streep waterig rood. Ze weet even niet waar ze aan toe is. Ze heeft geen last gehad van kramp, van zwellingen. Ze zegt tegen zichzelf dat veel vrouwen een onregelmatige menstruatie hebben, maar ze weet wel beter: zo is zij nooit geweest. Daardoor hebben zij en Jack nooit een 'verrassing' gehad. Als haar menstruatie verandert, dan komt dat doordat ze zelf verandert, hoe jong ze er ook uitziet en hoe jong ze zich ook voelt. Ze plenst water tegen haar gezicht – ze heeft geen reden om te huilen. Ze heeft twee mooie gezonde kinderen, en haar buurvrouw heeft haar enige kind zojuist verloren. Het is verkeerd om verdriet te hebben over een kind dat niet eens verwekt is. Trouwens, wie weet, het is allerminst gezegd dat het toch nog niet zou kunnen gebeuren. Ze laat het water stromen, en gaat op de rand van de badkuip zitten met haar gezicht in haar handen. Madeleine bonkt op de deur: 'Maman! Ik moet weg!'

Bij het ontbijt haalt ze Michel over om zijn vader over de honkbalwedstrijd te vertellen. De regen heeft de onverwachte sneeuw weggespoeld en het gras vertoont een nieuwe, bleekgroene kleur. Ze kleedt zich zorgvuldiger dan gewoonlijk, en kust Jack ten afscheid met een extra liefdesbeet in zijn oor om hem te laten glimlachen.

Madeleine heeft geen kans gekregen om haar vader de vragen te stellen, want Mike monopoliseerde het ontbijt met een gedetailleerd verslag van zijn wedstrijd. Misschien maakt het niet uit, want de politie komt niet terug op school. Wanneer Colleen haar in de middagpauze onderschept, vertelt Madeleine haar wat ze tegen de politie heeft gezegd en rent dan weer terug naar haar schoolvriendinnen – haar blitse vriendinnen – voor Colleen haar kan bedanken of haar met iets kan lastigvallen. Het korstje in de palm van haar hand is gaan schilferen, en Madeleine krabt eraan zo vaak ze durft.

De volgende drie dagen wacht Jack gewoon af, in de hoop dat de zaak niet-ontvankelijk verklaard zal worden, maar op vrijdag wordt er een datum vastgesteld voor een hoorzitting. Het OM is bereid om de zaak snel op de rol te zetten in verband met het feit dat sommige getuigen misschien voor het eind van de zomer zullen zijn overgeplaatst. Misschien houden ze ook rekening met het feit dat Ricky nog zo jong is en dat hij niet op borgtocht is vrijgelaten, want de hoorzitting is al over drie weken. De advocaat van de Froelichs heeft het tempo van de gebeurtenissen verwelkomd, gezien het magere materiaal waarover de officier van justitie beschikt. Het OM zal proberen Ricky als volwassene te laten berechten, maar er zijn al redactionele commentaren verschenen in de grote dagbladen uit Toronto waarin dat wordt gegispt als onmenselijk en bestempeld als 'misbruik van de letter en een inbreuk op de geest van de wet'.

Jack gaat niet onmiddellijk naar de politie. Hij redeneert dat het er bij een hoorzitting om gaat te bepalen of er genoeg bewijsmateriaal is om over te gaan tot een strafproces. En hoe waarschijnlijk is dat? Jack zal iets doen, maar alleen als het verantwoord is. En dat betekent je gedeisd houden tot ingrijpen absoluut noodzakelijk is.

Grace Novotny heeft één roze lint aan het stuur van haar afgejakkerde fiets. Ze staat schrijlings boven de fiets aan de rand van het ronde grasveld dat aan Madeleines achtertuin grenst. Het regent weer. Sommige kinderen joelen nu misschien: 'Wie gaat er op zo'n dag nou fietsen?' zoals kinderen doen in een poging om je het idee te geven dat je een halve zool bent. Grace heeft geen regenjas aan. Ze heeft haar hand tussen haar benen – ze grijpt zichzelf daar vaak verstrooid vast. Ze doet Madeleine denken aan een oude rubberen pop, naakt op één plastic schoen na, loshangend haar, achtergelaten op de bodem van een speelgoedkist. Het is vrijdag na school en Madeleine heeft haar rode regenjas aan en haar zuidwester op. Ze heeft een golfbal uit elkaar gehaald die ze in het gras had gevonden. Mike heeft gezegd dat er binnenin nitroglycerine zit; misschien gaat ze een bom maken.

'Hoi, Grace.' Grace schijnt de regen niet op te merken. De zoom van haar natte jurk loopt niet recht. Madeleine vraagt: 'Hé, Grace, waar heb je dat lint vandaan?'

Grace strijkt met haar vinger over de roze plastic stroken en kijkt de andere kant op. 'Dat heb ik van iemand gekregen.'

'Van wie?'

'Iemand.'

Madeleine zegt: 'Je hebt het gestolen.'

'Niet waar!' Grace stoot de woorden eruit, en stampt met haar voet zoals Marjorie doet, alsof ze verwacht dat je wegrent als een kat. Maar als Grace het doet, is het niet dwingend, maar onbenullig.

'Hoe kom je er dan aan?' vraagt Madeleine weer.

'Ze heeft het me gegeven.'

'Wie? Claire?'

'Ik heb het gevonden.'

'Leugenaar.' Madeleine vindt zichzelf een beetje gemeen – Grace is een gemakkelijk doelwit. 'Vertel het me, Grace.'

Grace springt op het zadel van haar fiets, bonkt met opzet hard op en neer als ze wegrijdt – dat moet wel zeer doen.

'Madeleine. *Viens, c'est l'heure du dîner.*'

Er wordt die avond niet veel gezegd onder het eten. Madeleine wacht steeds tot er iets gebeurt, maar er gebeurt niets.

'Mag ik de erwten even?' vraagt Mike. Haar vader geeft hem geen standje als hij er suiker over strooit.

Madeleine wou dat de radio aan was, al waren het maar die saaie nieuwsberichten. De regen tikt tegen het raam, niet behaaglijk, maar als een eentonige herinnering dat er niets is om over te praten.

'Je moet vanavond naar de padvinderij, klopt dat, Mike?' vraagt Jack. Mike knort bevestigend, maar haar vader zegt er niets van. Er is iets helemaal mis met dit plaatje. Haar vader is extra aardig, hij houdt iets voor zich, alsof hij hen wil voorbereiden op afschuwelijk nieuws – hij heeft een dodelijke ziekte. Stel dat hij nog maar een jaar te leven heeft.

'Geef de boter eens aan, liefje.'

Het wordt haar te veel. Haar gezicht verkreukelt, tranen vallen op haar lauwe erwten uit blik, zelfs overmand door verdriet merkt ze dat en vraagt ze zich af of ze er zo misschien onderuit kan komen om ze te moeten eten.

'Wat is er mis, maatje?'

'Madeleine, qu'est-ce que tu as?'

Mike rolt met zijn ogen.

'Hou op!' schreeuwt ze woest tegen hem. Haar vader kijkt Mike scherp aan, en opent dan zijn armen voor Madeleine. Ze klimt bij hem op schoot en huilt tegen zijn schouder. 'Het spijt me.'

'Wat spijt je, maatje?' Zijn geamuseerde stem, de stem die duidelijk maakt dat het tijd is voor bezorgdheid omdat hij je geruststelt.

'Niks!' Ze huilt, wrijft met haar vuist over haar wang. Als ze opkijkt, zitten ze alleen aan tafel.

'Vertel me eens wat je vandaag op school gedaan hebt.'

Vandaag heeft Madeleine door het raam uitgekeken naar de politie. 'Niks,' zegt ze.

'Heb je gezongen? Gerekend? Een tekening gemaakt?'

'We hadden donderdag tekenen.'

'Nou, vertel me dan eens wat je donderdag hebt getekend.'

'Ik heb geen ster gekregen.'

'Dat geeft niet, kunst is subjectief. Weet je wat *subjectief* betekent?'

'Nee.'

'Het betekent dat het een kwestie van opinie is. Kunst is een kwestie van opinie.'

'De vlinders hebben een ster gekregen.'

'Vlinders. Niet erg origineel.'

'Ze waren geel, ze waren echt goed.'

'Wat heb jij getekend?'

Ze vertelt hem van Robin die riep: 'Alle donders, het is donderdag, Batman!' Hij lacht. Ze voelt zich al wat beter.

'Humor wordt vaak onderschat,' zegt hij. 'Maar humor is het moeilijkste van alles.'

Hij vertelt haar over de oude variétéartiesten als Bob Hope die hun optredens opbouwen, seconde na seconde, tot ze een flitsende voorstelling van drie minuten hebben die barstensvol zit met grappen die steeds weer aanslaan. 'Komedie is de hartchirurgie onder de uitvoerende kunsten.'

'Gaan ze Ricky Froelich ophangen?'

'Nee, nee, nee, dat doen ze niet.'

'Um. Hoe weet je dat?' Ze probeert haar stem beleefd te laten klinken, en niet brutaal te lijken omdat ze zijn oordeel in twijfel trekt.

'Wel, in de eerste plaats is hij minderjarig.'

'Is dat erg?'

'Nee, nee, minderjarig betekent gewoon dat je nog niet volwassen bent, dus kan je niet worden veroordeeld als een volwassene.'

'Hangen ze weleens kinderen op?' vraagt Madeleine, in de wetenschap dat ze zo meteen te horen krijgt dat ze 'aan prettige dingen moet denken'.

Hij klinkt een beetje beledigd als hij antwoordt: 'Natuurlijk niet, de kans dat zoiets tegenwoordig gebeurt is zo goed als nihil.'

Zoals de kans dat ze de bom gooien.

'In de eerste plaats komt er waarschijnlijk niet eens een rechtszaak van. Er moet namelijk eerst een hoorzitting worden gehouden, zoals dat heet, en dan zegt de rechter: "Luister eens, mannen, er is geen rechtstreeks bewijs..."'

'Het is allemaal indirect.' Het soort waarmee Perry Mason te maken krijgt.

'Dat klopt, en dan verklaart hij de zaak niet-ontvankelijk.'

Madeleine zegt: 'Wil je naar *Rocky and Bullwinkle* kijken?'

Ze kijken terwijl Boris Badenov en zijn boosaardige Russische vriendin Natasja een circusvoorstelling proberen te saboteren, maar worden dwarsgezeten door J. Rocket Squirrel en zijn vertrouwde vriend, de eland. Tijdens de reclame vraagt Madeleine: 'Maar als ze Ricky nou niet niet-gevankelijk verklaren?'

'Geen enkele verstandige jury zou hem zonder bewijs veroordelen.'

'Ja, maar als ze het toch doen?'

Hij kijkt haar recht aan, en voor het eerst spreekt hij tegen haar met zijn mannen-onder-elkaar-stem. Ze voelt hoe haar ruggengraat zich recht, omdat ze weet dat het betekent dat hij gelooft dat ze het kan verdragen als een man.

'Als ze Ricky Froelich zouden veroordelen wegens moord,' zegt hij, 'zou het slechtste scenario neerkomen op levenslange gevangenisstraf.'

Ze ziet Rick in een pak met zwart-witte strepen, achter de tralies, en een bijpassende pet op zijn hoofd, *ga direct naar de gevangenis, ga niet langs af...*

Hij laat zijn thee op de salontafel staan en loopt naar de keukenkast boven de koelkast. Hij schenkt zich een glas in uit de fles whisky.

Candid Camera begint.

'Maar zelfs dat zal niet gebeuren,' zegt Madeleine, nog steeds op de mannen-onder-elkaar-toon.

'Wat zeg je, liefje?' Hij gaat weer op de bank zitten. 'Wrijf eens over paps hoofd, wil je?'

Ze knielt naast hem en wrijft hem over zijn hoofd, en zegt: 'Hij gaat zelfs niet naar de gevangenis.'

'Nee, dat is zo,' zegt pap en neemt een slok.

Vrolijke zangstemmen klinken uit de tv en sporen het publiek aan om te glimlachen. 'U bent op *Candid Camera!*'

'Want hij heeft het niet gedaan,' zegt Madeleine. Haar vader staat op om de tv harder te zetten. 'Dat heb ik tegen de politie gezegd.'

'Wat zeg je?' Hij draait zich naar haar om, nog steeds over de tv gebogen. 'Wat was dat met de politie, schat?'

'Ze zijn op school geweest.'

Hij gaat rechtop staan. 'Wanneer?'

'Gisteren.'

'Waarvoor?'

'Om dingen te vragen.'

'Waarover?' Het spijt haar dat ze het onderwerp te berde heeft gebracht. Hoe kan ze haar vader bekennen dat ze tegen de politie heeft gelogen? Zijn gezicht is rood. 'Wie was erbij?'

'Alleen ik,' zegt Madeleine. 'En meneer March.'

'Wie heeft je die vragen gesteld?'

'Die agent met dat pak aan.'

'Inspecteur Bradley?'

'Ja.'

'Wel alle...' Hij zet zijn glas op de salontafel met een afgemeten gebaar dat Madeleine herkent als woede. Hij loopt naar de keuken en pakt de telefoongids uit een la – hij smijt niet met dingen, likt aan zijn vinger en slaat de bladzijden weloverwogen om. Hij is kennelijk toch niet boos op haar. Maar desondanks is ze door een vlechtwerk van gras gestapt en in een valkuil gestort, je kunt er onmogelijk achter komen waar volwassenen die hebben gegraven. Ze kijkt hoe hij het nummer draait.

'Hallo, spreek ik met George March? U spreekt met Jack McCarthy, ik ben de vader van Madeleine...' Madeleine is te geschokt om een kussen te pakken. 'Ik wil graag dat u me iets uitlegt...'

Ze heeft het nerveuze, duizeligmakende gevoel dat ze krijgt wanneer pap ergens boos op is, maar niet op haar – die verrekte tentharingen! Ze ziet dat er een blik van verbijsterde verontwaardiging in zijn ogen komt. Hij zegt: 'Ik wil graag dat u me uitlegt waarom ik nu niet meteen naar u zou toekomen om u allebei uw armen te breken.'

Ze kauwt op de binnenkant van haar wang en pakt een kussen van de bank.

'... O, ik denk dat je wel weet waarom, mannetje.'

Mannetje! Ze bijt in de stof.

'"Oefeningen"? Ik bel niet over het werk op school, makker, ik bel over wat er gistermiddag na drieën in je klas is gebeurd.'

Madeleines ogen voelen aan alsof ze net zo groot zijn als schoteltjes.

'Het kan me niet schelen wat de politie heeft gezegd, volgens de wet moeten ouders worden geraadpleegd voor hun kinderen ondervraagd mogen worden.' Zijn vingers die de hoorn vasthouden, zijn wit. 'Ik weet dat ze de waarheid heeft gezegd, ik heb haar opgevoed om altijd de waarheid te zeggen, daar gaat het niet om...'

Madeleine grinnikt met haar gezicht in het kussen, een lach bevroren in haar keel.

'Je mag van geluk spreken als je nog een baan hebt wanneer ik hiermee klaar ben... Je kunt er verdomd zeker van zijn dat het niet weer zal gebeuren.' En hij hangt op.

Jack heeft zijn vinger op het nummer van het plaatselijke politiebureau, maar bedenkt zich en bladert terug om een Thomas Bradley in Exeter te zoeken – om die klootzak thuis te bellen, hem op een onbewaakt ogenblik te bereiken en te zorgen dat hij met zijn luie reet in beweging komt.

Voor Jack het nummer draait, kijkt hij zijn dochter aan en vraagt: 'Wat hebben ze je gevraagd?' Het duizelige, spannende gevoel verdwijnt op slag. Madeleine doet het kussen weg bij haar mond en zegt de waarheid.

'Of ik Ricky en Elizabeth en Claire allemaal de weg heb zien aflopen.'

'Welke weg?'

'De Huron County Road.'

'Oké.' Hij knikt, klaar om het nummer te draaien. 'En wat heb je tegen ze gezegd?'

'Ik heb gezegd... dat ik ze gezien heb.'

'Hebben ze je nog iets anders gevraagd?'

Madeleine antwoordt weer naar waarheid: 'Ze vroegen: "Heb je gezien welke kant Ricky op ging?"'

Op de tv splitst een Volkswagen Kever zich in tweeën, rijdt om een telefoonpaal heen en wordt aan de andere kant weer één geheel. Gelach.

Madeleine concentreert zich. 'En ik zei... ja.' Ook dat is een waarheidsgetrouw antwoord, want dat is wat ze tegen de politie heeft gezegd. Ze liegt niet tegen haar vader.

Hij wacht.

'En ik zei dat hij niet met Claire was meegegaan, want ik zag hem en Elizabeth en Rex linksaf gaan.'

Hij kijkt anders. Niet zoals hij naar zijn maatje kijkt – maar ook niet zoals hij naar zijn kleine meid kijkt als ze stout is geweest. Ze herkent deze blik niet, dus herkent ze zichzelf even niet. Naar wie kijkt hij?

Er hebben zich woorden in Madeleines hoofd gevormd, ze zweven omlaag naar haar mond, *maar dat was een leugen, want ik zag niet welke kant Ricky op ging*. Ze opent haar mond om de woorden de vrije ruimte te geven, maar ze worden ingeslikt doordat pap zijn hand op haar hoofd legt. Hij maakt haar haar in de war, door het gewicht van zijn hand schommelt haar hoofd op haar hals.

'Weet je, maatje?' zegt hij.

'Wat?' ze staart naar de gesp van zijn riem, de vlieg in het barnsteen.

'Je hoeft nooit antwoord te geven op wat een volwassene je vraagt, behalve als je in de klas zit en de onderwijzer vraagt wat de hoofdstad van Borneo is of zo.'

Ze kijkt op. Hij grinnikt. Ze volgt zijn voorbeeld.

'Piloot aan copiloot,' zegt hij. 'Kun je me verstaan?'

'Roger.'

'Goed zo. Vooruit, laten we in de auto stappen voor een ritje.'

Hij zegt niets wanneer ze Mikes windjack van de kapstok pakt en dat aantrekt. Het jack met dezelfde geruite voering als dat van hem.

'Als je morgen naar school gaat, moet je tegen niemand zeggen dat je vader de onderwijzer heeft opgebeld om hem de wind van voren te geven. Hij heeft zijn straf gehad.'

'Dat zal ik niet doen.' Mannen onder elkaar. Ze vraagt zich af wat haar vader zou zeggen als ze hem vroeg om haar Rob te noemen.

Het is opgehouden met regenen. Ze rijden naar Crediton met de raampjes open, de geur van houtvuren en akkers doet hen aan Duitsland denken. Het is bijna donker, er hangt een grijze schemering over het land – niet dreigend of nevelig, een veelbelovend soort grijs – helder, het geeft een zilveren glans aan de schuren, scherpt de hekken aan. Ze stoppen bij de zuivelwinkel in de enige straat van het dorp en haar vader loopt naar de toonbank. Het is alleen maar te koud voor ijs als je een baby of een watje bent. Madeleine wacht in de auto, staart als Rob uit het raam. Verderop in de straat is een keurig huisje – een bungalow – met bloembakken en een voederkastje voor vogels in de voortuin. De deur gaat open en meneer March komt naar buiten met een zak vogelzaad en vult het voederkastje bij. Rob blijft onbeweeglijk zitten. Meneer March is al weer naar binnen wanneer haar vader terugkomt. Terwijl hij haar een ijsje geeft, zegt hij: 'Weet je wat "discreet" betekent?'

'Dat is wanneer je niet van alles rondvertelt.' Ze heeft gewoon vanille gekozen.

'Ja,' zegt hij, likkend aan de rand van zijn walnootijsje. 'Maar het heeft ook betrekking op een manier om iets gedaan te krijgen met zo weinig mogelijk gedoe en toestanden. We hebben nu met meneer March afgerekend en we hoeven het hem niet nog eens extra onder de neus te wrijven.'

'Hij heeft ook zijn trots,' antwoordt Rob.

'Precies,' zegt pap. 'Opdracht volbracht.'

Allebei leunen ze met een elleboog uit het raam, terwijl hun bij elkaar passende mouwen rimpelen in de wind.

Is het een leugen als je iemand geen leugen vertelt, maar hem wel een leugen laat geloven? Pap vroeg Madeleine wat ze tegen de politie had gezegd en dat heeft ze hem verteld. Is dat een leugen?

'Gewoon rustig aan,' zegt pap.

Of is dat 'discreet'?

Madeleine neemt een hap van haar ijsje en houdt het bevroren spul in haar mond. De tranen springen haar in de ogen, het is zo koud dat het pijn doet. Haar mond ontdooit wel weer, en als dat gebeurt is het raar hoe de rimpels op je verhemelte aanvoelen alsof ze verbrand zijn.

Haar vader gaat wat langzamer rijden en laat haar sturen.

Als Jack bij zijn thuiskomst hoort dat Mike is weggestuurd van de padvindersbijeenkomst omdat hij met Roy Noonan gevochten heeft, kan hij de kwestie in alle kalmte bespreken. Een zware last is van zijn schouders gevallen, zodat hij nu de vrijheid heeft om deze kleine crisis met betrekking tot zijn zoon te regelen. Zijn dochter heeft Ricky Froelich van een alibi voorzien.

DEEL DRIE

De genade van de koningin

DE AANKLACHT TEGEN RICHARD FROELICH

Familie van het slachtoffer rechts. Familie van de beklaagde links. Vreemde bruiloft. Houten banken. Vooraan op een grote tafel, uitgestald als cadeaus, de bewijsstukken.

Een glazen pot met de maaginhoud. Een envelop met een katoenen onderbroekje. Linkerschoen. Rechterschoen. Lunchtrommeltje. Zilveren bedelarmband in een envelop. Blauwe jurk. Foto van agent Lonergan op de plaats waar het lichaam gevonden is. Foto van Claire McCarroll tijdens de autopsie. Lisdodden die aan de lijkschouwer zijn overhandigd. Plastic bakje met larven. Plastic bakje met bloed van Claire McCarroll. Lisdodden die door agent Lonergan bewaard zijn.

Aan het plafond draait een ventilator langzaam rond. Aan de ene kant van de rechtszaal staan grote ramen schuin open, maar de lucht hangt stil. Het is warm voor midden juni – het voelt meer aan als juli. Het stadsplein buiten is omzoomd met bomen en staat vol met rozen. *Welkom in Goderich, het mooiste stadje van Canada.*

'Edelachtbare, ik verzoek u om de zaak tegen Richard Plymouth Froelich te openen op grond van de volgende aanklacht.' De openbare aanklager gaat weer zitten en veegt zijn voorhoofd af met een zakdoek. Het is tien uur 's ochtends. Het gerechtshof van Ontario houdt zitting in de provinciale rechtszaal.

'Geleid de verdachte voor,' zegt de rechter. Zijn zetel wordt geflankeerd door twee vlaggen: de Britse en de Canadese. Aan de muur boven zijn hoofd een portret van hare majesteit koningin Elizabeth II. *Elizabeth Regina.* Ricks tegenstandster.

Rick wordt binnengeleid in zijn nieuwe blauwe pak en met handboeien om. Zijn polsen steken bloot en benig uit zijn mouwen – in de gevangenis is hij in korte tijd snel gegroeid. Een gerechtsdienaar doet hem de handboeien af. Rick gaat zitten.

De griffier zegt: 'Wil de beklaagde opstaan?' Rick gaat staan.

Er zit een schram op zijn wang en een vlekje gedroogd bloed op zijn kin – het scheermes dat ze hem vanochtend gaven was al door meerdere gedetineerden gebruikt, het water was koud, en zijn zenuwen deden de rest. Het is genoteerd in zijn dossier, want elke verwonding moet worden verklaard. Meneer en mevrouw Froelich zitten achter hem, met Colleen.

Een paar rijen achter hen zit Jack in zijn zomeruniform. Hij heeft een dag verlof genomen om de eerste dag van het proces te kunnen bijwonen. Verlof is kostbaar, maar Mimi begrijpt het wel. Hij leunt achterover tegen de harde bank. Hij voelt zich nu al opgelucht. Het is bijna achter de rug. De afgelopen maanden zijn rustig geweest, maar niet geruststellend – net een soort winterslaap. De zon scheen, er was niets zichtbaar in het ongerede geraakt – behalve dat de jongen van de overkant weg is. De school hield een paar dagen geleden op en hij heeft de kinderen op een ijsje getrakteerd. Ze zijn gaan winkelen, hij heeft het gras gemaaid, het kinderzwembadje neergezet, hij heeft gebarbecued – en hij heeft gevrijd met zijn vrouw.

Maar als hij terugkijkt op de laatste twee maanden is de situatie met de Froelichs overal in doorgedrongen – het is net de lucht boven Centralia, het blauw overdekt met een vaag grijs waas dat het iets moeilijker maakt om adem te halen, iets moeilijker om te bewegen. Daaronder zit de tijd gevangen. Om Jack heen is de tijd verstreken en hij heeft zich daaraan aangepast, maar zelf is hij niet van zijn plaats gekomen. Hij is zelfs jarig geweest, maar dat was alleen maar een bladzijde op een kalender, kaarsjes op een taart. Inwendig weet hij dat hij niet ouder is dan hij twee maanden geleden was. Wat niet hetzelfde is als je jong voelen. Hij heeft gewacht tot de tijd opnieuw begon. Vandaag.

'U, Richard Plymouth Froelich,' leest de griffier voor van een klembord, 'wordt ervan beschuldigd dat u op of omstreeks de tiende dag van april 1963 in het district Stephen, in het graafschap Huron, Claire McCarroll onwettig om het leven hebt gebracht, in strijd met het strafrecht van Canada. Pleit u schuldig of niet schuldig?'

De pers is aanwezig – een rij verhitte mannen in gekreukte pakken achter in de zaal – maar ze mogen pas verslag uitbrengen als het proces beëindigd is. Er zijn geen fotografen – die mogen niet dichter dan vijftien meter bij het gerechtsgebouw komen, anders dan het gewone publiek. Jack zag de politieauto vanochtend komen voorrijden bij de trap, maar Rick werd aan zijn oog onttrokken door het toestromen van een kleine menigte. Hij hoorde kreten, geschreeuwde beledigingen. 'Daar is hij!' 'Vuile klootzak!' 'Die moeten ze opknopen!' Een bewijs dat, ondanks de begripvolle redactionele commentaren van journalisten die het een schande vinden dat in een beschaafd land als Canada een vijftienjarige berecht kan worden als een volwassene, de meeste mensen die Rick nooit hebben ontmoet geen reden hebben om aan de politie te twijfelen. De jongen komt niet uit deze buurt, hij is zelfs geen kind van iemand bij de luchtmacht, hij is geadopteerd – dat werd bekend op de hoorzitting – hij is niet echt blank. Hij is een Métis. Een 'halfbloed'.

Jack keek met afschuw naar het toneeltje. En hij verbaasde zich – hij is er zo aan gewend om aan Ricky Froelich te denken als de zoon van de buren, dat het niet bij hem was opgekomen dat sommigen het joch zouden zien als een heel geschikte dader. Een vreemde in hun midden.

Aan de andere kant van het middenpad zit inspecteur Bradley. Naast hem zitten de McCarrolls.

'Niet schuldig,' zegt Rick.

'U voert de verdediging, meneer Waller?' vraagt de rechter.

Een man in het zwartzijden gewaad van een *Queen's Counsel* staat naast Rick op achter de tafel van de verdediging. 'Jawel, edelachtbare.'

De griffier vraagt: 'Bent u gereed voor uw proces?'

Rick antwoordt: 'Ja.'

De jury legt de eed af. Het valt Jack op hoe groot het contrast is tussen het formele – zelfs theatrale – taalgebruik en de eentonige stemmen. De meeste aanwezigen hebben dit allemaal al honderden keren meegemaakt. Voor Rick is het een debuut. En voor de jury ook. Er zijn geen vrouwen onder de twaalf juryleden. Zo te zien zit er niemand tussen die jonger is dan vijftig. *Hij hangt al* – de woorden dringen zich aan Jack op, maar hij schudt ze van zich af, bijna beledigd – volstrekt fatsoenlijke, hardwerkende mannen. Stuk voor stuk doen ze hem aan zijn vader denken: strakke blik op een kleine wereld. En die gedachte schudt hij ook van zich af.

De griffier zegt: 'Laat de beklaagde opstaan.' Rick staat weer op. De griffier vervolgt: 'Heren van de jury, aanschouw de verdachte en luister naar de aanklacht.'

Jack houdt zijn blik gericht op de griffier. Aan de andere kant van het middenpad vouwt Sharon McCarroll haar handen en kijkt naar de grond. Alsof ze in de kerk zit. Ze draagt een lichtgele twinset die ze in Denver heeft gekocht toen Claire nog leefde. Alles in hun leven tot twee maanden geleden kan in die woorden worden samengevat: 'Toen Claire nog leefde'. Ze hebben nog niet gezegd: 'Toen Claire stierf.' Omdat ze niet stierf, ze werd vermoord, maar wie kan zich voorstellen dat je zegt: 'Toen Claire vermoord werd'? Mensen komen om bij auto-ongelukken en overstromingen. Claire werd vermoord. En er zal nooit een tijd komen dat haar ouders kunnen zeggen: 'Toen Claire vermoord werd.' Wat ze in plaats daarvan zullen zeggen is: 'Toen Claire van ons heenging.'

'... Op grond van deze aanklacht is hij voorgeleid, bij zijn voorgeleiding heeft hij niet schuldig gepleit en voor zijn proces heeft hij zich onderworpen aan het oordeel van zijn land, dat door u wordt vertegenwoordigd.'

Sharon duwt een sliert haar achter haar oor. Ze zal vandaag getuigen, daarna gaat ze terug naar Virginia. Vandaag is het net de laatste schooldag voor de zomervakantie. Eerst komt er een vraag- en antwoordspelletje. Ze zal precies beschrijven wat ze in het lunchtrommeltje van haar dochter heeft gedaan en ze zal de kleren beschrijven die haar kind droeg. Ze zal het verhaal van Claires laatste dag vertellen: 'Claire kwam binnen en vroeg of ik een tussendoortje voor haar wilde inpakken en ik zei: "Wil je me niet helpen met het bakken van een appeltaart voor de kabouters?" Ze vroeg of ze in plaats daarvan een eindje mocht gaan fietsen, en ik zei: "Zeker, maar vergeet niet je kabouteruniform aan te trekken voor we gaan eten", en zij zei: "Ik zal eraan denken, mama."' De gedachte hieraan doet een glimlach op Sharons gezicht verschijnen. Claire is hier nog steeds, in deze rechtszaal. Samen met haar kleren en haar Frankie-en-Annette-lunchtrommeltje, bewijsstuk 23. En haar bedelarmband. Blair slaat een arm om zijn vrouw heen, en buigt zich opzij om haar aan te kijken.

'Heren van de jury,' zegt de rechter, 'u hebt de eed afgelegd en het is nu aan u om u een oordeel te vormen over deze zaak. De jongeman die we gaan berechten is aangeklaagd wegens moord, het zwaarste misdrijf dat onze wetgeving kent...'

Een patholoog uit Stratford is aanwezig. Hij zal een getuigenverklaring afleggen over het medische bewijsmateriaal, waaruit blijkt dat ze gestorven is op de plaats waar ze gevonden werd, en hij zal een verklaring afleggen over het tijdstip van overlijden. Hij heeft de pot met de maaginhoud naar het kantoor van het Openbaar Ministerie in Ontario gezonden, waar medewerkers van de afdeling biologische analyse Claires tussendoortje hebben nagebootst, met inbegrip van het cakeje, dat ze hebben gebakken volgens een door mevrouw McCarroll verstrekt recept. Ze hebben het cakeje opgegeten, samen met een stukje Babybel-kaas en een schijfje appel, waarna ze alles weer hebben uitgebraakt om het te kunnen vergelijken met de maaginhoud van het slachtoffer.

'... en als er u geruchten over deze zaak ter ore zijn gekomen, zoals stellig het geval zal zijn,' zegt de rechter, 'want ik denk niet dat het mogelijk is om de afgelopen twee of drie maanden in Huron County te hebben gewoond zonder dat u er iets over hebt vernomen...'

Een paar rijen voor Jack zit Henry Froelich met gebogen hoofd – hij veegt zijn voorhoofd af. Jack ziet het achterhoofd van Karen Froelich. Loshangend sluik haar. Vaal zelfs. Dan draait ze zich opzij, hij vangt een blik op van haar profiel en er springt iets op net onder zijn borstbeen. Sommige vrouwen hebben een mond die eigenlijk beter uitkomt zonder lippenstift. Het vage lijntje om haar mondhoek – geopende lippen, vlak bij het oor van haar man, troostende woorden fluisterend.

'Wees zo goed dat nu uit uw geheugen te verdrijven...' zegt de rechter.

Jack is bij de voorbereidende hoorzitting geweest. Die duurde een dag. En gezien het weinige waarmee de aanklager op de proppen kwam, is het een wonder dat het toch tot een proces is gekomen. Rick heeft het lichaam gevonden. Rick was de laatste die haar levend heeft gezien. Rick sloeg op de vlucht voor een intimiderende politieman. Tijdstip van overlijden. Einde verhaal. Geen enkel bewijs. '... Ik verzoek u geen krantenverslagen over deze zaak te lezen en evenmin radioverslagen of televisieberichten te beluisteren of te bekijken...'

Dit is een klucht. Twee gezinnen gaan door een hel als gevolg van een knullig politieonderzoek. De plaatselijke burgerbevolking slaapt misschien geruster in de overtuiging dat de moordenaar gevonden is, maar de meeste ouders op de basis zijn nog steeds ongerust. '... in het hotel in Goderich, en mocht het u daar aan iets ontbreken, aarzel dan niet, heren, om een beroep te doen op het lokale bestuur...' De McCarrolls behoren tot de weinigen die nu denken dat Rick misschien schuldig is. En wie kan het hun kwalijk nemen dat ze verlangen naar een spoedig einde aan dit aspect van hun verdriet? '... als die stoelen te hard worden, heren, dan zullen er op mijn verzoek rubber kussens worden gebracht voor uw welbevinden, aangezien het belangrijk is dat u uw volledige aandacht kunt geven aan...'

Jack heeft een verzoek ingediend om vervroegd te worden overgeplaatst. Hij heeft het hoofd personeel in Centralia gepasseerd en is rechtstreeks naar een hogere officier gestapt, die hij nog kent van 4 Wing in Duitsland. Een paar jaar geleden heeft Jack zijn uiterste best gedaan om op het allerlaatste ogenblik een plaatsje aan boord van een militaire vlucht naar Canada te versieren voor de vrouw en kinderen van deze man, wat hem de opmerking opleverde: 'Als ik ooit iets voor jou kan doen, Jack...' De kolonel-vlieger is nu commodore bij het hoofdkwartier in Ottawa – 'Wat kan ik voor je doen, Jack?'

Jack wil verhuizen zodra zijn overplaatsing rond is. En zodra het proces achter de rug is neemt hij verlof, stouwt vrouw en kinderen in de Rambler en rijdt oostwaarts naar New Brunswick – nu de vakantie begonnen is, zal het moeite kosten Madeleine binnen de woonwijk en uit het bos te houden.

'Indien u mij toestaat, edelachtbare' – de openbare aanklager verheft zich, eveneens gehuld in een zwart gewaad, maar zwaarder, van wol – 'en ook u, dames en heren van de jury – neem me niet kwalijk, heren van de jury...'

Jack kijkt door het raam naar het rustige plein, net een ansichtkaart. Misschien zou hij bij de luchtmacht moeten weggaan om een burgercarrière te beginnen. Weer naar het buitenland gaan. Als consulent... voor een grote onderneming... farmaceutica, draadjes en schroefjes, het maakt eigenlijk niet uit. Ze kopen een eigen huis en gaan reizen. Net als vroeger. '... het tijdstip van overlijden tot het tijdstip waarop ze haar laatste maaltijd nuttigde. Ook andere tijdstippen zijn van belang...' Jack trekt zijn jasje uit en recht zijn rug, die nu nat aanvoelt tegen de bank. De officier van justitie schetst zijn zaak, hoe mager die ook is. '... toen ze het huis verliet. Dat was de laatste keer dat haar moeder haar levend zag. Maar u zult vernemen dat ze daarna op de speelplaats van haar school is geweest, waar een groep kabouters – dat zijn jonge padvindsters – bijeen zou komen. U zult de verklaring horen van twee kinderen die wellicht heel belangrijke getuigen voor uw oordeelsvorming zullen zijn, Marjorie Nolan en Grace Novotny...' De ene naam klinkt vertrouwd. Vriendinnetjes van Madeleine? Wat hebben die te melden? Ze waren niet bij de voorbereidende hoorzitting, daar waren helemaal geen kinderen. '... het zijn meisjes uit dezelfde klas als Claire McCarroll en ze speelden die middag samen, en u kunt het het beste uit hun eigen mond horen...'

Het exacte tijdstip waarop Claire de speelplaats verliet, het exacte tijdstip waarop ze Ricky en Elizabeth tegenkwam. De helft van de kinderen in de woonwijk wordt opgeroepen om ten behoeve van de aanklager te bevestigen wat niet eens betwist wordt: Claire deelde haar tussendoortje met Madeleine en Colleen op dat en dat tijdstip. Ze verliet de speelplaats op dat en dat tijdstip. Ze kwam Rick tegen en verliet de woonwijk, enzovoort... Waarom moeten de kinderen hieraan worden onderworpen?

De openbare aanklager zeurt maar door: '... die plek was een deel van Huron County dat de kinderen van de woonwijk kennen als Rock Bass. Dat is een verzonnen naam, die u op geen enkele kaart zult aantreffen, heren. Hij is toegankelijk via een onverharde weg die Third Line Division Road heet, maar u kunt verwachten dat sommige getuigen deze weg aanduiden als "de zandweg", en hij loopt van oost naar west tussen Highway 4 – dat is de King's Highway, niet te verwarren met County Road 4, die hij verder naar het noorden kruist – zoals ik zei, tussen de King's Highway en de rivier, de Ausable, wordt deze "zandweg" gekruist – en deze kruising kan van betekenis zijn – door een stuk weg dat de zuidelijke uitloper is van County Road 21, en waarnaar tijdens dit proces misschien wordt verwezen als "de provinciale weg..."'

Doet de aanklager het met opzet? Is dat zijn strategie? Jack kijkt naar de jury: twaalf slaperige mannen. Wat volgt is een barok verslag van hoe lang het duurt om al rennend een rolstoel voort te duwen van de woonwijk naar Rock Bass, daar lang genoeg rond te hangen om een kind aan te randen en te vermoorden en dan weer terug te rennen om op een bepaald tijdstip terug te zijn in de woonwijk. De rechter trekt een gezicht en gaat verzitten.

Het is fysiek onmogelijk dat Rick de misdaad bij Rock Bass heeft gepleegd, daarna naar de woonwijk is teruggegaan via de route die hij beweert genomen te hebben, en thuiskwam op een tijdstip dat wordt bevestigd door zijn moeder en tal van getuigen – onder wie zijn basketbalcoach, die een telefoontje van hem kreeg vanaf een nummer dat van de Froelichs is, zoals blijkt uit de gegevens van de telefoonmaatschappij. Het tijdstip waarop Rick vertrok om te gaan hardlopen en het tijdstip waarop hij terugkwam worden niet betwist. Het enige wat wordt betwist is waar hij heen ging en wat hij in de tussentijd heeft gedaan. '... u zult vernemen dat de beklaagde beweert een groet in de vorm van een handzwaai te hebben uitgewisseld met een voorbijkomende automobilist, iemand van de luchtmacht, op King's Highway 4, en u zult een inspecteur van politie horen zeggen dat ondanks een grondig onderzoek...' Jack knippert twee keer snel met zijn ogen, die prikken van het zoute zweet.

ZONNESCHIJN, LOLLY'S EN LEGERTENTJES

Mimi heeft tegen Madeleine gezegd dat ze 'voorlopig' liever niet heeft dat ze met Colleen Froelich speelt, of dat ze zo vaak bij de Froelichs over de vloer komt. Ze heeft Madeleine uitgelegd dat dat niet is omdat er iets 'niet deugt' aan Colleen of de Froelichs, maar de Froelichs hebben momenteel nu eenmaal een hoop aan hun hoofd. Madeleine voelde zich schuldig opgelucht. Over het huis van de Froelichs is in haar gedachten een schaduw gevallen. En dat geldt ook voor Colleen – die staat te dicht bij Claire.

Zomervakantie. *Geen huiswerk meer, geen boeken meer! Geen boze blikken meer van onderwijzers!* Heerlijke juni. Madeleine heeft de ochtend doorgebracht met Auriel en Lisa, ze renden in hun badpak door de gazonsproeiers tot het zwembad op de basis opening. Toen trokken ze hun splinternieuwe sandalen aan, die nog veerden bij de hielen, pakten hun badhanddoeken, zonnebrillen en Auriels transistorradio en vertrokken naar de basis voor drie uur van geplons, gestoei, geproest en prikkend water in hun neus. 'Niet rennen aan dek!' Ze zonnebaadden aan de Rivièra met Troy Donahue en gilden van het lachen toen Roy Noonans zwembroek opzwol in het water. Toen ze naar de woonwijk teruggingen, hongerig en verzadigd van de zon, stond er bij Lisa thuis een verhuiswagen op de oprit.

Nu zitten ze met zijn drieën in Auriels legertentje, en trekken haar verbrande vel los. Ze zijn zoveel ouder en wijzer dan toen ze voor het laatst bijeenkwamen in deze betoverende oranje schemering en de stofdeeltjes voorbij het driehoekige gaasraam zagen zweven. Van Auriels moeder mochten ze hun piramide van boterhammen met pindakaas en jam meenemen naar de tent ter ere van Lisa's afscheid. De meisjes wisten dat de verhuiswagen vandaag zou komen, maar het is toch een schok om hem te zien: het gele schip dat over de geverfde golven schommelt. De Ridelles verhuizen naar Brits-Columbia.

'Wauw,' zegt Madeleine, terwijl ze een volmaakte streep doorzichtig perkament van Auriels schouder trekt. 'Het is net of er vingerafdrukken op staan en er kleine gaatjes in zitten voor je haar en zo.' Ze bestuderen het ragfijne vel en verkruimelen het tussen hun vingers.

Alle drie hebben ze stripverhalen en beloftes van onsterfelijke vriendschap uitgewisseld. Ze hebben afgesproken te schrijven, en dat ze hun benen niet zullen gaan scheren of een vriendje zullen nemen zonder elkaar eerst te informeren.

'Ik weet wat,' zegt Madeleine, 'laten we elkaar in 2000 ontmoeten op het schoolplein.' Auriels ogen worden groter, extra blauw door haar sproeten, die bruiner afsteken tegen haar verbrande huid. Lisa opent haar mond in zwijgende verbazing, haar haar bijna wit van de zomer.

Auriel strekt haar hand uit, met de palm naar beneden. Lisa legt de hare erop, en Madeleine legt haar hand op die van Lisa. *Allen voor één.*

Het ligt Madeleine op het puntje van haar tong om voor te stellen dat ze bloedzusters moeten worden, maar ze aarzelt. Er kleeft een zweempje ontrouw aan het idee dat ze de bloedzuster is van iemand anders dan Colleen. En er komt nog iets anders bij: een soort schaamtegevoel dat Madeleine met Colleen associeert, ook al heeft ze haar nooit verteld over de oefeningen. In dit legertentje is Madeleine een normaal, zorgeloos meisje. Er is geen behoefte aan bloed.

Ze hebben hun poëziealbums tevoorschijn gehaald. Madeleine slaat het hare open en bladert vooruit, op zoek naar de eerste lege pagina na Duitsland – het handschrift uit de derde klas lijkt nu opvallend kinderlijk. De naam *Laurie Ferry* rijst op uit de bladzijde, maar het duurt even voor een bijbehorend gezicht vorm krijgt... *je beste vriendin.*

Lisa schrijft in Madeleines album: *Altijd de jouwe tot de hemel op ons hoofd valt, veel liefs, je beste vriendin (Auriel niet meegerekend) Lisa Ridelle.*
De jouwe tot het einde der tijden, schrijft Madeleine.
En Auriel schrijft: *Als je gaat trouwen en twee tweelingen krijgt, kom dan niet bij mij aankloppen voor veiligheidsspelden! Liefs, Auriel Boucher.*
De geur van chloor en canvas zal altijd de geur zijn van beste vriendinnen en een heerlijke zomer.
Auriel en Lisa omhelzen elkaar. Madeleine kijkt de andere kant op, bang dat het allemaal sentimenteel gaat worden – afscheid nemen is zo'n heerlijk verdrietig gevoel, chef. Ze staart naar de kruimels op de bodem van de tent, voelt het platgetrapte gras eronder – *dit is de laatste keer dat ik ooit in deze tent zal zitten.* De Bouchers gaan ook verhuizen. Meneer Boucher rolt deze tent morgen op en legt hem in hun Volkswagenbusje.
Lisa flapt er opeens uit dat ze verliefd op iemand is en nu zal ze hem nooit meer zien. 'Op wie?' willen Madeleine en Auriel weten.
Lisa schudt haar hoofd maar roept uiteindelijk: 'Mike McCarthy!'
'Ben je verliefd op mijn broer?'
Lisa begraaft haar gezicht in haar handen en knikt.
Dan verklaart Auriel haar liefde voor Roy Noonan, 'ook al is het zo'n oelewapper!' Madeleine zit er verbijsterd bij en zet de transistorradio aan. Als een teken dat ze echt voor altijd vriendinnen zullen blijven, klinkt hun vaste liedje, 'It's My Party'. Ze staren elkaar met open mond van verrukking en ongeloof aan, en zingen naar hartelust mee met Leslie Gore dat ze gaan huilen als ze daar zin in hebben. De tranen prikken in Madeleines ogen, die nog branden van de chloor, en ze gaat nog harder zingen.

Die middag zwoegt de verhuiswagen als een reusachtig beest de bocht om en verdwijnt, en het huis van de Ridelles blijft leeg en onbewoond achter.

DE AANKLACHT TEGEN RICHARD FROELICH

'Kende u Claire McCarroll?'
'Ja, meneer de officier. Ze woonde vier huizen bij mij vandaan aan St. Lawrence Avenue. Mijn dochter Lisa zat samen met haar bij de kabouters, en ze zouden die avond een overvliegceremonie bijwonen.'
Steve Ridelle staat in het getuigenbankje. Hij is in uniform.
'Welke positie bekleedde u tijdens de gebeurtenissen in kwestie, dokter?'
'Ik was de eerstaanwezend medisch officier op de basis Centralia van de Koninklijke Canadese Luchtmacht.'
Jack zou eigenlijk aan het werk moeten zijn, maar hij heeft nog een dag verlof genomen. Het is even na tienen, de temperatuur buiten op het plein is vandaag dertig graden. Hierbinnen is het nog warmer. In de rij voor hem zijn mensen al begonnen zich langzaam koelte toe te wuiven met hoofddeksels en kranten. Achterin buigt de rij journalisten zich voorover om aantekeningen te maken.
'Dr. Ridelle, kent u de plek die bekendstaat als Rock Bass?' vraagt de openbare aanklager.
'Ja, die ken ik.'
'Bevond u zich vierhonderd meter ten westen van die plek, tussen een maïsveld en een bosperceel, op een braakliggend stuk grond, op de ochtend van zondag 14 april?'
'Ja.'
'En zag u daar een lichaam?'
'Ja.'
'Beschrijft u de locatie zoals u die aantrof.'
Jack is hier omdat Henry Froelich tegen hem heeft gezegd dat het medisch bewijsmateriaal vandaag wordt gepresenteerd. Hij wil horen dat er geen enkel rechtstreeks bewijs is dat Rick met de plaats van de moord in verband brengt. Hij is hier omdat hij niet kan wegblijven.
Gisteren wilde het OM Ricks verklaring voorlezen, die de politie meteen na de arrestatie had opgenomen, maar de verdediging maakte bezwaar omdat er geen advocaat of ouder aanwezig was geweest. De rechter stuurde de

jury de zaal uit voor hij naar de verklaring ging luisteren. Zoals Jack verwacht had, stond er niets in de verklaring dat ook maar in de verste verte belastend was, behalve een paar details toen de jongen kennelijk overmand door vermoeidheid maar wat aanleuterde. Toen de jury terugkwam, lette Jack op hun gezichten toen ze vernamen dat de rechter had besloten dat de verklaring ontoelaatbaar was; ongetwijfeld zouden ze aannemen dat er wel iets belastends in de verklaring stond – waarom zou de verdediging anders bezwaar hebben gemaakt? Had de rechter dat niet kunnen voorzien?

'Het lichaam lag plat op de rug met de onderste ledematen, de beide benen, gespreid. Onder een boom, een iep. Het lichaam was gekleed in een blauwe jurk...'

Alle getuigen herhalen wat ze al talloze keren eerder hebben gezegd, en praten zo eenvoudig mogelijk – de manier waarop je leert communiceren in het leger. Geen narratieve stembuigingen om de luisteraar mee te slepen of te waarschuwen voor een hobbel op de weg.

'Het was – het lichaam was bedekt met rietstengels, lisdodden moet ik zeggen, en bloemen, wilde bloemen, al was er door de regen en, vermoed ik, waarschijnlijk door dieren...'

'Was het gezicht zichtbaar?'

'Het gezicht was bedekt.'

'Waarmee?'

'Met een onderbroek.'

'Een katoenen onderbroek?'

'Ja, meneer de officier.'

Steve Ridelle hoorde in mei van zijn overplaatsing en hij heeft zijn gezin direct laten verhuizen. Hij is teruggekomen om te getuigen.

'Is dit de bewuste onderbroek?'

'Ja.'

Jack kijkt hoe de officier van justitie het stukje gelige katoen terugbrengt naar een tafel voor in de zaal. Bewijsstuk nummer 49.

Sharon McCarroll is niet langer aanwezig. Ze is teruggegaan naar Virginia om bij haar moeder te zijn.

Er worden foto's tevoorschijn gehaald, de jury wordt weggestuurd, er volgt een ondervraging door de rechter, de jury komt weer binnen en de patholoog wordt opgeroepen.

'De maag werd als geheel verwijderd en boven een steriele glazen pot gehouden en geopend zodat de volledige inhoud rechtstreeks in de pot terechtkwam, die vervolgens werd verzegeld en van een etiket voorzien...' Jack kijkt de zaal rond. Blair McCarroll is er nog steeds. Het deugt niet dat hij dit moet aanhoren. '... de pot tegen het licht om te zien wat we konden zien en wat we zagen was een kleine hoeveelheid bruinachtig...'

Het volgende halfuur wordt in beslag genomen door het ontleden van de samenstelling van het tussendoortje. Het is problematisch om het tijdstip van overlijden vast te stellen aan de hand van de maaginhoud. De spijsvertering is geen exacte wetenschap. De spijsvertering kan versnellen of vertragen, afhankelijk van de omstandigheden – zoals angst.

McCarroll staart naar de achterkant van de bank voor hem, met een neutrale uitdrukking op zijn gezicht.

Er werd bloed afgenomen uit haar hart. Haar hart werd gewogen. Het was normaal. Haar lengte, gewicht, alles was normaal. 'De patiënte had sporen op de hals...'

De *patiënte*? Jack kijkt op.

'... kneuzingen op de luchtpijp, maar geen teken van een ligatuur, en het gezicht vertoonde in ernstige mate congestie, het was blauwzwart. Of althans blauwachtig...' Een paar handen. Duimafdrukken op de luchtpijp. Haar niet-noodlottige verwondingen werden onderzocht. Steve wordt teruggeroepen.

'... er was geen schaamhaar, en aan de rechterkant van het buitenste labium was een gebied waar de huid, de oppervlakkige bovenste huidlaag, geheel was afgestroopt over een oppervlakte van ongeveer de omvang van mijn vingernagel...'

De rechter zegt: 'De rechterkant, zei u dat?'

'Ik zei de rechterkant. Voorzover ik me kan herinneren was het de rechterkant.'

'Is dat de rechterkant van het meisje?'

'Ja, de rechterkant van het meisje. Sorry.'

Jack weet uit de pers dat het kind verkracht is, en toch...

'... en er waren kneuzingen en de gehele ingang was in sterke mate gedilateerd.'

'Pardon?'

'In sterke mate gedilateerd.'

Is het een tekortschieten van Jacks fantasie dat hij deze bijzonderheden nooit had verwacht? Hij kijkt om zich heen en vraagt zich af of dat ook voor anderen geldt. Verder naar achteren ziet hij een vertrouwd gezicht. De onderwijzer, meneer Marks. Hij ziet eruit als een uit zijn krachten gegroeid kind. Het zou het niet waard zijn geweest hem een pak rammel te geven. In dezelfde rij zit de knappe jonge onderwijzeres die leiding geeft aan de kaboutergroep van Madeleine. Heeft een van deze leerkrachten zich ooit kunnen indenken dat ze een van hun leerlingen zo zouden horen beschrijven?

'... grote hoeveelheden maden op dit deel van het lichaam, en nadat de maden waren verwijderd werd heel duidelijk dat dit gebied zeer ernstig gekneusd was...'

Jack heeft tegen Mimi gezegd dat ze zich moet voorbereiden op een verhuizing binnen enkele weken. Ze heeft de tandartscontrole voor de kinderen in de komende herfst al afgezegd.

'... enorm gezwollen, ernstig verkleurd, drabbig.'

De verdediger vraagt: 'Wat zei u?'

Dr. Ridelle herhaalt: 'Drabbig.'

'Drabbig?'

'En het krioelde...'

De rechter zegt: 'Wat?'

'Het krioelde van de maden.'

Madeleine moet de volgende week getuigen en haar getuigenis zal een eind maken aan deze karikatuur.

'Wat betreft de verwonding aan het buitenste labium en aan de vagina,' vraagt de openbare aanklager, 'hebben die enige betekenis voor u?'

Enige betekenis? 'Een vrouwelijk kind van deze leeftijd heeft een maagdenvlies, het inbrengen van een pink is normaliter onmogelijk, en het maagdenvlies ontbrak geheel, het was in zijn geheel weggerukt...'

Jack probeert ergens anders aan te denken. Hij verwacht nu elke dag een telefoontje van zijn contactpersoon in Ottawa. Er is een onderwijsbaan vrijgekomen bij het Royal Military College in Kingston. Hij kan die baan zo krijgen.

Al is eigenlijk elke plek oké.

De openbare aanklager vraagt: 'Hoe werden deze verwondingen naar uw mening veroorzaakt, dokter?'

'Naar mijn mening...'

De verdediging zegt: 'Ik wil niet onnodig interrumperen, maar mag ik opmerken dat het gezien de veranderingen, de post-mortale veranderingen die de getuige in het desbetreffende gebied aantrof, dat het buitengewoon onverstandig zou zijn als hij op dit tijdstip zijn mening naar voren zou brengen, aangezien hij ons verteld heeft dat hij enkele heel serieuze post-mortale veranderingen in dit gebied heeft aangetroffen...'

Is de logica van de verdediging ondeugdelijk of heeft Jack problemen met zijn concentratie? Zijn gedachten dwalen weer af. *Veranderingen.* Een vriendelijk woord, en toch geen eufemisme. We veranderen vanaf het ogenblik van de verwekking en we houden pas op met veranderen als we weer tot stof zijn teruggekeerd. Het is een soort wonder, denkt Jack. Deze terugkeer tot de aarde... *een mens op de maan te laten landen en hem veilig terug te brengen naar de aarde.* Dat zou inderdaad een prestatie zijn, maar een mens doen terugkeren tot de aarde nadat hij gestorven is, is veel complexer.

'Nee, luister naar de vraag zoals die gesteld...'

Even wonderbaarlijk als de verwekking. Het ingewikkelde loskoppelen, deeltje voor deeltje, van onze lichamen en het daaropvolgende uiteenwijken. Dat duurt jaren. Een langere dracht dan benodigd is voor een geboorte.

'Zijn deze laesies een vorm van verwonding die u zou verwachten als er een groot voorwerp is gebruikt voor het verwijden van dit lichaamsdeel?' vraagt de openbare aanklager.

De verdediger onderbreekt: 'Edelachtbare, het dunkt me dat het niet verstandig is als de dokter – de dokter is geen patholoog.'

'U kunt later wellicht aantonen dat het niet van bijzonder belang is,' zegt de rechter, 'maar ik meen dat de dokter het recht heeft om zijn mening te geven over de oorzaak van deze veranderingen, aangezien hij bij de autopsie aanwezig was, en we zullen later wel horen wat de patholoog zegt.'

Jack kijkt naar de verdediger, in de verwachting dat hij opnieuw bezwaar zal maken, maar dat doet hij niet. Er schijnt meer tempo in de zaak te komen. Iets is aan het veranderen...

De aanklager zegt: 'Dr. Ridelle?'

'Wilt u de vraag herhalen, alstublieft?'

Wat doet Steve hier eigenlijk? Hij is huisarts, geen...

'Is het mogelijk dat deze verwondingen stroken met een zeer ondeskundige poging tot penetratie?'

Dr. Ridelle zegt: 'Het zou kunnen.'

'Zoals door een onervaren of onvolwassen man?' vraagt de openbare aanklager.

De verdediger interrumpeert: 'Edelachtbare.'

De rechter zegt tegen de jury: 'Heren, u dient de laatste vraag van de aanklager te negeren, u dient die uit uw geheugen te verwijderen.'

Lunch.

HET THUISFRONT

Jack stuurt de Rambler de woonwijk in, in de hoop een glimp op te vangen van zijn kinderen voor ze 's middags weer naar school moeten. Hij heeft meer dan genoeg van de rechtszaak. Bovendien heeft hij alles gehoord wat hij moest horen – of niet moest horen – over de gebeurtenissen van die dag: er was geen concreet bewijsmateriaal dat Rick in verband bracht met de plaats van de moord. Er was zelfs geen sperma, en geen spoor van de chemische substantie waarin sperma verandert nadat het uiteenvalt. De regen heeft het misschien vernietigd. De maden. Maar er zou toch iets achter zijn gebleven, in haar, en dat was niet zo. Als dat wel zo was geweest, had het politielaboratorium de bloedgroep kunnen vaststellen en Rick kunnen vrijpleiten of niet. Zoals de zaken er nu voor staan, is er geen zweem van rechtstreeks bewijs. De verdediging zal dat na de lunch ongetwijfeld duidelijk maken, tijdens het kruisverhoor. Hoeveel betaalt Hank die gast eigenlijk? Hij moet nu eindelijk maar eens gaan doen wat er van hem wordt verwacht op grond van die letters achter zijn naam.

Hij draait St. Lawrence op en ziet een verhuiswagen op de oprit van de Bouchers staan. Misschien wordt het tijd om weer eens met zijn pet rond te gaan in de mess, voordat iedereen is overgeplaatst. Terwijl hij afremt bij zijn eigen oprit, ziet hij dat de voortuin van de Froelichs geel begint te worden – hij zal de gazonsproeier deze middag tevoorschijn halen en aanzetten. Nadat hij het gras heeft gemaaid. Hij rijdt zijn oprit op.

Door het ontbreken van sperma is het onmogelijk om te bewijzen dat ze überhaupt door een penis is gepenetreerd. Het kind is verkracht, maar misschien met iets anders. Misschien met een stomp voorwerp dat gebruikt is door een of andere gestoorde gek die achter kleine meisjes aangaat omdat hij het op de normale manier niet voor elkaar kan krijgen – of niet kan klaarkomen en dus niet kan ejaculeren. Geen van beide is een beschrijving van een gezonde mannelijke tiener. Dat zal de juryleden, die allemaal ook eens tieners geweest zijn, toch niet ontgaan. Tieners zijn soms gewelddadig, maar alleen een oudere man zou zo gestoord en impotent kunnen zijn. Hij stapt uit en slaat het autoportier dicht, terwijl hij zich een treurig specimen van in de vijftig voorstelt, dikke vingers, *duimafdrukken op de luchtpijp* – hij doet het autoportier op slot – en doet het dan weer van het slot, want hij doet zijn auto nooit op slot, niemand doet dat – en doet het dan toch weer op slot, omdat Mimi de auto misschien wil gebruiken na het donker en wat als...? Dan doet hij het portier weer van het slot, want dit is belachelijk.

Er is niemand thuis. Natuurlijk, ze zijn aan de overkant. Hij mikt zijn pet op de kapstok. Het is Mimi's dag om op de kinderen van Froelich te passen. De vrouwen zijn geweldig geweest – al zijn er minder handen sinds de Ridelles zijn verhuisd, en nu is Betty Boucher ook zo goed als vertrokken. Vimy Woodley heeft een handje toegestoken, maar zij verhuizen ook. Dan is alleen Mimi nog over.

In september zal een kwart van de woonwijk bewoond worden door nieuwe gezinnen. Die kennen de Froelichs niet persoonlijk. Ze weten alleen wat ze in de krant hebben gelezen. Jack schenkt zich een whisky in en neemt de krant mee naar de bank.

Mimi staat over hem gebogen.

'Wat is er met je?' vraagt ze.

'Wat?' Waar is hij? Op de bank. Zeker in slaap gevallen.

'Waarom ben je thuis?'

Hij grijnst – zijn mond is droog – en komt overeind. 'Ik ben aan het spijbelen,' zegt hij, terwijl hij met zijn lege glas naar de keuken loopt.

'Je was bij het proces.'

'Ik ben er vanochtend geweest.' Hij draait de koude kraan open.

'Je hebt weer een verlofdag opgenomen.'

'We hebben de hele middag voor onszelf, wat denk jij ervan, vrouwlief?' Hij knipoogt tegen haar en drinkt het water met grote slokken.

Ze komt naast hem staan bij de gootsteen, trekt een paar rubber handschoenen aan, doet het kastje beneden open, bukt zich, pakt die haveloze jurk eruit en trekt hem aan. Bindt een oude luier om haar hoofd en schopt haar hoge hakken in een hoek. Hij kijkt hoe ze de emmer vult en op de grond kwakt, een borstel in het schuim doopt en dan op handen en voeten knielt en begint te schrobben. 'Voeten opzij,' zegt ze.

'Hoi pap.' Het is Mike.

'Waarom ben jij niet op school?'

Mike rolt met zijn ogen, maar Jack heeft het nog niet gevraagd, of het schiet hem te binnen: het is zomervakantie. 'Niet zo bijdehand,' zegt hij. 'Waar is je zus?'

'Hoe moet ik dat weten?'

'Wat zei je, mannetje?' – zijn hand gaat open en omhoog.

'Jack,' zegt Mimi en hij houdt zich in.

Mike duikt de keuken uit. Een golf zeepwater klotst langs Jacks schoenen. 'Ze was vanochtend in de voortuin,' zegt Mimi. 'Mike is vanmiddag met haar wezen zwemmen, en nu is ze bij de Bouchers in de achtertuin, ik ben haar moeder, als je wilt weten waar ze is, vraag het mij dan, niet je zoon.' En ze schrobt door.

Jack gaat weg. Belandt in de mess; het is rustig om deze tijd van de dag. Hij gaat naast een raam zitten dat uitkijkt op struiken en het groene gazon tot aan de tennisbanen. Hij nipt van een whisky en leest *Time*. President Kennedy heeft een troepenmacht van zestienduizend man aangewezen voor Vietnam.

Als hij thuiskomt, is de tafel gedekt voor twee, de kinderen zijn nergens te zien, en Mimi zegt: 'Het spijt me, Jack.'

Hij is moe en zijn hoofd doet pijn, maar ze heeft coq au vin gemaakt en hij moet wel honger hebben, hij heeft niet geluncht. 'Allemachtig, een vijfsterrenmaal,' zegt hij.

Ze schenkt hem een glas wijn in. 'Jack, ik wil geen kreng zijn, ik ben alleen maar bezorgd.'

'Ik denk niet dat ze hem zullen veroordelen, schat, ik denk het echt niet. Mag ik een glas water?'

'Nee, ik maak me bezorgd over Mike.'

'Mike?'

'Hij is gestopt.'

'Waarmee?'

'Met honkbal. En hij heeft een ruit gebroken...'

'Hij...'

'Niet boos worden, het was een ongelukje. Bij het recreatiecentrum.'

Jack zucht, knikt.

'En ik ben bezorgd over...' Er komen tranen in haar ogen.

'Wat is er, liefje?'

'Onze vakantie.' Ze huilt. 'Je neemt al je verlof op en je – ik wil mijn moeder bezoeken.'

Hij neemt haar in zijn armen. 'We gaan meteen na het proces, dat beloof ik. Ik heb nog zat verlofdagen over.'

'Jack,' zegt ze. Ze heeft parfum opgedaan, hij ruikt het. Hij voelt zijde langs zijn rug strijken als ze naast hem in bed stapt – het smaragdgroene negligé dat hij haar met de kerst heeft gegeven. 'Jack.' Ze streelt zijn schouder.

Ze heeft crème in haar handen gewreven om ze zacht te maken. Ze voelt zich vreselijk omdat ze zich zo aan hem heeft vertoond – in haar werkkleren – maar hij moet hebben geweten dat het huis niet zomaar schoon blijft.

'Ruikt lekker,' mompelt hij.

'Jack...' Ze raakt met haar lippen zijn oor aan.

'Waar is de aspirine, schat?'

Ze staat op, komt terug met een glas water en twee tabletten. 'Is het erg?'

'Nee,' zegt hij, terwijl hij omrolt met zijn gezicht naar de muur.

'*Pauvre bébé*' – ze masseert zijn nek.

Hij steekt zijn hand uit en geeft haar een tikje op haar heup. 'Bedankt voor het eten, het was heerlijk.' Hij slaapt.

Hij is al op en de deur uit voor Mimi wakker wordt – zijn pyjama ligt op de vloer. Ze vouwt hem op, gaat dan naar de badkamer. Iemand in de buurt is gras aan het maaien, ze hoort de motor, en ze ruikt de speciale geur van benzine en gemaaid gras die ze associeert met weekends, niet met vrijdagochtenden. Ze poetst haar tanden, en uit haar ooghoek ziet ze dat iemand de voortuin van de Froelichs maait. Ze kijkt, en blijft dan staren; het is haar man. Hij omsingelt een kleiner wordend vierkant van hoog gras in het midden van een volmaakt groen tapijt. De voordeur van de Froelichs gaat open en Karen Froelich komt naar buiten met een dampende beker. Ze geeft hem aan Mimi's man.

Madeleine zit met Rex in de sintelstrook tussen het gras en de straat. Ze stuurt een oude Matchbox-vrachtwagen over wegen die ze met een stuk dakpan heeft geëffend. Ze weet dat ze te oud is om in haar eentje in het stof te spelen met de hond van een ander – misschien ben ik wel achterlijk en weet ik het zelf niet.

Er staat een gehuurde aanhangwagen op de oprit van de Froelichs. Haar vader heeft hem ook gezien, uit het keukenraam, tijdens het ontbijt, en zei dat hij zou langsgaan om 'te kijken wat er gaande is'. Maar haar moeder kreeg opeens het idee om een onverwacht kampeertochtje te maken en zei dat hij haar dus moest helpen inpakken.

Madeleine hoopt half en half dat Colleen naar buiten zal komen om dag te zeggen. Ze is altijd bij het proces, en als ze thuiskomt is het laat op de middag, nadat ze Rick heeft bezocht. Maar vandaag is het zaterdag, en de aanhanger maakt duidelijk dat de Froelichs elk moment naar buiten kunnen komen om te gaan inladen. Of misschien gaan ze wel iets kopen. Een nieuwe bank. Madeleine hoort dat haar naam geroepen wordt – 'Madeleine, *on y va*' – en voegt zich bij haar broer en ouders in de Rambler.

'Niemand heeft mij iets gevraagd,' mompelt Mike binnensmonds achter het hoofd van zijn vader. Hij negeert Madeleine de hele rit en slaat aan één stuk door zijn vuist in zijn honkbalhandschoen.

Als ze zondagmiddag terugkomen, is de aanhanger weg, net als Ricky's eigengemaakte straatracer. Het huis van de Froelichs is leeg. 'Wat is er verdorie gaande,' zegt Jack, die op zijn oprit staat, met zijn vuisten op zijn heupen, kijkend naar het paarse huis aan de overkant.

Eerst dacht Madeleine dat haar vader beledigd was omdat de Froelichs besloten hadden te verhuizen zonder iets te zeggen en zonder afscheid te nemen. Maar het bleek dat de Froelichs uit hun huis waren gezet.

UGH

Ousque ji rest? Chu en woyaugeur, ji rest partou.
Waar woon ik? Ik ben een reiziger, ik woon overal.

MÉTIS VOYAGEUR, MINNESOTA, OMSTREEKS 1850

'Ik heb het hoofdkwartier gebeld,' zegt Hal Woodley, 'maar ik kan niets beginnen.'

Hal is zijn bureau aan het opruimen. De afscheidsparade is volgende week. Een nieuwe commandant neemt dan formeel het bevel over de luchtmachtbasis Centralia over. De luchtmachtkapel zal spelen, officieren, cadetten en andere rangen zullen in uniform aanwezig zijn – een schitterend vertoon van goudgalon en, voor de echtgenotes, nieuwe voorjaarshoeden. Jack weet niets van de nieuwe commandant, maar hoe redelijk is het te verwachten dat hij een vinger zal uitsteken om Henry Froelich te helpen? Hank maakt niet eens deel uit van het militaire personeel.

'Hebben ze je dan verteld waarom ze hem op straat hebben gezet?' vraagt Jack.

'Froelich komt niet langer voor huisvesting in aanmerking omdat hij niet langer in dienst is van het plaatselijke schoolbestuur.'

'Hebben ze hem ontslagen?'

'Ze hebben "besloten zijn contract niet te verlengen" heet het officieel.' Hal haalt de ingelijste foto van de Avro Arrow van de muur en doet hem in een doos.

'Hoe gaat het met je jongste dochter – Marsha?'

'Tja, ze is... ze is nog jong, het komt wel goed. We hebben haar voorlopig naar haar tante gestuurd, in het westen.'

Jack weet dat het meisje voor het eind van het schooljaar van school is gehaald. Volgens Mimi moest ze worden platgespoten toen ze het nieuws over Ricky hoorde; Elaine heeft haar verteld dat Steve sindsdien een antidepressivum heeft voorgeschreven. Maar de tijd heelt alle wonden, en over een maand zitten de Woodleys al in Brussel, bij het NAVO-hoofdkwartier. Jack voelt een steek van jaloezie, en dan van wroeging als hij aan de Froelichs denkt. Die kunnen hier niet weg en zijn zo goed als dakloos. 'Hal... hoe groot is de kans dat een telefoontje van iemand als jij naar de juiste persoon bij het schoolbestuur iets zou...?'

'Eerlijk gezegd, Jack, is het zo waarschijnlijk het beste. Wat voor leven zouden de Froelichs hier hebben na alles wat er gebeurd is?'

'Maar die jongen wordt toch zeker vrijgesproken, denk je ook niet?'

'Waarschijnlijk wel. Maar het kwaad is al geschied.'

Jack knikt. Steekt zijn hand uit. 'Drink een goed glas Duits bier op mijn gezondheid, kolonel, akkoord?'

'Komt voor elkaar, Jack.'

Mimi en Mike gaan samen naar de bioscoop op de basis – *The Sands of Iwo Jima*, met in de hoofdrol John Wayne als een bikkelharde sergeant van de mariniers. Jack merkte op dat Wayne 'voor iemand die nooit in dienst is geweest, wel heel erg nadrukkelijk met de eer gaat strijken', maar Mike haalde alleen zijn schouders op. Van Jack had hij huisarrest gekregen, maar Mimi zei tegen haar zoon dat ze had gehoord dat dit een goede film was, al was ze in het algemeen niet dol op oorlogsfilms. Jack keek haar scherp aan – wat heeft het voor zin de jongen te straffen als je dat niet doorzet en hem verwent? – maar ze negeerde hem en ze gingen met zijn tweeën weg.

Jack kijkt hoe ze de straat uitlopen, en als ze om de bocht zijn verdwenen draait hij zich om en roept over zijn schouder: 'Waar is mijn maatje?' en daarna: 'Stap in de auto, ik ga bij de kapper onder het mes.'

In Exeter maakt Madeleine een praatje met de kapper en met de mannen die buiten zitten te dammen, en ze halen haar over om haar imitatie van Sammy Davis Junior te doen. De kapper geeft haar een Crispy Crunch-reep en ze lopen naar de supermarkt om een paar boodschappen te halen.

Het is leuk om met pap boodschappen te doen. Hij koopt allerlei dingen die maman nooit zou aanschaffen: pakken koekjes, gekookte ham in blik, een gegrilde kip, kant-en-klare aardappelsalade en Wink, de lekkerste citroenlimonade ter wereld. Ze slaan hun boodschappen snel in, zonder op de prijzen te letten, en pap zegt dat ze iets lekkers mag uitzoeken op de vriesafdeling in de winkel. Ze kiest een veelkleurige ijslolly, die ze in tweeën splitst door hem tegen de stoeprand op het parkeerterrein te slaan.

'Waar gaan we heen?' vraagt ze, want hij rijdt naar het noorden in plaats van naar het zuiden, waar Centralia ligt.

'We gaan bij een paar oude vrienden op bezoek.'

Ze rijden in hoog tempo over Highway 4 en draaien dan linksaf Highway 8 op, in de richting van het Huronmeer. 'Gaan we naar Goderich?' vraagt ze – *misschien gaan we Ricky opzoeken in de gevangenis*. Maar even ten zuiden van Goderich rijden ze het binnenland weer in, eerst knersend over een grindweg, daarna via een zandweg, tot ze bij een boerderij komen – tenminste, iets wat vroeger een boerderij was. De stal staat op instorten, de planken zijn al half door de aarde verteerd, en de ogen van de uit gele baksteen opgetrokken boerderij zijn dichtgespijkerd met planken. Op de velden staan geen gewassen, maar rijen caravans. Een handgeschreven bord vermeldt 'Bogie's Trailer Park'. Ze rijden langzaam over de hobbelige weg, terwijl Jack naar links en rechts kijkt. Ze komen voorbij een schuur met nog een bord waarop 'kantoor' gekrabbeld staat, met daaronder een lijst met 'Kampregels'; de letters verdringen zich onder aan het bord. Sommige caravans zijn voorzien van bloembakken en lampions. Andere beschikken zelfs over een stukje gras. Weer andere hebben roestige barbecues en geen luifels. Ze komen voorbij de douches, waar nog een lijst met voorschriften hangt. Madeleine zegt: 'Daar heb je Colleen.'

Ze heeft geen tijd gehad om zich bezorgd te maken over hoe ze zich moet gedragen als ze Colleen weer ziet, want ze had er geen idee van waar ze heen gingen. Nu weet ze het niet precies. Is Colleen boos op haar? Is het de bedoeling dat Madeleine over Ricky praat, of moet ze zijn naam juist niet noemen? Is het de bedoeling dat ze zich heel ernstig gedraagt? Of moet ze juist grappig doen?

Jack stopt en Colleen ziet hen. Ze draagt een emmer water. 'Hoe bevalt je nieuwe verblijf, Colleen?' roept hij.

'Dat gaat wel.'

Madeleine besluit te proberen normaal te doen, maar zonder haar goede manieren uit het oog te verliezen. Zoals bij een begrafenis; je mag niet staren naar de overledene, maar je moet er wel rekening mee houden dat die aanwezig is.

'Hoi,' zegt ze.

Colleen gaat hun een stukje voor via een 'straat' met diepe sporen, tot ze bij een houten plank komen die zigzaggend omhoogloopt naar de hordeur van een smerige witte aluminium caravan, met roestvlekken die van de daklijst naar beneden druipen. Rex blaft en komt overeind.

'Waarom zit hij vastgebonden?' vraagt Madeleine.

'Regels,' mompelt Colleen, terwijl ze de emmer naar de caravan sleept.

Madeleine knuffelt Rex en voelt zijn warme adem langs haar rug strijken. O, wat is het prettig om zijn vacht tegen haar gezicht te voelen en hem weer te ruiken. Zijn vervaarlijke tanden glanzen in zijn roze tandvlees als hij tegen haar grijnst.

'Kom niet zo dicht met je gezicht bij de hond,' zegt pap zachtjes als de hordeur opengaat. 'Hallo, vreemdelingen,' zegt hij.

'Jack,' zegt Karen Froelich, die met uitgestoken handen op hem afloopt.

Henry komt achter haar aan en geeft hem een hand. 'Kom binnen, kom binnen, drink een glas wijn mee.'

Karen zegt: 'Laten we buiten gaan zitten, Henry, dat is plezieriger.'

'Ja, het is lekker buiten.'

'Hoe gaat het met je, Madeleine?' vraagt Karen.

'Goed hoor, mevrouw' – en dan bloost ze omdat het verzoek dat mevrouw Froelich haar lang geleden heeft gedaan haar weer te binnen schiet – 'Karen.'

Karen slaat lachend een arm om haar heen. 'Ga maar naar binnen om Colleen te zoeken, die kan wel wat afleiding gebruiken, vooruit maar, liefje.'

Madeleine aarzelt, maar loopt dan naar de hordeur, die ze opendoet. Achter haar hoort ze haar vader tegen de Froelichs zeggen: 'We kunnen niet lang blijven.'

Jack haalt de levensmiddelen uit de auto en zet ze op de houten plank, ondanks de protesten van Henry en Karen. Hij houdt zijn glas omhoog, zodat Henry het kan volschenken met rode wijn, en hij probeert zijn blik op hem gericht te houden, maar is zich ervan bewust dat die steeds afdwaalt naar Karen. Op de een of andere manier, ondanks haar stoffige zwarte sandalen en het vuil tussen haar tenen, lukt het haar om er merkwaardig elegant uit te zien, met haar lange, bleke, volmaakte vingers, een kralenketting om haar pols...

'Hoe gaat het met jou, Jack?' En opnieuw valt hem die typische eigenschap van haar op – de enige vrouw die hij kent die dat heeft – haar eigenschap om hem te zien zoals hij is, hem rechtstreeks aan te spreken, zonder enige franje.

'Mag niet klagen,' antwoordt hij en richt zijn blik weer op Froelich.

Madeleine gaat de caravan binnen en stapt voorzichtig door de warboel van speelgoed en kleren om de baby's niet wakker te maken, die in een kinderbedje liggen te slapen. Het interieur is hartstikke geinig, met alles in miniatuur – een echte ijskast met een echt blok ijs, stapelbedden en planken die tegen de muren kunnen worden ingeklapt. Een Coleman-kachel, een zwart geworden pan. Er is geen elektriciteit en geen kraan boven de gootsteen. De Froelichs zijn permanent aan het kamperen.

'Hoi Elizabeth.'

'Oi Ademin.'

'Wat heb je daar?'

Elizabeth laat het haar zien. Een presse-papier van de Niagara-waterval. Als je hem heen en weer schudt, dwarrelt er sneeuw neer op de *Maid of the Mist*. Uiteraard sneeuwt het aan één stuk door zolang Elizabeth hem vasthoudt.

'Wat mooi.'

In het halfdonker van de caravan kijkt Colleen Madeleine aan. 'Zal ik je iets laten zien?' Ze verlaat de caravan via een lage opening met een flap ervoor aan de achterkant, en Madeleine gaat haar achterna. Het is zo'n prettig gevoel om in het schemerlicht, de koelte van de vroege zomer, over groeven en hobbels achter haar vriendin aan te lopen door het hoge gras. Colleen is op blote voeten, maar Madeleine heeft nieuwe gympen met een ruitjespatroon aan, haar blote enkels zijn al nat van 'slangenspuug'. Ze roept niet: 'Wacht op me!' want Colleen blijft op precies de goede afstand voor haar uit lopen, bruin en glanzend in het laatste licht als een koperen penny.

Bij een hek blijft Colleen staan en zegt: 'Sttt.' Ze glijdt tussen horizontale metalen draden door, waarbij ze ervoor zorgt die niet aan te raken, en fluistert: 'Het is schrikdraad.' Madeleine vouwt zichzelf dubbel en kruipt ook tussen de draden door, met de dood tien centimeter boven en beneden haar, opgewonden van angst. 'Maak je geen zorgen, je gaat er niet dood van, het is alleen maar bedoeld om de koeien te laten schrikken,' zegt Colleen als Madeleine door de afrastering heen is.

Maar er lopen geen koeien in het weiland, dat snel van goud in roze verandert; alleen pony's. Drie stuks. Colleen loopt naar ze toe, en alsof ze op haar hebben staan wachten draaien ze zich om en komen ze aandraven. Als ernstige grote honden wedijveren ze met elkaar om haar te mogen besnuffelen. Ze geeft ze iets uit haar zak en streelt hun zachte neus. Ze slaat haar armen om de nek van een van de pony's en glijdt met zo'n vloeiende beweging op zijn rug dat het net een achteruit afgespeelde film lijkt. Ze klopt hem op zijn nek. 'Stap op.'

Madeleine wil niet vragen hoe. Colleen steekt haar armen uit, Madeleine grijpt een arm vast, vlak onder de elleboog, en springt terwijl Colleen trekt. 'Hou je vast.'

Het doet pijn, maar toch zou Madeleine nergens anders willen zijn, terwijl de pony eerst gewoon stapt en dan gaat draven.

'Gebruik je benen,' zegt Colleen.

Dwars het weiland over, een pad op tussen de bomen, waar ze takken ontwijken, en dan weer een vlak weiland op, vol zachte groen-paarse luzerne. Madeleine klemt zich uit alle macht vast, met haar benen om de brede rug van de pony, haar armen om de benige ribben van haar vriendin gehaakt, terwijl ze zich afvraagt hoe Colleen het voor elkaar krijgt om erop te blijven zitten en tegelijkertijd te sturen.

'Rick heeft het me geleerd,' zegt Colleen.

Ze gaan weer stapvoets lopen en Madeleine kijkt om naar het spoor dat ze hebben achtergelaten, een donkere groene geul die zich achter hen alweer sluit. Ze deinen langzaam naar een met bomen omzoomde holte in het terrein, waar de mooiste wilg staat die ze ooit heeft gezien, een boom als een paleis met een westelijke vleugel, een oostelijke vleugel, torens en een slotgracht. 'Dit is mijn kamp,' zegt Colleen.

Er is een kleine vuurkuil, en onder een steen ligt haar tabak, met vloeitjes en lucifers. Ze steekt een sigaret op. De pony drinkt uit de beek beneden. Ze leunen achterover en kijken omhoog naar de eerste sterren die in het dieper wordende blauw verschijnen. *Dit is pas leven, man.* 'Zeg Colleen, is het een indiaanse gewoonte – ik bedoel bij de Métis?'

'Wat?'

'Bloedzusters zijn.'

'Hoe moet ik dat weten, ik heb het uit een film.'

Colleen houdt haar de sigaret voor en Madeleine pakt hem aan, terwijl ze zorgt geen verrassing te tonen. Ze houdt de smeulende sigaret tussen haar wijs- en middelvinger, overweldigd door verboden glamour – maar ze geeft niet toe aan de verleiding om Zsa Zsa of Bogart na te doen. Ze neemt gewoon een trekje en krijgt meteen een hoestbui, haar ogen tranen en ze verwondert zich ondanks de pijn dat zoiets vluchtigs als rook kan snijden als een heet mes. Als ze weer op adem is gekomen, geeft ze de sigaret terug en zegt: '*Ci pa gran chouz.*'

Colleen lacht.

Madeleine plukt een graspriet. 'We zouden ervandoor kunnen gaan,' zegt ze, kauwend op de zachte bleke stengel. 'Naar onbekende streken.'

'Welke onbekende streken?'

'Nou ja, je weet wel, we zouden gewoon weg kunnen rijden.'

Colleen neemt een trek van haar sigaret. 'Je komt altijd wel iets tegen, waar je ook heen gaat. Achteraf blijk je dan toch ergens te zijn.' Ze blaast rook uit. 'Snap je wel?'

Madeleine merkt dat haar ogen zich opensperren van onbegrip, maar ze knikt en op een toon die naar ze hoopt zowel vermoeid als begrijpend klinkt, antwoordt ze: 'Ja.'

Ze wil net voorstellen om een vuur te gaan maken als Colleen zegt: 'Dat gebeurde ook toen we zijn ontgesnapt uit de tuchtschool.'

'Is dat de keer dat je naar Calgary gereden bent?'

'Ja.' Colleen spuwt een stukje tabak uit, knijpt haar ogen half dicht en gaat met de punt van haar tong over haar onderlip. 'Ze brachten ons terug.'

'Waarom zijn jullie...' Madeleine wil niet klinken alsof ze Colleen verbetert, dus zegt ze eveneens: 'ontgesnapt?'

'Omdat er daar een paar heel zieke klootzakken rondliepen, hè?'

Madeleines verlangen om een vuur te maken sterft weg, en opeens wou ze maar dat ze een windjack bij zich had. Als ze weer wat zegt, probeert ze nonchalant te klinken, ditmaal niet om Colleen ervan te overtuigen dat ze weet waar Colleen het over heeft, maar om zichzelf gerust te stellen dat ze het niet weet. Ze formuleert een beleefde vraag. 'Waar leden ze aan?'

'Niet aan een ziekte, *Dummkopf*,' antwoordt Colleen.

Madeleine slikt en wacht. Ze weet niet hoe ze terug moet naar de auto. Ze weet niet waar ze zijn of hoeveel tijd het heeft gekost om hier te komen.

'Ze waren ziek in hun hoofd,' zegt Colleen. 'Ze hielden van kleine kinderen.'

Madeleine staart naar de koude vuurkuil en vraagt niets.

Colleen zegt: 'Weet je wat ik bedoel?' Madeleine schudt haar hoofd. 'Goed,' zegt Colleen. 'Ik hoop dat je er nooit achter komt.' Ze neemt een flinke trek.

Madeleine begint te bibberen. Ze concentreert zich op het rode puntje dat aan het uiteinde van Colleens sigaret gloeit. De wereld lijkt opeens enorm groot en kil, een plek waar ze eindeloos zou kunnen rondtollen en ronddraaien, als een knikker. Ze kijkt hoe de rode stip een boog beschrijft van Colleens vingers naar de beek, waar hij sissend verdwijnt. Ze wil naar huis om tv te kijken, ze wil achteraf toch niet in een caravan wonen.

Colleen staat op en maakt een klakkend geluid met haar mond, en de pony draait zich om en sukkelt naar hen toe. Madeleine komt overeind. Ze wacht tot Colleen als eerste opstijgt, maar Colleen zegt: 'Klim er maar op.' Madeleine voelt zich te zwaar om ditmaal omhoog te springen, maar voor ze weet wat er gebeurt geeft Colleen haar een zetje. Ze zwaait haar benen over het dier en zakt voorover, terwijl ze een handvol manen vastgrijpt omdat de pony gaat verstaan. Colleen zegt: 'Hou je vast,' en rent weg. De pony gaat haar achterna en Madeleine houdt zich inderdaad vast.

Als ze terug zijn bij de caravan is het donker geworden, de krekels zingen en Madeleines benen trillen nog steeds, haar hart is nog aan het pingpongen.

Colleen zegt: 'Je mag altijd weer komen rijden als je zin hebt.'

De volwassenen zitten buiten op keukenstoelen, met glazen wijn, en Elizabeth zit in een Hudson's Bay-deken gewikkeld te slapen in haar rolstoel. Een petroleumlamp staat op een boomstronk te branden en mevrouw Froelich heeft zich over Ricks gitaar gebogen, slaat akkoorden aan en zingt zachtjes: 'Where have all the flowers gone, long time passing, where have all the flowers gone, long time ago...?'

Madeleine krijgt een brok in haar keel, en ze blijft op een afstandje staan in de diepere schaduw van de caravan. Ze kijkt hoe Colleen de lichtplek in loopt en hoe mevrouw Froelich een arm om haar heen slaat. Madeleine loopt om het licht heen en duikt achter haar vader op. Ze leunt op de rug van zijn stoel en hij vraagt zacht: 'Heb je je geamuseerd, liefje?' Ze knikt, ook al staat ze achter hem. Ze wachten tot het lied uit is, en dan staat Jack op.

Karen slaat haar armen om hem heen en zegt: 'Bedankt' in zijn oor. Hij voelt dat ze weer achteruit wil stappen en houdt haar heel even tegen. Hij merkt dat ze de druk van zijn omarming een ogenblikje beantwoordt, en dan loopt ze weg. Het heeft alles bij elkaar maar een paar seconden geduurd. Henry Froelich pakt zijn hand met zijn beide handen vast. '*Danke*, Jack. Je bent een *Mensch*.'

Als ze wegrijden, legt Madeleine haar armen op de rand van het open raampje, steunt er met haar kin op en kijkt hoe de Froelichs in het duister verdwijnen. Colleen steekt haar hand op, dus Madeleine doet dat ook en wuift bij wijze van afscheid.

Maar Colleen wuift niet. Ze houdt gewoon haar hand omhoog, zonder hem te bewegen. Als een indiaan in een cowboyfilm: *Ugh*. In de zekerheid dat ze Colleen niet zal beledigen als ze haar voorbeeld volgt, houdt Madeleine haar eigen hand ook stil. En als ze dat doet, beseft ze dat Colleen niet *Ugh* zegt. Ze toont Madeleine het litteken in haar handpalm.

De Rambler rijdt een bocht in het pad om en de lichten van het stukje wereld van de Froelichs verdwijnen.

Als ze de oprit oprijden, zegt Madeleine: 'Pap, er schiet me net iets te binnen.'
'Wat dan?'
'Ik mag niet met Colleen spelen.'
'Mag je dat niet? Van wie niet?'
'Van maman.'
Jack aarzelt. De lichten in huis zijn niet aan, Mimi en Mike zijn er nog niet. Hij zegt: 'Nou, ik zal het niet zeggen als jij het ook niet doet.'

Als hij die nacht met zijn vrouw vrijt, stelt hij zich een magerder vrouw voor – met minder weelderig haar, bijna ingevallen wangen, een minder soepel lichaam – een vrouw die minder mooi is dan zijn eigen vrouw.

DE WAARHEID VERTELLEN

'Huck, ze krijgen je toch nooit zover dat je iets vertelt?'
'Ik iets vertellen? Nou, als die halfbloed zou proberen me te verzuipen zou ik me heus niet stilhouden...'
'Dan zit het dus wel goed. Volgens mij zijn we veilig zolang we onze mond houden. Maar laten we het toch nog maar een keer zweren. Dan weten we het tenminste zeker!'
'Mij best.'

MARK TWAIN, DE AVONTUREN VAN TOM SAWYER

Het huis van de Bouchers op de hoek van Columbia en St. Lawrence staat leeg. Net als de huizen van Lisa en Colleen en Claire herinnert het zich Madeleine niet meer en weet het niet meer dat ze zo vaak de voordeur binnenkwam en in de kamers en de achtertuin speelde. Haar voetstappen en die van haar vriendinnen, de in de lucht gegraveerde echo's van hun stemmen, zijn allemaal verdwenen. De huizen staan te wachten tot de volgende gezinnen er hun intrek komen nemen, mensen die geloven dat de huizen van hen zijn, dat de dingen die ze onder die daken en in die tuinen doen, de spelletjes, de maaltijden, de kerstvieringen en de dromen, tastbaar zijn, onuitwisbaar. Waar blijven ze? Al die herinneringen?

De avond voor Madeleine op Ricky's proces moet getuigen, maakt Mimi haar lievelingseten: wienerschnitzel. Ze legt de schnitzel zo uit de braadpan op Madeleines bord en zegt: 'Wat wil je morgen aan, *ma p'tite*?'

'Iets dat niet te veel jeukt,' zegt Madeleine.

Mike vraagt: 'Waarom mag ik niet mee?'

'Je moet naar honkbaltraining,' zegt Jack.

'Ik ben gestopt.'

'Dat denk jij,' zegt Jack, terwijl hij zout op zijn schnitzel strooit.

Madeleine kijkt naar haar vader om te zien hoe boos hij is en hij glimlacht tegen haar.

'Madeleine wil dat ik meega,' zegt Mike nors. 'Ja toch?'

Madeleine kijkt van haar vader naar haar broer en mompelt: 'Ja.'

'Zie je wel?' zegt Mike.

Jack negeert de jongen.

Madeleine vraagt: 'Waarom moet ik getuigen, terwijl ik het al tegen de politie heb gezegd?'

'Dat maakt deel uit van ons rechtsstelsel,' zegt Jack. 'De beklaagde en het publiek zijn gerechtigd om al het bewijsmateriaal in het openbaar te horen.' Binnenkort is het allemaal voorbij. 'En je staat onder ede.'

'Moet ik zweren op de bijbel?'

'Yep,' zegt Jack. 'Gewoon de waarheid zeggen, net als vorig jaar met Halloween.'

Madeleines maag trekt samen.

Mimi vraagt: 'Wat was dat met Halloween?'

Jack zegt: 'Dat is geheim,' en knipoogt tegen Madeleine. Ze glimlacht met één kant van haar mond. Hij steekt zijn hand uit om haar een tikje op haar hoofd te geven, terwijl hij zegt: 'We zijn heel trots op je, liefje.'

'Ik heb buikpijn.'

'Je hebt vlinders in je buik,' zegt hij. 'Dat is normaal.' Madeleine ziet vlinders – een hele zwerm – gele... 'Gewoon de waarheid vertellen.'

Mike zegt: 'Denk erom, want anders hangen ze hem op.'

Jack geeft een klap op de tafel, en Mimi springt op, net als het bestek. 'Dat is niet waar,' zegt hij. 'Waar heb je dat vandaan?'

'Dat zegt iedereen.'

'Wie is iedereen? De vader van Arnold Pinder? Geef antwoord.'

'Jack,' zegt Mimi.

Jack haalt diep adem en zegt tegen zijn vrouw: 'Wat krijgen we als toetje?'

Jack stopt haar naast Bugs Bunny in bed en doet haar een plezier door de plastic wang van het konijn te kussen. 'Zullen we een verhaaltje lezen?' vraagt hij, terwijl hij zijn glas whisky neerzet en het boek op haar nachtkastje pakt, *De avonturen van Alice in Wonderland*.

'Pap?'

'Ja?' Hij bladert het boek door.

'Is het soms...? Kan een leugen ooit goed zijn?'

Hij kijkt op. 'Wat zeg je, liefje? Wat bedoel je?'

'Gewoon. Bijvoorbeeld... in een oorlog.'

'Je bedoelt als een soldaat door de vijand wordt ondervraagd?'

'Ja.'

'Tja, het beste is om niets te zeggen – behalve je naam, rang en nummer. Als je liegt, val je misschien door de mand.'

'En als het geen oorlog is?'

'Nou, neem maar van mij aan dat het bijna nooit goed is om te liegen. Leugens houden zichzelf in stand, weet je wat dat betekent?'

'Nee.'

'Het betekent dat de ene leugen tot de andere leidt, tot je een zogenaamd domino-effect krijgt.'

Domino is een spelletje. Iedereen krijg het met kerst. Niemand weet hoe je het moet spelen. Het is nu niet het geschikte ogenblik om iets over domino te vragen. 'Maar pap?' Het is nu ook geen geschikt ogenblik om te zeggen dat iemands leven afhangt van een leugen in een rechtszaal, want dan begrijpt pap dat ze het over Ricky Froelich heeft en dan heeft ze morgen geen andere keuze dan te zeggen wat ze echt heeft gezien – niet heeft gezien. Zelfs de vragen van Madeleine zijn leugens die bedoeld zijn om te verbergen wat ze echt vraagt. 'Stel dat je een leugen moet vertellen om mensen de waarheid te laten geloven?' vraagt ze. Hij laat zijn glas zakken en kijkt haar aan. Kinderen en dwazen... Ze kan onmogelijk iets weten. Hij legt het boek weg. 'Waarom vraag je dat?'

Madeleine slikt.

'Heb je iets gelezen, maatje? Heb je iets op tv gezien waardoor je je dat afvraagt?'

Ze knikt, ja – ze liegt niet echt. Ze heeft iets gelezen. Ze heeft iets op tv gezien. Daardoor vraagt ze zich vaak dingen af.

Hij haalt diep adem en glimlacht. 'Je wordt vast advocaat als je groot bent.'

'Ik wil geen advocaat worden, pap.'

'Je kunt worden wat je maar wilt, je kunt astronaut worden, of ingenieur...'

'Ik wil komiek worden.'

'Zo zo.' Hij lacht en wrijft over haar hoofd. 'Je hebt een heel lastige vraag gesteld. Je hebt een pienter koppie.'

Madeleine heeft medelijden met haar vader. Hij denkt dat ze pienter is. Zijn *Deutsches Mädchen*. Zijn driftkikker. Hij weet niet dat ze een leugenaarster is. Zijn zere oog kijkt droevig. 'Bedankt,' zegt ze.

Ze ziet hem als door een spleet in de deur van een donkere kast. Ze zit tussen de jassen en de kapotte bordspellen en hij zit daar onschuldig op de rand van haar bed om haar in te stoppen. Als ze de kast uit komt, volgen de schaduwen haar, maar hij ziet ze niet. Want hij deugt.

Hij zegt: 'Zoiets heet een ethische kwestie.' Ethisch. Het klinkt als benzine. Hij zegt: 'Soms ligt de waarheid ergens in het midden.'

Soms liegt de waarheid.

'Soms moet je de grote lijnen in de gaten houden. Een zogenaamde kosten-batenanalyse verrichten om te zien waarmee de waarheid het best gediend is. Dat heet ook wel diplomatie.'

Met pap is het zo dat je soms om één definitie vraagt en dan krijg je het hele woordenboek over je heen.

'Negen van de tien keer is de waarheid echter afdoende.'

'Zoals met Halloween?' vraagt ze.

'Zoals wat met Halloween?'

'Toen ik die boom sloeg en dingen opschreef met zeep?'

'Heb je iets met zeep opgeschreven?'

Madeleine bloost. 'Ja.'

'Dat weet ik niet meer... Heb je zeep op iemands raam gesmeerd?'

'Ja.'

'O. Wie zijn raam dan?'

'... Van een onderwijzer.'

'Juist.' Hij knikt. 'Dat had je geloof ik nog niet gezegd.'

Madeleine schudt haar hoofd. 'Maar ik heb mezelf verklikt.'

'Goed zo. Heb je het tegen je onderwijzer gezegd? En wat zei hij?'

'Hij zei: "Ik zeg niets als jij het ook niet doet."'

'Nou, dan heeft hij zich aan zijn woord gehouden. Wat had je opgeschreven?'

Madeleine kijkt naar haar sprei. Fluwelen wegen, bergpaden die alle kanten op gaan. 'Een woord.'

'Wat voor woord?'

'Een stuk gereedschap.'

'Heb je de naam van een stuk gereedschap opgeschreven? Wat voor gereedschap?'

'Um' – ze slikt – 'houweel.'

'Houweel?' Hij glimlacht. 'Waarom schreef je dat op?'

Madeleine haalt haar schouders op.

'Was dat iets dat je bij meneer Marks in de klas had geleerd?'

'March.'

'Was dat iets uit de handenarbeidles?'

'Gezondheid,' zegt Madeleine.

'Gezondheid? Wat heeft dat met gezondheid te maken?'

'Oefeningen.'

'Wat voor oefeningen?'

'Voor de spieren.'

'Wat heeft een houweel daarmee te maken?'

'Het was een pikhouweel.'

'Ik weet wat een pikhouweel is, ik snap alleen niet wat het met de gezondheidsles te maken heeft.'

Madeleine zegt niets. Jack kijkt haar aan. 'Geen wonder dat je zeep op zijn raam hebt gesmeerd.'

Madeleine wacht.

'Dat was verkeerd, maar je hebt het bekend.'

Ze knikt.

'Soms is er lef voor nodig om de waarheid te vertellen. Jij hebt lef. Laat me je iets vertellen, maatje. Als je je ooit afvraagt wat je behoort te doen – want als je ouder wordt zul je merken dat de waarheid niet altijd is wat ze lijkt – als je in een moeilijke situatie terechtkomt, vraag jezelf dan gewoon af: Wat is het moeilijkste dat ik nu zou kunnen doen? Wat is de moeilijkste keuze die ik zou kunnen maken? En zo weet je het verschil tussen de waarheid en een heleboel... smoesjes. De waarheid is altijd het moeilijkst.'

Zijn knokkels zijn wit om zijn glas, met de goudbruine restanten van whisky en ijs op de bodem.

'Trusten, liefje.'

DE AANKLACHT TEGEN RICHARD FROELICH

'Leg je getuigenis af,' zei de Koning, 'en wees niet zenuwachtig, of ik laat je op staande voet onthoofden.'

LEWIS CARROLL, DE AVONTUREN VAN ALICE IN WONDERLAND

Madeleine staat op een kistje in de getuigenbank. Het is net een eenpersoonsstrafbankje.
'Harder praten.'
'Pardon?'
'Ik vroeg: "Hoe heet je, meisje?"'
Madeleine kijkt omhoog naar de rechter. Hij heeft een groot kikkergezicht.
'Madeleine McCarthy.'
'Deze heren willen je ook kunnen verstaan...' Aan de ene kant, op een soort kleine tribune, zit een groep oude mannen haar aan te kijken. Ze zien er nu al teleurgesteld uit.
'De jury moet je kunnen verstaan,' zegt de rechter. 'Hoe heet je?'
'MADELEINE MCCARTHY!'
Hij kijkt geschrokken. Gegrinnik uit het publiek. Madeleine kijkt; lachende gezichten. Waar is pap? Waar is haar moeder?
'En, Madeleine, hoe oud ben je?'
'NEGEN!' Gelach.
'Stilte in de zaal.'
Ze probeert niet grappig te zijn, alleen maar gehoorzaam. Maar de rechter klinkt niet boos. 'Je hoeft niet zó hard te praten, Madeleine.'
'Sorry.'
'Het geeft niet. Weet je wat het betekent om een eed af te leggen?'
'Ja.'
'Wat betekent het?'
Ricky Froelich zit aan een tafel vooraan. Hij is langer geworden. Beniger. Hij kijkt naar haar, maar het lijkt niet alsof hij naar iemand kijkt die hij kent. Ze glimlacht tegen hem.

'Ik denk niet dat ik dit kind de eed laat afleggen,' zegt de rechter.

Madeleine kijkt weer op – wat was de vraag? Ze heeft zich in de nesten gewerkt. Een schildpad aan het hof van koning Arthur.

'Edelachtbare, het is geheel aan u om dat te beslissen,' zegt meneer Waller – dat is Ricky's advocaat. Hij heeft wallen onder zijn ogen, maar zijn zwarte gewaad glanst en zweeft als hij zich beweegt. 'Al zou ik graag zien dat het kind de eed aflegt, indien enigszins mogelijk.'

'Ik weet dat u dat graag wilt, meneer Waller, maar we zijn hier niet om u een plezier te doen. In welke klas zit je, Madeleine?'

'Ik ga naar de vijfde, eerwaarde.' Niet te hard, niet te zacht, kijk naar de rechter, let op, of je mag de eed niet afleggen.

'Edelachtbare,' zegt de rechter tegen haar.

'Pardon?'

'In ons land wordt een rechter aangesproken met "edelachtbare" of "meneer".'

'Edelachtbare meneer,' zegt ze. *Niet bijdehand doen.*

'Dat hebben we allemaal aan het Vaticaan te danken,' zegt hij, en de mensen grinniken weer.

Daar is pap. Hij zit naast maman, een paar rijen achter meneer Froelich en Colleen. Hij knipoogt tegen haar. Ze lacht zo discreet mogelijk terug en voelt zich net een marionet.

'Wat betekent het afleggen van een eed, Madeleine?'

'Het betekent dat je zweert de waarheid te vertellen.'

'De waarheid vertellen,' zegt hij. 'En wat is dat?'

Is dat een strikvraag? Wat bedoelt hij?

'Wat is de waarheid vertellen?' herhaalt ze.

'Ken je het verschil tussen een leugen en de waarheid?'

'Ja, uwe ma – edelachtbare.' *Uwe majesteit?!*

'Wat is het verschil?'

'De waarheid is wanneer je zegt wat er gebeurd is als iemand je dat vraagt, en als je niets weglaat om te proberen iemand iets anders te laten geloven, en als je niet doet alsof je maar naar één ding wordt gevraagd, je moet alles vertellen en dat betekent "de gehele waarheid".' Ze haalt adem. Ze voelt zich helderder, alsof ze net wakker is geworden.

De rechter knikt. 'Ik wou maar dat meer volwassenen het net zo goed doorhadden. In welke klas zit je, Madeleine – of liever, wie is je onderwijzer?'

'Mijn onderwijzer vorig jaar was meneer March.'

'Vond je hem aardig?'

'Nee,' zegt ze, en iedereen lacht.

'Stilte in de zaal, dames en heren. Vergeet de reden van uw aanwezigheid niet.' Hij kijkt haar weer aan. 'Je zegt de waarheid, Madeleine, dat is goed.'

In het midden van de zaal glimlacht Jack, die merkt dat zijn gezicht zich weer ontspant tot vlees. Het was als een brandwond strak om zijn botten getrokken; net als alle anderen in de zaal was hij geschokt door wat een klein meisje vanochtend onder ede heeft verklaard.

'Woon je met je ouders op de militaire basis?'

'Ja, meneer,' antwoordt Madeleine.

'Ga je naar zondagsschool?'

'Bij ons heet dat catechismus.'

'Bij welke kerk hoor je?'

'We zijn katholiek.'

'Rooms-katholiek, juist. Ik denk dat dit meisje het wel zal begrijpen.'

Tegen wie heeft hij het?

Jack likt aan zijn mondhoek. Een jong kind, niet ouder dan zijn dochter – een vriendinnetje van haar, als hij zich niet vergist, knap ding; Marjorie. Waar had ze dat vreselijke verhaal vandaan? Hij zag de jury verstenen toen het kind getuigde. Maar als Madeleine de eed aflegt, zal haar getuigenverklaring meetellen. Het enige wat Rick nodig heeft, is twijfel aan zijn schuld. En Madeleine zal voor die twijfel zorgen. Ze zal bevestigen wat Elizabeth Froelich de jury vanochtend zo moeizaam probeerde duidelijk te maken. Karen was erbij om te vertalen. De aanklager deed daar zijn voordeel mee en beweerde dat de moeder haar dochter woorden in de mond legde, aangezien zij de enige was die begreep wat het arme kind zei. Uiteindelijk barstte Elizabeth in huilen uit, haar getuigenverklaring werd geschrapt en meneer Waller – en impliciet Karen Froelich – werd door de rechter gekapitteld omdat een 'arm gehandicapt kind' aan zo'n beproeving werd onderworpen.

De rechter wendt zich weer tot Madeleine. 'Weet je dat je verplicht bent hier de waarheid te zeggen?'

'Ja, edelachtbare,' zegt Madeleine.

'Begrijp je dat?'

'Ja.'

'Wat draag je daar voor een broche?'

'Het is een vuurtoren.'

'Waar komt die vandaan?'

'Uit Acadië' – die arme broche is aangeraakt door meneer March – 'mijn moeder komt uit Acadië.' Meneer March zou hem nooit hebben aangeraakt als ik me niet had geschaamd om Frans te spreken. 'We spreken Frans,' zegt ze.

'Ik denk dat we dit meisje de eed wel kunnen laten afleggen.'

Ik ben geslaagd.

Jack veegt een druppel zweet van zijn slaap. Het is bijna voorbij. Hij zou graag het bovenste knoopje van zijn hemd willen losmaken, maar hij wil Mimi, die naast hem zit, niet ongerust maken; de laatste tijd is hij een beetje kortademig. Het kleine meisje, Marjorie, was overtuigend. En de verklaring van dat afwezige meisje, Grace... Jack huivert. Onschuldige kinderen. Hoe kunnen ze van zulke dingen op de hoogte zijn?

'Bode?' zegt de rechter.

Een man met een bierbuik in uniform komt op Madeleine af. Hij lijkt op meneer Plodd, de politieman in *Noddy*. Hij heeft handboeien aan zijn riem en houdt een dik boek in zijn handen.

Jack staart naar de achterkant van Froelichs hoofd, dan naar Ricks achterhoofd. Froelich is een goed mens, maar naïef. Waar komt de jongen vandaan? Waar was hij voor zijn twaalfde? In de een of andere inrichting. Daar zijn misschien vreselijke dingen met hem gebeurd. Kinderen leren wat ze in hun leven meemaken. Jack weet dat Rick onschuldig is wat de aanklacht wegens moord betreft, maar kan het waar zijn wat die kleine meisjes hebben gezegd? Heeft hij met kinderen geknoeid? Ook met Madeleine?

'Leg je rechterhand op de bijbel.'

Jack kijkt hoe zijn dochter de eed aflegt. Als iemand haar heeft aangeraakt... Hij voelt – hoort bijna – hoe er iets in zijn linkerslaap ombuigt, als een twijg. Hij ziet dat zijn dochter een grijns onderdrukt als ze naar de bode luistert – hij ziet dat ze probeert niet te lachen. Het gaat goed met haar. Deze ervaring raakt haar niet. Hij zou het weten als iemand haar had aangerand – Mimi zou het weten... Maar er moet iets gebeurd zijn met die twee andere meisjes. Waar waren hun ouders? Jack wierp een blik op het gezicht van majoor Nolan toen zijn dochter haar getuigenverklaring aflegde. Waar was hij? Als Ricky Froelich die kinderen heeft gemolesteerd, is het terecht dat hij hier is. Door die gedachte ontspant er zich iets aan de onderkant van Jacks schedel. Zijn hoofdpijn – het lichte gebons dat hij niet meer opmerkt – lost op en begint godzijdank weg te vloeien, als afwaswater in een gootsteen.

'... zo helpe je God?'

Madeleine zegt: 'Ja.' *U mag de bode nu kussen.* Ze kijkt op in de verwachting pap te zien stralen, maar hij kijkt haar alleen maar strak aan. Net als Colleen. En meneer Froelich.

Ze is klaar. Nu gaat ze de waarheid vertellen...

'Heb je Claire McCarroll gekend?'

Ze krijgt het weer warm. 'Ja.'

Het is Ricky's advocaat. Hij staat aan onze kant.

'Was je bevriend met Claire, Madeleine?'

'Ja.'

Waarom heb je dan niet voor haar gezorgd? Madeleine krijgt een plakkerig gevoel in haar buik.

Meneer Waller vraagt: 'Ken je Ricky Froelich?'

'Ja.'

'Zei je ja?'

De rechter zegt: 'Ja, ja, ze zei ja, de getuige knikte, ga door, meneer Waller.'

'Was je met Claire en de andere kinderen op de speelplaats op de middag van 10 april?'

'Ja.' Ze moet naar de wc.

'Praat wat harder.'

'Ja.'

'Heeft Claire tegen je gezegd...?'

De rechter zegt: 'Zulke vragen mag u niet stellen, meneer Waller.'

Meneer Waller gaat door: 'Wat heeft Claire tegen je gezegd?'

'Ze zei dat ze...'

'Harder praten, Madeleine.'

'Pardon?'

'Wat zei Claire die middag tegen je, de middag van 10 april, op het schoolplein?'

'Ze zei dat ze ging picknicken met Ricky Froelich.'

Het glanzende zijden gewaad van meneer Waller begint eruit te zien als het uniform van het verliezende team. Hij vraagt: 'Wat zei Claire precies?'

'Ze zei: "Ik ga picknicken met Ricky Froelich."'

'En wat zei jij?'

'Ik zei – ik zong – "Droomland".'

'Waarom deed je dat?'

'Omdat iedereen weet...'

De rechter zegt: 'Zeg alleen wat jij weet, Madeleine.'

'Omdat ik wist dat ze dingen verzon. Geen leugens, gewoon... haar fantasie.'

'Waarom denk je dat ze het verzon?' vraagt meneer Waller.

'Omdat ze met hem wilde gaan picknicken.'

'Nee, laat me – ik bedoel, Madeleine, waarom dacht je dat Claire het gewoon gefantaseerd had?'

'Nou, ze heeft me een keer verteld dat ze samen waren gaan dansen in Teen Town.'

'En was dat zo?'

'Nee. Alleen tieners mogen daar naar binnen. En ze zei dat ze met hem ging trouwen.'

Madeleine glimlacht om te laten zien dat ze Claire niet bekritiseert, maar niemand anders glimlacht. Er staat een tafel vol dingen recht voor de jury. Een glazen pot met iets bruinigs. Een lap met gelige vlekken. Lisdodden. Het Frankie-en-Annette-lunchtrommeltje van Claire. Het is net als bij een spreekbeurt over je favoriete bezit. Wat zit er in die pot?

'Wat zeg je, Madeleine?'

Heeft ze het hardop gevraagd?

De rechter zegt: 'Leg iets over die tafel en houd hem bedekt.'

Iemand kucht. Meneer McCarroll zit aan de andere kant van het gangpad, tegenover Ricky. Hij veegt zijn lippen af met een zakdoek. Nu ze hem ziet krijgt Madeleine het idee om Claire op te zoeken als ze vanmiddag naar huis gaat. Dan verspringt er iets achter haar ogen – zoals wanneer je een lichtschakelaar heel snel aan- en uitdoet – en haar hersens worden weer ingeschakeld en zeggen: 'Je kunt Claire niet opzoeken, ze is dood.' Madeleine weet dat dat waar is, maar achter haar hersens zit iets dat haar voeten in beweging wil brengen om Claire op te zoeken. Iets wat weet dat Claire nog steeds in de groene bungalow is, en dat je haar alleen maar hoeft op te zoeken.

Meneer Plodd legt een wit laken over de tafel.

'En wie was er nog meer bij jullie toen je "Droomland" zei – of liever neuriede?' vraagt meneer Waller.

'Eh. Colleen.'

'Colleen Froelich?'

'Ja. En Marjorie en Grace.'

'Dus die hoorden Claire zeggen dat ze een uitnodiging had gekregen...'

De rechter zegt: 'Meneer Waller.'

'Edelachtbare, ik stel vast dat Marjorie Nolan en Grace Novotny een basis hadden om te verzinnen dat...'

'Ik weet wat u doet, meneer Waller, en u dient zich daarvan te onthouden.'

Jack denkt na over de logica van de getuigenverklaring die de twee meisjes deze ochtend hebben afgelegd en constateert dat die niet deugt. Hun verhaal steunt op de bewering dat Rick hun had gevraagd om die dag mee te gaan naar Rock Bass, vermoedelijk om te doen wat hij al eerder had gedaan – namelijk hen aanranden. En toen ze niet wilden, vroeg hij het aan Claire en die wilde wel – dat moet wel, want ze ging met hem mee. Maar Jack weet dat Rick Claire niet meenam naar Rock Bass. Daarom kan redelijkerwijs worden geconcludeerd dat hij haar niet had uitgenodigd. Dus de bewering dat hij haar alleen maar uitnodigde omdat de twee andere meisjes niet mee wilden, klopt niet. Rick heeft niemand van hen uitgenodigd, omdat het niet zijn bedoeling was om wie dan ook aan te randen.

Zijn nek begint weer te verstrakken. Het idee dat hij een zucht van opluchting zou hebben kunnen slaken bij de gedachte dat de zoon van zijn vriend een kinderverkrachter is – sinds wanneer ben ik zo'n hufter geworden? Alle kleine meisjes waren verliefd op die jongen, zo simpel is het, en zo onschuldig. Jack is opgelucht omdat hij er niet voor is teruggeschrokken zijn onaangenaamste karaktertrekken onder ogen te zien. Ricky Froelich hoeft zich nergens aan schuldig te hebben gemaakt. Bovendien wordt hij vrijgesproken omdat Madeleine zal zeggen welke kant hij op ging. Jack pakt Mimi's hand en knijpt erin om haar gerust te stellen.

Meneer Waller vraagt: 'Wanneer heb je Claire McCarroll die dag voor het laatst gezien, Madeleine?'

'Ik en Colleen – Colleen en ik gingen naar Pop's...'

'Wat is "Pops"?' vraagt de rechter. 'Ik ken geen "Pops".'

'Daar haalden we prik,' zegt Madeleine.

'Prik? Bij Pops?' zegt de rechter.

'Edelachtbare, "Pop's" is een plaatselijke snoepwinkel,' zegt meneer Waller.

'Is dat van belang?'

'Nee, dat geloof ik niet, edelachtbare.'

'Ga dan door, meneer Waller, u neemt vijf stappen waar u het met twee kunt doen.'

Madeleine heeft haar kin tegen haar borst geklemd om niet te lachen, maar daardoor gaan haar ogen altijd uitpuilen. Niets van wat je met je gezicht kunt doen is veilig, behalve er niet aan denken.

'Waar ben je daarna naartoe gegaan, Madeleine?' vraagt meneer Waller.

'We zijn naar de wilg gegaan...'

'De wilg bij de kruis...? Waar is de wilg, Madeleine?'

'Bij de kruising.'

'En welke kant ga je op als je naar Rock Bass gaat?'

'Rechts.'

De rechter vraagt: 'Bedoel je dat je rechts af zou slaan om naar Rock Bass te gaan?'

'Jaaah, edelachtbare.' Ze was niet van plan om aanstellerig te gaan praten, maar de rechter schijnt het niet te hebben gemerkt.

'Goed,' zegt meneer Waller. 'En jij en Colleen waren op weg naar de wilg bij de kruising.'

'We gingen door de akkers.' Ze kijkt op en vangt de blik op van Colleen.

'En je kon de wilg zien?'

Ze kijkt meneer Waller weer aan. 'Ja.'

'En je kon de kruising duidelijk zien.'

'Ja.'

'En wat zag je?'

'We zagen...'

'Alleen wat jíj zag, graag.'

'Ik zag Ricky en Rex en...'

'Wie is Rex?' vraagt de rechter op geïrriteerde toon.

'De hond, edelachtbare,' zegt meneer Waller. 'Ga door, Madeleine.'

'En Ricky duwde Elizabeth in haar rolstoel, en Claire was op haar fiets en Rex trok haar.'

'En ze liepen in de richting van – in welke richting gingen ze?'

'In de richting van de boom.'

'De wilgenboom?'

'Ja.'

De rechter zegt: 'De wilgenboom en de kruising zijn in dit verband één en hetzelfde, heren.' Hij spreekt de jury toe. Hij richt zich weer tot Madeleine. 'En wat zag je toen?'

'We – ik zag, eh' – Madeleine slikt – 'een epauletspreeuw.' En haar keel wordt droog.

Meneer Waller zegt niets. Hij wacht tot ze zich haar tekst weer herinnert. Maar Madeleine zwijgt. Net als de kikker in de tekenfilm, die opera kan zingen, maar op het moment van de waarheid zijn mond opent en krekkrek zegt.

Je kunt het kraken van de ventilator aan het plafond horen, maar je kunt geen vleugje wind voelen.

Meneer Waller vraagt: 'Ja, en wat zag je toen, toen je naar de kruising keek?'

Madeleines hart bonst in haar borst, het is dat uit zichzelf gaan doen. Ze ademt door haar mond, ook al wordt haar keel daardoor droog als papier – slikken gaat pijn doen. Zoals toen haar amandelen waren geknipt en ze alleen ijs kon eten.

'Madeleine?'

De rechter kijkt haar aan. 'Wat zag je?'

'Kijk me aan, Madeleine,' zegt meneer Waller.

De ventilator aan het plafond klinkt luider in haar oren. Waar is pap?

Hij kijkt naar haar, met zijn hoofd een beetje schuin. Bleek en glimmend. *Lef, dat heb je.* Hij is met zijn vliegtuig neergestort. *Je bent nergens bang voor. Pure klasse. De waarheid is altijd het moeilijkst.* Gewoon doordouwen, zoals de kapstokhaken die dwars door je rug drukken. Doordouwen en je hoeft nooit meer terug. Niets zal ooit nog in je rug prikken. *Doe wat je behoort te doen.*

Pap knikt even. *Piloot aan copiloot. Doe het op jouw manier, liefje. Spreek de waarheid.* En dat doet ze.

In de auto doen haar ouders er het zwijgen toe. In de verte wijst een roze ijshoorntje van triplex schuin naar de weg, maar door het zwijgen weet ze dat ze niet zullen stoppen. Ze is opgelucht, want ze heeft geen trek in ijs. Maman is boos. Ze trok Madeleine het hele stuk naar de auto met zich mee, en pap kwam achter hen aan.

De Rambler gaat langzamer rijden en haar vader stopt. 'Wat dacht je van een ijsje?' Hij kijkt naar Madeleine in het achteruitkijkspiegeltje.

'Jack, dat vind ik geen goed idee.'

'Dat heeft ze wel verdiend, vind je ook niet?'

Madeleine vormt een glimlach voor hem. Hij is niet teleurgesteld. Hij wil haar een ijsje geven. Haar moeder zegt: 'Jack,' maar hij stapt al uit de auto.

Ze wacht in stilte, kijkend naar het achterhoofd van haar moeder.

Nadat ze de waarheid had gezegd, ging meneer Waller zitten en kwam de andere advocaat in zijn sombere zwarte gewaad naar haar toe. 'Waarom heb je tegen de politie gelogen, Madeleine?'

'Het spijt me,' zei ze.

'Je bent een heel goede getuige geweest, Madeleine, je hebt de waarheid gezegd. Niemand hier is vandaag boos op je, maar het is voor ons belangrijk om te weten waarom je tegen de politie hebt gezegd dat je Ricky naar links zag gaan, terwijl dat niet zo was.'

'Omdat ik...' Haar keel was niet langer droog, maar dat waren haar ogen ook niet, ze schoten vol, maar ze wist niet wat er zo treurig was. Alsof ze net had gehoord dat er een hond dood was.

'Zeg het maar, Madeleine.'

'Ik was bang dat hij...'

'Waar was je bezorgd over?'

'Dat hij opgehangen zou worden.'

Er klonk een geluid in de zaal. 'Stilte,' zei de rechter. 'Laat dit kind haar getuigenis beëindigen. Je doet het heel goed, Madeleine,' zei de kikkerkoning – hij was niet onvriendelijk.

'Nu Madeleine,' zei de winnende advocaat, en Madeleine was op haar hoede, want hij klonk alsof hij haar iets probeerde te ontfutselen. 'Wie heeft dat tegen je gezegd?'

'Niemand,' zei ze.

'Je staat onder ede, jongedame,' zei de rechter.

En opeens telde het niet meer mee dat ze een klein meisje was. Misschien was ze dat ook wel niet meer. Misschien waren er twintig jaar voorbijgegaan en was ze nu volwassen, ze voelde dat haar hals zich moeiteloos uitrekte als die van Alice in Wonderland, en haar hoofd begon omhoog te gaan – nog even en ze zou bij het plafond komen, zodat haar hoofd werd afgehakt door de ventilator.

'Wie zei dat hij zou worden opgehangen, Madeleine?' vroeg de advocaat.

Ze kreeg haar normale omvang weer terug. 'Iedereen zegt het, maar het is niet waar.'

'Kun je me een voorbeeld geven van een bepaald iemand.'

'Mijn broer zei het.'

'Je broer?'

'Ja, Mike zei het.'

'En wie nog meer?'

'... Mijn vriendin.'

'Welke vriendin?'

Pap komt terug en geeft haar een Italiaans ijsje met drie bolletjes, maar hij heeft er niet zelf een gekocht om met maman te delen. De auto rijdt van het grind de weg weer op. Madeleine wou dat ze het ijsje per ongeluk uit het raam zou kunnen laten vallen, maar dat is uitgesloten. Dus eet ze het hele geval zo snel mogelijk op.

De rechtszaal was zo heet als een oven. Iedereen zat doodstil. Ze werden allemaal gebakken tot speculaaspoppen. Madeleines tranen vielen niet, ze verdampten. Ze keek naar Colleen. *Als de ovendeur opengaat, springt ze uit de schaal en rent ze weg. We rennen samen weg.*

'Colleen,' zei ze.

'Colleen Froelich?'

Madeleine knikte.

'Was dat ja?'

Madeleine knikte opnieuw.

'Ja, de getuige knikte ja,' zei de rechter. 'Ga door, meneer Fraser.'
'Heeft Colleen gezegd dat je moest liegen, Madeleine?'
Madeleine gaf geen antwoord.
De rechter zei: 'Geef antwoord, Madeleine.'
Maar Madeleine zei niets en bewoog haar hoofd ook niet.
'Madeleine,' zei de rechter, 'kijk achter je. Wie is die mevrouw?'
'Onze genadige koningin.'
'Weet je dat we hier vandaag in haar naam bijeen zijn? Als ik of deze meneer je iets vraagt, is het net alsof onze koningin je iets vraagt. Zou je de koningin antwoorden?'
Madeleine knikte.
'Zou je tegen onze koningin liegen?'
Madeleine schudde haar hoofd.
'Nu, Madeleine,' zei de rechter, 'heeft Colleen Froelich gezegd dat je moest liegen?'
Madeleine zei: 'Ik wilde het zelf.'

Pap zet de auto buiten Exeter aan de kant zodat ze kan overgeven.
Maman zegt tegen hem: 'Ik zei het toch.'

'Ik denk niet dat u nog veel meer uit deze getuige krijgt, meneer Fraser,' zei de rechter, die haar al weer vergeten leek toen hij zei: 'Je mag weer gaan zitten, meisje.'
Meneer Fraser wendde zich van haar af en liep terug naar zijn tafel. Madeleine wachtte. Er was iets nog niet afgehandeld. *Hij heeft het niet gedaan.* Ze had gewacht tot ze hun dat kon vertellen. Ricky Froelich ging linksaf, hij had de moord niet gepleegd. *Vraag Elizabeth maar.*
Ze zei: 'Elizabeth...'
En de rechter zei: 'De koningin heeft voorlopig niets meer aan je te vragen, meisje, ga maar weer zitten.'
'Niet de koningin...!' riep ze.
'Bode?' Meneer Plodd kwam op haar af.
'Stop!' Het was een vrouw die dat zei; ze kwam door het gangpad aanlopen. Maman.
De rechter zei: 'Mevrouw, gaat u alstublieft zitten.'
'C'est assez,' zei maman, klikkend op haar hoge hakken in de richting van de getuigenbank.
'Mevrouw, alstublieft! Bode.'

Meneer Plodd stak zijn hand uit naar Madeleine, maar zijn hand werd opzij gemept en daar was mamans hand, met de rode nagels. Ze pakte Madeleine bij de pols en trok haar uit de getuigenbank mee het gangpad in. Een wirwar van gezichten danste voorbij – dat van Colleen die recht vooruit keek, meneer Froelich met zijn hoofd gebogen, en pap die haar en maman aankeek alsof ze de laatste twee personen ter wereld waren die hij hier verwachtte te zien.

'De zitting wordt korte tijd geschorst,' zei de rechter achter haar.

'Jack, *allons-y*!' riep maman vanaf de deur van de rechtszaal.

Madeleine moest rennen om haar moeder, die haar nog steeds stevig vasthield, bij te houden – door de geboende gang, langs de portretten van mannen in gewaden, voorbij een naam op een deur die recht op haar afkwam, F. DONNELLY, QC.

Maman veegt Madeleines gezicht af met een vochtig doekje en ze stappen weer in de auto. Dat ze voor een ijsje zijn gestopt bij die zaak langs de weg heeft één voordeel: het betekent dat ze niet voor een ijsje stoppen in Crediton, waar meneer March woont.

'Ik wil morgen vertrekken, Jack.' Ze ritst haar jurk open, stapt eruit, pakt een hangertje, steekt die in de jurk alsof ze een fileermes hanteert en ramt hem in de kast.

'We kunnen niet zomaar vertrekken.' Hij staat met zijn armen over elkaar, nog steeds gekleed.

'Waarom niet? Je gaat ook elke keer naar dat proces wanneer je maar zin hebt.'

'Dat is over een paar dagen voorbij.'

'Ga je er weer heen?' terwijl ze haar oorringen uit haar oren rukt.

'Ik ga niet weg voordat het voorbij is.'

'Waarom niet?'

'Dat kan ik Henry niet aandoen, ik kan niet – ze zullen in beroep moeten gaan.'

'En?' Ze trekt haar onderjurk over haar hoofd, draait hem haar rug toe en doet haar bh uit.

'Die arme kerel is blut.'

'Dat weten we niet.' Ze trekt een nachtjapon aan.

'Je hebt niet gezien waar ze wonen.'

Ze draait zich naar hem toe. 'En jij wel.'

Hij aarzelt, maar waarom zou hij? 'Ja, inderdaad, ik heb hen opgezocht, en wat dan nog?' Hij heeft onmiddellijk spijt van het verontschuldigende *wat dan nog?*

'Wat dan nog? Wat zou dat, zeg me eens wat dat hebt te betekenen?'

Normaal zou hij haar plagen met zo'n formulering, maar vanavond niet. 'Niets,' zegt hij. 'Waar hebben we het over?'

'Het is geen familie van ons, Jack. Het is mijn zoon niet.'

'Die jongen is onschuldig.'

'Misschien niet.'

'Jawel.'

'Hoe weet je dat?' Ze kijkt hem aan. Hij geeft geen antwoord. 'Madeleine moest overgeven omdat ze weet dat jij wilde dat ze loog.'

'Ik wilde niet dat ze...'

'Wat gebeurt er toch allemaal!' Ze heeft tegen hem geschreeuwd.

Hij zegt heel zacht: 'Mimi,' en maakt een kalmerend gebaar met zijn hand. Ze schreeuwt fluisterend: 'Ik wil het weten!' Slaat met haar haarborstel tegen haar dij. 'Waarom maak je je zo druk over die mensen?!'

Hij wacht.

'Je maakt je drukker over die jongen dan over je eigen zoon.'

'Mimi, dat is niet...'

'En je wilt geen ander kind.' Haar gezicht trilt, maar ze knijpt haar lippen samen en wendt haar blik niet van hem af. 'Of wel soms?'

'Waar heb je het over?'

'Daarom wil je bijna nooit...' Ze bijt op haar bovenlip en haalt diep adem, met tranen in haar ogen.

'Mimi, waar haal je in vredesnaam het idee vandaan...' Hij loopt naar haar toe, terwijl hij zijn armen opent.

'Raak me niet aan.' Haar stem is afgekoeld. 'Die mensen, ze hebben vreselijke problemen, maar dat heeft niets met ons te maken. Of wel, Jack?'

Hij zegt niets.

Ze opent haar juwelenkistje en vraagt: 'Wat is dit?'

Een stukje papier. 'Wat is dat?'

Ze geeft het aan hem. 'Dat vraag ik aan jou.'

Hij leest: *kersen, cognac, kaviaar...* Frieds boodschappenlijstje. Hij kijkt haar aan.

'Hoe lang al?'

Hij is op zijn hoede. 'Wat bedoel je?'

Haar stem trilt. 'Je maait hun gras, je komt bij hen thuis, je bent overdag niet op kantoor – ik weet het, want als ik opbel kunnen ze je niet vinden. Je gaat met een auto van de basis god weet waar naartoe; ik neem de telefoon op en niemand zegt wat.' Haar stem gaat de hoogte in, maar ze houdt zich in bedwang, op het randje van tranen. 'Godverdomme, als ik ga huilen, krijg jij dat niet te zien.'

'Mimi. Denk je...?' Hij glimlacht tegen beter weten in, in de wetenschap dat hij schuldig klinkt. Ze draait zich om. Hij lacht. In zijn eigen oren klinkt hij dom en onoprecht; hoe moet dat wel niet op haar overkomen.

'Mimi, dat lijstje was voor Buzz Lawson, hij was zijn trouwdag vergeten en ik moest toch naar London, dus vroeg hij me om een paar boodschappen mee – je kent Buzz – Mimi, kijk me aan.'

'Ik geloof je niet.'

'Denk je dat ik geïnteresseerd ben in Karen Froelich?' Hij grinnikt, maar ze draait zich om en staart hem aan.

'Zie je wel? Ik hoef haar naam niet eens te noemen.'

Hij voelt dat zijn gezicht een trek van joviale perplexiteit vertoont, het schoolvoorbeeld van mannelijk schuldbewustzijn – hij heeft geen spiegel nodig om dat te weten.

Ze stapt in bed. 'We moeten morgen vertrekken, Jack.'

'Mimi...'

'Ik ga slapen.' En ze doet haar lampje uit.

Zijn grijns corrodeert en zijn keel begint te roesten. Zijn ogen prikken van het zout. Als ze zich nu maar zou omdraaien zodat ze zijn gezicht kon zien. Hij zou niet proberen het te verbergen. Ze zou zeggen: 'Jack, wat is er mis?' En hij zou het haar vertellen. *Ik was het. Ik zwaaide.*

Hij wacht, roerloos, maar ze draait zich niet om en doet haar ogen niet open, en hij is zijn spraakvermogen kwijt.

Het duurt lang voor Madeleine in slaap valt. Haar ouders hebben ruzie gemaakt. Dat heeft ze hen nooit eerder horen doen. Niet echt. Maman moet wel heel boos op Madeleine zijn omdat ze tegen de politie gelogen heeft. En nog bozer op Colleen omdat die tegen haar gezegd heeft dat ze dat moest doen. Ze zal nooit meer met Colleen Froelich mogen spelen.

Ze knuffelt Bugs en rolt zich om op haar buik, waar het veiliger is. Dan beseft ze dat Colleen waarschijnlijk ook nooit meer met haar zal willen spelen. En ze is opgelucht.

Ze wordt schreeuwend wakker en slaapt de rest van de nacht in het bed van haar ouders, samen met haar moeder. In haar droom blafte een hond. Daardoor werd ze wakker, maar ze wist dat ze nog steeds droomde, want toen ze naar het raam ging bewogen de gordijnen door een windvlaag die ze niet voelde. Eerst dacht ze dat haar gordijnen een nieuw patroon hadden, omdat ze bedekt waren met gele vlinders. Toen begonnen de vlinders te bewegen en zag ze dat ze echt waren.

Pap haalde haar uit bed en knuffelde haar. Ze vroeg hem, door haar gehik heen, wat er gebeurd was met die hond die vastzat in de afvoerpijp op de avond dat ze overvlogen naar de gidsen. Eerst leek hij het zich niet te herinneren, maar toen zei hij: 'O ja, ik weet het weer. Ik geloof dat de brandweerwagen is gekomen en de brandweermannen hebben hem bevrijd.'

'Echt waar?'

'O ja. Ze hebben hem naar huis gebracht, hij maakt het goed.'

En ze vroeg verder niets.

Pap legde haar bij maman in bed en ging de kamer uit. Hij had zijn pyjama nog niet aan. Ze fluisterde: 'Maman?'

'Wat is er, Madeleine?'

'Kun je me het verhaal van Jack en Mimi vertellen?'

'Non, pas ce soir, Madeleine. Fait dodo.'

'Zing "O Mein Papa".'

'Ga slapen, Madeleine. Denk maar aan iets leuks.'

Madeleine heeft een zere keel. Ze staat in de voortuin, en staart naar de vroegere voortuin van Rex aan de overkant van de straat. Mimi zegt: 'Stap in de auto, Madeleine. Ik zei, *viens. Main-te-nant!*'

Ze gaat op de achterbank zitten, alleen. Mike zit voorin. Pap blijft hier. Ze zal helemaal tot New Brunswick naar mamans achterhoofd moeten kijken. De Rambler rijdt achteruit de oprit af. Langzaam, want haar moeder rijdt. Ze draait zich om en ziet haar huis langzaam in de verte verdwijnen, net als het huis van Colleen en het huis van Lisa en het huis van Auriel, en dat van Claire; net als het woord dat op de grafzerken van de Donnelly's steeds werd herhaald, *Leeg, Leeg, Leeg, Leeg*... Tot ze de hoek omslaan en haar witte huis met het rode dak uit het zicht verdwijnt.

'Tot ziens, Rex.' Ze zegt het heel zacht omdat haar keel zeer doet. Ze vraagt: 'Wanneer komen we terug?'

'Als de vakantie voorbij is,' zegt haar moeder geprikkeld.

'Ik heb nooit afscheid van Rex genomen.'

'Zeur toch niet,' zegt Mike op de voorbank, en maman geeft hem geen standje.

Haar tranen voelen heet aan, net heet water uit de ketel. Haar moeder en broer zien niet dat ze huilt. Ze ligt met haar gezicht in de spleet tussen de zitting en de rugleuning gedrukt en voelt haar tranen een slijmspoor achterlaten op het plastic. *Arme Rex.* Ze fluistert de woorden door haar tranen heen, donker en dicht als een bos, ze is verdwaald in het Zwarte Woud, *arme Rex.* Ze haalt diep adem, maar ze zorgt er wel voor dat haar adem gelijkmatig gaat, zodat haar moeder of broer, als die toevallig achteromkijken, zullen denken dat ze slaapt, *die arme Rex denkt vast dat ik weg ben gegaan zonder afscheid te nemen.*

Ze snikt stilletjes. Net voor ze de 401 oprijden, stoppen ze en koopt Mike een Nutty Buddy voor haar. Hij klimt naast haar op de achterbank. 'Alsjeblieft, Rob.'

Ze is dankbaarder voor het feit dat hij zich weer op de achterbank nestelt dan voor de traktatie, die ze met een stoïcijnse glimlach in ontvangst neemt.

Maar de hele weg naar New Brunswick, de hele weg naar hun volgende woonplaats en de daaropvolgende woonplaats, de hele weg naar de dag waarop Madeleine uit huis ging en op zichzelf ging wonen en besloot haar studie niet af te maken, schreide ze steeds weer hete tranen uit die ketel wanneer ze zich de snoet van Rex voor de geest haalde. Rex was toen al met zijn gezin naar het woonwagenkamp verhuisd, maar ze stelde zich toch voor – en zou in de toekomst tegen Mike blijven beweren dat het echt zo was – dat hij in de voortuin van het paarse huis stond te kijken hoe ze wegreed in de Rambler, en zich afvroeg waarom ze vertrok zonder afscheid te nemen.

DE GENADE VAN DE KONINGIN

De jury had maar tweeënhalf uur nodig om hem schuldig te bevinden, 'met een verzoek om genade'.

De rechter zei: 'Richard Plymouth Froelich, het vonnis dat deze rechtbank over u uitspreekt is dat u van hier zult worden gebracht naar de plaats vanwaar u bent gekomen en daar in hechtenis zult worden gehouden tot maandag, de tweede dag van september 1963, en op die dag en die datum zult u worden gebracht naar de plaats van terechtstelling, en daar zult u aan uw nek worden opgehangen tot de dood erop volgt, en moge de Heer uw ziel genadig zijn.'

Jack kan zich niet herinneren dat hij de rechtszaal heeft verlaten. Henry Froelich werd door verslaggevers bestormd zodra het vonnis was geveld, het lukte Jack niet om bij hem in de buurt te komen. En hij deed ook geen poging om de inspecteur, de rechter, de openbare aanklager aan hun jasje te trekken... Eerst moest Simon op de hoogte worden gesteld. Hij reed met de geleende luchtmachtauto terug naar Centralia. Hij parkeerde de auto bij de afdeling vervoer en liep uit gewoonte naar de telefooncel aan de rand van het exercitieterrein – maar dat was niet nodig. Zijn vrouw en kinderen hadden hem drie dagen geleden verlaten, er zou niemand thuis zijn om zijn gesprek af te luisteren, dus liet hij de telefooncel links liggen en liep door naar de woonwijk, terwijl de middagzon achter hem onderging.

Er stond een verhuiswagen op de oprit van de Froelichs – er was een nieuw gezin op komst. Een man en een vrouw zwaaiden naar hem, maar Jack zwaaide niet terug. Het was net alsof hij hen van achter een doorzichtige barrière zag, dik als ijs; het kwam niet eens bij hem op om terug te zwaaien. Hij ging zijn lege huis in. Zijn lege keuken.

Nu neemt hij de telefoon van de haak en draait het nachtnummer, maar er wordt niet opgenomen.

Hij is alleen. Het schemert. Hij doet het kastje boven de koelkast open en pakt een volle fles whisky. Hij zal het nachtnummer blijven proberen. Als dat niet lukt, zal hij wachten tot de ochtend, Simon op de ambassade bellen en vragen hoe lang zijn mensen in de Sovjet-Unie nodig hebben om zich in veiligheid te brengen, als ze dat nog niet hebben gedaan. Dan zal hij Henry Froelich de waarheid zeggen; hij zal zijn uniform aantrekken en zich bij de politie melden. Hij overweegt nu of hij naar het vliegveld zal gaan, om te zien of hij het sleuteltje van de Ford Galaxy in het hoge gras kan vinden, maar besluit daar nog mee te wachten en schenkt zich een borrel in. De politie heeft genoeg tijd om daar de komende dagen met metaaldetectoren te gaan zoeken.

Hij probeert het nachtnummer om het halfuur.

Om drie uur 's ochtends opent hij de laden van Mimi's kast, daarna die van haar toilettafel, en treft alleen achtergelaten winterspullen aan. Hij begraaft zijn gezicht in haar truien, maar dat helpt niet, ze zijn gestoomd. Hij knielt aan haar kant van het bed, niet om te bidden maar om aan de lakens te ruiken. Het is zinloos, ze heeft ze verschoond voor ze vertrok. Hij gaat terug naar de keuken en zoekt tot hij eindelijk in de la naast de telefoongids iets vindt waar hij iets aan heeft. Haar doosje met recepten. Hij doet het open en de geur van vanille en boter stijgt op – hij haalt er een kaart uit die beschreven is met haar onontcijferbare handschrift, op plaatsen waar vetvlekken zitten is de inkt helderder. Hij staart – het is een recept voor volkoren muffins, voorzover hij kan zien – en begint te huilen.

Op een gegeven ogenblik valt hij in slaap, op de bank. Als hij zijn ogen opent, schijnt het felle licht van de ochtendzon door het raam van de woonkamer. Hij ziet tot zijn opluchting dat de fles whisky op de salontafel maar half leeg is – hij kan veilig overeind komen, zolang hij maar rustig aan doet.

Hij doet de deur niet open om de krant van de stoep te halen – hij weet welke kop hij kan verwachten. Hij wacht tot negen uur, als de Britse ambassade in Washington opengaat, en pakt de telefoon, maar die rinkelt en doet hem schrikken.

Karen Froelichs stem vraagt: 'Jack, is Henry bij jou langs geweest?' Henry is gisteravond samen met een verslaggever in hun auto vertrokken.

'Heeft Henry een verslaggever gebeld?'

Nee, de verslaggever was tijdens de hele rechtszaak aanwezig. Na het vonnis hielp hij hen naar hun auto, begeleidde hen door de menigte andere journalisten en fotografen. Hij stapte in en reed met hen naar het woonwagenkamp. Hij zei dat hij via zijn bronnen bij de politie had gehoord dat Henry een oorlogsmisdadiger had gezien, en hij wilde weten waarom dat op het proces niet ter sprake was gekomen. Toen Henry hem dat vertelde, zei de verslaggever dat volgens hem Rick het slachtoffer was geworden van een ernstige rechterlijke dwaling. Volgens hem was het onderzoek mogelijk beïnvloed door antisemitisme.

'Onze advocaat heeft gezegd dat we niets mochten zeggen voor we beroep hadden aangetekend,' zegt Karen, 'maar Henry was zo opgelucht dat iemand eindelijk...'

'Van welke krant is hij, *The Globe?*'

'Nee,' zegt Karen, 'van de *Washington Post.*'

'De *Post*, dat is geweldig.'

Dus binnenkort wordt het allemaal openbaar. Jack hoeft alleen nog maar het ontbrekende stuk van de legpuzzel toe te voegen, en binnen vierentwintig uur brengen alle Amerikaanse en Canadese kranten het nieuws op de voorpagina. Hij voelt zich opgelucht.

'Maak je geen zorgen, Karen, het komt wel in orde, ik garandeer je dat je zoon...'

'Jack, hij is nog niet thuis.'

'Nee, maar hij wint in beroep...'

'Nee, Jack. Henry. Hij is niet thuisgekomen. Dat zei ik net. Afgelopen nacht. Hij heeft niet gebeld. Ik ben...' Hij hoort dat haar stem stokt, maar ze klinkt weer kalm als ze verdergaat. 'Ik heb de politie gebeld, maar die zeiden dat ze hem pas als vermist kunnen beschouwen als hij...'

'Karen, maak je geen zorgen. Waarschijnlijk is hij de hele nacht met die verslaggever aan de praat geweest – je kent Henry, als die eenmaal op zijn praatstoel zit...' Hij hoort haar bijna glimlachen, zo graag wil ze hem geloven. 'Dat is geweldig nieuws, dat van *The Washington Post*. Heeft hij gezegd waar ze...?'

'Nee, ik nam aan dat ze Goderich in zouden gaan om ergens te gaan eten, maar...'

'Oké, Henry heeft de auto meegenomen. Luister, maak je geen zorgen. Ik kom meteen met de auto naar Goderich, als je wilt, en...'

'Nee, je hoeft niet...'

'Ik kom wel naar het woonwagenkamp...'

'Nee, Jack. Kom maar niet.'

Hij zwijgt even. Ze heeft gelijk, hij kan er beter niet heen gaan. 'Karen, hou me op de hoogte, goed? Goed?'

'Goed.'

'En als Hank hier aan de overkant opduikt, met een stuk in zijn kraag en probeert jullie oude huis binnen te komen, dan rij ik direct met hem naar jou toe.'

'Bedankt, Jack.' Haar stem klinkt al ver weg, alsof ze net als het beeld op een tv-scherm inkrimpt tot een verdwijnend puntje.

Hij belt Washington.

'Britse ambassade, goedemorgen.'

Dezelfde aangename vrouwenstem – ze verbindt hem direct door wanneer ze hoort wie er aan de lijn is. 'Met majoor Newbolt, ik zou eerste secretaris Crawford graag spreken.'

'Het spijt me, meneer, maar er werkt hier niemand die Crawford heet.'

'Ik spreek toch met de Britse ambassade?'

'Ja, meneer, maar...'

'Verbind me dan door met Crawford, dit is dringend.'

'Meneer, ik ben bang dat u het verkeerde...'

'Verdomme nog aan toe, zeg hem dat u Jack aan de lijn hebt.'

'Ik kan u helaas niet van dienst zijn, meneer.'

En ze hangt op. Hij belt nogmaals en krijgt de bezettoon.

Hij blijft de hele dag in de buurt van de telefoon voor het geval dat Karen belt, of Henry, of Simon, of Mimi. Maar de telefoon zwijgt. Die nacht slaapt hij niet. Hij ligt op de bank, gespitst op elk geluid, op elke koplamp van een auto waarvan het licht over het plafond verschuift.

's Ochtends haalt hij de kranten van de stoep; hij gooit die van gisteren weg en slaat die van vandaag open. Links onderaan op de voorpagina, net boven 'Your Morning Smile', een reproductie van Henry Froelichs foto voor het schoolbestuur en een kolom van zeven centimeter. *De vader van de veroordeelde* lustmoordenaar Richard Froelich wordt vermist en is mogelijk dood. *De stationcar van Henry Froelich werd gisterochtend aan de Amerikaanse kant van de Peace Bridge aangetroffen door de politie van de staat New York. Er werd geen zelfmoordbriefje gevonden, maar...*

Jack leest en herleest het korte artikel. Er wordt natuurlijk niets gezegd over een geheimzinnige oorlogsmisdadiger. Geen woord over een verslaggever van *The Washingon Post.* Hij haalt zich de rij verhitte mannen achter in de rechtszaal voor de geest, in hun gekreukte pakken, een notitieboekje in de hand. Verslaggevers – op één na. En die ene was er vanaf het begin bij. Wanneer heeft Simon de CIA ingelicht over Froelich? Toen Jack dreigde zich te melden om het alibi te bevestigen? Of al eerder? Toen Jack voor het eerst Froelichs naam noemde? Is dat wat er met Froelich is gebeurd? Is Jack de volgende die aan de beurt is? De vraag beangstigt hem niet; een lusteloos gevoel bekruipt hem.

Hij legt de krant weg en belt een verhuisbedrijf. Hij laat zijn spullen opslaan in een magazijn in Toronto en betaalt dat uit eigen zak. Misschien krijgt zijn contactpersoon in Ottawa de overplaatsing rond – het maakt niet uit waarheen – en anders neemt Jack ontslag bij de luchtmacht. Hoe dan ook, aan het eind van deze week vliegt hij naar New Brunswick om weer bij zijn vrouw en kinderen te zijn.

Hij houdt zichzelf niet voor dat hij Ricky Froelich niet zal laten ophangen. Alles wat hij nu zegt zal doen denken aan geschreeuw tegen een storm op zee in. En als iemand hem toevallig zou horen, wat zou dat dan betekenen voor zijn gezin? Wat moeten ze beginnen zonder iemand die voor de kost zorgt? Net als de Froelichs?

Hij gaat naar de kelder en rommelt daar rond tot hij de kartonnen verhuisdozen heeft gevonden die Mimi afgelopen augustus netjes heeft opgevouwen en opgestapeld. Hij begint ze open te vouwen en in elkaar te zetten.

DEEL VIER

Wat er overblijft

✧

'Mijn vader vertelde me dat je, in welke gang je ook graaft, het gebeente van de doden vindt.'

PRIMO LEVI, 'LOOD', HET PERIODIEK SYSTEEM

Als verhalen niet worden verteld, lopen we het risico te verdwalen. We struikelen over leugens, lacunes gapen als openingen in een voetbrug. De tijd valt in stukken uiteen en al doen we ons uiterste best om de fragmenten als kiezels te volgen door het woud, we raken steeds verder van de juiste weg af. Verhalen worden vervangen door bewijsmateriaal. Ogenblikken die losgekoppeld zijn van tijdperken. Bewijsstukken die uit de ervaring zijn gelicht. We vergeten de troost van de rode draad – de wijze waarop gebeurtenissen zijn gekleurd door de verf van verhalen die ouder zijn dan de feiten zelf. We raken ons geheugen kwijt. Daar kun je ziek van worden. Daar kan een wereld ziek van worden.

In 1969 bereikte een door mensen bestuurde raket de maan. Er liepen mensen op de maan. Ze veranderden door de aanblik van het melkblauwe juweel van de Aarde ver weg in dat eindeloze duister. Maar wij veranderden niet. Het verhaal over de vlucht en de droom van de ruimte werden vooral onthaald op een koude douche: 'Het is echt gebeurd' was het enige dat telde. Een tijdlang waren er maanstenen, optochten en een gevoel van westerse militaire superioriteit, ontleend aan de fysieke prestatie die met het bereiken van een indrukwekkend doel gepaard ging. Daarna vergaten we het weer. Op naar het volgende doel.

We bleven echter vertrouwen hebben in Armageddon – een mythe die ons nooit zal teleurstellen, want er zijn maar twee mogelijkheden: of die mythe wordt nooit werkelijkheid, of ze wordt dat wel, maar dan zijn wij er niet meer om de fragmenten van het kapotgeslagen verhaal bijeen te rapen. De ruimtewedloop maakte plaats voor de wapenwedloop. Onze wapens werden nog beangstigender omdat ze nu elke plek op aarde konden bereiken, op elk willekeurig ogenblik. En er waren zo ontzettend veel meer wapens dan vroeger. De bom was net zoiets als democratie – die kon je maar aan een paar landen toevertrouwen. Dat feit rechtvaardigde onze voorkeur voor tirannen en voor de beperkte oorlogen die de bezitslozen aanmoedigden om wapens te kopen en elkaar te vermoorden, ver van ons bed. Het maakte ons rijk.

Maar onze belangstelling voor de maan raakten we kwijt. We zijn nu niet meer geneigd omhoog te blikken naar de maan om inspiratie op te doen, of om zekerheid te zoeken op het moment van een kus, want we zijn er immers geweest. We hebben haar gehad. Ze wilde het zelf. We denken dat we alles van haar weten, we denken dat we weten hoe de NASA het voor elkaar heeft gekregen. Hoe Apollo, de zonnegod, tot haar is gekomen. Maar de brandstof, de stuwkracht, het hitteschild, dat is niet het hele verhaal, dat is alleen maar het bewijsmateriaal, waarvan een deel ontbreekt. Het wordt niet verborgen gehouden – de verminkte feiten liggen overal verspreid. In het volle zicht. Als we alle fragmenten verzamelden die als stukjes Lego door elkaar liggen, minieme soldaatjes in het gras, en ze allemaal netjes in volgorde neerlegden, zouden ze misschien weer veranderen in een verhaal waarvan we de betekenis konden achterhalen. Dan zouden we misschien opnieuw belangstelling krijgen voor het feit dat drie dappere mannen in 1969 naar de maan reisden.

'Tellen' betekent ook 'vertellen'. Zelfs een accountant houdt zich met verhalen bezig en de verhalenverteller is ook een soort accountant. Allebei houden ze toezicht op gebeurtenissen en de daarmee gepaard gaande kosten, en de luisteraar moet besluiten – was het het waard?

De kosten die voor de raketten gemaakt zijn, omvatten ook het verhaal van hun geboorte, niet alleen dat van hun vlucht naar de maan. Dat laatste relaas – zonder de rest – is een verhaal waarvan de voeten zijn afgehakt. Kreupel, net als het kind dat gespaard bleef voor het lot dat de kinderen wachtte toen de Rattenvanger hen meelokte, de berggrot in. Zolang we niet naar het verhaal hebben geluisterd, hebben we de Rattenvanger niet betaald. En blijft hij onze kinderen meelokken.

Het bewijsmateriaal toont aan dat de raket vanaf Cape Canaveral werd gelanceerd, maar het verhaal vertelt ons dat hij werd afgevuurd op de plaats waar hij gemaakt werd, diep in de aarde – in het licht van een reusachtige grot, waarvan de zoldering verloren ging in de schaduw, de vloer bezaaid was met botten en roest, klem gezet tussen de wervels van treinrails. En toen de raket opsteeg, stralend wit, en uit de mond van de berggrot brak, sleepte hij vlammen en bloed en grond achter zich aan op zijn lange tocht naar de maan.

De grot staat nog steeds wijd open. Er komt een koude tocht uit, maar de lucht zuigt ons ook aan.

Het was de bedoeling dat we dachten dat het allemaal met de NASA begon. Maar het begon met de nazi's. Dat wisten we ook, we herinnerden het ons half, maar er stond veel op het spel, dus verdreven we het uit onze gedachten. Gebeurtenissen zonder geheugen. Beenderen zonder vlees. Een half verhaal – als een gezicht dat in een lege spiegel staart, als een mens zonder schaduw.

Hoe zit het ook alweer met schaduwen? We raken ze nooit kwijt.

EN ZO IS HET

Met deze fragmenten heb ik mijn ruïnes geschoord...

T.S. ELIOT, THE WASTELAND

Waar is Jack? Hij leest de krant. Stoor hem liever niet.
 In 1963 heeft hij iets achtergelaten. Hij is uit de gebeurtenissen gestapt alsof hij uit een rivier stapte, en de stroom die hem had meegevoerd ging verder zonder hem, water dat om een bocht verdween.
 De stroom lijkt onvermijdelijk zolang je er nog door gevangen bent. Als je je eruit losmaakt en weer gewoon te voet moet gaan, is niets onvermijdelijk. Je wordt je bewust van de tijd, terwijl je steeds dichter naar de aarde toe buigt door het gewicht van de last die je op je schouders draagt. De krant is een troostende metgezel, want die is gevuld met stukjes tijd die de lezer kiezel voor kiezel worden voorgehouden en nooit een geheel vormen. Sla de pagina om en de kiezels vallen uiteen tot stof, en morgen worden ze weer vervangen: *Wetenschappers sporen wolk uit Tsjernobyl op. Afghaanse vrijheidsstrijders verdrijven Russische invallers. Prehistorische vis ontdekt.* Geritsel van de omgeslagen pagina. De stem van een vrouw dringt tot hem door, als door een zich oplossende nevel. 'Ik vroeg of je nog thee wilde, Jack?'
 'Wat zeg... O, merci.' Ritsel.
 Als je Jack de krant ziet lezen, met zijn handen om de pagina's geklemd, zie je de Jack van pakweg de afgelopen twintig jaar. Niet dat hij het niet druk heeft gehad. Hij werd inderdaad overgeplaatst en verhuisde met vrouw en kinderen in augustus '63 uit Centralia. Aan het Royal Military College in het historische Kingston ging hij leiderschap en management doceren aan aankomende officieren; Kingston met zijn antieke forten en kanonnen die nog altijd op de Amerikanen aan de overkant van Lake Ontario gericht zijn. Toen ze in het begin van de jaren zeventig naar Ottawa verhuisden, nam hij ontslag bij de luchtmacht en begon hij zijn eigen managementadviesbureau. 'Ik ben een veredelde boekhouder,' zei hij graag bij wijze van grap. Het ging hem

goed. Ze installeerden een zwembad in de tuin. En tot hij hartproblemen kreeg, was hij vast van plan om alles achter zich te laten en met zijn vrouw te verhuizen naar Bahrein of Saudi-Arabië of een ander bevriend buitenland. Om een olieraffinaderij te runnen. Of een ziekenhuis. Managersvaardigheden zijn tegenwoordig vrijwel onbeperkt uitwisselbaar.

Er bestaat trouwens geen RCAF meer, dat hebben die onbenullen op Parliament Hill voor elkaar gekregen. Jack verafschuwt het vulgaire, synthetische groene uniform dat alle militairen nu moeten dragen, zodat het onderscheid tussen land, zee en lucht verdwenen is. Voor 's zomers is er een goedkope witte versie, waarin de lijnen van je ondergoed zichtbaar zijn, volstrekt belachelijk – alsof het leger nog niet voldoende in diskrediet is gebracht, besmet door het Amerikaanse geknoei in Vietnam.

Maar hij heeft een hekel aan jongeren die hun vrijheid als iets vanzelfsprekends beschouwen en jammeren over 'Amerikaans imperialisme'. Weten ze wel waar ze hun 'vrijheid voor dit' en 'vrijheid voor dat' aan te danken hebben? We mogen de schuld graag op de Amerikanen schuiven, maar we zijn ook niet te beroerd om de dividenden uit te geven. Wie heeft Agent Orange eigenlijk uitgevonden? De babyboomers hebben nog geen enkele echte leider voortgebracht – waar is hun Churchill, hun Roosevelt, hun Mackenzie King? Hij mag graag met zijn dochter redetwisten – 'O ja? En die Stalin, Hitler, en Mao van jullie dan?' Zij is nog de beste van het zootje – een generatie van plichtverzakers en hasjrokers. *Ritsel.*

Dat onnadenkende anti-amerikanisme is op zijn best naïef – net als zoveel Amerikanen zelf, die met opengesperde ogen en trillend van ontsteltenis lopen te kermen over hun 'verloren onschuld'. Onschuldig zijn ze nooit geweest. Ze kunnen hun kop goed in het zand steken. Daarom merken ze het niet eens als hun veiligheidsdiensten over deze planeet rondbanjeren en wapens uitdelen als snoepgoed tijdens Halloween, gekozen regeringen omverwerpen, religieuze fanatici, doodseskaders en drugshandelaren opleiden. Contra, het mocht wat. Heeft de arme sukkel aan de lopende band in de noodlijdende fabrieken van Flint, Michigan, een flauw idee van wat er uit zijn naam wordt aangericht? Of waarom er mogelijk een beroep op hem wordt gedaan om een zoon of twee af te staan voor de goede zaak? De Sovjet-Unie is bezig van binnenuit uiteen te vallen, zodat er een machtsvacuüm ontstaat; de wereld wordt overstroomd door wapens, de meeste van Amerikaanse makelij; Eisenhowers waarschuwing over het militair-industriële complex is werkelijkheid geworden; het is waarschijnlijker dan ooit dat we allemaal in een paddestoelwolk aan ons eind komen; intussen raadpleegt de president astrologen en zingt hij 'When Irish Eyes are Smiling' met die nitwit die voor onze minister-president moet doorgaan. *Ritsel.*

Aan de andere kant is het belangrijk om het grote geheel niet uit het oog te verliezen: het Westen schijnt de Koude Oorlog te winnen en dankzij of ondanks dat feit zijn we nog steeds vrij. Nog steeds democratisch. Min of meer. We doen kennelijk iets wat goed is.

Mimi heeft zijn oude blauwe uniform meegenomen en het in een kledingzak in een kast van de hobbykamer opgehangen. Hij weet niet meer wat hij met die groene gruwel heeft gedaan – dat was maar een van de vele dingen ter wereld die misgingen nadat Kennedy was vermoord door een 'eenzame schutter' in Dallas. Dat was me de kogel wel, eentje die midden in de lucht van richting kon veranderen. Misschien was hij wel ontworpen door Wernher von Braun.

Jack stond zichzelf nauwelijks toe opluchting te voelen toen hij in november 1963 in de krant las dat Richard Froelichs doodvonnis was omgezet in levenslang. Opluchting was niet voor hem weggelegd. Hij leefde verder, stukje bij beetje: het volgende huis en het daaropvolgende, en de volgende school voor de kinderen, en automatische autoraampjes en magnetrons, van zwartwit naar kleur, van split-level naar tudorstijl; ingelijste afbeeldingen van de muur naar de verhuisdoos en weer naar de muur, 'een beetje meer naar links, zo is het goed'. Dezelfde muur, alleen anders, hetzelfde, alleen anders, hetzelfde, alleen anders, en het volgende bureau en het daaropvolgende, een zwembad in de achtertuin, een leeg nest en daarna een luxeappartement met zo weinig mogelijk trappen. Jack en Mimi.

Zoals zoveel mannen van zijn generatie heeft Jack eigenlijk geen eigen vrienden. Zijn vrouw organiseert die kant van de zaak. Maar het zou prettig zijn om op een zomeravond een sigaar op te steken, het gras te ruiken, de zon te zien ondergaan door de waterstraal van de gazonsproeier en over deze waanzinnige wereld te praten. Over de mogelijkheid dat we ooit misschien een andere wereld ontdekken. De problemen van de wereld oplossen onder het genot van een goed glas Duits bier. Maar als hij zich dat toneeltje voor de geest haalt, komen er maar twee mannen bij hem staan op het gazon onder het warme blauw van de avond, en die zijn nu veel jonger dan hij is. Verzegeld in het geheugen, beschermd tegen het verwoestende effect van zuurstof. Voor altijd jong. Simon en Henry. *Mijn vrienden. Ik ben ze in de oorlog kwijtgeraakt.*

Hij pakt zijn kop thee. Hij is geabonneerd op *The Globe and Mail,* de *Ottawa Citizen, The Times, The Washington Post* en de zondagseditie van de *New York Times.*

In mei 1966 las hij dat Ricky Froelich was overgeplaatst naar een halfopen gevangenis in Kingston, gelegen op een boerenbedrijf tegenover hun buitenwijk aan de overkant van de grote weg. Er kwam een baan beschikbaar in Ottawa en Jack nam die meteen aan. Hij wist dat zijn vrouw niet het risico wilde lopen Karen Froelich in de supermarkt tegen te komen.

Hij neemt een slok – 'Mimi!' – en verbrandt zijn tong.

Zijn zoon is gearresteerd wegens het bezit van marihuana, maar hij kwam er met een voorwaardelijke straf af en hield er geen permanent strafblad aan over. Hij heeft geëxperimenteerd met LSD, nam dienst als cadet bij de luchtmacht, ging daar weer weg, werd van de universiteit gestuurd. Hij stopte met ijshockey en stortte zich op football. Een overschat spel. Een Amerikaans spel.

In juli 1966 las Jack in *The Washington Post* dat een hooggeplaatste Amerikaanse legerofficier was gearresteerd omdat hij atoom-, raket- en bommenwerpergeheimen aan de Russen had verkocht. De man – luitenant-kolonel Whalen – was plaatsvervangend directeur geweest van de Joint Intelligence Objectives Agency, de JIOA. Simon had die instantie maar één keer genoemd, maar Jack had het geheugen van een militair voor acroniemen, en hij herinnerde zich meteen dat de JIOA het Paperclip-project had geleid. Luitenant-kolonel Whalen had buitenlandse wetenschappers geselecteerd voor aanwerving door de Verenigde Staten. God mag weten hoeveel zich als overlopers voordoende spionnen hij willens en wetens bij Amerikaanse militaire R&D-programma's had ondergebracht. Er stond een foto bij het artikel waarop hij zijn kantoor in het Pentagon verliet: een laffe blik in zijn ogen, het grote hoofd, de magere armen en zachte buik van de beroepsalcoholist. De hoogstgeplaatste Amerikaanse officier die ooit wegens spionage was veroordeeld. Simons baas. *Ritsel*.

Jack raakt geboeid door een artikel op de volgende pagina over de nieuwe supertankers, wonderen van technologie. Leest alles over een nieuw kunsthart. Denk je toch eens in, de dag is niet ver meer dat we ziekten zullen kunnen genezen nog voor ze ontstaan zijn, gewoon door een genetische schakelaar om te zetten. Een historische gebeurtenis.

Jack heeft zijn vrouw nooit verteld wat hij in Centralia heeft gedaan. Ze denkt nog altijd dat zijn vreemde gedrag te maken had met Karen Froelich. Wat zou ze denken als hij haar nu de waarheid zei? Met het verstrijken van de jaren zijn er steeds minder redenen om het haar niet te zeggen. Maar hij is zo gewend geraakt aan het bewaren van het geheim dat hij nu aarzelt om het aan de openbaarheid prijs te geven. Het is net een oude granaatscherf die zich heeft vastgehecht aan weefsels en bloedvaten – als je zo'n scherf weghaalt richt dat misschien meer schade aan dan wanneer je hem gewoon laat roesten en lekken. Dingen zijn geneigd te veranderen als ze aan de buitenlucht worden blootgesteld – ze gaan rotten.

Moordaanslag na moordaanslag, demonstratie na rel, black power, flower-power, alle macht aan het volk. Studenten doodgeschoten op de campus, zonen en dochters met hun gezicht in het gras gedrukt. In '69 zijn we op de maan geland. We hebben hen verslagen. *Ritsel.*

Aan het eind van 1970 kregen de McCarthy's te horen dat hun zoon Michael vermist werd. In datzelfde jaar probeerden terroristen van de FLQ – het bevrijdingsfront van Quebec – door middel van bomaanslagen, ontvoeringen en moorden een burgeroorlog in Quebec te ontketenen, waarna ze naar Cuba vluchtten. Minister-president Trudeau voerde de Wet op de Oorlogsomstandigheden in en schortte de burgerlijke vrijheden in Canada op. De vrouw van Trudeau zong een geïmproviseerd lied voor Fidel Castro en begon afspraakjes te maken met Mick Jagger.

In 1973 las hij in *The Globe* dat Ricky Froelich 'onder een andere naam voorwaardelijk in vrijheid was gesteld'. Het was voorbij.

Die dag dacht hij een tijdje na over wat hij in 1963 had gedaan. De gebeurtenissen kwamen terug in zijn geheugen, afzonderlijk en massief als betonblokken. De feiten. Hij zag hoe ze naar elkaar toe vlogen en bijeenkwamen, en intussen rangschikten de onderdelen zich voor zijn geestesoog tot hij ze had kunnen uittekenen als een stroomschema met een vooropgezet, voorspelbaar resultaat. Dat noemde hij de verantwoordelijkheid op zich nemen. De bijbehorende kosten-batenanalyse kreeg vorm, zodat hij drieëntwintig jaar na dato zou kunnen rapporteren hoe zijn besluit tot stand was gekomen, als hij had moeten vertellen wat er in het voorjaar van 1963 was gebeurd. Hij zou niet het onnozele verhaal vertellen over de wijze waarop een besluit hem was opgedrongen. Hoe hij vertwijfeld zijn best had gedaan om zich aan dat besluit te houden en vervolgens had geprobeerd zich eronderuit te werken. Hoe bang hij was geweest dat hij zijn plicht als Canadees officier had verzaakt. Hoe hij voor zijn leven had gevreesd. Hoe een gezin uiteengevallen was. Hij maakte ervan wat hij kon en deed zijn best om het te geloven: Ik heb me niet gemeld omdat ik wist dat het leven van één jongen minder belangrijk was dan de zaak van de vrijheid, ook al kon ik, vanuit mijn beperkte gezichtspunt, niet precies waarnemen hoe die zaak gediend werd. Als ze al gediend werd. Ik deed mijn werk.

'Jack!' *Ritsel.*

Stukje bij beetje leven is niet gemakkelijk. Het voelt misschien zelfs aan als het allermoeilijkste. Maar het heeft één voordeel: je hoeft nooit te weten welke last je op je schouders draagt.

Jack kreeg zijn tweede hartaanval op de oprit, toen hij zich omdraaide om te zien of hij de autoportieren op slot had gedaan. Zijn derde hartaanval kreeg hij in het ziekenhuis, terwijl hij wachtte op een bypassoperatie.

◆

In november 1963 werd Richard Froelichs vonnis omgezet van ophanging in levenslange gevangenisstraf. Hij moest het uit de krant te weten komen.

Hij werd van de dodencel overgeplaatst naar de Provinciale Tuchtschool in Guelph. Daar waren jongens van zijn eigen leeftijd, en kon hij aan sport doen. Tweeënhalf jaar later, op zijn achttiende, werd hij overgeplaatst naar de zwaarbeveiligde gevangenis in Kingston, waar hij verkracht werd. Later werd hij overgeplaatst naar de Collins Bay Penitentiary, een halfopen gevangenis in de buitenwijken van de stad – een imposant Victoriaans bouwwerk in neogothische stijl, gelegen op het land van een boerenbedrijf.

Collins Bay Pen omvat ook het boerderijgedeelte, een open inrichting waar de gedetineerden op het land werken en de dieren verzorgen. Ontsnappen zou gemakkelijk zijn, maar komt zelden voor. Als je gedetineerd bent in het boerderijgedeelte is de kans groot dat je binnenkort voorwaardelijk vrijkomt. Na verloop van tijd werd Rick naar de boerderij overgeplaatst. De autoriteiten hadden echter moeite met een voorwaardelijke invrijheidsstelling omdat Rick zijn schuld niet wilde toegeven. Hoe kon hij dan worden voorbereid op een terugkeer in de samenleving?

Hij fokte konijnen en werkte op het land. Zijn vader was weg, maar de rest van zijn familie bezocht hem zo vaak mogelijk, al mochten ze zijn hond niet meenemen. Hij vermeed hechte vriendschappen in de gevangenis, omdat iedereen uiteindelijk altijd vertrok. Het personeel van bewakers, schoonmakers, koks, maatschappelijk werkers en psychiaters kon goed met hem opschieten. Hij werd in Collins Bay niet verkracht.

Hij voerde veel gesprekken met psychiaters. In die dagen had het idee van een onterechte veroordeling nog geen ingang gevonden. Maar psychologie bestond al wel. En farmacologie ook. Sommige van Ricks psychiaters gaven toe dat ze niet wisten of hij schuldig was. Zijn voornaamste psychiater was erg op hem gesteld geraakt, en geloofde dat Rick de herinnering aan het verkrachten en vermoorden van het kleine meisje had verdrongen. Net als zijn collega's wees hij op Ricks schimmige kinderjaren – een weerloos Métis-kind, ouders onbekend, tot zijn twaalfde grootgebracht in inrichtingen, waar hij mogelijk had blootgestaan aan seksuele toenaderingspogingen van de kant van zijn verzorgers, en ten slotte geadopteerd door een onconventioneel echtpaar. Het was niet verrassend dat Richard Froelich als adolescent een aanval van psychose had doorgemaakt en toen dat kleine meisje te lijf was gegaan en had vermoord. De consensus onder de medici was dat het beste wat ze voor de jongeman konden doen was hem te helpen zich zijn misdaad te herinneren. En ermee in het reine te komen.

Hij kreeg waarheidsserum toegediend – natriumpenthotal, ingespoten in een ader – en lyserginezuurdiethylamide, oraal toegediend. LSD was door de CIA ontwikkeld middels een reeks illegale experimenten, met behulp van Duitse wetenschappers die in de periode na de oorlog waren geïmporteerd. Het feit dat de drugs nog steeds experimenteel waren, was geen beletsel voor de Canadese gevangenisautoriteiten, die misschien wel en misschien ook niet wisten dat de ontwikkeling van die middelen was betaald door een buitenlandse inlichtingendienst. Deze innovatieve drugstherapie maakte deel uit van een poging om Richard Froelich te helpen zijn geheugen terug te krijgen, zodat hij voldoende kon rehabiliteren om veilig te worden losgelaten op de samenleving.

Uiteindelijk kostte het Rick moeite zich de bijzonderheden te herinneren van de dagen voorafgaand aan en volgend op deze behandeling met drugs. En nadat hij herhaaldelijk de gebeurtenissen van 10 april 1963 had verteld, onder de invloed van deze drugs, merkte hij dat aspecten van die dag die hem altijd helder voor de geest hadden gestaan, bij gedeelten begonnen te verschuiven en verdwijnen, alsof ze door motten werden opgegeten, en hij wist niet precies meer hoe hij de achterblijvende rafels in elkaar moest passen.

Hij werd door een panel van psychiaters gediagnostiseerd als egocentrisch, geneigd tot grootheidswaanzin, achterdochtig, onpersoonlijk, afwerend, narcistisch, schizoïde en in karakterologische zin psychopathologisch.

Een paar jaar na zijn veroordeling was er iets dat een 'renvooi' heette. Koningin Elizabeth II sommeerde Richard Plymouth Froelich om argumenten voor te leggen aan het Hooggerechtshof op grond waarvan het Hof kon besluiten of er al dan niet een wettelijke grondslag was voor het houden van een nieuw proces.

Ditmaal getuigde Ricky voor zichzelf, maar hij gaf geen blijk van emotie. Hij maakte op sommigen een arrogante en overmatig beheerste indruk. Een 'kil ontbreken van affect' werd geconstateerd. De zittende rechters werden niet gunstig beïnvloed door zijn bewering dat hij zich maar weinig kon herinneren van wat er op 10 april 1963 was gebeurd, toen hij de woonwijk van de luchtmachtbasis Centralia had verlaten in het gezelschap van het negenjarige slachtoffer.

Het oorspronkelijke bewijsmateriaal van de kinderen die als getuigen waren gehoord, werd deugdelijk geacht. Er werd geen nieuw bewijsmateriaal voorgelegd.

Er was sindsdien nooit weer een soortgelijke moord in Huron County gepleegd.

Het Hof achtte onvoldoende redenen aanwezig voor een nieuw proces.

NABLIJF-TV

'Zelfs een grap hoort nog een soort bedoeling te hebben – en een kind is belangrijker dan een grap, hoop ik.'

LEWIS CARROLL, DE AVONTUREN VAN ALICE IN SPIEGELLAND

Madeleine doet een vleeskleurige badmuts af – de muts is voorzien van een vastgelijmde grijze kuif en een permanente regen van roos – en zet hem op een kop van schuimplastic die onbewogen op de make-uptafel van haar kleedkamer staat, gespietst op een ijzeren staaf. Ze zet een mannenbril met een dik montuur af, waarvan de glazen beslagen zijn door antiglansspray, en zet die ook op het uitdrukkingsloze gezicht. Ze maakt een smalle zwarte stropdas met mysterieuze vlek – ei? – los en doet hem af, en daarna ontdoet ze zich van een enorm grijs colbert dat afkomstig is van een zaak voor grote maten. Ze laat het hemd en de bretels in één beweging van haar schouders glijden en laat de broek – met een taillewijdte van één meter vijfenzestig – op de vloer vallen. Ze stapt uit een paar mannenschoenen van maat achtenveertig – bruin, permanent stoffig – en maakt dan achter haar rug de haakjes van haar kunsttorso los. Het is het tegendeel van een korset en houdt haar gevangen in gebeeldhouwd vet dat vanbinnen uit schuimplastic bestaat. Omdat het gemaakt is van een niet-ademende kunststof is het warm, vooral onder de televisielampen. Welterusten, Maurice. Ze stapt de douchecel in.

Madeleine is in de bloei van haar leven – het moment dat onder filmmensen bekend is als het magische uur, die vijftien minuten of daaromtrent waarin er nog geen besef is van de naderende nacht, ook al heeft de zon zijn eerste ondergangszucht al geslaakt. Niemand is nog aan kanker doodgegaan. Niemand heeft het bijltje erbij neergegooid. Verdriet van vroeger voelt aan als oude geschiedenis, en huidige crises kunnen in bedwang worden gehouden. Madeleines vader heeft problemen met zijn hart, maar die zijn onder controle – hij blijkt toch geen bypass nodig te hebben. Er is aids, maar dat is een vreselijke afwijking, en bovendien schijnt het een plaag voor jongeren te zijn. De meeste hetero's voelen zich nog steeds veilig, en lesbiennes voelen zich het veiligst van allemaal.

Madeleine staat onder de douche, ze laat haar korte haar smelten en haar schouders zakken. Ze begint te zingen. Geholpen door het gegorgel van het water langs haar lippen doet ze Louis Armstrong na, 'what a wondahful woild...'

Van haar elfde tot haar zeventiende was ze een tragédienne. Het begon in het Grand Theatre in Kingston, met elke zaterdagochtend toneelles van een geïnspireerde docente die Aida heette. Aida kwam uit het noorden van Engeland – grote ogen, dunne lippen, een raspende stem, een verslagen gezichtsuitdrukking en geverfd rood haar. Ze had aan de toneelschool in Londen gestudeerd. Ze was Madeleines eerste grote passie na juffrouw Lang. In het geval van Aida was er evenwel geen sprake van seksuele aantrekkingskracht, maar van een passie van de ziel. Tijdens de lessen van Aida overleefde Madeleine Auschwitz, met een schoen als enig gezelschap; bood ze weerstand aan kannibalisme in een vastzittende lift; besloot ze wie mocht leven en wie moest sterven in een roeiboot die op drift was in de Zuidzee – 'Watuh, watuh overal, en toch geen drup te drinkuh.' Aida zei er niets van als ze een accent gebruikte.

Madeleine heft haar gezicht op naar het water. Ze doet het na een voorstelling – live of opgenomen of iets ertussenin – altijd rustig aan. Op elk ander tijdstip is ze een bewegend doelwit. Je kunt niet op water lopen, maar rennen kan wel. Net zoals je kunt dansen op lucht. Blijven praten en niet naar beneden kijken. Bewegen met de snelheid van een gedachte, onvangbaar als een ondeugend konijn, sneller dan een Road Runner, *meep meep!* Ze staat stil, ogen gesloten, lippen van elkaar, en laat zich door het water beminnen.

Toen de McCarthy's op het punt stonden uit Kingston te verhuizen, nam Aida Madeleine apart, stak een verse Gitane op, inhaleerde en zei raspend: 'Madeleine, je hebt heel veel talent, schat. Maar je bent komisch. In de woorden van de onsterfelijke Dietrich, "dat kun je niet helpen". Laat nooit iemand om die reden op je neerkijken. Gelach borrelt op uit een bron van tranen, mijn cherubijntje, en op de bodem van jouw bron ligt bloed.'

Aida was in Madeleines leven de tweede die de Deutsche Diva met haar hoge hoed aanriep. Innerlijk bleven haar ogen groot als schoteltjes van ontzag bij het aanschouwen van het orakel. Maar toen ze eenmaal de tienerleeftijd had bereikt, was de ironie, dat lenige beest met zijn met ijzeren stekels bezette halsband, binnen komen paraderen om de Aida's van deze wereld belachelijk te maken. Toen de nevel van de puberteit was opgetrokken, keerde haar geheugen echter weer terug en ook al begreep ze Aida's profetie nog steeds niet helemaal, ze wist wel weer wat ze altijd had willen worden als ze groot was, en na haar twintigste probeerde ze dat bewust te verwezenlijken. Een komiek. Komedie leeft op een streng dieet en vereist een sterke maag. Popeye eet spinazie om sterk te worden. Een komiek eet het blik.

'Ga je mee iets drinken, schat?'

Shelly staat in de deuropening. Ze is een geruststellende veertiger.

Madeleine steekt haar hoofd om het plastic gordijn. 'Ik dacht dat we aantekeningen zouden maken.'

'Dat doen we wel aan de bar.'

Shelly houdt komieken bij de les. Zorgt dat ze zich concentreren tot er iets op papier staat, dat vervolgens wordt opgenomen. Net als zoveel producers schijnt ze geen greintje geduld te hebben, maar ze zou een chihuahua zover kunnen krijgen dat hij op de rug van een kat een ritje op een fiets maakt. Ze probeert Madeleine over te halen om een one-womanshow te schrijven.

'Schiet op, McCarthy.'

'Bestel wat van die gefrituurde... die gefrituurde... iets gefrituurds voor me, ja?'

Het is vrijdag: generale repetitie, daarna opnames met publiek, daarna iets drinken, nabespreking en beginnen met het uitbroeden van de voorstelling voor volgende week. Vrijdag is een leuke dag, het hoogtepunt van de week. Vrijdag volgt op de drukke donderdag, die in het teken staat van herschrijven, repeteren, opnieuw beginnen, jaloers zijn op de ellende en paniek van de mensen van het decor en de kostuums, die jaloers zijn op de ellende en paniek van de artiesten, en dankbaar zijn voor een privé-kleedkamer met een eigen toilet. Maandag zit vol gelach over nieuwe ideeën voor sketches. Dinsdag werk je aan de nieuwe ideeën en dan lacht niemand er meer om, op woensdag weet alleen Shelly nog of iets ook echt grappig is. Zaterdag en zondag zijn vrije dagen, en de enige dagen zonder maag-darmstoornissen. Madeleine heeft er dezelfde gemengde gevoelens over als de anderen: ze vindt het heerlijk.

Shelly gaat weg en Madeleine trekt een glanzend blauw polyester bowlingshirt aan met 'Ted' op de zak geborduurd, een oude heupbroek met een krijtstreepje, een paar afgetrapte orthopedische veterschoenen die zo burgerlijk zijn dat ze weer hip worden, en een Indian-motorjack van duur kunstmatig gehavend leer – ze haalt zich een supermodel voor de geest, alleen gekleed in het jack, dat achter een Harley wordt meegesleept over het grind om het modieuze patina tot stand te brengen. Ze voelt wat ze vaak voelt na een voorstelling: dat ze het ene kostuum heeft verwisseld voor het andere. Ze maakt spikes in haar haar, haalt ze dan weer weg en geeft het op. Doet de lichten om haar spiegel uit, doet het plafondlicht ook uit en sluit de deur. De deur valt achter haar in het slot.

De onderdelen van Maurice blijven achter in haar kleedkamer, gereed om de volgende keer weer te worden samengesteld en tot leven gebracht. Maar de vleeskleurige badmuts met het opgeplakte grijze haar die ze zelf heeft gemaakt – niet met grote kunde, maar vol overtuiging; de bril met het zwarte montuur, die nu op de brug van de rudimentaire neus van schuimplastic rust, met besmeurde glazen die de lege ogen verbergen; het wijde grijze pak dat slap aan het rek hangt naast het buikschild met de schuimvulling; en de grote lege schoenen, gapende grotten die heel geschikt zijn voor het verstoppen van paaseieren; die onderdelen van Maurice schijnen nooit helemaal levenloos te worden, hoe ver ze ook van elkaar verwijderd worden gehouden.

Op sommige avonden, als Madeleine de deur van haar kleedkamer dichttrekt, voert ze een klein ritueel op dat ze nooit aan zichzelf of een ander heeft geprobeerd uit te leggen, omdat het zo triviaal is: ze zorgt dat ze de kamer niet haar rug toekeert voor ze de deur gesloten heeft. Ze kijkt van het slappe grijze pak naar het hoofd van schuimplastic, terwijl ze ervoor zorgt ondertussen door haar neus uit te ademen, en niet met haar ogen te knipperen als ze de deur dichttrekt. Daarna probeert ze het slot drie keer, klik klik klik, draait zich om, haalt adem en vertrekt. Een onschuldige tic.

Ze voert soortgelijke rites op als ze haar huis uit gaat: ze raakt de deurkruk drie keer aan, dan weet ze zeker dat ze inderdaad het gas heeft uitgedaan – een onmisbaar vereiste voor tournees, die anders halverwege een rit naar Buffalo worden onderbroken, en dan is het terug naar Toronto, waar ze tot de ontdekking komt: 'Natuurlijk heb ik het uitgedaan.' Haar voetstappen tussen de spleten van trottoirs zijn soms onderhevig aan barokke berekeningen, en als ze een glas van het een of ander drinkt zorgt ze ervoor nooit uit te ademen op de vloeistof voor ze een slok neemt, en voelt ze zich vaak gedwongen eerst in te ademen. Als je dit soort dingen hardop zegt, lijk je wel gek.

Ze doet meer aan een vermoeide twintigjarige denken dan aan een tweeëndertigjarige, wat erop wijst dat een lichte dwangneurose goed is voor de huid.

De televisiestudio ligt in een uithoek van de buitenwijken van Toronto. Ze is als gewoonlijk de laatste die vertrekt. Ze zegt goedenavond tegen de bewaker en gaat naar buiten, de schelle straatverlichting van de aprilavond tegemoet, de harde glans van het zorgvuldig bijgehouden terrein, dat net weer groen geworden is. Ze steekt roekeloos over naar een vluchtheuvel halverwege de zesbaans 'straat' in de buitenwijk, haalt de overkant en loopt dwars over het parkeerterrein van een immens winkelcentrum dat, net als een berg, niet dichterbij schijnt te komen als ze ernaartoe loopt, alsof ze pas op de plaats maakt, tot het opeens vlak voor haar oprijst en ze de ingang niet langer kan zien. Ze kijkt naar rechts, dan naar links langs de massieve voorgevel, die net zo goed blanco zou kunnen zijn, de eindeloze verlichte reclameborden een optische kakofonie. Licht lekt de zwarte hemel in en ze sluit haar ogen, perst de gele bol die op de binnenkant van haar oogleden verschijnt uit als een citroen. Dan doet ze haar ogen weer open en ziet hem: de reusachtige augurk.

Madeleine begon per ongeluk met cabaret, toen ze twaalf was. Het was Jacks idee. Ze deed mee aan een wedstrijd spreken in het openbaar. Hij had haar geholpen met het schrijven van haar toespraak, over het onderwerp 'Humor: Geschiedenis en Nut'. Ze vergat haar tekst halverwege tijdens de voorrondes en moest improviseren. Hij zei: 'Laten we dat erin houden.'

Terwijl ze opschoof naar de provinciale finale, koos hij willekeurig een of ander punt in haar toespraak en afhankelijk van wat er die dag in het nieuws was of wat ze zagen uit het autoraampje op weg naar de zaal gooide ze er een actuele opmerking tussendoor en keek ze hoe ver ze kon gaan voor ze weer terug moest naar haar tekst. 'Gewoon het podium op en doe maar wat je zelf het beste lijkt, liefje,' zei hij. Ze werd uiteindelijk gediskwalificeerd wegens 'improvisatie', maar na afloop gingen ze ijs eten en maakte hij op een servet een kosten-batenanalyse van haar carrière als spreker in het openbaar. Ze sprong er goed uit, want ervaring was goud waard. 'Als je artiest wilt worden,' zei hij, 'moet je elke kans waarnemen om je vak te verfijnen.' Hij zei altijd 'artiest', en zelfs nadat ze ontdekt had dat het een hopeloos ouderwets woord was, corrigeerde ze hem nooit.

Ze ging klassieke talen studeren aan de McGill-universiteit in Montreal, en schnabbelde ondertussen bij een guerrilla-theatergezelschap dat streefde naar de afscheiding van Quebec. Dat hield in dat gezagsgetrouwe burgers in openbare gelegenheden werden geterroriseerd vanuit een links perspectief, en dat ze 'haar seksualiteit verkende' met een mandolinespeelster die Lise heette en zich bezighield met iriscopie. Haar Frans werd beter, en ze kon ook beter tegen het goedkope bocht dat als *dépanneur* bekendstond, en hoewel ze door de Québécoises werd verwelkomd als een pittige en jolige Acadienne, voelde Madeleine zich een bedriegster. Het kon niet blijven duren.

Ze verhuisde naar Toronto, waar ze met een zucht van verlichting haar langdurige vermomming als Anglo weer kon aantrekken.

Ze verliet de universiteit met de zegen van haar vader. 'Iedereen met een behoorlijk stel hersens en zelfdiscipline kan zijn brood verdienen als dokter of advocaat of veredelde boekhouder zoals ik,' zei hij. 'Er is talent voor nodig om mensen aan het lachen te maken.'

Komedie. De hersenchirurgie van de uitvoerende kunsten.

Ze gingen met zijn tweetjes uit eten bij een Swiss Chalet-motel. Hij vouwde een papieren servet open. 'Wat voor werk doe je?'

'Komisch werk.'

'Wat verkoop je?'

'Gelach.'

'Nee. Je verkoopt verhalen. Elke grap vertelt een verhaal. Elke lach is het resultaat van een combinatie van verrassing en herkenning...' hij schreef de beide woorden op het servet, tekende er toen een hokje omheen met pijlen die naar het lege midden van het servet wezen. 'Het onverwachte en het onvermijdelijke' – nog twee hokjes – 'daar bestaan verhalen uit, of ze nu vrolijk of droevig zijn...' twee cirkels, eentje glimlachend, de ander fronsend, gescheiden door een schuine streep, verbonden met het lege midden door middel van een kronkellijn. 'Het heeft geen zin om dingen gewoon belachelijk te maken, ook al is het belangrijk dat je goed typetjes kunt neerzetten en ad rem bent' – nog twee cirkels – 'je moet een gezichtspunt hebben' – overkoepelende kop – 'en dat heb je.' Hij gooide de pen op tafel. 'Een wat andere manier om de wereld te zien. En het vermogen om anderen de wereld ook zo te laten zien. Je gaat uit van wat vertrouwd is en dat verteken je. Het vermogen om dingen gelijktijdig vanuit verschillende gezichtspunten te zien, is een teken van genialiteit.'

Hij had het midden van het servet leeg gelaten, dus vulde ze dat in – VERHAAL – en trok er een cirkel omheen.

Hij grinnikte. 'Precies. Daar komt je feedback vandaan.'

Ze keek naar het minizonnestelsel. 'Het is een soort consolatie,' zei ze.

Hij knikte. Ze hadden haar allebei 'constellatie' horen zeggen.

In die dagen was Toronto een achterlijke bedoening, ondanks alle inspanningen van Yorkville met zijn koffiehuizen, folkzangers en radicalen; het was nog steeds het brave Toronto, een bolwerk van de burgerij. Dat was vóór er Thaise restaurants, spritzers en BMW's waren, toen 'pasta' nog gewoon spaghetti was, voor iemand lunchafspraken maakte en toen werkende vrouwen een zijden sjaaltje bij hun broekpak droegen. Maar ze vond een flat aan Queen

West, boven een textielwinkel die gedreven werd door een nors Hongaars echtpaar, en kwam terecht in een rijke voedingsbodem van de tegencultuur. Een kroeg die de Cameron heette was een broeinest van kunst, muziek en theater, een multimedia-Mekka waar hippe figuren uit alle windstreken broederlijk een glas dronken met rasechte namaakzwervers. Ze had een korte, maar bepalende relatie met een gedreven alcoholistische feministe, die een ondergrondse marxistisch-leninistische krant publiceerde en wier telefoon werd afgeluisterd door de RCMP – het zou haar reputatie niet ten goede zijn gekomen als dat niet het geval was geweest.

Ze trad op waar ze maar kon en ontwikkelde de dikke huid die elke komiek nodig heeft, en waar een vrouw niet zonder kon als ze geschift genoeg was om aan stand-up comedy te doen. Phyllis Diller bevond zich op de rand van de bekende wereld; voorbij de plek waar zij stond, waren zeemonsters. De nieuwe generatie van briljante cabaretières werkte voornamelijk in gezelschappen of bracht een verhalende one-womanshow. Gilda Radner, Lily Tomlin, Andrea Martin, Jane Curtin... in een groep was je veilig, terwijl stand-up een kwestie was van het publiek platkrijgen of zelf volledig afgaan.

Hoe ging het vanavond?
Ik heb ze platgekregen/Ik ging compleet af.

In de clubs waren komieken net halve slaven, die zich een weg naar het podium baanden in ruil voor een nier, hun eerstgeboren kind, hun linkertestikel, maar vrouwelijke komieken – wacht eens even, *vrouwelijke* komieken? In Yuk Yuk's lag je er zo uit, letterlijk. Het veiligste materiaal was 'pikant', geniepig en macho, maar dat kreeg Madeleine niet voor elkaar, zelfs al had ze het gewild.

Wat voor werk doe je?
Komisch werk.
Wat verkoop je?
Verhalen.

Ze ging af in Yuk Yuk's en deed toen auditie bij de Old Fire Hall voor het Second City-reisgezelschap. Ze ging op tournee, en stond vaak op het podium van de Fire Hall zelf, als het vaste gezelschap een avond vrij nam. Het was bijna net zo zeldzaam om van stand-up over te schakelen op improvisatie als om een vrouwelijke komiek te zijn. Maar ze vond het heerlijk om in een klein groepje te werken, ze genoot van razendsnelle improvisaties, en deed sketches die 'ergens over gingen' – politiek, de popcultuur, de onbeschofte winkelbediende vanochtend, ze verwerkte alles wat haar die dag was overkomen, reageerde het 's avonds op het toneel allemaal af. Tussen de sketches snuffelde ze in de mottige stapel kostuums in het magazijn; de verrukking die gepaard ging met het verschijnen van een nieuw typetje dankzij dat rode hemd, die hoed, die schoenen, zonder welke je datzelfde typetje nooit meer zou kunnen doen – 'waar is dat rode hemd *verdomme nog aan toe!?*' Het bizarre en vreemd geritualiseerde gedrag dat aan elke voorstelling voorafging, onderlinge grappen die zo grof waren dat ze graafwerktuigen hadden moeten importeren om nog dieper te zinken. Tony, die met zijn enorme lijf bijna naakt door de kleedkamers dartelde als een showgirl uit Las Vegas, met groot enthousiasme de kostuums van het gezelschap vastgreep en bereed als ze terugkwamen van de stomerij, en dan met een frisse glimlach het podium oprende, klaar om de Rotary Club te vermaken. Ze reisden onophoudelijk rond, Welkom in Kingston, Gananoque, Chatham, Hamilton, Windsor, Sudbury, North Bay, Timmins. Ze deden optredens in rolschaatsarena's waar het tien seconden duurde voor de clou van een grap de uithoeken van het bouwwerk had bereikt. Ze deden benefietvoorstellingen – een keer voor een holocaustmuseum, waar de presentator met een kinderschoen uit Auschwitz kwam aanzetten voor hij hen aankondigde: 'Vanavond verwelkomen we het komische...'

Ze kocht een oude Volkswagen Kever en deed in haar eentje de tournee nog eens over, waarbij ze optrad in elke plaats met een universiteit of een kroeg. *Alleen, alleen, helemaal, helemaal alleen. Alleen op een grote, grote zee.* Ze deed het lunchvoorstellingencircuit en klom op van louche motels naar Holiday Inns. Ze verfijnde haar metier voor zalen waar de helft van de tafels niet bezet was en de andere helft vol zat met eenzame kerels die wachtten tot de stripper zou verschijnen. Ze overleefde een vrijgezellenfeestje van dronken ingenieurs die tijdens haar voorstelling een opblaaspop door de zaal smeten – 'is het niet zielig als een neef en nicht met elkaar trouwen?' Ze trad op voor conservatieve mijnwerkers uit de nikkelmijnen en hun vriendinnetjes, die dankzij een drukfout waren komen opdagen in de verwachting dat ze konden meezingen met Stompin' Tom Connors. Ze raakte gesteld op de getoupeerde kapsels die haar return-optredens kwamen bijwonen in de kroegen en 'cabana-zalen' van het rustieke noorden. Maak de vrouwen aan het lachen, stel de mannen op hun gemak, en trek dan van leer tot ze aan het eind was veranderd in een potige mijnwerker die gevangenzat in het lichaam van een beffende lesbo. Het hielp dat ze er leuk uitzag.

Het was na het Stonewall-oproer in '69, maar nog voor 'gay pride'. Als ze niet vermoord werd op het parkeerterrein, zou ze opgenomen worden in talloze knoestige normale harten. Het hielp dat ze Christine leerde kennen, die vrouwenstudies studeerde en een vader had bij de politie in Timmins. Madeleine hoefde haar niet uit te leggen wat tegenstrijdigheden waren. Christine droeg batikjurken bij politieschoenen, had lang haar en oogde niet als een pot. Ze redde Madeleine herhaaldelijk, kwam in Sarnia opdagen met een koelbox vol pesto en wijn, een kussen van thuis en de bereidheid om seks te bedrijven zonder andere verplichting dan slapen achteraf.

Ze ging weg bij het reizende gezelschap voor ze ontslagen of bevorderd kon worden, en richtte zich op het stadse gebeuren. Christine zei haar wat ze moest lezen en Madeleine scherpte haar geestelijke messen 's nachts in Toronto in een zuipkroeg annex café die Rear Window heette. Ze begon als de Verbazende Elastieken Vrouw. Ze breidde haar werkterrein uit met Inleiding van de Verbazende Elastieken Vrouw in de Klassieken van de Westerse Beschaving. Ze breidde haar werkterrein uit en uit en uit. Ze kreeg bekendheid wegens haar buigzame lichaam en bizarre mannelijke typetjes, onder wie Anita Bryant. Een ervan was Lou, een rasversierder in een felblauw polyester vrijetijdskostuum, die zichzelf op de accordeon begeleidde en zong met een vreselijk Frans accent. Een ander was Roger van Roger's Room, een vijftienjarige jongeman die geobsedeerd was door het tijdschrift *Soldiers of Fortune*, gemakkelijk in tranen uitbarstte en dol was op zijn huisdier, een schildpad. Aan het eind van elke sketch keek hij door het vizier van een AK-47 en noemde hij alle mensen op die hij zag, net zoals de babe in *Romper Room* met haar toverspiegel placht te doen. En dan had je nog Maurice.

Ze begon aangekondigd te worden in zalen met airconditioning, en klom op naar concertzalen in het hele land en naar theaters in Chicago en New York, waar mensen kaartjes kochten met haar naam erop gedrukt. Ze maakte de overstap naar tv, naar film, ze maakte de ene overstap na de andere. Ze vermengde feminisme met humor, ze vermengde haar openlijke homoseksualiteit met heteroseksualiteit, ze vermengde aan één stuk door.

Het hielp dat ze gewend was aan verhuizen.

Jack en Mimi kwamen vaak naar haar optredens. Jack zag de meeste. Ze wou dat haar broer er ook bij had kunnen zijn.

Voortgestuwd door het gevoel dat ze jongleerde, dat ze een ruimte-tijdcontinuüm betrad waar ze gedachten kon zien aankomen en ze uit de lucht kon plukken zoals Superman rondvliegende kogels uit de lucht plukt; door de revelatie dat alles verband met elkaar houdt – begin maar ergens, vooruit maar, je komt onvermijdelijk weer uit op deze plek, want de ruimte is gekromd en dat zijn gedachten ook, duizend boemerangs – ze kon zich niet op één ding concentreren, dus concentreerde ze zich op alles.

Dat deed ze waar het veilig was: op het podium, voor een zaal wildvreemden die duur geld hadden betaald en verwachtten dat ze aangenaam bezig werden gehouden. Zelf bleef ze verlegen tot ze een heel eind in de twintig was.

Als Madeleine ophield, zouden alle ballen vallen. De atomen zouden zich verspreiden. Ze keek vaak naar beneden, zag de leegte onder haar voeten, de afgrond die net buiten bereik was; hoorde het blikken geluidseffect van voeten die renden om vat te krijgen op het luchtledig – *Moeder!* – en schoot net als Wile E. Coyote recht naar de bodem met een dof *pok!*

Ze arriveert bij de nep-boerderijdeuren van het Pickle Barrel Family Restaurant en duwt ze open. De geruststellende geur van ketchup en gefrituurd eten begroet haar, samen met een keiharde golf 'Crocodile Rock' – allemaal gouwe ouwen, aan één stuk door. Ze ziet de anderen aan een grote ronde tafel zitten die vol staat met bier, nacho's, hamburgers en kippenvleugeltjes. Dit is nablijf-tv. Zij, nog een vrouw en vier mannen, allemaal ergens in de dertig, zijn al zeven jaar samen. Een combinatie van voormalige Second City-medewerkers en gewone dwarsliggers. Toen ze voor het eerst bijeenkwamen, beseften ze dat elk van hen eens het 'ondeugende' kind in de klas was geweest, het kind dat moest 'nablijven'.

Ze zitten op een kluitje om de tafel met Shelly en twee van hun vaste regisseurs, die eruitzien alsof ze al een week niet hebben geslapen, samen met een scripteditor die er nog afgebeulder uitziet en Ilsa, de Wolvin van de mooimaakafdeling – de haar- en make-up-Überfrau – die net van haar vriendje af is en niet alleen wil drinken. Handen reiken kriskras over de tafel, om elk bord te pakken behalve het bord dat recht voor hen staat. Gezien van twee tafels verder lijkt de groep zich volmaakt thuis te voelen, hier in het land van de winkelcentra. Ze maken geen bohémienachtige indruk – ook al neigt Madeleines eigen stijl naar stedelijke-lesbische-pakhuis-chic. In het algemeen lijken ze op aardige onopvallende blanken; een joods-christelijke dwarsdoorsnee van Noord-Amerika, ergens tussen studentikoos en middenkader in, en daar, op een kleine maar cruciale afwijking na, horen ze ook allemaal thuis.

Als je wat beter kijkt, kun je echter zien dat ze allemaal iets bijzonders in hun blik hebben. Het resultaat van een ongeluk of een gave. Misschien heeft God hen allemaal op hun hoofd laten vallen voor hun geboorte. Het lijkt alsof het licht in een vreemde hoek terugkaatst uit hun irissen – misschien is dat het zichtbare effect van informatie die de hersenen schuin is binnengedrongen en het oog op overeenkomstig scheve wijze verlaat. Op een gegeven moment heeft iets hen geraakt of gestreeld. Allemaal leven ze met de milde angst dat ze ontmaskerd zullen worden en als bedrieger aan de kaak gesteld. Allemaal worden ze aangedreven door een brandbaar mengsel van uitbundigheid en zelfverachting, bezield door een mix van gewiekstheid en goedgelovigheid. Geen van hen was populair op de middelbare school. Ze bewonen die grote tussenwereld waarin je nergens echt bij hoort; ze bewonen de spleten in trottoirs; het zijn staatloze wereldburgers; vreemden onder ons, bekend bij iedereen. Komieken. Dit zijn de mensen met wie Madeleine omgaat.

Ze loopt op hen af. Ze is niet de enige die in haar diepste innerlijk een poel van volstrekt zwart water herbergt dat roerloos is als onyx en geen enkel licht weerkaatst, en als daaruit zo nu en dan iets komisch opborrelt is dat hysterisch grappig of gewoon heel ziek. Of precies zoals het zijn moet – zoals Maurice.

Ron wuift, Linda schuift op, Tony vraagt of ze weer is verdwaald; Madeleine brengt haar ballen op orde en zegt met Tony's stem: 'Ik moest onderweg een jongeheer even een hand geven,' en ze lachen. Ze komen hier al een jaar bijeen en ze kan het nog steeds niet vinden. Iemand schenkt haar een glas bier in.

Dit uitverkoren drankhol is zo luidruchtig dat ze zichzelf kunnen horen denken. Madeleine wringt zich in het bankje en laat zich een stevige omarming van Tony welgevallen, die twee keer zo zwaar is als zij. Goed voor een lach, beter dan uren therapie. Tony zou een fortuin kunnen verdienen. Hij is bijna zover; net als sommige anderen aan tafel – zoals Madeleine, die op het randje staat.

'Je hebt dat vleugeltje nog niet op, eet dat vleugeltje op,' zegt Maury tegen haar.

'Het is op.'

'Niet waar, kijk maar hoeveel vlees er nog aan zit, geef hier.'

'Pak maar.'

'Ik zal je voordoen hoe je een vleugeltje moet eten, iedereen kan zien dat je geen jood bent als je op die manier eet.'

Het existentiële moment van de waarheid breekt aan wanneer je voor in de dertig bent, als je voor het eerst beseft dat niet iedereen met wie je werkte toen je in de twintig was een genie is, dat sommige mensen 'zwaar gestoord' zijn en anderen gewoon verslaafd aan het een of ander, dat de aantrekkelijke sexy-droevige figuren alleen maar depressief zijn, dat een depressie een vorm van vertraagde woede is, en een manie een vorm van versneld verdriet. De eerste keer dat het kaf op grote schaal van het koren wordt gescheiden.

Ron zegt tegen Linda: 'Die act met het spookhuis was de eerste keer leuker...'

'Het was shit.'
'Nee, het was leuk toen je opkwam nadat ik die...'
'Als jij die truc met de lamp doet, verpest dat mijn...'
'Nee, ze moesten lachen!'
'Niet om mij.'
'Shelly, ze moesten om haar lachen, toch?'

Dit zijn de laatste dagen van de onsterfelijkheid, hierna ga je in razende vaart op weg naar de volgende aangename plek, Je Leven. De laatste dagen waarop je zonder bagage reist, voor je tempo vertraagt en je van richting verandert en je met een hand boven je ogen de verhuiswagen bespeurt die log in het zicht verschijnt, met al je spullen erin, die eindelijk uit de opslag komen. Spullen waarvan je niet meer weet dat je ze bezit.

Ze eten en drinken en praten allemaal tegelijk; de mannen praten het hardst omdat ze een groter strottenhoofd hebben en omdat ze al duizenden jaren het recht hebben om hard te praten. De vrouwen zeggen dat ze hun mond moeten houden en dat doen ze, gedwee als terriërs, maar net als terriërs blijven ze dat niet lang. Niemand neemt het Tony ooit kwalijk dat hij een scène naar zich toe trekt, want op de een of andere manier lijkt hij zelfs genereus als hij alle aandacht op zichzelf weet te richten; iedereen weet dat Ron een genie is, maar Tony is de enige die hem in het diepst van zijn hart nog kan uitstaan, en iedereen is verliefd op Linda. Ze is mooi op een ongewone manier en is er uiterst bedreven in ongemerkt ergens binnen te dringen, maar haar vorm van komedie wordt gemakkelijk onder de voet gelopen door iemand als Ron. Maury is degelijk, vooral in travestie, Howard is het Art Carny-type, Madeleine bewaart een moeizaam evenwicht tussen schrijven voor het gezelschap en te veel ruimte in beslag nemen met haar typetjes, die niet veel status hebben, maar desondanks de aandacht trekken op het toneel. Alle zes zijn ze dol op elkaar, vertrouwen ze elkaar maar half, kunnen ze elkaar niet uitstaan – ze zijn een gezelschap. Ze kunnen voorspellen wie wie hierna gaat bijten en hoe hard.

'We zouden die act van Linda als jonge bruid moeten...'
'We zouden een vervolg moeten maken...'
'We zouden het vervolg *eerst* moeten doen...'

Uit dit alles komen de vonken voor de voorstelling van volgende week, door Shelly op een notitieblok van gelijnd papier in kaart gebracht in de vorm van krabbels en diagrammen. De hokjes en pijlen doen Madeleine aan haar vader denken. Er zit een logica in deze waanzin. Een plattegrond voor improvisatie die leidt tot een script dat flexibel blijft tot na de laatste opname. Schrijven is een helse taak, een monster dat je het best kunt besluipen, een dreun op zijn kop geven, beroven en voor dood achterlaten. Vanavond, onder het genot van hapjes, bier en lawaai, zijn ze aan het schrijven.

'Iemand zou dit moeten opschrijven,' zegt Howard – op een gegeven moment zegt iemand dat altijd.

'Madeleine, dat riekt naar jou,' zegt Ron – dit is een slinkse manier om haar met het eigenlijke schrijfwerk op te zadelen. Schrijven. Een ader in je pols openen met een lepel. Niemand wil het doen...

'Hij heeft gelijk, het stinkt naar jou, McCarthy,' zegt Tony.

... het soort schrijven waar je voor gaat zitten, dat je in je eentje doet, het Marlborough-man geschrijf.

'Ik giet nog liever deze salsa in een open wond,' antwoordt ze.

Shelly schrijft in haar notitieblok. 'Madeleine... "Het laatste nieuws".'

'Hoe komt het,' grapt Madeleine, terwijl ze een servet pakt, 'dat jullie, als er iets moet worden opgeschreven, allemaal dylseksisch zijn?'

Howard zegt: 'Ik lijd aan hemofilie; als ik onder het schrijven uitglijd, kan dat mijn dood zijn.'

Het klinkt badinerend, maar het gaat om een delicate onderhandeling: Madeleine neemt het 'vuile werk' op zich, terwijl de anderen het feit dat ze haar nodig hebben bagatelliseren, en zo voorkomen dat er wrevel ontstaat. Op haar beurt bagatelliseert ze haar talent en komt ze haar verplichtingen na, draagt ze bij aan het geheel ter compensatie van haar incidentele sterrenstatus. Het is misschien niet eerlijk – Ron heeft geen verplichtingen – maar het is nu eenmaal zo dat Madeleine kan schrijven en net als veel schrijvers alleen maar iets op papier krijgt als iemand een pistool tegen haar hoofd houdt, dus het is maar goed... Bovendien, op deze manier is ze verzekerd van een solo-optreden in de boezem van een gezelschap. De ideale combinatie. Ze maakt aantekeningen op het servet, en pakt dan een ander. Shelly is verstandig genoeg om geen vel papier aan te bieden. Dan zou het te veel op schrijven gaan lijken.

Shelly heeft drie kinderen. Madeleine wou soms dat ze een van hen was. In zekere zin is ze dat ook. Dat zijn ze alle zes.

Als ze teruglopen naar hun auto's op het parkeerterrein van de stille studio, vraagt Shelly haar: 'Wat heb je voor me?'

'Een beschamend verlangen om je naakt te zien op een klembord na.'

Shelly is net een door de wol geverfde versie van die brave juffrouw Lang. Er zijn echt maar zo'n vijf mensen op de wereld.

'Ik ga je niet proberen over te halen, Madeleine.'

Shelly heeft bij een Amerikaanse tv-zender een optie geregeld op Madeleines idee voor een speciale voorstelling van één uur. Een pilot voor een serie over een openlijk homoseksuele komiek die Madeleine heet. *Dat kan mijn gwote doowbwaak wowden, chef.* Tot dusver heeft ze drie woorden geschreven. De titel: *Dolle Dwaze Madeleine.*

'De anderen zijn ook met van alles bezig, hoor,' zegt Shelly.

'Dat weet ik.'

Het is onvermijdelijk dat de Nablijvers ook zelfstandig een carrière krijgen. Sommigen hebben al solo-optredens achter de rug, en zijn in diverse combinaties aan de slag gegaan met film, tv en live-optredens in New York en Los Angeles, met als gevolg dat het leven bij de Nablijvers achter het toneel blootstaat aan spanningen en het leven op het toneel soms ontaardt in onbeheerste razernij. Madeleine heeft een felbegeerde groene kaart bemachtigd, dankzij een recente klus bij *Saturday Night Live* nadat Lorne Michaels haar in Massy Hall in Toronto had gezien. Gedurende drie adrenalinerijke weken verbleef ze in de berenkuil. Ze schreef en werd steeds bleker, net als de andere schrijvers, haar collega-graftombebewoners. Ze viel vier kilo af en Christine zei dat ze een eetstoornis had, maar het kwam gewoon door louter opgefoktheid. Ze had per ongeluk een affaire – doortastende productieassistente, leeg kantoor – maar ging de coke deugdzaam uit de weg, de enige partydrug die ze ooit echt lekker heeft gevonden. Ze vertelde Christine trots dat ze van de drugs was afgebleven maar zweeg natuurlijk over het hoofdtelefoon-dragende drugssubstituut, die in het grote geheel volstrekt niet terzake deed. Heus niet.

Lorne is bezig een nieuw team van 'minder beroemde' artiesten voor volgend seizoen bij elkaar te zoeken en heeft haar gevraagd om weer mee te doen, en om Maurice, Roger en Lou mee te nemen – ditmaal mag ze afvallen vóór de camera's, iets wat altijd gemakkelijker lijkt als je schrijft. Haar producer, Shelly, heeft haar gefeliciteerd, maar waarschuwde haar voor pogingen om zich bij de 'jongensclub' aan te sluiten. 'Je bent een pot,' zei ze, 'dus wordt je gemakkelijk goede maatjes met hen, maar je gaat met geen van hen naar bed en hoe goed je ook bent of hoe graag ze je ook mogen, je wordt nooit een van hen. Je bent met je eigen dingen bezig, net als Lily, alleen...'

'Alleen wat?'

'Zij heeft niet zoveel hulpmiddelen en troep nodig als jij.' Shelly heeft Madeleine onder druk gezet om de accessoires en kostuums te schrappen.

'En one-ringy-dingy dan, en Edith Anne dan, het haar, de stoel, kom nou toch!'

'Ze heeft dat niet nodig om die typetjes te spelen.'

'Nou, ik heb het kostuum niet nodig om Maurice te spelen...'

'Doe hem dan zonder.'

'Mijn punt is dat je The Cone Heads niet kunt doen zonder punthoofden.'

'Blijf dan de rest van je leven maar punthoofden-acts doen.'

Ongeacht welke koers Madeleine inslaat, ze staat op het punt deel uit te gaan maken van de 'Canadese invasie'. Humoristische Canadezen die de zuidgrens oversteken omdat er geen grens is aan wat je kunt bereiken door te vertrekken, ook al is het niet langer onmogelijk om in eigen land iets te bereiken – de wetgeving die de aandacht voor typisch Canadese onderwerpen moet bevorderen begint resultaat af te werpen, om maar te zwijgen van de belastingvoordelen die Toronto hebben veranderd in Hollywood-Noord. Dat Amerika meer mogelijkheden biedt, is logisch, want Canada is klein, maar ook artiesten zijn onderworpen aan het Canada-syndroom: het culturele minderwaardigheidscomplex dat voor hun medeburgers aanleiding is om degenen die deze noordelijke negorij vaarwel zeggen als authentiek te bestempelen. Want als je zo goed bent, wat doe je hier dan nog? En het omgekeerde: wat ben je eigenlijk voor een waardeloze Canadees, dat je er zomaar vandoor gaat?

Engelse Canadezen, heimelijke Yankees. Yanks in schaapskleding. Mensen die volmaakt Amerikaans lijken, maar weten dat Medicine Hat geen kledingstuk is. Mensen die kunnen schaatsen, vakantie mogen houden in Cuba en school-Frans spreken; mensen die genieten van gratis gezondheidszorg, in het buitenland niet met de nek worden aangekeken en aannemen dat niemand in het restaurant bewapend is. Van twee walletjes etende Amerikanen. De Nablijvers voelen de druk van hun eigen succes. Madeleine heeft geen reden om zich schuldig te voelen.

'Het is niet dat ik me schuldig voel.'

'Wat dan?' zegt Shelly. 'Niet zeiken, maar doen.'

'Je bent zo gevoelig en behulpzaam.'

Shelly heeft de deurkruk van haar stationcar in haar hand; ze ziet er uitgeput uit, haar kinderen staan over zes uur op, ze zegt tegen Madeleine: 'Je bent mijn favoriet, ik heb op jou gewed, ik wil dat je het probeert.'

Madeleine knuffelt haar, en wou dat ze een beschamend verlangen koesterde om Shelly naakt te zien op een klembord na. Het feit dat Shelly hetero is en dat Madeleine een langetermijnrelatie heeft, zijn details waar ze later wel een oplossing voor zouden vinden.

'Trusten, mama.'

'Trusten, Mary Ellen.'

Madeleine stapt in haar oude Volkswagen Kever. Gebroken wit met rood interieur. Ze draait het contactsleuteltje om, wekt de auto tot leven met een duwtje op het gaspedaal, een voorzichtig loslaten van de choke. Ze geeft het dashboard een bemoedigend klopje, 'braaf autootje'. Ze zet een gouwe-ouwe-zender op en gaat op weg naar huis, naar Christine.

Onderweg gebeurt het weer. Toen het voor het eerst gebeurde, een week of zo geleden, tijdens een live-optreden, schreef ze het toe aan zenuwen of griep of – het meest geruststellend – een lichte beroerte. Maar hoe noem je het als het gebeurt tijdens een rit door een rustige straat, op weg naar huis in de motregen?

HET VERHAAL VAN MIMI EN JACK

De overkoepelende gestalte van de tijd is er altijd, net als de onzichtbare zonnige dag boven de wolken. En boven die eindeloze dag een oneindige duisternis, waarin onze tijdlus losraakt en wegzweeft, als de witte streep van een straaljager die traag uiteenvalt.

Breuken in de tijd. Toen ze Mike verloren. Toen hun dochter vertelde dat ze lesbisch was. 'Ik weet het, het is een afschuwelijk woord,' zei Madeleine met een grimas. '*Lesbisch*. Iets glibberigs met schubben.'

Mimi huilde, Jack had zijn lippen samengeknepen en keek naar de grond. Hun dochter verdiende haar brood met anders zijn, met ongepaste grappen.

'Ik vat het niet licht op,' zei Madeleine, op haar lip bijtend, grijnzend. 'Ik voel me ziek.'

'Je voelt je ziek?' zei Mimi. 'Je bént ziek.'

Dat was in 1979, Mimi weet de datum nog, twee weken voor ze de keuken lieten opknappen. Haar zoon at staande aan dat aanrecht, gaf zijn moeder op die plek een afscheidsknuffel. Nu is alles opnieuw betegeld.

Mimi vindt het belangrijk om zelf de verantwoordelijkheid op zich te nemen, alleen dan kan ze het aan. Eén kind weg, het andere abnormaal. Mimi is een moderne katholieke moeder. Ze weet dat het allemaal haar schuld is.

Om je staande te houden moet je ook koesteren wat overblijft. Mijn man. De kant van mijn dochter die nog straalt. De overtuiging dat de schade niet onherstelbaar is. '*Viens*, Madeleine, we gaan samen winkelen.'

'Dat wordt huilen.'

Scrabbelen. Eten. Winkelen. De dingen die ze kunnen delen.

'Maman, waarom kom je niet een weekend naar Toronto, dan gaan we daar winkelen.' Maar Mimi kan geen voet in dat appartement zetten. Niet zolang haar dochter op die manier samenwoont met een andere vrouw. Daar kun je niet op bezoek gaan...

Er moet mijn dochter iets zijn overkomen waardoor ze zo geworden is. Van Jack hoeft ze geen hulp te verwachten. Die weigert er met haar over te praten.

Na al die jaren waarin ze Jacks cadeaus uitpakte met de opmerking 'Als het maar geen je-weet-wel is', was het met kerst een keer zover. Maar toen verlangde ze al niet meer naar een nertsmantel. Ze verlangde naar wat ze vroeger had: het verlangen naar zo'n mantel.

Jarenlang heeft ze gehoopt dat hij zijn misstap zou opbiechten. Ze wist niet hoe ze hem moest uitleggen dat ze zo mogelijk nog meer van hem zou houden als hij het geheim met haar deelde, als het niet meer iets was tussen hem en die vrouw in Centralia, maar iets van hen samen. Ze wilde dolgraag zeggen: 'Het is niet jouw schuld dat we onze zoon kwijt zijn. Ik vergeef het je.' Maar die twee zinnen pasten niet bij elkaar. En hij noemt Michels naam nooit.

Soms schenkt ze verse thee in zijn kopje zonder het tegen hem te zeggen, of ze schuift de bestuurdersstoel niet terug als ze de grote auto heeft gebruikt, of ze merkt niet dat hij de heg onberispelijk heeft gesnoeid en het probleem van de eekhoorns en het vogelvoer ingenieus heeft opgelost. Als dat gebeurt, neemt hij haar mee uit eten.

Hij plaagt haar dat ze altijd vriendschap sluit met de ober of serveerster, maar in feite doet ze het voor hem. Het eind van het liedje is dat hij honderduit zit te praten met de kok, de eigenaar, andere gasten. De oude Jack – de jonge. Anders leest hij de krant. Houdt zich doof.

Mimi doet veel vrijwilligerswerk. De Hartstichting, de Liberale Partij, de Kerk. Ze heeft ook een opfriscursus gevolgd en is weer gaan werken, en ze speelt nog steeds bridge. Ze geniet van Ottawa, van het feit dat ze in winkels en bij de kapper met Frans terecht kan, ze geniet van de openluchtconcerten 's zomers en schaatsen op het kanaal 's winters – ze krijgt zelfs Jack af en toe mee. Ze heeft een hoop vrienden, maar dat is net het punt: het zijn haar vrienden, niet hun vrienden. Veel mensen die bij de luchtmacht zaten, oude vrienden van vroegere standplaatsen, zijn na hun pensionering in Ottawa gaan wonen, er zijn kaartavondjes, etentjes, curlingwedstrijden. Maar Jack wenst niet 'in het verleden te leven'.

Vroeger gingen ze elk jaar naar Florida. Daar kreeg hij zijn eerste hartaanval, op de golfbaan. Het was een dure grap; goddank waren ze goed verzekerd. Mimi gaat twee of drie keer per jaar naar New Brunswick om haar familie in Bouctouche te bezoeken, maar sinds Mikes vertrek is haar man niet meer mee geweest. Haar zus Yvonne is nu weduwe, ze brengt de kerstdagen meestal bij hen in Ottawa door, en Jack laat zich graag door haar verwennen. Mimi nodigt echter nog maar zelden mensen uit. Het vergt te veel van haar. Zijn onwilligheid, de angst dat hij zich in zichzelf zal terugtrekken als de gasten eenmaal arriveren, de kritiek op hen die ze van tevoren te verduren krijgt, zijn gemopper: 'Ik hoop niet dat Gerry weer aan het hoofd van de tafel neerploft en ons opzadelt met foto's van zijn laatste reisje naar de Galapagos' en: 'Als Doris maar niet gaat zitten ratelen over haar kleinkinderen.' 'Ze heet geen Doris, Jack, ze heet Fran.' Dan arriveren de gasten, en Jack lacht en praat en plaagt Mimi dat ze niet zo formeel moet doen als ze de gasten opgewekt hun plaats aan tafel wijst; dan valt hij haar in de rede en zegt: 'Ga zitten waar je wilt, Gerry.' Hij heeft een heerlijke avond, en is daarna dagen prikkelbaar.

Ze zijn nog steeds een aantrekkelijk stel. Jack is intussen zestig en heeft nauwelijks grijze haren. Mimi heeft nog een taille van zesenzestig centimeter als ze haar korset draagt. Ze verft haar haar, want ze wil er niet ouder uitzien dan haar man. Kleine rimpeltjes schemeren door de make-up heen, maar de volledig ingekerfde bovenlip van de roker heeft ze weten te voorkomen door veertig jaar voorzichtig aan haar sigaret te trekken en veel vocht in te brengen. Nog steeds mooie kuiten, zachte handen, perfecte nagels. Extra huidplooien bij de ellebogen en knieën – daar heb je mouwen en langere rokken voor.

Ze heeft niemand ooit iets verteld over de 'levensstijl' van haar dochter. Dat hoefde niet. Iedereen heeft het kunnen lezen in het landelijke dagblad, in het amusementskatern.

Ze werkt als verpleegkundige bij de National Capital Commission in de binnenstad. Ze is de vertrouweling van de hele afdeling. Een vrouw op de boekhouding 'bekende' haar onlangs dat ze lesbisch is: 'Jij bent de enige met wie ik erover kan praten, Mimi.' Als dank gaf ze Mimi een koffiemok met een reproductie van Chagall: 'Ik zou zo nooit met mijn moeder kunnen praten.'

Mimi weet één ding: als ze New Brunswick nooit had verlaten; als ze nooit verpleegster was geworden en haar eigen geld had verdiend, nooit met een knappe *Anglais* was getrouwd en geleerd had om cocktailparty's te geven en hoge hakken te dragen; als ze nooit onder een kroonluchter had gedanst en als haar trouwjurk haar enige baljurk was gebleven; als zij Marguerite was gebleven – dan zou God haar gezegend hebben met een derde kind, dat intussen misschien zelf ook kinderen had gekregen.

Op zijn minst zou Hij haar vergund hebben de twee kinderen die ze had te houden.

Uiteindelijk komt het in Jack en Mimi's leven zover dat de televisie altijd aanstaat, ook als ze er niet naar kijken.

HEB JE OOIT AAN THERAPIE GEDACHT?

Italiaanse patiënt, omstreeks 1890: 'Dokter, ik lijd aan zwaarmoedigheid. Ik ben mijn levensvreugde kwijt, ik heb geen eetlust meer, de liefde laat me koud, ik zou net zo lief dood zijn. Vertel me alstublieft wat ik moet doen.'
Arts: 'Lachen is de beste remedie. Ga kijken naar die geweldige clown, Grimaldi.'
Patiënt: 'Ik ben Grimaldi.'

We moeten allemaal van tijd tot tijd onder de steen kijken. We zijn allemaal bang voor het donker, en tegelijk trekt het ons aan, omdat we weten dat we er iets hebben achtergelaten, iets dat vlak achter ons zit. We kunnen het zo nu en dan voelen, maar durven ons niet om te draaien uit angst een glimp op te vangen van wat we zo graag willen zien. We stellen dat kritieke moment uit, geven het de tijd om te vluchten voordat we omkijken en zeggen: 'Zie je wel? Het was niets.' We schrikken van onze eigen schaduw. Een goede komiek maakt de schaduw aan het schrikken. Dankzij hun snelheid kunnen komieken zich zo vlug omdraaien dat ze af en toe inderdaad een glimp opvangen van de vluchtende schaduw. En wij doen dat ook, van veilige afstand. Als je vandaag de dag Dantes tocht naar de hel zou moeten maken, zou je dan met Vergilius of met John Candy meegaan?

'Onvolledige klassieke migraine,' zegt de oogendokter tegen Madeleine. 'Visuele verschijnselen zonder de begeleidende pijn.'

Een oogarts gaat je niet vertellen dat je je eigen schaduw ziet. Zo'n dokter zegt niet: 'Niet bang zijn. Draai u langzaam om. Praat tegen de schaduw. Hij wil u iets vertellen.'

Komedie in vertraagde vorm is beangstigend. Dat is wat Madeleine overkomt.

Ze durfde de auto niet aan de kant te zetten, want dan zou ze toegeven dat er iets mis was. Het regende, haar gezicht was veel te warm toen ze haar wang tegen de koele ruit drukte, haar hart was licht en snel als een propeller en ze begreep niet waar ze heen ging. Ze wist met haar verstand waar ze woonde, dat ze met haar auto op weg naar huis was na de vrijdagse opname; ze had nog dezelfde kennis van het leven als een seconde geleden, maar er was iets weggeschoven, een soort transparante laag. Het ding dat ons in staat stelt alle stukken van de wereld aan elkaar te passen. Het ding dat de dingen tot één ding maakt. Ze zag nu alles afzonderlijk, stuk voor stuk. Een straatlantaarn die niets te maken had met een straat. Een trottoir dat niets te maken had met een stoeprand. Ze begreep niet waarom iets ergens was. Ze zag wat er achter de dingen zat: niets.

Haar hart versnelde, een opgesloten dier in haar borstkas; ging ze nu dood? Een inktzwart gevoel in haar maag, een soort schaamte. Een man kwam haastig aanlopen vanaf het benzinestation op de hoek. Had hij gemerkt dat ze niet meer wist hoe ze moest leven? Nee, hij liep door.

Haar hart vertraagde tot een wandeltempo. De ruitenwissers smeerden licht uit over het glas en ze wendde haar ogen af, maar de gele veeg volgde haar blik.

'Misschien heb ik gewoon een bril nodig.'
'Is iets dergelijks ooit eerder gebeurd?' vraagt de therapeute.
De kamer heeft lambriseringen van stof en hout, rustgevende terracottatinten, een ruimtelijk kalmeringsmiddel. Op een bijzettafeltje een karaf bronwater, een bakje met zand en een miniatuurharkje, en een doos met papieren zakdoekjes. Er is een ligbank met een groot kussen om tegen te stompen, er zijn schelpen, een kristal, een luchtverfrisser, verschillende diploma's aan de muur, een reproductie van Georgia O'Keeffe. Madeleine haalt diep adem en mompelt: 'Paar weken geleden.'

Ze hoort in haar stem de norse omfloerste klank van de adolescent. De regressie verloopt volgens plan.

De therapeute wacht sereen in haar draaistoel. Oorbellen van het type 'op verantwoorde wijze handgemaakt' bungelen discreet aan haar oren. Nina. Madeleine zit ineengedoken in een leunstoel tegenover haar. Ze begint door te krijgen hoe het therapiespel werkt: de therapeut straalt onpersoonlijk mededogen uit totdat de cliënt de stilte niet meer kan verdragen en eruit flapt: 'Ik heb mijn moeder vermoord!' Maar eerst de ontkenningen: 'Ik ben doodmoe. Nablijf-tv is in productie, en daarnaast doe ik een workshop alternatief toneel waar ik geen cent voor krijg. Waarom? Omdat de regisseur roze haar heeft.'

De therapeute wacht. Tegen een tarief van één dollar vijfentwintig per minuut.

Madeleine vertelt wat er de laatste keer dat ze stand-up comedy deed gebeurde:

De vroegere Vrijmetselaarstempel in de binnenstad van Toronto is stampvol. Licht valt vanaf het podium op de hoofden en schouders van de staande menigte. De snel draaiende ventilatoren aan het plafond zijn niet in staat de hitte te verdrijven die is voortgebracht door opzwepende bands, kurkdroge performancekunst, vurige flamenco en The Diesel Divas, een koor van forse vrouwen met geruite hemden en stekeltjeshaar die een repertoire van gewijde muziek van Bach zingen. Een uitverkochte benefietavond voor een blijf-van-mijn-lijfhuis in de binnenstad.

Madeleine kijkt over de zee van hoofden die zich aftekenen en naar achteren toe vervagen in het donker. Fysiek ontspannen en mentaal op scherp, met haar gebruikelijke mengeling van zenuwen en concentratie; dit is de enige plek waar ze zich volkomen thuis voelt. De veiligste plek op aarde.

Ze maakt grapjes met het publiek, stemt haar acts op hen af. Improviseert over diverse nieuwe thema's: de zoektocht naar het homo-gen – 'Waarom zoeken ze niet iets dat echt nuttig is, zoals het zondagsrijders-gen?' – Reagans groeiende nucleaire arsenaal, Margaret Thatchers ijzeren handtas, premier Mulroney als veilingmeester. Ze neemt zowel het verschijnsel politieke correctheid als Jerry Falwell onder vuur, werkt zich door Orgasmes van Rijke en Beroemde Personen heen en laat Virginia Woolf een aflevering voor *Love Boat* schrijven. Flitsende, grappige dingen. Ze blijven roepen om 'Maurice! Doe Maurice!'

'Jullie zijn gestoord!' roept ze terug.

'Maurice!'

Nu weet ze hoe de Beatles zich voelden. Met baard, stoned en in hippiehemden, maar de menigte brulde evengoed: '"I Wanna Hold Your Hand!"'

'Hoe willen jullie dan dat ik Maurice doe? Alleen de outfit al, kom nou.'

'Doe de sprekende pop! De sprekende pop!!'

Ze beweegt zich gemakkelijk op een paar legerlaarzen uit de dump. Van boven draagt ze een hemd van het West-Duitse leger met de adelaar van de Bundesrepublik op de borst, en daaronder geen beha. Officieel superpottentenue.

Ze werpt een blik op de neogotische sierlijsten van de Vrijmetselaarstempel. 'Ik vind het gepast dat we hier vanavond in een voormalig bastion van het patriarchaat bijeen zijn om geld in te zamelen voor een feministisch doel.'

Applaus.

Haar haar is kletsnat en ze voelt zweetdruppeltjes over haar rug lopen, maar iemand heeft blijkbaar de airconditioning aangezet, want ze krijgt het ineens koud. Ze luistert of ze het verraderlijke gezoem van het koelsysteem hoort, maar de menigte is te luidruchtig. Ze neemt een slok water uit een plastic fles.

Ze zet schele, uitpuilende ogen op. Trekt haar kin in, duwt haar buik naar voren. Het publiek lacht en scandeert: 'Mau-rice! Mau-rice! Mau-rice!'

Je weet nooit waar mensen zich op gaan fixeren. Maurice is niet eens zo grappig. Iemand gooit een slipje op het podium, maar Maurice laat zich niet opjutten. Ze dankt Maurice weer af, trekt het broekje als een bivakmuts over haar hoofd en slingert het dan tussen de coulissen.

Ze neemt nog een slok, laat het water langs haar hals druipen en keert de fles boven haar hoofd om, waarna ze met mannelijke onverschilligheid haar hemd uittrekt en als handdoek gebruikt. Het is gemakkelijker om je hemd uit te trekken als je kleine borsten hebt; Madeleine vraagt zich af of ze het zou durven als ze een flinke voorgevel had. Het is ook gemakkelijker om ervoor uit te komen dat je lesbisch bent als je eruitziet als de dochter van de buren en een eigen tv-show hebt in prime time – je hoeft niet bang te zijn dat je je baan en je flat kwijtraakt. Madeleine heeft een lange lijst van dingen die voor haar gemakkelijk zijn, ze houdt niet bij wat moeilijk is.

Je hemd uittrekken is een goedkope truc, maar het werkt wel: de rubber kip van het feministische cabaret. Ze schroeft piepend haar tepels los, poetst en smeert ze en schroeft ze weer vast. Het publiek wordt hysterisch en ze neemt de gelegenheid te baat om op adem te komen – ze is blijkbaar moe. Ze doet niet veel stand-up comedy meer en ze had eigenlijk geen tijd voor dit optreden, maar wilde geen nee zeggen tegen een goed doel.

Ze loopt een beetje heen en weer. Gelukkig mag er in de zaal niet gerookt worden; dit is een feministisch evenement, en de organisatoren hebben geprobeerd een gastvrije omgeving te creëren voor mensen die allergisch zijn voor tabaksrook. Het feminisme staat vooralsnog slechts tot de enkels in de nieuwe golf van 'allergieën', onder andere voor parfum, lactose, gist en de aanwezigheid van mensen die van een biertje genieten. Het hoort bij de onvermijdelijke versnippering van een beweging die zeer veel heeft bereikt – misschien juist omdat er zoveel is bereikt.

Er zijn vanavond vrienden in de zaal. Olivia, de dame met het roze haar. Ze is regisseur van een alternatieve toneelgroep, smaakvol voorzien van piercings, en Madeleine heeft haar ontmoet toen Christine haar een Komedy Kabaret liet regisseren voor Internationale Vrouwendag. Ergens in het publiek bevindt zich ook Madeleines vriend van de middelbare school, Tommy, en haar voornaamste partner van Nablijf-tv, Tony, samen met vrienden uit allerlei kringen die elkaar overlappen en aanvullen en zo een gemeenschap vormen. Christine is er niet – 'Dat vind je toch niet erg, hè, liefje? Ik heb dat materiaal al eerder gezien en ik moet een paper inleveren.'

Madeleine wacht tot het publiek stil is en barst dan uit in haar handelsmerk, het boosaardige gelach van de op hol geslagen buiksspreekpop.

De zaal lacht nog steeds wanneer ze een vreemde gewaarwording krijgt: alsof ze net is bijgekomen. Ze vraagt zich af hoeveel tijd er is verstreken sinds ze de act van de lachende pop deed. Het kunnen hooguit een paar seconden zijn, want het gelach bereikt nu een climax, maar voor haar gevoel is het een eeuwigheid geleden. Ze blijft demonisch grijnzen en maakt van de gelegenheid gebruik om te zoeken naar een lichtvlak onder het bordje 'uitgang'. Er moet een deur openstaan die de kille aprilavond binnenlaat – het is hier steenkoud, haar zweet lijkt wel van ijs; dan wordt ze zich bewust van een collectieve beweging tussen de donkere hoofden en schouders in de zaal, kleine fladderende voorwerpen – mensen waaieren zich koelte toe met hun programma.

Ze knippert het zweet uit haar ogen en voelt het zout prikken. 'Als deze muren eens konden praten, hè? Ik vraag me af wat de vrijmetselaars bespraken dat zo geheim was. Of misschien gaat het gewoon om het idee: geheimzinnigheid geeft macht. Dat zou typisch iets voor het establishment zijn om niet eens geheimen te hebben, laten wij onze oren maar stijf tegen de muur blijven drukken, misschien horen we dan hoe we moeten beleggen of welke rechter onze zaak gaat behandelen of hoe je een lekkere appeltaart bakt. Wie weet kwamen ze hier alleen maar om te bowlen. En de geheime handdruk te oefenen.' Ze doet een geheime handdruk die zich voortzet in haar hele lichaam.

'Vrijmetselaars zijn niet de enigen die een geheim genootschap hebben. Het Vaticaan puilt uit van de geheimen. En ze bulken er ook van het geld, ja toch? Ze hebben alles, ze hebben een leger, een bank en een paspoortenbureau voor oorlogsmisdadigers...' Ze tuurt langs haar neus naar een paspoort in haar hand. '"Hmm, dokter Mengele"' – stempelt het af en zegt met een glimlach: '"Een prettige reis, meneer." Ik snap niet hoe het kan dat een heel land, Vaticaanstad, gerund wordt door kerels met witte gewaden aan en hoge puntmutsen op, en overal kruisen en geen vrouwen of joden, het lijkt de Ku Klux Klan wel.'

Ze veegt met de zijkant van haar hand over haar voorhoofd terwijl de zaal lacht. Knijpt haar ogen stijf dicht en ziet gele slierten, de lichten hebben hun scherpte verloren en maken een schimmige warboel van het publiek.

'Ik zou zo pissig zijn als ik Maria was,' zegt ze, schrikkend van haar eigen stem. 'Om te beginnen trouwt ze met een echt gevoelig type, een "feministische" man die geen cent heeft, kan niet eens een hotel betalen, met kerst nog wel!' Het is net of er een kleine vertraging zit tussen het moment waarop de woorden uit haar mond komen en het moment waarop zij ze hoort. Het geeft niet, de zaal lacht, ze slaat zich er wel doorheen, en dan naar huis en een antigrippine.

'Dus ze krijgt haar kind in een stal en al die kerels komen binnenvallen met nutteloze cadeaus. Mirre? "Wat moet ik daar nou mee?!" Om nog maar te zwijgen van het feit dat alle cadeaus voor de baby zijn. Dan komt de Kerk langs en zegt dat Jozef niet eens de vader is. Dat is God. Plus dat zij nog maagd is. Hallo? Maar het ergste is nog wel dat de kerkvaders – de kerels met de puntmutsen – met hun grijze koppen en vrome gezichten gaan zitten debatteren of het al dan niet píjn deed toen Maria haar kind kreeg.' Sullige presentatorstem: '"Wat denk jij, Augustus?" "Nou Fluvius, ik denk dat het geen centje pijn deed. Wat denk jij, Scheticus?" "O, ik denk niet dat het pijn deed, en jij, Thomas?" En Thomas van Aquino zegt: "O, eh, hetzelfde als hij. Het deed geen pijn."' Madeleine wacht heel even en roept dan: 'Het deed géén pijn?' Haar mond valt open. 'Het deed wel pijn!' Manisch. 'Ze lag in de stal een kind naar buiten te persen, de zoon van God, hij was gro-oo-oot! Hij had een groot heilig hoofd, hij was Go-od! Het deed pijn! Het deed gods-gru-we-lijk veel pijn!'

Normaal wordt het gelach op dit punt overstemd door Iggy Pop die uit de speakers schalt terwijl Madeleine de pogo danst en een reeks *lazzi* improviseert – een oude term uit de commedia dell'arte waarmee fysieke komische stukjes worden bedoeld, capriolen. Ze struikelt bijvoorbeeld over het microfoonsnoer, waarna de reeks vallende bewegingen escaleert in een dolle act waarbij ze geen bot meer in haar lichaam lijkt te hebben.

Maar vanavond blijft ze stokstijf staan. Het donker, het gelach, het geklap en gejoel is niet langer vriendelijk of hartelijk, het is niets meer. De silhouetten en lichten in de zaal zijn even vreemd als een landingsbaan bij nacht. Een verdoofd gevoel trekt van haar handen naar haar ellebogen, het waas van licht begint te trillen en ze raakt aan de linkerkant een stuk van de wereld kwijt. Er is een hap uit haar gezichtsveld genomen, het beeld is overgeplakt alsof het er nooit geweest is, het bordje 'uitgang' is domweg verdwenen.

Ze weet op de een of andere manier thuis te komen. Langzaam rijdend om in leven te blijven, niet beducht voor een ongeluk maar voor iets wat ze niet kan benoemen.

'Misschien was het gewoon plankenkoorts.'

'Denk je dat dat het was?' vraagt de therapeute.

'Dat zei Christine.' En in antwoord op Nina's onuitgesproken vraag: 'Christine is mijn vriendin. Partner. Dinges.'

'Paniekaanval' dekt het niet, al is dat waarschijnlijk wat het officieel was. Het totale en algehele verlies van het bekende. De plotselinge onuitsprekelijke vreemdheid van het vertrouwde; de beangstigende waarneming dat de ene voet voor de andere wordt gezet. Het besef dat de dingen geen verband met elkaar houden. Een vinger die schrikt van een hand.

Madeleine praat door, en denkt intussen: Deze fluttherapeute gaat me vertellen dat ik last heb van paniekaanvallen en dan ga ik haar vertellen dat ze kan oprotten. Ze eindigt haar verhaal met: 'Een paniekaanval zeker?'

Nina zegt: 'Noem je het zelf zo?'

Slim hoor, chef.

Nina vraagt of er de laatste tijd iets is gebeurd in Madeleines leven, of er iets is veranderd.

'Denk je dat ik een excuus nodig heb om getikt te worden? Ik ben een komiek, ik ben altijd al half getikt.'

'Is dat zo?'

'Dat is het cliché.'

'Is het zinvol?'

'Het valt goed bij de meiden.'

Nina zegt: 'Ik vraag me af of er iets is wat het heeft uitgelokt.'

'Ik heb waarschijnlijk gewoon een burn-out, dat zou niet voor het eerst zijn. Zo gaat het nou eenmaal; je werkt je een ongeluk en doet net of het een fluitje van een cent is en dan bereik je wat.'

'Het lijkt me dat je tamelijk stabiel moet zijn om dat te kunnen.'

Madeleine haalt haar schouders op. Ze voelt zich gestreeld, maar wil het niet laten blijken.

'Waarom ben je hier, Madeleine?'

Madeleine wil een ironisch antwoord geven, maar de ironie wijkt terug als een vampier die een vleugje knoflook ruikt. Ze vecht tegen de gewaarwording dat ze in een fluwelen schilderij verandert, dat haar bruine ogen stroperig worden, dat haar keel opzwelt van tranen – waarom? O nee. De emotie neemt de overhand... ik moet... wegzwemmen... Ze kijkt Nina aan en zegt op redelijke toon: 'Ik heb telkens de aanvechting om jonge hondjes te villen en kleine kinderen te verkrachten.'

Nina's kalme, aandachtige gezichtsuitdrukking verandert niet. Ze wacht.

'Ik heb gejankt in de supermarkt.'

'Op welke afdeling?'

Madeleine lacht. 'Exotisch eten,' antwoordt ze, en begint te huilen. 'Jezus Christus.' Ze grinnikt. 'Zie je? Dit is zo maf, het lijkt wel... een heel vroeg begin van de overgang of zo, moet ik hormonen gaan slikken?'

Ze vertelt over haar recente huilbuien: overweldigd door tranen bij het zien van een vrouw in een sari die een blik kikkererwten in haar winkelwagentje legt. Het gejank van een hond komt aanwaaien op de wind, haar hand vliegt naar haar ogen, ze blijft abrupt staan alsof ze door een verdwaalde frisbee is geraakt en begint te huilen. Intens verdriet om een kind dat zich hevig verzet tegen een zonnehoedje; om een oude man in een smoezelig vest achter haar in de rij in het bankkantoor, die de woorden 'Northrop Frye, Northrop Frye' uitspreekt alsof het een klaagzang is. Om kookprogramma's, om speciale aanbiedingen van vijfentwintig gouden hits, *Deze magische momenten kunnen van u zijn voor slechts...!*

'Ben je daarom hier?' vraagt de therapeute.

'Ja, ik moet mijn tv-consumptie overdag beperken.' Nina wacht. Madeleine hoort zichzelf zeggen: 'Mijn vader heeft weer een hartaanval gehad.'

Ze voelt haar gezicht verstrakken in de glimlach van verdriet. Ze reikt naar de doos met papieren zakdoekjes en plukt er een stel uit. 'Een paar maanden geleden. Niet dat hij op sterven ligt.'

Nee. Ik bof, zei hij in januari tegen haar. *Het is een kwaal voor rijke mensen. Wat ze tegenwoordig allemaal kunnen, ze hoeven me niet eens open te snijden...*

'Heb je een goede band met je vader?'

Madeleine knikt, opent haar mond maar krijgt de woorden niet over haar lippen. Nina wacht. Madeleine zegt: 'Hij is mijn beste...'

'Je beste wat?'

Madeleine schudt haar hoofd. 'Stom. Ik weet niet waarom ik het niet kan zeggen, zo sentimenteel.' Ze gaat rechtop zitten, haalt diep adem en zegt: 'Mijn beste maatje.'

Zo.

Maar haar wangen trekken weer samen en haar ogen blijven tranen. Ze schudt haar hoofd. Ze is er slechter aan toe dan ze dacht. Of misschien is ze gewoon een te goede artiest: ik zit in de spreekkamer van een therapeut, ik zal wel ingestort zijn, dus: stort in. Krijg ik de rol?

'Wat zit je dwars, Madeleine?'

'Tja.' Madeleine zucht. 'Het is niet zo erg als een schaamhaar die aan de plakstrook van je inlegkruisje blijft zitten. Maar het is erger dan een vork in je oog.'

Afgelopen januari is Madeleine in vier uur en een kwartier van Toronto naar het Hartinstituut in Ottowa gereden.

'Allemachtig,' grinnikte Jack, 'ben je komen vliegen?'

Hij zat rechtop in bed *Time* te lezen, en ze was meteen gerustgesteld. Elektroden liepen van zijn borst onder het blauwe ziekenhuishemd naar een hartmonitor, infuusslangen liepen naar zijn pols en een zuurstofmasker hing nonchalant om zijn nek. Hij knipoogde en stak zijn duim naar haar op, langs twee jonge verpleegsters die grapjes maakten en hem bemoederden terwijl ze de infuuszakken vervingen: een met vocht, een met bloedverdunners. Madeleine glimlachte, bang dat haar gezicht uit de plooi zou raken, één onwezenlijk moment lang trots dat zij de knapste, jeugdigste stervende vader van de afdeling had.

De verpleegsters kwamen zich voorstellen, waarschuwden haar om haar vader niet te erg aan het lachen te maken, zeiden dat ze haar tv-show geweldig vonden. 'Uw vader is zo trots op u.'

Ze vertrokken, en Jack bleef zo breed grijnzen dat ze zijn gouden kies kon zien.

'Hoe gaat het, pap?'

'O, prima, ik mag morgen weer naar huis.'

'Maar... Je wordt toch geopereerd?'

'Nee hoor.' Hij maakte een handgebaar. 'Dat is niet nodig. De medicijnman heeft met een paar ratels staan zwaaien en zei toen: schiet op, wegwezen jij.'

'Waarom gaan ze je niet opereren?' Haar stem dof en metalig als een tinnen bord.

'Omdat ik beter af ben zonder operatie,' zei hij monter.

'Is dat waar?'

Hij grinnikte ongelovig. 'Natuurlijk is dat waar.' *Waar zit het addertje onder het gras?*

Mimi was naar het toilet. Madeleine wandelde langzaam door de gang met haar vader en zijn infuusstandaard. Zijn blauwe hemd hing van achteren open, zodat zijn witte onderbroek zichtbaar was. Hij dempte discreet zijn stem – dat hoefde niet, zijn stem was tegelijk met zijn bloed dunner geworden – en zei: 'Deze mensen zijn écht ziek.' Patiënten die er veel ouder uitzagen, mager als een skelet of ontzettend breekbaar, en die zich heel voorzichtig bewogen alsof ze diep in hun binnenste een bom meedroegen.

Ze vertelde hem over de optie op haar onewomanshow. Hij lachte om de titel, voorzichtig. Ook in zijn borst zat een bom. Maar blijkbaar zou het beter worden. Ze keerden naar zijn kamer terug. Zij ging op de rand van het hoge ziekenhuisbed zitten en hij in de leunstoel, zijn ene hand ontspannen om de infuusstandaard alsof hij die al heel lang had, niks bijzonders. Zoals gewoonlijk vroeg hij of ze genoeg geld had, en zij wilde weten of hij het een goed idee vond als ze naar de States verhuisde. Hij trok het servetje onder zijn plastic beker met sap uit en maakte twee kolommen, *Voor* en *Tegen*. Terwijl ze de lijst opstelden, zei ze: 'Soms heb ik het gevoel of ik niets nuttigs doe met mijn leven.'

Hij gebaarde met zijn hoofd naar de deur. 'Die cardioloog kan me vertellen wat hier vanbinnen gebeurt' – hij wees met zijn duim naar zijn borst – 'en als het nodig is kunnen ze me zelfs een nieuw hart geven, en dat is geen geringe prestatie. Maar een flink aantal mensen zou dat kunnen als ze ervoor werden opgeleid. Daarentegen zijn er maar heel weinig mensen die een zaal vol wildvreemden aan het lachen kunnen maken door hun mond open te trekken, al deden ze nog zo hun best. En lachen is het beste medicijn dat er bestaat. Doe het maar gewoon op jouw manier.'

Ze glimlachte en keek naar haar boven de vloer bungelende voeten.

Ze maakten de lijst af. *Voor*: de grootste Engelstalige markt ter wereld/grote cultureel-politieke affiniteit/arbeidsvreugde/roem/meer geld. *Tegen*: je Canadese identiteit/maman.

'Maman?'

'Ik denk dat ze je verschrikkelijk zou missen.'

Madeleine trok haar wenkbrauwen op, maar verwijderde met geweld alle ironie uit haar stem. 'Heus?'

Hij knikte, stoïcijns, medeplichtig, en dronk van zijn sap door het buigbare rietje. Zijn blauwe ogen werden groot en zijn mond zoog met zorgvuldige bewegingen de vloeistof naar binnen. Hij zag er zo onschuldig uit, net een kind. Ze hield haar gezicht in de plooi, om zich te verweren tegen het verdriet dat opsteeg in haar keel. Ze wist wat het allergrootste Tegen was: dat zij hem verschrikkelijk zou missen. *Stel dat pap doodging als ik ver van huis was?*

Hij vroeg naar Christine, en zij begon over zijn hoofd te wrijven op de manier die hij prettig vond. 'Ze maakt het geweldig, pap, dank je. We denken erover om een huis te kopen...'

Ze ving zijn waarschuwende blik op, keek om en zag haar moeder binnenkomen. Ze omhelsden elkaar en Madeleine rook het vertrouwde mengsel van tabak en Chanel, en voelde zich ondanks zichzelf getroost.

Zijn stem werd jongensachtig. 'Hé maman, ik heb Madeleine verteld dat ik naar huis mag. Dat ik niet geopereerd hoef te worden.'

Madeleine peilde haar moeders gezichtsuitdrukking. Zuur. Ze had hen vermoedelijk over Christine horen praten. Ze droeg zichzelf op om aardig te zijn. 'Maman, heb je het scrabblespel meegebracht?'

Mimi lachte opgewekt en reikte naar de plank onder Jacks nachtkastje. Madeleine zag dat ze hem een 'veelbetekenende' blik toewierp en vroeg zich af wat er aan de hand was, maar hij trok de draagbare zwartwit-tv omlaag aan het scharnier en zette het nieuws aan: de eeuwige vlucht.

Madeleine pakte een handvol letters uit het oude flanellen zakje. Mimi pakte de hare en zei: '*Voilà*, ik heb er zeven gepakt zonder te tellen.'

'Ik ook, gek hè? Denk je dat de blokjes na al die jaren de energie van het spel hebben opgezogen?'

'Dat moet je aan je vader vragen.'

Maar hij trok zijn strakke nieuwsgezicht. Het toonbeeld van een bepaald soort mannelijke tevredenheid.

Madeleine keek naar haar plankje en zag het onvermijdelijke woord. Tussen de andere argeloze letters sprong het eruit, niet in de juiste volgorde, maar onmiskenbaar: KUT. Ze zuchtte en legde KAT.

Het geluid van een stem die aftelde... *de lancering is geslaagd.*

'Grote genade,' fluisterde Jack.

'Wat is er?' vroeg Mimi.

'Wacht even,' zei hij, 'ze gaan het herhalen.'

Ze schaarden zich rond het kleine scherm en zagen de *Challenger* exploderen.

'Je moeder heeft je seksuele geaardheid niet kunnen aanvaarden?'

'Zeg dat wel, dokter.'

'Ben je enig kind?'
'Nee.' Madeleine hoort de weerspannige klank in haar stem.
Nina wacht.
'Ik heb een broer.'
Nina wacht.
Madeleine zegt: 'Hij is vertrokken.'
'Wanneer?'
'In 1969.' Madeleine voelt haar gezicht trillen terwijl ze Nina aanstaart. Vooruit, vraag het dan. *Doe me die lol.*
Maar Nina stelt een andere vraag. 'Waar ben je zo boos om, Madeleine?'
Madeleine trekt een ander gezicht. Vriendelijk. 'Maanstenen, zegt dat je nog wat?'
Nina wacht.
Maar dat kan Madeleine ook. Ze glimlacht zonder met haar ogen te knipperen, even uitdrukkingsloos als een mechanische pop die wacht tot je een kwartje door de gleuf in zijn hand duwt.
Nina zegt: 'We moeten nu stoppen, Madeleine.'
'Je bent het zat, hè? Watje.'
'Nee, voor vandaag zit onze tijd erop. Heb je zin om volgende week terug te komen?'
'Heb je zin om op mijn gezicht te zitten?' Nina's blik verandert niet. 'Ik kan niet geloven dat ik dat gezegd heb.'
Nina knikt.
'Ik heb blijkbaar therapie nodig.'
Nina wacht.
'Ja, mag ik volgende week alsjeblieft terugkomen?'

In de zomer van 1969 streken ze met hun drieën voor de televisie neer. Mimi zat volmaakt stil, zonder strijkijzer, zonder sigaret, Madeleine zat naast haar op de bank, Jack zat in zijn leren La-Z-Boy-fauteuil en Mike was allang weg. Maar hij zou ook wel kijken, waar hij ook was. De hele wereld keek. Walter Cronkite, 'de stem van de ruimte', stond klaar om hun liveopnamen vanaf de maan te brengen. 'Hier wordt geschiedenis geschreven,' verwachtte Madeleine dat haar vader zou zeggen, maar hij keek zwijgend toe, zijn lippen stijf op elkaar. Zijn barse profiel deed haar ergens aan denken, maar ze kon het niet plaatsen. Een andere uitzending, jaren geleden... De stem van wijlen John F. Kennedy klonk bij de foto's van de lachende astronauten: '... deze natie dient zich in te zetten om voor het eind van dit decennium een mens op de maan te laten landen en hem veilig terug te brengen naar...' En toen wist ze het weer: op haar hurken op de overloop in haar pyjama, luisterend naar het holle geluid van de televisie dat als een paddestoelwolk opsteeg langs de trap terwijl zij daar met haar armen om haar knieën zat. *Wie denkt dat de Russische raketten Centralia niet kunnen bereiken vanaf Cuba, vergist zich lelijk.* Haar geheugen wil dit aan Kennedy toeschrijven, ze hoort het hem zeggen met zijn Boston-accent, maar ze weet dat het meneer March was. Meneer March die het domino-effect uitlegde: *Bij gebrek aan een spijker ging het hoefijzer verloren, bij gebrek aan een hoefijzer ging het paard verloren...*

Walter Cronkite bracht haar terug. '... live, vanaf de maan.' Op het scherm landde de *Eagle*, op spillebenen en onwaarschijnlijk fragiel, meer insect dan vogel. De laars van Neil Armstrong raakte de grond en een wolkje maanstof dwarrelde op. 'Het is een kleine stap voor een mens...'

Jack zei: 'Nou, we hebben ze verslagen.'

Mimi wierp haar handen in de lucht. 'Wat zei hij nou net?! *Bon D'jeu*, Jack, jij praatte erdoorheen.'

'Ze herhalen het wel.'

Ze zagen de aarde weerspiegeld in het glas van een NASA-helm. Ze keken toe terwijl de astronaut gewichtloos liep te strompelen, even onbeholpen als een kindertekening: zijn glanzende ronde hoofd; de rudimentaire bewegingen van armen en benen in witte omhulsels, gesegmenteerd bij de gewrichten; een trage hobbelende rups met de Amerikaanse vlag in de aanslag, die hij in de Zee der Stilte plantte. Het gebeurde echt. Daarboven. Terwijl wij hier op aarde toekeken, in ons eigen huis.

Jack liet zijn stoel met een klap in de rechte stand schieten, stond op en beende de kamer uit. Mimi negeerde hem, maar Madeleine riep: 'Pap, ga je niet kijken?'

'Wat valt er te zien? Hij heeft zijn werk gedaan, over en uit.'

Madeleine was geschokt.

'Dit is bijzaak,' zei Jack.

Mimi pakte een sigaret, en Madeleine verstrakte. Ze vond het afschuwelijk als haar ouders kibbelden. Haar moeder was net zo'n vogel van Hitchcock, ze zat maar in haar vaders hoofd te pikken met haar scherpe snavel. Geen wonder dat hij geen geduld met haar had. Ze is in de overgang – net of ze permanent ongesteld moet worden, dacht Madeleine onaardig, starend naar het strakke gezicht van haar moeder. De sfeer was rustiger geworden sinds Mike het huis verlaten had, maar ook benauwend. Saai.

Haar vader praatte verder, verwijzend naar de televisiebeelden zodat Madeleine zou weten dat zijn bitsheid niet tegen haar was gericht. 'Die jongens landen straks in zee, als ze tenminste niet verbranden bij terugkeer in de atmosfeer, en dan krijgen ze een grootse huldiging en al dat soort leuke dingen, en wij doen allemaal of we geïnteresseerd zijn in maanstenen, maar niemand wil weten hoe het echt zit.'

'Wat bedoel je?' Madeleine hoorde iets in zijn stem – iets wat er vroeger niet was, of wat haar nu pas opviel. Een soort zelfmedelijden. Ze vond het afstotelijk en gênant.

'Niemand wil weten wat ervoor nodig is geweest om die kerels daar te krijgen.' Hij wees met zijn duim naar het plafond en er verschenen rode vlekken op zijn wangen. 'Terwijl de hippies liepen te jammeren en te jeremiëren over politiegeweld en bevrijd dit en psychedelisch dat, gebeurde het allemaal vlak voor hun neus.'

Deze stem hoorde niet bij haar vader. Haar vader gaf meningen ten beste, soms zeer stellig, maar altijd met een openheid die uitnodigde tot discussie. Deze man zanikte. 'Wil je weten waar het raketprogramma begonnen is?' vroeg hij, met een strakke mond.

Madeleine was de kluts kwijt. 'Ja, goed.'

'Ooit van Dora gehoord?'

'Wie?'

'Wat leren ze jullie eigenlijk op school? Sociologie en manden vlechten, God sta deze generatie bij...'

Mimi zei: 'Sst.'

Walter Cronkite had verbinding gekregen met het Marshall Space Flight Center, waar Wernher von Braun klaarstond. Jack verliet de kamer.

Later op de avond vroeg Madeleine aan haar vader wie Dora was, maar hij maakte een wegwerpend gebaar. 'Ouwe koek.'

'Pap, ben je boos op me?'

Hij lachte. 'Welnee, hoe kom je daar nou bij? Weet je, je boft dat je geboren bent in een generatie van nitwits. Jij kunt ze later uitleggen hoe het allemaal in elkaar zit.' Hij vroeg of ze zin had om naar de film te gaan. *Butch Cassidy and the Sundance Kid*. Mimi ging niet mee. Dat deed ze nooit.

Toen ze thuiskwamen, lag Mimi al in bed. Jack maakte nog iets te eten klaar, sardines op toast en ieder een halve komkommer, die ze hap voor hap met zout bestrooiden. Een godenmaal. Ze praatten over de oorsprong van het leven; of er al dan niet een bedoeling achter zat, een plan; over het verschijnsel tijd en de illusie dat de tijd voorwaarts ging. Hij schonk een Schotse whisky voor haar in en leerde haar om er met kleine slokjes van te drinken. De Schotten waren het beschaafdste volk op aarde, op de Ieren na, van wie ze afstamden; aan hen danken we het golfspel, de moutwhisky en het boekhoudsysteem. Hij lachte en ze kon zijn gouden kies zien. Hij vroeg waar ze over vijf jaar hoopte te zijn.

'Op tv,' antwoordde ze.

Hij pakte een servetje, vond een potloodstompje in Mimi's koffieblik naast de telefoon, likte aan de punt en tekende een stroomschema. 'Wat is je eerste stap?'

De man die zanikte dook bij tijd en wijle weer op, maar ze hield hem gescheiden van haar vader. Het kwam nooit bij haar op dat de vrouw die vitte en klaagde iemand anders was dan haar moeder.

Madeleine loopt met haar fiets naar huis door Kensington Market na haar sessie bij de therapeute. Ze gaat liever niet fietsen, want ze beseft dat ze iets bij zich draagt dat niet door elkaar mag worden geschud. Ze stelt zich een verzameling oude houten blokken voor, beschilderd met letters van het alfabet: een verbleekte rode E, een blauwe G, een onverstoorbare K... Ze staan wankel op elkaar gestapeld, alsof er zojuist nog mee is gespeeld en ze om kunnen vallen zodra er een deur dichtslaat of een volwassene nadert.

De beelden en geluiden van de markt omhullen haar, ze voelt zich getroost door deze haveloze weelde. Veren waaien op door de beweging van passerende voeten, nauwe straatjes zijn versperd met auto's, overgeleverd aan de genade van voetgangers die even onoplettend zijn als duiven. Madeleine kijkt omhoog; de bomen staan in knop, en de duizenden marktgeuren zijn ook in bloei geraakt op deze warme aprilmiddag – empanada's, kippenstront en brie. West-Indiërs, Portugezen, Latijns-Amerikanen, gezondheidsfreaks, punks, sjofele kunstenaars, oude dames die hier al sinds de jaren dertig wonen, Koreanen, Italianen, Grieken, Vietnamezen, Zuid-Aziaten... Toronto's politici kicken op 'wereldklasse', en er verrijzen gebouwen die een ode zijn aan de welvaart van de jaren tachtig: vergulde bankkantoren, de CN Tower. Maar dit is de echte wereldklasse van Toronto, dat zo'n groot deel van de wereld ervoor gekozen heeft hier te wonen.

Ze slaat op Augusta af naar Baldwin Street, blij met de schaduw van de muffe luifels. Ook al zijn de meeste levende dieren bestemd voor de pan, je kunt ze tenminste horen krijsen en vrij zien rondstappen op binnenplaatsen. Bij de visboer bewegen reusachtige schildpadden als levende rotsen; ten dode opgeschreven kreeften kruipen over elkaar heen in hun bassins; kleurige forellen en tonijnen koesteren zich op een bed van ijs, verenigd in hun starre eenogige blik over de scheidslijn van zoet en zout water; op de etalageruit van de slagerij houdt een lachend trio van varken, kalf en kip toezicht op de belofte Levend en vers geslacht; konijnen hangen ondersteboven, van vlees ontdaan, net katten; er wordt hier niet gehuicheld. Niets is verpakt in een polystyreen schaaltje met een logo, ontdaan van alles wat verwijst naar hoeven en oren. Het meest bewerkte product dat je kunt kopen is een pot Kraft sandwichspread, maar veeg wel eerst het stof van het deksel. Groente ligt torenhoog opgestapeld, de tonnen met noten en rijst zouden een volwassen man kunnen bedelven als ze ooit omvielen, en je kunt een complete garderobe van Doc Martens kopen, geruit flanellen jasje, oranje veiligheidsvest en polyester zonnejurk, voor nog geen vijftig dollar.

Kensington grenst in het oosten aan de Chinese wijk, die oprukt langs Spadina Avenue nu de eerste golf Oost-Europese joden is weggetrokken naar het welvarende noorden; koosjere winkels maken plaats voor pekingeenden, rollen stof voor geborduurde draken. Bagels worden nu geroosterd en met gerookte zalm belegd door vrouwen die vers uit Hongkong komen. Bedrijven en woningen verdringen elkaar, hun uithangborden zijn plompverloren vertaald uit de moedertaal – restaurants, rouwcentra en afslankklinieken, 'Etensbar', 'Gevaarfiguurcentrum', 'Opwiek Rouwzaal'. En een curieuze opeenhoping van autorijscholen.

De houten telefoonpaal op de hoek staat stijf van de nietjes, aan sommige zitten alleen nog verkreukelde proppen vast, punten van affiches die allang zijn afgescheurd om ruimte te maken voor verse mededelingen: *Weg met de kruisraketten, Zelfbeschikkingsrecht voor vrouwen, Leer denken in het Spaans! Reg Hart-retrospectief, Zonnig souterrain te huur, Heeft u onze poes gezien? De Vile Tones in de Cameron, Hamburger Patty in de El Mocambo, Abortus is moord! Donderdag is pottenavond.* Een glanzende nieuwe poster trekt haar aandacht: drie vrouwen in harmoniërende mantelpakken, stijlvol, bijna film-noirachtig, met op de achtergrond de naar buiten stekende halve cirkel van het gemeentehuis. De strijd om het burgemeesterschap is begonnen. De grootste kanshebber is een politicus genaamd Art Eggleton. De vrouwen op de poster maken deel uit van een alternatief multimediatoneelgezelschap genaamd Video Cabaret. Zij doen mee als één kandidaat. Hun leus: *Art versus Art.*

Toronto is een grote kast met grote laden, en dit is een gouden tijd waarin iedereen de ruimte heeft om te vechten om een eigen plaats, met voldoende subsidie voor de kunsten om de indruk te wekken dat er niet voldoende subsidie is voor de kunsten, en met een geweldige stroom immigranten die een steeds gevaarlijker wordende wereld ontvluchten.

De oude textielfabrieken langs Spadina Avenue en in King Street – voormalige sweatshops die nog jaren moeten wachten op een verbouwing tot luxeappartementen – doen momenteel dienst als galmende oefenruimtes en illegale atelierwoningen voor kunstenaars, waar je in de kieren tussen de vloerplanken duizenden spelden kunt vinden. In een van die panden, het Darling-gebouw, werkt Madeleine met Olivia aan een stuk genaamd *Het hert*. Een verwarrend, oneindig traag proces dat groepscreatie heet. Het is haar net zo vreemd als het voor die vrouwen uit Hongkong vreemd moet zijn wanneer slonzige stamgasten van The Bagel aan de toonbank gaan zitten en kniesjes bestellen.

Olivia heeft Madeleine gevraagd mee te doen met een groep acteurs met wie ze deze feministische bewerking van de Griekse tragedie *Iphigenia* gaat opvoeren.

'Waarom noem je het niet *Dood in de pot*?' zei Madeleine.

'Ik denk dat het over kolonialisme gaat,' zei Olivia, en Madeleine knikte met een ernstig gezicht.

Alternatief toneel en de comedy-scene zijn twee volkomen verschillende werelden, maar Christine vond dat ze het moest doen en Madeleine heeft de sprong gewaagd, al was het maar omdat ze het prikkelend vindt zoals Olivia haar enerzijds adoreert en het anderzijds met alles wat ze zegt oneens is. *Het hert* speelt in een wisselend landschap dat de sfeer oproept van het hek bij Greenham Common en een tropisch regenwoud. Olivia werkt met een componist aan een partituur die is geïnspireerd op barokmuziek en Zuid-Amerikaanse jazz, met stukken tekst uit *Dr. Strangelove*. Gisteravond hebben ze een scène geïmproviseerd waarin het hert gevangen werd in de koplampen van een auto en verhoord in het Spaans en Engels. 'Ben je nu lid of ben je ooit lid geweest van de Sandinistische Partij?' 'Ben je moe en lusteloos?...' Op een vreemde manier spreekt het haar allemaal wel aan, maar ze aarzelt om dat aan Olivia te bekennen. Het hert zelf, Madeleine, is een zeer fysieke rol.

'Waarom wil je mij erbij hebben?' had Madeleine gevraagd.

'Omdat jij een verhaal en een personage goed kunt brengen.'

'Ik dacht dat het avant-gardetoneel was, dus niet-verhalend en niet leuk.'

'Dan begrijp je waarom ik jou nodig heb.'

Ze waren naar het Free Times Café gegaan en Olivia had haar een biertje aangeboden en wilde over alles haar mening weten, ondanks Madeleines tegenwerping: 'Ik heb niet veel verstand van kunst, maar ook niet van kunst.' Olivia is een beeldschone, zij het wat punkerige intellectueel. Het tegendeel van de klassieke secretaresse uit de jaren vijftig wier chef zegt: 'Juffrouw Jansen, zet uw bril af. Trek nu die haarspeld uit uw knotje.' En *voilà*, een stuk. Madeleine luisterde en keek met één oog scheel – haar manier om duidelijk te maken dat ze allergisch is voor het intellectuele geneuzel waar Christine en Olivia dol op zijn.

'Maar Madeleine, jij bent net zo goed een intellectueel.'

Ze reageerde door een gekke bek te trekken, en Olivia lachte maar hield niet op voor ze Madeleines dierbaarste vooroordelen uit haar getrokken en ontmanteld had. 'Jij bent constant bezig met ideeën, jouw werk gáát ergens over.' Olivia's ogen zijn vurig kristalblauw, de irissen omlijnd met zwart, ze geven haar olijfbruine huid een warme gloed.

'Ik haat discussiëren, waarom ga ik met jou in discussie?!'

Olivia antwoordde redelijk: 'We praten, ik stel je vragen over jezelf, daar hou je van.'

Bij haar mondhoek zit een inkeping, meer een vierkant haakje dan een kuiltje, die na een glimlach nog even blijft hangen. Een voorafschaduwing van het gezicht dat ze op latere leeftijd zal hebben, geërodeerd door geluk.

'Wat.'

'Hoezo "wat"?' zegt Madeleine.

'Je was even helemaal weg.'

'O ja? Nou, dat moet ik toch zeker zelf weten?'

Madeleine besluit ergens koffie te gaan drinken. Olivia woont op de twee bovenste verdiepingen van een van deze feestelijk vervallen huizen, boven een bar annex grillrestaurant. Christine doceert aan de universiteit en Olivia was een van haar studenten. Omdat ze een paar jaar jonger is, werd ze vertroeteld, Christine stond erop om voor haar te koken en stak haar zelfs in de kleren – 'Hier, die mag jij hebben, ik ben niet van plan ooit nog zo dun te worden.' Maar Olivia heeft nu een vast adres, en vorige maand heeft ze hen te eten gevraagd. Ze had vegetarische chili gemaakt en ze zaten aan een lange schraagtafel met de vijf slonzige huisgenoten. Madeleine heeft nooit begrepen wat er aantrekkelijk is aan woongroepen, en hoewel Christine het vegetarisme respecteert werd ze midden in de nacht wakker van de honger. Ze maakte boterhammen met spek, sla en tomaat en plaagde Madeleine: 'Olivia is verkikkerd op je.' Madeleine wist wel beter. 'Ze is veel meer in jou geïnteresseerd, schat. Bovendien is ze mijn type niet.'

Madeleine vindt een leuk tafeltje met vogelpoep voor Café LaGaffe en bestelt een cappuccino. Tijdens het vegetarische feestmaal heeft ze ontdekt dat Olivia's moeder een Algerijnse is en haar vader dominee bij de United Church.

Ze heeft blauwe ogen en spreekt Frans met een Arabisch accent. Madeleine hoeft Olivia niets uit te leggen over tegenstrijdigheden.

Uit de speakers komt de schorre stem van Marianne Faithful: 'It's just an old war, not even a cold war, don't say it in Russian, don't say it in German...' Madeleine raapt een leeg luciferboekje van het trottoir en schuift het onder een wiebelige smeedijzeren poot. *Succes zonder Colleen* belooft het omslag. Ze knippert met haar ogen. *College*. 'Say it in bro-o-oken English...'

Ze kan de CN Tower zien boven de daken en tussen de wolkenkrabbers daarachter. Ze kan de vier windstreken ruiken. De oude man die altijd een vloekende papegaai op zijn hoofd draagt loopt voorbij.

'Dag George,' zegt ze.

De papegaai draait zijn kop om en antwoordt vriendelijk: 'Rot op.'

Madeleine lacht, vraagt de ober om een pen en pakt een servetje.

In Jacks kamer in het ziekenhuis legde de cardioloog hem en Mimi uit: 'In dit soort gevallen kunnen we drie dingen doen. Een: het leven van de patiënt verlengen door middel van een operatie. Twee: de gezondheid van de patiënt verbeteren met behulp van medicijnen. Drie: de patiënt stabiliseren en zijn leven veraangenamen met behulp van medicijnen, zuurstof, et cetera. In uw geval, meneer McCarthy, zijn de eerste twee mogelijkheden uitgesloten.'

De dokter zag eruit als een kind van twaalf.

Jack voelde zijn gezicht verstrakken. Hij dacht: *Je stuurt me naar huis om te sterven, je wordt bedankt, makker.* Hij knikte en zei: 'Het is niet anders.'

Mimi zei: 'U moet meer kunnen doen.'

'Helaas kunnen we dat niet, mevrouw McCarthy. Maar er is geen reden waarom uw man niet kan genieten van...'

Mimi zei: '*C'est assez, merci*,' en keerde hem de rug toe.

Hij kreeg een kleur. Jack knipoogde en lachte medeplichtig. 'Nou, we zien u binnenkort weer, meneer,' zei de jonge dokter, en sloeg op de vlucht.

Een tweede arts raadplegen was er niet bij. Dit was al de derde arts – Mimi had al haar invloed aangewend en niet gerust voordat ze had uitgezocht wie goed was, wie de beste en wie een slager. Ze draaide zich weer om naar Jack en zei vinnig: 'Tja, monsieur, wat moet ik met je doen?'

Hij grijnsde tegen haar; ze wist bijna een lachje te produceren, kneep haar ogen dicht, balde haar vuisten tot ze de nagels in haar handpalmen voelde priemen, en net toen de tranen begonnen op te wellen voelde ze zijn armen om haar heen.

'Je mag niet opstaan.'

'Wie heeft je dat wijsgemaakt?' Hij grinnikte in haar oor, hield haar zo dicht tegen zich aan als hij durfde met de slangen van het infuus aan zijn pols. Ze voelde warm aan. Haarlak en Chanel. Nog steeds zo zacht.

Wat betekent het als een liefdesgeschiedenis na veertig jaar eindigt? Zoveel mooie momenten. Zoveel herinneringen. Weet je nog, vrouwlief? Ik weet het nog – *je me souviens*.

Wat betekent het als zoveel dierbaars zo ver in het verleden ligt? Alsof je een la opentrekt die lang gesloten is geweest: wat eruit opstijgt zijn mooie herinneringen, liefde, geen verdriet of doorstane ontberingen. Hoe is dat mogelijk? Ze hebben de Crisis meegemaakt. Ze hebben een oorlog meegemaakt. Hoe kan het zo fijn zijn geweest? Hoe kan het dat de geur die opstijgt zo fris is als seringen en gemaaid gras? Dat zonnige oord. De naoorlogse periode. Laten we kinderen krijgen. Laten wij het goed doen.

Ze wiegen heel zachtjes heen en weer. *That's why, darling, it's incredible that someone so unforgettable, thinks that I am unforgettable too.*

Zo bleven ze een poosje staan. Van buitenaf, door het grote raam van de ziekenhuiskamer dat uitkeek op de gang, zou het moeilijk te zien zijn geweest wie van de twee huilde. Jack hield zijn vrouw in zijn armen en kreeg zo sterk de gewaarwording van een déjà vu dat het aanvoelde als een zegening, en nog nooit in zijn leven was hij zo dankbaar geweest.

Mimi wilde Madeleine de waarheid vertellen. Jack zei: 'Jij bent de baas, maar laat mij het doen.'

Toen Madeleine later die dag in het ziekenhuis arriveerde, zei Jack tegen haar: 'Ik mag naar huis. Ik hoef niet geopereerd te worden.'

Toen Mimi terugkwam in zijn kamer nadat ze haar make-up had bijgewerkt, zag ze aan het gezicht van haar dochter dat Jack haar helemaal niets had verteld. Ze haalde het scrabblespel voor de dag. Ze ging gewoon door.

Ze weerhielden hun dochter ervan om te snel weer op bezoek te komen. Jack was bang dat ze zou schrikken als ze hem met een zuurstofapparaat zag; ze had het druk, ze was jong, het was beter dat hij en Mimi eerst gewend raakten aan zijn nieuwe 'levensstijl'. 'Wacht maar tot ik weer op de been ben,' zei Jack in februari aan de telefoon, 'dan gaan we een grote malse biefstuk eten. Tenminste, als maman het goed vindt.'

In maart zouden ze met de auto naar Toronto komen om haar op te zoeken, maar Jack belde op het laatste moment af omdat Mimi griep had. In april zeiden ze: 'We denken erover om volgende week naar New Brunswick te gaan, kom liever een weekend in mei.'

SCÈNES UIT EEN HUWELIJK

'Wie ben ik dan, zeg me eerst wie ik ben, en als ik het dan prettig vind om die iemand te zijn, ga ik naar boven en als ik dat niet prettig vind, blijf ik hier tot ik weer een ander ben geworden.'

LEWIS CARROLL, DE AVONTUREN VAN ALICE IN WONDERLAND

Toen Madeleine afgelopen vrijdagavond thuiskwam na de opname – de avond dat 'het' gebeurde in haar auto – had Christine aubergine-parmigiana gemaakt. Madeleine had geen honger maar zei toch: 'Mm, wat ruikt dat lekker.'
  Ze at een plak en Christine maakte een geurig bad voor haar klaar. Madeleine had een paar uur geleden pas gedoucht, maar Christine had bloemblaadjes in het water gedaan.
  'Dank je, schat.'
  Christine gaf haar een glas wijn en begon zachtjes, sensueel, haar rug te wassen. Het voelde alsof iemand zo hard liep te stampen dat de spullen op Madeleines toilettafel rinkelden. Straks viel er iets kapot.
  'Hm. Ik denk dat ik verkouden word.'
  'O ja?' zei Christine meelevend, een lok van haar lange golvende haar die in het water hing naar achteren strijkend.
  'Ja, mijn huid doet pijn.'
  Christine liet het washandje met een plons in de badkuip vallen en verliet de badkamer.
  Madeleine riep haar na: 'Het was... heerlijk, schat, echt waar – bedankt...' maar het klonk haar in de oren als de stem van een robot.
  Als de begeerte sterft, is dat oneindig triest. Er worden boeken geschreven, documentaires gemaakt en therapeuten ingeschakeld om mensen te helpen weer naar elkaar te verlangen. Misschien zit onze relatie even op een dood punt en zal het tij straks keren, laten we deze kans aangrijpen om te zien welke schatten er intussen zijn aangespoeld. Elkaar opnieuw leren kennen. Samen op vakantie gaan.

En misschien komt het gevoel terug, of misschien komt het terug in een mate die voldoende is voor de een maar niet voor de ander. Begeerte is merkbaar in zulke geringe gradaties dat je moeilijk kunt zeggen wanneer het echt over is. De patiënt wordt kunstmatig in leven gehouden, 'maar ze kan je nog wel horen'. Wanneer trek je de stekker eruit?

Madeleine wachtte tot het stil was in huis voordat ze uit bad kwam. Als Christine al sliep wanneer ze in bed stapte, zou dat voor Madeleine een opluchting zijn. Maar ze zou zich uit alle macht moeten bedwingen om haar niet wakker te maken en te vragen of ze kwaad was. Als Christine niet boos was vanwege de kleine 'empathische breuk' van zo-even in het bad, zou ze zeker boos worden omdat ze was gewekt. Madeleine zou erg haar best doen om Christine over haar boosheid heen te helpen; daar kon ovomaltine en cognac aan te pas komen. Had Christine haar dan eenmaal verzekerd dat ze niet boos meer was, dan zag Madeleine misschien haar kans schoon om Christine te straffen voor het feit dat ze om niets boos had durven worden. De straf bestond uit een verstrooid, onschuldig stilzwijgen – een afwezige blik op het dichtgetrokken gordijn terwijl ze de dampende beker neerzette.

'Wat is er, Madeleine?'

'Wat? O, niets. Ik ben alleen... laat maar.'

En dan staken Madeleines echte grieven de kop op, of misschien niet de kop, maar een paar haren, om niets. Christine wist niet wat haar overkwam, maar ze begreep het intuïtief. Om drie uur 's nachts.

'Je haat me, waarom zeg je dat niet gewoon, Madeleine?'

'Christine, waarom ben je ineens zo kwaad op me?'

En dan begon alles weer van voren af aan.

Madeleine houdt in feite zielsveel van Christine, zou zich geen raad weten als ze haar kwijtraakte – voelt alles behalve de blijvende seksuele belangstelling die twee mensen in staat stelt heerlijk en hartstochtelijk te stoeien en elkaar dan bij het ontbijt op de vriendelijkste manier te negeren. En om elkaar 'je eigen ruimte' te gunnen zoals dat tegenwoordig heet, maar wat gewoon een nieuwe variatie is op een oude deugd: privacy. Privacy is sexy.

Ze waren twintig toen ze een relatie kregen; privacy was toen hypocriet, een vorm van patriarchale afstandelijkheid. Madeleine leert nu het verschil tussen heimelijkheid en privacy. Bij Christine heeft ze geen privacy, maar geheimen bij de vleet. Christine ruikt ze, als botten die door het hele huis begraven zijn, en het maakt haar razend. Madeleine heeft ze zo goed verstopt dat ze zelf niet weet dat het geheimen zijn. Dode muizen achter de muren, een vreselijke stank die uit de afvoer opstijgt.

Christine loopt de slaapkamer uit en slaat de deur dicht. Madeleine, woedend omdat ze wordt buitengesloten, beukt op de muur en op haar eigen hoofd. Afhankelijk van de heftigheid van haar onderdrukte maar ongegronde boosheid zal ze misschien de bestekla opentrekken, het scherpste mes zoeken, haar hand voorzichtig om het lemmet vouwen en langzaam dichtknijpen, tot aan, maar niet voorbij, het punt waarop ze zich verwondt – want hoe heeft het leven haar ooit, stap voor stap, in de klauwen van zo'n kreng kunnen doen belanden? Dan trekt ze de koelkast open om een glas water te pakken, en bij de aanblik van de overgebleven aubergine-parmigiana barst ze in tranen uit, omdat Christine die argeloos en met liefde had bereid, de arme ziel.

Aangezien ze die vrijdagnacht een versie van bovenstaande scène opvoerden, kwam het helemaal niet bij Madeleine op om Christine te vertellen wat haar op weg naar huis in de auto was overkomen.

'Ik heb geen zin om aan mezelf te gaan werken, oké?' zegt Madeleine bij haar volgende afspraak, en ze legt alvast een cheque voor zes sessies op Nina's bureau neer, naast een schelp. 'Ik wil niet dat je een vegetariër van me maakt of... en ik wil hier niet als hetero de deur uitgaan, ik wil precies zo blijven als ik nu ben behalve dat ik weer kan autorijden. En werken natuurlijk.' Ze gaat in de draaistoel zitten, leunt achterover en vouwt haar handen.

Nina zegt: 'Je wilt geen vegetariër worden en je wilt geen heteroseksueel worden...'

'Ik zou het eigenlijk niet erg vinden om vegetariër te worden, dat spreekt me wel aan, maar niet zo'n type met harige benen.'

Nina knijpt haar ogen een eindje dicht.

Madeleine zegt: 'Je moet lachen. Of anders ben je beledigd omdat je onder je linnen vrijetijdspak een pels hebt als een Neanderthaler.'

Nina glimlacht en zegt: 'Madeleine, ik durf te wedden dat je hier niet bent vanwege je eetgewoonten of je seksuele geaardheid, of je beroep. En ook niet vanwege je rijstijl.'

'Waarom dan wel?'

'Daar hoop ik samen met jou achter te komen.'

'Nee, kun je alsjeblieft gewoon een therapeutische slag in de lucht slaan?'

Nina zegt: 'Je wilt vooruit. Maar iets houdt je tegen. Je hebt het gevoel dat je zou moeten weten wat het is, maar je komt er niet achter. Het is alsof je een olifant probeert te identificeren terwijl je er maar een vierkante centimeter van kunt zien.'

Madeleine komt in de verleiding ergens aan toe te geven. Rust. Dat vooruitzicht doet haar opnieuw beseffen dat ze vermoeid is. 'Of alsof je van een centimeter afstand naar een berg kijkt.'

Christine had gemengde gevoelens toen Madeleine zei dat ze in therapie ging.
   Aan de ene kant: 'Goed.'
   'Waarom?' vroeg Madeleine. 'Ben ik er zó erg aan toe?'
   'Ik denk dat je... problemen hebt.'
   '*Gesundheit.*'
   Aan de andere kant: 'Is dit gewoon een omslachtige manier om bij me weg te gaan?'
   'Wat? Christine, wat haal je...?' Als Madeleine Christine was, zou ze zeggen: 'Waarom moet het altijd over jou gaan?' Maar Madeleine bedenkt nooit op het juiste moment wat ze moet zeggen. Tenzij ze voor honderden wildvreemde mensen staat.
   'Christine, heb je mijn sleutels gezien?'
   'Waar heb je ze neergelegd?'
   Dat vroeg ik niet.
   'Ze liggen recht voor je neus, Madeleine.'
   Inderdaad.

'Waarom denk je dat je hier bent, Madeleine?'
   'Jee chef, als ik dat wist, sjou ik dan ooit gekomen zijn?'
   'Dat doe je heel goed.'
   'Dank je.'
   'Je klinkt precies zoals hij.'
   'Wil je me Woody Woodpecker zien nadoen?'
   'Ik heb je gezien.'
   'O. Juist, je hebt Nablijf-tv gezien.'
   'Ik heb je ook live gezien.'
   'Ben je me aan het stalken of zo?' Nina beperkt zich tot een glimlach. Madeleine zegt: 'Wil je mijn boosaardige lach als op hol geslagen buiksprekerspop zien?'
   'Heb ik gezien.'
   'Wil je het me naakt zien doen?'
   'Ik heb het je topless zien doen.'
   'O. Angstaanjagend, hè?'

'Het was heel erg grappig. Madeleine...'
'Nina, ben je een Amerikaanse?'
'Van oorsprong wel, ja.'
'Waar kom je vandaan?'
'Pittsburgh.'
'Gecondoleerd.'
'Het is best een leuke stad.'
'Ha ha, je bent erin gestonken.'
Nina glimlacht. 'Een beetje.'

'Ik bedoel alleen maar dat naarmate onze relatie groeit en zich ontwikkelt en... zich verdiept, er onvermijdelijk dingen zullen veranderen.'
  'Zeg het nou maar, Madeleine, je gaat bij me weg.'
  'Wat? Nee! Christine, we kunnen nog – we kunnen samenwonen, we kunnen nog steeds gaan kamperen.'
  Christine rolt met haar ogen, schenkt zichzelf nog een glas wijn in en neemt niet de moeite om de fles neer te zetten. Volgende week moet ze haar proefschrift verdedigen. Madeleine zou wel willen dat Christine vijf kilo afviel, maar kan dat niet uitstaan van zichzelf, feministen horen niet zo te denken.
  'Waarom kijk je me zo aan?'
  'Hoe kijk ik dan?' vraagt Madeleine onschuldig, verstrooid, wat haar aan iemand doet denken...
  'Alsof je me haat.'
  ... haar vader. 'Ik haat je niet.'
  Christine kijkt haar over de rand van haar wijnglas woedend aan. Madeleine vindt zichzelf een gluiperd, ze weet dat ze liegt maar kan niet zeggen waar de leugen precies zit, wringt zich in bochten om hem te vinden. 'Ik vind alleen dat ieder van ons vrij moet zijn om...'
  'Met anderen te neuken,' zegt Christine. 'Dat is wat je wilt, zeg het maar gewoon, je wordt ervoor betaald om afschuwelijke dingen te zeggen.' Daar gaan we weer. 'Ga je gang, Madeleine, zeg het met een gek stemmetje.'
  Christine heeft gelijk. Maar Madeleine weet niet hoe ze van het script moet afwijken.
  'Waar ga je heen?'
  'Room halen.'
  'Gelul, Madeleine, lieg je ooit weleens niet? "Hallo," loog ze.'
  'We hebben geen room meer.'
  'We hebben een heleboel niet meer.'

Madeleine heeft het gevoel of ze een dubbelleven leidt. Thuis een akelige, schuldbewuste trut. Voor de rest van de wereld een succesvol zonnestraaltje. Iemand die de indruk wekt dat het heel gemakkelijk is. De persoon die sprekend lijkt op 'mijn nichtje/mijn beste schoolvriendin/de zus van mijn vriendje, misschien ken je haar'. Foto's worden tevoorschijn gehaald uit portefeuilles en tasjes; Madeleine is altijd verbaasd over het volslagen gebrek aan fysieke gelijkenis, en zegt altijd met een glimlach: 'Goh, hoe is het mogelijk.' Madeleine is vertrouwd. Misschien komt het daardoor dat ze zich zoveel kan permitteren. Dat het publiek bereid is haar zo ver van huis te volgen. Dat het lijkt of er een heleboel Madeleines zijn. Terwijl zij vreest dat er niet één is. Rattenvanger zonder fluit.

Nina balanceert een gladde roze steen ter grootte van een ei op de palm van haar hand en vraagt: 'Wie is Maurice?'
'Niet doen.'
'Wat niet?'
'Niet mijn werk pathologiseren.'
Nina wacht.
'Ik heb hem verzonnen, dat is mijn vak, ik verzin voortdurend de gekste dingen, daar word ik voor betaald.'
Nina wacht.
'Hij is zo'n beetje gebaseerd op een etter van een onderwijzer die ik vroeger had.'

Pad thai zal altijd naar echtelijke onmin blijven smaken.
'Je hebt altijd zoveel te zeggen tegen iedereen, doe of ik een vreemde ben, Madeleine. Doe voor mijn part of ik de ober ben.'
Ze heeft Christine nooit over meneer March verteld. Ze heeft het aan niemand verteld, niet echt. Er valt niet veel te vertellen. Een vieze oude man waar ze nooit meer aan denkt.

Madeleine is een flirtaholic. Iedereen moet tegenwoordig een afwijking hebben, een soort kabouterinsigne op je mouw, en dat is de hare. Als ze een man was zou ze een hufter zijn, maar zij is 'innemend speels', een 'pittige ondeugd', en ze heeft de pers om het te bewijzen. Ze maakt zichzelf wijs dat flirten niet telt zolang ze het voornamelijk pal voor Christines neus doet. En het leidt nooit tot iets serieus. Behalve die ene keer, maar die telt absoluut niet. Plus die keer in New York.

Diep vanbinnen weet Madeleine dat het de ontsnappingsclausules zijn waar ze aan verslaafd is. De achterdeurtjes. Flirten: de lange lont naar de dynamietstaaf die probleemloos je leven kan opblazen en je in een nieuw leven kan doen belanden. Heel geschikt voor mensen die doodsbang zijn voor vastigheid – en nog banger voor eenzaamheid. Heel geschikt voor mensen die seks met een bekende steeds meer gaan ervaren als onderzocht worden terwijl je wijdbeens en zwaar gewond op de gescheurde bekleding van een zomers autowrak ligt.

Sommige mensen zeggen dat we dezelfde patronen blijven herhalen tot we begrijpen wat ze betekenen. Madeleine heeft het te druk om zich daarin te verdiepen. Alles is leuk totdat iemand een oog kwijtraakt.

'Christine, waar is mijn...'

'Recht voor je neus.'

Christine hoeft niet eens meer te kijken, ze weet het zo wel.

'Ligt het aan mij of verveel jij je ook zo verschrikkelijk?'

Nina zwijgt.

'Heb je zin om pachisi te spelen? Te vrijen op je handgeknoopte Boliviaanse tapijt?' Madeleine rookt een denkbeeldige sigaar. 'Maak je geen zorgen, je bent mijn type niet.'

'Wat is jouw type?'

'O, je weet wel, weelderig prerafaëlitisch haar, beetje een drankprobleem, een proefschrift dat af moet en een gewelddadig trekje.'

'Is Christine gewelddadig?'

'Nee, alleen als ze gek van me wordt, dan wil ze weleens door het lint gaan,' zegt Madeleine met een grijns.

'Hoe ziet dat eruit?'

Madeleine wacht even en springt dan met uitgestoken handen op Nina's hals af. 'Zo!' Nina vertrekt geen spier.

Madeleine lacht.

'Heeft Christine geprobeerd je keel dicht te knijpen?'

'Ach,' zegt Bugs Bunny, 'wie me kent, die wil me wujgen.'

Nina wacht.

'Luister, ik ben hier niet vanwege mijn partner, niemand is volmaakt. Ik kom hier niet omdat ik een eind wil maken aan een relatie van zeven jaar. Heb je nu een punt gescoord? Knap werk, je zal wel trots zijn.'

Nina zegt niets.

'Wurgen is te veel gezegd.'

'Legt ze haar handen om je hals?'
'Dat is een paar keer gebeurd.'
'Kneep ze?'
'Even. Maar het is niet zo dat ik gevaar loop. Zij is degene die ervan overstuur raakt. En het is trouwens mijn schuld, ik weet hoe ik haar op de kast moet jagen.'
'Kun je me een voorbeeld geven?'
'Tja. Op een keer...' Ze haalt diep adem. Ze heeft dit nooit eerder aan iemand verteld, en nu het toevallig ter sprake komt, ziet het er anders uit. Het ziet er bedenkelijk uit. 'Tja... ik had kritiek op haar bonendipsaus en toen ging ze door het lint.'
'Haar bonendipsaus?'
Madeleine knikt. Ze ziet iets over Nina's gezicht flitsen – een glimlach – en voelt een grijns aan haar mondhoeken trekken. Huilend van het lachen vertelt ze de rest van het verhaal.

Christine stond erg onder druk vanwege haar proefschrift. Ze schreeuwde in Madeleines gezicht: 'Je bent totaal ongevoelig!' Meteen stak het duiveltje in Madeleine de kop op en ze begon te improviseren – te *treiteren*, zei Christine. 'Madeleine, word eens volwassen!'
'Ik ben pas tweejenhawf jaaj,' zei Tweety Bird.
'Hou op, Madeleine, alsjeblieft!'
Madeleine lachte als Woody en bleef doorgaan – *ik was echt op dreef, chef*. De handen sloten zich om Madeleines hals en Christine huilde en kneep een paar seconden lang haar keel dicht. Er bestaat psychodrama. Dit was psychokomedie.

Madeleine vat het samen, met haar mannelijke presentatorstem: 'Het gaat nooit alleen om de bonendipsaus.'
'Wat deed je toen ze je keel begon dicht te knijpen?'
'Ik werd gewoon... hoe zal ik het zeggen... ijzig kalm.'
'Kalm?'
'Ja. Een soort neutrale houding, weet je wel? Wachten tot het ophoudt.'
'Alsof het iets was wat je kende.'
Madeleine staart Nina aan. Voelt haar handen koud worden. 'Waarom zeg je dat?'
'Vanwege de manier waarop je je reactie beschrijft. Je was blijkbaar niet verrast.'
Madeleine haalt diep adem. 'Ergens was ik opgelucht...' Ze wist niet dat ze dat ging zeggen.

Nina knikt.

Na een korte stilte zegt Madeleine: 'Nou, wat vindt u ervan, dokter? Ben ik, eh, een soort masochist? Afgezien van mijn besluit om de kost te verdienen als komiek, wat vanzelfsprekend...'

Ten slotte zegt Nina: 'Ik vind etiketten zoals "masochistisch" niet erg zinvol. Vooral niet voor vrouwen – voor niemand trouwens.'

'Het is mijn eigen schuld, ik jaag haar op de kast.'

Nina pakt de karaf en schenkt een glas bronwater in.

'Wat denk je nu?' vraagt Madeleine.

Nina neemt een slok. 'Ik denk dat Christine gauw op de kast zit.'

Madeleine lacht.

'Heb je ooit aan iemand verteld dat je mishandeld wordt?'

Madeleine kijkt op alsof ze een klap in haar gezicht heeft gekregen. Het is nooit bij haar opgekomen dat Christines krachtige greep om haar hals, het beuken van haar schedel tegen de muur, als mishandeling moet worden aangemerkt. Madeleine doet benefietoptredens voor blijf-van-mijn-lijfhuizen. Ze is een doorgewinterde feministe die zowel door alternatievelingen als gewone burgers wordt geprezen, een vrijgevochten lipstick-lesbo in duur leer met kunstmatige slijtplekken. 'Ik word niet mishandeld,' zegt ze.

'Hoe noem je het dan?'

Madeleine heeft een droge mond maar wil geen glas water pakken. 'Wauw,' zegt ze lijzig, 'over een schandaal gesproken,' en vervolgt met haar journaalstem: '"Feministische intellectueel mishandelt lesbische vriendin uit comedy-scene. Die kan er niet om lachen."'

'Madeleine...?'

'"Intervrouwelijk geweld: de haat die verborgen moet blijven."'

'Heb ik je gegriefd met mijn woordkeus?'

'Dat was toch je bedoeling?'

Madeleine weet dat ze zich voorspelbaar gedraagt: ontkenning, overdrijving, zelfmedelijden, zelfhaat. Helemaal volgens het boekje. Ze staat op, grijpt haar rugzak, mompelt: 'Ik heb geen behoefte aan dit gelul,' en vertrekt.

Madeleine heeft Bugsy altijd bewonderd om het gemak waarmee hij weet te ontsnappen door een konijnenhol in te duiken en onder de grond verder te reizen. Die functie heeft haar werk voor haar. Altijd een aantal dingen achter de hand, ontsnappingsroutes en verbindende tunnels; even omhoog floepen in een veld met wortels, flink schransen tot ze beschoten wordt, dan wegduiken in de witte rookpluim en de benen nemen, op zoek naar die ene afslag in

Albuquerque. Dat ging een hele tijd goed, zowel op het professionele als het persoonlijke vlak. Toen begonnen er 'dingen' te gebeuren en leek therapie het zoveelste konijnenhol. Maar dit hol blijkt niet door Bugs te zijn gegraven. Het is van de Maartse Haas.

Maurice zit aan een elegante secretaire. Hij maakt een emotieloze, intens geconcentreerde indruk. Naast hem hangt een vergulde kooi aan een standaard. In de kooi een opgezette vogel. Zijn bewegingen zijn klein en leiden nergens toe, dwingend en betekenisloos. Het wordt echter duidelijk dat er een beslissing tot stand is gekomen achter zijn besmeurde brillenglazen. Ongehaast trekt hij een la in het bureautje open, haalt er een onderbroekje uit, snuffelt eraan en legt het terug in de la.

Dat is Maurice, in grote lijnen.

Soms verschijnt hij in historische kledij: als pelgrim op de *Mayflower*, of verbaasd kijkend, met kleine schildpad-ogen, tussen de beroemde gezichten die zijn uitgehakt in Mount Rushmore. Frontsoldaat, Elmer de Olifant, hippie. De bril en het grijze pak voeren altijd de boventoon, met een of twee toevoegingen: zwarte quakerhoed; machinegeweer en joint; stopteken, vredesteken.

Zijn inertie heeft de overhand, wat er ook om hem heen gebeurt: de val van Rome, de boterscène in *Last Tango in Paris*, de moord op John F. Kennedy. En of hij nu een duel gaat uitvechten of gewichtloos over het maanoppervlak huppelt, met achter het raampje van zijn helm zijn blinkende brillenglazen, Maurice weet het onderbroekje altijd te vinden – in Ben Cartwrights zadeltas, onder een maansteen – en hij laat nooit na eraan te snuffelen.

Hij is een cultfiguur geworden. Een van die personages die zich losmaken van hun bedenker; laatst hoorde Madeleine een tiener in de metro genietend en vol afkeer zeggen: 'Ooo, dat is walgelijk, dat is zo Maurice!'

◆

Een jongen in een rode spijkerbroek verdween op een zonnige dag in 1963, lang geleden.

In 1973 werd hij in alle stilte uit de gevangenis ontslagen. Hij werd niet vrijgesproken, maar voorwaardelijk vrijgelaten. Hij was een modelgevangene geweest en de autoriteiten hadden vastgesteld dat hij geen gevaar opleverde voor de maatschappij, ondanks zijn hardnekkige weigering schuld te bekennen.

Er werden oceanen van inkt verspild aan de zaak-Richard Froelich, die zowel juristen als leken verdeeld hield. Het werd een onderwerp voor tafelredenaars op conferenties van lijkschouwers en politiecongressen. De patholoog-anatoom in de zaak publiceerde artikelen en gaf lezingen; inspecteur Bradley werd bevorderd en sprak op bijeenkomsten van ordehandhavers uit heel Canada en de VS. Beide mannen werden niet moe hun ervaringen met het onderzoek en de rechtszaak over het voetlicht te brengen, en hun ijver werd nog groter toen er boeken en artikelen begonnen te verschijnen die 'het systeem' beschuldigden van nalatigheid jegens een jongen die wellicht onschuldig was.

Door de jaren heen werd de zaak-Froelich telkens weer opgerakeld als er sprake was van een gerechtelijke dwaling of als de doodstraf ter discussie stond. Dan verschenen er krantenartikelen met oude schoolfoto's van de jongen en het slachtoffer. Voor eeuwig samen in korrelige reproducties, hun glimlach steeds verder verwijderd in de tijd – zijn ouderwets achterovergekamde haar, haar Peter Pan-kraagje. Ouder en ouder, en jonger en jonger.

Mettertijd kreeg de zaak het karakter van een legende. Schrijvers van artikelen lieten nooit na bepaalde 'huiveringwekkende details' te vermelden, zoals de wilde bloemen en het kruis van lisdodden die op haar lichaam waren gevonden. Haar onderbroekje over haar gezicht. En de 'mysterieuze luchtmachtfiguur', de passerende automobilist die gezwaaid zou hebben vanuit een blauwe Ford Galaxy en die zich nooit had gemeld. Journalisten opperden dat hij wellicht de echte moordenaar was geweest. Eind jaren zeventig bracht een opinieweekblad een artikel waarin een interview stond met een gepensioneerde politieman die destijds als agent betrokken was geweest bij de zaak. Lonergan onthulde voor de eerste keer dat de vader van de jongen, 'een Duitse jood, Henry Froelich genaamd', had beweerd dat hij een oorlogsmisdadiger in dezelfde auto had zien rijden in het centrum van London.

In de jaren tachtig werd er door de federale regering een commissie ingesteld om de aanwezigheid van oorlogsmisdadigers in Canada te onderzoeken. Delen van het rapport werden nooit gepubliceerd en waren alleen beschikbaar via de Wet op de Openbaarheid van Informatie, want het bleek dat er in Canada misschien wel duizenden oorlogsmisdadigers woonden – onder wie concentratiekampbewakers en een volledige SS-eenheid uit Oost-Europa, waarvan de leden zich hadden beroepen op 'dienstplicht' en een gezonde communistenhaat in hun streven het Canadese staatsburgerschap te verwerven.

Een paar zaken kwamen uiteindelijk voor de rechter, en hoewel de publieke opinie verdeeld was over de vraag of deze bejaarde oppassende burgers na al die jaren nog vervolgd moesten worden – of het gerechtigheid was of 'een joodse vendetta', of het een kwestie van democratie was of toegeven aan 'sovjetpropaganda' – begon Henry Froelichs verhaal een stuk geloofwaardiger te lijken. Journalisten, schrijvers en documentairemakers speculeerden over het lot van Henry Froelich, wiens lichaam nooit was gevonden. Was hij op een 'clandestiene operatie' gestuit, om een term te gebruiken die algemeen gangbaar was geworden? Was hij het slachtoffer van vuile trucs van de RCMP? Was de CIA erbij betrokken?

Er werden sporadisch pogingen gedaan om Richard Froelich te vinden en te interviewen. Maar hij had zijn naam veranderd, en zijn verblijfplaats bleef een mysterie.

HET RIJK DER WILDERNIS

Alles wat nu in de ruimte is heeft hier zijn oorsprong, niet in Amerika of Rusland.

RENÉ STEENBEKE, SPREKEND OVER DORA

Op een ochtend zag Madeleine hun foto's in de krant. Onder de kop 'Hooggerechtshof wijst verzoek om hoger beroep af'. Ze was toen zeventien. Maar Ricky was nog steeds vijftien, en Claire was natuurlijk negen.

Ze ving een glimp op van de foto's toen haar vader aan de ontbijttafel een bladzij omsloeg, en ze verdwenen weer toen hij de krant opvouwde om hem mee naar zijn werk te nemen. Ze wist dat hij hem niet wilde laten rondslingeren. Ze kwam van tafel.

'Ga je al weg, ma p'tite?'

'Ja, ik wil vroeg op school zijn. Ik heb met Jocelyn afgesproken.' Een nodeloze maar onschuldige leugen. Het eerste lesuur die ochtend viel uit.

'Qu'est-ce que tu as, Madeleine?'

'Ik heb niks.'

'Je hebt een kleur, laat me je voorhoofd voelen.'

'Ik voel me best.'

Ze vertrok en vergat haar brood voor tussen de middag. Ze had behoefte aan frisse lucht. Ze hoefde het artikel niet te lezen, de kop sprak voor zich. Ze wilde de kleine lettertjes niet lezen, opnieuw de woorden kindergetuigen zien. Toen haar docent maatschappijleer, meneer Egan, de klas vroeg wie de zaak-Richard Froelich kende, waren Madeleine en twee andere leerlingen – een uit Pakistan en een uit Oeganda – de enigen die hun vinger niet opstaken. Ze tekende poppetjes in haar schrift terwijl de klas discussieerde over een eventuele gerechtelijke dwaling.

's Avonds na het eten vroeg ze aan haar vader: 'Pap, denk je dat de man die Ricky in de auto zag echt iemand van de luchtmacht was?' Ze zaten op de bank naar de nieuwe kleuren-tv te kijken. Een natuurprogramma. De vraag leek hem niet te verbazen.

'In dat geval moet je je afvragen waarom hij zich niet heeft gemeld.'
'Waarom denk je?'
'Wel, aangenomen dat Ricky zich niet vergiste, zou ik zeggen dat die luchtmachtfiguur, wie het ook was, iets in zijn schild voerde dat tamelijk geheim was.'
'Zoals?'
Hij haalde zijn schouders op, zijn ogen op het scherm gericht. 'Werk voor de overheid?'
Ze staarde naar het helle groen en het verschuivende blauw op de televisie.
'Denk je dat er echt een oorlogsmisdadiger was?'
'Het zou me niet verbazen,' zei hij, terwijl hij opstond om de kleur bij te stellen.
'Dus je denkt dat meneer Froelich de waarheid sprak?'
'Henry Froelich kennende,' zei Jack, 'lijdt dat voor mij geen twijfel.'
Madeleine begon aan een nieuwe vraag, maar ze hoorden Mimi binnenkomen door de garagedeur en Jack keek haar waarschuwend aan. Ze zwegen en concentreerden zich op het scherm: een onbedorven tropisch paradijs – wit zand, azuurblauwe zee.
In de keuken begon Mimi met dingen te rammelen. De vaatwasser leeghalen, boodschappen opbergen.
'Hij had in een kamp gezeten,' zei Madeleine zacht. Op het scherm gleed een schildpad door het water. 'Ik heb zijn tatoeage een keer gezien.'
'O ja?' Zijn profiel was onaandoenlijk.
'Hij zal wel in Auschwitz gezeten hebben.' Ze had de holocaust bestudeerd voor geschiedenis. Thuis gebruikte ze het woord 'holocaust' echter nooit, want haar vader had er bezwaar tegen: *de Tweede Wereldoorlog ging om heel wat meer dan dat.* Ze keek naar de schildpad die lag te slapen op de bodem van de oceaan en hoorde haar vader zeggen: 'Eerst wel.' Ze keek hem perplex aan, maar zijn blik was op de tv gericht en dat bleef zo terwijl hij sprak. 'Later zat hij ergens anders.'
'Een ander kamp?'
'Het was geen gewoon concentratiekamp.'
Ze wachtte. *Wou je zeggen dat er ook 'gewone' concentratiekampen bestaan, chef?*
'Dora,' zei hij.
'Wie?'
Op de televisie schuifelden honderden babyschildpadjes over het strand in de richting van de zee. Vogels lieten zich op hun gemak vallen en grepen het ene schildpadje na het andere terwijl de verteller met een afgemeten, man-

nelijke stem betoogde dat 'slechts een handvol' het zou halen.

'Dora. Waar de raketten gebouwd werden.'

'Wat voor raketten?'

'Ooit van geleide raketten gehoord? Ooit van de Apollo gehoord?'

Ze hoorde de bitse, sarcastische ondertoon die hij meestal reserveerde voor politici, het schoolsysteem en Mike, toen die nog thuis was. Ze vroeg zich af of haar vader weer boos zou worden, zoals bij de maanlanding afgelopen zomer. Ze werd nooit bang als hij boos was, maar kreeg er een steek van in haar maag. Er was iets niet goed. Iemand moest het voor hem in orde maken.

In de keuken zette Mimi de Cuisinart aan. Het fornuis maakte een geluid als een straalmotor.

Jack zei: 'In Dora is het allemaal begonnen.' Ogen strak gericht op de Stille Zuidzee. 'Daar zat Henry Froelich.'

Ze stelde zich meneer Froelich voor met zijn witte overhemd, smalle stropdas en dikke brillenglazen, de enige met baard in een hele rij gladgeschoren wetenschappers en technici die bij Mission Control in Texas over hun computers gebogen zaten.

'Het was een concentratiekamp,' zei Jack.

In Houston? Madeleine kreeg het gevoel of ze een beetje stoned was. Een moederzeeschildpad begon met haar vinnen een kuil in het zand te graven, wat bijna onbegonnen werk was. 'Waar was Dora?'

'In een grot.' Zijn stem veranderde weer, kreeg de dromerige klank die ze zich uit haar kindertijd herinnerde. Zijn sprookjesstem. 'Tijdens de oorlog,' *heel lang geleden,* 'in wat later Oost-Duitsland zou worden,' *in een land dat nu niet meer bestaat,* 'Hitlers geheime wapen,' *was een schat verborgen,* 'gebouwd door dwangarbeiders' *ze zwoegden dag en nacht in het donker...*

De zeeschildpad legde haar eieren in de zandkuil, wel honderden. Begroef ze. En ging ervandoor.

'De V2-raket,' zei Jack.

'... en de cyclus van de natuur gaat voort,' zei de verteller. Ze herkende de stem. Lorne Greene. Pa uit *Bonanza.* Ze keek weer naar haar vader, maar hij had alleen oog voor het het scherm, zijn gezicht intens geconcentreerd, het leek wel of hij naar de president keek: *Goedenavond, landgenoten. Deze regering heeft, zoals beloofd, de bouw van militaire installaties door de Sovjets op het eiland Cuba met de grootste nauwlettendheid gevolgd...* In het zanderige nest was nu beweging te bespeuren. Roofvogels die erboven wiekten kwamen in beeld. Terug naar het zand, waar een minuscuul, voorwereldlijk leren snoetje uit het ei tevoorschijn kwam.

Mimi riep uit de keuken: 'Madeleine, kom je even helpen?'

'Je zal wel niet geleerd hebben wie Wernher von Braun is op die school van je,' zei haar vader, trekkend met zijn schouder.

'Die man van de NASA.'

'Precies. Directeur van het Marshall Space Flight Center, vader van de Saturnusraketten die naar de maan gingen.' Stond model voor de oom van Donald Duck, professor Van Drakestein – maar Madeleine hield haar mond. 'Von Braun en zijn collega's hadden tijdens de oorlog de leiding over Dora. Toen ze nog bovengronds werkten, heette het Peenemünde.'

Pijn Amunde. 'Daar is oom Simon geweest – hij heeft het gebombardeerd, bedoel ik.'

Jack keek haar aan. 'Inderdaad.'

'Wat is er eigenlijk met hem gebeurd?'

'Geen flauw idee.' Hij keerde zijn gezicht weer naar het scherm. 'Wat ik je nu ga vertellen heb je vast niet op school geleerd: er was een aantal jaren terug een overheidsprogramma, in de Verenigde Staten. De Britten waren erbij betrokken. De Canadezen ook... in mindere mate. Het loopt nog steeds, voorzover ik weet.'

'Wat was het voor iets?'

'Project Paperclip.'

Ze wachtte, maar hij zweeg. Er begon een commercial. 'Waar hielden ze zich mee bezig?' vroeg ze.

'Ze hebben de maanlanding mogelijk gemaakt.'

Op tv verscheen een man met een pak waspoeder.

'Hoe?'

'Door na de oorlog Duitse geleerden te importeren. Daar waren nazi's bij.'

'Was Von Braun een nazi?'

'Nou en of. En Rudolph ook.'

Rudolph, Donald Duck, Apollo... het leek wel iets uit *Mad Magazine*. Maar hij maakte geen grapje. Hij gebruikte niet eens zijn mannen-onder-elkaar-stem, hij klonk anders. Kleintjes. Alsof je door de verkeerde kant van een telescoop keek. 'Dat is dan illegaal gebeurd.' Zoveel wist ze wel van school, al had haar vader het altijd over 'een flutopleiding'.

'Dat klopt, en het is nog steeds geheime informatie,' zei hij. 'Dus mondje dicht.'

'Madeleine.' Maman stond in de deuropening, met haar gele rubberhandschoenen aan.

'Hoe weet jij het dan?' vroeg ze aan haar vader.

Hij knipoogde en sprak weer met zijn gewone stem. 'Ga je moeder maar even helpen.'

Madeleine moest over drie weken eindexamen doen. Over drie weken begon haar leven. Ze sjokte naar de keuken. Achter zich hoorde ze de tv uitgaan en de patiodeuren openschuiven. Korte tijd later hoorden zij en haar moeder het geronk van de oude grasmaaier, en terwijl ze rabarber sneden en appels schilden voor de kerkbazaar zagen ze hem door het raam heen en weer lopen en een slinkende strook langer gras om het zwembad heen insluiten.

Ze had met haar vader te doen. Opgesloten in een buitenwijk. Met een vrouw met wie hij niet kon praten over het onderwerp dat hem het meest boeide. Ze keek naar haar moeder, die met een vork in het deeg prikte voordat ze de taart in de oven schoof. Mimi duldde zelfs niet dat de naam Froelich werd genoemd.

'Mijn moeder loste problemen op door te doen of ze niet bestonden.'

Nina vraagt: 'Hoe reageerde je vader toen je vertelde dat je lesbisch was?'

'O, hij was... hij was lang niet zo erg als maman – mijn moeder. Hij vraagt altijd hoe het met Christine gaat, tenzij mijn moeder in de kamer is, want dan maakt ze een scène...'

'Wat houdt dat in?'

'O, ze doet heel venijnig en schril en hysterisch. Mijn vader daarentegen gaat met ons lunchen als hij naar Toronto komt.'

'Wat vindt je moeder daarvan?'

'We vertellen het haar niet.'

'Houden jullie het geheim?'

'Niet geheim, we zeggen gewoon niet... nou ja, goed.'

'Wiens idee is dat?'

'Het is geen idee, we hebben gewoon geen zin in die uitbarstingen van haar.'

Madeleine vertelt dat ze met haar vader terugwandelde naar zijn hotel na dat eerste bezoek. 'Hoe denk je dat maman het zou vinden als ze wist dat we met ons drieën hadden geluncht?' vroeg hij.

'Ze zou uit haar vel springen.'

Hij glimlachte. 'Weet je, toen ik je moeder leerde kennen was ze niet veel jonger dan jij nu bent. Ze had pit. Een echte driftkikker, net als jij. Ze is nooit ergens bang voor geweest. Ik wel, voor van alles en nog wat, maar zij... ze zou een goede officier zijn geweest. Ze heeft een hoop meegemaakt, je moeder.' Ogen ten hemel, samengeperste lippen. 'Ze is een echte dame.'

Ze schaamde zich ineens, kreeg een triest, schuldig gevoel van liefde voor maman.

'Het zou haar gevoelens misschien kwetsen,' zei ze.

Pap knikte en vertrok zijn gezicht een beetje. 'Daar ben ik ook bang voor.'

'Als jij er niet over praat, zal ik dat ook niet doen.'

Hij glimlachte en gaf haar een knipoog. Piloot tegen copiloot.

'Dus het was je vaders idee,' zegt Nina.

'Hij is degene die met haar door het leven moet. Hij staat in elk geval achter mijn relatie.'

Nina zwijgt.

'Wat is er?'

'Dus jij kende Richard Froelich.'

Madeleine knikt.

'Kende je het vermoorde kind ook?'

Madeleine haalt haar schouders op. 'Min of meer.'

Nina wacht.

Madeleine zwijgt.

Nina vraagt: 'Werkte je vader voor de inlichtingendienst?'

Madeleine schiet bijna in de lach. 'Hij is management-adviseur.'

'Hoe wist hij dan van Project Paperclip?'

'Dat weet ik niet, hij... leest veel. Nou ja, hij leest kranten. En *Time*. En *The Economist*...' Ze voelt bijna hoe het lampje boven haar hoofd begint te branden als ze zegt: 'Oom Simon.'

'Zijn broer?'

Ze schudt haar hoofd. 'Zijn vroegere vlieginstructeur. Zo'n aantrekkelijk David Niven-type, je kent het wel. Brits tot en met – sjaaltje, snor, de hele handel. Hij bood aan me op te leiden tot spion.' Opgetogen slaat ze op de armleuning van haar stoel. 'Ik wil wedden dat hij bij de inlichtingendienst zat!'

'Waar is hij nu?'

'Weet ik niet. Misschien is hij al dood.'

Ze doen er even het zwijgen toe. Dan vraagt Madeleine: 'Heb je ooit van Dora gehoord?'

'Nee.'

'Wat dacht je?'

'O, gewoon, dat het een vreemde naam is.'

'De nazi's gaven graag mooie namen aan afschuwelijke plaatsen.'

'Ja, maar Dora was ook de naam van een patiënte van Freud.'

Dat verhaal heeft Christine aan Madeleine verteld. Dora was een befaamde 'hysterica'. Ze vertelde Freud dat haar vader zich aan haar had vergrepen, en eerst geloofde Freud haar. Daarna kreeg hij van zoveel vrouwen zoveel verhalen over verkrachting en misbruik te horen dat hij besloot dat het allemaal inbeelding moest zijn.

'Je vader geloofde Henry Froelich.'

'Ja. Hij was zo'n beetje de enige.' Madeleine kijkt naar het plafond en knijpt haar lippen samen. 'Zo is mijn vader. Loyaal.'

✧

Wat er lang geleden in een grot gebeurde. Wat er in een klaslokaal gebeurde. Wat er op een kruising, in een weiland, op een brug gebeurde.

Toen de Rattenvanger zijn geld niet kreeg, deed hij met de kinderen wat hij met de ratten had gedaan. Hij voerde ze weg. Allemaal behalve één, die kreupel was. Wat bevond zich in de berg?

Het lichaam van Henry Froelich werd nooit gevonden. Jack hoorde nooit meer iets van Simon. Hij hoorde nooit meer over Oskar Fried. Alle kinderen veranderden in volwassenen, allemaal behalve één, die naar de aarde terugkeerde en daar bleef. Voor eeuwig jong.

De grot die Dora werd genoemd bleef deel uitmaken van Oost-Duitsland, ook al verschoven de grenzen. De Berlijnse Muur begon van binnenuit af te brokkelen. De ene kant kon de wapenwedloop niet meer bekostigen en schoof het IJzeren Gordijn open, zoals een huiseigenaar uit voorzorg de ramen openzet als er een wervelstorm op komst is, en noemde het 'glasnost'. De storm schudde een veelheid van naties wakker, en zij wilden grenzen die bloedlijnen volgden.

Oliecrises, kapingen en milieurampen. Het 'terrorisme' begon de 'Koude Oorlog' naar de kroon te steken, en 'clandestiene operatie' ging tot het normale spraakgebruik behoren. Veiligheid vroeg om geheimhouding, net als de misdaden die uit naam van de veiligheid werden gepleegd, maar het was het allemaal waard als het ons lukte 'de grote oorlog' te vermijden. De kleine oorlogen bleken zeer lucratief te zijn en werden gevoerd door 'vrijheidsstrijders' of 'terroristen', afhankelijk van wie hun het laatst wapens had verkocht. De kunst was om de wapens en het geld zo te verspreiden dat de derde wereld, de Arabische wereld, alle 'andere' werelden, elkaar naar de strot bleven vliegen. Het Westen was aan de winnende hand.

Raketten brachten antiballistische projectielen voort en genereerden de droom van Star Wars – vangnetten in de lucht, waarbij het leven de film imiteerde om de rijken te doen vergeten dat het echte gevaar in mensenharten schuilt: dezelfde woede die in 1914 een holocaust ontketende met een simpele moordenaarskogel, waarvan de baan een eeuw lang zichtbaar bleef. Woede die tot fanatisme leidt. Woede die geen kogels nodig heeft. Woede die koninkrijken verzwelgt.

Nog altijd wachtte de grot. Gapend, pijnlijk en leeg. Mettertijd deed het er steeds minder toe dat er in 1969 vanuit Florida een raket naar de maan was gegaan en dat er mensen op de maan hadden gelopen. Goede mensen. Vaders.

Dat waren slechts gebeurtenissen, verspreid in de tijd. Haal ze dichterbij, wrijf ze tussen duim en wijsvinger tot ze zich als larven oprollen, zacht als zijde worden, uitdijen tot je ze kunt knopen en weven.

Er is een dorp voor nodig om een kind te doden.

BAMBI MEETS GODZILLA

In de populaire cultuur en in volksverhalen zijn spoken wezens die 's nachts rondwaren in griezelige huizen, op oude foto's van kerkpicknicks te zien zijn, even opdoemen in de door regen gegeselde lichtstraal van een koplamp op een landweg tussen eindeloze maïsvelden. In het gewone leven dienen ze zich aan wanneer je om tien uur 's ochtends de droger leeghaalt.

Voor schaduwen geldt hetzelfde. Ze kiezen alledaagse momenten. Net als de meeste spoken willen ze je niet afschrikken. Ze willen gezien worden. Daarom zijn ze gekomen. Denk u eens in hoe vermoeiend het is om telkens vanuit het schimmenrijk de reis naar boven te maken en dan je verloren geliefde gillend te zien wegrennen. Daarom leren schaduwen om je openlijk te benaderen, als je met gewone dingen bezig bent en niet oplet. Tijdens de afwas. In de auto. Ze willen doorgaans niet dat je je te pletter rijdt, maar ze willen wel je aandacht. Die krijgen ze door het gewone schrikbarend vreemd te maken.

Madeleine kan niet meer over de 401 rijden op het punt waar die uitdijt tot zestien rijstroken aan de noordkant van Toronto. Ze kan de weg niet meer in zijn geheel overzien, ze ziet telkens een stukje – witte streep, deel van de vangrail, voorbijrazende auto, nog een, nog een, nog een. Tegenwoordig moet ze dwars door de stad als ze naar de Nablijf-studio's in de noordelijke buitenwijken gaat, waardoor de rit veertig minuten langer duurt. Daar is het leven te kort voor, maar ze heeft geen keus. De plek van waaruit we de wereld aanschouwen – de cockpit achter onze ogen, ons eigen ik – valt uiteen in een veelheid van taken die vroeger autonoom waren en nu plotseling een wilsbesluit vergen: ademen, met je ogen knipperen, toeteren, sturen. *Vertrouw op je instrumenten.* De enige echte keus die ze heeft is midden in het verkeer een ruk aan het stuur geven. Anders duurt het beangstigende, verlamde, opgesloten gevoel voort. De beangstigende waanzin van geen keus te hebben. Je hebt wel een keus. Geef een ruk aan het stuur. Het zal een soort oplossing zijn.

Terwijl meerdere rijstroken aan beide kanten langs haar heen schieten, herhaalt Madeleine willekeurige zinnetjes, reclameteksten – 'Neem vandaag een vrije dag, wij zeggen dat het mag' – tot ze in staat is de auto aan de kant te zetten of een afslag te nemen. Dan, met haar voorhoofd op het stuur, geparkeerd voor een winkelcentrum waar niets te koop is behalve waterzuiveringsinstallaties en barbecues voor het roosteren van hele stieren en het bakken van taarten, hoort ze: 'U vraagt zich af: waar blijft het geel, waar blijft het geel, waar blijft het geel...' Oké. Nu is het oké.

'Ik ben neurotisch geworden. Ik word een van die irritante vrouwen van middelbare leeftijd die altijd naast het gangpad moeten zitten en niet te vertrouwen zijn in de buurt van de nooduitgang. Ik ben constant bang, een echte lafbek.'

Nina zwijgt. Madeleine haalt diep adem; haar ogen dwalen af naar de reproductie van Georgia O'Keeffe – een witgebleekte stierenschedel – en dan naar de klok, op Daliaanse wijze vertekend door de glazen waterkaraf.

Nina zegt: 'Angst is niet het tegenovergestelde van moed.'

'Wat?'

'Het is een voorwaarde voor moed.'

Madeleine verwerpt dit met een opgetrokken wenkbrauw.

'Je zei dat het voor het eerst gebeurde toen je optrad,' zegt Nina. 'Maar deed het je ergens aan denken? Kwam het je bekend voor?'

Madeleine is verrast omdat het antwoord voor het grijpen ligt – als een dichtgeplakte envelop op een stapel post na de vakantie. Ze maakt hem open.

Het gebeurde tijdens *Bambi*. De film werd samen met *Bambi Meets Godzilla* vertoond in de Rialto Cinema in Ottawa. Haar beste vriendin Jocelyn had een halve joint gerookt, maar Madeleine, als mislukte druggebruikster, had niets genomen, dus daar lag het niet aan. Zij was vijftien, Joss was zeventien.

'Word wakker, word wakker! Word wakker, vriend Uil!' riep Stampertje.

Bij de aanblik van het vrolijke konijn voelde Madeleine haar handen en voeten koud worden. Op hetzelfde moment begon haar gezicht te gloeien. 'Heb jij het warm?' vroeg ze aan Jocelyn.

'Nee, het is hier steenkoud.'

'Ik bedoel, heb je het koud?'

'Ben je stoned of zo?'

Madeleine voelde de angst als een vloed opstijgen tot aan haar kin. Haar hart begon te rimpelen, toen te roffelen. Ze was ervan overtuigd dat ze elk moment dood kon gaan. Er was daadwerkelijk een hartgeruis bij haar geconstateerd – in lichte mate, had de dokter gezegd, het vormde geen belemmering voor sportbeoefening of een normaal leven, laat het alleen controleren als je ouder wordt. Maar dit gerimpel kende ze niet. Voelde het zo als je een hartaanval kreeg? Een 'ruisend' hart – wat wilde dat zeggen?

'Als je niet iets aardigs kan zeggen, zeg dan maar helemaal niets!' scandeerde het stonede publiek samen met Stampertje.

Als ik aan mijn hart denk, zal het stil blijven staan. Als ik niet aan mijn hart denk, zal het ook stil blijven staan.

'Vogel!' Bambi's eerste woord.

'Wil jij wat?' Jocelyn gaf de popcorn aan Madeleine door.

'Vlinder.'

Madeleine gehoorzaamde aan een oude opwelling en rook aan haar handen. Jocelyn merkte het niet, ze zat giechelend en met glazige ogen naar het scherm te turen.

Madeleine steeg op uit haar lichaam. Ze greep de armleuningen vast, maar daardoor ging ze alleen nog sneller omhoog.

'Blijf hier wachten,' zei Bambi's moeder. 'Ik ga eerst, en als het weiland veilig is, roep ik je.' Er klinkt een schot.

'Vlugger, Bambi! Niet omkijken!'

Ze zweefde in een elastische boog hoog boven haar eigen handen, die ze slap op de versleten fluwelen armleuningen kon zien liggen. Ze was blijkbaar gegroeid, want ze strekte zich nu over meerdere rijen uit. Het was niet helemaal onplezierig. De winter komt en gaat. In het weiland dringt nieuw gras door de sneeuw heen. Kraaien slaan alarm...

'Moeder! Moeder!' riep Bambi. Het publiek lachte.

Jocelyn zei: 'Hier, jij mag de rest hebben.' De condens van de koude kartonnen beker tegen haar hand deed Madeleine met een schok weer in haar stoel belanden, en nu vond ze het doodeng dat ze haar lichaam had verlaten. Haar hart klopte snel, hijgde als een tong, stak als een snijwond.

Ze staarde naar de vloer – plakkerige klodders, restanten van popcorn. Ze kauwde op het plastic rietje. Niks aan de hand.

'Nou...' zegt Madeleine, 'en? Hou je hoofd niet zo aandachtig scheef. Zeg iets.'

Nina lacht flauwtjes.

'Kom op, Mona Lisa.'

'De psychiatrische term is "depersonalisatie".'

Madeleine laat haar blik op de witgebleekte schedel rusten. Hoe heeft O'Keeffe het klaargespeeld om sereniteit uit te drukken in plaats van morbiditeit? 'En waardoor raken mensen gedepersonaliseerd?'

'Dat kan van alles zijn,' zei Nina. 'Seksueel misbruik, bijvoorbeeld.'

Madeleine voelt haar lichaamstemperatuur dalen. De adem zakt weg uit haar lichaam. Ze moet naar het toilet.

Nina praat door. 'Het is een overlevingsmechanisme. Het kan een raar gevoel zijn, maar het ontstaat als een vrij normale reactie op een abnormale situatie. Het vermogen "uit je lichaam te treden" als je iets meemaakt dat onverdraaglijk is.'

Madeleine voelt haar gezicht gloeien. Schaamte is een fysiek gebeuren, je zou een spuitbus moeten kunnen kopen om de gênante gevolgen weg te werken – dit is veel erger dan wanneer je kunstgebit in een appel blijft steken.

Nina schenkt Madeleine een glas water in.

Madeleine zegt, met een Weens accent: 'Seer ienteressant.'

Nina tilt het roze ei op en vraagt: 'Praat Maurice weleens?'

Madeleine geeft geen antwoord.

'Waarom doe je nooit vrouwen na?'

'Waarom koop jij geen nieuwe Birkenstocks, deze werken me op de zenuwen.'

EEN DOZIJN MUFFINS

Mimi pakt een kom met muffin-ingrediënten die ze eerder op de dag boven op de koelkast heeft klaargezet, voor ze haar vriendin Doris met de auto naar de dokter bracht. Doris is weduwe en lijdt aan botontkalking. Mimi heeft het beter getroffen.

Ze haalt de douchemuts van de kom, voegt melk en eieren toe en roert met de houten lepel. Ze klemt de hoorn van de telefoon tegen haar schouder en praat long-distance met haar zus Yvonne terwijl ze bezig is.

'Doris is degene die stottert,' zegt Yvonne. Mimi kan het geklik van naalden horen – Yvonne zit te breien.

'Yvonne! Ze heeft een licht spraakgebrek.'

'Haar verhalen zijn zo omslachtig. Ik ben altijd halfdood en compleet uitgehongerd voor zij terzake komt.'

Mimi lacht. 'Ze wil weten wanneer je weer komt logeren.'

'Niet verklappen!'

'Ze gaat een kaartavondje voor je organiseren.'

'Nee!'

Wanneer Yvonne vraagt wat ze aan het doen is, antwoordt Mimi dat ze muffins maakt, maar ze zegt niet dat ze voor haar dochter zijn. Het is niet omdat Jack vlakbij is, in de woonkamer, dat Mimi het onderwerp Madeleine niet aanroert; hij zou haar toch niet verstaan, want met Yvonne spreekt ze natuurlijk Frans. Maar Mimi praat met niemand over Madeleine – niet met haar man, omdat hij haar mening over wat hij de levensstijl van hun dochter noemt niet deelt, en niet met Yvonne, omdat Yvonne die mening wel deelt. Zij en haar zus geloven allebei dat de manier waarop Madeleine leeft een doodzonde is en een radicale afwijzing van haar ouders en alles wat die haar hebben geleerd. Yvonne zegt het plastischer: 'Ze heeft er schijt aan.' Yvonne voelt de boosheid en de afkeer. Alles behalve de liefde.

Dus op Yvonnes vraag antwoordt Mimi: 'Ik maak muffins.'

'Hoe gaat het met mijn kleine prins?' *Mon p'tit prince?*

'Net als anders.'

'Geef hem eens.'

Jack zit in zijn La-Z-Boy. Het appartement is zo ontworpen dat de keuken uitkomt in het eet- en woongedeelte. Ze kan de bovenkant van zijn hoofd zien, maar ze wil hem niet wekken als hij is ingedut. De tv staat aan. Ze legt de hoorn neer en gaat naar zijn stoel; zijn ogen zijn gesloten. Ze zet de tv uit; hij doet zijn ogen open.

'Ik gaf alleen mijn ogen wat rust.'

'Wil je Yvonne gedag zeggen?'

'Natuurlijk.'

Even later schatert hij. Ze kan zijn gouden kies zien, en hij krijgt een gezonde kleur op zijn gezicht. Ze lepelt het beslag in de bakvorm. Yvonne houdt van Jack alsof hij haar kleine broertje is. Niets is ooit te goed voor hem. *Un vrai gentilhomme, Mimi, ton mari.*

De laatste keer dat Mimi en haar zus over Madeleine praatten was ook aan de telefoon. Yvonne vroeg: 'Wat is er met haar gebeurd?' Ze deelde Mimi's overtuiging dat de afwijking een oorzaak moest hebben. 'Heeft iemand aan haar gezeten?'

Mimi kreeg een wee gevoel in haar maag. Er was iets met haar kind gebeurd. Omdat zij haar niet voldoende had beschermd.

Yvonne zei: 'Ze had altijd geheimen, dat kind.'

Net als haar vader, dacht Mimi.

'Heb je het aan haar vader gevraagd?' vervolgde Yvonne.

Mimi schrok, want het leek wel of haar zus haar gedachten had gelezen. Pas toen besefte ze wat Yvonne waarschijnlijk bedoelde, en ze versteende. Ze wilde haar zus niet kwijt, dus ze deed net of ze het niet had gehoord. En misschien had Yvonne iets heel onschuldigs bedoeld. Het bleef even stil, en toen zei Yvonne: 'Je weet hoe mannen zijn.' Ze zei dat altijd in het Engels, zoals sommige mensen de smerigste woorden reserveren voor een vreemde taal.

Yvonne moet gevoeld hebben wat er op het spel stond, want ze bracht het onderwerp 'Wat is er met Madeleine gebeurd?' nooit meer ter sprake.

Mimi staat met de bakvorm in haar hand klaar om de oven open te trekken zodra het rode lichtje dooft. Jack lacht en zegt: 'Ik weet het niet, ik zal het haar vragen,' en tegen Mimi: 'Yvonne wil weten waarom je me nooit meer meeneemt.'

'Zeg maar dat ik bang ben dat *les belles de Bouctouche* je van me afpakken.' Het lichtje gaat uit en ze schuift de vorm in de oven.

Diep in haar achterhoofd zit een donkere, donkere schaduw. Ze wil hem niet zien en kijkt nooit om. Af en toe zweeft de schaduw naar voren en blijft daar even hangen, als een sluier, voordat hij weer terugwijkt. De adem die de sluier oplicht en meevoert krijgt de vorm van woorden als hij door het dunne weefsel dringt. De woorden mogen nooit worden uitgesproken en ze slaat er geen acht op: *heeft de vader van mijn kind aan haar gezeten?*

De blik op haar gezicht toen ze in Centralia speelde – stoeide – met haar vader. Het bloed in haar onderbroek, de leugentjes die ze vertelde. *Nee.* Mimi knijpt haar ogen stijf dicht en blijft bezig. Dit zijn gedachten die door de duivel worden gestuurd. In wie ze niet gelooft – een ketterij waarvoor ze nu wellicht wordt gestraft. Daarom heeft ze nooit aan haar dochter gevraagd: 'Heeft er iemand aan je gezeten toen je klein was?'

Mimi kijkt uit naar de ontmoeting met God. Hij zal wel enkele vragen voor haar hebben, maar zij heeft er ook een paar voor Hem. Hij weet niet alles. Dat kan niet. Hij is geen moeder.

WANNEER VIND IK TIJD OM TE SCHRIJVEN? IK SCHRIJF NU

'Wat is dit in hemelsnaam?' vraagt Christine.
'Een barbecue.' Madeleine zit op een naar achteren gekantelde keukenstoel op het balkon, met de telefoon en een hele verzameling aantekeningen, en probeert te schrijven.
'Echt waar?'
'Ja, je kan er zelfs taarten mee bakken.'
Christine staart haar aan. 'Waarom zou je een taart willen bakken op een barbecue?'
'Ik dacht dat je het wel leuk zou vinden.'
'Ik ben verdomme je vrouw niet, Madeleine.'
Als je een alcoholiste in wording bent, als je door je ouders bent misbruikt, als je een mysterieuze chronische aandoening hebt en wilt weten waarom, ga dan samenwonen met iemand die probeert te schrijven. Dan hoef je nooit verder te zoeken naar de oorsprong van je pijn.
Madeleine zegt: 'Ik kook vanavond wel, ik zal paella maken.' Ze staat op, tilt een rond deksel op in het midden van de barbecue. 'Zie je?'
Christine draait zich om en gaat weer naar binnen. Madeleine voelt schuld, angst en medelijden – de schijf van drie. De kralengordijnen, een geschenk van Olivia toen ze hier kwamen wonen, slingeren provocerend in Christines kielzog.
Madeleine heeft de hele middag zitten schrijven, want ze had beloofd met een herziene opzet voor de nieuwssketch te komen. Ze werkt aan een idee voor een item over oorlogsmisdadigers – de kranten staan er vol van, er is onlangs een golf van arrestaties geweest onder aftandse nazi's die werden opgepakt toen ze hun rozenstruiken aan het snoeien waren in buitenwijken in heel Canada. Ze heeft ook gezworen Shelly een alinea te geven voor *Dolle Dwaze Madeleine*, en ze heeft een goede reden om iets te verzinnen aangezien ze haar vriend Tommy had beloofd dat ze vijf minuten zou vullen op een benefietavond voor aidspatiënten aanstaande maandag, *Liefde in tijden van latex*. Jammer genoeg heeft ze geen tijd om te schrijven omdat er deze week

's avonds workshopbijeenkomsten zijn gepland voor Het hert.
'Breng Olivia na afloop mee,' zei Christine vanochtend.
'We gaan door tot middernacht.'
'Ik dacht dat jullie om negen uur klaar waren.'
'De planning is gewijzigd. Het spijt me, liefje, binnenkort is alles achter de rug.'

Christine glimlachte. 'Wacht, blijf maar in bed, ik zal je koffie brengen.' Ze bleef even bij de deur staan in haar bordeauxrode ochtendjas. In het licht dat door de gordijnen schemerde zag ze er precies zo uit als toen ze elkaar ontmoetten. Op die eerste afspraak hadden ze naar een festivalfilm zullen gaan – Madeleine had de kaartjes al gekocht – maar ze kwamen drie dagen lang Christines flat niet uit. Ze hebben de toegangskaartjes bewaard en in het album geplakt, samen met de foto's, die zeven jaar beslaan. Vakanties, verjaardagen, vrienden. Het Verhaal van Madeleine en Christine. 'Weet je?' zei Christine. 'Alles komt goed. Al je werk. Dit project met Olivia is precies wat je nu nodig hebt. Het sluit mooi aan bij wat je voor Shelly doet. Het zal je helpen bij je nieuwe show. En die zal alles veranderen.'

'Kom hier.'

Christine kroop weer naast Madeleine in bed.

Maar dat was vanochtend. En wie weet via welke reeks van stijgende ergernissen en tenenkrullende onbenulligheden de dag voortschreed naar het punt waarop ze ruzie kregen over een stomme barbecue?

Madeleine moet over negentig minuten in het Darling-gebouw zijn. Geen tijd voor paella – hoe haalde ik het in mijn hoofd? Geen tijd hebben om te schrijven is bijna net zo belangrijk als alle tijd van de wereld hebben. Zij had de hele dag. Ze treuzelde omstandig, virtuoos. Tijdens het schoonmaken van de koelkast ontdekte ze een achterstallige rekening die met een Emma Goldman-magneet op de deur was gekleefd. Ze schreef plichtsgetrouw een cheque uit en ging naar het postkantoor om postzegels te kopen.

Zij en Christine bewonen de bovenste helft van een Victoriaans huis in de Annex, een lommerrijke wijk in het centrum, het domein van kunstenaars, studenten, immigranten en linkse yuppen. Terwijl ze door Brunswick Avenue naar Bloor Street liep ademde ze het voorjaar diep in, en constateerde dat het op straat wemelde van stelletjes die elkaars evenbeeld waren. Identieke lesbiennes met keurig gestreken sweatshirts en grote brillen. Homo's met precies dezelfde bakkebaardjes. Heterostellen in kaki broek en windjack – zet een omgekeerde kano op hun hoofd en je ziet het verschil niet meer. Tweelingseksuelen. Bij het postagentschap in de drogisterij zocht ze in haar zak naar geld om postzegels te kopen en vond een 'Laatste kennisgeving' van een zending – gek dat je nooit een 'Eerste kennisgeving' ontvangt. Ze overhandigde het formulier aan de bejaarde Koreaanse dame achter de balie, die haar een pakje in bruin papier gaf, ongeveer ter grootte van een doos cornflakes. Ze maakte het open: een pak tarwezemelen, als een mummie omwikkeld met afplakband. Binnenin een dozijn oudbakken muffins en een briefje in haar moeders handschrift: 'Ma chérie, bon appétit. Geen nieuws, liefs en we bidden voor je, papa en maman. P.S. Herinner je je meneer McDermott van de overkant nog? Die is overleden. Papa heeft een nieuwe Olds gekocht.' Madeleine glimlachte bij wijze van huldeblijk aan de liefde en de absurditeit.

Ze heeft eigenlijk geen tijd om mee te doen aan de benefietvoorstelling, maar wil geen nee zeggen tegen een goed doel. En Tommy bezit overredingskracht. Met hem ging ze naar het schoolbal toen ze eindexamen hadden gedaan. Tomasz Czerniatewicz. Ze was dodelijk verliefd geweest op twee mensen, Stephen Childerhouse en Monica Goldfarb, maar in het eerste geval was ze te verlegen om de gepolijste god aan te spreken, en in het tweede geval sudderde haar verlangen naar de donkere dame achter een brandscherm van ontkenning. Het was niet hip om van de verkeerde kant te zijn, het was pervers, en nog geen enkele popster had zijn biseksualiteit opgebiecht. Ze trachtte de 'zondige gevoelens' te vermijden, maar het was hetzelfde als weglopen voor een tekenfilmkogel die langs je heen vliegt, midden in de lucht blijft hangen, omdraait en je alsnog raakt. Ze zag *The Children's Hour* op haar veertiende, tijdens het babysitten, en ging naar huis met lichte koorts en buikgriep. Al kijkend was ze overweldigd door schaamte, maar tegelijk gefascineerd door het tastbare verlangen tussen de twee kostschoolmeisjes, Shirley MacLaine en Audrey Hepburn. Shirley voelde zich zo 'vies en abnormaal' dat ze zich ophing, wat Audrey de vrijheid gaf om troost te zoeken in de sterke armen van James Garner. Ook Madeleine zocht troost bij James Garners mannelijke verschijning, maar ze kon de kapotte plaat waarop de ranke Shirley snikte: 'Ik voel me zo vies en abnormaal!' niet stilzetten. Net Georges papegaai, 'vies-en-abnormaal, vies-en-abnormaal, *grrk!*' De film heette een metafoor te zijn voor de heksenjacht op communisten in de jaren vijftig. Maak dat de lesbiennes maar wijs.

Ze was van plan geweest het eindexamenfeest te boycotten en er de hele avond schampere opmerkingen over te maken met Tommy en de andere buitenbeentjes van de toneelvereniging, maar ze was zo geschokt toen hij haar uitnodigde dat ze ja zei. Haar moeder was in de wolken en was wekenlang bezig een avondjurk voor Madeleine te naaien. '*Ah, Madeleine, que t'es belle!*

We zullen een foto maken om aan je broer te laten zien als hij thuiskomt.' Tommy droeg een lichtblauwe smoking met een knalroze cummerband, waarmee hij de discomode een flink aantal jaren voor was.

Ze hadden elkaar gevonden doordat Madeleine niet in een spijkerbroek naar school mocht en hij zijn haar niet mocht laten groeien, zelfs niet tot een lengte die in het Nederlandse leger aanvaardbaar was. Hij droeg een bril waarmee hij eruitzag als een fysicus, wat zijn beide ouders waren bij de National Research Council. Het hele gezin droeg identieke Nana Mouskouri-brillen en ze hadden allemaal kort haar, behalve de moeder, die een strak knoetje droeg. Meneer en mevrouw Czerniatewicz waren Poolse immigranten die de oorlog hadden overleefd. Ze hadden niet veel op met de jaren zestig; de oudere broers in het gezin luisterden naar klassieke muziek, blonken uit in wiskunde, droegen broeken met iets te korte pijpen, en hadden borstzakbeschermers en een lichaamsbouw om een moord voor te doen. Ze zaten op de universiteit, maar hadden op de middelbare school football gespeeld met Mike en waren net als hij geweldig goed in sport. Behalve Tommy, die met een gaatje in zijn hart was geboren – 'daarom kreeg ik pianoles'.

Hij deed Madeleine aan Gordon Lawson denken – een echte heer, met een pochet om het te bewijzen. Maar ook met een venijnig gevoel voor humor; toen ze na school met hem mee naar huis ging en kennismaakte met zijn ouders, zei hij dat ze joods was, en ze hoorde hun gebeitelde lachjes rinkelend inzakken.

Ze werd gekweld door schuldgevoelens, maar Tommy smeekte haar om het bedrog vol te houden en ze zat er algauw zo diep in dat ze niet meer terug kon. Meneer en mevrouw Czerniatewicz raakten op haar gesteld, stelden vragen over haar cultuur en geloof, en slechts met de grootste moeite kon ze zich verzetten tegen hun wens om kennis te maken met haar geweldige ouders, die de kampen hadden overleefd en hun naam in McCarthy hadden veranderd om de immigratie te vergemakkelijken. Gedwarsboomd in hun pogingen sloten de Czerniatewiczes vriendschap met een joodse natuurkundige in het grimmige laboratorium waar ze op deeltjes joegen, en het daaropvolgende voorjaar namen ze zowaar deel aan het joodse paasmaal. Tommy maakte bokkensprongen en sloeg zijn hakken tegen elkaar: 'Wij zijn net als Lassie, we brengen liefde en begrip onder de mensen.'

Hij gaf haar bijles in wiskunde en ze brachten uren door met het brullen van Broadway-liedjes terwijl Tommy op de piano beukte en Madeleine danste als een elastieken Gwen Vernon.

Haar beste vriendin Jocelyn ging naar het feest met de aanvoerder van het footballteam, de onwaarschijnlijk knappe, sterke en zwijgzame Boom Boom Robinson. Zijn blonde krullen kabbelden tegen de kraag van zijn nachtblauwe smoking, en toen Jocelyn en Madeleine kort voor het aanbreken van de dag hun baljurken uittrokken en een duik in het zwembad namen, bekende Jocelyn dat hij best aardig was maar 'niet eens iets probeerde'. Ze droogden zich af en aten chocoladefondue: neem een heel brood, knijp telkens een boterham samen tot een bal en doop die in een schaal gesmolten chocoladevlokken.

Tommy en Boom Boom liepen elkaar tien jaar later tegen het lijf in Woody's Bar in Toronto, werden verliefd en gingen samenwonen. Boom Boom stierf een halfjaar geleden en sindsdien is Tommy bezig geld in te zamelen en mensen bewust te maken van de ernst van de situatie. Zo hebben hij en Madeleine elkaar weer gevonden. Zijn haar is nog korter dan vroeger, plantinablonde stekeltjes. Hij geeft les op een middelbare school voor podiumkunsten.

'Ik was smoorverliefd op je broer, Madeleine.'

THE FEW, THE PROUD

Op de wijs van 'The Colonel Bogey March':
Hitler! had maar één grote bal
Göring, die had een klein geval
Goebbels, die had twee bubbels
En arme Himmler, die had niemendal!

ANONIEM

Madeleine staart naar een vlek op het taupe tapijt. Voelt haar mond in de vorm van een omgekeerde glimlach, haar wangen streperig van de tranen, neus rood van het huilen, hebben clowns daarom rode neuzen?

Nina stopt een glas therapeutisch bronwater in haar hand.

Ze drinkt, voelt kikkervisjes in haar maag, de inhoud van een moeras, drabbigheid, dingen die uit het ei kruipen. 'Ik ben misselijk,' zegt ze en laat haar voorhoofd op haar hand vallen.

'Madeleine. Kun je even je ogen dichtdoen?'

Ze sluit haar ogen. Tranen sijpelen naar buiten.

'Wat is er?'

'Mijn broer,' zegt ze huilend.

'Die is dood,' zegt Nina.

'Wij zeggen niet "dood", wij zeggen "vermist".' Ze reikt naar de zakdoekjes en houdt snikkend haar handen voor haar gezicht. 'Mijn arme vader.'

'Hadden ze een nauwe band? Je broer en je vader?'

Madeleine schudt haar hoofd, snuit haar neus en schiet bijna in de lach. Ze mikt de natte prop in de prullenmand, trekt een handvol verse zakdoekjes uit de doos en vertelt een verhaal.

In het voorjaar van '69, toen Madeleine vijftien was en het gezin in Ottowa woonde, kwam Mike thuis in een uniform van het Amerikaanse Korps Mariniers.

'Wel allemachtig, wat heb jij nou aan?' zei Jack.

Mike was zogenaamd naar het westen geweest om in Alberta op een booreiland te werken. In plaats daarvan had hij op Parris Island zijn militaire basisopleiding voltooid. Zijn hoofd was geschoren. Hij was gespierd geworden, zijn boord spande om zijn hals.

'Heb je geen hersens in je hoofd?' vroeg Jack, wit om de mond. 'Ben je zo stom?' En hij smeet zijn krant op tafel.

'Ik dacht dat je trots zou zijn,' zei Mike.

'Waarom zou ik in godsherennaam trots zijn?'

Mike had gedacht dat zijn vader trots zou zijn zoals hij trots was geweest op het betrekkelijk kleine aantal Canadezen dat in Korea had gevochten...

'Die vochten daar als Canadezen, niet als Amerikanen, ze maakten deel uit van een VN-troepenmacht!'

'Ze vochten tegen het communisme,' schreeuwde Mike terug, 'dat was hetzelfde!'

'Je hebt trouw gezworen aan een vreemde mogendheid!'

Madeleine leunde tegen het aanrecht, verstard van schrik. Haar moeder stak niet eens een sigaret op.

The Few, The Proud – een leus van het Korps Mariniers. Canadezen waren een kleine minderheid binnen die kleine elite. Het onzichtbare deel van een verfoeide groep. Terwijl tientallen jonge Amerikaanse mannen dienst weigerden, op de universiteit bleven of naar Canada vluchtten om een krankzinnige oorlog te ontlopen, was Mike een van een flinke handvol Canadezen die vrijwillig dienst namen. Velen kwamen uit Quebec en de Maritieme Provincies – overwegend arbeidersjongens, Ieren, Fransen en inheemse Canadezen. Ze meldden zich bij rekruteringscentra die met opzet dicht bij de Canadese grens lagen. Mike had zich aangemeld in Plattsburgh, in de staat New York. *Schijten, schrobben, scheren!* Over een maand zou hij 'ter plaatse' zijn.

Jacks handen bungelden langs zijn lichaam. 'Vooruit, maak dat je wegkomt.' Hij draaide zich om en liep de keuken uit.

'Jack,' zei Mimi – Madeleine kon aan haar stem horen hoe geschokt ze was.

'Hij is een Canadees, geen Amerikaan, het is een buitenlandse oorlog en bovendien een onzinnige oorlog. Deze oorlog valt niet te winnen, ze vechten ook niet om te winnen, hij zal sneuvelen.'

Mimi slaakte een kreet en sloeg een hand voor haar mond.

'*Maman,*' zei Mike, '*c'est pas vrai, maman, je reviendra, calme-toi, eh?*' Hij keek zijn vader aan. 'Zie je wat je gedaan hebt?'

Jack rolde met zijn ogen.

Madeleine stond als aan de grond genageld. Ze droeg een tinnen vredesteken aan een leren veter om haar hals. Afgelopen week hadden zij en Jocelyn bij de Amerikaanse ambasssade gedemonstreerd tegen de gruweldaden in My Lai.

Jack wees naar zijn zoon en zei: 'Jij moet erbuiten blijven, knul.'

'Je bent gewoon jaloers,' zei Mike.

'Wat?' zei Jack.

Madeleine reageerde net zo ongelovig als haar vader, maar ze kon het niet verdragen de wangen van haar broer te zien branden van vernedering. Ze was doodsbang dat hij zou gaan huilen. Ze beet op de binnenkant van haar wang.

'Ik ga vliegen.'

'Wat ga je vliegen?'

'Een heli.'

'Een heli.' Langzaam en laatdunkend. 'Een stel boeren doodschieten. Vanuit een helikopter. Ik ben onder de indruk.'

Mike werd vuurrood. 'Ik vecht tenminste ergens voor. Ik zit tenminste niet achter zo'n klotebureau.'

Jack gaf hem een klap in zijn gezicht omdat hij zo'n woord gebruikte in het bijzijn van zijn moeder. Mike hapte van schrik naar adem – Madeleine zag tranen in zijn ogen, wat zou erger zijn? Als Mike huilde? Of als hij terugsloeg?

Mike wendde zich tot zijn moeder en zei: '*Excuse-moi, maman.* Dat had ik niet moeten zeggen.'

Mimi stond te huilen. Ze reikte omhoog en sloeg haar armen om haar zoon, knuffelde hem en zei: 'Va avec Dieu, hein? Mon petit homme.' Ze streelde over zijn rug zoals ze had gedaan toen hij klein was. 'P'tit gentilhomme.'

Madeleine zag haar broers kaken en mond bewegen terwijl hij hun moeder omhelsde, maar hij huilde nog steeds niet. Het enige wat ze kon denken was: Blijf toch thuis, stomme idioot.

'Je blijft thuis,' zei Jack.

Mike draaide zich om en vertrok.

Nina vraagt: 'Was dat de laatste keer dat je hem zag?'

Madeleine glimlacht. 'Nee, ik ben hem achternagegaan.'

Hij rijdt weg in een aftandse Chevy Nova, vol putjes waar de roest is weggeschuurd. Ze rent achter hem aan. Hij ziet haar in de achteruitkijkspiegel en stopt.

Ze halen Jocelyn op.

'Ben je dat echt?' vraagt Jocelyn hem, terwijl ze achterin gaat zitten.

'Surprise, surprise!' roept Madeleine met de stem van Gomer Pyle.

Ze rijden het centrum van Ottawa in. Het is surrealistisch – Mikes kraakheldere zomeruniform en kale kop naast al die spijkerbroeken, rafelige zomen en gespleten punten; de enigen die nog korter haar hebben dan hij zijn de Hare Krishna's met hun oranje gewaden en tamboerijnen.

In het ijle licht van de vroege juniavond lopen ze door Sparks Street Mall, waar het nu wemelt van toeristen, ambtenaren en hippies, langs 'Lucy in the Sky with Diamonds' dat uit een platenwinkel schalt, langs straatmuzikanten en sieradenverkopers, door een haag van vijandige blikken.

Madeleine bevindt zich in een koude, lucide droom: op een kar op weg naar de brandstapel, slechts gekleed in haar lange haar en een jak; laat het gepeupel maar spuwen en joelen, zij zal geen poging doen zich te rechtvaardigen. Ze loopt met opgeheven hoofd en regelt haar stap naar de Amerikaanse marinier aan haar zijde.

'Waar ga je meestal heen?' vraagt Mike.

'Een tentje in Sussex Drive.'

Ze komt er eigenlijk niet vaak, maar de gedachte om daar binnen te stappen met haar soldatenbroer is een kleine kwelling, en dus neemt ze hem daar mee naartoe. Ze lopen langs de parlementsgebouwen, gaan linksaf naar Sussex Drive en komen bij een koffiehuis genaamd Le Hibou.

Hij houdt de deur voor hen open: 'Dames gaan voor.' Jocelyn kijkt Madeleine met rollende ogen aan, Madeleine kijkt met rollende ogen terug.

Jocelyn ziet eruit als een door Arthur Rackham getekende fee in spijkerbroek. Madeleine wilde dat zij ook zo etherisch was, maar ze is juist sterk, daar is niets aan te doen. Ze heeft het lichaam van een turnster. Het verschil tussen een eenhoorn en een pony.

Ze gaan naar binnen; druipkaarsen flakkeren in flessen Mateus-rosé op geruite kleedjes. Onder de scherpe lucht van Gauloises en Gitanes is nog iets te ruiken – Mike heeft Hai Karate op. De geur vermengt zich met patchouli en wierook. O god, wat doen we hier? Mensen staren naar hen terwijl ze een tafeltje zoeken en gaan zitten, Madeleine in het midden tussen Jocelyn en Mike.

Mike leunt over de tafel en vraagt aan Joss: 'Ben jij een feministe?'

Jocelyn kijkt hem niet eens aan. 'Dat ligt eraan,' zegt ze, terwijl ze haar steile blonde haar achter een oor duwt. 'Ben jij een seksist?'

Mike grijnst. 'Niks hoor, ik ben een hippie, ik geloof in vrije liefde.'

'Je bent een Neanderthaler,' zegt Madeleine. 'Schuif eens op.' Ze duwt hem weg.

Mike kijkt op en zegt: 'Kan ik een biertje krijgen?'

De jongen die hen bedient zwijgt even en antwoordt dan: 'We hebben geen vergunning.'

'Geen probleem,' zegt Mike, 'dan neem ik koffie.'

Maar de ober blijft staan. Hij staart Mike aan. 'Vind je het leuk om mensen af te maken?' vraagt hij.

Madeleine verstijft, ze voelt de houten wielen van de kar ratelen onder haar voeten, hoe ver nog naar de brandstapel?

Mike grinnikt. 'Weet ik niet, ik heb nog niemand afgemaakt.' En hij draait zich om en knoopt zijn jasje los.

'Maar daar ben je wel voor opgeleid,' zegt de ober.

Hij heeft geen zichtbare haargrens of gelaatstrekken, hij is een en al wilde zwarte krullen en lijkbleke huid. Hij staart Mike aan. Mike glimlacht, zijn grote vuist ontspannen om de autosleuteltjes.

Madeleines lange donkere haar heeft een scheiding in het midden; het vredesteken om haar hals, haar Indiase tie-and-dye blouse, verschoten spijkerbroek met wijde pijpen en waterbuffelsandalen getuigen van haar geloof in passief, geweldloos verzet. Ze zegt tegen de ober: 'Val dood jij, en als je weer verrezen bent, breng ons dan drie koffie en een lepel zodat ik die in je reet kan steken.'

Mike barst in lachen uit.

Jocelyn ze: 'God, Madeleine,' en zakt onderuit op haar stoel, met haar armen over elkaar.

Madeleine heeft nooit oog gehad voor Jocelyns borsten, maar nu wel: ze zijn volmaakt rond onder haar saffraangele T-shirt.

Mike zegt tegen de ober: 'Maak je niet druk, we gaan al. In elk geval bedankt, wat ben ik je schuldig voor de tafel?'

'Niks aan de hand,' zegt de jongen, 'ik zal de koffie brengen.'

Madeleine heeft diep berouw over haar gedrag. Maar ook een vurig verlangen om iets plat te branden, op te blazen. Zo voelt ze zich vaak, en ze heeft geen idee hoe ze dat moet rijmen met haar politieke opvattingen.

Op het kleine podium speelt iemand bongo en een vrouw leest een gedicht voor in een trage, neerwaartse cadans.

Madeleines sociologieleraar had haar opstel over Canada's medeplichtigheid aan de oorlog in Vietnam naar een krant gestuurd. Ze roept daarin op tot een boycot van Canadese bedrijven die aan het Amerikaanse militair-industriële complex leveren, allerlei oorlogsmateriaal produceren, van kogels tot groene barettten en van Agent Orange tot voedselrantsoenen, en honderdveertigduizend Canadezen in dienst hebben. Ze gaf het de titel: 'Werken voor de Yankee-dollar.' Het werd gepubliceerd en haar vader was trots op haar, want ook al deelt hij haar standpunt niet helemaal, 'verschil van mening is de bron van de democratie'.

'Het land onder de aarde heeft een groene zon en de rivieren stromen achterwaarts,' leest de dichteres.

Brandende hutten en brandende mensen, naakte huilende kinderen. Haar broer gaat nu ook zijn steentje bijdragen.

'... de bomen en rotsen zijn hetzelfde als hier, maar in een andere gedaante. Zij die daar wonen lijden altijd honger...'

Hij gaat meedoen aan een obscene oorlog, ook al zal hij zich niet schuldig maken aan oorlogsmisdaden – maar deze oorlog heeft een misdadig karakter, dus waar ligt de grens? Ze kijkt naar zijn handen. Zal hij daar iemand mee doden? Iemands broer? Ze kijkt hoe hij een slok koffie neemt en net als haar vader zijn hoofd scheefhoudt terwijl hij naar het gedicht luistert. Ze is doodsbang dat hem iets zal overkomen. Ze walgt van hem. En ze benijdt hem. Er is geen touw aan vast te knopen.

'... van hen kun je wijsheid en grote kracht leren, als je kunt afdalen en veilig terugkeren...'

Als het gedicht uit is, klapt Mike en hij zegt tegen Madeleine: 'Dat was prachtig. Ik meen het.'

Het leven is een aaneenschakeling van toevallige gebeurtenissen, er bestaat niet zoiets als ethiek, er bestaan alleen collectieve waandenkbeelden, momenten van geloof en staaltjes van discipline uit eigenbelang die mensen ervan weerhouden elkaar constant uit te buiten. Over zulke dingen praten Jocelyn en zij vrijdagsavonds terwijl ze naar *Ladies of the Canyon* luisteren. Om drie uur 's nachts hebben ze de Beach Boys op staan en praten ze over seks. Jocelyn heeft 'het' al gedaan. Madeleine nog niet.

Jocelyn windt de kralen van haar halsketting om haar vinger en houdt haar oor vlak bij Mikes mond om hem boven de bongo's uit te horen. Ze heeft de gewoonte haar hand voor haar mond te slaan als ze lacht. Ze doet Madeleine aan Lisa Ridelle denken. Er zijn eigenlijk maar een stuk of vijf mensen op de wereld.

'Is dat je vriendje?' vraagt de ober aan Madeleine als hij met een kan koffie aankomt.

'Nee, dat is mijn broer.' Ze is klaar voor de volgende ronde.

'Ga je straks met me mee naar huis?'

Ze kijkt hem aan. Jongens zijn merkwaardige wezens. Hij schenkt haar een blik die ze tegenwoordig wel vaker ziet. Een blik die haar geen ruimte laat om terug te kijken.

'Ik zie je nog wel,' zegt de ober, en loopt tussen de tafeltjes door naar achteren.

Mike pakt Madeleines kopje van het schoteltje, houdt het onder tafel en giet er iets in uit een zilverkleurige veldfles. Hij doet hetzelfde met Jocelyns kopje en dan met zijn eigen kopje.

Ze belanden ten slotte aan de overkant van de rivier in Hull, waar Quebec begint. Om twee uur 's ochtends jivet ze met haar broer op de muziek van een rockabillyband die met een Frans accent James Brown staat te brullen. De leadzanger is mager, heeft al een kunstgebit en draagt een cowboyhoed. Hij speelt accordeon. 'Laat jij hem eens zien hoe het moet,' zegt Mike.

Niemand in deze bar doet moeilijk over Mikes uniform of kijkt er vreemd van op dat hij twee minderjarige hippiemeisjes bij zich heeft. De bezoekers variëren in leeftijd van jong tot overjarig; mannen die in de pulp- en papierfabriek werken, kettingrokende studenten die gedrevener met elkaar praten dan de studenten aan de Engelse kant van de rivier – ze zijn ook slonziger en sexier. Er zijn secretaresses en fabrieksmeisjes in laag uitgesneden nylon feestjurken en op hoge hakken – als ze al van vrouwenemancipatie hebben gehoord, dan hebben ze er waarschijnlijk geen boodschap aan. Boven de bar een portret van de King in uniform: Elvis als GI.

Op hun tafeltje een woud van 'gros Mols' – hoge bruine literflessen Molson's bier – en hier en daar een leeg glas Jack Daniel's, 'dode soldaten' noemt Mike ze. Hij spreekt de hele nacht geen woord Engels meer. Jocelyn schreeuwt telkens boven de muziek uit tegen Madeleine: 'Wat zegt hij?'
'Hij zei: "Mijn korset knelt verschrikkelijk."'
'Nee, kom op, wat zei hij?'
Mike gaat naar de bar; de band speelt 'Havin' Some Fun Tonight', Madeleine grijpt Jocelyn en ze dansen als een bezetene de polka.
Madeleine schreeuwt boven de muziek uit. 'Hij zei: "Kom bij het Korps Mariniers. Bezoek exotische landen, ontmoet interessante mensen en maak ze af."' Jocelyn giert van het lachen. Ze botsen tegen de tafel; lege flessen vallen om en rollen weg als kegels; een ober met een vetkuif en het gezicht van Methusalem schiet te hulp en raapt ze op, en ze bestellen nog een rondje.
Jocelyn zit onderuitgezakt aan het tafeltje met Mikes uniformpet op terwijl Madeleine met hem jivet en razendsnel tussen zijn enkels door schiet. Hij trekt haar heen en weer bij 'Jailhouse Rock', een soepele spaghettisliert aan het uiteinde van zijn greep.
Mike kan goed dansen; in zijn eigen generatie loopt hij altijd uit de maat, maar op bruiloften is hij een graag geziene gast, die zondagmiddagen met maman zijn niet voor niets geweest. Zijn das zit los, zijn overhemd is nat van het zweet en hangt van achteren uit zijn broek, zijn gezicht straalt.
Als het nummer afgelopen is loopt hij naar Jocelyn, buigt zich over het tafeltje en pakt haar bij de hand. Madeleine kijkt toe vanaf haar stoel en herinnert zich Lisa in het tentje, die haar liefde voor Mike opbiechtte.
Ze voelt zich oud en blasé. De drank, de omstandigheden, haar levensspanne van vijftien jaar, alles werkt samen om dit moment vast te houden. Het betekent iets. Alsof het deel uitmaakt van een verhaal. Waarom moet ze vanavond aan Lisa Ridelle denken? Waar is Lisa nu? Ze was zo geestig. Of lachte ze gewoon veel? Wie was het grappigst, ik of Lisa? Nee, Auriel; Madeleine krijgt een warm gevoel en verlangt ernaar Auriel weer te zien. Het is nog maar zes jaar geleden. Het lijkt een eeuwigheid.
Ze controleert een bierflesje op peuken en neemt een grote slok.
De band speelt 'Love Me Tender'. Jocelyn en Mike leunen tegen elkaar aan en wiegen langzaam heen en weer. Madeleine bietst een sigaret van een jonge vrouw met een suikerspinkapsel en een diep decolleté. Ze buigt voorover voor een vuurtje en krijgt een close-up van getekende wenkbrauwen, vloeibare eyeliner en een vleug lelietjes-van-dalenparfum.
'Bedankt,' zegt Madeleine.

'*Garde les allumettes,*' zegt het meisje met een knipoog.

Ze hebben niets gemeen.

Ze beginnen een gesprek in beide talen, telkens overschakelend zonder het te merken. Madeleine is nooit eerder dronken geweest en haar Frans is er enorm op vooruitgegaan. Ze praten over de verloofde van de jonge vrouw, die in Nouveau-Brunswick is om hout te hakken. Ze zegt dat Madeleine mooi zou zijn als ze een paar dingetjes aan zichzelf deed, en biedt aan met haar naar het toilet te gaan om haar gezicht op te maken. Madeleine volgt haar.

Het damestoilet is vies roze en stinkt bijna net zo erg als een herentoilet. De Québécoise opent haar leren tasje en bewerkt Madeleines gezicht met een kwast en ettelijke tubes.

'*Que t'es belle, ma p'tite, tu me fais penser à ma petite soeur.*'

'O ja? Hoe oud is je zusje?'

'*Ben, chérie,* ze is dood, *elle est morte.*'

'Shit,' zegt Madeleine. '*C'était quoi son nom?*' Ze heeft onmiddellijk spijt van de vraag, want ze weet al wat de jonge vrouw gaat zeggen...

'Ze heette Claire.'

'Shit,' zegt Madeleine. 'Hoe is dat gebeurd, hoe is dat in jezusnaam gebeurd?'

Vloeken doet Madeleine anders nooit – net zomin als drinken, of make-up gebruiken of rondhangen met dellerige Franse meisjes die waarschijnlijk nooit van Simone de Beauvoir hebben gehoord.

De jonge vrouw antwoordt: 'Ze werd ziek, liefje. Hersenvliesontsteking, ze was zo weg,' en ze knipt met haar vingers. '*Pauvre petite,*' voegt ze eraan toe. 'O, wat ben je triest, baby.' Ze omvat Madeleines wang met haar hand. '*Pleure pas.*'

'Ik huil niet,' zegt Madeleine, en ze tilt haar kin op voor een laagje kleurloze gloss die het meisje met haar middelvinger aanbrengt.

Madeleine voelt een nagel langs haar lip strijken, en dan kust het Franse meisje haar op de mond – het smaakt naar synthetische sherry en tabakssap en het is zo zacht, net een nat veren kussen. 'Niet triest zijn, hè?' zegt ze, terwijl ze Madeleines haar streelt, en ze kust haar nogmaals.

Madeleine kust terug, versmelt met haar mond. De Québécoise laat haar hand over Madeleines heup glijden, pakt haar van achteren vast en trekt haar dichterbij.

'Ga je met me mee naar huis, baby? *C'est quoi ton nom?*'

'Ik kan niet,' zegt Madeleine, en ze duikt het toilet uit.

Aan het tafeltje rusten Mike en Jocelyn even uit. Jocelyn heeft een blos op haar gezicht en lacht. Mike neemt een teug bier, laat het langs zijn hals druppelen en klopt het in alsof het aftershave is, terwijl hij zingt: 'Een Aqua Vulvaman heeft iets bijzonders'.

Jocelyn draait zich om en ziet Madeleine. 'O mijn god.'

Mike werpt één blik op haar en vist dan zijn zakdoek uit zijn zak. 'Je ziet eruit als een snol.' Hij bevochtigt de zakdoek met zijn tong zoals pap altijd deed. 'Ik kan je ook geen moment alleen laten...'

Hij wil haar gezicht betten, maar Madeleine vlucht naar de bar en bekijkt zichzelf in de spiegel – *sacrebleu*. Mike doemt achter haar schouder op en lacht. Ze ziet eruit als een wasbeertje en haar mond is helemaal kleddterig. Ze grijpt zijn zakdoek, doopt die in bier en veegt de lippenstift weg. Het kruis van haar spijkerbroek is ook kleddterig, maar dat is godzijdank onzichtbaar, meisjes krijgen godzijdank niet openlijk een stijve.

Madeleine ziet de jonge vrouw in de spiegel – ze is teruggegaan naar haar tafeltje en zit te vrijen met een dikke vent met een vuile blonde vlecht op zijn rug. Madeleine denkt aan de ober in Le Hibou. Ik moet het met hem doen. Waarom niet? Iemand moet de eerste zijn. Hij zit in elk geval niet bij haar op school en ze hoeft hem niet als vriendje te nemen.

Om half vier in de ochtend vraagt Mike de band om een verzoeknummer. Little Richard en de Big Bopper maken plaats voor een Frans-Canadese folksong. De zanger lamenteert, vlak bij de microfoon: 'Un *Canadien errant, banni de son pays...*' Madeleines tenen krullen – dit is zo sentimenteel. Zo meteen springt er een separatist van zijn stoel om hen eruit uit te gooien. '*Parcourait en pleurant, des pays étrangers...*' Een eenvoudig wijsje, zoals de beste folksongs overal ter wereld – ik ben ver van huis, ik wil terug naar huis, mijn huis bestaat alleen nog in mijn herinnering.

Maman zong altijd de originele versie, '*un Acadien*'. Maar Mike is binnenkort un *Canadien errant*. Vietnam – meer *errant* dan dat kan het niet worden. En waar komen hij en Madeleine trouwens vandaan? *Neem maar afscheid van het huis, jongens...*

Mike slaat zijn armen om Madeleine heen en schuifelt met haar over de dansvloer. Zijn haar is nat van het zweet, zijn nek roze. Hij legt zijn hoofd op zijn zusjes schouder. Ze strengelt haar vingers in elkaar tussen zijn schouderbladen – hij heeft toch ergens schouderbladen zitten onder al die spieren, zacht en hard tegelijk, mijn grote broer. Hij ruikt nog steeds lekker ondanks de Hai Karate, het bier, de bourbon en het zweet. Hij ruikt fris – de frisheid van verstoppertje spelen op een zomeravond, de geur van grasvlekken, van zwemmen in het meer en zondoorstoofde zandduinen, hun slaapzakken naast elkaar – waar is die tijd gebleven? *Qui peut dire où vont les fleurs?*

Madeleine is voor het eerst in haar leven dronken. Ze streelt de achterkant van zijn stekeltjes – stomme idioot, Michel, waarom ga je naar Vietnam? Waarom wil je mensen pijn doen? Ik weet dat dat niet de reden is waarom je gaat, waarom dan wel? Zijn korte haar is een dik, zacht tapijt. Ze zullen niet weten dat jij anders bent dan de anderen, Mike. Ze zullen niet weten dat jij aardig bent. Ze bijt op haar wang maar het helpt niet, ze is dronken, haar befaamde vermogen om afstand te nemen laat haar in de steek, de mascara trekt een spoor van clownstranen over haar wangen. *Sergeant, ik ben geraakt.*

Mike licht zijn hoofd op, kijkt haar glunderend aan, kust haar op de wang. 'Suffie,' zegt hij, en steekt zijn arm uit om Jocelyn erbij te trekken. Gedrieën blijven ze heen en weer staan wiegen, met hun armen om elkaar heen, tot het nummer voorbij is.

In de pokdalige Nova rijden ze over de brug terug naar Ottawa. Madeleine zit achter het stuur – zij is het minst dronken en loopt niet het risico haar rijbewijs kwijt te raken, want ze heeft er geen. Ze rijdt langs de rivier en volgt de bochtige weg langs de residentie van de premier, langs de residentie van de gouverneur-generaal en door Rockcliffe Park. Jocelyns ouders zijn gescheiden, ze woont bij haar vader, ze mag zo laat thuiskomen als ze wil – het paradijs op aarde. Madeleine stopt voor haar huis te midden van de ambassades.

'Chique boel,' zegt Mike. 'Ik breng je even naar de deur.'

Hij en Jocelyn gaan onder de lamp op de veranda staan zoenen. Madeleine is geschokt. Jocelyn reikt achter zich, doet de voordeur open en glipt naar binnen. Mike glipt achter haar aan.

Madeleine wacht. Ze legt haar hoofd op het stuur, want als ze tegen de hoofdsteun leunt begint alles te draaien. Ze valt in slaap en juffrouw Lang, de Bruine Uil, arriveert in haar bruidsjurk, met haar bruine baret op. Met een sluw lachje zegt ze: 'Je weet toch wel wat *hibou* in het Engels betekent?'

Madeleine antwoordt: 'Het betekent "uil".'

Juffrouw Lang knipoogt. 'En wat zegt een uil?'

'Hoe.'

'Hoe ben ik vermoord, Madeleine?'

Mike wekt haar en trekt haar uit de onderstroom. 'Schuif eens op, Rob.'

Terwijl de zon opkomt rijdt hij terug naar de buitenwijken – grote gazons parelen van de dauw in de ochtendnevel, zwembaden sluimeren onder blauwe plastic dekzeilen. Hij zet haar af, net op het moment dat hun vader de garage uit rijdt in zijn Oldsmobile; de automatische deur gaat achter hem dicht, de wielen geven een beetje mee als hij van de stoeprand rijdt. Jack draait zich om naar Madeleine en salueert nonchalant met twee vingers tegen zijn voorhoofd. Mike kijkt hij niet aan.

Madeleine zegt: 'Hij gaat golfen.'

'Geef maman een kus van me, hè?' zegt Mike. *'Je t'aime.'*

Toen reed hij weg.

VERMIST

Zijn ouders kunnen niet zeggen: 'Toen Mike stierf', want als hij dood is, is hij niet 'gestorven' maar gesneuveld. Maar ze kunnen evenmin zeggen: 'Toen Mike sneuvelde', want ze weten niet zeker dat dat gebeurd is. Ze zeggen niet: 'Toen Mike vermist raakte', want dat klinkt alsof hij gewoon verdwaald is.

Wanneer rouw je?

Als je wacht op een bloem die opengaat, een blad dat zich ontvouwt, of aanwezig bent bij het trage wegglijden van een dierbare die er vandaag weer veel beter aan toe lijkt te zijn, kost het wachten moeite. Dit lange openbloeien of uitdoven van een geliefd gezicht lijkt eindeloos te duren; elke kleine beweging wordt beoordeeld, overdreven, vergeleken of ontkend, maar één ding staat vast: de plant zal opengaan, je dierbare zal sterven, het is slechts een kwestie van tijd en van liefdevolle waakzaamheid.

Afwezigheid is anders. Over een afwezige kun je niet waken. Die kun je niet verzorgen, op weg helpen, liefhebben. Je kunt alleen toekijken hoe het leven tussen hoop en vrees door stroomt, de scherpe randen afslijt, korreltje voor korreltje alle illusies wegspoelt, en wachten op het genadige moment, als dat ooit komt, waarop je kunt zeggen: *hij is niet meer.*

Het schrijnende gevoel in je borst. In slaap vallen boven een boek, niet in staat je ogen open te houden, om dan midden in de nacht wakker te worden met een nieuwe lading verdriet. Traag, warm, stimulerend. Als een zachte hand. *Word wakker. Word wakker, vriend uil.* Schrijnend, schrijnend zeer.

En nog steeds is er geen begrafenis, geen ontlading van verdriet; geen gelegenheid de druppels uit de bomen te schudden zodat het verlies kan verdampen, de herinnering voorzichtig weer kan ademen. Uitgesteld verdriet is een druppelende kraan, de hoop gaat onverminderd door, druppel voor druppel, *misschien, wellicht, stel dat, het zou kunnen*. Vrienden kunnen maar tot op zekere hoogte helpen. Degenen die ervaring hebben en niet schrikken van verdriet, weten dat ze geen platitudes moeten verkondigen, een lang gezicht trekken of met een starre grijns over koetjes en kalfjes praten. Zij gedragen zich als goede danspartners. Het leven gaat door. Zo is het nu eenmaal. Je vergeet niet, maar je blijft er ook niet over doorgaan; zorg gewoon dat je er bent. Na een tijdje kun je ophouden met pannetjes eten brengen en voortdurend opbellen, als je maar niet verdwijnt. Zorg dat je er bent.

Wachten is afmattend. Als wonen in een land waar men een andere taal spreekt. Je vertaalt voortdurend, je filtert het bestaande door het hypothetische, *als Michel hier was... als Mike thuiskomt...* Ziel en zenuwen staan op scherp. Voorbereid op plotselinge vreugde of verdriet. Het heeft geen zin om te wensen dat je meer van het leven had genoten voor deze ramp gebeurde, zo zijn we niet geschapen. We zijn geschapen om te verlangen, om afwisselend te koesteren en te negeren. Sommigen van ons hebben talent voor geluk – dat heeft weinig met de omstandigheden te maken. Slechts weinigen hebben talent om te wachten.

Schrikken als de telefoon gaat, als er op de deur wordt geklopt, als de brievenbus kleppert. Maar er is geen nieuws. Geen ontspanning voor ziel of zenuwen. Wel is er verlies van veerkracht. De boog die te lang gespannen is geweest, verslapt of knapt als hij eindelijk wordt losgelaten.

Verdriet is een draaipunt. Het scharnier in de tijd tussen het verdwijnen van de hoop en het begin van het gemis. De ontbrekende schakel. Het stelt de levenden in staat om verder te gaan en de doden om ten slotte terug te keren en met een glimlach hun armen naar ons uit te strekken in onze herinnering.

Er moet nog een moment komen waarop zijn ouders kunnen zeggen: *hij is dood*. In plaats daarvan is de hoop verschoven naar de volgende fase, waarin zijn ouders zich niet meer kunnen herinneren wanneer ze voor het eerst zeiden: 'Toen we Mike verloren.'

'Hoe ging het maandagavond bij de benefietvoorstelling?' vraagt Nina.
'Goed.'
'Geen probleem met het "ding"?'
'Wat? O. Nee.'
'Wat voel je, Madeleine?'
'Absoluut niets.'

VAN HEM

De andere was een zachter stem,
als honingdauw zo zacht;
die zei: 'De man heeft reeds geboet,
maar het is nog niet volbracht.'

SAMUEL TAYLOR COLERIDGE, 'DE BALLADE VAN DE OUDE ZEEMAN'

Jack is een man zonder schaduw. Zijn schaduw stierf door verwaarlozing, werd alsmaar kleiner, als een regenplas op een warme dag.

Hij luistert, leest en kijkt voortdurend naar het nieuws. Het is meer dan een strategie die mannen gebruiken om zich terug te trekken: het moet de opkomende paniek op afstand houden. Hij bekijkt zijn vrouw met argwaan. Net als een sleutelbewaarder kan zij de deur van zijn verdriet openen. Haar verdriet kan een eind aan de wereld maken. Maar het nieuws is vertroostend. Hapklaar en hanteerbaar, met een paar grote lijnen die aan de verhaalstructuur van een soap doen denken – de wereld draait door en er verandert niets. Af en toe dringt er iets door de verdoving heen – Walter Cronkite die verklaart dat de oorlog daar niet te winnen was, *En zo is het...* Met één druk op de afstandsbediening schakelt Jack over naar een andere zender.

Hij weet niet wat hij niet weet. Hij weet niet hoezeer hij veranderd is. Hoe hij overkomt op de automobilist achter hem, die hij net heeft afgestraft door langzamer te gaan rijden. Hij wist niet dat zijn ondergeschikten in Ottawa bang voor hem waren. Hij wist niet dat zijn zoon van hem hield.

Het nieuws stelt je in staat te vergeten. Onvermoeibaar brengt het orde aan in de wereld, die dagelijks afbrokkelt. Verslaggevers zijn degenen die de scherven weer aan elkaar lijmen, zeven dagen per week, meerdere malen per dag. Nieuws wekt de geruststellende illusie dat de tijd verstrijkt, dat er iets verandert. Je hoeft niet te putten uit de onderstroom, die trager en veel sterker is en ons verdriet en kennis kost. Nieuws is een substituut voor tijd, zoals een zoetje voor suiker.

Hij weet wie er verantwoordelijk is voor de dood van zijn zoon. De Amerikanen. Hun arrogantie, hun gespeelde onschuld. Hun kortzichtigheid, hun liefde voor tirannen, hun hebzucht, hun leugens. Even zeker als wanneer Richard Nixon zijn huis was binnengekomen en de jongen had vermoord. Want vóór Vietnam ging alles opperbest. *Ritsel.*

Nu verdrinkt hij langzaam, zittend in zijn stoel. Zijn longen zijn stilletjes volgestroomd, als de Noordzee die boven het land uitstijgt. Congestief hartfalen.

Verlaten mijnschachten vullen zich vaak met water. Grotten lopen van binnenuit vol, het water sijpelt uit de aarde die is leeggeplunderd en voor dood achtergelaten. Dat gebeurt ook met longen als de pomp niet meer naar behoren werkt.

De enige manier waarop de aarde zichzelf kan genezen is door overstroming of instorting, of door beide. Het is een langzaam proces dat begint zodra de mijn of grot wordt verlaten. Drup, drup, een geringe verschuiving, gruis dat afbrokkelt en zich ophoopt. Miljoenen kleine veranderingen, die op zekere dag plotseling resulteren in het instorten van grote massa's aarde en steen; of geruisloos, wanneer het water in de grot ten slotte zo hoog stijgt dat het de rand van de opening raakt.

De geest die ongezien in het land
van sneeuw en mist verwijlt,
beminde de vogel, die hield van de man
die hem doodde met zijn pijl.

VAN HAAR

Your children grow up, they leave you
they have become soldiers and riders.
Your mate dies after a life of service.
Who knows you? Who remembers you?

LEONARD COHEN, YOU HAVE THE LOVERS

Mimi doet haar best om niet meer te huilen in het bijzijn van haar man. In de maanden nadat ze officieel bericht hadden gekregen dat hun zoon tijdens gevechtshandelingen vermist was geraakt, huilde ze wel. Jack troostte haar en voorspelde honderd-en-een gelukkige aflopen, honderd-en-een bureaucratische vergissingen, een worst-case scenario waarbij hun zoon tussen wal en schip was geraakt en gewond maar levend in een veldhospitaal lag. Ze verduurde de vloedgolf van verdriet en het trage wegebben van de hoop. Emotionele bloedarmoede. Aan de buitenkant bleef ze bezig, en meer zagen anderen niet. In het midden was een leegte – je kon het geen open plek noemen, want er zou nooit meer iets groeien. Alsof de aarde was bestraald. Onvruchtbaar.

Ze kan haar hart uitstorten bij een paar goede vriendinnen. Nieuwe vriendinnen: Doris, Fran, Joanne. Ze laat zich gaan, haar adem stokt, maar ze stort nooit in. Als niemand ooit meer 'arme Mimi' zegt, heeft ze haar plicht gedaan.

Niemand kan haar tempo bijhouden – de Hartstichting, het Kankergenootschap, de Liberale Partij, de Katholieke Vrouwenbond, haar baan als verpleegster. Ze houdt zichzelf bezig, maar Mimi heeft er nooit talent voor gehad om de tijd te omzeilen. Ze wordt zich bewust van een metalige smaak in haar mond – in de veertig jaar dat ze rookt is ze altijd nog in staat geweest een saus op smaak te brengen, dit is nieuw. Er moet iets veranderen. Er verandert iets. Niemand merkt het, haar man niet en haar dochter niet. Dit is haar recept voor verdriet:

Blijf bezig. Maar schenk wel aandacht aan de nieuwe boom die het jonge stel op de hoek heeft geplant. Schenk aandacht aan de nieuwe hond van de vrouw die vorig jaar haar man verloren heeft – een volwassen straathond uit het asiel, en Mimi houdt niet eens van honden. '*Ah, mais il est mignon!*' en ze bukt zich om over zijn benige kop te aaien. Schenk aandacht aan de jonge vrouw die pas een baby heeft gekregen. Maak iets lekkers klaar, ga het brengen. Ga elke donderdagochtend om zeven uur wandelen met Joanne, die Mimi vanwege haar lange grijze haar en pamfletten van Greenpeace aan Karen Froelich doet denken en die daarom wel een heel onwaarschijnlijke vriendin lijkt. Als je wordt verteerd door jaloezie op Fran met haar kleinkinderen, of door woede over het grote aantal waardeloze jonge mannen die wel mogen blijven leven, ga dan in je auto zitten met de motor uit en knijp hard in het stuur. Huil tot je een zere keel hebt en het stuur nat is en een inkeping in je voorhoofd achterlaat. Denk aan de Heilige Maagd, zij weet hoezeer je lijdt. Als je de tegenwoordigheid van geest hebt, verwijder dan eerst je make-up – zoals een epilepticus misschien uitkijkt naar een veilig plek om te gaan liggen bij de eerste tekenen van een aanval. Huil 's nachts, en zorg dat het bed niet schudt. Sta op, ruim de vaatwasser leeg, bak muffins voor je dochter in Toronto. Wacht tot zes uur en bel dan Yvonne in New Brunswick, waar het zeven uur is. Maak een praatje, oordeel, zeg dat ze niet zo hard moet oordelen, lach. Zorg voor je man.

Het hoofd geheven voor de ochtendkus. Twee samenzweerders:

'Wanneer ben je opgestaan, vrouwlief?'

'Ik ben al vanaf zes uur op.'

'Wat ruikt het hier lekker.'

Zorg voor hem. Vrouwen leven langer dan mannen. Mannen zijn teer, Mimi had beter voor haar mannen moeten zorgen. Voor beiden.

Zet een ketel water op. Kijk uit het keukenraam.

Geniet van wat er overblijft.

EN NU IETS HEEL ANDERS

'Wat zijn al die veranderingen toch verwarrend! Ik ben van het ene ogenblik op het andere niet zeker wat ik zal worden.'

DE AVONTUREN VAN ALICE IN WONDERLAND

Ze heeft nog vijf minuten voordat ze met Christine gaat lunchen, daarna heeft ze een afspraak met Shelly om haar materiaal voor *Dolle Dwaze Madeleine* te laten zien – slechts één alinea, maar gewoon aanlengen met water. Ze loopt over Harbord Street in de richting van de campus en Christines werkkamer als een titel in de etalage van de vrouwenboekhandel haar aandacht trekt. En dus baant ze zich een weg door de demonstranten die altijd op een kluitje voor de aangrenzende abortuskliniek staan en gaat naar binnen.

De zwangere maagd: een psychologisch transformatieproces. Feministische godinnen nemen het op tegen Jungiaanse methode blabla. Iets voor Nina. Ze bladert het boek door – cocons, vlinders... Ze zucht. Moet ik nu aan mezelf gaan werken? Waar haal ik de tijd vandaan? Het idee alleen al doet haar hunkeren naar een dosis Dirty Harry. Maar ze koopt het boek toch en blijft nog even staan kletsen met het leuke meisje met de dreadlocks achter de kassa; ze vertrekt niet voor ze precies weet wat de betekenis is van alle politieke buttons die op het borststuk van haar denim tuinbroek zijn gespeld.

Blijf met je wetten van mijn lijf! schreeuwt een speldje op de linker bretel van het meisje. *Nu bi, straks homo,* mijmert een ander op de rechter. Ze lacht tegen Madeleine en zegt: 'Hou je van reggae?'

'Ik ben er gek op.' Dat is te veel gezegd.

'Ik treed donderdag op in het Cameron House.'

'Ben je zangeres?' Ben je al oud genoeg om alcohol te mogen drinken?

'Ja.'

'Gaaf.' Wat een oen. *Gaaf.* Wat een mafkees!

'Ik vind je programma geweldig,' zegt het meisje, en ze leunt met haar ellebogen op de toonbank.

Madeleine vlucht. Wegwezen, dekking zoeken.

Ze koopt ergens een falafel en eet die onderweg naar Shelly op – wat een prachtige dag. Als ze thuiskomt schrijft ze een inscriptie in het boek, en voor ze met de telefoon naar het balkon gaat om Olivia te bellen, legt ze het op de keukentafel als geschenk voor Christine. Het is meer in haar straatje. En als Madeleine iets van de therapie heeft opgestoken, dan is het dat Christine wel een beetje eerlijke introspectie kan gebruiken.

Later diezelfde week:

Madeleine staat verloren op haar oude Perzische tapijt in haar lege woonkamer. Haar werkkamer is het enige gemeubileerde vertrek dat er nog is in de flat, maar daar komt ze liever niet – het lege computerscherm kijkt haar verwijtend aan, vrolijke posters van eerdere triomfen hangen berispend aan de muren.

'Neem de spullen maar mee,' zei Madeleine.

En dat deed Christine.

Madeleine had hun lunchafspraak vergeten. De vergadering met Shelly, die in haar geloofd, was afschuwelijk geweest. Het perifere gezichtsvermogen in haar ene oog was gaan golven, en haar beide handen en armen sliepen toen ze in de Bloor Supersave eieren ging kopen. En daarna verliet Christine haar.

Nja, wat is er aan de hand, chef?

Ze heeft voldoende geld om nog anderhalf jaar van de ene zenuwinzinking naar de andere te leven, als ze gezinsverpakkingen koopt. Dat is het mooie van televisiehonoraria. Binnenkort gaat ze naar Ikea om een grote kar vol te laden. Op jacht naar nieuwe spulletjes, samen met de andere gescheiden vrouwen en de gezinnen met jonge kinderen. Vandaag is het zaterdag, ze zou vanmiddag al kunnen beginnen.

'Wat doen we dan met eten?' vroeg ze onnozel toen Christine haar fiets van de veranda haalde.

'Kook het zelf maar.'

Dat bedoelde ik niet.

Ze hadden Vietnamees zullen gaan eten met vrienden. Vrienden van Madeleine-en-Christine. Christine-en-Madeleine.

'Bel jij ze maar,' zei Christine, terwijl ze haar fiets over de houten trap naar beneden zeulde. 'Het zijn trouwens nooit echt mijn vrienden geweest. Jij bent het stralende middelpunt, Madeleine.' Toen reed ze weg op haar prachtige oude Schwinn Glyder met het royale gelzadel.

Ze kwam de volgende dag terug met een verhuisbusje en een student.

Madeleine hielp mee. Nu heeft ze geen meubels meer. Ze heeft een strandlaken. Een bord, kom en beker; een mes-vork-lepel-combinatie. In elk geval nog wel een bed. Ze is naar Honest Ed's geweest en heeft een complete pannenset en een strijkplank gekocht. Ze heeft het allemaal op haar fiets vervoerd, want ze had de auto niet nodig toen ze even binnenwipte om een paar bagels te kopen. Ze vergat de bagels. Ze is net zo zielig als een in de steek gelaten echtgenoot. Zieliger nog, want zij kan niet klussen.

'Waarom ga je niet gewoon naar haar toe, dat doe je trouwens toch wel.'

'Over wie heb je het?' vroeg Madeleine.

Christine schudde zonder iets te zeggen haar hoofd en liep de slaapkamer in. Madeleine volgde haar als een hondje. Christine begon laden open te rukken.

'Wat doe je, Christine?'

'Wat denk je dat ik doe?'

Madeleine zei: 'Ik hou van je, Christine, ga alsjeblieft niet weg. Niet weggaan, Christine.' Maar haar stem klonk als die van een robot, en daardoor wist ze dat het mis was.

'Jij hebt geen gevoel, Madeleine.'

Ze waren destijds naar elkaar toe getrokken door de droefheid van de ander. Een restant van de kindertijd in de oogopslag. Het probleem is dat ze geen van beiden erg gecharmeerd waren van wat de ander als geluk beschouwde.

'Jij kan het niet hebben als ik gelukkig ben, Madeleine. Je kiest altijd die momenten uit om een rotopmerking te maken.'

Dat is niet eerlijk. Madeleine vindt het vreselijk om haar te kwetsen, en dus wacht ze altijd tot Christine opgewekt gestemd is voor ze... dingen aan de orde stelt.

'Je bent te laf om het tegen me op te nemen,' zei Christine, terwijl ze kleren opvouwde en op het bed smeet.

Misschien had ze gelijk en gaf Madeleine inderdaad de voorkeur aan de trieste Christine. De Christine die haar in machteloze woede trachtte te wurgen.

Christine gooide met vlammende ogen haar laden dicht. Madeleine moest bijna lachen omdat Christine zo opgefokt was, haar hele gezicht was rood van woede, ze leek wel een boze pop.

'Wat is er zo grappig, Madeleine?'

Madeleine trok een ernstig gezicht en Christine wendde zich vol weerzin af.

Geen weerzin, zegt Christine, verdriet. Ik ben nog nooit in mijn leven zo bedroefd geweest.

Madeleine zag twee donkere vlekken op de paarse dekbedhoes verschijnen. *Niet huilen, Christine* – maar wie is Madeleine om zoiets te zeggen?

Waarom is liefde niet genoeg?

'Ik haat mezelf als ik bij jou ben,' zei Christine, terwijl ze haar ooghoek afveegde en als een bedrijvige huisvrouw doorging met inpakken.

Madeleine heeft zich zeven jaar aan haar vastgeklampt omdat ze dacht dat Christine haar zag zoals ze echt was, tot op de bodem.

'Bij anderen ben je zo leuk, maar bij mij heb je altijd een kuthumeur,' zei Christine.

Bij jou ben ik mezelf, zou Madeleine vroeger gezegd hebben, maar dat was niet langer waar. *Bij jou leid ik een dubbelleven. Ik speel verstoppertje.* 'Waarom ga je weg?'

'Omdat jij het lef niet hebt om bij mij weg te gaan.' Christines stem sloeg bijna over. 'Waar wacht je nog op, Madeleine? Ga naar haar toe.'

Madeleine, oprecht verbluft, stond erbij als een ingezakte marionet.

Christine mompelde tegen haar gapende laden: 'Dat kreng.'

Welk kreng?

Christine zei: 'Ze zat vanaf het begin achter je aan, ze deed maar alsof ze ook mijn vriendin was. Ze kwam bij ons eten, ik kookte voor haar! Nu heeft ze je bij dat stomme project betrokken en verwaarloos je je eigen werk.'

Olivia.

'Denk je dat Olivia en ik...? Het is gewoon een vriendin, schat.' Madeleine voelde de domme grijns van de overspelige man over haar gezicht kruipen, zodat haar gelaatsuitdrukking nog onwaarachtiger werd. 'Het is niet waar!' *Waarom voelt dit dan precies als een leugen?*

'Ik ga ervandoor, Madeleine. Ik ben deze flauwekul zat.'

Maar wat moet ik zonder jou? Nu ik steeds meer succes heb en steeds populairder word. Niemand anders zal ooit weten hoe slecht ik ben. Niemand anders kan me ooit zien zoals jij me ziet.

Madeleine keek als verlamd toe terwijl Christine kleren in een rugzak propte. 'Waarom neem je de koffer niet?' vroeg de robot. 'Die heeft wieltjes.' Christine negeerde haar. Christine had nooit begrepen dat Madeleine op momenten dat ze het meest 'zichzelf' was – de dingen het meest intens beleefde – in een marionet veranderde. Beschilderd hout. Christine had geen zin meer om het bed te delen met een volwassen vrouw die nog steeds haar groezelige Bugs Bunny aan het hoofdeinde neerzette.

Madeleine was aan het telefoneren met haar vader toen het laatste conflict losbarstte. Ze hadden geruzied en zij had hem afgetroefd door te vragen hoe hij bezwaar kon hebben tegen de Amerikaanse buitenlandse politiek en toch vol lof kon zijn voor Reagans belachelijke Star Wars-plannen, 'het product van een ingevroren brein! George Bush is degene die het land bestuurt vanachter een CIA-bureau dat bezaaid ligt met soldaten en cassettebandjes Arabische conversatie, *olie, zwart goud, Texaanse thee!*' Jack moest lachen en jutte haar op. Christine kwam binnen met een doos gebak en een nieuwe coupe soleil. Glimlachend stond ze daar, en Madeleine keek even op – 'Je moet de groeten van mijn vader hebben.' Toen ze de telefoon neerlegde, had Christine de enorme rugzak al van de zolder naar beneden gezeuld.

Madeleine was dankbaar voor de drukke donderdag, deed de opnames vrijdag op haar sloffen, lachte en maakte grappen in de Pickle Barrel terwijl Ilsa haar hoofdhuid masseerde met haar bloedrode nagels, en schreef drie A4'tjes voor Shelly. Niemand vermoedde dat haar leven in duigen was gevallen. Ze voelde zich net een goed functionerende alcoholiste: om drie uur laveloos in de gordijnen hangen, om vijf uur met stralende ogen en een frisse adem manlief verwelkomen.

Drie nachten heeft ze in bed liggen huilen. Ze huilde om Mike toen hij twaalf was, ze huilde om zichzelf toen ze negen was, ze treurde om de klap van een goed gevangen honkbal die als een dolfijn van handschoen naar handschoen zeilde in de avondzon; ze huilde om haar kindertijd, en om iedereen die ooit een kind was geweest. Verbaasde zich, ondanks de tranen, over de brede thematiek van haar verdriet. Concentrische cirkels van treurnis die zich verspreidden vanuit het nulpunt. Centralia.

Op een stil moment – de tranen waren op, het was nog niet licht – trok ze aan zijn touwtje. Hij maakte zijn grapjes, krakend en onverstaanbaar als een uitzending vanuit de ruimte. Ze knuffelde hem en viel in slaap. *Niet verder vertellen.*

Op zaterdagochtend ging ze naar Honest Ed's om bestek te kopen en kwam thuis met een draagbare zwartwit-tv, het soort dat je in ziekenhuizen en taxi's ziet. Ze zit al de hele dag met gekruiste benen op het vloerkleed naar informatieve commercials en *The PTL Club* te kijken en laat het antwoordapparaat de telefoon aannemen. Shelly, haar moeder, Tony, Janice, Tommy, nog vijf anderen en Olivia. Tring... Ze slaat er geen acht op. Ze heeft intussen wel een allesreiniger besteld die niet in de winkel te koop is. Tring... Ze schakelt over naar *Secret Storm* – klatsjoenk. 'Als u een boodschap hebt voor Madeleine, spreek dan in na de pieptoon; als u Christine zoekt, bel dan 531-5409.' *Pie-iep*. Een stem in het antwoordapparaat: 'Goedemiddag, mevrouw McCarthy? Mijn naam is Cathy? En ik bel namens Consumer Systems Canada? Zoudt u zo vriendelijk willen zijn om mij terug te bellen op nummer 262-2262-226 en mee te werken aan een korte enquête over een aantal bekende consumptieartikelen...?'

Madeleine grijpt de telefoon. 'Hallo, Cathy?'

'O, dag mevrouw McCarthy...?'

'Zeg, ik heb net van de dokter gehoord dat ik een ongeneeslijke hersentumor heb.'

'O mijn...'

'Ja, en daarom heb ik de kinderen in het bad verdronken.'

Stilte.

'Cathy?'

'Eh... ik... ik kan later terugbellen.'

'Ja, doe dat maar, ik ben net bezig ze in het douchegordijn te wikkelen.'

Klik.

Arme Cathy.

Op zondagochtend leunt Madeleine met inspanning van al haar krachten naar voren en zet de televisie uit. Om haar wilskracht te tonen besluit ze een douche te nemen. Achter het toilet vindt ze *De zwangere maagd*, opengevallen als een accordeon. Heeft Christine het expres laten vallen toen ze in bad zat? Ze gaat op de porseleinen rand van de badkuip zitten en begint te lezen: 'Analyse van Papa's Kleine Prinsesje.' Alsjeblieft zeg! Bovendien merk je meteen dat het voornamelijk voor heterovrouwen is geschreven. Ach ja, homo zijn betekent je leven lang naar een simultaanvertaling luisteren, het algemene in het bijzondere zoeken en het gedestilleerde voedsel tot je nemen, net als elke minderheid die van de grote tafel hoopt mee te eten. 'Integratie van lichaam en ziel...' Ze begint te lezen. Ze leest door tot ze een stijve nek heeft en gaat op de grond zitten, met haar rug tegen het bad. Ze leest door tot ze honger krijgt. Ze leest door tot ze het boek uit heeft.

Madeleine weet dat zij het zieltje zonder zorg kon zijn zolang ze Christine had. Nu Christine vertrokken is, zullen Madeleines vrienden en collega's door haar ingestorte façade heen kijken, de lijken tussen het puin ruiken en zich afwenden. Alleen een idioot zou zo dom zijn om nog te blijven rondhangen.

'Nee, McCarthy,' zegt Olivia aan de telefoon, 'jij bent de idioot.' Olivia zegt dat ze naar haar toe komt.

'Nee, ik kom wel naar jou toe.'

Madeleine klimt de brandtrap op, langs een paar katten. Groezelige bakstenen stoven in het milde licht van vijf uur, de afgebladderde zwarte ijzeren treden galmen zacht als kerkklokken; tussen de spijlen beneden de stank van vuilnis in de glibberige steeg, oude kussens, door honden opengescheurde plastic zakken, een geur van hasj en seringen; uit de bar aan de voorkant klinkt Annie Lennox... Omhoogkijken. Olivia zit boven aan de trap op een melkkrat, in een schuine streep zonlicht, en rookt een shagje, Drum.

'Succes zonder college,' zegt Madeleine.

Olivia steekt haar een hand toe.

De huisgenoten zijn er niet. In de koelkast een halve fles slechte witte wijn, plus blokjes tofu, geheimzinnige Aziatische groentes en schimmige bakjes met dingen.

'Hoeveel mensen wonen hier?' vraagt Madeleine.

'Dat ligt eraan,' zegt Olivia.

Hoe houdt ze het vol, leven in groepsverband? De badkamer alleen al. Madeleine nipt van de wijn en wordt bestormd door een volmaakt geluksgevoel. Wat zijn dat voor onredelijke geluksgevoelens? Als de leliën op het veld die werken noch wenen. De manier waarop het licht van het balkon door de gang valt en op de lichtroze muren blijft hangen, de zachtheid van een windvlaag, het plotselinge gevoel van gewichtloosheid. Extase. In staat van genade in de flat van een vriendin op een zondagavond in mei. Alles komt goed.

Olivia loopt met een gieter langs haar heen. Even later hoort Madeleine muziek. Strijkinstrumenten – ingehouden, geduldig. Slierten barok als haar dat door een kam wordt getrokken; de geluiden van de markt beneden lossen op. Ze volgt de muziek naar de voorkamer. Olivia is op het wankele balkon de planten aan het begieten.

Madeleine komt bij haar staan. Olivia draait zich om.

'Nee,' zegt Madeleine, 'het zou net zijn of ik mijn zusje kuste.'

'Je hebt geen zusje.'

Olivia's geheime identiteit openbaart zich in de kus. De verbazingwekkende transformatie werkt in beide richtingen: ze wordt weer gewoon Madeleines vriendin als ze praten. Een collega, kritisch, vol op- en aanmerkingen. Ze gaan naar binnen. Voor de deur van Olivia's slaapkamer kussen ze elkaar. Ze blijven een hele poos staan, uit eerbied voor de wens van Madeleine om niet meteen van de ene relatie in de andere te stappen.

'We hoeven geen relatie te hebben,' zegt Olivia, 'we kunnen ook alleen vrijen.'

'Wil je dat?'

'Nee, maar het lijkt me beter als we jou voorlopig als een swingende vrijgezel beschouwen. Je moet met verschillende mensen uitgaan.'

Madeleine ziet zichzelf in een Matt Helm-appartement: bed en bar met afstandsbediening, hoogpolig tapijt. 'Dat lijkt me niks,' zegt ze.

Olivia leunt met haar ene schouder tegen de muur, blouse open, gruwelijk degelijk ondergoed. De Maidenform-vrouw – je weet nooit waar ze op zal duiken.

'"Vrijgezel",' zegt Madeleine. 'Ik vind het maar een naar woord.'

'Goed, dan kunnen we alleen vrijen. En elkaars vriendin zijn.'

'Dat heet een relatie.'

Olivia kust haar weer. 'Je bent nog niet aan een relatie toe.'

Ze gaan op de akelige futon liggen, een weiland met bulten en prikkerig gras, en Olivia neemt haar geheime identiteit weer aan, een roze-getinte titan.

'Eigenlijk zit ik midden in een crisis,' zegt Madeleine, terwijl ze opkijkt naar een buitengewoon vertrouwd, buitengewoon stralend en ook buitengewoon geamuseerd gezicht. 'Ik lijd. Ik sta op de rand van een zenuwinzinking. Hoe kan het dat ik zo geniet?'

'Omdat je een gelukkig mens bent,' zegt Olivia. 'Dat is jouw geheim.'

Madeleine glimlacht. Sluit haar ogen, proeft zoet water. 'Je bent zo lief,' zegt ze. *Je bent zo lief en mooi.* Ze doet haar ogen open, houdt ze open. '*C'est pour toi.*' Niet praten. *Neem wat je wilt.*

Tussen de bedrijven door is er een rondleiding langs kleine littekens. Hebt u weleens gemerkt dat veel mensen een littekentje boven hun ene oog hebben? Aan de buitenrand van de wenkbrauw – de benige boog doet zijn werk, vangt de ergste klap op van wat er op het oog afvloog: een tak, een bal, een hockeystick, een poot...

'Dit is van een partijtje badminton toen ik negen was,' zegt Olivia. 'Mijn moeder deed er een vlinderpleister op en ik voelde me heel gewichtig.'

'Gewond in de strijd,' zegt Madeleine.

'Hoe kom je hieraan?' Ze tilt Madeleines linkerhand op, met de palm omhoog, en volgt met haar vinger de levenslijn en de bleke schaduw ernaast.

'*Ci pa gran chouz,*' zegt Madeleine. Olivia glimlacht, maar vraagt niet wat voor Frans dat is. 'Dat komt van een mes.'

Olivia trekt een wenkbrauw op. 'Ik neem aan dat iemand het destijds vasthield.'

En garde! 'Colleen.'

'Wie was Colleen?'

'Mijn beste vriendin,' zegt Madeleine. Zegt haar hart. 'We werden... *seurs de san.*'

Na een kleine aarzeling zegt Olivia: 'Bloedzusters?'

Madeleine knikt. 'Toen ik negen was. Colleen Froelich.' *Pellegrim*. De naam duikt op uit haar achterhoofd, stoffig maar nog intact.

'Waar is ze nu?'

'Ik zou het niet weten.'

'Je hebt ergens op de wereld een zus.'

Olivia ruikt naar zand en zout, een vleugje zweet en Chanel. Ouderwets vrouwelijk. Vakkundig verknoopt met het roze haar en de vele oorbellen.

De geur van gerookte sardines zweeft naar binnen. Olivia knielt naast Madeleine bij het raam, kin op de vensterbank. Op het volgende balkon hangen zilverkleurige lijfjes als sokken aan de waslijn, met knijpers. Olivia roept: 'Avelino! Hé, Avelino!'

Een gezette, zwartgeblakerde man in een overall vol wagensmeer stapt het sardinebalkon op en tuurt in hun richting.

'Gooi er eens een, knul,' roept Olivia.

Knul.

Avelino plukt twee vissen van de lijn, draait zich om, oefent een gooiende beweging en laat ze wegvliegen. Madeleine bukt. Olivia vangt er een, de ander belandt op de grond. '*Obrigado!*'

Ze eten de vis vanaf een morsige bamboeplacemat op de futon, met brood en olijven en de rest van de slechte wijn.

Verliefd zijn op Olivia is alsof je het heden inpakt en dichtbindt met een strik nadat je er jaren van hebt genoten. Met terugwerkende kracht, volmaakt. Iedereen zou verliefd moeten worden op een vriend of vriendin.

'Waarom hebben je ouders je Olivia genoemd?'

Een brood, een gerookte sardine en gij.

'Mijn vader hield van Shakespeare en mijn moeder van olijven.'

Dat is het geheim van de liefde: het doet geen pijn. Ze had het kunnen weten.

ASSEYE DE TI RAPPELI

'Als ik dit kind niet meeneem,' dacht Alice, 'maken ze het zeker in een paar dagen dood; ik zou een moord op mijn geweten hebben als ik het hier liet.'

DE AVONTUREN VAN ALICE IN WONDERLAND

In mijn droom loop ik 's nachts door een bos. De begroeiing is heel groen, ondanks de duisternis. Bladeren en takken zwiepen voorbij, het klinkt even helder en intiem als de geluidsband van een film. Rex loopt naast me, ik hoor het geritsel van zijn poten in het kreupelhout, ruik zijn adem, vlezig en warm, voel zijn vacht. Ik weet dat de bomen ons in de gaten houden. Er is sprake van een zekere angst, maar ik besef dat die deel uitmaakt van de normale toestand van honden en bomen. Honden en bomen zijn erg dapper, denk ik bij mezelf. We komen bij een open plek. Een baldakijn van nevel – nee, van licht – boven een kind dat in het gras ligt. Een meisje in een blauwe jurk. Rex kijkt me aan. Zijn gezicht vriendelijk en bezorgd. Afwachtend ook. Ik herken het kind. Ik ben het zelf. Het gras om haar heen begint te buigen en wordt platgedrukt. Ik word doodsbang wakker.

'Wat is er?' vraagt Nina.
'De blauwe jurk,' zegt Madeleine, en begint te huilen.
'Blauwe jurk' is een van die details die pas tot leven komen wanneer ze in taal worden uitgedrukt. Net als de prinses in de glazen kist. Open het deksel, pak de appel uit haar mond, laat het woord los in de lucht. Kijk hoe het zich weer verenigt met zijn metgezellen, betekenisvolle groepen vormt.

'Blauwe jurk' had bewaard kunnen blijven onder glas, net als de objecten in een museumvitrine – holle eieren, opgeprikte vlinders. Geen woord over weilanden en nesten en de warme vacht van herten die zich vooroverbuigen om in het voorjaar uit een beek te drinken. Je kunt het zien, maar er wordt niets gezegd.

De blauwe jurk was uiteraard die van Claire – Madeleine weet dat, vergat het nooit – maar het is verbazingwekkend hoe informatie je leven lang overal verspreid kan blijven liggen. Ze is nooit vergeten wat er tijdens het nablijven in de klas gebeurde, maar ze is immuun gebleven voor de betekenis ervan. Het lag allemaal te sluimeren in een cocon van stilte.

'Wat is er met die blauwe jurk, Madeleine?'

'Die was van haar.'

'Van wie?'

Deze immuniteit voor betekenis is geen geheugenverlies, maar iets dat geniepiger is en waar je moeilijker weer uit bijkomt. Want je bent wakker en bij je verstand. Er is geen wervelwind, geen spiegel of konijnenhol geweest. Er is alleen een kamer boven in je hoofd met een hele hoop rommel die nooit is opgeruimd. Net als speelgoed dat levenloos ligt te wachten tot het middernacht wordt.

'Claire.' Het woord is een kreetje, een vogel die uit haar keel ontsnapt.

'Wat is er met Claire, Madeleine?'

Ze hoort gekerm, het is van haar afkomstig maar doet haar aan iemand anders denken... 'Ze is vermoord?' In haar stem hoort ze de vragende toon van een kind, een cadans van verbijstering en angst, *wie zijn schuld is het? Mijn schuld?*

'Ik weet het,' zegt Nina. 'Ik vind het heel erg.'

'Ze is gewurgd?' Ze begint heen en weer te wiegen.

'Madeleine?' zegt Nina vriendelijk.

Madeleine kijkt op en pakt de doos met zakdoekjes uit Nina's uitgestoken hand. 'Ik vind het zo erg.'

... Doet haar aan Grace denken, onvaste stem, schichtige, beweeglijke ogen. Als een hond in de val.

'Wat vind je zo erg?'

'Ik weet het niet,' snikt ze.

Grace Novotny. Waarom kan Madeleine zich de namen herinneren van kinderen uit de vierde klas, terwijl ze zich niet de namen herinnert van mensen met wie ze het zes weken geleden op een filmset zo goed kon vinden? *Marjorie Nolan, Grace Novotny, Joyce Nutt, Diane Vogel. De volgende meisjes moeten nablijven...* 'Ik heb getuigd op het proces.'

Ze vertelt over Ricky's alibi, de man van de luchtmacht die zwaaide, maar zich niet kwam melden. Ze vertelt over haar leugen, en hoe ze die ongedaan maakte in de getuigenbank. Hoe haar vader haar het geheim onthulde hoe je kon weten wat je behoorde te doen. Het was eenvoudig: wat je behoorde te doen, was altijd het moeilijkste.

'Arme ziel,' zegt Nina.

Madeleine houdt op met heen en weer wiegen en laat haar blik rusten op het schilderij van de witgebleekte schedel, opgelucht omdat ze het verhaal heeft verteld, en ze wordt beloond met het besef: 'Ik denk dat ik me nog heel schuldig voel over Ricky.' Zodra de woorden eruit zijn, herkent ze die als verbijsterend vanzelfsprekend. 'Ik ben vast een open boek voor je, hè?'

'Misschien wel, maar ik kan maar één bladzijde tegelijk lezen.'

'O jee, was dat soms diepzinnig of zo?'

Nina wacht. Madeleine speelt met de hark in de miniatuurzandbak, voelt zich heel klein. 'Nina... stel dat ik beter word en... dan niet meer grappig ben? Stel dat ik niet meer kan werken? Stel dat ik weer moet gaan studeren en advocaat of apotheker moet worden of zo?'

Nina houdt de roze steen in haar handpalm, weegt die voorzichtig en vraagt: 'Wanneer wilde je voor het eerst komiek worden?'

'O, toen ik ongeveer, je weet wel... een jaar of vijf was. Ik ging op een keukenstoel grappen staan vertellen.'

'Wanneer is je vriendinnetje gestorven?'

'We waren – ze was negen.'

Nina zegt: 'Dus je deed al grappig voordat dat gebeurde.'

Madeleine bijt op haar lip, knikt.

'Komedie is een gave,' zegt Nina. 'Die andere dingen... de pijn. De ziekte van je vader, je broer. En Claire en... alle dingen die ik niet ken... op zijn best is dat allemaal ballast. Op zijn ergst zorgt het ervoor dat je tegen een boom wilt rijden. En dat is niet echt grappig.'

Madeleine hunkert ernaar Nina hiervoor te bedanken, maar ze kan niet spreken. Net als een hond zal ze dit lekkers meenemen om het later in haar eentje op te eten. 'Tot volgende week.'

In een tweedehands kledingwinkel, waar Madeleine op zoek is naar een nieuw oud hawaiishirt, ziet ze Claire. Het volgende moment corrigeert ze zich; dat kind kan onmogelijk Claire zijn, Claire is net zo oud als ik, ze zou er nu in de verste verte niet zo uitzien. Het volgende moment corrigeert ze zich opnieuw – Claire is dood. Laten we er niet aan denken hoe ze er nu uitziet.

Ze is bezig met de gewone zaterdagmiddagdingen, en ze beseft niet dat een laag vanuit haar achterhoofd naar voren is verschoven, als een dia in de Viewmaster van een kind. Deze pas gepromoveerde laag is bezig alles te filteren wat ze ziet en de informatie te distribueren naar de diverse kwabben en neurale netwerken die te maken hebben met gezichtsherkenning, emotie, reuk, geheugen. Maar de laag is wel gedateerd. Hij krijgt niet vaak de kans om te functioneren. Hij is sinds 1963 niet meer gebruikt. Net als software is hij toe aan een update.

Ze vangt uit haar ooghoeken een glimp op van een hond – Rex. Ze kijkt opnieuw, het is een beagle. Bovendien moet Rex nu allang dood zijn. *Brave hond. Wat een brave hond.* Het gaat de hele dag door, nu deze onwennige geestelijke laag wordt ingereden. Madeleine ziet een kind dat door de rook van een stiekeme sigaret tuurt, leunend tegen het raam van de supermarkt op de hoek van College Street en Augusta Street, en ze zegt: Colleen.

'Ik vind het zo erg.'

'Wat vind je zo erg?' vraagt Nina.

'Ik vind het zo erg – ik vind het zo erg voor mijn ouders.' Ze slaat haar handen voor haar gezicht.

'Waarom?'

Ze plukt verscheidene zakdoekjes uit de doos. 'Nou ja. Ik was hun kleine meisje. Ze wisten niet wat er met haar gebeurde. Ze hielden van haar.' Ze snuit haar neus.

'En hoe sta je er zelf tegenover, Madeleine?'

'Ik kan hem zien, snap je? Ik sta daar, en hij heeft zijn hand omhoog, snap je? Onder mijn jurk. Het is net alsof hun kleine meid helemaal vies en beschadigd thuiskwam zonder dat ze er iets van wisten. Ze behandelden haar nog steeds... alsof ze iets bijzonders was.' Snikkend, met pijnlijke keel, is ze niet meer in staat tot sarcasme. 'Mijn moeder zocht die mooie jurken uit, en hij zat er met zijn handen aan.'

'Het lijkt wel alsof je vindt... dat je ouders zijn aangerand.'

Madeleine knikt. Dat klinkt eigenlijk wel logisch.

'En jijzelf dan, Madeleine?'

Ze kijkt op. 'Wat bedoel je?'

Nina ziet er zo vriendelijk uit dat Madeleine een beetje ongerust wordt.

'Als je nu terug zou kunnen naar dat klaslokaal,' vraagt Nina, 'wat zou je dan doen?'

'Ik kan niet veranderen wat er gebeurd is.'

'Dat is zo.'

'Ik zou' – het verdriet komt als een zucht, als een regenvlaag die niet langer valt, maar over velden en zandwegen striemt – 'ik zou zeggen: "Stil maar, ik ben er", en... ik zou kijken.'

'Kijken?'

Madeleine knikt, terwijl de tranen over haar wangen stromen. *Mam, pap, kijk* naar me. 'Want ik kan het niet veranderen. Maar als ik keek zou ze tenminste niet alleen hoeven zijn.'

'Wie niet?'

'Madeleine. Ik.'

Nina geeft haar een glas water aan.

'Heb je ooit iemand verteld wat er gebeurd is?'

Madeleine neemt een slok, schudt haar hoofd. 'Ik heb er zo'n beetje omheen gedraaid, weet je wel? Ik wist niet...'

'Wat wist je niet?'

'Ik wist niet dat het zo erg...' Madeleine huilt met haar handen tegen haar gezicht. 'Ik wist niet dat het zo erg pijn deed.' Ze regent, regent. Ze voelt de doos met papieren zakdoekjes op haar schoot terechtkomen.

Na een tijdje zegt Nina: 'Je hebt dit alleen moeten verwerken.'

Madeleine knikt.

We denken dat 'getuigenis afleggen', 'de waarheid belijden', iets passiefs is, maar dat is niet zo, het kan vreselijk zwaar zijn. Daarom hebben we het ook over 'belijden'. Omdat het zo pijnlijk kan zijn. *Kijk naar me.*

'Wat zou er gebeuren als je het nu tegen je ouders zei?'

Madeleine houdt op met huilen. 'O, dat kan ik niet doen.'

'Waarom niet?'

'Mijn vader is niet gezond, ik zou – het zou... zijn dood kunnen zijn.' Ze snuit haar neus.

'En je moeder dan?'

'Ik weet niet... Stel dat ze...?' Madeleine kreunt omdat het verdriet weer opduikt. 'Ik wil niet dat ze me troost.'

'Waarom niet?'

'Omdat ze de pest heeft aan wat ik ben.'

Nina wacht.

'Dat is niet eerlijk, ze houdt van me. Ik weet alleen niet wat ze met die informatie zou doen.'

Nina wacht.

'Ze zou – ze zal zeggen: "Dus daarom ben je geworden wat je bent."' Iets wat zo waardevol en individueel is, teruggevoerd naar een misdaad, een obsceniteit... Nee.'

Nina zegt: 'Als het overleven van seksueel misbruik een recept voor homoseksualiteit was, zou het de verkeerde kant opgaan met de wereld.'

Madeleine glimlacht. 'Het gaat al veel beter met me,' zegt ze.

'Blij het te horen.'

'Je gelooft me niet.'
'Absoluut niet.'

Ze droomt opnieuw van te veel licht. Te groen gras. Benen zo zwaar dat ze amper kan lopen, dijen als nat cement, tegen de aarde gedrukt door geel licht.

ABRACADABRA

'Dat is namelijk,' voegde hij er op zeer ernstige toon aan toe, 'een van de ergste dingen die je in een duel kunnen overkomen – dat je hoofd afgehakt wordt.'

TIEDELDIE, DE AVONTUREN VAN ALICE IN SPIEGELLAND

Madeleine koopt twee avocado's voor Olivia en als ze langs de zuivelwinkel in Kensington Market komt, vangt ze een glimp op van de klok tussen de manden in de etalage; een met de hand geschreven bordje deelt mee: 'Rouwe eieren'. Ze heeft over veertig minuten een afspraak met Christine om 'iets af te ronden' – tijd genoeg om nog iets te schrijven.

Terwijl ze op een met vogelpoep versierd terras zit en notities maakt op een servet, schuift het zitvlak van een groot grijs pak een paar centimeter van haar gezicht voorbij. 'Pardon,' zegt de zalvende stem, net als het nijlpaard uit de tekenfilm dat zich in de bioscoop een weg baant langs de rij bezoekers. Restaurants en theaters: de enige publieke omgeving waarin het volstrekt aanvaardbaar is dat de reet van een vreemde langs je neus strijkt. Madeleine leunt achterover om de man ruimte te geven. Het is meneer March. Haar maag krimpt ineen. Hij heeft kinderen, een zoon en een dochter. Weer mis, chef – Meneer March zou nu ergens in de zestig zijn, hij zou... haar handen op de smeedijzeren tafel worden koud, het dringt tot haar door. Hij zou in de zestig zijn – misschien in de zeventig. Hij is met de tijd meegegaan, net als Colleen en Madeleine en de klok in de zuivelwinkel en de eieren op hun weg naar de pan. Hij is geen spook in een klaslokaal, die steeds weer dezelfde eeuwige scène speelt. Hij heeft de afgelopen drieëntwintig jaar lesgegeven. Misschien geeft hij nog steeds les. Hij is nog steeds ergens.

Ze staat op en vertrekt. Gaat naar de flat van Olivia, vindt de sleutel onder de baksteen, gaat naar binnen en belt de politie.

Ze wordt doorverwezen naar verschillende afdelingen van de provinciale politie van Ontario en krijgt eindelijk iemand aan de lijn die haar verhaal over seksueel misbruik noteert – 'Ik was niet de enige, het was een heel groepje' – en belooft weer contact met haar op te nemen.

Wat bevindt zich nog meer vlak voor haar neus zonder dat ze het kan zien?

Diverse medebewoners komen binnen. Iemand begint op een banjo te spelen. Natuurlijk vinden ze het niet erg als ze blijft wachten. Ze rolt zich op aan het uiteinde van de hemelse gammele bank, onder een deken die naar de wasserij ruikt, om te wachten op Olivia.

Verkracht.

Het is gênant om te ontdekken dat je net zo bent als anderen. Zelfs als het voor de helft beroemdheden zijn. Vooral als het voor de helft beroemdheden zijn. *Het kan iedereen overkomen. Ik ben niet bijzonder.*

'Ik heb het gevoel dat ik het verzin.'

Nina zegt: 'Als we ons zo inspannen om de waarheid te ontkennen, voelt het soms onwerkelijk aan als we het eindelijk hardop zeggen.'

'Vewkwachting,' zegt Bugs.

Nina wacht.

Madeleine kan ermee omgaan. Mensen die ermee om kunnen gaan, nemen de verantwoordelijkheid voor bepaalde dingen op zich. Wat betekent dat ze er behoefte aan hadden dat die dingen gebeurden. Het alternatief is te beangstigend: dat gruwelijke dingen hun zomaar kunnen overkomen. Jij bent degene die wordt getroffen door de ijspegel die van twintig verdiepingen hoog naar beneden valt. Jij bent het die op de bus wacht als een automobilist een beroerte krijgt en het trottoir op scheurt. Als je ooit open hebt gestaan voor een ramp betekent dat dat je permanent zonder beschermend dak zit. Tenzij het op de een of andere manier je eigen schuld was.

'Het is niet zo dat ik absoluut geen keus had, zelfs op mijn negende,' zegt Madeleine. 'Je kunt altijd kiezen.'

'En je bent bereid tegen een boom te rijden om dat te bewijzen.'

Seksueel geweld is een vorm van beroving. Je komt thuis en ziet dat je huis overhoop is gehaald. Alle voorwerpen, de waardevolle en de alledaagse, de onschatbare en de gewoon maar dure, zijn op dezelfde manier behandeld. Alle voorwerpen zijn veranderd in hetzelfde voorwerp. Omvergegooid, opzij gesmeten, de foto van je grootouders en de inhoud van de bestekla. Je kunt de voeten nog steeds door je huis horen stampen. Je kunt een nieuwe tv kopen, maar alleen de tijd kan de behaaglijke vrede van je huis herstellen, de scheur in de lucht op de trap helen, de naschok in de woonkamer, al die plaatsen waar de leegte obsceen in je huis mocht gluren. *Waarom wij?* Niets persoonlijks.

'Ik ben misselijk.'

'Wil je een glas water?'

Verkrachting behandelt het slachtoffer als niemand, als iedereen, als het maakt niet uit wie, *teringwijf!* De loopplank op, de deur door naar het abattoir. De ontelbare eigenschappen waardoor het ene individu verschilt van het andere, worden weggerukt; de ziel, weggerukt uit het lichaam, kijkt verdrietig en medelijdend toe wat er gebeurt met haar zus, haar broer – *teringwijf!* Het zal voor het lichaam daarna heel moeilijk zijn om iets binnen te laten. Heel moeilijk om de ziel weer toegang te verlenen. De ziel zal er misschien genoegen mee moeten nemen het lichaam op een afstandje te volgen en gemene zaak te maken met die andere eenzame volgeling, de schaduw. Het zal voor het lichaam heel moeilijk zijn om te weten of die lichte aandrang bij de nek, *laat me er alsjeblieft in,* de ziel of de schaduw is. Het is de ziel. Het verzoek van de schaduw is nederiger, die vraagt alleen maar om gezien te worden. *Wend je alsjeblieft niet af, elke keer als je je afwendt, ga ik dood.*

'Ik ben wagenziek.'

'Steek je hoofd tussen je knieën.'

Seksueel misbruik verandert alle kinderen in hetzelfde kind. *Kom hier. Ja, jij.* Kinderen herstellen snel, dus wordt een kind, net als een boom die opgroeit rond een bijl, gezond groot, tot het ingekapselde voorwerp met het verstrijken van de tijd gaat roesten en lekken en het idee om het weg te halen erger lijkt dan de gedachte om er langzaam aan dood te gaan. *Ik doe je geen pijn.* Wanneer genot en vergif eenmaal met elkaar verweven zijn, hoe kun je ze dan nog scheiden? Welke alchemist, welke therapeut, welke priester of vriend of minnaar?

'Ik geloof niet in die "verdrongen herinneringen"-onzin,' zegt Madeleine, terwijl ze de roze steen oppakt en die in haar hand weegt, koel marmer, bevredigend ovaal. 'Maar ken je dat verhaal van Edgar Allen Poe, "De gestolen brief"?'

'Ja.'

'Ik heb het gevoel dat er iets voor het grijpen ligt, maar dat ik het niet kan zien.'

'Iets wat zich openlijk verborgen houdt.'

'Ja. Of gecamoufleerd is.'

'Als een kikker die van kleur verandert om bij zijn omgeving te passen?'

'Ja, of als, eh, je weet wel, als een gespikkeld ei dat zich verstopt in het eh... in het...'
'Gras?'
'Ja.' Ze huilt.
'Wat is er, Madeleine?'
'Ik weet het niet, mijn ogen huilen.'
'Waarom?'
'Geen idee.' Ze legt de steen weer op tafel, laat hem ronddraaien.
'Wat was je aan het vertellen toen je ogen begonnen te huilen?'
'Ik weet het niet meer.' Ze wrijft een kriebel uit haar handpalm.
'Je had het over een gespikkeld ei...'
'Niet gespikkeld, blauw.'
'Het ei van een roodborstje?'
Madeleine haalt diep adem en kijkt naar de grond.

Het gras ligt vol met verwaarloosde voorwerpen die niet langer opgesloten zijn in de kamer boven in haar hoofd; ze vindt overal fragmenten, verspreid onder haar voeten, opgehoopt in de spleten van trottoirs, weerspiegeld in de wazige flits van een metrotrein. Het mysterie is hoe ze lang genoeg intact hebben kunnen blijven om gevonden te worden, deze breekbare dingen, broos als vlindervleugels, vergankelijk als de kinderjaren, wegwaaiend als het pluis van paardebloemen en lisdodden – vang een pluisje, doe een wens, laat het weer wegzweven in de wind – glanzend als gestolen zilver in een nest.

Het is net alsof ze de magische woorden heeft gevonden om deze voorwerpen te laten glinsteren zodat ze gevonden kunnen worden. Maar ze zijn niet 'magisch', het zijn gewoon woorden. Geen toverspreuken, gewoon spreuken. Namen. Misschien is dat wat magie is. *Claire*.

IN SPIEGELLAND

'O lieve help! Daar was ik bijna vergeten dat ik weer groter wil worden! Laat eens kijken, hoe zal ik dat klaarspelen?'

ALICE, DE AVONTUREN VAN ALICE IN WONDERLAND

'Heeft Georgia O'Keeffe ooit vlinders geschilderd?' vraagt Madeleine, terwijl ze zich met gekruiste benen in de draaistoel nestelt en haar voeten in haar handen warmt.
'Ik zou het niet weten,' zegt Nina.
'Ik droomde dat ik net zo'n reproductie van Georgia O'Keeffe vond als jij hier hebt, en ik voelde me zo gelukkig in de wetenschap dat jij en ik allebei dezelfde afbeelding hadden. Behalve dan dat het in mijn droom een ongelooflijke vlinder was. Enorm groot en heldergeel als de zon.' Madeleine staart naar de rustgevende schedel en de hoorns.
Ze heeft zich ontladen in de beste therapeutische traditie. Ze heeft 'leren omgaan met haar misbruik', ze heeft gehuild en de politie gebeld. Haar werk hier in geitenwollen-sokken-land zit er nu vast wel op. Mij nu naar huis gaan.
'Ik heb een relatie,' zegt ze.
Nina luistert.
'Ik ben eh... gelukkig. Is dat niet gek?'
Nina glimlacht.
'Ik heb het gevoel alsof een deel van me wakker is en dat deel is echt gelukkig. Maar het moet dat andere deel meesleuren. Die ballast is net een bewusteloze patiënt. Dat ben ik. Mijn ogen zijn dicht. Ik heb een blauw ziekenhuishemd aan.' Ze trekt haar gezicht in rimpels. 'Hoe doorzichtig ben ik, dokter?' Ze wacht. 'Het meisje in de blauwe jurk. Het is alsof ze opgroeide in een coma.'
'In je dromen voelen je benen zwaar aan.'
Alsof iets me naar beneden trekt. Een lichaam. *Dat van mij.*
De politie heeft haar niets kunnen vertellen, maar ze heeft te horen gekregen dat er aan de zaak gewerkt wordt. Maar ze is niet van plan te wachten terwijl de bureaucratische molens malen. Morgen heeft ze een afspraak met een

advocaat. Ze gaat een aanklacht indienen. Dat is het beste wat ze kan doen.'
'Wat voor aanklacht?' vraagt Nina.
'Wat bedoel je? Seksueel misbruik, natuurlijk.'
Madeleine heeft nooit volledig kunnen begrijpen dat mensen en plaatsen bleven veranderen nadat de McCarthy's waren overgeplaatst, en op dezelfde manier is een kinderwereld, hoe bevolkt ook door fantasie en gekleurd door het geloof in pratende dieren en in tijdreizen, in feite strikt geordend en onveranderlijk. Politiemannen glimlachen altijd en dragen een uniform – ze zitten nooit met een glas bier in een tuinstoel. Slagers staan met een witte jas aan achter een toonbank, zelf doen ze nooit boodschappen en ze gaan ook nooit met gewone kleren aan naar de dokter. Onderwijzers zijn ondenkbaar buiten school – misschien zie je ze naar hun auto lopen, maar wanneer ze het parkeerterrein verlaten, vallen ze van de rand van de aarde en ze verschijnen pas de volgende ochtend weer voor de klas, gekleed in onderwijzerskostuum.

De dingen die meneer March deed als de meisjes moesten nablijven, waren een inbreuk op de werkelijkheid, maar de werkelijkheid herstelde zich als een mysterieuze knobbel in de schors van een boom. De mogelijkheid om deze beschadiging weg te werken – om meer ruimte te geven aan wat normaal was – hield in dat dezelfde strenge natuurwetten van de kinderjaren erop moesten worden toegepast: dit gebeurt er als je moet nablijven. Het gebeurt in de klas. Bij zijn lessenaar. Net zoals de slager nooit naar de winkel gaat om groente te kopen, de politieman nooit een spelletje badminton speelt en de melkboer nooit zonder zijn wagentje langskomt, zouden de dingen die bij het nablijven in de klas gebeuren nooit ergens anders kunnen gebeuren.

Door de terracotta toegangspoort van Nina's spreekkamer is Madeleine teruggekeerd naar het klaslokaal, ze heeft het kind gadegeslagen, ze heeft het verband opgetild en de stinkende wond geroken, de wond blootgesteld aan de lucht zodat hij weer deel gaat uitmaken van de tijd en kan gaan veranderen, zich kan sluiten. Ze heeft trouw geluisterd, maar ze moet het verhaal van het kind nog vertalen in volwassen taal. Ze heeft het nog niet werkelijk gehoord. Ze is gewoon de zoveelste volwassene die knikt en liefheeft, maar geen hulp kan bieden.

Ze houdt haar handen voor haar gezicht en haalt diep adem.
'Voel je je niet lekker?' vraagt Nina.
Madeleine schudt haar hoofd. 'Ik moet het soms nog steeds doen. Aan mijn handen ruiken. Raar, hè?' Ze grinnikt. 'Mijn broer pestte me er altijd mee.'
Iets heel simpels wordt duidelijk in de vertaling. Iets wat volwassenen als vanzelfsprekend beschouwen bij hun ongebreidelde rondgang op aarde, niet

belemmerd door bedtijd en het verwijt dat groente ongegeten op het bord achterblijft: onderwijzers mogen de klas verlaten. Ze mogen het parkeerterrein in hun auto verlaten. Ze mogen over een zandweg naar een plek rijden waar een boer zo vriendelijk is geweest het hek niet te repareren. Ze mogen afdalen in het ravijn bij Rock Bass, met een breekbaar blauw ei beschermend in een grote handpalm, dan aan de overkant omhoogklimmen, en met hun bruine schoenen die de kinderen alleen op asfalt of op het schoollinoleum hebben gezien, mogen ze het pas geploegde maïsveld oversteken naar het weiland verderop, waar een iep staat...

'Waarom doe je dat?'

'Om ze schoon te maken. Om de vieze lucht die eraan zit, eraf te ruiken. Dwangneurose, ja toch? Je zou mij moeten betalen.'

'Waar ruikt het naar?'

'Nou, eigenlijk ruikt het nergens naar.'

'Hoe stel je je dan voor dat het ruikt?'

'Je kent je vak. Oké, het ruikt klam. Het is een gele lucht.'

'Geel? Zoals urine, bedoel je?'

'Nee, gewoon... geel.'

Ze moet de vetgedrukte tekst en de plaatjes van haar kinderverhaal nog vertalen in de kleine lettertjes van de volwassenheid. Als ze dat doet, zal ze het weer aan het kind kunnen vertellen. Voorzichtig vertellen. Het vreselijke verhaal waarvan het kind niet weet dat ze het weet.

Ze beweegt haar vingers, sluit en opent haar vuisten, dat is de manier om te voelen dat je handen niet worden afgehakt.

'Helpt dat de lucht te verwijderen?' vraagt Nina.

Madeleine ziet dat haar handen ronddraaien aan haar polsen. 'Nee.' Ze ontspant ze op de stoelleuning en ze worden ijskoud. Ze haalt diep adem en gaat erop zitten.

'Ik denk dat ik het misschien heb gedaan.'

'Wat?'

'Haar heb vermoord.'

'Waarom denk je dat?'

'Omdat ik haar daar kan zien liggen.'

'Je hebt jezelf gezien, dat weten we.'

'Maar ik heb zo'n duidelijk beeld van haar.'

'Kun je dat beeld beschrijven?'

'Ja, ja... ik zie dat het gras platgetrapt is alsof iemand er heeft gepicknickt, snap je?'

'Madeleine. Kun je haar gezicht zien?'
'We zagen een hert.'
'Wie?'
'Ik en Colleen en Rex.'
'Kun je het gezicht van Claire zien?'
'Mm-hm.'
'Hoe ziet het eruit?'
'Ze slaapt.'
'Kun je haar haar beschrijven? Je zei dat ze een haarband droeg.'
'Haarspeldjes, ja, en ze had haar bedelarmband om.'
'En haar ogen?'
'Die zijn dicht.'
'En de rest van haar gezicht, Madeleine? Haar mond, haar wangen?'
'Ze ziet er vredig uit, maar ze is bleek, want, nou ja, ze is dood.'
'Madeleine?'
Madeleine kijkt op.
Nina zegt rustig: 'Als mensen sterven door wurging, blijven hun ogen open. Ze krijgen een andere kleur, ze worden niet... het lijkt helemaal niet op wat jij je voorstelt.'

Madeleine voelt zich opeens moe. Alsof vermoeidheid haar normale toestand is en ze alleen maar heeft gewacht tot er iets viel – tot alle ballen, die stilhingen in de lucht, naar beneden vielen. *Ga ik dood?* Een stem heeft dat gevraagd vanuit de diepste diepten van de vermoeidheid. Uit het midden van het bos waar de ogen van dieren glanzen, uit een schuilplaats waar een doodsbleek meisje op haar hurken zit.

'Ik ben bang,' zegt Madeleine.
'Kun je dat beschrijven?'
'Ik ben bang dat ik iets weet.'

Beelden, zelfs angstige, kunnen geruststellend zijn omdat ze een volledig verhaal vertellen, anders dan het geheugen, dat alleen fragmenten aandraagt die in elkaar gezet moeten worden. Madeleines beeld van Claire die vredig dood ligt te zijn, blijkt de hele tijd een geverfd decor te zijn geweest. 'Net als *Bonanza*,' mompelt ze.

'*Bonanza?*'

Een beeld van een intacte gele schelp, die het scherm vult tot Ben Cartwright en zijn zoons er op hun paarden dwars doorheen rijden.

'Juist,' zegt Nina.
Even later zegt Madeleine: 'Ik wil niet.'

'Wat wil je niet?'

'Zien wat er achter dat beeld zit.' Ze knippert krampachtig met haar ogen, maar houdt haar blik op Nina gericht, blijft aandachtig. *Concentreer je, meisje.* 'Stel dat het mijn vader is geweest?' zegt ze, met een stemmetje zo klein als een paddestoel.

'Denk je dat dat mogelijk is?'

'Dat zou het allerergste zijn.'

'Madeleine? Waarom is het jouw taak om uit te zoeken wat er met haar gebeurd is?'

Madeleine kijkt verbouwereerd op – *ik kan je niet meer volgen, chef.* 'Ik dacht dat jij dacht... dat ik het wist. Alsof ik naar een aanwijzing kijk, maar die niet herken, omdat... ik niet weet dat ik het weet.'

'Madeleine. Je zult misschien nooit ontdekken wat er met Claire is gebeurd. Maar er zijn wel dingen die je kunt ontdekken.'

'Zoals wat?' Ze voelt haar voorhoofd rimpelen als dat van een hond, serieus en smekend, ogen die een poel vormen en rond worden als schotels.

'Wie jij bent in deze hele toestand.'

Madeleine staart Nina aan, zich bewust van een bijtend gevoel in haar maag. 'En trouwens, haar onderbroek lag over haar gezicht,' zegt ze.

'Ik weet het,' zegt Nina. Iedereen weet dat. Een van de 'gruwelijke bijzonderheden'. 'Je draagt een zware last met je mee, Madeleine. Kun je je voorstellen dat je die even van je schouders neemt? En uitrust?'

Iets verschuift, geeft toe aan de zwaartekracht. Madeleine zakt omlaag zonder zich te bewegen en als een soort reactie op de nieuwe nabijheid van de aarde beginnen de tranen te stromen.

'Ik denk dat ik doodga.' Haar woorden bereiken haar alsof iemand anders ze uitgesproken heeft. Iemand die ze haar hele leven heeft gekend, maar vergeten is. Een terugkerende reizigster. Omslagdoek om haar hoofd en schouders. Iemand in de rouw.

Ze herkent dit deel van zichzelf niet. Ze heeft een talent voor verdriet ontdekt – net alsof je op een ochtend de trap afloopt en een stuk van Chopin speelt zonder dat je ooit eerder een piano hebt aangeraakt. Is verdriet een gave? Tranen stromen uit elke plek van haar lichaam, ontspruiten als bladeren, ze kan ze zachtjes horen meezingen met de regen, ze treurt als een wilg.

'Geef me je handen,' zegt Nina.

Dat doet ze.

'Nina, ik weet dat ik Claire niet heb vermoord. Maar mijn handen denken van wel.'

'Waarom?'
'Omdat ze weten hoe het moet.'
De tijd staat stil voor verdriet.
Diep en modderig groen, het ping van de sonar, wat bevindt zich daar beneden? Donker en verdronken, blijf duiken, dit is een droom, je kunt onder water ademhalen. Duik, duik tot je weet hoe vreselijk droevig het is dat er een kind is vermoord.
'Wat weten je handen, Madeleine?'
Madeleine houdt haar adem in aan het eind van elke inademing en blaast uit met korte stoten. Ze zegt: 'Ik... kan het niet zeggen.'
'Wat kun je niet zeggen?'
Ze kijkt naar haar handen. Witte honden, stomme dieren. Ze streelt de een met de ander om ze warm te maken. Ze ademt zorgvuldig in, en stapt dan op een smalle tak. 'Hij wilde altijd dat we hem wurgden.'
Dat is de truc van het vertellen. Voorwerpen verenigen zich op magische wijze, stukken van een gebroken kopje; of ze verschuiven simpelweg een heel klein eindje, als in een caleidoscoop, zodat het beeld geheel verandert. Meneer March heeft Madeleine nooit gewurgd, dus heeft Madeleine nooit aan hem gedacht als een wurger. Ze was negen. Ze wist niet hoe ze het beeld moest omdraaien. Het spiegelbeeld moest tekenen. De druk van zijn duim in het zachte vlees van haar arm, zijn greep getatoeëerd in blauwe plekken, harder drukkend als zij haar kleine handen om zijn brede vlezige nek klemde. *Knijp.* Ze is nu tweeëndertig en ze hoefde het alleen maar hardop te zeggen.
Ze merkt dat de kleuren in de kamer iets helderder zijn geworden. Ze kijkt Nina aan en zegt: 'Hij heeft haar vermoord.'
Ze grijpt de stoelleuningen zo hard vast dat ze het hout voelt meegeven, het smelt en verandert in chocolade.

DEEL VIJF

Menselijke factoren

HET ZWEEFVLIEGTUIG

Het was nadat ze hadden gehoord dat Mike vermist werd. Het was voor de hoop was vervlogen. Het was jaren voor Jack en Mimi naar het appartement verhuisden. Madeleine zou over drie weken eindexamen aan de middelbare school doen; over drie weken zou haar leven beginnen. Ze bruiste van heimelijke, stralende vreugde over haar ophanden zijnde ontsnapping naar de wereld, ver van deze buitenwijk.

Ze stond bij het aanrecht, waar ze wrevelig appels schilde voor haar moeder. Uit de achtertuin kwam het geronk van de oude grasmaaier. Door het raam zag ze haar vader heen en weer rijden. 'Kijk je vader eens, hoe hij het gras maait.'

Madeleine zei nors: 'Wil je dat ik het voor hem doe? Dat vindt hij niet goed.' Haar moeder had het altijd over haar vader alsof hij een soort chronisch zieke was – *je arme zwakke vader, die daarbuiten de maaier voortduwt op zijn krukken*. Waarom kan niemand hier gewoon normaal doen? Huizen hebben tuinen, mannen maaien het gras. Het is geen raketwetenschap en het is geen tragedie. Er is niets aangrijpends aan een blanke man van middelbare leeftijd die het gras maait. Al helemaal niet wanneer er een groot zwembad midden in het gras ligt.

Mimi draaide zich om en glimlachte, en Madeleine voelde hoe haar hart werd opengereten door schuldgevoel. Er stonden tranen in de ogen van haar moeder. *Als Mike hier was zou hij het gras maaien.* Ze voelde dat ze haar moeder afschuwelijk behandelde, dat ze een afschuwelijke dochter was, en ze was razend omdat haar vader haar nooit het gras liet maaien – alsof het veilig bedienen van een kleine motor met een snijblad de aanwezigheid van een Y-chromosoom vereiste. Hij zei tegen haar dat ze alles kon worden wat ze maar wilde – politicus, advocaat, hersenchirurg, astronaut. Van hem mocht ze naar de maan reizen, maar hij vertrouwde haar niet met een *maudit* Canadese Tire Lawn-Boy: *Je moet oppassen met die dingen, voor je het weet ben je een teen kwijt.*

Ze slofte naar de voordeur. Ze hoorde de stem van haar moeder achter zich: 'Waarom vraag je je vader niet of hij zin heeft in een wandelingetje?' Ze vond het vreselijk als haar moeder probeerde haar relatie met haar vader te 'stimuleren'. *We kunnen het goed met elkaar vinden, ja? En daar heb jij niks over te zeggen.* Dus – geërgerd omdat haar moeder haar ergernis had opgewekt bij het vooruitzicht van een wandeling met haar vader, iets wat ze anders altijd prettig vond – liep ze naar de achterdeur. 'Je hebt de aardigste papa van de wereld,' hoorde ze haar moeder zeggen voordat ze de hordeur met een klap dichtsloeg.

Ze liep de achtertuin in en vroeg: 'Hoi pap, zullen we een eindje gaan wandelen?'

Hij keek op, gehurkt naast de gekantelde maaier, waarvan hij het met groen bevlekte mes schoonveegde. De moer aandraaide. De geur van gemaaid gras en benzine bereikte haar, vol herinneringen, geruststellend... en droevig. Alles is verdomme droevig. Het is droevig om verwekt te worden. We beginnen te sterven zodra we geboren worden.

'Zeker, liefje.'

Ze liep achter hem aan naar de garage, terwijl hij de maaier over het beton naar zijn vaste plaats duwde. De geur van koel beton – ook een intens burgerlijke geur, net als het chloorluchtje, vermengd met rozen en etensluchtjes van de buren.

'Waarom koop je geen elektrische maaier, pap? Die zijn beter voor het milieu. Of schaf gewoon een maaier aan die je moet duwen.'

'Dat is geen slecht idee, ik vind het geluid van die dingen een stuk prettiger.'

Ze hebben deze maaier al sinds Centralia. Pap noemt hem 'het beest'.

'Ik wacht gewoon tot deze de geest geeft, maar Henry Froelich heeft hem zo goed gerepareerd dat dat wel nooit zal gebeuren.'

Ze verlieten de garage en gingen wandelen.

Het was een van die weelderige zonsondergangen die je in Ottawa hebt. De vochtigheid had een betoverend effect, nat vuur trok strepen in een blauwgroene lucht. Bladeren die zo sterk glansden dat het leek of ze met was waren ingesmeerd, sissende gazonsproeiers, glimmende geparkeerde auto's.

Ze praatten over de toekomst.

'Waarom ga je niet naar New York? Zoek een baantje als serveerster en werk je via de clubs omhoog naar de *Ed Sullivan Show*.' Ze had Ed allang verruild voor *Laugh-In*, maar ze corrigeerde hem niet.

'Of vaar met een vlot de Yukon af.'

Ze liepen voorbij de middelbare school. Een groep jongeren hing rond op het parkeerterrein, er kwam muziek uit de radio van de stationcar van iemands vader. Ze wierp een meewarige blik in hun richting. De hippe kinderen. Het mocht wat. Afspraakjes, vrijen – al die meisjes zaten binnenkort in de val. Ze zag de beeldschone Stephen Childerhouse. Hij keek op en ze keek gauw opzij;

hij hield de hand vast van Monica Goldfarb. Wat dan nog? De wereld bestaat sowieso niet. De werkelijkheid is subjectief. We leven allemaal in een droom, en waarschijnlijk niet die van onszelf. Maak de rode koning niet wakker. Zie je wel? Ik hoef niet stoned te worden om me afwijkend te gedragen.

Ze kochten ijsjes. Hij nam zijn eerste likje en ze wendde haar hoofd af, want hij zag er zo jong uit en zij voelde zich zo oud.

Ze liepen voorbij de rand van het nieuwbouwproject tot waar het land nog braak lag en de bomen hun eigen leven leidden en hun bladeren in het water van de Ottawa lieten hangen. Daar in het midden was een eiland van Huck Finn-formaat; waarom had ze nooit een van die losse boomstammen van de luciferfabriek gepikt om zich ernaartoe te laten drijven? Dat was ze altijd van plan geweest, maar nu op haar zeventiende was ze geen kind meer. En het zou niet erg leuk zijn om dat in haar eentje te doen. Jocelyn was niet zo'n soort vriendin. Madeleine had maar één keer zo'n soort vriendin gehad.

Ze liepen over het zandpad langs een zwartgeblakerde plek waar kinderen een kampvuur hadden gestookt en ze vroeg: 'Pap? Denk je dat Ricky Froelich het misschien toch heeft gedaan?'

'Absoluut niet.'

'Waarom hebben ze hem dan veroordeeld?'

'Dat proces was een aanfluiting.'

Madeleine voelde de indringende beroering van iets wat dieper zat dan schuld. Iets waar ze niet aan kon ontkomen; ze moest wachten tot het voorbij was, net als bij een tropische ziekte die steeds terugkeert. Schaamte. Haar vader wist daar niets van. Hij was rein. Ze sloeg hem vanuit haar ooghoek gade en probeerde hem ertoe te dwingen zijn blik niet op haar te richten. Als hij haar nu aankeek, zou hij de duistere diepten in haar zien. Hij keek met half dichtgeknepen ogen naar de lucht, likte aan zijn ijsje, zo onschuldig en onbezorgd. *Dit boek is van John McCarthy.*

'Kijk daar eens,' zei hij, omhoogwijzend. Ze voelde de duisternis in haar binnenste verdwijnen. 'Daar,' zei hij. 'Zie je het?'

Ze keek omhoog en zag een wit vliegtuig. Stil. Langzaam. Lange, taps toelopende vleugels, zuivere lijnen en niet gehinderd door motoren.

Ze keken zwijgend. Ongehaast maakte het toestel een bocht, dook, klom schuin omhoog en wachtte, terwijl het de lucht zijn gladde borst voorhield voordat het weer in de armen van de zwaartekracht viel, zijn danspartner.

'Dat is pas vliegen,' zei Jack.

LE GRAND DÉRANGEMENT

'Dat komt door het achteruitleven,' zei de Koningin vriendelijk, 'dat maakt je in het begin altijd een beetje duizelig.'

DE AVONTUREN VAN ALICE IN SPIEGELLAND

Nina vond dat ze vanavond niet alleen moest zijn. Stelde voor dat ze een vriendin zou opbellen, en gaf Madeleine haar telefoonnummer thuis, 'voor het geval dat je behoefte hebt om te praten'. Ze vroeg of Madeleine voorbereid was op de ontdekking dat meneer March niet meer leefde.

'Dat maakt niet uit, ik moet toch vertellen wat hij heeft gedaan.'

'Ik denk dat je je moet voorbereiden op de mogelijkheid dat je misschien niet precies zult ontdekken wat je verwacht.'

'Denk je dat Ricky het heeft gedaan?'

'Dat zeg ik niet, Madeleine.'

'Wat zeg je dan godverdomme wel?!'

'Ik zeg – ik vraag iets. Waar sta jij in dit alles?'

Maar Madeleine begreep de vraag niet. En ze was te laat, te laat voor een heel belangrijke afspraak.

Naar buiten, het verblindende zonlicht in, mensen die de kruising oversteken, licht dat van voorruiten en motorkappen spat. Het lijkt wel alsof ze geen volledige longvol lucht naar binnen kan krijgen. Het is een mooie dag, niet te warm, half juni. Haar ogen spelen haar weer parten, ditmaal zien ze woorden die er niet zijn, trillende letters die op de ruit van een restaurant zijn aangebracht: *Perverse koffie*... Ze rent over het lommerrijke trottoir. Ze wou dat ze haar fiets had, ze rent harder...

'Hoi, Madeleine!'

'Hoi Jim,' roept ze terug, maar ze blijft niet staan. Hij heeft een baby in een draagzak bij zich, wanneer is dat gebeurd?

Haar handen draaien alsof ze zichzelf kunnen losschroeven, ze slokt lucht naar binnen, ze is nu even ten noorden van Bloor Street, ze rent nog steeds, de hakken van haar *Quatre Cents Coups*-sandalen dreunen op het plaveisel – zo voel je dat je voeten niet worden afgehakt...

Er is genoeg gepraat. Het is tijd om te doen wat gedaan moet worden.

Ze rent de trap naar haar voordeur op. Haar fiets is er niet, dat komt doordat ze die met een kettingslot heeft vastgezet aan een parkeermeter bij het kantoor van Nina. De binnentrap op, met twee, drie treden tegelijk. Op het kleed in het midden van de lege kamer knippert het rode lampje van het antwoordapparaat. Ze neemt de hoorn op en draait een nummer.

Ik had het kunnen zijn.

Ik zou het geweest zijn.

Ik had het moeten zijn.

Ditmaal heeft ze 911 gedraaid. '... alleen voor echte noodgevallen,' zegt de vrouwenstem.

'Dit is een noodgeval.'

'Bel het plaatselijke politiebureau, ik zal u het nummer...'

'Ik heb ze al gebeld, maar ze doen geen flikker!'

'Ik ben bang dat u...'

Madeleine smakt de hoorn op de haak en draait 411.

Er zijn plaatsen en ogenblikken die beslissend zijn. Net als oude foto's kunnen ze ons duidelijk maken waar we vandaan komen...

'... dank u, dit is het nummer dat u zoekt...'

Zij komt uit een zomermiddag, het late augustuslicht dat de maïs op de velden doet glanzen; haar moeder in het achteruitkijkspiegeltje, met getuite lippen die een verse laag rood krijgen.

'U bent verbonden met de politie van Onta...'

'Hallo, ik wil aangifte doen van een...'

'Als u een toestel met druktoetsen heeft en het nummer van de afdeling kent...'

Ze komt uit een straat met Technicolorhuizen, waar ze naar een man in een mooi blauw uniform en met een pet op toe fietst; hij buigt zich voorover, met uitgespreide armen om haar op te vangen. *Doe het op jouw manier, liefje.*

'Ik heb informatie over een moord.'

'Ga uw gang.'

Ze komt van het geprik van een kapstokhaak naast haar ruggengraat.

'... de zaak-Froelich, ja...' Ze komt van een geheim. '... een onderwijzer die meneer March heet, hij is inmiddels met pensioen, maar...' Hoe komt ze daar terug? 'Ik heb vorige week gebeld, iemand zou – u heeft toch zeker wel een dossier...' Naar het weiland in het voorjaar. Naar Colleen en Rex... stil als op

Le grand dérangement ♦ 711

een schooldag. 'March. Als in marcheren.' Terwijl ze achter Colleen aan het veld oversteekt naar het weiland. Kijk uit naar iets dat ligt te glimmen in het gras van vorig jaar. Iets dat roze is en terugknipoogt tegen de zon, dat moet haar lint zijn.

'Ik heb geen melding van uw telefoontje, mevrouw McCarthy, blijft u even aan de lijn.'

Muzak in haar oor. Ze zit met gekruiste benen, staart naar de geometrische patronen op haar vloerkleed. Ze verzamelt de feiten, ze ziet ze als kiezelsteentjes voor zich liggen, ze wil ze in haar handen nemen, maar er zit steeds iets in de weg, onder stroom staande losse eindjes van een verhaal kronkelen en sissen om haar heen, raken de grond, verschroeien het vloerkleed. Ze hangt op en staart naar de telefoon alsof het een rat is die terug kan staren. Door het kralengordijn voor het balkon komt het geluid van drums ettelijke straten verderop, de zon is roze als een pleister, een snoepkleur, de kralen zijn snoepkettingen die achter elkaar aan veterdrop zijn geregen. Ze pakt de hoorn weer op en draait.

De universele stem: 'Inlichtingen, welke gemeente?'
'Crediton.'
'Welke naam?'
'March. George, geloof ik. George.'
'Een ogenblikje. Dit is het nummer.'

Zo simpel is het. Zo mogelijk en nabij. Hoe moet het zijn om je hele volwassen leven maar één telefoonnummer te hebben? Ze denkt aan meneer Froelich met zijn 'oude telefoonnummer' op zijn arm getatoeëerd. Zijn krijtwitte vingers en vriendelijke gezicht, het schoolbord vol lastige breuken achter hem als hij zich vooroverbuigt om haar voorhoofd aan te raken: *'Was ist los, Mädele?'* Waarom loopt die man niet langer rond op aarde? Ze draait het kengetal, daarna het nummer – er klinkt een deuntje, 'Camptown Races'.

De schoonheid van de late middag dringt door in haar lege woonkamer, raakt het lijstwerk van het hoge Victoriaanse plafond, met een ronde decoratie in het midden. De telefoon gaat over aan de andere kant van de lijn. Zo leeg. Het geluid van een ketting in een droge put.

'Hallo?' De stem van een bejaarde vrouw, aarzelend.
'Hallo... mevrouw March?'
'Ja?'
'Hallo, ik ben een oud-leerlinge van meneer March.'
'O.' De argwaan verdwijnt, Madeleine kan de glimlach horen.
'Ik zou hem graag willen spreken.' Ze hoort haar eigen stem trillen, alsof ze

in de bladen van een ventilator spreekt. Ze merkt dat ze steeds kleiner wordt, zal hij haar überhaupt kunnen horen als ze de woorden eindelijk uitspreekt? En welke woorden zullen het zijn?

'O, het spijt me,' zegt de dame. 'George is overleden.'

Er zijn herkenningspunten die we zonder nadenken gebruiken. Je kunt nooit verdwalen als je een berg kunt zien. Nu is meneer March verdwenen. En Madeleine weet niet meer waar ze is, of hoe ze moet terugkomen bij de plek waar ze vandaan komt. *Hemeltje!* riep het kind toen het besefte dat het verdwaald was, *wat zal er van me worden?*

Ze had via hem terug kunnen komen. Via de slechte tijd naar de gezegende, laatste goede tijd. *Centralia*. Maar de deur in de berg ging dicht voor ze die kon bereiken, en ze kan geen opening of kier in dit onverbiddelijke oppervlak ontdekken.

'Bent u daar nog?'

'Gecondoleerd.'

De bejaarde stem zegt amechtig: 'Ju, ju,' en er klinkt een koestering in de volgende woorden van de vrouw. 'Het is nu anderhalf jaar geleden.'

Madeleine antwoordt niet.

'Hoe zei u ook alweer dat u heette?'

'Dat maakt niet uit.'

'O, ik wou dat hij met u had kunnen praten, hij was dol op zijn leerlingen.'

Mevrouw March zegt iets, haar stem dwarrelt nog steeds omhoog uit de telefoon als Madeleine de hoorn voorzichtig naar het toestel loodst en ophangt.

Het is voorbij.

Ze gaat voorzichtig liggen, opgekruld met haar hoofd naast de telefoon. Ze hoort haar eigen stem zacht jammeren: 'O nee-ee-ee o nee-ee-ee-ee', net als die arme, arme, arme Grace. Ze ziet dat ze haar eigen voorhoofd streelt alsof haar omgekrulde vingers van een ander zijn – een volwassene, ergens anders met zijn gedachten, maar in staat om enige verstrooide troost te schenken. Ze is dankbaar dat ze alleen is op het kleed. Ze wou dat het het koele gras van Centralia was. De geur van aarde, het gekriebel van een mier die tegen een kromme grasspriet op kruipt, het geritsel van talloze levens onder haar oor. Ze wou dat ze een roze tong kon voelen, als een plak ham, warm tegen haar wang, Rex hijgend, lachend als een hond. Wou dat ze de zon op haar arm kon ruiken, kinderstemmen kon horen uit vele tuinen verderop, de wielen van de fiets van haar broer dichterbij kon zien komen. Ze zou er alles voor overhebben om zijn hoge sportschoenen te zien, de ene stevig op de trapper, de andere op de grond geplant, om hem te horen zeggen: 'Wat denk je dat je aan het doen bent, sufkop?' en te zien hoe hij zich omdraait om te roepen: 'Maman, ze is in het gras in slaap gevallen.'

Waar ben je, Mike? Mijn broer. *Weg, verdwenen in het gras.*

De vriendelijke neutrale vingers drukken tegen haar ogen, want Mike is nu ook bezig dood te gaan, eindelijk, en opnieuw. Hij is een deel van de aarde, een deel van het weelderige woud dat zich daarginds langzaam zelf herstelt. Zijn beenderen, fragmenten van zijn uniform, gerafeld groen, de ketting die hij droeg, metalen naamplaatjes, een ervan met zijn naam. Ik hou van je, Mike. Rust.

Waar zijn alle kinderen gebleven?

Ze ligt gewichtloos op het tapijt, armen en benen, handen en hoofd als een losse verzameling. Als ze op zou staan, zou de helft misschien her en der op het kleed achterblijven.

Er was eens een berggrot. De Rattenvanger lokte de kinderen naar binnen, allemaal op één kind na, dat kreupel was en de rest niet kon bijhouden. Toen dat kind eenmaal arriveerde, was de deur verdwenen en bleef het eenzaam achter, zonder dat het wist of het geluk had gehad of gewoon verlaten was. Wie was dat kind? Dat kreupele kind. Het kind dat een volwassene werd.

Door haar gesloten ogen kan Madeleine de stemmen horen van kinderen in de berg. Haar stem is er ook bij. De wol van het kleed strijkt langs haar wang, ze houdt haar ogen gesloten en luistert.

Hoe kan een volwassene ooit toegang krijgen? *Tenzij jullie worden als een van dezen...* Niet 'onschuldig', gewoon nieuw. Onbewerkt en nog zo ontvankelijk voor het leven. Waarom hebben volwassenen het altijd over kinderlijke 'onschuld'? Dat is een statische eigenschap, maar kinderen zijn in beweging, ze groeien, ze veranderen. De volwassenen willen dat ze dat kostbare iets meedragen dat zijzelf, menen ze, ook eens bezaten. En de kinderen dragen het mee, want ze zijn heel sterk. Het probleem is dat ze het weten. En ze zullen alles doen om de volwassenen tegen kennis te beschermen. Het kind weet dat de volwassene onschuld waardeert, en het kind denkt dat dat komt doordat de volwassene onschuldig is en daarom tegen de waarheid moet worden beschermd. En als de onwetende volwassene onschuldig is, dan moet het wetende kind wel schuldig zijn. Net als Madeleine.

Ze heeft daar iets achtergelaten, heeft het in het gras laten vallen.

Waar?

In het weiland.

Als ze kon teruggaan en zichzelf op haar negende kon terugvinden, zou ze het kunnen vragen en zou ze luisteren. De fragmenten zouden een verhaal worden dat haar zou terugbrengen naar hier, naar waar ze op haar tweeëndertigste op het kleed ligt. En dan zou ze weer overeind kunnen komen.

    Claire McCarroll VERMOORD
    Madeleine McCarthy VERMOORD
    Marjorie Nolan VERMOORD
    Grace Novotny VERMOORD
    Joyce Nutt VERMOORD
    Diane Vogel VERMOORD

BLAUW EI

Toen Jack thuiskwam uit het ziekenhuis gaf hij zijn vrouw een cadeau. Anders dan de nertsjas was het iets wat ze nog steeds heel graag wilde hebben. Hij overhandigde het haar voorzichtig. Ze nam het aan als het kostbare en broze voorwerp dat het was. Als een Fabergé-ei, saffierblauw in haar handen:
    Ik heb Karen Froelich nooit aangeraakt.
    Door wat ik nu zeg, weet je dat ik de waarheid spreek.
    Ik was degene die zwaaide.
    Dat is wat een goede echtgenote voor je kon doen als je tot die generatie behoorde. Ze kon iets oppakken dat vreselijk donker was. Vreselijk zwaar. Bijtend. En in haar handen ging het glanzen als een juweel, eenvoudig omdat je het met haar had gedeeld. Jouw Geheim wordt Ons Geheim.
    Er zijn maar weinig mensen die het geluk van zo'n huwelijk kennen. En al was zijn cadeau niet het derde kind waar Mimi om had gebeden, en kon het dat nooit meer zijn, het was toch waardevol. En ze moest erom huilen, omdat hij van haar was en dat altijd was geweest. Altijd zou blijven. Ze hunkerde ernaar om hem ook iets te geven. *Het was niet jouw schuld dat onze zoon wegging. Ik vergeef je.* Maar die beide uitspraken pasten niet bij elkaar, dus kuste ze hem in plaats daarvan, streelde zijn gezicht en zette een ketel water op.

HET DOMINO-EFFECT

Dit is iets wat altijd klopt: het is mijn schuld.
    Rij via Highway 2 Toronto uit. Langs nieuwbouwwijken onderbroken door boerderijen die gestrand zijn op krimpende landbouweilanden, door dorpen waar de pittoreske hoofdstraten plaats hebben gemaakt voor doorzonwoningen en monsterlijke huizen of overgoten zijn met een kneuterig pseudo-ouderwets vernisje, hoofdstraten die gevolgd worden door fastfoodrestaurants, dumpzaken, hypermarkten en onpersoonlijke flatgebouwen die woningnood onder spoken hebben veroorzaakt. *Ik heb mezelf gered van het nablijven, maar dat heeft hem er alleen maar toe gebracht om Claire als plaatsvervangster te kiezen.*
    Dan weer uitzicht op Lake Ontario aan de rechterkant – zo dichtbij en toch zo ontoegankelijk, want als er wegen naartoe lopen is er ook nieuwbouw en staan er fabrieken en hekken. Je zou je auto kunnen parkeren en als een hond door het hoge gras over de hobbelige grond naar de oever kunnen sluipen, waar borden je duidelijk maken wat er op deze plek allemaal onveilig is. We zijn in Noord-Amerika, overal staan borden die je waarschuwen voor gevaar. Opgepast: klif. We zijn op het punt aangeland dat we het risico lopen in elke willekeurige afgrond te storten die niet van een bord is voorzien. Opgepast: kinderen. *Ik heb Claire gered door de brief van het Menselijk Zwaard, maar die heeft hem alleen maar van de klas naar het weiland gedreven, waar geen deur dicht hoefde te worden gedaan, waar geen andere kleine meisjes rondliepen, waar geen schoolhoofd was, even verderop in de gang...*
    Rij via Highway 33 naar het noorden. Het landschap verandert, de weg doorsnijdt kalksteenformaties, kale rotswanden aan weerszijden, vol stillevens, de ene laag fossielen na de andere, nu overdekt met graffiti. *Had ik het maar tegen mijn vader gezegd.* Pas op dat je niet blijft hangen in dwanggedachten of een kinderliedje van je schuldgevoel maakt, want dan takel je af tot het niveau van KILROY WAS HERE. Claire zou niet gestorven zijn, ik zou niet hebben gelogen, Ricky zou geen alibi nodig hebben gehad, hij zou niet naar de gevangenis zijn gegaan. Dit is het land van Onoverzichtelijke Kruisingen en gele verkeersborden met springende herten. Mike zou niet vertrokken zijn, meneer Froelich zou nu nog leven. Volg Highway 16, binnenkort de Veterans Memorial Highway, Opdat We Niet Vergeten, mijn

vader zou niet ziek zijn. Welkom in het Nationale Hoofdstedelijke Gewest, *Bienvenue à la Région de la Capitale nationale...* en dat allemaal doordat er een hoefijzerspijker ontbrak.

Deze tweebaanswegen voor verkeer in beide richtingen zijn statistisch gevaarlijker dan de rechte meerbaans 401, het verschil is dat deze bochtige wegen met hun natuurschoon en borden een verhaal vertellen. De 401 is gewoon een serie feiten. Gewapend met een kop koffie van Tim Horton's heeft Madeleine absoluut niet het gevoel dat ze van binnenuit wordt verteerd, ze is niet bang dat haar hand het stuur in de richting van de rotswanden zal wringen. Het begint te regenen en ze zet de radio en de ruitenwissers aan. Leslie Gore zingt 'Sunshine, Lollipops and Rainbows'. Alles komt weer goed. Ik ga naar huis. Naar mijn vader en moeder.

Wat ga je doen als je daar bent, Madeleine?

Ik ga mijn vader vertellen wat er met me gebeurd is. En mijn moeder gaat eten voor me klaarmaken.

Waarom moet je het nu vertellen?

Omdat er iemand is die me kan redden, een volmaakt geschikte donor, ze is negen, ik moet haar vinden voor het te laat is.

Ik zal zeggen: Pap, iemand heeft me pijn gedaan.

Ik zal zeggen: Pap, breng me vandaag alsjeblieft naar school.

Let op me, pap.

En ik zal nooit meer op mijn beurt moeten wachten in de eenzame, eenzame klas waar de klok altijd op vijf over drie staat.

Ze heeft honger en is bijna gelukkig. Ze rijdt de regen uit en een van Ottawa's uitzonderlijke tropische zonsondergangen in.

Zoeft over de Queensway, een glimp van de vlag op de parlementsgebouwen. Esdoornblad. Geen embleem van oorlog of triomf of arbeiderssolidariteit. Een blad rood als een kleurpotlood, het soort dat kinderen in de herfst verzamelen.

Er is tenslotte toch een weg terug. Via de voordeur van een nieuw appartement op de begane grond in de buitenwijken van Ottawa. Die deur komt uit op alle moderne voorzieningen en op de ene persoon ter wereld die haar terug kan brengen. Er was eens een jonge luchtmachtpiloot die Jack heette en een knappe Acadische verpleegster die naar de naam Mimi luisterde.

Sesam open u.

✧

Er waren eens magische woorden die ons troostten. *Ter verdediging van de democratie. Zeg gewoon nee. Vastberadenheid. Vrijheid. Gerechtigheid.* We waren niet langer gesteld op het woord oorlog, want dat riep beelden op van soldaten die dorpen platbrandden om ze te redden. Maar oorlog was een krachtig woord als het te hulp werd geroepen om de strijd aan te gaan met een concept of een maatschappelijke situatie. Als we oorlog voerden tegen mensen gebruikten we liever een naam die aan een filmtitel deed denken, met de geruststellende implicatie van begin, midden en einde, en de handige suggestie van een vervolg.

Sommigen van ons verzamelden consciëntieus bewijzen om een aanval op tirannen te rechtvaardigen, terwijl anderen eerst het bewijsmateriaal wilden bestuderen dat volgens het boekje was bijeengebracht. Maar allemaal negeerden we het verhaal over de wijze waarop we ertoe hadden bijgedragen bepaalde figuren in het leven te roepen: de drugsbaronnen, de krijgsheren, de idioten die met onze hulp of de hulp van onze vrienden de gelederen van gematigde mensen hadden uitgedund. Dat was een oud verhaal en wij wilden geloven in een nieuwe wereldorde, dus negeerden we het. Maar wereldrijken hebben altijd verdeeld en geheerst, zaken afgedwongen en gedoogd. En een tijdlang gebloeid. Het is een kwestie van evenwicht, en uiteindelijk is hebzucht altijd het probleem. Zoals in het verhaal van de koning die meer honger kreeg naarmate hij meer at. Zoals bij de raadsleden van Hamelen, die weigerden de Rattenvanger te betalen toen ze zagen dat hun mooie stad bevrijd was van ratten.

Eens was er een gouden eeuw. Na de oorlog, een jeugdige droom, mensen stichtten gezinnen en er was van alles meer dan genoeg voor iedereen. Uit de hele wereld kwamen mensen op zoek naar vrijheid, vrede en welvaart. Het Grote Experiment was geslaagd. Nooit hebben zovelen zo vreedzaam geleefd, nooit heeft zoveel verscheidenheid gedijd, nooit heeft dissidentie zoveel mogelijkheden voortgebracht. Dit prachtige idee, dat op glorieuze wijze concreet was geworden, dit luidruchtige gekibbel, dit onelegante proces, deze kakofonie van rivaliteit en compromissen; deze heerlijkheid die tevoorschijn komt uit wanorde als een elegant geklede vrouw uit een slordig appartement, op weg naar haar werk. Deze onschatbare warboel. Democratie. Wat kan er allemaal uit haar naam worden gedaan voor er alleen een omhulsel overblijft, als de schaal van een door een slang opgepeuzeld ei?

Er was eens in het Westen.

HET LUCHTMACHTKRUIS

Ik heb mij mijn leven lang te ver gewaagd en ik zwaaide nooit, maar was altijd bezig te verdrinken.

STEVIE SMITH, 'NOT WAVING BUT DROWNING'

Als ze arriveert, vraagt haar moeder: 'Wat is er mis?'
'Ik vind het ook leuk jou weer te zien.'
'*Je suis ta mère*, mij hou je niet voor de gek.'
Ze stapt naar binnen. 'Maman, het is gewoon maar een opwelling, dat is alles, ik had vandaag vrij.'
Mimi trekt een wenkbrauw op en omhelst haar dan. Het appartement heeft een hoog plafond, de hal loopt door tot voorbij de keuken en komt uit op een ruime woon- en eetkamer. De door kranten gevormde halo om de gouden La-Z-Boy zakt naar beneden en haar vaders hoofd verschijnt om de zijkant. 'Wiedaar?' zegt hij jolig, starend door zijn leesbril.
'Hoi, pap!'
Mimi doet de voordeur achter haar dicht – 'We betalen niet om de buitenwereld van airconditioning te voorzien' – en loodst haar de keuken in, die van achter een tot het middel reikend muurtje en enkele decoratieve zuilen uitkijkt op de hal en ook op de eet- en woonruimte. 'Eet eerst wat, je bent te mager, wat heb je nou aan? Ik neem je mee uit winkelen.'
Madeleine volgt haar moeder, hevig geïrriteerd, door en door gerustgesteld. Ze knuffelt haar vader, die bij hen in de keuken komt en lacht omdat hij haar zo onverwacht ziet.
Ze eet een 'gezonde lichte' versie van mamans *fricot au poulet*. Hoe gaat het met de Nablijvers? Met *Dolle Dwaze Madeleine*? Ben je nog steeds van plan om naar de States te gaan? 'Jack. Laat haar eten.' Hij loopt langzaam naar de koelkast, rommelt in een vak en haalt met een knipoog een in folie gewikkeld pakje tevoorschijn.
'Mon D'jeu, qu'est-ce que c'est que ça?' roept Mimi.

Crackcocaïne, een menselijke schedel – een pond boter. Dit huis is een cholesterolvrije zone geworden, maar Jack heeft kennelijk een noodvoorraadje verborgen gehouden. Hij smakt de boter voor Madeleine op tafel met een amechtig gegrinnik – 'Voor jou. Om wat vlees op je botten te krijgen' – grijnst tot hij paars aanloopt en gaat dan terug naar de woonkamer.

Mimi schudt haar hoofd en zegt: 'Je hebt de aardigste papa van de wereld.'

De keuken is smetteloos. Het enige beetje chaos floreert in de buurt van de telefoon: stapels enveloppen met elastiekjes eromheen, een slordige verzameling pennen – waarvan de meeste volgens haar vader niet meer schrijven wegens gebrek aan inkt – het oude, gedeukte blikken adresboekje dat kan openklappen en dat vol staat met aantekeningen die volgens hem een decoderingsexpert boven de pet zouden gaan, en een blik Maxwell House-koffie propvol mysterieuze benodigdheden die zich aan elke inventarisatie onttrekken. Voor het eerst valt het Madeleine op dat het opbergsysteem van haar moeder – haar manier van werken – veel weg heeft van het hare. In deze keuken durf je niets weg te gooien tenzij je Mimi heet.

Haar moeder stouwt de vaatwasser vol, voert moeiteloos een ruimtelijke prestatie uit die gelijkstaat aan het volproppen van een Volkswagen Kever met vijfentwintig mensen. Ze stopt even en houdt een beker omhoog waar een soort impressionistisch schilderij op staat. 'Ik heb deze beker van een lesbische kennis gekregen.'

Madeleine kijkt op, in de war. '... Wat leuk.' Is dit de doorbraak? Krijgen we nu de verzoeningsscène uit de Film van de Week?

Maar Mimi vraagt: 'Wat ga je deze zomer doen?'

'Werken waarschijnlijk.'

'Waarom ga je niet met je vader en mij naar Bouctouche? Je familie zou het heerlijk vinden om je weer eens te zien.'

'Misschien doe ik dat wel.' Welja, ik ben tweeëndertig, waarom zou ik niet samen met mijn ouders op vakantie gaan? Trouwens, maman, ik ben gescheiden en verliefd.

De paus, koningin Elizabeth II, Charles en Diana en de Heilige Maagd Maria kijken neer van een rij sierborden op een plank die langs de bovenrand van de keuken loopt, hun gelederen ondersteund door de vlag van Acadië, de Eiffeltoren, het wapenschild van 4 Fighter Wing en een vuurtoren uit New Brunswick. De koekoeksklok is zoals gewoonlijk boven het fornuis aan de muur bevestigd, en dezelfde vage spanning hangt nog altijd om het gesloten deurtje.

Madeleine ziet vanuit de keuken dat aan het andere eind van de woonkamer, naast de terrasdeuren met de vitrage, de tv aanstaat met het geluid uit –

Murder, She Wrote, een herhaling. Op de salontafel staan de kristallen hanen nog steeds te pronken en boven de deur naar de slaapkamer tronen de biddende handen van Dürer. Uit de stereo klinkt een cassette met country-vioolmuziek, het gehaakte kleed van grootmaman met de gekookte kreeften in de golven hangt boven de bank, en het olieverfschilderij van de Alpen neemt een ereplaats in boven de schoorsteenmantel van de gashaard. *Plus ça change.*

Madeleine probeert tevergeefs haar bord vast te klemmen in de vaatwasser, spoelt het dan maar af in de gootsteen en gaat daarna haar vader in de woonkamer gezelschap houden. Hij zit half achterover geleund in zijn gouden stoel, met de krant voor zich uitgespreid; verschillende andere kranten zijn rond zijn stoel aangespoeld. Ze laat zich rechts van hem neerploffen op de bank en komt in de verleiding om de tv harder te zetten, onderuit te zakken en te vegeteren. Waarom is ze hier teruggekomen? Was dat niet om rust te vinden? Om terug te keren naar vroeger? *Hé, pap, heb je zin in een spelletje halma?* Ze maakt haar blik los van het scherm en kijkt naar de bijzettafel, met de bedoeling om de afstandsbediening te pakken. Dan ziet ze het: weggestopt onder de tafel, een zuurstoftank. De tank is industriegroen, voorzien van een doorzichtige plastic slang en een masker, en bezorgt haar een schok alsof ze iets obsceens ziet.

Ze ziet kans om terloops te vragen: 'Wanneer heb je dit hippe hulpmiddel gekregen?'

'Wat? O dat, een tijdje geleden. Houdt me fit voor mijn blokje om.'

Ze dwingt haar glimlach om op zijn plaats te blijven, als een schilderij dat te zwaar is voor de spijker. 'Dat is goed, als het maar helpt, hè?'

Hij haalt zijn schouders op. 'Het is vooral voor de show. Ik neem nu en dan en teugje om Hare Doorluchtigheid te plezieren.' Hij grinnikt en gebaart met zijn duim naar de keldertrap, waar Mimi iets is gaan zoeken.

Madeleine glimlacht terug. Ze gaat niet in op zijn smoesje.

Waarom heeft haar moeder niet gezegd dat pap nu aan de zuurstof is? Dat verandert de zaak. Als je de zuurstofwagen voor een huis ziet stoppen, weet je dat het gedaan is met iemand daarbinnen. *Dat moet je niet denken.* Ze slikt. 'Het is maar het beste om het bij de hand te hebben, hè?'

'O zeker,' zegt hij en pakt de krant op.

'Pap?'

Hij laat de krant zakken, kijkt opeens op en zegt: 'Wacht even' – schraapt zijn keel om de schorheid te verdrijven. 'Er schiet me juist wat te binnen.' En staat op.

Ze ziet dat hij zich met opzet kwiek beweegt, voor de show. Voor haar. Het ergste is nog dat ze wil dat hij dat doet. Ze wil hem niet zien schuifelen zoals hij deed in het ziekenhuis, met zijn armband en openhangende blauwe ziekenhuishemd. Ziekenhuizen zijn plaatsen waar mensen heen gaan om te schuifelen, en als ze niet langer hoeven schuifelen mogen ze weer naar huis. Ze wil hem hier niet zien schuifelen. Dat zou betekenen dat hij schuifelend naar huis was gestuurd. Naar huis om daar te sterven. *Niet doen.*

Ze ziet hem op zijn pantoffels in de slaapkamer verdwijnen met zijn opzettelijk veerkrachtige pas. Op de tv voert Angela Lansbury een gesprek met een zenuwachtige man met bakkebaarden, die ze confronteert met een briefopener van titanium. Jack komt uit de slaapkamer en gooit haar iets toe. Ze vangt het.

Een zilveren kruis dat aan een rood-wit gestreept lint hangt. Het Luchtmachtkruis.

'Dat is voor jou,' zegt hij.

Ze kijkt op. 'Wauw.'

Hij zegt, bijna zuchtend: 'Ik dacht dat je het wel mooi zou vinden,' gaat nonchalant weer in de leunstoel zitten en pakt zijn krant.

Dat is alle conversatie die hij nu even kan opbrengen. Daar dient de krant voor. Die helpt de ogenblikken te camoufleren waarop hij geen adem meer heeft om te kunnen praten.

'Bedankt, pap.' Ze sluit haar hand om de medaille tot ze de vier punten in haar palm voelt prikken – dat is de manier om niet te huilen als je vader je iets geeft waarvan hij wil dat je het na zijn dood bewaart.

Als ze haar hand weer kan openen, bekijkt ze de medaille. Zilveren bliksemschichten en vleugels, een uit propellerbladen bestaand kruis met bovenop een keizerlijke kroon. *Wegens moed, dapperheid en plichtsbetrachting betoond tijdens een niet-operationele vlucht.*

'Je hebt dit in Centralia gekregen in, wanneer ook al weer? Tweeënveertig?'

'Drieënveertig.' Hij reikt over de zijkant van zijn stoel, vist in zijn stapel kranten.

'Kan ik je helpen met zoeken?'

Hij schudt zijn hoofd, loopt roze aan, zijn oude ergernis. 'Maman doet mijn kranten bij het oud papier als ik de helft nog niet uit heb.'

'Welke moet je hebben?'

'Die van een paar maanden geleden.' Hij wil zijn bril van de tafel pakken, maar merkt dan dat hij hem op zijn neus heeft.

Ze zoekt in de stapel en ontdekt een twee jaar oud exemplaar van *The Washington Post.*

'Dat is hem.' Hij kijkt er verwijtend naar. 'Ze heeft hem zeker voor me verstopt,' zegt hij op zijn jolige toon, terwijl hij de krant doorbladert.

Madeleine zegt: 'Ik heb erover gedacht om terug te gaan. Naar Centralia.'

'Waarom?' vraagt hij, zijn keel schrapend.

'Ik wil kijken of er botten in die afvoerpijp liggen,' antwoordt ze, knipperend van verbazing over haar eigen woorden. Hij trekt zijn wenkbrauwen op, maar blijft de *Post* doorkijken. 'Weet je nog dat er een hond in vastzat?'

Hij schudt zijn hoofd, maar ze ziet dat hij zijn coördinaten bepaalt, zijn positie vaststelt...

'De avond dat ik overvloog naar de gidsen.'

Hij heeft zijn doelwit in het oog.

Ze haalt diep adem, maar zachtjes, want ze wil niet dat hij zich bezorgd maakt. Ze rilt al, heeft het koud. 'Je zei tegen me dat de brandweer hem is komen redden.'

Hij glimlacht en knikt.

'Was dat waar?'

Hij opent zijn mond en vormt een woord, daarna een ander, maar er komt geen geluid uit. Dan schakelt zijn stem in, alsof hij iets uitzendt door het geknetter van een radiostoring heen, en hij praat verder zonder terug te gaan naar het begin van zijn zin. Ze puzzelt het uit.

Hij heeft gezegd, met een joviale grijns: 'Waarom zou ik tegen je liegen?'

'Om te zorgen dat ik me beter voel.'

Dat klonk hard – alsof ze boos op hem was. Ze heeft geen reden om boos te zijn. Vooral niet op hem, vooral niet nu.

Hij haalt zijn schouders op alsof hij wil zeggen: 'Zo is dat', vouwt vervolgens de *Post* dicht en geeft hem aan haar. De krant begint bij de vouw uit elkaar te vallen, maar de pagina is nog intact. Een foto van een al wat oudere man die de trap van een gebouw in Washington afloopt. Hij wordt geflankeerd door een vrouw van middelbare leeftijd en drie in kostuum gestoken mannen. RUDOLPH DOET AFSTAND VAN AMERIKAANS STAATSBURGERSCHAP. Ze kijkt het artikel snel door. Nazi... NASA... *Oorlogsmisdaden aan het licht gekomen*...

'Dora,' zegt Jack.

Madeleine kijkt op. 'De raketfabriek.'

'Exact,' zegt Jack, en ze is blij dat ze hem een plezier heeft gedaan. 'Herinner je je Apollo nog?'

Rudolph, Dora, Apollo. Wat voor verhaal is dit?

Ze kijkt weer naar het artikel. Arthur Rudolph. Wernher von Brauns rechterhand. Hij heeft de VS verlaten om een aanklacht te ontlopen wegens misdaden tegen de menselijkheid die van veertig jaar eerder dateren, uit zijn tijd als algemeen directeur van een ondergrondse fabriek die Mittelwerk heette.

'Ze zeggen niets over Dora.'

'Dat doen ze nooit,' zegt Jack, en ze hoort de vertrouwde sarcastische toon. 'Dat was een codenaam.'

Ze kijkt weer naar het artikel. Nog een oude nazi. 'Ze hebben wel flink wat tijd nodig gehad.'

'Rudolph stond aan het hoofd van het ruimtevaartprogramma, hij en Von Braun hebben ons naar de maan gebracht.'

Rudolph met je neus zo rood... Concentreer je.

'De Amerikanen hebben hem een medaille gegeven, en nu ze hem niet meer nodig hebben, willen ze hem in de gevangenis gooien,' zegt Jack.

'Hoort hij daar dan niet thuis?'

Jack haalt in alle redelijkheid zijn schouders op – 'Je hebt waarschijnlijk gelijk' – en zucht, terwijl hij de krant van vandaag pakt: 'Een kerel in Texas heeft net een kunsthart gekregen, wat vind je daarvan?'

Ze merkt dat haar hersens versuft raken, ze verzet zich tegen de aantrekkingskracht van het nieuws, de tv, de baklucht. 'Dora – daar was meneer Froelich.'

'Dat klopt,' zegt haar vader. 'Hij was een slaaf.'

Slaaf. Het woord is net een wond. Ze kijkt naar zijn profiel. Fijner, de huid strakker dan vroeger over de botten getrokken, de onvrijwillige droefheid bij de ooghoeken die gepaard gaat met het ouder worden – in zijn linkeroog verergerd door zijn oude litteken. Zijn mond nog steeds onverzettelijk, zijn lippen licht bewegend als hij leest – dat deed hij vroeger nooit.

Ze vraagt zich af hoe ze het onderwerp ter sprake moet brengen. Wat ze tegen hem wilde zeggen, de reden dat ze hier gekomen is.

'Er zijn tienduizenden van hen gestorven, en sommigen zijn recht voor het kantoor van die knaap opgehangen.'

Madeleine kijkt haar vader weer aan. 'Wat?' Dan kijkt ze weer naar de foto. Ze leest het onderschrift: *Rudolph en dochter...*

'Hij probeert nu naar Canada te komen.'

'Maar we laten hem er niet in.'

'Waarschijnlijk niet. Niet op dit moment.'

'Is hij daarom...? Is hij de States binnengekomen dankzij Project Paperweight?'

'Paperclip.'

Ze legt de uiteenvallende *Post* weer op de stapel kranten terwijl het tot haar doordringt – wat haar vader haar vertelt. 'Is dat de man die meneer Froelich gezien heeft?' Misschien wordt hij een beetje doof, want hij geeft geen antwoord. 'Pap?'

'Nee,' zegt Jack.

'Wat?'

'Dat is niet de man die Henry Froelich gezien heeft.' Hij blijft lezen in zijn Ottawa Citizen. 'Ze hebben onlangs iemand in Detroit met lasers geopereerd' – hij spreekt het uit als 'lazer' – 'ze hebben een bloedklonter in zijn hersens weggehaald, nog even en we hebben geen operaties meer nodig. Ze brengen het menselijk genoom in kaart en dan gaan ze daarmee aan de slag en regelen alles vanaf de geboorte.'

'Heeft meneer Froelich je ooit gezegd wie hij gezien heeft?'

Jack knikt, en ze wacht terwijl hij het doorzichtige plastic masker voor zijn gezicht houdt en een slok zuurstof neemt voor ze vraagt: 'Wie dan?'

'Een ingenieur.' Hij ademt uit door zijn mond. 'Henry wist niet hoe hij heette.' Hij kijkt haar even aan, en ze wacht tot hij iets zegt, maar hij duikt weer in zijn krant.

'Heb je dat tegen de politie gezegd?'

'Wat moest ik tegen ze zeggen?'

'Dat van die ingenieur?'

'Hank heeft het gezegd.'

'Waarom hebben ze dan niks gedaan?'

'Ik denk dat ze hem niet geloofden.'

Omdat zijn verhaal samenhing met Ricky's alibi. Het alibi dat zij heeft helpen ondermijnen. Ze klemt haar hand opnieuw stevig om de medaille.

Jack houdt het masker voor zijn gezicht, zwijgt even – 'Het was een andere tijd. We zaten toen achter communisten aan, niet achter nazi's. Oude oorlog' – en ademt dan in.

Het duurt even voor het tot haar doordringt dat hij heeft gezegd: 'Koude Oorlog.' Hij ademt de zuurstof langzaam in, zijn oogleden half gesloten alsof hij bidt. Nog even en hij valt in slaap. Dan is het te laat op de avond. En als ze wacht tot morgen zal het zonlicht haar ervan overtuigen dat het goed met haar gaat en dat ze hem niet lastig moet vallen met haar verhaal. Ze weet nu hoe ze moet beginnen. *Pap? Ik moet je iets treurigs vertellen dat me lang geleden is overkomen, maar maak je niet ongerust, het verhaal loopt goed af. Zie je wel? Ik ben gelukkig.*

Ze ziet zijn gezicht inzakken – als een slaphangend zeil, het verliest alle uitdrukking en het is duidelijk hoeveel inspanning het hijsen van een doodgewone glimlach heeft gevergd. Spannen we ons allemaal steeds zo in, zonder te beseffen wat het ons kost?

Hij kijkt even naar het masker, maar pakt het niet. Hij richt zijn heldere blauwe blik op haar. 'Wat is er, liefje?'

Het is opeens pijnlijk om hem te horen. Niet omdat zijn stem zwak of krachteloos klinkt, maar omdat dat niet het geval is. Ze hoort de stem van haar vader voor het eerst in... hoeveel tijd? Zijn stem is geërodeerd, afgebrokkeld als een kustlijn. Ze voelt tranen in haar ogen opwellen. Komt dat door wat ze moet zeggen, of doordat haar vader is teruggekeerd, nu ze zijn stem hoort? Alsof een jongere versie van hem uit de schaduwen heeft mogen opstaan en hier in de woonkamer van het appartement mag zitten. Als ze haar ogen sluit, ziet ze de achterkant van zijn rossige borstelhaar, zijn elleboog uit het autoraampje, de haren op zijn onderarm gekamd door de wind. *Wie wil er een ijsje?*

'Ik voel me vaak...' Ze wou dat ze het excuus van een zuurstofmasker had om het opkomende verdriet te verbergen.

Ze doet haar ogen dicht en hoort hem zeggen: 'Kom er maar mee voor de dag, maatje.'

Ze opent haar ogen en glimlacht. 'Ik voelde me altijd schuldig.'

'Waarom, hoezo?' Zijn blauwe ogen zijn scherper geworden. Zelfs zijn linkeroog is wakker.

'Omdat ik Ricky naar de gevangenis heb gestuurd,' zegt ze, en ze voelt dat haar voorhoofd in rimpels trekt door de kinderlijke zinsbouw. 'Omdat... ik denk dat mijn getuigenverklaring de oorzaak van zijn veroordeling was.' Haar gezicht vertrekt, en ze begint door haar mond te ademen.

Haar vader kijkt haar strak aan.

'Nee, dat is niet zo.'

Het is zijn mannen-onder-elkaar-stem. Als ze hem niet zo goed kende, zou ze kunnen denken dat hij boos op haar was. Maar ze weet dat hij bezorgd is.

'Het gaat goed met me, pap. Het is alleen, je weet wel, in de loop van de jaren las ik steeds in de krant' – ze zoekt haar heil bij een sarcastische toon – '"veroordeeld dankzij de verklaringen van enkele kinderen die als getuige optraden" en dan dacht ik: Jee, misschien was hij echt schuldig en dan hoef ik me niet zo beroerd te voelen, en dan voelde ik me nog slechter.' Ze moet de woorden zeggen. Over meneer March. En dan zal er iets in orde zijn. *Zeg het.* Ze opent haar mond, maar er komt niets, behalve een plas speeksel onder haar tong.

Jack zegt: 'Jij was niet de enige getuige.'

'Dat weet ik.'

'Die twee kleine meisjes – die ene was een vriendinnetje van je, hoe heette ze ook alweer? Martha?'

'Marjorie.'

'Ja, precies.'

'En Grace.'

'Nou, die deden hem de das om.' Zijn woordkeuze is net een hobbel in de weg.

Ze wacht. Dan vraagt ze: 'Wat hebben ze dan gezegd?'

'Een hoop onzin.' Hij pakt het masker.

'Ik heb altijd gedacht' – ze dwingt zich niet te huilen, haar gezicht voelt aan als een ballon vol water – 'gedacht dat ik je die dag teleur heb gesteld.'

Hij steekt zijn kin naar voren en zijn gezicht betrekt. 'Laten we één ding absoluut duidelijk maken,' zegt hij. 'Je hebt me nooit – en ik bedoel nooit, niet één keer – teleurgesteld.' *Hoor je me?* Hij haalt opnieuw adem.

Hij verzwakt. *Niet weggaan, pap.* Keert terug naar de schaduwen. *Wacht.* Straks is het te laat om het hem te vertellen. Over de stilte in de school tijdens het nablijven. De geur van sinaasappelschillen en potloodslijpsel. De lege gang waar ze na afloop door liep, voorbij onze genadige koningin, rennend als ze buiten was om de wind de stekende pijn te laten verzachten, *het doet niet zeer.* Ik was zo sterk, ik wist niet dat ik klein was. *Pap, kijk.* Ze opent haar mond om het hem te vertellen en hoort hem zeggen...

'Ik zwaaide.'

Ze knippert met haar ogen. Tranen blijven nog even uit. 'Wat?'

'Ik was het. Ik zag Rick die dag op de weg. Ik zwaaide.'

Ze zit stil, haar lippen een eindje open met wat ze wilde zeggen, maar het is weg.

'Ik was de man in de auto.' Hij houdt het doorzichtige masker voor zijn gezicht, sluit zijn ogen en ademt in door zijn neus. Ademt uit, opent zijn ogen en kijkt haar aan. Hemelsblauw.

Ze schudt langzaam haar hoofd, wacht, alsof het effect van een plaatselijke verdoving moet verdwijnen. Ze ziet de gestalte van een man achter een voorruit, de zon die erop afketst, de omtrek van zijn pet, zijn hand. Een stofwolk achter een blauwe auto op een landweg in het voorjaar...

'Waarom heb je niets gezegd?' vraagt ze.

'Ik deed mijn werk.' En hij vertelt het haar.

Ze leunt met haar ellebogen op haar knieën, kijkt naar de witte hoogpolige vloerbedekking tussen haar voeten en concentreert zich op een gelijkmatige ademhaling. Ze steekt haar handen in haar oksels om ze warm te maken. Er is iets weggevallen. Stilletjes, zonder gedoe. De grond onder haar voeten.

'... Oskar Fried. Ik ken zijn echte naam niet...'

Oom Simon en meneer McCarroll

'... onze tweede man...'
Joint Intelligence Objectives Agency
'... een dronken Amerikaanse officier van het korps mariniers die een paar jaar later gearresteerd werd wegens spionage...'
NAVO
'... de wedloop om de ruimte...'
NORAD
'... dreiging van sovjetraketten...'
USAF
'... Cuba op de rand...'
USAFE
'... Berlijn een kruitvat...'
Het Pentagon
'... één individu kan onmogelijk het hele plaatje zien...'
De maan
'Ze zou nooit in Centralia zijn geweest,' zegt Madeleine.
'Wie?'
Het schoolplein
'Claire,' antwoordt ze.
Zijn slechte oog is gaan tranen. Hij veegt het af met zijn pols. 'Dat was een vreselijke tragedie.'
Madeleine staart hem aan. *Wie ben je?* is de logische volgende vraag. Het duurt nog geen seconde, de glimp van de onbekende man in de gouden leunstoel, opnieuw gedefinieerd als door de flits van een camera die een voorheen ongeziene gedaante in het donker verlicht. Dan is hij haar vader weer. Kleiner dan vroeger. Een beetje verloren in zijn golfhemd. Zijn witte tennisschoenen zien er te nieuw uit, te solide, zoals altijd het geval is met de nieuwe schoenen van oude mensen.
'"Tragedie" is een woord dat mensen gebruiken als ze de schuld niet willen krijgen,' zegt ze.
Als Claire niet naar Centralia was verhuisd, wie zou meneer March dan in haar plaats hebben gekozen? Een klein meisje met donkerbruin pagehaar...
'... stel je voor dat je door een dikke mist vliegt zonder dat je weet wat boven en wat beneden is. In zo'n geval moet je...'
'Het heeft de wereld er niet veiliger op gemaakt, pap.'
'... vertrouwen op je instrumenten. En dat werkte, we hebben hen verslagen.'
'Wie verslagen?'

'De Sovjets. Ze smeken om genade.' De uitdrukking op zijn gezicht is koppig. Een oud kind.

Ze zegt: 'Denk je dat de wereld er veiliger op wordt als de muur wordt neergehaald?'

Hij buigt zich naar haar toe. 'Ik zal je een geheimpje vertellen, maatje, soms is het lastig te weten wat je behoort te doen, maar als je ooit twijfelt, vraag jezelf dan af: wat is het moeilijkste dat ik nu kan doen?'

'Meneer Froelich is dood.'

Jack zucht en pakt een papieren zakdoekje om zijn oog te betten. 'Ik denk dat hij misschien vermoord is.'

'Door wie? Simon?'

'Eerder door iemand tegen wie Simon het heeft gezegd.'

'... de CIA? Waarom, vanwege Oskar Fried?'

'Vermoedelijk wel.'

'Jij hebt Simon over meneer Froelich verteld.'

'Dat was mijn taak.'

Alles is korrelig geworden. Ze kan haar lippen, haar gezicht, de lucht om haar heen voelen; ze kan de salontafel zien, de vechtende hanen, de Alpen, het televisietoestel, alles verandert in zand, klaar om te desintegreren bij het dichtslaan van een deur.

'Ik zeg niet dat het goed was,' zegt Jack. 'Ik zei het tegen Simon voor ik wist wat er kon gebeuren. Dat is geen excuus.'

Ze wordt duizelig doordat ze zich opeens iets herinnert – maman die hen meesleept naar de auto, terwijl pap met een verdwaasde blik in de deuropening staat. De dag na haar getuigenis. Maman die bijna tegen haar krijst dat ze in moet stappen, *main-te-nant!* Ze haalde hen daar weg. Weg van de plek waar een man woonde die kinderen vermoordde.

'Mijn betrokkenheid veranderde niets aan het feit dat de politie nooit ofte nimmer achter de zoon van Froelich aan zou zijn gegaan als ze de kans hadden gehad om de echte dader op te pakken. Wie het ook geweest is, hij was toen natuurlijk allang verdwenen. Want er is nooit een andere soortgelijke moord in die streek gepleegd.' Het is zijn laatste-woord-over-het-onderwerp-stem.

Is dit de stem die Mike altijd te horen kreeg? Is dit de vader die Mike had? Wat zou zij hebben gedaan als zij deze vader had gehad? Zou ze een wapen en een jungle hebben gezocht en gevonden? Doden of gedood worden.

Uit de kelder roept maman: 'Madeleine.'

'Wat?' brult ze terug naar de trap.

'Kom eens beneden, ik wil je iets laten zien.'

'Nog eventjes!' Ze wendt zich weer tot haar vader.
Wat deed jij in de Koude Oorlog, pap?
'... we hebben ze in de ruimte verslagen...'
Waarom?
Om de wereld veilig te maken voor jullie, voor de kinderen.
Waarom?
Om er zeker van te zijn dat we een wereld voor jullie zouden achterlaten.
Waarom?
'Alles wat we deden was voor jullie bestwil.'
'Misschien hadden jullie ons om hulp moeten vragen,' zegt ze.
'Wie hadden we moeten vragen?'
'De kinderen. Wij zijn in die wereld geboren. De wereld die in een paar uur kon worden vernietigd. Wij waren sterker dan jullie.'
'Kijk me aan.' Dat doet ze. 'Wat ik deed was een heel klein onderdeeltje van een veel grotere onderneming. Er waren ontelbare operaties die erop leken, en die waren vaak veel kostbaarder. Sommige haalden echt iets uit. Andere moest je afschrijven als weggegooid geld. De vraag was niet: "Was wat ik deed op zichzelf de moeite waard?" Denk eens aan de Tweede Wereldoorlog, denk eens aan de aanval op Dieppe. Dat was een schijnvertoning.' Zijn ogen knijpen zich samen, net als zijn mond, zijn stem wordt bijtend. 'Duizend Canadezen gesneuveld, tweeduizend krijgsgevangen gemaakt. En waarvoor? Om de Britten de kans te geven een stuk of wat tactische theorieën uit te testen. Maar waar het op neerkomt, is dat wij gewonnen hebben, en niemand noemt Churchill een oorlogsmisdadiger. Als onze huidige leiders een tiende hadden van zijn lef en zijn hersens... Hij zou zich nooit hebben laten verstrikken in zo'n beerput als Vietnam...'

Ze zwijgen enige tijd, hun ademhaling hoorbaar. Zijn onderlip is tegen zijn bovenlip geperst, zijn oogleden zakken omlaag bij elke ademtocht. Op de tv brengt een nieuwe, verbeterde Mr. Clean een bezoek aan twee vrouwen in een badkamer zonder toilet.

'Pap?'

'Ja, schat?' Jack slaat haar aandachtig gade, probeert haar gezichtsuitdrukking te doorgronden. Wat gaat ze doen met wat hij haar verteld heeft? Ze kijkt bezorgd, maar haar gezicht heeft iets smekends. Dat stelt hem gerust. Het is dezelfde blik waar ze hem altijd mee aankeek als ze wist dat er iets mis was, maar dat ze met haar probleem naar de juiste plek was gekomen. *Mijn kleine meid.*

'Herinner je je mijn onderwijzer in Centralia nog?'

'... Meneer Marks.'

'Meneer March.'

'Ja, die herinner ik me nog, hoezo?'

Ze geeft niet direct antwoord. Hij steekt zijn hand uit. 'Wat is er mis, liefje?'

Ten slotte zegt ze: '... Hij is dood.'

Hij kijkt hoe haar gezicht ineenschrompelt en ze begint te huilen. Hij opent zijn armen. Ze komt naar hem toe, knielt naast zijn stoel.

'Wat erg, liefje,' zegt hij, terwijl hij haar hoofd streelt. 'Dat vind ik echt erg voor je.'

Haar gezicht is verborgen in haar handen op de leuning van zijn stoel, haar schouders beginnen te schokken. Moet hij haar moeder roepen? 'Wanneer is hij gestorven?'

Ze geeft geen antwoord, ze huilt te hard. Hij wist niet dat ze zo gesteld was op haar vroegere onderwijzer.

'Was hij erg oud?'

Ze schudt haar hoofd, maar kijkt niet op. Zachtjes jammerend, als een geslagen hond. 'Weet je wat, maatje?' Hij meent haar 'wat?' te horen antwoorden, dus gaat hij door: 'Ik denk dat je het je extra aantrekt vanwege al die treurige dingen die in Centralia zijn gebeurd.'

Zijn keel knijpt dicht, waardoor zijn stem een luchtiger toon krijgt, die hij jaren geleden van nature had, toen ze nog een kind was – de er-was-eens-stem. 'Maar weet je, het is raar, want al zijn er daar een paar treurige dingen gebeurd...' Hij wacht even, knippert met zijn ogen en schraapt zijn keel. 'We bewaren toch een paar van onze prettigste herinneringen aan Centralia.' Hij voelt tranen op zijn wangen. Om zijn armen niet van haar los te maken, beweegt hij zijn schouder naar zijn gezicht en veegt de tranen af aan zijn overhemd.

'Weet je nog dat je met me meeging naar Exeter als ik mijn haar liet knippen en dat jij dan de klanten amuseerde? Weet je nog dat we naar de supermarkt in London gingen om knapperige broodjes en lekkere Duitse *wurst* te kopen? Herinner je je Storybook Gardens nog?' Hij streelt haar hoofd – zulk zacht haar, nog glanzend als dat van een kind. 'Herinner je je die muizen in de kerstetalage van Simpson's nog, en die jazzband met die kleine katjes?' Hij grinnikt. 'Weet je nog, je eerste schooldag, toen ik je naar school moest brengen en je mijn hand de hele tijd vasthield? Dat was de laatste keer dat ik dat ooit heb moeten doen.'

Hij zwijgt om op adem te komen. Hij heeft alle tijd van de wereld... *Jullie zijn kinderen, jullie hebben je hele leven nog voor je...* 'Dat is het rare van het leven, hè? Sommige van de leukste herinneringen zijn vermengd met de meest trieste herinneringen. En dat maakt ze nog leuker. Je moet aan de goede tijden denken. Zo denk ik aan je broer...' *En als we jullie verwend hebben, dan was dat omdat we zoveel van jullie hielden. We wilden dat jullie hadden wat wij nooit hadden gehad, jij en je broer...*

Jack vormt zich geen beeld van zijn zoon. Hij ziet de blauwe koepel boven die plek waar het altijd zomer is, waar de witte gebouwen bakken in de zon, het exercitieterrein glinstert en de kleine gekleurde huizen wachten tot de mannen om vijf uur thuiskomen. Daar is zijn zoon. Jack is er ook, met zijn gezin. Zijn knappe vrouw. Alles wat hij ooit heeft gewild.

Hij streelt het hoofd van zijn dochter en beseft dat hij op de maat van iets meeknikt. Een overblijfsel misschien van een oude impuls om zijn kind te wiegen. Ze lijkt al wat gekalmeerd. Hij was altijd degene bij wie ze hulp zocht, en ze liet zich altijd door hem troosten. Kan een kind weten wat voor geschenk dat voor een ouder is?

'Stil maar, liefje,' zegt hij, want ze huilt nog steeds. 'Hé, dat had ik je nog willen vertellen. Weet je nog, die hond in de afvoerpijp? Nou, de brandweer heeft hem eruit gehaald. Gezond en wel, ik heb hem gezien. Het was een beagle.'

Hij heeft haar vandaag iets moeilijks verteld. Misschien zal ze het hem kwalijk nemen, maar hij gelooft dat ze het ooit zal begrijpen. Hij heeft het haar verteld omdat zij het beste is wat hij heeft. En ze moet weten uit welk hout ze is gesneden. 'Je bent mijn beste,' zegt hij zachtjes tegen haar, 'mijn beste maatje.'

Madeleine huilt, het water stroomt uit haar weg als duisternis die wordt afgevoerd. Ze geeft toe aan het heerlijke gevoel van opluchting. Aan wat er overblijft. Vangt opnieuw een blik op – vanuit haar oude schuilplaats, een afstand van jaren overbruggend – van haar vader die haar liefhebbend troost voor iets waarvan hij niet weet dat het haar kwetst.

Na een tijdje merkt ze dat zijn hand tot rust komt. Ze duwt de hand voorzichtig opzij en staat op. Hij slaapt.

Ze veegt haar gezicht af en snuit haar neus. Kijkt naar hem. Zijn hoofd schuin, lippen halfopen, handen slap op de leuningen van zijn stoel; losse vingers, tien uitgeputte soldaten. Op zijn schoot het zuurstofmasker. Gevechtsvliegers en chronisch zieken. *Per ardua ad astra*...

Ze leunt voorover om hem te kussen. Zijn huid zacht als suède, vage haarvaatjes en aftakkingen zichtbaar, sporen van een oude bergstroom. Zijn wang is nat, bakkebaarden nu minder dicht. Old Spice.

'Tot ziens, pap.'

Door de moeilijkheden naar de sterren.

Ze is bezig in de hal haar windjack aan te trekken, maar draait zich om bij het horen van haar moeder die de keldertrap op komt.

'Je bent jonger dan ik, Madeleine, je zou best beneden kunnen komen.' Mimi ziet dat ze haar autosleuteltjes pakt. 'Waar ga je op dit tijdstip nog naartoe?'

Ze arriveert een beetje buiten adem boven aan de trap. In haar armen een schuimig geheel van vergeeld satijn en kant.

'Wat is dat?'

Mimi glimlacht verlegen. 'Ik dacht dat je dit wel zou willen hebben.'

Madeleine staart. 'Je trouwjurk?'

Mimi knikt, haar voorhoofd rimpelt schuchter.

Het ligt op het puntje van Madeleines tong om vriendelijk te vragen: 'Waarvoor? Halloween?' Maar ze is weggezonken onder het komische waterpeil, de kalmte van bijna-verdronkenen is over haar gekomen. Ze zucht.

'*Madeleine, qu'est-ce que tu as?*'

'Niets, het gaat best, ik denk alleen...o, ik weet weer wat ik je wilde vragen, *pourquoi tu ne m'as pas dit que papa avait besoin d'oxygène?*'

Mimi haalt haar schouders op, haar wenkbrauwen gaan gelijktijdig mee omhoog – haar oude vertoon van ongeduld. 'Waarom zou ik dat moeten zeggen? Je weet toch wel dat hij deze pil heeft, hij heeft die pil' – tellend op haar vingers – 'hij heeft de glycerine, de bètablokkers, hij heeft de zuurstof, het is hetzelfde.'

Madeleine wacht.

Uiteindelijk laat Mimi haar schouders en haar wenkbrauwen zakken. 'We wilden niet dat jij je zorgen maakte.'

'Ik maak me toch wel zorgen, en bovendien ben ik de enige die over is, wie moet zich zorgen maken als ik dat niet doe?'

Mimi zegt: 'Je huilt,' en maakt een beweging om het gezicht van haar dochter aan te raken.

Madeleine doet automatisch een stap achteruit en voelt zich onmiddellijk schuldig. 'Het gaat prima, maman, bedankt, die *fricot* was heel erg lekker, maar ik moet terug, ik ben aan het werk.' Ze wil haar sleuteltjes van de haltafel pakken, maar ze vallen uit haar hand – wanneer heeft ze ze gepakt? Ze bukt zich om ze op te rapen.

'Waar heb je met papa over gepraat?' vraagt Mimi. Moederlijke radar. Ze kijkt haar moeder in de ogen.

'Hij zei tegen me dat hij gezwaaid heeft,' zegt ze nuchter en merkt dat de lucht om haar heen in één keer levenloos wordt. 'Jij wist het, hè?'

De gelaatsuitdrukking van haar moeder verstrakt. 'Natuurlijk wist ik het,' zegt Mimi. 'Ik ben zijn vrouw.'

'Waarom ben je niet naar de politie gegaan?'

'Hij is mijn man. Hij is jouw vader.'

'Hij is een crimineel.'

Madeleine hoort de smak, voelt haar gezicht branden door de mep die ze in de handpalm van haar moeder ziet klaarliggen. Maar er wordt niet geslagen.

'Het is wel goed,' zegt ze. 'Ik ga.'

'Praat geen onzin, Madeleine,' zegt Mimi, terwijl ze de trouwjurk over de trapleuning hangt en naar de open keuken loopt. 'Kom,' zegt ze, een sigaret opstekend. 'Ik maak een *poutine râpée* voor je, je bent te mager, daarna gaan we scrabble spelen.'

Madeleine staart haar moeder na. *Geen wonder dat ik zo gestoord ben.* De rook bereikt haar en ze inhaleert de verfrissende menthol, in de smaak zit het verschil, maar ze verzet zich tegen de behaaglijke uitwerking van het unieke aroma. 'Moeder, weet je dat zuurstof heel brandbaar is? Het vliegt ook heel makkelijk in de fik.'

'Madeleine, jouw probleem is dat je te veel op mij lijkt.'

'Ik lijk helemaal niet op jou.'

Mimi draait de kraan open, trekt een paar gele rubber handschoenen aan en begint aardappelen te schrappen. Haar man is bezig dood te gaan.

Madeleine vraagt op redelijke toon: 'Heb je overwogen om te minderen tot zeg maar drie pakjes per dag?'

'Je noemt jezelf een feministe, maar je doet niet erg aardig tegen je moeder.'

Madeleine zucht. Haar oog valt op de keukentafel, al gedekt voor een ontbijt voor drie. Een oubollige theemuts vormt een gewatteerde vrijstaande aanvulling op bij elkaar passende servetten en placemats. Naast het bord van haar vader staat een lange, smalle plastic doos met veertien vakjes, waar de dagen van de week op zijn vermeld, net als de woorden ''s ochtends' en ''s middags'. In het midden van de tafel klonteren zout, peper, suiker, tandenstokers en servetringen bijeen op een draairekje. *Het is tien uur 's avonds. Weet je waar je leven zich bevindt?*

'*Qu'est-ce que t'as dit, Madeleine?*'

'Niets.'

Madeleine staat bewegingloos in de ruime hal, als iets dat per abuis door Sears is bezorgd. Om haar heen rijzen de strakke lijnen van het appartement op. Aan de muur die naar de hobbykamer leidt hangen ingelijste familiefoto's, beginnend met het huwelijk van haar ouders, en dan verder, de ene luchtmachtbasis na de andere, een baby en nog een baby, vakantie na vakantie, van zwart-wit naar kleur, Het Verhaal van Mimi en Jack. De foto's houden op in 1967 – met hun vieren op de wereldtentoonstelling voor het Amerikaanse paviljoen – een geodetische koepel. Mike had lang haar.

In de keuken stroomt water en kringelt rook omhoog uit de asbak naast de gootsteen. Madeleine kijkt naar de bezige rug van haar moeder die aardappels schrapt met haar in gele handschoenen gestoken handen, *zo soepel dat ik er een* munt mee kan oppakken. In de woonkamer heeft haar vader zich niet bewogen in zijn stoel. Op de tv eten getekende enzymen vuildeeltjes op. *Hoeveel kilometer nog, pap?*

'Ik wou dat Mike hier was,' zegt ze.

Mimi strijkt met de achterkant van haar hand langs haar oor, alsof ze een vlieg verjaagt en gaat door met schrappen.

'Waarom kunnen we niet gewoon zeggen dat hij dood is?' vraagt Madeleine aan de muur, onzeker of ze wel of niet gehoord kan worden boven het geluid van de kraan uit. 'Waarom kunnen we geen begrafenis voor hem houden?' zegt ze tegen de hal, en haar woorden zweven klein en gewichtloos omhoog naar het kathedraalplafond.

Aan de muur naast haar moeder, tussen het koffiezetapparaat en de magnetron, is een kleine plaquette aangebracht. Er zit een schaar op die met een magneet wordt vastgehouden en er staat een geschilderd rijmpje op: *Dit is mijn schaar, die hoort hier op het rek/hang hem terug op deze plek.* Op de rand van de gootsteen staat de oude aardewerken kikker met het pannensponsje in zijn brede grijns.

'Ik hou van je, maman.'

De kraan houdt met een dreun op, Mimi draait zich om en komt met opgeheven handen en druppelend als een gehandschoende chirurg snel op haar dochter af en omhelst haar.

De omhelzing van haar moeder. Klein, warm en sterk. Iets duisters onder het parfum en de Cameo-menthol. Zoutig en onderaards. Niet kapot te krijgen. Madeleine heeft weer last van haar oude schuldgevoel. Dat komt door de blijvende wetenschap dat maman een ander kind knuffelde, een kind met dezelfde naam. Ze heeft altijd geprobeerd haar moeder terug te knuffelen als dat kind – het onbezoedelde kind.

'O Madeleine,' zegt haar moeder tegen haar schouder, met een greep als een stalen band, 'papa en ik houden erg veel van je.'

Ze weet dat de ogen van haar moeder dichtgeknepen zijn. Als een medium dat zich schrap zet tegen de enorme kracht van de liefde die door haar heen stroomt – die liefde waarvan Madeleine altijd heeft gedacht dat ze algemeen was, gericht op 'mijn kind', nooit op Madeleine zelf.

Ze wacht tot de greep van haar moeder zich ontspant en zegt dan zo vriendelijk mogelijk: 'Maman, ik moet terug naar Toronto, maar ik kom volgende week weer, goed?'

'Mais pourquoi?'

Ze kan het niet verdragen de verbijstering in Mimi's blik te zien binnendringen – waarom doe ik mijn moeder altijd pijn? 'Ik heb nog zoveel werk te doen en... ik moet onze... mijn flat uit.'

Het gezicht van haar moeder verstrakt weer – op het punt om het woord *Christine* af te wijzen. Of een ander woord dat als synoniem voor *Christine* kan dienen. Mimi heft een hand op ten teken van overgave of onverschilligheid – 'Doe maar wat je wilt, Madeleine, dat doe je toch altijd' – en gaat terug naar de keuken.

'Weet je wat zo ironisch is, maman, Christine en ik waren misschien tijden geleden al uit elkaar gegaan als jij je niet zo tegen ons had gekant.'

Ze kijkt naar de rug van haar moeder. Nu bezig met snijden.

'Het is niet zoiets als een tekening van een koe bij de slager, hoor,' zegt ze. 'Je kunt het deel van me dat je haat, niet zomaar wegsnijden en de rest houden.'

Als Mimi zich zou omdraaien, zou Madeleine zien dat ze geërgerd is. Ze is geërgerd omdat ze huilt. Ze huilt omdat – misschien kun je begrijpen, ook als je geen moeder bent, wat het betekent als je kind zegt: *Je haat me.*

Madeleine wacht, verdoofd. Als een dode boom. Als ze nu de aarde onder haar voeten had, in plaats van de glanzende vloer, zou ze kunnen gaan liggen en aan die lange terugreis kunnen beginnen. Dat is de vreselijke vriendelijkheid van de aarde: ze verwelkomt ons altijd weer, haar liefde sterft nooit, zegt nooit: 'Ik neem dit deel van je, maar niet de rest.'

De telefoon gaat en Mimi neemt op. Herstelt een vergissing op de agenda van de Katholieke Vrouwenbond, raadpleegt een lijst en bevestigt een bridgeafspraak.

Madeleine zegt: 'Herinner je je mijn onderwijzer in Centralia nog?'

Mimi kijkt even naar haar, dan weer naar haar lijst. 'Meneer March.'

'Hij heeft ons misbruikt. Mij en een paar andere meisjes.'

Mimi draait zich om, kijkt haar dochter aan en hangt de telefoon op – dan kijkt ze weer naar haar hand alsof ze verrast is door de beweging die de hand uit zichzelf heeft gemaakt.

'Het geeft niet, maman, het gaat goed met me, ik zeg het alleen maar omdat...'

Een geluid als een gesjilp, het is haar moeder, haar hand voor haar mond geslagen; het lijkt alsof ze op het punt staat iets op te hoesten, een veertje.

'Maman?'

Madeleine lijkt te veel op haar moeder, beseft ze, als ze ziet hoe Mimi's mond verandert in een omgekeerde glimlach; er verschijnen rode vlekken op haar wangen, hals, neus – aangeslagen, geverfd door de ongebreidelde treurnis van een clown.

'Maman, het geeft niet...'

Madeleine zou dit hele bezoek het liefst in een zak onder de keldertrap proppen, het wegstoppen tussen de kerstversieringen en de klapstoeltjes.

Het enige wat Mimi wil is het gebeurde bij haar dochter verwijderen, het van haar gezicht vegen als zomers vuil, een beetje bloed van een snijwondje, het enige wat ze wil is haar eigen vlees aanbieden als substituut voor wat er met haar kind gebeurd is, maar dat kan ze niet. Het is te laat. Haar arm is krachtig, maar die kan haar kleine meisje op weg naar school niet bereiken, net zomin als haar arm haar zoon kan bereiken toen hij zeventien jaar geleden de deur uit liep. Ze kan alleen nog grijpen naar lucht. Niets van wat ze heeft gedaan was genoeg. *Ce n'est pas assez.*

Madeleine heeft haar moeder nog nooit zo zien huilen. Zelfs niet toen Mike wegging. Vers verdriet reactiveert oud verdriet. We gaan naar dezelfde bron om te treuren, en die wordt steeds voller.

Ze is stomverbaasd door wat haar moeder vervolgens zegt: 'Het spijt me, *ma p'tite, c'est ma faute, c'est la faute de maman.*'

Madeleine houdt haar moeder vast, en de omhelzing is nog steeds warm, maar nu niet meer zo hard – vlees in plaats van hout – wie van hen is veranderd?

'Het is jouw schuld niet, maman.'

Alles komt wel goed. Wat is dat duistere gevoel? Sterfelijk geluk. Hier is de wond. Die stinkt al met al toch niet. Hij doet vreselijk zeer, maar hij is schoon. Hier is een nieuw verband, laat maman het maar doen.

'*Je t'aime, maman.*'

Mimi veegt Madeleines gezicht af met haar handen – grondig, als een moederpoes – haalt dan een papieren zakdoekje uit haar mouw en houdt dat tegen de neus van haar dochter. Madeleine snuit en lacht.

Mimi glimlacht. 'Je bent zo knap, *ma p'tite*.'

'Dat heb ik van jou.'

Mimi werpt een blik op de woonkamer. De bovenkant van zijn hoofd heeft niet bewogen, hij ligt nog steeds te slapen in zijn stoel. Ze laat haar stem dalen. 'Heb je het tegen je vader gezegd?'

'Nee.'

'Goed.'

En Madeleine is er nu zeker van dat het goed was, is dankbaar dat ze hem er niet mee heeft opgezadeld. Haar moeder kan het wel aan. *Vrouwen zijn sterker.*

Mimi kust haar dochter, en de pijn wordt niet verzacht door wat ze vervolgens beseft – de pijn verergert zelfs, want wat er met haar kind is gebeurd had voorkomen kunnen worden, net als polio. 'O Madeleine, Madeleine...'

Madeleine volgt de stem van haar moeder. Ze hoort er de cadans van troost in. Wat overblijft is misschien niet veel, maar het is goed. Ik heb mijn moeder. Ze loopt het weiland in zonder bang te zijn, er zijn daar geen jagers. Koestert zich onbeschaamd in de blik van haar moeder, zo dankbaar dat ze eindelijk gezien wordt.

'O Madeleine,' zegt Mimi, terwijl ze het gezicht van haar dochter teder met haar handen omvat. 'Komt het daardoor dat je bent zoals je bent?'

Een gewaarwording achter Madeleines oog alsof een filmrol even doorslipt. Ze weet dat ze aan het eind van iets is gekomen, en is doorgestoken naar iets anders, want haar stem klinkt haar robotachtig in de oren, alsof ze een nieuwe taal spreekt. 'Ik ben ervan overtuigd dat meneer March Claire heeft vermoord.'

Haar moeder spreekt de oude taal nog als Madeleine het huis verlaat. Ze kan haar stem horen, maar begrijpt de woorden niet meer.

Buiten pakt ze het portier van haar auto vast en hoort iets op het asfalt rinkelen. Het glanst zilverachtig in het verandalicht. De medaille. Ze raapt hem op en stapt in de auto. Wrijft over haar handpalm waar de vier windstreken een tijdelijke afdruk in hebben gekerfd, en ziet het oude flinterdunne litteken dat haar levenslijn als een schaduw volgt.

Ricky Froelich *VERMIST*
Henry Froelich *VERMIST*
Michael McCarthy *VERMIST*

GRATIA

Madeleine is gestopt op de vluchtstrook van snelweg 401, die boven langs Toronto loopt. Ditmaal heeft ze de afrit niet gehaald. Met haar voorhoofd rustend op het stuur bidt ze. Ze gelooft niet in God, maar ze is ook geen ongelovige. Geloof heeft er niets mee te maken. Ze bidt omdat er zoveel pijn is. De levenden en de doden. Het bekende en het onbekende.

Ze kan het horen – het is er altijd geweest. Als het geruis van een kiezelstrand. Het wordt luider, komt dichterbij, tot ze een koor van zielen hoort, met neergetrokken mondhoeken van verdriet. Al diegenen die gevangenzitten in hun hoofd; al diegenen die hun best doen voor hun gezin; al diegenen die lijden aan hoogtevrees door het staan op twee voeten, al diegenen die zo dapper op vier poten, zo onvermoeibaar met twee vleugels, op buiken en tussen vinnen door het leven gaan; de hartverscheurende moed van dieren; de eenzame dood van een geliefde broer, van een kind lang geleden in Centralia, waren ze erg bang? O, konden we ze maar bezoeken op het uur van hun dood – niet om in te grijpen, want dat is onmogelijk, maar alleen om er getuige van te zijn. Hen lief te hebben terwijl ze vertrekken, niet trachten hun lijden onzichtbaar te maken. Het enige wat ze vragen is dat we het ons voorstellen. *Kijk naar me.*

'Bid voor hen,' fluistert ze tegen het dashboard van haar oude Volkswagen Kever. Zestien banen flitsen voorbij. *Bid voor hen.* Op dat moment – op de rumoerige vluchtstrook, terwijl ze zich afvraagt of ze ooit uit haar auto zal kunnen stappen – ontvangt ze het geschenk: het vult haar als een ademstoot. Het is geen verstandelijke kennis, het is er gewoon: het enige ter wereld dat telt, is liefde.

Na een kwartier kan ze haar auto starten en vaart maken op de vluchtstrook. De kleine Kever, vuilwit, rijdt de afrit af. Ontworpen voor Hitler. Gebouwd door slaven. Even herkenbaar als een colaflesje. De zonden van de vader. Braaf autootje.

Ze voelt zich goed als ze thuiskomt, en weet dat ze nooit meer dezelfde zal zijn. Niets kan haar ooit meer zo bang maken dat ze haar leven ervoor opgeeft. Alsof ze een ramp heeft overleefd. Een vliegtuigongeluk. Iets.

> *'Op het eigen ogenblik kon ik*
> *weer bidden en toen glee*
> *de Albatros los van mijn nek*
> *en zonk als lood in zee.'*

VLINDEREFFECTEN

<u>IN HET GERECHTSHOF VAN ONTARIO</u>

```
DE AANKLACHT (wegens moord) TEGEN RICHARD PLYMOUTH
FROELICH
Bewijsmateriaal voorgelegd tijdens het proces
```

Er wordt een merkwaardige transformatie tot stand gebracht door het gezag van het gedrukte woord in een officieel document. *De verdachte*. Ricky. *Het slachtoffer*. Claire. De massa informatie betreffende de exacte locatie van de kruising, het kleurloos gemaakte woord *wilg*, de afstompende nauwgezetheid met betrekking tot de plek waar het lichaam werd gevonden en in welke houding.

```
Het lichaam was gekleed in een blauwe jurk.
```

Goddank is het woensdag. Shelly denkt dat Madeleine nog steeds de stad uit is, en in zekere zin is dat ook zo. Ze heeft vanochtend een uurtje op haar tapijt liggen slapen – Christine was teruggekomen voor het bed.

```
... Het lichaam lag plat op de rug met de onderste
ledematen, de beide benen, gespreid. Onder een boom,
een iep.
```

Madeleine heeft een honkbalpet op om haar ogen te beschermen tegen het tl-licht in de raamloze leeszaal van het provinciaal archief van Ontario. Een paar stappen van de YMCA; ze had hier op elk willekeurig tijdstip kunnen komen.

```
... de patiënte had sporen op de hals.
```

De patiënte? Ze leest verder. De patholoog, de politie, dr. Ridelle – Lisa's vader. Deze transcriptie bestaat uit een 1858 bladzijden lange opsomming van wat de volwassenen wisten. A4-formaat.

```
Een vrouwelijk kind van deze leeftijd heeft een maag-
denvlies, het inbrengen van een pink is normaliter
onmogelijk, en het maagdenvlies ontbrak geheel, het
was in zijn geheel weggerukt...
```

Ze zit aan een van de lange houten tafels. Om haar heen bestuderen een paar andere bleke speurders genealogische dossiers en blauwdrukken van de gemeentelijke riolering. Lijders aan slapeloosheid, verenigt u.

```
... grote hoeveelheden maden op dit deel van het li-
chaam...
```

Jarenlang heeft ze een ongeretoucheerd kinderlijk beeld van Claire, die vredig in het gras lag, al was ze dan helaas dood, met zich meegedragen. Een in het bos verdwaald kind, verzorgd door zwaluwen die bladeren en wilde bloemen komen brengen om haar toe te dekken.

```
intense cyanotische lijkbleekheid van gezicht en
hals, intense cyanose van de nagels en uiteinden van
de vingers, de tong puilde uit...
```

Het beeld verandert nu. Het wijzigt zich. Wordt eindelijk ouder.

```
... kleur en pupillen onhelder door post-mortale
vertroebeling...
```

Ze is hier omdat ze morgen niet kan komen, morgen is de vaste Nablijf-marathon – ze kan deze hele avond schrijven, het archief sluit om vier uur. Ze is hier omdat ze niemand kan vertellen wat haar vader heeft gedaan.

```
... grote hoeveelheid urinezuur op de benen, maar
niet op de onderbroek, hetgeen erop wijst...
```

Ze is hier om getuigenis af te leggen.

```
... een vorm van verwonding die u zou verwachten als
een groot voorwerp is gebruikt voor het verwijden van
dit lichaamsdeel...
```

Ze is hier omdat ze niet vooruit kan. Ze moet teruggaan.

```
... de gehele ingang was in sterke mate gedilateerd.
RECHTER: Pardon?
A: In sterke mate gedilateerd.
```

En als ze terug is, moet ze luisteren naar de kinderen.

```
... het lichaam was bedekt met rietstengels, lisdod-
den moet ik zeggen...
```

Mozes in het riet. Wij noemden het altijd sigaren. Waarom moet ik aan Mozes denken?

```
V: Was het gezicht zichtbaar?
A: Het gezicht was bedekt.
V: Waarmee?
A: Met een onderbroek.
V: Een katoenen onderbroek?
A: Ja, meneer de officier.
V: Is dit de bewuste onderbroek?
```

Marjorie Nolan. Zij maakte een tekening met als titel 'Mozes in het riet', en ze tekende er een heleboel lisdodden bij.

```
A: Ja
```

Ik tekende Batman en Robin, en Grace Novotny kreeg een gouden ster voor haar tekening – wat had zij ook alweer getekend? Madeleine ziet de achterkant van Grace' hoofd – onregelmatige scheiding, slordige vlechten met een gewoon elastiekje eromheen. Ze probeert over Grace' schouder te kijken, maar ziet alleen haar bezige handen. In het verband. Stel je voor dat je zoiets met een kind doet. Ze kan Grace' kleurpotlood horen op het tekenpapier, kleurend, kleurend, kleurend...
Er speelde een grammofoonplaat – 'A Summer Place', van het Mantovanistrijkorkest. Normaal hadden we juffrouw Lang niet voor tekenen. Tekenen was normaal op vrijdag.
Sommige dingen zijn moeilijk rechtstreeks te zien. Je kunt er alleen een glimp van opvangen door opzij te kijken, dan zie je ze vanuit je ooghoeken. Net als fosforescentie in een grot; kijk opzij en dan zie je het. Madeleine probeert opzij te kijken, maar er komt te veel licht door de grote ramen van het klaslokaal. Ze knijpt haar ogen half dicht, maar dat helpt niet, de zon straalt heldergeel, glimlachend en trillend, en wist Grace en haar tekening uit. Madeleine knijpt haar ogen helemaal dicht en ziet een gele bol getatoeëerd op de binnenkant van haar oogleden. En toch weet ze nog dat het een regenachtige dag was. Ze richt haar aandacht weer op haar eigen tekening, *Donderse donderdag*, Batman – en krimpt ineen bij de gedachte dat het de dag was nadat Claire werd vermist.
Sommige dingen blijven liggen in de dozen waarin we ze jaren geleden hebben opgeborgen, met het etiket waarop we in een onhandig kinderschrift heb-

ben geschreven: De Dag Dat Claire Werd Vermist. Ze blijven zoals ze zijn, en zelfs als we volwassen zijn, zetten we er geen vraagtekens bij. Tot we op een keer in de gelegenheid zijn om de doos te openen, te ruiken wat er met de inhoud is gebeurd en het etiket te herzien: De Dag Dat Claire Werd Vermoord.

```
BEWIJSSTUK 49: De bewuste onderbroek
```

Madeleines rode laarzen schoten na elkaar uit, Claire schommelde zo hoog dat Madeleine haar onderbroek zag: 'Hé, je hebt inkijk! Ik zie...' *gele vlinders*. Op de onderbroek van Claire. Madeleine kijkt op van de bladzijde, haar mond is opeens kurkdroog. Is er een waterkoeler in de zaal? *Archief*. Het woord zelf is een woestijn.

Ze ruikt de boenwas op de eiken tafel. Die doet haar denken aan haar vader, al zijn bureaus. Ze kijkt weer naar de dorre bladzijde.

```
RECHTER: ... hoe heet je, meisje?
A: Madeleine McCarthy.
```

Ik weet niet meer wat ik die dag aanhad. Het was warm.

```
V: Je hoeft niet zó hard te praten, Madeleine.
A: Sorry.
V: Het geeft niet.
```

Ze weet nog dat haar vader in het midden van de zaal zat. Dat hij een bemoedigend gebaar maakte. Ze ziet hem in zijn blauwe uniform, maar ze weet dat dat onmogelijk is; het was juni. Net als nu. Hij moet zijn kaki-uniform hebben aangehad. Heel belangrijke mensen van wie je houdt worden in je geheugen net personages uit een tekenfilm – je haalt je een definitieve versie voor de geest, altijd in dezelfde uitmonstering. Een outfit die alles overleeft: verbranden, overreden worden, opgeblazen worden, verdrinken en doorzeefd worden met kogels.

```
V: Wat betekent het afleggen van een eed, Madeleine?
A: Het betekent dat je zweert de waarheid te vertel-
   len.
```

Transcripties zijn Spartaans. Zakelijke toneelaanwijzingen, regels dialoog die niet opgesmukt zijn met tussen haakjes geplaatste emotionele richtlijnen.

Maar toch dringt iemands karakter erdoorheen. Madeleine herkent zichzelf, nog kwetsbaar, op de bladzijde. Als een vastgeprikte vlinder. Voor altijd negen jaar.

```
V: ... wie is je onderwijzer?
A: Mijn onderwijzer vorig jaar was meneer March.
V: Vond je hem aardig?
A: Nee.
```

Madeleine leest verder en het is net of ze ziet hoe een reeks rampzalige gebeurtenissen zich in een film ontvouwt. Ga het huis niet meer in! Kijk op de achterbank! *Stel me die vraag!* Waarom stelde niemand de juiste vraag? Een mouwloze jurk met een Peter Pan-kraagje, dat droeg ik. Met een bijpassende haarband.

```
V: Wat draag je daar voor een broche?
A: Het is een vuurtoren.
```

Het is de broche die door meneer March was aangeraakt.

```
V: Waar komt die vandaan?
A: Uit Acadië, mijn moeder komt uit Acadië. We spre-
   ken Frans.
Bode: Leg je rechterhand op de bijbel.
```

Maar je kunt de bladzijde niet binnengaan en veranderen wat er gebeurd is. Het is hier aan het gebeuren, in vier dozen die in het centrum van Toronto gehuisvest zijn, al drieëntwintig jaar, en de opvoering zal tot het bittere eind blijven doorgaan. Een steeds weer herhaalde voorstelling.

```
A: Wat zit er in die pot?
V: Leg iets over die tafel en houd hem bedekt.
```

De spreekbeurttafel. Madeleine bladert terug naar het register van bewijsstukken aan het begin van de map om te zien wat er in de pot zat – er is nu geen rechter om haar tegen te houden, ze is volwassen, ze mag zelf haar gruwelen kiezen:

BEWIJSSTUK 21: Pot met maaginhoud

'Willen jullie een stukje?' vroeg Claire. En Madeleine en Colleen aten mee van haar chocoladecakeje, haar schijfjes appel en het ronde kaasje in rode was. Madeleine maakte er achteraf een paar dameslippen van en Claire proestte van het lachen. Ze was heel bevredigend publiek. Haar laatste maal. *Maaginhoud*. Eén bewijsstuk uit een lange rij, net vakantiefoto's.

BEWIJSSTUK 22: Lisdodden overhandigd aan de patholoog
BEWIJSSTUK 23: Lunchtrommeltje

Maar saillante informatie ontbreekt vaak; het was bijvoorbeeld niet zomaar een lunchtrommeltje, het was een Frankie-en-Annette-lunchtrommeltje, onschatbaar, felbegeerd...

BEWIJSSTUK 24: Roze fiets

... en opnieuw is het wezenlijke kenmerk weggelaten: twee prachtige roze linten. Behalve dat er maar één was toen Madeleine Claires fiets in de kofferbak van de politiewagen zag. Daarom zijn Colleen en ik die dag naar het weiland gegaan, naar het platgetrapte stuk – om haar andere lint te zoeken. Maar Grace bleek het te hebben.

Grace in de regen zonder regenjas aan, het verfomfaaide roze lint getransplanteerd naar het stuur van haar afgejakkerde fiets, die te groot voor haar was. Op en neer hobbelend op het harde zadel, kaal als de schedel van een stier, *het doet geen zeer.*

Zeg, Grace, waar heb je dat lint vandaan?
Dat heb ik van iemand gekregen.
Van wie?
Iemand.

Madeleine blaast adem uit als een hond. Grace heeft het lint van meneer March gekregen. Een trofee, van Claires roze tweewieler geplukt. Een prijs voor zijn lievelingetje.

Ze slikt, haar keel is droog. Ze werpt een blik op de archivaris. Op de andere onderzoekers. Niemand heeft iets gemerkt. Wat valt er te merken? Een jonge vrouw met donker haar die doodstil zit, aan het gezicht onttrokken door vier kartonnen dozen met documenten.

Maar nu heeft ze iets. Ze kan de politie vertellen van het lint. Die vindt Grace Novotny wel. Grace zal zeggen van wie ze het heeft gekregen. Niemand hoeft te weten dat Jack degene was die die dag zwaaide...

Ze keert terug naar de bladzijde:

```
BEWIJSSTUK 35: Zilveren bedelarmband in envelop
```

Niet zomaar een bedelarmband; ze had de *Maid of the Mist*, een hart, een theekopje en allerlei andere dingen, waaronder haar naam in schuine zilveren letters, *Claire*. Madeleine vraagt zich af of de McCarrolls de armband hebben bewaard. Ze vraagt zich af of ze ooit een ander kind hebben gekregen. Misschien willen ze de waarheid liever niet weten. Dat zou hun verdriet weer doen oplaaien.

```
BEWIJSSTUK 26: Foto van Claire McCarroll tijdens au-
topsie
BEWIJSSTUK 27: Plastic bakje met larven
BEWIJSSTUK 28: Lisdodden bewaard door agent Lonergan
```

Mozes in het riet. Madeleine bladert vooruit.

```
RECHTER: Ga je naar de kerk, Marjorie?
A: Ja, edelachtbare, en naar zondagsschool.
V: Weet je wat het betekent om de waarheid te zeggen?
A: Ja, edelachtbare.
V: Ben je bij de kabouters?
A: Nou,
```

Madeleine kan Marjorie horen giechelen, al heeft de stenograaf dat niet genoteerd.

```
eigenlijk ben ik overgevlogen, dus ben ik nu bij de
gidsen. Ik heb een babysit-insigne.
```

Je liegt, Margarine! Waarom heeft niemand dat gecontroleerd?

```
V: Hoe oud ben je, Marjorie?
A: Ik ben net tien geworden.
```

> V: Deze kinderen zijn nog erg jong. Ik weet niet of
> ik dit kind de eed kan laten afleggen. Begrijp je wat
> een eed is?
> A: Het betekent dat je op de bijbel zweert de waarheid te zeggen en niet te liegen voor de rechtbank.
> V: Dat klopt, Marjorie. Wat gebeurt er met mensen die
> wel liegen?
> A: Die krijgen straf.
> V: Goed zo. Laat de getuige de eed afleggen.

Madeleine vraagt zich af wat ze nu van de tienjarige Marjorie zou denken, kijkend met volwassen ogen. Zou ze zich laten bedonderen, net als de volwassenen? Stijve krullen. Blauwe poppenogen. Beleefd en een beetje ouderwets, heel geruststellend.

> MARJORIE NOLAN, onder ede:
>
> ALGEMEEN VERHOOR DOOR DE HEER FRASER:
>
> DE HEER FRASER: Woon je met je ouders in het woongedeelte van de Luchtmachtbasis Centralia, Marjorie?
> A: Ja meneer.

Meneer Fraser, de openbare aanklager. In het sombere zwarte gewaad.

> V: En zat je afgelopen voorjaar in dezelfde klas, de
> vierde, als Claire McCarroll?
> A: Ja.
> V: Was je bevriend met Claire?
> A: Ja.

Alweer een leugen.

> V: En kende je Richard Froelich?
> A: Ricky?
> V: Ja, Ricky.
> A: Ja.

V: En had je een gesprek met Ricky op woensdag 10 april?
A: Ja.
V: Kun je ons vertellen waar dat gesprek over ging?
A: Nou, Ricky vroeg: 'Heb je zin om mee te gaan naar Rock Bass? Ik weet daar een nest te zitten.'
V: En wat zei jij?
A: Ik zei: 'Nee.'
V: Waarom zei je nee?
A: Nou,

Madeleine hoort weer gegiechel, en de montere zelfingenomen toon. Zijn sommige kinderen alleen een open boek voor andere kinderen?

in de eerste plaats moest ik die avond naar de kabouters. Net als Claire, maar die is nog geen echte kabouter...
RECHTER: Wacht even. Heren van de jury, meneer Fraser heeft al uiteengezet wat kabouters zijn en een van de getuigen, juffrouw Lang, die leidster is van de groep kabouters, heeft dat eveneens gedaan. Als het u niet geheel duidelijk is, aarzel dan niet om om opheldering te verzoeken. Goed. Ga door, meneer Fraser.

Het is raar om je deze volwassen mannen – mannen uit 1963 – voor te stellen terwijl ze worstelen met de taxonomie van de padvindersbeweging – kabouters, welpen, gidsen en wat dies meer zij.

V: En was er nog een reden waarom je nee zei tegen Ricky?
RECHTER: Knikte je ja?
A: Ja meneer.
DE HEER FRASER: Wat was die andere reden, Marjorie?
RECHTER: De reden waarom ze zijn uitnodiging afsloeg?
DE HEER FRASER: Ja, edelachtbare.
RECHTER: Ga door, meneer Fraser.
V: Waarom zei je nog meer nee tegen Ricky, Marjorie?

A: Omdat ik niet mag, want ik ben te jong.
V: Waar ben je te jong voor?
A: Om afspraakjes te maken.
V: Waarom denk je dat Ricky een afspraakje met je wilde maken?
A: Omdat hij zei: 'Laten we een afspraakje maken.'

Blijf dromen, Margarine.

V: Zei hij dat op 10 april?
A: Ja. En daarvoor ook heel vaak.
V: Waar zei hij het op 10 april?
A: In zijn voortuin. Hij was met de tuinslang bezig.
V: En wat zei hij op 10 april?
A: Hij vroeg: 'Wil je iets drinken, Marjorie?' en toen deed hij iets onbehoorlijks.
V: Wat deed hij?
A: Hij. Hij deed alsof, u weet wel.
V: Ja?
A: Alsof hij naar de wc ging.
V: Ja?
A: Met de tuinslang.
V: Wat gebeurde er toen?
A: Ik zei: 'Ik heb geen dorst.'
V: En wat zei hij toen?
A: Hij vroeg: 'Heb je zin om een afspraakje met me te maken? Om mee te gaan naar Rock Bass? Ik weet daar een nest te zitten.'

Claire zei dat. Nee, niet precies, ze zei: 'We kunnen een nest gaan zoeken.' Madeleine en Colleen waren op het schoolplein, Claire had een boterbloem. Er kwam muziek uit de school, het orkest was aan het oefenen... de rommelige melodie die zich naar buiten probeerde te worstelen door de ramen van de gymnastiekzaal van de J.A.D. McCurdy School – *We lachen en huilen, we hopen en vrezen...* – het schoolorkest dat speelde terwijl meneer March de maat aangaf, hamerend op de piano. Marjorie was in de buurt met Grace, en probeerde zich ermee te bemoeien, ze hoorde waar Claire heen ging en waarom. En met wie. Met Ricky, dat beeldde Claire zich tenminste in.

```
V: En jij zei nee.
A: Ik zei: 'Dat komt later nog weleens.'
```

Arme Marjorie. Vreselijk door iedereen buitengesloten – behalve door Grace en meneer March. Heeft hij zo ontdekt waar Claire die dag heen ging? Het duivelse hulpje van meneer March, dat naar hem toe kwam rennen om het hem te vertellen.

```
V: Dank je, Marjorie.
A: Geen dank.
```

Een spreekbeurt over je lievelingsbezittingen. 'Ik verzamel ze soms,' zei Claire, met het gewichtloze ei van het roodborstje in haar handen. Madeleine wrijft over haar handpalm en kijkt ernaar. Daar is het bleke litteken, maar ook nog iets anders – een stukje van een eierschaal. Lichtblauw. Nee, niet in haar hand, nog niet, ze probeert het te pakken in het hoge gras van verleden jaar, maar Colleen grijpt haar pols vast, duwt het mes in haar hand, *Snij me ermee*.

Het was maar een stukje blauwe eierschaal, maar misschien zou het ongeluk hebben gebracht als ze iets had meegenomen van de plaats waar de moord was gepleegd – ja, daar heeft ze het gevonden. Een centimeter of dertig van de rand van de platgetrapte cirkel. Heksenkring. Was het afkomstig van het blauwe ei van Claire? Of van een ei dat ze die dag had gevonden?

```
BEWIJSSTUK 50: Verklaring van Grace Novotny
```

Wat als Madeleine de uitnodiging van Claire had aanvaard en met haar was meegegaan naar Rock Bass? Dan zou Claire misschien nog leven. Of zouden ze allebei dood zijn?

```
RECHTER: Hebt u deze verklaring gelezen, meneer Wal-
ler?
DE HEER WALLER: Ik heb een kopie van de verklaring
van Grace Novotny, edelachtbare, ik heb die vanoch-
tend gekregen van de openbare aanklager, de heer Fra-
ser. Ik had dit document niet eerder onder ogen ge-
had, zoals ik ook pas afgelopen week het bestaan
leerde kennen van de getuige Marjorie Nolan...
```

RECHTER: Daar hebben we het al over gehad, meneer
Waller.

Meneer Waller. De aardige verliezer in het glanzende zijden gewaad. Die Rick
verdedigde.

DE HEER WALLER: Edelachtbare, de vraag of het gepast
is een getuige achter de hand te houden...
RECHTER: Wat hebt u daarover op te merken, meneer
Fraser?
DE HEER FRASER: Edelachtbare, de kwestie van gepast-
heid is hier niet aan de orde, aangezien het getuigenis van Marjorie Nolan niet ontlastend was.
DE HEER WALLER: Edelachtbare, met alle verschuldigde
eerbied zou ik erop willen wijzen dat er sprake is
van een cumulatief mogelijk nadelig effect dat tot
gevolg zou kunnen hebben dat de rechtsgang van deze
zaak belemmerd wordt...
RECHTER: Dat beoordeel ik wel, meneer Waller.
DE HEER WALLER: Ja, edelachtbare, maar teneinde een
kostbaar beroep te voorkomen...
RECHTER: Het Openbaar Ministerie heeft voorzover ik
kan nagaan de wet op de openbaarmaking niet geschon-
den.
DE HEER WALLER: Nee, edelachtbare, niet de letter,
maar misschien wel de geest.
RECHTER: Heren, we zullen het enkele minuten zonder u
moeten stellen.
-- De jury trekt zich terug.

IN AFWEZIGHEID VAN DE JURY...

Bladzijden vol juridische argumenten. Allerlei zaken die door beide partijen aangehaald worden, met het soort virtuositeit dat bij quizprogramma's hoort. Inspecteur Bradley heeft de verklaring die hij Grace na schooltijd heeft afgenomen. De verdediging wil dat de verklaring niet ontvankelijk wordt verklaard. Maar het OM betoogt dat de verklaring van Grace aansluit op het getuigenis van Marjorie en derhalve publiekelijk dient te worden voorgelezen. Dat alles omdat Grace niet persoonlijk aanwezig is om te getuigen. Haar moeder is bij haar vader weg en heeft de jongste kinderen meegenomen. Niemand weet waar ze heen zijn.

Het is eigenlijk niet eens een verklaring. Het is een samengeraapte reeks citaten: antwoorden die ze gaf op de vragen van de politieman, en die hij netjes in zijn aantekenboekje heeft opgeschreven. De rechter besluit dat inspecteur Bradley de verklaring mag voorlezen, maar als tegemoetkoming aan de verdediging moet de inspecteur zijn aantekeningen raadplegen en ook de vragen voorlezen 'en elke andere bijzonderheid' waardoor de antwoorden waaruit de verklaring bestaat werden uitgelokt. De zitting wordt korte tijd geschorst om de inspecteur de gelegenheid te geven zijn aantekeningen en die van agent Lonergan te bestuderen en Grace' 'verklaring' achteraf te herzien.

IN AANWEZIGHEID VAN DE JURY...

Hoewel inspecteur Bradley de eed moet afleggen voor hij de verklaring van Grace voorleest, hoeft de jury de verklaring zelf niet te beschouwen als een onder ede afgelegde verklaring. De rechter verzoekt de jury enige hersengymnastiek uit te voeren, te luisteren en een afweging te maken, maar niet al te zwaar aan dit probleem te tillen.

INSPECTEUR THOMAS BRADLEY, onder ede:

DE HEER FRASER: Inspecteur Bradley, u bent in dienst bij de recherche van de Provinciale Politie van Ontario?
A: Ja meneer.

De inspecteur had het soort gezicht waardoor Madeleine het gevoel kreeg dat ze loog zodra ze het klaslokaal inliep. Ze zou zich altijd schuldig hebben gevoeld, wat ze ook tegen hem had gezegd. Hij wist dat ze loog. Waarom wist hij niet dat Marjorie loog? En Grace?

V: Inspecteur Bradley, wilt u zo goed zijn de transcriptie voor te lezen van uw onderhoud met Grace Novotny?
A: Ik vroeg: 'Je hebt Claire McCarroll gekend, nietwaar?' Daarop gaf de ondervraagde blijk van ontstel-

tenis, ze ging heen en weer wiegen en begon hoorbaar
te jammeren.

Grace' ogen die heen en weer rollen, haar verfrommelde gezicht...

Ik vroeg: 'Heb je afgelopen woensdag met Claire gespeeld?' Waarop het kind begon te huilen en te kermen,

... Dat geluid, zo eigen aan Grace, dat opsteeg uit haar keel of ergens uit haar
binnenste, zonder dat je wist waar het vandaan kwam, gestaag aanzwellend als
de sirene van een luchtalarm.

dus ik gaf het kind een papieren zakdoekje en probeerde haar tot bedaren te brengen.

Niemand kon Grace tot bedaren brengen.

Ik vroeg haar of ze Claire die dag op het schoolplein
had gezien en het kind knikte bevestigend. Ik vroeg
of ze met Claire had gepraat en het kind haalde haar
schouders op. Ik vroeg of Claire met het kind had gepraat en het kind zei: 'Ja.' Ik vroeg wat Claire had
gezegd en het kind antwoordde: 'Ze vroeg of ik meeging naar Rock Bass.'

Marjorie moet tegen haar hebben gezegd dat ze dat moest zeggen.

Ik vroeg haar wat ze Claire had geantwoord en het
kind zei: 'Ik had geen zin om naar Rock Bass te
gaan.' Ik vroeg: 'Zei Claire dat ze met iemand naar
Rock Bass ging?' Het kind antwoordde: 'Ja, met Ricky.'

Madeleine hoort de afgemeten monotone stem van inspecteur Bradley; die
sluit perfect aan op de getypte bladzijde. Maar Grace is er ook, achter de bladzijde. Madeleine kan haar horen en zien – slordige vlechten, het vage grijnsje,
de kloven in haar lippen. Ze kan haar ook ruiken – oude pis en gluton...

    'Heeft Ricky Froelich je ooit aangeraakt alsof je
    zijn vriendinnetje was?' Ze antwoordde: 'Ja, soms
    doen we oefeningen.'

Dat is Ricky Froelich overkomen – Madeleines ingewanden worden vloeibaar – Marjorie en Grace zijn hem overkomen. En meneer March en Jack McCarthy. Hoe zijn die twee aan dezelfde kant komen te staan?

    'Achteroverbuigen. En knijpen,' zei ze.

Wat is er weggelaten uit de in elkaar geflanste 'verklaring' van de inspecteur? Via hoeveel zijwaartse stapstenen heeft hij Grace stukje bij beetje over de stroom geloodst? Want Madeleine weet dat Grace in haar eentje nooit ergens kwam.

    Ik vroeg: 'Knijpen waarin?' Ze antwoordde: 'Zijn
    spier. Hij zei dat we het zijn spier moesten noemen,
    maar eigenlijk is het zijn piemel.'

Grace had de moed het te zeggen. Volkomen uit zijn verband gerukt, maar niettemin de waarheid. Waarom was er niemand die dat kon horen? Had ze dan nog harder moeten jammeren?

    'En Ricky doet nog iets anders,' zei ze. 'Hij knijpt
    je keel dicht.'

En dat was dat.

    Ik vroeg: 'Heb je ooit iemand verteld van de dingen
    die Ricky met je deed?' Ze antwoordde: 'Marjorie.'

Ze hadden alleen elkaar.

    Het kind legde toen uit zichzelf de volgende verkla-
    ring af: 'Hij heeft me een ei gegeven.' 'Wanneer?'
    vroeg ik. 'Die dag,' zei ze. 'Wat voor ei? Een ge-
    kookt ei?' 'Nee,' zei ze. 'Een blauw ei...'

Madeleine denkt eraan om adem te halen.

```
'Wat voor ei is dat?' vroeg ik. 'Een speciaal ei,'
zei ze. 'Een paasei?' vroeg ik. Het kind knikte be-
vestigend, en zei toen: 'Hij zei dat hij er nog meer
wist te vinden.'
```

Een ei van een roodborstje, geen paasei. Dat betekent 'blauw ei' voor een kind. Waarom wist Bradley dat niet, waarom vroeg hij het niet aan iemand die van dat soort dingen op de hoogte was – een ander kind? Waarom vroeg hij het niet aan Madeleine?

Maar het was rond Pasen. Er hingen tekeningen voor Pasen aan de muren van de klas waar het verhoor plaatsvond. Het was een logische veronderstelling van zijn kant...

```
'Was het een chocolade-ei?' vroeg ik. Ze antwoordde:
'Ja.'
```

Opnieuw een versie van de waarheid. Meneer March deelde bij het minste of geringste chocolade-eieren uit. *Blauwe eierschaal in het gras...* 'Ik weet een nest te zitten', meer hoefde je niet te zeggen en Claire ging al mee – volgens Marjorie had Rick dat gezegd. Misschien had iemand het echt gezegd. Had Marjorie het gehoord? Of Grace?

Madeleine tuurt naar de bladzijde. Op het schoolplein zei Claire alleen dat ze een nest ging zoeken. Ze had het niet speciaal over het nest van een roodborstje. En toch had Madeleine een blauwe eierschaal in het gras gevonden... Waarom zou Grace het in verband met die dag over een blauw ei hebben gehad? *Madeleine probeert het lichtblauwe stukje uit het gras te pakken.* Was het afkomstig van Claires ei? Of van een ei dat als lokaas was gebruikt? Hoe kon Grace dat hebben geweten? Lieve God... wat had dat kind gezien?

Er loopt een rilling over haar rug, een rilling die haar inmiddels tranende ogen doet prikken en via haar lippen ontsnapt, ze snakt naar adem, bladert terug naar het begin van Deel IV, naar het register van bewijsstukken – want de tekening van Grace hing die dag ook aan de muur van de klas – de dag nadat Claire was vermoord. De tekening waar ze overheen gebogen zat en die ze zo liefdevol had ingekleurd, Madeleine kan de tekening zien met de gouden ster, op de ereplaats tussen de scheve paashazen en felgekleurde eieren – de mooie tekening die Grace die dag maakte met haar handen in het verband, schitterend, overdadig: een woeste zwerm gele vlinders.

BEWIJSSTUK 49: Katoenen onderbroek met een geel patroon van nachtvlinders

Het waren gewone vlinders, geen nachtvlinders. Alleen een volwassene zou er nachtvlinders in hebben gezien. *O Grace. Wat heb je gezien?* Madeleines tranen zullen deze archiefdocumenten sneller doen verweren. *Het waren gewone gele vlinders, geen nachtvlinders.* Waarom heeft niemand dat gevraagd? Het was Mozes tussen de lisdodden, niet in het riet, want Marjorie was daar ook, in het weiland voorbij Rock Bass. Beide kinderen zagen wat hij met Claire deed voor hij haar lichaam bedekte met wat de volwassenen lisdodden noemden, en paarse bloemen. Beide kleine meisjes zagen hoe hij haar onderbroek over haar gezicht legde, dat blauw was geworden door verstikking, o God. Wat gebeurde er met de kinderen? *Wat gebeurt er met kinderen?*

Madeleine laat haar hoofd zakken, afgeschermd door de dozen.

In het appartement in Ottawa tikt Mimi de pillen uit het plastic vakje waar *donderdagmiddag* op staat. Wanneer jij of iemand van wie je houdt zoveel medicijnen gebruikt, kun je onmogelijk nog met de dagen van de week in de war raken.

Ze schenkt een glas vol en ziet de zonsondergang door het raam boven de gootsteen. Ze is achtenvijftig. Ze is volmaakt gezond en heeft waarschijnlijk nog vele jaren te leven, ondanks het roken. Ze wil geen cruise gaan maken met een aardige man die ze over een paar jaar ontmoet. Ze wil met haar eigen man gaan.

Ze zet het waterglas op het bijzettafeltje naast zijn zuurstoftank en legt het handjevol pillen erbij. Hij wordt niet wakker. Ze zet de tv uit, hij doet zijn ogen open. 'Wa...? Ik gun alleen mijn ogen wat rust.' En hij knipoogt tegen haar.

Vrouwen leven langer. Mimi wist dat ze dit onderdeel van haar taak uiteindelijk zou moeten verrichten, ze had het alleen niet zo vroeg verwacht. Ze kreeg onlangs een kaart van Elaine Ridelle. Ze zijn na hun pensioen in Victoria aan de westkust gaan wonen, zij en Steve spelen nog steeds golf, afgelopen zomer hebben ze een cruise naar Alaska gemaakt. Elaine lijdt nu aan diabetes, maar aangezien Steve arts is, *ben ik tegenwoordig zijn hobby!*

Jacks ogen zijn waterig van de medicijnen. Hij steekt de pillen in zijn mond alsof het pinda's zijn, neemt een slok – opgetrokken wenkbrauwen, ogen wijdopen als die van een kind wanneer hij zijn hoofd achteroverhoudt om te slikken. 'Merci,' zegt hij.

Ik hou van je, Jack.

Warm goud stroomt naar binnen via de vitrage voor de terrasdeuren. Herinner je je die lenteavonden op het plein in Baden-Baden nog? Kinderkopjes en rozen, het geluid van de fontein. Jij en ik en de kinderen kleedden ons netjes aan en gingen naar buiten om naar de rijke mensen te kijken, maar uiteindelijk keek iedereen altijd naar ons. Wat is er van ons geworden?

Jack pakt de afstandsbediening en zet het journaal aan.

Olivia zit te wachten op de traptreden voor Madeleines huis. Een stevige kortharige oranje hond, met een kop als een Duitse helm uit de Tweede Wereldoorlog, zit hijgend aan de lijn naast haar.

'Van wie is die hond?'

'Van mij, maar ik ga vanavond weg.'

'Ik dacht dat je pas morgen zou gaan, ik wou je naar het vliegveld brengen, dat doe ik in ieder geval, wacht even...'

'Het geeft niet, ik heb een taxi gebeld.'

'Zeg die maar af, ik zal...'

'Nee, nee, ga zitten.'

'Heb je het tegen de hond of tegen mij?'

Olivia lacht en pakt haar hand, trekt haar naast zich op de trap. 'Dit is Winnie.' Winnie komt regelrecht uit het asiel.

'Het is een pitbull,' zegt Madeleine.

'Winifred is een Amerikaanse Staffordshire terriër.'

'Dat is een mooier woord voor pitbull.'

'Technisch gezien wel.' Olivia kust haar. *Je t'aime.*

Olivia's kus is net een elektrisch meetinstrument. Zo ontdekt Madeleine dat ze, ondanks alle wederwaardigheden, nog steeds voortreffelijk functioneert. 'Blijf dan eten, we roosteren worstjes boven het gas, ik trek de Manischewitz open en we gaan lekker een potje vrijen, wat zeg je daarvan?'

'Kan niet, ik heb subsidie gekregen voor deze trip.'

'Geef het geld terug.'

'Ik wil gaan.'

Madeleine aait de kop van de hond en wordt belaagd door een tong van koeienformaat. Ze kijkt naar beneden en praat tegen de traptreden. 'Waarom heb je een hond genomen als je die meteen weer wegdoet?'

'Ik doe haar niet weg, ik laat haar een tijdje bij jou logeren.'

'Verwacht je dat ik haar drie maanden ga verzorgen?'

'Nee, ze gaat jou verzorgen.'

Madeleine kijkt de hond aan en de hond grijnst terug – een vlezige mond vol haaientanden, driehonderd kilo drukvermogen klaar voor gebruik tussen die kaken.

Olivia zegt: 'Ze is dol op kinderen.'

'Ik heb geen kinderen.'

Olivia glimlacht, fronst even haar wenkbrauwen op een manier die Madeleine aan iemand doet denken.

'Wat eet ze? Politiemannen? Drugdealers?'

'Ik moest haar wel nemen,' zegt Olivia. 'Ze zat er al een halfjaar.'

'Heus? Waarom?'

'Niemand wilde haar. Ze is geen puppy. En bovendien is ze een pitbull.'

'Ze is een snoesje.'

Olivia glimlacht. 'Ik weet het.' Ze legt de riem in Madeleines hand, kust haar en stapt in een wachtende taxi.

In het appartement in Ottawa zegt Mimi: 'Jack, wil je iets warms?' en zet de tv uit.

Madeleine en Winifred kijken hoe de taxi de straat uitrijdt en de bocht omgaat. Madeleine staat op en ziet een boodschappennet op de stoep. Er zitten twee hondenbakken in, een proefverpakking brokken en een dikke rode kaars met een opgerold briefje. Ze stopt het briefje in haar zak voor straks en gaat met de hond naar binnen, met het gevoel dat ze de hele wereld aankan. In het midden van de lege woonkamer staat haar wijnglas, met een rode korst op de bodem, nog waar ze het naast de telefoon op het tapijt heeft achtergelaten. Het vergroot het rode knipperende lampje van het antwoordapparaat. Ze negeert het lampje en vult een van de bakken met water, de andere met brokken. De hond gebruikt haar tong losbandig, grote plenzen van genot, en verslindt daarna het eten met een reeks tevreden astmatische kreungeluiden. Eerder varkensachtig dan hondachtig.

'Was dat lekker?'

De hond houdt haar massieve kop aandachtig scheef, oren gespitst, voorhoofd gerimpeld, hijgend.

'Je bent voor een deel een alligator, hè, Winnie?' – terwijl ze haar achter de oren krabt en de staalharde muur van spieren onder de vacht van de hals voelt – 'Ben je geen alligator, hè?'

Ze gaan touwtrekken met de enige overgebleven handdoek uit de badkamer, waarbij Winnie gromt met een kwijlend en bevredigend vertoon van valsheid. Madeleine jaagt door het lege appartement achter haar aan, terwijl

Winnie uitglijdt op het hardhout, onder hoog, speels geblaf in de lucht bijt, angstig en verrukt achteruit springt wanneer Madeleine uit een kast of om een hoek op haar afduikt en grauwt: 'Ik krijg je wel, al ren je nog zo hard! Ren ren ren ren!' Tot ze uitgeput zijn. Dat is pas therapie.

Winnie loopt linea recta naar het tapijt en laat zich vallen zoals honden doen, in volledige overgave aan de zwaartekracht, alsof ze zijn neergeschoten. Ze stoot het wijnglas om, dat tegen het knipperende antwoordapparaat breekt. Madeleine duwt haar weg van het kapotte glas, ruimt de scherven op, spoelt de band terug en speelt de boodschappen af. Negen van Shelly, vijf van Olivia, verscheidene van Tony. Steeds dringender, met als rode draad: Waar zit je? Waar zit je toch? Alles goed?

Vandaag is het donderdag.

Alle donders, Batman!

De enormiteit van het besef dat ze een Nablijf-donderdag heeft gemist werkt bijna als een opkikker. Als een spuitje met vitamine-B-complex. Ze zal het met iedereen goedmaken. Ze hebben haar natuurlijk meteen uit de opname van vrijdagavond geschreven, maar zij zal zich er meteen weer tussen wurmen, nu al overlopend van edelmoedigheid, klaar om los te barsten met een hele stapel oneliners als verrassing voor haar collega's.

'Dat is niet best,' zegt ze tegen de hond, 'helemaal niet best.' Winnie houdt haar kop scheef. 'Jij niet, jij bent braaf, ik stout, stoute Madeleine.' Ze legt haar hand op de telefoon. Eerst maar het moeilijkste telefoontje. Shelly. 'Thufferin' *thuckotash,*' zegt ze tegen Winnie terwijl ze de hoorn naar haar oor brengt, op het punt om te draaien – maar de lijn is dood. Of toch niet, er is iemand...

'Hallo? Hallo, Olivia?'

'Oui, allô?'

'O, hoi maman, de telefoon ging niet eens over.' Ze lacht. 'We hebben paranormaal contact.' Als ze niet beter wist, zou ze zweren dat ze haar moeder voor gisteren had vergeven – waarom ben ik opeens zo gelukkig? *Je schuldige geheim. Je bent een gelukkig mens.* 'Maman?'

Aan de andere kant van de lijn een zwijgen dat niet onderdoet voor een van de stiltes van haar vader. Dan zegt maman: 'Je papa is overleden' en haar stem begeeft het.

Madeleines lippen wijken uiteen. Ze leunt langzaam voorover en laat haar voorhoofd op haar knie zakken. Dus zo gaat het, als het eindelijk zover is. Ze klemt de hoorn tegen haar schouder terwijl haar moeder huilt.

Je papa. Je papa...

Jack McCarthy GESTORVEN AAN VERWONDINGEN

WAT IS DE WERELD TOCH KLEIN

... op haar sportieve, spottende mond lag één kus die Wendy nooit kon krijgen, al was hij duidelijk zichtbaar in de rechtermondhoek

MRS. DARLING IN PETER PAN, SIR J.M. BARRIE, 1911

Als een ouder overlijdt, verdwijnt er een planeet en zal de nachtelijke hemel er nooit meer hetzelfde uitzien. Het maakt niet uit hoe volwassen we zijn als we een van onze ouders verliezen. En als ze allebei overleden zijn, is het net alsof we permanent dakloos zijn – een onzichtbaar schild, de eerste verdedigingslinie tussen onszelf en onze sterfelijkheid, is weg.

Madeleines opluchting bij het zien van haar moeder was voor haarzelf een schok. Ze hunkerde ernaar berispt te worden om haar kledingkeuze, op bitse toon te horen te krijgen dat ze te mager was, maar Mimi was bezig in te storten. Niet in de aanwezigheid van vrienden, de priester, de familieleden die begonnen te arriveren. Alleen als ze samen met Madeleine was. Om zoveel redenen – omdat Madeleine een deel is van Jack, een deel van haar zoon, een deel van haar, omdat 'tu es ma fille', ondanks alles, en omdat alleen een dochter kan weten hoe het voelt. Lange raspende snikken, verdriet dat de make-up bederft. Het zien van tranen die langs de vingers van haar moeder druppelen, over haar handen lopen – goed geconserveerd, maar ouder geworden, de lak een beetje opzichtiger – was het ergste voor Madeleine. Maar er gebeurde iets verrassends. Ze was altijd bang geweest dat ze het niet aan zou kunnen als haar vader stierf, maar ze ontdekte een onvermoede reserve aan emotioneel uithoudingsvermogen. Het leek vanzelf te gaan, alsof ze ermee was geboren, net als met de drang om te zuigen, te lopen, te rennen – standaard-zoogdierenmerken. Het vermogen om plooibaar te blijven terwijl haar moeder zich huilend aan haar vastklemde; geduldig te blijven terwijl ze te horen kreeg hoe ze water moest koken; te weten wanneer ze een heet bad voor haar moest maken; te kunnen zeggen: 'Wat doen we met zijn kleren?' Dit alles terwijl binnen in haar een kraan wijd openstond, het verdriet gutste naar buiten – hoe kunnen deze kracht en deze droefheid samengaan? *Mijn vader is overleden.* 'Heb je de bloemen uitgezocht, maman?' Zijn lege stoel, de kranten in de blauwe dozen aan het eind van de oprit. 'Kies jij ze maar, Madeleine.' Zijn afstandsbediening van de tv, zijn schoenen, gerimpeld bij de wreef, zijn pantoffels, zijn naam op de stapel post op de tafel in de hal. *Waar is mijn vader?* Ze kiest margrieten.

'*Qu'est-ce que c'est que ça?*' vroeg Mimi, toen Madeleine terugliep naar haar auto om haar koffer en de hond te halen.

'*C'est une chienne.*' Madeleine bukte zich snel om de riem te grijpen toen Winnie op de voordeur afrende.

'Die is niet van jou,' zei Mimi.

'Van een vriendin.'

'Die neem je toch niet mee naar binnen?'

'Waar verwacht jij dan dat ze slaapt?'

'Slaapt?'

Mimi hield er een opvatting over honden op na die nog uit de Crisistijd stamde en inhield dat honden, behalve als ze werkten voor de kost, een soort ongedierte waren en in ieder geval buiten hoorden. In een oogwenk zette ze de eetkamerstoelen omgekeerd op de bank, net als de leunstoel – '*Aide-moi, Madeleine*' – in een poging het vieze beest uit de buurt van de bekleding te houden.

'Ze is niet vies, ik heb haar in bad gedaan.'

'Het is een hond,' zei Mimi, terwijl ze de chaise longue barricadeerde. 'Zo. Nu mag ze in de woonkamer komen.'

Madeleine draaide zich om en riep: 'Winnie.' Toen – opeens gealarmeerd – '*Maman*, je hebt de garagedeur open laten staan!' Ze was de voordeur al half uit toen een gil haar weer naar binnen dreef, naar de slaapkamer, waar Mimi als versteend in de deuropening stond. Winnie lag op haar rug midden op de witte donsdeken snurkend te slapen.

'Haal haar eraf, Madeleine!'

Winnie rolde zich om en gromde toen Madeleine zei: 'Vooruit, Winnie. Weg, weg. Ga er nu af, brave meid. Vooruit.'

Omgekrulde lip. Vochtig gegrauw.

Madeleine deed een stap achteruit.

Mimi zette haar handen op haar heupen, trok een wenkbrauw op en beval: '*Bouge-toi!*'

Winnie sprong van het bed en bleef kwispelend omhoogstaren naar Mimi, met een brede vlezige glimlach.

Madeleine zei dat haar moeder de hond moest uitlaten.

'Ik laat dat ding niet uit.'

'Het is geen ding, maman, het is een levend wezen en ze mag je graag.'

Mimi keek de hond boos aan. 'Nou, ik mag haar niet. *Regarde moi pas, toi.*'

Ze hoorde de deur dichtslaan en ging toen in rap tempo aan de slag, pakte zoveel mogelijk kleren van haar vader in voor de mensen van St. Vincent de Paul zodat haar moeder dat niet hoefde te doen. Ze had de roe in zijn klerenkast leeggehaald en was bezig de plank na te lopen toen ze eventjes van slag raakte door een oude trui met een V-hals. Ze drukte haar gezicht in de door motten aangevreten wol en ademde zijn geur in. Toen ze zijn uniform in een oude vierkante kledingzak ontdekte, legde ze een lege mouw tegen haar wang en sloot haar ogen – de geur van mottenballen en wol, de mannelijke ruigheid van het kledingstuk, prikkerig als een ongeschoren wang. Ze liet haar vingers over de voorkant van het jasje glijden, koperen knopen met ingestanste vleugels.

Ze raakte haar gevoel voor tijd kwijt, vouwde, sorteerde, huilde, tot ze eindelijk de deur hoorde – het gerinkel van de riem, het getik van Winnies nagels op het hardhout, het getik van de hoge hakken van haar moeder. Hoorde Mimi mopperen: 'Non. Ga weg, *va-t'en*, ik wil geen kus van *les chiens*.'

Toen Madeleine uit de slaapkamer kwam, betrapte ze haar moeder terwijl die de hond een stuk gegrilde kip gaf.

'Niet de botten, maman.'

'Ik geef haar geen – ik was – het is toch niet goed meer.'

'Geef haar geen bedorven vlees.'

'Ik heb het vandaag vers gekocht!'

Madeleines ongeduldige reflex smolt tot iets vertrouwds, maar niet met betrekking tot haar moeder. Ze was... geamuseerd. Ze glimlachte.

De tafel was smetteloos gedekt voor één persoon. Voor Madeleine. Ze ging zitten om een broodje kip te eten en vroeg: 'Wat ga je doen met paps uniform?'

'Dat zou voor je broer zijn geweest,' zei Mimi en draaide zich om.

Madeleine liet het onderwerp rusten en pakte de krant.

Mollige tante Yvonne kwam met het vliegtuig uit New Brunswick, samen met de schriele, bejaarde tante Domithilde, de non van de familie. Samen namen ze net genoeg ruimte in om comfortabel in twee vliegtuigstoelen te passen met de armleuning omhoog. Toch had tante Yvonne bij aankomst kramp in haar rug en vreselijk veel last van ischias, en haar voeten waren *'totalement ka-*

pot'. Ze had twaalf kreeften op droog ijs bij zich en een boodschappentas vol gebreide Phentex-pantoffels in diverse stadia van voltooiing. Tante Domithilde sloeg onmiddellijk aan het bakken. Mimi's broers kwamen met hun vrouwen aanrijden in een konvooi van Cadillacs en Continentals. Behalve de tantes logeerden ze allemaal in het Econo Lounge verderop in de straat, een logistieke prestatie die Madeleine uren aan de telefoon kostte.

Tante Yvonne vroeg: 'Wat doet dat ding in huis?'

Mimi antwoordde: 'Ze heet Winnie.'

Jocelyn arriveerde met haar man en twee kinderen – 'We vinden je show fantastisch, Madeleine.' Shelly, Tony, Linda, Tommy en Ilsa kwamen over uit Toronto. Ze omhelsden Mimi en bleven de hele avond in de keuken zitten praten en eten met de familie; de eerste avond legden de ooms uit hoe je Deux-Cents moest spelen, en de tweede avond hoe je vals moest spelen. Yvonne had haar accordeon meegenomen en gaf Madeleine opdracht haar te begeleiden terwijl ze ter ere van "ti-Jack' *Swing la bottine!* zong. Shelly sloeg het allemaal gretig gade, Madeleine zag haar hersens op volle toeren draaien.

'Hou je nooit op met werken?' beet ze Shelly toe, toen ze weer thee in haar kopje schonk, met een scheut rum erdoor.

'Ik heb de centen, schat, de omroep gaat akkoord.'

Een toezegging van een Amerikaans tv-station voor *Dolle Dwaze Madeleine*, voor de proefuitzending.

'Zo?' zei Madeleine. 'Door wie laat je het schrijven?'

'Waarom heb je me nooit verteld dat je half Frans bent?'

'Niet Frans, Acadisch.'

'Vertel me daar eens over.'

'*C'est assez.*'

Nina stuurde een kaart en bloemen; Madeleine had haar therapieafspraak afgezegd, en de reden vermeld in een bruuske boodschap op Nina's antwoordapparaat. Olivia belde; ze had door middel van mentale telepathie ontdekt dat er iets mis was en het telefoonnummer in Ottawa achterhaald toen ze Madeleine niet in Toronto te pakken kon krijgen. Ze stelde zich via de telefoon voor aan Mimi en ze waren al twintig minuten in het Frans aan het babbelen toen Olivia opmerkte dat ze uit Managua belde. Mimi hijgde van schrik – niet bij de gedachte aan politiek gevaar, maar aan de gesprekskosten – '*Madeleine, viens au téléphone, vite vite!*'

Tommy gaf Mimi een brief van zijn ouders – de McCarthy's en de Czerniatewiczes hadden elkaar nooit persoonlijk ontmoet. 'O, wat aardig,' zei Mimi, toen ze de envelop openmaakte. 'Moge God u troosten te midden van de rouwenden van Zion en Jeruzalem. Met oprecht medeleven, Stan en Lydia.'

Tommy was ontzet en gaf Madeleine de schuld. Mimi zei dat hij niets veranderd was: 'Je bent nog net zo brutaal als altijd,' en kneep hem in zijn oor.

Bij wakes en begrafenissen gaat het om gezelschap, vooral als de beminde overledene 'op natuurlijke wijze' aan zijn eind is gekomen en op zijn allerminst volwassen was. Lawaai, liefde, eten, het gekletter van kop-en-schotels – een zeewering, geperforeerd met kleine openingen om beheersbare hoeveelheden verdriet tegelijk door te laten. Drie dagen lang had het appartement nog het meeste weg van Grand Central Station. Madeleine zocht haar toevlucht in het bemannen van de gehuurde koffieketel en het doorgeven van borden met hapjes aan de eindeloze stroom familieleden, vrienden, buren en collega's.

Fran: 'We volgen je schitterende carrière op de voet, schat.'
Doris: 'Wanneer verhuis je naar de States?'
Phyllis: 'Zorg dat je niet te snel gaat trouwen.'
Doris: 'Phyllis, ze is lesbisch.'
Tante Yvonne: 'Nog steeds, nee toch, tsk-tsk-tsk.'
Grijze tante Domithilde: 'Laat die schooiers je er niet onder krijgen, *ma p'tite*.'
Fran: 'In onze tijd mochten we niet lesbisch zijn, schat, niemand hield er toen een levensstijl op na. Gewoon blijven doen waar je mee bezig bent, dat is het beste.'

Geknuffel en nog meer geknuffel, dikke-dameskussen als vers gebakken broodjes. De lesbienne van Mimi's kantoor kwam aanzetten met haar 'partner' – Madeleine zal nooit wennen aan dat woord – 'We vinden je shows fantastisch.' De priester, de postbode, de dame van Mimi's bank, de hele Katholieke Vrouwenbond en half Ottawa kwamen hun medeleven betuigen, goddank was het juni en konden de bezoekers via de terrasdeuren naar binnen en naar buiten stromen. Aardige mannen in lichte zomerkostuums die naar schoon katoen, sigaren en haarproducten voor mannen roken. Stevige, warme handdrukken. Voormalige bommenwerperpiloten en gepensioneerde managers. Jack zou van elke minuut genoten hebben.

Het is de tweede avond in rouwkamer B van de begrafenisonderneming Hartley and Finch. Bloemen van de Ridelles, de Bouchers, de Woodleys en anderen van bases uit het verleden. Zelfs Hans en Brigitte hebben een kaart gestuurd uit Duitsland – Madeleines vroegere babysit Gabrielle heeft nu vijf kinderen. Madeleine mijdt de halfopen kist die aan de ene kant van de volle,

maar stille zaal tussen twee boeketten margrieten staat; de bloemen zouden
niet heviger kunnen vloeken met de naargeestige achtergrondmuziek die op
een irritant onderbewust niveau weerklinkt – donker orgelgereutel voor alle
gezindten. Wie heeft daar toestemming voor gegeven? Ze overweegt een van
de sombere mannen op te sporen die zichzelf niet langer aansprekers noemen, om tegen hem te zeggen dat hij iets van de Stones of zo moet opzetten.
Deze muziek, de matglanzende make-up op het gezicht van haar vader, zijn
gevouwen handen alsof hij bidt – wie denken deze mensen wel dat hij was?
Niets daarvan houdt ook maar enig verband met hem. Behalve zijn blauwe
luchtmachtpet die op de onderste, gesloten helft van de kist ligt. Als een vij-
genblad, denkt ze. En beseft dan dat ze ondanks haar verdriet nog steeds in
een beschermende shocktoestand verkeert.

    Ze draait zich om en kijkt naar de fotowand – gerangschikt rondom een in-
gelijst portret van Jack als aankomend piloot tijdens zijn officiersopleiding.
Onmogelijk jong in zijn uniform en legermuts, linkeroog helder, nog onaan-
getast. Zij en Mimi hebben een dag besteed aan het opplakken van afdrukken
op een groot vel tekenpapier dat nu op een ezel is tentoongesteld. Trouwfoto,
een foto van het hele gezin tijdens een picknick in het Zwarte Woud... Ze hebben verscheidene dia's laten afdrukken. Met zijn vieren bij de Eiffeltoren, zij
en Mike in de golven van de Rivièra... *dat was de dag dat je verdwaalde, weet je nog?*
Terwijl ze naar de foto's staart kan ze het gezoem van de diaprojector in het
donker horen. *Zoveel herinneringen.* Daar is de foto van haarzelf en Jack voor het
standbeeld van de Rattenvanger van Hamelen. Er valt een schaduw over de
broekspijp van haar vader en de rok van haar jurk – de omtrek van een hoofd
en opgeheven ellebogen. Oom Simon. Mimi heeft deze foto uitgezocht en
Madeleine vroeg zich af of ze nog wist wie hem genomen had. Gisteren, toen
ze tussen de massale toeloop van mensen door even tijd had om op te ruimen, vond ze een kaart bij het afval. Ze viste hem eruit, in de veronderstelling
dat haar moeder hem per ongeluk had weggegooid. Op de voorkant stond
een ouderwetse pastelkleurige afbeelding van een Engelse plattelandstuin –
een schilderachtig huisje bedolven onder rozenstruiken. Binnenin, in een
keurig, efficiënt handschrift:

Geachte mevrouw McCarthy,

Wat ik gedurende al mijn jaren van vriendschap met Jack het meest heb
betreurd, is dat ik nooit de gelegenheid heb gehad kennis met u te
maken. Jack heeft me echter genoeg over u verteld om me de gevolgtrek-

king te laten maken dat hij werkelijk een heel fortuinlijk man was. Ik kan me onmogelijk verplaatsen in uw verlies, dus merk ik alleen op dat ik zeer met u meeleef en hoop dat u dit geringe teken van de grote achting die ik altijd voor uw man heb gevoeld en zal voelen, wilt aanvaarden. Jack was een voortreffelijk mens. Betere zijn er niet.

Ik vernam van zijn overlijden in uw nationale dagblad, waarop ik geabonneerd ben (ondanks mijn status van gepensioneerde verslind ik, naar ik vrees, meer kranten dan te doen gebruikelijk is. Volgens sommigen is *The Times of India* werkelijk enigszins te veel van het goede, maar ik heb – of liever, had – vrienden in zoveel delen van de wereld dat het lezen van de necrologieën in de internationale pers mijn manier is geworden om bij te blijven.)

Het is misschien vreemd om een uitnodiging te ontvangen van iemand die u nooit hebt ontmoet, maar ik nodig u van ganser harte uit: mocht u ooit in Engeland zijn, aarzel dan niet me op te zoeken. Ik woon in een van de weinige overgebleven onbedorven delen van wat eens het Engelse platteland was, en er is geen vogel of plant met wie (ik weiger te zeggen 'waarmee') ik niet bekend ben. Het zou mij een zeer groot genoegen doen u 'rond te leiden'. Met het verstrijken van de jaren ontdekt men dat oude vrienden de beste vrienden zijn, en ik kan niet anders dan aan u denken als een vriendin, daar ik de vriendschap van uw man zo hogelijk op prijs stelde.

Wilt u mijn groeten overbrengen aan het 'Deutsches Mädchen'? Ik vang nu en dan een glimp op van haar glanzende carrière, dankzij een afschuwelijke satellietschotel die ik aan de achterkant van mijn huis heb trachten te verbergen.

Met de meeste hoogachting,
Simon Crawford

Er stond een adres in Shropshire bij. Madeleine aarzelde even en verscheurde de kaart toen.

Uit haar ooghoeken ziet ze de pastoor zich een weg banen door de kamer, haar kant op, en ze haast zich naar de dichtstbijzijnde uitgang. Ze snakt naar een borrel. Was Mike hier maar met zijn heupflacon – en dan is hij er opeens. De foto brengt haar tot staan. Ze heeft die nooit eerder gezien. Hij staat in zijn eentje in een lijstje op een van de vele bijzettafeltjes die verder bezaaid zijn met bloemen en kaarten. Mike in uniform. Amerikaans korps mariniers. Borstelhaar ste-

Wat is de wereld toch klein ♦ 767

kelig onder zijn pet. Vochtige lippen, vol gezicht, zachte ogen. Voor de foto ligt één rode roos. Ze pakt nog meer papieren zakdoekjes, uit een van de vele dozen die strategisch in de zaal zijn opgesteld, alsof het één grote therapieruimte is.

Ze snuit haar neus, kijkt dan op bij het horen van haar naam. Een gezette, maar fit ogende vrouw met krulhaar en sproeten staat voor haar. Sommige mensen veranderen niet.

'Auriel?'

Ze knuffelen even heftig als tienjarigen. Auriels moeder heeft haar uit Vancouver gebeld. 'Ik vind het zo erg voor je, Madeleine. Je vader was altijd zo aardig.'

'Hij is gestorven terwijl hij naar *All in the Family* keek,' zegt Madeleine. 'In elk geval is hij lachend doodgegaan.'

Auriel laat haar los, snuit haar neus en glimlacht. Ze ziet er nog hetzelfde uit, alleen is alles naar verhouding groter geworden. Ogen nog steeds vrolijk, maar nu stabiel, misschien is ze verpleegster, denkt Madeleine. Auriel heeft het soort gezicht dat je hoopt te zien als je aan een infuus ligt. Ze draagt een pastelkleurige blazer op een katoenen jurk met een zijden sjaaltje. Ze lijkt op wat ze is: een keurige werkende moeder. Steunpilaar van de natie.

'Je ziet er fantastisch uit,' zegt Madeleine vol overtuiging.

Auriel antwoordt, met evenveel overtuiging: 'Jij ziet er op tv zo leuk uit dat ik er niet goed van word,' en ze lachen en pakken elkaars handen vast.

Auriel heeft drie kinderen en een man die Dave heet. Ze zijn net overgeplaatst naar het hoofdkantoor in Ottawa – hij werkt voor het Canadese gevangeniswezen. 'Hij is gevangenbewaarder.'

'Zo zo.'

'Het is voornamelijk maatschappelijk werk.'

Auriel heeft een leven geleid dat wat betreft ontworteldheid en teamgeest – en marginaliteit, volgens de heersende opvattingen – sterk overeenkomt met het leven dat zij en Madeleine als kinderen kenden.

'Auriel?' zegt Mimi, die bij hen komt staan. '*C'est pas possible!*' Ze omhelzen elkaar.

'Dag, mevrouw McCarthy.' Dan, terwijl ze haar brede instinctieve glimlach tempert: 'Gecondoleerd met uw man.'

'Dank je wel, chérie.' Mimi wil weglopen, maar haar blik wordt getroffen door een bloemstuk. '*Elles sont très belles,* wie heeft die gestuurd?'

Gele rozen.

Madeleine buigt voorover, leest het kaartje en knippert met haar ogen. 'Ze zijn van Christine.'

'Ach.'

Madeleine zegt snel: 'Ik weet niet hoe ze het ontdekt heeft, ik heb niets tegen haar gezegd.'

'Ik wel,' zegt haar moeder, maakt dan een pirouette op haar naaldhak en loopt naar de andere kant van de kamer om nieuw aangekomenen te begroeten. Madeleine is sprakeloos.

'Ze ziet er patent uit,' zegt Auriel.

'Dat komt door de nicotine, die werkt als conserveermiddel.'

Auriel kijkt haar even aan voor ze vraagt: 'Hoe gaat het met jou, Madeleine?' Misschien is ze echt verpleegster.

'Ik denk dat ik misschien een zenuwinzinking krijg, maar alleen omdat ik me dat kan veroorloven.'

'O ja?'

'Nee, ik ben alleen een beetje overspannen.'

'Ben je met' – ze werpt een blik op de rozen – 'Christine?'

Madeleine zucht. 'Nee, we... zijn als twee volwassen mensen uit elkaar gegaan. Het was een vreselijke toestand.'

'Ik vond het erg van je broer.'

'Dank je. Ik wil niet grof zijn, maar kunnen we het in plaats daarvan over jou hebben?'

Auriel was verpleegster – 'Ik wist het!' zegt Madeleine – bij het National Defence Medical Centre in Ottawa, waar ze haar man heeft leren kennen. Militairen en soms gedetineerden uit het hele land werden daar behandeld. Dave was op bezoek bij een lid van zijn gevangenispopulatie uit Collins Bay Penitentiary in Kingston.

'Ricky Froelich zat ook in Collins Bay,' zegt Madeleine. Beide vrouwen zwijgen even bij het noemen van een naam die zo diep in hun verleden geworteld is.

De wereld is klein, denkt Madeleine, en betreurt dat het volgende ogenblik, want dat oude sentimentele liedje dringt haar hoofd binnen en ze weet dat ze er niet snel weer van verlost zal zijn. Meneer March en zijn dirigeerstokje – *Wat een wereld! We lachen en huilen...*

Auriel schudt haar hoofd. 'Dat was voor David er werkte, uiteraard. Maar hij kende de directeur.'

Madeleine kijkt Auriel even aan en vraagt dan: 'Heb jij je ooit afgevraagd wie het heeft gedaan?'

'Mag ik je de waarheid zeggen, Madeleine? Ik vraag het me niet meer af, ik bid alleen nog voor hen allemaal.'

'Bid je ook voor Marjorie en Grace?'

Auriels voorhoofd trekt in rimpels. 'Hoezo?'

Er zijn tranen in Madeleines ogen gekomen bij het noemen van de beide meisjes, alsof zij degenen zijn om wie ze vandaag rouwt. Ze haalt haar schouders op. 'Ik vraag het me soms af, begrijp je?... Wat zou er met die twee gebeurd zijn?'

Auriel kijkt haar met zoveel sympathie aan dat Madeleine in de verleiding komt om haar alles te vertellen. Ze heeft zo hard gevochten om de vele stukjes van het verhaal te vinden en weer in elkaar te passen, om er weer een geheel van te maken en met zichzelf in het reine te komen. En nu moet ze het met zich meedragen, de informatie zit vast in haar als een niet-ontplofte bom, een scherpe granaat die uit de oorlog is overgebleven. *Ik zwaaide.* Auriel kijkt haar aan. Auriel is van alle mensen degene die het dichtst bij een echte zus komt. *Vertel het.*

Maar haar mond wil niet bewegen. Ze heeft het oude vertrouwde gevoel dat ze uit een donkere kast naar buiten kijkt, maar ditmaal herkent ze het als tunnelvisie. Voorbode van migraine of, in Madeleines geval, een paniekaanval. Ze kijkt langs Auriel heen en richt haar blik op de pet van haar vader.

'Margarine,' zegt Auriel, maar ze zegt het op droevige toon.

Madeleine glimlacht. 'Die arme Margarine.'

'Ze verhuisden in dezelfde tijd als wij.'

'De Nolans? Waarheen, weet je dat?' Ze beseft dat ze probeert niet te geïnteresseerd te klinken.

'Naar het westen, geloof ik. Winnipeg.'

'O ja?'

'Nee – daar in de buurt, je weet wel, daar was vroeger een luchtmachtbasis, hoe heette die ook alweer? Klinkt als een soort augurk.'

'Gimli.'

'Dat is hem.'

'Dat klinkt niet als een augurk,' zegt Madeleine.

'Hoe wist jij het dan?' lacht Auriel. 'Ik zag haar naam op een lijst tijdens een congres voor verpleegkundigen een jaar of vijf geleden. Maar ze kwam niet opdagen. Ze is geriatrisch verpleegkundige.'

'O.' Madeleine huivert.

Auriel vertoont een gepijnigde glimlach. 'Ja.'

Ze weet niet wat er van Grace is geworden. Ze staan er even zwijgend bij, dan zegt Auriel: 'Ik hoop dat hij een beetje een behoorlijk leven kan leiden.'

'Wie?'

'Ricky. Hij woont nu bij zijn zus. Hoe heette ze ook alweer?'
'... Colleen.' *Vertel me niet waar ze wonen.*
'Die was bloedeng.'
'Herinner je je Elizabeth nog?' vraagt Madeleine.
'O ja. Wat een fantastisch gezin, hè? Wat een treurigheid. Ik geloof niet dat iemand echt dacht dat hij het had gedaan.'

Zonder waarschuwing rollen er tranen over Madeleines gezicht.

'O, Madeleine, ik vind het zo erg van je vader,' Auriel knuffelt haar opnieuw.

Madeleine snuft. 'Eigenlijk dacht ik aan Rex.' Ze veegt haar ogen af, en voelt zich beter – op de een of andere manier opgeknapt – als ze Auriel hoort zeggen: 'Ze hebben hun naam veranderd.' En ze weet wat ze heel graag niet had willen weten. Hun naam. Hoe ze hen kan vinden.

De nacht na de begrafenis ligt Madeleine met droge ogen en slapeloos van verdriet op het veldbed in de hobbykamer van haar ouders. Omringd door boekenplanken, bekers – spreken in het openbaar voor haar, sport voor Mike – en ingelijste foto's van glimlachende groepen jongemannen in uniform. Zulke jonge mannen. Dat heeft ze nooit eerder beseft. Vandaag in de kerk lukte het haar niet de toespraak voor te lezen die ze geschreven had. Ze had een lofzang op herinneringen gecomponeerd – dingen die onveranderd blijven ondanks wat haar vader haar heeft verteld. Ze heeft dat voor haar moeder geschreven. Ze bracht de eerste woorden eruit: 'Mijn vader was een goed mens.' En stortte compleet in. Ze wist zich weer te beheersen, legde de toespraak terzijde en slaagde erin zijn lievelingsgedicht, 'Hoogvlieger', tot een goed einde te brengen.

Na de uitvaartmis, de begraafplaats. Madeleines arm is nog steeds gevoelig op de plek die Mimi vastgreep toen ze de kist lieten zakken. Glanzend mahonie. Rechthoekige kuil. Kunstgras. Geen enkel verband met Jack.

Nu, ondanks het troostende gesnurk van Winnie, verscholen onder de dekens, en het sonore geronk van de oude tante Yvonne in de aangrenzende logeerkamer, doet het huis te stil aan. Dit is de echte wake; de stilte na het vertrek van de rouwenden. Het is gedaan met de levendige stemmen, de stroom bezoekers die Jack drijvende hield – hij zou elk moment kunnen binnenkomen, het is tenslotte zijn feestje.

Madeleine hoort haar moeder boven in de keuken, waar ze de vaatwasser leeghaalt. Ze kijkt op het digitale klokje. Even na drieën. Het gerinkel van de borden maakt plaats voor stilte. Ze stapt uit bed en sluipt naar boven.

'*Tu dors pas?*' Mimi bladert door een exemplaar van *Chatelaine* – 'ZO BEPERKT u het gedoe van een verhuizing', 'zet in een kwartier een maaltijd op tafel'. Ze heeft haar lichtroze gewatteerde huisjasje aan en pantoffels, Madeleine draagt een boxershort en een oud T-shirt waar 'Joe's Collision' op staat.

Mimi zet water op en haalt het scrabblebord tevoorschijn. Ze pakken allebei zeven letters uit het blauwfluwelen Crown Royal-zakje. Madeleine kijkt naar haar plankje en ziet, niet in de juiste volgorde, maar onmiskenbaar, zeven letters om vijftig bonuspunten mee te verdienen: POTTEUS.

Ze zucht en legt het woord STOP.

'Tsk-tsk, Madeleine, je kunt vast wel beter.'

Er is vannacht iets anders dan anders – afgezien van de onmetelijke afwezigheid van haar vader. Iets wat je niet opvalt tot het weg is – zoals het geluid van een koelkast. Madeleine kijkt naar de lange puntige nagels van haar moeder die twee letters in de openingen tussen drie woorden leggen. 'AI? Wat is AI in vredesnaam?'

'Een drietenige luiaard.' Zevenentwintig punten verdiend. Ze spelen altijd in het Engels – een manier om Mimi een handicap te bezorgen zodat haar dochter gelijke kansen heeft.

'Maman, je gooit het spel niet open als je dat soort knullige woordjes legt.'

'Nee, maar ik win wel.'

Mimi eet verbrande toast van een dag oud – de lekkernij uit de Crisistijd – en Madeleine eet een kop Campbell's tomatensoep met zoutjes. À chacun son snack.

'Heb je moeilijke letters?'

'Ja,' zucht Madeleine en kijkt naar haar plankje: LESBO.

Mimi legt POUTINE uit op het bord. 'Voilà, daar heb je een mooi lang woord.'

Letterwaarde plus vijftig bonuspunten omdat alle zeven letters gebruikt zijn. Madeleine kijkt hoe haar moeder punten optelt. 'Je speelt vals, dat is een Frans woord.'

'Poutine is algemene taal, kijk maar naar de fastfoodmenu's, het staat direct naast de kippenvleugeltjes.'

Madeleine legt LESBO uit met driedubbele woordwaarde.

Haar moeder verblikt of verbloost niet, maar zegt alleen: 'Dat lijkt er meer op' en telt, terwijl ze met een lange, gepolijste nagel op elke letter tikt. 'Vierentwintig punten.'

'Maman, je rookt niet.' Dat is er anders aan vannacht.

'Ik ben gestopt.'

'Wanneer?'

'Vandaag.' Ze spelen.
'XI?'
'Dat is een oude Chinese munt.'

Op een gegeven moment gaan ze over op het spreken van Frans. Tenminste, Mimi doet dat; Madeleine sjokt er half en half achteraan. Maar ze verstaat elk woord. Een ruwe vertaling: 'Nog jaren nadat we je broer hadden verloren, bad ik dat ik op een dag een brief zou krijgen van een Vietnamees meisje. Ik stelde me voor dat ze zou zeggen: "Ik heb zijn kind. Uw kleinkind. Mag ik u komen opzoeken?" En ze zou hierheen verhuizen met haar kind – een jongetje – en we zouden allemaal bij elkaar wonen. Ze zou mijn schoondochter zijn. Heel knap. Lang donker haar, lief karakter. Ze zou natuurlijk Frans spreken, en we zouden heel goeie vriendinnen worden. Haar kind zou bij haar en je vader en mij opgroeien, en... we zouden allemaal nog lang en gelukkig leven. En toen – ik weet niet, misschien pas vorig jaar – nadat je papa zijn hartaanval kreeg' – hier zwijgt Mimi even om haar ogen af te vegen en Madeleine geeft haar een doos met papieren zakdoekjes aan – 'besefte ik dat die jonge vrouw die ik had verzonnen... dat lieve meisje met het lange donkere haar, mijn dochter was. En dat' – Mimi zuigt adem in door haar mond, lippenstiftloos op dit tijdstip – 'ik al... een beeldschone dochter heb.'

Mimi houdt het zakdoekje tegen haar ogen. Madeleine reikt over het scrabblebord en pakt de hand van haar moeder vast.

Toen Madeleine de week daarna weer terugging naar Toronto legde ze haar tas in de kofferbak aan de voorkant van haar Volkswagen, deed de klep dicht en riep Winnie, die in de deuropening van het appartement tegen Mimi's benen leunde.

Mimi stak haar hand uit en aaide de helmkop. 'Madeleine, vind je het goed als ik haar nog een tijdje houd?'
'... Wil je haar houden?'
Mimi begon te ratelen: 'Ik ben een alleenstaande vrouw, en een hond is een goede bescherming...'
'Maman, het is best. Maar je moet haar teruggeven als Olivia terugkomt.'
'Olivia? O ja, je Spaanse vriendin.'
'Niet echt, ze is alleen maar in Latijns-Amerika op het moment.'
'O' – de hond toesprekend als een baby – 'dan vindt ze het niet erg, nee toch? Nee toch, *hein*? Nee toch, nee toch. *Ça ne dérange personne, non? Non, non, non, non...*'

'Maman?'
Mimi keek weer op.
'Ik bel je als ik thuis ben.'
Madeleine reed weg, een koelbox op de achterbank gevuld met genoeg eten om een Acadische familie een week lang in leven te houden.

HOOGVLIEGER

Toen Jack stierf, wiekte een grote witte vogel omhoog en verdween door het plafond van het appartement in de buitenwijken van Ottawa. Gecamoufleerd door wattige wolken vond hij een opwaartse warme luchtstroom waarop hij hoger en hoger rees. Deze witte vogel met de vleugelwijdte van een adelaar, die de oceaan kon bedwingen met het gemak van een meeuw, een boodschapper van fortuin en voorspoed, verhief zich...

> ... *de dorre banden van de aarde heb ik geslaakt,*
> *in het zwerk dans ik op zilv'ren vleugels van gelach;*
> *zonwaarts ben ik gevlogen en heb me vermaakt*
> *te midden van de wilde wolken in het licht van de dag.*
> *wervelend ben ik ontstegen aan de aarde,*
> *hoog de zonverlichte stilte in, in een eindeloze vlucht*
> *joeg ik de roepstem na van de wind en ontwaarde*
> *dat waarvan u nimmer droomde: de bodemloze zalen van de lucht.*

'Kijk daar eens,' zei Jack, omhoogwijzend. Het was voor hij en Mimi naar het appartement verhuisden. Het was nadat ze hadden gehoord dat Mike vermist werd. Het was voor de hoop was vervlogen. Madeleine bruiste van heimelijke vreugde over haar ophanden zijnde ontsnapping naar de wereld, ver van deze buitenwijk.

'Het is een zweefvliegtuig,' zei Jack.

Een wit toestel. Stil. Langzaam. Lange, taps toelopende vleugels, zuivere lijnen en niet gehinderd door motoren. Ongehaast draaide en zwenkte het.

'Dat is pas vliegen.'

Hij likte aan zijn ijsje – rum-rozijnen. Madeleine aan het hare. Napoli-

taans – de ideale combinatie.
'Wil je een likje?'
'Bedankt, pap, dat is erg lekker.'
Ze keken hoe het toestel omhooggleed en vaart minderde, terwijl het de lucht zijn gladde borst voorhield voordat het weer in de armen van de zwaartekracht viel, met evenveel vertrouwen, even dapper, als een dier of een kind.
'Weet je, maatje, je kunt alles worden wat je maar wilt.'
En als pap dat zei, dan wist ze dat het waar was.

Hoog, steeds hoger in het oneindig verterend brandend blauw
bedwong ik met gracieus gemak 's hemels hoogste pieken,
hoger dan ooit een leeuwerik of zelfs een arend op zal wieken;
en toen ik verrukt, met stil gemoed, het heilig gebouw
der diepste ruimte zich zag verbinden met mijn lot
stak ik mijn hand uit en raakte het aangezicht van God.

PRÊTE-MOI TA PLUME, POUR ÉCRIRE UN MOT

Maar de duist're dennen van je geest laten hun takken hangen
en je zinkt steeds verder weg, in jezelf gevangen,
slaper op een kale aarde.
Er is daar iets beneden, iets van waarde,
en je wilt het horen.

'DARK PINES UNDERWATER', GWENDOLYN MACEWEN

Iedereen wist dat Ricky zijn naam had veranderd, maar Madeleine zou aangenaam onwetend zijn gebleven van zijn nieuwe naam als Auriel niet ze had gezegd. Op dat moment kwam de naam ongevraagd in Madeleines hoofd op. Colleens en Ricky's oorspronkelijke naam. Hoeveel Pellegrims konden er in Canada zijn?
De naam lag er als een van vakantie meegenomen gladde steen. Ze deed hem in een la van haar bureau en ging weer aan het werk, pakte haar leven

weer op. Ze zette haar computer aan. Ze deed papier in de printer. Ze ging zitten en begon te schrijven.

Wat voor werk doe je?

Komisch werk.

Ze belde Shelly om de tien minuten en las haar leuke dingen voor. Daarna dingen die minder leuk waren, en waarvan Shelly zei: 'Nee, laat dat nog maar even zitten. Het komt wel, je weet alleen nog niet precies hoe.' Ze kwamen om de paar dagen bijeen zodat Madeleine dingen kon uitproberen. Dingen die het zonder extra 'dingen' konden stellen.

Wat verkoop je?

Verhalen.

Nu en dan stuitte ze op de gladde steen. Als ze haar bureaula opentrok op zoek naar een potlood, een paperclip. Soms dook hij op in de bestekla tussen de messen, in het medicijnkastje, onder de bank – ze had een bank gekocht. En een bed. Haar vrienden hadden een einde-relatiefeestje voor haar gegeven. Zelfs van Christine had ze een cadeautje gekregen, een Braun-handmixer. Soms is een sigaar gewoon een sigaar.

Een week nadat Madeleine was thuisgekomen, ging ze met gekruiste benen op haar oude Perzische tapijt zitten, haar nieuwe fauteuil versmadend, en belde Inlichtingen.

'Welke gemeente?'

'Winnipeg.'

'Welke naam?'

'Marjorie Nolan.'

'Dit is het nummer...'

Ze greep een pen en schreef het nummer op haar hand.

Ze wachtte tot het in dat deel van het land half zeven was.

Een vrouw nam op: 'Hallo?' – zeurderige stem, niet die van Marjorie.

'Ik zou Marjorie graag spreken.'

Een geruis toen de vrouw de hoorn liet zakken, haar stem een gedempt geklaag: 'Het is voor jou-ou...' gevolgd door een bonk van de hoorn tegen de tafel of de vloer.

Even later een andere vrouwenstem. 'Hallo.' Afgemeten. Geërgerde toon. Marjorie.

'Hallo, Marjorie?' zei Madeleine.

'Met wie spreek ik?'

Madeleine zag haar zo voor zich – verstrakkende blik, klaar om in de verdediging te gaan. 'Met Madeleine McCarthy. We zaten samen op school in Centralia.'

Eventjes een pauze, toen zei de vrouw: 'Ik ben bang dat u een verkeerd nummer heeft gedraaid.' En hing op.

Ze belde elke Novotny in Canada. Ze vond Grace' vader. Hij zei dat hij verdomme niet wist waar het zootje tegenwoordig uithing, maar als hij er ooit achter kwam...

Ze belde de politie van Ontario en vroeg naar Vermiste Personen. 'Naam van de persoon?'

'Grace Novotny.' Ze hoorde toetsen klikken op de achtergrond.

Toen vroeg de vrouwelijke politieambtenaar aan de andere kant van de lijn: 'Wat is de aard van uw informatie?'

Ik had gelijk. 'Ik heb eigenlijk geen informatie. Ik wil... ik wil gewoon weten of er nog nieuwe ontwikkelingen zijn.'

'Dat mogen we niet doorgeven. Wat is uw relatie met Grace Novotny?'

Madeleines antwoord kwam zo natuurlijk dat het niet aanvoelde als een leugen. 'Ze is mijn zus.'

'O. Nou, het spijt me, maar er is eigenlijk niets nieuws gebeurd sinds '66.'

'Oké. Bedankt.'

Negentienzesenzestig – toen moest Grace veertien zijn geweest. *Vermist.* Was ze weggelopen van huis en de weg kwijtgeraakt? Net als Mike? *Waar zijn alle jonge meisjes heen?*

Madeleine verliet haar huis en ging naar het dierenasiel in River Street om de vertwijfelde honden te bezoeken. Er was geen lied dat verklaarde waar sommige jonge meisjes heen gingen of dat hun lot draaglijker maakte. Grace was de pijp uitgegaan.

De liefde kan dezelfde uitwerking hebben als een sporttraining of oefenen op een muziekinstrument. Train een tijdje intensief. Neem dan rust – trek je gympen uit, leg de viool terzijde. Als je opnieuw begint met je sport, je toonladders, ben je op onverklaarbare wijze vooruitgegaan, louter dankzij de bemoeienis van de tijd.

Madeleine vond het briefje en de kaars op het tapijt in haar lege flat toen ze terugkwam van de begrafenis van haar vader. Ze las het briefje. '*Ma bien aimée,* geniet op je gemak van deze kaars. Als hij is opgebrand, vraag me dan om bij je te komen en dan geef ik je alles wat ik heb. Maar wacht alsjeblieft niet te lang. Ik wil kinderen. Of misschien besluit je wel om hem niet aan te steken. Hij zal je helpen een besluit te nemen, want ik kan dat niet voor jou doen. *À bientôt,* O.'

Het is midden op de dag. Madeleine zet haar computer aan en ontsteekt de kaars. Als ze haar computer weer uitschakelt, blaast ze de kaars uit. En zo gaat het door, terwijl in de loop van een maand *Dolle Dwaze Madeleine* vorm begint te krijgen.

Madeleine is niet ongelukkig. Ze heeft iets terzijde gelegd, ze zal dat misschien nooit meer oppakken. Is dat wat het betekent om eindelijk volwassen te worden? Te weten dat er dingen zijn waar we mee hebben geworsteld, maar die we niet onder de knie hebben kunnen krijgen? Waar we vrede mee sluiten door ze te laten rusten – als een schepsel in coma? Is dat volwassenzijn? Of is het gewoon het leven? Als ze vertelde wat ze weet zou dat veel mensen kunnen kwetsen. Het zou haar moeder vreselijk kunnen kwetsen. Wie zou er baat bij hebben? Ricky is al jaren op vrije voeten. En trouwens, niemand heeft ooit echt geloofd dat hij het heeft gedaan. Waarom zou je het verleden oprakelen?

Op een ochtend in begin augustus fietst Madeleine naar de drogisterij en loopt door naar het postkantoortje achterin met een expresbrief voor Olivia. O. komt over tweeënhalve week thuis. Ze graait in de zak van haar short uit de militaire dump naar geld en vindt een 'eerste kennisgeving' van de Canadese post. Gedateerd tien dagen geleden. Waarom heeft ze nooit een 'laatste kennisgeving' gekregen? Ze geeft het briefje aan de bejaarde Koreaanse vrouw achter de balie. 'Hebt u dit nog?'

De vrouw duwt haar bril omhoog op haar neus, glimlacht en knikt. Ze verdwijnt in de ruimte achter het kantoortje en komt even later terug met een pakje dat het formaat en de vorm heeft van een pak cornflakes. Ze geeft het aan Madeleine. 'Muffins van mama.'

Madeleine glimlacht. 'Ja, wilt u er ook eentje? Laten we eens kijken of ze nog goed zijn.' Ze opent het pakje ter plekke, waarbij ze zich door een hoeveelheid plakband heen moet worstelen die de eerste atoombom bij elkaar had kunnen houden. Ze had gelijk, een pak graanvlokken. All-Bran. De vreugde van het ouder worden. Ze doet de bovenkant open, steekt haar hand in het pak en haalt de luchtmachtpet van haar vader tevoorschijn.

'Oooo,' zegt de vrouw.

Verbleekt blauw, bijna grijs. Versleten roodfluwelen kroon van het insigne op de pet. Vlekkerig goudgalon en waakzame albatros, met uitgespreide vleugels.

'Heel mooi,' zegt de vrouw achter de balie.

'Dank u.'

Madeleine fietst naar huis, gaat naar binnen en steekt het restant van de rode kaars aan. Ze wacht tot hij helemaal is opgebrand. Dan gaat ze weer naar buiten en loopt naar haar auto.

Ze gooit de pet op de achterbank van de Kever, stapt in en rijdt weg.

Two drifters, off to see the world
there's such a lot of world to see
We're after the same rainbow's end
just around the bend
my Huckleberry friend
Moon River, and me

Ze rijdt door omdat de weg haar meetrekt. Dat is een van de geheimen van Noord-Amerika: de wegen hebben een eigen aantrekkingskracht, reageren op rubber, op de onderkant van een autochassis. Ze voelt het stuur trekken, ze hoeft niet te sturen, de banden volgen de bocht van de snelweg, de auto kent haar bestemming en dat geldt ook voor de weg. Rijden maar, we zien wel waar we uitkomen.

Welkom in Kitchener, voorheen Berlijn. Al deze plaatsen die genoemd zijn naar de echte plaatsen elders – geef ze de tijd en ze worden zelf ook echt. *London links aanhouden, Stratford volgende afrit.* Ze neemt de afrit. *Welkom in New Hamburg, in Dublin, in Paris...* Buiten vangt de maïs het zonlicht; de bladerrijke stengels glanzen in drie tinten groen, rijen eiken en esdoorns buigen zich over de bochtige autoweg, het landschap golft en ontluikt op een manier die je doet geloven dat de aarde inderdaad een vrouw is en dat ze het liefst maïs eet.

Uit vier richtingen komen de X-mannen, stalen soldaten die in gelid oprukken, de afstand tussen hen krimpt naarmate ze hun thuisbasis naderen, even ten zuiden van hier. Kabels als stalen linten gespannen aan hun uitgestrekte armen, trillend van het gezoem dat hun martiale pas bepaalt. Ze zijn op weg naar hun ondergrondse vesting bij de Niagara-waterval, waar huizenhoge turbines brandstof leveren voor het economische hart van de grootste democratieën van de wereld en hun naaste verwanten, energie die zich noordwaarts en zuidwaarts vertakt langs de langste onbewaakte grens ter wereld. 'Laat de mens niet scheiden wat de natuur verbonden heeft.'

Welkom in Lucan... Naar dat monument zult u vandaag de dag tevergeefs zoeken, het is weg, te veel toeristen zijn er met stukjes van de steen vandoor gegaan. Leun gewoon achterover en geniet van het natuurschoon. Denk aan iets leuks. *Geloof in de Here Jezus en Hij zal u redden... Kodak... Het loon van de zonde is de dood...*

Loofbomen als statige buitenhuizen, geverfde esdoorns met strepen mos aan de zijkant, kilometerslange oprijlanen, verweerde sierlijsten om de ramen van boerderijen. De vertrouwde lucht van koeienvlaaien, de grove geur van varkens en de doordringende stank van kippen. Te ruiken, maar tegenwoordig zelden te zien of te horen. Schoongeschrobde rode schuren, belaagd door geheimzinnige lange, lage, kazerneachtige bouwsels. Daar zijn de dieren nu, etend en schijtend in het raamloze duister. Veel, maar niet allemaal. Je kunt nog steeds bleke varkens zien bij hun trog, koeien in het weiland, ze knipperen met hun ogen en meppen met hun staart naar vliegen en leiden hun trage bestaan. *McDonald's volgende kruising...*

Verderop buigt een verbleekt roze ijsje zich naar de wegkant, de witte keet met de toonbank ziet er verveloos uit en is niet meer in gebruik. Het ijsje heeft zijn feesthoedje nog op. *Waar is iedereen gebleven?*

De middag verdicht zich. Augustuslicht is het ware zomerlicht. *Vertrouw op Texaco.* Stoffige benzinepompen flitsen voorbij, een glimp van een hordeur die versierd is met een fles 7Up, bedekt met vochtdruppels, klaar voor het inschenken. Ze rijdt. De zon is er aan gene zijde van het middaguur ontspannen bij gaan zitten, mild en gulhartig, vooralsnog zonder het gevoel te creëren dat de dag aan het tanen is. De ideale combinatie.

Ruik de aangename geur van het gras, kijk hoe het hooi bijna paars is op de velden; voel hoe de aarde in deze contreien opzwelt onder je wielen, lieflijk als de deining van de zee op een blauwe dag. Gracieus voorbijglijdende wolken; de hoge golven van bomen die hier al zo lang leven; de verhalende aantrekkingskracht van de bossen; het geritsel van alle levens die zich hier hoog en laag afspelen, paden die zoveel verhalen beloven, en de weg zelf, die zich achter steeds weer een nieuwe bocht aan het zicht onttrekt en met de allure van een verhalenverteller verzekert: 'Volg me het verhaal in, het kan geen kwaad. Zou ik hier anders zijn om het te vertellen?'

We zijn er bijna.

Madeleine staat in de stralende zon en kijkt om zich heen. Het beton is her en der gebarsten. Oneffen door vele winters, de grijze uitgestrektheid begroeid met kromme strepen slordig groen. Dit vliegveld wordt gaandeweg teruggeveroverd door het lappendekenlandschap dat zoveel veilige ruimte voor noodlandingen bood. De driehoekige armen van de startbanen waaieren voor haar uit, trillend van de hitte.

Achter haar doemen de hangars zwijgend op, nog steeds wit maar niet langer netjes, omzoomd als ze zijn door afval en onkruid dat de heggen heeft verstikt. De mensen weten niet, tenzij ze de moeite nemen om het te achterhalen, wat dit vroeger was. Spoken uit de Tweede Wereldoorlog. Overblijfsels uit de Koude Oorlog. Zelfs Kodakfoto's verbleken op den duur, en dat is hier gebeurd.

Ze is langzaam door de woonwijk en de basis gereden voor ze stopte bij het vliegveld. Het zwembad, leeg. Het stadion, de bioscoop, de kazerne, de kantoorgebouwen – traptreden van cement waar gras uit opschiet, de zwarte metalen leuningen hangen scheef, zitten onder de roest, zijn los gaan zitten als tanden. Het bord van de onderofficiersmess hangt nog steeds naast de stoffige groene deur, het wapenschild van de luchtmacht is bijna weggebleekt door de zon – waarom heeft niemand het weggehaald? Er bestaat geen Royal Canadian Air Force meer. De legeronderdelen zijn verenigd, en zo zullen ook de beide Duitslanden herenigd worden, over niet al te lange tijd. Het land waar Madeleine geboren is, zal dan niet meer bestaan.

De luchtmachtbasis Centralia is nu het Huron Industrieterrein. Overheidsbezit, goedkoop verhuurd aan elk willekeurig bedrijf dat bereid is zich hier te vestigen om voor werkgelegenheid in deze regio te zorgen. Tegenwoordig worden hier ramen gefabriceerd, maar Madeleine heeft niemand gezien en geen geluid gehoord.

De kerken zijn weg. Kaalgeslagen. Net als de officiersmess. In plaats daarvan is er een streng nieuw bruin bakstenen gebouw met een schuin dak en ramen van rookglas verrezen, dat aan Darth Vader doet denken. 'Internationale School' staat er op het bord van de federale overheid dat in het enige verzorgde stukje gras is gepoot. Met de fabricage van ramen heeft het niets te maken. Gepast vaag, gepast ver verwijderd van iedereen die zich zou kunnen afvragen wat zich achter het getinte glas bevindt, achter de nietszeggende officiële aanduiding.

Nergens staan auto's geparkeerd. Met de tennisbaan is het net zo gegaan als met het vliegveld, de metalen omheining wankel en vervallen. De straatnamen zijn nog hetzelfde: de tien Canadese provincies, de twee grondleggende culturen en de beroemde mannen die ontelbare offers hebben gebracht voor onze vrijheid. De naambordjes zijn er nog, verroest inmiddels, scheef, wijzend naar de lucht en de grond. Canada Avenue. Alberta Street. Ontario, Saskatchewan, Quebec... De Spitfire is weg.

In de oude woonwijk zijn de huizen nog steeds in alle kleuren van de regenboog geverfd, maar niet meer erg recent. De bewoners zullen wel met zomervakantie zijn, of misschien zijn niet alle huizen bewoond. Een paar mensen staarden naar Madeleines auto toen ze traag voorbijkarde, maar ze zwaaiden niet. Geen schommels of wippen meer in het park, maar de smalle asfaltpaden kronkelen nog altijd gemeenschappelijk tussen de huizen door. De open grascirkels zijn er ook nog, al zijn het niet de enorme velden uit haar herinnering. En die heuvel waar ze vroeger zo roekeloos vanaf rende – dat is amper een helling.

De struik met de geelrode bloesems staat niet meer voor haar vroegere witte huis – kleiner dan ze zich herinnerde, net als het paarse huis ertegenover. Ze reed in de eerste versnelling door St. Lawrence, voorbij de kleine groene bungalow links, naar de school. Nauwelijks meer dan een steenworp van haar oude huis, maar toen was het een hele wandeling. Ze stopte op het parkeerterrein bij het vangnet. Niets bewoog, zelfs niet het touw aan de vlaggenmast.

Hoe kan deze plek nog steeds bestaan? Amper twee uur vanuit Toronto – ze had hier op elk willekeurig tijdstip heen kunnen rijden. *Centralia.*

Ze stopte en stapte uit de auto. Gluurde door het raam van haar oude klas. Nieuwe banken. Andere tekeningen aan de muren. Een computer. Wereldkaart, sinds haar tijd zo vaak hertekend. Ze probeerde de kruk van de zijdeur, maar de deur zat op slot. Trouwens, wat was er binnen te vinden? Niets wat niet net zo dichtbij is geweest als haar eigen hart gedurende drieëntwintig jaar. Ze liep naar de voorkant, de trap op, en hield haar handen om haar ogen om door de dubbele glazen deuren te turen: ingelijste straaljagers flankeerden nog steeds de portretten van de jonge koningin en prins Philip.

Deze plek, het Huron Industrieterrein, verhuurd aan tijdelijke mensen: voor hen is het hun thuis, misschien, en een gemeenschap, mensen die kinderen grootbrengen, kopjes suiker lenen, contact blijven houden nadat ze verhuizen... Maar voor Madeleine is het een spookstad.

Ze staat op het verlaten vliegveld. Ze is niet veel jonger dan haar ouders waren toen ze hier kwamen wonen. Ze houdt haar hand boven haar ogen en kijkt over het zinderende beton naar de rand van hoger gras die de greppel markeert waar zijn vliegtuig in terechtkwam. Voor haar was het een verhaal, *Pap, vertel nog eens van toen je neerstortte.* Het was van haar, het mythische verhaal hoe haar ouders onvermijdelijk werden samengebracht om haar en haar broer voort te brengen. En het onuitgesproken uitvloeisel van die mythe: zonder het ongeluk zou pap misschien gesneuveld zijn in de oorlog... *twee van de drie vliegtuigbemanningen zijn nooit teruggekeerd.* Hij was nog net geen achttien. Mike was negentien.

Ze kijkt omhoog naar de verkeerstoren, piepklein in haar volwassen ogen. Ze kan de daken van de woonwijk van hieraf zien. Zo'n kleine wereld. Wat zou ze anders hebben gedaan dan haar ouders? Zou ze zich de overtuiging eigen hebben gemaakt: 'We zijn een gezin', waar we ook gaan wonen? 'Hier ben je wie je bent', het maakt niet uit in welke omgeving je toevallig woont, 'dit is je vader, de beste man en de aardigste papa van de wereld'. Zo'n grote wereld. 'Als je later groot bent kun je alles worden wat je maar wilt.' Zou ze het gekund hebben? Het optimisme opbrengen, de foto's en schilderijen meenemen, de dozen uitpakken, een gezinnetje midden in die grote wereld neerzetten? Zichzelf er het vaste middelpunt van maken? Er zin aan geven?

Pap, gaan ze de aarde opblazen?

Nee hoor.

Een reis van veertig jaar. Het Verhaal van Mimi en Jack. Zoveel leuke herinneringen.

De zon is genadeloos. Het oude vliegveld wacht, onbewogen, een oorlogsmonument. En misschien komt het daardoor dat ze ontroerd is. Deze betonnen banen roepen zoveel van deze eeuw op. Massale mobilisatie. Massale herinneringen. Zware verliezen.

Ze herinnert zich dat ze een telefooncel heeft gezien aan de rand van het exercitieterrein, vlak bij de vroegere legerwinkel. Ze vraagt zich af of die het nog doet. Ze draait zich om en verlaat het vliegveld.

Ze heeft haar ouders vergeven.

Een toestel met draaischijf in een glazen cel. Er gaan nog munten in. De dunne telefoongids heeft ezelsoren, er zijn bladzijden uit gescheurd, maar hij kan nog dienst doen. Ze bladert door vertrouwde plaatsnamen – Lucan, Clinton, Crediton...

Ze vindt hem in Exeter. Zoekt in de vele zakken van haar short – kruimels, sleutels, verpieterde tampon, een kwartje.

Ze draait het nummer, en leunt dan met haar handpalm tegen het glas terwijl de telefoon overgaat.

'Hallo?' Een vrouwenstem, afgemeten maar vriendelijk. Werkende vrouw.

'Hallo, zou ik inspecteur Bradley kunnen spreken?'

'O lieve help...'

Madeleine neemt aan dat ze opnieuw een dode heeft opgebeld, maar de vrouw gaat door: '... wel, heeft u even geduld, dan zal ik – mag ik vragen met wie ik spreek?'

'Madeleine McCarthy.'

'Een ogenblikje, Madeleine,' en, roepend naast de hoorn: 'Tom,' zodat haar stem wegsterft, 'Tom?... aan de telefoon... specteur Bradley.'

Ze zal hem alles vertellen. Over meneer March. Over haar vader. Dan wordt Ricky's naam gezuiverd. Doen wat je moet doen.

'Hallo' – mannelijk en zakelijk.

'Hallo, inspecteur Bradley?'

'Die kennen we hier niet, maar als u mij zoekt, ik ben Tom Bradley, gepensioneerd, wat kan ik voor u betekenen?'

'U spreekt met Madeleine McCarthy.' Ze ziet de vorm van zijn gezicht, de stugge lijn van zijn mond, en heeft het gevoel alsof ze weer liegt.

Hij zwijgt even, zegt dan: 'Ik ken u...' Ze weet dat hij waarschijnlijk niet denkt aan haar tv-optredens.

'Ik was getuige bij het proces tegen Ricky Froelich.'

'Bingo.' Stilte. Zij is aan zet.

'Ik heb nieuwe informatie,' zegt ze.

'Nou, ik ben met pensioen, jongedame, maar ik kan u een nummer geven...'

'Ik was een leerlinge van meneer March, hij was Claires – hij was de onderwijzer van de vierde klas.' Ze hoort een zucht. 'Ik denk dat hij verantwoordelijk is.'

'Wat bedoelt u, "verantwoordelijk is"?'

'Hij heeft het gedaan. Hij heeft haar vermoord.'

'Ik wou dat jullie dames je acties eens gingen coördineren.'

'Wat bedoelt u?'

'U en – nog een dame, hoe heet ze ook alweer, Deanne, Diane en nog wat...'

'Diane Vogel.'

'Precies, die belde me vorig jaar om een aanklacht in te dienen.'

'Tegen meneer March?'

'Precies. Is dat ook uw verhaal?'

'Het is geen verhaal, het is echt gebeurd.'

'Dat kan wel zijn...'

'Hij heeft ons verkracht. Grace en Marjorie ook, daarom logen ze, hij deed graag wurgspelletjes...'

'Zelfs als...'

'Hij heeft het gedaan.'

'Ja, oké, kijk, in de eerste plaats is het bijna vijfentwintig jaar geleden...'

'En wat dan nog?'

'In de tweede plaats is hij dood, toch? Daarmee houdt het op. In de derde plaats...'

'Nou, u wordt bedankt.' Ze zal een advocaat in de arm nemen. 'Het beste.'

'Wacht! Wacht. In de derde plaats had hij een alibi.'

En ze weet het zodra hij het zegt. Die dag op het schoolplein. De middag dat ze overvloog.

Bradley zegt: 'Weet u, ik word er doodziek van dat allerlei mensen die zaak maar blijven oprakelen. Ik heb mijn plicht gedaan...'

Ze hoort het weer, een gebroken melodie, die zich uit de ramen van de gymnastiekzaal worstelt. Doffe trombones, aarzelende houtblazers – het schoolorkest dat een deuntje uitbraakt, zij zat toen met Colleen in het gras van het buitenveld en Claire kwam aanrijden op haar roze fiets. *Wat een wereld! We lachen en huilen...*

'Gaan jullie mee picknicken?' Haar lunchtrommeltje in het mandje aan het stuur. Twee roze linten. *We hopen en vrezen...*

'Achteraf weet iedereen het altijd precies,' zegt Bradley. 'Uw generatie...'

We hebben zoveel gemeen, geen mens leeft alleen, de wereld is maar klein... Meneer March die het orkest dirigeert van achter de piano en af en toe zwaar aangezette akkoorden op het instrument beukt, zodat het klonk alsof de melodie om de paar maten ophield.

'We kunnen een nest gaan zoeken,' zei Claire.

'... jullie matigen je verdomd graag een oordeel aan over wat wij deden,' zegt Bradley, wiens stem een klaaglijke toon krijgt...

Claire reed in haar eentje weg, en het orkest speelde nog steeds toen Madeleine en Colleen het schoolplein verlieten. Meneer March was nog in de gymnastiekzaal aan het repeteren met het orkest, de repetities duurden altijd tot half vijf. Madeleine heeft dat de hele tijd geweten. *De wereld is toch maar klein, de wereld is toch maar klein, de wereld is toch maar klein...*

'... maar laat me u iets zeggen,' zegt Bradley, 'we werkten met de middelen waarover we toen beschikten...'

... *de wereld is toch maar zo klein, zo klein.*

'Bedankt, meneer Bradley.'

'Wacht even, ik ben nog niet...'

Ze hangt op. Inspecteur Bradley is met pensioen. Hij heeft alle tijd van de wereld. Zij heeft drie uur om in Tobermory te komen, op het puntje van het schiereiland Bruce, waar het enorme Bovenmeer uitmondt in het Huronmeer. Als ze er voor donker wil zijn. Ze opent de glazen deur van de cel en merkt dat het zweet op haar voorhoofd meteen begint op te drogen.

Even weet ze niet meer waar ze haar auto heeft gelaten. Maar ze ziet hem staan, voorbij de hangars, geparkeerd op het kokende asfalt. Ze heeft een visioen van haar banden die vastplakken aan de kleverige zwarte slierten als ze uit Centralia wil vertrekken. Maar ze rent naar de auto, start de motor, schakelt in de versnelling en de Kever springt gretig vooruit, net Noddy's kleine autootje, *pruttel pruttel!*

Ze ziet de witte gebouwen aan weerszijden van haar auto niet terugwijken als ze Canada Avenue afrijdt, ze ziet het lege wachthuisje verderop niet. Alles trilt en smelt om haar heen als een luchtspiegeling, haar visuele hersenschors heeft de taak van haar bewustzijn overgenomen en zal haar deze oude basis uit loodsen en haar zonder hulp naar haar bestemming brengen, want ze ziet nu iets heel anders voor haar geestesoog. Het vult het scherm in Panavision. Van onderaf gefilmd in overdadige pasteltinten uit de vroege jaren zestig, weliger dan het leven zelf, als een illustratie uit een verouderd leesboek voor de lagere school. Behalve dat dit geen foto of tekening is. Er waait een briesje. Dat streelt het hoge gras, doet de bladeren hoog in de iep rimpelen, waar twee of drie kraaien afsteken tegen het jonge groen; het tilt de blonde krulletjes op van het meisje rechts. Marjorie. Het kust de krullen van het meisje links. Grace. Het speelt met de zoom van hun jurk, hun onschuldige witte knieën. Meneer March staat tussen hen in met zijn grote grijze pak aan. Zijn brillenglazen fonkelen in de zon, hij houdt hun handen vast. Alle drie kijken ze omhoog en naar rechts, tegen het zonnige blauw in. Dan verdwijnt meneer March uit het beeld. En de twee kleine meisjes blijven alleen achter.

Madeleine rijdt door de oude toegangspoort waar haar vader vroeger tegen de rand van zijn pet tikte om de wachtpost te groeten. Ze passeert het litteken van cement in de grond, waar de Spitfire eens op zijn sokkel vloog. Ze ruikt teer en hars en kijkt op naar de telefoonpaal. Uit een slordige massa stro en twijgen steekt een roestende mond. De oude luchtalarmsirene. Die is hier nog steeds, net als de kraaien die zich er lang geleden hebben gevestigd. De sirene is sinds 1962 niet meer gebruikt, de kraaien hebben geen aanleiding gehad om te verhuizen. Zoveel jaren van vrede in onze tijd.

Ze rijdt via Highway 4 naar het noorden. Ze zal door Exeter, Clinton, Goderich komen... het stof zal achter haar auto veranderen in goud, het meer zal kristalblauw blinken achter de duinen, de dennen zullen talrijker worden, het landschap rotsiger en imposanter, maar ze zal er niets van zien. In plaats daarvan zal ze zien wat er gebeurt nadat meneer March uit het beeld is verdwenen.

De waarheid is er altijd geweest. En die is veel treuriger dan alles wat ze zich heeft voorgesteld. Maar ze weet nu dat zij het nooit kon zijn geweest, die achtergelaten werd op die platgetrapte plek.

◆

'We gaan je geen pijn doen.' En dat waren ze ook niet van plan.

'We willen alleen iets zien.'

'Ja Claire.'

Ze hebben haar het ei van het roodborstje gegeven. Ze heeft het van Marjories uitgestoken handpalm gepakt, de schaal nog helemaal heel. Jongens zijn ruw met tere dingen, maar meisjes kunnen voorzichtig zijn. Marjorie zegt dat ze nog meer eieren weten te vinden. 'Levende,' voegt Grace eraan toe.

Claire vouwt haar handen om het ei, dat hol en gewichtloos is, en volgt Marjorie en Grace.

Het maïsveld is aan de andere kant van het ravijn, en daarachter ligt het weiland waar je, als je geluk hebt, een hert kunt zien – als je heel stil bent. En aan het weiland grenst het bos.

'Daar is het nest,' zegt Marjorie.

Ze klimmen omhoog uit het ravijn. Marjorie loopt voorop en Grace laat Claire voorgaan.

Een soezerige middag, warm voor april. Sijpelend water dat nog maar pas uit het ijs is bevrijd. Het tjirpende geluid van insecten in het gras. Het geluid van de zon.

Ze betreden het maïsveld en lopen in ganzenpas tussen de vers geploegde voren, oppassend voor de stengels van vorig jaar die als beenderen uit de grond steken. Achter haar begint Grace in de rondte te draaien terwijl ze loopt. Ze zegt: 'Je moet eerst duizelig worden en dan naar de lucht kijken.'

Claire probeert het. Zij en Grace lachen met hun hoofd achterover.

Marjorie, vooraan, draait zich om. 'Opschieten jullie, ik houd niet van getreuzel.' Ze ziet een maïskolf op de grond liggen, nog in vergeelde bladeren gewikkeld. Ze raapt hem op – hij is licht en dun van ouderdom – en trekt het papierachtige vlies eraf. De korrels zijn verschrompeld, sommige zijn donker verkleurd als rotte kiezen. Ze wil de kolf weggooien, maar Grace pakt hem.

'Raad eens wie ik ben?' zegt Grace, terwijl ze de kolf tussen haar benen op en neer laat wiebelen.

Claire lacht beleefd, maar wendt beschaamd haar hoofd af. Marjorie rolt vol afkeer met haar ogen en loopt door.

Grace loopt stoer te doen achter Claire – 'Knijp in mijn spier, meisje' – en te lachen. Ze plast zogenaamd door de kolf: 'Pssss...'

'Doe niet zo ordinair, Grace,' zegt Marjorie.

Grace rent Marjorie voorbij, draait zich vlug om en loopt achteruit terwijl ze haar besproeit met denkbeeldige plas.

'Ik waarschuw je, Grace.'

Grace gaat weer gewoon lopen, verliest haar belangstelling voor de maïskolf en laat hem vallen. Marjorie raapt hem op.

Het maïsveld gaat over in het weiland.

Er grazen niet eens koeien, er is niets anders te zien dan het lange zomergras dat over de nieuwe sprietjes heen is gevallen, en een paar lisdodden die er nog staan – sommige doormidden gebroken, andere gespleten bij de donzige punt, die vol zaadpluis zit. De minuscule witte klokjes van het lelietje-van-dalen verspreiden een zoete geur als ze worden vertrapt, en hier en daar zie je blauwe penseelstreken gemorste lucht, dat zijn de grasklokjes. Het weiland ligt braak; over een jaar of twee is dit misschien het maïsveld en is het maïsveld het weiland. De grond wordt zompig. Ze naderen het bos.

'Zijn we er al?' vraagt Claire.

Grace kijkt even naar Marjorie, maar Marjorie loopt onbekommerd met de maïskolf te zwaaien alsof het een majorettestok is.

'Het is niet ver meer,' zegt Grace.

Verderop verheft zich een een statige iep, alleen, als voorbode van het bos.

Claire blijft staan. 'Ik mag het bos niet in.'

'Nou, dat zal toch moeten, want daar is het nest,' zegt Marjorie.

'Nee,' zegt Claire.

'Waarom niet?' vraagt Grace.

'Mag niet van mijn mammie.'

'Het maïsveld is erger dan het bos, Claire,' zegt Marjorie.

'Ja,' zegt Grace.

Maar Claire schudt haar hoofd.

'Je hebt jezelf ermee, meisje.' Marjorie haalt haar schouders op. 'Ach nou ja, laat ons dan je onderbroek maar zien.'

Claire kijkt naar Grace. Maar Grace kijkt naar Marjorie.

Claire glimlacht en trekt gewillig haar jurk omhoog, als om goed te maken dat ze hun uitnodiging om het bos in te gaan heeft afgeslagen.

'O, wat een mooie.'

'Ja, dat is echt een mooie, Claire.'

Kleine gele vlinders. Witte katoen.

'Trek hem uit.'

Claire trekt hem uit. Laat eerst zedig de rok van haar jurk zakken. Een stem in haar achterhoofd zegt: *Niet je onderbroek uittrekken als mensen het vragen, dat horen mensen niet te vragen.* Maar er waait een zoel briesje en ze is in een weiland, niet tussen huizen of op het schoolpein, waar het echt onbehoorlijk zou zijn om je onderbroek uit te trekken.

Er is nog een reden waarom ze haar onderbroek uittrekt. Het is moeilijk uit te leggen, maar ze doet dit voornamelijk omdat ze weet hoe het moet. Alsof er al een onzichtbare Claire bestaat, die voortdurend bezig is op verzoek haar onderbroek uit te trekken. Daarom kan deze Claire, degene in het weiland, dat ook best doen. En het lijkt niet eens of ze zelf haar onderbroek uittrekt, het lijkt of dit iets is wat gewoon gebeurt.

Ze laat haar onderbroek op haar enkels zakken en stapt eruit. Grace giechelt. Claire lacht. Marjorie raapt de onderbroek op. Hij is warm.

'En nu bukken, meisje,' zegt Marjorie.

Grace giechelt, Claire lacht en rent zonder onderbroek door het gras. O, wat een fijn gevoel. Zo fris, net als wanneer je in de lente voor het eerst zonder je wollen muts naar buiten gaat, het vrije gevoel van blote enkels in gymschoenen nadat je de hele winter overschoenen hebt gedragen.

'Pak haar,' zegt Marjorie.

Grace rent achter Claire aan, die opgetogen is dat iemand meedoet aan deze zinloze renpartij. Laten we doorlopen tot we bij een betoverde open plek komen. Daar ontmoeten we een sprookjesprinses die ons thee serveert in walnotendoppen, en haar hofdames dragen eikelhoeden. Grace rent met zware stappen – hoe langer de achtervolging duurt, hoe meer ze de slappe lach krijgt, maar ze wordt ook opgewonden, en door de opwinding houdt ze vol en kan ze Claire, die beleefd vaart mindert, geleidelijk inhalen. Ze zijn nog een meter of vijf van de iep verwijderd.

Marjorie volgt op haar gemak en slaat met de maïskolf tegen haar handpalm zoals een onderwijzer dat doet met een aanwijsstok.

Claire nadert de iep en blijft staan voor Grace, en Grace grijpt haar bij de arm. 'Au,' zegt Claire.

Grace kijkt om naar Marjorie.

Claire speurt op de grond naar haar blauwe ei, dat ze heeft laten vallen toen Grace haar beetpakte. Ze ziet het in het gras liggen, de schaal lijkt nog heel, maar omdat Grace haar vasthoudt kan ze niet bukken om het op te rapen. 'Wil je me alsjeblieft loslaten, Grace?'

Grace kijkt naar Claire alsof ze haar voor het eerst ziet. Ze heeft een bepaalde blik in haar ogen. Opgewonden en bang, alsof er achter Claires schouder iets bijzonders is te zien. Claire kijkt om, maar achter haar is alleen het bos.

Grace schreeuwt: 'Schiet op, Marjorie!' – veel te hard, want Marjorie is er al bijna. *Marjowie.*

Marjorie lacht niet. Ze heeft een volwassen uitdrukking op haar gezicht. Zo kijken grote mensen als hun geduld op is, ze zijn niet eens boos meer, maar je weet dat dat betekent dat je nog erger op je kop krijgt dan als ze wel boos waren. Ze zijn je gewoon spuugzat, dat is het.

'Ik ben jou spuugzat, meisje,' zegt Marjorie, met een vermoeide blik van afkeer op haar gezicht.

Claire giechelt, want wat voor spelletje doen we nu?

'Buig voorover en raak je tenen aan,' zegt Marjorie.

'Eh,' zegt Claire, 'ik wil niet – ik heb zin om te spelen – laten we doen alsof...'

'Ben je doof, meisje?'

Grace slaakt een verrukte kreet en houdt Claires arm nog steviger vast, met beide handen.

Claire jammert: 'Mag ik nu naar huis? Willen jullie bij me komen spelen?'

Grace duwt Claire op de grond.

'Ik heb je gewaarschuwd,' zegt Marjorie.

Ze gooit de onderbroek op Claires gezicht. Grace springt boven op Claire voor ze kan opstaan. Ze houdt de onderbroek strak over Claires gezicht en schreeuwt: 'Ruik je kont maar!' Gierend van het lachen.

Marjorie staat toe te kijken. Ze ziet de contouren van Claires neus en open mond door het strakke weefsel. Het is niet genoeg. 'Ga van haar af.'

Grace staat grijnzend op en likt met haar tong aan haar kapotte mondhoeken. Claire blijft roerloos liggen.

Marjorie tilt met de punt van de maïskolf de onderbroek van haar gezicht.

'Sta op.'

Claire staat op. 'Ik moet nu weg.'

'Stil maar, Claire,' zegt Grace.

'Doe je handen om Grace haar hals,' zegt Marjorie.

Claire gehoorzaamt.

'Knijpen. Harder.'

Grace zegt: 'Mar...!'

'Hou je mond.'

Claire laat Grace los en wacht op de volgende instructie.

Marjorie beveelt: 'Plassen.'

Claire trekt rimpels in haar voorhoofd. 'Ik hoef niet,' zegt ze en begint eindelijk te huilen.

Marjorie zegt: 'Hou haar vast.'

Grace pakt Claires ellebogen en trekt ze naar achteren, en Marjorie steekt de maïskolf onder Claires jurk en duwt.

'Au,' zegt Claire, en bijt op haar lip. 'Niet doen, Marjorie, alsjeblieft.'

Marjorie duwt harder en Claire kermt. Het tafereeltje ziet er harmonieus uit, want Claire probeert zich niet los te rukken, ondanks de pijn, ondanks de angst. Het is verschrikkelijk. Maar verrassend is het niet. Voor geen van drieën.

'Au-au-au...' Claire gilt niet, ze jammert alleen. Als een kind dat weet dat ze gestraft wordt.

'Je moet haar geen pijn doen, Marjorie,' zegt Grace, die Claire nog steeds vasthoudt.

Marjories arm stoot omhoog met een draaiende beweging, omdat dat kan. Claire gilt en schiet voorover, maar Grace voorkomt dat ze valt en zich bezeert. Marjorie kijkt toe. Is het niet vreemd dat iemand vlak voor je neus kan staan gillen om iets wat jij niet voelt? Alsof het vijf centimeter verderop regent en jij blijft helemaal droog. 'Waarom gil je zo, meisje?'

Marjorie haalt de maïskolf onder Claires jurk vandaan. Er zit bloed aan. Claire staat te snikken.

Grace laat haar los. 'Stil maar, Claire – hé Claire – Claire, mag ik je bedelarmbandje zien?'

Marjorie gooit de maïskolf in het gras. Een kraai strijkt neer om hem te inspecteren. Claire houdt hikkend haar pols omhoog en laat Grace haar armband zien.

'O, dat is de mooiste die ik ooit gezien heb,' zegt Grace, terwijl ze de bedeltjes betast. 'Mag ik hem een keer om?'

Claire schudt haar hoofd en Grace zegt: 'Goed, dan niet, Claire, hij is van jou.' Grace laat de armband los.

'Ga liggen, meisje,' zegt Marjorie.

Claire verroert zich niet.

'Ze wil niet,' zegt Grace.

Marjorie zucht en zegt gelaten: 'Knijp haar keel dicht, Marjorie.'

Grace gehoorzaamt. Ze giert niet van het lachen omdat Marjorie zich in haar naam vergist, want dat merkt ze niet. Ze knijpt en knijpt.

Nu kijkt Claire verbaasd. Zo kijken mensen als het ze net te binnen is geschoten wat ze wilden zeggen. Marjorie slaat het gade.

Het gebeurt allemaal in stilte. Grace grijnst niet, ze staart alleen, en het is ook niet grappig meer, het is helemaal niets meer. Niets, alleen dit knijpen, heel stil als op de bodem van de oceaan, de lucht is opengespleten. Wat er eerst was, achter de lucht en het bos, het gras en de hemel, dat beschilderde doek, is nu Niets. Je kunt niet ophouden, want je doet niets.

Het gaat maar door, het gaat maar door, en Grace doet niets, ze houdt alleen niet op. Marjorie kijkt toe.

Zo snel gaat het, in stilte, in een leegte waarin geen verandering mogelijk is. Het gaat maar door, het gaat maar door, het gebeurt en tegelijk gebeurt er niets, ze doet niets ze doet niets ze doet niets.

En ten slotte plast Claire.

Grace laat los en Claire valt op de grond.

Het is weer een zonnige dag. Ze zijn in een weiland. Claire McCarroll is er. Er zijn insecten, en van de zandweg achter het bos komt het geluid van een auto die voorbijrijdt. Vanavond vliegen we over naar de gidsen.

'Sta op, Claire.'

Marjorie zal zich herinneren dat het gras geel was, maar het is jong en groen. Grace zal zich herinneren dat ze in een maïsveld waren, maar maïs is hier niet. Het lange bleke gras is er. De hoge iep is er. De maïsstroopzon. Overal om hen heen is het april. Het is vijf over half vijf.

'Steek je tong weer naar binnen.'
Claire gehoorzaamt niet.
'Sta op.'
Ze doet niet wat haar gezegd wordt.
'Marjorie...' zegt Grace, beverig nu. 'Ohhh,' kreunt ze, 'ohhh neeee...' *O nee Marjowieeee...*
'Hou je mond Grace' – geërgerd en verveeld geeft de onderwijzer een onvoldoende voor het dictee.
'Ohhhh...' Grace draait langzaam in de rondte, trekt aan het hoge gras, buigt voorover, slaat haar armen om haar bovenlijf, 'oh neeee...'
Marjorie laat zich vermurwen, zoals een lankmoedige moeder zou doen wanneer haar kind is uitgeraasd en het wangedrag plaatsmaakt voor berouw of vermoeidheid. 'Het geeft niet, Grace,' zegt ze. 'Ik zal het aan niemand vertellen.'
Grace moet alles netjes maken. Claires jurk omlaagtrekken. Haar armen vouwen. Grasklokjes om haar mee te bedekken, en het loof van de wilde peen, dat sommige mensen stinkkruid noemen maar dat zo mooi is als een kanten kleedje. Marjorie helpt mee en legt twee lange lisdodden als een kruis op haar borst, want als je iets doet, doe het dan goed.
'Ze slaapt,' zegt Grace, en bukt zich om Claire een nachtzoen te geven, maar de ogen maken dat onmogelijk. Claires gezicht is al aan het veranderen. Grace vindt Claires onderbroek in het gras, kleine gele vlinders op schone witte katoen, en legt hem over haar gezicht.
Het wordt tijd om hier weg te gaan.

Ze lopen met Claires fiets aan de hand van Rock Bass terug naar de zandweg en rijden er dan om beurten op, maar als ze bij de kruising met de oude Huron County Road komen, zegt Marjorie dat iemand weleens zou kunnen denken dat ze hem gestolen hebben. Ze verstoppen hem onder de wilg en zetten hem tegen de stam aan, waar hij veilig is voor rovers.
Grace trekt een van de roze linten van het stuur. 'Ik geef het later terug.'

's Avonds ging Grace bij Marjorie langs en Marjorie zei: 'Ik kan niet buiten komen, het is te laat, ik moet mijn huiswerk maken en dan naar bed.'

Het was donker. Grace was lang na het overvliegen nog buiten, ze hing rond bij de oprit van Marjories huis, bij de gedeukte vuilnisbakken. Marjorie had haar gezien vanuit een raam op de bovenverdieping. Ze tikte met haar knokkels tegen de ruit, deed toen het raam open en siste omlaag: 'Ga naar huis, Grace!' Grace stond te rillen alsof ze het koud had. Nou ja, de nachten waren nog koel. Ze liep langzaam weg, niet in de richting van haar eigen huis, niet in een bepaalde richting.

Vijf minuten later klopte ze weer op Marjories deur. Marjories moeder vond het niet leuk. Ze was vaak ziek en dit was echt hinderlijk. 'Marjorie,' riep ze over haar schouder, terwijl Grace op de stoep stond te wachten. 'Dat kind is er weer.'

Marjorie kwam in haar kamerjas naar de deur, de krulletjes bij haar oren zaten tegen haar wangen geplakt. 'Wat moet je?' vroeg ze door de hordeur.

En Grace zei: 'Jij bent toch mijn beste vriendin?' *Beste vwiendin.*

Marjorie nodigde haar niet uit om binnen te komen. Grace' lippen zagen er ontstoken uit en ze kauwde op de manchet van haar kabouteruniform. Marjorie was net in bad geweest. Ze vroeg zich nu af waarom ze ooit vriendschap had gesloten met die vieze Grace Novotny.

'Dat weet ik niet.'

'Ja, Marjorie, dat ben je wel!'

'Schreeuw niet zo.'

'Dat ben je wel,' fluisterde Grace.

'Nou en?'

'Kom dan even naar buiten.'

'Kan niet, ik ben al uitgekleed.'

Zo bleven ze even staan. Marjorie achter de hordeur, Grace op de stoep, terwijl haar ogen begonnen af te dwalen. Marjories moeder riep: 'Marjorie, doe de deur dicht, het tocht.'

'Ik moet naar binnen.'

'Claire is niet thuisgekomen,' zei Grace.

Marjorie wierp een blik over haar schouder en trok het koord van haar kamerjas strakker. 'Ben je achterlijk, Grace?'

Grace keek verbijsterd. Ze wilde Marjories mouw pakken, maar raakte de hordeur. 'Marjorie...?' Haar stem trilde, er kwamen tranen in haar ogen en ze vroeg: 'Wat is er met haar gebeurd?'

'Jij hebt haar vermoord, Grace, dat is er gebeurd. Ga nu naar huis.' En Marjorie sloot de deur.

MY HUCKLEBERRY FRIEND

De ondergaande zon is halverwege de hemel wanneer Madeleine terugschakelt naar de eerste versnelling en over een stenig pad in de richting van een houten huis hobbelt dat net in het zicht komt.

De dag voelt even eindeloos als de zomer zelf, gevangen in hitte. Bomen baden in zo'n warm filmisch licht dat elke dennennaald fonkelt in het zinderende blauw, scherp als hars. In de hoogste takken van een douglaspar glinstert een spinnenweb prismatisch, en een kraai zit, zoals kraaien graag doen, in het topje van de boom. Berkenbladeren kaatsen bij het minste zuchtje wind het zonlicht terug met hun zilveren onderkant. Vogelgeroep klinkt intiem en exact; Madeleine is zich ervan bewust dat ze hun domein heeft betreden. En terwijl de weg stijgt, verschijnt in de verte tussen slanke schubbige stammen de blauwe schittering van het Huronmeer. Een hond blaft. Meerdere honden.

Het huis staat op een glooiing van roze en grijs graniet – een stuk van het Canadese Schild, verzacht door de ondergaande zon. Is het mogelijk dat dit betoverende avondlicht steen kan doen slijten door het dag in dag uit te verven met pastelkleurige stralen? Mica-aderen glinsteren als uitgestrooide diamanten, kloven in het gesteente werpen schaduwen op plakken mos, grijs, groen, goud en zwart, het huis zelf is op dit uur gepolijst oker. Een houten oprit zigzagt omhoog naar de voordeur.

Een hond komt om het huis lopen en draaft blaffend naar haar auto: oren recht overeind, stevig, een witgrijze vacht. Hij escorteert haar naar een vlak terrein waar een glimmende Dodge pick-up geparkeerd staat. Vlakbij is een open schuur – brandhout netjes opgestapeld van de vloer tot de zoldering, sneeuwscooter, het gehavende blad van een sneeuwploeg, gereedschap en sneeuwkettingen, plus een aantal grote hondenkratten en leren tuigen. Aan de andere kant van de schuur rust een antieke Ford Thunderbird op blokken, de motorkap opengesperd als een vleugelpiano, vettige onderdelen her en der op de grond. Ze remt af en parkeert.

De hond is deels een husky, te oordelen naar de krul in zijn staart en het lied dat hij nu aanheft, met zijn kop achterover en zijn ogen nog steeds op haar gericht, een blauw en een bruin. De rest van het hondenkoor komt ergens achter de schuur vandaan. Ze stapt uit de auto en de hond kwispelt maar begint weer te blaffen, terwijl hij achteromkijkt naar het huis alsof hij op toestemming wacht om te stoppen met zijn waakhond-act.

Ze ruikt dat er een barbecue gaande is. Onaangekondigd komt ze hier op etenstijd aanzetten. Na drieëntwintig jaar.

Er komt iemand achter het huis vandaan. Een lange gestalte. Afgeknipte spijkerbroek. Gympen en een T-shirt. Mager en bruin.

Madeleine houdt haar hand boven haar ogen tegen de zon en zegt: 'Dag Colleen.'

De hond is opgehouden met blaffen maar staat nog steeds naast haar, wachtend op instructies.

'Ik ben Madeleine.'

'Dat weet ik.' Colleens stem, nog altijd hees en kortaf, maar met het overwicht van een volwassene.

Madeleine zegt: 'Mag ik verder komen?'

'Waarom?'

Ze aarzelt. Ze moet denken aan haar eerste ontmoeting met Elizabeth, lang geleden, toen Colleen haar uitdaagde: *Zeg haar naam dan, vooruit. Elizabeth.* Dat zou de oprit naar de veranda verklaren. Ze zegt: 'Ik heb iets voor je meegebracht.'

'Wat dan?'

Iets wat van jou is.

Geen van beiden heeft een voet verzet. Alsof ze allebei wachten tot de ander van de wip springt.

Een verhaal.

Madeleine gaat naar haar auto en pakt iets van de achterbank.

Wat blijft er over?

Een verhaal. Jouw verhaal, of iets wat erop lijkt, waarin je jezelf kunt herkennen als in de weerspiegeling van een plas.

Herinneringen. Een bonte mengeling, die je kunt opvouwen om mee op reis te nemen. Een verhaal bestaat uit draagbare herinneringen. De jouwe, of tal van andere die op de jouwe lijken. Vouw ze uit als een tent. Er past een hele wereld in.

Madeleine houdt de luchtmachtpet van haar vader omhoog.

Herinneringen brengen herinneringen voort. De lucht is verzadigd van herinneringen. Het regent herinneringen. Je drinkt herinneringen. 's Winters maak je sneeuwengelen van herinneringen.

Dat blijft er over.

Eén getuige.
Vertel het.
Na een ogenblik verdwijnt Colleen achter haar huis. Madeleine volgt, vergezeld door de hond. Als ze op gelijke hoogte komt met het huis aan haar linkerhand ziet ze rechts, achter de schuur, een omheind terrein dat half tussen de bomen ligt. Er staat een lang, laag houten gebouw met een heleboel kleine deuren, net een miniatuurmotel, jagersgroen geverfd. Een overdekte ren loopt van elke deur naar een gemaaid grasveld met bomen, een hondenparadijs. Acht of tien volwassen dieren buitelen rond achter de omheining, labradors, gele, bruine en zwarte, neuzen tegen het hekwerk gedrukt, kwispelstaartend.

Ze loopt om het huis heen. De oever is verborgen achter het glooiende gesteente, zodat het roze graniet meteen aansluit bij het open water dat zich uitstrekt tot aan de horizon. De blauwe vlakte is bezaaid met stenen eilanden, plat als pannenkoeken, begroeid met scheefgewaaide dennen die trillen in de hitte als noordelijke palmen. In de verte kruipt een veerboot die de verbinding onderhoudt tussen het vasteland en Manitoulin Island. Voorbij het punt dat het oog kan zien, liggen Michigan en de VS.

Colleen is bezig met de barbecue en kijkt niet op. Madeleine loopt naar de top van de gladde steen en ziet beneden een steiger. Water kabbelt tegen de houten palen en glinstert fel in de avondzon. Ze kan de gouden en zilveren rimpelingen van het licht bijna horen tinkelen, als noten op een xylofoon. Een geblutste aluminium boot met buitenboordmotor dobbert naast de steiger, verschoten reddingsvesten liggen te schimmelen op de bodem, waar ook een afgezaagde plastic chloorfles drijft, speciaal gemaakt om mee te hozen. Op de oever, een meter boven de waterlijn, werpt een omgekeerde kano een lange schaduw op de steen.

Aan het eind van de steiger staat een rolstoel. Er zit een vrouw in, met haar gezicht naar het water. Het is niet Elizabeth. Deze vrouw heeft lang, steil, glanzend zwart haar. Een hoofd floept onder de steiger uit – een kind. Hij trekt zichzelf op, en het water glijdt als een glanzend gordijn over zijn blote borst. Hij ploft naakt op de steiger en staat op; een lange natte vlecht kleeft aan zijn rug. Het is een meisje.

'Mam, iedereen, kijk!' roept ze en rent de steiger op, draait zich om en stormt weer terug, natte zwarte voetafdrukken achterlatend op het zilvergrijze hout, langs de vrouw in de rolstoel en zo het water in, met haar armen om haar knieën. De hond vliegt de helling af en de steiger op, en springt haar achterna. Ze komen allebei weer boven, de een hijgend, de ander lachend. Madeleine kijkt om naar Colleen, die haar kind gadeslaat vanaf haar plaats bij de barbecue. Mam.

Aan het eind van de steiger is de rolstoel bezig te draaien. Madeleine kan hiervandaan de pezige onderarmen zien, gebruind en sterk als die van Colleen, opgerolde rode katoenen mouwen, verschoten spijkerbroek om een paar magere benen. Cowboylaarzen. De persoon kijkt op, een hand geheven om de ogen tegen de zon te beschutten. Mooi gezicht zonder rimpels, hoge jukbeenderen, strakke koorden in de nek die oprijzen vanuit de holte tussen de sleutelbeenderen. Zijn hand gaat omhoog in een groet.

Aarzelend, met de pet in haar hand, loopt Madeleine over de warme steen, en ze voelt door haar sandalen heen hoe lekker je hier zou lopen op blote voeten.

'Dag Ricky.'

Ze pakt zijn uitgestoken hand. Hij trekt haar naar zich toe – zijn armen hebben niet de kracht en de omvang die door de schuine lichtval werd gesuggereerd. Hij omhelst haar. 'Hoe gaat het ermee, Madeleine?'

'Best,' zegt ze. 'En met jou?' Er is geen enkele vraag die niet ontoereikend is.

'Mag niet klagen.' Zijn stem is zwakker geworden, maar heeft een heldere klank. Licht. Hoe is dat mogelijk? 'Je bent mooi,' zegt hij.

Ze weet niets terug te zeggen.

Hij is mooi.

Zijn voorhoofd is glad, de enige tekenen van ouderdom zijn de ondiepe holtes onder zijn zwarte ogen. Hij is enerzijds ouder, anderzijds jonger dan hij was. Wat is er met hem gebeurd? Ze wil zijn gezicht graag aanraken. Ze ziet hem kijken naar de pet in haar hand.

Hij vraagt: 'Hoe is het met je ouders?'

Ze slikt tranen weg. Ze was niet voorbereid op vriendelijkheid. Was hij maar meer zoals Colleen.

'Blijf je eten?' Hij rijdt over de steiger naar de steen, waar aan de andere kant een afrit is gemaakt. Als hij passeert, deint zijn zwarte haar en vangt de zon strepen zilver. Hij is drie jaar ouder dan haar broer zou zijn geweest.

Achter haar pletsen voeten over de steiger; het kleine meisje rent voorbij in een regen van druppels, gevolgd door de hond, die Madeleine schampt met zijn natte vacht, zijn lekkere nattehondenlucht. Het meisje grist een verfommeld stuk katoen van de rotsen, trekt het over haar hoofd en heeft ineens een jurk aan.

Ze kijkt op naar Madeleine. 'Hoi.' IJsblauwe ogen; door de neerwaartse lijn bij de hoeken kijken ze permanent geamuseerd. Net zo'n scherpe blik als Colleen, maar zonder argwaan.

'Hoi,' zegt Madeleine. En dan: 'Ik ben Madeleine.'
'Ik ben Vivien.'
Het meisje holt terug naar Rick, pakt de handgrepen van zijn stoel en begint uit alle macht te duwen.
'Rennen,' zegt hij.
'Dat doe ik, dat doe ik!'
Madeleine volgt hen. Ze stoppen naast het huis bij een picknicktafel waar een koelbox onder ligt. Rick draait langzaam en zorgvuldig een shagje van Drumtabak.
Vivien vraagt: 'Ben jij dat op tv?'
Madeleine is verrast. 'Ja, soms.'
Het meisje lacht en springt op Ricks schoot.
Rick steekt de sigaret tussen zijn lippen en kijkt op naar Madeleine. 'Iedereen vindt je nu grappig, maar zij kennen je niet van vroeger, hè?' Hij gebruikt beide handen om een vlammetje uit de aansteker te krijgen.
Madeleine legt de pet op de picknicktafel.
De rook die Rick uitblaast vermengt zich met de frisse avondlucht en de houtskoolgeur van de barbecue. Colleen maakt iets in folie. Het ruikt heerlijk.
Madeleine zegt: 'Dat was de pet van mijn vader.'
Rick vraagt: 'Wat wil je drinken?' Vivien somt op: 'We hebben bier, Dr Pepper, Mountain Dew en chocomel.'
'Ik neem hetzelfde als jij.'
Het kind huppelt naar het huis. De hond, nog nat en grijnzend, ploft aan Ricks voeten neer. Madeleine gaat met haar gezicht naar het meer zitten en zegt: 'Hij was degene die die dag naar je zwaaide.' Het stelt zo weinig voor. De woorden zijn heel klein. Niet moeilijk om te zeggen. Geen kunst aan.
Rick wendt zijn hoofd af en volgt met zijn ogen de rook die naar het water zweeft. Zijn profiel is zo zuiver, uitgesneden met de fijnste instrumenten, zijn ogen glanzen als git. Met de muis van zijn hand veegt hij ze af. Hij had alles kunnen worden wat hij wilde.
Er sist iets achter haar als Colleen het aluminium pakketje omdraait. Madeleine huilt nu ook. Omdat de dennen zo heerlijk ruiken. Omdat zijn gezicht zo vertrouwd is. Omdat het zomer is en de avondzon de enige kleding is die je nodig hebt en de school nog lang niet begint.
'Ik weet wat er gebeurd is...' zegt ze. En op het schoolplein laat een jongen met een rode scooter iedereen om de beurt een ritje maken. 'En ik denk dat ik weet wat er gebeurd is... met je vader.' Maar dat is te veel. Wat er met meneer Froelich en de kinderen van wie hij hield is gebeurd... dat is te veel.

'Het spijt me,' zegt ze, terwijl ze opstaat. 'Ik zal het in een brief zetten.'

Ze wil weggaan, maar daar is het kind, dat haar een iridiumblauwe blikken kroes aanbiedt.

'Waarom huil je?'

Madeleine neemt de kroes aan en antwoordt: 'Ach, het geeft niet, het is...'

Rick zegt: 'Haar papa is gestorven.'

Het kind slaat haar armen om Madeleines middel. Wanneer zal Colleen zich omdraaien en Madeleine een mes in de rug steken?

Madeleine zegt: 'Het geeft niet, hé, proost, Vivien.'

Ze klinken met hun kroezen en Madeleine drinkt. Een vreselijke botsing van zoete smaken. 'Heerlijk, wat is het?'

'Mijn geheime recept,' antwoordt ze, met een paarse snor. 'Mountain Dew en Dr Pepper en dan doe je er een beetje echte peper in.'

'Wauw.'

Het kind verdwijnt weer in het huis.

'Max,' zegt Rick, 'breng het baasje eens een koel biertje.' De hond staat op, loopt naar de koelbox, duwt hem met zijn neus open, tilt er een blikje Mooseheadbier uit en komt het brengen. 'Brave hond,' zegt Rick, terwijl hij het blikje opentrekt.

'Hoe heb je hem dat geleerd?'

Hij wijst met zijn duim naar Colleen. 'Ik ben alleen het proefkonijn, zij is het genie. Blindengeleidehonden, hè? "Speciale vaardigheden voor speciale behoeften."'

'Train je honden om bier te halen voor blinden?'

Rick lacht, en Madeleine ziet de zijkant van Colleens mond omhooggaan. Nog hetzelfde dunne littekentje bij de mondhoek. Nog dezelfde roestbruine bos haar.

Hij heeft multiple sclerose – MS. Een paar jaar nadat hij uit de gevangenis kwam werd de diagnose gesteld. Tot die tijd had hij weer met paarden gewerkt. 'Ergens in het westen,' zegt hij.

Op het meer vliegt een ijsduiker laag over het water, de poten scheren over het oppervlak om te landen. Het dier laat zijn moeiteloze, welluidende roep horen, die binnen enkele seconden verderop langs de oever wordt beantwoord.

'Hier!' zegt Vivien, en duwt Rick een gitaar in de armen die bijna net zo groot is als zijzelf. Hij haalt het plectrum onder de snaren bij een van de bovenste fretten vandaan, zet het tussen zijn tanden en begint het instrument te stemmen. Hij laat zijn vingers over de snaren glijden – 'Ik kan niet meer zo goed tokkelen, hè? Maar ik kan nog wel een paar akkoorden spelen.'

'Hoe is het met je moeder?' vraagt Madeleine voorzichtig.

'Geweldig,' antwoordt hij, 'nog net zo geschift als vroeger.'

'Ze runt een gekkenhuis,' zegt Colleen.

'Een opvangcentrum,' zegt Rick. 'Voor dakloze vrouwen. In Toronto.'

'Dat is geweldig.'

'Ja. Zoek haar maar op als je ooit je verstand verliest.'

Vivien zegt: 'Oma is een quaker.'

'En je kleine broertjes?'

'Roger en Carl.' Rick schudt zijn hoofd en glimlacht. Colleen staat te grinniken.

'Carl is een Hell's Angel...' Rick begint te lachen. Colleen pookt in de houtskool en lacht nu ook. 'En Roger zit bij de politie.' Hij begint een reeks akkoorden te spelen.

Madeleine vraagt zacht: 'En Elizabeth?'

Ze geven geen van beiden antwoord, en Madeleine is al opgelucht dat ze haar blijkbaar niet gehoord hebben. Maar na een moment zegt hij tegen zijn gitaar: 'Ze is overleden, pop.'

Hij begint een wijsje te spelen. Het kleine meisje pakt twee lepels van de tafel en begint met een ernstig gezicht de maat te slaan.

Rick zegt: 'Lizzie kreeg griep.'

'Ze was te verdrietig om beter te worden,' legt Vivien uit. 'Ze is nu bij haar hond Rex.'

Madeleine staat op en loopt naar Colleen. 'Ik ga nu weg. Ik zal het allemaal in een brief zetten voor jullie. Ik ga ook contact opnemen met de McCarrolls.'

Colleen kijkt haar eindelijk aan. Madeleine schrikt, net als toen ze een kind was. Wolvenogen.

Colleen steekt haar hand in haar zak om haar mes te pakken. Vergeeld benen heft, verkleurd op de plaats van de duim. Het lemmet loopt rond van ouderdom. Ze snijdt het folie open en er ontsnapt stoom. Twee grote forellen.

'Die hebben Ricky en Viv gevangen,' zegt ze. Ze maakt het folie weer dicht en legt het pakketje op een schaal. 'Je bent een rare, dat weet je zeker wel, hè?'

'Ik weet dat het idioot is om zomaar uit het niets op te duiken...'

'Nee, ik bedoel... je bent goed in wat je doet.' En nu glimlacht Colleen. Ze zet de schaal op tafel. 'Wil je de honden zien?'

'Goed.'

Rick en Vivien zingen zachtjes: 'So hoist up the John B. sail. See how the mainsail sets. Call for the captain ashore, let me go home...'

De twee vrouwen lopen naar de kennel. Zachte snuiten bij de omheining, een Bremer koor van geblaf. Colleen maakt het hek open en steekt haar hand uit naar Madeleine, met de palm omhoog. Daar is het litteken. Madeleine pakt de hand en knijpt erin, laat hem dan los en volgt haar vriendin langs de hokken, handen uitgestoken voor likjes en klopjes; natte tanden schuren over haar huid.

Colleen zegt: 'Vertel het nu maar.'

Dat doet Madeleine. Het duurt niet lang.

De vis is nog warm als ze terugkomen en bij de anderen aan tafel gaan zitten.

◆

Een luchtalarmsirene is het angstaanjagendste geluid dat er is. In de Tweede Wereldoorlog was het angstaanjagend, maar nu is het nog angstaanjagender, omdat het een normale zonnige dag was totdat de sirene ging. Vogels vlogen rond, de akkers zoemden en kinderen reden op hun fiets. De sirene loeit boven pierenbadjes en barbecues in achtertuinen, alsof hij zeggen wil: Ik was hier al de hele tijd, je wist dat dit gebeuren kon. Even is het stil, dan wordt het klaaglijke gejank hervat, treurend om zijn eigen obsceniteit, aanzwellend tot horen en zien je vergaan. Het geluid is overal – het voegt alle plekken tot één plek samen, verandert iedereen in dezelfde persoon. Het zegt: Rennen, ook al kun je nergens schuilen. Als de vliegtuigen komen, ren dan weg, maar alleen omdat je leeft en een dier bent.

En dan houdt het op. De zomerhemel is leeg. Zet de radio, de televisie aan. Kom uit de kelder, sta op van de grond. Het was een vogelnest. In de sirene op de houten telefoonpaal naast het hek van de vroegere luchtmachtbasis in Centralia. Kraaien. Wie wist dat de oude sirene na al die jaren nog werkte?

Gemeentearbeiders van het naburige plaatsje Exeter klimmen in de paal om het nest op te ruimen en de sirene geheel te verwijderen. Tussen de strootjes glinsteren stukjes aluminiumfolie, kroonkurken, een sleutel – de glimmende dingen die kraaien verzamelen. En een zilveren bedeltje. Een naam.

Claire.

BRONVERMELDING

Regels uit 'This Land is Your Land', tekst en muziek van Woody Guthrie. TRO Copyright 1956 (hernieuwd) 1958 (hernieuwd), 1970 en 1972. Ludlow Music, Inc., New York, NY. Overgenomen met toestemming.

Regels uit 'Whatever Will Be Will Be', van Raymond B. Evans en Jay Livingston. Overgenomen met toestemming.

Regels uit 'Swinging on a Star' van Johnny Burke en Jimmy Van Heusen. Overgenomen met toestemming.

Regels uit 'Moon River' van Henry Mancini en Johnny Mercer. Overgenomen met toestemming.

Regels uit 'Button Up Your Overcoat'. Uit *Follow Thru*. Tekst en muziek van B.G. DeSylva, Lew Brown en Ray Henderson. Copyright 1928 op naam van Chappell & Co., Stephen Ballentine Music Publishing Co. en Henderson Music Co. Copyright hernieuwd. Internationaal copyright geregeld. Alle rechten voorbehouden.

Jacks gedachte: 'God houdt een oogje op je tijdens je eerste solovlucht, daarna moet je het alleen klaren,' komt uit *Behind the Glory* van Ted Harris, waarin (voormalige) leden van de Royal Canadian Air Force hun verhaal doen. Toronto: Macmillan Canada, 1992.

Het motto bij 'Wij staan overal boven' is afkomstig uit 'Organization Theory: An Overview and an Appraisal', *Journal of the Academy of Management*, vol. 4, no. 4 (april 1961). Briarcliff Manor, NY: Academy of Management.

Het motto bij 'De Mayflower' komt uit 'How America Feels' (Gallup-enquête), Look, 5 januari 1960.

Regels uit 'Unforgettable' van Irving Gordon. Overgenomen met toestemming.

Het motto bij 'Wat is het aangenaam' komt uit *Heloise's Kitchen Hints* van Heloise. Englewood Cliffs, NJ: Prentice-Halle Inc., 1963.

Het gedicht dat begint met 'O, de dorre banden van de aarde heb ik geslaakt' is 'High Flight', in 1941 geschreven door John Gillespie Magee Jr., een Amerikaan die tijdens de Tweede Wereldoorlog bij de Royal Canadian Air Force diende.

Het geciteerde nummer van Dion is 'The Wanderer', een compositie van Ernest Peter Maresca.

De citaten uit *Time* die Jack leest staan in het nummer van 31 augustus 1962, Canadese editie, vol. LXXX, no. 9.

De passages uit Madeleines leesboek zijn van W.W. Bauer, Gladys G. Jenkins, Elizabeth Montgomery en Dorothy W. Baruch (eds.), *The Girl Next Door*. Toronto: Gage, 1952.

De opmerking van Wernher von Brauns moeder: 'Waarom ga je niet eens in Peenemünde kijken? Je grootvader ging daar vroeger op eenden jagen,' wordt geciteerd in *The Rocket and the Reich: Peenemünde and the Coming of the Ballistic Missile Era*, van Michael J. Neufeld. Cambridge, MA: Harvard University Press, 1995.

De motto's bij 'Oktoberfest' en 'Dekking zoeken' komen uit hoofdartikelen van Doris Andersons die respectievelijk in juli en februari 1962 verschenen in het tijdschrift *Chatelaine*.

Het versje dat begint met 'Dit is Bert de schildpad, hij let altijd goed op' komt uit *Duck and Cover*, een educatieve film die in 1951 werd geproduceerd door Archer Productions, Inc., gesponsord door de U.S. Federal Civil Defense Administration.

De opmerkingen van president John F. Kennedy met betrekking tot de Cubacrisis zijn afkomstig uit zijn televisietoespraak van 22 oktober 1962.

De motto's bij 'Ik kan niet liegen' en 'Flexibel antwoord' worden geciteerd in *The Kennedy Tapes: Inside the White House During the Cuban Missile Crisis* van Ernest R. May en Philip D. Zelikow. Cambridge, MA: Belknap Press of Harvard University Press, 1997.

Regels uit 'Where Have All the Flowers Gone?' van Pete Seeger. Copyright 1961 (hernieuwd) op naam van Sanga Music, Inc. Alle rechten voorbehouden. Overgenomen met toestemming.

Norman DePoe's opmerking over het afnemen van de spanningen rond de Cuba-crisis werd gemaakt in CBC's *Newsmagazine* op 28 oktober 1962.

De motto's bij 'Nazomer' en 'Requiem' komen uit *Developing Comprehension in Reading* van Mary Eleanor Thomas. Toronto: J.M. Dent, 1956.

Regels uit 'Bei Mir Bist du Schön'. Oorspronkelijke tekst van Jacob Jacobs. Muziek van Sholom Secunda. Engelse versie van Sammy Cahn & Saul Chaplin. Copyright 1937; hernieuwd 1965 Cahn Music Company (ASCAP) en Warner/Chappell (ASCAP). Rechten voor de Cahn Music Company worden beheerd door Cherry Lane Music Publishing, Inc. en DreamWorks Songs. Internationaal copyright is geregeld.

Regels uit 'Sloop John B.' van Brian Wilson, copyright 1966, hernieuwd New Executive Music. Overgenomen met toestemming.

Het motto bij 'Slapende honden' is overgenomen uit *De verdronkenen en de geredden* van Primo Levi. Uit het Italiaans vertaald door Frida De Matteis-Vogels. Amsterdam: Meulenhoff, 1991.

Het motto bij 'Overvliegen' komt uit *The Brownie Handbook*. Toronto: Girl Guides of Canada, 1958.

De passages uit Walt Disneys *BAMBI Story Record* zijn overgenomen met toestemming van Disney Enterprises, Inc.

Froelichs opmerkingen: 'Toen ik Dora zag, was het niet langer een mysterie hoe de piramiden zijn gebouwd', 'Ik ken een truc. Ik stel me voor dat ik al vóór deze ervaringen heb geleefd' en 'Ik hoorde eens twee secretaresses van het kantoor, de ene zei tegen haar vriendin: "Opschieten, anders mis je de benen"' zijn een parafrase van Jean Michels beschrijvingen van zijn eigen reactie op Dora in *Dora: The Nazi Concentration Camp Where Modern Space Technology Was Born and 30.000 Prisoners Died*. Austin, TX: Holt, Rinehart and Winston, 1975.

Simons opmerking: 'Ik heb er eentje horen zeggen dat hij het hele clubje van die voormalige nazi's graag met de Sovjets zou willen ruilen voor een portie kaviaar' is ontleend aan *Secret Agenda: The United States Government, Nazi Scientists and Project Paperclip, 1945 to 1990*, van Linda Hunt, waarin deze opmerking wordt toegeschreven aan een Amerikaanse officier. New York, NY: St. Martin's Press, 1991.

Het motto bij Deel vier 'Wat er overblijft' is afkomstig uit 'Lood' van Primo Levi. In *Het periodiek systeem*. Vertaald door Frida De Matteis-Vogels. Amsterdam: Meulenhoff, 1987.

Het motto bij 'En zo is het' komt uit 'The Wasteland' van T.S. Eliot. In *The Wasteland and Other Poems*. London: Faber and Faber, 2002.

Regels uit 'What a Wonderful World' van George David Weiss en Robert Thiele. Copyright 1968, hernieuwd. Uitgegeven door Abilene Music, Range Road Music and Quartet Music. Overgenomen met toestemming. Alle rechten voorbehouden.

De citaten van Lewis Carroll die als motto's bij de hoofdstukken zijn gebruikt, zijn afkomstig uit: *De avonturen van Alice in het Wonderland en in het Spiegelland*. Vertaald door C. Reedijk en Alfred Kossmann. Uitgeverij Ad. Donker, Rotterdam, 1956.

Het geciteerde nummer van Marianne Faithfull is 'Broken English', een compositie van Marian Evelyn Faithfull, Joe Mavety, Barry Reynolds, Terence Philip Stannard en Stephen David York.

René Steenbeke's opmerking over de rol die Dora heeft gespeeld voor de moderne ruimtevaart wordt geciteerd in 'Survivors of Mittelbau-Dora Commemorate Liberation' van Richard Murphy, te vinden in de Jewish Virtual Library op www.us-israel.org.

De poëzie waar Madeleine, Mike en Jocelyn naar luisteren in Le Hibou is van Margaret Atwood, 'Procedures from Underground'. In *Procedures from Underground* (copyright Margaret Atwood, 1970). Overgenomen met toestemming van de auteur.

Het motto bij 'Van hem' en de strofen in datzelfde hoofdstuk en in 'Gratia' komen uit 'De ballade van de oude zeeman'. In Samuel Taylor Coleridge & Oscar Wilde, *Twee balladen*. Vertaald door W. Blok. Amsterdam: Athenaeum–Polak & Van Gennep 2002.

Het motto bij 'Van haar' komt uit 'You Have the Lovers' van Leonard Cohen. In *Stranger Music*. Toronto: McClelland & Stewart, 1994. Copyright Leonard Cohen 1994. Overgenomen met toestemming.

Het motto bij 'Het Luchtmachtkruis' komt uit 'Not Waving But Drowning' van Stevie Smith. In *Not Waving But Drowning*. London: Andre Deutsch, 1957.

Het motto bij 'Prête-moi ta plume, pour écrire un mot' komt uit 'Dark Pines Under Water' van Gwendolyn MacEwen. In The Shadow-Maker. Toronto: Macmillan, 1972. Overgenomen met toestemming van de familie van de auteur.

NOOT VAN DE AUTEUR

De lijdensweg van Stephen Truscott, zijn geestkracht en moed zijn een belangrijke bron van inspiratie geweest bij het schrijven van dit boek.

In het boek staan af en toe zinsneden in Acadisch Frans en in de Michif-taal. Beide talen berusten op een orale traditie, zodat eenduidige spellingsregels ontbreken. In beide gevallen heeft de auteur zich bij de vertaling en spelling laten leiden door informanten die deze talen als hun moedertaal spreken.

Voor hun genereuze hulp veel dank aan: Theresa Burke, Louise Dennys, Honora Johannesen, Malcolm J. MacDonald (Royal Canadian Air Force, buiten dienst), Alisa Palmer, Clay Ruby en de familie Ruby-Sachs, Lillian Szpak en Maureen White.

Dank ook aan de volgende personen en organisaties, voor hun uiterst waardevolle informatie en, in veel gevallen, het genoegen van talloze gesprekken: Irving Abella, Augustine Abraham, Ginette Abraham, Alice Aresenault en het Bouctouche Museum, Margaret Atwood, Bnai Brith, professor Stephen Brooke, professor Chalk, de huidige en voormalige staf van het tijdschrift *Chatelaine*, dr. Trudy Chernin, Charles Clarke, Michael Claydon, professor Ramsay Cook, Deb Cowan, Olenka Demianchuk, Department of National Defence Directorate of History and Heritage – in het bijzonder Richard Gimblett, William Rawling, Isabel Campbell en Donna Porter – Mike Englishman, Hugh Halliday, Peter Haydon (Royal Canadian Navy, b.d.), Geoffrey Hopkinson en de archieven van de Canadian Broadcasting Corporation, Malcolm Johannesen, Sigurd Johannesen (Canadian Forces, b.d.), Linda Kash, Dan Kaye (RCAF, b.d.), Douglas Lantry en het USAF Museum, Anne-Marie Lau en The RCAF Museum Canadian Forces Base Trenton, Linda Laughlin, Lindsay Leese, John Hugh MacDonald (eerste doedelzakspeler, Canadian Forces), Mary T. MacDonald (Royal Canadian Navy, b.d.), Tricia McConnell, Henry Melnick, Montana, National Archives of Canada, Almark Books, Michael J. Neufeld en het National Air and Space Museum, Smithsonian Institution, Ontario Archives, Ontario Institute of Studies in Educations, University of Toronto Archives, Doreen Keizer (Girl Guides of Canada), Danielle Palmer, Jacob Palmer, Gloria Peckam en Dog Guides Canada, Eric Price, de producers van *It Seems Like Yesterday*, Jeanette

Richard, Rick Rickards, Bill Randall (RCAF, b.d.) en het Canadian Warplane Heritage Museum, Alti Rodal, David Rudd en het Canadian Institute for Strategic Studies, Harriet Sachs, Andrea Schwenke, het Simon Wiesenthal Centre, John Starnes, Gina Stephens, Dave Sylvester, Patrick Szpak, Betty Twena, Tulin Valeri, Cylla von Tiedeman, Lorraine Wells, Joseph White (RCAF, b.d.) en Zsa Zsa.

Dank ook aan de medewerkers van Knopf Canada en Random House of Canada, in het bijzonder Nina Ber-Donkor, Deirdre Molina, Scott Richardson en Jen Shepherd. Een speciaal bedankje voor Susan Broadhurst en een extra speciaal bedankje voor Gena Gorrell.

Persoonlijk ben ik veel dank verschuldigd aan de geestkracht en het werk van Tiff Findley.